KB063618

운곡시사 耘谷詩史

운곡시사 耘谷詩史

원천석 지음

이인재 · 허경진 옮김

혜안

책 머리에

400여 년전 조선시대 학자들은 운곡(耘谷)의 삶을 다음 두 가지 점에 주목하여 평가하였다. 하나는 운곡이 여말선초 학계의 정설이라고 할 우왕과 창왕은 신돈의 아들이라는 주장에 대해 당당하게 그 부당성을 주장한 우창진왕설(禑昌眞王說)의 논자였고, 다른 하나는 조선 건국 이전 이방원의 스승이었던 인연으로 태종 즉위 후 정치에 참여할 수 있는 기회가 부여되었음에도 불구하고 두 왕조를 섬길 수 없다는 불사이군(不事二君)의 정신을 관철한 절의(節義)의 인물이었다는 점이다.

자신의 신념을 굽히거나 바꾸지 않는 충실한 태도나 자신이 속했던 사회구성원에게 신의를 보여주는 절의(節義)는 반드시 왕조시대에 갖추어야 할 신민(臣民)의 덕목으로만 평가해야 할 것은 아닐 것이고, 사실(史實)의 왜곡을 바로잡으려는 역사가적 자세 역시, 시대를 넘어서 갖추어야 할 우리의 태도라 아니할 수 없다. 그런 의미에서 퇴계(退溪)와 한강(寒岡), 택당(澤堂)으로 이어지는 당대 중앙학계의 평가나 정범조(丁範祖)로 대표되는 원주지역 주요 가문 출신 인사, 원은(元檃)으로 대표되는 원주 원씨 집안 인물들의 운곡에 대한 평가는 적절한 것이었다.

그러나 조선시대 학자들의 운곡에 대한 평가에는 아쉬움이 없는 것이 아니다. 무엇보다도 당대 학자들의 운곡에 대한 이 같은 평가는 운곡 사후 집안 사람들이 화를 입을까 두려워 인멸하였다는 역사서를 소재로 삼고 있고, 태종과의 관계 역시 전승(傳承)된 이야기를 근거로 하는 것일 뿐 실제 운곡이 지은 수많은 시사(詩史) 작품을 본격적으로 분석한 결과는 아니기 때문이다. 그 결과 그의 작품집에 반영된 유교 지식인의 다양한 면모와, 대부분의 생애를 원주에서 보낸 지방 지식인의 자연친화적 풍모에 대해서는 제대로 이야기되지 못한 형편이다.

실제 운곡의 시를 읽어보면 일단 마음이 편안해진다. 조선 중・후기 학자들의 중후한 서문을 거쳐 처음 마주하는 글은 바로 젊은 운곡이 봄을 맞아 금강산 사 가는 길에 들른 횡성에서의 감회다. 그의 시를 읽다 보면 그가 대단히 편안하게 사물과 계절을 마주하고 사람들을 만난다는 것이 느껴진다. 여유가 없으면 그러한 것을 느낄 수 없다는 무언의 가르침을 주는 듯하고, 서문의 요란함을 넘지 못하면 자신의 세계로 들어올 수 없다고 경고를 하는 것 같기도 하다.

그는 자신이 만나는 사람들의 경계도 굳이 세우지 않았다. 가족과 친지, 동료, 불교계 인사들과 유학계 인사, 두문동 72현(賢)의 한 사람인 죽강 변귀수 같은 인물로부터 조선왕조를 세우는 데 일조한 정도전까지, 일반 민들로부터 지방관까지 모든 사람과 사귀고 그들과 의견을 주고받았다. 운곡에게는 자신이 만나는 사람들이 추구한 정치적・사회적 지향의 차이점이 그다지 중요하지 않았다.

운곡은 누구에게든 은근하게 그러나 정확하게 자신의 견해를 피력하였다. 작게는 가족이나 계원(契員), 학생들이 갖추어야 할 덕목에서부터 크게는 지방관의 자세, 국가의 제도와 외교관계의 기본 태도에 이르기까지 자신의 생각을 일관되게 설명하였다. 그런 자신감에서인지 그의 글에는 누구를 비난하는 글이 없다. 유명한 그의 우창진왕설(禑昌眞王說)에서조차 그가 문제 삼은 것은 사실(史實)이 정확하지 않다는 것뿐이었다.

또한 그는 평생 고전(古典) 읽기를 즐겼다. 당시 유학계에서는 주자학의 수용과 발전 문제를 두고 수많은 논란이 벌어졌지만, 주자학과 함께 한당(漢唐) 유학에 대해서도 관심을 놓지 않았고, 불교계와도 끊임없이 대화를 시도하였다. 중앙정계에 발을 들여놓았더라면 결코 가질 수 없는 학문태도일 것이다. 자연과 사람들과 함께 숨쉬며 갖게 된 삶에 대한 여유로운 관찰, 일관된 자세로 유지한 여러 계층 인사들과의 다양한 사귐, 그리고 그 연장선상에서 끊임없이 반추했을 학문적 성실성, 이상이 현재까지 운곡을 읽으면서 배운 지방지식인의 자세였다.

1984년 발간된 이진영(李鎭泳) 선생의 뛰어난 역주문이 있음에도 불구하고 재차 욕심을 내게 된 것은 이제 선생의 시대와는 달리 좀더 친절하게 설명을 해 주어야 할 시기가 되었다고 판단해서다. 한글세대의 눈높이에 맞춘 역주를 하지 않으면 행여 『운곡시사』가 읽혀지지 않을까 하는 노파심이 있었다. 그러다 마침 오랜 경력의 허경진 교수와 연락이 닿아 공동으로 이 작업을 시도할 수 있었고, 역주의 목표는 고등학생 이상의 사람들이라면 누구나 읽을 수 있는 글로 잡았다. 역주 과정에서 유학사를 전공한 연세대 사학과 도현철 교수와 불교사를 전공한 덕성여대 남동신 교수의 도움을 받았고, 원문 입력과 교정에는 우리 대학 대학원의 홍석호 · 원재영 · 이상순 · 장수남 · 정덕기 등 여러분이 수고하였다.

이 책은 원래 2001년 12월 원주시가 시행하는 강원의 얼 선양사업 보조금으로 원주문화원에서 400부 한정본으로 발간한 바 있다. 이후 5년이 지나면서 책에 대한 구입 요청이 늘어남에도 불구하고 재고가 없어 안타까워하다가 연세대학교 근대한국학연구소와 도서출판 혜안의 도움으로 다시 발간할 수 있게 되었다. 운곡학회의 지속적인 연구와 관심도 재발간의 한 계기가 되었다. 출간 당시의 뜻과 내용을 살리는 의미에서 수정은 최소한의 범위에서 하였다. 관계자 여러분들의 지원과 격려가 이 작업을 추진하는 데 많은 도움이 되었음은 두말할 필요가 없다.

2006년 12월 매지호수와

함께하는 청송관 연구실에서

이 인 재(李仁在) 씀

글 싣는 차례

서 ▪ 39

운곡시사(耘谷詩史) 권1 ▪ 55

운곡시사(耘谷詩史) 권2 ▪ 191

운곡시사(耘谷詩史) 권3 ▪ 299

운곡시사(耘谷詩史) 권4 ▪ 413

운곡시사(耘谷詩史) 권5 ▪ 505

사적(事蹟) ▪ 641

耘谷詩史錄卷之一

序

嘗聞原州人元天錫在麗末隱居著書言禑昌父子非辛出事甚悉逮我

朝閉門終身其淸風峻節直可与圃冶諸公相伯仲而子孫秘其書久益密人無得以見者幷与其名遂泯泯不傳於世後二百年余按節到是州適得其所爲詩耘谷集雖所紀不多与向所聞異要之不失爲特筆也嗚呼方禑之嗣王位也數三元老如崔都統牧隱圃隱諸公猶在也不惟當時上下無異識牧隱首曰當立前王之子及昌之廢也始曰禑父子乃旽之子孫蓋

서(序)

박동량(朴東亮)의[1] 서문 |

운곡행록시사서(耘谷行錄詩史序)[2]

내 일찍이, 원주 사람 원천석(元天錫)이 고려 말에 숨어살면서 책을 써서, 우왕(禑王)과 창왕(昌王) 부자가 신돈(辛旽)의 자식이 아니라는 것을 자세하게 서술하였는데, 우리 왕조가 들어서자 세상에 나오지 않고 일생을 마쳤으니, 그 맑은 풍모와 높은 절개는 포은(圃隱)과[3] 야은(冶隱)[4] 등 여러 선생과 비교할 만하지만, 자손들이 그 책을 숨겨둔 지 오래 되어 읽어 본 사람이 없고, 그 이름조차 사라져 후세에 전해지지 않았다고 들었다.

200년 뒤에 내가 이 고을에 관찰사로[5] 왔다가 마침 선생이 지으신 운곡시집(耘谷詩集)을 얻어 보니, 비록 기록한 것이 많지는 않아도 예전에 들었던 사실

---

1) 박동량(朴東亮) : 조선 선조 때의 문신(1569~1635). 자는 자룡(子龍)이고, 호는 기재(寄齋). 대사헌 박응복(朴應福)의 아들이다. 1590년에 증광문과에 급제한 뒤에 병조좌랑까지 올랐는데, 마침 임진왜란이 일어나자 뛰어난 중국어 실력으로 명나라 장수나 관원들을 상대하며 선조의 신임을 얻었다. 도승지와 경기도관찰사·강원도관찰사를 역임하고, 호조판서까지 올랐다. 선조가 임종하기 직전에 영창대군을 부탁한 유교칠신(遺敎七臣) 가운데 한 사람이어서, 광해군 시대에 자주 탄핵당하고 유배되었다. 좌의정에 추증되었으며, 시호는 충익(忠翼)이다.

2) 행록(行錄) : 사람들의 말이나 행실을 적은 글.

3) 포은(圃隱) : 고려말 충신 정몽주(1337~1392)의 호(號). 공민왕 때 성균관 학감(學監)으로 있으면서 개성(開城)에 오부학당(五部學堂)과 지방에 향교(鄕校)를 세워 유학의 진흥을 꾀하는 한편 명나라와의 외교에도 힘썼음. 고려조를 받들다가 이방원(李芳遠)이 보낸 자객 조영규(趙英珪)에게 선죽교(善竹橋)에서 피살됨.

4) 야은(冶隱) : 고려말 길재(吉再, 1353~1419)의 호(號). 이색·정몽주·권근 등으로부터 성리학을 배웠음. 고려 32대 우왕 말년에 성균관 박사가 되어 공직에서 국자감의 학생들을, 집에서는 양가 자제(良家子弟)들을 교육하였음. 조선 개국 후 1400년(정종 2) 태상박사(太常博士)에 임명되었으나, 두 왕조를 섬길 수 없다고 하여 거절함. 시호는 충절(忠節).

5) 안절(按節) : 한 방면을 맡아 다스리는 관찰사의 직무를 수행함.

과 달라서, 모두 특필할 만한 사실이었다.

아아! 우왕(禑王)이 처음 왕위를 이어받을 적에 최도통(崔都統)[6]·목은(牧隱)[7]·포은(圃隱) 같은 몇몇 원로가 아직도 남아 있어서 당시에는 (우왕이 공민왕의 아들이어서 즉위한다는 사실에 대하여) 윗사람이나 아랫사람이나 이의가 없었다. 그뿐 아니라 목은(牧隱)이 먼저 말하기를, "마땅히 전왕(前王)의 아들을 세워야 한다"고까지 했다. 그런데 창왕(昌王)을 폐위할 때에 이르러서야 비로소 "우왕(禑王) 부자는 신돈의 자손이다"고 말했다. 그렇게 하지 않고서는 창왕을 폐위시킬 길이 없었기 때문에, 다만 이것으로써 구실을 삼았을 뿐이다. 그렇지 않다면 왕씨(王氏)의 후손은 이미 공민왕(恭愍王) 뒤에 끊어진 셈이니, 몇몇 분들이 과연 누구를 위해 정충(精忠) 대절(大節)로 정성을 다하고 힘을 다하여 죽고 말았겠는가. 하물며 당시에는 조정의 기강이 그다지 문란하지 않고 군국(軍國)의 큰 정사도 몇몇 분들에게 일임되어 있었으니, (그분들이) 거짓 임금을 쫓아내고 나라 왕실의 성(姓)을 존속시키는 일에 누구보다도 앞장설 분들이 아니었던가. 그분들이 취할 태도는 이미 마음속에 강구되었던 것이 분명하다.

그런데 역사를 쓰는 저 무리들도 일찍이 왕씨(王氏)의 국록을 먹은 자들이건만 죽음으로써 본분을 다하지 못하고, 도리어 우왕(禑王) 부자를 신돈(辛旽)의[8] 출생으로 덮어씌웠으며, 그것도 모자라 공민왕이 병풍 뒤에서 홍륜(洪倫) 등의 외설스런 짓을 보았다고 기록하기에 이르렀다. 그래서 지금도 (역사를)

---

6) 최도통(崔都統) : 최영(崔瑩, 1316~1388). 고려 32대 우왕 때의 장군. 공민왕 때에 두 차례에 걸친 홍건적의 침입을 격퇴하였고, 1376년(우왕 2) 홍산(鴻山) 전투에서 왜구를 크게 무찔렀음. 1388년(우왕 14) 육도도통사(六道都統使)가 되어 명(明)나라를 치고자 왕과 함께 평양까지 출진하였으나 이성계(李成桂)의 위화도회군으로 실패하고 후에 그에게 피살되었음.

7) 목은(牧隱) : 이색(李穡)의 호(號). 고려말의 문신(1328~1396). 자는 영숙(潁叔). 본은 한산(韓山). 고려 삼은(三隱)의 한 사람. 원나라에 들어가 과거에 급제하여 한림지제고(翰林知制誥)를 지내고 귀국, 좌승선(左承宣)·우대언(右代言)·대사성(大司成) 등의 벼슬을 지냄. 조선조 태종이 여러 번 불렀으나 나가지 아니하였음. 문집으로는 목은집(牧隱集)이 있음.

8) 신돈(辛旽) : 고려말의 스님(?~1371). 법명은 편조(遍照). 31대 공민왕에게 등용되어 고려의 정치·종교의 실권을 장악, 초기에는 문란한 토지 제도의 개혁 등 급진적인 개혁 정책을 써서 민심을 얻었으나, 점차 권력을 남용하여 임금의 신임을 잃게 되자 공민왕 살해 음모를 꾸미다가 발각되어 처형됨.

읽는 자들이 모두 침을 뱉으며 더럽게 여긴다.

우왕의 한 가지 사실만 근거해서는 그것이 참인지 거짓인지 알 수 없었으니, (우왕이 공민왕의 아들이라는) 선생의 한 마디 말씀이 아니었더라면 천백년 뒤까지도 반드시 그릇된 기록을 답습하는 일이 그치지 않았을 것이다. 그러고서야 우리나라에 역사가 있다고 말하겠는가. 충신과 의로운 선비가 나라에 유익함이 바로 이와 같다.

목은(牧隱)과 포은(圃隱) 같은 분들이 조정에 계셨기에 천명(天命)과 인심(人心)이 이미 떠난 뒤에도 (고려왕조가) 수십 년 동안이나 부지할 수 있었다. 선생같이 재야에 숨어 계시는 분이 시를 읊고 회포를 서술하면서 사실에 근거하여 바로 썼으니, 말씀 한 마디 글자 한 자가 모두 충분(忠憤)에서 나온 것이다. (선생의 글로 인해서 우왕과 창왕이) 왕씨의 부자(父子)로 정해졌을 뿐만 아니라『고려사』가운데 어지러운 말과 망녕된 글들도 이로 말미암아 변증할 여지가 있게 되었다. 그렇다면 궁하게 묻혀 살거나 세상에 나가 벼슬한 길은 달랐지만, 나라의 빛이 된 것은 마찬가지이다.

만약 당시의 임금들이 일찍이 충(忠)과 사(邪)를 판단해 처음부터 끝까지 국정을 위임하고 그 경륜을 펼치게 했더라면 목은과 포은(圃隱)이 어찌 문천상(文天祥)이나[9] 육수부(陸秀夫)같이[10] (죽게) 되었겠으며, 지초(芝草)를 먹고

---

9) 문천상(文天祥) : 송나라 충신(1236~1282). 자는 송서(宋瑞), 호는 문산(文山), 이종(理宗) 때에 진사에 합격하고 감주(贛州) 자사가 되었는데, 백성들을 잘 다스려 칭송받았다. 덕우(德祐, 1275~1276) 초년에 원나라 군사가 쳐들어오자, 고을 안의 호걸들을 불러모아 근왕병을 일으켰다. 우승상에 임명되어 원나라 군중에 들어가 화전(和戰)을 의논하다가 체포되었는데, 진강(鎭江)에 이르러 밤중에 달아났다. 익왕(益王)이 즉위하자 복주로 찾아 뵙고 좌승상에 올랐으며, 강서도독이 되어 원나라 군사와 싸우다가 패배하였다. 위왕(衛王)이 즉위하자 신국공(信國公)에 봉해졌다. 조양에 진을 치고 원나라 군사와 싸우다가 장홍범(張弘範)에게 사로잡혔는데, 연경(燕京)에 3년 동안 갇혀 있으면서도 끝내 절조를 굽히지 않았다. 그래서 처형당했는데, 임종 직전에「정기가(正氣歌)」를 지어 자신의 기백을 보였다. 원나라 세조(世祖)도 그를 "참다운 남자(眞男子)"라고 칭찬했다. 그의 저서로『문산집(文山集)』과『문산시집』이 전한다. 그가 지은「정기가(正氣歌)」와 그의 전기는 우리 나라에도 널리 소개되었다.『송사(宋史)』卷 418.

10) 육수부(陸秀夫) : 송나라 충신(1236~1279). 자는 군실(君實). 종정소경(宗正少卿)으로 있던 덕우(德祐) 연간에 원나라 군사가 쳐들어와 변방의 사정이 급박해지자, 예부시랑으로 적군 앞에 나아가 화전을 청했다. 그러나 화의가 끝내 이뤄지지 않자, 장세걸 등

국화를 먹는 것도11) 어찌 선생이 좋아서 스스로 택했으랴. 슬픈 일이로다.

선생의 시고(詩稿) 2권은 모두 선생이 스스로 쓰신 것이고, 대부분 산인(山人)이나12) 석자(釋子)들과13) 오가며 주고받은 것인데, 그 가운데 약간은 바로 선생의 대절(大節)을 담은 글이라서 빨리 세상에 널리 퍼뜨려 표식(標式)을 삼아야 할 것이다. 그래서 곧 베껴내어 한 책으로 만들고, 연대순으로 편집하여 제목을 『시사(詩史)』라고 하였다. 풍속을 살펴보려는 자들이 보지 않으면 안 될 책이니, 붓을 잡는 자들이 (이 책에서) 채집할 수 있도록 대비해 둔다.

만력(萬曆) 계묘년(1603) 여름. 강원도 관찰사 박동량(朴東亮)은 삼가 쓰다.

耘谷行錄詩史序14)

嘗聞原州人元天錫在麗末隱居著書. 言禑・昌父子非辛出事甚悉. 逮我朝. 閉門終身. 其淸風峻節. 直可與圃・冶諸公相伯仲. 而子孫秘其書久益密. 人無得以見者. 幷與其名遂泯泯不傳於世. 後二百年. 余按節到是州. 適得其所爲詩耘谷集. 雖所紀不多. 與向所聞異. 要之不失爲特筆也. 嗚呼. 方禑之嗣王位也. 數三元老如崔都統・牧隱・圃隱諸公猶在也. 不惟當時上下無異議. 牧隱首曰. 當立前王之子. 及昌之廢也. 始曰. 禑父子乃旽之子孫. 盖不如是則昌無可廢之道. 特爲此以籍之耳. 不然. 王氏之祀已絶於恭愍之後. 而以數公精忠大節. 竭誠盡瘁. 死而後已者. 果爲誰乎. 況朝廷綱

과 의논해 복주에서 익왕(益王)을 세우고 단명전 학사가 되어 송나라의 종묘사직을 다시 일으키려고 노력했다. 익왕이 죽자 위왕(衛王)을 다시 세우고 좌승상이 되었다. 원나라 군사가 요충지인 애산(厓山)을 격파하여 목숨을 보전할 수 없게 되자, 그가 칼을 짊고 처자를 바다 속으로 몰아 죽게 했으며, 자신도 위왕을 등에 업고 바다 속으로 들어가 죽었다. 오랑캐인 원나라 군사에게 끝까지 항복하지 않았던 것이다. 『송사(宋史)』 卷451.

11) 여지찬국(茹芝餐菊) : 국화를 먹는다는 것으로 은자(隱者)의 삶을 가리킴. 굴원(屈原), 『이소(離騷)』. "아침엔 모란에서 떨어지는 이슬을 마시고 저녁엔 국화에서 떨어진 꽃잎을 먹네. 朝飮木蘭之墜露兮, 夕餐秋菊之落英.".

12) 산인(山人) : 산 속에 사는 사람이라는 뜻으로 중이나 도사(道士)를 이르는 말.

13) 석자(釋子) : 석가의 제자. 승려를 말함.

14) 『耘谷詩史』 序, 『高麗名賢集』 卷5, p.273 ; 『耘谷行錄』 序 影印標點, 『韓國文集叢刊』 卷6, p.123.

紀不甚潰裂. 而軍國大政. 一委之數公. 則廢僞君存國姓. 必不出他人之後. 其所進退取舍. 講于中者固已審矣. 彼修史輩亦嘗食王氏之祿者. 旣不能一死. 又以禑父子冒之辛. 此猶不足. 至記恭愍從屛後觀洪倫等褻行事. 至今觀者莫不醜唾. 據禑一事. 不足知其誣. 微公一言. 千百載下. 必將襲謬不已. 可謂東國有史乎. 若是乎忠臣義士之有益於爲人國家也. 有牧隱・圃隱諸公而立於朝. 則當天命人心已去之後. 能有所扶持. 至於數十年之久. 其隱而在下也有如公者. 則吟咏陶寫之間. 據實直書. 一言一字無非忠憤所激. 不但王氏之爲父子者定. 麗史中亂言妄書亦將因此. 而或有辨證之地. 則窮達出處雖不同. 其爲邦家之光一也. 當時之君. 早辨忠邪. 終始委任. 得以展布所蘊. 牧隱・圃隱豈終爲文天祥・陸秀夫之徒. 而茹芝餐菊亦豈公之所欲自托者哉. 可悲也夫. 公之詩二卷. 皆公所自書. 多與山人・釋子所嘗往來酬唱. 而其中若干首. 卽公之大節所寓以存者. 亟當廣布於世. 爲之標式. 遂抄而爲一冊. 編其歲月於其間而名之曰詩史. 盖觀風者之所不可已. 而亦以備秉筆者採焉.

萬曆 癸卯 夏. 江原道 觀察使 朴東亮. 謹書.

정장(鄭莊)[1]의 서문 |

운곡선생문집서(耘谷先生文集序)

선생은 우리 태종(太宗) 대왕께서 즉위하시기 전의 바로 그 스승이시다. 선생께서는 고려 정치가 쇠퇴하는 것을 보고 치악산(雉嶽山)에[2] 숨어 사셨는데, 명나라 건문(建文) 경진년(1400)에 태종 대왕께서 왕위를 이어받자 가장 먼저 대관(大官)으로[3] 선생을 모시려 했지만, 선생께서는 응하지 않으셨다. 그래서 이듬해에는 대왕께서 300리 길을 달려 몸소 선생의 집까지 찾아오셨지만, 선생께서는 역시 피하고 만나지 않으셨다. 대왕께서도 선생이 끝내 굽히지 않을 것을 아시고, 그의 아들 형(泂)에게[4] 기천현감(基川縣監)의[5] 벼슬을 내리셨다. 또 옛날에 밥 짓던 계집종을 불러 이야기를 나누면서 한참 동안이나 문 앞의 돌에 앉아서 서글피 생각하셨으므로, 후세 사람들이 그 바위를 태종대(太宗臺)라고 하였다.

선생은 은자이면서 시와 문장을 지으셨는데, 그 문장이 바로 역사였다. 자양(紫陽)의 붓을[6] 이어받을 수 있었지만, 화재를 당해 전하지 않는다. 남아 있는 것을 보면 겨우 시집 두어 권뿐이다. 퇴계(退溪)[7] 선생께서도 "운곡시(耘谷詩)는 역사이다"라고 말씀하셨으니, 선생의 시가 역사라면 후세에 전할 것은 의심

---

1) 정장(鄭莊) : 생몰년 미상.

2) 치악산(雉嶽山) : 강원도 영월군과 원주시 사이에 있는 산.

3) 대관(大官) : 높은 벼슬아치.

4) 형(泂) : 원형(元泂). 원천석의 둘째 아들.

5) 기천현(基川縣) : 경북 풍기군을 말함. 『신증동국여지승람』 卷25.

6) 자양필(紫陽筆) : 자양의 붓. 송나라 유학자 주자(朱子)가 자양학당(紫陽學堂)을 세우고 제자들을 가르쳤으며, 『자치통감강목(資治通鑑綱目)』이라는 역사책을 편찬하였다. 여기서 "자양의 붓"은 역사를 집필하는 사관(史官)을 가리킨다.

7) 퇴계(退溪) : 조선 중기 학자인 이황(李滉, 1501~1570)의 호.

할 바가 없다.

아! 세상 사람들이 선생을 감반(甘盤)과[8] 백이(伯夷)에게[9] 비유하지만, 이 어찌 선생께서 기대하셨던 평이랴. 마침 만났던 시기가 그러했기 때문에 감반(甘盤)도 되고 백이(伯夷)도 되신 것이니, 역시 선생에겐 불행스러운 일이었을 뿐이다.

시와 문장은 선생이 뜻이 있어 지은 것인 만큼 백세 뒤에라도 취할 것이 있을 텐데, 불행히도 문장은 이미 타버렸고, 시는 상자 속에 감춰져 세상에 알려지지 않은 지가 거의 400년이나 되었다. 이는 꺼린 바가 있었기 때문이다.

선생의 13대손 효달(孝達)이[10] 종중 사람들과 의논하여 판각에 부치려고 하자, 모두들 "백이의 노래도 주나라에서 기휘(忌諱)하지[11] 않았는데, 선생의 시를 어찌 조선에서 기휘하겠는가?"라고 하였다. 마침내 선생의 시가 세상에 나옴으로써 고려 오백년의 역사가 빛을 보게 되었으니, 선생을 위해서 다행이라고 하겠다.

시는 사람의 성정(性情)에서 나오는 것인데, 선생께선 하늘과 땅의 정대한 기운을 타고 나셔서 성정을 이루셨다. 그래서 선생이 읊으신 시들은 훌륭하고도 고상한데다 『시경(詩經)』과 『서경(書經)』의 전아한 법칙을 겸하였으니, 참으로 천고의 시인 가운데 한 사람이다. 선생을 일러서 감반(甘盤)이라고 하거나 백이(伯夷)라고 하는 것도 보탠 말은 아니다. 그러나 선생께서 본다면 하나의 뜬구름이 허공을 지나가는 것과도 같을 뿐이다.

선생의 전형이 시에 있고 선생의 정신이 시에 있으니, 자손된 이로써 선생을 존중하고 사모하는 길도 역시 시를 존중하는 데 있다. 이것이 바로 자손들이

---

8) 감반(甘盤) : 은(殷)나라를 중흥시킨 고종 무정(武丁) 때의 현신(賢臣). 세자시절 무정의 스승이었다. 『죽서기년(竹書紀年)』「소을(小乙)」.

9) 백이(伯夷) : 백이는 고죽국의 왕자였는데, 아버지가 세상을 떠나자 동생에게 임금 자리를 물려주려고 달아났다. 주나라 무왕이 은나라 폭군 주(紂)를 치려고 천하의 군사를 일으키자, 무왕이 부친의 상도 끝내지 않고 손에 무기를 잡아서는 안되며, 신하로써 임금을 죽이려고 하는 것도 안 된다고 충간하였다. 그러나 무왕은 이를 뿌리치고 출정해 은나라를 멸망시켰다. 백이와 숙제는 주나라의 곡식을 먹지 않겠다고 수양산에 들어가 고사리를 캐어 먹다가 굶어 죽었다. 사마천(司馬遷), 『사기(史記)』 卷61, 백이(伯夷).

10) 효달(孝達) : 원효달(元孝達).

11) 기휘(忌諱) : 꺼리어 싫어함.

(선생의 시를) 간행하게 된 뜻이다.

아! 선생께선 덕(德)으로써 학업을 가르쳐 우리 왕조의 억만 세(世) 터전을 열어 주시고, 절조(節操)로써 숨어 지내사 군신(君臣)의 억만 세(世) 기강을 세워 주셨다. 조선 한 나라 사람들이 모두 그 은택(恩澤)을 받게 되었으니, 그 누가 다행하게 여기지 않으랴.

선생의 시가 후세에 전하는 것은 선생을 위해서만 다행스런 것이 아니라 읽는 이로 하여금 성정(性情)의 바름을 되찾아 학술을 두터이 하고 절의(節義)를 힘쓰게 하며, 인심을 일으키고 세속을 교화하는 데에도 큰 도움이 있을 것이기 때문이다. 그렇다면 이 시집이 세상에 간행되는 것이 온 나라와 후세를 위하여 다행이 아니겠는가. 그러므로 나 같은 사람이 선생의 덕과 절조에 대하여 감히 무어라고 말할 수는 없지만, 선생의 시에 대해서만은 더욱 경복(敬服)하고 감탄하는 바이다.

후학(後學)[12] 초계(草溪)[13] 정장(鄭莊)은 삼가 쓰다.

耘谷先生文集序[14]

先生卽我太宗大王微時師也. 見高麗政衰. 遯荒於雉嶽山中. 及大明建文庚辰. 太宗大王繼承寶位. 首以大官召. 先生不應. 翌年. 上馳三百里躬臨廬. 先生避不見. 上知不屈. 官其子泂基川縣監. 召舊爨婢語. 坐門前石悵然久. 後人名其石曰太宗臺. 先生隱著詩與文. 文則史也. 可以繼紫陽筆. 而入於火不傳. 見存者惟詩集數卷耳. 李退溪曰. 耘谷詩史也. 詩以史則傳於後無疑. 噫. 世人以先生比之甘盤・伯夷. 此豈先生素所期哉. 適會而爲甘盤爲伯夷. 亦於先生不幸耳. 至若詩文. 則先生有意而爲之. 期百世後有取焉. 文則已不幸而灰矣. 詩則藏於巾衍中. 迨四百年不行于世. 有所諱也. 先生十三代孫孝達甫. 謀宗人入剞劂. 皆言伯夷之歌不諱於周邦. 則先生之詩亦

12) 후학(後學) : 후진 학자. 학자가 자기 자신을 낮추어 이르는 말.

13) 초계(草溪) : 본래 신라의 초팔혜현. (중략) 고려에서 지금 명칭으로 고쳤고, 현종이 그대로 합주에 예속시켰다. 『신증동국여지승람』 卷30 초계군.

14) 『耘谷詩史』 序, 『高麗名賢集』 卷5, p.274 ; 『耘谷行錄』 序 影印標點, 『韓國文集叢刊』 卷6, p.124.

何諱於朝鮮耶. 詩出於世而高麗五百年統緖爲有光. 竊爲先生幸也. 夫詩者出於性情. 先生稟二氣之正大以爲性情. 故發於吟哦者渢渢灝灝. 兼詩書典雅之則. 千古詩家中一人. 謂先生甘盤. 謂先生伯夷. 無以加矣. 自先生視. 一浮雲過太虛耳. 先生之典刑在詩. 先生之肝肺在詩. 爲子孫尊慕之道. 詩爲重. 此子孫之入梓意也. 噫噫. 先生以德授業. 開我朝億萬世基. 以節肥遯. 立君臣億萬世綱. 朝鮮一邦之人咸受賜也. 孰不爲幸. 而先生之詩又傳之後世. 則不但爲先生幸也. 使覽者究厥性情之正. 敦學術勉節義. 則其於作人心化世俗. 大有補焉. 然則是集之行於世者. 豈非一邦後世之幸歟. 故愚於先生之德之節. 無容議爲. 獨於先生之詩. 尤有所敬服感歎也.

後學 草溪 鄭莊. 敬識.

정범조(丁範祖)의[1] 서문 |

운곡선생문집서(耘谷先生文集序)

국초 변혁기에 왕씨(王氏)를 위하여 절개를 세운 분들 가운데 정포은(鄭圃隱)[2]·길야은(吉冶隱)[3]·원운곡(元耘谷) 세 선생이 더욱 뛰어나니, 이 분들은 은(殷)나라의 삼인(三仁)에[4] 비유할 만하다.

이 가운데 포은(圃隱) 선생은 당시 원로로서 종묘 사직의 안위(安危)와 국가의 흥망을 책임지고 있었으므로 한 번 죽음으로써 막중한 강상(綱常)을 책임졌고, 야은(冶隱)은 문하주서(門下注書) 벼슬을 하고 있었는데 나라의 운명이 장차 다하여 대명(大命)이 (우리 태조에게) 돌아가는 것을 보고, 자기 힘으로 구할 수 없을 바에야 모든 것을 버리고 떠나서 금오산(金烏山)의[5] 일민(逸民)

---

1) 정범조(丁範祖) : 조선 정조 때의 문신(1723~1801). 자는 법세(法世)이고, 호는 해좌(海左). 우담(愚潭) 정시한(丁時翰)의 현손이다. 정조(正祖) 임금이 그를 당대 문단의 제일인자로 인정하여, 78세가 되던 정조 말년까지 예문관과 홍문관의 제학으로 문장을 맡았다. 대대로 원주에서 사는 집안 출신이었기에, 운곡 선생의 문집에 서문을 쓰게 되었다.

2) 포은(圃隱) : 고려말 충신 정몽주(1337~1392)의 호. 공민왕 때 성균관 학감(學監)으로 있으면서 개성(開城)에 오부학당(五部學堂)과 지방에 향교(鄕校)를 세워 유학의 진흥을 꾀하는 한편 명나라와의 외교에도 힘썼음. 고려조를 받들다가 이방원(李芳遠)이 보낸 자객 조영규(趙英珪)에게 선죽교(善竹橋)에서 피살됨.

3) 길야은(吉冶隱) : 고려말 길재(吉再, 1353~1419)의 호. 이색·정몽주·권근 등으로부터 성리학을 배웠음. 고려 32대 우왕 말년에 성균관 박사가 되어 공직에서 국자감의 학생들을, 집에서는 양가 자제(良家子弟)들을 교육하였음. 조선 개국 후 1400년(정종 2) 태상박사(太常博士)에 임명되었으나, 두 왕조를 섬길 수 없다고 하여 거절함. 시호는 충절(忠節).

4) 삼인(三仁) : 은나라가 망할 때에 절조를 지켰던 세 현인(賢人)인 기자(箕子)·미자(微子)·비간(比干)을 가리킨다.

5) 오산(烏山) : 금오산(金烏山). 경상북도 선산군(善山郡)에 있는 산. 고려말 학자 길재(吉再)가 숨어 있던 곳으로 그곳에는 그를 제사지내던 금오서원(金烏書院)이 있음.

이[6] 되는 것을 달갑게 여겼다. 이 두 선생이 스스로 깨끗이 처한 절의는 해와 별처럼 밝아, 국사에 실리고 후세에 외워 그 자취가 드러났다.

그러나 원선생(元先生) 같은 분은 전조(前朝)의 한낱 진사(進士)일 뿐이니, 일찍이 왕씨(王氏)의 조정에 서지도 않았고 국록을 먹지도 않았다. 특히 태조께서 등극하시기 전의 동학(同學) 친구셨으니, 선생이 시운(時運)에 영합하여[7] 좌명훈신(佐命勳臣)이 된다 한들 그 누가 "옳지 않다"고 하랴. 그러나 선생께서는 대대로 국록을 먹던 집안의 후손으로서 의롭게도 두 성(姓)을 섬기지 않고, 큰 산 깊은 바위에 숨어서 나무나 돌과 함께 늙으셨다. 그 자취는 은미하였지만, 처신한 절의로 말한다면 포은(圃隱)이나 야은(冶隱) 두 선생보다 더 어려운 일이었다.

아! 이제 선생의 유집(遺集)을 읽고 선생의 심사를 엿볼 수 있으니, 그 읊은 시와 부른 노래가 나무꾼이나 고기잡이의 노래와 뒤섞여 나타나지만, 때때로 나라를 생각하고 가슴속을 그려낸 것들이 있다. 곧바로 찌를 적엔 비분강개(悲憤慷慨)하고 부드럽게 부칠 때엔 배회엄억(徘徊掩抑)하여, 기자(箕子)의[8] 「맥수가(麥秀歌)」나[9] 백이(伯夷)의[10] 「채미가(採薇歌)」의[11] 유음(遺音)이 완연하

---

6) 일민(逸民) : 학문과 덕행이 있으면서도 세상에 나서 벼슬하지 않고 파묻혀 지내는 사람. 『論語』에 말이 있다. "비록 지극히 가까운 친척이 있으나 어진 사람만 같지 못하며, 백성들의 과실은 나 한 사람에게 있다. 저울질과 헤아림을 삼가며, 법도를 살피며, 폐지된 관직을 다시 설치하시니 사방의 정치가 제대로 거행되었다. 멸망한 나라를 일으켜 주고 끊어진 세대를 계승해 주고 숨겨진 사람을 등용하시니 천하의 민심이 귀의하였다. 周有大賚 善人是富 雖有周親, 不如仁人 百姓有過 在予一人 謹權量 審法度 脩廢官 四方之政行焉 興滅國 繼絶世 擧逸民 天下之民歸心焉." 『논어(論語)』 卷20, 「요왈(堯曰)」.

7) 반부(攀附) : 반용우봉(攀龍附鳳)의 준말로 용의 비늘을 끌어 잡고 봉의 날개에 붙는다는 뜻인데, 전(轉)하여 영주(英主)를 섬겨 공명(功名)을 세우는 비유로 쓰임.

8) 기자(箕子) : 은 주(殷紂)의 삼촌. 피발양광(被髮佯狂)하여 남의 종(奴)이 된 사람. (은나라 마지막 임금) 주(紂)가 음탕하고 방일하여 (그의 숙부) 기자(箕子)가 여러번 간했지만 듣지 않았다. 그래서 기자가 머리를 풀어헤치고 거짓으로 미친 척하며 남의 집 종이 되었다. 그 뒤에 세상에 숨어 거문고를 타면서 스스로 슬퍼했는데, (그 곡조 이름을) 「기자조(箕子操)」라고 한다. (무왕이 은나라를 멸망시키고 주나라가 천하를 차지한 뒤에) 무왕(武王)이 기자(箕子)를 조선(朝鮮)에 봉하고, 신하(臣下)로 여기지 않았다. 사마천(司馬遷), 『사기(史記』 卷38, 「송미자세가(宋微子世家)」.

9) 맥수가(麥秀歌) : 기자가 지었다는 노래. 고국의 멸망을 한탄함. 기자(箕子)가 주(周)나라에 조회하러 가다가 은나라 옛터를 지나게 되었는데, 궁전이 무너진 자리에 벼와 기

다.

선생의 뜻이 (자신의 시를) 상자 속에 감추고 석실(石室)에 비장하여 인간 세상에 알리려고 하지 않은 것은 그 자취만 숨긴 것이 아니라 그 말까지 숨긴 것이다. 그러므로 선생이 처신한 절의가 두 선생보다 더 어려웠다고 하는 것이다. 그러나 천하의 이치가 정신(貞臣)·의사(義士)로서 끝내 드러나지 않는 적이 없기 때문에, 임금의 수레가 문 앞에 이르고 바위의 이름이 태종대(太宗臺)가 되면서 그 자취가 한 번에 나타나게 되었다. 고을 사람들이 절의를 사모해 제사를 받들면서 그 자취가 두 번 드러나게 되었으며, 그 뒤를 이어 (선생을) 찬양하는 글들이 계속 나오면서 더욱 드러나게 되었다. 장차 백일하에 더욱 드러나게 될 것이다. 이제 범조(範祖)가 그 자손의 부탁을 받아 외람되게 서문을 쓰는 것도 (선생의) 숨은 사실을 드러내는 데에 어찌 한 도움이 되지 않겠는가.

성상(聖上) 24년 경신(庚申 1800) 맹하(孟夏). 자헌대부(資憲大夫) 형조판서(刑曹判書) 겸 지경연춘추관사(知經筵春秋館事) 홍문관제학(弘文館提學) 예문관제학(藝文館提學) 오위도총부도총관(五衛都摠府都摠管) 금성(錦城)[12] 정범조(丁範祖)는 삼가 쓰다.

장이 자라는 것을 보고 가슴이 아팠다. 기자가 곡(哭)하려 했지만 하지 못하고, 울려 했지만 부인에 가깝기 때문에, 맥수(麥秀)의 시를 지어 노래하였다. "보리 이삭이 헌출함이여! 벼와 기장은 기름지도다. 저 교활한 아이여! 나와 함께 좋지 못하구나. 麥秀漸漸兮 禾黍油油兮 波狡童兮 不與我好兮" 은나라 백성들이 이 노래를 듣고 모두 눈물을 흘렸다. 사마천(司馬遷), 『사기(史記)』 卷38. 「송미자세가(宋微子世家)」. 노래 가운데 교활한 아이는 은나라 폭군이자 자신의 조카였던 주(紂)를 가리킨다.

10) 백이(伯夷) : 백이는 고죽국의 왕자였는데, 아버지가 세상을 떠나자 동생에게 임금 자리를 물려주려고 달아났다. 주나라 무왕이 은나라 폭군 주(紂)를 치려고 천하의 군사를 일으키자, 무왕이 부친의 상도 끝내지 않고 손에 무기를 잡아서는 안되며, 신하로써 임금을 죽이려고 하는 것도 안 된다고 충간하였다. 그러나 무왕은 이를 뿌리치고 출정해 은나라를 멸망시켰다. 백이와 숙제는 주나라의 곡식을 먹지 않겠다고 수양산에 들어가 고사리를 캐어 먹다가 굶어 죽었다. 사마천(司馬遷), 『사기(史記)』 卷61 백이(伯夷).

11) 채미가(採薇歌) : 금곡(琴曲)의 가사(歌詞) 이름.

12) 금성(錦城) : 나주의 옛 이름. 『신증동국여지승람』 卷35, 나주목 군명.

序[13)]

當國初鼎革之際. 爲王氏立節. 推鄭圃隱・吉冶隱・元耘谷 三先生尤卓偉. 譬殷之三仁焉. 雖然圃隱元老也. 佩宗社安危國家興亡. 則以一死任綱常之重. 冶隱猶是門下注書也. 見邦籙將訖. 大命有歸. 力不能救. 則逴然長逝. 甘作金烏逸民. 盖二先生自靖之義. 皎如日星. 國史書之. 後世誦之. 而其迹顯. 至若元先生. 特前朝一進士耳. 未嘗立王氏之朝食王氏之祿. 而龍潛聖人. 卽同學舊契也. 乘運攀附. 爲佐命勳臣. 夫誰曰不可. 而特以世祿之裔. 義不事二姓. 匿伏大山巀巖之中. 與木石同老. 而其迹微而隱. 其處義視二先生爲尤難. 嗟夫. 今讀先生遺集. 可以規測其心事矣. 其謳吟詠歎. 與樵歌漁唱錯出. 而有時感念宗國. 輸寫胸臆. 直指則悲憤慷慨. 婉寄則徘徊掩抑. 宛然有麥秀・採薇之遺音. 盖先生之意. 欲襲之巾衍. 秘之石室. 不欲散落人間. 是不徒隱其跡. 而又將隱其辭. 故曰. 其處義視二先生爲尤難已. 雖然. 天下之理未有貞臣義士伏而不顯者. 故車駕臨門. 巖號太宗. 而其跡一顯. 鄕人慕義. 祠而祭之. 而其跡再顯. 嗣是而揄揚之筆愈出而愈著. 將不勝其顯白矣. 今範祖之因其子孫之托. 猥撰卷首之文. 庸詎非闡微之一助也歟.

聖上二十四年 庚申 孟夏. 資憲大夫・刑曹判書兼知經筵春秋館事・弘文館提學・藝文館提學・五衛都摠府摠管. 錦城 丁範祖. 謹序.

13) 『耘谷詩史』 序, 『高麗名賢集』 卷5, p.275 ; 『耘谷行錄』 序 影印標點, 『韓國文集叢刊』 卷6, p.125.

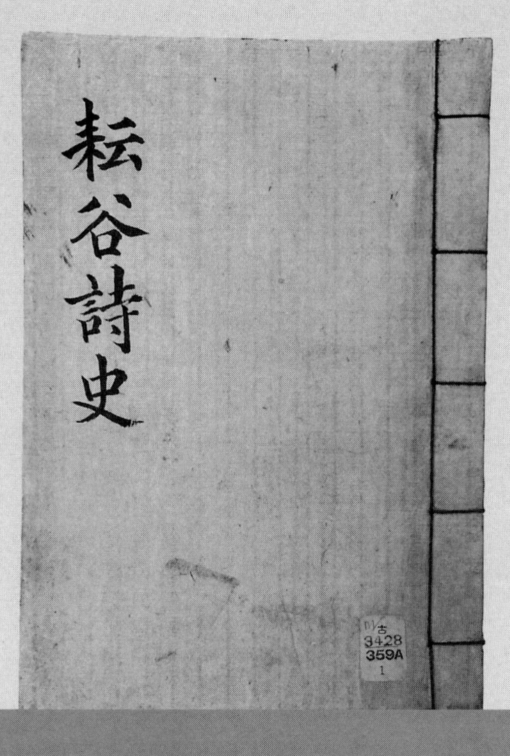

운곡시사(耘谷詩史) 권1

1351년(신묘) 3월. 금강산[1] 가는 길에 횡천(橫川)[2]에 이르러

辛卯三月. 向金剛山到橫川.[3]

풀 보드랍고 꽃 붉어 천리가 봄이기에 草軟花紅千里春
채찍 내리고 말 가는 대로 성문을 나섰네. 垂鞭信馬出城闉
가고 또 가다가 화전(花田)[4] 땅에 가까워지니 行行漸近花田境
나무꾼 만날 적마다 친구 소식을 자주 묻네. 頻向樵蘇問友人

갈풍역(葛豐驛)[5]을 지나면서

過葛豐驛[6]

말을 채찍질하며 유유히 갈풍역(葛豐驛)을 지나노라니 策馬悠悠過葛豐
산천 모습은 예나 이제나 같구나. 山川形勢古今同
사람 드물어 고요한 강가 길에는 人稀境靜江邊路
철쭉꽃만 층층이 물에 붉게 비치네. 躑躅千層映水紅

창봉역(蒼峯驛)[7] 길 위에서

蒼峯驛路上[8]

---

1) 금강산(金剛山) : 장양현의 동쪽 30리에 있다. 산 이름이 다섯이었는데 첫째 금강, 둘째 개골, 셋째 열반, 넷째 풍악, 다섯째 지달이다. 『신증동국여지승람』 卷47, 회양도호부.
2) 횡천(橫川) : 횡성(橫城)의 옛 이름. 고구려의 횡천현. (중략) 고려에서 다시 횡천이라 일컫고 전대로 삭주에 예속시켰다가 뒤에 원주의 속현으로 하였으며 공양왕 원년에 감무를 두었다. 『신증동국여지승람』 卷46, 횡성군.
3) 『耘谷詩史』 卷1, 『高麗名賢集』 卷5, p.276 ; 『耘谷行錄』 卷1, 影印標點 『韓國文集叢刊』 卷6, p.126.
4) 화전(花田) : 횡성의 옛 이름. 『신증동국여지승람』 卷46, 횡성군 군명.
5) 갈풍역(葛豐驛) : 횡성현 서쪽 6리에 있다. 『신증동국여지승람』 卷46, 횡성현 역원.
6) 『耘谷詩史』 卷1, 『高麗名賢集』 卷5, p.276 ; 『耘谷行錄』 卷1, 影印標點 『韓國文集叢刊』 卷6, p.126.
7) 창봉역(蒼峰驛) : 횡성현 북쪽 40리에 있다. 『신증동국여지승람』 卷46 횡성현 역원.
8) 『耘谷詩史』 卷1, 『高麗名賢集』 卷5, p.276 ; 『耘谷行錄』 卷1, 影印標點 『韓國文集叢刊』 卷6, p.126.

왼쪽에는 시냇물 오른쪽엔 푸른 산	左邊溪水右靑山
기이한 경치 다 보려니 눈길 바쁘구나.	考閱奇觀目不閒
시냇가 풀 바위틈 꽃이 서로 비추는 곳에	澗草巖花相映處
나그네 발길이 그림 속으로 들어가는 듯하네.	行裝如入畵圖間

원양역(原壤驛)9)

原壤驛10)

말먹이는 역 마을에 해는 벌써 석양인데	秣馬郵亭日正晡
옛이야기 나눌 사람 없고 까마귀만 우짖네.	人無話舊有啼烏
주민들이여! 싫어하지 마소. 말달리는 일을	居民莫厭奔馳役
이 세상 슬픔과 기쁨이 모두 운명이라오.	世上悲歡命矣夫

춘주(春州)11)

春州12)

다시 와보니 성곽이 내 고향 같고	重來城郭似吾州
눈에 가득한 강산은 내 놀던 곳일세.	滿眼江山是舊遊
다행히 늦봄 삼월 좋은 철을 만나	幸値芳菲三月暮
꽃과 달에 의지해 이 시름을 푸네.	好憑花月解閑愁

원천역(原川驛)13)

原川驛14)

---

9) 원양역(原壤驛) : 지명 미상.

10)『耘谷詩史』卷1,『高麗名賢集』卷5, p.276 ;『耘谷行錄』卷1, 影印標點『韓國文集叢刊』卷6, p.126.

11) 춘주(春州) : 원래 맥국. (중략) 고려 태조 23년에 춘주로 하였음.『신증동국여지승람』卷46, 춘천도호부.

12)『耘谷詩史』卷1,『高麗名賢集』卷5, p.276 ;『耘谷行錄』卷1, 影印標點『韓國文集叢刊』卷6, p.126.

13) 원천역(原川驛) : 낭천현의 남쪽 15리에 있다.『신증동국여지승람』卷47, 낭천현 역원.

14)『耘谷詩史』卷1,『高麗名賢集』卷5, p.276 ;『耘谷行錄』卷1, 影印標點『韓國文集叢

붉은 복숭아 두어 그루가 엉성한 울타리 위로 솟았는데 紅桃數樹出疎籬
문 밖의 봄바람에 가는 버들이 늘어졌네. 門外東風細柳垂
옛 역 마을은 썰렁해 사람 소리도 들리지 않고 古驛荒凉人語少
비둘기만 살구꽃 가지 위로 날아오르네. 鶉鳩飛上杏花枝

학을 탄 신선

鶴上仙[15]

학 타고 구름에 오른 신선 흰 도포 입고 鶴上雲仙白錦袍
예사롭게 바다 위에서 반도(蟠桃)[16] 먹고 취하네. 尋常海上醉蟠桃
삼산(三山)에[17] 오가면서 어찌 멀다고 하랴 三山往返何論遠
흰 날개 탄 저 기상 절로 높구나. 駕彼霜翎意自高

매화가지 끝에 걸린 달

梅梢月[18]

눈썹 같은 초승달이 차가운 밤을 알려주니 一眉新月報寒更
매화 가지의 밝은 바탕이 더더욱 어여쁘라. 偏愛梅梢素質明
밤 고요하고 바람도 멎은 데다 사람들 흩어지자 夜靜風停人正散
차가운 빛 비추는 곳에 그윽한 향기만 맑구나. 冷光相照暗香淸

刊』卷6, p.126.

15)『耘谷詩史』卷1,『高麗名賢集』卷5, p.276;『耘谷行錄』卷1, 影印標點『韓國文集叢刊』卷6, p.126.

16) 반도(蟠桃) : 三千年만에 한 번씩 열매가 연다는 장수(長壽)의 선도(仙桃). 7월 7일에 서왕모(西王母)가 내려와서 선도복숭아 네 개를 무제(武帝)에게 주었다. 무제가 먹고 나서 그 씨를 거둬 심으려 하자, 서왕모가 말했다. "이 복숭아는 삼천년에 한 번 열매가 열립니다. 중하(中夏)는 땅이 척박해서, 심어도 열리지 않습니다." 그러자 황제가 그만두게 하였다.「무제내전(武帝內傳)」.

17) 삼산(三山) : 중국 전설에서 발해만 동쪽에 있다는 봉래산(蓬萊山)·방장산(方丈山)·영주산(瀛州山)으로 금강산과 지리산, 한라산에 비유하기도 함.

18)『耘谷詩史』卷1,『高麗名賢集』卷5, p.276;『耘谷行錄』卷1, 影印標點『韓國文集叢刊』卷6, p.126.

그림 속의 산

畵山[19]

그림 속에 늘어선 산들이 누구의 솜씨인지	圖成列岀是何人
늙은 잣나무 푸른 소나무가 붓끝에 생생하네.	古栢蒼松筆下新
그 중에 암자가 있건만 스님은 불러도 나오지 않으니	中有菴僧呼不出
아마도 선정(禪定)에[20] 들어 남은 봄을 보내는 게지.	却疑參定遏殘春

칼잎 부들

蒲釰[21]

두어 줄기 나란히 늘어섰는데	數行羅列勢相同
푸른 칼날에 물 위 바람이 모여드네.	翠刃相攢水面風
풀무를 빌지 않고도 잘 단련되었으니	不假烘爐能鍛鍊
조물주의 기이한 솜씨를 이제 알겠네.	方知造化有奇功

사냥 구경

觀獵[22]

흰 새가 갑자기 후리[23] 속으로 떨어지고	霜翎忽落四圍中
이따금 보라매가 늦바람을 잡아채네.	時見蒼鷹掠晩風
옥 굴레 금 안장에 푸른 창 잡고서	玉勒金鞍兼翠戟
박달나무 곤봉에 깃 화살, 붉은 활까지 둘러멨네.	檀棺羽箭與彤弓

---

19) 『耘谷詩史』 卷1, 『高麗名賢集』 卷5, p.276 ; 『耘谷行錄』 卷1, 影印標點 『韓國文集叢刊』 卷6, p.126.

20) 선정(禪定) : 육바라밀의 하나. 선(禪). 진리를 올바로 사유(思惟)하며, 조용히 생각하여 마음을 한 곳에 모으는 일.

21) 『耘谷詩史』 卷1, 『高麗名賢集』 卷5, p.276 ; 『耘谷行錄』 卷1, 影印標點 『韓國文集叢刊』 卷6, p.126.

22) 『耘谷詩史』 卷1, 『高麗名賢集』 卷5, p.276 ; 『耘谷行錄』 卷1, 影印標點 『韓國文集叢刊』 卷6, p.126.

23) 사위(四圍) : 사방의 둘레. 여기서는 후리를 말함. 후리 곧 후리채는 날벌레 따위를 후리어 사로 잡는데 쓰는 물건.

짐승들은 갈 길 막혀 어쩔 줄 모르고　豺狼遇窘趍蹌急
씩씩한 사냥꾼들은 기세 당차구나.　士卒生獰勢氣雄
노루 사슴 가득 싣고 저물 녘에 돌아오니　滿載麕麚廻日暮
가을 하늘에 풍악 소리 흘러 넘치네.　樂聲洋溢殷秋空

폭포

瀑布[24]

물방울 흩날리는 소리에 서늘한 기운 이어지고　奮沫聲中爽氣連
뿜어내는 구슬 부서지는 가루가 바위 앞에 흩어지네.　噴珠碎玉翠巖前
한 줄기가 높이 걸려 천 길이나 뻗쳤으니　一條高揭彊千丈
이게 바로 하늘에서 떨어진 은하수일세.　眞是銀河落半天

베개에 달린 방울

枕鈴[25]

이른 아침 베개에 달린 방울 소리에 임금께서 일어나시어　枕鈴明主御淸晨
나라 걱정하는 정성스런 마음을 여러 신하에게 보이시네.　憂國誠心示衆臣
아침 내내 그 소리 귓가에 잇달아 들려　達旦聲連頭側畔
(定應難○○○○)　定應難○○○○

남만(南蠻)에서 들어온 종이

蠻牋[26]

한원(翰苑)에[27] 값진 종이 많기도 하건만　翰苑珍奇紙最先

---

24) 『耘谷詩史』 卷1, 『高麗名賢集』 卷5, p.276 ; 『耘谷行錄』 卷1, 影印標點 『韓國文集叢刊』 卷6, p.126.

25) 『耘谷詩史』 卷1, 『高麗名賢集』 卷5, p.276 ; 『耘谷行錄』 卷1, 影印標點 『韓國文集叢刊』 卷6, p.126.

26) 『耘谷詩史』 卷1, 『高麗名賢集』 卷5, p.277 ; 『耘谷行錄』 卷1, 影印標點 『韓國文集叢刊』 卷6, p.127.

27) 한원(翰苑) : 한림원과 예문관을 달리 이르는 말.

남만(南蠻)에서[28] 진상한 것이 가장 으뜸일세.	南蠻貢進九重天
창을 바르자 머리 옆에 눈빛 비치고	糊窓雪色明頭側
벽에 붙이자 눈앞에 은빛 번쩍이네.	帖壁銀光眩眼前
가난한 양속(羊續)은[29] 이불 만들어 추위 견디고	裁被禦寒羊續窶
명필 우군(右軍)은[30] 붓 잡아 먹물 적셨지.	揮毫洒墨右軍賢
희고도 미끄러워 티 하나 없으니	敝然平滑無纖累
글 하는 사람 벗되어 몇 년을 지내왔던가.	長伴詞人幾許年

지남거(指南車)[31]

指南車[32]

무지개 같은 깃발들이 사면에 둘러싸고	霧旆霓旋四面圍
붉은 바퀴 화려한 바퀴통이 빛나는구나.	彤輪華轂有光輝
바람 따르는 술법으론 정인(鄭人)이 부끄럽고	鄭人應愧奔風術

28) 남만(南蠻) : (중화 바깥의 오랑캐는) 동방을 이(夷)라 하고, 남방을 만(蠻)이라 하며, 서방을 융(戎)이라 하고, 북방을 적(狄)이라 한다. 『예기(禮記)』, 「왕제제오(王制第五)」.

29) 양속(羊續) : 후한(後漢) 영제(靈帝, 168~188) 때의 이름난 지방관. 태산군(泰山郡) 평양(平陽) 사람. 자(字)는 흥조(興祖). 여강(廬江)태수와 남양(南陽)태수를 지낸 관리인데, 다 떨어진 옷에다 비루먹은 말을 타고 다닐 정도로 청렴했다. (양속이) 남양태수(南陽太守)가 되어 정령(政令)을 베풀고는 백성들의 병리(病利)를 살폈다. 그러자 백성들이 기뻐하며 복종했다. 당시 권세있는 자들이 사치를 몹시 즐겼는데, 양속은 이를 몹시 안타까워했다. 그래서 항상 떨어진 옷을 입고 간소한 음식을 먹었으며, 부서진 수레와 비루먹은 말을 탔다. 부승(府丞)이 한번은 생선을 바쳤는데, 양속이 받아서 (먹지 않고) 뜨락에 걸어 놓았다. 부승이 나중에 또 (생선을 가지고) 찾아오자, 양속이 예전에 걸어 두었던 생선을 내보여 (사치스러운) 그 뜻을 막았다. 그래서 사람들이 다시는 뇌물이나 선물을 가져오지 않았다. 종이로 이불을 만들어 추위를 견디었으며, 호화스러운 생활이 보장되는 재상자리도 사양하였다. 『후한서(後漢書)』 卷31, 양속(羊續).

30) 우군(右軍) : 여기서는 진대(晉代)의 명필인 왕희지(王羲之)를 일컬음.

31) 지남거(指南車) : 지남거(指南車)의 모습은 고거(鼓車)와 같은데, 수레 위에 나무로 사람을 만들어 놓아 손으로 남쪽을 가리키게 하였다. 수레가 방향을 돌리더라도 가리키는 쪽은 바뀌지 않는다. 주공(周公)이 처음 만들어서 황야 밖으로 멀리 가는 사신들을 전송하였다. 『송서(宋書)』, 「예지(禮志)」.

32) 『耘谷詩史』 卷1, 『高麗名賢集』 卷5, p.277 ; 『耘谷行錄』 卷1, 影印標點 『韓國文集叢刊』 卷6, p.127.

길 찾아 돌아갔다고 월(越)나라 사신[33] 자랑했네. 越使堪誇得路歸
멍에 앞의 방향은 남쪽 끝까지 가리키고 輗軏正當离表極
멍에 채의 모형은 북두의 기틀일세. 梁輈栢法斗星機
헌원씨(軒轅氏)가[34] 치우(蚩尤)를[35] 치려던 그날 軒轅欲伐蚩尤日
이 기계를 만들어 위엄을 떨쳤네. 作此奇權奮虎威

어진 이를 불러들인 이불[맹종(孟宗)의[36] 어머니가 열두 폭 이불을 만들어 두고 어진 이들을 불러들여 아들과 함께 공부하게 했다]

招賢被(孟宗母作十二幅 招諸賢與子共學)[37]

바르게 아들 가르치려는 마음이 초연해 循循教子意超然
이불 만들어 세상 인재를 널리 불러들였네. 作被旁招間世賢
번쩍이는 무늬가 베개마다 빛나고 的的奇紋連枕煥
훌륭한 벗들이 머리 나란히 하고 잠들었네. 明明善友共頭眠
따스하고도 찬란한 빛이 환하게 비치니 氤氳燦爛光輝映
길쌈도 바느질도 모두 아름다워라. 紡績裁縫巧並全
그대 집안의 아름다운 이름이 만고에 전해 오니 赫爾家聲傳萬古
그 당시[38] 참예치 못한 내가 한스러워라. 愧予難與出當年

---

33) 월사(越使) : 한나라 때 남월에 간 육가(陸賈)의 미담. 육가(陸賈)는 한(漢) 고조(高祖) 때의 훈신(勳臣)으로 구변(口辯)이 능하였는데, 고조의 명으로 남월왕(南越王) 위타(尉佗)를 설득하여 그로 하여금 한나라에 신복(臣僕)하게 한 인물이다. 『한서(漢書)』 卷43.

34) 헌원씨(軒轅氏) : 황제(黃帝)의 이름. 중국 전설상의 제왕. 삼황오제(三皇五帝)의 한 사람. 처음으로 곡물 재배를 가르치고 문자・음악・도량형 등을 정했다 함.

35) 치우(蚩尤) : 중국의 전설상의 인물. 신농씨(神農氏) 때 황제(黃帝)와 탁록(涿鹿)의 들에서 싸울 때, 짙은 안개를 일으켜 괴롭혔는데, 지남차(指南車)를 만들어 방위(方位)를 알게 된 황제에게 잡혀 죽었다고 함. 후세에는 제(齊)나라의 군신(軍神)으로서 병주(兵主)의 신(神)이라 불리어 팔대신의 하나로 숭배되었음.

36) 맹종(孟宗) : 중국 삼국시대의 사람. 자는 공무(恭武). 왕상(王祥)과 함께 효자(孝子)로서 이름이 높음.

37) 『耘谷詩史』 卷1, 『高麗名賢集』 卷5, p.277 ; 『耘谷行錄』 卷1, 影印標點 『韓國文集叢刊』 卷6, p.127.

38) 당년(當年) : 그 해.

조(趙) 목감(牧監)[39]의 외진 집에 대해 씀(두 수)

題趙牧監幽居(二首)[40]

좋은 산 많은 곳에 외진 집 마련해 두고 　好山多處卜幽居
높은 다락에 올라 피리 부니 흥이 넘치네. 　長笛高樓興有餘
술잔 들고 꽃 아래서 취하다 　每把酒樽花下醉
약초 밭 찾아 비속에서 김 매네. 　常尋藥圃雨中鋤
오두막 사랑은 일찍이 도원량(陶元亮)에게[41] 본받고 　愛廬早效陶元亮
학문에 힘쓰기는 동중서(董仲舒)에게[42] 배웠네. 　勉學曾傳董仲舒
성긴 발 말아 올리곤 아무런 일도 없어 　靜捲疎簾無一事
솔숲 행랑에 온종일 누워서 책만 본다네. 　松廊盡日臥看書

한 평생 즐거움이라곤 한가롭게 지내는 것 　平生滋味在閑居
맑은 바람에 베개 하나로 낮잠 실컷 주무시네. 　一枕淸風午睡餘
달구경하는 밤에는 다락 주렴 거둬 올리고 　愛月夜樓頻捲箔
꽃 가꾸는 봄 동산엔 호미를 가지고 다니네. 　養花春圃每携鋤
낚시터 시냇가에 뜬 구름 흩어지고 　釣魚臺上溪雲散
손님 보내는 정자 앞에는 나무 그림자 드리웠네. 　送客亭前樹影舒
길에 가득한 푸른 이끼에 티끌 하나 없는데 　滿路蒼苔塵不到
추녀 끝 비낀 햇살이 거문고와 책을 비추네. 　半軒斜照映琴書

나라에 금주령이 내렸는데 제호조(提壺鳥)[43] 소리를 듣다

---

39) 목감(牧監) : 고려시대, 각 처의 목장을 맡아 감독하던 벼슬, 또는 벼슬아치. 충선왕 때에 사복시(司僕寺)에 병합하였다.

40) 『耘谷詩史』卷1, 『高麗名賢集』卷5, p.277 ; 『耘谷行錄』卷1, 影印標點 『韓國文集叢刊』卷6, p.127.

41) 도원량(陶元亮) : 도연명(陶淵明)을 말함.

42) 동중서(董仲舒) : 중국 전한(前漢) 때의 유학자(B.C 176?~104?). 일찍이 주렴을 내리고 삼년 동안 바깥을 내다보지 않고서 독서에만 전념했다는 사실로 유명함.

43) 제호조(提壺鳥) : 봄철에 잘 우는데, 이는 좋은 시절이 되었으니 술병을 들라는 뜻으로 뻐꾹새의 이름이다.

國有禁酒之令聞提壺鳥[44)]

도연명(陶淵明)을[45)] 다객(茶客)이[46)] 되게 했으니　　已敎元亮爲茶客
다시는 고양(高陽)의[47)] 술꾼 모일 일이 없건만,　　無復高陽會酒徒
산새는 금주령이 내린 것도 모르고　　山鳥不知邦國令
숲 너머서 이따금 술잔 들라고 권하네.　　隔林時復勸提壺

이(李) 상서(尙書)가 보낸 시에 차운하다(두 수)

次李尙書所示詩韻(二首, 順天)[48)]

그대처럼 뛰어난 재주는　　才華似吾子
옛날에도 드물고 지금도 드무니,　　罕古亦稀今
달 밝고 바람 맑은 글귀인데다　　月白風淸句
금 두드리고 옥 떨치는 소리일세.　　金舂玉振音
책상에는 온 나라 역사가 쌓여 있고　　堆床千國史
벽에는 거문고 하나가 걸려 있네.　　掛壁一張琴
이미 지란지계를[49)] 맺었으니　　已結芝蘭契

---

44) 『耘谷詩史』 卷1, 『高麗名賢集』 卷5, p.277 ; 『耘谷行錄』 卷1, 影印標點 『韓國文集叢刊』 卷6, p.127.

45) 도연명(陶淵明) : 중국 진(晋)나라의 시인(365~427). 이름은 잠(潛). 405년에 평택의 령(令)이 되었으나 80여 일 후에 『귀거래사(歸去來辭)』를 남겨 두고 귀향. 은사(隱士)로서 문앞에 오류수(五柳樹)를 심어 두고 스스로 오류(五柳) 선생이라 일컬었음.

46) 다객(茶客) : 다객은 차를 파는 사람, 또는 차를 마시는 사람을 뜻한다. 도연명이 무척 술을 좋아했는데, 금주령이 내려 차나 마시게 되었다는 뜻이다.

47) 고양(高陽) : 고양(高陽)은 역생이 고조를 처음 만나서 섬기기 시작한 곳이다. 처음에 패공(沛公 : 유방)이 군사를 이끌고 진류(陳留)를 지나가는데, 역생(酈生)이 군문에 찾아와서 뵈려고 했다. 시자가 나와서 그를 거절하면서 말했다. "패공께서는 선생을 만날 수 없습니다. 지금 천하를 통일하는 큰일 때문에 선비를 만나실 틈이 없습니다." 그러자 역생이 칼을 어루만지며 시자에게 꾸짖어 말했다. "빨리 달려가서 패공께 아뢰어라. 나는 고양의 술꾼이지 선비가 아니라고". 사마천(司馬遷), 『사기(史記)』 卷97, 「역생육가(酈生陸賈)」.

48) 『耘谷詩史』 卷1, 『高麗名賢集』 卷5, p.277 ; 『耘谷行錄』 卷1, 影印標點 『韓國文集叢刊』 卷6, p.127.

49) 지란계(芝蘭契) : 지란지교(芝蘭之交)나 지란계(芝蘭契)는 그와 같이 좋은 친구 사이를 뜻한다. 착한 사람과 함께 있으면 마치 지초와 난초가 있는 방에 들어간 것 같아,

얕고 깊은걸 따지지 마세나. 不須論淺深

임금과 신하가 한 마음 한 뜻인 것을 君臣咸一道
내 이미 그대에게서 보았으니, 我已見方今
은혜 물결이 넓고 넓게 흐르고 浩浩流恩渥
덕스런 말씀이[50] 밝고 밝게 퍼지네. 明明播德音
언제나 술잔으로 정성 바치고 獻誠常以酒
거문고 매달아 마음을 경계하네. 爲戒每懸琴
숲 아래라고 어찌 선비가 없으랴 林下豈無士
꿈속에서도 대궐 깊이 찾아간다네. 夢尋銀闕深

1354년(갑오) 10월. 회양(淮陽)[51] 가는 길에 횡천(橫川)에[52] 이르러 벽에 걸린 시에 차운함

甲午十月. 向淮陽到橫川. 次板上韻[53]

북쪽 오랑캐가 압록강 건너지 못하는 것은 北寇難侵鴨綠東
우리 훌륭한 장수의 전략 덕분일세. 賴吾賢帥轉籌功
요즘 두만강 어구가 시끄럽다니 近聞豆口妖烟起
벽에 걸린 새로운 시 읽으며 두 장군이 그립네. 讀徹新詩憶二公

초나흗날. 횡천(橫川)을 떠나면서(두 수)

오래 있으면 그 향기를 맡지 못하게 되니 그에 동화되었기 때문이다. 『공자가어(孔子家語)』.

50) 덕음(德音) : ① 도리에 맞는 착한 말. ② 좋은 소문이나 명망. ③ 임금을 높이어 그 음성을 가리키는 말. ④ 상대방의 편지 또는 안부를 높인 말.

51) 회양(淮陽) : 본래 고구려의 각련성군. (중략) 충렬왕 34년에 철령이 적병을 파수하여 끊는데 공이 있었다고 하여 회주목으로 승격시켰다가 충선왕 2년에 다시 낮추어 회주부로 하였다. 『신증동국여지승람』 卷47, 회양도호부.

52) 횡천(橫川) : 영흥대도호부 서쪽으로 1백 70리에 있다. 『신증동국여지승람』 卷48, 영흥대도호부 방면.

53) 『耘谷詩史』卷1, 『高麗名賢集』 卷5, p.277 ; 『耘谷行錄』 卷1, 影印標點 『韓國文集叢刊』 卷6, p.127.

初四日發橫川(二首)[54]

잠자던 까마귀 막 일어나고 먼 산이 밝아오기에 棲鴉初起遠山明
새벽 일찍[55] 행장 차려 눈 맞으며 떠나네. 蓐食催裝冒雪行
나무꾼 영감은 나그네 뜻도 모르고 樵叟不知征客意
머리 돌려 앞길 묻는 걸 이상스레 여기네. 却嫌回首問前程

구름 쌓이고 바람 찬데다 눈까지 하늘에 가득해서 雲重風寒雪滿天
산천도 알아볼 수 없게 캄캄하기만 하네. 昏昏未可辨山川
들밭에서 굶주린 까마귀 우는 걸 보니 野田行見飢烏噪
양양의 맹호연이[56] 문득 생각나네. 忽憶襄陽孟浩然

홍천(洪川)[57] 현판 시에 차운함

次洪川板上韻

하늘과 땅에 감사드리며 시 한 수를 읊으니 上謝乾坤偶一吟
이곳 백성들도 풍년이 든다고 기뻐들 하네. 居民聊喜順陽陰
난간에 기대보니 마을 가까운 줄 알겠구나 倚欄認得人家近
베 짜는 소리가 숲 너머에서 들려오네. 機杼聲來隔一林

말흘촌(末訖村)[58]에 묵으면서

宿末訖村[59]

---

54) 『耘谷詩史』 卷1, 『高麗名賢集』 卷5, p.277 ; 『耘谷行錄』 卷1, 影印標點 『韓國文集叢刊』 卷6, p.127.

55) 욕식(蓐食) : 아침 일찍 떠나게 되어, 잠자리 속에서 아침을 먹는 일.

56) 맹호연(孟浩然) : 중국 당(唐)나라 때의 시인(688~740). 양양(襄陽) 사람. 그의 시는 왕유(王維)와 함께 높이 평가되며, 특히 오언시(五言詩)에 뛰어 났음. 저서 『맹호연집』.

57) 홍천(洪川) : 고구려의 벌력천현. 고려 현종 9년 지금의 이름으로 고치고 삭주에 예속시켰다. 인종 21년에 감무를 두었다. 『신증동국여지승람』 卷46, 홍천현.

58) 말흘촌(末訖村) : 말흘천평(末訖川坪). 금화현의 북쪽 25리에 있다. 『신증동국여지승람』 卷47, 금화현.

59) 『耘谷詩史』 卷1, 『高麗名賢集』 卷5, p.277 ; 『耘谷行錄』 卷1, 影印標點 『韓國文集叢

저물어 가는 산 마을에 홍겹게 찾아드니　　暮向山村得得過
가시나무 숲 아래 길이 구부러졌네.　　棘荊林下路橫斜
말머리 앞에 이따금 주민들이 절하고는　　馬頭時有居民拜
멀리 시냇가 가리키며 저희 집이라네.　　遙指溪邊是我家

초닷새. 마노역(馬奴驛)[60]

初五日馬奴驛[61]

인간 만사에 어찌 떳떳함이 없을손가　　人間萬事豈無恒
명실(名實)이 어긋나면 세상이 미워하네.　　名實相違世所憎
맡은 일이란 게 파발마 따라 달리는 신세니　　役是奔馳隨馹騎
마노(馬奴)라는 역 이름이 제대로 어울리네.　　驛名端合馬奴稱

인제현(麟蹄縣)[62]

麟蹄縣[63]

강 건너 고개 넘어 향성(鄕城)에[64] 이르고 보니　　渡江穿嶺到鄕城
사방 둘러싸인 산 가운데 들판이 평평하네.　　四擁山中一野平
밭이며 논들이 물난리 겪었다더니　　聞道水災田畝盪
나무 끝에 걸린 뗏목 가지가 길가다 보이네.　　行看樹杪海査橫
사람이 드무니 달아난 집 많은 걸 알겠구나　　人稀始覺多逋戶
땅이 좁아서 훌륭한 이름 얻기 어렵네.　　地窄終難得盛名

刊』卷6, p.127.

60) 마노역(馬奴驛) : 인제현의 북쪽 30리에 있다. 『신증동국여지승람』卷46, 인제군 역원.

61) 『耘谷詩史』卷1, 『高麗名賢集』卷5, p.278 ; 『耘谷行錄』卷1, 影印標點 『韓國文集叢刊』卷6, p.128.

62) 인제현(麟蹄縣) : 본래 고구려의 저족현. (중략) 고려 초 지금의 이름으로 고치고, 춘천의 속현으로 하였다가 회양의 속현으로 바꾸었으며, 공민왕 원년에 감무를 두었다. 『신증동국여지승람』卷46, 인제군.

63) 『耘谷詩史』卷1, 『高麗名賢集』卷5, p.278 ; 『耘谷行錄』卷1, 影印標點 『韓國文集叢刊』卷6, p.128.

64) 향성(鄕城) : 지금의 향성사지(香城寺址)가 있는 강원도 양양군 도천면 장악리 설악산에 있는 절터 부근 마을로 추정됨.

임금께서 보살필 마음 깊이 품으셨으니	聖主深懷完護意
백성들아! 다시는 걱정하지 말게나.	吏民休復有愁情

초이렛날. 서화현(瑞和縣)65)에 묵으면서

初七日. 宿瑞和縣66)

아침에 인제현을 떠나	朝發麟蹄縣
가고 또 가서 서화현에 이르렀네.	行行到瑞和
두어 집 모여 살며 닭도 개도 조용하고	數家鷄犬靜
한 마을 물과 구름이 아름답더니,	一洞水雲嘉
차가운 북녘 바람이67) 갑자기 불어와	冽冽朔風緊
질펀한 저녁 눈이 많기도 해라.	漫漫暮雪多
난간에 기대어 마음 정하지 못했네.	倚欄心未決
갈까 말까. 어쩌면 좋을까.	去住欲如何

초여드렛날. 길 위에서 지음

八日道中作68)

두어 간 갈대집들이	數間蘆葦屋
눈 내리는 산 앞에 비스듬하네.	斜傍雪山前
천 그루 나무 다 베어내고	伐盡千株木
손바닥만한 밭을 갈고 김 매네.	耕耘一片田
금잔(金盞)의 바닥 같이 고요하고	靜如金盞地
옥호천(玉壺天)69) 같이 깊숙하구나.	深似玉壺天

---

65) 서화현(瑞和縣) : 본래 고구려의 옥기현. (중략) 고려 초 지금의 이름으로 고치고 춘천의 속현으로 하였다가 뒤에 회양의 속현으로 하였다. 『신증동국여지승람』 卷46, 인제군 속현.

66) 『耘谷詩史』 卷1, 『高麗名賢集』 卷5, p.278 ; 『耘谷行錄』 卷1, 影印標點 『韓國文集叢刊』 卷6, p.128.

67) 삭풍(朔風) : 겨울철에 북쪽에서 불어오는 찬 바람.

68) 『耘谷詩史』 卷1, 『高麗名賢集』 卷5, p.278 ; 『耘谷行錄』 卷1, 影印標點 『韓國文集叢刊』 卷6, p.128.

양 창자같이 구불구불한 길이 屈折羊腸路
바위 앞에서 끊어졌다 다시 이어지네. 巖頭斷復連

초아흐렛날. 장양(長陽)[70]을 떠나 천마령(天磨嶺)[71]에 올라서서 금강산(金剛山)[72]을 바라보다

初九日. 發長陽. 登天磨嶺望金剛山[73]

일만 이천 봉우리가 반은 구름에 잠겨 萬二千峯半入雲
상서로운 기운이 이따금 천문(天門)을[74] 감싸네. 時看瑞氣擁天門
둘 없이 귀의할 마음을 다시금 지니고 更將無二歸依念
자비하신 법기 보살께[75] 머리 숙이네. 稽首慈悲法起尊

통포현(通浦縣)[76]의 현판 시에 차운함[회양(淮陽)[77] 자사(刺史)[78] 강영순(康永

69) 옥호천(玉壺天) : 아름다운 별천지. 한나라 때에 비장방(費長房)이 약을 파는 호공(壺公)에게 이끌려 가게에 매달아 놓은 병 속에 들어가 실컷 술을 마시고 나왔다고 한다. 그래서 술병 속의 세상을 호천(壺天)이라고 한다. 옥호(玉壺)는 원래 옥으로 만든 술병인데, 금잔(金盞)과 짝을 맞추기 위해서 썼다.

70) 장양(長陽) : 장양현(長楊縣). 회양도호부 동쪽 40리에 있다. 『신증동국여지승람』 卷47, 회양도호부 속현.

71) 천마령(天磨嶺) : 천마산(天磨山). 장양현의 서쪽에 있다. 『신증동국여지승람』 卷47, 회양도호부 산천.

72) 금강산(金剛山) : 장양현의 동쪽 30리에 있다. 산 이름이 다섯이었는데 첫째 금강, 둘째 개골, 셋째 열반, 넷째 풍악, 디섯재 지달이다. 『신증동국여지승람』 卷47, 회양도호부.

73) 『耘谷詩史』 卷1, 『高麗名賢集』 卷5, p.278 ; 『耘谷行錄』 卷1, 影印標點 『韓國文集叢刊』 卷6, p.128.

74) 천문(天門) : ① 대궐문을 달리 이르는 말. ② 천국으로 들어가는 문.

75) 법기(法起) : 법기보살. 금강산의 주불(主佛)로 화엄경(華嚴經)의 일만이천 불(佛) 중에서 가장 주장이 되는 부처. 그 모든 권속(眷屬)과 함께 이 산 가운데에서 설법하고 있다 함. 『화엄경 보살주처품』에 나오는 보살.

76) 통포현(通浦縣) : 위치 미상.

77) 회양(淮陽) : 본래 고구려의 각련성군. (중략) 충렬왕 34년에 철령이 적병을 파수하여 끊는데에 공이 있었다고 하여 회주목으로 승격시켰다가 충선왕 2년에 다시 낮추어 회주부로 하였다. 『신증동국여지승람』 卷47, 회양도호부.

78) 자사(刺史) : 고려시대 주(州)・부(府)에 두었던 장관. 성종 때 두었다가 목종 때 폐하

珣)이[79] 중수기(重修記)를 지었다, 두 수]
次通浦縣板上韻(淮陽刺史康永珣作重營記, 二首)[80]

커다란 집을 관아로 새로 중수해 重營廈屋作官居
그 모습 날아갈 듯 우뚝 솟았네. 勢似翬飛起凡如
문득 강공이 남긴 필적을 쳐다보니 忽見康公留盛製
줄줄이 취한 글씨가 빽빽하고도 성기구나. 行行醉墨密還疎

석숭(石崇)의[81] 부귀도 마음에 없고 富貴無心石氏居
사마상여(司馬相如)의[82] 문장도 원치를 않네. 文章不願馬相如
산 높고 물 맑은 곳을 찾아가 要尋山水淸高處
한가롭게 노닐며 이소(二疏)를[83] 배우리라. 更退閒遊學二疏

회양(淮陽)[84] 땅에서 동지를 쇠다

였다.

79) 강영순(康永珣) : 생몰년 미상.

80) 『耘谷詩史』 卷1, 『高麗名賢集』 卷5, p.278 ; 『耘谷行錄』 卷1, 影印標點 『韓國文集叢刊』 卷6, p.128.

81) 석숭(石崇) : 진(晉)나라 무제(武帝, 266~290)때의 부호. 자(字)는 계륜(季倫). 발해(渤海) 남피(南皮)사람. 하양(河陽) 금곡(金谷)에 재택(梓澤)이라는 별장을 지어 놓고 왕개(王愷), 양수(羊琇) 등과 함께 사치스러움을 경쟁한 이야기로 유명하다. 『진서(晉書)』 卷33, 석숭(石崇).

82) 마상여(馬相如) : 한대(漢代)의 큰 문장인 사마상여(司馬相如, ?~B.C 118). 자는 장경(長卿)이고 사천(四川) 출신으로 한나라 최고의 문장가. 경제(景帝) 때에 벼슬에서 물러나 후량(後梁)에 가서 『자허지부(子虛之賦)』를 지어 이름을 떨침. 그의 사부(辭賦)는 화려한 것으로 유명하며 후육조(後六朝)의 문인들이 이를 많이 모방하였다. "한(漢)나라 효무황제의 진황후가 당시 은총을 입다가 질투를 받아, 따로 장문궁에 있게 되었다. 시름과 번민 속에 슬피 지내다가 촉군 성도의 사마상여(司馬相如)가 천하에서 가장 글을 잘 짓는다는 말을 듣고서, 황금 100근을 바치고 상여와 (그의 아내) 문군을 위해 술을 보내며, 슬픔과 시름을 풀어줄 문장을 구했다. 상여가 이 글을 지어 임금을 깨우치자, 진황후가 다시 은총을 입었다." 사마상여. 「장문부(長門賦)」 서(序).

83) 이소(二疏) : 한(漢)나라의 관리였던 소광(疏廣)과 소수(疏受). 『한서(漢書)』 卷71. 이들이 벼슬에서 물러날 때에 받은 하사금을 향리 친척들에게 나눠주어, 이소산금(二疏散金)이라는 말이 생겼다. 『몽구(蒙求)』, 「이소산금(二疏散金)」. 소수는 소광의 조카다.

淮陽過冬至[85]

나그네길에 잠시도 걸음 멈추기 어려워	客裏誠難暫駐驢
총총히 세월 가는 줄 몰랐네.	忽忽未暇計居諸
타향에서 갑자기 동지 아침을[86] 맞고는	異鄕忽遇陽生旦
푸른 산 마주앉아 책력을 뒤적이네.	坐對靑山檢曆書

열 이튿날. 교주(交州)[87]를 떠나 금성(金城)[88]에 이르러

十二日. 發交州到金城[89]

저녁 해가 가물가물 서산에 지는데	夕陽明滅隱西山
시냇가 사립문은 아직 닫지 않았네.	溪岸柴門尙未關
어디선가 나무꾼들이 달빛 받으며 돌아오는지	何處樵童乘月返
푸른 그늘에 피리 소리가 흩어지네.	笛聲搖落翠微間

청양(靑陽)[90] 가는 길 위에서

---

84) 회양(淮陽) : 본래 고구려의 각련성군. (중략) 충렬왕 34년에 철령이 적병을 파수하여 끊는 데 공이 있었다고 하여 회주목으로 승격시켰다가 충선왕 2년에 다시 낮추어 회주부로 하였다. 『신증동국여지승람』 卷47, 회양도호부.

85) 『耘谷詩史』 卷1, 『高麗名賢集』 卷5, p.278 ; 『耘谷行錄』 卷1, 影印標點 『韓國文集叢刊』 卷6, p.128.

86) 양생단(陽生旦) : "양기가 생기는 아침"이니 한겨울에 봄기운이 시작된다는 뜻인데, 이 날이 바로 동짓날이다. 홀수는 양(陽)이고, 짝수는 음(陰)이다. 음력 10월에 한 해의 음(陰)이 다하고, 11월 동지에 1양(陽)이 생긴다고 하였다.

87) 교주(交州) : 회양의 이전 이름. "본래 고구려 각련성군인데, 신라 경덕왕이 연성군으로 고쳤다. 고려초에서 이물성(伊勿城)이라 불렀으며, 성종 14년(995)에 교주단련사(交州團鍊使)로 고쳤다가, 현종 9년(1018)에 방어사로 고쳤다." 『신증동국여지승람』 卷47, 회양도호부.

88) 금성(金城) : 본래 고구려의 모성군. (중략) 고려초 지금의 이름으로 고치고, 현종때 낮추어 교주의 속현으로 하였고, 예종 원년에는 감무를 두었다가 뒤에 현령으로 승격시켰는데, 고종은 다시 감무로 하였다. 『신증동국여지승람』 卷47, 금성현.

89) 『耘谷詩史』 卷1, 『高麗名賢集』 卷5, p.278 ; 『耘谷行錄』 卷1, 影印標點 『韓國文集叢刊』 卷6, p.128.

90) 청양(靑陽) : 청양현(靑陽縣). 본래 백제의 고량부리현이었는데, (중략) 고려 초기에 지금의 이름으로 고쳤다. 『신증동국여지승람』 卷19, 청양현.

青陽路上[91)]

산길 이십리에 | 山程二十里
다니는 사람 없어 고즈넉하네. | 寂寂無人行
시냇물은 얼어붙어 소리도 끊어졌는데 | 凍合溪聲斷
구름 흩어지니 산 빛이 더욱 밝구나. | 雲收岳色明
기이한 경치를 어떻게 다시 설명하랴 | 奇觀何更說
이상한 모습들을 말하기 어려워라. | 異狀固難名
나는 두 번째 오는 나그네라서 | 我是重遊客
남 모르게 옛정이 가슴속에 느껴지네. | 潛生感舊情

열 나흗날. 일찍 청양(青陽)을 떠나며

十四日. 早發青陽[92)]

첫 닭 우는 소리에 청양을 떠나니 | 曉發青陽第一鷄
밝아오는 하늘빛이 푸르고도 쓸쓸하네. | 欲明天色碧凄迷
잠자던 새들은 사람 피해 숲으로 들고 | 避人棲鳥穿林去
굶주린 사슴은 언덕 너머서 소리 지르네. | 爭穴飢麕隔岸啼
북두칠성은 은하수 북쪽으로 차츰 희미해지고 | 星斗漸稀銀漢北
달은 이제 눈 덮인 산 서쪽에 지네. | 月輪初入雪山西
깊은 생각이 어찌 끝나랴 | 却將何限冥搜意
시 읊다보니 골짜기 지나는 것도 몰랐네. | 不覺沈吟過一溪

방산(方山)[93)] 길 위에서

方山路上[94)]

---

91) 『耘谷詩史』 卷1, 『高麗名賢集』 卷5, p.278 ; 『耘谷行錄』 卷1, 影印標點 『韓國文集叢刊』 卷6, p.128.

92) 『耘谷詩史』 卷1, 『高麗名賢集』 卷5, p.278 ; 『耘谷行錄』 卷1, 影印標點 『韓國文集叢刊』 卷6, p.128.

93) 방산(方山) : 방산현은 양구현 북쪽 30리에 있다. (중략) 고려에서 지금의 이름으로 고쳐 회양부(淮陽府)의 속현으로 하였다. 『신증동국여지승람』 卷47, 양구현 속현.

94) 『耘谷詩史』 卷1, 『高麗名賢集』 卷5, p.278 ; 『耘谷行錄』 卷1, 影印標點 『韓國文集叢

가는 말 잠시 멈추고 시 한 수 읊노라니	暫停歸騎久沈吟
뽕나무에 연기 어린 마을이 호젓하구나.	桑柘烟村深復深
아름답게 내리는 눈이 버들개지 같건만	雪意嬌多若飛絮
사방 먹구름에 하늘이 어두워지네.	黑雲四合天陰陰

열 닷새. 방산(方山)을 떠나 양구군(楊口郡)[95]에 이르렀는데, 아전이나 백성들의 집이 모두 기울어지거나 땅바닥에 쓰러졌으며, (온 마을이) 텅 비어 연기 나는 집이 없었다. 길가는 사람에게 물었더니, 이렇게 대답했다. "이 고을은 낭천군(狼川郡)[96]에서 아울러 다스리는 곳인데, 예로부터 땅이 좁고 척박해서 백성이나 산물이 쇠잔했습니다. 근래 와서는 밭마저 권세가에게 빼앗기고 인민들을 못살게 하는데다 세금마저 굉장히 많아, 발붙일 곳이 없게 되었습니다. 그런데도 겨울철만 되면 세금을 독촉하는 무리들이 문이 메어지도록 잇달아, 한번이라도 명을 어기면 손과 발을 높이 매달고, 심지어는 곤장까지 때려서 살과 뼈가 해어지게 하니, 살던 백성들이 견디지 못하고 사방으로 흩어져서 마을이 이같이 되었습니다." 내가 그 말을 듣고 오언시 여덟 구를 지어 마을이 쇠망해 가는 실정을 적어둔다

十五日. 發方山到楊口郡 吏民家戶攲斜倒地 寂無烟火 問諸行路. 答曰. "此邑乃狼川郡之兼領官也. 自古地窄田磽 民物凋殘 比來權勢之家奪有其田土. 擾亂其人民 租稅至多. 雖容足立錐之地 無有空閑. 每當冬月 收租徵斂之輩 塡門不已. 一有不能則高懸手足 加之以杖 剝及肌骨 居民不堪 流移失所 故如斯也." 予聞其語 作五言八句 以著衰亡之實云.[97]

刊』卷6, p.128.

95) 양구(楊口) : 본래 고구려의 양구군이다. (중략) 고려에서는 양구현으로 고쳐 춘주의 속현으로 하였다가 지금의 이름으로 고쳤다. 예종 원년에는 감무를 두고 낭천감무로 와서 겸임케 하였다. 『신증동국여지승람』 卷47, 양구현.

96) 낭천군(狼川郡) : 본래 고구려의 생천군이다. 신라 때 지금의 이름으로 고치고 계속하여 군(郡)으로 하였다. 고려 초에 춘주(春州)에 예속시켰다가 예종 원년에 감무를 두어 양구(楊口)를 겸임하게 하였다. 『신증동국여지승람』 卷47, 낭천현.

97) 『耘谷詩史』 卷1, 『高麗名賢集』 卷5, p.278 ; 『耘谷行錄』 卷1, 影印標點 『韓國文集叢刊』 卷6, p.128.

무너진 집에는 새들만 지저귀고 破屋鳥相呼
백성들은 달아난 데다 아전도 보이지 않네. 民逃吏亦無
해마다 민폐만 더해가니 每年加弊瘼
어느 날에야 즐겁게 지내랴. 何日得歡娛
땅은 모두 권세가에게 빼앗겼는데 田屬權豪宅
포악한 무리들은 문 앞에 잇달았네. 門連暴虐徒
남아 있는 사람들만 더욱 가엾으니 孑遺殊可惜
이러한 고생이 누구의 잘못이던가. 辛苦竟何辜

춘주(春州)[98] 신(辛) 대학(大學)[99]의 교외 별장에 씀

寄題春州辛大學郊居[100]

함부로 나가지 않는 것은 세상 길 험난해서인데 不曾浪出世途艱
벼슬 떠나 돌아오니 그 뜻이 한가롭구나. 歸去來兮適意閑
구름과 바람 달빛 속에 살아가면서 寄跡雲烟風月裏
영욕과 명리에 마음이 없네. 無心榮辱利名間
시냇가 바윗돌에 고요히 앉아 낚시질하고 釣魚靜坐溪邊石
맑은 날에는 집 뒤산에 올라가 약초를 캐네. 採藥晴登屋上山
이 가운데 어느 게 들사람 흥취에 맞나 묻는다면 若問箇中多野興
청려장[101] 짚고 얼근히 취해 석양에 돌아오는 거라네. 杖藜乘醉夕陽還

1355년(을미) 7월 어느 날. 춘성(春城)의 두 서생 김생(金生)과 안생(安生)이 공부를 끝내고 고향으로 돌아간다고 여러 서생들이 시를 지어 송별하는데 추(秋)자 운을 얻음

乙未秋七月有日. 春城金・安二生罷課還鄕. 諸生作詩送別. 得秋字.[102]

---

98) 춘주(春州) : 원래 맥국. (중략) 고려 태조 23년에 춘주로 하였음. 『신증동국여지승람』 卷46, 춘천도호부.

99) 대학(大學) : 고려시대 국자감이나 향교 안에 두었던 학교의 하나.

100) 『耘谷詩史』 卷1, 『高麗名賢集』 卷5, p. 279 ; 『耘谷行錄』 卷1, 影印標點 『韓國文集叢刊』 卷6, p.129.

101) 장려(杖藜) : 여장(藜杖). 명아주 대로 만든 지팡이.

춘성의 두 서생은 오래된 지음(知音)인데[103]　　春城二子舊知音
소양강 강 마을에서 날 찾아왔었지.　　來自昭陽江水頭
소양은[104] 내가 옛날에 놀던 곳　　佋陽乃我舊游地
버들 둑 꽃 핀 언덕에 풍류가 많았지.　　柳堤花塢多風流
지난 일 연기처럼 세월이 변했지만　　往事如烟歲月變
푸르른 산수에는 가을 구름 떠돌겠지.　　山水蒼茫雲正秋
수업이[105] 한창인데 두 사람 떠난다니　　講席將闌二子去
돌아가려는 그 뜻을 붙잡을 길이 없네.　　浩然歸志難挽留
그대들 보내는 내 마음도 아득하니　　送君此行意無極
이별주 한 잔을 그대들은 사양치 말게.　　別酒一盃君勿休
소양강 물이 잘 있는지 안부나 전해주어　　佋陽江水好在否
그리운 내 시름을 달래나 주게.　　說我相思千斛愁

형님께서 보내 주신 시에 차운함[이때 선군(先君)께서[106] 억울하게 못난 자들에게[107] 비방을 얻은 일이 있었다, 네 수]

次家兄所示詩韻(四首, 時先君謬被庸夫甚謗)[108]

남 따라 비방하는 자들 역시 남에게 속는 짓이니　　從他謗亦任他欺
불 붙여 하늘을 살라봐야 어리석은 짓일세.　　把火燒天却是癡
이 부끄러움을 멀리할 좋은 꾀가 떠오르지 않아　　遠恥良謀難自辨

---

102) 『耘谷詩史』 卷1, 『高麗名賢集』 卷5, p.279 ; 『耘谷行錄』 卷1, 影印標點 『韓國文集叢刊』 卷6, p.129.

103) 지음(知音) : 백아(伯牙)가 거문고를 타는데, 높은 산에 뜻이 있으면 (그의 친구) 종자기(鍾子期)가 듣고서, "태산과 같이 높구나"라고 말하였다. 또 흐르는 물에 뜻이 있으면 종자기가 듣고서 "강물처럼 넓구나"라고 말하였다. 백아가 생각한 것을 종자기가 반드시 알아맞혔다. 종자기가 죽자 백아가 "지음(堂頭)이 없다"면서 거문고의 줄을 끊어 버렸다. 『열자(列子)』, 「탕문(湯問)」.

104) 소양(佋陽) : 소양(昭陽)과 같음. 소(佋)는 소(昭)와 통함.

105) 강석(講席) : 강의나 강연을 위해 베푼 자리.

106) 선군(先君) : 돌아가신 아버지.

107) 용부(庸夫) : 마음이 못생기고 기개가 없는 사나이. 용렬한 사람.

108) 『耘谷詩史』 卷1, 『高麗名賢集』 卷5, p.279 ; 『耘谷行錄』 卷1, 影印標點 『韓國文集叢刊』 卷6, p.129.

밤 깊도록 우두커니 앉아 이 생각 저 생각 하고 있네.	夜深危坐萬般思
저 푸른 하늘만은 속이지 못할 테니	早識蒼天不可欺
그들의 사악한 망발 미친 짓으로 여길 밖에.	任他邪佞發狂癡
네 몸 살피라는 훈계를 전해 받았으니	省躬譏誡言堪託
우리들에게 세 번 다시 생각하라고 알려 주시는 걸세.	爲報吾儕三復思
영무(寗武)보다도[109] 어리석으니 꾸짖은들 무엇하랴.	愚添寗虎有何尤
백옥(伯玉)처럼[110] 그릇됨을 알아야 그 뜻이 더욱 훌륭하네.	伯玉知非意轉遒
주나라 때에 입 꿰맨 이야기를[111] 배웠더라면	若學周家緘口事
한퇴지(韓退之)[112]도 조주(潮州)에 좌천되지는 않았겠지.[113]	退之應免貶潮州
걱정 잊고 노닐며 남을 탓하지 않으니	散慮逍遙事不尤
얼근히 취해 저녁바람까지 사랑스럽네.	醉來偏愛晩風遒
오호(五湖)의 풍월을 항상 염원했으니	五湖烟月平生念
묻노라! 가는 길에 몇 고을이나 거치던가.	且問歸程隔幾州

---

109) 영호(甯虎) : 영무유호(寗武乳虎)의 준말. 혹리(酷吏)를 가리킴. 한(漢)나라 때 영무(甯武)를 가리켜 당시 사람들이 "새끼 젖먹이는 호랑이를 보는 것보다 더 무섭다"는 말에서 나옴.

110) 백옥(伯玉) : BC 6세기 경 위(衛) 영공(靈公)에 벼슬한 현대부(賢大夫)인 거원(蘧瑗)의 자(字). 『논어(論語)』 卷14, 헌문(憲問). 『남자(南子)』 卷1, 원도훈(原道訓)에서 "나이 오십이 되어서야, 지난 49년 동안 잘못 되었던 것을 알았다.(蘧伯玉年五十而有四十九年非)"고 하였다.

111) 주가함구사(周家緘口事) : 말을 삼가야 한다는 금인(金人)의 고사(故事). 공자(孔子)가 주나라를 보러 갔다가 태조 후직(后稷)의 사당에 들어갔을 때, 묘당 오른쪽 계단 앞에 금인(金人)이 있었는데 그 입은 세 번 봉해졌고, 등에는 "옛날에 말을 삼가했던 사람이다. 이를 경계하고 경계하라!"고 새겼다 함. 『공자가어(孔子家語)』 관주.

112) 한퇴지(韓退之) : 한유(韓愈, 768~824). 중국 당나라 중기의 문인. 호는 창려(昌黎), 당송 팔대가 중의 한 사람.

113) 폄조주(貶潮州) : 당(唐)의 한퇴지(韓退之)가 바른 말 하기를 좋아하다가 조주(潮州)로 좌천되어 간 데서 나온 말.

이른 봄 비
早春雨[114)]

한 차례 비가 봄빛을 재촉하며	一雨催春色
부슬부슬 두루 뿌리네.	濛濛遍灑多
살구꽃은 이제 막 예쁜 모습 드러내고	杏花將吐艷
원추리도[115)] 벌써 움이 트려고 하네.	萱草欲生芽
마디가 있어 뜸하다 다시 쏟아지고	有節疎還密
가까운 곳 먼 곳까지 골고루 나눠 주네.	無私邇及遐
풍년의 징조를 먼저 전하니	豊祥先有應
기쁜 기운이 집집마다 흡족하구나.	喜氣洽家家

활(弓)
弓[116)]

초승달이 하늘에 걸린 모습으로	勢似初三月掛空
여섯 가지 재료를 그 가운데 갖추었네.	六材俱備在其中
공들여 만든 위력 삼균(三鈞)이나[117)] 되니	工成恩最三鈞美
적군의 간담이 한 화살에 없어지네.	賊膽渾無一箭功
변경을 쳐들어오는 도적이나 엿보고	挾矢但窺侵境盜
편지 전하는 기러기는[118)] 쏘지 마시게.	鳴弦莫向寄書鴻
술잔에 뜬 뱀 그림자[119)] 벽에 없으니	已無壁上杯蛇影

114) 『耘谷詩史』 卷1, 『高麗名賢集』 卷5, p.279 ; 『耘谷行錄』 卷1, 影印標點 『韓國文集叢刊』 卷6, p.129.

115) 훤초(萱草) : 원추리꽃. 망우초(忘憂草).

116) 『耘谷詩史』 卷1, 『高麗名賢集』 卷5, p.279 ; 『耘谷行錄』 卷1, 影印標點 『韓國文集叢刊』 卷6, p.129.

117) 삼균(三鈞) : 일균(一鈞)이 서른 근이므로 삼균(三鈞)은 구십 근을 말함.

118) 서홍(書鴻) : 한(漢)나라 장군 소무(蘇武)가 흉노 땅에 포로로 잡혀 북해(北海)에 유폐되었을 때 사신을 보내어 소무(蘇武)를 요구하였으나, 흉노는 그가 이미 죽었다고 핑계하므로 사신은 천자가 상림원(上林院)에서 사냥하다가 기러기를 잡았는데, 그 발에 소무(蘇武)의 편지가 매어 있었다고 하니, 흉노가 놀라 소무(蘇武)를 내어 주었다고 고사에서 나온 말. 『한서(漢書)』, 「효무기(孝武紀)」.

내 이제 활을 잡고서 오랑캐 진압하려네. 我欲提撕制遠戎

말(斗)

斗[120]

옛 성인이 그 당시[121] 모양 따서 만들기를 古聖當年像物成
속은 비고 밖은 튼튼한데다 네 귀가 평평하게 했지. 中虛外實四隅平
곡식을 헤아리는 그 공로가 가장 크고 槩量米粟功惟重
공사(公私)를 재는 쓰임새도 가볍지 않아, 較定公私用不輕
크고 작은 일에 중용을 얻어 속임수 없고 大小得中欺詐絶
예나 지금이나 표준이 분명하네. 古今無別準繩明
이 제도 무엇을 상징했던가 要知制度從何處
위로는 하늘이고[122] 아래로는 땅의 모양이라네. 上表宸居下地形

솥[123]

119) 사영(蛇影) : ① 응침(應郴)이 급령(汲令)으로 부임했을 때에 하지(夏至)날 주부 두선(杜宣)에게 술을 따라 주었는데, 마침 북쪽 벽 위에 붉은 활이 걸려 있었다. 그 활이 술잔에 비쳤는데, 그림자가 마치 뱀 같았다. 두선은 술잔 속에 뱀이 들었는 줄 알고 겁이 나서 마시고 싶지 않았지만, 감히 말할 수도 없었다. 억지로 술을 마신 뒤에 갑자기 흉복통이 나서 그날 먹은 음식을 다 토해내고 바짝 야위었다. 온갖 약을 써도 효험이 없었다. 그 뒤에 응침이 공무로 두선의 집에 들렀다가 병문안을 했더니, 그날 술을 마시다가 뱀이 뱃속에 들어왔을까봐 걱정된다고 말했다. 응침이 집에 돌아와서 한참 생각해보니, 벽 위에 걸려 있던 활 때문이었다. 그래서 수레를 보내 두선을 태워 오게 한 다음, 지난번 그 자리에서 술잔을 따랐다. 술잔 속에 다시 뱀 그림자가 지자, 두선에게 그 이유를 설명했다. 그제서야 두선의 병이 나았다. 이 이야기는 『낭야대취편(琅琊代醉編)』, 「사영(蛇影)」에 실려 있다. ② 『진서(晉書)』, 『악광전(樂廣傳)』에, 악광(樂廣)의 집에 온 손님이 술을 마시다가 벽 위에 걸린 활 그림자가 마치 뱀처럼 비춰 술잔에 뜬것을 마시고서 병이 되었는데 그 뒤에 악광이 다시 초대하여 앞서와 같은 그림자를 보여 주자 그 손이 뱀 아닌 것임을 깨닫고서 병이 나았다는 고사.

120) 『耘谷詩史』 卷1, 『高麗名賢集』 卷5, p.279 ; 『耘谷行錄』 卷1, 影印標點 『韓國文集叢刊』 卷6, p.129.

121) 당년(當年) : 그 해. 그 당시.

122) 신거(宸居) : 천자가 계신 곳으로 대궐 혹은 궁성은 말하나 여기서는 하늘을 의미함.

123) 정(鼎) : 솥은 곧 그릇이니 상주(商紂)가 포악함으로써, 그 솥이 주(周)에 옮겨져 주(周)가 흥하였다 함. 『예기(禮記)』, 「제통제이십오(祭統第二十五)」.

鼎[124]

주(周) 나라가 흥하고 한(漢) 나라가 번성했던 태평성대에	周興漢盛太平時
옮겨가는 신기한 자취를 그 누가 알았으랴.	遷徙奇蹤未可知
분음(汾陰)에서[125] 나왔으니 성인의 덕을 나타내고	出自汾陰彰聖德
사수(泗水)에서[126] 구했으니 번창할 때를 열었네.	求於泗水啓昌期
팔진(八珍)를[127] 갖춰 놓으면 사람을 늙지 않게 할 수 있고	八珍羞備人難老
구전(九轉)을[128] 고아 만든다면 세상도 옮길 수 없네.	九轉丹成世不移
매실과 소금 같은[129] 신하가 많아진다면	調得鹽梅臣庶衆
이제부터 나라의 터전이 튼튼해지리.	定應從此固邦基

물가의 정자(水亭)

水亭[130]

물가에 고요히 앉았노라니 너무나 흥겨워	臨流靜坐興偏長
천금이라도 얻은 듯 자리가 서늘하구나.	快得千金日榻凉
짧은 모자 가벼운 소매에 상쾌한 기운 통하고	短帽輕衫通爽氣

124) 『耘谷詩史』 卷1, 『高麗名賢集』 卷5, p.280 ; 『耘谷行錄』 卷1, 影印標點 『韓國文集叢刊』 卷6, p.130.

125) 분음(汾陰) : 산서성 영하현 북쪽에 있는 곳인데 한(漢)나라 무제(武帝)가 이곳에서 보물 솥을 얻었다고 한다. 사마천(司馬遷), 『사기(史記)』 卷12, 「효무기(孝武紀)」 ; 『한서(漢書)』 卷64上, 「오구수왕(吾丘壽王)」.

126) 사수(泗水) : 한무제(漢武帝) 원정(元鼎) 四년, 솥을 사수(泗水)에 구하고 그 사수를 사수국(泗水國)으로 봉하였음. 『한서(漢書)』 卷28下, 사수국(泗水國).

127) 팔진(八珍) : 팔진미(八珍味). 여덟 가지 음식으로 차린 진미(珍味).

128) 구전(九轉) : 구전영사(九轉靈砂)와 같은 말. 수은(水銀)에 유황(硫黃)을 섞어 아홉 번 고아 만든 약.

129) 염매(鹽梅) : 음식의 양념. 서전(書傳)에, 어진 신하를 얻어 선정(善政)을 베푼다는 뜻으로, 가물 때 비처럼 사용하고 음식을 만들 때 양념처럼 사용한다는 것. 은나라 고종이 재상 부열(傅說)에게 한 말인데, 매실과 소금[鹽梅]은 그 뒤부터 나랏일을 맡은 재상을 가리키는 말로 쓰였다. "내가 술과 단술을 빚게 되면 그대는 누룩과 엿기름이 되어 주고, 내가 양념을 넣고 국을 끓이게 되면 그대는 소금과 식초가 되어 주시오." 『서경(書經)』 卷3, 상서(商書) 「열명(說命) 하」.

130) 『耘谷詩史』 卷1, 『高麗名賢集』 卷5, p.280 ; 『耘谷行錄』 卷1, 影印標點 『韓國文集叢刊』 卷6, p.130.

아름다운 꽃 그윽한 풀이 맑은 향내를 뿜어내네. 好花幽草噀淸香
검푸른 나무그늘에서 아지랑이를 맞아드니 蔥蔥樹影迎嵐翠
일렁이는 물결이 햇빛을 살찌우네. 漾漾波流沃日光
눈 앞의 값진 경치를 그리고 싶은데 欲畵望中無價景
동강난 무지개와 비낀 햇살 사이로 부슬비 내리네. 斷虹斜照雨微茫

내가 젊었을 때부터 선비로 이름낼 뜻을 둔 지가 오래 되었는데, 이제 관찰사께서131) 내 이름을 군적(軍籍)에 기록했다. 그래서 시를 지어 스스로를 위로한다

余自少有志於儒名者久矣. 今按部公幷錄於軍籍. 作詩以自寬.132)

살아오면서 학문에만 힘쓰고 生來只學兎如新
마음으로는133) 항상 요로에 나가길 바랐는데, 方寸常希據要津
재주와 학문이 기둥에 이름 쓴 나그네에134) 미치지 못해 才業未同題柱客
내 이름이 훈련받는 병사 명부로 옮겨졌구나. 姓名移屬鍊兵人
행단의135) 풍월과는 인연이 끊어지고 杏壇風月魂空斷
변방의136) 연기 티끌이 꿈에 자주 나타나네. 楡塞烟塵夢已頻
옛부터 출세하거나 숨어사는 것도137) 다 분수 있으니 自古行藏皆有分

---

131) 안부(按部) : 관할 지역을 다스린다는 뜻으로, 안렴사(按廉使) 등의 도신(道臣)을 이르는 말.

132) 『耘谷詩史』 卷1, 『高麗名賢集』 卷5, p.280 ; 『耘谷行錄』 卷1, 影印標點 『韓國文集叢刊』 卷6, p.130.

133) 방촌(方寸) : 사람의 심장은 사방 한 치쯤 된다는 옛 말에서 온 것으로 마음을 가리킴.

134) 제주객(題柱客) : 기필코 성공하겠다는 뜻. 한(漢)나라 문장가 사마상여(司馬相如)가 장안으로 가는 길에 고향 촉군을 지나게 되었다. 그는 승선교(升仙橋) 기둥에다 "네 마리 말이 끄는 수레를 타지 않고선 이 다리를 다시 지나지 않겠다"고 했다. 그는 과연 성공했다.

135) 행단(杏壇) : 학문을 닦는 곳. 공자가 우거진 숲속을 가다가 은행나무가 있는 평탄한 곳(杏壇)에 앉아 쉬었다. 제자들은 책을 읽고 공자는 노래를 부르며 거문고를 타고 있었다.

136) 유새(楡塞) : 국경 또는 변방. "돌을 쌓아 성을 만들고, 느릅나무를 심어 방책을 삼는다." 『한서(漢書)』 卷52, 「한안국(韓安國)」.

137) 행장(行藏) : 세상에 나아가 도를 행하는 것을 행(行)이라 하고, 세상에서 물러나 숨는

천명대로 살아가리라고 말할 뿐일세. 但將天命語諸隣

중국(中原)에 가는 춘주(春州)[138] 소경(少卿)[139] 박윤진(朴允珍)[140]을 배웅하다

送春州朴少卿遊中原(允珍兩遊字)[141]

옛부터 중원(中原)은 경치가 좋았지.[142] 自古中原形勝地
오늘 맘껏 노닐러 가는 그대가 부럽네. 羡君今日飽淸遊
배에 달빛 가득한 금휴포(琴休浦)에서 滿船明月琴休浦
술 싣고 조용히 밤새도록 놀아보세. 載酒從容盡夜遊

홍건적의 난이 일어났다는 말을 듣고 생각나는 대로 읊음

卽事(紅亂始起)[143]

온 땅에 덮인 풍진이 지난해보다 더하니 匝地風塵勝去年
사방 어느 곳인들 시끄럽지 않으랴. 四方何處不騷然
우리나라 터전이 반석처럼 견고하다면 我邦若固盤安業
하늘이 이 백성을 편히 잠자게 하련만. 天使斯民奠枕眠

사람들이 모두들 새해 온 것을 모르니 人皆不覺到新年
일에 취해 애쓰는 것이 얼마나 애처로운가. 醉事劬勞幾悵然
세상 따라 살아가는 게 남자의 일이라면 與世推移男子事

것을 장(藏)이라 함. 곧 출세와 은퇴를 뜻함. 『논어(論語)』 卷7, 「술이(述而)」.

138) 춘주(春州) : 원래 맥국. (중략) 고려 태조 23년에 춘주로 하였음. 『신증동국여지승람』 卷46, 춘천도호부.

139) 소경(少卿) : 고려시대 태상시 · 전중성 · 위위시 · 태복시 · 예빈시 · 대부시 등에 두었던 종4품 벼슬.

140) 박윤진(朴允珍) : 생몰년 미상.

141) 『耘谷詩史』 卷1, 『高麗名賢集』 卷5, p.280 ; 『耘谷行錄』 卷1, 影印標點 『韓國文集叢刊』 卷6, p.130.

142) 승지(勝地) : ① 경치가 좋은 곳. ② 지세(地勢)가 좋은 땅.

143) 『耘谷詩史』 卷1, 『高麗名賢集』 卷5, p.280 ; 『耘谷行錄』 卷1, 影印標點 『韓國文集叢刊』 卷6, p.130.

편히 잠들 곳 없을까봐 걱정하지 않으련만. 莫憂無地可安眠

회포를 써서 조(趙) 목감(牧監)에게144) 부침

書懷寄趙牧監145)

뭇 사람들의 시끄러운 비방을 피하려 爲避紛然衆所譏
띠 띠고 단정히 앉아 위태한 때를 넘기네. 束身端坐過危時
자유(子由)의 거짓 행동은146) 우리 편이 아니고 由之行詐非吾儻
안회(顔回)의 어리석음이147) 나의 스승일세. 回也如愚是我師
세상을 따라가는 것도 깊은 뜻 있어 與世升沈深有意
남의 잘잘못은 생각하지도 않네. 較人長短獨無思
누구와 더불어 마음속 일을 말하랴 憑誰共話心中事
부질없이 푸른 산 마주앉아 옛 친구를 생각하네. 空對靑山憶舊知

버들개지

柳絮148)

늘어진 가지 흔들리는 그림자가 언제나 사랑스럽건만 長愛柔條弄影微

---

144) 목감(牧監) : 고려시대 각 처의 목장을 맡아 감독하던 벼슬, 또는 벼슬아치. 충선왕 때에 사복시(司僕寺)에 병합하였다.

145) 『耘谷詩史』 卷1, 『高麗名賢集』 卷5, p.280 ; 『耘谷行錄』 卷1, 影印標點 『韓國文集叢刊』 卷6, p.130.

146) 유지행사(由之行詐) : 공자 제자 자유(子由)의 거짓 행동. 공자가 병중에 있자, 제자인 자유(子由)는 스승에게 가신(家臣)이 없는 것을 안타깝게 여겼다. 그래서 그의 제자를 공자의 가신으로 삼아 옆에서 모시게 했더니, 나중에 병에서 깨어난 공자가 위의 말을 하면서 자유의 행위가 부당했음을 지적했다. 공자는 가신을 둘 신분이 아니었기 때문이다. "오래 되었구나! 유(由)가 거짓을 행한 지가." 『논어(論語)』 卷9, 「자한(子罕)」.

147) 회야여우(回也如愚) : 『논어』에, 안회(顔回)는 공자님의 말씀을 들은 그대로 다 마음속에 통함으로써, 아무런 반응이 없고 마치 어리석은 사람과 같다는 것. 안회(顔回)는 공자의 수제자(B.C 521~490). 춘추시대 노(魯)나라 사람. 공자의 제자 가운데 가장 학덕이 높아 스승의 총애를 받았음. 집이 가난하고 불운했으나 이를 괴로워하지 않고 무슨 일에 성내거나 과오를 저지르는 일이 없어 공자의 다음 가는 아성(亞聖)으로 존경을 받음.

148) 『耘谷詩史』 卷1, 『高麗名賢集』 卷5, p.280 ; 『耘谷行錄』 卷1, 影印標點 『韓國文集叢刊』 卷6, p.130.

바람 따라 흩날리는 솜꽃은 가엾기만 하구나. 飜嗟亂絮逐風飛
우리 집의 가고 머무는 것은 원래 정함이 없어 自家行止元無定
동서남북 어딘들 막힘이 없네. 南北東西竟不違

초여름에 교외로 나가다

首夏郊行[149)]

뽕나무 오디가 익고 보리도 거두는데 椹熟桑林麥已秋
모내기는 여태껏 끝내지 못했네. 揷秧猶未遍原頭
부드러운 바람 맑은 날씨 서쪽 들길에서 軟風晴日西郊路
흐르는 물에 멱감는 새들이 이따금 뵈네. 時見幽禽浴淸流

1360년(경자) 정월 19일 딸아이를 낳았다. 예쁘고 영리했는데, 금년 5월 17일 병으로 죽어 시를 지어 곡한다

庚子正月十九日生女. 頎然且異. 至今年五月十七日病亡. 筆以哭之.[150)]

번뇌란 본래 뿌리가 없는 것이고 曾知煩惱本無根
씨앗은 은애로부터 생겨나는 것일세. 種子生從恩愛門
불쌍히 여기는 내 마음이야 누그러질 수 있지만 惻惻我懷猶可緩
슬피 우는 어미 소리는 차마 들을 수 없네. 哀哀母哭不堪聞
잠시 머물다 사라지는 것이 참된 이치라면 須臾便滅是眞語
함께 죽으려 하는 것은 망녕된 말일세. 欲與俱亡爲妄言
숱하게 남은 슬픔을 다 말할 곳이 없어 萬種餘傷無處說
아직도 눈물 흘리며 지나간 자취를 기억하네. 涕零尙記剜舟痕

조(趙) 목감(牧監)을[151)] 곡(哭)함(두 수)

---

149) 『耘谷詩史』 卷1, 『高麗名賢集』 卷5, p.280 ; 『耘谷行錄』 卷1, 影印標點 『韓國文集叢刊』 卷6, p.130.

150) 『耘谷詩史』 卷1, 『高麗名賢集』 卷5, p.280 ; 『耘谷行錄』 卷1, 影印標點 『韓國文集叢刊』 卷6, p.130.

151) 목감(牧監) : 고려시대 각 처의 목장을 맡아 감독하던 벼슬, 또는 벼슬아치. 충선왕 때

哭趙牧監(二首)[152]

젊은 시절의 재기는 온 고을에 으뜸이었고 少年才氣冠鄕隣
늙은 시절의 청빈은 숨어사는 이보다 뛰어났네. 晩節淸貧押隱倫
명리 때문에 허망함을 따르지 않고 不以利名常逐妄
선교(禪敎)에 의지해 진리 닦기를 즐겼네. 且憑禪敎好修眞
슬프게도 북망산에 나비되어 날아가니 悲涼北枕飛蝴蝶
아마도 서방 세계에[153] 머물며 주인이 되시겠지. 留滯西方作主人
눈물 흘리며 무덤 풀을 내 어찌 보랴 淚葉豈應看宿草
뒷날 찾아와서도 다시 수건 적시리. 尋蹤異日更沾巾

병 속의 새가 갑자기 날아가니 觳穿甁雀忽驚飛
석화(石火)가 빛이 없고 풀잎의 이슬도 말랐네. 石火無光草露晞
모였다 흩어지고 났다 죽는 것이 원래 정함 없으니 聚散生亡元不定
부귀와 공명이 다 부질없네. 功名富貴盡爲非
산도 슬픈 빛을 머금어 소나무 난간에 이어지고 山舍慘色連松檻
시냇물 목 메인 소리가 대 사립을 둘러 흐르네. 溪送愁聲遶竹扉
황천길[154] 막지 못함을 일찍이 알았건만 早識九原難可作
우리에게 끼친 정으로 눈물이 옷을 적시네. 情鍾我輩共沾衣

스스로 읊음

自詠[155]

에 사복시(司僕寺)에 병합하였다.

152) 『耘谷詩史』 卷1, 『高麗名賢集』 卷5, p.280 ; 『耘谷行錄』 卷1, 影印標點 『韓國文集叢刊』 卷6, p.130.

153) 서방(西方) : 서방정토(西方淨土)를 말함. 아미타불의 정토, 곧 극락세계. 서방에는 다른 여러 나라도 있지만, 「아미타경」에 "여기서 서쪽으로 10만억 국토를 지나 한 세계가 있으니, 이름을 극락이라 한다."한 데서 말미암아 특히 아미타불의 국토를 서방정토라고 한다.

154) 황천(黃泉) : 오행(五行)에서 땅 빛을 노랑으로 한 데서 나온 말. ① 지하의 샘. ② 사람이 죽어서 가는 곳. ③ 구천(九泉).

155) 『耘谷詩史』 卷1, 『高麗名賢集』 卷5, p.280 ; 『耘谷行錄』 卷1, 影印標點 『韓國文集叢刊』

전생의 습기(習氣)가[156] 아직 가시지 않아	生生習氣未消磨
세상 깔보는 마음이 갈수록 더하네.	傲世心懷日更多
이 잡던 이야기들을 땐[157] 쓰라렸고	聞道悲辛捫蝨話
소먹이며 부르던 노래[158] 생각할 땐 서글펐지.	追思轗軻飯牛歌
고향으로 돌아가던 도연명(陶淵明)이[159] 그립고	歸來適意希元亮
애써 공 이루던 복파장군(伏波將軍)이[160] 우습구나.	勤苦成功笑伏波

刊』卷6, p.131.

156) 습기(習氣) : 습관(習慣).

157) 문슬화(捫蝨話) : 진(晉의) 왕맹(王猛)이 여러 사람 앞에서 아무런 기탄도 없이 이(虱)를 잡으면서 당세의 일을 논하였다는 것. 왕맹(王猛)이 화음산에 숨어 있었는데, (중략) 환온(桓溫)이 관(關)에 들어오자 왕맹이 베옷을 입고 찾아갔다. 한편으로는 당대의 정사를 이야기하며 (또 한편으로는) 이를 잡으며 말했는데, 마치 곁에 사람이 없는 것처럼 하였다. 『진서(晉書)』卷114, 「왕맹(王猛)」.

158) 반우가(飯牛歌) : 위(衛)나라 사람 영척(寧戚)이 제(齊)나라에 가서 반우가(飯牛歌)를 부르다가 환공(桓公)을 만나서 출세하게 되었다는 것. 영척(寗戚)이 제나라 환공에게 벼슬을 얻으려고 하였지만, 곤궁해서 스스로 목적을 이룰 수가 없었다. 그래서 행상인이 되어 짐수레를 끌고 제나라로 가서 장사하며, 저녁에는 성문 밖에서 묵었다. 환공이 교외에서 손님을 맞이하여 밤중에 성문을 열고 들어오다가, 짐수레를 비키게 했다. 횃불이 매우 밝고, 뒤따르는 수레도 매우 많았다. 영척은 수레 밑에서 소에게 꼴을 먹이고 있다가, 환공을 바라보고 슬퍼하면서 쇠뿔을 두드리며 급히 상가(商歌)를 불렀다. 환공이 이 노랫소리를 듣고는 마부의 손을 잡아 수레를 멈추게 하면서, “이상하다. 저 노래를 부르는 자는 보통 사람이 아니다.” 하더니, 뒷수레에 싣고 오게 하였다. 환공이 궁중에 도착하자, 종자가 영척을 어떻게 처분할 것인지 물었다. 환공은 그에게 의관을 입혀 알현하게 하라고 했다. 그리하여 영척이 천하를 다스리는 술책을 설명하자, 환공이 크게 기뻐하며 관중(管仲)에게 명하여 그를 맞아들여 상경(上卿)으로 삼았다. 후에 국상(國相)이 되었다. 『회남자(淮南子)』, 「도응훈(道應訓)」; 『고시원(古詩源)』, 「반우가(飯牛歌)」.

159) 원량귀래(元亮歸來) : 진말(晉末)의 도연명(陶淵明)이 고향의 전원(田園)을 그리워하여 귀거래사(歸去來辭)를 짓고 팽택령(彭澤令)을 그만둔 사실을 말한 것임. 한 해가 끝날 무렵 군(郡)에서 독우(督郵)를 파견했는데, 현리(縣吏)가 (도연명에게) 말했다. “띠를 묶고 만나셔야 합니다.” 그러자 연명이 탄식하며 말했다. “내 어찌 다섯 말의 쌀 때문에 시골의 소인배에게 허리를 굽히겠는가?” 그리고는 그날로 인끈을 풀어 놓고 벼슬을 떠나면서 「귀거래사(歸去來辭)」를 지었다. 소명태자 소통 「도연명전(陶淵明傳)」. 진나라 시인 도잠(陶潛)의 자가 원량(元亮), 또는 연명(淵明)이다.

160) 복파장군(伏波將軍) : 후한의 정치가 마원(馬援, B.C. 11~A.D. 49)을 가리키는 말인데, 어떤 풍파라도 가라앉힐 수 있다고 자부했다는 뜻이다. 『후한서(後漢書)』卷54, 「마원(馬援)」.

시비를 잊으려면 역시 술이 있어야 해 攻破是非猶有酒
구름과 달 더불어 맘껏 취하고 싶네. 欲將雲月醉無何

남쪽 계곡 버드나무 아래 시원한 곳을 찾아 자고천(鷓鴣天)을[161] 지으니, 계모임의[162] 장공(張公)과 이공(李公)이 생각났다(두 수)

南谿柳下追凉. 作鷓鴣天. 憶契內張趙二公(二首).[163]

양쪽 언덕 늘어진 버들 그림자 바라보다 夾岸垂楊弄影微
온종일 서늘함 따라 돌아갈 줄 모르네. 追凉盡日却忘歸
한가한 몸 즐거운 곳이 바로 지금이니 身閒樂土知今是
명리(名利)의 땅에 살던 것이 그릇됨을 알겠네. 跡寄名場悟昨非

아지랑이 막 걷히고 해도 기울었는데 初收暮靄轉斜暉
지팡이에 기대어 이따금 한숨 쉬네. 倚笻時復一悽俙
옛 친구들 솔숲의 흙이 되었으니 故人化作松間土
세상과 어긋난 나를 그 누가 알아 주랴. 誰識吾行與世違

풀벌레

草虫[164]

명아주 평상에 벌레 우니 벌써 가을인가. 虫弔藜床序已秋
초당에 밤기운이 청명하구나. 草堂良夜氣淸幽
찍찍 울음소리 홀연히 들려오니 忽聞喞喞聲音急

---

161) 자고천(鷓鴣天) : 사패(詞牌)의 제목인데, 당나라 시인 정우(鄭嵎)의 시의 "집이 자고천에 있네(家在鷓鴣天)"라는 구절에서 따다가 이름을 삼았다.

162) 계내(契內) : 고려시대의 계는 동년자의 동갑계(同甲契), 동족간의 사교를 목적으로 하는 동족계(同族契), 무인정변 때 조직되어 문무간의 반목을 없애고 우애적인 관계를 유지하기 위해 마련된 문무계(文武契) 등이 있었는데, 운곡이 언급한 계는 동족계를 말하는 듯하다.

163) 『耘谷詩史』 卷1, 『高麗名賢集』 卷5, p.281 ; 『耘谷行錄』 卷1, 影印標點 『韓國文集叢刊』 卷6, p.131.

164) 『耘谷詩史』 卷1, 『高麗名賢集』 卷5, p.281 ; 『耘谷行錄』 卷1, 影印標點 『韓國文集叢刊』 卷6, p.131.

당당하게 흘러가는 세월만 탄식하네.　　却歎堂堂歲月流
오동나무 우물가에 벌레소리 들리자　　聲緊孤梧金井畔
창가 외로운 베개에 수심 깊어지네.　　愁深隻枕玉窓頭
푸른 등불 서재에 비바람 뿌리자　　一軒風雨靑燈火
벌레 소리에 시인은 다락에 기대었네.　　爲爾騷人獨倚樓

칠석(七夕)

七夕[165]

견우 직녀 오래 못 만났다고[166] 아쉬워 말게나.　　莫嫌牛女久相違
이 날의 약속만은 만고에 끝이 없네.　　萬古無窮此日期
달나라 궁전[167] 구름 누각에서 만나　　月殿雲樓相會處
금 북과 옥 가마를 함께 멈추었네.　　金梭玉輦共停時
구슬 계단 밤 빛은 즐거움을 바치는데　　瑤階夜色供歡樂
은하수 새벽빛은 이별을 재촉하니,　　銀漢晨光促別離
실 꺼내어 바늘 꿴 사람이 그 얼마던가　　披縷貫針人幾許
맑은 길 쳐다보며 다시금 기뻐하네.　　俾看淸路更軒眉

앞의 운(韻)으로 시 두 수를 지어 송(宋) 목백(牧伯)에게[168] 올렸다

用前韻作二詩呈宋牧伯[169]

아! 내 일이 뜻대로 되지를 않아　　却嗟身事與心違

---

165) 『耘谷詩史』 卷1, 『高麗名賢集』 卷5, p.281 ; 『耘谷行錄』 卷1, 影印標點 『韓國文集叢刊』 卷6, p.131.

166) 우녀구상위(牛女久相違) : 은하수 동쪽에 직녀(織女)가 살았는데, 천제(天帝)의 딸이었다. (직녀는) 해마다 힘들여 베를 짜서, 무지개 무늬의 비단 천의(天衣)를 만들었다. 천제는 그가 혼자 사는 것을 가엽게 여겨, 은하수 서쪽의 견우(牽牛)에게 시집보냈다. 직녀는 시집간 뒤에 베 짜기를 그만두어, 천제가 노여워했다. 은하수 동쪽으로 돌아가게 한 뒤에, 1년에 한 번만 서로 만나게 했다. 『형초세시기(荊楚歲時記)』.

167) 월전(月殿) : 달빛에 비친 궁전.

168) 목백(牧伯) : 목사(牧使)를 달리 이르는 말.

169) 『耘谷詩史』 卷1, 『高麗名賢集』 卷5, p.281 ; 『耘谷行錄』 卷1, 影印標點 『韓國文集叢刊』 卷6, p.131.

출처(出處)와 희비를 예측할 수가 없네.　　出處悲歡豈預期
갑자기 병들어 몇 달을 지내고 보니　　忽作病夫經數月
찬 물에 자라같이 오그라들었네.　　有如寒鼈縮多時
온갖 쓰라림을 말할 수 없고　　百般辛苦難能釋
만 가지 걱정이 잠시도 떠나질 않네.　　萬種憂愁不暫離
어제도 세금 내라 독촉받으니　　昨日差人催納布
가난한 살림살이에[170] 눈썹 펼 틈도 없네.　　何當白屋可伸眉

스스로 저지른 잘못은 피할 길도 없으니　　自孼由來不可違
화복(禍福)이 기약 없음을 이제 알겠네.　　方知禍福本無期
뜻밖의 재앙이 갈수록 많아지고　　偶逢災厄尤多日
경치 좋은 시절도 다 놓쳤구나.　　辜負風烟正好時
본래 마음이 게으르고 옹졸한데　　從此片心成懶拙
이제는 두 다리마저 비틀거리니,　　至今雙脚尙支離
아침 저녁으로 은혜만 바라는 구구한 마음　　望恩朝暮區區意
마치 못난 여인이[171] 억지 눈썹 그리는 것 같네.　　還似無鹽强畫眉

송(宋) 목백(牧伯)의 화답을 받고 다시 차운함(세 수)

牧伯見和. 復次韻(三首).[172]

인자한 성품에 청백하게 다스려　　慈愛淸平共莫違
재상의[173] 남다른 은총을 지금 받으시네.　　黃扉異寵已當期
다니는 곳마다 바지가 다섯이라 노래 부르니[174]　　行看五袴歌騰處

---

170) 백옥(白屋) : ①초가(草家). 가난한 집. ② 상사람. 서민(庶民).

171) 무염(無鹽) : 못생긴 여자를 가리킴. 종리춘(鍾離春)은 제나라 무염읍(無鹽邑)의 여인인데, 선왕(宣王)의 정후(正后)가 되었다. 그 여인의 얼굴이 짝이 없을 정도로 못생겨 휜 머리에 눈은 움푹 들어가고, 손가락 마디도 길쭉했다. 『열녀전(烈女傳)』, 「변통(辯通)」 제 종리춘(齊 鍾離春). 그 뒤부터 무염(無鹽), 또는 무염녀(無鹽女)라는 말이 추녀(醜女)라는 뜻으로 쓰였다.

172) 『耘谷詩史』 卷1, 『高麗名賢集』 卷5, p.281 ; 『耘谷行錄』 卷1, 影印標點 『韓國文集叢刊』 卷6, p.131.

173) 황비(黃扉) : 재상이 거처하는 곳으로 의정부를 가리킴.

칼 세 자루 꿈을[175] 비로소 믿게 되었네.　　始信三刀夢破時
덕에 감화된 사람마다 아름답다 일컬으니　　感德人皆稱成美
은혜를 입고서야 그 누가 떠돌 걱정을 하랴.　　飽恩誰復歎流離
선정한다는 소리가 궁전까지[176] 들리면　　政聲傳聞承明殿
겹눈동자와[177] 아름다운 눈썹에[178] 기쁨이 넘치시리.　　喜溢重瞳八彩眉

참되게 살아가자니 세상과 맞지를 않아　　悃愊無華與世違
창해에 가서 안기생(安期生)을[179] 만나고 싶네.　　欲尋倉海訪安期
젊은 시절 행세가 이러하니　　早年行止由斯道
장성한들 공명을 언제 이루려나.　　壯歲功名在那時

---

174) 오고가(五袴歌) : 염범(廉范)이 촉군(蜀郡)에 태수로 나가서 전임자의 까다로운 법령을 없애자, 백성들이 "염범이 왜 이리 늦게 왔나! 예전에는 적삼도 없었는데, 지금은 바지가 다섯일세"라고 노래하였다. 『후한서(後漢書)』 卷61, 「염범(廉范)」. 백성들이 그를 어진 사또라고 칭송했다는 뜻.

175) 삼도몽(三刀夢) : 길조(吉兆)의 꿈을 말함. 옛적에 刕字는 州字로 통용됨. 진(晉)의 왕준(王濬)이 세 칼(三刀)을 꿈꾸고 나서 익주자사(益州刺使)가 되었다는 고사. 진(晉)나라 왕준(王濬)이 꿈을 꾸었는데, 지붕 대들보에 칼 세 자루가 걸리더니 잠시 뒤에 한 자루가 더 걸렸다. 마음속으로 몹시 불길하게 생각했는데, 이의(李毅)가 축하하면서 말했다. "삼도(三刀)는 주(州)자인데 하나가 더해졌으니[益], 사또께서 익주자사(益州刺史)가 되실 꿈입니다." 그 뒤에 왕준은 과연 익주자사로 옮겨갔다. 『진서(晉書)』 卷42, 「왕준(王濬)」. 이 글에선 지방관으로 임명되었다는 뜻으로 썼다.

176) 승명전(承明殿) : 중국 한(漢)대 궁전의 이름. 여기서는 임금이 거처하던 궁전을 말함.

177) 중동(重瞳) : 겹눈동자. 순(舜) 임금과 항우(項羽), 안회(顔回)가 눈동자가 둘이었다고 한다. 사마천(司馬遷), 『사기(史記)』 卷7, 「항우(項羽)」 태사공왈(太史公曰), "舜目蓋重瞳子 項羽亦重瞳子" ; 『유자(劉子)』, "顔回重瞳".

178) 팔채미(八彩眉) : 요(堯) 임금. 눈썹이 여덟 가지 색이라고 함.

179) 안기생(安期生) : 진(秦)나라의 방사(方士). 안기생은 낭야군 부향 사람이다. 안기생은 진나라 사람으로, 동해 가에서 약을 팔았는데, 대추를 먹고 천년을 살았다고 해서 당시 사람들이 모두 그를 "천세 노인"이라고 불렀다. 진시황이 동쪽을 순행했을 때, 그에게 접견하기를 청하여 함께 사흘 밤낮을 이야기 나눈 뒤에, 수천만금이나 되는 황금과 벽옥을 하사했다. 그러나 그는 부향정을 떠날 때에 (하사받은 보물을) 모두 놓아 두고 갔다. 또한 편지를 남겨 놓고 붉은 옥으로 만든 신발 한 켤레를 답례물로 드렸는데, (편지에는) "몇년 뒤에 봉래산에서 나를 찾으시오"라고 씌어 있었다. 진시황은 곧 서불과 노생 등의 사신 수백 명을 파견하여 바다로 찾아 들어가도록 했지만, 봉래산에 이르기 전에 갑자기 풍파를 만나 돌아오고 말았다. 부향정의 해변 십여 곳에 (그를 위한) 사당을 세웠다고 한다. 유향, 『열선전(列仙傳)』; 『사기(史記)』, 「봉선서(封禪書)」.

일에 부딪치면 백주(柏舟)편을 생각하고[180]	觸事每思舟汎汎
정을 느끼면 서리(黍離)편만 읊는다네.[181]	含情空詠黍離離
저 의지할 곳 없는 무리들을 보게나	請看無告無扶類
눈썹에 뜸을 떠도[182] 병 고치기는 어렵구나.	刺舌猶難免灸眉

어린 시절의 소원을 장성해서 못 이뤘으니	幼年心願壯年違
궁달(窮達)은 원래부터 바라지도 않았네.	窮達由來未敢期
기이한 재주 없으니 쓰일 곳도 없지만	才本無奇無用處
마음 바르면 때를 만나기 마련일세.	心如有道有逢時
흰 구름 흐르는 물에 숨어 지내니	白雲流水還堪隱
밝은 달 맑은 바람도 함께 떠나질 않네.	皎月淸風共不離
온갖 생각을 누구와 말할 수 있나	百爾所思誰與說
한 잔 술에 잠시라도 눈썹을 펴볼까 하네.	且憑盃酒暫開眉

---

180) 사주(思舟) : 시경(詩經)의 편명인 백주장을 생각한다는 말. "두둥실 잣나무 배가 물결 따라 떠내려가네. 밤새 잠 못이루었으니 남 모를 걱정이라도 있나봐. 내 마실 술이 없어 나가 노닐지 못하는 건 아니라네. 汎彼柏舟, 亦汎其流. 耿耿不寐, 如有隱憂. 微我無酒, 以敖以遊."『시경(詩經)』卷2, 패풍(邶風)「백주(柏舟)」. 잣나무는 단단하면서도 가벼워서, 튼튼한 배를 만들 수 있다. 그러나 두둥실 떠내려가는 잣나무 배는 쓸모있는 사람이 버림받은 처지를 떠오르게 한다. 주자(朱子)는 "부인이 자기 남편에게 버림받고 자신을 잣나무 배에 견주어 노래한 시"라고 설명했는데, 운곡도 자기 신세를 잣나무 배에 견준 듯하다.

181) 영서(詠黍) : 시경(詩經)의 편명인 서리(黍離) 편을 노래한다는 말. 나라가 망한 뒤 그 유허(遺墟)를 지나다가 슬퍼한 시. "궁터에는 메기장이 고개 숙이고 저기 피싹도 돋았네. 가도 가도 발걸음 힘이 없어 내 마음 호소할 곳이 없네. 나를 아는 사람은 내 마음에 시름이 있다고 하지만, 나를 모르는 사람은 무얼 하느냐고 내게 물으니, 아득하게 푸르른 하늘이여! 이게 누구의 탓인지요? 彼黍離離, 彼稷之苗. 行邁靡靡, 中心搖搖. 知我者, 謂我心憂. 不知我者, 謂我何求. 悠悠蒼天, 此何人哉."『시경(詩經)』卷4, 왕풍(王風)「서리(黍離)」. 주(周)나라 평왕 때에 도읍을 낙읍(洛邑)으로 옮긴 뒤에 주나라 대부가 행역하러 옛 서울 호경(鎬京)에 갔다가, 옛날의 종묘 궁궐이 다 부서지고 그 자리에 기장과 피만 더부룩하게 자란 모습을 보고 이 시를 지었다. 운곡도 망해가는 고려왕조를 걱정하며 이 시를 지은 것이다.

182) 구미(灸眉) : 눈썹에 뜸을 하고 약을 주어도 백성들의 굶주림만은 못 구제한다는 말.『진서(晉書)』,「곽서(郭舒)」에 백성들을 못 살게 한 것에 대한 풍자.

도경선사(道境禪師)[183]의 시에 차운함

次道境詩韻(禪師之鑑)[184]

스님께서는 조계(曹溪)의 원로신데	師本曹溪翁
법희식(法喜食)[185] 자시길 좋아하시네.	好湌法喜食
고칠 것도 닦을 것도 없어	無訂亦無修
선인(善因)을 일찍이 심으셨네.	善因曾所植
가거나 머물거나 앉거나 눕거나[186]	於四威儀中
바른 생각[187] 잠시도 쉬지를 않고,	正念不消息
단정히 앉아 진여(眞如)를[188] 깨달으니	端坐悟眞如
육식(六識)이[189] 모두 비어버렸네.	虛閑是六識
아! 나는 무엇 하느라고	差予欲何爲
이 이치를 익히지 못했던가.	此理未純熟
괴로움 바다에[190] 돌아다니면서	役役苦河中
지리한 생활만 계속해 왔지.	瀾漫且狼藉

---

183) 도경(道境) : 도경선사(道境禪師). 가지산문계 선종 승려로 추정됨.

184) 『耘谷詩史』 卷1, 『高麗名賢集』 卷5, p.281 ; 『耘谷行錄』 卷1, 影印標點 『韓國文集叢刊』 卷6, p.131.

185) 법희식(法喜食) : 법의 가르침을 들을 때 기쁜 것이 식물을 먹을 때의 기쁜 것과 같기 때문에 이렇게 말함.

186) 사위의(四威儀) : 경률(經律) 가운데 행(行)·주(住)·좌(坐)·와(臥)를 사위의(四威儀)라고 하며, 그 밖의 동지(動止)는 모두 사소섭(四所攝)이라고 한다. 『석씨요람(釋氏要覽)』.

187) 정념(正念) : 팔정도(八正道)의 하나. 사념(邪念)을 버리고, 항상 향상하기 위하여 수행하기에 정신을 집중하는 것.

188) 진여(眞如) : 진(眞)은 진실이고, 여(如)는 여상(如常)이다. 제법(諸法)의 체성(體性)이 허망을 여의고 진실하기 때문에 진(眞)이라 하고, 상주(常住)하여 불변(不變) 불개(不改)하기 때문에 여(如)라고 한다. 실체(實體)와 실성(實性)이 영원히 변하지 않음을 뜻하는 말이다.

189) 육식(六識) : ① 객관적 만유의 대상을 색(色)·성(聲)·향(香)·미(味)·촉(觸)·법(法)의 6경으로 하고, 이 6경에 대하여 보고·듣고·맡고·맡보고·닿고·알고하는 인식 작용. 곧 안식(眼識)·이식(耳識)·비식(鼻識)·설식(舌識)·신식(身識)·의식(意識). ② 제6 의식(意識)의 준말.

190) 고하(苦河) : 고해(苦海)와 같은 말. 3계(界)를 말하는데, 3계에는 고통이 가득 차서 한이 없으므로 바다에 비유한 것이다.

언제나 눈과 귀에 따라[191] 常隨眼耳根
소리와 빛에만 얽매였었지. 局於聲與色
스님께 한 말씀 얻기 바라노니 願師垂一言
실상(實相)을 어디에서 얻어야 하리까. 實相從何得

신(辛) 사주(社主)를 곡(哭)함
哭辛社主[192]

인생이 허깨비 같음을 일찍이 알아 早識浮生夢幻緣
마침내 조사(祖師)의 선(禪)을 닦아 얻었으니, 晩年參得祖師禪
티끌에서 벗어난 깨끗한 마음은 빙호(氷壺)의 달이고[193] 出塵心淨氷壺月
세상을 피해 한가로운 몸은 설악(雪岳)의 하늘일세. 遯世身閑雪岳天
절[194] 아래 눈과[195] 바람 일어나고 玉塵風輕祇樹下
유루(庾樓)[196] 앞에 거문고 꿈이 끊어졌으니, 瑤琴夢斷庾樓前
지난 일 생각해봐야 이미 묵은 자취라 回頭往事成陳跡
흰 구름 푸른 산도 함께 슬퍼하네. 雲白山青共慘然

유곡(幽谷) 굉(宏) 스님이 상원사(上院寺) 주사굴(朱砂窟) 서쪽 봉우리에

---

191) 안이근(眼耳根) : 안근(眼根)과 이근(耳根).

192) 『耘谷詩史』 卷1, 『高麗名賢集』 卷5, p.282 ; 『耘谷行錄』 卷1, 影印標點 『韓國文集叢刊』 卷6, p.132.

193) 빙호월(氷壺月) : 빙호(氷壺)는 원래 얼음을 담는 옥으로 만든 그릇을 뜻하는데, 마음이 얼음처럼 맑은 것을 비유한다. 빙호추월(氷壺秋月)이라고도 하는데, 역시 마음이 맑고 밝은 것을 비유한다.

194) 기수(祇樹) : ① 범어로 Jetavananathapindadasyarama. 기원급고독원(祇園給孤獨園), 기다수급고독원(祇多樹給孤獨園)인데 줄여서 기수원(祇樹園), 기원(祇園), 급고독원(給孤獨園)이라고도 한다. 중인도(中印度) 마갈타국(摩竭陀國)의 기타태자(祈陀太子)가 소유한 동산이었는데, 수달[須達, 혹은 급고독(給孤獨)] 장자(長者)가 이 동산(東山)을 사서 기원정사(祇園精舍)를 세워, 석가에게 바쳤다. 태자도 그 수풀을 바쳤으므로 두 사람의 이름을 따서 붙였다. ② 전하여 절, 사찰을 의미한다.

195) 옥진(玉塵) : 아름다운 티끌, 곧 눈(雪)을 달리 이르는 말.

196) 유루(庾樓) : 누대 이름. 유량(庾亮)이 강서성 강주자사(江州刺史)로 있을 때에 구강현(九江縣)에 세웠던 누각이다. 유공루(庾公樓)라고도 부른다.

암자를 새로 짓고 이름을 무주암(無住庵)이라고 했는데, 그 높고 뛰어난 경치를 아름답게 여겨 시 한 수를 지어 굉(宏) 스님에게[197] 올렸다

幽谷宏師於上院寺朱砂窟之西峰. 新搆一菴. 名之曰無住. 嘉其高絶. 作一首呈于宏上人.[198]

새 암자 지어 놓고 도 닦는 대사께서 締搆新菴養道情
오가는 흰 구름 내려보며 다니네. 俯看來往白雲行
눈은 위 아래 머나먼 허공과 통하고 眼通上下虛空遠
마음은 삼천 세계가[199] 활짝 트였네. 心豁三千世界平
바람 고요한 찻마루엔 연기만 자욱하고 風定茶軒烟自鎖
밤 깊은 선탑엔[200] 달빛 길이 밝구나. 夜深禪榻月長明
스님 말없이 앉아 무주(無住)를 관하시니 上人燕坐觀無住
무주의 그 마음은 어디에서 나오시나. 無住心從甚處生

12월 17일. 동년(同年)[201] 정도전(鄭道傳)[202]이 찾아와서 지어준 시에 차운함

十二月十七日. 同年鄭道傳到此贈予詩云.[203]

▪ 정도전

동년인 원군이 원주에[204] 숨어사니 同年元君在原州

---

197) 상인(上人) : 지혜와 덕을 겸비한 스님네를 존칭하는 말.

198) 『耘谷詩史』 卷1, 『高麗名賢集』 卷5, p.282 ; 『耘谷行錄』 卷1, 影印標點 『韓國文集叢刊』 卷6, p.132.

199) 삼천세계(三千世界) : Trisahasramahasahasro-lokadhatu. 소천세계(小千世界 : 四洲世界의 千倍)를 천 개 합친 것을 중천세계(中千世界)라 하고, 중천세계를 천 개 합친 것을 대천세계(大千世界)라 함. 이 일대천세계(一大千世界)를 삼천대천세계(三千大千世界)라 하며, 또 삼천세계(三千世界)라고도 함.

200) 선탑(禪榻) : 좌선(坐禪)을 할 때 쓰는 요괘(腰掛).

201) 동년(同年) : 동방(同榜). 같은 때의 과거에 급제하여 방목(榜目)에 같이 참여한 사람.

202) 정도전(鄭道傳) : 조선초의 개국공신(1337~1398). 호는 삼봉(三峯). 이색의 문하에서 배움. 조준 · 남은과 함께 공양왕을 폐하고 이성계를 임금으로 세워 개국 일등공신이 됨. 1394년 『조선경국전』을 찬진함. 세자 방석을 돕다가 방원에게 피살됨.

203) 『耘谷詩史』 卷1, 『高麗名賢集』 卷5, p.282 ; 『耘谷行錄』 卷1, 影印標點 『韓國文集叢刊』 卷6, p.132.

다니는 길 험한데다 산골도 깊구나. 行路不平山谷深
멀리서 온 나그네 말에서 내리자 客子遠來已下馬
겨울 바람[205] 쓸쓸하고 날은 저물었네. 朔風蕭蕭西日沈
반갑게 한번 웃으니 그윽한 뜻이 있어 一笑欣然有幽意
술잔 앞에서 다시 마음을 털어놓았네. 尊酒亦復論是心
나는 높이 노래 부르고 그대는 춤추었으니 我唱高歌君且舞
이 세상 영욕을 이미 잊었구나. 榮辱自我已難諶

次韻以謝

그대와 함께 급제한 지가 몇 해 되었나 與君同榜如隔晨
사귄 도리가 얕은지 깊은지 따질 것도 없게 되었네. 交道不復論淺深
제각기 일에 끌려 두 곳에 있지만 各以事牽在兩地
사람 만나면 상세히 안부 물었지. 逢人細問浮與沈
오늘 만남은 하늘이 시킨 일이니 今朝邂逅天攸使
마시고 웃으며 마음을 털어놓세나. 開尊且喜細論心
그대여! 돌아갈 길을 재촉 마시게 公乎公乎莫催轡
우리의 이 뜻을 자중하시게나. 此意自重誠之諶

임기가 차서[206] 서울로 돌아가는 송(宋) 목백[207]을 전송함(두 수)

奉送宋牧伯政滿如京(二首)[208]

어지러운 시절에 우리 백성을 잘 다스리어 時當世亂撫吾民
밥 짓는 연기가 여염집에 오르며 은혜와 사랑이 새로웠네. 烟火閭閻惠愛新

---

204) 원주(原州) : 고구려의 평원군. (중략) 고려 태조 23년 지금의 이름으로 고침. (중략) 공민왕 2년에 치악산에 태를 안치하고 다시 원주목으로 하였다. 『신증동국여지승람』 卷46, 원주목.

205) 삭풍(朔風) : 겨울철에 북쪽에서 불어오는 찬 바람.

206) 정만(政滿) : 벼슬아치의 임기가 차다.

207) 목백(牧伯) : 목사(牧使)를 달리 이르는 말.

208) 『耘谷詩史』 卷1, 『高麗名賢集』 卷5, p.282 ; 『耘谷行錄』 卷1, 影印標點 『韓國文集叢刊』 卷6, p.132.

임기도[209] 끝나기 전에 은총 받고 불려 가시니	不待瓜期承寵喚
수레채 잡고 울부짖는 백성이 많기도 하네.	攀轅號泣幾家人

정치란 본래 백성을 잘 기르는 것	政宷由來在養民
공의 맑은 덕에 날이 갈수록 감화가 새로워라.	感公淸德日惟新
오늘 아침 깃발 돌려[210] 서울로 돌아가신다니[211]	今朝返旆朝天路
축수하는 이 심정 남보다 갑절일세.	祝壽深情倍衆人

동년(同年)[212] 김비(金費)가 보내 준 시에 차운함

次同年金費所贈詩韻[213]

숨어사는데 뜻을 둔 지가 이제 겨우 십 년	有意遐窮僅十年
우물 속에서 하늘 보는 게 늘 부끄러웠지.	常嫌眼界井觀天
오늘 아침 홀연히 어진 동방(同榜)을 만나니	今朝忽遇賢同榜
분수 밖의 하늘과 땅이 정말 넓기도 하구나.	分外乾坤政豁然

바위 골짜기에 살아온 지가 몇 해 되었나	巖谷棲遲度幾年
초파리를[214] 없애며 독 속의 하늘을 쳐다보았네.	醯鷄烹割瓮中天
한 잔 술 밖에는 영욕이 없으니	一尊酒外無榮辱
분수 따라 한 평생을 즐겁게 살리라.	隨分生涯獨快然

동년(同年) 안중온(安仲溫)이 보내준 시에 차운함(세 수)

次安同年仲溫見贈詩韻(三首)[215]

---

209) 과기(瓜期) : 부임하였다가 교대하는 시기.

210) 반패(反旆) : 군대가 돌아옴. 회군(回軍)함.

211) 조천로(朝天路) : 조천(朝天)은 천자를 뵈러 감을 말하므로 조천로(朝天路)는 서울로 가는 길을 말함.

212) 동년(同年) : 동방(同榜). 같은 때의 과거에 급제하여 방목(榜目)에 같이 참여한 사람.

213) 『耘谷詩史』 卷1, 『高麗名賢集』 卷5, p.282 ; 『耘谷行錄』 卷1, 影印標點 『韓國文集叢刊』 卷6, p.132.

214) 혜계(醯鷄) : 초파리. 술독 속에 생기는 작은 벌레.

재주가 뛰어난데다 글 솜씨까지 민첩해 　　尤能吏幹捷文材
일찍이 임금 앞에서 칙서를 받들었지. 　　曾是君門受勅廻
원컨대 공거(公車)를[216] 향해 한 번 천거해 주기를 　　願向公車煩一薦
산림에도 세상 구제할 선비가 또한 있으니. 　　山林亦有濟時才

지팡이 짚고 그윽한 곳 찾다가 언덕에 오르니 　　策杖尋幽陟彼崗
눈 앞의 봄빛이 모두 새 단장일세. 　　眼前春色摠新粧
꽃다운 봄빛도 날이 많지 않으니 　　十分芳意無多子
석양 멈춘 곳이 어딘지 물어보네. 　　且問何方駐夕陽

주나라 무왕이 강태공 낚시를[217] 거두게 했고 　　周后一收姜叟釣
촉나라 임금도 공명의 집을 세 번이나 찾았지.[218] 　　蜀君三顧孔明廬
가시나무 숲이라고 지란(芝蘭)의 향기가 없을손가. 　　棘林豈欠芝蘭馥
산길이 싫다 말고 내 집을 찾아주소. 　　莫厭山程訪我居

---

215) 『耘谷詩史』 卷1, 『高麗名賢集』 卷5, p.282 ; 『耘谷行錄』 卷1, 影印標點 『韓國文集叢刊』 卷6, p.132.

216) 공거(公車) : 공거(公車)는 중국에서 옛부터 설치했던 관청의 이름인데, 천하의 상서(上書) 및 징소(徵召)의 일을 맡았으며, 임금의 조명(詔命)을 받을 자가 기다리는 곳이기도 하였다. 그래서 상소문을 공거문자(公車文字)라고 한다.

217) 강수조(姜叟釣) : 강태공의 낚시. 강태공(姜太公)의 원래 성은 강(姜)이었지만, 나중에 여(呂)에 봉해졌으므로 여상(呂尙)이라고 불렸다. 나이 늙도록 위수(渭水)의 반계에서 낚시질하며 세월을 보내다가 문왕(文王)을 만났다. 문왕은 그를 태공망(太公望)이라 부르면서 스승으로 모셨다. 나중에 문왕의 아들인 무왕(武王)을 도와 주(紂)를 치고 천하를 통일하였다. 후대에는 낚시꾼을 강태공이라고도 불렀다.

218) 촉군삼고공명려(蜀君三顧孔明廬) : 유비(劉備)가 제갈량을 군사(軍師)로 모시기 위하여, 그의 초가집을 눈보라 속에 세 번이나 찾아왔었다. 유비가 세상을 떠나고 그의 아들인 유선(劉禪)이 제위(帝位)에 오르자, 군사를 끌고 전쟁에 나가던 제갈량이 후주(後主)에게 「출사표」를 바치면서 유비가 자신을 찾아와주던 옛날의 기억을 감격스러워했다. 운곡도 이 시에서 촉나라 임금 유비의 삼고초려(三顧草廬)를 이야기했다. "선제(先帝)께서 신(臣)을 낮고 천하게 여기지 않으시고, 분에 넘치게도 스스로 몸을 굽히시어 신의 초가집으로 세 번이나 찾아오셨습니다 三顧臣於草廬之中." 제갈량(諸葛亮), 「출사표(出師表)」.

동년(同年) 안중온(安仲溫)의 희우시(喜雨詩)에 차운함

次安同年喜雨詩[219)]

가뭄을 씻어 멀리까지 뿌리고	濯旱連遙塞
바람에 섞여 가는 먼지를 적시다가,	和風浥細塵
주룩주룩 내리며 기름진 젖줄 흡족케 하니	淋漓膏乳洽
구름 같은 벼이삭이 산뜻해졌네.	薈蔚稼雲新
솔길엔 푸른 이끼가 돋아나고	松逕生蒼蘚
연못엔 하얀 마름이 자라는데,	荷塘長白蘋
그 누가 알아주랴! 우산 쓴 나그네를	誰知持傘客
무너진 집안에서 청빈을 즐기네.	破屋樂淸貧

병중에 회포를 적음

病中書懷[220)]

문 닫고 늘 앉아서 무슨 일을 했던가	杜門長坐事何如
들판의 스님같이 한적하게 지내네.	閒寂還同野衲居
게을러서 언제나 세속의 웃음거리 되고	懶重每逢時俗笑
병 잦아 친구 드문 게 한스럽긴 해도,	病多深恨故人疎
샘과 바위 즐기니 그 밖엔 마음에 없어	分甘泉石心無外
한 바구니 밥 한 바가지 국에 즐거움을 부쳤네.[221)]	樂寄簞瓢興有餘
베개 맡에 시원한 바람 불고 난간에 달이 밝으니	一枕淸風一軒月
임금 덕을 노래하며 누워서 책을 읽네.	詠歌君德臥看書

---

219) 『耘谷詩史』 卷1, 『高麗名賢集』 卷5, p.282 ; 『耘谷行錄』 卷1, 影印標點 『韓國文集叢刊』 卷6, p.132.

220) 『耘谷詩史』 卷1, 『高麗名賢集』 卷5, p.282 ; 『耘谷行錄』 卷1, 影印標點 『韓國文集叢刊』 卷6, p.132.

221) 낙기단표(樂寄簞瓢) : 공자께서 말씀하셨다. “어질구나 안회(顔回)여! 한 바구니 밥과 한 바가지 국으로 누추한 거리에 사는 생활을 다른 사람들은 근심스러워 감당할 수 없지만, 안회는 자기의 즐거움을 변하지 않았으니, 참으로 어질구나 안회여!” 『논어(論語)』 卷6, 「옹야(雍也)」.

1361년(신축) 11월 홍두적(紅頭賊)이 왕경(王京)에 침입하였다. 나라에서 임시로 도읍을 옮기고자 대가(大駕)가[222] 남행하여 복주(福州)에 머무셨다. 명하여 평장사(平章事) 정세운(鄭世雲)을 총병관(摠兵官), 평장사(平章事) 안우(安祐)를 상원수(上元帥), 정당문학(政堂文學) 김득배(金得培)·찬성사(贊成事) 이방실(李芳實)·동지밀직(同知密直) 민환(閔渙)·밀직부사(密直副使) 김림(金琳) 등을 부원수(副元帥)로 삼아, 여러 장수와 양계(兩界) 육도(六道)의 마병(馬兵)·보병(步兵) 십만을 거느리게 하여, 1362년(임인) 정월 18일 바로 도성에 들어가 사면으로 협공하여 적을 완전히 소탕함으로써 우리 삼한(三韓)으로 하여금 왕업(王業)을 다시 일으키게 했다. 이에 절구 두 수를 지어 태평성대를 축하한다

辛丑十一月. 紅頭賊兵. 突入王京. 國家播遷. 大駕南巡. 留住福州. 命平章事鄭世雲爲摠兵官. 平章事安祐爲上元帥. 政堂文學金得培·贊成事李芳實·同知密直閔渙·密直副使金琳等爲副元帥. 摠領諸將帥兩界六道之馬步十萬. 於壬寅正月十八日. 直至京城. 四面合攻. 掃蕩賊塵. 使我三韓. 復興王業. 作二絶以賀太平云.[223]

북쪽 오랑캐의 간교한 꾀가 크지가 않아	北寇奸謀未足雄
우리 나라 융성한 왕업이 다시금 무궁해졌네.	東韓盛業更無窮
피비린내 나던 칼과 창, 티끌까지 고요해지니	腥膻釰戟風塵靜
사해 백성 편안한 것이 한날의 공일세.	四海民安一日功

넘친 충성 뛰어난 의기 몇몇 영웅들이	輸忠奮義幾英雄
도성에[224] 진격하여 그 계책 끝없었네.	振旅京師計莫窮
완고한 도적 쓸어 없애고 평정한 날에	掃盡頑兇平盪日
칼과 창 거두어 놓고 논공행상이 한창일세.	各收旋戟竟論功

---

222) 대가(大駕) : 임금이 타던 수레.

223) 『耘谷詩史』 卷1, 『高麗名賢集』 卷5, p.283 ; 『耘谷行錄』 卷1, 影印標點 『韓國文集叢刊』 卷6, p.133.

224) 경사(京師) : 서울.

영친연(榮親宴)을[225] 사례하여 김(金) 목백(牧伯)에게[226] 올린 시와 짧은 서문[인(引)][227]

謝榮親宴詩幷引上金牧伯[228]

짧은 서문 | 외람되게 연방(蓮榜)에[229] 올라서 분수에 넘치는 새 은혜를 받고 특별히 당음(棠陰)에[230] 나아가 세상 사람들과 다른 은총을 받으니, 기쁨을 이기지 못하겠습니다. 황송한 마음을 어찌 다 말하겠습니까. (우리 김목백께선) 위로 현명하신 임금을 받드시니 세간에 드문 보필(輔弼)이라,[231] 일찍이 삼도(三刀)의 꿈을[232] 꾸고 항상 "다섯 바지의 노래"를 들으셨습니다.[233] 아전들의 횡포를 밝게 분별하시니 백성들이 소송하지 않았으며, 먼

---

225) 영친연(榮親宴) : 아들이 과거에 오르면, 그 부모를 영화롭게 하기 위해 베푼 잔치.

226) 목백(牧伯) : 목사(牧使)를 달리 이르는 말.

227) 인(引) : 문체의 한 가지인데, 짧은 머리말이다. 송나라 이전에는 모두 서(序)라고 했는데, 소순(蘇洵)이 자기 아버지의 휘(諱)를 피하기 위해 서(序)라는 글자를 인(引)이라는 글자로 고쳤다. "본문으로 끌어들이는 말"이라는 뜻이다.

228) 『耘谷詩史』 卷1, 『高麗名賢集』 卷5, p.283 ; 『耘谷行錄』 卷1, 影印標點 『韓國文集叢刊』 卷6, p.133.

229) 연방(蓮榜) : 과거에 오른 사람들이 명부.

230) 당음(棠陰) : 춘추시대 소(召)나라 목공(穆公) 호(虎)가 남쪽을 순행하다가 이 아가위나무 아래서 쉬며 백성들을 돌보았기에, 백성들이 그의 덕에 감복하여 이 나무까지도 소중스레 사랑한 노래이다. 이 뒤로 어진 수령을 예찬하는 시로 많이 쓰였다. 원문의 당음(棠陰)은 "아가위나무 그늘"이라는 뜻인데, 이 시에서는 관청, 또는 김목백이 운곡의 진사 합격을 축하하기 위해서 특별히 베플어 준 잔치를 가리킨다. "무성한 저 아가위나무 베지도 말고 치지도 말라 소백님이 머무신 곳이라네. 蔽芾甘棠, 勿翦勿伐, 召伯所茇." 『시경(詩經)』 卷1, 소남(召南) 「감당(甘棠)」.

231) 보필(輔弼) : 임금의 덕업(德業)을 보좌하는 사람.

232) 삼도몽(三刀夢) : 길조(吉兆)의 꿈을 말함. 옛적에 刕字는 州字로 통용됨. 진(晉)의 왕준(王濬)이 세 칼(三刀)을 꿈꾸고 나서 익주자사(益州刺使)가 되었다는 고사. 진(晉)나라 왕준(王濬)이 꿈을 꾸었는데, 지붕 대들보에 칼 세 자루가 걸리더니 잠시 뒤에 한 자루가 더 걸렸다. 마음속으로 몹시 불길하게 생각했는데, 이의(李毅)가 축하하면서 말했다. "삼도(三刀)는 주(州)자인데 하나가 더해졌으니[益], 사또께서 익주자사(益州刺史)가 되실 꿈입니다." 그 뒤에 왕준은 과연 익주자사로 옮겨갔다. 『진서(晉書)』 卷42. 이 글에선 지방관으로 임명되었다는 뜻으로 썼다.

233) 오고가(五袴歌) : 염범(廉范)이 촉군(蜀郡)에 태수로 나가서 전임자의 까다로운 법령을 없애자, 백성들이 "염범이 왜 이리 늦게 왔나! 예전에는 적삼도 없었는데, 지금은 바지가 다섯일세"라고 노래하였다. 『후한서(後漢書)』 卷61. 백성들이 그를 어진 사또라고 칭송했다는 뜻.

저 청백리의 도를 세우시니 아전들이 청렴한 위풍을 두려워했습니다. 송아지를 남긴 시묘(時苗)가[234] 아니시면, 고기를 달아맨 양속(羊續)이신지라,[235] 천고에 어깨를 견줄 자가 없으니, 천하에 그 누가 감히 흉내를 내겠습니까. 행차 머무는 곳에 천리 강산이 다 기뻐하고, 여염 백성들이 다시 살아나 저녁 짓는 연기를 서로 바라보게 되었습니다. 가난한 집에 은혜가 가장 컸으니, 임금의 은총이 이미 재상의 문에 가까웠습니다.

백성을 걱정하느라 잔치도 소홀히 하니 반나절도 마음 터놓고 즐길 기회가 없었는데, 저를 위해 예의를 갖추어 일세의 성대한 잔치를 마련하셨습니다. 천금의 화려한 집을 열어 저의 늙은 어버이를 맞으시고, 하루의 비단 자리를 베풀어 높은 자리를 허용하시니, 옥잔과 구름항아리가 줄줄이 늘어섰고, 흰 수염 흰 머리에 기쁨이 넘쳤습니다. 온갖 놀이가 쉬지 않으니 모두 신선의 훌륭한 유희이고, 여덟 가지 소리가[236] 차례로 울리니 모두 궁(宮)·우(羽)의 맑은 소리였습니다.[237] 노래 소리 요란하고, 술잔도 낭자하게 벌어

---

234) 시묘(時苗) : 후한(後漢)때 사람. 자는 덕주(德冑), 거록(鉅鹿) 사람이다. 젊어서 청백했으므로 남들에게 미움을 받았다. 건안(建安, 196~220) 연간에 수춘령(壽春令)이 되었는데, 처음 부임할 때에 누런 황소가 끄는 수레를 타고 갔다. 임기 중에 소가 송아지를 낳았는데, 떠날 때에 그 송아지를 남겨 두면서 주부(主簿)에게 말했다. "내가 올 때에 이 송아지가 없었으니, 송아지는 회남(淮南)에서 태어난 것이다." 그 뒤에 이 이야기가 『몽구(蒙求)』라는 책에 「시묘류독(時苗留犢)」이라는 제목으로 실렸다.

235) 양속(羊續) : 후한(後漢) 영제(靈帝, 168~188) 때의 이름난 지방관. 태산군(泰山郡) 평양(平陽) 사람. 자(字)는 흥조(興祖). 여강(廬江)태수와 남양(南陽)태수를 지낸 관리인데, 다 떨어진 옷에다 비루먹은 말을 타고 다닐 정도로 청렴했다. (양속이) 남양태수(南陽太守)가 되어 정령(政令)을 베풀고는 백성들의 병리(病利)를 살폈다. 그러자 백성들이 기뻐하며 복종했다. 당시 권세있는 자들이 사치를 몹시 즐겼는데, 양속은 이를 몹시 안타까워했다. 그래서 항상 떨어진 옷을 입고 간소한 음식을 먹었으며, 부서진 수레와 비루먹은 말을 탔다. 부승(府丞)이 한번은 생선을 바쳤는데, 양속이 받아서 (먹지 않고) 뜨락에 걸어 놓았다. 부승이 나중에 또 (생선을 가지고) 찾아오자, 양속이 예전에 걸어 두었던 생선을 내보여 (사치스러운) 그 뜻을 막았다. 그래서 사람들이 다시는 뇌물이나 선물을 가져오지 않았다. 종이로 이불을 만들어 추위를 견디었으며, 호화스러운 생활이 보장되는 재상자리도 사양하였다. 『후한서(後漢書)』卷31, 양속(羊續).

236) 팔음(八音) : 여덟 가지 악기. 금(金 : 쇠로 만든 종)·석(石 : 돌로 만든 경쇠)·사(絲 : 줄을 얹은 거문고)·죽(竹 : 대나무로 만든 피리)·포(匏 : 박으로 만든 생황)·토(土 : 흙으로 만든 壎)·혁(革 : 가죽으로 만든 북)·목(木 : 나무로 만든 柷敔)인데, 악기를 만든 재료에 따라 여덟 가지로 나눈 것이다.

237) 궁우지청음(宮羽之淸音) : 궁·상·각·치·우 라는 다섯 가지의 소리.

졌습니다. 즐거운 일과 좋은 날은 옛부터 자랑거리였으니, 지금의 이 성대한 잔치를 어디에 비하겠습니까. 엎드려 생각하건대 제 학문이 몹시 황당하고 성품이 본래 우둔했는데, 이제 동곽(東郭)에서[238] 피리 불던 재주로써 진번(陳蕃)이[239] 맞이하는 의자에 앉았습니다. 눈으로 보는 것이나 귀로 듣는 것이 모두 만나기 어려운 승사(勝事)이니, 손이 춤추고 발이 덩실거리고 싶은 마음을 견딜 수 없습니다.[240] 이 깨끗한 즐거움이 어찌 끝나겠습니까.

제가 느끼는 즐거움이 세상의 즐거움과 다르고 보니 제 몸이 꿈속에 들어가는 것같이 느껴집니다. 열 말의 좋은 술이 천리에 맛있고, 붉게 단장한 석 줄의 기생들이 일시에 돌아듭니다. 맘껏 취하는 때에 광간(狂簡)하다고[241] 손가락질 한다고 한들, 은혜와 영광은 끝이 없으니 이 감격이 어찌 다하겠습니까. 가득한 술잔을 사양할 수 없어, 지성으로 즐거워할 뿐입니다. 함께 일어나 은혜에 절하니 밤이 깊어지고, 은덕을 갚으려니 이 한 몸 다해도 가볍습니다. 지금의 이 정성으로 채찍이라도 잡고 싶으니,[242] 뼈가루가 부서진들 결초보은(結草報恩)하려는 마음을 어찌 잊겠습니까. 지극히

---

238) 동곽(東郭) : 변변치 못한 재주라는 말.

239) 진번(陳蕃) : 후한의 정치가이자 학자(?~168). 진번(陳蕃)이 태수가 되자 정사가 바빠 일반 손님들을 접견하지 않았지만, 서치(徐穉)나 주구(周璆)는 정성껏 맞이했다. 그래서 이들이 올 때에는 의자를 내려 놓았다가, 그들이 돌아가면 그 의자를 다시 매달아 놓았다고 한다. 『후한서(後漢書)』 卷99. 이 글에서는 김목백이 자신을 분에 넘치게 대우했다는 뜻으로 쓴 말이다.

240) 수지무족지도(手之舞足之蹈) : 악(樂)의 핵심은 (智와 禮) 바로 그 두 가지를 실천함에 있어서 즐거운 마음으로 하게 만드는 것이다. 마음이 즐거워지면 어버이를 섬기고 형을 따르자는 생각이 나온다. 그러한 생각이 나면 어찌 그만둘 수 있겠는가? "어찌 그만둘 수 있겠는가?"하는 단계에 이르면, 자기도 모르는 사이에 발이 덩실거리고 손이 춤추면서 어버이를 섬기고 형을 따르게 된다. 『맹자(孟子)』 卷7, 「이루(離婁) 상」.

241) 광간(狂簡) : 뜻하는 바는 크나, 실천함이 없이 소홀하고 거침. 포부가 큰 것이 광(狂)이고, 심지가 고결한 것이 간(簡)이다. 공자께서 진(陳)나라에 계실 때에 말씀하셨다. "고향으로 돌아가야지. 고향으로 돌아가야겠다. 우리 당(黨)의 제자들이 포부가 크고 심지가 고결하여[狂簡] 다들 훌륭히 빛나게 성공했지만, 어떻게 절제해야 할른지 그것을 알지 못한다." 『논어(論語)』 卷5, 「공야장(公冶長)」.

242) 집편지원(執鞭之願) : 공자께서 말씀하셨다. "부(富)를 애써서 얻을 수 있다면, 채찍을 잡는 말몰이꾼이라도 내가 해보겠다. 그러나 애써도 얻을 수 없다면, 내가 하고 싶은 대로 살아가겠다." 『논어(論語)』 卷7, 「술이(述而)」.

포용해 주시는 마음에 몹시 감격하여 웃음거리를 올릴 뿐입니다. 시는 이렇습니다.

竊以濫登蓮榜. 優承分外之新恩. 特詣棠陰. 別荷世間之異寵. 不勝懽忭. 無任兢惶. 恭惟云云. 上達英精. 間生碩輔. 會破三刀之夢. 常聞五袴之辭. 明分雀鼠之庭中. 民無獄訟. 先置薤水之門外. 吏畏威淸. 若非留犢之時苗. 應是懸魚之羊續. 千古來無可肩者. 一天下誰敢齒哉. 軒盖所臨. 千里江山皆有喜. 閭閻再活. 萬家烟火共相望. 恩最重白屋之中. 寵已迫黃扉之上. 憂民疎宴樂. 雖無半日之開懷. 遇我備禮義. 以爲一時之勝事. 闢千金之華搆. 邀我老親. 開一日之錦筵. 許容高座. 玉㪽雲疊兮羅列. 霜鬢鶴髮兮欣歡. 百戲亦未休. 盡是神仙之善戲. 八音無相奪. 皆爲宮羽之淸音. 歌吹喧闐. 盃槃狼藉. 肆筵設席今玆盛. 樂事良辰古所誇. 伏念學甚荒唐性多癡鈍. 以東郭吹竽之技. 受陳蕃下榻而迎. 目所見耳所聞. 皆是難逢勝事. 手之舞足之蹈. 不勝何限淸歡. 樂旣異於塵間. 身恐入於夢裏. 十斗香醪千里味. 三行紅粉一時廻. 當淋浪酩酊之辰. 爭指點狂簡之態. 恩榮無極. 感荷何窮. 雖滿酌而肯辭. 以至誠而樂與. 共起拜恩侵夜出. 欲將酬德殺身輕. 在此霞誠. 奚啻執鞭之願. 從當粉骨. 敢忘結草之心. 多感包容之至哉. 聊呈撫掌之資耳. 詩曰.

하늘이 백성 위해 우리 님을 보내셨으니　天爲吾民遣我公
북원(北原)[243] 고을이 이제 이미 순박하게 바뀌었네.　北原今已變淳風
거문고 타면서 누운 누각엔 구름이 북쪽에 솟아나고　彈琴臥閣雲生北
고삐 잡고 돌아오는 관아엔 아침 해가 늦어지네.　按轡廻衙日晏東
산 속 고을에 어진 이 수고한다고 부끄러워 마오　莫愧賢勞山郡裏
나라의 은총 다가온 줄 이제야 알겠네.　方知寵迫廟堂中
목마른 백성 모두들 은혜 물결을 누려　涸鱗共得恩波闊
마음껏 헤엄치며 기쁨이 그지없네.　游泳洋洋喜不窮

구름 맑고 연기 짙어져 봄이 한창인데　雲淡烟濃二月天
아가위나무 그늘 아래 화려한 잔치 베푸셨네.　召棠陰下設華筵

243) 북원(北原) : 원주의 별칭. 『신증동국여지승람』 卷46, 원주목 군명.

주고받는 노래 한 곡조에 사람은 그림 같고　霖鈴一曲人如畫
오가는 천 잔 술에 하루가 한 해 같네.　霞醞千杯日似年
자리마다 축하 인사에 모두들 경사스러우니　座上獻酬俱可慶
이 가운데 광채가 가장 어여쁘네.　箇中光彩最堪憐
한 문중의 영광을 어찌 다 말하랴　一門榮遇夫何說
태산 같은 은혜를 짊어지니 두 어깨가 무겁네.　荷擔恩山重兩肩

조카 식(湜)이[244] 보내 온 시에 차운함

次姪湜所寄詩韻[245]

백성 대하기를 어찌 함부로 하랴　臨民豈易忽
백성은 바로 하늘이 내신 백성이란다.[246]　民是天生民
그들이 바라는 것 주어야 하고　要須與所欲
괴로움 많게 해서는 안된단다.　毋使多艱辛
은혜와 사랑을 베풀지 않으면　苟不施惠愛
(사또라도) 길가는 사람처럼 보게 된단다.　視如行路人
너도 이제는 부모가 되었으니　爾今爲父母
백성을 자식처럼 보살피거라.　保之如子身
마음 흩어진 지도 이젠 오래 되었으니　散也今久矣
너그럽게 용서하며 다스리거라.　宜赦以循循
공도(公道)에 합당한 인사라야　公道合人事
덕망이 남보다 뛰어나는 법.　德望出于倫
이 마음으로 임금과 백성 대해야　以此致君民
내 할 일 하는 것으로 알거라.　是爲逢我辰
우리 형님 이 세상 떠나신 지도　吾兄棄斯世

---

244) 식(湜) : 원식(元湜). 원천석의 조카. 형인 원천상의 아들임.

245) 『耘谷詩史』 卷1, 『高麗名賢集』 卷5, p.284 ; 『耘谷行錄』 卷1, 影印標點 『韓國文集叢刊』 卷6, p.133.

246) 천생민(天生民) : “하늘이 백성들을 내시고 사물마다 법칙이 있게 하셨네. 백성들도 떳떳한 덕을 지녀 아름다운 덕을 좋아하네. 天生烝民, 有物有則. 民之秉彝, 好是懿德.” 『시경(詩經)』 卷6, 대아(大雅) 「증민(烝民)」.

이제 벌써 열아홉 번째 봄이니, 于今十九春
두어 자 높이 외로운 무덤에서 孤墳高數尺
기쁜 마음이 저절로 넘치시겠지. 喜氣應自新
어두운 가운데서도 염원 있으니 冥冥間所念
어찌 천금 보배에다 비하랴. 奚啻千金珍
나 이제 다행히도 여기 머물며 我今幸留滯
너의 경륜만을 빌고 있단다. 祝爾掌經綸
십 년 동안 운곡 골짜기에서 十年耘谷口
몸소 밭 갈며 자진(子眞)을[247] 본받았지. 躬耕效子眞
즐거움은 옛날 그대로인데 樂猶昔時樂
가난은 지난해보다 점점 더해지네. 貧甚去年貧
네가 보내온 시 그 뜻이 두터워 來詩意轉厚
읽고 나자 술에라도 취한 듯해라. 讀之如飮醇
때때로 너를 좇는 꿈이 時時逐渠夢
멀리 동쪽 바닷가를 둘러오지만, 遠繞東溟濱
두 곳이 너무나 떨어져 있어 所嗟兩懸隔
소식마저 자주 듣기 어려웠지. 音問難頻頻
부디 소식이라도 자주 보내거라 連連送書信
문에 기대어[248] 기다리는 어머니가 집에 계시니. 家有倚門親

김매는 늙은이의 노래

247) 자진(子眞) : 한말(漢末)의 은사(隱士)인 정박(鄭樸)의 자(字). 벼슬에 응하지 않고 도를 닦으면서 곡구(谷口)에 집을 지어 살았으므로, 곡구자진(谷口子眞)이라고 일컬음. 성제(B.C. 33~B.C. 8) 때에 대장군 왕봉(王鳳)이 예를 갖추어 그를 불렀지만, 가지 않았다. 『한서(漢書)』 卷72.

248) 의문(倚門) : 의문지망(倚門之望)이나 의려지망(倚閭之望)은 집 나간 자식을 기다리는 부모의 심정을 가리킨다. "왕손가(王孫賈)가 15세에 민왕(閔王)을 섬겼는데, 왕이 달아나, 있는 곳을 모르게 되었다. 그러나 그의 어머니가 그에게 말했다. 나는 네가 아침에 나갔다 늦게 돌아오면 문에 기대어 바라보고, 네가 저녁에 나갔다가 돌아오지 않으면 동구밖에 기대어 기다린다. 그런데 너는 지금 임금을 섬기면서, 임금이 달아나 버려 있는 곳을 모르게 되었는데, 네가 (찾지 않고) 어찌 돌아오느냐?" 『전국책(戰國策)』, 「제책(齊策)」. 려(閭)는 마을 입구에 있는 문이다.

耘老吟[249)]

김매는 이 늙은이 한 평생 가여워라　耘老平生可憐
겉치레 꾸미려하는 마음 없었지.　心無綵繪之飾
때때로 얼근히 취해 시나 읊으면　有時半醉高吟
십리의 산과 시내가 동정하는 빛이었지.　十里溪山動色

김매는 늙은이는 부질없이 나가지 않아　耘老不曾浪出
마음이 세상과 멀어졌네.　心神與世疎闊
순박했던 옛 시대를 생각하면서　追思上古淳風
혼자 앉아서 허공에다 돌돌(咄咄)[250)] 두 글자만 쓰네.　獨坐書空咄咄

김매는 늙은이가 늙어가면서 병이 많아　耘老衰遲病多
귀밑머리도 드문드문 세어졌지만,　蕭蕭兩鬢霜髮
산을 마주하는 그 신세 유유해서　對山身世悠悠
흰 구름 밝은 달을 한가롭게 즐기네.　閑弄白雲明月

김매는 늙은이가 형 한 분을 잃어　耘老曾離一兄
황천에 가셨으니 다시는 만날 수 없네.　九原未可重作
외로운 신세 그 누구가 어려움을 구해주랴[251)]　孑然誰與急難
사마우(司馬牛)의 걱정보다도[252)] 더 많은데.　司馬牛憂不博

---

249) 『耘谷詩史』 卷1, 『高麗名賢集』 卷5, p.284 ; 『耘谷行錄』 卷1, 影印標點 『韓國文集叢刊』 卷6, p.134.

250) 돌돌(咄咄) : "돌돌(咄咄)"은 뜻밖의 일을 당하고 깜짝 놀라서 탄식하는 소리이다. 진(晉)나라 은호(殷浩)가 조정에서 쫓겨난 뒤에 충격을 받고, 하루 종일 공중에다 손가락으로 "돌돌괴사(咄咄怪事)"라는 네 글자를 썼다고 한다. 자신의 파직이 너무나 뜻밖이었기 때문이다.

251) 급난(急難) : 이 구절에서 "급난(急難)"이라는 말이 형제들끼리 어려움을 구해 준다는 뜻으로 많이 쓰였는데, 운곡은 형을 잃어 "급난(急難)"해줄 분이 없어졌다는 뜻이다. "할미새가 들판에 있으니 형제들이 어려움을 급히 구해주네. 脊令在原, 兄弟急難." 『시경(詩經)』 卷4, 소아(小雅) 「녹명지십(鹿鳴之什)」 상체(常棣). 할미새는 원래 물가에 사는 새이니, 들판에 있는 것은 그 생활 근거를 잃은 것이다. 그러므로 그 무리를 찾아 울면서 날아다니는 것을 형제들이 어려움을 구해 주는 데다 비유한 시이다.

김매는 늙은이가 올해 농사라곤 耘老今年農業
논밭 한 이랑도 갈지 않았네. 不耕一畝水田
원래 내 배는 텅 비어 있어 由來我腹空洞
채울 물건도 없고 보전할 물건도 없네. 無物可容可全

김매는 늙은이가 김매지 않아 耘老不耘禾穀
가라지만 어지럽게 우거져 있네. 亂苗稂莠荒蕪
하늘이[253] 인물을 경계하지 않아 皇天不儆人物
세속 교화시킬 현량이 아주 없구나. 化俗賢良絶無

김매는 늙은이의 생애가 썰렁해 耘老生涯廓落
해마다 네 벽이 텅 비어 있네. 年年四壁空虛
봄바람 가을달만 지니고 있어 只有春風秋月
모자람도 남음도 없네. ○○無欠無余

김매는 늙은이가 하남(河南)에 처소를 얻었건만 耘老河南得所
게으르고 못난 탓에 시속에 맞지 않네. 疎慵不入于時
세상을 깔보며 스스로 만족하니 傲傲休休愚甚
세상이 비웃고 남들이 속인들 어찌하랴. 任從世笑人欺

김매는 늙은이가 권세와 이익을 생각지 않아 耘老全忘勢利
홀로 즐겁다가 불평하기도 하네. 陶陶且或嚻嚻
본성에 따라 천성을 즐기는 일이야 어찌 하랴만 導性樂天何敢

252) 사마우우(司馬牛憂) : 사마우(司馬牛)가 "다른 사람은 다 형제가 있건만 나는 형제가 없다"고 걱정한 말. 사마우(司馬牛)가 근심하며 말했다. "남들은 다 형제가 있는데, 나 혼자만 형제가 없구나." 그러자 자하(子夏)가 말했다. "나는 이런 말을 들었다. '죽고 사는 것은 명(命)에 달렸고, 부하고 귀한 것은 하늘에 달렸다' 군자가 공경하고 잘못이 없으며 남과 사귈 때에 공손하고 예가 있으면, 세상 사람이 모두 형제이다[四海之內皆兄弟也]. 군자가 어찌 형제 없는 것을 근심하겠느냐?"『논어(論語)』卷12,「안연(顏淵)」.

253) 황천(皇天) : ① 크고 넓은 하늘. ② 하느님.

가진 것은 한 바구니 밥과 한 바가지 국뿐이라네. 嗟嗟只有簞瓢

김매는 늙은이가 붓(管城子)을[254] 잡기만 하면 耘老聊將管城
미친 듯이 맘껏 흥겨움을 내쏟으니, 發生十分狂興
관성자(管城子) 또한 웃으면서 말하기를 管城且笑且言
그대의 시루에 먼지 앉는 것 이상하다네. 怪爾一生塵甑

귀뚜라미를[255] 읊다[자고천(鷓鴣天)][256]

促織詞(鷓鴣天)[257]

바람 고요한 빈 뜰에 이슬방울이 맑은데 風靜空階玉露淸
창 너머 우는 소리가 슬픔을 자아내네. 隔窓啾唧動哀情
먼길 떠난 나그네가 듣고는 시름 더하고 征夫一聽應添恨
가난한 아낙네들은 어둠 속에 깜짝 놀라네. 寒婦初聞忽暗驚
초가을 밤이 벌써 삼경이나 되었는데 秋七月夜三更○
베틀 북 울리면서 먼동 트기를[258] 기다리네. 弄鳴機杼到天明
슬프구나! 네 신세가 내 신세 같건만 却嗟爾事如吾事
이따금 하소연해도 들어주는 이가 없네. 往往叫閽無助聲

갈매기를 읊음

254) 관성자(管城子) : 붓을 말함. 그 친족을 모아 묶고서, 진시황이 몽염(蒙恬)에게 탕목(湯沐)을 주면서 관성(管城)에 봉하여 관성자(管城子)라고 하였다. 한유, 「모영전(毛穎傳)」. 선성(宣城) 모원예(毛元銳)의 자는 문봉(文鋒)인데, 관성후(管城侯)에 봉했다. 「문방사보(文房四譜)」. 붓을 주인공으로 한 가전(家傳)에서 주인공의 성은 모(毛)이며, 털을 묶어서 붓을 만들 때에 대롱(管)에 끼워 쓰기 때문에 관성(管城)에 벼슬을 받았다. 이름을 모원예(毛元銳)라 하고 자를 문봉(文鋒)이라 한 것도 붓끝이 날카롭기 때문이다. 운곡의 이 시에서도 관성자는 역시 그가 쓰던 붓이다.

255) 촉직(促織) : 귀뚜라미.

256) 자고천(鷓鴣天) : 사패(詞牌)의 제목인데, 당나라 시인 정우(鄭嵎)의 시 "집이 자고천에 있네(家在鷓鴣天)"라는 구절에서 따다가 이름을 삼았다.

257) 『耘谷詩史』 卷1, 『高麗名賢集』 卷5, p.284 ; 『耘谷行錄』 卷1, 影印標點 『韓國文集叢刊』 卷6, p.134.

258) 천명(天明) : 날이 밝은 녘.

白鷗詞[259]

봄날의 강과 바다는 끝이 없으니　江海無涯浩蕩春
물결 따라 하루 종일 마음대로 오가네.　隨波逐浪自由身
정해진 곳이 없으니 뜬 구름 같고　浮雲態度元無定
언제나 깨끗하니 정신이 흰 눈 같네.　白雪精神固未馴
마음이 얽매이지 않아 티끌 세상을 떠났고　心絶累格離塵○
비와 연기에 젖어 사니 고기잡이와 친구 되었네.　淡烟疎雨伴漁人
나 또한 평생 욕심을 잊고 사니[260]　平生我亦忘機者
전날의 약속 저버리지 말고 날마다 친하세나.　莫負前盟日相親

위 열 일곱 수는 원고에 빠진 것인데 연월일(年月日)의 순서에 따라 여기에 붙여 둠(右十七首 逸於原稿 而以年月第次 係之于此)

1364년(갑진) 정월 17일. 눈이 내리다

正月十七日雪(甲辰)[261]

하늘빛이 흐리다가 쌀쌀해지니　天色陰沈成慘淡
눈꽃이 땅에 덮이고 언 구름이 드리웠네.　雪華鋪地凍雲低
매화꽃이 버들개지 같아 아름다운 시구를 찾고　梅花柳絮探佳句
하얀 띠가 은 술잔으로 보여 옛일을 생각하네.　縞帶銀盃見舊題
모습을 지으며 옆으로 흩날리자 원근이 이어지고　作態斜飛連遠近

---

259)『耘谷詩史』卷1,『高麗名賢集』卷5, p.284 ;『耘谷行錄』卷1, 影印標點『韓國文集叢刊』卷6, p.134.

260) 망기(忘機) : 귀찮은 세상사를 잊음. 기심(機心)을 잃은 상태, 즉 아무런 욕심도 없는 상태를 가리킨다. 무슨 일을 자기 생각대로 하려는 마음, 또는 욕심내거나 남을 해치려는 마음이 바로 기심(機心)이다. 바닷가에 갈매기를 좋아하는 사람이 살고 있었다. 그는 매일 아침 바닷가에 나가서 갈매기들과 같이 놀았는데, 놀러 오는 갈매기가 백 마리도 넘었다. 어느 날 그의 아버지가 그에게 말했다. “내 들으니 갈매기가 모두 너와 더불어 논다는구나. 네가 한 마리 잡아오너라. 내 그걸 가지고 장난하고 싶으니.” 그 다음날 바닷가에 나가 보니, 갈매기들은 하늘에서 맴돌 뿐 내려오지 않았다.『열자(列子)』,「황제」.

261)『耘谷詩史』卷1,『高麗名賢集』卷5, p.285 ;『耘谷行錄』卷1, 影印標點『韓國文集叢刊』卷6, p.135.

허공을 비추며 모여들어 동서에 가득하니, 映空先集滿東西
모르겠구나! 오늘 밤 산음(山陰) 달빛에 不知今夜山陰月
흥겨워 섬계(剡谿)를[262] 찾을 사람이 그 누구일지. 乘興何人訪剡谿

도경산재(道境山齋)에 놀다

遊道境山齋[263]

멀리 산 암자를 향해 푸른 골짜기를 찾아드니 遠訪山菴尋碧洞
푸른 바위 뿌리에 물 부딪치는 소리 맑구나. 水聲激激蒼巖根
그윽한 산의 봄이 좋아 나그네 발길 멈추고 幽山春好客留屐
낡은 절에 해가 기울자 스님이 문을 닫네. 古寺日斜僧閉門
골짜기 가득 연기와 노을이 자욱하게 잠기고 滿洞烟霞紫氣鏁
추녀 끝 소나무 잣나무에 푸른 구름이 감도니, 遶軒松栢蒼雲翻
물외(物外)의 경치가 모두 기이해 異跡奇觀皆物外
잠시 티끌 세상 시끄러움을 잊고 서 있네. 適來忘却塵間喧

안(安) 사호(司戶) 집에 몇몇 사람이 모여 술잔을 나누면서 시 한 수를 지어 이을생(李乙生)[264] 선생에게 보임

安司戶家. 五六人成小酌. 作一首示李先生(乙生).[265]

그대가 압록강을 건너간 뒤부터 一從君去鴨江涯
술잔 들고 그대 생각 아니한 적이 없었지. 擧酒思君日益多
끊어진 줄 이어주니[266] 거문고 소리 새로워지고 已續斷絃琴有韻

---

262) 섬계(剡溪) : 왕휘지(王徽之)가 산음 살 때 한밤중에 눈이 내리자, 홍이 나서 섬계(剡溪)에 살던 친구 대안도(戴安道)를 만나러 갔다. 배를 저어 그의 집까지 찾아갔지만 문 앞에 이르러 홍이 다하자, 그를 만나보지도 않고 되돌아왔다. 『진서(晉書)』 卷80 ; 『세설신어(世說新語)』「임탄(任誕)」.

263) 『耘谷詩史』 卷1, 『高麗名賢集』 卷5, p.285 ; 『耘谷行錄』 卷1, 影印標點 『韓國文集叢刊』 卷6, p.135.

264) 이을생(李乙生) : 생몰년 미상.

265) 『耘谷詩史』 卷1, 『高麗名賢集』 卷5, p.285 ; 『耘谷行錄』 卷1, 影印標點 『韓國文集叢刊』 卷6, p.135.

266) 단현(斷絃) : 절현(絕絃)은 "거문고 줄을 끊어버린다"는 뜻에서 "자기를 잘 알아 주던

바퀴 비녀장을 뽑아 던지자[267] 우물에 물결 솟아나네. 宜投脫轄井生波
단지 속에 망우물이[268] 떨어지지 않으니 尊中不盡忘憂物
자리에 어찌 해어화가[269] 없을손가. 座上何稀解語花
내가 노래 시작하자 그대는 춤을 추니 我欲放歌君起舞
좋은 날 이 즐거움을 자랑할 만도 하이. 良辰樂事可堪誇

도경(道境)[270] 대선사(大禪師)의[271] 장실(丈室)에[272] 보냄

寄道境大禪翁丈室[273]

뽕나무에 오디 많이 여물고 桑林椹多熟
밤꽃도 이미 늘어졌네. 栗樹花已垂
둥지의 제비새끼들은 모두 젖 떨어지고 巢鷰盡離乳
박(箔)에 오른 누에들은 실 얽기를 시작하네. 箔蠶初引絲
물상(物像)이 변해 가는 모습을 보면서 行看物像變
빠른 세월을 문득 탄식하니, 却嘆光陰移

친구가 죽었다"는 뜻으로 쓰였다. 이 시에서는 헤어졌던 친구를 다시 만났다는 뜻으로 쓰인 듯하며, 다른 시에서는 "(아내가 죽은 뒤에) 재혼하다"는 뜻으로도 썼다. 백아(伯牙)가 거문고를 타면 종자기(鍾子期)가 들었다. (백아가) 거문고를 타면서 태산에 뜻을 두었으면, 종자기가 듣고서 "거문고를 정말 잘 타는구나! 태산처럼 우뚝하구나"라고 하였다. 잠시 뒤에 흐르는 물에 뜻을 두고 타면 종자기가 듣고서 "거문고를 정말 잘 타는구나! 흐르는 물처럼 출렁이는구나"라고 하였다. 종자기가 죽자, 백아가 거문고를 부수고 줄을 끊어버렸다. 다시는 거문고를 타지 않았다. 『여씨춘추(呂氏春秋)』, 「본미(本味)」; 『열자(列子)』, 「탕문(湯問)」.

267) 의투탈할(宜投脫轄) : 한나라 말기에 진준(陳遵)이 손님 치르기를 좋아하였다. 술을 대접할 때마다 손님을 오래 머물게 하려고, 손님이 타고 온 수레바퀴의 비녀장을 뽑아 우물에 던졌다고 한다. 『한서(漢書)』 卷92, 「진준(陳遵)」.

268) 망우물(忘憂物) : 걱정을 잊게 해주는 물건, 즉 술이다.

269) 해어화(解語花) : 말을 알아듣는 꽃, 즉 기생이다.

270) 도경(道境) : 도경선사(道境禪師). 가지산문계 선종 승려로 추정됨.

271) 대선사(大禪師) : 승계(僧階)의 하나. 교종은 대선(大選) – 중덕(中德) – 대덕(大德) – 도대사(都大師), 선종은 대선(大選) – 중덕(中德) – 선사(禪師) – 대선사(大禪師) – 도대선사(都大禪師)로 되어 있었다.

272) 장실(丈室) : 선원(禪院) 주지(住持)의 거실(居室). 방장(方丈).

273) 『耘谷詩史』 卷1, 『高麗名賢集』 卷5, p.285 ; 『耘谷行錄』 卷1, 影印標點 『韓國文集叢刊』 卷6, p.135.

인간 세상에 마치 붙어사는 것 같아 　人世恰如寄
우리네 인생이 참으로 슬프구나. 　吾生良可悲
언제나 서글픔 느끼면서 　悠悠長慘感
사방으로 허덕이며 돌아다니니, 　役役幾奔馳
경치 좋은 곳에는[274] 발 디디기 어렵건만 　勝地難容足
숨어 살다보니 눈썹 찌푸릴 일이 없네. 　幽居欠蹙眉
티끌세상 얽매임을 벗어나지도 못하고서 　未除塵土累
부질없이 물과 구름을 찾아다니네. 　空懷水雲奇
가고 싶어도 아무런 계책이 없고 　欲往終無計
다시 놀러 가려다 기회를 놓쳤네. 　重遊早失期
하는 일 없이 긴 날을 보내고 　徒然消永日
좋은 시절을 어느새 지내버렸네. 　倏忽過良時
춤추는 나비는 내 옹졸함을 비웃고 　舞蝶欺予拙
우는 매미는 내 어리석음을 호소하니, 　鳴蜩訴我癡
모두들 천 섬이나 되는 한을 지녀 　相將千斛恨
이 한 편의 시를 지었네. 　題作一篇詩
선상(禪床)[275] 앞에 받들어 올리노니 　奉寄禪床下
이 마음 모름지기 헤아려 주소서. 　此心須細知

도경(道境) 대선사(大禪師)의 화운시를 받고 다시 차운함

禪翁見和. 復次韻.[276]

도경(道境)이 바로 신선의 경지(仙境)이니 　道境眞仙境
솔 그늘이 뜨락에 가득하네. 　松陰滿院垂
추녀 끝에는 차 연기 자욱하고 　茶軒烟羃羃
약초 밭에는 비가 부슬거리네. 　藥圃雨絲絲

---

274) 승지(勝地) : ① 경치가 좋은 곳. ② 지세(地勢)가 좋은 땅.

275) 선상(禪床) : 선가(禪家)에서 중이 설법할 때 올라앉는 법상(法床).

276) 『耘谷詩史』 卷1, 『高麗名賢集』 卷5, p.285 ; 『耘谷行錄』 卷1, 影印標點 『韓國文集叢刊』 卷6, p.135.

한 골짜기가 넓고도 그윽하니 一洞寬平豁
황홀한 삼청(三淸)[277] 세계가 옮겨온 듯해, 三淸怳惚移
길이 멀어서 티끌 세상과 끊어졌고 路遙塵俗絶
숲이 가까워 들새들만 슬피 우네. 林近野禽悲
다만 편히 쉬면 될 뿐이지 但可安棲息
무엇하러 부질없이 돌아다니랴. 何爲浪走馳
물 맑으니 귀 씻을 만하고[278] 水淸思洗耳
산 좋으니 눈썹 펼 게 기뻐라. 山好喜伸眉
달은 구름과 함께 고요하고 月與雲俱靜
사람도 지경 따라 기이하구나. 人兼境寂奇
반드시 뒷날의 만남을 의논하세나 必須謀後會
지난 약속을 이미 어겼으니. 已過在前期
가는 곳마다 경치 아름다우니 美景多隨處
때 놓치지 말고 즐겁게 노세. 歡遊要及時
슬프구나! 내 본성이 성기고도 게을러 嗟余本疎懶
부질없이 어리석은 짓만 배웠으니, 徒自學愚癡
아무런 계책 없음을 깊이 탄식하며 深歎無良策
옹졸한 시나 바치는 게 부끄러워라. 空慙獻拙詩
앞으로는 명승지를 찾아가리다 擬將尋勝地
한가한 맛을 옛날 일찍이 알았으니. 閑味昔曾知

늦가을(두 수)

277) 삼청(三淸) : 삼청정심(三淸淨心). 성불하는 도에 알맞는 청정심의 세가지. 1) 무염청정심(無染淸淨心). 자기를 위하여 낙을 구하지 않는 마음. 2) 안청정심(安淸淨心). 온갖 중생이 고뇌를 벗어버리고 안락한 경계를 얻는 마음. 3) 낙청정심(樂淸淨心). 온각 중생으로 하여금 극락에 나서 위없는 낙과(樂果)를 얻게 하는 마음.

278) 세이(洗耳) : 상고시대 사람이었던 허유(許由)의 이야기이다. 그는 양성(陽城) 괴리(槐里) 사람이었는데, 자는 무중(武仲)이며, 패택(沛澤) 가운데 숨어 살았다. 요(堯)임금이 천하를 물려주려 하자 받지 않고, 영수(潁水) 북쪽 기산(箕山) 아래로 달아나 살았다. 요임금이 또 불러서 구주(九州)의 장관을 삼으려 하자, 허유가 그 소리를 듣지 않으려고 영수 물가에서 귀를 씻었다.

秋晩(二首)[279)]

가을 산 짙은 빛이 언제나 좋아	長愛秋山色更濃
참모습 그림으로 그리고 싶네.	擬將圖畵寫眞容
곱게 물든 낙엽이 다 흩날려도	霜林落葉渾飛盡
시냇가 소나무는 변함없이 푸르네.	依舊靑靑澗底松
단풍 물든 고개는 붉은 노을에 잠기고	深鎖赤霞楓葉嶺
갈대꽃 물가엔 흰 눈이 덮였는데,	平鋪白雪荻花洲
한 떨기 국화가 적막하게 꽃을 피워	菊叢寂寞金葩嫩
동쪽 울타리에만 가을이 다하지 않았네.	唯有東籬獨未秋

마전사(麻田寺)에[280)] 가서

遊麻田寺[281)]

티끌 세상 바삐 달리다 견딜 수 없어	塵土驅馳也不堪
암자를 향하느라 솔길 찾아들었네.	特尋松磴訪僧菴
창가 달빛에 나그네 혼은 깨어나고	客魂已醒涵窓月
골짜기 노을에 학의 꿈은 한창일세.	鶴夢初酣滿洞嵐
고개 구름 벗삼아 맑은 흥취 더하고	好伴嶺雲添逸興
뜨락 잣나무 마주앉아 지난 이야기 물어보네.	更將庭柏問眞談
골짜기와 산 따라다니며 얻은 시구를	適來偶得谿山句
노을 향해 유쾌히 두세번 읽어보네.	快向烟霞讀再三

동년(同年)[282)] 허중원(許仲遠)이 시를 보내왔으므로 글자를 나누어서 운

279) 『耘谷詩史』 卷1, 『高麗名賢集』 卷5, p.285 ; 『耘谷行錄』 卷1, 影印標點 『韓國文集叢刊』 卷6, p.135.

280) 마전사(麻田寺) : 소재 불명.

281) 『耘谷詩史』 卷1, 『高麗名賢集』 卷5, p.285 ; 『耘谷行錄』 卷1, 影印標點 『韓國文集叢刊』 卷6, p.135.

282) 동년(同年) : 동방(同榜). 같은 때의 과거에 급제하여 방목(榜目)에 같이 참여한 사람.

을 삼아 28수를[283] 짓다
許同年仲遠以詩見寄. 分字爲韻二十八首.[284]

개똥벌레(螢字)[285]

그대가 서쪽 봉황성을 향할 적에	記君西向鳳凰城
정처 없는 발길이 물위의 마름 같았지.	蹤跡猶如水上萍
새벽에 강가 정자를 건널 때 선뜻한 물은 아주 파랬고	曉過江亭寒水碧
저녁에 촌집에 들리면 먼 산이 푸르게 보였지.	晩依村舍遠山靑
우뚝 높은 절개는 가을 소나무 같고	挺然高節秋松茂
빛나는 이름은 여름 난초의 향내 같았지.	赫爾英名夏蕙馨
서울에서 글 읽던 자리를 멀리 생각해보니	遙想京都讀書榻
흰 눈이 환히 비춰 반딧불은 필요 없었지.[286]	雪華輝映不須螢

창(窓字)[287]

---

283) 이십팔수(二十八首) : 허중원이 칠언절구를 보내왔으므로 원문이 28자가 되었는데, 운곡이 그 글자 한 자마다 운으로 삼아서 시 1수를 지었다. 이 한 제목에 28수의 시를 지은 것인데, 시마다 그 운(韻)자가 작은 제목이 되었다.

284) 『耘谷詩史』 卷1, 『高麗名賢集』 卷5, p.285 ; 『耘谷行錄』 卷1, 影印標點 『韓國文集叢刊』 卷6, p.135.

285) 『耘谷詩史』 卷1, 『高麗名賢集』 卷5, p.285 ; 『耘谷行錄』 卷1, 影印標點 『韓國文集叢刊』 卷6, p.135.

286) 설화휘영불수형(雪華輝映不須螢) : 진(晉)의 차윤(車胤)과 손강(孫康)이 집이 가난하여 반딧불과 눈빛에서 글을 읽었다는 고사에서 나온 말. "진(晉)나라 차윤(車胤)의 자는 무자(武子)인데, 어려서부터 공손하고 부지런하여 많은 책을 읽었다. 그러나 집이 가난하여 늘 기름을 얻을 수 없었으므로, 여름철에는 비단 주머니에다 반딧불 수십 마리를 채웠다. 그것으로 책을 비춰서 글을 읽어, 밤에도 낮(에 하던 독서)를 계속하였다. 뒤에 벼슬이 상서랑(尙書郎)에 이르렀다." 『진서(晉書)』, 「차윤전(車胤傳)」. "손강(孫康)은 젊어서 청렴하고 깨끗해, 친구들과 사귐이 잡스럽지 않았다. 집이 가난해 기름이 없었으므로, 눈에 비춰서 책을 읽었다. 후에 벼슬이 어사대부(御史大夫)에 이르렀다." 『진서(晉書)』, 「손강전(孫康傳)」. 이 두 사람이 가난한 생활 속에서도 열심히 공부하여 성공한 것을 형설지공(螢雪之功)이라고 했는데, 운곡이 이 시에서 "흰 눈이 있어 반딧불이 필요없었다"고 한 것도 같은 뜻이다.

287) 『耘谷詩史』 卷1, 『高麗名賢集』 卷5, p.286 ; 『耘谷行錄』 卷1, 影印標點 『韓國文集叢刊』 卷6, p.136.

오랫동안 연촉(蓮燭) 없이 난강(蘭釭)을 마주했으니　　久違蓮燭對蘭釭
여관방 창가에서 생각 끝이 없었겠지.　　無限思量在旅窓
모이고 흩어지는 것이 본래 일정치 않으니　　聚散由來難自定
짝 잃은 외기러기를 슬퍼하지 마시게.　　莫嗟孤鴈未成雙

괴로움(苦)[288]

세상 밖에서 부침(浮沈)해보니　　浮沉世間外
산 빛만 고금이 없네.　　山色無今古
사람의 마음은 아침 저녁이 다르니　　人心異朝昏
진실하고 허망함을 어찌 헤아리랴.　　實虛那足數
그대의 시 한 수를 읽어보니　　看君一首詩
말이 왜 그리 괴로운지,　　詞語何更苦
그대의 뜻은 천금보다 무겁지만　　君意重千金
아이들 마음은 깃털같이 가볍다네.　　兒心輕一羽
원래는 피차(彼此)의 구분이 없으니　　元無彼此分
먼지 뒤를[289] 따르는 개미 떼와 같다네.　　後塵如蟻聚
겉모습만 보고 믿지는 말게나　　且莫信毛皮
행실을 취할 바 없으면 어찌하겠나.　　所行無可取
내 인생은 풍류를 끊었으니　　我生絶風流
혼자 다니며 언제나 처량하건만,　　獨行常踽踽
술잔 들고 푸른 산을 대하면　　把酒對青山
즐겁게 노래 부르고 춤도 춘다네.　　陶然歌且舞

업[業, 금련(金蓮)을[290] 대신해 지음][業(代金蓮)][291]

---

288) 『耘谷詩史』 卷1, 『高麗名賢集』 卷5, p.286 ; 『耘谷行錄』 卷1, 影印標點 『韓國文集叢刊』 卷6, p.136.

289) 후진(後塵) : 먼지를 뒤로 한다는 뜻. 진(晉)나라 때의 사람 석숭(石崇)과 반악(潘岳)은 가밀(賈謐)에게 아부하고자 그가 외출할 때면 달려나가 수레 뒤 먼지를 뒤집어쓰고 절을 했다고 한다. 이 이야기는 『몽구(蒙求)』에 「반악망진(潘岳望塵)」이란 제목으로 쓰여 있다.

그대 보내고 그대 생각 아니한 날이 없어	送君無日不懷君
맑은 눈물 줄줄이 붉은 뺨을 적셨지.	淸淚涓涓滿紅頰
두 곳을 강과 산이 가로막았건만	雖然兩地隔江山
밤마다 꿈과 혼이 산 넘고 물 건넜네.[292]	夜夜夢魂能跋涉
아이와 집을 떠난 지가 몇 해나 되었던가	兒家離別知幾何
수심의 성은 몇 겹으로 둘러싸여,	此別愁城㝡重疊
난간에 기대어 머리 긁고 바라보며	倚欄搔首獨含情
근년에 겪은 악업(惡業)들을 탄식하네.	却嘆年來多惡業
그대는 이제 오릉랑(五陵郎)이[293] 되었으니	知君去作五陵郎
꽃과 달, 누대에 마음 흐뭇하겠지만,	花月樓臺心自愜
새 사랑 생겼다고 옛 맹세 잊지 마시게	休將新愛負前盟
믿음을 어긴 사람은 후회한다네.	背信人難可追楊
명심코 지난 허물을 돌아보시게	銘心歷歷省愆尤
사람은 자기 눈썹을 보지 못하는 법이라네.	人自不能見其睫
바라건대 힘써서 용문(龍門)에[294] 오르시어	但願努力到龍門
만리 구름 길에 영화를 떨치시게.	萬里雲衢穩跨躡

290) 금련(金蓮) : 연(蓮)의 한 가지. "無情類, 草. 蓮 (中略) 分枝蓮・旺蓮・金蓮・夜舒蓮・碧蓮・十丈蓮・黃蓮・藕合蓮・四季蓮・分香蓮 (幷諸蓮名)."『물명고(物名考)』卷3.

291)『耘谷詩史』卷1,『高麗名賢集』卷5, p.286 ;『耘谷行錄』卷1, 影印標點『韓國文集叢刊』卷6, p.136.

292) 발섭(跋涉) : 행로(行路)의 어려움을 말하는 것. 산을 넘고 물을 건너 여러 지방을 돌아다님(『傳』, "草行曰跋 水行曰涉").

293) 오릉랑(五陵郎) : 호화판으로 유람하는 사나이. 중국 장안 부근에 한나라 고제(高帝) 이하 다섯 황제의 능이 있다. 이 부근에 번화한 거리가 있어 유흥객들이 몰렸으므로, 이 시에서 말하는 오릉랑(五陵郎)도 사치스러운 유람객을 가리킨다.

294) 용문(龍門) : 성망(聲望)이 높은 사람을 비유한 말. 후한(後漢) 때 이응(李膺)이 고사(高士)로 이름이 높아, 누구든지 그로부터 한번 접견(接見)을 받으면 세상에서 그 사람에게 용문(龍門)에 올랐다고 한 데서 나온 말이다.『후한서(後漢書)』,「이응(李膺)」. 황하(黃河)에 용문(龍門)이란 곳이 있는데, 산서성 하진현(河津縣)과 섬서성 한성현(韓城縣) 사이의 급류(急流)이다. 물살이 험해서 물고기들이 거슬러 올라가기 힘든데, 잉어가 이곳을 올라가면 용이 된다고 한다. 그래서 사람이 영예롭게 되는 것도 등용문(登龍門)이라고 한다.

일(一)[295]

선생은 남달리 뛰어나서 先生有魁奇
본래 영인(郢人)의 자질을[296] 지녔었지. 本自懷郢質
장차 가진 포부를 펼치려고 將欲轉吾介
같이 다니며 시필(詩筆)을 휘둘렀지. 相從弄詩筆
마음이 같으니 도(道)도 같아서 心同道亦同
금슬(琴瑟)처럼[297] 잘 어울리고, 好合如鼓瑟
서로 마음속이[298] 맑아서 湛然方寸間
티 하나 없이 정일(精一)[299] 했었지. 無雜而精一
어찌 제향(帝鄕)을[300] 향해 가면서 胡爲向帝鄕
내게 한 마디 인사도 없이 떠나셨나. 與我無告出
한스러운 건 다른 마음이 아니라 所恨非他情
떠나는 날도 몰랐기 때문일세. 不覺發行日
떠나간 길을 바라보니 回頭歸去程
강물은 멀고 푸른 산이 싸였네. 水遠靑山密
천금 같은 몸을 잘 지녀 願保千金軀

---

295) 『耘谷詩史』 卷1, 『高麗名賢集』 卷5, p.286 ; 『耘谷行錄』 卷1, 影印標點 『韓國文集叢刊』 卷6, p.136.

296) 영질(郢質) : 영인(郢人)의 자질. 재능이 뛰어난 것을 비유한 말. 옛날 영(郢) 땅 사람이 흙을 잘 발랐는데, 어느 날 자기 코끝에 파리 날개 같은 것을 붙여 놓고 장인(匠人)을 시켜 깎게 하니, 자귀에 바람이 나도록 움직여도 코끝을 상하지 않았다는 고사에서 나온 말이다. 『장자(莊子)』 卷24, 「서무귀(徐無鬼)」.

297) 금슬(琴瑟) : 금(琴)은 5현 또는 7현의 현악기이고, 슬(瑟)은 25현의 현악기이다. 화목한 부부더러 금실이 좋다고 하는 말은 이 구절에서 나왔다. 이 시에서 "우(友)"자는 부부 사이에 친히 지내는 것도 뜻하지만, 친구 사이의 우정도 뜻한다. "올망졸망 마름을 이리저리 뜯고, 아리따운 아가씨와 금슬(琴瑟) 뜯으며 친히 지내네. 參差荇菜, 左右采之. 窈窕淑女, 琴瑟友之." 『시경(詩經)』 卷1, 주남(周南) 「관저(關雎)」.

298) 방촌(方寸) : 사람의 심장은 사방 한 치쯤 된다는 옛 말에서 온 것으로 마음을 가리킴.

299) 정일(精一) : 아주 정제하고 순일함. "사람의 마음은 위태롭고 도(道)의 마음은 은미하니, 오직 정일(精一)해야만 참으로 그 중정(中情)을 잡을 것이다. 근거없는 말은 듣지 말고, 여러 사람들에게 물어보지 않은 꾀는 쓰지 말라." 『서경(書經)』 卷1, 우서(虞書) 「대우모(大禹謨)」.

300) 제향(帝鄕) : 황제(皇帝)가 있는 곳. 중국을 말함.

평안하게 만사가 잘 이뤄지길 비네. 平安加萬吉
서울에서[301] 옛날 알던 친구들[302] 京洛舊知音
몇 사람이나 그곳에 있는지, 幾人在華秩
그대에게 내 안부를 묻거든 憑君問吾行
그럭저럭 지낸다고 일러 주시게. 報道無得失

추위(寒)[303]

새로 보내준 시 한 수 말이 씁쓸하니 新詩一首語酸寒
그대의 마음 편치 않은 걸 알겠네. 看了知君意未安
내게 그 사연 말씀하셨기에 卽與儂家說其故
남 몰래 흐르는 눈물 씻어내었네.[304] 諱人輕灑淚闌干

삶(生)[305]

인간사를 자세히 생각해보니 細筭人間事
처량하게 온갖 느낌이 나네. 悽然百感生
떠오르고 잠기는 것이 날에 따라 다르고 升沈隨日在
모였다 흩어지는 것도 구름이 가는 것 같네. 聚散似雲行
생전의 즐거움만 취하면 그만이지 但取生前樂
세상의 영화가 어찌 필요하랴. 何須世上榮
이 생각을 말할 곳 없어 此懷無處說

---

301) 경락(京洛) : ①서울. ② 낙양.

302) 지음(知音) : 백아(伯牙)가 거문고를 타는데, 높은 산에 뜻이 있으면 (그의 친구) 종자기(鍾子期)가 듣고서, "태산과 같이 높구나"라고 말하였다. 또 흐르는 물에 뜻이 있으면 종자기가 듣고서 "강물처럼 넓구나"라고 말하였다. 백아가 생각한 것을 종자기가 반드시 알아맞혔다. 종자기가 죽자 백아가 "지음(堂頭)이 없다"면서 거문고의 줄을 끊어 버렸다. 『열자(列子)』, 「탕문(湯問)」.

303) 『耘谷詩史』 卷1, 『高麗名賢集』 卷5, p.286 ; 『耘谷行錄』 卷1, 影印標點 『韓國文集叢刊』 卷6, p.136.

304) 난간(闌干) : 눈물이 줄줄 흐르는 모습.

305) 『耘谷詩史』 卷1, 『高麗名賢集』 卷5, p.286 ; 『耘谷行錄』 卷1, 影印標點 『韓國文集叢刊』 卷6, p.136.

시로 써서 참마음을 부치네. 聊寫寄眞情

굽힘(枉)[306]

사내가 뜻을 얻어 출세하면 男兒得意行於時
덕음(德音)에[307] 순량(循良)한다고[308] 모두 존경하건만, 德音循良多敬仰
옛부터 현인 달사가 몇 사람이던가 古來賢達知幾人
명예가 뒤따름이 그림자와 메아리 같네. 美譽相隨如影響
이제 허군을 보니 뛰어난 재주를 지녀 今看許子負雄才
남다른 언행이 크고도 넓은데다, 言行離倫坦蕩蕩
두텁게 익힌 시례(詩禮)에 여유가 있어 敦詩厚禮有餘裕
반드시 바른 사람을 쓰고 굽은 사람은 버리네.[309] 必須擧直措諸枉
온갖 행실이 맑은 위의를 지녔으니 百爾所行盡淸儀
그대가 우리 향당(鄕黨)에[310] 속한 것 기쁘기만 해라. 喜君已附吾鄕黨
아아! 나는 학문이 가벼운데다 嗟予小少學輕狂
마음 밭이 거칠어 잡초가 묵었으니, 心地茫然鏁榛莽
문에 나가도 길 없어 어디를 가랴 出門無路何所之
때에 따라 부질없이 물상(物像)을 살펴보네. 空自隨時觀物像
밤 깊도록 오똑 앉아 그대 있는 곳 생각하니 夜深危坐憶君居
때마침 밝은 달이 내 책상을 비추네. 時有皎月照書幌

---

306) 『耘谷詩史』 卷1, 『高麗名賢集』 卷5, p.286 ; 『耘谷行錄』 卷1, 影印標點 『韓國文集叢刊』 卷6, p.136.

307) 덕음(德音) : ① 도리에 맞는 착한 말. ② 좋은 소문이나 명망. ③ 임금을 높이어 그 음성을 가리키는 말. ④ 상대방의 편지 또는 안부를 높인 말.

308) 순량(循良) : 법(法)을 잘 지키어 백성을 다스리는 것을 말함.

309) 거직조제왕(擧直措諸枉) : 애공(哀公)이 물었다. "어떻게 하면 백성들이 잘 복종하겠습니까?" 그러자 공자께서 대답하셨다. "바른 사람을 기용하여 바르지 못한 사람을 조처하게 하면 백성들이 복종합니다. 그러나 바르지 못한 사람을 기용하여 바른 사람을 조처하게 하면 백성들이 복종하지 않습니다." 『논어(論語)』 卷2, 「위정(爲政)」.

310) 향당(鄕黨) : 자기가 태어났거나 사는 시골의 마을. 또는 그곳에서 사는 사람들. 옛날에는 1만 2천 500집이 향(鄕)이 되고, 500집이 당(黨)이 되었다.

점(占)[311]

치악산(雉嶽山)은[312] 높이 솟고	雉嶽山形嵯峩
사천수(沙川水)는 철철 흘러,	沙川水光瀲灎
물소리 언제나 그치지 않고	水聲長流不停
산 빛도 볼수록 싫지 않아라.	山色相看無厭
그 가운데 초가집 마주 서 있어	中有茅廬相對開
고즈넉하게 사립문이 언덕 위에 있네.	寂寂柴門臨古塹
하루 아침에 주인이 궁궐로[313] 뵈러 갔으니	一旦主人朝玉墀
산도 말없이 무언가 생각하네.	山自無言如有念
시내와 산들이 금의환향 원하리니	溪山忙待衣錦還
그대여! 계원(桂苑)의[314] 봄빛을 일찍 차지하시게나.	願吾子 桂苑春光須早占

원(原)[315]

헤어진 뒤에 그리워한 것이 몇 번이던가	別後思量發幾番
꿈속의 혼이 밤마다 중원(中原)에 찾아가네.	夢魂相覓到中原
곳곳마다 즐겁게 지낼 곳이야 있지만	雖逢處處堪行樂
만난다고 다 이야기할 사람 못되는 게 한스러워라.	却恨人人未與言
그대는 날랜 솜씨[316] 닦을 테니 부럽군.	羡子方知修月斧
오랫동안 산골에만 갇힌 내가 가여워라.	嗟余久載望天盆
그대 생각하며 장안 가는 길을 돌아보니	爲君回首長安道

311) 『耘谷詩史』 卷1, 『高麗名賢集』 卷5, p.286 ; 『耘谷行錄』 卷1, 影印標點 『韓國文集叢刊』 卷6, p.136.

312) 치악산(雉嶽山) : 강원도 영월군과 원주시 사이에 있는 산.

313) 옥지(玉墀) : 옥돌을 깐 마당인데, 대궐을 뜻한다.

314) 계원(桂苑) : ① 계방(桂坊). 당대(唐代) 사경국(司經局 : 경적과 도서를 맡은 관서)의 별칭. ② 학자나 문인이 모이는 곳. 곧 한림원을 말함. ③ 중국(中國)의 조정.

315) 『耘谷詩史』 卷1, 『高麗名賢集』 卷5, p.287 ; 『耘谷行錄』 卷1, 影印標點 『韓國文集叢刊』 卷6, p.137.

316) 월부(月斧) : "달을 도끼로 사용한다"는 말인데, "날랜 솜씨"라는 뜻으로 많이 쓰인다. "바야흐로 합하려는 순간에 하느님께서 달도끼를 휘두르시네. 方其欲合時, 天匠麾月斧." 소식(蘇軾), 「불적암시(佛迹巖詩)」.

비낀 해만 뉘엿뉘엿 먼 마을을 비추네. 斜日溟濛照遠村

산(山)[317]

도(道)가 곧으니 세상 길에 용납되기 어려워 道直難容世路間
한 평생 발자취를 물과 산에 맡겼네. 一生蹤跡寄湖山
하늘과 땅 사이에서 높이 읊고 크게 취하며 高吟大醉乾坤裏
외로운 구름 한가롭지 못함을 웃어 보네. 笑看孤雲尙未閑

박[薄, 연아(演雅)][318]**[薄(演雅)]**[319]

맑은 하늘에 새가 날고 淸漢鳥飛行
깊은 못엔 고기가 뛰노네.[320] 深淵魚戱躍
꾀꼬리는 높은 나무로 옮겨서[321] 울고 鶯遷喬木啼
매가 가을 허공을 주름잡네. 鷹向秋空掠
기러기는 천리길에 편지 전하고[322] 傳書千里鴻

---

317) 『耘谷詩史』 卷1, 『高麗名賢集』 卷5, p.287 ; 『耘谷行錄』 卷1, 影印標點 『韓國文集叢刊』 卷6, p.137.

318) 연아(演雅) : 이 시에 나오는 구절들은 대부분 『시경(詩經)』의 대아(大雅)와 소아(小雅)에서 따왔다. 그래서 “연아(演雅)”라고 하였다.

319) 『耘谷詩史』 卷1, 『高麗名賢集』 卷5, p.287 ; 『耘谷行錄』 卷1, 影印標點 『韓國文集叢刊』 卷6, p.137.

320) 어약(魚躍) : “솔개는 날아서 하늘에 다다르고 물고기는 못에서 뛰고 있네. 점잖으신 군자께서 어찌 백성들을 교화하지 않으시랴. 鳶飛戾天, 魚躍于淵. 豈弟君子, 遐不作人.” 『시경(詩經)』 卷6, 대아(大雅) 「한록(旱麓)」.

321) 천교목(遷喬木) : 꾀꼬리가 골짜기에서 나와 큰 나무로 옮긴다는 뜻으로 천한 지위에서 높은 지위로 옮긴다는 뜻이다. “쩡쩡 나무를 찍자 짹짹 새들이 지저귀네. 깊숙한 골짜기에서 나와 높다란 나무로 날아오르네. 짹짹 우는 지저귐은 자기 벗을 찾는 소리지. 伐木丁丁, 鳥鳴嚶嚶. 出自幽谷, 遷于喬木. 其鳴矣, 求其友聲.” 『시경(詩經)』 卷4, 소아(小雅) 「벌목(伐木)」.

322) 전서천리홍(傳書千里鴻) : 한(漢)나라 장군 소무(蘇武)가 흉노 땅에 포로로 잡혀 북해(北海)에 유폐되었을 때 사신을 보내어 소무(蘇武)를 요구하였으나, 흉노는 그가 이미 죽었다고 핑계하므로 사신은 천자가 상림원(上林院)에서 사냥하다가 기러기를 잡았는데, 그 발에 소무(蘇武)의 편지가 매어 있었다고 하니, 흉노가 놀라 소무(蘇武)를 내어주었다고 고사에서 나온 말. 『한서(漢書)』, 「효무기(孝武紀)」.

학은 깊은 못에[323] 소리 들리네. 聲聞九皐鶴
거미는 그물 치느라 처마에 달려 있고 結網蛛掛簷
누에는 실 빼느라 잠박에 있네. 引絲蠶在箔
닭은 홰 위에서 때를 알리고 知時竿上鷄
까치는 담장 머리에서 기쁨을 알리네. 報喜墻頭鵲
반딧불도 어둠을 없앨 수 있고 螢光可除冥
개구리 소리도 음악이 될 수 있네. 蛙樂堪爲樂
솔개는 날아서 하늘에 이르고[324] 戾天有飛鳶
참새는 지저귀며 숲에 모였네. 棲林多噪雀
살을 무는 모기는 주둥이가 길고 噬膚蚊觜長
이슬 마시는 매미는 날개가 얇구나. 飮露蟬翼薄
오르내리며 우는 것은 어린 비둘기이고 低昂鳴乳鳩
꿈틀꿈틀 가는 것은 자벌레일세. 屈伸行尺蠖
창고 뚫는 쥐는 이가 강한데 偸倉鼠齒剛
수레 막는 버마제비는 팔이 약하네. 拒轍螗臂弱
말똥벌레도 덩어리를 굴릴 수 있고 蛣蜣能轉丸
나비는 꽃술만 찾아 다니네. 蛺蝶尋花萼
제호조(提壺鳥)는[325] 맛있는 술을 찾고 提壺呼美酒

---

323) 구고학(九皐鶴) : 구고(九皐)는 여러 겹으로 된 깊은 못. 이 시는 은자(隱者)를 찾는 뜻의 시이다. 멀리까지 들리는 학의 울음소리는 은자가 숨어 살더라도 그의 덕과 이름이 널리 퍼진다는 뜻이다. 물고기가 연못 속에 잠겼다가 밖으로 나타나는 것은 군자가 뜻을 얻어 세상에 나가 활동하다가 시세가 허락하지 않으면 물러나 자기 한 몸을 닦는 태도에 비유한 것이다. "높은 언덕에서 학이 우니 그 소리가 들판에 들리네. 물고기가 깊은 연못에 잠겼다가 이따금 물가로 나오기도 하네. 鶴鳴于九皐, 聲聞于野. 魚潛在淵, 或在于渚." 『시경(詩經)』 卷4, 소아(小雅) 「학명(鶴鳴)」.

324) 비연(飛鳶) : 『시경(詩經)』, 대아(大雅) 「한록(旱麓)」에 나오는 구절인데, 위의 둘째 구절과 짝을 이룬다. "솔개는 날아서 하늘에 이르고 물고기는 뛰며 연못에 노네. 점잖으신 군자께서 어찌 백성들을 교화하지 않으시랴. 鳶飛戾天, 魚躍于淵. 豈弟君子, 遐不作人." 『시경(詩經)』 卷6, 대아(大雅) 「한록(旱麓)」. 정현(鄭玄)은 이 시에 대해서 이렇게 설명했다. "솔개는 탐악한 새이다. 그런 솔개가 하늘로 날아 올라간 것을 가지고, 악인이 멀리 가버려서 백성들에게 해를 끼치지 않게 되었음을 비유한 것이다. 물고기가 못에서 뛰는 것을 가지고는 백성들이 살게 되었음을 기뻐하는 것에다 비유하였다."

325) 제호조(提壺鳥) : 봄철에 잘 우는데, 이는 좋은 시절이 되었으니 술병을 들라는 뜻으로

포곡조(布穀鳥)는[326] 농사 짓기를 재촉하네. 布穀催東作
귀뚜라미는 구슬프게 우는데 蟋蟀苦呻吟
할미새는[327] 어찌 멀리 떨어져 있나. 鷦鷯何落魄
붉은 봉황은 높은 언덕에 울고[328] 丹鳳戾高崗
저녁 까마귀는 깊은 골짜기를 찾네. 暮鴉投遠壑
나는 꼬리 끄는 거북이를 배웠지만[329] 我學曳尾龜
그대는 바다를 주름잡는 악어와 같네. 君如橫海鰐
고래 물결 사이에도 흰 갈매기는 있으니 唯有鯨波間
그 한가로운 신세에 내 몸 붙이고 싶네. 白鷗閑可託

행동(行)[330]

뻐꾹새의 이름이다.

326) 포곡조(布穀鳥) : "곡식을 뿌리라"는 뜻으로 뻐꾹새의 이름이다.

327) 초료(鷦鷯) : 할미새는 원래 물가에 사는 새이니, 무리와 떨어져 들판에 혼자 있는 것은 그 생활 근거를 잃은 것이다. 그러므로 그 무리를 찾아 울면서 날아 다니는 것을 형제들이 어려움을 구해 주는 데다 비유한 시이다. 원래 시경 구절에서는 "급난(急難)"이라는 말이 형제들끼리 어려움을 구해 준다는 뜻으로 많이 쓰였는데, 운곡은 친구가 멀리 떠나 중국에 가 있으므로 "급난(急難)"해줄 친구가 없다는 뜻으로 썼다. "할미새가 들판에 있으니 형제들이 어려움을 급히 구해주네. 脊令在原, 兄弟急難." 『시경(詩經)』 卷4, 소아(小雅) 「녹명지십(鹿鳴之什)」 상체(常棣).

328) 단봉려고강(丹鳳戾高崗) : 단봉은 머리와 깃이 빨간 새인데, 여기서는 봉황지(鳳凰池)에 있는 단봉으로 재상이나 제후를 가리킨다. 조정에 조회하러 찾아오는 제후들을 찬양하는 시이다. "봉황새가 우네 저 높은 산등성이에서. 오동나무가 자라네 산 동쪽 기슭에서. 오동나무 우거져서 봉황새 소리 어울어지네. 鳳凰鳴矣, 于彼高岡. 梧桐生矣, 于彼朝陽. 菶菶萋萋, 雝雝喈喈." 『시경(詩經)』 卷6, 대아(大雅) 「생민(生民)」.

329) 예미귀(曳尾龜) : 거북으로선 높은 곳에 모시는 대상이 되는 것보다 진흙 속에 꼬리 끄는 것이 좋다는 말, 곧 자유로이 산다는 뜻. 장자(莊子)가 복수(濮水)에서 낚시질을 하는데, 초나라 왕이 대부 2명을 사신으로 보내어 말했다. "원컨대 이 나라의 정치를 선생에게 맡기고 싶습니다." 그러자 장자가 낚싯대를 가지고 돌아보지도 않으며 말했다. "내가 들으니 초나라에는 신통한 거북(神龜)이 있는데, 죽은 지 이미 삼천년이라고 합니다. 왕이 비단 상자에 간직하고는, 해마다 묘당(廟堂)에서 점치게 한다고 합니다. 이 거북이는 죽어서 뼈를 남겨 귀하게 대접받는 것이 좋겠습니까? 아니면 살아서 진흙 속에 꼬리를 끌고 다니는 것이 좋겠습니까?" 두 대부가 "살아서 진흙 속에 꼬리를 끄는 것이 좋겠습니다"라고 말했다. 그러자 장자가 말했다. "그럼 돌아가시오. 나는 장차 진흙 속에서 꼬리를 끌겠소." 『장자(莊子)』 卷17, 「추수(秋水)」.

그대여! 이 세상의 부귀와 현우(賢愚)를 보시게　君看貧富與賢愚
출세와 은둔, 기쁨과 슬픔이 다 숙명일세.　出處悲歡皆宿命
대체로 악한 자는 그 재앙을 받고　大都爲惡受其殃
선을 쌓은 자는 후손까지 복을 받는다네.[331]　積善應當有餘慶
큰 집을 지니고 복록이[332] 가득해도　渠渠厦屋食千鍾
그 본성을 끝까지 지니기 어려워라.　畢竟誠難保其性
어질구나! 안회(顔回)는[333] 어떤 사람이기에　賢哉回也是何人
누항(陋巷)에[334] 살며 도시락 표주박에도 덕행이 온전했던가.　陋巷簞瓢全德行
세상 사람들 다투어 권력가에게 미끼를 먹여　世人爭欲餌權豪
이익과 명예를 얻느라 서로 날뛰는데,　逐利求名競馳騁
그 누가 알아주랴! 십 년 동안 등불 아래 가난한 선비가　誰得知十年燈下
홀로 경서를 붙들고 공맹(孔孟)을 바라는 줄이야.　一寒生　獨把經書希孔孟
다락에 기대어 때로 행장(行藏)을[335] 탄식하다가　倚樓時復嘆行藏
고요히 산과 물을 바라보며 길게 시를 읊네.　靜對湖山發長詠

이름(완랑귀)[336][名(阮郎歸)][337]

---

330)『耘谷詩史』卷1,『高麗名賢集』卷5, p.287 ;『耘谷行錄』卷1, 影印標點『韓國文集叢刊』卷6, p.137.

331) 적선응당유여경(積善應當有餘慶) : "선행(善行)을 쌓는 집안에는 반드시 후손까지 경사가 있고, 악행을 쌓는 집안에는 반드시 후손까지 재앙이 있다. 積善之家, 必有餘慶, 積不善之家, 必有餘殃."『주역(周易)』,「곤(坤)」.

332) 천종(千鍾) : 1종이 6석(石) 4두(斗)이니 6천 4백 석(石)이 된다.

333) 안회(顔回) : 공자의 수제자(B.C 521~490). 춘추시대 노(魯)나라 사람. 공자의 제자 가운데 가장 학덕이 높아 스승의 총애를 받았음. 집이 가난하고 불운했으나 이를 괴로워하지 않고 무슨 일에 성내거나 과오를 저지르는 일이 없어 공자의 다음 가는 아성(亞聖)으로 존경을 받음.

334) 단표누항(簞瓢陋巷) : (도시락・표주박과 누추한 마을이라는 뜻으로) 소박한 시골 살림을 형용하여 이르는 말. 공자께서 말씀하셨다. "어질구나! 안회(顔回)여. 한 바구니의 밥(一簞食)과 한 바가지의 국물(一瓢飮)로 누추한 거리(陋巷)에 사는 것을 다른 사람 같으면 그 근심을 감당할 수 없는데, 안회는 자기의 즐거움을 바꾸지 않으니, 참으로 어질구나 안회여!"『논어(論語)』卷6,「옹야(雍也)」.

335) 행장(行藏) : 세상에 나아가 도를 행하는 것을 행(行)이라 하고, 세상에서 물러나 숨는 것을 장(藏)이라 함. 곧 출세와 은퇴를 뜻함.『논어(論語)』卷7,「술이(述而)」.

한 구석 산 고을에 물과 구름이 맑아　一區山郡水雲淸
시냇물 소리가 옛 성을 에워싸네.　溪聲遶古城
흐르는 물에 먼지에 찌든 갓끈을 씻으니[338]　臨流可以濯塵纓
이름 모를 산새들이 서로들 맞아주네.　幽禽相送迎
오랫동안 서울에 머무는 허군을 그리워하다　○思許子久留京
훌륭한 이름 전해 듣고 기뻐하네.　喜聞傳美名
부디 잘 있다가 빨리 돌아오길 바라노니　願君安好速廻程
숲과 샘물도 변함없이 기다린다오.　林泉無變更

부(不)[339]

인생 백년은 시비(是非)의 한 판이니　人生百歲是非間
내 마음 알아주는 그대가 친구일세.　知我何心是朋友
흰 망아지는 내 마당에서 풀을 뜯어먹고[340]　皎皎白駒食我場
노란 꾀꼬리는 높은 버드나무에서 지저귀었지.　喈喈黃鳥囀高柳
그 당시[341] 즐겁던 일들이 이젠 다시 없으니　當年樂事更能無
그 옛날 벗들이 지금은 어디 있나.　往日交遊今在不
그윽한 회포를 누구에게 털어 놓으랴　且問幽懷誰與開

---

336) 완랑귀(阮郞歸) : 사패(詞牌) 이름.

337) 『耘谷詩史』 卷1, 『高麗名賢集』 卷5, p.287 ; 『耘谷行錄』 卷1, 影印標點 『韓國文集叢刊』 卷6, p.137.

338) 탁진영(濯塵纓) : 세속에 초연함을 비유하는 말. "창랑(滄浪)의 물이 맑으면 내 갓끈을 씻을 테고, 창랑의 물이 흐리면 내 발을 씻으리라. 滄浪之水淸兮, 可以濯我纓. 滄浪之水濁兮, 可以濯我足." 『맹자(孟子)』 卷7, 「이루(離婁) 상」.

339) 『耘谷詩史』 卷1, 『高麗名賢集』 卷5, p.287 ; 『耘谷行錄』 卷1, 影印標點 『韓國文集叢刊』 卷6, p.137.

340) 백구식아장(白駒食我場) : 현인(賢人)이 떠나는 것을 억지로 붙들기 위해, 타고 온 망아지가 우리 논밭의 싹을 뜯어먹었다는 핑계로 묶어 놓아 떠나지 못하도록 했다는 뜻이다. 운곡은 이 시에서 "친구를 붙들어 두었다"는 뜻으로 썼다. "눈부시게 하얀 망아지가 우리 논밭의 싹을 먹었네. 붙잡아 매어 놓고 이 아침 내내 못가게 하여, 바로 그 사람이 이곳에 와서 노닐게 하리라. 皎皎白駒, 食我場苗. 縶之維之, 以永今朝. 所謂伊人, 於焉逍遙." 『시경(詩經)』 卷4, 소아(小雅) 「백구(白駒)」.

341) 당년(當年) : 그 해. 그 당시.

자리 한 구석에 수염 허연 늙은이만 남아 있으니. 座隅唯有蒼髯叟

식(識)[342]

발걸음에 맡겨 작은 시냇가에 이르니 信步小溪邊
숲과 언덕이 저녁 빛으로 보이네. 林原看暮色
새가 날아도 하늘 끝까진 못 가는데 鳥飛天不窮
사람 멀리 있으니 그 생각 그지없네. 人遠思無極
지팡이에 기대 오랫동안 말 없으니 倚杖久無言
이 깊은 회포를 그 누가 알아 주랴. 幽抱誰能識
집에 돌아와 짧은 노래를 지어 歸來成短歌
나의 한가한 소식을 대신 부치네. 以寄閑消息

금(金)[343]

고요히 서창(書窓)에 기대 두세 번 읊으니 靜倚書窓三復吟
이 맑은 시를 남금(南金)엔들[344] 비하랴. 淸詩可以比南金
거룩한 임금께서 국 끓이는 솜씨를[345] 내리신다면 聖君若下調羹手
재주와 덕이 이한림(李翰林)보다[346] 뛰어나련만. 才德超於李翰林

---

342) 『耘谷詩史』 卷1, 『高麗名賢集』 卷5, p.287 ; 『耘谷行錄』 卷1, 影印標點 『韓國文集叢刊』 卷6, p.137.

343) 『耘谷詩史』 卷1, 『高麗名賢集』 卷5, p.287 ; 『耘谷行錄』 卷1, 影印標點 『韓國文集叢刊』 卷6, p.137.

344) 남금(南金) : 훌륭한 재주. 형주(荊州)와 양주(揚州)에서 나는 금인데, 순도가 높다. 그래서 "훌륭한 재주"라는 뜻으로 쓰인다. "뉘우친 회 땅의 오랑캐들이 찾아와서 보물을 바치니, 큰 거북과 상아와 남쪽의 금을 많이 보냈네. 憬彼淮夷, 來獻其琛. 元龜象齒, 大賂南金." 『시경(詩經)』 卷8, 노송(魯頌) 「반수(泮水)」.

345) 조갱수(調羹手) : 국 끓이는 솜씨. "내가 술과 단술을 빚게 되면 그대는 누룩과 엿기름이 되어 주고, 내가 양념을 넣고 국을 끓이게 되면 그대는 소금과 식초가 되어 주시오." 『서경(書經)』 卷3, 상서(商書) 「열명(說命) 하」. 은나라 고종이 재상 부열(傅說)에게 한 말인데, 매실과 소금(鹽梅)은 그 뒤부터 나랏일을 맡은 재상을 가리키는 말로 쓰였다. 운곡의 시에서 "국 끓이는 솜씨를 내린다"는 말은 "재상 벼슬을 준다"는 뜻이기도 하다.

346) 이한림(李翰林) : 한림학사(翰林學士)로 이름난 당나라 시인 이백(李白)을 가리킨다.

연(蓮)347)

연못에 가득한 달빛 맑고도 곱고 月滿錢塘淨麗
나무에 얽힌 서리 깨끗도 하구나. 霜摧玉樹娉娟
나그네길 오랫동안 돌아오지 않으니 客子遠遊不返
시름 머금은 한 송이 가을 연꽃일세. 含愁一朶秋蓮

가(可)348)

깨어도 노래하고 취해도 노래하니 醒亦歌醉亦歌○
어설픈 내 행동이 세상과 등졌네. 疎散吾行與時左
굵은 베 누더기로 온 몸을 둘러싸고 麤繒大布穩纏身
십 년 동안 오막살이에 혼자 앉았네. 十載蝸廬常獨坐
잠자코 지내자니 어리석은 듯하건만 沉沉默默凡如愚
출세나 은둔이나 어느 쪽도 좋아라. 出處無可無不可
궁달(窮達)은 본래 명(命)이 있는 법 由來窮達命之然
소먹이며 노래한들349) 그 무엇하랴. 何用飯牛歌轗軻

347) 『耘谷詩史』 卷1, 『高麗名賢集』 卷5, p.287 ; 『耘谷行錄』 卷1, 影印標點 『韓國文集叢刊』 卷6, p.137.

348) 『耘谷詩史』 卷1, 『高麗名賢集』 卷5, p.288 ; 『耘谷行錄』 卷1, 影印標點 『韓國文集叢刊』 卷6, p.138.

349) 반우가(飯牛歌) : 위(衛)나라 사람 영척(寧戚)이 제(齊)나라에 가서 반우가(飯牛歌)를 부르다가 환공(桓公)을 만나서 출세하게 되었다는 것. 영척(甯戚)이 제나라 환공에게 벼슬을 얻으려고 하였지만, 곤궁해서 스스로 목적을 이룰 수가 없었다. 그래서 행상인이 되어 짐수레를 끌고 제나라로 가서 장사하며, 저녁에는 성문 밖에서 묵었다. 환공이 교외에서 손님을 맞이하여 밤중에 성문을 열고 들어오다가, 짐수레를 비키게 했다. 횃불이 매우 밝고, 뒤따르는 수레도 매우 많았다. 영척은 수레 밑에서 소에게 꼴을 먹이고 있다가, 환공을 바라보고 슬퍼하면서 쇠뿔을 두드리며 급히 상가(商歌)를 불렀다. 환공이 이 노랫소리를 듣고는 마부의 손을 잡아 수레를 멈추게 하면서, "이상하다. 저 노래를 부르는 자는 보통 사람이 아니다." 하더니, 뒷수레에 싣고 오게 하였다. 환공이 궁중에 도착하자, 종자가 영척을 어떻게 처분할 것인지 물었다. 환공은 그에게 의관을 입혀 알현하게 하라고 했다. 그리하여 영척이 천하를 다스리는 술책을 설명하자, 환공이 크게 기뻐하며 관중(管仲)에게 명하여 그를 맞아들여 상경(上卿)으로 삼았다. 후에 국상(國相)이 되었다. 『회남자(淮南子)』, 「도응훈(道應訓)」 ; 『고시원(古詩源)』, 「반우가(飯牛歌)」.

그대는 완사종(阮嗣宗)을[350] 보지 못했던가! 君不見阮嗣宗臧
좋고 나쁨을 입에 담지 않는 것이 화를 피하는 길이라네. 否不掛口所以能避禍
이제부터 세상 밖에서 노니는 데다 뜻을 두노니 從今有志方外遊
창주(滄洲)에[351] 가서 낚싯배 한 척을 사고 싶어라. 欲向滄洲買得釣魚舸

연민(憐)[352]

농사건이 끝나고 한 해가 저무니 農功已畢歲廻旋
빠른 세월이 매우 가련하구나. 鼎鼎流光最可憐
지난 일 생각하면 별별 생각 많건만 懷故意存吾有感
임금을 도우니 그대가 바로 어진 이일세. 致君時至子爲賢
구름 걷힌 곡령(鵠嶺)에서[353] 아침 해를 맞으니 雲收鵠嶺迎朝日
눈 쌓인 오산(蜈山)에도 섣달 그믐이 가까웠네. 雪擁蜈山近臘天
여관방 춥고 긴 밤을 어이 견디시나 旅舍不堪寒夜永
옛 집의 청전(靑氈)을[354] 멀리서 그리워할 테지. 定應遙憶舊靑氈

---

350) 완사종(阮嗣宗) : 죽림칠현(竹林七賢) 가운데 한 사람이었던 완적(阮籍). 사종(嗣宗)은 그의 자. 권력자 사마소(司馬昭)가 구혼했을 때 60일 동안 술에 취해 지냄으로써 무사했다. 『위지(魏志)』 卷21 ; 『진서(晉書)』 卷49.

351) 창주(滄洲) : 창랑주(滄浪洲). 동해(東海) 가운데에 신선이 산다는 곳.

352) 『耘谷詩史』 卷1, 『高麗名賢集』 卷5, p.288 ; 『耘谷行錄』 卷1, 影印標點 『韓國文集叢刊』 卷6, p.138.

353) 곡령(鵠嶺) : 송악의 별칭. 송악(松嶽)은 개성부 북쪽 5리에 있는데, (개성의) 진산(鎭山)이다. 처음의 이름은 부소(扶蘇), 또는 곡봉(鵠峰)이라고 했다. 신라의 감간(監干) 팔원(八元)이 풍수지리를 잘 보았는데, 부소군에 이르러 산의 형세가 좋은데도 나무가 없는 모습을 보았다. 그래서 강충(康忠)에게 고하기를, "만약 고을을 산 남쪽으로 옮기고 소나무를 심어 바위가 드러나지 않게 한다면, 삼한(三韓)을 통일할 사람이 날 것이다."라고 하였다. 그래서 강충이 고을 사람들과 함께 산 남쪽에 옮겨 살면서, 온 산에다 소나무를 심고는 송악(松嶽·松岳)이라고 불렀다. 『신증동국여지승람』 卷4, 「개성유수부」. 곡령(鵠嶺)이나 곡봉(鵠峰)은 개성에 있는 송악산의 신라시대 이름이다.

354) 청전(靑氈) : 선비 집안에서 대대로 전해 내려온 물건, 또는 가업(家業)을 뜻함. 청전구물(靑氈舊物)이란 말. 왕헌지가 밤에 서재에 누웠는데, 도둑이 그 방에 들어와 모든 물건을 훔쳤다. 그러자 헌지가 도둑에게 천천히 말했다. "푸른 담요는 우리 집에서 옛부터 전해 내려오던 물건이니, 특별히 두고 가라." 그러자 여러 도둑들이 깜짝 놀라서 달아났다. 『진서(晉書)』, 「왕헌지(王獻之)」.

촛불(燭)[355]

허균(許子)이 맑은 시를 읊으면　許子哦淸詩
꽃바람이 빈 골짜기에 일었지.　英風起空谷
여수(麗水)의 금처럼 빛을 숨겼고　韜光麗水金
형산(荊山)의 옥같이[356] 값을 기다렸지.　待價荊山玉
칼을 보면서 깊은 술잔을 당기고　看釖引深盃
책을 뒤적이며 짧은 촛불을 태웠지.　閱書燒短燭
우리의 사귐이 아교풀 같으니　交道似鸞膠
끊어진 줄도[357] 이을 수가 있으리.　斷絃猶可續

비단(錦)[358]

그대는 참으로 훌륭한 선비　吾子眞賢儒
시를 지으면 비단을 짠 것 같았지.　作詩如織錦
즐겁게 취해 한 번 읊으면　怡然發醉吟
구름과 달이 높은 베개를 감돌았지.　雲月繞高枕

병풍(屛)[359]

---

355) 『耘谷詩史』 卷1, 『高麗名賢集』 卷5, p.288 ; 『耘谷行錄』 卷1, 影印標點 『韓國文集叢刊』 卷6, p.138.

356) 형산박옥(荊山璞玉) : 중국 형산(荊山)에서 생산되는 백옥이라는 뜻으로 보물로 전해 오는 흰 옥돌을 이르는 말. 전하여 현량(賢良)한 사람의 비유.

357) 단현(斷絃) : 절현(絶絃)은 "거문고 줄을 끊어버린다"는 뜻에서 "자기를 잘 알아 주던 친구가 죽었다"는 뜻으로 쓰였다. 이 시에서는 헤어졌던 친구를 다시 만났다는 뜻으로 쓰인 듯하며, 다른 시에서는 "(아내가 죽은 뒤에) 재혼하다"는 뜻으로도 썼다. 백아(伯牙)가 거문고를 타면 종자기(鍾子期)가 들었다. (백아가) 거문고를 타면서 태산에 뜻을 두었으면, 종자기가 듣고서 "거문고를 정말 잘 타는구나! 태산처럼 우뚝하구나"라고 하였다. 잠시 뒤에 흐르는 물에 뜻을 두고 타면 종자기가 듣고서 "거문고를 정말 잘 타는구나! 흐르는 물처럼 출렁이는구나"라고 하였다. 종자기가 죽자, 백아가 거문고를 부수고 줄을 끊어버렸다. 다시는 거문고를 타지 않았다. 『여씨춘추(呂氏春秋)』, 「본미(本味)」; 『열자(列子)』, 「탕문(湯問)」.

358) 『耘谷詩史』 卷1, 『高麗名賢集』 卷5, p.288 ; 『耘谷行錄』 卷1, 影印標點 『韓國文集叢刊』 卷6, p.138.

잔잔히 물 흐르는 소리가[360] 언제나 음악 아뢰고 流水潺湲常奏樂
구름과 산이 둘러싸며 멀리 병풍 펼쳤네. 雲山邐迤遠鋪屛
한가롭게 사는 맛을 묻는 이가 있다면 外人若問閒居味
물소리와 산 빛에 취해 깨지 못한다고 하리라. 聲色中間醉未醒

깊이(深)[361]

그대는 보지 못했던가! 두목(杜牧)이[362] 호주(湖州)의 약속 못지켜
君不見杜牧不及湖州約
꽃 지고 녹음 우거진 것을 스스로 한탄했지. 自恨花殘成綠陰
또 보지 못했던가! 최호(崔顥)가[363] 그 해[364] 얼굴을 보지 못해
又不見崔顥當年不見面
붉은 복숭아 문밖에서 부질없이 상심했었지. 紅桃門外空傷心
선생의 경우는 이 두 사람과 달라서 先生所遇異於斯
이르는 곳마다 모두 이름난 꽃숲이었지. 到處皆是名花林
금 연못에 밤마다 연 캐러 가면 金塘夜夜採蓮去
짙은 향내가 흰 옷자락에 젖어들었지. 苒苒濃香薰素襟
평생 행락을 마음껏 즐겼으니 平生行樂盡適意
맑은 흥취가 얕고 깊고를 어찌 따지랴. 淸興何須論淺深
헤어진 뒤에 새로 지은 시가 문득 내 책상에 떨어지니 別後新詩忽然落吾案
그리운 마음을 달랠 길 없네. 相憶相思猶未禁
그대여! 말고삐를 빨리 돌리소. 君乎君乎速廻轡

---

359) 『耘谷詩史』 卷1, 『高麗名賢集』 卷5, p.288 ; 『耘谷行錄』 卷1, 影印標點 『韓國文集叢刊』 卷6, p.138.

360) 잔원(潺湲) : 물이 졸졸 흐르는 모양.

361) 『耘谷詩史』 卷1, 『高麗名賢集』 卷5, p.288 ; 『耘谷行錄』 卷1, 影印標點 『韓國文集叢刊』 卷6, p.138.

362) 두목(杜牧) : 당나라의 시인(803~852). 자는 목지(牧之)이고 호는 번천(樊川). 호주(湖州)의 자사(刺史)를 지냈다. 『당서(唐書)』 卷147 ; 『신당서(新唐書)』 卷166.

363) 최호(崔顥) : 당나라 현종 때의 시인(?~754). 『구당서(舊唐書)』 卷190 ; 『신당서(新唐書)』 卷203.

364) 당년(當年) : 그 해. 그 당시.

나 혼자 차가운 이불에서 외롭게 만들지 마소.	毋使儂家舍憤守寒衾

처소(나비가 꽃을 생각하는 격)[處(蝶戀花)][365)]

나그네는 제 살 곳을 얻기 어려운 법	客裏應難爰得所
가을 연못가에서 몇 번이나 고향을 꿈꾸었던가.	鄕思悽然夢繞秋蓮渚
날 저문 장안(長安)에서 얼마나 시름겨운지	日暮長安愁幾許
높이 날아가는 외로운 새도 부러워했지.	羨他孤鳥高飛去
나 또한 친구 없어 외로운 신세이니	我亦凉凉無伴侶
고즈넉한 집에는 산새 소리만 들려오네.	閒寂幽居只有山禽語
옛 놀음이 문득 떠오르건만	忽憶前遊多意緖
지난 일 이제는 찾아볼 곳이 없네.	悠悠往事尋無處

비추임(照)[366)]

요즘 편지마저 드물고 보니	邇來音信稀疎
다시 만나 웃을 일만 기다려지네.	竚待重遊一笑
어느 날에야 부슬비 내리는 밤 평상에서	何時細雨夜床
푸른 등불 마주하고 서로 바라볼거나.	共看靑燈相照

어떠한지(何)[367)]

귀 씻고[368)] 몸 온전히 해 시끄러운 세상 피했던	洗耳全身避世譁

---

365) 『耘谷詩史』 卷1, 『高麗名賢集』 卷5, p.288 ; 『耘谷行錄』 卷1, 影印標點 『韓國文集叢刊』 卷6, p.138.

366) 『耘谷詩史』 卷1, 『高麗名賢集』 卷5, p.288 ; 『耘谷行錄』 卷1, 影印標點 『韓國文集叢刊』 卷6, p.138.

367) 『耘谷詩史』 卷1, 『高麗名賢集』 卷5, p.288 ; 『耘谷行錄』 卷1, 影印標點 『韓國文集叢刊』 卷6, p.138.

368) 세이(洗耳) : 상고시대 사람이었던 허유(許由)의 이야기이다. 그는 양성(陽城) 괴리(槐里) 사람이었는데, 자는 무중(武仲)이며, 패택(沛澤) 가운데 숨어 살았다. 요(堯)임금이 천하를 물려주려 하자 받지 않고, 영수(潁水) 북쪽 기산(箕山) 아래로 달아나 살았다. 요임금이 또 불러서 구주(九州)의 장관을 삼으려 하자, 허유가 그 소리를 듣지 않으려고 영수 물가에서 귀를 씻었다.

영천(潁川)의 남긴 자취가 어떠한지 묻고 싶네. 潁川遺跡問如何
표주박 버린[369] 바위에는 그 당시[370] 달이 棄瓢巖畔當年月
아직도 그 자리에 그대로 있겠지. 尙至于今不屬他

정(情)[371]

내 친구 허군(許夫子)은 吾友許夫子
형제같이 서로 친했지. 相親如弟兄
언제 술 한 통 앞에 놓고 何時一樽酒
다시 한 번 정겹게 이야기하려나. 重與細論情

유종원(柳宗元)의[372] 문집을 읽고(두 수)

讀柳宗元集(二首)[373]

회사(懷沙)의 일을[374] 오래도록 못 잊어 長自懷沙事不忘
강과 바다를 오가며 십 년이나 방황했었지. 往還江海十餘霜
머나먼 만리 밖 영릉(零陵)의[375] 꿈이 悠悠萬里零陵夢

369) 기표(棄瓢) : 허유는 (물 마실) 그릇도 없어, 언제나 손으로 물을 움켜 마셨다. 어떤 사람이 그에게 표주박 하나를 주자, 그것으로 (물을) 떠 마신 뒤에 나무 가지에 걸었다. 바람이 불면 나무 가지가 흔들려, 달그랑거리는 소리가 났다. 허유는 그 소리도 귀찮아, 드디어 내버렸다. 『금조(琴操)』.

370) 당년(當年) : 그 해. 그 당시.

371) 『耘谷詩史』 卷1, 『高麗名賢集』 卷5, p.288 ; 『耘谷行錄』 卷1, 影印標點 『韓國文集叢刊』 卷6, p.138.

372) 유종원(柳宗元) : 당나라 문인(773~819). 자는 자후(子厚). 당송 팔대가의 한 사람. 한유(韓愈)와 함께 고문(古文) 부흥 운동을 제창. 산수의 자연미를 읊은 시가 많다. 시문집 『유하동집(柳河東集)』이 있음. 『구당서(舊唐書)』 卷160.

373) 『耘谷詩史』 卷1, 『高麗名賢集』 卷5, p.288 ; 『耘谷行錄』 卷1, 影印標點 『韓國文集叢刊』 卷6, p.138.

374) 회사사(懷沙事) : 굴원(屈原)이 멱라수(汨羅水)에 빠져 죽으면서 회사부(懷沙賦)를 지은 것을 못내 그리워했다는 뜻. 회사(懷沙)란 돌을 품에 안고서 물에 빠진다는 뜻인데, 시체가 물 위에 뜨지 않도록 한 것이다. (자기의 고결함이 세상에 받아들여지지 않자) 굴원이 「회사부(懷沙賦)」를 짓고 드디어 멱라수에 빠져 죽었다. 사마천(司馬遷), 『사기(史記)』 卷84, 「굴원·가생(屈原賈生)」.

375) 영능(零陵) : 순(舜)임금을 장례한 곳. 지금의 호남성 영원현(寧遠縣) 동남쪽이다. 순

몇 번이나 봄바람 따라 고향을 찾았던가.	幾逐春風到故鄕
거친 땅 귀양살이를 한스럽게 잊지 못해	竄逐窮荒恨未忘
소상강(瀟湘江)에[376] 눈물 흘리며 귀밑머리 희어졌네.	對湘垂淚鬢如霜
지금도 맑은 밤이면 우계(愚溪)의[377] 달이	至今淸夜愚溪月
선생의 취향(醉鄕)에 비춰 들겠지.	夢照先生入醉鄕

1365년(을사) 초여름 외진 집(幽居)에서

首夏幽居(乙巳)[378]

나무 그늘이 장막을 친 듯 짙은데	樹影濃加幄
산새들은 철이 돌아왔다고 자주 알려주네.	幽禽屢報時
해당화 꽃이 한창 피었고	海棠花正發
살구 열매도 이제 막 굵어지는데,	山杏子初肥
마음이 멀어지자 구름처럼 정처 없고	心遠雲無定
몸이 한가로워 하루 해가 길구나.	身閑日更遲
맑게 개인 창가에서 아름다운 시구를 찾아	晴窓覓佳句
새로운 시를 다시 짓는다네.	聊復寫新詩

형님께서 원(元) 서곡(西谷)과[379] 함께 시를 화답해 보내셨기에 다시 두 수를 씀

家兄與元西谷見和. 復書二首.[380]

(舜)임금을 강남 구의(九疑)에 장례지냈는데, 이곳이 영릉(零陵)이다. 사마천(司馬遷), 『사기(史記』 卷1, 「오제기(五帝紀)」.

376) 소상강(瀟湘江) : 중국 호남성 동정호 남쪽 언덕의 소수(瀟水)와 상강(湘江). 굴원이 임금과 세상에 버림받으면서도 깨끗하게 살면서 소상강 언저리를 배회했던 일로 유명함.

377) 우계(愚溪) : 영릉 서남쪽에 있는 시내인데, 유종원이 유주자사로 있을 때 이 곳을 찾아 「우계서(愚溪序)」를 지었다.

378) 『耘谷詩史』 卷1, 『高麗名賢集』 卷5, p.289 ; 『耘谷行錄』 卷1, 影印標點 『韓國文集叢刊』 卷6, p.139.

379) 서곡(西谷) : 위치 불명.

꽃 숲 너머로 꾀꼴새 지저귀고 鸎囀花林外
비가 막 개어 날씨 화창하네. 淸和雨霽時
정원을 에워싼 버들은 연기 속에 가느다란데 遶園烟柳細
지붕에 달린 복숭아 이슬 맞아 실팍하네. 出屋露桃肥
나고 들면서 걱정하고 즐거워할 것 없으니 行止無憂樂
공명이 이르건 늦건 무슨 상관이랴. 功名任早遲
바람 맞으며 짧은 머리를 빗다가 臨風梳短髮
술 불러 오고 또 시를 읊네. 喚酒且吟詩

서곡(西谷) 한 구석에 자리를 잡았는데 卜居西谷裏
연못가 정자에 꽃다운 철이 지나가네. 池舘過芳時
못물이 줄어들어 연 줄기도 약해지고 水減荷莖瘦
바람이 훈훈해 약초 넝쿨이 살찌네. 風熏藥蔓肥
오가는 구름이 내 걸음을[381] 가리고 雲光侵步武
산 빛은 자리 위를 비추는데, 山色照棲遲
무엇하며 노니느냐고 내게 묻는다면 若問逍遙處
차 달이고 또 시도 짓는다고 하겠네. 煎茶且賦詩

춘성(春城) 향교(鄕校)의[382] 여러 대학(大學)들에게[383] 보냄

寄春城鄕校諸大學[384]

내가 떠나온 뒤에 세월이[385] 너무나 빨라 烏兎相騰背我歸

---

380) 『耘谷詩史』 卷1, 『高麗名賢集』 卷5, p.289 ; 『耘谷行錄』 卷1, 影印標點 『韓國文集叢刊』 卷6, p.139.

381) 보무(步武) : 보(步)는 한 걸음(6척)이고, 무(武)는 반 걸음(3척)이다.

382) 향교(鄕校) : 지방에 있는 문묘(文廟)와 거기에 부속된 학교. 고려시대에 시작되어 조선시대에 계승된 지방학교이다.

383) 대학(大學) : 고려시대 국자감이나 향교 안에 두었던 학교의 하나.

384) 『耘谷詩史』 卷1, 『高麗名賢集』 卷5, p.289 ; 『耘谷行錄』 卷1, 影印標點 『韓國文集叢刊』 卷6, p.139.

385) 오토(烏兎) : ① 해와 달, 곧 일월(日月)의 별칭. 해 속에는 세발달린 까마귀가 살고, 달 속에는 토끼가 산다는 전설에서 나온 말. ② 세월.

예전에 놀던 자취 이제는 다 달라졌네.　舊遊蹤跡已爲非
즐거운 일은 해마다 더 줄어들고　共知樂事年來少
갈수록 알아주는 이[386] 없어 부끄러워라.　却愧知音日漸稀
편지 끊긴 원천(原川)에게선[387] 잉어도[388] 오지 않고　信斷原川魚不到
꿈에나 광해를 찾으면 나비가 먼저 날아오네.　夢尋光海蝶先飛
옛친구들이여. 모두들 평안하신지　故人各各平安否
석양 비치는 가을 산에 시름이 가득하네.　愁滿秋山照夕暉

나옹(懶翁)[389] 화상(和尙)의 운산도(雲山圖)에 씀

題懶翁和尙雲山圖[390]

---

386) 지음(知音) : 백아(伯牙)가 거문고를 타는데, 높은 산에 뜻이 있으면 (그의 친구) 종자기(鍾子期)가 듣고서, "태산과 같이 높구나"라고 말하였다. 또 흐르는 물에 뜻이 있으면 종자기가 듣고서 "강물처럼 넓구나"라고 말하였다. 백아가 생각한 것을 종자기가 반드시 알아맞혔다. 종자기가 죽자 백아가 "지음(堂頭)이 없다"면서 거문고의 줄을 끊어 버렸다. 『열자(列子)』, 「탕문(湯問)」.

387) 원천(原川) : 원천역(原川驛). 낭천현의 남쪽 15리에 있다. 『신증동국여지승람』 卷47, 낭천현 역원.

388) 어(魚) : 잉어를 말함. 예부터 잉어는 편지를 뜻하는 말로 쓰였으며, 배를 가른다는 말은 편지봉투를 뜯는다는 말이다. 「고악부(古樂府)」에 보면, "먼곳에서 온 나그네가 내게 잉어 한 쌍을 주었네. 아이를 불러 잉어를 삶으라 했더니 그 속에서 비단에 쓴 편지가 나왔네. 客從遠方來 遺我雙鯉魚 呼童烹鯉魚 中有尺素書"라는 시가 있는데, 이후 잉어나 물고기는 편지라는 뜻으로 많이 쓰였다.

389) 나옹(懶翁) : 혜근(慧勤, 1320~1376) : 속성은 아(牙)씨, 호는 나옹이며 영해부(寧海府) 사람이다. 20세에 친구의 죽음을 보고 공덕산 묘적암 요연(了然)에게 출가했다. 여러 곳을 돌아다니다가 양주 회암사에서 개오했다. 1348년(충목 4) 원나라로 들어가 연경(燕京)의 법원사(法源寺)에서 인도에서 온 지공에게 참배하고, 다시 임제의 정맥을 계승한 평산 처림(平山 處林)에게 참배하여 불자(拂子)와 법의를 받았다. 후에 명주로 가서 보타낙가산의 관음께 참배하고 육왕사와 무주 복룡산에서 모든 대덕들과 문답을 한 다음 연경으로 돌아 왔다. 순종의 부름을 받아 경사(京師)의 보제사에서 설법하고 법원사에서 지공과 다시 만난 후 1358년(공민 7)에 귀국길에 올라 오대산 상두암에 머물렀다. 왕의 초청을 받아 성중에서 법을 설하고 후일 금강산 정양암·청평사·오대산 영감암 등지를 두루 다니다가 회암사로 돌아왔다. 1370년(공민 19) 광명사에서 양종 승려들의 시험인 공부선(功夫選)을 주재하고 왕사에 임명되어 송광사에 주하게 되었다. 그때의 송광사는 동방제일도량이라 일컬었다. 1376년(우왕 2) 신륵사에서 입적하였다. 鎌田茂雄, 1987, 『朝鮮佛敎史』, 東京大學出版會 ; 申賢淑 譯, 1988, 『韓國佛敎史』, 서울 : 民族社, p.185.

푸른 산이 흰 구름 속에 은은히 비치며　青山隱映白雲中
멀고 가까운 경치가 낱낱이 다 보이네.　遠近奇觀一一窮
반 폭 화려한 종이에 마음은 만리이니　半幅華牋心萬里
기묘한 붓이 신에 통한 줄 이제 알겠네.　方知妙筆卽神通

각림사(覺林寺)391) 당두(堂頭)392) 원통(圓通)393) 스님의 축상시(祝上詩)에 차운함

次覺林堂頭圓通祝上詩韻394)

영롱한 서기(瑞氣)가 온 골에 가득하고　瑞氣蔥龍滿洞天
염불 소리가 멀리 흰 구름 가에 들리네.　梵聲遙振白雲邊
산신령께서도 우리 임께 헌수(獻壽)했으니　岳靈已獻吾君壽
덕화의 하루가 한 해처럼 길어지리.　化日舒長政似年

꾀꼬리 소리를 듣고

聞鶯395)

새벽부터 푸른 나무에 꾀꼬리 소리　凌晨碧樹黃鸝聲
굽은 난간 가까이 차츰 들려오네.　漸近曲檻嚶嚶鳴
푸른 누각 꿈에서 놀라 깨어나니　悠然驚斷翠樓夢

---

390) 『耘谷詩史』 卷1, 『高麗名賢集』 卷5, p.289 ; 『耘谷行錄』 卷1, 影印標點 『韓國文集叢刊』 卷6, p.139.

391) 각림사(覺林寺) : 치악산 동쪽에 있다. 태조 이성계가 잠저에 있을 때에 여기에서 글을 읽었다. 뒤에 횡성에서 강무(講武)할 때 임금의 수레를 이 절에 멈추고 옛 늙은이들을 불러다 위로하였으며 절에 토지와 노비를 하사하고, 주(州)의 관원에게 명령하여 조세·부역 따위를 면제하여 구휼하였다. 『신증동국여지승람』 卷46, 원주목 불우.

392) 당두(堂頭) : ① 당상(堂上). 선사(禪寺)에서 한 절의 우두머리, 곧 주지를 말함. ② 선사(禪寺)에서 주지가 있는 방을 말함. 곧 방장(方丈).

393) 원통(圓通) : 고려말 각림사에 머물던 스님.

394) 『耘谷詩史』 卷1, 『高麗名賢集』 卷5, p.289 ; 『耘谷行錄』 卷1, 影印標點 『韓國文集叢刊』 卷6, p.139.

395) 『耘谷詩史』 卷1, 『高麗名賢集』 卷5, p.289 ; 『耘谷行錄』 卷1, 影印標點 『韓國文集叢刊』 卷6, p.139.

눈에 가득한 동산이 온통 봄빛일세. 滿眼林園春意生
붉은 꽃 반쯤 지고 봄은 저무는데 千紅半落春欲暮
묵은 비가 막 개어 하늘 맑구나. 宿雨初收天氣淸
때마침 고운 햇빛에 날씨도 좋아 此時風日姸且好
집 남쪽 골목 북쪽에 아지랑이 잠겼는데, 舍南巷北晴烟橫
버들 그림자 옆을 뚫고 혀를 굴리니 斜穿柳影轉饒舌
규방 여인의 마음을 괴롭히는구나. 惱殺粧閣幽人情
부끄럽구나! 나도 또한 푸른 산의 사람이라 愧予本是靑山人
푸른 산 두어 점을 이웃삼아 사노라니, 靑山數點爲四隣
문 밖에 찾아오는 수레와 말이 적고 門無車馬經過少
산새만 찾아와 서로 친하네. 只有山鳥長常親
포곡조(布穀鳥)가[396] 처음으로 씨 뿌리라 알려주고 初聞布穀報耕種
제호조(提壺鳥)도[397] 자주 술 권하는데, 亦有提壺呼酒頻
오늘 아침에 또 꾀꼴새 소리를 들으니 今朝又聞黃鳥語
봄이[398] 어디 갔는지 묻는 것 같네. 似問東君歸去處
봄이 너를 버리고 돌아보지 않으면 東君背汝不回頭
네가 나를 벗삼아 지내도 좋으련만, 汝可與吾爲伴侶
가여운 네 울음이 고즈넉한 시름 깨뜨리고 憐渠啼破寂寥愁
가녀린 네 울음이[399] 알맞은 곳 얻었구나. 却羨綿蠻爰得所
골짜기에서 나와 교목(喬木)으로 옮기는 게[400] 바로 내 마음이건만

396) 포곡조(布穀鳥) : "곡식을 뿌리라"는 뜻으로 뻐꾹새의 이름이다.

397) 제호조(提壺鳥) : 봄철에 잘 우는데, 이는 좋은 시절이 되었으니 술병을 들라는 뜻으로 뻐꾹새의 이름이다.

398) 동군(東君) : 태양의 신, 또는 태양을 달리 이르는 말. "동군(東君)은 해이다." 『광아(廣雅)』, 「석천(釋天)」. 그 뒤에 여러 시인들이 동군을 춘신(春神)이라는 뜻으로 썼다.

399) 면만(綿蠻) : 조그만 새의 모양, 또는 조그만 새의 울음소리. "조그만 꾀꼴새가 언덕 모퉁이에 앉아 있네. 緜蠻黃鳥, 止于丘隅." 『시경(詩經)』 卷4, 소아(小雅) 「면만(緜蠻)」.

400) 천교목(遷喬木) : 꾀고리가 골짜기에서 나와 큰 나무로 옮긴다는 뜻으로 천한 지위에서 높은 지위로 옮긴다는 뜻이다. 그러므로 이 글은 깊고 어두운 골짜기에서 높은 나무로 날아오르는 꾀꼴새의 모습을 보고, 운곡도 밝고 높은 곳으로 오르고 싶은 자신의 마음을 비유한 것으로 볼 수 있다. "쩡쩡 나무를 찍자 짹짹 새들이 지저귀네. 깊숙한 골짜기에서 나와 높다란 나무로 날아오르네. 짹짹 우는 지저귐은 자기 벗을 찾는 소리

出谷遷喬吾有心
높은 바람을 어디서 빌려야 하나. 借便高風在何許

1366년(병오) 늦은 봄

暮春(丙午)[401]

비 그치고 꾀꼴새 소리 재잘거리니 雨過鸎啼滑
개인 산이 사방에 더욱 푸르네. 晴山碧四圍
나무 그늘은 풀 길까지 덮었고 樹陰連草徑
버들 그림자가 사립문을 가렸네. 柳影掩柴扉
술 마실 기회야 많지만 尊酒宜多辨
정원의 꽃이 흩날릴까 염려되네. 園花恐亂飛
누가 증점(曾點)의 옷을 마련해주면 誰成曾點服
나도 무우(舞雩)에서 놀다가 오고 싶네.[402] 吾與舞雩歸

여름 구름

夏雲[403]

지. 伐木丁丁, 鳥鳴嚶嚶. 出自幽谷, 遷于喬木. 嚶其鳴矣, 求其友聲.” 『시경(詩經)』 卷4, 소아(小雅) 「벌목(伐木)」.

401) 『耘谷詩史』 卷1, 『高麗名賢集』 卷5, p.289 ; 『耘谷行錄』 卷1, 影印標點 『韓國文集叢刊』 卷6, p.139.

402) 무우(舞雩) : 문제(門弟)와 함께 교외(郊外)에서 소풍하는 즐거움을 가리키는 말. “자로와 증석과 염유와 공서화가 공자를 모시고 앉아 있었는데, 공자께서 말씀하셨다. “(중략) 너희들은 평소에 말하기를, ‘사람들이 나를 알아주지 않는다’고 하였으니, 만약 어떤 사람이 너희들을 알아주면 너희들은 무엇을 하겠느냐?” (중략) “점(點 : 증석)아! 너는 무엇을 하겠느냐?” 그는 비파 타던 것을 잠시 중단하고 소리를 한 번 굵게 내더니, 비파를 내려 놓고 일어나 대답하였다. “저는 저 세 사람이 말한 것과 다릅니다.” 공자께서 말씀하셨다. “무슨 거리낄 게 있겠느냐? 저들은 자기의 뜻을 말해본 것에 불과하니라.” 그러자 증석이 대답했다. “늦은 봄에 봄옷을 갖추어 입고, 어른 대여섯 명과 아이 예닐곱 명과 함께 기수(沂水)에서 목욕하고, 무우(舞雩)에서 바람을 쐬고 노래를 부르며 돌아오겠습니다.” 『논어(論語)』 卷11, 「선진(先進)」.

403) 『耘谷詩史』 卷1, 『高麗名賢集』 卷5, p.289 ; 『耘谷行錄』 卷1, 影印標點 『韓國文集叢刊』 卷6, p.139.

천 가지 모습으로 변하며 눈앞을 가로막더니　　變成千狀眼前橫
다시 기이한 봉우리 되어 들쑥날쑥 피어나네.　　更作奇峯勢不平
비를 품고 천둥을 타며 자주 뒤집히다가　　拖雨駕雷翻覆頻
별을 토하고 달을 숨기며 자유롭게 다니네.　　漏星藏月卷舒行

돈 무늬 같은 이끼

苔錢[404]

뜨락에 가득 고요한 자취를 남기고　　滿庭留得寂寥痕
파릇파릇 서재를 비추는 모습 사랑스럽네.　　偏愛蒼蒼映小軒
만약 네 둥근 무늬가 세상의 보배라면　　若使圓紋爲世寶
어찌 내 문 앞에 자라나 있으랴.　　肯容生長在吾門

구름 같은 벼

稼雲[405]

구름 같은 벼이삭 두루 패어 하늘 끝까지 닿으니　　稼雲開遍際晴天
풍성한 빛을 보기만 해도 흐뭇하구나.　　飽看油然氣色連
이 구름이 가을 들판에 바람이나 일으키지　　只解飜風秋野外
어찌 새벽 산에 비 내릴 줄 알랴.　　豈能含雨曉山邊
넘실넘실 동서 언덕에 가득하고　　溶溶已滿東西陌
널리 위 아래 논에 깔렸네.　　浩浩平分上下田
느지막이 낫을 들고 다 거둬들이면　　晩向鎌頭都捲盡
집집마다 즐거운 잔치 풍년을 노래하리.　　萬家相慶樂豊年

기와

瓦[406]

---

404) 『耘谷詩史』 卷1, 『高麗名賢集』 卷5, p.289 ; 『耘谷行錄』 卷1, 影印標點 『韓國文集叢刊』 卷6, p.139.

405) 『耘谷詩史』 卷1, 『高麗名賢集』 卷5, p.290 ; 『耘谷行錄』 卷1, 影印標點 『韓國文集叢刊』 卷6, p.140.

누런 진흙을 다지느라 힘도 많이 쓴데다　陶盡黃泥力靡輕
굳고 단단한 그 모습 불구덩이를 거쳤구나.　堅剛本自火坑成
높고 낮은 차례가 줄줄이 가지런하고　高低序次夫何錯
깔고 덮은 고랑은 위 아래로 트였네.　仰覆開溝也不平
햇볕 쬐고 바람 쐬어 빛도 나지만　日爍風磨仍有色
구름 덮이고 빗줄기 때리는 게 무정하구나.　雲埋雨打似無情
무안(武安)의 당일엔[407] 모두 우뢰 되었으니　武安當日皆爲震
천고에 사람들의 온갖 느낌을 자아내네.　千古令人百感生

벼루

硯[408]

십 년 글방 공부를 너와 벗삼았으니　十載螢窓伴汝居
일상생활의 값어치가 백금보다도 중하네.　端居價重百金餘
먹 이빨에 자주 갈려 본 모습을 잃었지만　累經墨齒虧新樣
몇 번이나 붓을 적셔 옛 글을 배웠던가.　幾沐毫頭學古書
이슬 떨어뜨려 문지를 땐 자던 새도 놀랐고　滴露硏時驚宿鳥
얼음 깨어 씻을 땐 숨은 고기 달아났지.　和氷洗處動潛魚
네 덕분에 평생 학업을 성취하는 날　憑渠若就平生業
그 은공을 다 쓴다면 수레에 가득 실으리.　寫得功恩可載車

칼

釖[409]

늠름한 칼날이 눈서리같이 차가와　鋒鋩凜凜雪霜寒

406) 『耘谷詩史』 卷1, 『高麗名賢集』 卷5, p.290 ; 『耘谷行錄』 卷1, 影印標點 『韓國文集叢刊』 卷6, p.140.

407) 무안당일(武安當日) : 기와 무너지는 소리가 우레로 들리어 혼동을 일으킨다는 사실.

408) 『耘谷詩史』 卷1, 『高麗名賢集』 卷5, p.290 ; 『耘谷行錄』 卷1, 影印標點 『韓國文集叢刊』 卷6, p.140.

409) 『耘谷詩史』 卷1, 『高麗名賢集』 卷5, p.290 ; 『耘谷行錄』 卷1, 影印標點 『韓國文集叢刊』 卷6, p.140.

번쩍이는 빛을 쳐다보기도 어렵네. 閃電浮光未易看
다행히 달인(達人)을 만나 옥을 파헤치고[410] 幸遇達人曾掘獄
훌륭한 장군 따라 일찍이 단에도 올랐지. 好隨良將早登壇
뱀을 벤 명예는[411] 천하가 떠들썩했고 斬蛇壯譽騰天下
코끼리를 벤 이름에[412] 세상이 다 놀랐네. 斷象英名動世間
나 또한 널리 구한 지 오래 되었건만 我亦旁求年已久
배에 금 긋는[413] 어리석음을 얻기 어렵네. 刻舟愚甚得爲難

이슬

露[414]

달 밝은 하늘에 이슬이 막 내려 露華初下月明天
뜨락 나무에[415] 엉긴 모습이 시원하구나. 偏重庭柯氣灑然
해맑은 풀잎이 어찌 그리 깨끗한지 湛湛草頭何皎潔

---

410) 굴옥(掘獄) : 진(晉)나라 때 풍성 땅에 보검 두 자루가 묻혔는데, 북두칠성과 견우성 사이에 붉은 빛이 내뻗었다. 마침 천문을 보던 뇌환(雷煥)이 그 빛을 보고 보검의 정기가 하늘에 통했다고 생각하여, 곧 풍성현령으로 가서 감옥 터를 파고 용고(龍皐)와 태아(太阿)라는 보검 두 자루를 얻었다.

411) 참사장예(斬蛇壯譽) : 한(漢)의 유방(劉邦)이 밤에 큰 못을 지나다가 칼을 뽑아 뱀을 친 사실을 말함. 한나라를 세운 유방(劉邦)이 술에 취하여 밤중에 못가를 지나다가, 뱀을 보고 칼로 베었다. 뒤에 어떤 사람이 그곳에 이르자, 늙은 할미가 울면서 "내 아들은 백제(白帝)의 아들인데 뱀이 되어 길에 나왔다가, 적제(赤帝)의 아들에게 베어졌다"고 말했다. 한나라는 화덕(火德)으로 왕 노릇하여 적색(赤色)을 숭상했으므로, 유방을 적제(赤帝)라고 부른 것이다.

412) 단상영명(斷象英名) : 코끼리를 베어 세상을 놀라게 한 사실.

413) 각주(刻舟) : 각주구검(刻舟求劍)에서 나온 말로 이 말은 배에서 물 속으로 칼을 떨어뜨리고는 뱃전에다 표를 해 놓고, 칼이 떨어진 장소의 표증으로 생각하여 칼을 찾고자 한다는 뜻. 너무나 몽매하여 세상 물정에 어두운 것을 비유한 것. 초(楚)나라 사람이 강을 건너 가다가, 배 안에서 칼을 물에 떨어뜨렸다. 그는 곧 배에다 금을 그으면서 "여기가 내 칼이 떨어진 곳이다"라고 말했다. 배가 멈추자, 그는 금을 그은 곳에서 물 속으로 들어가 칼을 찾았다. 그러나 배는 이미 가 버리고, 칼은 가지 않았다. 이같이 칼을 찾는 것이 어리석지 않은가?『여씨춘추(呂氏春秋)』,「찰금(察今)」.

414)『耘谷詩史』卷1,『高麗名賢集』卷5, p.290 ;『耘谷行錄』卷1, 影印標點『韓國文集叢刊』卷6, p.140.

415) 정가(庭柯) : 뜰에 있는 나무.

아롱다롱 솔가지에 잠시 머물다 가네. 瀼瀼松頂乍留連
매미 잎에 맑게 엉겨 빨아 먹을 만하고 澄凝蟬葉還堪吸
거미줄에 방울 달려 정말 어여쁘네. 點綴蛛絲冣可憐
이슬방울 떨어지는 소리 귀에 자주 들리니 雨後滴聲頻到耳
몇 사람이나 낮잠 자다가 깨어났을까. 幾人驚起午窓眠

묵언(默言) 굉(宏) 스님에게[416] 답함

答默言宏上人[417]

오똑 앉아서 잠자코 말 없으니 兀然端坐默無言
이것이 유마(維摩)의[418] 둘 아닌 문(不二門)일세.[419] 此是維摩不二門
밝은 구슬 한 알이 광명을 나타내니 一顆明珠光始現
거리낌없는 시방 세계의[420] 태평스런 자취겠지. 十方無礙大平痕

조(趙) 총랑(摠郎)이[421] 누졸재(陋拙齋)의[422] 시에 화답한 것을 보고 다시 같은 운을 써서 바침

趙摠郎見和陋拙齋詩. 復用前韻呈似.[423]

---

416) 상인(上人) : 지혜와 덕을 겸비한 스님네를 존칭하는 말.

417) 『耘谷詩史』 卷1, 『高麗名賢集』 卷5, p.290 ; 『耘谷行錄』 卷1, 影印標點 『韓國文集叢刊』 卷6, p.140.

418) 유마(維摩) : Vimalakirti. 부처님의 속제자(俗弟子). 유마힐(維摩詰)·비마라힐(毘摩羅詰) 등으로 음역. 정명(淨名)·무구칭(無垢稱)이라 번역. 인도 비야리국 장자로서, 속가에 있으면서 보살행업을 닦은 이. 그 수행이 갸륵하여 불제자로도 미칠 수 없었다고 한다.

419) 불이문(不二門) : 불이법문(不二法門)이라고도 하는데, 유일하다는 뜻이다. 직접 도(道)에 들어가야지, 말로는 전할 수 없는 법문을 가리킨다.

420) 시방(十方) : 사방(四方 : 동서남북)과 사유(四維 : 동북·동남·서남·서북), 상하(上下)에 있는 무수한 세계.

421) 총랑(摠郎) : 고려시대 전리사(典理司)·군부사(軍簿司)·판도사(版圖司)·전법사(典法司)·예의사(禮儀司)·전공사(典工司)·육조(六曹) 등의 정4품 벼슬. 시랑(侍郎) 또는 의랑(議郎)을 고친 이름.

422) 누졸재(陋拙齋) : 운곡 원천석의 서재 이름.

423) 『耘谷詩史』 卷1, 『高麗名賢集』 卷5, p.290 ; 『耘谷行錄』 卷1, 影印標點 『韓國文集叢刊』 卷6, p.140.

세월은 가는 대로 내버려두고 從敎歲月去堂堂
언제나 청한(淸閑)한 것이 내 소망일세. 長得淸閑我所望
도에 통하기를[424] 당나라 이백(李白)이 일찍이 바랐고 通道早希唐李白
한나라 장량(張良)은 제후에 봉해지는 것도 원하지 않았네.[425] 封侯不願漢張良
세상 인연도 가을 구름처럼 담담해지고 世緣淡似秋雲影
들사람 흥취가 섣날 술 향기와 어우러졌네. 野興融如臘酒香
이 몸은 이미 늙었지만 태평성대를 만나 身已老來逢盛代
젊은 시절[426] 되찾을 길 없어 한스럽기만 하네. 挽廻强壯恨無方

2월 어느 날. 조계(曹溪) 참학(參學)[427] 윤주(允珠)[428] 스님이 영남에서 돌아와 내게 들렀다가, 그의 스승인 인각(麟角)[429] 대선사(大禪師)로부터[430] 받은 시를 보여 주었는데, (이 시를 보고) 상서(尙書) 화지원(華

---

424) 통도조희(通道早希) : 이백(李白)의 「월하독작시(月下獨酌詩)」에 "석 잔 술이면 커다란 도에 통하고, 한 말 술이면 자연에 합일한다"고 하였다.

425) 봉후불원한장량(封侯不願漢張良) : 천하가 통일되자, 한고조(漢高祖)는 공신들을 여러 곳에 제후로 봉하였다. 장량에게는 제나라 땅에 삼만호나 되는 지방을 식읍(食邑)으로 골라 가지라고 했다. 그러나 그는 좋은 곳을 다 사양하고, "신이 폐하를 유(留) 땅에서 만났으니, 조그마한 그 땅에 봉해 주소서"라고 하였다. 한나라가 천하를 통일하고 장안으로 도읍을 옮기자, 그는 따라가지 않고 "(신선) 적송자(赤松子)를 따르겠다"며 곡식을 물리쳤다. 세상에 대해 더 이상의 욕심이 없음을 보인 것이다.

426) 강장(强壯) : 30대를 장(壯)이라 하고 40대를 강(强)이라 했으니, 강장(强壯)은 젊은 시절이다. 사람이 나서 열살이 되면 유학(幼學)이라 하고, 스무살이 되면 약관(弱冠)이라고 한다. 서른살이 되면 장(壯)이라 하며 아내를 맞이하고, 마흔살이 되면 강(强)이라 하며 벼슬에 나아간다. 쉰살이 되면 애(艾)라 하며 관정(官政)에 복무하고, 예순살이 되면 기(耆)라고 하며 일을 지시하여 사람들을 부린다. 일흔살이 되면 노(老)라고 하여 (은거하며 자식들에게 살림을) 전하고, 여든 아흔이 되면 모(耄)라고 한다. 일곱 살을 도(悼)라고 하는데, 도(悼)와 모(髦)는 비록 죄가 있어도 형벌을 내리지 않는다. 백살을 기이(期頤)라고 한다. 『예기(禮記)』, 「곡례 상제일(曲禮 上第一)」.

427) 참학(參學) : 학문의 길에 들어감.

428) 윤주(允珠) : 고려말 선종 승려. 생몰년 미상.

429) 인각(麟角) : 생몰년 미상.

430) 대선사(大禪師) : 승계(僧階)의 하나. 교종은 대선(大選)－중덕(中德)－대덕(大德)－도대사(都大師), 선종은 대선(大選)－중덕(中德)－선사(禪師)－대선사(大禪師)－도대선사(都大禪師)로 되어 있었다.

之元)이[431] 차운하여 짓고, 나도 차운하여 시 두 편을 지었다

二月有日. 曺溪參學允珠自嶺南來. 過予因示師尊隣角大禪翁所贈詩. 曰.[432]

▪ 인각(麟角) 대선사(大禪師)

한 알의 마니(摩尼)[433] 구슬 그 빛이 번쩍여 一顆摩尼光爍爍
둥근 빛은 형산(荊山)의 박옥(璞玉)에도[434] 견주기 어렵네 圓光難比荊山璞
하늘 끝 땅 끝까지 자유롭게 오가건만 天涯地角任縱橫
옷 속에서만 찾았으니 큰 잘못을 저질렀네. 覓向衣中成大錯

華尙書之元次韻曰.

▪ 화지원(華之元)

오랫동안 진흙에 묻혀도 여전히 번쩍이건만 久混泥沙猶灼爍
그 누가 돌 사이에서 박옥을 캐낼 줄 알랴. 何人解採石間璞
대사께서 잘 다듬어 임금께[435] 바치시면 請師彫琢近承明
백 번 바쳐도 단 한 번 그릇됨이 없으시리. 百獻吾知無一錯

次韻(二首)

색(色)도 아니고 공(空)도 아니면서 항상 빛나니 非色非空常炳爍
원래 미옥(美玉)도 아니고 박옥(璞玉)도 아닐세. 元非美玉亦非璞
삼천 세계를[436] 환히 다 통했으니 廓然瑩澈大千中
어딜 돌아다닌들 잘못 있으랴. 動用周旋何有錯

---

431) 화지원(華之元) : 생몰년 미상.

432) 『耘谷詩史』 卷1, 『高麗名賢集』 卷5, p.290 ; 『耘谷行錄』 卷1, 影印標點 『韓國文集叢刊』 卷6, p.140.

433) 마니(摩尼) : Mani. 번역하여 주(珠)·보(寶)·무구(無垢)·여의(如意). 보주(寶珠) 혹은 여의주(如意珠)를 말한다. 이 구슬은 용왕의 뇌속에서 나온 것으로 사람이 이 구슬을 가지면 독이 해칠 수 없고 불에 들어가도 타지 않는 공덕이 있다고 한다.

434) 형산박옥(荊山璞玉) : 중국 형산(荊山)에서 생산되는 백옥이라는 뜻으로 보물로 전해오는 흰 옥돌을 이르는 말. 전하여 현량(賢良)한 사람의 비유.

435) 승명(承明) : 중국 한(漢)대 궁전의 이름. 여기서는 임금을 말함.

436) 삼천세계(三千世界) : Trisahasramahasahasro-lokadhatu. 소천세계(小千世界 : 四洲世界의 千倍)를 천 개 합친 것을 중천세계(中千世界)라 하고, 중천세계를 천 개 합친 것을 대천세계(大千世界)라 함. 이 일대천세계(一大千世界)를 삼천대천세계(三千大千世界)라 하며, 또 삼천세계(三千世界)라고도 함.

다듬거나 갈지 않아도 그 빛이 그대로이니	不假磨礱輝景爍
이 구슬의 광채가 박옥보다 뛰어나네.	此珠光彩勝良璞
어찌 깊은 상자에 오래 감출건가.[437]	何須韞櫝久深藏
제 값 받고 팔아도 잘못 없으리.	待價沽哉眞不錯

도경(道境)[438] 대선사(大禪師)의[439] 편지에, "선생께서 불행히 지난 해에 아들을 잃고 올해엔 또 부인을 잃는 등, 슬픈 일이 잇달아 일어나 그지없이 애통하시리라 생각됩니다. 너무 상심하실까 염려되어 인과(因果)의 말을 빌려서 시를 지어 바치니, 바라건대 마음을 다스리시어 슬픔을 푸소서."라고 하면서 시 두 편을 보내 왔는데, 말씀이 간절하여 내 마음에 느낀 바 있으므로 차운하여 네 수를 바친다

道境大禪翁寄書云. 先生不幸. 去年哭子. 今又失主婦. 悲哀相繼. 痛甚無極. 予懼其傷也. 推因果綴言爲詩以奉贈. 庶亂思而紓哀也. 詩曰.[440]

▪ 도경대선사(道境大禪師)

물질은 원래 허하여 모습도 이름도 없는데	一物元虛絶相名
덩어리가 이뤄지면 미생(微生)에 의탁하네.	塊然成質托微生
예나 지금이나 갑자기 왔다 가버리니	忽來倏去非今是
어찌 날마다 슬퍼하며 마음 상하랴.	何用哀哀日損情

又曰

▪ 도경대선사(道境大禪師)

---

437) 온독(韞櫝) : 궤속에 감추어 둔 보배. "자공(子貢)이 여쭈었다. 여기 훌륭한 옥이 있는데, 이것을 잘 싸서 장 속에 넣어 감추어 둘까요? 아니면 훌륭한 장사꾼을 구해서 팔까요? 그러자 공자께서 말씀하셨다. 팔긴 팔아야 하겠지만, 나는 장사꾼을 기다리는 편이다. 子貢曰 有美玉於斯 韞匵而藏諸 求善賈而沽諸 子曰 沽之哉 沽之哉 我待賈者也." 『논어(論語)』 卷9, 「자한(子罕)」.

438) 도경(道境) : 도경선사(道境禪師). 가지산문계 선종 승려로 추정됨.

439) 대선사(大禪師) : 승계(僧階)의 하나. 교종은 대선(大選)－중덕(中德)－대덕(大德)－도대사(都大師), 선종은 대선(大選)－중덕(中德)－선사(禪師)－대선사(大禪師)－도대선사(都大禪師)로 되어 있었다.

440) 『耘谷詩史』 卷1, 『高麗名賢集』 卷5, p.290 ; 『耘谷行錄』 卷1, 影印標點 『韓國文集叢刊』 卷6, p.140.

은혜와 사랑은 좋은 인연이 아니라 恩愛殊非結好緣
죽고 사는 것에 서로 얽매여 있을 뿐, 死生纏縛互相牽
달인(達人)은[441] 텅 빈 세상에 홀로 거닐며 達人獨步淸虛外
껍질 벗은 매미같이 살아 간다오. 處世還如脫蛻蟬

詞語切懇. 感於予心. 次韻奉呈(四首).

세간의 소리와 빛이 모두 헛된 이름이니 世間聲色摠虛名
사람의 일 그 누가 죽고 사는 것을 정했나. 人事誰能定死生
온갖 슬픔이 잇달아 그치지 않아 萬種悲哀連不絶
몇 년 동안 하루도 편한 날이 없었네. 數年無日不含情

모든 것이 실체가 없는 모양이고 이름이지만 都將無實假形名
쇠망해 가는 걸 볼 때마다 별생각이 다 나네. 每見衰亡百感生
진중하신 우리 대사께서 비밀을 여시어 珍重吾師開秘密
인과(因果)의 말씀으로 친한 정을 보이셨네. 發明因果示親情

같이 살다가 함께 늙는 인연이 없어 同居偕老也無緣
나 버리고 먼저 갔으니 이것도 업(業)일세. 背我先歸業所牽
허망함을 깨닫고 눈물 그치려 하지만 已覺妄因休洒淚
매미같이 우는 아이들 소리는 견딜 수 없네. 不堪兒哭似蜩蟬

대사께선 여러 겁(劫)에 좋은 인연 심어서 羨師多劫種良緣
세속의 인연을 이미 벗으셨네. 脫却塵勞世事牽
시골 지아비가 고뇌에 걸렸으니 應念野夫罹苦惱
가을 매미같이 마른 모습을 이해해 주시겠지. 羸形也似九秋蟬

김(金) 목백(牧伯)의[442] 천음정(川陰亭)[443] 시에 차운함

441) 달인(達人) : 널리 사물의 이치에 통달한 사람.
442) 목백(牧伯) : 목사(牧使)를 달리 이르는 말.

次金牧伯川陰亭詩韻[444]

흐르는 물 앞에 두고 떠날 줄을 모르니　　穩坐忘歸對水流
나무 그늘 시내 그림자가 가을을 갈무리했네.　　樹陰溪影別藏秋
들새도 어진 원님 덕화에 감화되어　　野禽亦感賢侯德
언덕 너머에서 우짖으며 오래 머무시라 권하네.　　隔岸相呼勸久留

소

牛[445]

갈라진 발 뚫린 코로 인가(人家)에 있건만　　岐蹄穿鼻在人家
평평한 들판 비탈진 풀 길에서 한가롭게 자라네.　　閒牧平原草路斜
뿔 두드리며 부르던 슬픈 노래야 알지만[446]　　但解悲歌長扣角
돌 밟은 자국이 꽃 같은 줄이야 그 누가 알랴.　　誰知踏石跡如花

한(漢)나라 무제(武帝) 원봉(元封, B.C. 110~105) 연간에 (한 백성이) 소를 바쳤는데, (그 소가 밟은) 바위 위의 자국이 꽃과 같았다.(元封中奉獻牛石上之跡如花)

까치

鵲[447]

사람의 마음은 사물에 따라 달라지니　　大抵人心逐物移

---

443) 천음정(川陰亭) : 읍내에 있었다는 청음정(淸陰亭)으로 생각됨. 『신증동국여지승람』 卷46, 원주목 누정. 원주목사가 시냇가 남쪽에 지은 정자인 듯함. 강이나 시내 북쪽을 양(陽)이라 하고, 남쪽을 음(陰)이라 하였기 때문에 川陰은 '시냇가 남쪽에 있는'으로 해석됨. 허경진, 2001, 「원주의 누정」, 『원주학연구』 2.

444) 『耘谷詩史』 卷1, 『高麗名賢集』 卷5, p.290 ; 『耘谷行錄』 卷1, 影印標點 『韓國文集叢刊』 卷6, p.141.

445) 『耘谷詩史』 卷1, 『高麗名賢集』 卷5, p.291 ; 『耘谷行錄』 卷1, 影印標點 『韓國文集叢刊』 卷6, p.141.

446) 비가장구각(悲歌長扣角) : 영척의 이야기. 반우가(飯牛歌) 참조할 것.

447) 『耘谷詩史』 卷1, 『高麗名賢集』 卷5, p.291 ; 『耘谷行錄』 卷1, 影印標點 『韓國文集叢刊』 卷6, p.141.

숲 속으로 날아드는 네 모습 가엾구나. 憐渠飛入樹高低
만약 내게 좋은 소식 전해 준다면 若將喜信傳吾輩
서쪽 추녀에서 네 마음껏 울게 하리라. 須向西軒自在啼

지루한 비(두 수)

苦雨(二首)448)

지루한 비가 보름이나 이어져 苦雨連旬半
지친 몸으로 다락에 기대었건만, 凄然惻倚樓
주룩주룩 소리는 그치지 않아 浪浪聲不止
적적한 생각을 거둘 수 없네. 寂寂思難收
돌길엔 황매(黃梅) 비가449) 떨어지고 野逕黃梅落
시냇가 집엔 푸른 이끼가 가득하네. 溪堂綠薛稠
문 밖을 나가도 길 어지러워 出門迷道路
여기 저기 고인 물만 언덕 가득 흐르네. 潢潦滿原流

반달이나 처마에 비 떨어지니 半月連簷雨
숲과 언덕 어디고 물소리 뿐일세. 林原盡水聲
지렁이는 풀 덮힌 길에 오르고 蛟螭升草陌
자라도 이끼 낀 뜨락에 기어드네. 魚鼈入苔庭
지축(地軸)에서 파도가 새는지 坤軸波濤漏
하늘 표주박을 밤낮 기울이는지, 天瓢日夜傾
끝없는 구름이 위 아래 덮였고 一雲同上下
서해와 동해가 서로 닿았네. 西海接東溟

석죽화(石竹花)450)

448) 『耘谷詩史』卷1, 『高麗名賢集』卷5, p.291 ; 『耘谷行錄』卷1, 影印標點 『韓國文集叢刊』卷6, p.141.

449) 황매(黃梅) : 매화 열매가 누렇게 익을 무렵에 내리는 비. 해마다 6월경에 내리는 장마비를 말함.

石竹花(蹲鴟花也)[451]

품위와 빛깔이 아름답다고 하지만　品色雖云好
언제나 우거진 풀 속에 있네.　常依草莽中
비에 젖어 가는 잎 돋아나고　雨沾生細葉
이슬에 젖어 고운 떨기 가지런하네.　露浥亞芳叢
그림자는 모래 둑 달빛에 어렴풋해도　影淺沙堤月
향기는 버들 언덕 바람에 번지네.　香連柳岸風
누가 보고 즐기겠느냐 말하지 말게,　莫言誰見賞
그 옆에 할미꽃이[452] 있으니.　邊有白頭翁

1367년(정미) 6월. 목백(牧伯)께서[453] 명령을 내려 남쪽 정자부터[454] 북쪽 누각에 이르는 관도(官道) 좌우에 어린 소나무를 심게 하자 푸른빛이 저절로 줄을 이루게 되었다. 10년 뒤에 녹음을 이루게 되면 그 그늘이 얼마나 넓겠는가. (목백께서) 베푼 사랑을 노래하고 칭송할 자가 또 몇 사람이나 되겠는가. 이에 시를 지어서 기록해 둔다

丁未六月. 牧伯出令. 自南亭至北樓官道左右. 使種稚松. 蒼蒼然自成行列. 且待成陰. 十年之後. 所庇幾何. 歌頌遺愛者亦幾人乎. 作詩以識之.[455]

푸른 산에서 뿌리를 옮겨와　移根來自翠微巓
동쪽 서쪽 길가에 심었으니,　西種東栽一路邊
가는 잎은 은혜 비속에 함께 돋아나고　細葉共生恩雨裏
곧은 가지는 은혜 바람에 다투어 자라,　貞枝爭長惠風前
두 줄의 푸른빛이 눈과 서리를 이겨내고　兩行翠色凌霜雪

---

450) 석죽화(石竹花) : 패랭이 꽃. 준치화(蹲鴟花).
451) 『耘谷詩史』 卷1, 『高麗名賢集』 卷5, p.291 ; 『耘谷行錄』 卷1, 影印標點 『韓國文集叢刊』 卷6, p.141.
452) 백두옹(白頭翁) : 할미꽃.
453) 목백(牧伯) : 목사(牧使)를 달리 이르는 말.
454) 남정(南亭) : 천음정(川陰亭)으로 추정됨.
455) 『耘谷詩史』 卷1, 『高麗名賢集』 卷5, p.291 ; 『耘谷行錄』 卷1, 影印標點 『韓國文集叢刊』 卷6, p.141.

몇 리에 걸친 맑은 소리가 관현악같이 들리겠지. 數里寒聲咽管絃
아전과 백성들에게 알리노니, 부디 잘 기르소. 爲報吏民須好養
그늘 이뤄지는 훗날에 어진 원님을 기억하소. 成陰異日記吾賢

백운연(白雲淵) 장로(長老)의[456] 시에 차운하다(보내온 시에 아내를 잃었다는 뜻이 있었다)[457]

次白雲淵長老詩韻(來詩有失婦之意)[458]

어리석은 자는 허망되게도 생사에 얽매이고 迷倫逐妄輪生死
어진 자는 밝은 마음으로 오가게 맡기니, 賢士明心任去留
육문(六門)에[459] 얽매여 불도를 못 깨닫고 纏縛六門無解釋
삼계(三界)에[460] 오가면서 유도를 모르네. 往來三界不知儒
비결(秘訣)을 들어서 귀의할 길을 바랐더니 願聞秘訣將歸道
진종(眞宗)을[461] 말씀하여 시름을 씻어 주셨네. 爲說眞宗欲洗愁
뼈에 절하거나[462] 시체에 매질하는 것이[463] 다 잘못이니 禮骨鞭屍皆有失
항상 통달한 이와 한가롭네 노닐고 싶네. 常思達者與閑遊

---

456) 장로(長老) : Ayusmant 아유솔만(阿瑜率滿)으로 음역. 존자(尊者)·구수(具壽)라고도 번역. 지혜와 덕이 높고 법랍이 많은 비구를 통칭. 젊은 비구가 늙은 비구를 높여 부르는 이름. 기년(耆年)장로·법(法)장로·작(作)장로의 3종이 있다.

457) 실부지의(失婦之意) : 백운연 장로가 아내를 잃었다는 뜻이 아니라, 운곡이 아내를 잃어 장로가 위로한다는 뜻을 쓴 것이다.

458) 『耘谷詩史』 卷1, 『高麗名賢集』 卷5, p.291 ; 『耘谷行錄』 卷1, 影印標點 『韓國文集叢刊』 卷6, p.141.

459) 육문(六門) : 중생(衆生)이 업인(業因)에 따라 윤회(輪廻)하는 여섯 가지 문. 즉 지옥(地獄)·아귀(餓鬼)·축생(畜生)·아수라(阿修羅)·인간(人間)·천상(天上).

460) 삼계(三界) : Trayo-dhatavah. 생사유전이 쉴 새 없는 미계(迷界)를 셋(욕계·색계·무색계)으로 분류한 것, 1) 욕계(欲界). 욕은 탐욕이니, 특히 식욕·음욕·수면욕이 치성한 세계. 2) 색계(色界). 욕계와 같은 탐욕은 없으나 미묘(微妙)한 형체가 있는 세계. 3) 무색계(無色界). 색계와 같은 미묘한 몸도 없는, 순정신적 존재의 세계.

461) 진종(眞宗) : ① 각기 자신이 믿는 종교. ② 「열반경」 「화엄경」 등과 같이, 불성 또는 일여(一如)한 법계의 이치를 말한 것.

462) 예골(禮骨) : 불골(佛骨)에 대해 예배하는 것.

463) 편시(鞭屍) : 죽은 뒤에 죄가 드러나면 관(棺)을 쪼개어 시체를 베는 것.

12월 27일. 아내 무덤에 찾아가 술을 부어 놓고

十二月二十七日. 酹家人塚.[464]

구름이 산을 덮고 섣달 눈이 깊이 쌓여	雲擁山崖臘雪深
사시나무 거센 바람이 용의 울부짖음 같네.	白楊風緊似龍吟
외로운 무덤 위에 석 잔 술을 따르니	我來三酹孤墳上
나도 모르게 흐르는 눈물이 옷자락을 가득 적시네.	不覺潸然淚滿襟

1368년(무신) 설날 아침 눈이 내리는데 원립(元立)[465] 선생이 다음과 같은 시를 지어 주므로, 이에 차운하여 답하였다

戊申正朝有雪. 元先生立作詩云(二首).[466]

▪ 원립(元立)

정미년(1367)이 끝나고 무신년(1368) 되었으니	丁未年終已戊申
동군(東君)이[467] 태평스런 봄을 선포하네.	東君布下大平春
설날 아침의 경사를 그대는 기억하시게	元正吉慶君須記
풍년 들 징조로 많은 눈이 내렸으니.	先應豊祥密雪新

次韻答之

달은 인(寅)월이고 날은 신(申)일인데	月是寅今日是申
만리 하늘에 봄이 벌써 돌아왔네.	天衢萬里已廻春
채색 구름이 눈을 뿌려 아름다운 기운 엉기니	彩雲灑雪凝佳氣
새해 맞는 집집마다 경사스런 징조를 받아들이네.	納慶千門共履新

그 누가 임금[468] 향해 좋은 말씀 아뢰어	誰向承明爲善申

464) 『耘谷詩史』 卷1, 『高麗名賢集』 卷5, p.292 ; 『耘谷行錄』 卷1, 影印標點 『韓國文集叢刊』 卷6, p.142.

465) 원립(元立) : 생몰년 미상.

466) 『耘谷詩史』 卷1, 『高麗名賢集』 卷5, p.292 ; 『耘谷行錄』 卷1, 影印標點 『韓國文集叢刊』 卷6, p.142.

467) 동군(東君) : 태양의 신, 또는 태양을 달리 이르는 말. "동군(東君)은 해이다." 『광아(廣雅)』, 「석천(釋天)」. 그 뒤에 여러 시인들이 동군을 춘신(春神)이라는 뜻으로 썼다.

사군(使君)의[469] 어진 정치를 따뜻한 봄같이 베풀게 할까. 使君仁政暖如春
넓은 은혜로 이미 양춘가절 맞았으니 洪恩已合陽和力
그대와 나의 기쁜 마음 한결같이 새로워라. 君我歡情一樣新

정월 24일 서곡(西谷)[470] 장(張) 상서(尙書)께서 세상을 떠나시자 도경(道境)[471] 선사(禪師)가 만사(挽詞)[472] 두 수를 지었고 목백(牧伯)께서도[473] 두 수를 지으셨는데, 이에 차운하여 다음 네 수를[474] 지었다

正月二十四日. 西谷張尙書亡. 道境作挽詞云(四首).[475]

▪ 도경선사 1

나이 팔십까지 살기는 옛부터 드물었건만 年登八十古來稀
푸른 산에 혼자 누우면 만사가 다 그만일세 獨臥青山萬事非
만가(挽歌)[476] 한 곡에 사람들이 흩어지고 나면 一曲挽歌人散後
만사 종이만 낭자하게 사립문에 걸리겠지. 紙牋狼藉掩荊扉

又云

▪ 도경선사 2

468) 승명(承明) : 승명전(承明殿). 중국 한(漢)대 궁전의 이름. 여기서는 임금을 말함.

469) 사군(使君) : 나라의 사절(使節)로 온 사람을 친근하게 높이어 부르는 말.

470) 서곡(西谷) : 위치 불명.

471) 도경(道境) : 도경선사(道境禪師). 가지산문계 선종 승려로 추정됨.

472) 만사(挽詞) : 죽은 사람을 위해 지은 글.

473) 목백(牧伯) : 목사(牧使)를 달리 이르는 말.

474) 사수(四首) : 제목에 소개된 시 4수 가운데 위의 2수는 도경선사가 장상서를 위해 지은 만사이며, 아래 2수는 김목백이 장상서를 위해 지은 만사에 도경선사가 차운한 시이다. 운곡은 이 4수에 대해서 모두 차운시를 지었다.

475) 『耘谷詩史』 卷1, 『高麗名賢集』 卷5, p.292 ; 『耘谷行錄』 卷1, 影印標點 『韓國文集叢刊』 卷6, p.142.

476) 만가(挽歌) : 만가(輓歌)라고도 한다. (옛날에 장례지내면서 부르던) 「해로호리(薤露蒿里)」 2장(章)을 이연년(李延年)이 나누어서 두 곡(曲)으로 만들었다. 「해로(薤露)」는 왕공(王公) 귀인(貴人)들을 장례지낼 때에 불렀고, 「호리(蒿里)」는 사대부와 서민들을 장례 지낼 때에 불렀다. 영구(靈柩)를 끌고(挽) 가는 자들이 불렀으므로, 세상 사람들이 이 노래를 만가(挽歌)라고 하였다. 최표 『고금주(古今註)』. 원래 호리(蒿里)는 태산 남쪽에 있는 산인데, 사람이 죽으면 그 영혼이 여기 와서 머문다고 한다. 나중에 변하여 무덤이라는 뜻으로 썼다.

십 년을 서로 따르면서 웃고 이야기했으니	十載相從笑語同
남과 사귄 도리는 그 누가 공(公) 같으랴.	向人交道孰如公
문수동[477] 어구에 하늘 가득 눈이 내리니	文殊洞口漫天雪
말 위에서 술잔 나눈 것이 꿈속 같구나.	馬上含杯似夢中

又次牧伯詩云

▪ 목백 1

맑은 봄빛에 아지랑이가 아득하니	春光淡沲氣茫茫
가는 버들 새 부들풀이 곳곳마다 같구나.	細柳新蒲處處同
술 익고 꽃이 핀들 누구와 함께 이야기하나	酒熟花開誰與語
적막한 서곡(西谷)에는 슬픈 바람만 일어나네.	寂寥西谷起悲風

又云

▪ 목백 2

장공(張公)께서 이제 구천(九泉)으로[478] 가셨으니	張公一去九泉中
술자리에서 힘찬 말소리를 다신 들을 수 없네.	酒席雄談豈更同
눈물 씻고 생각하니 도리어 즐겁구나	拭涙飜思還獨喜
날마다 어진 재상 모시고 꽃바람에 취했으니.	日陪賢相醉花風

次韻

물위에 뜬 거품도 그림자 보이지 않고	水上浮漚影已稀
초당도 이제 옛 주인이 아닐세.	草堂猶是主人非
팔십 년 행락이 한낱 묵은 자취이니	八旬行樂空陳跡
쓸쓸한 달빛만 사립문을 비추네.	惟有荒凉月照扉

노래하고 춤출 때에 누구와 같이하랴.	狂歌醉舞與誰同
술잔만 마주하면 우리 공(公)이 그리워라.	對酒先當憶我公
죽고 산 사람을 세어본 뒤에 머리를 돌려보니	點檢存亡一回首

477) 문수동(文殊洞) : 문수사(文殊寺)가 있던 동네. 문수사는 강원도 원주군 치악산 서쪽에 있던 절. 『신증동국여지승람』 卷17, 원주목 불우.

478) 구천(九泉) : 죽은 뒤에 넋이 돌아가는 곳. 황천(黃泉).

흰 구름 속 푸른 산만 옛 모습 그대로일세. 靑山依舊白雲中

슬픈 노래로 흰 구름 속에 영구를 보내고 나자 悲歌葬送白雲中
다시 만날 길 없어 슬프기만 하구나. 怊悵無因再會同
해마다 그리워하며 애가 끊어지겠지.[479] 料得年年腸斷處
산언덕 소나무 달빛에 쓸쓸한 바람 일어나네. 一崗松月起悽風

황석공(黃石公)에게[480] 병서(兵書)를 받아 跪從黃石受兵書
한(漢)나라 도운 공과 명예는[481] 누가 같으랴만, 佐漢功名孰並同
마른 뼈 이미 황천의[482] 흙이 되었으니 枯骨已爲泉下土
남기신 덕을 사모하는 우리들 한이 깊어라. 恨深吾輩慕遺風

2월 28일 새벽. 날이 개어 서교(西郊)로 나갔다

二月十八日曉晴. 到西郊.[483]

---

479) 장단처(腸斷處) : 애끊는 듯한 슬픔. "환공(桓公)이 촉(蜀)에 들어가 삼협(三峽) 가운데 이르렀는데, 부하 가운데 어떤 사람이 원숭이 새끼를 잡았다. 그러자 그 어미 원숭이가 강 언덕을 따라 슬프게 울면서 쫓아오다가, 100여 리를 못 가서 드디어 배 위로 뛰어내리다가 그만 숨이 끊어졌다. 그 어미 원숭이의 배를 갈라서 그 속을 들여다보니, 창자가 마디마디 끊어져 있었다. 환공이 그 말을 듣고 노하여, 그 사람을 내쫓으라고 명했다." 『세설신어(世說新語)』, 「출면(黜免)」.

480) 황석공(黃石公) : 한(漢)의 장량(張良)에게 병서(兵書)를 주었다는 사람. 한의 장량이 어렸을 때, 흙다리(圯上) 밑에 떨어진 황석공(黃石公)의 신을 주워다가 그에게 신도록 하고 병서를 받았다는 고사에서 연유함. 相傳張良刺秦始皇不中 逃匿下 於圯上 遇老人 授以太公兵法 曰讀此則爲王者師矣 後十年與十三年孺子見我濟北穀城山下黃石郎我矣 後十三年 張良從漢高祖過濟北 果見穀城山下黃石取而祠之 世稱此圯上老人爲黃石公. 사마천(司馬遷), 『사기(史記)』 卷55, 유후(留侯).

481) 좌한공명(佐漢功名) : 장량(張良)이 황석공(黃石公)에게 병서(兵書)를 받고 병법을 익혀, 유방(劉邦)이 초나라를 이기고 천하를 통일하게 도왔다. 유방이 바로 한(漢)나라 고조(高祖)이다.

482) 황천(黃泉) : 오행(五行)에서 땅 빛을 노랑으로 한 데서 나온 말. ① 지하의 샘. ② 사람이 죽어서 가는 곳. ③ 구천(九泉).

483) 『耘谷詩史』 卷1, 『高麗名賢集』 卷5, p.292 ; 『耘谷行錄』 卷1, 影印標點 『韓國文集叢刊』 卷6, p.142.

미끄러운 진흙탕 길에 말 가는 대로 달리는데　　泥滑長程信馬行
살구꽃 숲 너머 한 마리 비둘기가 우네.　　杏花林外一鳩鳴
연기 낀 푸른 언덕엔 아지랑이 걷히고　　烟沈翠麓晴嵐捲
바람 잔잔한 맑은 시내엔 가는 물결이 이네.　　風軟淸溪細浪生
구름 사이로 햇빛이 새어 무지개 빛 찬란하고　　日色漏雲霞錦爛
비 자국이 잎에 남아 이슬방울 분명해라.　　雨痕留葉露珠明
이 가운데 무엇이 봄날의 흥취를 더하던가.　　箇中何物添春意
풀길 위아래가 꾀꼬리 소리일세.　　草陌鶬鶊上下聲

밤비

夜雨[484]

짧은 꿈 막 깨어 일어나니　　短夢初驚起
미친 바람이 숲을 흔드네.　　狂風動樹林
등불 밝은 삼경인데 밤비가 내려　　一燈三夜雨
외로운 나그네 십 년 마음을 더하네.　　孤客十年心
역력한 빗소리 싫진 않지만　　歷歷聽無厭
유유한 한(恨)이 더욱 깊어져,　　悠悠恨益深
여러 친구들은 어찌 지내나　　干君那箇事
나 혼자 슬픈 시를 읊네.　　獨自强哀吟

영남(嶺南)으로 가는 조계(曺溪) 참학(參學)[485] 윤주(允珠)[486] 스님을 배웅하는 시와 서문

送曺溪參學允珠遊嶺南詩(幷序)[487]

484) 『耘谷詩史』 卷1, 『高麗名賢集』 卷5, p.292 ; 『耘谷行錄』 卷1, 影印標點 『韓國文集叢刊』 卷6, p.142.
485) 참학(參學) : 학문의 길에 들어감.
486) 윤주(允珠) : 고려말 선종 승려. 생몰년 미상.
487) 『耘谷詩史』 卷1, 『高麗名賢集』 卷5, p.292 ; 『耘谷行錄』 卷1, 影印標點 『韓國文集叢刊』 卷6, p.142.

서문 | 부처님의 발자취가 세상에 계신 지 오래 되었지만, 지금까지 남아 있는 것은 부처님의 말씀이다. 그 말씀을 저술한 것이 경(經)이고, 보태어 이룬 것이 논(論)인데, 그 도(道)는 대개 효경(孝敬)에[488] 근본을 두고 온갖 덕을 쌓아서 무위(無爲)에 귀결시킨 것이다. 부연해서 가르쳐 세상에 전한 것을 두 가지로 나눈다면, 하나는 선(禪)이고, 하나는 교(敎)이다. 교(敎)는 앞에서 말한 경(經)과 논(論)이고, 선(禪)은 (부처께서) 49년 동안 삼백회가 넘는 법회를 가진 뒤에 최후로 영산(靈山)[489] 법회에서 꽃을 들어 보이셨는데 가섭이[490] 미소를 지은 것이다.[491] 그때부터 인도의[492] 47조사(祖師)와 중국의[493] 23조사가 서로 전수하여 아무리 사용해도 끝이 없었다. 경우에 따라 변용하고, 종횡으로 미묘하게 사용하여, 자타(自他)를 모두 이롭게 하는 것이 바로 선(禪)이다.

지금 스님께서는 일찍이 선도(禪道)에 뜻을 두고 조계(曹溪)에 자취를 붙여, 인각(麟角) 대선사(大禪師)의[494] 문하에 노닐며 밤낮으로 복습(服習) 수행(修行)하여 덕의 근본을 심으셨다. 올해 정월에 서울[495] 보제사(普濟寺)에 가서 담선회(澹禪會)를[496] 마치고 돌아가는 길에 어머님께 문안드리

---

488) 효경(孝敬) : 부모를 잘 모심.

489) 영산(靈山) : 영축산(靈鷲山). 중천축(中天竺) 마갈타국(摩竭陀國)의 왕사성(王舍城) 부근에 있는 산으로 일찍이 부처가 설법한 곳.

490) 음광(飮光) : 범어 Kāśyapa의 의역(意譯). 구씨(龜氏)라고도 하고 가섭(迦葉)이라 음역(音譯)함. 부처의 10대 제자 중 1인. 부처 입멸 후 경(經)과 율(律)에 대한 제1차 결집(結集)을 주관하였으며, 부처와의 사이에서 있었던 이른바 '염화미소(拈華微笑)'로 선가(禪家)에서 부법장(付法藏) 제1조로 높이 추앙됨.

491) 음광미소(飮光微笑) : 문자나 말에 의하지 않고 마음에서 마음으로 전하는 것을 염화미소(拈華微笑), 또는 염화시중(拈華示衆)이라고 한다. 석가모니가 연꽃을 따서 제자들에게 어떤 뜻을 암시했는데, 아무도 그 뜻을 몰랐다. 가섭(迦葉) 혼자만 그 뜻을 알고 미소를 지었다고 한다.

492) 서건(西乾) : 서쪽의 축건(竺乾). 천축(天竺), 인도의 별칭.

493) 동진(東震) : 동쪽의 진방(震方). 중국을 가리킴.

494) 대선사(大禪師) : 승계(僧階)의 하나. 교종은 대선(大選)－중덕(中德)－대덕(大德)－도대사(都大師), 선종은 대선(大選)－중덕(中德)－선사(禪師)－대선사(大禪師)－도대선사(都大禪師)로 되어 있었다.

495) 경사(京師) : 서울.

496) 담선회(澹禪會) : 담선회(談禪會), 담선법회를 말함. 승과 가운데 총림(叢林)과 같은 예비고시에 해당함. 許興植, 1986, 『高麗佛敎史硏究』, p.371.

기 위해 천릿길을 멀다 하지 않고 찾아오셨으니, 이것이 어찌 효경(孝敬)에 바탕을 둔 행실이 아니겠는가. 그렇다면 장차 한 마음으로 (닦아서) 무위(無爲)에 돌아갈 것은 의심할 나위가 없으리라.

어느 날 갑자기 스님께서 지팡이를 짚고 바랑을 짊어지고 맨 차림으로 나를 찾아와, "나는 지금 영남으로 가려는데, 선생께서 시 한 수를 지어 주시면 나그네길에 고적함을 달랠 수 있겠소."라고 하시며, 동포(同袍)497) 스님인498) 인비(仁斐)499) 스님이 지어준 절구 한 수를 보여주셨다. 나는 본래 몹시 우둔한 사람이라 장구(章句)에 대해 마음 쓴 바가 없었으니 어찌 감당하랴만, 스님의 수행을 보고 스님의 말씀을 들으면서 내 마음에 감동된 바가 있었으며, 예의로써도 사양할 수가 없었다. 그래서 그 시에 차운하여 절구 2수를 지어 노자를 대신하고자 한다. 강을 건너고 산을 오르면서 만물을 구경하는 동안, 또는 슬퍼지거나 초연해지는 순간, 이 시를 읊으면서 경치를 보신다면 정말로 다행이다.

佛之跡在乎世久矣. 其留而存者佛之言也. 言之著者爲經. 翼而成者爲論. 其道盖本乎孝敬. 積以衆德. 歸於無爲耳. 敷演教誠. 傳於世間者. 離爲二門. 一曰禪. 一曰教. 教則前所謂經論是也. 禪則四十九年三百餘會. 冣後靈山會上拈花. 而示飮光微笑. 自玆以降. 西乾四七. 東震二三. 祖祖相傳. 用之不盡. 隨機應變. 妙用縱橫. 以利自他者是也. 今有上人早留心於禪道. 寄跡于曺溪. 遊於隣角大禪翁之門下. 晝夜服習. 修而行之. 以植德本. 越今年正月. 赴澮禪會于京師普濟寺. 罷會而還. 覲於慈堂. 不遠千里而來. 此其本乎孝敬者歟. 若然則將一心歸無爲. 到○○○必無疑矣. 忽一日. 乃手其杖肩其箱而過予曰. 我今欲向嶺南. 請子一句以爲行路破寂之資. 仍示同袍禪者仁斐所贈絶句詩一首. 僕頑鈍甚矣. 於章句間無所用心. 何敢當也. 然觀其行聽其言. 誠有感於予心者. 由禮而不敢讓焉. 次其韻作二絶以贐行. 於其涉江登山摸狀物像悽愴超忽之際. 以其所遇之景吟看. 幸甚幸甚.

---

497) 동포(同袍) : 두루마기 하나를 공동으로 사용함. 전(轉)하여 서로 곤궁(困窮)함을 도움.

498) 선자(禪者) : ① 명상하는 사람. ② 선문(禪門) 사람. 선의 수행자.

499) 인비(仁斐) : 생몰년 미상.

앞길에 늘어선 산을 낱낱이 세어보며 指點前頭列峀靑
새벽 깊은 골짜기에 시냇물 소리 밟으시겠지. 曉晴幽谷踏溪聲
맑은 연기 고운 풀 봄바람 길에 淡烟細草春風路
대지팡이 푸른 바랑 들사람 정에 어울리네. 竹杖靑箱稱野情

구멍 없는 피리로[500] 옛 곡조를 불고 無孔笛中吹古調
줄 없는 거문고로[501] 새 소리를 다루네. 沒絃琴上弄新聲
연기 낀 덤불 속을 가고 또 가다보니 行行好向煙蘿去
한 조각 뜬구름이 세상 밖의 정일세. 一片閑雲不世情

임(任) 상서(尙書)가 거문고를 타는 것을 듣고 쓴 시와 서문

聞任尙書彈琴詩(幷序)[502]

서문 | 내 속된 성품이 비루하고 거칠어서, 거문고나 비파에 일찍이 마음 쓴 적이 없었다. 그렇긴 하지만 음률을 조절할 줄 모를 뿐이지, 광・협(廣狹) 방・원(方圓)의 제도나 고・저(高低) 긴・완(緊緩)이 알맞은지에 대해서 자세히 살펴볼 수는 있다. 이것이 바로 도연명(陶淵明)이 "거문고의 뜻을 취할 뿐이지, 어찌 거문고에 소리를 내기 위해서 애쓰겠느냐?" 라고 말한, 그러한 뜻이 아니겠는가?

지금 봉선(奉善)[503] 호군(護軍)[504] 임공(任公)께선 일찍이 악부(樂府)의[505] 수령관(首領官)으로서 여덟 가지 악기를[506] 관장하여 각기 그 묘함

---

500) 무공적(無孔笛) : 죽서(竹西)에 이르러 구멍없는 피리로 온 땅에 태평가가 퍼지게 한다.『우집시(虞集詩)』.

501) 몰현금(沒絃琴) : 도연명은 음률을 알지 못했으므로 줄이 없는 거문고 한 장을 마련해 놓고, 술이 적당히 취하면 문득 거문고를 어루만지며 자기의 뜻을 부쳤다. 소명태자,「도정절전(陶靖節傳)」.

502)『耘谷詩史』卷1,『高麗名賢集』卷5, p.292 ;『耘谷行錄』卷1, 影印標點『韓國文集叢刊』卷6, p.143.

503) 봉선(奉善) : 봉선대부(奉善大夫)의 준말. 봉선대부는 고려시대 종4품 문관의 관계(官階).

504) 호군(護軍) : 고려 공민왕때 2군6위의 정4품 벼슬인 장군을 고쳐 부른 이름.

505) 악부(樂府) : 미상.

을 다하게 하였으니, 선계(仙界)에서 인간 세상에 내려와 무디고 시끄러운 소리를 변화시켜 한가롭고 우아한 경지에 이르게 만드신 분이 어찌 아니시랴. 이 달 20일에 이곳 고향에 와서 밤에 초연히 앉아 거문고를 찾아 타니, 그 소리가 물 흐르듯 맑아 내 불편한 마음을 풀게 하였다. 이에 장구(長句) 4운(韻) 1수를 지어서 자리를 같이 한 여러분들께 보이니, 이 정(情)은 마음 속에서 움직여 말로 나타낸 것이다.

余俗性鄙野. 於琴瑟間曾不用心. 雖不知調弄音律. 其廣狹方圓之制度. 高低緊緩之得中. 亦可考而詳也. 此豈陶淵明所謂但取琴中意. 何勞絃上聲之意歟. 今有奉善護軍任公. 曾爲樂府之首領官. 於其八音. 各盡其妙. 豈非自從仙界來降人世. 化頑嚚而歸于閑雅者也. 月二十日. 到于鄕而夜坐. 悄然索琴而彈之. 其音冷冷然普矣. 可以解吾惱. 吟得長句四韻一首. 示諸同席. 此情動於中而形於言者也.

내 비록 음률(音律)을 잘 알진 못해도　我今雖不解音聲
거문고를 좋아한다는 이름은 얻었네.　但好絲桐浪得名
맑은 시냇가에서 다섯 곡조를 한가롭게 뜯으니　閒弄淸溪歌五曲
밝은 달밤 삼경에 흥이 깊어져,　興深明月夜三更
한 번 타는 소리에 티끌 세상의 회포 사라지고　一彈宛轉塵懷靜
두 번 두드리자 옛 뜻이 생겨나네.　再鼓飄零古意生
맑은 소리가 이미 진취(眞趣)를[507] 얻었으니　旣已冷然得眞趣
줄마다 훌륭한 운치를 말해서 무엇하랴.　絃絃雅韻不須評

3월 20일. 춘주(春州)를[508] 향하여 떠나다

三月二十日. 向春州發行.[509]

---

506) 팔음(八音) : 여덟 가지 악기. 금(金 : 쇠로 만든 종)·석(石 : 돌로 만든 경쇠)·사(絲 : 줄을 얹은 거문고)·죽(竹 : 대나무로 만든 피리)·포(匏 : 박으로 만든 생황)·토(土 : 흙으로 만든 壎)·혁(革 : 가죽으로 만든 북)·목(木 : 나무로 만든 柷敔)인데, 악기를 만든 재료에 따라 여덟 가지로 나눈 것이다.

507) 진취(眞趣) : 참된 취미.

508) 춘주(春州) : 원래 맥국. (중략) 고려 태조 23년에 춘주로 하였음. 『신증동국여지승람』 卷46, 춘천도호부.

날씬한 말에 가벼운 차림으로 성문을 나서면서 細馬輕裝出郡城
나그네 마음은 멀리 석양 길을 가리키네. 歸心遠指夕陽程
온갖 봄 경치가 구경꾼의 눈길을 끌어 萬般春景牽遊目
이 걸음이 자못 적막하지는 않겠네. 此去殊非寂寞行

횡천(橫川)에[510] 묵으면서

宿橫川[511]

여관이 고즈넉해 하루 밤이 길더니 旅舘寥寥一夜遙
꿈길에 봉래섬[512] 찾아 구름다리를 건넜네. 夢尋蓬島渡雲橋
깜짝 놀라 깨어보니 동창(東窓)이 밝고 覺來忽見東窓白
반쯤 깨진 달이[513] 나무 가지에 걸렸네. 半破氷輪掛樹梢

갈풍역(葛豐驛)을[514] 지나면서

過葛豐驛[515]

긴 다리 다 건넌 뒤에 자주 돌아보네. 過盡長橋首屢回
가슴 가득한 봄날의 흥취를 어쩔 줄 모르겠네. 滿懷春思浩難裁
물가 풀밭엔 노랑나비 춤추고 水邊細草飛黃蝶
두 언덕 나무마다 꽃이 피었네. 樹樹閑花隔岸開

---

509) 『耘谷詩史』 卷1, 『高麗名賢集』 卷5, p.293 ; 『耘谷行錄』 卷1, 影印標點 『韓國文集叢刊』 卷6, p.143.

510) 횡천(橫川) : 횡성(橫城)의 옛 이름. 고구려의 횡천현. (중략) 고려에서 다시 횡천이라 일컫고 전대로 삭주에 예속시켰다가 뒤에 원주의 속현으로 하였으며 공양왕 원년에 감무를 두었다. 『신증동국여지승람』 卷46, 횡성군.

511) 『耘谷詩史』 卷1, 『高麗名賢集』 卷5, p.293 ; 『耘谷行錄』 卷1, 影印標點 『韓國文集叢刊』 卷6, p.143.

512) 봉도(蓬島) : 봉래(蓬來), 봉구(蓬丘)와 같은 말. 신선이 산다는 곳.

513) 빙륜(氷輪) : 얼음처럼 맑고 둥글고 차게 보이는 달.

514) 갈풍역(葛豊驛) : 횡성현 서쪽 6리에 있다. 『신증동국여지승람』 卷46, 횡성현 역원.

515) 『耘谷詩史』 卷1, 『高麗名賢集』 卷5, p.293 ; 『耘谷行錄』 卷1, 影印標點 『韓國文集叢刊』 卷6, p.143.

창봉역(蒼峯驛)[516]

蒼峯驛[517]

정자 밖 숲속에 고목이 우뚝하고	亭外森森古木尊
창봉(蒼峯) 푸른 기슭에 푸른 구름 날아가네.	蒼峰蒼翠蒼雲飜
시냇물이 맑아서 거울 보는 듯한데	溪流澄澄開鏡面
산 기운은 어슴푸레 연기가 끼었네.	山氣藹藹橫烟痕
잠시 쉬며 방황하다 차마 떠나지 못하는데	暫憩彷徨不忍去
숲 너머 우는 새 소리 들을 만하네.	隔林啼鳥猶堪聞
역마을 사람 아뢰길, 해가 벌써 기울었다니	郵民報道日已側
말 위에 다시 올라 부질없이 달리네.	且復上馬空馳奔

사물동(沙勿洞)에서[518]

沙勿洞中[519]

골짜기가 깊어 봄 경치 많으니	洞深春景富
나그네 눈길을 바쁘게 하네.	所見惱遊人
따스한 구름은 분가루 같고	濃暖雲如粉
무성한 풀잎은 돗자리 같네.	芊綿草似茵
바위의 꽃은 붉은 비단 찬란하고	巖花紅錦爛
시냇가 물은 푸른 비단 산뜻해라.	澗水碧羅新
산들바람이 옷소매에 불어와	習習風吹袂
웬만한 길 먼지쯤은 견딜 만하네.	聊堪躍路塵

홍천(洪川)을[520] 지나면서

516) 창봉역(蒼峰驛) : 횡성현 북쪽 40리에 있다. 『신증동국여지승람』 卷46, 횡성현 역원.

517) 『耘谷詩史』 卷1, 『高麗名賢集』 卷5, p.294 ; 『耘谷行錄』 卷1, 影印標點 『韓國文集叢刊』 卷6, p.144.

518) 사물동(沙勿洞) : 지명 미상.

519) 『耘谷詩史』 卷1, 『高麗名賢集』 卷5, p.294 ; 『耘谷行錄』 卷1, 影印標點 『韓國文集叢刊』 卷6, p.144.

過洪川[521]

물가에 뽕나무 우거진 두어 집 마을 水邊桑柘兩三家
활짝 핀 복사꽃이 오얏꽃을 비추네. 好事桃花暎李花
그 누가 고사리 캐러 푸른 골짜기에 왔는지 採蕨何人來碧洞
시내 건너서 한가롭게 노래 부르네. 隔溪閑放一聲歌

원양역(原壤驛)[522]

原壤驛[523]

한낮에 홍천 객관을 거쳐 午過洪川館
늦게 원양정에 닿았네. 晩投原壤亭
저무는 해 그림자를 보고 또 보니 看看斜日影
푸른 산 그림자가 점점이 푸르구나. 點點暮山靑

춘주(春州)[524]

春州[525]

소양강 위의 누각을 다시 찾아오니 重到佋陽江上樓
다락 가득한 봄빛이 더욱 풍류스럽네. 滿樓春色更風流
구름과 연기 꽃과 달을 한가롭게 읊는 곳에서 雲烟花月閑吟處
얽히고 설킨 나그네 시름을 풀어보려네. 消遣縈盈客裏愁

---

520) 홍천(洪川) : 고구려의 벌력천현. 고려 현종 9년 지금의 이름으로 고치고 삭주에 예속시켰다. 인종 21년에 감무를 두었다. 『신증동국여지승람』 卷46, 홍천현.

521) 『耘谷詩史』 卷1, 『高麗名賢集』 卷5, p.294 ; 『耘谷行錄』 卷1, 影印標點 『韓國文集叢刊』 卷6, p.144.

522) 원양역(原壤驛) : 지명 미상.

523) 『耘谷詩史』 卷1, 『高麗名賢集』 卷5, p.294 ; 『耘谷行錄』 卷1, 影印標點 『韓國文集叢刊』 卷6, p.144.

524) 춘주(春州) : 원래 맥국. (중략) 고려 태조 23년에 춘주로 하였음. 『신증동국여지승람』 卷46, 춘천도호부.

525) 『耘谷詩史』 卷1, 『高麗名賢集』 卷5, p.294 ; 『耘谷行錄』 卷1, 影印標點 『韓國文集叢刊』 卷6, p.144.

향상(向上)[526] 최안을(崔安乙)이[527] 보내온 시에 차운함(두 수)

次崔向上安乙所贈詩韻(二首)[528]

소년 시절의 재기(才氣)가 조정의 으뜸이더니	少年才氣冠朝端
영화로운 반열 다 거치며 이름 퍼졌네.	揚歷榮班播美音
해를 뚫는 충성은 역사에 오르고	貫日孤忠懸古鑑
구름 뚫는 문장은 값이 천금일세.[529]	裁雲秀句比南金
역(驛) 누각 밤 달에 마음 흐뭇하고	驛樓夜月情方洽
들판 주막[530] 봄바람에 흥취 더욱 깊구나.	野店春風興轉深
여기가 대장부들 즐겁게 놀던 곳이니	此是丈夫行樂處
몇 번이나 미인들의 마음을 아프게 했던가.	幾教紅粉暗傷心

골짜기에서 나온 꾀꼴새 털과 깃을 고르며	鶯飛出谷調毛羽
높은 나무에 옮겨 앉아 예쁜 목소리 내려 하네.	擬欲遷喬囀好音
값진 구슬 여러 해 동안 궤짝에 간직했으니[531]	韞櫝多年藏美玉
어느 날에야 모래 파서 참 금을 보려나.	陶沙幾日見眞金
공명(功名)이 늦건 이르건 하늘에 맡기지만	功名也任期先後
강 건널 땐 반드시 얕고 깊고를 알아야지.	揭厲應須較淺深

526) 향상(向上) : 향상별감(向上別監)의 준말. 궁중에서 임금의 옷이나 음식 따위의 수발을 드는 일을 맡은 별감.

527) 최안을(崔安乙) : 공민왕 4년(1355)에 급제한 후 청도군 수령을 지냄. 『신증동국여지승람』 卷26, 청도군.

528) 『耘谷詩史』 卷1, 『高麗名賢集』 卷5, p.294 ; 『耘谷行錄』 卷1, 影印標點 『韓國文集叢刊』 卷6, p.144.

529) 남금(南金) : 훌륭한 재주. 형주(荊州)와 양주(揚州)에서 나는 금인데, 순도가 높다. 그래서 "훌륭한 재주"라는 뜻으로 쓰인다. "뉘우친 회 땅의 오랑캐들이 찾아와서 보물을 바치니, 큰 거북과 상아와 남쪽의 금을 많이 보냈네. 憬彼淮夷, 來獻其琛. 元龜象齒, 大賂南金." 『시경(詩經)』 卷8, 노송(魯頌) 「반수(泮水)」.

530) 야점(野店) : 시골에 있는 상점.

531) 온독(韞櫝) : 궤속에 감추어 둔 보배. "자공(子貢)이 여쭈었다. 여기 훌륭한 옥이 있는데, 이것을 잘 싸서 장 속에 넣어 감추어 둘까요? 아니면 훌륭한 장사꾼을 구해서 팔까요? 그러자 공자께서 말씀하셨다. 팔긴 팔아야 하겠지만, 나는 장사꾼을 기다리는 편이다. 子貢曰 有美玉於斯 韞匵而藏諸 求善賈而沽諸 子曰 沽之哉 沽之哉 我待賈者也." 『논어(論語)』 卷9, 「자한(子罕)」.

나그네길에 좋은 나그넬 만나 반가우니　且喜客中逢好客
기꺼이 한 번 웃으며 마음을 털어놓으세.　欣然一笑共論心

청평사(淸平寺)532)

淸平寺533)

돌계단 넘고 넘어 솔문에534) 닿으니　排鱗松磴到松門
낮 염불소리 온 골짜기에 구름과 이어졌네.　午梵聲連一洞雲
한적한 곳에 안거하면서535) 무엇을 하시는가　閒寂安居何日用
깊은 복을 빌어서 우리 임금께 바치네.　但將玄福奉明君

이령(梨嶺)을536) 넘으면서

過梨嶺537)

고갯길이 몹시도 울퉁불퉁한데　程途多犖确
높은 소나무 푸른 그늘을 감돌아드네.　高轉翠松陰
말이 지치니 사람도 지치고　馬困人猶困
산이 깊으니 물도 깊구나.　山深水亦深
흰 구름이 먼 골짜기에서 일어나고　白雲生遠壑
붉은 해는 먼 봉우리에 걸렸는데,　紅日掛遙岑
가는 곳마다 외지고 그윽해　到處窮幽邃

---

532) 청평사(淸平寺) : 강원도 춘천시 북산면 청평리에 있는 절.

533) 『耘谷詩史』 卷1, 『高麗名賢集』 卷5, p.294 ; 『耘谷行錄』 卷1, 影印標點 『韓國文集叢刊』 卷6, p.144.

534) 송문(松門) : 소나무로 만든 문.

535) 안거(安居) : 안거는 범어 Varṣa, Vārṣika의 번역으로 우기(雨期)의 뜻. 인도에서 강우기(降雨期) 3개월 간에 실시되는 불교 승단의 특수한 연중행사를 말함. 곧 음력 4월 16일부터 7월 15일까지 한 곳에 모여 외출을 금하고 수행하는 제도이다. 이러한 하안거 외에 북방에서는 음력 10월 16일부터 정월 15일까지 동안거(冬安居)라 하여 하안거와 같이 행한다. 안거에 들어가는 것을 결제(結制)라고 한다.

536) 이령(梨嶺) : 고성군 서쪽 72리에 있다. 『신증동국여지승람』 卷45, 고성군 산천.

537) 『耘谷詩史』 卷1, 『高麗名賢集』 卷5, p.294 ; 『耘谷行錄』 卷1, 影印標點 『韓國文集叢刊』 卷6, p.144.

촉도음(蜀道吟)을538) 노래하며 지나가네. 行歌蜀道吟

꾀꼴새 소리를 듣고 느끼다
聞鶯有感539)

날씨가 화창하니 물색이 아름다워 天氣淸和物色婢
비 개인 산 햇빛이 구름 사이로 새네. 雨晴山日漏雲邊
꾀꼴새 소리 갑자기 듣고 마음이 아파지니 忽聞鶯語傷懷抱
사람 가고 꽃이 지면 또 일년일세. 人去花殘又一年

원통사(圓通寺)에 가서(두 수)
遊圓通寺(二首)540)

뵈는 것마다 속세가 아니어서 所見非塵世
나그네 눈을 돌리게 하니, 遊人眼更勞
구름에 들어간 두 줄기 시냇물은 고요하고 入雲雙澗靜
하늘을 떠받든 사방의 산은 높기만 하네. 撑漢四山高
냉담하게 살려면 승격(僧格)을 따라야 하니 冷淡隨僧格
부질없이 바쁜 우리들이 부끄럽네. 奔忙愧我曹
세상일들을 잊고541) 선탑(禪榻)에542) 기대어 忘機倚禪榻

538) 촉도음(蜀道吟) : 중국 사천성(四川省)을 통하는 위험한 길. 촉(蜀)으로 가는 길이 험난해, 많은 시인들이 이 주제를 가지고 노래했다. 악부(樂府)로는 양나라의 간문제(簡文帝)·유효위(劉孝威)와 진나라의 음갱(陰鏗), 당나라의 장문종(張文琮) 등이 「촉도난(蜀道難)」을 지었으며, 당나라 이백(李白)도 「촉도음(蜀道吟)」이라는 시를 지었다.

539) 『耘谷詩史』 卷1, 『高麗名賢集』 卷5, p.294 ; 『耘谷行錄』 卷1, 影印標點 『韓國文集叢刊』 卷6, p.144.

540) 『耘谷詩史』 卷1, 『高麗名賢集』 卷5, p.294 ; 『耘谷行錄』 卷1, 影印標點 『韓國文集叢刊』 卷6, p.144.

541) 망기(忘機) : 귀찮은 세상사를 잊음. 기심(機心)을 잃은 상태, 즉 아무런 욕심도 없는 상태를 가리킨다. 무슨 일을 자기 생각대로 하려는 마음, 또는 욕심내거나 남을 해치려는 마음이 바로 기심(機心)이다. 바닷가에 갈매기를 좋아하는 사람이 살고 있었다. 그는 매일 아침 바닷가에 나가서 갈매기들과 같이 놀았는데, 놀러 오는 갈매기가 백 마리도 넘었다. 어느 날 그의 아버지가 그에게 말했다. “내 들으니 갈매기가 모두 너와 더불어 논다는구나. 네가 한 마리 잡아오너라. 내 그걸 가지고 장난하고 싶으니.” 그

시구를 찾으며 붓을 휘두르네. 覓句一揮毫

산 속 선방에 고요한 밤이 되니 禪窓岑寂夜
어찌 꿈엔들 세속 번뇌가 있으랴. 曾不夢塵勞
성정이 고요하니 달빛 늘 가득하고 性靜月長滿
정신이 맑아 바람 절로 높구나. 神淸風自高
복을 빌면서 삼보(三寶)께[543] 귀의하니 冥禧歸寶位
이 하늘이 백성들을 보호하기 위해서일세. 密護是天曺
대자대비께 우러러 절하니 瞻禮大悲主
향 연기가 백호(白毫)에 둘렸네. 香煙繞白毫

달밤에 본 흰 작약

月夜看白灼藥[544]

밤이 서늘해 한가롭게 거니니 꽃이 에워싸 夜凉閑步遶芳叢
향내 은은히 번지고 달은 한가운데 떴네. 香霧霏霏月正中
마치 어여쁜 여인이 비단 소매 걷고서 正似美人披練袂
옥 등잔 앞에 마주앉은 것 같네. 嫣然相對玉燈籠

동쪽 뜰에 달빛과 꽃이 활짝 피어 있는 밤에

東階月花盛開夜看[545]

맑은 향기 퍼지고 바람은 잠잠한데 淸香散漫靜無風
옥 도끼로 흰 옥 떨기를 다듬었네. 玉斧修成白玉叢

다음날 바닷가에 나가 보니, 갈매기들은 하늘에서 맴돌 뿐 내려오지 않았다. 『열자(列子)』, 「황제」.

542) 선탑(禪榻) : 좌선(坐禪)을 할 때 쓰는 요괘(腰掛).

543) 삼보(三寶) : 불(佛)・법(法)・승(僧).

544) 『耘谷詩史』 卷1, 『高麗名賢集』 卷5, p.294 ; 『耘谷行錄』 卷1, 影印標點 『韓國文集叢刊』 卷6, p.144.

545) 『耘谷詩史』 卷1, 『高麗名賢集』 卷5, p.295 ; 『耘谷行錄』 卷1, 影印標點 『韓國文集叢刊』 卷6, p.145.

밤들며 꽃빛이 더욱 밝고 깨끗해지니　　入夜花光添皎潔
내가 마치 광한궁에546) 있는 것 같네.　　却疑身在廣寒宮

가을날
秋日547)

멀리 단풍나무를 구경하느라　　目窮紅樹外
기둥에 기댔더니 어느새 해 기울었네.　　倚柱已斜暉
까마귀는 날 저물었다고 시름을 끌면서 가고　　鴉引暮愁去
기러기는 가을 뜻을 이끌고 돌아오네.　　鴈牽秋意歸
떨어지는 나뭇잎을 어찌 바라보랴　　那堪對搖落
마음 아프지 않을 수 없네.　　不可無傷悲
누런 나뭇잎 우수수 흩날리니　　黃葉亂蕭瑟
가을바람이 내 옷깃에 불어오네.　　西風吹我衣

병중에 짓다
病中作548)

적막한 시름을 걷잡을 수 없는데　　寂寞愁懷未可攄
창밖에는 눈보라가 참으로 스산하네.　　一窓風雪正蕭疎
어금니가 아파 침과 뜸이 이어지고　　齒牙疾痛連針灸
머리에 먼지 덮였지만 빗질도 못했네.　　頭髮蒙塵不洗梳
먼 봉우리에 이는 구름은 무심하고　　雲自無心生遠峀

546) 광한궁(廣寒宮) : 달 속에 있다고 전하는 항아(姮娥)가 사는 전각(殿閣). "광한청허지부"를 흔히 광한궁이라고 부른다. 당명황(唐明皇)이 월궁(月宮)에 놀러갔다가 천부(天府)를 보았더니 "광한청허지부(廣寒淸虛之府)"라고 씌어 있었다. 선녀 열댓 명이 흰 옷을 입고 흰 난새를 탔는데, 계성(桂城) 아래에서 춤을 추었다. 『개원천보유사(開元天寶遺事)』.

547) 『耘谷詩史』 卷1, 『高麗名賢集』 卷5, p.295 ; 『耘谷行錄』 卷1, 影印標點 『韓國文集叢刊』 卷6, p.145.

548) 『耘谷詩史』 卷1, 『高麗名賢集』 卷5, p.295 ; 『耘谷行錄』 卷1, 影印標點 『韓國文集叢刊』 卷6, p.145.

마주선 산은 약속이라도 한 듯, 山如有約對幽居
좋은 때 다 지나고 동짓날[549] 아침이라 良辰已過陽生旦
달력을 뒤적이며 날짜를 세어보네. 默數光陰檢曆書

눈 내리는 것을 보면서 소경(少卿)[550] 원립(元立)에게[551] 부침(두 수)

看雪. 寄元少卿立(二首).[552]

지난밤 구름이 달을 가리더니 夜看雲蔽月
아침에 온 천지가 눈에 덮였네. 朝見雪漫天
가지에 붙은 건 매화로 보이고 着樹粧梅玉
숲에 떨어진 건 버들개지 같구나. 穿林散柳綿
노래하는 누각엔 술값만 늘어나고 歌樓添酒價
참선하는 승방엔 차 연기 자욱한데, 禪舍鎖茶烟
혼자 읊어도 화답하는 이 없으니 獨詠無人和
어지신 원군이[553] 더욱 생각나네. 唯思元子賢

산성에 어느덧 세밑이 되니 山城驚歲暮
구름마저 얼어붙어 호되게 춥네. 雲凍苦寒天
눈보라가 갈대꽃처럼 흩날리자 密雲飄蘆絮
사람들 털옷에다가 솜옷까지 둘렀네. 重裘擁木綿
나는 새 그림자도 보이지 않고 未看飛鳥影
집마다 연기도 일어나지 않아, 不見起人烟

549) 양생단(陽生旦) : "양기가 생기는 아침"이니 한겨울에 봄기운이 시작된다는 뜻인데, 이 날이 바로 동짓날이다. 홀수는 양(陽)이고, 짝수는 음(陰)이다. 음력 10월에 한 해의 음(陰)이 다하고, 11월 동지에 1양(陽)이 생긴다고 하였다.

550) 소경(少卿) : 고려시대 태상시 · 전중성 · 위위시 · 태복시 · 예빈시 · 대부시 등에 두었던 종4품 벼슬.

551) 원립(元立) : 생몰년 미상.

552) 『耘谷詩史』 卷1, 『高麗名賢集』 卷5, p.295 ; 『耘谷行錄』 卷1, 影印標點 『韓國文集叢刊』 卷6, p.145.

553) 원자(元子) : 자(子)는 공자(孔子)나 맹자(孟子)처럼 남자의 성(姓) 뒤에 붙이는 존칭이다.

따뜻하게 해줄 거라곤 오직 술뿐이니 供暖惟尊酒
청주와 탁주를[554] 어찌 따지랴. 何須論聖賢

마전사(麻田寺)에 가서

遊麻田寺[555]

1368년(무신) 12월 戊申十二月
입춘 여드레 뒷날, 立春後八日
나그네가 승방을 찾아드니 客子訪僧居
승방은 푸른 언덕 옆에 있네. 僧居依翠密
양지쪽 벼랑엔 눈이 반쯤 녹았고 陽崖雪半消
그늘진 골짜기에는 바람이 차가운데, 陰壑風蕭瑟
주인은 문을 열지도 않고 主人不開門
편안하게 선실(禪室)에[556] 앉아 있네. 安然坐禪室
도를 물어도 잠자코 말없으니 問道默無言
이가 바로 유마힐이라,[557] 正是維摩詰
눈으로 보면 마음 저절로 알아 目擊心自知
얻을 것도 없고 잃을 것도 없다네. 無得亦無失
단정히 앉아 모든 걸 잊었으니[558] 端坐凡忘機

---

554) 성현주(聖賢酒) : 청주(淸酒)와 탁주(濁酒)를 가리킨다. 삼국시대 위나라 서막(徐邈)이 상서령으로 있을 때 금주령이 내렸는데, 막이 술을 맘껏 마시고 취하였다. 조조가 그 소문을 듣고 성내자 선우보(鮮于輔)가 변명하길, "취객들이 맑은 술을 성인(聖人)이라 하고, 탁한 술을 현인(賢人)이라고 합니다"라고 하였다.

555) 『耘谷詩史』 卷1, 『高麗名賢集』 卷5, p.295 ; 『耘谷行錄』 卷1, 影印標點 『韓國文集叢刊』 卷6, p.145.

556) 선실(禪室) : ① 선방(禪房). ② 승려(僧侶)를 높여 부르는 말.

557) 유마힐(維摩詰) : Vimalakirti. 부처님의 속제자(俗弟子). 유마(維摩)・비마라힐(毘摩羅詰) 등으로 음역. 정명(淨名)・무구칭(無垢稱)이라 번역. 인도 비야리국 장자로서, 속가에 있으면서 보살행업을 닦은 이. 그 수행이 갸륵하여 불제자로도 미칠 수 없었다고 한다.

558) 망기(忘機) : 귀찮은 세상사를 잊음. 기심(機心)을 잃은 상태, 즉 아무런 욕심도 없는 상태를 가리킨다. 무슨 일을 자기 생각대로 하려는 마음, 또는 욕심내거나 남을 해치려는 마음이 바로 기심(機心)이다. 바닷가에 갈매기를 좋아하는 사람이 살고 있었다.

비낀 해만 무심히 책을 비추네. 斜日照書帙
산새야! 돌아갈 길을 재촉 말거라 山鳥莫催歸
언제 다시 올런 지 알 수가 없네. 重遊恐難必

입춘날. 소경(少卿)[559] 원립(元立)에게[560] 부침

立春日. 寄元少卿立.[561]

흰 머리가 정녕 나를 놓아주지 않아 白髮丁寧不放吾
당당히 세월이 가고 또 가네. 堂堂歲月又云徂
늙어가면서 새 달력 보기 두렵고 老來却恐看新曆
병든 뒤에는 낡은 입춘첩을 바꿀 마음도 없네. 病後無心換舊符
즐거운 때가 되면 그대여! 사양치 말게 行樂及時君勿讓
술이 다 떨어지면 내가 사리라. 酒杯窮處我當沽
풍광이 벌써 젊은 마음을 일으키니 風光已作靑春意
꽃 아래 함께 만나서 맘껏 취하세나. 花下相期共醉扶

농부가 읊다

野叟吟[562]

포곡조(布穀鳥)는[563] 나무 끝에서 밭 갈라 재촉하는데 布穀催耕啼樹頭

그는 매일 아침 바닷가에 나가서 갈매기들과 같이 놀았는데, 놀러 오는 갈매기가 백 마리도 넘었다. 어느 날 그의 아버지가 그에게 말했다. "내 들으니 갈매기가 모두 너와 더불어 논다는구나. 네가 한 마리 잡아오너라. 내 그걸 가지고 장난하고 싶으니." 그 다음날 바닷가에 나가 보니, 갈매기들은 하늘에서 맴돌 뿐 내려오지 않았다. 『열자(列子)』, 「황제」.

559) 소경(少卿) : 고려시대 태상시 · 전중성 · 위위시 · 태복시 · 예빈시 · 대부시 등에 두었던 종4품 벼슬.

560) 원립(元立) : 생몰년 미상.

561) 『耘谷詩史』 卷1, 『高麗名賢集』 卷5, p.295 ; 『耘谷行錄』 卷1, 影印標點 『韓國文集叢刊』 卷6, p.145.

562) 『耘谷詩史』 卷1, 『高麗名賢集』 卷5, p.295 ; 『耘谷行錄』 卷1, 影印標點 『韓國文集叢刊』 卷6, p.145.

563) 포곡조(布穀鳥) : "곡식을 뿌리라"는 뜻으로 뻐꾹새의 이름이다.

살구꽃 마을[564] 밖에는 비가 막 개었네. 杏花村外雨初收
권농사자(勸農使者)는 왜 이리도 늦게 오는지 勸農使者來何晩
먼 숲 가까운 동산은 벌써 한층 푸른데. 遠近林園綠已稠

1369년(기유) 3월. 영해부(寧海府)[565] 가던 도중에 짓다

己酉三月. 向寧海府途中作.[566]

꽃다운 풀이 무성해 길을 덮으려 하는데 芳草萋萋路欲蕪
봄 산에서 짹짹거리며[567] 새들이 서로 부르네. 春山磔磔鳥相呼
물이 바위 틈에서 나오며 거문고를 울리고 水生石澗鳴琴筑
꽃이 솔 언덕을 비추며 그림을 이루었네. 花映松崗作畫圖

제주(堤州)[568] 남쪽 들판에서

提州南郊[569]

십리 봄 언덕에 비가 막 지나가자 十里春原新雨過
꾀꼬리가 오르내리며 개인 빛을 희롱하네. 鶬鶊上下弄晴光
부드러운 모래 연한 풀 시냇가 길에 軟沙細草溪邊路
이따금 꽃송이 떠서 물 건너기 향기롭네. 時有幽花渡水香

---

564) 행화촌(杏花村) : "살구꽃 핀 마을"이라는 뜻이다. 커다란 살구나무가 있어서 이런 이름이 붙은 마을도 많겠지만, 행화촌은 한시에서 흔히 술집으로 비유된다. 두목(杜牧)이 지은 「청명시(淸明詩)」에서 "술집이 어디쯤 있나 물었더니, 살구꽃 핀 마을을 목동이 가리키네. 借問酒家何處有, 牧童遙指杏花村"이라는 구절이 유명해지면서, 원래는 봄 경치를 뜻하던 행화촌이 술집을 뜻하게 되었다.

565) 영해부(寧海府) : 본래 고려의 우시군(于尸郡)이다. (중략) 고려 충선왕 2년에 지금의 이름으로 고쳤다. 『신증동국여지승람』 卷24.

566) 『耘谷詩史』 卷1, 『高麗名賢集』 卷5, p.295 ; 『耘谷行錄』 卷1, 影印標點 『韓國文集叢刊』 卷6, p.145.

567) 책책(磔磔) : 짹짹거리는 새들의 울음소리를 묘사한 의성어이다.

568) 제주(提州) : 본래 고구려의 내토군. (중략) 고려 초에 제주(提州)로 고치고 성종 14년 자사(刺史)를 두었다가 목종 8년에 파하였고, 현종 9년에 원주에 붙이고 예종 원년 감무를 두었다. 『신증동국여지승람』 卷14, 제천현.

569) 『耘谷詩史』 卷1, 『高麗名賢集』 卷5, p.295 ; 『耘谷行錄』 卷1, 影印標點 『韓國文集叢刊』 卷6, p.145.

냉천역(冷泉驛)

冷泉驛[570)]

온 골짜기에 구름과 물이 고요하고 一溪雲水靜
인가(人家)도 없어 적막하니, 寂寞無人家
오직 사람 맞으며 웃는 거라곤 惟有迎人笑
들에 복사꽃 산에 살구꽃뿐일세. 野桃山杏花

죽령(竹嶺)[571)]

竹嶺[572)]

말을 채찍해 죽령 구름을 뚫고 달리니 策馬行穿竹嶺雲
행장이 마치 하늘 문에[573)] 닿은 듯하네. 行裝彷彿接天門
높고 낮게 멀고 가깝게 산은 끝 없건만 高低遠近山無盡
남북 동서에 길은 절로 분명하네. 南北東西路自分
곳곳마다 구역 경계를 평평하게 그었고 處處封疆平布列
겹겹이 골짜기가 서로 이어졌는데, 重重洞壑互馳奔
채찍 멈추고 사방을 돌아보니 하늘과 땅이 너무나 넓어 停鞭四顧乾坤豁
눈 앞에 아득한 빛이 저녁 자취에 들어오네. 眼界微茫入暮痕

순흥부(順興府)에[574)] 묵으면서

---

570) 『耘谷詩史』 卷1, 『高麗名賢集』 卷5, p.295 ; 『耘谷行錄』 卷1, 影印標點 『韓國文集叢刊』 卷6, p.145.

571) 죽령(竹嶺) : 봄 3월에 죽령(竹嶺) (고갯길)을 열었다(『삼국사기(三國史記)』 卷2, 신라본기2, 아달라이사금 5년조). 죽죽(竹竹)이 처음 고갯길을 개척하여 죽령(竹嶺)이란 이름을 얻었다. 158년에 이 길이 시작되었으니, 경상도에서 서울로 올라가는 길 가운데 계립령과 함께 가장 오래된 길이다. 남쪽은 경상북도 영주시 풍기읍이고, 5번 국도를 따라 넘어가면 북쪽은 충청북도 단양군이다. 예전에는 죽지랑을 모신 사당이 있었는데, 지금은 희방사 들머리에 「모죽지랑가(慕竹旨郎歌)」 시비(詩碑)가 서 있다. 중앙고속도로가 터널을 통하여 죽령(689m)을 넘어간다.

572) 『耘谷詩史』 卷1, 『高麗名賢集』 卷5, p.295 ; 『耘谷行錄』 卷1, 影印標點 『韓國文集叢刊』 卷6, p.145.

573) 천문(天門) : ① 대궐문을 달리 이르는 말. ② 천국으로 들어가는 문.

宿順興府[575)]

성에 가득한 아름다운 경치가 어찌 그리도 산뜻한지	滿城佳致一何新
풀은 푸르고 꽃은 붉어 저마다 봄일세.	草綠花紅各自春
죽계(竹溪)의 밝은 달빛에 시 읊으며 즐기노라니	吟翫竹溪溪上月
시원한 이 마음이[576)] 티끌 세상을 떠났네.	灑然方寸絶纖塵

영주(榮州)를 지나면서[영주의 옛 이름은 구산(龜山)]

榮州路上(号龜山)[577)]

희고 붉은 꽃 사이로 길이 갈라져	白白紅紅挾路岐
물 맑고 산 좋은데다 비가 시를 재촉하네.	水清山好雨催詩
푸른 바지 흰 소매 어느 집 자제이신지	靑裙皓袂誰家子
꽃숲을 등지고 서서 눈도 돌리지 않네.	背立花林目不移

안동(安東)에[578)] 묵으면서 현판 시에 차운하여 동년(同年)[579)] 권종의(權從義)에게 지어주다

宿安東. 次板上韻贈權同年從義.[580)]

뜻밖에 서로 만나 눈이 다시 환해지니[581)]	邂逅相逢眼更淸

574) 순흥부(順興府) : 본시 고구려의 급벌산군(及伐山郡). (중략) 충목왕 때 순흥부로 승격했다. 『신증동국여지승람』 卷25.

575) 『耘谷詩史』 卷1, 『高麗名賢集』 卷5, p.295 ; 『耘谷行錄』 卷1, 影印標點 『韓國文集叢刊』 卷6, p.145.

576) 방촌(方寸) : 사람의 심장은 사방 한 치쯤 된다는 옛 말에서 온 것으로 마음을 가리킴.

577) 『耘谷詩史』 卷1, 『高麗名賢集』 卷5, p.296 ; 『耘谷行錄』 卷1, 影印標點 『韓國文集叢刊』 卷6, p.146.

578) 안동(安東) : 본래 신라의 고타야군. 고려 태조가 후백제의 견훤과 더불어 이 고을 땅에서 싸워서 견훤을 패배시켰다. (중략) 이 까닭으로 인하여 군(郡)을 승격시켜 부(府)로 삼고 지금의 이름으로 고쳤다. 『신증동국여지승람』 卷24, 안동대도호부.

579) 동년(同年) : 동방(同榜). 같은 때의 과거에 급제하여 방목(榜目)에 같이 참여한 사람.

580) 『耘谷詩史』 卷1, 『高麗名賢集』 卷5, p.296 ; 『耘谷行錄』 卷1, 影印標點 『韓國文集叢刊』 卷6, p.146.

581) 안갱청(眼更淸) : 청안(靑眼)을 의미. 진(晉)나라 때 죽림칠현 가운데 한 사람이었던 완적이 상을 당했는데, 혜희가 찾아와 문상하자 흰 눈으로 쳐다보았다. 그러나 그의

십 년 동안 그리던 정을 이제야 풀었네. 已償思慕十年情
푸른 등불 아래 이야기 다 못 나누고 留連未辦靑燈話
총총히 떠나려니 한가롭지 못해라. 却恐忽忽不暇行

영해(寧海)에[582] 이르러 관사(官舍)의 현판 시에 차운함

到寧海. 次官舍板上韻.[583]

단양(丹陽)의[584] 풍경이 양양(襄陽)보다 뛰어나 丹陽風景勝襄陽
사람마다 시 짓느라 붓 잡기에 바쁘네. 覓句人人援筆忙
바다 기운이 추녀에 이어져 개인 빛이 떠오르고 海氣連軒浮霽色
햇살이 벽에 비쳐 비단같이 산뜻하네. 日光涵壁照新章
연기 낀 물가에 선 해오라기는 희기도 흰데 鷺翹煙渚離離白
꽃 떨기에 둘린 나비는 점점이 노랗구나. 蝶遶花叢點點黃
이런 모습을 보자 내 마음이 밝고도 고요해지니 對此襟懷淸且靜
무슨 일이 또 다시 내 가슴을 흔들랴. 更無餘事攪吾腸

관어대(觀魚臺)[585]

觀魚臺[586]

깊은 못에 살 곳을 얻어 즐거움이 넘치니[587] 深淵得所樂洋洋

아우인 혜강이 술과 거문고를 가지고 찾아오자 푸른 눈으로 맞아들였다. 흰 눈자위를 드러내는 백안시(白眼視)와는 반대로, 반갑게 맞아들인 것이다. 『진서(晉書)』, 「완적(阮籍)」. 원문의 청안(靑眼)은 반갑게 맞는 태도를 가리킨다.

582) 영해부(寧海府) : 본래 고려의 우시군(于尸郡)이다. (중략) 고려 충선왕 2년에 지금의 이름으로 고쳤다. 『신증동국여지승람』 卷24, 영해도호부.

583) 『耘谷詩史』 卷1, 『高麗名賢集』 卷5, p.296 ; 『耘谷行錄』 卷1, 影印標點 『韓國文集叢刊』 卷6, p.146.

584) 단양(丹陽) : 영해의 옛 이름. 『신증동국여지승람』 卷24, 영해도호부 군명.

585) 관어대(觀魚臺) : (관어대는 영해도호)부의 동쪽 7리에 있다. 이색(李穡)의 부(賦)와 서(序)에 "관어대(觀魚臺)는 영해부(寧海府)에 있다. 동해(東海)의 바위 아래에 서 있어, 물고기를 셀 수 있다. 그래서 관어대(觀魚臺)라고 이름한 것이다.(후략)"이라고 하였다. 『신증동국여지승람』 卷24, 영해도호부 누정(樓亭).

586) 『耘谷詩史』 卷1, 『高麗名賢集』 卷5, p.296 ; 『耘谷行錄』 卷1, 影印標點 『韓國文集叢刊』 卷6, p.146.

많은 물고기 꼬리들이 길고 짧구나. 衆尾莘莘短復長
내가 고기를 안다든다[588] 자네가 나를 안다고 我自知魚子知我
같다 다르다 다시는 따지지 마세나. 莫將同異更商量

봉송정(鳳松亭)[589]

鳳松亭[590]

언제 학이 울고 춤추어 덕을 보러 오겠나. 鳴舞何時覽德來
소나무 심고 기다린 지가 벌써 오래 되었네. 栽松欲待已多年
이 정자가 이미 순지(荀池)[591] 상서에 응했으니 此亭已應荀池瑞

---

587) 양양(洋洋) : 옛날에 어떤 사람이 산 물고기를 정나라 대부 자산(子産)에게 보낸 적이 있었다. 그러자 자산이 연못지기를 시켜서 그 물고기를 연못에 기르라고 했다. 그러나 연못지기는 그 물고기를 삶아 먹고 돌아와서, “그 물고기를 처음 연못에 놓아 주자 어릿어릿하더니(圉圉), 잠시 뒤에는 펄떡거리며(洋洋) 꼬리를 치다가, 멀찌감치 달아나 버렸습니다.”라고 아뢰었다. 그 말을 듣고 자산이 “제 살 곳을 만났구나. 제 살 곳을 만났어(得其所哉)”라고 말했다. 『맹자(孟子)』 卷9, 「만장(萬章) 상」.

588) 지어(知魚) : 남남끼리는 피차의 사정을 세밀히 알 수 없다는 말. 장자(莊子)가 혜자(惠子)와 함께 호수(濠水) 다리 위에서 거닐다가 말했다. “피라미가 나와서 유유히 헤엄치고 있군. 이게 바로 피라미의 즐거움인 게지.” 그러자 혜자가 말했다. “자네는 물고기도 아니면서 어찌 물고기의 즐거움을 아는가?” 그러자 장자가 말했다. “자네는 내가 아닌데, 어찌 내가 물고기의 즐거움을 모를 것이라는 것을 아는가?” 혜자가 말했다. “내가 자네가 아니기에 자네를 알지 못한다면, 자네도 물고기가 아니니, 자네가 물고기의 즐거움을 알지 못한다는 것은 틀림없는 말이 아닌가?” 장자가 말했다. “이야기를 처음으로 돌려 보세. 자네가 나더러 ‘어찌 물고기의 즐거움을 알겠나’ 하고 물은 것은 이미 자네는 내가 물고기의 즐거움을 알고 있다는 사실을 알았기 때문이지. 그래서 내게 그런 질문을 했던 것일세. 나는 호수 가에서 물고기와 일체가 되었기에 그들의 즐거움을 알고 있었던 것이라네.” 『장자(莊子)』 卷17, 「추수(秋水)」.

589) 봉송정(奉松亭) : 영해의 북쪽 4리에 있다. 바다 어귀가 텅 비어 허전하더니, 옛날에 봉씨(奉氏) 성(姓)을 가진 이가 부사(府使)로 부임하여 소나무 일만 그루를 심어서 돌개바람을 막았으므로, 그로 인하여 봉송사(奉松寺)라고 이름지었다고 한다. 『신증동국여지승람』 卷24, 영해도호부 누정. 운곡은 봉송정(鳳松亭)이라고 썼는데, 이 정자의 전설에 따르면 봉송정(奉松亭)이라고 써야 할 듯하다.

590) 『耘谷詩史』 卷1, 『高麗名賢集』 卷5, p.296 ; 『耘谷行錄』 卷1, 影印標點 『韓國文集叢刊』 卷6, p.146.

591) 순지(荀池) : 순초(荀草)가 못에 나는 좋은 상서. 청요지산(靑要之山)은 바로 천제(天帝)가 숨겨둔 도읍이다. (중략) 이곳에 어떤 풀이 있는데 그 모습이 간초(葌草)와 비슷하다. 줄기는 모나고 꽃은 노란데다 붉은 열매가 열리며, 뿌리는 고본(藁本)과 같다.

앞 연못의 한 송이 연꽃을 꺾으실 테지. 須折前塘一朶蓮

정신동(貞信洞)[592]

貞信洞[593]

버들 푸르고 꽃 붉어 한 골짜기가 그윽한데 柳綠花紅一洞幽
맑은 시내 양 언덕은 모두가 기생집일세.[594] 淸溪兩岸盡靑樓
묻노니 그 누가 정결을 지키는가 問誰守信懷貞潔
부질없이 비단창 닫고 백주시(栢舟詩)를[595] 읊조리네. 空掩紗窓詠栢舟

연지계(燕脂溪)[596]

燕脂溪[597]

이름을 순초(荀草)라고 하는데, 이 풀을 먹으면 사람의 안색이 아름다워진다.『산해경(山海經)』,「중산경(中山經)」.

592) 정신동(貞信洞) : 정신방(貞信坊). "송현(松峴)의 남쪽에 있다. 예전에 정절(貞節)이 굳은 여자가 있어서 스스로 지키면서 절조를 고치지 않았으므로, 그 동네(坊)를 정신(貞信)이라고 이름지어 표창한 것이다."『신증동국여지승람』卷24, 영해도호부, 고적(古跡).

593)『耘谷詩史』卷1,『高麗名賢集』卷5, p.296 ;『耘谷行錄』卷1, 影印標點『韓國文集叢刊』卷6, p.146.

594) 청루(靑樓) : 기생집.

595) 백주(栢舟) : 시경(詩經)의 백주장(栢舟章). 여인의 정절(貞節)을 읊은 시. "저 잣나무 배가 두둥실 황하 가운데 떠 있네. 더펄머리 양쪽 늘어진 그이가 정말 내 남편, 죽어도 다른 마음 안 가지리라. 어머니는 하늘이건만 어찌 내 마음 몰라주나요. 汎彼柏舟, 在彼中河. 髧彼良髦, 實維我儀, 之死矢靡它. 母也天只, 不諒人只."『시경(詩經)』卷2, 패풍(邶風)「백주(柏舟)」. 위나라 세자 공백(共伯)이 일찍 죽었는데, 그의 아내 공강(共姜)이 수절하며 지내자, 그 친정 부모가 억지로 재혼시키려 하였다. 그러자 공강이 죽어도 다시 시집가지 않겠다고 다짐하며 이 시를 지었다고 한다. 이 시는 그 뒤로도 수절하는 젊은 과부를 표현하기 위해 많이 쓰였다. 운곡은 이 마을 이름이 "정조와 신의를 지킨다"는 뜻의 정신동(貞信洞)인데도 온통 기생집이었므로 이 시를 끌어온 것이다.

596) 연지계(燕脂溪) : 한한동(含恨洞) 중에 있는 관기(官妓)들이 사는 곳.『신증동국여지승람』卷24, 영해도호부 산천.

597)『耘谷詩史』卷1,『高麗名賢集』卷5, p.296 ;『耘谷行錄』卷1, 影印標點『韓國文集叢刊』卷6, p.146.

이 긴 물줄기를 누가 연지(燕脂)라 불렀던가. 誰號燕脂一派長
산 빛을 띠고 넘실거리며 흐르네. 溶溶漾漾帶山光
복사꽃 몇 잎이 물결 따라 흘러내리니 桃花點點隨流到
아마도 예쁜 여인이 묵은 화장을 씻는가 보네. 疑是佳人洗宿粧

읍선루(泣仙樓)598)

泣仙樓599)

읍선루 바깥에 버드나무가 그늘 이뤄 泣仙樓外柳成陰
머무는 사람 떠나는 사람 한을 금치 못하네. 人住人分恨未禁
헤어지는 눈물 줄줄이 물결에 더해져 別淚行行添作浪
한 못의 봄 물이 다시금 깊어가네. 一塘春水更方深

무가정(無價亭)600)

無價亭601)

정자 이름이 무가(無價)라 하니 값을 헤아리기 어렵네. 亭名無價價難期
산과 물을 노닐며 보기로는 이곳이 으뜸일세. 山水遊觀此最奇
바다 하늘에 구름도 걷혀 정말 좋은데 正好海天雲破處
눈썹 같은 초승달이 솔가지에 걸렸네. 一眉新月掛松枝

영덕(寧德)에602) 이르러[영덕의 옛 이름은 야성(野城)]

598) 읍선루(泣仙樓) : 읍선루(揖仙樓). 부의 서쪽 2리에 있다. 『신증동국여지승람』 卷24, 영해도호부 고적.

599) 『稼谷詩史』 卷1, 『高麗名賢集』 卷5, p.296 ; 『稼谷行錄』 卷1, 影印標點 『韓國文集叢刊』 卷6, p.146.

600) 무가정(無價亭) : 영해 동쪽 3리에 있다. 이곡(李穀)이 지은 것이며, 남은 터가 아직도 있다. 『신증동국여지승람』 卷24, 영해도호부 고적.

601) 『稼谷詩史』 卷1, 『高麗名賢集』 卷5, p.296 ; 『稼谷行錄』 卷1, 影印標點 『韓國文集叢刊』 卷6, p.146.

602) 영덕(寧德) : 영덕현(盈德縣). 본래 고구려의 야시홀군. 신라 때에 야성군(野城郡)으로 고쳤다가 고려초에 영덕으로 이름을 바꾸었다.

到寧德(号野城)[603]

구름 맑고 바람 가벼운 십리 길에　雲淡風輕十里程
말머리 산도 좋고 비까지 막 개었네.　馬頭山好雨新晴
작은 시내가 맑고 얕은 성 동쪽 길에　小溪淸淺城東路
한 그루 매화꽃이 물 건너 환하구나.　一樹梅花隔水明

주등역(酒登驛)[604] 가는 길에

酒登驛路上[605]

봄추위가 아직 끝나지 않았는데　一分春寒猶未退
도랑에 불은 빗물이 밭 갈기를 재촉하네.　雨催耕種水生渠
지는 꽃 비둘기 울음 적적하기만 한데　落花寂寂鳴鳩外
나물 캐는 촌아이들이 이따금 보이네.　時見村童拾野蔬

원적암(圓寂菴)[606]

圓寂菴[607]

사방에 푸른 산이 촘촘이 둘렀는데　四擁靑山密
그 가운데 푸른 골이 깊숙하구나.　中開碧洞幽
대나무 바람은 처마 끝에 불고　竹風生屋角
꽃 그림자는 다락 위에 올랐네.　花影上樓頭
선탑엔[608] 스님이 선정(禪定)에[609] 드는데　禪榻僧初定

603) 『耘谷詩史』 卷1, 『高麗名賢集』 卷5, p.296 ; 『耘谷行錄』 卷1, 影印標點 『韓國文集叢刊』 卷6, p.146.

604) 주등역(酒登驛) : 영덕현 동쪽 5리에 있다. 『신증동국여지승람』 卷25.

605) 『耘谷詩史』 卷1, 『高麗名賢集』 卷5, p.296 ; 『耘谷行錄』 卷1, 影印標點 『韓國文集叢刊』 卷6, p.146.

606) 원적암(圓寂庵) : 위치 불명.

607) 『耘谷詩史』 卷1, 『高麗名賢集』 卷5, p.296 ; 『耘谷行錄』 卷1, 影印標點 『韓國文集叢刊』 卷6, p.146.

608) 선탑(禪榻) : 좌선(坐禪)을 할 때 쓰는 요괘(腰掛).

609) 선정(禪定) : 육바라밀의 하나. 선(禪). 진리를 올바로 사유(思惟)하며, 조용히 생각하여 마음을 한 곳에 모으는 일.

차 끓이는 마루에 나그네가 잠시 쉬네. 茶軒客小留
이 좋은 곳을[610] 찾아오니 너무 기쁘구나 喜予尋勝地
반나절 맑게 노닐 수 있었다니. 半日得淸遊

24일. 단양(丹陽)을[611] 떠나면서 부사(府使) 한공(韓公)의 시에 차운하여 여러 친구들에게 남겨주다

二十四日發丹陽. 次府使韓公詩韻留別諸公.[612]

바다 마을 삼월에 우연히 들렀다가 海村三月偶尋芳
꽃과 버들 좋은 곳을 노닐며 구경했네. 遊賞花叢與柳行
오늘 봉송정[613] 위에서 헤어지면 今日鳳松亭上別
언젠가 꿈속에 혼이 찾아오겠지. 他年應入夢魂場

평해(平海)[614] 망사정(望槎亭)[615]

平海 望槎亭[616]

망사정 위에서 뗏목을 바라보는 사내가 望槎亭上望槎郎
팔월 하늘의 아침 바람이 시원해지길 기다리네. 竚待朝天八月凉
한껏 바라봐도 바다는 끝이 없으니 極目尙難窮里數

---

610) 승지(勝地) : ① 경치가 좋은 곳. ② 지세(地勢)가 좋은 땅.

611) 단양(丹陽) : 영해의 옛 이름. 『신증동국여지승람』 卷24, 영해도호부 군명.

612) 『耘谷詩史』 卷1, 『高麗名賢集』 卷5, p.296 ; 『耘谷行錄』 卷1, 影印標點 『韓國文集叢刊』 卷6, p.146.

613) 봉송정(奉松亭) : 영해의 북쪽 4리에 있다. 바다 어귀가 텅 비어 허전하더니, 옛날에 봉씨(奉氏) 성(姓)을 가진 이가 부사(府使)로 부임하여 소나무 일만 그루를 심어서 돌개바람을 막았으므로, 그로 인하여 봉송사(奉松寺)라고 이름지었다고 한다. 『신증동국여지승람』 卷24, 영해도호부 누정. 운곡은 봉송정(鳳松亭)이라고 썼는데, 이 정자의 전설에 따르면 봉송정(奉松亭)이라고 써야 할 듯하다.

614) 평해(平海) : 원래 고구려의 근을어. 고려 초기 지금으로 고치고 군(郡)을 삼았다. 『신증동국여지승람』 卷45, 평해군.

615) 망사정(望槎亭) : 고을 남쪽에 있다. 『신증동국여지승람』 卷45, 평해군 누정. 정자 이름이 "뗏목을 바라본다"는 뜻이다.

616) 『耘谷詩史』 卷1, 『高麗名賢集』 卷5, p.297 ; 『耘谷行錄』 卷1, 影印標點 『韓國文集叢刊』 卷6, p.147.

어디가 해 뜨는 곳인지[617] 알 수가 없네. 不知何處是扶桑

월송정(越松亭)[618]

越松亭[619]

솔 그늘 십리에 흰 모래밭 평평한데 松陰十里白沙平
정자 바깥에 부딪치는 물결이 천둥소리일세. 亭外晴雷驟浪聲
선경(仙境)이라 티끌 세상의 발자취를 받아들이기 어려우니 境勝難容塵世足
바람 받으며 잠시 쉬는 내 걸음이 부끄럽구나. 臨風暫憩愧吾行

영희정(迎曦亭)[620]

迎曦亭[621]

해 뜨는 걸 보려면 꼭두새벽에 와야 하는데 迎曦宜及曉頭來
한낮에 올랐으니 뜻에 맞추지 못했네. 日午登臨意未當
물결 위에 뜬 신기루(蜃氣樓)만[622] 보고서 但見波頭浮蜃氣
방황하다 어느덧 날 저무는 것도 몰랐네. 彷徨不覺已斜陽

---

617) 부상(扶桑) : 잎은 뽕잎 비슷하고(桑) 키가 수천 장(丈), 둘레가 스무 아름인데 두 그루씩 한 뿌리에서 나와 서로 기대고 있기(扶) 때문에 붙여진 이름이다(『십주기(十州記)』). 부목(扶木) 혹은 약목(若木)이라고도 하는 신목(神木)이다(『산해경(山海經)』, "양곡(暘谷)의 위에는 부상(扶桑)이 있는데 이 곳은 열 개의 태양이 목욕을 하는 곳으로 흑치(黑齒)의 북쪽에 있다. 물 가운데에 큰 나무가 있는데 아홉 개의 태양이 아랫가지에 있고 한 개의 태양이 윗가지에 있다. 暘谷之上 有扶桑十日所浴 在黑齒北 居水中有大木 九日居下枝 一日居上枝"). 해가 뜨는 장소에 있으므로 동쪽을 가리킨다.

618) 월송정(越松亭) : 평해군 동쪽 7리에 있다. 월송진에 있으면서 푸른 솔이 만 주나 있으며 모래가 10리나 깔렸다. 『신증동국여지승람』 卷45, 평해군 누정.

619) 『耘谷詩史』 卷1, 『高麗名賢集』 卷5, p.297 ; 『耘谷行錄』 卷1, 影印標點 『韓國文集叢刊』 卷6, p.147.

620) 영희정(迎曦亭) : 울진현 남쪽 45리에 덕신역(德神驛)이 있는데, 그 곳에 영희정이 있다. 『신증동국여지승람』 卷45, 울진현 역원. 정자 이름이 "해를 맞는다(迎曦)"는 뜻이다.

621) 『耘谷詩史』 卷1, 『高麗名賢集』 卷5, p.297 ; 『耘谷行錄』 卷1, 影印標點 『韓國文集叢刊』 卷6, p.147.

622) 신기(蜃氣) : 바다 위나 사막에서 기온의 이상(異狀)에 따라 일어나는 광선.

울진(蔚珍)에[623] 묵으면서[울진의 옛 이름은 선사(仙槎)]

宿蔚珍(号仙槎)[624]

아침에 기성(箕城) 푸른 바다를 떠나　朝發箕城碧海頭
석양에 취운루(翠雲樓)를 거쳐 왔네.　夕陽行過翠雲樓
한밤에 선사(仙槎)의[625] 달을 보고 읊으니　夜軒吟翫仙槎月
나그네길의 끝없는 시름이 이제야 풀리네.　消遣征途無限愁

임의정(臨漪亭)[626] 시에 차운함

次臨漪亭詩韻[627]

앞에는 물빛 뒤에는 산 빛이 있어　水色山光在後前
사철 아름다운 경치가 해마다 그대로일세.　四時佳景自年年
갈매기 두어 쌍이 날아가는 저 너머　數行鷗鷺驚飛外
맑은 연기 너머로 부슬부슬 비 내리네.　疎雨霏霏隔淡烟

지현(知峴)에 올라 울릉도(蔚陵島)를[628] 바라보다

登知峴望蔚陵[629]

저 멀리 두어 점이 아스라이 보이는데　數點稀微浩渺間

---

623) 울진(蔚珍) : 고구려의 우진야현. 신라에서 지금 이름으로 고쳐 군(郡)으로 삼았다. 『신증동국여지승람』 卷45, 울진현.

624) 『耘谷詩史』 卷1, 『高麗名賢集』 卷5, p.297 ; 『耘谷行錄』 卷1, 影印標點 『韓國文集叢刊』 卷6, p.147.

625) 선사(仙槎) : 울진의 옛 이름. 『신증동국여지승람』 卷45, 울진현 군명.

626) 임의정(臨漪亭) : 임의대(臨漪臺). 평해군에 있는 망양정(望洋亭) 아래 벼랑을 따라 내려가면 돌 하나가 우뚝 솟아 있는데 그 위에 7~8명은 족히 앉아 있을 수 있고, 그 아래에는 땅이 보이지 않을 정도였다고 한다. 『신증동국여지승람』 卷45, 평해군 누정.

627) 『耘谷詩史』 卷1, 『高麗名賢集』 卷5, p.297 ; 『耘谷行錄』 卷1, 影印標點 『韓國文集叢刊』 卷6, p.147.

628) 울릉도(蔚陵島) : 우릉(羽陵) 또는 무릉(武陵)이라고도 함. 『신증동국여지승람』 卷45, 울진현 산천.

629) 『耘谷詩史』 卷1, 『高麗名賢集』 卷5, p.297 ; 『耘谷行錄』 卷1, 影印標點 『韓國文集叢刊』 卷6, p.147.

그곳이 울릉도라고 사람들이 말하네. 人言此是蔚陵山
만약 청전(靑田)의[630] 학을 타기만 하면 若爲駕彼靑田鶴
푸른 바다 가로질러 다녀오고 싶구나. 橫截滄溟往復還

용화역(龍化驛)[631] 시에 차운함

次龍化驛詩[632]

하늘과 땅이 물에 뜨고 물은 허공에 떠 乾坤浮水水浮空
바위 치는 파도 소리가 자리에 들어오네. 打石濤聲入座中
물고기 변화하는 날을 이곳에서 만나면 此地若逢魚變日
하루 아침 구름 길에서 용이 될 수도 있으리라.[633] 一朝雲路可腰紅

삼척(三陟)에[634] 묵으면서 단양(丹陽)의[635] 옛 친구들에게 부침

宿三陟. 却寄丹陽故友.[636]

옷을 벗고 한가히 누우니 마루가 서늘하구나. 解衣閑臥一軒涼
객관은[637] 고즈넉한데 달빛이 침상을 비추네. 公館寥寥月照床
한밤에 대숲 바람이 나그네 창을 두드려 半夜竹風舂旅枕
놀라서 깨어보니 단양을 꿈꾸었네. 忽然驚破夢丹陽

630) 청전(靑田) : 청전산. 이 산에 두 마리 흰 학이 살았는데, 해마다 새끼를 낳아 자라면 곧 하늘로 날아가 버렸다고 한다. 『영가기(永嘉記)』.

631) 용화역(龍化驛) : 삼척 남쪽 60리에 있다. 『신증동국여지승람』 卷44, 삼척도호부 역원.

632) 『耘谷詩史』 卷1, 『高麗名賢集』 卷5, p.297 ; 『耘谷行錄』 卷1, 影印標點 『韓國文集叢刊』 卷6, p.147.

633) 요홍(腰紅) : 역마을 이름이 용화(龍化), 즉 "용으로 변화한다"는 뜻이다.

634) 삼척(三陟) : 본래 실직국(悉直國). (중략) 신라 경덕왕이 지금 명칭으로 고쳐서 군(郡)을 만들었다. 『신증동국여지승람』 卷44, 삼척도호부.

635) 단양(丹陽) : 영해의 옛 이름. 『신증동국여지승람』 卷24, 영해도호부 군명.

636) 『耘谷詩史』 卷1, 『高麗名賢集』 卷5, p.297 ; 『耘谷行錄』 卷1, 影印標點, 『韓國文集叢刊』 卷6, p.147.

637) 객관(客館) : 객사(客舍). 고려와 조선 때 각 고을에 두었던 관사(館舍). 고을마다 궐패(闕牌)를 모시어 두고 왕명을 받들고 내려오는 벼슬아치를 대접하고 묵게 하였음.

평릉역(平陵驛)638) 시에 차운함

次平陵驛詩韻639)

푸른 바다 아득하게 푸르고	碧海迢迢碧
푸른 산 점점이 푸르구나.	靑山點點靑
이 좋은 경치를 간직하고 싶어	欲將探勝槩
말에서 내려 숲 속 정자에 오르네.	下馬上林亭

우계(羽溪)에640) 묵으면서 현판의 시에 차운함[우계의 옛 이름은 옥당(玉堂)]

宿羽溪. 次板上韻(号玉堂).641)

푸른 바다 서쪽에 성이 하나 있어	滄海西頭有一城
우계가 일찍이 옥당(玉堂) 이름을 얻었네.	羽溪曾得玉堂名
온 동산에는 매화와 대나무, 구름 빛이 고요하고	一園梅竹雲光靜
십리에 뻗은 뽕나무와 삼밭은 경치도 맑구나.	十里桑麻景氣淸
숲 너머 우는 비둘기가 비 소식을 알리자	林外鳴鳩呼雨過
처마에 나는 제비가 바람을 피하네.	簷間飛鷰讓風輕
벽에 걸린 시들을 쳐다보다가	仰看壁上珠璣句
끝내 화답 못하니 부끄러워라.	欲和多慙竟未成

향자(鄕字) 운에 차운함

次鄕字韻642)

638) 평릉역(平陵驛) : 삼척 북쪽 40리에 있다. 『신증동국여지승람』 卷44, 삼척도호부 역원.

639) 『耘谷詩史』 卷1, 『高麗名賢集』 卷5, p.297 ; 『耘谷行錄』 卷1, 影印標點 『韓國文集叢刊』 卷6, p.147.

640) 우계(羽溪) : 강릉 남쪽 60리에 있다. 본래 고구려 우곡현이며 옥당(玉堂)이라고도 하였다. 신라 경덕왕이 지금 명칭으로 고쳐서 삼척군 속현으로 만들었다가 고려 현종 9년에 강릉에 이속시켰다. 『신증동국여지승람』 卷44, 강릉대도호부 속현.

641) 『耘谷詩史』 卷1, 『高麗名賢集』 卷5, p.297 ; 『耘谷行錄』 卷1, 影印標點 『韓國文集叢刊』 卷6, p.147.

642) 『耘谷詩史』 卷1, 『高麗名賢集』 卷5, p.297 ; 『耘谷行錄』 卷1, 影印標點 『韓國文集叢刊』 卷6, p.147.

삼월 봄바람에 나그네는 고향이 멀어 三月春頭客遠鄕
넓은 들판 깊은 골짜기를 몇 번이나 지났던가. 幾經平曠及幽荒
오늘 아침 동쪽 바다를 이미 떠났건만 今朝已與東溟別
구름과 연기 돌아보며 남몰래 애가 끊네. 廻望雲煙暗斷腸

광탄(廣灘)을[643] 건너는 배 안에서

廣灘舟中[644]

철쭉꽃이 층층이 푸른 물가를 비추니 躑躅層層映碧漣
강가의 봄빛이 별다른 천지일세. 一江春色別藏天
배 저어 복사꽃 물결을[645] 바로 지나며 漾舟直過桃花浪
한가한 사람이 그림 그려 전할까봐 걱정스럽네. 恐被閒人畵筆傳

정선(旌善)[646] 지나는 길에

旌善路上[647]

산은 높고 골은 깊은데 巖巒崒嵂洞幽深
숲 속 그늘진 곳에서 새들만 지저귀네. 山水陰陰有啼鳥
떨어진 꽃이 이따금 말머리에 날아들어 落花時向馬頭飛
시 읊다가 돌아보며 길게 휘파람 부네. 得句回頭一長嘯

---

643) 광탄(廣灘) : 제천현 서쪽 21리에 있다. 근원이 원주 치악산에서 나와서 청풍군 북진(北津) 하류로 흘러간다. 『신증동국여지승람』 卷14, 제천현 산천.

644) 『耘谷詩史』 卷1, 『高麗名賢集』 卷5, p.297 ; 『耘谷行錄』 卷1, 影印標點 『韓國文集叢刊』 卷6, p.147.

645) 도화랑(桃花浪) : "흐르는 물 위에 복사꽃 떠내려 오니 사람들 살지 않는 또다른 세상이 있나 보네. 桃花流水杳然去, 別有天地非人間." 이백(李白), 「산중문답(山中問答)」. 이 시에서 별천지(別天地)라는 말이 생겼다. 도연명의 「도화원기(桃花源記)」에 의하면, 무릉도원에서 복사꽃잎이 따내려 와서 세상 사람들이 숨겨진 동네를 알게 된다.

646) 정선(旌善) : 본래 고구려의 잉매현. 신라 경덕왕이 지금 이름으로 고쳐 명주(溟州)의 영현(領縣)으로 하였다. 『신증동국여지승람』 卷46, 정선군.

647) 『耘谷詩史』 卷1, 『高麗名賢集』 卷5, p.297 ; 『耘谷行錄』 卷1, 影印標點 『韓國文集叢刊』 卷6, p.147.

남강(南江)에 배를 띄워 수혈(水穴)을648) 구경하고는 의풍정(倚風亭)에649) 오르다

登舟南江. 看水穴. 登倚風亭(二首).650)

그 누가 티끌 세상에서 신선 되기 어렵다고 했나. 誰道塵凡隔上仙
여기 오니 옥호천(玉壺天)이651) 있음을 알겠네. 此來知有玉壺天
붉은 단장 환한 모습이 물 속의 물이라 紅粧明媚水中水
목란 배에 취해 누워서 햇볕 받으며 꿈꾸네. 醉臥蘭舟夢日邊

바람바위 물구멍이 옛부터 이름나 風巖水穴昔聞名
아침마다 저녁마다 동쪽을 바라보네. 東望朝朝暮暮情
한 번만 봐도 이미 진면목을 알겠으니 一見已知眞面目
이제부턴 한 평생을 유한(遺恨) 없이 지내리라. 也無遺恨過平生

벽파령(碧坡嶺)에 올라(두 수)

登碧坡嶺(二首)652)

강 따라 십리 길 험난하기만 해서 沿江十里行路難
벼랑 밑 바위틈으로 기어서 왔네. 側身過了懸崖石
아래로 깊은 못이 천 자나 넘게 보여 下瞰深淵千丈强
조심조심 떨리고653) 눈마저 아찔했네. 戰戰兢兢勞眼力

---

648) 수혈(水穴) : 또 수혈(水穴)이 있으니 남강(南江)의 물이 여기에 이르러 나누어져 땅속으로 들어갔다가 모마어촌(毛麻於村)에 이르러 땅위로 나온다. 『신증동국여지승람』 卷46, 정선군 산천.

649) 의풍정(倚風亭) : 정선군 남강에 있던 누정으로 추정됨.

650) 『耘谷詩史』 卷1, 『高麗名賢集』 卷5, p.298 ; 『耘谷行錄』 卷1, 影印標點 『韓國文集叢刊』 卷6, p.148.

651) 옥호천(玉壺天) : 아름다운 별천지. 한나라 때에 비장방(費長房)이 약을 파는 호공(壺公)에게 이끌려 가게에 매달아 놓은 병 속에 들어가 실컷 술을 마시고 나왔다고 한다. 그래서 술병 속의 세상을 호천(壺天)이라고 한다.

652) 『耘谷詩史』 卷1, 『高麗名賢集』 卷5, p.298 ; 『耘谷行錄』 卷1, 影印標點 『韓國文集叢刊』 卷6, p.148.

653) 전전긍긍(戰戰兢兢) : 두려워하고 조심하는 모습. "온유하고 남에게 공손하여 나무 위

바위 꽃 시냇가 풀이 울긋불긋 비치고 巖花澗草暎紅綠
산새도 슬피 울어 봄이 고즈넉한데, 山鳥悲鳴春寂寂
끝없는 나그네 회포를 그 누가 알아주랴 客懷牢落有誰知
한가로운 내 발자취를 묻는 사람도 없네. 無人問我閑蹤跡

가고 또 가서 벽파령에 이르니 行行上到碧坡嶺
천 구비 사다리길이 하늘까지 이어졌네. 千回棧道連雲天
눈 아래 산들은 개미 둑과도 같고 眼底衆山如蟻垤
구름과 연기 자욱한 하늘에 석양이 가물거리네. 夕陽明滅空雲烟
오랫동안 서성거리며 긴 한숨 쉬자 遲留望久發長嘆
길가 높은 나무에 바람 소리만 쓸쓸하네. 道邊喬木風蕭然

방림역(芳林驛)을654) 지나는 길에

芳林驛路上655)

묵은 안개가 나무에 깊숙이 걸리고 宿霧棲深樹
풀에 엉킨 이슬방울 차갑기만 해라. 冷冷草露濃
말은 구름 그림자 끝을 달리고 馬飛雲影畔
새는 물소리와 함께 지저귀네. 鳥語水聲中
사람은 멀리 있어 그리움 끝이 없고 人遠思無極
산이 높아서 길이 고르지 않아, 山高路不平
기나긴 나의 회포 어찌 끝이 있으랴 悠悠何限意
지는 꽃 바람에 다 부쳐 보내리라. 都付落花風

에 앉은 듯이, 무서워하고 마음 졸이며 깊은 골짜기에 임한 듯이, 두려워하고 조심해야지 엷은 얼음판 밟고 가듯 해야지. 溫溫恭人, 如集于木. 惴惴小心, 如臨于谷. 戰戰兢兢, 如履薄氷." 『시경(詩經)』 卷4, 소아(小雅) 「소완(小宛)」.

654) 방림역(芳林驛) : 강릉 치소에서 서쪽으로 백칠십리에 있다. 『신증동국여지승람』 卷44, 강릉대도호부 역원.

655) 『耘谷詩史』 卷1, 『高麗名賢集』 卷5, p.298 ; 『耘谷行錄』 卷1, 影印標點 『韓國文集叢刊』 卷6, p.148.

안창역(安昌驛)[656]

安昌驛[657]

구름다리 길을 다 지나고 보니	過盡雲橋路
안창역이 말 앞에 있네.	安昌在馬頭
고향이 이제 멀지 않으니	故園今已近
나그네 시름이 풀리는구나.	聊可謝羈愁

작약(芍藥)이 활짝 핀 것을 보고 원(元)[658] 소경(少卿)에게[659] 부침

芍藥盛開. 寄元少卿.[660]

동쪽 뜨락에 아련히 향기 구름이 엉켜드는데	東階藹藹鑠香雲
작약꽃 활짝 피니 유달리 아름답네.	芍藥奇芳獨出群
혼자 보고 홀로 즐기니 무슨 흥취가 있으랴	獨賞獨吟無興味
아침 저녁 난간에 기대 그대만 생각하네.	倚欄朝暮每思君

춘주(春州)[661] 공북정(拱北亭)[662] 시에 차운함(두 수)

次春州拱北亭詩韻(二首)[663]

삼라만상이 정자 하나를 받드니	萬像森羅拱一亭
하늘도 아낀 좋은 곳이 참모습을 드러냈네.	天慳披豁露眞形

---

656) 안창역(安昌驛) : 원주 서쪽 45리에 있다.『신증동국여지승람』卷46, 원주목.

657)『耘谷詩史』卷1,『高麗名賢集』卷5, p.298 ;『耘谷行錄』卷1, 影印標點『韓國文集叢刊』卷6, p.148.

658) 원공(元公) : 원립(元立).

659) 소경(少卿) : 고려시대 태상시・전중성・위위시・태복시・예빈시・대부시 등에 두었던 종4품 벼슬.

660)『耘谷詩史』卷1,『高麗名賢集』卷5, p.298 ;『耘谷行錄』卷1, 影印標點『韓國文集叢刊』卷6, p.148.

661) 춘주(春州) : 원래 맥국. (중략) 고려 태조 23년에 춘주로 하였음.『신증동국여지승람』卷46, 춘천도호부.

662) 공북정(拱北亭) : 춘천에 있던 누정.

663)『耘谷詩史』卷1,『高麗名賢集』卷5, p.298 ;『耘谷行錄』卷1, 影印標點『韓國文集叢刊』卷6, p.148.

아득한 두 줄기 물이 흰 비단을 펼치고	迢迢二水鋪霜練
은은한 산들이 푸른 병풍을 펼쳤네.	隱隱千山展翠屛
삼신산(三神山)의[664] 기이한 모습을 황홀하게 옮겼으니	三島奇觀移怳惚
십주(十洲)의[665] 아름다운 경치를 정녕 보겠네.	十洲佳致見丁寧
그대여! 취했다고 올라오길 꺼리지 말게.	使君莫憚登攀醉
찾는 이 없으면 뜨락에 풀만 가득할 텐데.	鈴索長閑草滿庭

올라와 보며 크고 작은 정자들 가리키다가	登臨指點短長亭
맑은 강물 굽어보니 내 모습이 비치네.	俯鑒澄江照我形
고맙게도 구름과 연기가 술자리를 마련해주니	却愛雲烟供酒席
그림이라도 그려서 병풍에 올리고 싶네.	欲教圖盡上金屛
몇 일 걸리지 않고[666] 세운 정자를 모두들 좋아하니	經營不日人相悅
유람하는 나그네들 언제나 편안하겠네.	遊覽多時客自寧
이곳에 와서 참된 흥취를 얻었으니	到此凝然得眞趣

664) 삼도(三島) : 삼신산(三神山)과 신선이 산다고 하는 열 개의 섬.

665) 십주(十洲) : 신선들이 산다는 곳. 한나라 무제(武帝)가 서왕모에게서 (신선세계) 이야기를 들었다. 팔방(八方) 큰 바다 가운데 조주(祖洲)·영주(瀛洲)·현주(玄洲)·염주(炎洲)·장주(長洲)·원주(元洲)·유주(流洲)·생주(生洲)·봉린주(鳳麟洲)·취굴주(聚窟洲)의 열 섬이 있는데, 사람의 자취가 끊어진 곳이라고 한다.「해내십주기(海內十洲記)」.

666) 경영불일(經營不日) : 영대(靈臺)에 큰 공사를 시작하여 땅을 재고 푯말을 세우니, 뭇 백성들이 거들어 며칠도 되지 않아 다 이루었네. 시작하며 서두르지 않았건만 뭇 백성들이 자식처럼 몰려왔네. (하략) 經始靈臺, 經之營之. 庶民攻之, 不日成之. 經始勿亟, 庶民子來. 문왕(文王)은 백성들의 힘으로 대(臺)를 만들고 연못을 만들었지만, 백성들은 이것을 기쁘고 즐겁게 여겼습니다. 그 대를 일러 영대(靈臺)라 부르고, 그 못을 일러 영소(靈沼)라 불렀습니다. 백성들은 거기에 있는 사슴과 물고기 자라들을 문왕과 함께 즐겼습니다. 옛날의 현명한 임금들은 이렇듯 백성과 함께 즐겼으므로, 그런 것을 (자신도) 즐길 수 있었습니다.『맹자(孟子)』卷1,「양혜왕(梁惠王) 상」. 맹자가 인용한 시는『시경』대아(大雅) 영대(靈臺)의 첫 장이다. 양혜왕이 큰 연못에서 새와 사슴을 즐기던 것이 부끄러워 맹자에게 "옛날의 훌륭한 임금들도 이러한 것들을 즐겼느냐?" 고 묻자, 맹자가 이 시를 인용하여 "임금이 백성들과 함께 즐거워하면, 백성들도 임금의 일을 자기 부모의 일처럼 생각하여 자발적으로 나서서 도와준다"고 대답하였다. 운곡의 시에서 "경영불일(經營不日)"은 이 시에서 나온 구절이며, "인상열(人相悅)"은 맹자의 말을 생각한 것이다. 춘천의 공북정도 백성들이 사또의 선정을 고맙게 생각하여, 몇 일 걸리지 않고 즐겁게 공사를 마쳤다는 뜻으로 썼다.

신선을 배우면서 어찌 『황정경』만[667] 읽어야 하랴. 學仙可更讀黃庭

667) 황정경(黃庭經) : 도가(道家)에서 사용하는 경문(經文)의 이름. 「황제내정경(黃帝內庭經)」과 「황제외정경(黃帝外庭經)」으로 나뉘어져 있는 도가의 경전인데, 양생서(養生書)이다. 『당서(唐書)』, 「예문지(藝文志)」에 "노자(老子) 『황정경(黃庭經)』 1권"이라고 기록되어 있다. 신선이 되기 위해서 이 책을 많이 읽었으며, 신선이 한 글자를 잘못 읽으면 인간 세상으로 귀양온다고 한다.

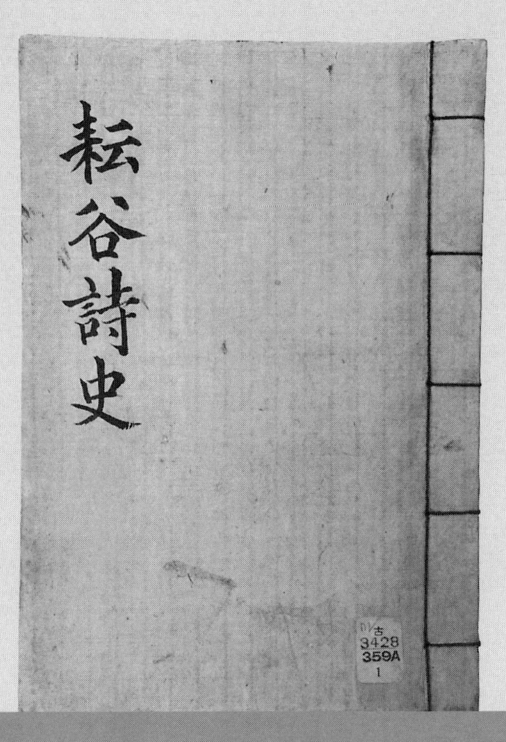

운곡시사(耘谷詩史) 권2

1370년(경술) 봄. 정선(旌善)[1] 자사(刺使) 안길상(安吉常)이 목백(牧伯)에게[2] 보낸 시를 보고 목백 좌우에 바친 시와 짧은 서문[인(引)][3]

庚戌春. 旌善刺使安吉常寄詩于牧伯云.[4]

▪ 안길상(安吉祥)

이년 동안 산 속 고을에 묻혀 있으면서	二年山郡被推擠
자주 앉아 읊조리다가 청려장[5] 짚고 거닐었네.	坐嘯多時或杖藜
고금 언제나 있는 구름과 연기를 사랑하고	祗愛雲烟亘今古
동산과 서산의 해와 달을 뜨고 지게 하였네.	終敎日月自東西
바람 부는 정자는 마음을 맑게 하는 곳	風亭正可淸心地
깨끗한 샘물은 더러운 발을 씻을 만해라.	水穴眞堪濯足泥
태평성대의 고을살이가 내 분수임을 알았으니	盛代爲州知己分
이 몸 거두어 숲에 사는 게 합당하다오.	收身也合故林棲

次韻幷書短引. 拜呈牧伯左右.

짧은 서문 | 생각하건대 비길 데 없이 가련한 한낱 홀아비가 일찍이 천발(薦拔)의[6] 은혜를 입었으니, 참으로 소광(踈狂)한 저의 뜻을 이룬 셈입니다. 그러나 이렇게 은혜 입은 것을 가지고 제 욕망을 이루려고 구한다면, 마치 나무에 올라가서 물고기를 구하는 것과도 같습니다.[7] 또 (벼슬) 주기를 바

1) 정선(旌善) : 본래 고구려 잉매현. 신라 경덕왕이 지금 이름으로 고쳐 명주(溟州)의 영현(領縣)으로 하였다. 『신증동국여지승람』 卷46, 정선군.

2) 목백(牧伯) : 목사(牧使)를 달리 이르는 말.

3) 인(引) : 문체의 한 가지인데, 짧은 머리말이다. 송나라 이전에는 모두 서(序)라고 했는데, 소순(蘇洵)이 자기 아버지의 휘(諱)를 피하기 위해 서(序)라는 글자를 인(引)이라는 글자로 고쳤다. "본문으로 끌어들이는 말"이라는 뜻이다.

4) 『耘谷詩史』 卷2, 『高麗名賢集』 卷5, p.299 ; 『耘谷行錄』 卷2, 影印標點 『韓國文集叢刊』 卷6, p.149.

5) 장려(杖藜) : 여장(藜杖). 명아주대로 만든 지팡이.

6) 천발(薦拔) : 인재를 발탁하여 천거함.

7) 연목구어(緣木求魚) : 나무에 올라 물고기를 구하는 것으로, 곧 불가능함을 비유하는 말. "그렇다면 왕께서 크게 원하시는 바를 알 수가 있습니다. 토지를 넓히고 진나라와 초나라를 조회케 하며, 중국에 군림하셔서 사방의 오랑캐를 다스리려는 것이지요. 그러나 그런 행위를 하면서 그런 소망을 바라신다면, 이는 마치 나무에 올라가서 물고기

라거나 (벼슬 주겠다는) 말을 기다리는 것은 마치 나무 그루터기를 지키면서 토끼를 기다리는 것과도 같습니다.[8] 한바탕 웃으시기를 바라면서 시 3편을 바칩니다.

伏以無雙窮困. 有一孤鰥. 曾蒙薦拔之恩. 實達疎狂之志. 以所爲求所欲. 猶緣木而求魚. 望其賜待其言. 若守株而待兎. 庶承一笑. 聊獻三篇. 詩曰.

간사하고 흉악한 무리를 다 물리쳤으니	姦兇邪佞盡排擠
태일(太一)의 명아주 태우는 모습을 일찍 보았네.[9]	曾見方燃太一藜
홀을 잡고 산을 보면 구름이 북쪽에 걷히고	拄笏看山雲捲北
거문고 타다 누각에 누우면 해가 서쪽에 지네.	鳴琴臥閣日沈西
아름다운 이름이 이미 청사(靑史)에[10] 쓰였으니	美名旣已書靑史
은총으로 부리시며 조서가[11] 내리리라.	寵喚應當降紫泥
알아 두소서. 은혜 물결이 가장 깊은 곳을.	要識恩波最深處
길가의 까마귀 까치도 높은 곳엔 깃들지 않는다오.	道邊烏鵲不高棲

를 구하는 것과 같습니다. 以若所爲 求若所欲 猶緣木而求魚也."『맹자(孟子)』卷1, 「양혜왕(梁惠王) 상」.

8) 수주이대토(守株而待兎) : 농부가 우연히 나무 그루에 부딪쳐 죽은 토끼를 잡은 후, 또 잡을까 하여 일도 하지 않고 나무 그루만 지켜보고 있었다고 하는 고사에서 유래한 말로, 곧 변통(變通)할 줄을 모르거나 힘들이지 않고서 무엇인가를 얻으려는 잘못된 생각을 비유한다(『한비자(韓非子)』, 오두(五蠹), "宋人有耕田者 田中有株 兎走觸株 折頸而死 因釋其耒而守株 冀復得兎 兎不可復得 而身爲宋國笑 今欲以先王之政 治當世之民 皆守株之類也").

9) 증견방연태일려(曾見方燃太一藜) : 여기서의 연려(燃藜)는 역사를 기록한다는 뜻. 유향(劉向)이 천록각(天祿閣)에서 책을 교정하는데, 밤중에 한 노인이 푸른 명아주 지팡이를 짚고 문을 두드리며 들어왔다. 지팡이 끝을 태웠더니 연기를 내며 불이 붙었다. 유향이 그 노인의 이름을 물었더니, "나는 태을(太乙)의 정(精)이라"고 대답했다.『삼보황도(三輔黃圖)』. 명아주를 써서 불을 태우면 그 빛이 가장 밝아, 밤새도록 빛을 낼 수 있다.『봉창쇄사(蓬窗瑣事)』. 이 뒤부터 "연려(燃藜)"를 역사를 기록한다는 뜻으로 많이 썼으며, 이 시에서도 그런 뜻으로 썼다.

10) 청사(靑史) : 옛날 종이가 없던 시절에 푸른 대의 껍질을 불에 구워 푸른 빛과 기름을 없애고 사실(史實)을 적은 데서 온 말로 역사를 말함.

11) 자니(紫泥) : 붉은 진흙. 옛날에는 진흙으로 편지를 봉하고 인주를 찍었는데, 존귀한 신분에서는 붉은 진흙으로 봉했다. 특히 황제의 글을 붉은 진흙으로 봉했으므로, 나중에는 자니(紫泥)가 조서(詔書)라는 뜻으로도 쓰였다.

세상 사람들이 무슨 말하든 내버려 두소. 任看時俗互擡擠
눈 다 녹은 봄 산에 명아주가 캘 만하네. 雪盡春山可採藜
매화나무 너머 가벼운 연기가 실오라기 같은데 半縷輕烟梅樹外
살구꽃 서쪽 하늘엔 비낀 해가 한 뼘 남았네. 一竿斜日杏花西
다스리고 가르치는 게 다행히도 물같이 맑으니 幸逢政教淸如水
맘껏 놀면서 술 취한들 무엇이 걱정이랴. 何害遨遊醉似泥
고맙게도 인자한 바람이 모두에게 골고루 불어 深感仁風無厚薄
이 초라한 집까지 은혜와 사랑이 미쳐 왔다오. 旁吹惠愛及寒棲

재주가 얕아 일찍이 세상에 버림받고 才薄曾爲世所擠
나물 밥 명아주 국도 달게 여겼네. 分甘蔬糲與羹藜
꿈은 용만(龍灣)[12] 북쪽의 금 대궐로 날아가는데 夢飛金闕龍灣北
몸은 봉령(鳳嶺)[13] 서쪽의 사립문에 부쳐 산다오. 身寄柴門鳳嶺西
역사책 읽으려 한밤 창가에서 짧은 촛불 태우고 讀史夜窗燒短燭
오이 심으려 봄 밭의 깊은 진흙을 파헤치니, 種苽春圃撥深泥
그 누가 알랴! 적막한 수풀 아래서 誰知寂寞疎林下
벗 잃은 외로운 새가 홀로 둥지 지키는 것을. 失友寒禽守獨棲

사호도(四皓圖)에 씀[14]

題四皓圖[15]

네 사람이 함께 상산(商山)에 들어가 共入商山裏
흰 수염에 세월이 깊어졌구나. 霜鬢歲月深

12) 용만(龍灣) : 용만관(龍灣館). 의주(義州)에 있던 중국 사신을 접대하던 곳.

13) 봉령(鳳嶺) : 명봉산을 말하는 듯함.

14) 사호(四皓) : 진시황 때 세상의 어지러움을 피해 상산(商山)에 숨은 네 사람의 은사. 곧 동원공(東園公)・기리계(綺里季)・하황공(夏黃公)・녹리선생(甪里先生) 등의 네 사람을 말함. 모두 눈썹과 수염이 세었으므로 사호라 한 것임. 상산사호(商山四皓)라고 하는데, 이들을 그린 그림이 바로 「상산사호도(商山四皓圖)」이다.

15) 『耘谷詩史』 卷2, 『高麗名賢集』 卷5, p.299 ; 『耘谷行錄』 卷2, 影印標點 『韓國文集叢刊』 卷6, p.149.

소나무 그늘에서 바둑 한 판 두며 　松陰棋一局
세상 길 향한 마음을 모두 끊었네. 　渾斷世途心

삼소도(三笑圖)에[16] 씀

題三笑圖[17]

손잡고 같이 푸른 돌길을 걸어가면서 　同携蒼石路
해가 서쪽에 지든 말든 아랑곳없네. 　也任日將西
웃음 한번에 하늘과 땅이 좁아 　一笑乾坤窄
말도 잊고서 호계(虎溪)를 지났네. 　忘言過虎溪

1370년(경술) 초여름. 회포를 씀(두 수)

庚戌首夏書懷(二首)[18]

봄 가는 줄도 몰랐는데 　不覺靑春過
어느새 한낮이 길어졌네. 　唯知白日長
바람 부는 난간에 꽃잎이 떨어지고 　風軒花片片
연기 낀 언덕엔 버들가지 늘어졌네. 　煙岸柳行行
물색은 바라볼수록 변해 가고 　物色看看變
광음(光陰)도 차츰 바빠지는데, 　光陰漸漸忙
시절을 느끼면서 옛친구 생각하니 　感時懷舊客

---

16) 삼소도(三笑圖) : 혜원법사(惠遠法師)는 여산(廬山)의 동림사(東林寺)에 있으면서 아무리 귀한 손님이 찾아오더라도 산문 밖에 있는 호계(虎溪)를 건너서까지 배웅하는 법이 없었다. 그런데 어느날 도연명(陶淵明)과 육수정(陸修靜)이 찾아오자, 그들을 배웅하면서 이야기하다가 자기도 알지 못하는 사이에 그만 호계(虎溪)를 넘어갔다. 그런 뒤에야 호랑이가 울부짖는 소리를 듣고서 호계를 넘어선 줄 깨닫고, 세 사람이 크게 웃었다고 한다. 여러 화가와 문인들이 이 모습을 그려 「호계삼소도(虎溪三笑圖)」를 남겼다. 그러나 육수정이 혜원법사보다 백여년 뒤에 태어났다는 기록도 있어 꼭 믿을 수는 없는 일이다.

17) 『耘谷詩史』 卷2, 『高麗名賢集』 卷5, p.299 ; 『耘谷行錄』 卷2, 影印標點 『韓國文集叢刊』 卷6, p.149.

18) 『耘谷詩史』 卷2, 『高麗名賢集』 卷5, p.299 ; 『耘谷行錄』 卷2, 影印標點 『韓國文集叢刊』 卷6, p.149.

초여름 되면서 혼자 슬프구나. 對此獨悲傷

세상이 변해가니 풍속도 따라 변하고 世變風還變
사람이 돌아가니 봄도 따라 돌아가네. 人歸春又歸
풀이 깊어지자 꽃도 다 떨어지고 草深花盡謝
버들이 우거지자 버들개지 날기 시작하네. 柳暗絮初飛
늙기가 두려워 철 바뀔 때마다 놀라고 畏老驚移節
시름을 막으려 지는 해에 맡겨 두네. 防愁任落暉
혼자서 살았던 오 년 동안의 맛이 單棲五年味
마치 들판의 스님 같다고나 할까. 還似野僧非

단오날

端午[19]

바람 따뜻하고 날씨는 청명한데 熏風微軟氣淸新
집집마다 문 위에 쑥 사람을[20] 걸어 놓았네. 萬戶千門掛艾人
창포 술 한 항아리 마주 앉으니 靜對菖蒲一尊酒
난초 물가에 홀로 깨었던 신하가[21] 우습구나. 笑他蘭渚獨醒臣

성(成) 상국(相國)이[22] 보낸 시에 차운함

次成相國所示詩韻[23]

---

19) 『耘谷詩史』 卷2, 『高麗名賢集』 卷5, p.299 ; 『耘谷行錄』 卷2, 影印標點 『韓國文集叢刊』 卷6, p.149.

20) 애인(艾人) : 쑥 사람. 단오날 문 위에 걸어 요사스럽고 나쁜 기운을 쫓는다는 쑥으로 만든 인형. "형(荊)·초(楚) 사람들은 5월 5일에 온갖 풀들을 함께 밟고, 쑥을 뜯어서 사람 모습을 만들어 문 위에 걸어 두며 독기를 물리친다." 『형초세시기(荊楚歲時記)』.

21) 난저독혹신(蘭渚獨酷臣) : 난초 물가에 홀로 깬 신하. 전국시대(戰國時代) 초(楚)의 충신으로 물에 빠져 죽은 굴원(屈原)을 일컬음. "온 세상이 모두 흐린데 나 혼자만 맑고, 나 혼자만 깨었네. 그래서 쫓겨났다네." 굴원(屈原), 「어부사(漁父辭)」.

22) 상국(相國) : 영의정·좌의정·우의정을 통칭하는 말.

23) 『耘谷詩史』 卷2, 『高麗名賢集』 卷5, p.299 ; 『耘谷行錄』 卷2, 影印標點 『韓國文集叢刊』 卷6, p.149.

생애는 높은 산봉우리의 달 같고 生涯孤嶠月
마음은 화로의 식은 재 같아, 心似一爐灰
지난 일은 찾을 곳 없고 往事尋無處
흐르는 세월도 한번 가면 오지를 않네. 流年去不廻
다락에 올라 만물 바뀌는 걸 바라보다 登樓看物化
술잔 들고서 꽃이 피었나 물어보았네. 把酒問花開
푸른 산과 마주앉아 웃으며 살아가니 相對碧山笑
부귀공명이 어디 있는지 내 어찌 알랴. 功名安在哉

파리(蠅)를 조롱함

嘲蠅[24)]

파리야! 파리야! 너는 어찌된 놈이기에 蒼蠅蒼蠅汝何物
너를 보고 좋아하는 사람 아무도 없구나. 見汝無人相悅懌
몸 하나에 발이 여섯인 미물인데다 一身六足甚微細
높이 날 줄 모르면서 날개만 달렸구나. 未解高飛徒有翮
비린내 맡고 모여들 땐 시끌벅적해 聞腥聚集聲紛然
쫓아도 다시 오니 무엇을 찾느냐? 驅去復來何所索
똥을 싸서 온갖 물건 더럽히다가 能成點穢汚凡物
흰 것은 검게 하고 검은 것은 희게 하네. 白者爲黑黑爲白
잠시도 쉬지 않고 잉잉거리며[25)] 돌아다니다 營營役役無暫休
울타리에 앉더니[26)] 내 자리까지 왔느냐? 止樊亦自來我席
붓끝에서 쫓으면 곧 놀라서 날아가고 筆端遇逐忽驚飛
부채에 맞으면 발붙이지 못하네. 扇上逢彈難寄跡

24) 『耘谷詩史』 卷2, 『高麗名賢集』 卷5, p.299 ; 『耘谷行錄』 卷2, 影印標點 『韓國文集叢刊』 卷6, p.149.

25) 영영(營營) : 파리가 잉잉거리는 소리를 묘사한 의성어. "잉잉거리는 쉬파리가 울타리에 앉았네. 점잖으신 군자님이여 참언을 믿지 마소서. 營營靑蠅, 止于樊. 豈弟君子, 無信讒言." 『시경(詩經)』 卷4, 소아(小雅) 「청승(靑蠅)」.

26) 지번(止樊) : 울타리에 앉는 모습. 영영(營營)과 마찬가지로 『시경(詩經)』 卷4, 소아(小雅) 「청승(靑蠅)」에서 나온 말이다.

네 성품이 어리석고 미련하지만	汝生稟質愚且癡
온 세상에 미움 받으니 애처롭구나.	被世嫌憎良可惜
시인들의 꾸지람은[27] 예나 이제나 같건만	詩人所責古猶今
너는 그것도 모르고 부질없이 날뛰는구나.	汝不知汝頗勞劇
이제부턴 부디 가볍게 날뛰지 말거라.	勸汝從此減輕狂
가볍게 날뛰어야 백해무익이란다.	輕狂於汝百無益
더위를 따라다닌들 얼마나 오래 가랴	趁炎赴熱不多時
시월의 바람 서리가 네 액운을 재촉하리라.	十月風霜催汝厄

가을 생각

秋思[28]

새로 목욕한 가을 모습이 고요해	新沐秋容靜
시내와 산에 비가 막 개었네.	溪山雨霽初
단풍나무 언덕에 해가 기울고	日斜楓岸逈
성긴 국화 울타리에 연기 젖었네.	烟濕菊籬疎
매미가 늙었으니 대숲이 싸늘하고	蟬老竹林冷
기러기 돌아오니 변방이[29] 비었겠네.	鴈廻楡塞虛
유유히 지내면서 시절이 느껴지니	悠悠感時節
여름[30] 지나는 것이 아쉽기만 해라.	畏日惜居諸

하(河) 목백(牧伯)의[31] 삼가정(三可亭) 시에 차운함(두 수)

27) 시인소책(詩人所責) : 시인들의 꾸지람. 『시경(詩經)』 卷4, 소아(小雅) 「청승(靑蠅)」에선 쉬지 않고 잉잉거리는 파리를 남을 헐뜯는 소인배에게 비유하였고, 구양수도 「증창승부(憎蒼蠅賦)」에서 눈가에 엉겨붙거나 눈썹 끝에 모여드는 파리 떼를 증오하였다.

28) 『耘谷詩史』 卷2, 『高麗名賢集』 卷5, p.300 ; 『耘谷行錄』 卷2, 影印標點 『韓國文集叢刊』 卷6, p.150.

29) 유새(楡塞) : 국경 또는 변방. "돌을 쌓아 성을 만들고, 느릅나무를 심어 방책을 삼는다." 『한서(漢書)』 卷52, 「한안국(韓安國)」.

30) 외일(畏日) : 여름 날. "조쇠(趙衰)는 겨울 날씨이고, 조돈(趙盾)은 여름 날씨이다"고 한 주에 "겨울 날씨는 사랑스럽고 여름날씨는 두렵다"고 한 데서 나온 말. 『좌전(左傳)』 卷7, 「문공(文公)」.

次河牧伯三可亭詩韻(二首)[32]

졸졸 흐르는 시냇물은 깊은 골목과 통하고 細澗通深巷
층층 누각은 끊어진 산을 이었네. 層樓補斷山
하늘이 아낀 곳을 이미 다 드러내어 天慳皆已露
문장이 노성하니 서로 보고 기뻐하네. 文老喜相看

공명(功名)은 새로운 해와 달이고 功名新日月
풍화(風化)[33]는 옛 강과 산일세. 風化舊江山
은혜 입고 고마워한 사람이 그 얼마던가 多少感人惠
멀리서 오는 이들이 이 정자를 우러러보리. 遠垂來者看

강소성과 절강성(江浙)으로 유학가는 운유자(雲遊子)[34] 각굉(覺宏)[35] 스님을 배웅하면서 쓴 시와 서문

送雲遊子覺宏遊江浙(幷序)[36]

서문 | 유곡(幽谷) 각굉(覺宏) 스님은 명신(明信)한 사람이다. 어린 나이에 스님이 되어 도를 배웠다. 여러 명산을 돌아다니며 학업을 성취한 뒤에 강월헌(江月軒)[37] 나옹(懶翁)의 제자가 되었다. 총림(叢林)에[38] 있을 때마다

31) 목백(牧伯) : 목사(牧使)를 달리 이르는 말.

32) 『耘谷詩史』 卷2, 『高麗名賢集』 卷5, p.300 ; 『耘谷行錄』 卷2, 影印標點 『韓國文集叢刊』 卷6, p.150.

33) 풍화(風化) : 교화를 말한다.

34) 운유자(雲遊子) : 정처 없이 세상을 떠돌아다니는 사람을 가리키는데, 흔히 스님을 운유자(雲遊子)라고 표현했다.

35) 각굉(覺宏) : 나옹의 제자로 상원사 주사굴 서쪽 봉우리 무주암에 거주하였던 사굴산계 선종승려.

36) 『耘谷詩史』 卷2, 『高麗名賢集』 卷5, p.300 ; 『耘谷行錄』 卷2, 影印標點 『韓國文集叢刊』 卷6, p.150.

37) 강월헌(江月軒) : 혜근(1320~1376). 속성은 아(牙)씨, 호는 나옹이며 영해부(寧海府) 사람이다. 20세에 친구의 죽음을 보고 공덕산 묘적암 요연(了然)에게 출가했다. 여러 곳을 돌아다니다가 양주 회암사에서 개오했다. 1348년(충목 4) 원나라로 들어가 연경(燕京)의 법원사(法源寺)에서 인도에서 온 지공에게 참배하고, 다시 임제의 정맥을 계승한 평산 처림(平山 處林)에게 참배하여 불자(拂子)와 법의를 받았다. 후에 명주로

사람들에게 존경을 받았으며, 장주(藏主)의[39] 책임을 두 차례나 맡았다. 경(經)을 보면 반야(般若)의 도리를 얻었고, 논(論)을 읽으면 삼관(三觀)의[40] 이치를 기뻐했다.

어느 날 대중에게 하직하고 금강산으로 들어가 나물 먹고 물 마시면서 밤낮으로 정진하였는데, 부처가 있는 곳에는 얼른 머리를 돌리고 부처가 없는 곳에는 발도 붙이지 않았다. 도(道)의 자취를 노래하고 읊조리면서 수행한 지가 십여 년이나 되었다.

올해 7월 자자일(自恣日)[41] 뒤에 물병과 지팡이를 끌고 산에서 내려와 내게 말했다. "학자(學者)는 조롱박처럼 한쪽 모퉁이에만 매여 있을 수 없습니다.[42] 나는 멀리 강소성과 절강성으로 유람하면서 밝으신 스승을 만나 뵙고저, 지금 떠나려 합니다."

그래서 내가 이렇게 대답했다. "우리 동쪽 나라와 강소(江蘇)・절강(浙江)

가서 보타낙가산의 관음께 참배하고 육왕사와 무주 복룡산에서 모든 대덕들과 문답을 한 다음 연경으로 돌아 왔다. 순종의 부름을 받아 경사의 보제사에서 설법하고 법원사에서 지공과 다시 만난 후 1358년(공민 7)에 귀국길에 올라 오대산 상두암에 머물렀다. 왕의 초청을 받아 성중에서 법을 설하고 후일 금강산 정양암・청평사・오대산 영감암 등지를 두루 다니다가 회암사로 돌아 왔다. 1370년(공민 19) 광명사에서 양종 승려들의 시험인 공부선(功夫選)을 주재하고 왕사에 임명되어 송광사에 주하게 되었다. 그때의 송광사는 동방제일도량이라 일컬었다. 1376년(우왕 2) 신륵사에서 입적하였다. 鎌田茂雄, 1987, 『朝鮮佛敎史』, 東京大學出版會 ; 申賢淑 譯, 1988, 『韓國佛敎史』, 서울 : 民族社, p.185.

38) 총림(叢林) : ① Vindhyavana 빈다바나(貧陀婆那)의 음역. 단림(檀林)으로 번역하기도 함. 여러 승려들이 화합하여 함께 배우며 안거하는 곳. 많은 승려들과 속인들이 모인 것을 나무가 우거진 수풀에 비유한 것. 지금의 선원(禪苑)・선림(禪林)・승당(僧堂)・전문도량(專門道場) 등 많은 승려들이 모여 수행하는 곳을 총칭.

39) 장주(藏主) : 지장(知藏)이라고도 함. 대장경을 봉안(奉安)한 창고를 관리하는 소임.

40) 삼관(三觀) : 관법(觀法)의 세 종류. ① 천태종에서 세우는 공관・가관・중관. ② 화엄종에서 세우는 진공관・이사무애관・주변삼용관. ③ 율종에서 세우는 성공관・상공관・유식관. ④ 「종경록」에 있는 별상삼관・통상삼관・일심삼관. ⑤ 법상종의 자은이 세운 유관・공관・중관.

41) 자자일(自恣日) : 음력 칠월 보름날을 달리 이르는 말. 곧 하안거를 마치는 날로서 여름 안거(安居)의 마지막 날 같이 공부하던 승려들이 모여서 서로 견(見)・문(聞)・의(疑) 3사(事)를 가지고, 그동안 지은 죄를 고백하고 참회하는 행사를 말함.

42) 포계일우(匏繫一隅) : 공자께서 "내 어찌 조롱박이랴. 한 곳에만 매여서 음식도 먹지 않을 수 있으랴"라고 말씀하셨다. 『논어(論語)』 卷17, 「양화(陽貨)」.

은 수륙(水陸)으로 만리나 떨어져 있고, 풍수(風水)와 음양(陰陽)의 기운이 우리 나라와 다릅니다. 게다가 지금 그곳에는 전쟁이 그치지 않고, 길도 매우 험합니다. 스님의 행장이라야 지팡이 하나 뿐이어서 몸을 지탱하고 목숨을 보전할 도구가 하나도 없으니, 어찌 그토록 편안하고 무심할 수 있습니까?"

스님이 웃으면서 대답했다. "무릇 불자(佛者)란 법(法)으로 몸을 삼고, 지혜를 목숨으로 삼으며, 선열(禪悅)을 음식으로 삼습니다. 자비(慈悲)를 의관(衣冠)으로 삼고, 법계(法界)를 집으로 삼습니다. 원래 생멸(生滅)과 증감(增減)의 피차 구별도 없습니다. 공경하고 믿으며 공손하게 예의로 대한다면 세상 사람이 모두 내 형제이니,[43] 어찌 길의 험난과 몸의 안위를 걱정하겠습니까?"

나는 스님의 명신(明信)한 태도를 보고 참으로 마음에 느낀 바 있었으며, 그 말을 듣고 이번 여행을 장하게 생각하였다. 그래서 짧은 시를 따로 지어 드린다.

幽谷宏師. 明信人也. 自齠齔染削學道. 遊諸名山. 業既就. 叅預江月軒懶翁之門. 爲弟子職. 每處叢林間. 爲徒衆所推. 再經臟主之任. 視經得般若之義. 讀論悅三觀之理. 一日. 辭衆入于金剛山. 木食澗飮. 晝夜服習. 有佛處急回頭. 無佛處不着脚. 歌詠道趣. 修而行之者十有餘年矣. 越今年秋七月自恣日後. 攜甁錫出山而來告予曰. 學者不可匏繫一隅. 我欲遠遊江浙. 叅訪明師. 卽今行矣. 答曰. 吾東國與江浙之地. 相距水陸萬里. 其風水陰陽之氣. 與吾土不同. 況復干戈未定. 道里甚艱. 師惟一杖行裝. 無一支身保命之具. 其可安然無心乎. 師笑而且曰. 夫佛者以法爲身. 以慧爲命. 以禪悅爲食. 以慈悲爲衣冠. 以法界爲堂奧. 元無生滅增減彼此之別. 抑又敬而信. 恭而禮. 則四海之內皆兄弟也. 何憂其道途之艱梗. 身命之安危哉. 僕見師之明信. 誠有感于予心. 予聽其言而壯其行. 於是別作短章以贈

43) 사해지내개형제야(四海之內皆兄弟也) : 사마우(司馬牛)가 근심하며 말했다. "남들은 다 형제가 있는데, 나 혼자만 형제가 없구나." 그러자 자하(子夏)가 말했다. "나는 이런 말을 들었다. '죽고 사는 것은 명(命)에 달렸고, 부하고 귀한 것은 하늘에 달렸다.' 군자가 공경하고 잘못이 없으며 남과 사귈 때에 공손하고 예가 있으면, 세상 사람이 모두 형제이다(四海之內 皆兄弟也). 군자가 어찌 형제 없는 것을 근심하겠느냐?" 『논어(論語)』 卷12, 「안연(顏淵)」.

之.[44]

동쪽 삼한과 중국은	東韓與中國
그 거리가 만리 길인데,	相距萬里程
한 몸이 본래 머무름 없어	一身本無住
외로운 구름처럼 멀리 떠나네.	遠去孤雲征
씩씩한 그 모습 장한 데다가	稜稜容貌壯
밝은 그 마음 근원이 더욱 밝구나.	炯炯心源明
이번 떠나면 얻는 것 많으리라	此去多所獲
그대에게 묻노니 어디로 가시려나.	且問將何行
나그네 머물 곳은 본래 정처 없으니	甚麼焉客處
부디 그곳에 인정 두지 마시게.	這箇物人情
걸음 걸음마다 화장(華藏)의 세계를[45] 밟아	步步踏飜華藏海
대천(大千) 세계에[46] 태평을 이루소서.	大千沙界致昇平

하윤원(河允源)[47] 자사(刺史)에게[48] 올린 시와 서문

44) 『耘谷詩史』 卷2, 『高麗名賢集』 卷5, p.300 ; 『耘谷行錄』 卷2, 影印標點 『韓國文集叢刊』 卷6, p.150.

45) 화장해(華藏海) : 화장(華藏)의 세계. 비로자나불이 있는 공덕무량·광대엄장의 세계를 말한다. 이 세계는 큰 연화(蓮華)로 되어 있고 그 가운데 일체의 나라와 일체의 만물이 모두 간직되어 있으므로 연화장(蓮華藏) 세계라고 한다.

46) 대천세계(大千世界) : 소천세계(小千世界 : 四洲世界의 千倍)를 천 개 합친 것을 중천세계(中千世界)라 하고, 중천세계를 천 개 합친 것을 대천세계(大千世界)라 함. 이 일대천세계(一大千世界)를 삼천대천세계(三千大千世界)라 하며, 또 삼천세계(三千世界)라고도 함.

47) 하윤원(河允源) : 하즙(河楫)의 아들. 충혜왕 말년에 과거에 올랐다. 공민왕대에 전리총랑으로써 여러 장수를 따라 경성을 회복하여 이등공신이 되엇다. 신돈이 정사를 마음대로 할 적에 홀로 아첨하지 않았다. 우왕 초년에 대사헌으로 발탁되어 “그른 줄 알면서도 그릇 판결하면 황천이 벌을 내린다. 知非誤斷 皇天降罰”는 여덟 글자를 목판에 써서 헌대(憲臺) 위에 걸어 놓고 일을 보았다. 상주가 되어 시묘(侍墓)하던 중에 조서를 내려서 불렀으나 조서가 도착하기 전에 죽었다. 『신증동국여지승람』 卷30, 진주목 인물 고려.

48) 자사(刺史) : 고려시대 주(州)·부(府)에 두었던 장관. 성종 때 두었다가 목종 때 폐하

上河刺史詩(幷序, 允源)[49]

서문 | 저 어진 사대부(士大夫)들을 보면 때에 따라 세상에 나와 백성들에게 덕을 입히고, 종묘 사직에 공을 세웠다. 그래서 (그 이름을) 금석(金石)에 새기고 죽백(竹帛)에[50] 써서 그 빛을 후세에 끝없이 전했다. 이는 사람마다 느끼는 바이니, 고금이 같았다.

옛날에 남의 신하된 자 가운데 여러 고을에 부(符)를 나누어 받아 정치 교화를 널리 베푸는 자가 많았다. 너그럽게 정치를 베푼 자로는 노공(魯恭)이[51] 중모령(中牟令)이 되어 오로지 덕화(德化)에만 힘쓰고 형벌을 일삼지 않았으며, 급암(汲黯)이[52] 동해(東海) 태수가 되어 관대하게 다스리며 세밀하거나 까다롭지 않았다. 유총(劉寵)은[53] 회계(會稽) 태수가 되어 번거롭고 까다로운 절차를 없앰으로써 고을이 크게 교화되었고, 공수(龔遂)는[54] 발해(渤海)태수가 되어 오로지 문학과 예법으로 일체를 편하게 했다. 최경진(崔景眞)은[55] 평장(平章)태수가 되어 죄를 지은 사람에게 부들채찍

였다.

49) 『耘谷詩史』 卷2, 『高麗名賢集』 卷5, p.300 ; 『耘谷行錄』 卷2, 影印標點 『韓國文集叢刊』 卷6, p.150.

50) 죽백(竹帛) : (대와 헝겊이란 뜻으로 옛날 종이가 발명되기 이전에 종이 대신 쓴데서 온 말) 서적(書籍)이나 사기(史記)를 달리 이르는 말.

51) 노공(魯恭) : 후한(後漢) 평릉(平陵) 사람. 때때로 직언을 잘해 중모령(中牟令)이 되었고, 덕화(德化)로 정치하였다. 『후한서(後漢書)』 卷55, 「노공(魯恭)」.

52) 급암(汲黯) : 한(漢)나라 한양인(漢陽人). 자(字)는 장유(長孺). 동해(東海)태수로 나갔을 때 선정을 편 이로 유명. 사마천(司馬遷), 『사기(史記)』 卷120, 「급정(汲鄭)」 ; 『한서(漢書)』 卷50, 「급암(汲黯)」.

53) 유총(劉寵) : 후한(後漢)의 학자. 자는 조영(祖榮). 유총일전(劉寵一錢)이라는 고사가 전한다. 유총이 회계태수에서 대신(大臣)으로 영전되자 그의 선정한 감동한 산음현의 노인 5~6명이 돈 1백전씩 마련하여 노자에 보태도록 하였으나 1전씩만 받았다고 한다. 회계태수를 역임하였을 당시, 민을 위하여 번거롭고 가혹한 형정을 없애 간소화한 정치를 함으로써 군민(郡民)을 크게 교화하였다. 『後漢書』 卷106 「유총(劉寵)」.

54) 공수(龔遂) : 한나라 때에 명경(明經)으로 벼슬하여 선제(宣帝) 때에 발해태수로 있을 때에는 검약한 생활과 권농정책 등의 선정(善政)으로 이름을 날렸던 이. 자는 소경(少卿)이다. 『한서(漢書)』 卷89, 「공수(龔遂)」.

55) 최경진(崔景眞) : 남제(南齊) 동무성(東武城) 사람. 평창(平昌)태수로 은혜로운 정치를 폈는데, 부들 채찍 두 개를 걸어 두었으나 하나도 쓰지 않았다. 『남사(南史)』 卷47, 「최경진(崔景眞)」.

(蒲鞭)만을 썼으니, (이러한 정치가 바로) 너그러운 정치이다.

정치를 잘한 자로는 황패(黃覇)가[56] 영천(潁川)태수가 되어 교화를 힘써 행했으니, 그의 재주는 사람을 이롭게 하는 데에 뛰어났다. 위삽(魏颯)은[57] 계양(桂陽)태수가 되어 그가 베푼 법령이 모두 사리에 합당했으며, 한연수(韓延壽)는[58] 동도(東都)태수가 되어 온 천하에 으뜸갔다. 양언광(梁彦光)은[59] 파양(鄱陽)태수가 되어 가장 잘 다스렸다는 칭찬을 들었으며, 유광(劉廣)은[60] 거주(莒州) 자사가 되어 선정으로 으뜸이 되었으니, (이러한 정치가 바로) 잘하는 정치이다.

감화시키는 정치로는 정홍(鄭弘)이[61] 회양(淮陽)태수가 되어 수레를 따라 비가 오게 했으며, 맹상(孟嘗)이 합포(合浦)태수가 되자 (다른 고을로) 떠났던 구슬들이 되돌아왔다.[62] 대봉(戴封)이[63] 서화령(西華令)이 되자 황충(蝗虫)이 그 경계 안에 들어오지 않았고, 유곤(劉琨)이[64] 홍농(弘農)태수

---

56) 황패(黃覇) : 한(漢)나라 양하(陽夏) 사람으로, 자는 차공(次公). 무제(武帝) 말기부터 벼슬하기 시작하여 여러 지방관(地方官)을 거치는 동안, 치적이 천하의 제일로 알려졌고, 뒤에 벼슬이 승상(丞相)에 이르렀으며 건성후(建成侯)에 봉해 졌다. 『한서(漢書)』 卷89, 「황패(黃覇)」.

57) 위삽(魏颯) : 미상.

58) 한연수(韓延壽) : 한(漢)나라 사람. 자(字)는 장공(長公). 『한서(漢書)』 卷76, 「한연수(韓延壽)」.

59) 양언광(梁彦光) : 수(隋)나라 사람. 자(字)는 수지(修芝). 선정(善政)으로 유명. 『수서(隋書)』 卷73 ; 『북사(北史)』 卷86, 「양언광(梁彦光)」.

60) 유광(劉廣) : 미상.

61) 정홍(鄭弘) : 후한 사람. 자는 거군(巨君). 제오륜(第五倫)의 추천으로 관직에 나와 태위(太尉)를 지냄. 『후한서(後漢書)』 卷63, 정홍(鄭弘).

62) 주환합포(珠還合浦) : 합포주환(合浦珠還), 교지주환(交阯珠還)과 같은 뜻. 본래 청렴한 관리의 공적을 칭송한 말. ① 잃었던 물건을 다시 찾았다는 말 ② 交趾와 合浦는 연접해 있는 지역. 합포태수는 곡물은 생산하지 않고, 해중의 주보(珠寶)를 캐서 이웃 교지군(交趾郡)과 통상무역으로 식량과 교환하였다. 어느 때 태수가 욕심이 많아 마구 채굴하여 사욕을 채웠다. 그리하여 주보가 모두 이웃 교지군으로 옮겨갔는데, 후한 때 맹상이 태수가 되어 청렴한 정치를 함으로써 다시 그 주보가 모두 합포로 돌아왔다는 말(『後漢書』 孟嘗傳, "嘗遷合浦太守 郡不產穀實而海出珠寶 先時 宰守竝多貪穢 詭人採求不知紀極 珠遂漸徙于交阯郡界 嘗到官革易前敝 未踰歲去珠復還 百姓皆反其業").

63) 대봉(戴封) : 후한(後漢) 강인(剛人). 자(字)는 평중(平仲). 『후한서(後漢書)』 卷111, 「대봉(戴封)」.

가 되자 사나운 호랑이가 새끼를 업고 강을 건너갔으며, 왕고(王皐)가[65] 중천령(重泉令)이 되자 난새가 뜰에 날아들었다. 정치에서 세 가지 기이한 일이 바로 이것이다.

보답하는 정치로는 당빈(唐彬)이[66] 업현령(鄴縣令)이 되어 예절로써 이끌고 풍속을 바로잡아 1년만에 이루었으며, 제오방(第五訪)은[67] 신도령(新都令)이 되어 손만 흔들어도 교화가 행해져 이웃 고을 백성들까지 다 돌아왔다. 복자천(宓子賤)은[68] 선부령(單父令)이 되어 거문고만 타며 마루에서 내려서지 않았는데도 고을이 잘 다스려졌으며, 고개지(顧凱之)는[69] 산음령(山陰令)이 되어 밤낮 발(簾)을 드리우고 있었는데도 사무가 간편하고 정사가 다스려졌으니, (이러한 정치가 바로) 보답하는 정치이다.

청렴한 정치로는 호위(胡威)는[70] 서주(徐州)자사로 옮겨 늘 청렴결백함을 숭상하며 정치 교화에 힘썼다. 유우(劉虞)는[71] 유주(幽州)의 목사(牧使)가 되어 다 떨어진 옷에 미투리를 신었으며, 밥상에 생선과 고기가 없었다. 양속(羊續)은[72] 남양(南陽)태수가 되어 (선물 받은) 생선을 (뜰에) 매달아

---

64) 유곤(劉琨) : 진(晉)나라 사람(271~318). 자는 월석(越石). 광무후에 봉해지고 좌사(左思)・곽박(郭璞)과 함께 3시걸(詩傑)이라 불린다. 시중태위(侍中太尉)로 있을 때 단필제(段匹磾)의 미움을 받아 피살당했다. 『진서(晉書)』 卷63, 「유곤(劉琨)」.

65) 왕고(王皐) : 미상.

66) 당빈(唐彬) : 중국 진(晉)나라 시대 추(鄒) 사람이다. 『진서(晉書)』 卷42, 「당빈(唐彬)」.

67) 제오방(第五訪) : 후한(後漢) 사람. 자(字)는 중모(仲謀). 어려서 가난하게 살았으나 틈이 있을 때마다 학문에 힘써 과거에 급제하였다. 신도(新都)의 수령과 장액(張掖)의 태수를 지내면서 많은 치적을 쌓았다. 『후한서(後漢書)』 卷106, 「제오방(第五訪)」.

68) 복자천(宓子賤) : 선보재(單父宰)가 되어 거문고만 타며 마루에서 내려서지 않았는데도 천하가 잘 다스려졌다. 『여씨춘추(呂氏春秋)』, 「찰현(察賢)」.

69) 고개지(顧凱之) : 중국 동진(東晉)의 문인・화가(344?~406?). 자는 장강(長康). 강소성 무석(無錫) 사람. 송(宋)나라의 육탐미(陸探微)와 양(梁)나라의 장승요(張僧繇)과 아울러 육조 삼대가로 알려짐. 『진서(晉書)』 卷92.

70) 호위(胡威) : 진(晋)나라 사람. 안풍(安豐)태수, 서주(徐州)자사 등을 역임하였다. 『삼국지(三國志)』 卷27 ; 『진서(晉書)』 卷90.

71) 유우(劉虞) : 후한(後漢) 담(郯) 사람, 자는 백안(伯安). 벼슬은 유주자사에 이르렀는데, 공손찬에게 패하여 참형을 당하였다. 『후한서(後漢書)』 卷73.

72) 양속(羊續) : 후한(後漢) 영제(靈帝, 168~188) 때의 이름난 지방관. 태산군(泰山郡) 평양(平陽) 사람. 자(字)는 흥조(興祖). 여강(廬江)태수와 남양(南陽)태수를 지낸 관리인데, 다 떨어진 옷에다 비루먹은 말을 타고 다닐 정도로 청렴했다. (양속이) 남양태수

(뇌물 바치려는) 뜻을 막았다. 시묘(時苗)는[73] 수춘령(壽春令)이 되어 송아지를 두고 떠났으니, (이러한 정치가 바로) 청렴한 정치이다.

농상(農桑)을 권장하는 정치가 있으니, 장담(張湛)이[74] 어양(漁陽)태수가 되자 뽕나무에 곁가지가 없고 보리 이삭이 두 갈래로 무성했다. 소신신(召信臣)이 남양(南陽)태수가 되자 몸소 밭을 갈아 백성들에게 권면하고, 도랑을 파서 물을 통하게 했다. 조궤(趙軌)는[75] 협주(峽州)자사가 되어 오천 이랑이나 되는 밭에다 물을 대어 사람들을 이롭게 했으니, (이러한 정치가 바로) 농상(農桑)을 권장하는 정치이다.

또 옥사(獄事)를 바르게 판결하여 소송을 그치게 하는 정치가 있으니, 왕환(王渙)이[76] 낙양령(洛陽令)이 되자 모든 재판을 법리에 따라 처단하여 곡진하지 않음이 없었다. 주처(周處)는[77] 광한(廣漢)태수가 되어 고을에 많

(南陽太守)가 되어 정령(政令)을 베풀고는 백성들의 병리(病利)를 살폈다. 그러자 백성들이 기뻐하며 복종했다. 당시 권세있는 자들이 사치를 몹시 즐겼는데, 양속은 이를 몹시 안타까워했다. 그래서 항상 떨어진 옷을 입고 간소한 음식을 먹었으며, 부서진 수레와 비루먹은 말을 탔다. 부승(府丞)이 한번은 생선을 바쳤는데, 양속이 받아서 (먹지 않고) 뜨락에 걸어 놓았다. 부승이 나중에 또 (생선을 가지고) 찾아오자, 양속이 예전에 걸어 두었던 생선을 내보여 (사치스러운) 그 뜻을 막았다. 그래서 사람들이 다시는 뇌물이나 선물을 가져오지 않았다. 종이로 이불을 만들어 추위를 견디었으며, 호화스러운 생활이 보장되는 재상자리도 사양하였다. 『후한서(後漢書)』 卷31, 「양속(羊續)」.

73) 시묘(時苗) : 후한(後漢) 때 사람. 자는 덕주(德冑), 거록(鉅鹿) 사람이다. 젊어서 청백했으므로 남들에게 미움을 받았다. 건안(建安, 196~220) 연간에 수춘령(壽春令)이 되었는데, 처음 부임할 때에 누런 황소가 끄는 수레를 타고 갔다. 임기 중에 소가 송아지를 낳았는데, 떠날 때에 그 송아지를 남겨 두면서 주부(主簿)에게 말했다. "내가 올 때에 이 송아지가 없었으니, 송아지는 회남(淮南)에서 태어난 것이다." 그 뒤에 이 이야기가 『몽구(蒙求)』라는 책에 「시묘류독(時苗留犢)」이라는 제목으로 실렸다.

74) 장담(張湛) : 후한(後漢)의 정치가. 자는 군유(君游). 어양(漁陽)태수로 있을 때, 흉노가 침입하였는데 스스로 군사를 거느리고 나가 막았으며, 도전(稻田) 8000경(頃)을 민과 같이 개간하였다. 장감이 어양태수로 있으면서 선정을 베풀자, 백성들이 이런 노래를 불렀다. "뽕나무에는 붙은 가지가 없고 보리 이삭은 두 갈래가 졌네. 장태수가 정사를 맡아 즐거움이 끝없네." 보리 이삭이 두 갈래가 지면 풍년이 든다고 한다. 『후한서(後漢書)』 卷61.

75) 조궤(趙軌) : 수(隋)나라 사람. 어려서부터 학문을 좋아했다. 『수서(隋書)』 卷73.

76) 왕환(王渙) : 후한(後漢) 사람. 낙양태수가 되었을 때 선정을 베풀었다. 『후한서(後漢書)』 卷106.

77) 주처(周處) : 진(晉)의 무장(?~297). 자는 자은(子隱). 양선(陽羨) 사람. 방(魴)의 아들.

이 밀렸던 소송을 하루아침에 죄다 판결했으니, (이러한 정치가 바로) 옥사를 바르게 판결하여 소송을 그치게 하는 정치이다.

또 백성들이 노래하기를, "관아에 뛰어난 정치 있으니, 그 덕이 어질고도 밝구나(官有殊政, 厥德仁明)"라고 한 것은 곽하(郭賀)가[78] 형주(荊州)를 다스릴 때의 일이다. "예전에는 적삼도 없었는데, 지금은 바지가 다섯일세(昔無襦, 今五袴者)"라고 한 것은[79] 염범(廉范)이[80] 무도(武都)를 다스릴 때의 일이다. "나를 찌르는 가시가 있으면 잠군(岑君)이 베어주고, 나를 해치는 벌레가 있으면 잠군이 막아주네. 배불리 먹고 배 두드리니, 어찌 재앙을 알랴(我有枳棘, 岑君伐之. 我有蟊賊, 岑君遏之. 含哺鼓腹, 焉知凶災)"라고 한 것은 잠희(岑熙)가[81] 위군(魏郡)을 다스릴 때의 일이다. "강직하여 스스로 이룬 분이 남양(南陽)의 주계(朱季)일세(强直自遂, 南陽朱季)"라고 한 것은 아전들이 그의 위엄을 두려워하고 백성들이 그의 은혜를 사모하여 부른 노래이니, 주휘(朱暉)가[82] 임회(臨淮)를 다스릴 때의 일이다. "무성한 저 아가위나무를 베지도 말고 치지도 말라(蔽芾甘棠, 勿剪勿伐)"라고 한 것은 소공(召公)의[83] 교화를 백성들이 잊지 못해 노래한 것이다.

주처가 난폭한 짓을 일삼을 때 그의 향리에서 그를 남산의 범, 장교의 교룡(蛟龍)과 함께 주처삼해(周處三害)라고 하였다. 주처가 이에 범과 교용을 죽인 후 자신도 깨달아 선인이 되고 벼슬까지 하였다. 광한(廣漢)태수로 있을 때, 최대 30년 이상 묵은 송사를 일괄 처리한 것으로 유명하다. 『진서(晉書)』卷58.

78) 곽하(郭賀) : 후한(後漢) 낙양인(雒陽人). 자(字)는 교경(喬卿). 『후한서(後漢書)』卷56.

79) 오고가(五袴歌) : 염범(廉范)이 촉군(蜀郡)에 태수로 나가서 전임자의 까다로운 법령을 없애자, 백성들이 "염범이 왜 이리 늦게 왔나! 예전에는 적삼도 없었는데, 지금은 바지가 다섯일세"라고 노래하였다. 『후한서(後漢書)』卷61. 백성들이 그를 어진 사또라고 칭송했다는 뜻.

80) 염범(廉范) : 동한(東漢) 두릉(杜陵) 사람. 『후한서(後漢書)』卷61, 「염범(廉范)」.

81) 잠희(岑熙) : 후한(後漢) 사람. 팽(彭)의 오세손. 어려서 시중이 되고 위군(魏郡)태수가 되었을 때에는 주변에 숨어있는 인재들을 초빙하여 정사(政事)를 의논하게 하여 마침내 하지 않아도 이루어지는 정치(無爲而化)를 하게 되었다. 『후한서(後漢書)』卷47.

82) 주휘(朱暉) : 주휘가 임회태수가 되어 강직하게 다스리자, 백성과 아전들이 그를 두려워하면서도 사모하여 이 노래를 불렀다. 그의 고향이 남양이고 자(字)가 문계(文季)였으므로 "남양의 주계(朱季)"라고 한 것이다. 그는 나중에 상서령(尙書令)까지 올랐으며, 그의 전기가 『후한서(後漢書)』卷73에 실려 있다.

83) 소공(召公) : 주 문왕(周 文王)의 아들, 이름은 석(奭0, 시호는 강(康), 형 무왕이 주

또 육운(陸雲)이[84] 능의령(凌儀令)이 되고, 양호(羊祜)가[85] 형주(荊州)자사가 되며, 순욱(荀勖)이[86] 안양(安陽)태수가 되었을 때에는 다들 사랑을 끼쳤으므로, 아전과 백성들이 그를 사모하여 사당과 비석을 세웠다. 제오륜(第五倫)이[87] 회계(會稽)태수를 그만둘 때에는 그 고을 늙은이들이 수레를 붙들고 울면서 수백 리를 따라갔고, 요원숭(姚元崇)이[88] 형주(荊州)를 그만둘 때에는 그가 탄 말의 채찍과 등자를 백성들이 끊어버려 (그를 가지 못하게) 붙잡으려 했다. 후패(侯霸)가[89] 임회(臨淮)를 그만둘 때에는 백성들이 수레바퀴 밑에 누워서 떠나지 못하게 했다.

위대하도다! 이런 분들이여. 이들의 덕망과 명예가 뛰어나 전기(傳記)에 실려 빛나고, 만고에 전해지며 후세인들을 격려하였다. 그러나 이들은 각기 한 가지 재주만 능한데도 멀리 유풍(遺風)을 전했을 뿐이다.

그런데 지금 이 고을을 다스리는 우리 자사께선 천품이 영민하고 풍채가 헌칠하며, 가을 물같이 맑고 보름달같이[90] 밝다. 명령은 우뢰 같으면서도, 은혜는 단비와 같다. 우리 백성들을 다스리면서, 옛날 훌륭한 수령의 정치를 참작하여 지금에 알맞는 정치를 시행한다. 나라 다스리는 말을 상고할 때에도 사람들에게 일컬어지는 것을 받들어 지키며, 백성들 사이에 사리에 맞지 않았던 것들은 모두 혁신하였다.

(紂)를 토멸한 뒤, 북연(北燕)에 봉하였고, 조카인 성왕 때에는 삼공이 되었다. 주공(周公)과 함께 어린 성왕을 도와 덕정을 폈다. 사마천(司馬遷), 『사기(史記)』 卷34, 「연소공(燕召公)」.

84) 육운(陸雲) : 진(晋)나라 사람. 자(字)는 사룡(士龍). 형과 더불어 이육(二陸)으로 유명함. 『진서(晉書)』 卷54.

85) 양호(羊祜) : 진(晋)나라 사람. 자(字)는 숙자(叔子). 형주(荊州)태수를 지냈다. 양양(襄陽)태수였던 양호가 선정을 베풀었는데, 그의 비석을 현산에 세웠다. 뒷날 두예(杜預)가 그 비석을 보고 눈물을 흘렸다. 그래서 타루비(墮淚碑)라고도 한다. 『진서(晉書)』 卷34 ; 『낭야대취(琅琊代醉)』 卷16.

86) 순욱(荀勖) : 진(晋)나라 사람. 상(爽)의 손자. 자(字)는 공회(公會). 『진서(晉書)』 卷39.

87) 제오륜(第五倫) : 후한(後漢) 장릉인(長陵人). 건무(建武)년간에 회계(會稽)태수를 지내면서 청렴함으로 이름을 떨쳤다. 『후한서(後漢書)』 卷71.

88) 요원숭(姚元崇) : 미상.

89) 후패(侯霸) : 후한 사람. 자(字)는 군방(君房). 고사(故事)에 밝아 전 시대의 유익한 제도는 모두 시행하려고 노력함. 『후한서(後漢書)』 卷56.

90) 빙륜(冰輪) : 얼음처럼 맑고 둥글고 차게 보이는 달.

도리에 맞지 않으면 털끝 만한 물건도 백성들에게서 취하지 않고, 혹시 나라 일을 위해서 부득이 세금을 매기거나 부역을 시킬 일이 있으면 미리 시일을 정했으며, 고을 안에 방(榜)을 붙이고 고을 밖에 글을 보내 모두들 듣고 알게 하였다. 백성들이 다 기꺼이 따랐기에 이뤄지지 않는 일이 없고, 없어지지 않는 폐단이 없었다. 2년 동안 백성들이 아전을 보지 못했으며, 예전에 죄를 짓고 달아났던 사람들도 그 어진 풍모에 따르고 의리를 사모하여 모두 본토로 돌아오게 되었다.

사신을 맞이하거나 보내는 비용도 백성들에게서 거둬들이지 않고 모두 공금으로써 충당하여, 남자에겐 곡식이 남아돌고 여자에겐 비단이 남아돌아, 떨거나 굶주리는 걱정이 없어졌다. 가혹한 법을 없애는 동시에 화목한 풍속을 일으켜서, 백성이나 아전이 어쩌다 죄를 짓더라도 너그럽게 용서하고 사랑하였다. 형벌을 가하지 않고 이치로 타이르며 덕으로써 이끌었으니, 이것이 바로 너그러운 정치이다.

홀아비와 과부들에게 은혜를 고루 베풀며, 완악하고 간사한 자에게는 위엄을 떨쳐, 정성을 다하고 게으르지 않으면서도 한편으로는 아름다운 교화를 베풀었다. 계획하고 행하는 일들이 모두 사리에 맞았으며, 민첩하게 하기를 힘썼다. 일은 간략하면서도 이치에 알맞았으니, 이것이 바로 잘하는 정치이다.

사람들이 맛있는 음식을 차릴 때에는[91] 자기에게 넉넉하게 하면서도 남에겐 야박하게 하는 것이 공통된 심정인데, 공은 그렇게 하지 않았다. 부임하던 첫날부터 먼저 관아에 공급하는 일을 제한하여 술과 안주를 금지하는 한편, 자잘한 온갖 일들을 하나하나 없앴다. 뇌물을 받지 않았으며, 꺼림직한 일들도 멀리 했다. 다른 군수들이 보내온 물건도 끝내 사사롭게 쓰지 않고 관용(官用)에 보충하였다. 아침 저녁 밥 한 그릇과 국 한 그릇으로 부엌이 한산하고 밥상이 썰렁했으니, 이것이 바로 청렴한 정치이다.

법 아닌 것을 살펴 금함으로써 사악하고 아첨하는 자들이 충직하게 변화하

---

91) 식전방장(食前方丈) : 매우 사치스러운 음식상을 비유한 말. 식전방장(食前方丈)과 수백 명의 첩을 거느리는 짓은 내가 뜻을 얻더라도 하지 않겠다. 『맹자(孟子)』 卷14, 「진심(盡心) 하」. 원문의 "식전방장(食前方丈)"을 『맹자(孟子)』 집주(集注)에서 "반찬을 사방 한 길이나 되게 앞에다 늘어 놓는 것"이라고 설명했다.

고, 완고하고 흉악한 자들을 징계함으로써 간사하고 교활한 자들이 순량(循良)한[92] 자로 변하였다. 죄인을 다스림에 있어서 관용의 덕을 베풀어 신명(神明)이 돌보셨으며, 소송을 판결함에 있어서 공정을 다하여 백성들이 올바른 자리를 얻었다. 백성들에게 해독이 되는 것은 사방에 끊어졌으니, 이것이 바로 보답하는 정치이다.

농상(農桑)에 힘쓰기를 권면하여 땅을 모두 개간하고, 비바람이 때에 맞춰 순조로운 데다 황충까지도 (경계에) 들어오지 않았다. 사람들이 시기를 놓치지 않고 김을 맸으며, 서리까지도 늦게 내려 오곡이 풍성하게 익었으니, 이것이 바로 감화시키는 정치이다.

그렇다면 이른바 너그러운 정치, 잘하는 정치, 청렴한 정치, 보답하는 정치, 감화시키는 정치를 공께선 한 몸에 이미 다 갖추셨으니, 우리도 한 눈으로 다 볼 수가 있다.

아아! 나라에 어려움이 많은 때를 당하여 현명하신 임금님의 염려스런 마음을 깊이 생각하여, 우리 변두리 고을을 다스리면서 뜻을 굳게 잡고 충성과 힘을 다하며 어질게 다스리려고 애써 다 죽어가던 백성들을 모두 되살아나게 하셨으니, 그 은혜와 사랑을 어찌 다 말할 수 있으랴. 이로 말미암아 정치를 잘한다는 명성이 조정에 들릴 뿐 아니라, 선비와 백성으로부터 나라 안팎의 멀고 가까운 곳까지 다들 (공의) 아름다운 덕을 찬미하였다. 그래서 훌륭한 이름이 청사에[93] 빛나고 만고에 전해져 썩지 않게 되었음을 알 수 있다.

공의 덕행 가운데 옛사람도 미치지 못할 것이 또 하나 있으니, 여러 벼슬을 역임하면서 늘 요직을 맡았고, 네 도(道)와 두 지방을 다스렸으며, 병권(兵權)을 두 차례나 잡아 커다란 공을 세웠다. 10년 동안 (조정의) 안팎을 드나들면서, 한 나라의 막중한 권력을 모두 한 손에 장악하였다.

공이 세운 충절은 조야(朝野)에 드러났으며, 대인(大人) 상국(相國)들과[94] 때를 같이해 풍속을 살피고 때를 같이해 고을을 다스렸다. 그래서 사람들

---

92) 순량(循良) : 법(法)을 잘 지키어 백성을 다스리는 것을 말함.

93) 청사(靑史) : 옛날 종이가 없던 시절에 푸른 대의 껍질을 불에 구워 푸른 빛과 기름을 없애고 사실(史實)을 적은 데서 온 말로 역사를 말함.

94) 상국(相國) : 영의정・좌의정・우의정을 통칭하는 말.

이 모두 “이러한 은총과 영광은 삼한(三韓)에서도 천년에 걸쳐 한 집 뿐이라, 조천납촉(照天蠟燭)과 수정등롱(水精燈籠)이 다시 세상에 나온다 한들 어찌 공을 당할 수 있으랴”라고 하였다.

나 역시 그 교화를 받은 한낱 어리석은 백성으로, 그 은혜와 덕택을 입은 지 오래 되었다. 장차 그 덕을 칭송하려고 했지만, 좁은 소견으로 아무리 엿본들 그 푸른 것을 표현하고 흰 것을 찬양하는 데에 무슨 유익이 있으랴. 그러나 잠자코 있어 전하지 않으면 후세 사람들이 오늘의 아름다운 사실을 어찌 다 알 수 있겠는가. 그래서 24구의 시 한 편을 지어 내 친구 여러분께 보이고, 또 후세 사람들에게 느낌이 있기를 바라면서 삼가 이 시를 써서 책상 앞에 바친다.

[유수(劉隨)가[95] 성도(成都) 통판(通判)이 되었을 때에 엄하고도 밝게 통달하여서 사람들이 “수정같은 등롱(水精燈籠)”이라고 했고, 전원균(田元均)이[96] 정사나 소송을 맡을 때에는 그 실정을 다 물었기 때문에 사람들이 “하늘을 비추는 촛불(照天蠟燭)”이라고 했다.]

觀夫賢士大夫應時而出. 德被生民. 功施社稷. 勒之金石. 書之竹帛. 光耀後世. 垂之無窮. 此人情之所感. 今古之所同也. 古之爲人臣者. 分符列郡. 旁施政教者多矣. 其寬政則魯恭爲中牟令. 專以德化而不任刑. 汲黯之爲東海守. 其理寬大而不細苛. 劉寵爲會稽守. 簡除煩苛. 郡中大化. 龔遂爲渤海守. 專以文法. 一切便宜. 崔景眞爲平章守. 人有罪過. 但用蒲鞭者 是也. 其善政則黃覇爲潁川守. 力行教化. 其才長於利人. 衛颯爲桂陽守. 其所施令. 莫不合宜. 韓延壽爲東都守. 爲天下冣. 梁彦光爲鄱陽守. 稱爲理冣. 劉廣爲莒州刺史. 善政爲第一者 是也. 其感政則鄭弘爲淮陽守. 隨車致雨. 孟嘗爲合浦守. 去珠復還. 戴封爲西華令. 蝗不入境. 劉琨爲弘農守. 暴虎負子渡河而去. 王阜爲重泉令. 鸞翔於庭. 政稱三異者 是也. 其報政則唐彬爲鄴縣令. 道禮齊俗. 朞月乃成. 第五訪爲新都令. 手反化行. 隣縣歸之. 宓子賤爲單父令. 鳴琴不下堂而邑理. 顧凱之爲山陰令. 晝夜垂簾. 務簡事理者是也. 其廉政則胡威遷徐州刺史. 世尙淸潔. 勤於政化. 劉虞拜幽州牧. 弊衣繩履. 食無魚肉. 羊續爲南陽守. 懸魚杜意. 時苗爲壽春令. 留犢而去者

---

95) 유수(劉隨) : 송(宋)나라 고성인. 곧은 사람으로 이름이 높다. 『송사(宋史)』 卷197.

96) 전원균(田元均) : 벼슬이 안렴에 이르렀다. 『신증동국여지승람』 卷46, 춘천도호부 인물.

是也. 其有勸課農桑則張湛爲漁陽守. 桑無附枝. 麥秀兩岐. 召信臣爲南陽守. 躬耕勸課. 開通溝瀆. 趙軌爲峽州刺史. 灌田五千頃. 人賴其利者 是也. 又有辨獄止訟則王渙爲洛陽令. 能斷法理. 莫不曲盡. 周處爲廣漢守. 郡多滯訟. 一朝決遣者 是也. 又復民有歌曰. 官有殊政. 厥德仁明者. 郭賀之守荊州也. 昔無襦今五袴者. 廉范之守武都也. 我有枳棘. 岑君伐之. 我有蟊賊. 岑君遏之. 含哺鼓腹. 焉知凶災者. 岑熙之守魏郡也. 强直自遂. 南陽朱季. 吏畏其威. 民懷其惠者. 朱暉之爲臨淮也. 蔽芾甘棠. 勿剪勿伐者. 召公之化民不忘也. 又有陸雲之爲浚儀令. 羊祜之爲荊州刺. 荀勗之爲安陽守. 各留遺愛. 吏民思之. 爲立祠碑. 第五倫之罷會稽也. 父老攀轅相泣. 相隨數百里. 姚元崇之罷荊州也. 所乘鞭鐙. 民皆截留. 侯覇之罷臨淮也. 百姓臥轍不許去. 偉哉此徒. 赫然德譽. 光輝傳記. 寥寥萬古. 激勵後人. 然各能一藝. 遠播遺風耳. 今我刺史之鎭玆邑也. 天姿粹敏. 風采軒昂. 以秋水之淸. 氷輪之白. 晴雷其令. 時雨其恩. 綏撫吾民. 酌古良牧之政宜于今者. 宗而奉之. 考諸理國之說稱于人者. 承而守之. 民間舊有不便事理. 一皆革去. 如其非道. 一毫之物. 不取於民. 或有邦國之須. 不得已斂役. 則計定日時. 榜示于內. 牒傳于外. 咸使聞知. 民皆悅從. 事無不立. 弊無不蠲. 二年之間. 民不見吏. 往日逋逃. 趁風慕義. 盡還本土. 凡使客迎送之費. 不抽民戶. 皆以公錢支應. 男有餘粟. 女有餘帛. 凍餒之患絶矣. 因以刪除苛法. 宣暢和風. 其爲民吏或有罪過. 寬容且慈. 不加刑罰. 諭之以理. 導之以德. 此其政之寬也. 惠均於鰥寡. 威振於頑獷. 恪勤匪懈. 旁施美化. 凡所處畫. 悉皆合宜. 務爲敏速. 事簡理審. 此其政之善也. 大抵食前方丈. 厚已簿人. 人所同也. 公則不然. 到任初日. 先制公衙供給之事. 禁斷酒肴. 凡百雜冗. 一一蠲免. 不納苞苴. 身遠嫌疑. 雖他郡守令所寄之物. 終不容私以補官用. 朝與夕惟一飯一羹. 廚火蕭疎. 机案凄凉. 此其政之庶也. 禁察非法. 邪佞化爲忠直. 懲戒頑兇. 姦猾變爲循良. 體獄有陰功. 神明扶佑. 決訟至公正. 民庶得宜. 毒民害物者絶於四境. 此亦報其政也. 勸課農桑則土地盡闢. 風雨順時. 飛蝗不入. 人不失時. 去其荒穢. 霜又延降. 五穀豊熟. 此亦感其政也. 然則所謂寬政・善政・廉政・報政・感政. 公於一已俱已備焉. 吾於一眼悉得見之. 於乎. 當國步多艱之際. 深念聖明君之憂勤. 撫我殘封 操持勁義. 盡忠竭力. 賢勞庶務. 使吾殘民咸得蘇息. 其爲惠愛. 曷勝言哉. 由是政聲傳聞于廟堂. 以至士庶. 中外邇遐皆稱嘆美. 方知盛譽光輝靑史. 傳萬

古而不朽也. 公之德行. 又有古人所未及者. 揚歷班行. 每當要地. 提按四道. 採訪二方. 再執兵權. 樹立大功. 出入中外十年之間. 一國重權. 皆歸掌握. 立成之節. 表于朝端. 與大人・相國觀風一時. 爲郡一時. 人皆曰. 如此榮寵. 三韓千載. 一家而已. 雖使照天蠟燭. 水精燈籠. 復生於世. 豈敢與公當也哉. 僕亦化下一愚民也. 涵泳恩澤者久矣. 將欲頌德. 操管所窺. 有何益於褒靑讚白乎. 然默默而不傳. 則後之人焉能盡知今日之美論哉. 因成二十四句一章. 以示吾擠二三之者庶有感於將來者. 謹寫其詩奉呈机下. [劉隋爲成都通判. 嚴明通達. 人謂之水精燈籠. 田元均凡有政訟. 問之盡情. 人謂之照天蠟燭]

거룩한 임금 모신 지[97] 이십 년인데 利見龍飛第卄年
어지신 사군(使君)[98] 만난 것 또 기쁘구나. 喜予方遇使君賢
은혜의 물결 흘러 넘쳐 천리 강산을 적시고 恩波浩浩涵千里
인수(仁壽)의 지역[99] 넓고 빛나 두 세대를 칭송하네. 壽域熙熙詠二天
미풍양속 이루어 백성을 교화하니 참으로 아름답고 成俗化人誠盡美
집에는 효도 나라엔 충성 온전히 갖추셨네. 孝家忠國亦俱全
때 따라 내리는 호령은 마른 하늘의 날벼락이고 乘時號令晴雷殷
세상에 뛰어난 공명은 한낮의 해일세. 冠世功名白日懸
감옥이 오래 비어 몽둥이와 밧줄이[100] 한가롭고 囹圄久空閑木索
마을이 되살아나 재물이 넉넉하니, 閭閻再活足財錢
한 고을의 기풍이 다시 변하고 煌煌一邑風還變
삼한(三韓)에 이미 도가 전해졌네. 赫赫三韓道已傳
홀(笏)[101] 잡는 아침마다 산 기운이 시원하고 拄笏朝朝山氣爽

97) 이견용비(利見龍飛) : 『주역(周易)』 건괘(乾卦)에 나오는 내용.

98) 사군(使君) : 나라의 사절(使節)로 온 사람을 친근하게 높이어 부르는 말.

99) 수역(壽域) : 인수(仁壽)의 경역(境域)이란 뜻으로 태평한 세상을 이름. 일세(一世)의 백성을 몰아서 인수(仁壽)의 지역으로 오르게 했다(驅一世之民, 躋仁壽之域). 『한서(漢書)』, 「예악지(禮樂志)」.

100) 목색(木索) : 목색(木索)은 형구(刑具)의 이름인데, 죄인을 묶는 나무틀이다.

101) 홀(笏) : 벼슬아치가 임금을 만날 때에 조복(朝服)에 갖추어 손에 들던 물건인데, 1품에서 4품 벼슬아치는 상아로 만든 홀로 들었고, 5품 이하는 나무로 만든 홀을 들었음.

거문고 울리는 밤마다 달빛 둥글구나. 鳴琴夜夜月華圓
백성을 자식처럼 사랑하는 마음 무거워 세금은 줄어들었고 子民心重徵租絶
늙은이들 이야기 높을수록 송덕(頌德) 소리 이어지네. 父老談高頌德連
이처럼 정치 잘한 분 지금도 드물고 예전에도 드물었지. 政價罕今尤罕古
의로운 명성 이후에 없고 예전에도 없었네. 義聲無後更無前
용루(龍樓) 봉각(鳳閣)에 은총이 자주 내리니 龍樓鳳閣應催寵
산새와 들짐승도 제 자리를 얻었네. 獸穴禽棲摠得便
나는 길가에 선정비 세우려 하고 我欲立碑官路畔
아전들은 정자 옆에서 수레바퀴에 누우려 하니, 吏當臥轍野亭邊
고금의 훌륭한 정치는 다 이러했지. 韋絃薤水猶多事
아가위나무 그늘에[102] 편안히 앉으니 저절로 고요해지네. 燕坐棠陰自寂然

전(前) 자사(刺史) 하공(河公)에게 부침(두 수)

奉寄前刺史河公(二首)[103]

죽마(竹馬) 타는 아이들까지[104] 세후(細侯)를[105] 말하니 竹馬兒童說細侯
삼 년 동안 끼친 사랑이 참으로 깊어라. 三年遺愛固深留

---

102) 당음(棠陰) : "아가위나무 그늘"이라는 뜻으로 관청을 말한 것임. 춘추시대 소(召)나라 목공(穆公) 호(虎)가 남쪽을 순행하다가 이 아가위나무 아래서 쉬며 백성들을 돌보았기에, 백성들이 그의 덕에 감복하여 이 나무까지도 소중스레 사랑한 노래이다. 이 뒤로 어진 수령을 예찬하는 시로 많이 쓰였다. "무성한 저 아가위나무 베지도 말고 치지도 말라 소백님이 머무신 곳이라네. 蔽芾甘棠, 勿翦勿伐, 召伯所茇." 『시경(詩經)』 卷1, 소남(召南) 「감당(甘棠)」.

103) 『耘谷詩史』 卷2, 『高麗名賢集』 卷5, p.302 ; 『耘谷行錄』 卷2, 影印標點 『韓國文集叢刊』 卷6, p.153.

104) 죽마지년(竹馬之年) : 죽마는 어린아이들이 타고 노는 대나무로 만든 놀이 기구이다. 죽마를 타고 노는 나이란 대개 아이들의 7세 전후 나이를 가리킨다(『박물지(博物志)』, "小兒五歲曰 鳩車之戲 七歲曰 竹馬之戲"). 그러나 14세 전후를 가리키기도 한다(『후한서(後漢書)』, 「도겸(陶謙)」, 字恭祖丹陽人 注, "吳書曰 云云 年十四歲 猶綴帛爲幡乘竹馬而戲").

105) 세후(細侯) : 후한(後漢) 때 사람 곽급(郭伋)의 자(字). 곽급이 영천태수를 할 때 은덕을 많이 베풀어 그가 다시 영천을 갔을 때 죽마를 탄 아이들까지 그를 환영하여 맞이하였다고 한다. 『후한서(後漢書)』 卷61. 여기서는 하윤원이 어진 군수였음을 칭송하는 뜻으로 쓰였다.

깃발 돌려 조정으로 가신 뒤부터 自從返旆朝天後
물빛과 산 모습까지 시름을 띠었다오. 水色山容尚帶愁

삼가정(三可亭) 앞에 한 줄기 시냇물이 三可亭前一波流
올해에도 작년 가을같이 졸졸 흐르네. 潺湲還似去年秋
잘 다스렸다는 명성이 시냇물 소리와 함께 오래 전해져 政聲長與溪聲遠
길가는 나그네들 사이에 그 이야기 그치지 않으리. 應是行人說不休

늦봄(두 수)

暮春(二首)[106]

꽃 언덕 버들 그늘에 한껏 마음 쏟노라니 縱情花塢柳陰中
늦바람에 흩어지는 맑은 향내가 몹시 사랑스럽네. 酷愛淸香散晚風
한 번 취했다 깨기도 전에 좋은 시절 다 지나가니 一醉未醒佳節過
꽃다운 봄 뜻도 어느새 그만이구나. 十分芳意旋成空

어느새 봄 모습이 바야흐로 한창이라 春事方闌不覺中
꽃 떨구는 바람에 나비 시름하고 벌들 원망하네. 蝶愁蜂怨落花風
동군(東君)이[107] 떠나는 뜻을 그 누가 붙잡으랴 東君去意誰能挽
버들 꽃 저녁 하늘에 부딪치는 모습만 바라볼 뿐이네. 只見楊花撲暮空

복사꽃

桃花[108]

복사꽃 한 그루가 푸른 봄날에 아양 떨어 穠桃一樹媚靑春
이슬에 씻긴 붉은 단장이 햇빛에 비쳐 산뜻하네. 露洗紅粧照日新

---

106) 『耘谷詩史』 卷2, 『高麗名賢集』 卷5, p.303 ; 『耘谷行錄』 卷2, 影印標點 『韓國文集叢刊』 卷6, p.153.

107) 동군(東君) : 태양의 신, 또는 태양을 달리 이르는 말. "동군(東君)은 해이다." 『광아(廣雅)』, 「석천(釋天)」. 그 뒤에 여러 시인들이 동군을 춘신(春神)이라는 뜻으로 썼다.

108) 『耘谷詩史』 卷2, 『高麗名賢集』 卷5, p.303 ; 『耘谷行錄』 卷2, 影印標點 『韓國文集叢刊』 卷6, p.153.

시를 짓던 그날의 나그네를 물을 뿐이지	但問題詩當日客
꽃 아래 놀던 지난해 사람은 생각지 말게.	莫思花下去年人

조(趙) 시랑(侍郎)이 보낸 시에 차운함

次趙侍郎所寄詩韻[109]

빙설 같은 마음을 두세 번 다듬어서	須將氷雪琢三條
임금의 은혜 노래하며 태평성대를 축하하네.	歌詠君恩賀盛朝
나는 구름을 밟고 달나라 궁전에 오르고 싶건만	我欲躡雲登月殿
그 누가 지팡이 던져 은하수 다리를 만들려나.	孰先投杖作銀橋
한 마음으로 붉은 정성 간절하지만	一心雖切丹誠重
귀밑에 늘어나는 흰 털 보고 깜짝 놀랐네.	雙鬢初驚白髮饒
지난 세월 돌아보다가 혼자 웃으니	點檢年光還獨笑
서리 띤 단풍나무 잎이 바람에 나부끼네.	帶霜楓葉逐風飄

또 조(趙) 시랑(侍郎)에게

又[110]

변암(弁巖)의 산 빛은 푸르디 푸르고	弁巖山色靑彌靑
치악산[111] 구름은 희디 희구나.	雉岳雲光白又白
구름은 그대같이 저 혼자 한가롭지만	雲自如君獨等閑
산은 아마도 내가 바쁘다고 비웃겠지.	山應笑我多忙迫
오두막 얽어서 삼봉(三峰)을 향하려 했으니	結廬將欲向三峯
어찌 권세에 낚여서 구맥(九陌)을 바삐 달리랴.	餌勢何煩奔九陌
황금 집 붉은 문은[112] 귀한 사람을 빠뜨리지만	金屋朱門陷貴人

109) 『耘谷詩史』 卷2, 『高麗名賢集』 卷5, p.303 ; 『耘谷行錄』 卷2, 影印標點 『韓國文集叢刊』 卷6, p.153.

110) 『耘谷詩史』 卷2, 『高麗名賢集』 卷5, p.303 ; 『耘谷行錄』 卷2, 影印標點 『韓國文集叢刊』 卷6, p.153.

111) 치악산(雉嶽山) : 강원도 영월군과 원주시 사이에 있는 산.

112) 주문(朱門) : 붉은 칠을 한 문. 고귀한 사람들은 모두 문에 붉은 칠을 했기 때문에 지위가 높은 벼슬아치의 집을 비유해서 이르는 말.

솔바람 밝은 달은 한가한 나그네를 부르네.	松風皎月招閒客
생애는 표주박 하나로 만족하니	生涯自足一枚瓢
내 몸에 석자 비단이 원래 없었네.	身上元無三尺帛
가난하게 사는 맛을 누가 물으면	若問窮居氣味長
푸른 시내 푸른 산이 세상을 막았다 하리.	碧溪水外靑山隔

관찰사[113] 김도(金濤)가[114] 가뭄에 비를 얻고 지은 시에 차운함

次金按部旱中得雨詩韻(濤)[115]

가뭄 귀신(旱魃)이 자취를 거두자마자	旱魃纔收跡
구름이 지나면서 때 맞춰 비를 내리네.	雲行雨及時
밭가는 보습의 공이 가장 귀하니	一犁功最重
사방에 그 기쁨 끝이 없구나.	四海喜無涯
하늘과 땅 빛은 깨끗이 씻겨지고	淨洗乾坤色
풀과 나무도 모두 되살아나네.	咸蘇草樹姿
마른 뿌리들이 다 활기를 띠니	枯根皆再活
방울방울 떨어진 비가 헛되지 않았구나.	滴滴不虛施

여름 날 스스로 읊음(두 수)

夏日自詠(二首)[116]

게으르기엔 고즈넉한 난간이 딱 알맞은데	疎慵端合寂寥軒
산새 소리도 귀에 시끄러워 듣기 지겹네.	苦厭幽禽聒耳喧
비 지나간 산 빛은 서늘한 자리에 들고	雨過山光凉入座
연기에 쌓인 풀빛은 푸르게 문에 이어졌네.	烟籠草色翠連門

---

113) 안부(按部) : 관할 지역을 다스린다는 뜻으로, 안렴사(按廉使) 등의 도신(道臣)을 이르는 말.

114) 김도(金濤) : 공민왕 때 사록이 되었다. 『신증동국여지승람』 卷33, 전주목 명환.

115) 『耘谷詩史』 卷2, 『高麗名賢集』 卷5, p.303 ; 『耘谷行錄』 卷2, 影印標點 『韓國文集叢刊』 卷6, p.153.

116) 『耘谷詩史』 卷2, 『高麗名賢集』 卷5, p.303 ; 『耘谷行錄』 卷2, 影印標點 『韓國文集叢刊』 卷6, p.153.

세상 정에 담박해도 나이는 늙었는데 世情淡薄年仍老
살림살이 청빈해 도(道)는 그대로 있네. 家計淸貧道尙存
열흘 넘는 병석에 친구마저 끊어져 病榻旬餘知己絶
그리움 거두고 한가롭게 누워 아침 저녁을 보내네. 卷懷閑臥送朝昏

뽕나무가 그늘 이뤄 작은 난간에 닿았고 桑柘成陰接小軒
이끼 낀 오솔길에 세상 시끄러움 멀어졌네. 蒼苔一逕隔塵喧
손님 드물어 하루 종일 문 두드리는 사람도 없고 客稀盡日無敲戶
몸이 게을러 뜨락도 쓸지 않을 때가 많네. 身懶多時不掃門
도원(陶園)의[117] 솔과 국화에 마음이 스스로 멀고 松菊陶園心自遠
안항(顔巷)의[118] 바구니 밥과 바가지 국에 즐거움 오히려 있어, 簞瓢顔巷樂猶存
옛 현인들의 자취가 다 이러하니 古賢趣尙皆如此
멀리 맑은 향내 맡으며 내 어두움을 부끄러워하네. 遙挹淸芬愧我昏

관찰사[119] 김도(金濤)의[120] 모란(牧丹) 시에 차운함

金按部牧丹詩次韻[121]

붉은 꽃동산에 봄이 깊은데 春深紅紫苑
그 가운데 꽃 중의 왕이 있네. 中有百花王
활짝 핀 모습은 신선처럼 빼어났고 灼灼仙姿秀
하늘하늘 고운 빛은 온 나라 꽃 가운데 으뜸일세. 夭夭國艶芳
이슬에 엉긴 세 송이 꽃은 무겁고 露凝三朶重

---

117) 도원(陶園) : 도연명(陶淵明)의 동산.

118) 안항(顔巷) : 공자의 제자 안회(顔回)가 도시락 밥과 표주박 국으로 가난하면서도 즐거이 지낸 누추한 거리.

119) 안부(按部) : 관할 지역을 다스린다는 뜻으로, 안렴사(按廉使) 등의 도신(道臣)을 이르는 말.

120) 김도(金濤) : 공민왕 때 사록이 되었다. 『신증동국여지승람』 卷33, 전주목 명환.

121) 『耘谷詩史』 卷2, 『高麗名賢集』 卷5, p.303 ; 『耘谷行錄』 卷2, 影印標點 『韓國文集叢刊』 卷6, p.153.

바람에 흔들리는 한 가지는 길구나. 風動一枝長
싸늘한 가을 울타리의 국화꽃이야 冷淡秋籬菊
비와 이슬의 향내를 어찌 알랴. 那知雨露香

못에 핀 연꽃을 읊은 시에 차운함(두 수)

次詠池蓮詩韻(二首)[122]

봉황지(鳳凰池)에서[123] 은총이 순령(荀令)을[124] 재촉하니 寵催荀令鳳凰池
공명(功名)이 이르고 늦는 거야 그대로 맡겨야지. 也任功名有早遲
가을 연꽃이 기뻐하는 모습을 보라 請看秋蓮含喜氣
상서로운 조짐으로 공을 위해 기약하네. 故將祥瑞爲公期

붉은 꽃 푸른 잎들이 맑은 못을 비추고 淺紅深翠照淸池
흩날리는 향그런 안개에 해가 더디네. 香霧霏霏日正遲
한 송이 반쯤 피어 한을 머금었으니 一朶半開如有恨
이듬해 시 읊으며 구경하자고 누구와 약속하랴. 明年吟賞與誰期

자성(子誠)[125] 아우에게 참외를 보내면서

以苽寄子誠第[126]

산언덕에 풀 베고 참외를 심었건만 山楸伐草種甛瓜
오랜 가뭄에 열매 많이 맺을 수 없었네. 旱久無由結實多
마침 두세 개가 비 맞아 익었기에 適有數枚和雨熟

122) 『耘谷詩史』 卷2, 『高麗名賢集』 卷5, p.303 ; 『耘谷行錄』 卷2, 影印標點 『韓國文集叢刊』 卷6, p.153.

123) 봉황지(鳳凰池) : 궁중에 있는 연못의 별칭. 중서성을 봉황지라고도 불렀으며, 송나라 때에는 시에서 흔히 재상의 뜻으로 썼다.

124) 순령(荀令) : 순령향(荀令香) 곧 후한의 순욱(荀彧)을 말함. 『후한서(後漢書)』 卷100.

125) 자성(子誠) : 원천석의 동생 원천우(元天佑)로 추정됨. 원천우는 원주에서 같이 생활하다가 1376년 교주 속현 금성군의 감무를 역임하였고, 62세 때에 흡곡현의 현령을 지냈다.

126) 『耘谷詩史』 卷2, 『高麗名賢集』 卷5, p.304 ; 『耘谷行錄』 卷2, 影印標點 『韓國文集叢刊』 卷6, p.153.

아이 불러 따다가 그대 집에 보내네. 呼兒摘取送君家

자성(子誠) 아우가 화답한 시를 보고 다시 차운함(세 수)
子誠見和. 復次韻(三首).[127)]

동릉(東陵)을[128)] 향해 오이 심기를 배우려 했지만 欲向東陵學種瓜
재주 원래 없음을 스스로 탄식했네. 自嗟才智固無多
평생 임천(林泉)에[129)] 살 분수를 지녀 平生只有林泉分
언제나 우리 집을 마주한 푸른 산을 사랑하네. 長愛青山對我家

늙어가면서 이 몸이 매달린 조롱박 같아 老來身若繫匏瓜
움직이기 싫어해서 남에게 조롱을 받네. 懶動從敎謗讟多
뜨락을 쓸고 향을 사르며 경을 외고 앉았으니 掃地燒香念經坐
촌사람의 행동거지가 중의 집 같구나. 野夫居止似僧家

내게 경거(瓊琚)를 보냈는데 모과(木瓜)로 사례하니[130)] 投我瓊琚報木瓜
깊은 정 후한 뜻에 염려만[131)] 하네. 情深意厚孔懷多

---

127) 『耘谷詩史』 卷2, 『高麗名賢集』 卷5, p.304 ; 『耘谷行錄』 卷2, 影印標點 『韓國文集叢刊』 卷6, p.154.

128) 동릉(東陵) : 은거의 상징. 소평(邵平)은 진나라 동릉후(東陵侯)였는데, 진나라가 망하자 베옷을 입고 가난하게 살면서 장안성 동쪽에다 오이를 심었다. 그 오이가 맛이 있어, 세상 사람들이 소평의 이름을 따서 동릉과(東陵瓜)라고 이름 붙였다. 사마천(司馬遷), 『사기(史記)』 卷53, 「소상국(蕭相國)」.

129) 임천(林泉) : 은사(隱士)의 정원을 일컫는 말.

130) 경거보목과(瓊琚報木瓜) : 좋은 선물에 대해 변변치 못한 답례라는 말. "내게 모과를 던져 주기에 아름다운 패옥으로 답례했네. 모과의 답례가 아니라 길이길이 좋은 짝이 되자고. 投我以木瓜, 報之以瓊琚. 匪報也, 永以爲好也." 『시경(詩經)』 卷3, 위풍(衛風) 「모과(木瓜)」. 이 시는 원래 사랑하는 남녀가 선물을 주고 받으며 사랑을 다짐하는 시이다. 원문의 경거(瓊琚)는 아름다운 패옥인데, 흔히 자신의 시를 낮추어 모과(木瓜)에 비하고, 남의 시를 높여서 경거(瓊琚)라고 표현했다. 훌륭한 시도 경거(瓊琚)라고 표현했다. 운곡은 『시경(詩經)』, 「모과」의 두 구절에서 경거와 모과를 서로 바꿔 쓴 것이다.

131) 공회(孔懷) : 크게 염려하는 모습으로, 형제의 정을 뜻한다. "죽을 고비 당해서도 형제만은 염려해주고, 벌판 진펄 잡혀가도 형제만은 찾아 다니네. 死喪之威, 兄弟孔懷. 原

아침 저녁 자주 오가는 걸 어찌 꺼리랴	不妨朝慕頻來往
형의 집이 아우 집에 가까워 더욱 기쁘네.	且喜兄家近弟家

조(趙) 시랑(侍郎)이 보낸 시운에 차운함

趙侍郎寄詩次韻[132)]

그대가 황주(皇州)에[133)] 들어간 뒤부터	自從吾子入皇州
국화꽃 단풍나무가 또 다시 가을일세.	菊澗楓林又一秋
매미는 늙고 난새는 돌아가 바람도 쓸쓸한데	蟬老鸞歸風颯颯
고기 잠기고[134)] 기러기 끊어져[135)] 소식마저 아득하구나.	魚沈雁沒信悠悠
비 개인 곡봉(鵠峰)의[136)] 경치도 구경할 만하지만	鵠峯霽色雖堪賞
해 돋는 치악산(雉嶽)[137)]도 역시 장관일세.	雉嶽晴光亦自優
훤실(萱室)과[138)] 난정(蘭庭)이[139)] 모두 평안하시니	萱室蘭庭並無恙

隰裒矣, 兄弟求矣."『시경(詩經)』卷4, 소아(小雅)「상체(常棣)」.

132) 『耘谷詩史』卷2, 『高麗名賢集』卷5, p.304 ; 『耘谷行錄』卷2, 影印標點 『韓國文集叢刊』卷6, p.154.

133) 황주(皇州) : 천자(天子)가 있는 서울. 제도(帝都).

134) 어침(魚沈) : 소식이 끊어졌다는 말. 『여남선현전(汝南先賢傳)』에 "갈원(葛元)이 시장에서 큰 고기를 보고서 '이 고기를 보낸 하백(河伯)이 있는 곳에 편지를 전할 수 있겠다.' 생각하고, 고기를 사서 뱃 속에 붉은 천으로 글을 써서 넣어 보냈더니, 얼마 뒤에 하백의 답서를 가지고 왔다"고 한 데서 온 말.

135) 안몰(雁沒) : 소식이 끊어졌다는 말. 한(漢)나라 장군 소무(蘇武)가 흉노 땅에 포로로 잡혀 북해(北海)에 유폐되었을 때 사신을 보내어 소무(蘇武)를 요구하였으나, 흉노는 그가 이미 죽었다고 핑계하므로 사신은 천자가 상림원(上林院)에서 사냥하다가 기러기를 잡았는데, 그 발에 소무(蘇武)의 편지가 매어 있었다고 하니, 흉노가 놀라 소무(蘇武)를 내어 주었다고 고사에서 나온 말. 『한서(漢書)』, 「효무기(孝武紀)」.

136) 곡봉(鵠峰) : 송악의 별칭. 송악(松嶽)은 개성부 북쪽 5리에 있는데, (개성의) 진산(鎭山)이다. 처음의 이름은 부소(扶蘇), 또는 곡령(鵠嶺)이라고 했다. 신라의 감간(監干) 팔원(八元)이 풍수지리를 잘 보았는데, 부소군에 이르러 산의 형세가 좋은데도 나무가 없는 모습을 보았다. 그래서 강충(康忠)에게 고하기를, "만약 고을을 산 남쪽으로 옮기고 소나무를 심어 바위가 드러나지 않게 한다면, 삼한(三韓)을 통일할 사람이 날 것이다."라고 하였다. 그래서 강충이 고을 사람들과 함께 산 남쪽에 옮겨 살면서, 온 산에다 소나무를 심고는 송악(松嶽・松岳)이라고 불렀다. 『신증 동국여지승람』卷4, 개성유수부「곡령(鵠嶺)」. 곡봉(鵠峰)은 개성에 있는 송악산의 신라시대 이름이다.

137) 치악산(雉嶽山) : 강원도 영월군과 원주시 사이에 있는 산.

고향[140] 생각하며 너무 걱정하지 마오.	莫思桑梓剩生憂

9월 5일. 손님과 함께 술 한잔 나누면서

九月五日. 與客小酌.[141]

동쪽 울타리에 두어 떨기 국화가	東籬數叢菊
중양절(重陽)을 기다리지 않고 피었기에,	不待重陽開
아이를 불러 한 송이 꺾어다가	呼兒折一朶
며느리 시켜 새 술을 거르게 했네.	命婦篘新醅
이때부터 항아리 속의 물건이	從此尊中物
맑은 향내를 내 술잔에 풍기게 하니,	淸香熏我杯
혼자 술잔 들고 혼자 시를 읊으며	獨擧還獨詠
그윽한 정을 내 스스로 달래기 어려웠네.	幽情難自裁
갑자기 문 두드리는 소리가 들리더니	忽聞扣戶響
마침 반가운 손님이 찾아왔네.	適有佳賓來
한편으로 놀라고 한편으로 기뻐하며	翻然驚且喜
마주 앉아서 꽃 핀 대를 바라보았네.	共坐看花臺
술잔 주고받으며 웃고 이야기하다	對酌笑還語
옥산이 무너지는 것도[142] 알지 못했네.	不知玉山頹

---

138) 훤실(萱室) : 남의 어머니가 계신 안채. 훤초(萱草)를 망우초(忘憂草)라고도 하는데, 여인들이 안마당에 심고 바라보면서 시름을 잊었다고 한다. 훤초의 어린 싹을 나물로 만들어 먹으면 취한 느낌이 들어 시름을 잊었다고도 한다. 그래서 부인이 사는 안마당에 훤초를 많이 심었으며, 남의 어머니를 훤당(萱堂), 남의 어머니가 계신 안채를 훤실(萱室)이라고 했다.

139) 난정(蘭庭) : 뜰 앞에 난초를 심고 사는 고상한 선비라는 뜻으로 이 시에서는 조시랑의 아버지를 뜻함. "步雕輦以逍遙 時容與於蘭庭." 위탄(韋誕), 「경복전부(景福殿賦)」.

140) 상재(桑梓) : 뽕나무와 가래나무로 고향에 대한 대명사로 씀. 『시경(詩經)』 卷12, 소아(小雅) 소반(小弁)에 나오는 "維桑與梓 必恭敬止"에서 나온 말로 옛적 뽕나무와 가래나무를 담 가에 심어 후에 자손들의 생활에 도움이 되게 한 것에서 고향을 가리키는 말로 사용됨.

141) 『耘谷詩史』 卷2, 『高麗名賢集』 卷5, p.304 ; 『耘谷行錄』 卷2, 影印標點 『韓國文集叢刊』 卷6, p.154.

142) 옥산퇴(玉山頹) : 옥산이 무너짐. 얼굴이 아름다운 사람의 술 취한 형용. 혜강(嵇康)의

네 가지 일[143] 다 갖추기 참으로 어려우니	四事固難並
찾아온 이 시간을 놓치지 마세나.	要須及時哉
술 속에 살아가던 여덟 신선도[144]	飮中八仙子
죽어서는 그 뼈가 티끌 되었고,	骨化爲塵埃
술 마시기 좋아하던 고양(高陽)의[145] 무리도	高陽嗜酒輩
한번 간 뒤로는 돌아올 줄을 모르네.	一去無復廻
가을빛이 너무나 쓸쓸하니	秋光正蕭洒
붉은 나뭇잎이 푸른 이끼에 떨어지네.	紅葉棲蒼苔
붉은 대추는 딸 때가 되었고	丹棗正堪剝
빨간 밤도 구워 먹게 되었네.	赤栗亦可煨
그대여! 부디 노래하고 춤추세나	君須歌且舞
우리 집 술은 항아리에 가득하다네.	我酒盈山罍
아름다운 이 계절을 맘껏 즐기세나	努力賞佳節
귀밑머리가 더더욱 희어질테니.	雙鬢欲皚皚

봄추위(1373년, 계축)

春寒(癸丑)[146]

사람됨이 마치 외로운 소나무가 홀로 서 있는 것처럼 꿋꿋했지만, 그가 취할 때에는 마치 옥산이 무너지는 것처럼 "쿵!"하고 쓰러졌다. 유의경, 『세설신어(世說新語)』. 옥산(玉山)을 옥수(玉岫)라고도 하는데, "옥으로 만든 산"은 풍채가 좋은 사람을 뜻한다.

143) 사사(四事) : 양신(良辰)・미경(美景)・상심(賞心)・낙사(樂事)의 네 가지.

144) 팔선자(八仙子) : 여덟 신선. 당나라 시인 두보가 호탕하게 술을 좋아하던 여덟 사람을 골라서 「음중팔선가(飮中八仙歌)」를 지었는데, 그가 말한 여덟 신선은 하지장(賀知章)・여양왕(汝陽王) 진(璡)・이적지(李適之)・최종지(崔宗之)・소진(蘇晉)・이백(李白)・장욱(張旭)・초수(焦遂)이다. 시는 7언 22구로 지었다.

145) 고양(高陽) : 고양(高陽)은 역생이 고조를 처음 만나서 섬기기 시작한 곳이다. 처음에 패공(沛公 : 유방)이 군사를 이끌고 진류(陳留)를 지나가는데, 역생(酈生)이 군문에 찾아와서 뵈려고 했다. 시자가 나와서 그를 거절하면서 말했다. "패공께서는 선생을 만날 수 없습니다. 지금 천하를 통일하는 큰일 때문에 선비를 만나실 틈이 없습니다." 그러자 역생이 칼을 어루만지며 시자에게 꾸짖어 말했다. "빨리 달려가서 패공께 아뢰어라. 나는 고양의 술꾼이지 선비가 아니라고." 사마천(司馬遷), 『사기(史記)』 卷97, 「역생육가(酈生陸賈)」.

146) 『耘谷詩史』 卷2, 『高麗名賢集』 卷5, p.304 ; 『耘谷行錄』 卷2 影印標點 『韓國文集叢

비바람이 날쳐서 봄추위가 계속되니 雨飛風慢作春寒
홑적삼으로 난간에 기대기 겁나는구나. 乍着單衫恸倚欄
버들눈과 꽃망울은 모두 물이 안 올랐지만 柳眼花唇俱已澁
산 얼굴과 물 자태는 그래도 바라볼 만하네. 山容水態但堪觀
술잔 들고 칼을 보면 마음은 아직도 씩씩하고 引杯看釼心猶壯
글귀 찾아 붓 휘두르면 뜻이 절로 너그러워지네. 覓句揮毫意自寬
계절 바뀌는 모습을 보려고 숲 속으로 가려다 欲向林園檢時事
진흙길이 아직 마르지 않아 꺼림칙하네. 却嫌泥路不曾乾

말

馬[147]

때를 만나지 못해 소금 수레에 시달리다가 力困鹽車未遇時
백락(伯樂)을[148] 만나자 슬프게 울부짖었네. 相逢伯落且悲嘶
가벼운 발굽 오똑한 귀에 날랜 힘을 보태어 輕蹄峻耳添驕力
삼천리 밖으로 달리겠노라 늘 생각하네. 常念三千里外馳

소

牛[149]

刊』卷6, p.154.

147)『耘谷詩史』卷2,『高麗名賢集』卷5, p.304 ;『耘谷行錄』卷2, 影印標點『韓國文集叢刊』卷6, p.154.

148) 백락(伯樂) : 그대는 천리마 이야기를 아는가? 천리마가 늙도록 소금 수레를 끌다가 태항산을 올라가게 되었는데, 말굽은 떨어지고 무릎은 부러졌으며 꼬리는 늘어지고 살에서 땀이 비오듯 했다. 게다가 소금이 녹아 내려서 땅을 적시는데, 흰 땀까지 뒤섞였다. 산중턱에서 오르지도 못하고 내려가지도 못할 판인데, 수레 멍에까지도 부러졌다. 이때 마침 백락이 이 말을 보고는, 수레에서 내려 붙들고 울었다. 그리고는 비단옷을 벗어서 말에게 덮어 주었다. 천리마는 땅에 엎드려 숨을 몰아쉬다가, 고개를 들어 크게 울었다. 그 소리가 하늘에 울려, 마치 쇠나 돌에서 나는 소리 같았다. 왜 그랬는가? 그가 만난 백락이 바로 지기(知己)였기 때문이다.『전국책(戰國策)』,「초(楚)」.

149)『耘谷詩史』卷2,『高麗名賢集』卷5, p.304 ;『耘谷行錄』卷2, 影印標點『韓國文集叢刊』卷6, p.154.

굳센 뼈 기이한 털에 수레를 끌만큼 힘센데 壯骨奇毛力任車
이리저리 끌려 다니며 농사꾼 집에 있구나. 自隨牽挽在農家
햇빛 받으며 풀밭에서 잠 자는게 좋으니 也宜向日眠芳草
어찌 오(吳)나라에서 달빛 보며 헐떡이는 소 같으랴.[150] 何喘吳門月似波

홍수(弘首)가[151] 반찬거리를 보내 왔기에 시를 지어 사례함

弘首惠以佐餐之物. 詩以謝之.[152]

몸이 늙고 집이 가난해서 살아가기 어려우니 身老家貧計活寒
무슨 여유가 있어 반찬까지 마련하랴. 有何餘物可供餐
배불리 먹기를 구하지 않는다는 말도[153] 쓸 데가 없으니 食無求飽言無用
행실을 힘 쓸 수 없어 몸도 편안치 않네. 行不能彊體不安
원헌(原憲)의[154] 가난을 달갑게 여기던 내가 부끄럽고 愧我分甘原憲窶
원공(遠公)[155] 같이 너그러운 그대 마음이 고마워라. 感君心似遠公寬
두세 번 보내온 음식이 내 밥상에 올랐으니 再三嘉貺來吾案
사귄 정이 이리 깊은지 여기서 보겠네. 深淺交情就此看

---

150) 하천오문월사파(何喘吳門月似波) : 강(江)・회(淮) 지방에서 자라난 물소는 더위를 무서워하기 때문에, 밤중에 달이 뜨면 해인 줄 알고 미리 놀라서 헐떡인다고 한다.

151) 홍수(弘首) : 생몰년 미상.

152) 『耘谷詩史』 卷2, 『高麗名賢集』 卷5, p.304 ; 『耘谷行錄』 卷2, 影印標點 『韓國文集叢刊』 卷6, p.154.

153) 식무구포(食無求飽) : 공자께서 말씀하셨다. "군자는 밥을 먹으면서 배부르기를 구하지 않으며, 거처하면서 편안하기를 구하지 않는다. 일은 민첩하면서도 말은 신중하고, 도 있는 사람에게 나아가 자기 몸가짐을 바로잡는다면, 배우기를 좋아하는 자라고 말할 만하다." 『논어(論語)』 卷1, 「학이(學而)」.

154) 원헌(原憲) : 자사(子思). 공자의 제자로 노(魯)나라에 있을 적에 무척 가난하여 집이 망가지고 문이 부숴져, 위에서는 비가 새고 밑에서는 습기가 올라 왔으나 그는 조금도 걱정하지 않았다. 『장자(莊子)』 卷26, 「외물(外物)」.

155) 원공(遠公) : 진(晉)의 고승 혜원법사(慧遠法師)를 일컬음. 여산 백련사의 개조. 577년 북주(北周)의 무제(武帝)가 불교를 배척하는 명령을 내리자 그 옳지 못함을 간하였으나 뜻을 이루지 못하고 급군(汲郡)에 숨어 있으면서 경을 읽고 선정을 닦으며 세월을 보냈음.

서곡(西谷)[156] 서(徐)[157] 봉익(奉翊)이[158] 벽에 그린 산수화에 씀(두 수)

題西谷徐奉翊畫壁山水(二首)[159]

만 겹 구름바다에 만 겹 산이 萬重雲海萬重山
붓끝에 옮겨 들어와 그 뜻이 한가롭네. 移入毫端意氣閑
우리 서공의 어질고 슬기로움을 알려면 欲識我公仁且智
모름지기 이 그림부터 먼저 보아야 하리라. 要須先向此圖看

강가의 외로운 암자는 반쯤 산에 가리웠고 江上孤菴半隱山
바위머리 소나무와 달은 절로 맑고 한가롭네. 石頭松月自淸閑
이 가운데 기묘한 것은 인간 세상 아니어서 就中奇妙非人世
우리에게 알리기 위한 것이니 자세히 보라. 爲報吾儕着眼看

밤에 앉아 스스로 읊음

夜坐自詠[160]

섬돌에 귀뚜라미 찍찍 울고 북두성이[161] 드리웠는데 砌蛩啾喞玉繩垂
고요히 앉았노라니 밤이 더욱 더딘 줄 느끼겠네. 靜坐偏驚夜更遲
바람이 멈추니 이슬꽃이 풀넝쿨을 휘감고 風定露華縈草蔓
구름이 열리자 달 그림자가 소나무 가지에 구르네. 雲開月影轉松枝

---

156) 서곡(西谷) : 위치 불명.

157) 서공(徐公) : 뒤에 나올 서윤현(徐允賢)을 말함.

158) 봉익(奉翊) : 봉익대부(奉翊大夫). 고려 문관에게 주는 종2품의 둘째 품계. 1310년에 제정되고, 1356년에 폐지되었다가 1362년에 다시 설치되었고, 1369년에 다시 폐지됨.

159) 『耘谷詩史』 卷2, 『高麗名賢集』 卷5, p.304 ; 『耘谷行錄』 卷2, 影印標點 『韓國文集叢刊』 卷6, p.154.

160) 『耘谷詩史』 卷2, 『高麗名賢集』 卷5, p.305 ; 『耘谷行錄』 卷2, 影印標點 『韓國文集叢刊』 卷6, p.155.

161) 옥승(玉繩) : 옥형(玉衡) 북쪽의 두 별을 옥승(玉繩)이라고 한다. 『춘추원명포(春秋元命苞)』. 옥형(玉衡)은 별 이름인데, 북두성(北斗星)의 다섯 번째 별을 가리킨다. 옥형 북쪽의 천을(天乙)과 태을(太乙) 두 개의 조그만 별이 바로 옥승(玉繩)이다. 북두칠성 가운데 옥형 북쪽으로는 국자의 자루 모양을 하고 있기 때문에 두병(斗柄), 또는 두표(斗杓)라고도 부른다.

한 일 없이 세월만 보낸 것 깨닫고 보니　已知度日無功用
이 가을 되면서 온갖 생각 많아지네.　直到逢秋更慮思
잠자코 나이를 세며 거울을 보다가　默數身年臨鏡面
희어져 가는 더부룩한 머리털에 문득 놀랐네.　忽驚蓬鬢欲垂絲

해질 무렵에야 개임

晩晴[162)]

산골짝에 장마비가 개이자　積雨霽林壑
나무 그늘에 시원한 기운이 나네.　嫩凉生樹陰
산 구름은 일렁이며 버들 꽃 모자를 헤치고　山雲披絮帽
시냇물은 흘러가며 거문고 줄을 타는구나.　澗水鼓瑤琴
강가에는 햇빛이 붉게 쏟아지고　紅瀉江邊照
하늘 저 너머 멧부리가 푸르게 높은데,　碧高天外岑
이끼 깨끗한 길에 청려장[163)] 짚으며 생각하니　杖藜苔逕淨
티끌 세상의 마음을 씻어버릴 만하구나.　聊以滌塵襟

생원(生員) 김루(金壘)에게 약을 청하는 시

上金生員壘乞藥[164)]

타고난 체질이 본래 허약한데다　稟質本微弱
병의 뿌리가 늘 몸에 박혀 있어,　病根元在身
오장 육부에 답답하게 맺힌 곳이 많고　腑臟多鬱結
근육도 갈수록 시큰거리네.　筋力益酸辛
온 배가 예사로 아파서　一腹尋常痛
두 눈썹을 밤낮 찌푸리고 지내네.　雙眉日夜嚬

---

162) 『耘谷詩史』 卷2, 『高麗名賢集』 卷5, p.305 ; 『耘谷行錄』 卷2, 影印標點 『韓國文集叢刊』 卷6, p.155.

163) 장려(杖藜) : 여장(藜杖). 명아주대로 만든 지팡이.

164) 『耘谷詩史』 卷2, 『高麗名賢集』 卷5, p.305 ; 『耘谷行錄』 卷2, 影印標點 『韓國文集叢刊』 卷6, p.155.

자루가 비어서 약 거리가 없으니　　　　囊空無藥餌
머리 들어 어진 그대를 바라만 보네.　　　　矯首望仁人

서울 가는 조(趙) 시랑(侍郎)을 보내면서

送趙侍郎如京[165]

조공(趙公)은 참으로 좋은 선비라　　　　趙公眞吉士
젊어서부터 문장이 뛰어났네.　　　　少小有文章
보배 가운데 유달리 아름다운 옥이고　　　　美玉異諸寶
여러 꽃 가운데 으뜸인 아름다운 난초일세.　　　　猗蘭冠衆芳
서련(犀聯)에서는 은총을 이어받고　　　　犀聯承寵渥
임금께도[166] 벼슬 은혜를 입어,　　　　鳳闕拜恩光
뵈러 가는 걸음은 천릿길도 가벼우니　　　　覲省輕千里
그 영화가 온 고을을 두루 비추네.　　　　榮華照一鄕
기쁜 마음은 공우(貢禹)와[167] 같고　　　　喜情同貢禹
막중한 지위는 왕양(王陽)보다[168] 더하건만,　　　　位重勝王陽
떠난다는 인사가 어찌 그리 급한지　　　　告別知何迫
정을 나눌 겨를도 없는 게 한스러워라.　　　　論懷恨未遑
강과 산에는 쌓인 비가 걷혀　　　　江山收積雨
언덕과 들에 서늘한 기운 드는데,　　　　原野入新凉
가을바람 부는 길에는 매미 소리가 시끄럽고　　　　蟬噪秋風路

---

165)『耘谷詩史』卷2,『高麗名賢集』卷5, p.305 ;『耘谷行錄』卷2, 影印標點『韓國文集叢刊』卷6, p.155.

166) 봉궐(鳳闕) : 임금이 거처하는 궁궐. 한대(漢代)에 지붕 위에 동(銅)으로 만든 봉황을 안치한 데서 나온 말로서 궁궐의 문, 또는 궁궐을 말함.

167) 공우(貢禹) : 전한(前漢) 원제(元帝) 때의 문신(文臣). 명경결행(明經潔行)으로 추천되어 벼슬이 어사대부(御史大夫)에까지 이르렀다. 자(字)는 소옹(少翁). 왕양(王陽)과의 교분이 두터웠음.『한서(漢書)』卷72.

168) 왕양(王陽) : 공우와 왕길(王吉)은 한나라 선비였는데, 사이가 매우 좋았다. 공우는 자주 벼슬에서 쫓겨났는데, 왕길이 벼슬에 오를 때마다 함께 올랐다. 왕길의 자가 자양(子陽)이어서, "왕양재위(王陽在位) 공공탄관(貢公彈冠)"이라는 말이 생겨났다. 왕길이 벼슬에 오르면 공우가 함께 출사하기 위해서 갓을 턴다는 뜻이다.

밤비 내리는 침상 곁에는 벌레가 우는구나. 虫鳴夜雨床
이별하는 시름이야 느낌 깊을 테지만 離愁深有感
떠나는 흥도 헤아리기 어려울 테지. 去興浩難量
이 은근한 뜻을 저버리지 말고 莫負殷勤志
애달파하며 술잔이나 기울이세. 須傾繾綣觴
임금 모실 때가 이미 왔으니 致君時已到
나라 빛낼 마음을 잊지 마시게. 華國意毋忘
선인의 무덤을 다시 뵈올 땐 復見先人塚
높이가 석 자는 더 높아졌겠지. 更高三尺强

서곡(西谷)[169] 원(元) 선생(先生)의 부인 전씨(全氏)를 곡(哭)함

哭西谷元先生妻全夫人[170]

결혼해 이곳에 오신 뒤부터 婚姻故來此
가도(家道)가[171] 흥창하였네. 家道乃興昌
딸 하나에 아들 다섯 귀하게 기르고 一女五男貴
여든 두 살 되도록 장수하셨네. 八旬二歲强
거품과 그림자는 끊어졌지만 信從泡影斷
물소리와 더불어 한(恨)은 길리라. 恨與水聲長
지나간 자취를 어디서 찾을른지 陳跡尋何處
쓸쓸한 달빛만 환히 비추네. 荒凉白月光

낭천(狼川)에[172] 묵으면서

169) 서곡(西谷) : 위치 불명.

170) 『耘谷詩史』 卷2, 『高麗名賢集』 卷5, p.305 ; 『耘谷行錄』 卷2, 影印標點 『韓國文集叢刊』 卷6, p.155.

171) 가도(家道) : ① 한 집안 사람으로서 지켜야 할 도덕. ② 가계(家計), 집안의 생계(生計).

172) 낭천군(狼川郡) : 본래 고구려의 생천군이다. 신라 때에 지금의 이름으로 고치고 계속하여 군(郡)으로 하였다. 고려 초에 춘주(春州)에 예속시켰다가 예종 원년에 감무를 두어 양구(楊口)를 겸임하게 하였다. 『신증동국여지승람』 卷47, 낭천현.

宿狼川[173)]

잠 못 이뤄 오래 앉았노라니 온갖 감회가 일어나는데	久坐無眠百感生
반 바퀴 산 속 달이 창에 비춰 환하네.	半輪山月照窓明
먼 길 나그네를 두견새가 못내 괴롭혀	杜鵑惱殺遠遊客
오경(五更)이 되도록 꽃 그늘에서 우네.	啼隔山花到五更

지난 밤 하늘 동쪽·서쪽 모퉁이에 붉은 기운이 있기에

前夜. 天之東西隅有赤氣.[174)]

어젯밤 하늘 동쪽 서쪽에	昨夜天東西
붉은 기운이 서로 깜박거려,	赤氣互明滅
어두운 길을 걸어가는 동안	昏昏行路間
마치 달빛같이 환히 비췄네.	照耀如白月
처음에는 보랏빛 구름이 비끼더니	初疑橫紫雲
차츰 불꽃처럼 치열해,	漸若火焰烈
먼 하늘을 우러러보자	仰視天宇深
멀리 쏘는 그 빛이 더욱 밝았네.	遠射光彌潔
바라보기만 해도 이상하니	所見異於常
그 변화를 어찌 다 말할 수 있으랴.	變化安能說
상서로운 조짐이 나타난 것을 비로소 알고	方知表吉祥
비결을 잊지 않으려 기록해 두네.	記取不忘訣

금성(金城)[175)] 가는 도중에서

金城途中[176)]

---

173) 『耘谷詩史』 卷2, 『高麗名賢集』 卷5, p.305 ; 『耘谷行錄』 卷2, 影印標點 『韓國文集叢刊』 卷6, p.155.

174) 『耘谷詩史』 卷2, 『高麗名賢集』 卷5, p.305 ; 『耘谷行錄』 卷2, 影印標點 『韓國文集叢刊』 卷6, p.155.

175) 금성(金城) : 본래 고구려의 모성군. (중략) 고려초 지금의 이름으로 고치고, 현종때 낮추어 교주의 속현으로 하였고, 예종 원년에는 감무를 두었다가 뒤에 현령으로 승격시켰는데, 고종은 다시 감무로 하였다. 『신증동국여지승람』 卷47 금성현.

한낮에 곧바로 산양(山陽) 길을 지나	亭午直過山陽路
걷고 또 걸어 추파령(趍坡嶺)에 올랐네.	行行上到趍坡嶺
고개가 높아서 하늘이 멀지 않고	趍坡巓高天不遠
봉우리들 내려다보니 아득하구나.	下視列峀蒼茫然
깊은 골짜기 아름다운 경치를 말할 수 없어	洞深佳致不可狀
이 몸이 항아리 속 세계에 들어온 듯하네.	却疑身入壺中天
바위 꽃 시내 풀은 서로 아양을 떨며	巖花澗草爭媚嫵
봄바람 앞에서 절로 그림을 이루었네.	自成圖畵春風前
기암 괴석이 아름다운 나무들과 뒤섞이고	奇巖怪石雜佳木
온갖 진기한 새들이 서로 지저귀네.	珍禽百族相喧闐
맑은 시냇물 굽어보면 움켜쥐고 싶고	俯淸流兮思挹掬
좋은 산 바라보면 그림으로 전하고 싶네.	看好山兮堪畵傳
추파령 옛 역이 이 근처였던가?	問坡古驛已當近
산 속 초가집에서 저녁 연기가 일어나네.	傍山茅店生炊烟
한 줄기 냇물 풍경이 더욱 뛰어나	一川風景更奇絶
양 언덕의 꽃빛이 푸른 시냇물에 담겨 있네.	兩岸花光極碧漣
봄을 찾는 즐거움 옛부터 누렸건만	散慮尋春古所託
이곳에 오른 내 기쁨 옛사람을 만난 듯,	喜予攀附遨頭賢
뛰어난 경치 다 찾아보고도 마음에 차지 않아	窮探勝槩尙未足
다시 읊어서 시 한 편을 이루었네.	且復吟哦成一篇

원천역(原川驛)을[177] 지나면서

過原川驛[178]

강 따라 읊으면서 원천(原川)을 지나노라니	沿江朗詠過原川
날은 따뜻하고 바람도 가벼운데 한낮이 가까웠네.	日暖風輕近午天

---

176) 『耘谷詩史』 卷2, 『高麗名賢集』 卷5, p.305 ; 『耘谷行錄』 卷2, 影印標點 『韓國文集叢刊』 卷6, p.155.

177) 원천역(原川驛) : 낭천현의 남쪽 15리에 있다. 『신증동국여지승람』 卷47, 낭천현 역원.

178) 『耘谷詩史』 卷2, 『高麗名賢集』 卷5, p.305 ; 『耘谷行錄』 卷2, 影印標點 『韓國文集叢刊』 卷6, p.155.

온통 오얏 꽃 빛이 삼 리쯤 되는데 一色李花三許里
말달리는 채찍 끝에 풀이 연기 같구나. 馬飛鞭末草如煙

도중에 지음(두 수)

途中作(二首)179)

봄 그늘 짙어가고 새들은 지저귀니 春陰不散鳴幽禽
가는 곳마다 읊지 않고는 견딜 수 없네. 到處那堪無我吟
기이한 경치 손꼽아가며 자주 눈을 돌리니 指點奇觀頻擧目
개인 냇가 꽃다운 풀에 정을 금하기 어렵네. 晴川芳草情難禁

꽃은 밝은데 버들은 어둡네. 花花明明柳柳暗
물은 얕은데 산은 깊구나. 水水淺淺山山深
계절 바뀌는 걸 느끼면서 긴 휘파람 불다가 感時悠然發長嘯
어느새 높은 봉우리에 다다랐구나. 不知行到高高岑

모진(母津)에서180)(두 수)

母津(二首)181)

인자한 얼굴 멀리 헤어진 게 작년 가을이라 慈顔遠別去年秋
자나깨나 그리운 한이 끊이지 않았네. 寤寐思量恨未休
곧바로 강가에 이르니 갑절 슬퍼져 直到江邊倍惆悵
남 몰래 두 줄기 눈물을 맑은 강물에 뿌리네. 暗將雙淚灑淸流

누가 이곳을 "어머니(慈親)182) 나루"라고 이름했던가. 誰把慈親號此津

179)『耘谷詩史』卷2,『高麗名賢集』卷5, p.305 ;『耘谷行錄』卷2, 影印標點『韓國文集叢刊』卷6, p.155.

180) 모진(母津) : 춘주 북쪽 42리에 있다.『신증동국여지승람』卷46, 춘천도호부.

181)『耘谷詩史』卷2,『高麗名賢集』卷5, p.306 ;『耘谷行錄』卷2, 影印標點『韓國文集叢刊』卷6, p.156.

182) 자친(慈親) : 자신의 어머니. 자당(慈堂)은 남의 어머니를 높이는 말.

아침엔 남쪽에서 저녁엔 북쪽에서 아들같이 오네. 朝南暮北子來人
바라건대 이 물이 맛있는 젖이 되어 願將此水爲甘乳
어머니 여읜 온 천하 백성들을 다 길러 주었으면. 普養離親天下民

마현(馬峴)에서[183] 가평(加平)에[184] 이르러(두 수)

自馬峴到加平(二首)[185]

하루 종일 산길 넘고 물을 뚫었네. 盡日行穿山水窟
헐떡이며 가파른 바위를 몇 번이나 지났던가. 巉巖嗚咽幾經過
몸 추스리며 험한 곳 벗어나 평지에 이르자 將身脫險就平地
머리 돌리니 저녁 까마귀 날아드는 게 보이네. 回首微茫已暮鴉

저녁 연기 쓸쓸하고 가까운 이웃도 없어 烟火蕭條無近隣
요즘 세상 물정이 옛날과 다르구나. 邇來風物還非昔
논밭은 거칠어지고 가시덤불뿐이니 土田荒廢但荊榛
아직도 남아 있는 고을 이름이 안타깝구나. 邑號彊存殊可惜

춘성(春城) 길에서

春城路上[186]

낮은 모자에 얇은 적삼 어느 곳 나그네인지 矮帽輕衫何處客
버들 서쪽 꽃 밖에서 봄을 찾고 있네. 柳西花外尋芳春
반쯤 깨고 반쯤 취해 말 등에 앉았노라니 半醒半醉一驢背
저녁 그림자 푸른 산에 아름다운 시가 읊어지네 暮影靑山佳句新

---

183) 마현(馬峴) : 양근군 서쪽 10리 되는 곳에 있다. 『신증동국여지승람』 卷8, 양근군 산천.

184) 가평(加平) : 본래 고구려의 근평군. 신라 경덕왕이 지금의 이름으로 고치고 고려 현종 9년 춘주에 예속시켰다. 『신증동국여지승람』 卷11, 가평현.

185) 『耘谷詩史』 卷2, 『高麗名賢集』 卷5, p.306 ; 『耘谷行錄』 卷2, 影印標點 『韓國文集叢刊』 卷6, p.156.

186) 『耘谷詩史』 卷2, 『高麗名賢集』 卷5, p.306 ; 『耘谷行錄』 卷2, 影印標點 『韓國文集叢刊』 卷6, p.156.

최안을(崔安乙)이[187] 보낸 시에 차운함

次崔安乙所贈詩韻[188]

유술(儒術)이 어찌 내 한 몸을 위한 것이랴	儒術豈謀身
집에 전해오는 것은 시권(詩卷) 뿐일세.	家傳只詩卷
본래 훌륭한 재주라곤 없으니	斷斷無良才
출세 길이 어찌 당키나 하랴.	未可膺傳選
시골로 돌아온 도연명(陶淵明)을[189] 사모하고	歸來慕淵明
유현(劉炫)처럼[190] 준일하길 바랐네.	俊逸希劉炫
다만 꽃 피고 달빛 비치는 누각을 찾아다니며	惟尋花月樓
즐거이 놀기에 게으르지 않을 뿐일세.	遊樂但無倦
예전에 놀던 곳을 다시 찾아와 보니	重來舊遊地
내 마음 나도 어쩔 줄 모르겠네.	我心不可轉
복사꽃은 옛처럼 붉게 피었건만	桃花依舊紅
정든 사람 모습은 어디에 있나.	何處精人面
멍하니 난간에 기대었건만	悠然空倚欄
내 마음 그래도 편치가 않네.	不可以安晏
나를 보려는 사람도 원래 없거니와	元無願見人
나도 역시 보기를 바라지 않네.	吾亦不願見

춘주(春州)[191] 천전촌(泉田村)에 묵으면서

187) 최안을(崔安乙) : 공민왕 4년(1355)에 급제한 후 청도군 수령을 지냄. 『신증동국여지승람』 卷26, 청도군.

188) 『耘谷詩史』 卷2, 『高麗名賢集』 卷5, p.306 ; 『耘谷行錄』 卷2, 影印標點 『韓國文集叢刊』 卷6, p.156.

189) 도연명(陶淵明) : 중국 진(晋)나라의 시인(365~427). 이름은 잠(潛). 405년에 평택의 령(令)이 되었으나 80여 일 후에 『귀거래사(歸去來辭)』를 남겨 두고 귀향. 은사(隱士)로서 문앞에 오류수(五柳樹)를 심어 두고 스스로 오류(五柳) 선생이라 일컬었음.

190) 유현(劉炫) : 수(隋)나라 사람으로서 박학강기(博學强記)로 이름이 있었음. 『수서(隋書)』 卷75.

191) 춘주(春州) : 원래 맥국. (중략) 고려 태조 23년에 춘주로 하였음. 『신증동국여지승람』 卷46, 춘천도호부.

宿春州泉田村[192]

고요한 초가집이 조그만 배 같은데　　茅舍寥寥小似舟
종이도 없는 창에 바람이 차갑구나.　　破窓無紙冷颼颼
처마에 떨어지는 밤비 소리에 첫잠을 깨고 보니　　滴簷夜雨眠初覺
벽에 걸린 푸른 등불이 나그네 시름을 비추네.　　半壁靑燈照客愁

안보역(安保驛)[193] 남쪽 강을 건너면서

渡安保驛南江[194]

도롱이 입고 조각배를 탔는데　　一背簑衣一葉舟
푸른 물결에 연기 자욱하고 비는 부슬거리네.　　雨踈煙淡碧波頭
뱃전에 기대 물 속의 물을 들여다보니　　憑舷徹見水中水
뜬 삶(浮生)이 뜨고 또 뜬 것인 줄 비로소 알겠네.　　始信浮生浮復浮

공탄(恐灘)

恐灘[195]

모래 가에 말을 세우고 흐르는 물 바라보니　　立馬沙頭看水流
두려움 이길 수 없어 더욱 오래 머물렀네.　　不勝兢戰更遲留
하늘을 뒤흔드는 울부짖음은 천둥소리이고　　振空哮吼雷聲殷
돌에 부딪쳐 치고 받는 모습은 눈보라일세.　　觸石舂撞雪彩浮
위험 무릅쓴 배 위의 나그네는 보기 두려운데　　冒險畏看船上客
한가로운 물가 갈매기는 너무 부럽구나.　　得閑長羡渚邊鴟
이곳을 위태로운 곳이라 말하지 말게　　莫言是處艱危甚
평탄한 길에 노닐다가도 뒤집어지는 일 많다네.　　飜覆偏多坦路遊

192) 『耘谷詩史』 卷2, 『高麗名賢集』 卷5, p.306 ; 『耘谷行錄』 卷2, 影印標點 『韓國文集叢刊』 卷6, p.156.

193) 안보역(安保驛) : 춘주 서쪽 42리에 있다. 『신증동국여지승람』 卷46, 춘천도호부.

194) 『耘谷詩史』 卷2, 『高麗名賢集』 卷5, p.306 ; 『耘谷行錄』 卷2 影印標點 『韓國文集叢刊』 卷6, p.156.

195) 『耘谷詩史』 卷2, 『高麗名賢集』 卷5, p.306 ; 『耘谷行錄』 卷2, 影印標點 『韓國文集叢刊』 卷6, p.156.

만세사(萬歲寺)에 묵으면서

宿萬歲寺[196]

연기 깊은 돌길에는 자색 이끼 덮였는데	烟深石逕紫苔封
솔문에[197] 다다르니 어느새 저녁 종소리일세.	行到松門已暮鍾
바람에 흔들리는 파초 울음은 세상 모습 아닌데	風動蕉鳴非世態
서리에 꺾여 떨어지는 잎은 가을 모습으로 변하네.	霜摧水落變秋容
달빛 비치는 누각 법고를 사람이 와서 두드리고	月樓禪鼓人來鼓
눈 녹은 시냇가의 물방아는[198] 물이 저절로 찧어주네.	雪澗機舂水自舂
잠에서 깨어난 산 아이가 불씨를 일으켜	睡罷山童吹宿火
한 바리 스님의 죽을 기꺼이 올리네.	一盂僧粥喜相從

1374년(갑인) 3월. 변암(弁巖)의 새 집으로 옮겼는데 형님이 오셨기에 작은 술자리를 마련했더니 형님께서 시를 지어 주셨으므로 이에 차운하여 두 수를 지음

甲寅三月. 移居弁巖新居. 家兄來設小酌. 題詩贈之曰.[199]

▪ 가형(家兄)

일찍이 연하(烟霞)에[200] 즐거운 뜻을 지녀	早有烟霞趣
깊숙이 살기에 편안한 곳을 얻었구나.	深居得所安
사립문 앞에는 오솔길이 나고	柴扉當細路
소나무 서까래가 층층 바위에 기대었네.	松桷倚層巒
풀을 베어서 세 오솔길을[201] 내고	薙草開三逕

196) 『耘谷詩史』 卷2, 『高麗名賢集』 卷5, p.306 ; 『耘谷行錄』 卷2, 影印標點 『韓國文集叢刊』 卷6, p.156.

197) 송문(松門) : 소나무로 만든 문.

198) 기용(機舂) : 물레방아.

199) 『耘谷詩史』 卷2, 『高麗名賢集』 卷5, p.306 ; 『耘谷行錄』 卷2, 影印標點 『韓國文集叢刊』 卷6, p.156.

200) 연하(烟霞) : ① 연기와 노을. ② 산수(山水)의 경치.

201) 삼경(三逕) : 은자의 뜨락. 한나라 때 장후(蔣詡)가 뜨락에 오솔길 셋을 내고, 솔・국화・대나무를 심었다. 그는 뜻이 맞는 친구 두어 사람과 함께 이곳에서 노닐었다. 그 뒤로 삼경(三逕)은 은자(隱者)의 뜨락을 가리키는 말로 쓰였다.

술잔을 잡으니 한 바구니 밥도 즐거워, 停尊樂一簞
나 이곳에 와서 반나절 머물렀지만 我來留半日
사간(斯干)을[202] 본받아 덕을 기리네. 頌禱效斯干

次韻二首.

속세 인연을 다 끊지는 못했지만 俗緣雖未盡
머물러 살기가 한가롭고 편안하다오. 居止要閑安
물을 끌어다 남쪽 언덕을 개간하고 導水開南岸
소나무를 심어서 북쪽 봉우리를 둘러쌌지요. 栽松遶北巒
내 한 몸이야 초가집에 들여놓을 수 있으니 身堪容草屋
꿈에도 구슬 바구니는 돌아보지 않으리다. 夢不顧珠簞
오솔길에 푸른 이끼가 미끄러우니 一逕蒼苔滑
티끌 먼지가 함부로 침범하지 못하리다. 塵埃未易干

반나절이나 웃고 이야기하니 半日開談笑
가슴이 시원하고 몸도 편안하외다. 襟懷靜且安
맑은 바람은 굽은 난간으로 불어오고 淸風來曲檻
비낀 햇살이 층층 봉우리를 비추는군요. 斜照映重巒
시골 술이라 깊은 술잔으로 따르고 村酒酌深單
푸성귀도 작은 바구니에 가득하다오. 野蔬盈小簞
취한 채 산새 소리를 듣노라니 倚酣聞鳥語
소나무 그림자가 난간으로 옮기는군요. 松影轉欄干

---

202) 사간(斯干) : 제목의 간(干)은 시냇물(澗)인데, 새 집을 짓고 형제들이 화목하게 어울리며 아들 딸 낳아 행복하게 사는 사람의 기쁨을 노래한 시이다. 옛사람들의 행복한 꿈을 솔직하게 고백한 시인데, 운곡의 형이 이 시를 본받아 아우 운곡이 변암 새 집에서 행복하게 살기를 기린 것이다. "시냇물은 맑게 흘러 내리고 그윽한 남산이 있어, 대나무가 빽빽하게 섰고 소나무가 우거져 있네. 형과 아우들이 서로 사이좋게 지내며 서로 탓하는 일이 없네. 秩秩斯干, 幽幽南山. 如竹苞矣, 如松茂矣. 兄及弟矣, 式相好矣, 無相猶矣." 『시경(詩經)』 卷4, 소아(小雅) 「사간(斯干)」.

생각나는 대로 읊음[쌍운(雙韻)][203]

卽事(雙韻)[204]

바람이 성긴 발을 흔들며 산 비가 내리니 風動踈簾山雨來
조그만 동산 풀잎이 푸른 연기에 젖네. 小園烟草靑烟濕
새 한 마리 숲을 뚫고서 갑자기 날아들자 穿林一鳥忽飛廻
글귀를 찾던 산 속 사람이 길게 읊으며 서 있네. 覓句幽人長嘯立

유곡(幽谷) 굉(宏)[205] 스님이 전에 미나리를 주시고, 이번에 또 오이를 보내 주셨기에 시를 지어 사례함

幽谷宏師前以水芹見惠. 今復惠瓜. 詩以謝之.[206]

전날에는 잇달아 미나리를 보내시고 往日連連惠水芹
오늘은 또 오이 따서 가난한 집에 보내시니, 摘瓜今復寄寒門
지난번엔 줄기줄기 푸른 실을 먹었고 莖莖昔作靑絲食
지금은 하나하나 푸른 구슬을 삼키네. 箇箇今將碧玉呑
두 번이나 마음 쓰셔서 내 목마름을 풀어주셨건만 再度有心澆我渴
한 평생 스님 은혜를 갚을 길이 없네. 一生無計報師恩
먹고 나자 가슴속이 거울같이 밝아져 啖終懷抱淸如鏡
작은 난간에 기대앉아서 남산을 바라보네. 坐看南山控小軒

좋은 선물이 몇 차례나 채마밭에서 왔는데 嘉貺屢從蔬圃下
그 은혜 갚으려 해도 가난한 살림 부끄러워라. 欲將酬德愧無門
반수(泮水)의[207] 미나리보다 맛 좋아 먹을 만하건만 美勝泮水尤堪嗜

---

203) 쌍운(雙韻) : 두 가지 운(韻)을 썼다는 뜻이다. 래(來)자와 회(廻)자가 회운(灰韻)이고, 습(濕)자와 립(立)자가 집운(緝韻)이다.

204) 『耘谷詩史』 卷2, 『高麗名賢集』 卷5, p.307 ; 『耘谷行錄』 卷2, 影印標點 『韓國文集叢刊』 卷6, p.157.

205) 각굉(覺宏) : 나옹의 제자로 상원사 주사굴 서쪽 봉우리 무주암에 거주하였던 사굴산계 선종승려.

206) 『耘谷詩史』 卷2, 『高麗名賢集』 卷5, p.307 ; 『耘谷行錄』 卷2, 影印標點 『韓國文集叢刊』 卷6, p.157.

동릉(東陵)의[208] 오이보다 귀해 차마 삼키지 못하겠네. 品貴東陵不忍呑
스님은 불손(佛孫)이라 항상 중생을 구제하시니 師是佛孫常濟物
나는 비록 속인이지만 매번 그 은혜를 입네. 吾雖俗子每承恩
이 시가 질탕해 참으로 우습지만 此詩跌宕眞爲笑
고요히 난간에 기대어 한 번 읊어보소서. 敢請吟哦靜倚軒

일찍이 선기(禪機)를[209] 파악하여 물외(物外)에 노니신지라 早把禪機遊物外
암자는 고요하고 솔문도[210] 닫으셨네. 巖居寂寂掩松門
본성에 세 가지 마음[211] 갖춰진 것 보시고 覰窮本性三心備
서강(西江) 물을 모두 한 입에 삼키시네. 吸盡西江一口呑
어지신 님의 복을 받들어 장수하시길 빌고 奉福明君祈鶴筭
미혹한 중생 깨우치며 넓은 은혜를 펼치시네. 發蒙迷輩布鴻恩
세상 사람이 어찌 감히 그 깊은 경계를 엿보랴 世人豈敢窺深室
조사(祖師)의 인(印)이 일찍이 강월헌(江月軒)에[212] 전해졌네. 祖印曾傳江月軒

---

207) 반수(泮水) : 태학관(太學館). 지금의 성균관(成均館). 주나라 시대 제후의 국학(國學)을 반궁(泮宮)이라 하였다. 동문과 서문 사이, 학궁의 남쪽 절반을 물로 에워쌌으므로 반궁(泮宮)이라고 불렀으며, 그 둘레에 흐르는 물이 바로 반수(泮水)이다. "즐거워라! 반궁의 물가에서 미나리를 캐네. 思樂泮水, 薄采其芹." 『시경(詩經)』 卷8, 노송(魯頌) 「반수(泮水)」.

208) 동릉(東陵) : 은거의 상징. 소평(邵平)은 진나라 동릉후(東陵侯)였는데, 진나라가 망하자 베옷을 입고 가난하게 살면서 장안성 동쪽에다 오이를 심었다. 그 오이가 맛이 있어, 세상 사람들이 소평의 이름을 따서 동릉과(東陵瓜)라고 이름붙였다. 사마천(司馬遷), 『사기(史記)』 卷53, 「소상국(蕭相國)」.

209) 선기(禪機) : 선문(禪門)에서 설법하는 예리한 칼날.

210) 솔문(松門) : 소나무로 만든 문.

211) 삼심(三心) : ① 지심(至心)·신락(信樂)·욕생(欲生), 「무량수경」. ② 지성심(至誠心)·심심(深心)·회향발원심(廻向發願心), 『관무량수경』. ③ 직심(直心)·심심(深心)·대비심(大悲心). 신성취발심(信成就發心)의 내용을 나눈 것, 「기신론」.

212) 강월헌(江月軒) : 혜근(1320~1376). 속성은 아(牙)씨, 호는 나옹이며 영해부(寧海府) 사람이다. 20세에 친구의 죽음을 보고 공덕산 묘적암 요연(了然)에게 출가했다. 여러 곳을 돌아다니다가 양주 회암사에서 개오했다. 1348년(충목 4) 원나라로 들어가 연경(燕京)의 법원사(法源寺)에서 인도에서 온 지공에게 참배하고, 다시 임제의 정맥을 계승한 평산 처림(平山 處林)에게 참배하여 불자(拂子)와 법의를 받았다. 후에 명주로 가서 보타낙가산의 관음께 참배하고 육왕사와 무주 복룡산에서 모든 대덕들과 문답을

또 유곡(幽谷) 굉(宏) 스님이 보내 주신 침과(沈瓜)에 대해 사례함
又謝沈瓜[213)]

단표누항(簞瓢陋巷)의[214)] 이 골목을 찾는 이가 없는데	無人見訪簞瓢巷
송계(松桂)의 문에서[215)] 이 물건이 왔네.	有物來從松桂門
달고 연한 것 몇 개를 잘게 씹어보다가	甘脆數枚曾細嚼
달고 신 맛에 한 상자를 모두 먹었네.	甛酸一榼又全呑
목마른 병과 주리던 병을 이미 다 고쳤으니	已痊渴病兼飢病
하늘의 은혜와 법의 은혜에 깊이 감사하네.	深感天恩與法恩
스님과 함께 구이를 실컷 먹으려 하니	擬欲共師同飽炙
다헌(茶軒)을[216)] 쓸고 치워서 깨끗이 준비해 두소.	宜須淨備掃茶軒

1375년(을묘). 도경(道境)[217)] 스님의 시에 차운함(두 수)
次道境詩韻(二首, 乙卯年)[218)]

한 다음 연경으로 돌아 왔다. 순종의 부름을 받아 경사의 보제사에서 설법하고 법원사에서 지공과 다시 만난 후 1358년(공민 7)에 귀국길에 올라 오대산 상두암에 머물렀다. 왕의 초청을 받아 성중에서 법을 설하고 후일 금강산 정양암・청평사・오대산 영감암 등지를 두루 다니다가 회암사로돌아 왔다. 1370년(공민 19) 광명사에서 양종 승려들의 시험인 공부선(功夫選)을 주재하고 왕사에 임명되어 송광사에 주하게 되었다. 그때의 송광사는 동방제일도량이라 일컬었다. 1376년(우왕 2) 신륵사에서 입적하였다. 鎌田茂雄, 1987,『朝鮮佛教史』, 東京大學出版會 ; 申賢淑 譯, 1988,『韓國佛教史』, 서울 : 民族社, p.185.

213)『耘谷詩史』卷2,『高麗名賢集』卷5, p.307 ;『耘谷行錄』卷2, 影印標點『韓國文集叢刊』卷6, p.157.

214) 단표누항(簞瓢陋巷) : (도시락・표주박과 누추한 마을이라는 뜻으로) 소박한 시골 살림을 형용하여 이르는 말. 공자께서 말씀하셨다. "어질구나! 안회(顔回)여. 한 바구니의 밥(一簞食)과 한 바가지의 국물(一瓢飮)로 누추한 거리(陋巷)에 사는 것을 다른 사람 같으면 그 근심을 감당할 수 없는데, 안회는 자기의 즐거움을 바꾸지 않으니, 참으로 어질구나 안회여!『논어(論語)』卷6,「옹야(雍也)」.

215) 송계문(松桂門) : 소나무와 계수나무에 둘린 집은 깊은 산 속의 절간, 또는 은자의 집을 가리킨다. "절이 깊어서 소나무와 계수나무에 티끌 세상 일이 없고 땅이 거친 들판에 닿아 석양을 띠었네. 寺深松桂無塵事, 地接荒郊帶夕陽." 이신(李紳),「안안사(晏安寺)」.

216) 다헌(茶軒) : 다점(茶店). 차 가게. 육유(陸游),「호촌시(湖村詩)」.

217) 도경(道境) : 도경선사(道境禪師). 가지산문계 선종승려로 추정됨.

헤어져 있다보니 자리 위의 보배 되기가[219] 어려웠네.	疎散難爲席上珍
귀밑머리는 희어져가고 시루엔 먼지가 앉았네.	鬢生霜雪甑生塵
십 년 동안 이 숲에 찾는 이가 없었건만	十年林下無車馬
진중하신 우리 스님께서 이 사람을 기억하셨네.	珎重吾師記此人
원래 통달한 선비는 스스로 보배를 지녔으니	由來達士自懷珎
티끌 속에 있어도 티끌을 벗어나네.	雖在塵間逈脫塵
부귀하면 걱정 많아지고 가난도 괴로우니	富貴多憂貧賤苦
한 평생 구름에 누워 사는 사람이 부러워라.	一生長羡臥雲人

전(前) 자사(刺史)[220] 민공(閔公)이 서(徐) 봉익(奉翊)의[221] 별장에 쓴 시에 차운한 시와 서문

和前刺史閔公題徐奉翊郊居詩(幷序)[222]

서문 | 봉익(奉翊) 판도판서(版圖判書)에서[223] 물러난 서윤현(徐允賢) 공이 하루는 내게 이렇게 말했다. “내가 사는 조그만 누각 앞 연못에 맑은 샘물을 끌어들이고, 그 곁에 밤나무 정자(栗亭)를 만들었습니다. 못 가에 논 한 마지기가 있는데, 더운 철에 올라가 보면 서늘한 기운이 책상에 생겨납니다. 그곳에서 연꽃을 구경하고 농사를 감독하며 그윽한 정을 펼친 지가 여러 해 되었습니다. 그러다가 올해 7월 어느 날, 전 자사 민공(閔公)이 농

---

218) 『耘谷詩史』 卷2, 『高麗名賢集』 卷5, p.307 ; 『耘谷行錄』 卷2, 影印標點 『韓國文集叢刊』 卷6, p.157.

219) 위석상진(爲席上珍) : 석상지진(席上之珍)을 말함. 이는 상고(上古)의 이름다운 도(道)를 늘어 놓는 것을 말하는데, 일설에는 유학자(儒學者)의 학덕(學德)을 석상(席上)의 진품(珍品)에 비유한 말이라고 함.

220) 자사(刺史) : 고려시대 주(州)·부(府)에 두었던 장관. 성종 때 두었다가 목종 때 폐하였다.

221) 봉익(奉翊) : 봉익대부(奉翊大夫). 고려 문관에게 주는 종2품의 둘째 품계. 1310년에 제정되고, 1356년에 폐지되었다가 1362년에 다시 설치되었고, 1369년에 다시 폐지됨.

222) 『耘谷詩史』 卷2, 『高麗名賢集』 卷5, p.307 ; 『耘谷行錄』 卷2, 影印標點 『韓國文集叢刊』 卷6, p.157.

223) 판도판서(版圖判書) : 판도사(版圖司)의 판서(判書). 판도사는 1275년 상서호부를 고쳐 부른 이름.

사를 장려하기 위해 들판을 다니다가 마침 이곳을 지나게 되었는데, 한 번 둘러보고 시를 지어 주었습니다. 그 시를 현판에 써서 붙이자, 내 누각의 가치가 더욱 높아졌습니다. 그대도 나를 위해서 그 운에 따라 시를 지어, 우리 자사(刺史)의 풍화(風化)를 찬미하지 않겠습니까?"

그리고는 그 시를 내게 보였다. 내가 그 시를 읽어보고 이렇게 말했다. "민공의 덕행은 마치 규벽(圭璧)과[224] 같아서 더 말할 것이 없습니다. 내가 우물 속에서 보는 소견으로 하늘을 칭찬해봐야 무슨 이로움이 있겠습니까? 그러나 잠자코 말하지 않으면, 민공이 백성을 기른 은혜나 서공이 민공과 사귄 도리를 뒷사람들이 어찌 알겠습니까? 민공이 우리 백성들을 다스림에 있어서 참으로 사심이 없었고, 사람을 쓰는 일에 있어서도 구차하지 않았습니다. 그래서 백성들이 편안하게 살 수 있었고, 민공도 혐의를 멀리하게 된 것입니다. 이제 서공이 벼슬에서 용기있게 물러나 숲과 샘에 살면서 맑은 흥을 즐기는 줄 알고 민공이 별장을 지나다가 자기가 보는 대로 붓 아래 나타냈으니, 고을을 다스리는 여가에 자기를 알아주는 친구끼리 서로 만나서 고을살이의 즐거움을 잠시나마 얻은 것을 이 시에서 볼 수 있습니다. 서공이 연하(煙霞)에[225] 꼭 붙어살아 세상에 아첨하지 않음으로써 자신을 찾아온 상공을 만나 그 영광이 온 마을에 떠올랐고, 아름다운 시를 얻어서 기뻐 춤추는 모습을 또한 볼 수 있습니다.

그런데 하늘이 이 백성들을 돕지 않으사 임기가 끝나기도 전에 깃발을 돌리게 되었으니, 이것이 서공에게 한(恨)스러운 일입니다. 저도 역시 이 고을 백성 가운데 한 사람인데, (상공께서) 인끈을 풀으시는 날 마침 상복을 입은 중이라 함께 전송하지 못했으니, 이 역시 제게 한을 남겼습니다. 다행히 서공의 깨우침을 입고 사모하는 정이 갑절이나 더해, 삼가 원운(元韻)을 따라 시 4수를 지어 올립니다."

奉翊版圖判書致仕徐公允賢一日謂予曰. 吾居小樓前. 引淸泉於荷塘. 開栗亭於其側. 池邊有水田一頃. 暑月登臨則凉生机案. 賞蓮觀稼 暢敍幽情有年矣. 越今年秋七月有日. 前刺史閔公因勸農郊行. 適過于此 一周覽而題詩. 卽板而書于座右. 吾樓之價益高爾. 盍爲我纔其韻而美我刺史風化乎.

---

224) 규벽(圭璧) : 제후가 천자를 알현할 때에 갖는 옥(玉).

225) 연하(烟霞) : ① 연기와 노을. ② 산수(山水)의 경치.

因示其所寄詩. 僕讀其詩. 乃曰. 閔公之德行. 如圭如璧. 不可尙已. 以予之井觀. 有何益於譽天乎. 然默默而不語. 則後之人焉知閔公牧民之惠. 與夫徐公之與閔公深有交道乎. 惟公之撫我民也固不私. 其取人也固不苟. 故民得聊生. 身遠嫌疑. 乃知徐公之勇退. 棲于泉石. 遣盡淸興. 因過郊居. 以其所見. 形容於筆下. 其所以理郡餘暇. 知己相邀. 暫得爲州之樂. 於此可見矣. 徐公之所以膠漆煙霞. 不媚於世. 得遇相公之來過. 光浮閭里. 睹得佳章. 懽欣鼓舞. 亦可見矣. 卒以天不佑民. 不莅而返旆. 是徐公之所恨也. 僕亦州民之一也. 當其解印之日. 適居縗絰之中. 未得攀轅 是亦吾生之遺嘆也. 幸因徐公之所諭. 倍殫思慕之情. 謹次元韻作四首以呈似.

맑은 물 한 줄기가 굽은 못에 이어졌고 一派淸流連曲沼
두어 봉우리 푸른빛이 높은 누각을 둘러쌌네. 數峯蒼翠繞危樓
주인이 산하(山河)의 정기를 타고 났기에 主人稟得山河氣
부귀를 다 누리고도 늙지를 않네. 富貴俱全尙黑頭

집이 푸른 산에 이어져 구름도 지붕에서 생기고 屋連靑嶂雲生屋
누각이 맑은 못을 누르니 물에도 누각이 비치네. 樓壓淸池水暎樓
자사(刺史)께서 시 한 수를 지어 주셨으니 刺史更題詩一首
신선마을 뛰어난 경치에 이것이 으뜸일세. 仙村勝槩此爲頭

나라 일이나 백성 일에 모두 힘쓰고 劬勞王事兼民事
강 누각과 절 누각에 두루 노니셨네. 倚遍江樓與寺樓
벼슬에 오른 날부터 사랑을 남겼으니 一自朝天遺愛在
소남(召南)의[226] 풍화가 앞날까지 미치리라. 召南風化感前頭

---

226) 소남(召南) : 『시경(詩經)』 국풍(國風)의 한 갈래. 주나라 문왕의 할아버지인 태왕(太王), 즉 고공단보가 도읍한 땅이 주(周)인데, 기산(岐山)의 남쪽에 있었다. 태왕의 아들 계력(季歷)을 거쳐 문왕에 이르자 도읍을 다시 풍으로 옮기고, 옛 기주(岐周)의 땅을 나누어 주공(周公) 단(旦)과 소공(召公) 석(奭)의 채읍(采邑)으로 하였다. 소공의 덕화가 남쪽까지 행해졌다는 뜻에서, 이 지방의 노래를 주남(周南)이라고 한다. 주자는 소공이 남쪽 여러 나라에서 모은 시를 소남이라고 하였다. 그러므로 소남의 풍화는 바로 주(周)의 소공(召公)이 남방에서 선정(善政)을 베푼 그 풍화를 가리킨다. 풍화

행장이 갑자기 조정으로 옮겨갔지만 風儀忽爾朝城闕
그 모습 아직도 고을 누각에 또렷하네. 體貌森然在郡樓
은혜 산이 무거워 아직도 갚지 못하면서 寂重恩山猶未荅
머리에 가득한 서리와 눈을 스스로 가여워하네. 自憐霜雪已渾頭

1375년(을묘) 11월 23일.[227] 형님이 병으로 세상을 떠나시자 도경선옹(道境禪翁)이[228] 만가(挽歌)[229] 두 장을 지어 보냈으므로, 이에 차운하여 스스로 슬픔을 달랜다

乙卯十一月念三. 家兄病亡. 道境禪翁作挽歌二章云.[230]

▪ 도경 스님 1

평생에 마음을 꾸밀 줄 모르셨지. 平生彩繪不飾心
본성이 밝고도 밝아 그르침이 없었네. 素質皎皎元無蹉
어찌 이 사람을 일찍 떠나게 했나 忍使斯人早歸去
푸른 하늘이여! 이 일을 어찌하랴. 蒼天蒼天可乃何

又云

▪ 도경 스님 2

하늘이 돕지 않아 한 문인을[231] 잃었으니 天何不佑喪斯文
순정한 선비 가운데 그 누가 그대 만하랴. 未識醇儒誰似君

(風化)는 교화(敎化)를 말한다.

227) 염삼(念三) : 염(念)은 이십을 뜻함. 그러므로 23일.

228) 도경(道境) : 도경선사(道境禪師). 가지산문계 선종 승려로 추정됨.

229) 만가(挽歌) : 만가(輓歌)라고도 한다. (옛날에 장례지내면서 부르던) 「해로호리(薤露蒿里)」 2장(章)을 이연년(李延年)이 나누어서 두 곡(曲)으로 만들었다. 「해로(薤露)」는 왕공(王公) 귀인(貴人)들을 장례지낼 때에 불렀고, 「호리(蒿里)」는 사대부와 서민들을 장례 지낼 때에 불렀다. 영구(靈柩)를 끌고(挽) 가는 자들이 불렀으므로, 세상 사람들이 이 노래를 만가(挽歌)라고 하였다. 최표, 『고금주(古今註)』. 원래 호리(蒿里)는 태산 남쪽에 있는 산인데, 사람이 죽으면 그 영혼이 여기 와서 머문다고 한다. 나중에 변하여 무덤이라는 뜻으로 썼다.

230) 『耘谷詩史』 卷2, 『高麗名賢集』 卷5, p.308 ; 『耘谷行錄』 卷2, 影印標點 『韓國文集叢刊』 卷6, p.158.

231) 사문(斯文) : ① 유교에서 유교의 도의나 문화를 이르는 말. ② 유학자.

두 형제가[232] 빛나게 문필을 휘둘렀는데　二陸炳然揮翰墨
원성(原城)[233] 한 고을에 홀로 구름을 남겼네.　原城一邑獨留雲

次其韻以敍悲哀

이어진 가지 인연이 두터워 항상 염려했는데[234]　連枝緣厚常孔懷
오늘 서로 떨어질 줄이야 어찌 생각했으랴.　豈謂今日相違蹉
눈물을 뿌리며 하늘에 호소해도[235] 하늘은 말이 없으니　灑淚呼天天不語
한 평생 믿고 의지했는데 내 장차 어찌하랴.　一生依怙吾將何

이승에서 다시는 글을 의논할 데가 없어　此生無復共論文
부질없이 푸른 산 마주하며 형님을 생각하네.　空對靑山苦憶君
할미새와[236] 끊어져 나비를 꿈꾸다가　信斷鴒原飛蛺蝶
홀연히 깨고 나니 뜬구름 같구나.　忽警身世似浮雲

1376년(병진) 늦봄. 이(李) 저곡(楮谷)의 술자리에서 여러분께 지어 바치다

丙辰暮春. 李楮谷席上呈諸公.[237]

티끌 세상에 한 번 만나 웃어보기도 어려우니　塵世難逢一解頤
좋은 시절이 오면 맘껏 놀며 즐거워하세.　要須行樂及良時

---

232) 이육(二陸) : 진(晉)나라의 문장가 육기(陸機)와 육운(陸雲) 형제는 오군(吳郡) 사람인데, 낙양으로 왔다가 태상(太常) 장화(張華)의 추천으로 그 이름이 천하에 알려졌다. 『진서(晉書)』 卷54. 이 시에서 이육(二陸)은 운곡과 그의 형을 가리킨다.

233) 원성(原城) : 원성군(原城郡). 지금의 원주시 일부.

234) 공회(孔懷) : 크게 염려하는 모습으로, 형제의 정을 뜻한다. "죽을 고비 당해서도 형제만은 염려해주고, 벌판 진펄 잡혀가도 형제만은 찾아 다니네. 死喪之威, 兄弟孔懷. 原隰裒矣, 兄弟求矣." 『시경(詩經)』 卷4, 소아(小雅) 「상체(常棣)」.

235) 호천(呼天) : 하늘을 우러러 부르짖음.

236) 영원(鴒原) : 할미새. 척령재원(鶺鴒在原)에서 나온 말로 형제가 급한 일이나 어려운 일을 당하여 서로 돕는 것을 비유하는 말이다. "할미새가 들판에 있으니 형제들이 어려움을 급히 구해주네. 脊令在原, 兄弟急難." 『시경(詩經)』 卷4, 소아(小雅) 「녹명지십(鹿鳴之什)」 상체(常棣).

237) 『耘谷詩史』 卷2, 『高麗名賢集』 卷5, p.308 ; 『耘谷行錄』 卷2, 影印標點 『韓國文集叢刊』 卷6, p.158.

일은 날마다 한없이 생기지만 事隨白日生無限
마음은 푸른 산과 일찍이 약속했네. 心與靑山素有期
지는 꽃 즐겨 보며 깼다가 다시 취하니 好對殘花醒復醉
어찌 새벽 거울을 보며 탄식하고 또 슬퍼하랴. 何煩曉鏡嘆還悲
지난 해 함께 앉았던 사람들 올해에는 적어졌으니 昔年坐客今年少
자주 흰 옥 술잔 들기를 힘쓰시게나. 努力頻傾白玉巵

7월 10일. 다시 위 운을 따라 쓰다

七月十日. 復用前韻.[238]

죽고 삶을 볼 때마다 눈물이 턱까지 흘러내려 每看存沒悌垂頤
사람들이 말하길, 얼굴이 옛보다 못하다 하네. 人道容顔減舊時
늠름한 마음이야 예전 그대로지만 凜凜壯心雖似昔
성성한 백발은 이미 때가 되었네. 星星衰髮已當期
세상과 어긋나며 혜강(嵇康)의[239] 게으름을 배우고 違時且學嵇康懶
여름을 보내며 송옥(宋玉)의[240] 슬픔이 생각나네. 送夏仍懷宋玉悲
팽상(彭殤)이[241] 같은 줄 일찍이 알았으니 早識彭殤同一軌
이 신세를 깊은 술잔에나 부치리라. 却將身世付深卮

괴로운 가뭄

238) 『耘谷詩史』 卷2, 『高麗名賢集』 卷5, p.308 ; 『耘谷行錄』 卷2, 影印標點 『韓國文集叢刊』 卷6, p.158.

239) 혜강(嵇康) : 진(晉)의 죽림칠현(竹林七賢)의 한 사람.

240) 송옥(宋玉) : 전국시대(戰國時代)의 시인. 굴원(屈原)의 제자로서 구변(九辯)을 지어 굴원이 방축(放逐) 당함을 슬퍼하였음.

241) 팽상(彭殤) : 요(堯)의 신하로서 은말(殷末)까지 칠백 년을 살았다는 선인(仙人). 장자(莊子)에 인용된 말로서 수명의 길고 짧음이 결국 마찬가지라는 뜻. 팽조(彭祖)의 이름은 갱(鏗)인데, 제(帝) 전욱(顓頊)의 현손(玄孫)이다. 은(殷)나라 말엽에 이르러 나이가 700여 세나 되었는데도 노쇠하지 않았다.『열선전(列仙傳)』. 원문의 팽(彭)은 팽조를 가리키고, 상(殤)은 나이 어려서 죽는 것을 가리킨다. 『장자(莊子)』 卷2, 「제물론(齊物論)」에서 "천하에 상자(殤子)보다 오래 산 사람도 없고, 팽조도 요절한 것이다"라고 하였다.

苦旱[242]

산성(山城)에 몇 달 동안 비가 오지를 않아	山城數月霖雨絶
넓은 들판에 풀도 없이 천리가 시뻘개졌네.	大野不毛千里赤
사람들은 가뭄 병에 걸려 서로 탄식하며	人罹旱嘆相嗷嗷
몇 번이나 구름 바라보고 애가 탔던가.	幾望雲霓頗勞劇
상양(商羊)은[243] 춤추지 않고 한발(旱魃)은 잔인해서	商羊不舞旱魃虐
때아닌 서풍(西風)이 쉬지 않고 불어대네.	律外西風吹不隔
오래 메마른 논에는 누런 먼지가 일어나고	水田久涸起黃埃
곳곳에 샘물마다 물줄기가 끊어졌으니,	處處靈泉俱絶脉
일년 농사를 다시 말해 무엇하랴	一年農事更何論
피와 조는 다 말라붙고 콩 보리도 없네.	稗粟焦乾無菽麥
농부들은 보습도 놓아버리고 호미도 내던졌으니	田夫釋耒不攜鋤
온갖 노력을 다했지만 끝내 무엇을 얻으랴.	費盡筋力終何獲
돌아와 탄식하며 처자들에게 말하는데	歸來嘆泣語妻孥
그 가운데 말 한 마디가 참으로 가여워라.	就中一言良可惜
해마다 세금 내면 조금은 남았는데	年輸租稅得贏餘
올해엔 아침 저녁 끼니 잇기도 어렵다네.	難繼饔飡度朝夕
이제는 목숨마저 이미 끝장 났으니	到今生命已焉哉
무엇을 가져다 세금 액수를 채우랴.	更將何物充賦額
옛부터 성 동쪽(城東)에 신령스런 사당이 있어	城東自古有靈祠
날마다 무당들 모여 복을 빌어 주네.	日聚巫覡祈恩澤

242) 『耘谷詩史』 卷2, 『高麗名賢集』 卷5, p.308 ; 『耘谷行錄』 卷2, 影印標點 『韓國文集叢刊』 卷6, p.158.

243) 상양(商羊) : 상양(商羊)이란 새가 춤을 추면 비가 온다는 전설. 제(齊)나라에 날아다니는 새가 있었는데, 한쪽 발로 내려와 궁전 앞에 머물며 날개를 펴고 뛰어다녔다. 제나라 제후가 몹시 괴이하게 여겨, 공자에게 사람을 보내 (이 새가 어떤 새인지) 물었다. 그러자 공자가 대답했다. "이 새의 이름은 상양(商羊)입니다. 백성들에게 빨리 알려서, 도랑을 치라고 하십시오. 하늘에서 장차 큰 비가 내릴 것입니다." 그러더니 정말 하늘에서 큰 비가 내렸다. 여러 나라들은 모두 물난리를 겪었지만, 제나라만은 안전했다. 『설원(說苑)』, 「변물(辨物)」. 하늘에서 비가 오려고 하면, 상양이 일어나서 춤을 추었다. 상양은 비오는 것을 아는 동물인데, 하늘에서 비가 오려고 하면 한쪽 다리를 구부리고 일어나 춤을 추었다. 『논형(論衡)』, 「변동(變動)」.

북 소리 나팔 소리가 천둥같이 시끄러운데다 喧闐鼓吹殷如雷
머리에 불동이 이고 줄을 이어 다니네. 首戴火盆行絡繹
소리 치며 뛸 때엔 땀이 옷을 적시건만 嘵嘵踊躍汗流裘
하늘을 우러러봐도 푸르기만 하구나. 仰視天宇深紺碧
그토록 애쓰건만 비는 내리지 않으니 忍看勞苦自不漉
후세의 그 누가 영감(靈感)을 알아주랴. 後世誰知靈感跡
또 절간을 찾자 스님들이 모여 又尋佛宇集緇流
진경(眞經)을 펼쳐 읽으며 법석(法席)을[244] 베풀었네. 披讀眞經開法席
【이 때 나라에서 명령을 내려 운우경(雲雨經)을 읽게 하였다】(時國令讀雲雨經)

정성이 이러하건만 비는 계속 오지를 않아 虔誠如此長不雨
조물주도 마땅히 꾸중을 들어야겠네. 造物亦當深驚責
인민들이 힘입을 데라고는 부처와 하늘뿐인데 人民所賴佛天神
기도해도 이뤄주지 않으니 아무런 이익이 없네. 禱不輒遂事無益
이무기(蛟龍)도 단잠에 빠져 사람을 돕지 않으니 蛟龍方睡不佑人
밝은 구슬을 빼앗고 귀양이라도 보내야겠네. 欲奪明珠宜竄謫
이무기야! 빨리빨리 천둥 수레 타고서 要須大急駕雷車
하늘 바가지 기울이는 역사를 시작하라. 傾倒天瓢作行役
새들도 목이 말라 다투어 슬피 울며 埜禽知渴競悲號
맑은 시냇물 찾아서 날개 짓을 하네. 尋向淸流爭振翮
시내와 못도 바짝 말라 물고기들도 없어지고 川枯澤竭魚鼈空
이따금 참새들만 모래밭에서 노는구나. 時有鳥雀戲沙磧
부엉이와 올빼미도 어찌할 줄 모르고 鴟鴞不解救愆陽
나무 그늘만 찾아다니니, 어디로 가랴. 揀擇樹陰安所適
때때로 소리 지르며 무엇을 구하다가 時時長嘯常有求
땅쥐를 잡아채느라 지치는 줄도 모르네. 掠取地鼠不疲斁
숲 속에서 비를 부르는 비둘기는 가엽기도 하지 可憐林下喚雨鳩
훨훨 날아 서쪽 남쪽의 밭둑 길을 지나는구나. 翩翩飛過西南陌

244) 법석(法席) : 법회 대중이 둘러 앉아서 불경을 읽는 자리. 법연(法筵).

풀과 나무는 거의 다 잿바닥이 되었으니	草木幾爲煨燼場
서로 부르는 급박한 소리를 차마 들을 수 없네.	不忍相呼聲窘迫
만약 이런 지경에 시수(時數)를 만나면	若逢時數至於斯
만백성의 주림과 액운을 참으로 면하기 어렵네.	萬姓誠難免飢厄
만물이 무엇을 안다고 이리 초췌해졌나	物有何知見憔悴
사람이 죄를 지으면 하늘 꾸짖음을 당해야 하건만,	人有罪犯逢天嚇
알건 모르건 모두 같이 벌받고 보니	無知有識俱等蒙
천도(天道)엔 필연 변역(變易)이 없나 보네.	天道必然無變易
선하면 복 받고 악하면 화 받는 것이 떳떳한 진리이고	福善禍淫是眞常
상주고 벌주는 것도 순리를 따라야지.	賞罰宜須從順逆
내 이제라도 용왕을 불러서	我欲招呼龍伯翁
굴속에 있는 이무기들을 때려 일으키고 싶네.	打起蛟螭空窟宅
하늘의 은하수를 끌어 당겨다가	挽回天上銀河流
천지의 큰 불꽃을 한 번 씻어 버리고 싶네.	一洗乾坤大炎爀

북원령(北原令)245) 자사(刺史)246) 김공(金公)이 관아 북쪽에 있는 남산(男山) 기슭에 높은 정자를 세우고, 그 아래에 맑은 샘을 팠다. 산 벼랑을 의지해 대(臺) 하나를 쌓고, 샘물 줄기를 끌어다가 두 못을 만들었다. 금 잉어를 놓아기르고 붉은 연꽃을 심었으며, 기이한 꽃과 이상한 풀들이 못 가에 올망졸망 자랐다. 푸른 산과 흰 구름이 그 가운데 비추고, 샘물 빛과 나무 그림자가 맑아서 저절로 시원한 기운이 일어났다. 샘 양쪽 언덕은 수십 명이 앉을 만하고, 거문고 한 장과 바둑판 하나에 시를 읊고 술잔을 돌리기에 넉넉했다. 동남쪽에는 치산(稚山)이 평평하게 둘려져 있어, 마치 병풍을 친 듯했다. 눈앞의 물상(物像)들이 각기 그 모습을 드러내어, 여러 해 동안 묻고 살았던 부끄러움을 다 씻어주었다. 내가 그 맑고 아름다운 경치를 구경했으니, 고시(古詩) 한

245) 북원(北原) : 원주의 별칭. 『신증동국여지승람』 卷46, 원주목 군명.

246) 자사(刺史) : 고려시대 주(州)・부(府)에 두었던 장관. 성종 때 두었다가 목종 때 폐하였다.

편을 읊어 좌우에 드리고자 한다

北原令剌史金公於公衙之北男山之麓. 搆危亭於其上. 鑿淸泉於其下. 依山崖而築一臺. 導泉源而爲兩池. 放金鱗種紅藕. 奇花異草叅差於側畔. 靑山白雲隱映乎中間. 泉光樹影. 自然凝成淸爽之氣. 其泉之兩岸. 可坐數十人. 而琴一張棋一局. 嘯詠流觴之設足以容矣. 有東南廻平. 雉山邐迤. 如展翠屛. 眼邊物像. 各逞顔色. 盡雪多年湮沒之恥. 僕伏覩淸勝之境. 吟得古詩一篇. 呈似左右.[247]

골짜기를 새로 열어 맑고도 그윽한데　　新開洞穴淸且幽
여름철에도 서늘하니 마치 가을 같구나.　　夏天氣候凉如秋
높은 정자에 올라 먼 곳을 생각하니　　試登危搆起遐想
어찌 구차하게 영주(瀛洲)의 신선을 찾으랴.　　區區何更尋瀛洲
푸른 이끼 바위 곁에 새 우물을 파니　　蒼苔巖畔鑿新井
맑고 차가운 한 줄기 물이 동쪽으로 흘러가네.　　一條淸冷向東流
밤 고요한 연못에는 달빛 환하고　　夜靜荷塘月皎皎
비 개인 솔 난간에는 바람 서늘한데,　　雨餘松檻風颼颼
푸른 산은 말이라도 할 듯이 나와 마주하고　　靑山若語共相對
만물의 모습들이 저마다 두 눈길을 끄네.　　物象各自牽雙眸
산새들은 공을 위해 거문고를 연주하고　　山禽爲公奏琴筑
밝은 해도 공을 위해 유유히 허공에 걸렸네.　　白日爲公懸悠悠
나는 이제 몸과 세상을 모두 다 잊었으니　　我今身世兩忘却
여기 와서 그대 모시고 노니는 것이 즐거워라.　　攀緣且喜陪淸遊
그대는 듣지 못했던가! 취옹(醉翁)이 양천(釀川)[248] 가에서 놀 때에　　君不聞 醉翁逍遙釀泉畔

널려진 술잔들을 산(算)가지로도 다 세지 못했던 것을.　　觥籌交錯散不收
그대는 또 듣지 못했던가! 이 샘물 위에서 손님과 마주앉아　　又不聞 我公對客此泉上

247) 『耘谷詩史』 卷2, 『高麗名賢集』 卷5, p.309 ; 『耘谷行錄』 卷2, 影印標點 『韓國文集叢刊』 卷6, p.159.

248) 양천(釀泉) : 송(宋)의 구양수(歐陽修)가 지은 취옹정(醉翁亭) 옆에 있는 양천(釀泉)을 말함.

큰 잔에 술 부어 놓고 흥겹게 놀던 이야기를. 奉酒以爲大白浮
시를 지어 뒷세상 사람들에게 남겨 주어 作詩留示後來者
흐르는 샘물과 함께 길이 전하게 하리. 可與泉流傳不休

춘주(春州)[249] 신(辛) 대학(大學)이[250] 보낸 오언시(五言詩) 쌍운(雙韻) 삼십운에 차운하여 삼가 부치다

次春州辛大學所寄五言雙韻三十韻奉寄[251]

그대는 재주 뛰어난데다 인품까지 훌륭해 公才俊且長
세상에 보기 드문 영명한 선비일세. 間世英明士
말할 때마다 모두 문채가 있고 出言皆有章
남을 따르면 자기 몸을 잊어버리네. 從人而捨己
진솔한 성품으로 시골에 살면서 恂恂處於鄕
여러 집 자제들을 잘 가르쳤고, 敎誨諸家子
언제나 공손하고 또 온순했으니 恭儉亦溫良
아름다운 그 명성이 어찌 끝나랴. 令聞何窮已
수염에 서리가 껴도 꺼리지 않고 何嫌鬢帶霜
붓 바다가 넓고 넓어 끝이 없구나. 筆海浩無涘
일찍부터 한묵장(翰墨場)에[252] 놀면서 曾遊翰墨場
그 자취를 근궁(芹宮)[253] 속에 부쳤네. 跡寄芹宮裏

249) 춘주(春州) : 원래 맥국. (중략) 고려 태조 23년에 춘주로 하였음. 『신증동국여지승람』 卷46, 춘천도호부.

250) 대학(大學) : 고려시대 국자감이나 향교 안에 두었던 학교의 하나.

251) 『耘谷詩史』 卷2, 『高麗名賢集』 卷5, p.309 ; 『耘谷行錄』 卷2, 影印標點 『韓國文集叢刊』 卷6, p.159.

252) 한묵장(翰墨場) : 한묵(翰墨)은 문한(文翰)과 필묵(筆墨)이라는 뜻으로 문필을 이르는 말. 한묵장(翰墨場)은 한묵을 가지고 노는 자리, 즉 여러 사람들이 모여 시문(詩文)을 짓는 곳.

253) 근궁(芹宮) : 태학관(太學館). 지금의 성균관(成均館). "즐거워라! 반궁의 물가에서 미나리를 캐네. 思樂泮水, 薄采其芹." 『시경(詩經)』 卷8, 노송(魯頌) 「반수(泮水)」. 주나라 시대 제후의 국학(國學)을 반궁(泮宮)이라 하였다. 동문과 서문 사이, 학궁(學宮)의 남쪽 절반을 물로 에워쌌으므로 반궁(泮宮)이라고 불렀으며, 그 둘레에 흐르는 물이 바로 반수(泮水)이다. 이 시에서는 "미나리"를 강조하여, 성균관을 "근궁(芹宮)"이라

소나무와 대나무 오동나무와 가래나무를 심어	門外翠連行
문 밖에 푸르름이 줄을 이었고,	松篁與桐梓
시냇가에 초가집 지었으니	臨溪構草堂
어진 사람이 사는 마을이라 불리네.	盡道仁人里
그대의 도덕에 향기 있으니	道德有馨香
세상에 아무도 같은 이 없고,	世上無相似
언제나 백옥 술잔을 기울이니	常傾白玉觴
부(富)와 귀(貴)까지 다 갖추었네.	富貴俱能備
그러나 침상에만은 기대지 마시게	且莫獨倚床
사씨(謝氏)가[254] 일찍이 기생을 끼고 놀았으니.	謝氏曾攜妓
문학에 있어서는 복상(卜商)을[255] 가볍게 여기고	文學輕卜商
천성을 기르기에도 원(園)·기(綺)보다[256] 뛰어났네.	養性超園綺
다만 부자(夫子)의 담장에[257] 기대었을 뿐이니	但依夫子墻

고 하였다.

254) 사씨(謝氏) : 사영운(謝靈運)을 말함. 중국 남북조 시대의 시인. 강남의 명문에 태어나 여러 벼슬을 지냈으나 정무(政務)를 돌보지 않아 사형 당함. 그는 종래의 서정(抒情)을 주로 하는 중국 문화 사상에 산수시의 길을 열어 놓았음. 산수시인(山水詩人)이라 일컬어짐.

255) 복상(卜商) : 공자(公子)의 제자 자하(子夏)의 이름. 덕행(德行)이 뛰어난 제자는 안연(顔淵)·민자건(閔子騫)·염백우(冉伯牛)·중궁(仲弓)이고, 언어(言語)가 뛰어난 제자는 재아(宰我)·자공(子貢)이며, 정사(政事)에 뛰어난 제자는 염유(冉有)·계로(季路)이고, 문학(文學)에 뛰어난 제자는 자유(子游)·자하(子夏)이다. 『논어(論語)』 卷11, 「선진(先進)」. 공자의 수많은 제자 가운데 네 가지 방면에 뛰어난 제자를 열 명 꼽았는데, 이를 사과(四科) 십철(十哲)이라고 한다. 이 가운데 자하(子夏)의 이름이 바로 복상(卜商)이다.

256) 원기(園綺) : 상산사호(商山四皓)의 동원공(東園公)과 기리계(綺里季). 사호(四皓)는 진시황 때 세상의 어지러움을 피해 상산(商山)에 숨은 네 사람의 은사. 곧 동원공(東園公)·기리계(綺里季)·하황공(夏黃公)·녹리선생(角里先生) 등의 네 사람을 말함. 모두 눈썹과 수염이 세었으므로 사호라 한 것임. 상산사호(商山四皓)라고 하는데, 이들을 그린 그림이 바로 「상산사호도(商山四皓圖)」이다.

257) 부자장(夫子墻) : 성인(聖人)의 문정. 즉, 공자의 문장(門墻)이란 뜻. "집의 담장으로 비유하자면 나의 담은 어깨 높이쯤 되어 집안에 있는 좋은 것들을 누구라도 엿볼 수 있으려니와, 우리 선생님의 담장은 몇 길이나 되어 대문(門)으로 들어가지 않고서는 그 종묘의 웅장함과 다양한 건물들을 다 볼 수가 없다." 『논어(論語)』 卷19, 「자장(子張)」.

동곽(東郭)의[258] 신발이 도리어 우습네.	却笑東郭履
옛날에 베를 끊은 어머니가[259] 있었으니	昔有斷織孃
아들을 가르치면서 지향할 바를 알았네.	教子知所指
배움이 능히 상서(祥瑞)를 이루니	學也能致祥
녹(祿)이 그 가운데 있는 법일세.	祿在其中矣
이 말을 내 어찌 잊으랴	此言吾敢忘
곰곰이 생각하며 혼자 기뻐하였네.	尋思獨歡喜
가진 거라곤 오직 책 한 상자뿐이어서	惟持書一箱
비웃는 사람이 마치 시장에 모여드는 것 같았지.	笑者如歸市
밝게 드러난 이는 더럽히기 어려운데	難以忝明揚
덕과 지혜를[260] 갖추지 못한 게 부끄러워라.	愧未兼雙美
봄빛이 동양(東陽)보다 뛰어나	春色勝東陽
산에 의지하고 또 물에 임했네.	依山又臨水
뵈는 거라곤 모두 유다른 곳이니	所見異於常
몇 사람이나 옥 같은 발자취를 멈추었던가.	幾人留王趾
서리 내려 나뭇잎이 처음 물들면	霜落葉初黃
만물의 모습이 시 지을 거리를 마련해주니,	物象供詩思
멀리 생각할수록 미칠 듯이 떠올라	遙憶意猖狂
마음의 감상을 오히려 믿기 어렵네.	心賞猶難恃
나는 이제 고기 낚는 사내가 되었으니	我作釣魚郎
다른 재주라곤 하나도 없어,	斷斷無他技
일어나는 일마다 어쩌지 못하니	事事未裁量

---

258) 동곽(東郭) : 변변치 못한 재주라는 말. 권세가에 분주히 돌아다니는 무리들이 가소롭게 보이는 것. 동곽 선생은 오랫동안 공거(公車)에서 조칙을 기다리느라고 가난하게 지냈다. 굶주리고 헐벗으며 고생하였고, 다 해진 옷을 입고 다녔으며, 제대로 된 신을 신지 못했다. 눈 위를 다닐 때에도 신발의 위 뚜껑은 있는데 바닥이 없어서, 맨발로 땅바닥을 밟고 다녔다. 사마천(司馬遷), 『사기(史記)』 卷126, 「골계(滑稽)」.

259) 단직양(斷織孃) : 베를 끊은 어머니. 맹모단기(孟母斷機). 학문을 중도에 그만둠을 경계하는 말. 맹자의 어머니가 짜던 베를 칼로 끊으면서 그의 아들에게 학문을 크게 이루라고 타이른 옛 일.

260) 쌍미(雙美) : 덕과 지혜의 두 가지 아름다움.

공명을 이룰 생각이야 어찌 뜻하랴. 成名豈自意
선생만은 홀로 마음 걱정이 없어 先生獨無傷
티끌 세상 밖에서 한가롭게 살아가네. 塵外寄棲止
어지신 임금 받드는 데 뜻이 있으니 志在奉明王
때를 타고 일어날 줄 이제 깨달으셨네. 方覺乘時起
아마 왕업을 창성케 하여 應使帝業昌
꽃다운 이름을 새 역사에 기록하리. 英名記新史
재주 높아 늙어도 쓰러지지 않으리니 才高老不僵
형설(螢雪)의 공이 어찌 부끄러우랴. 螢雪何須耻
인의(仁義)의 이치를 잘 모르니 賤子豈敢當
이 천한 사람이 어찌 감당하랴만, 不知仁義理
붓을 휘둘러 안부를 물으며 揮筆敍溫涼
은근한 정을 종이 한 장에 쓰네. 慇懃書一紙

또 짓다

又[261)]

왕업이 하늘과 함께 길고 기니 王業共天長
산림에 묻혀 사는 선비가 없네. 山林無逸士
만 백성은 모두 밝게 다스려지고 萬姓盡平章
벼슬아치들도 다 맑고 깨끗하네. 搢紳皆潔已
덕과 은혜가 산 고을까지 미쳤으니 德澤及山鄕
백성 사랑하기를 갓난아기 돌보듯하며, 愛民與赤子
위아래가 모두 밝고 어질어 上下盡明良
성대한 왕업이 끝이 없구나. 盛業終無已
임금님의 수명이 천만년이니 寶筭千萬霜
복의 바다가 어찌 끝이 있으랴. 福海寧有涘
곳곳마다 모두들 기뻐 날뛰고 處處皆歡場

261) 『耘谷詩史』 卷2, 『高麗名賢集』 卷5, p.310 ; 『耘谷行錄』 卷2, 影印標點 『韓國文集叢刊』 卷6, p.160.

어진 바람이 안팎에 통하네.	仁風通表裏
나 또한 지위를 사모하지만	我亦慕班行
몸이 옛 동산 숲 속에 살아,	棲身故園梓
십 년 동안을 초가에 누웠으면서도	十載臥茅堂
청운(青雲)의[262] 꿈은 만리를 달렸네.	青雲心萬里
반(班)・마(馬)의[263] 향내를 맡았으면서도	猶聞班馬香
뜻대로 되지 않아 부끄러워라.	却愧未能似
부질없이 항아리의 술만 따르니	徒自倒壺觴
문무(文武)를[264] 겸비하기가 참으로 어렵구나.	文虎難兼備
상위에 가득한 책을 사랑할 뿐	只愛書滿床
노래하고 춤추는 기생에게는 마음이 없네.	無心歌舞妓
농(農)・공(工)・상(商)은 배우지 못했지만	不學農工商
이따금 앉아서 거문고를 타네.	或坐禪綠綺
바탕이 더러운 흙담[265] 같으면서도	質若糞土墻
황석(黃石)의 신발[266] 아래 꿇어앉기를 원했네.	願跪黃石履

---

262) 청운(青雲) : 푸른 구름(青雲)은 높은 명예나 벼슬을 이르는 말이고, 흰 구름(白雲)은 자연 속에 한가롭게 노니는 것을 뜻한다. "범저(范雎)가 휘장에 화려하게 둘러싸인 채 매우 많은 시종들을 거느리고 그를 만났다. 수가(須賈)는 머리를 조아리고 죽을 죄를 지었다고 하면서, 이렇게 말했다. 제가 나으리께서 스스로의 힘으로 청운(青雲)의 위에 높이 오르신 줄은 생각하지 못했습니다." 사마천(司馬遷), 『사기(史記)』 卷79, 「범저채택(范雎蔡澤)」.

263) 반마(班馬) : 『한서(漢書)』를 지은 반고(班固)와 『사기(史記)』를 지은 사마천(司馬遷)을 가리키는데, 두 사람 다 역사가로 이름났다.

264) 문호(文虎) : 문반(文班)과 무반(武班).

265) 분토장(糞土墻) : 공자께서 제자 재여(宰予)의 낮잠 자는 것을 꾸짖은 말씀. 재질이 저하한 자는 가르칠 수 없다는 뜻. "재여(宰予)가 낮잠을 자자, 공자께서 말씀하셨다. 썩은 나무에는 글자를 새길 수가 없고, 더러운 흙담에는 흙손 질을 할 수가 없다. 내가 재여를 꾸짖은들 무슨 소용이 있으랴!" 『논어(論語)』 卷5, 「공야장(公冶長)」.

266) 황석공(黃石公) : 한(漢)의 장량(張良)에게 병서(兵書)를 주었다는 사람. 한의 장량이 어렸을 때, 흙다리(圯上) 밑에 떨어진 황석공의 신을 주워다가 그에게 신도록 하고 병서를 받았다는 고사에서 연유함. "相傳張良刺秦始皇不中 逃匿下 於圯上 遇老人 授以太公兵法 曰讀此則爲王者師矣 後十年與十三年孺子見我濟北穀城山下黃石郎我矣 後十三年 張良從漢高祖過濟北 果見穀城山下黃石取而祠之 世稱此圯上老人爲黃石公." 사마천(司馬遷), 『사기(史記)』 卷55, 유후(留侯).

아버지와 어머니께서	阿爺與阿孃
날 위해 말씀하셨지.	爲我說所指
"효도하는 마음은 왕상(王祥)을[267] 본받고	孝心體王祥
사람되는 길은 충서(忠恕)[268] 뿐이다"고.	忠恕而已矣
이 말씀을 내 어찌 잊을 수 있으랴	此語我何忘
감격하며 마음속으로 기뻐하였네.	慨然心有喜
책 상자 짊어지고[269] 다닌다고 비웃지 마소	莫笑負笈箱
백리해(百里奚)도[270] 시장바닥에서 천거되지 않았던가.	百里擧於市
재주 있는 사람이라 맑게 드러난데다	才子獨淸揚
헌칠하고 정숙하며 아름답다네.	頎然淑且美
충신이 어찌 곽분양(郭汾陽)[271] 뿐이랴	忠豈郭汾陽
재주도 이약수(李若水)보다[272] 뛰어나다네.	才超李若水

267) 왕상(王祥) : 왕상은 진(晉)나라 때의 효자이다. 계모에게 지극히 효성스러웠는데, 추운 겨울날 그 계모가 물고기를 먹고 싶다고 하였다. 왕상이 냇가에 나가 물고기를 잡기 위해 얼음을 깨려 하자, 얼음이 갑자기 저절로 깨지면서 잉어 두 마리가 뛰어나왔다. 그것을 가져다가 어머니께 드렸다.

268) 충서(忠恕) : 공자께서 "삼(參)아! 나의 도(道)는 하나로써 관통하였다."라고 말씀하시자, 증자(曾子)가 "예"라고 하였다. 공자께서 나간 다음에 (증자의) 문인들이 (증자에게) "무슨 뜻입니까?"라고 묻자, 증자가 "선생님의 도는 충(忠)과 서(恕)일 뿐이다"라고 말했다. 『논어(論語)』 卷4, 「이인(里仁)」.

269) 부급상(負笈箱) : 책 상자를 짊어짐. ① 제자가 스승을 따름을 비유(사마천(司馬遷), 『사기(史記)』, "負笈從師"). ② 책 상자를 짊어지고 간다는 뜻으로 유학(遊學)함을 말함(『후한서(後漢書)』, 李固傳注, "固改易姓名 杖策驅馳 負笈追師").

270) 백리해(百里奚) : 진(秦) 때의 사람. 저자에 숨어 사는 것을 진목공(秦穆公)이 맞이하여 재상을 삼음. 만장(萬章)이 맹자에게 물었다. "'백리해(百里奚)가 진나라에서 희생제물을 기르는 자에게 양가죽 다섯 장을 받고 자기를 팔아, 그의 소를 키우며 진나라 목공(穆公)에게 써주기를 구했다'고 말하는 사람이 있습니다. 정말 그랬습니까?" 『맹자(孟子)』 卷9, 「만장(萬章) 상」.

271) 곽분양(郭汾陽) : 곽자의(郭子儀). 중국 당(唐)나라의 명장. 하남성(河南省) 정현(鄭縣) 사람. 현종(玄宗) 때 삭방절도사(朔方節度使)가 되어 안록산(安祿山)의 난을 토벌하여 하북의 10여 군을 회복하였고, 숙종(肅宗)・대종(代宗) 때에 토번(吐蕃)을 쳐서 많은 공을 세우고 사도(司徒)・중서령(中書令)에 이어 분양왕(汾陽王)으로 봉함을 받음. 그는 역대에 드물게 부귀(富貴)를 누리고 또 많은 자손이 모두 현달(顯達)하였으므로, 복록(福祿)이 가장 뛰어났던 인물로 꼽힌다. 『당서(唐書)』 卷137.

272) 이약수(李若水) : 당(唐)나라 때 사람으로서 구의(舊儀)에 정통함.

몸가짐은 오상(五常)을[273] 행하니	將身行五常
꽃다운 발자취를 그 누가 이어가랴.	誰復繼芳趾
시절은 이미 유월이나[274] 되었건만	時節到槐黃
마음은 아직도 작년이 생각나네.	猶思去年思
나 본래 포부만 커서 훌륭히 빛나니[275]	我本斐然狂
그대 없으면 또 누구를 믿으랴.	無公亦何恃
바라건대 한림(翰林)의 낭관(郎官)이[276] 되어	願作翰林郎
태평성대 조정에 재주를 아뢰시게.	盛朝須奏技
학문을 헤아릴 수 없는데다	學問不可量
벼슬에 나아갈 뜻도 일찍부터 있었으니,	取官曾有意
구해지지 않는다고 상심할 것도 없고	維以不永傷
그쳐야 할 때에는 그치는 법일세.	可以止則止
이윤(伊尹)이[277] 은왕(殷王)을 도운 것도	伊尹輔殷王
다만 창생(蒼生)을 위해 일어났을 뿐인데,[278]	只爲蒼生起

273) 오상(五常) : 오륜(五倫)을 말한 것.

274) 괴황(槐黃) : 회화나무 열매로 만든 누른 물감. 여름의 六월 절후를 말함.

275) 비연(斐然) : 공자가 진(陳)나라에 계실 때에 말씀하셨다. “고향으로 돌아가야겠다. 고향으로 돌아가야겠다. 우리 당의 제자들이 포부가 크고[狂] 심지가 고결하여 다 훌륭히 빛나게(斐然) 성공하였지만, 어떻게 조절해야 할지 그것을 알지 못한다.” 『논어(論語)』 卷5, 「공야장(公冶長)」.

276) 낭관(郎官) : 육조(六曹)의 정5품 관인 정랑(正郎)과 정6품관인 좌랑(佐郎)에 있는 사람을 이르는 말.

277) 이윤(伊尹) : 중국 은나라 초기의 전설상의 인물. 이름난 재상(宰相)으로 탕왕을 보좌하여 주나라 걸왕을 멸망시키고 선정을 베풀었다고 함.

278) 위창생기(爲蒼生起) : 이윤(伊尹)이 유신(有莘) 들에서 밭갈이 하다가 은탕(殷湯)을 보좌한 것은 민생을 위해서라는 뜻. (은나라) 탕왕(湯王)이 예물을 가지고 사람을 보내어 그를 초빙했지만, 그는 거들떠보지도 않고 담담하게 말했다. "내 어찌 탕왕의 예물 때문에 움직이겠느냐? 차라리 논밭에서 지내며 요·순의 도를 즐기겠다.” 그래도 탕왕은 세 차례나 사람을 보내어 그를 초빙했다. 그러자 이윤은 마음을 고쳐먹고 이렇게 말했다. “내가 논밭에서 지내며 요·순의 도를 즐기는 것보다는 차라리 탕왕에게 가서 그를 요·순 같은 임금이 되도록 돕는 것이 낫겠다. 이 나라 백성들이 요·순의 백성들처럼 살게 해주는 것이 낫겠다. 또 내 자신도 요·순의 도가 구현되는 것을 직접 보는 것이 낫겠다. 하늘이 이 백성을 생육하면서 먼저 아는 사람들로 하여금 뒤늦게 아는 사람들을 깨우치게 하셨고, 또 먼저 깨달은 사람들로 하여금 뒤늦게 깨닫는

공께선 훌륭한 도덕을 지녔으니	公有道德昌
주나라 주사(柱史)에게[279] 부끄럽지 않으리라.	不愧周柱史
강하고 굳세어 쓰러지지 않으니	强剛不仆僵
그날의 부끄러움을 씻으려 함일세.	欲雪當日恥
보내온 시를 내 어찌 감당하랴	來詩吾敢當
그 묘한 이치를 다 알 수가 없네.	不可窮妙理
백 번을 읽었더니 내 마음이 시원해져	百讀意淸凉
구름 연기가 온 종이에 짙게 배었네.	雲烟濃滿紙

춘주(春州)[280] 향교(鄕校)[281] 여러분들께 부침

寄春州鄕校諸公[282]

춘성(春城)은 산수(山水)의 고을인데	春城山水鄕
내 일찍이 그곳에 나그네 되었지.	我昔曾爲客
그 뒤에 몇 번이나 봄과 가을이 지났던가	邇來春復秋
지나간 일들은 모두 묵은 자취되었네.	往事成陳跡
청루(靑樓)에는[283] 몇 사람이나 남았는지	靑樓有幾人
밤마다 꿈에 혼이 찾아오네.	夜夜夢魂迫
멀리서 들으니 향교의 학생들이[284]	遙聞黌舍生

사람들을 깨우치게 하셨다. 나는 하늘이 내신 백성들 가운데 먼저 깨달은 사람이니, 내가 먼저 깨달은 도를 가지고 이 백성들을 깨우쳐 주리라. 내가 이들을 깨우쳐 주지 않으면, 누가 깨우쳐 주겠는가?" 『맹자(孟子)』 卷9, 「만장(萬章) 상」.

279) 주사(柱史) : 서적을 맡은 벼슬로 노자를 가리킴. 노자가 젊었을 때 주(周)나라 수장실(守藏室)에서 주사(柱史) 벼슬을 지냈다.

280) 춘주(春州) : 원래 맥국. (중략) 고려 태조 23년에 춘주로 하였음. 『신증동국여지승람』 卷46, 춘천도호부.

281) 향교(鄕校) : 지방에 있는 문묘(文廟)와 거기에 부속된 학교. 고려시대에 시작되어 조선시대에 계승된 지방학교이다.

282) 『耘谷詩史』 卷2, 『高麗名賢集』 卷5, p.310 ; 『耘谷行錄』 卷2, 影印標點 『韓國文集叢刊』 卷6, p.160.

283) 청루(靑樓) : 기생집.

284) 횡사생(黌舍生) : 횡사(黌舍)가 학교를 말하므로 횡사생(黌舍生)은 학생을 말함. "횡사(黌舍)를 세웠는데 생도가 이백명이었다." 『북사(北史)』, 「유란(劉蘭)」.

날마다 시와 술자리를 베푼다지.	日開詩酒席
이락루(二樂樓)[285] 사이에서 시를 읊으니	吟哦二樂間
붓을 휘두르며 많이 얻어지겠지.	弄筆多有獲
내 성품은 본래 어둡고 게으른데다	我生本幽慵
산만하게 살아서 좋은 계책이 없네.	散蕩無良策
마치 새 싹을 뽑아 올리는 사람 같으니	還如揠苗人
자라는 것을 도와준들 무슨 소용 있으랴.[286]	助長終何益
때가 오지 않는다고 스스로 한탄할 뿐	自嗟時不來
애쓰는 이 마음을 그 누가 풀어주랴.	憤排憑誰釋
장차 만나서 이야기하고 싶지만	將欲與晤語
남북으로 갈라져 있어 원망스럽네.	深愧隔南北
옛부터 사귀던 정을 저버리지 마시게	莫負舊交情
사람의 마음은 아침 저녁이 다르다네.	人心異朝夕

향교 여러 친구들이 화답한 시에 다시 차운함

諸公見和. 復次韻.[287]

나는 들었네. 저 주매신이[288]	吾聞朱買臣

285) 이락(二樂) : 소양강 언덕에 있던 이락루(二樂樓)를 말함. 『신증동국여지승람』 卷46, 춘천도호부 누정.

286) 환여알묘인 조장종하익(還如揠苗人 助長終何益) : 송(宋)나라의 농부가 벼를 키우기 위해 이삭을 뽑아올린 것의 비유. 어떤 송나라 사람이 싹이 자라지 않는다고 안타까워 한 나머지, 갑자기 키우려고 뽑아 주었다. 매우 지친 몸으로 집에 돌아와 식구들에게 "오늘은 피곤하구나. 싹이 자라도록 내가 도와주었기 때문이다"고 말하자, 그의 아들이 달려가서 보았다. 싹은 모두 말라 버렸다. 천하에 싹이 자라도록 도와주지 않는 자는 적다. 도와주는 일이 무익하다고 여겨 내버려두는 자는 김도 매지 않으며, 또 빨리 자라도록 도와준다고 하는 자는 싹을 뽑아낸다. 이런 짓은 무익할 뿐만 아니라, 도리어 해치는 행위이다. 『맹자(孟子)』 卷3, 「공손추(公孫丑) 상」.

287) 『耘谷詩史』 卷2, 『高麗名賢集』 卷5, p.310 ; 『耘谷行錄』 卷2, 影印標點 『韓國文集叢刊』 卷6, p.160.

288) 주매신(朱買臣) : 한(漢)의 주매신(朱買臣)이 집이 가난하여 항상 땔나무를 하면서도 글을 읽어 출세한 사실을 말함. 주매신은 한나라 무제(武帝) 때의 사람인데, 독서를 좋아하였다. 그는 집이 몹시 가난해서 나무를 팔아 생활했는데, 나뭇짐을 지고 가면서도 책을 읽었다. 그의 아내가 부끄럽게 여겨, 그를 버리고 달아났다. 뒤에 태수가 되어 수

일찍이 나무꾼이었는데, 曾作採樵客
나뭇짐 지고 다니면서 언제나 글을 읽어 負薪常讀書
한원(翰苑)에[289] 발을 붙였다는 이야길. 翰苑寄蹤跡
옛부터 현인 달사들 가운데 古來賢達人
나고 들면서 군박한 이들 많았으니, 出處多窘迫
검지도 따뜻하지도 않은 것은 不煖亦不黔
묵자의 굴뚝과[290] 공자의 자리였네.[291] 墨堗兼孔席
사람에게 비록 도심(道心)이 있다지만 人雖有道心
배우지 않으면 어디로부터 얻으랴. 不學從何獲
이제 세 사람이 보내온 시를 읽어보니 今看三子詩
세 사람에게 신기한 책략이 있어, 三子有神策
정직하고 신실하고 또 많이 들었으니 直諒又多聞
이 친구들이 참으로 세 가지 유익한 벗일세.[292] 此友眞三益
그리워하던 지난날의 마음이 懸懸昔日心
한번 읽고는 얼음같이 다 풀려, 一讀已氷釋
읊기를 마치고 머리를 돌리자 吟罷却回頭
저녁 햇살이 난간 북쪽을 비추네. 斜陽照軒北
가슴속에 쌓였던 회포 시원해지니 凝然懷抱淸
오늘 저녁이 얼마나 즐거운 저녁인가.[293] 今夕是何夕

레를 타고 들어오는데, 옛 아내가 새남편과 함께 길 닦는 것을 보았다. 그래서 그가 그들 부부를 뒤의 수레에다 태워 가지고 태수 관사로 들어갔는데, 아내가 분하고 부끄럽게 여겨서 스스로 목 매달아 죽었다. 『한서(漢書)』 卷64, 「주매신(朱買臣)」.

289) 한원(翰苑) : 한림원과 예문관을 달리 이르는 말.

290) 묵돌(墨堗) : 묵자(墨子)의 구들. 중국 춘추시대 노나라 묵자(墨子)가 도를 전하고자 사방으로 바쁘게 돌아다녀 구들이 검어질 겨를이 없었다는 옛 일에서 나온 말로, 바쁘게 여기저기 돌아 다니는 것을 말함.

291) 묵돌겸공석(墨堗兼孔席) : 묵자(墨子)의 구들과 공자(孔子)의 자리. 성철(聖哲)들은 법을 전하기 위해 한 곳에 오래 머물지 못했으니, 공자의 자리는 따뜻해질 틈이 없었고, 묵자의 구들도 시커매질 겨를이 없었다. 반고(班固), 「답빈희(答賓戲)」.

292) 삼익우(三益友) : 세 가지 유익한 벗. 공자가 말했다. "유익한 벗이 셋이고, 해로운 벗이 셋이다. 곧은 이를 사귀고, 미더운 이를 사귀며, 들을 것이 많은 이를 사귀면 유익할 것이다." 『논어(論語)』 卷16, 계씨(季氏).

겨울밤 춘성(春城) 객관(客舘)에[294] 묵고 있을 때 변(卞) 대학(大學)이[295] 술을 가지고 찾아 왔기에 시를 지어 사례함

冬夜. 寓春城客舘. 卞大學携酒來訪. 詩以謝之.[296]

아홉 번이나 일어나니 밤이 정말 길구나	九起嗟兮夜正長
나그네 혼이 고향 생각하느라 더욱 처량하네.	旅魂鄕思轉悲凉
등불 앞에서 맑은 이야기 참으로 듣기 어려우니	一燈淸話誠難辨
천 섬이나 되는 새로운 시름을 막을 수가 없네.	千斛新愁未可防
산이 가까워 북풍이[297] 마른 나무에 불고	山近朔風吹槁木
처마가 비어 지는 달이 빈 책상을 비추는데,	簷虛落月照空床
그대가 나그네 한을 풀어 주니 정말 고마워라	感公欲洗羇離恨
술잔 잡고 은근하게 권하고 또 권하네.	把州慇勤勸百觴

김을귀(金乙貴) 상공(相公)의[298] 시권(詩卷) 뒤에 쓴 시와 서문

書金相公詩卷後(幷序, 乙貴)[299]

서문 | 형 우림낭장(羽林郎將)[300] 김철(金哲)[301] 공이 서울에서[302] 돌아와 소매에서 시권(詩卷)을 꺼내 보여 주면서 말했다. "내가 서울에 갔을 때에

---

293) 금석시하석(今夕是何夕) : 이 밤이 어떤 밤인가! "이 밤이 얼마나 즐거운 밤인가! 이 좋은 임을 만났으니 님이여! 님이여! 이 좋은 임을 만났으니 어찌할거니! 今夕何夕 見此良人 子兮子兮 如此良人兮." 『시경(詩經)』 卷6, 당풍(唐風) 「주무(綢繆)」.

294) 객관(客舘) : 객사(客舍). 고려와 조선 때 각 고을에 두었던 관사(館舍). 고을마다 궐패(闕牌)를 모시어 두고 왕명을 받들고 내려오는 벼슬아치를 대접하고 묵게 하였음.

295) 대학(大學) : 고려시대 국자감이나 향교 안에 두었던 학교의 하나.

296) 『耘谷詩史』 卷2, 『高麗名賢集』 卷5, p.310 ; 『耘谷行錄』 卷2, 影印標點 『韓國文集叢刊』 卷6, p.160.

297) 삭풍(朔風) : 겨울철에 북쪽에서 불어오는 찬 바람.

298) 상공(相公) : 재상(宰相)의 높임말.

299) 『耘谷詩史』 卷2, 『高麗名賢集』 卷5, p.310 ; 『耘谷行錄』 卷2, 影印標點 『韓國文集叢刊』 卷6, p.160.

300) 우림낭장(羽林郎將) : 우림(羽林)의 낭장(郎將). 우림(羽林)은 한나라 때 처음 설치한 것으로 금군(禁軍)을 칭함.

301) 김철(金哲) : 생몰년 미상.

302) 경사(京師) : 서울.

그대가 부탁한 편지를 김상공에게 전했더니, 김상공이 이 시권을 내게 주면서 '원군(元君)이 내게 보여준 정이 너무 간절하고도 송구스러워, 이 시권을 그대 편에 부치네.' 라고 말했소. 그대는 그렇게 알아 두시오."

나는 (그 시권을) 두세 번 펼쳐 읽어보았다. 이 시권은 상공이 그의 선친 상국(相國)을[303] 모시고 금성(錦城)에[304] 와 있을 때에 지은 것인데, 그때 사귀던 여러 벗들과 주고받은 시가 매우 많았다. 시 지은 뜻을 보니 부화(浮華)한 말이 없었으며, 상공이 귀양살이 하다가 부름을 받고 다시 조정으로 돌아갈 것이라는 뜻을 나타내면서 그 마음을 위로한 시들이었다.

나는 상공을 모시고 노닌 지가 오래 되었는데, 한 번 헤어진 뒤에 여러 해가 바뀌었다. 비록 가 뵙고 싶은 뜻은 간절했지만, 축지술(縮地術)이 없는 것을 부끄럽게 여기면서 마음만 괴로워한 지가 여러 해 되었다. 이제 간곡한 말씀을 듣고 보니 놀랍고도 기쁜 마음을 견딜 수 없어, 삼가 원운에 따라 (시를 지어) 시권 뒤에다 써서 사례한다.

兄羽林郎將金公哲自京師來. 袖詩卷以示予曰. 如京之日. 以君之所囑之書. 傳寄于金相公. 金相公授予以此卷. 而且曰. 元君所示. 情眷至切. 不勝悚荷. 以此卷傳附于君. 君其悉焉. 僕披至再三. 相公陪先君相國到鎭錦城時所著也. 與諸交友賡和甚多. 觀其詩意. 無浮華語. 皆用相公見謫于玆. 被召還朝之意. 慰解其情耳. 僕曩與相公陪遊日久. 一別之後. 星霜屢易. 雖切往謁之志. 愧無縮地之能. 勞心忉忉者有年矣. 乃今特蒙惓惓. 不勝驚喜. 謹次元韻. 書于卷後以謝之.

옛날 우리들이 함께 노닐던 즐거움을　　昔我相從樂
사람들이 늘 이야기했었지.　　令人每所言
천왕계(天王溪) 위에 떠 있던 달빛이　　天王溪上月
지금도 변함없이 남쪽 난간을 비추네.　　依舊照南軒

또 짓다

又[305]

303) 상국(相國) : 영의정 · 좌의정 · 우의정을 통칭하는 말.

304) 금성(錦城) : 나주의 옛 이름. 『신증동국여지승람』 卷35, 나주목 군명.

내 몸이 벌써 늙었다니 부끄럽구나. 愧我身年已晩年
넓게 트인 구름 길도 따라잡기가 어렵네. 豁然雲路未追攀
구슬 같은 시축(詩軸)에[306] 답하려 했지만 欲賡一軸珠璣句
내 재주가 가낭선(賈浪仙)[307] 같지 않아 몹시 부끄럽네. 深愧才非賈浪仙

그 옛날 현후(賢侯)께서[308] 내 집을 찾으셨을 때 昔日賢侯訪我家
흰 구름 벼랑에 마주앉아 회포를 이야기했지. 論懷共坐白雲崖
지금까지도 그 크신 은덕을 갚지 못했으니 至今重德猶難報
성성한 이 흰 머리털로 내 어찌하랴. 其乃星星白髮何

요순(堯舜)[309] 같은 임금에다 시대에 드문 신하 致君高舜間時臣
그대의 남다른 풍채가 세상 사람들을 비추네. 卓落淸標照世人
다행히 구름과 용이 서로 만났으니 幸値雲龍相會合
바라건대 천둥과 비를 일으켜 궁한 고기들을 살리소서. 願興雷雨化窮鱗

도경(道境)[310] 선사가 보낸 시운에 차운하여 만세사(萬歲寺) 당두(黨頭)

305) 『耘谷詩史』 卷2, 『高麗名賢集』 卷5, p.311 ; 『耘谷行錄』 卷2, 影印標點 『韓國文集叢刊』 卷6, p.161.

306) 시축(詩軸) : ① 시를 적은 두루마리. ② 시화축(詩畵軸).

307) 가낭선(賈浪仙) : 당나라 시인 가도(賈島)의 자가 낭선(浪仙)임. 하북(河北) 범양(范陽) 사람. 처음에 출가하여 법호를 무본(無本)이라 하였다가 후에 한유(韓愈)와 가까이 사귀게 되어 환속(還俗)함. 시를 지은 뒤에 한 글자를 추(推)자로 할지 고(敲)자로 할지 골똘히 생각하다가 경조윤(京兆尹)이던 한유(韓愈)와 부딪쳐 시를 논하며 친해졌다는 퇴고(推敲)에 관한 일화로 유명함. 그의 전기가 『당서(唐書)』 卷176에 실려 있다. 이 시에서는 김상공을 한유에 비유하면서 운곡 자신은 가도보다 못하다고 겸손하게 표현한 것이다.

308) 현후(賢侯) : 현명한 제후(諸侯).

309) 고순(高舜) : 요순(堯舜). 임금이나 조상의 이름은 차마 쓰거나 부를 수 없었으므로, 그대로 쓰기를 피하고 다른 글자로 바꿔 썼다. 이것을 피휘법(避諱法)이라고 한다. 같은 운(韻)의 다른 글자로 바꿔 쓰기도 하고, 같은 뜻의 다른 글자로 바꿔 쓰기도 했으며, 획(劃)을 생략하거나 더해서 쓰기도 했다. 고려 제3대 임금인 정종(定宗, 923~949)의 이름이 요(堯)였으므로, 운곡이 이 시에서 요(堯)자를 피하여 고(高)자로 바꿔 썼다.

310) 도경(道境) : 도경선사(道境禪師). 가지산문계 선종 승려로 추정됨.

의[311] 좌하(座下)에[312] 드린 쌍운(雙韻)의 시

次道境所示詩韻. 呈萬歲黨頭座下(雙音).[313]

헌칠하고 깨끗한 학이 청전(靑田)에서[314] 났으니	軒軒逸鶴生靑田
뭇 새들이 푸드득거려도 어깨를 견줄 수 없네.	衆鳥翺翔難並肩
높고 씩씩한 태도는 앞에도 뒤에도 없어	昂莊態度絶後先
푸른 구름 만리 하늘에 높이 날아올랐네.	碧雲萬里高飛騫
인간 세상에 잠시 와서 법연(法筵)을[315] 맡아	暫來人世主法筵
남을 이롭게 하는 마음으로 늘 머무시며,	利他心切常留連
양주(楊州)의[316] 십만 전을 침 뱉아 버리고	却唾楊州十萬錢
송월(松月) 삼천 편만 읊을 뿐일세.	但吟松月三千篇
본래 의탁할 곳 없으니 모든 인연을 끊고	本無依托絶攀緣
목마르면 마시고 배고프면 먹으며 피곤하면 누우셨지.	渴飮飢飡恒困眠
한 평생 이 목숨을 어찌 헛되이 버리랴	平生性命豈徒捐
고해(苦海)의 바람과 물결 속에서도 편안히 노니시네.	苦海風浪遊安然
바리 하나 누더기 한 벌로 세월을 보내어도	一盂一衲送流年
사방의 사부(四部) 사중(四衆)이[317] 홀로 어질다고 기렸네.	四方四衆稱獨賢
때때로 스님 문 앞을 찾아가려 했지만	時時我欲踵門前
맞이하고 보내는데 번거로우실까 염려되었네.	恐煩杖屨勞送延
흰 머리털과 선탑(禪榻)이[318] 바로 시 짓는 자리인데	鬢絲禪榻是詩場

311) 당두(黨頭) : ① 당상(堂上). 선사(禪寺)에서 한 절의 우두머리, 곧 주지를 말함. ② 선사(禪寺)에서 주지가 있는 방을 말함. 곧 방장(方丈).

312) 좌하(座下) : ① 받들어 모시는 자리 아래. ② 윗 사람이나 친구를 높이어 부르는 말.

313) 『耘谷詩史』 卷2, 『高麗名賢集』 卷5, p.311 ; 『耘谷行錄』 卷2, 影印標點 『韓國文集叢刊』 卷6, p.161.

314) 청전(靑田) : 청전산. 이 산에 두 마리 흰 학이 살았는데, 해마다 새끼를 낳아 자라면 곧 하늘로 날아가 버렸다고 한다. 『영가기(永嘉記)』.

315) 법연(法筵) : 법회 대중이 둘러 앉아서 불경을 읽는 자리. 법석(法席).

316) 양주(楊州) : 금의 산지로 유명한 곳.

317) 사중(四衆) : 불교에 있어서의 사부(四部) 제자. 즉 비구(比丘)·비구니(比丘尼)·우바새(優婆塞)·우바이(優婆夷).

318) 선탑(禪榻) : 좌선(坐禪)을 할 때 쓰는 요괘(腰掛).

소나무 아래 찻잔의 향기를 늘 생각했네.	每思松下茶甌香
요즘 봄기운이 이미 시작했으니	邇來春氣已發陽
푸성귀 잎과 고사리 싹이 날마다 자라겠지.	蔬葉蕨芽隨日長
참다운 법에 그 줄거리를 이미 정돈했으니	旣於眞法整其綱
차 끓이고 부르실 때가 이미 가까워졌네.	煮茗招呼時近當
내 시가 변변치 못해 부끄럽지만	吾詩不腆堪爲下
바라건대 그 가운데서 고를 만한 것만 읽어보소서.	請覽其中可採者

동년(同年)[319] 사인(舍人)[320] 김우(金偶)의[321] 시에 차운함(두 수)

次同年金偶舍人詩韻(二首)[322]

서쪽 난간에서 미리 알린다고 까치가 지저귀었건만	西軒預報鵲查査
온 종일 그윽한 집에 별다른 일이 없었지.	盡日幽居無別事
갑자기 영광스런 빛이 사방을 비추더니	忽有榮光照四隣
동각(東閣)의[323] 참 군자를 반가이 맞이했네.	喜逢東閣眞君子

서너 점 푸른 산이 내 문 앞에 다가선데다	數點靑山當我門
땅이 외지고 마음도 멀어 내 몸에 아무 일 없었네.	地偏心遠身無事
공부에 힘을 다했건만 종이 되었으니	工夫費盡下爲奴
천고의 외로운 충성 기자(箕子)가[324] 가엾구나.	千古孤忠笑箕子

319) 동년(同年) : 동방(同榜). 같은 때의 과거에 급제하여 방목(榜目)에 같이 참여한 사람.

320) 사인(舍人) : 고려 때 내의사인(內議舍人)·내사사인(內史舍人)·중서사인(中書舍人)·도첨의사인(都僉議舍人)·문하사인(門下舍人)으로 일컫던 벼슬. 11대 문종 때에 종4품으로 정하고 25대 충렬왕 24년 정4품으로 올렸다가 공민왕 5년 다시 종4품으로 내렸음.

321) 김우(金偶) : 생몰년 미상.

322) 『耘谷詩史』 卷2, 『高麗名賢集』 卷5, p.311 ; 『耘谷行錄』 卷2, 影印標點 『韓國文集叢刊』 卷6, p.161.

323) 동각(東閣) : ① 동헌(東軒). 지방 관아에서 수령들이 공사를 처리하는 청사. ② 동쪽의 작은 문. 한(漢)나라 공손홍(公孫弘)이 정승이 되어 동각을 열고 어진 이를 맞았다. 그런 이유로 동각을 재상이 현사를 초치하는 곳을 이르기도 한다. 『한서(漢書)』 卷58, 「공손홍(公孫弘)」.

324) 기자(箕子) : 은 주(殷紂)의 삼촌. 피발양광(被髮佯狂)하여 남의 종(奴)이 된 사람. (은

멀리 보이는 골짜기에 구름이 일다

雲興遠壑[325)]

은 같은 봉우리가 숲 속에 솟아났네.	銀巒湧出樹林間
가뭄 구제할 마음은 바쁜데 왜 그리 한가한가.	救旱心忙態尙閑
마치 상산(商山)의 일없는 네 늙은이가[326)]	還似商山無事老
저후(儲后)를[327)] 따르기 위해 일어나는 것 같구나.	爲從儲后起將還

별장(郊居)에서 맞이한 한식(寒食)[328)]

郊居寒食[329)]

마을이 멀어 술병 찬 사람도 없는데	村遠無人佩酒壺
숲 너머 산새들은 제멋대로 부르네.	隔林山鳥恣相呼
비 개인 뒤 풀빛이 솔 길에 이어져	雨餘草色連松逕
봄빛이 자리 모퉁이 비추는 것을 보고 깜짝 놀랐네.	驚却春光照座隅

나라 마지막 임금) 주(紂)가 음탕하고 방일하여 (그의 숙부) 기자(箕子)가 여러번 간했지만 듣지 않았다. 그래서 기자가 머리를 풀어헤치고 거짓으로 미친 척하며 남의 집 종이 되었다. 그 뒤에 세상에 숨어 거문고를 타면서 스스로 슬퍼했는데, (그 곡조 이름을) 「기자조(箕子操)」라고 한다. (무왕이 은나라를 멸망시키고 주나라가 천하를 차지한 뒤에) 무왕(武王)이 기자(箕子)를 조선(朝鮮)에 봉하고, 신하(臣下)로 여기지 않았다. 사마천(司馬遷), 『사기(史記)』 卷38, 「송미자세가(宋微子世家)」.

325) 『耘谷詩史』 卷2, 『高麗名賢集』 卷5, p.311 ; 『耘谷行錄』 卷2, 影印標點 『韓國文集叢刊』 卷6, p.161.

326) 상산사호(商山四皓) : 진시황 때 세상의 어지러움을 피해 상산(商山)에 숨은 네 사람의 은사. 곧 동원공(東園公)·기리계(綺里季)·하황공(夏黃公)·녹리선생(甪里先生) 등의 네 사람을 말함. 모두 눈썹과 수염이 세었으므로 사호라 한 것임. 상산사호(商山四皓)라고 하는데, 이들을 그린 그림이 바로 「상산사호도(商山四皓圖)」이다.

327) 저후(儲后) : 태자(太子)를 일컬음. 한나라 고조가 말년에 척부인(戚夫人)에게 혹하여 여후(呂后)의 아들인 태자를 폐하려 하였다. 여후가 장량에게 꾀를 물어서, 상산(商山)에 숨어사는 네 늙은이를 불러다가 태자를 보좌하게 하니, 고조가 "태자는 이미 날개가 생겼다"면서 폐하지 않았다.

328) 한식(寒食) : 동짓날에서 105일째 되는 날. 이날은 자손들이 저마다 조상의 산소를 찾아 높고 큰 은덕을 추모하며 제사를 지내고, 사초(莎草)를 하는 등 손질을 하는 날임.

329) 『耘谷詩史』 卷2, 『高麗名賢集』 卷5, p.311 ; 『耘谷行錄』 卷2, 影印標點 『韓國文集叢刊』 卷6, p.161.

도경(道境)에 가다[330]

遊道境[331]

산 암자를 찾으려고 돌다리를 건너니　欲訪山菴渡石橋
솔가지 너머 푸른 기와가 들쑥날쑥하네.　參差碧瓦隔松梢
문에 이르러 선기(禪機)가[332] 고요함을 비로소 깨달았으니　到門始覺禪機靜
푸른 이끼를 밟지 않아서 푸른빛이 넘치는구나.　不踏蒼苔綠色饒

동년(同年)[333] 익주(益州)[334] 심방철(沈方哲)이[335] 윤장원(尹壯元)에게[336] 받은 시를 보고 차운함

同年沈益州方哲示尹壯元所贈詩云[337]

▪ 윤장원

우리 대부(大夫)의[338] 문에 영웅 호걸은 없지만　英豪無我大夫門
효행의 상공 재목인 그대를 보았네.　孝行公材又見君
만약 함께 급제한 서울[339] 친구들을 보면　若見京師同榜友
빈 골짜기에서 뜬 구름하고 살더라고 말 전해주오.　爲言空谷謝浮雲

次韻

경사가 전해오는[340] 이름 있는 집안을[341] 이어받아　傳家餘慶襲高門

---

330) 유도경(遊道境) : 「도경산재(道境山齋)」와 이 책에 자주 쓰인 「유(遊)」의 쓰임새에 따라 도경산재에 가다는 뜻으로 번역하였다.

331) 『耘谷詩史』 卷2, 『高麗名賢集』 卷5, p.312 ; 『耘谷行錄』 卷2, 影印標點 『韓國文集叢刊』 卷6, p.162.

332) 선기(禪機) : 선문(禪門)에서 설법하는 예리한 칼날.

333) 동년(同年) : 동방(同榜). 같은 때의 과거에 급제하여 방목(榜目)에 같이 참여한 사람.

334) 익주(益州) : 익산(益山)의 옛 이름. 『신증동국여지승람』 卷33, 익산군 건치연혁.

335) 심방철(沈方哲) : 생몰년 미상.

336) 윤장원(尹壯元) : 생몰년 미상.

337) 『耘谷詩史』 卷2, 『高麗名賢集』 卷5, p.312 ; 『耘谷行錄』 卷2, 影印標點 『韓國文集叢刊』 卷6, p.162.

338) 대부(大夫) : 고려・조선시대 벼슬 품계의 이름.

339) 경사(京師) : 서울.

힘껏 충성을 바쳐 성스러운 임금을 보필하네. 竭力輸忠翊聖君
천년에 드문 명군(明君)과 양신(良臣)이 모였으니 千載明良相會合
태평성대에 풍운이 열린 줄 비로소 알겠네. 方知盛代啓風雲

한 나라의 영웅이 한 문중에서 나왔으니 一國英雄出一門
함께 재업(才業)을 이루어 명군을 도왔네. 共將才業致明君
부끄러워라. 나는 평생의 뜻을 펴지 못했으니 愧予未展平生志
소매자락 떨치고 돌아와 혼자 구름에 누웠네. 拂袖歸來獨臥雲

금성령(金城令)으로[342] 부임하는 자성(子誠)[343] 아우를 보내면서

送子誠弟赴金城令[344]

군수로 부임하는 그대를 보내면서 送君爲郡守
노자로 줄 게 하나도 없네. 無物堪贈行
네 글자를 선물로 주니 寄之以四字
바로 정(正)·직(直)·공(公)·평(平)이라네. 曰正直公平

더위 속에 한가롭게 읊음

暑中閑詠[345]

---

340) 여경(餘慶) : 선(善)을 쌓은 집안에는 반드시 경사가 전해지며(積善之家, 必有餘慶), 악을 쌓은 집안에는 반드시 재앙이 전해진다(積不善之家, 必有餘殃). 『역(易)』, 「중지곤(重地坤)」.

341) 고문(高門) : 이름 있는 집안.

342) 금성(金城) : 본래 고구려의 모성군. (중략) 고려초 지금의 이름으로 고치고, 현종때 낮추어 교주의 속현으로 하였고, 예종 원년에는 감무를 두었다가 뒤에 현령으로 승격시켰는데, 고종은 다시 감무로 하였다. 『신증동국여지승람』 卷47, 금성현.

343) 자성(子誠) : 원천석의 동생 원천우(元天佑)로 추정됨. 원천우는 원주에서 같이 생활하다가 1376년 교주 속현 금성군의 감무를 역임하였고, 62세 때에 흡곡현의 현령을 지냈다.

344) 『耘谷詩史』 卷2, 『高麗名賢集』 卷5, p.312 ; 『耘谷行錄』 卷2, 影印標點 『韓國文集叢刊』 卷6, p.162.

345) 『耘谷詩史』 卷2, 『高麗名賢集』 卷5, p.312 ; 『耘谷行錄』 卷2, 影印標點 『韓國文集叢刊』 卷6, p.162.

한참이나 책상에 기대어 있다가	移時倚書榻
두건을 벗고 길게 시를 읊었네.	岸幘發長吟
바람이 잠잠해 해 그림자 지더니	風定日中影
구름이 흘러와 하늘에 그늘지네.	雲來天半陰
책상머리에 싸우는 개미도 없고	床頭無戰蟻
숲 사이에 나는 새도 끊어져,	林下絶飛禽
시를 읊으며 산 빛을 마주하노라니	舒嘯對山色
도(道)의 맛이 깊은 줄 이제야 깊이 알겠네.	深知道味深

자사(刺史)[346] 설공(偰公)과[347] 산성별감(山城別監) 윤득룡(尹得龍)이[348] 창화(唱和)한[349] 시에 차운함

次刺史偰公與山城別監尹得龍唱和詩韻[350]

저녁볕 다락 위에 피리 소리가 긴데	夕陽樓上笛聲長
발 걷자 서산의 비가 서늘한 기운을 보내주네.	簾捲西山雨送凉
나그네와 주인의 풍류가 참으로 그림 같으니	賓主風流眞似畵
술 취한 미치광이가 그대들을 따른다고 어찌 방해되랴.	醉狂何害次公狂

동년(同年)[351] 심(沈)[352] 익주(益州)가 보여준 시권(詩卷)은 윤장원(尹壯

346) 자사(刺史) : 고려시대 주(州)・부(府)에 두었던 장관. 성종 때 두었다가 목종 때 폐하였다.

347) 설공(偰公) : 설장수(偰長壽). 원나라 숭문감승 설손(偰遜)의 아들. 손이 원나라 말년 공민왕 때 난을 피하여 고려에 왔다. 설장수는 벼슬이 판삼사사(判三司事)에 이르렀다. 뒤에 조선에서 벼슬하였다. 관향(貫鄕)을 정해 주기를 청하므로, 태조 이성계가 계림으로써 관향을 삼게 하였다. 『신증동국여지승람』 卷21, 경주부 인물 본조(本朝).

348) 윤득룡(尹得龍) : 생몰년 미상.

349) 창화(唱和) : ① 저 사람이 부르고 이 사람이 답함. ② 다른 사람의 시에 운을 맞추어 시를 지어 주고 받음.

350) 『耘谷詩史』 卷2, 『高麗名賢集』 卷5, p.312 ; 『耘谷行錄』 卷2, 影印標點 『韓國文集叢刊』 卷6, p.162.

351) 동년(同年) : 동방(同榜). 같은 때의 과거에 급제하여 방목(榜目)에 같이 참여한 사람.

352) 심공(沈公) : 심방철(沈方哲)을 말함.

元)이[353] 지은 절구(絶句)인데, 여러 사람이 글자를 나누어 운(韻)을 삼아 글을 짓는 중에, 나는 금(錦)자를 얻었다

同年沈益州所示詩卷. 卽尹壯元所製絶句. 諸公分字爲韻. 予得錦字.[354]

사신으로 남쪽에 온 지 일년 동안에 奉使南來一歲間
백성들이 편히 산다고 사관(史官)이 벌써 기록했네. 史官已記民高枕
가는 곳마다 다행히 동년들의 모임이 있어 行途賴有會同年
다투어 새로운 시를 지으니 비단 짜는 것 같구나. 競作新詩如織錦

1376년(병진) 윤9월. 일본(日本)의 여러 선덕(禪德)들이[355] 여기에 왔는데, 그 총림(叢林)의[356] 전형(典型)이 우리 나라 제도와 비슷해서 시 한 수를 지어 주었다

丙辰潤九月. 日本諸禪德來此. 其叢林典刑. 如我國之制. 作一詩以贈.[357]

종풍(宗風)은[358] 말이 없고 법도 없는데 宗風無語亦無法
멀리 해 뜨는 곳에서[359] 아득히 건너왔네. 遠自扶桑渡杳茫
성품의 바다는 본래 맑아서 안과 밖이 없으니 性海本澄無內外

---

353) 윤장원(尹壯元) : 생몰년 미상.

354) 『耘谷詩史』 卷2, 『高麗名賢集』 卷5, p.312 ; 『耘谷行錄』 卷2, 影印標點 『韓國文集叢刊』 卷6, p.162.

355) 선덕(禪德) : 선승(禪僧)의 경칭.

356) 총림(叢林) : ① Vindhyavana 빈다바나(貧陀婆那)의 음역. 단림(檀林)으로 번역하기도 함. 여러 승려들이 화합하여 함께 배우며 안거하는 곳. 많은 승려들과 속인들이 모인 것을 나무가 우거진 수풀에 비유한 것. 지금의 선원(禪苑)·선림(禪林)·승당(僧堂)·전문도량(專門道場) 등 많은 승려들이 모여 수행하는 곳을 총칭.

357) 『耘谷詩史』 卷2, 『高麗名賢集』 卷5, p.312 ; 『耘谷行錄』 卷2, 影印標點 『韓國文集叢刊』 卷6, p.162.

358) 종풍(宗風) : 한 종의 풍의(風儀).

359) 부상(扶桑) : 잎은 뽕잎 비슷하고(桑) 키가 수천 丈, 둘레가 스무 아름인데 두 그루씩 한 뿌리에서 나와 서로 기대고 있기(扶) 때문에 붙여진 이름이다(『십주기(十州記)』). 부목(扶木) 혹은 약목(若木)이라고도 하는 신목(神木)이다(『산해경(山海經)』, "양곡(暘谷)의 위에는 부상(扶桑)이 있는데 이 곳은 열 개의 태양이 목욕을 하는 곳으로 흑치(黑齒)의 북쪽에 있다. 물 가운데에 큰 나무가 있는데 아홉 개의 태양이 아랫가지에 있고 한 개의 태양이 윗가지에 있다 暘谷之上 有扶桑十日所浴 在黑齒北 居水中有大木 九日居下枝 一日居上枝"). 해가 뜨는 장소에 있으므로 동쪽을 가리킨다.

일마다 물건마다 백호 광명을 발하네. 頭頭物物放毫光

▪ 정종(正宗)360) 스님의361) 화답362)(正宗禪者答曰)363)

동해의 산과 서해의 물이 모였으니 東海山和西海水
산은 첩첩이 둘리고 물은 아득해라. 山重疊矣水滄茫
법의 즐거움이 모두 하나로 돌아감을 알겠으니 須知樂法皆歸一
면목이 당당해 나름대로 빛나는구나. 面目堂堂自已光

▪ 경송(巠松)의364) 화답(巠松答曰)365)

바람이 인자한 배를 보내되 뜬 자취가 없으니 風送慈航無泛跡
모든 바다가 절로 아득한 줄 알겠네. 須知萬海自茫茫
선정(禪定)의366) 마음을 비추는 한 바퀴 달은 禪心◯◯一輪月
만세에 변함없는 불법 속의 빛일세. 萬世◯◯◯裏光

▪ 전수(全壽)의367) 화답(全壽答曰)368)

조계(曹溪)의 한 방울 물은 본래 맛이 없으니 曹溪一滴本無味
어찌 바람 물결이 만리 아득함을 말하랴. 爭說風波萬里茫

---

360) 정종(正宗) : 일본 승려.

361) 선자(禪者) : ① 명상하는 사람. ② 선문(禪門) 사람. 선의 수행자.

362) 여기부터 3수는 운곡의 시에 대하여 일본 스님들이 화운(和韻)한 시이다. 그래서 운곡의 시와 마찬가지로 망(茫)자와 광(光)자를 운으로 썼다. 운곡의 시는 아니지만, 문집에 실려 있으므로 함께 번역한다. 『운곡시사』에는 이 3수를 다른 시보다 한 자 낮춰 실어, 운곡의 시가 아님을 표시하였다.

363) 『耘谷詩史』 卷2, 『高麗名賢集』 卷5, p.312 ; 『耘谷行錄』 卷2, 影印標點 『韓國文集叢刊』 卷6, p.162.

364) 경송(巠松) : 일본 승려.

365) 『耘谷詩史』 卷2, 『高麗名賢集』 卷5, p.312 ; 『耘谷行錄』 卷2, 影印標點 『韓國文集叢刊』 卷6, p.162.

366) 선정(禪定) : 육바라밀의 하나. 선(禪). 진리를 올바로 사유(思惟)하며, 조용히 생각하여 마음을 한 곳에 모으는 일.

367) 전수(全壽) : 일본 승려.

368) 『耘谷詩史』 卷2, 『高麗名賢集』 卷5, p.312 ; 『耘谷行錄』 卷2, 影印標點 『韓國文集叢刊』 卷6, p.162.

말로써 불법을 전하려 한다면　若以語言要傳法
석 자 칼날의 빛이리라.　○○三尺釰鋒光

정(鄭) 사예(司藝)의[369] 시에 차운함

次鄭司藝詩韻[370]

구월 구일에 하늘빛이 맑아　九月九日天光淸
쓸쓸히 물든 나뭇잎이 가을 소리를 보내오네.　蕭蕭霜葉送秋聲
서재를 깨끗이 쓸고 기쁜 자리를 베푸니　淨掃鈴齋闢歡席
풍류 손님들 모두가 밝고 어지네.　風流賓客皆賢明
잔을 주고 받는 모습이 참으로 그림 같아　獻酬交錯眞似畵
깊은 술잔이 철철 넘치며 국화꽃잎을 띄웠네.　深危瀲瀲浮金英
삼봉(三峰)의 시와 글씨가[371] 모두 절묘하니　三峯詩筆俱絶妙
맑고 아름다운 구절이 음갱(陰鏗)의[372] 시 같고,　淸佳句句如陰鏗
익숙한 솜씨로 취한 먹을 뿌리니　成章信手洒醉墨
종이에 가득한 빛이 구름과 연기 엉키었네.　雲烟滿紙相交橫
사신이 된 상공이 가장 호걸스러워　奉使相君最魁傑
한 평생 완생(阮生)같이[373] 거리낌없이 살았네.　一生放曠如阮生
바람 앞에서 시를 읊어 장한 기운을 토하면　臨風嘯詠吐壯氣
붓끝에 구슬 같은 구절들이 순식간에 이뤄지네.　筆端珠琲須臾成
설자(偰子)가[374] 거문고를 타면 옛 곡조가 많아　偰子彈琴傳古多

---

369) 사예(司藝) : 고려시대 국학(國學)·성균관(成均館)의 종4품 벼슬.

370) 『耘谷詩史』 卷2, 『高麗名賢集』 卷5, p.312 ; 『耘谷行錄』 卷2, 影印標點 『韓國文集叢刊』 卷6, p.162.

371) 삼봉시필(三峰詩筆) : 송대(宋代)의 문장가인 소습(蘇洵), 소식(蘇軾), 소철(蘇轍) 세 부자(父子)의 문장과 같이 그 시필(詩筆)이 모두 절묘(絶妙)하다는 뜻.

372) 음갱(陰鏗) : 진(陳)나라 시인. 자는 자견(子堅). 악부시 「촉도난(蜀道難)」이 유명하다. 『남사(南史)』 卷64.

373) 완생(阮生) : 진(晉)의 완적(阮籍)과 같이 일생 동안의 하는 일이 거리낌이 없다는 뜻. 죽림칠현(竹林七賢)의 한 사람인 완적(阮籍)이 한 평생을 거리낌없이 살았다. 그가 상을 당했을 때에 당대 권력자인 혜희가 찾아오자, 그를 속물(俗物) 취급하며 흰 눈으로 쳐다보았다. 그래서 백안시(白眼視)라는 말까지 생겼다.

멀고 가까이서 그 소리를 들으며 마음을 다 쏟네. 聞風邇遐心盡傾
세상에 으뜸 가는 재주들을 어찌 다시 말하랴 冠世才華何更說
젊은 시절 그 이름이 금방(金榜)에[375] 높이 걸렸네. 妙歲高題金榜名
이같이 뛰어난 이들이 한 자리에 모였으니 如斯豪俊在一座
고금에 없는 학사들이 평생의 정을 털어놓았네. 遨頭學士豁展平生情
회포를 이야기하다 산에 달 떠오른 것도 몰랐으니 論懷不覺山月上
반 바퀴 달이 옥 술잔에 일렁이네. 半輪輝玉觴
또 동쪽 울타리를 향해 서리 속 국화 향기를 주워 모으네. 又向東籬掇拾霜中香

설(偰)[376] 자사(刺史)가[377] 도경(道境)[378] 선사에게 보낸 시에 차운함
次偰刺史寄道境詩韻[379]

솔바람과 시냇물이 모두 선(禪)을 말하니 松風溪水俱說禪
고요한 도경(道境)이 참으로 동선(洞仙)일세.[380] 寥寥道境眞洞仙

374) 설자(偰子) : 설장수(偰長壽). 원나라 숭문감승 설손(偰遜)의 아들. 손이 원나라 말년 공민왕 때 난을 피하여 고려에 왔다. 설장수는 벼슬이 판삼사사(判三司事)에 이르렀다. 뒤에 조선에서 벼슬하였다. 관향(貫鄕)을 정해 주기를 청하므로, 태조 이성계가 계림으로써 관향을 삼게 하였다. 『신증동국여지승람』 卷21, 경주부 인물 본조(本朝).

375) 금방(金榜) : 황금방(黃金牓)을 말함. ① 과거에 급제한 사람의 이름을 기록하여 내거는 패(牌). 문과에 급제하면 금방을 내걸고, 무과에 급제하면 은방을 내걸었다. ② 전(轉)하여 과거에 급제함을 이름. "최소(崔紹)가 열병을 앓다가 명부의 판관에게 이끌려 어떤 다락에 가 보니 금방(金榜)엔 장상(將相)의 이름이 쓰였고, 은방(銀榜)엔 장상 이하 귀인들의 이름이 쓰였고, 철방(鐵榜)엔 주・현・부에 소속된 관료들의 이름이 쓰여 있었다." 『태평광기(太平廣記)』.

376) 설공(偰公) : 설장수(偰長壽). 원나라 숭문감승 설손(偰遜)의 아들. 손이 원나라 말년 공민왕 때 난을 피하여 고려에 왔다. 설장수는 벼슬이 판삼사사(判三司事)에 이르렀다. 뒤에 조선에서 벼슬하였다. 관향(貫鄕)을 정해 주기를 청하므로, 태조 이성계가 계림으로써 관향을 삼게 하였다. 『신증동국여지승람』 卷21, 경주부 인물 본조(本朝).

377) 자사(刺史) : 고려시대 주(州)・부(府)에 두었던 장관. 성종 때 두었다가 목종 때 폐하였다.

378) 도경(道境) : 도경선사(道境禪師). 가지산문계 선종 승려로 추정됨.

379) 『耘谷詩史』 卷2, 『高麗名賢集』 卷5, p.313 ; 『耘谷行錄』 卷2, 影印標點 『韓國文集叢刊』 卷6, p.163.

380) 도경진동선(道境眞洞仙) : 도경(道境)은 이 시를 받게 되는 스님의 이름이면서 글자 그대로 도의 경지이기도 하고, 이 스님이 도를 닦는 곳이기도 하다. 동선(洞仙)도 골짜

판각(板閣)은[381] 날개 벌려 흰 구름 위에 솟았는데　板閣翬飛白雲外
저녁볕 솔 난간에 푸른 연기가 비꼈네.　日斜松檻橫蒼煙

선심(禪心)이 밝게 빛나 끝내 늙지 않고　禪心炯炯竟不老
자비 구름을 널리 펴서 마른 중생을 다 적시네.　廣布慈雲潤枯槁
다행히도 현명한 자사를 이제 만났으니　幸今相遇刺史賢
새 시를 다투어 지어 ○○○　爭賦新詩○○○

산 속이라 비와 이슬이 많음을 더욱 느끼니　山中多感雨露偏
진공(眞空)에도[382] 역시 인정의 끌림이 있네.　眞空亦有人情牽
서로 따르는 마음이 지허(支許)의 무리에[383] 부끄럽지 않아　相從不愧支許輩
호계(虎溪)의 한 웃음이[384] 인연 없는 게 아닐세.　虎溪一笑非無緣

또 짓다

又[385]

집에 있어도 사영운(謝靈運)은[386] 언제나 참선했고　在家靈運長叅禪

기의 신선을 가리키면서, 신선이 사는 골짜기를 뜻하기도 한다.

381) 판각(板閣) : 경판(經版)을 쌓아 두는 전각.

382) 진공(眞空) : ① 비공(非空)의 공(空). 대승(大乘)의 지극(至極)을 말함. ② 진여(眞如)의 이성(理性)이 모든 미혹된 소견(所見)·상(相)을 떠나는 일. ③ 소승(小乘)의 열반(涅槃).

383) 지허배(支許輩) : 지둔(支遁)과 허순(許詢)과 같은 무리. 자연 산수를 즐기는 사람을 말함.

384) 호계일소(虎溪一笑) : 혜원법사(惠遠法師)는 여산(廬山)의 동림사(東林寺)에 있으면서 아무리 귀한 손님이 찾아오더라도 산문 밖에 있는 호계(虎溪)를 건너서까지 배웅하는 법이 없었다. 그런데 어느 날 도연명(陶淵明)과 육수정(陸修靜)이 찾아오자, 그들을 배웅하면서 이야기하다가 자기도 알지 못하는 사이에 그만 호계(虎溪)를 넘어갔다. 그런 뒤에야 호랑이가 울부짖는 소리를 듣고서 호계를 넘어선 줄 깨닫고, 세 사람이 크게 웃었다고 한다.

385) 『耘谷詩史』 卷2, 『高麗名賢集』 卷5, p.313 ; 『耘谷行錄』 卷2, 影印標點 『韓國文集叢刊』 卷6, p.163.

386) 사영운(謝靈運) : 중국 남북조 시대의 시인. 강남의 명문에 태어나 여러 벼슬을 지냈으나 정무(政務)를 돌보지 않아 사형 당함. 그는 종래의 서정(抒情)을 주로 하는 중국

시에 능한 이태백(李太白)은 주선(酒仙)이었네.	能詩太白爲酒仙
이런 사람들 한번 가서는 돌아오지 않으니	斯人一去不復返
천년 지나간 일이 부질없는 연기일세.	千年往事空雲烟
빨리 흐르는 세월이 늙기를 재촉하니	鼎鼎流光催衰老
서리맞은 초목들이 다 말라버렸네.	霜餘草木俱已槁
공업(功業)이 뜬구름 같은 줄 일찍 알았으니	曾知功業似雲浮
우리 생전에 맘껏 즐거워하세.	且樂生前吾○○
하늘이 내게 남다른 뜻을 내려주셔	上天生我意有便
세상 일에 얽매이거나 끌리지 않게 하셨네.	不使世務相拘牽
달을 맞아 술잔 들고서 두 사람을 생각하노니	擧杯邀月憶二字
부끄럽게도 그들과 인연 맺지 못했구나.	愧予未得同攀緣

도경(道境)[387] 선사가 지은 [산 속 지독한 추위(山居苦寒)]란 시에 차운함

次道境禪翁山居苦寒詩韻[388]

언 구름과 엷은 해가 서로 토하고 삼키는데	凍雲淡日相吐呑
바람이 긴 하늘을 까불어 하늘이 성난 듯하네.	風簸長空天欲怒
늦겨울이 차고 매서워 연화(烟火)가 희미하니	窮陰凜冽烟火微
뼈 속까지 차가운 괴로움을 견딜 수가 없네.	骨寒未可能耐苦
산 사람은 일이 없어 두터운 갖옷 입은 채로	山人無事擁重裘
베개 높직이 베고 누워 자느라 한낮 된 줄도 몰랐네.	高枕不知日將午
창호지에 바람이 불어 천둥소리 들리고	風蕭窓紙似雷吼
처마 끝에 고드름 달려 옥 젓가락 같구나.	王筯下垂簷溜氷
일어나 차 달이면서 화로 앞에 앉았노라니	起來煎茶對爐火

문화 사상에 산수시의 길을 열어 놓았음. 산수시인(山水詩人)이라 일컬어짐.

387) 도경(道境) : 도경선사(道境禪師). 가지산문계 선종 승려로 추정됨.

388) 『耘谷詩史』 卷2, 『高麗名賢集』 卷5, p.313 ; 『耘谷行錄』 卷2, 影印標點 『韓國文集叢刊』 卷6, p.163.

서산에 지는 해가 높이 걸린 등불 같네. 西峰落日如懸燈
향기 어린 방장(方丈)을[389] 바람과 눈에 내버려 두니 凝香方丈任風雪
청한(淸寒)한 모습 그 누가 구름 속의 스님 같으랴. 淸寒誰似雲居僧
변암(弁巖)의 나무꾼이 춥다고 외치면서 弁巖樵叟獨呼寒
혼자 절구를 찧어도 가련케 여기지 않네. 躬自臼磨人不惜
두어 간 허술한 집에 바람소리 차가워 數間疎屋冷颼颼
답답한 이 회포를 참으로 풀기 어려웠는데, 鬱鬱心懷難解釋
갑자기 한 곡조의 양춘사(陽春詞)를[390] 받드니 忽奉一曲陽春詞
춘대(春臺)에[391] 쉽게 오른 것 같이 시원하구나. 豁若春臺容易陟

선기(僎其)[392] 스님을[393] 곡하다[작년에 유곡(幽谷) 굉(宏)[394] 스님과 함께 천림사(泉林寺)에서 글을 읽은 적이 있었다]

哭僎其大選(去歲. 與宏幽谷讀書泉林寺)[395]

옛부터 서로 따르며 정이 이미 깊었으니 往昔相從意已深
완연한 그 자취 천림사에 남아 있네. 宛然遺迹在泉林
다시 만날 날 생각할 때마다 늘 그리웠으니 每思再面常懷故
지금 이처럼 상심할 줄이야 어찌 알았으랴. 豈謂傷心乃及今
구름 진흙을 밟던 기러기는[396] 발자취만 남기고 鴻踏雲泥留趾瓜

389) 방장(方丈) : 사원의 주지(住持)가 거처하는 방을 일컬음.

390) 양춘사(陽春詞) : ① 고상한 가곡. ② 따뜻한 봄을 노래함.

391) 춘대(春臺) : 춘대에 오른다는 것은 성세(盛世)를 비유한 말이다. 장몽(張蒙), 『등춘대부(登春臺賦).

392) 선기(僎其) : 생몰년 미상.

393) 대선(大選) : 승과(僧科)의 예부시에 해당하는 최종 고시. 고려시기 승과는 승선(僧選), 대선(大選), 선불장(選佛場) 등의 용어로 쓰였는데, 이중 대선에 합격해야만 대덕(大德)을 받을 수 있었음. 허흥식, 1986, 『고려불교사연구』, pp.323~327.

394) 각굉(覺宏) : 나옹의 제자로 상원사 주사굴 서쪽 봉우리 무주암에 거주하였던 사굴산계 선종승려.

395) 『耘谷詩史』 卷2, 『高麗名賢集』 卷5, p.313 ; 『耘谷行錄』 卷2, 影印標點 『韓國文集叢刊』 卷6, p.163.

396) 홍답운니(鴻踏雲泥) : 소식(蘇軾)의 시(詩) 「화자유민지회구시(和子由澠池懷舊詩)」에 나오는 귀절. 모든 일이란 반드시 자취를 남기기 마련이라는 비유로 쓰이는데, 줄여

화표주(華表柱)에[397] 날던 학은 소리가 끊어졌네.	鶴飛華柱絶聲音
푸른 산기슭에서 다비(茶毗)를[398] 한다니	茶毘底處靑山畔
봄바람에 머리 돌리며 옷깃에 눈물 뿌리네.	回首春風淚灑襟

조계(曺溪) 장로(長老)[399] 선수(禪竪)[400] 스님께서 구(丘)[401] 스님께[402] 지어준 시에 차운함

次曺溪長老禪竪. 贈丘大選詩韻.[403]

고즈넉한 장실(丈室)에[404] 앉아 경(經)을 이야기하니	寥寥丈室坐談經
시냇가 달과 솔바람도 빛과 소리를 보내네.	溪月松風送色聲
세상 밖에 노닐어 참으로 도(道)에 합하니	物外逍遙誠合道
속세의 시끄러움이 어찌 마음에 걸리랴.	世間紛擾豈關情
흰 구름 푸른 봉우리는 참 즐거움을 이바지하고	白雲靑嶂供眞樂
자색 거리[405] 붉은 티끌에[406] 아름다운 이름을 날렸네.	紫陌紅塵動美名

설니홍조(雪泥鴻爪)라고도 한다.

397) 화주(華柱) : 화표주. 정령위(丁令威)가 신선이 되어 고향을 떠났다가 천년 뒤에 학을 타고 요동으로 돌아와 보니, 성곽과 사람들이 모두 바뀌어 있었다. 그래서 화표주(華表柱) 위에 앉아서 슬피 울며 노래를 불렀다고 한다. 화표(華表)는 성문이나 큰길가에 세운 팻말인데, 백성들이 진정할 내용을 화표에 쓰면 수령이 들어주었다.(=요학(遼鶴)).

398) 다비(茶毗) : 분소(焚燒) 또는 연소(燃燒)한다는 뜻. 시체를 화장(火葬) 하는 것.

399) 장로(長老) : Ayusmant 아유솔만(阿瑜率滿)으로 음역. 존자(尊者)・구수(具壽)라고도 번역. 지혜와 덕이 높고 법랍이 많은 비구를 통칭. 젊은 비구가 늙은 비구를 높여 부르는 이름. 기년(耆年)장로・법(法)장로・작(作)장로의 3종이 있다.

400) 선수(禪竪) : 생몰년 미상.

401) 구(丘) : 생몰년 미상.

402) 대선(大選) : 승과(僧科)의 예부시에 해당하는 최종 고시. 고려시기 승과는 승선, 대선, 선불장 등의 용어로 쓰였는데, 이중 대선에 합격해야만 대덕을 받을 수 있었음. 허흥식, 1986, 『고려불교사연구』, pp.323~327.

403) 『耘谷詩史』 卷2, 『高麗名賢集』 卷5, p.313 ; 『耘谷行錄』 卷2, 影印標點 『韓國文集叢刊』 卷6, p.163.

404) 장실(丈室) : 선원(禪院) 주지(住持)의 거실(居室). 방장(方丈).

405) 자맥(紫陌) : 서울 거리.

406) 홍진(紅塵) : 시끄럽고 번화한 속세.

반가이 동포(同袍)를[407] 만나 좋은 시를 지으니　　喜遇同袍題秀句
푸른 못 가의 봄 풀이 꿈속에서도 푸르네.　　碧池春草夢邊靑

곡계(谷溪)의[408] 시권에 씀(1385년, 을축)

書谷溪卷(乙丑)[409]

골짜기 바람 맑고 시냇가 달은 밝아　　谷風淸溪月明
그 빛 잡을 만하고 그 소리 들을 만하네.　　光可攬聲堪聽
우리 스님만이 이 즐거움을 즐거워해　　惟我師樂此樂
바로 그곳에서 공(空)한 성품을 전하네.　　卽常處傳空性

본래 이뤄진 계곡이라 혼탁하지 않아　　本自成渠◯不渾
골짜기 깊고 시내는 머니 근원이 다함 없네.　　谷深溪遠莫窮源
맑고 시원한 물 한 바가지를 나눠서　　願分一勺淸冷波
인간의 뜨거운 번뇌를 다 씻고 싶어라.　　滌盡人間熱惱煩

파원(派源)의[410] 시권에 쓰다[종사(宗師)][411]

書派源卷(宗師)[412]

처음이 없는 그때부터 본래 엉켜 있어　　自從無始本冲融
가득 차고도 고요하니 공(空)이면서도 공이 아닐세.　　湛湛寥寥空不空
나뉘어 흐르는 그 가지를 멀다고 하지 말게　　莫謂分流支裔遠
천 물결 만 이랑이 한 집안 바람일세.　　千波萬浪一家風

---

407) 동포(同袍) : 두루마기 하나를 공동으로 사용함. 전(轉)하여 서로 곤궁(困窮)함을 도움.

408) 곡계(谷溪) : 생몰년 미상.

409) 『耘谷詩史』 卷2, 『高麗名賢集』 卷5, p.313 ; 『耘谷行錄』 卷2, 影印標點 『韓國文集叢刊』 卷6, p.163.

410) 파원(派源) : 생몰년 미상.

411) 종사(宗師) : 부처님의 정법을 전하며, 다른 이의 존경을 받는 이. ① 선종을 전하는 승려 ② 각 종의 조사(祖師).

412) 『耘谷詩史』 卷2, 『高麗名賢集』 卷5, p.314 ; 『耘谷行錄』 卷2, 影印標點 『韓國文集叢刊』 卷6, p.164.

무제(無際)의[413] 시권에 쓰다[해사(海師)][414]

書無際卷(海師)[415]

넓은 하늘과 큰 땅은 삼켜도 다함이 없고　廣大乾坤呑不盡
돌고 도는 해와 달은 아무리 비춰도 끝이 없네.　廻旋日月照難窮
넓고 비고 밝고 트임을 헤아려 보셨는가　廓然瑩澈思量否
모양도 없고 이름도 없으면서 안팎으로 통했네.　無相無名內外通

원로(元老)[416] 오익(吳翊)을[417] 뵙고 좌하(座下)에 절구 두 수를 바침

謁吳元老翊. 呈似座下. 二絶.[418]

화기가 두 뺨에 떠올라 붉으니　和氣光浮兩頰紅
여든 여섯에도 강건해 봄바람이 이네.　强康八十六春風
반도(蟠桃)가[419] 익는 것을 다시 보리니　定應再見蟠桃熟
금강경(金剛經)을[420] 받들어 읽은 큰 공덕 때문이리.　持誦金剛大有功

그윽한 꽃이 붉게 타며 산을 붉게 비추고　幽花灼灼映山紅
아름다운 새들은 짹짹 산들바람에 지저귀네.　好鳥喃喃語軟風
장수를 기원하는 한 잔 술에 봄 흥이 절로 나니　獻壽一盃春興遠

---

413) 무제(無際) : 생몰년 미상.

414) 해사(海師) : 미상.

415) 『耘谷詩史』 卷2, 『高麗名賢集』 卷5, p.314 ; 『耘谷行錄』 卷2, 影印標點 『韓國文集叢刊』 卷6, p.164.

416) 원로(元老) : 관위(官位) · 나이 · 덕망이 높은 벼슬아치.

417) 오익(吳翊) : 생몰년 미상.

418) 『耘谷詩史』 卷2, 『高麗名賢集』 卷5, p.314 ; 『耘谷行錄』 卷2, 影印標點 『韓國文集叢刊』 卷6, p.164.

419) 반도(蟠桃) : 三千 년만에 한 번씩 열매가 연다는 장수(長壽)의 선도(仙桃). 7월 7일에 서왕모(西王母)가 내려와서 선도복숭아 네 개를 무제(武帝)에게 주었다. 무제가 먹고 나서 그 씨를 거둬 심으려 하자, 서왕모가 말했다. "이 복숭아는 삼천년에 한 번 열매가 열립니다. 중하(中夏)는 땅이 척박해서, 심어도 열리지 않습니다." 그러자 황제가 그만두게 하였다. 「무제내전(武帝內傳)」.

420) 금강경(金剛經) : 금강반야바라밀경의 약칭.

원로에게 기이한 공이 있음을 이미 알겠네. 已知元老有奇功

흥법사(興法寺)[421] 대선사(大禪師)[422] 성진(省珍)이[423] 조계(曹溪) 행각(行脚)인[424] 문진(文軫)과[425] 사근(斯近)[426] 두 사람이 지은 시 한 축(軸)을 사람을 시켜 내게 보내면서 시를 청하기에 차운하여 부침

興法大禪翁(省珍)以曹溪行脚文軫・斯近兩人所著詩一軸. 走价責予詩. 次韻奉奇.[427]

경계가 고요하니 마음도 멀어지고 境靜心還遠
사람이 한가하니 도(道)도 더욱 높아지네. 人閑道益尊
두 사람이 뛰어남을 분명히 알면서도 端知兩奇絶
가는 세월에 맡겨 몇 해를 보냈던가. 任送幾寒溫
소나무 달 사이로 서늘한 밤 기운이 흩어지고 松月夜凉散
강물과 구름 사이에 봄 그림자 일렁이는데, 江雲春影翻
손님이 찾아와 좋은 시를 지으니 客來題好句
길게 읊조리면서 황혼에 서 있네. 長嘯立黃昏

또 짓다

又[428]

온 강의 바람과 달빛이 솔문에[429] 이어지고 一江風月連松門

---

421) 흥법사(興法寺) : 강원도 원주시 지정면 안창리에 소재한 절.

422) 대선사(大禪師) : 승계(僧階)의 하나. 교종은 대선(大選)－중덕(中德)－대덕(大德)－도대사(都大師), 선종은 대선(大選)－중덕(中德)－선사(禪師)－대선사(大禪師)－도대선사(都大禪師)로 되어 있었다.

423) 성진(省珍) : 생몰년 미상.

424) 행각(行脚) : 선종의 승려가 수행하기 위해 여러 지방을 돌아다님.

425) 문진(文軫) : 생몰년 미상.

426) 사근(斯近) : 생몰년 미상.

427) 『耘谷詩史』 卷2, 『高麗名賢集』 卷5, p.314 ; 『耘谷行錄』 卷2, 影印標點 『韓國文集叢刊』 卷6, p.164.

428) 『耘谷詩史』 卷2, 『高麗名賢集』 卷5, p.314 ; 『耘谷行錄』 卷2, 影印標點 『韓國文集叢刊』 卷6, p.164.

429) 솔문(松門) : 소나무로 만든 문.

만 골짜기 구름과 안개가 한 골로 모여들었네. 萬壑雲嵐朝一洞
우뚝한 (불)상을 외로운 동산에 세우고 巍巍像設◯孤園
장엄한 불탑은 뜨락에 솟았네. 庭有端莊孤塔聳
조계(曺溪)의 두 손님이 우연히 찾아왔으니 曹溪兩客偶尋來
등 넝쿨 푸른빛도 그대들 위해 움직이네. 烟蘿翠色爲之動
주인과 나그네가 웃고 이야기하니 主賓相對開笑談
한가롭고도 담박하기가 구름 같구나. 閑淡如雲無雜冗
만약 술을 사려면 도연명(陶淵明)을 끌어오고 若能沽酒引陶潛
셋이 웃으며[430] 즐겁게 논다면 나도 함께 하리라. 三笑歡遊吾可共
이제부터 한 평생 숨은 이들을 사모하면서 從此平生慕眞隱
그곳 향해 밤마다 맑은 꿈을 꾸리라. 嚮方夜夜勞清夢

청명일(淸明日).[431] 스스로 읊다

清明日自詠[432]

세상 맛 가운데 한가함이 으뜸인 줄 일찍이 알았으니 世味曾知莫若閑
만금이 어찌 낚싯대 하나만 하랴. 萬金何似一漁竿
누가 시켜서 이익 좇아 분주히 다니는가 奔忙逐利知誰使
고요함 지키면서 가난하게 사는 게 가장 편안하네. 守靜居貧要自安
싸락눈 내릴 땐 철 바뀜에 놀라고 細雪◯時驚節換
지는 꽃 날릴 땐 가는 봄을 아쉬워했지. 落花飛處惜春殘
좋은 시절 만나면 한껏 취해 보세나 還須趁取良辰醉

---

430) 삼소(三笑) : 혜원법사(惠遠法師)는 여산(盧山)의 동림사(東林寺)에 있으면서 아무리 귀한 손님이 찾아오더라도 산문 밖에 있는 호계(虎溪)를 건너서까지 배웅하는 법이 없었다. 그런데 어느날 도연명(陶淵明)과 육수정(陸修靜)이 찾아오자, 그들을 배웅하면서 이야기하다가 자기도 알지 못하는 사이에 그만 호계(虎溪)를 넘어갔다. 그런 뒤에야 호랑이가 울부짖는 소리를 듣고서 호계를 넘어선 줄 깨닫고, 세 사람이 크게 웃었다고 한다.

431) 청명일(淸明日) : 24절기의 하나. 춘분(春分)과 곡우(穀雨) 사이로 양력 4월 5・6일에 해당함.

432) 『耘谷詩史』 卷2, 『高麗名賢集』 卷5, p.314 ; 『耘谷行錄』 卷1, 影印標點 『韓國文集叢刊』 卷6, p.164.

바람과 달빛은 다함이 없고 하늘과 땅도 넓으니.　風月無窮天地寬

늦봄(여섯 수)
暮春(六首)[433]

동풍이 불어 온 산이 붉었었지.　東風吹盡滿山紅
봄 기세 당당하더니 이젠 이미 그만일세.　春事堂堂又已空
세상일 차츰 어려워지고 몸도 차츰 늙어가니　世故漸艱身漸老
십 년 먹을 갈고도 공 없는게 부끄러워라.　十年磨硯愧無功

연기 낀 풀 거친 동산에 흙 언덕이 이어져　烟草荒園接土坡
청려장[434] 짚고 마음 내키는 대로 푸른 잔디를 밟으며 가네.[435]　杖藜隨意踏靑莎
이따금 강개한 마음에 소뿔을 두드리며　有時慷慨敲牛角
봄바람에 한 곡조 영척(甯戚)의 노래를[436] 부르네.　一曲春風甯戚歌

---

433) 『耘谷詩史』卷2, 『高麗名賢集』卷5, p.314 ; 『耘谷行錄』卷2, 影印標點 『韓國文集叢刊』卷6, p.164.

434) 장려(杖藜) : 여장(藜杖). 명아주대로 만든 지팡이.

435) 답청(踏靑) : 봄날에 파릇파릇하게 난 풀을 밟으면서 거닒. "미동문(眉東門) 10여 리 밖에 묘이산(墓頤山)이 있는데, 그 위에 소나무와 대나무 정자가 있으며, 아래로는 큰 강을 굽어보는 곳이다. 해마다 정월 인일(人日, 정월 7일)에 남녀들이 그 위에 모여서 즐겁게 놀며 술을 마시는데, 이것을 답청(踏靑)이라고 한다." 소철(蘇轍), 「답청시서(踏靑詩序)」. 한 겨울 동안 집안에만 갇혀 지내던 사람들이 따뜻한 봄이 시작되자 들판으로 놀러 나와서 풀을 밟는 풍속인데, 꼭 인일 뿐만이 아니라 2월 2일을 답청절(踏靑節)이라고도 했으며, 3월 3일에 답청을 하기도 했다.

436) 영척가(甯戚歌) : 영척의 노래 곧 반우가(飯牛歌)를 말함. 위(衛)나라 사람 영척(寧戚)이 제(齊)나라에 가서 반우가(飯牛歌)를 부르다가 환공(桓公)을 만나서 출세하게 되었다는 것. 영척(甯戚)이 제나라 환공에게 벼슬을 얻으려고 하였지만, 곤궁해서 스스로 목적을 이룰 수가 없었다. 그래서 행상인이 되어 짐수레를 끌고 제나라로 가서 장사하며, 저녁에는 성문 밖에서 묵었다. 환공이 교외에서 손님을 맞이하여 밤중에 성문을 열고 들어오다가, 짐수레를 비키게 했다. 횃불이 매우 밝고, 뒤따르는 수레도 매우 많았다. 영척은 수레 밑에서 소에게 꼴을 먹이고 있다가, 환공을 바라보고 슬퍼하면서 쇠뿔을 두드리며 급히 상가(商歌)를 불렀다. 환공이 이 노랫소리를 듣고는 마부의 손을 잡아 수레를 멈추게 하면서, "이상하다. 저 노래를 부르는 자는 보통 사람이 아니다." 하더니, 뒷수레에 싣고 오게 하였다. 환공이 궁중에 도착하자, 종자가 영척을 어

긴 날에 벗이 없어 혼자 술잔을 드노라니 永日無人伴獨斟
숲새 지저귀며 봄 보내는 시를 화답하네. 埜禽啼和送春吟
어젯밤에 바람 따라 산 비가 지나가더니 昨宵山雨隨風過
언덕에 진 복사꽃이 한 치나 깊었구나. 桃塢殘紅一寸深

봄바람 조화에 어찌 사(私)가 있으랴 春風造化豈容私
풀마다 꽃마다 저마다 한철일세. 百草千花各一時
흰 머리털은 끝내 검어질 줄 모르니 依舊鬢絲渾不變
봄바람이 어찌 나만은 생각해 주지 않나. 乃何於我獨無思

몸의 일은 빗나가고 마음의 일은 어긋나 身事蹉跎心事違
봄이 돌아가면 또다시 꽃 시절을 아쉬워하네. 春歸又復惜芳菲
동군(東君)이[437] 가고 나면 돌아보지도 않는데 東君去去勿回顧
인간 세상의 시비는 왜 그리 끝이 없나. 人世滔滔皆是非

흐르는 물 앉아서 바라보며 흐르는 세월 한탄하니 坐歎流光對水流
지는 꽃과 우는 새가 모두 하염없구나. 落花啼鳥摠悠悠
흥하고 쇠하는 이치를 누구와 함께 말하랴 有誰說與興衰理
앞 숲에 누런 밤이 남았다는 말만 들었네. 只聽前林黃栗留

깃발을 돌려 서울로 가는 도병마사(都兵馬使)[438] 설(偰)[439] 상군(相君)

떻게 처분할 것인지 물었다. 환공은 그에게 의관을 입혀 알현하게 하라고 했다. 그리하여 영척이 천하를 다스리는 술책을 설명하자, 환공이 크게 기뻐하며 관중(管仲)에게 명하여 그를 맞아들여 상경(上卿)으로 삼았다. 후에 국상(國相)이 되었다. 『회남자(淮南子)』, 「도응훈(道應訓)」; 『고시원(古詩源)』, 「반우가(飯牛歌)」.

437) 동군(東君) : 태양의 신, 또는 태양을 달리 이르는 말. "동군(東君)은 해이다." 『광아(廣雅)』, 「석천(釋天)」. 그 뒤에 여러 시인들이 동군을 춘신(春神)이라는 뜻으로 썼다.

438) 도병마사(都兵馬使) : 고려 때에 국가의 군기(軍機)와 그밖의 중대한 일을 결정하는 의결기관.

439) 설공(偰公) : 설장수(偰長壽). 원나라 숭문감승 설손(偰遜)의 아들. 손이 원나라 말년 공민왕 때 난을 피하여 고려에 왔다. 설장수는 벼슬이 판삼사사(判三司事)에 이르렀

을[440] 전송함

奉送都兵馬使偰相君返旆如京[441]

하늘이 우리 백성들을 돌보지 않으시어	天不佑吾俗
공께서 이 시름을 풀어 주셨는데,	公能解此愁
헤어지는 정이 처량해 끝이 없으니	離情悽不斷
떠나는 마음이야 걷잡을 수 없겠지.	去意浩難收
베지 말라는 아가위나무는 그대로 있고	勿剪棠猶在
맑은 물도 그대로 흘러가는데,	還澄水自流
부질없이 한 줌의 눈물 흘리며	空將一掬淚
붙잡을 길 없음을 못내 서러워하네.	深恨挽無由

강수심(江水深) 4장 6구를 지어 원(元)[442] 도령(都領)에게[443] 부침

江水深四章章六句. 寄元都領.[444]

강물은 깊고 구름은 숲에 가득해라(江水深雲滿林)

누런 매실에 빗줄기가 아직도 남아 있는데	黃梅雨脚猶森森
초가집에는 온종일 사람이 오지 않네.	茅齋竟日人不至
나 혼자 쓸쓸히 자다가 일어나	我獨蕭然睡還起
시를 읊으며 그윽한 생각을 달래네.	吟哦足慰幽幽思

강물은 맑은데 구름은 북으로 가네(江水淸雲北征)

다. 뒤에 조선에서 벼슬하였다. 관향(貫鄕)을 정해 주기를 청하므로, 태조 이성계가 계림으로써 관향을 삼게 하였다. 『신증동국여지승람』 卷21, 경주부 인물 본조(本朝).

440) 상군(相君) : 재상(宰相)을 달리 이르는 말.

441) 『耘谷詩史』 卷2, 『高麗名賢集』 卷5, p.314 ; 『耘谷行錄』 卷2, 影印標點 『韓國文集叢刊』 卷6, p.164.

442) 원공(元公) : 원립(元立).

443) 도령(都領) : 고려시대 군대의 한 부대를 맡아 거느리어 지휘하는 무관의 최고 직임. 혹은 그 직임에 있는 사람.

444) 『耘谷詩史』 卷2, 『高麗名賢集』 卷5, p.315 ; 『耘谷行錄』 卷2, 影印標點 『韓國文集叢刊』 卷6, p.165.

숲 너머 그윽한 새는 비 개었다 지저귀고	隔林幽鳥呼新晴
서늘한 저녁 소나무 아래 부채가 필요 없네.	晩凉松下不攜扇
하늘가 저녁 구름이 반쯤 걷히자	天際暮雲纔半捲
허공을 비치는 산 빛이 쪽처럼 푸르네.	映空山色靑如澱

강물이 흐르다가 언제나 그치려나(江水流幾時休)

젊은 시절 세월은 붙잡아 두기 어려우니	少壯光陰難挽留
옳고 그름과 명예 이익이 다 어디 있으랴.	是非名利終何有
오늘 내일 아침이 백발을 재촉하니	今日明朝催白首
그대여! 금항아리 술을 많이 마련하소.	勸君多辦金樽酒

강물이 맑아서 배를 탈 만하네(江水澄舟可乘)

바람 가득한 돛 그림자가 날아가는 구름 같아	飽風帆影如雲騰
동서남북 어디로든 가는 대로 내맡겨 두네.	東西南北任所適
은천(殷川)을 향해 큰 공적 이루면[445]	若向殷川成大績
천하 창생(蒼生)들이[446] 물에 빠질 걱정 없으리.	天下蒼生免沉溺

7월. 횡천(橫川)[447] 가는 도중에

七月橫川途中[448]

산 안개 희끗희끗 개려다 마는데	山霧霏微晴未晴
풀 깊은 시냇가 길에 사람 발길이 끊어졌네.	草深溪路絶人行
이 가운데 무엇이 시 지을 생각을 돋우나.	就中何物撩詩思
언덕 너머 비둘기가 비를 부르며 우네.	隔岸一鳩呼雨鳴

445) 향은천성대적(向殷川成大績) : 때를 만나게 되면 큰 업적을 이룩한다는 것.

446) 창생(蒼生) : 세상의 모든 사람.

447) 횡천(橫川) : 횡성(橫城)의 옛 이름. 고구려의 횡천현. (중략) 고려에서 다시 횡천이라 일컫고 전대로 삭주에 예속시켰다가 뒤에 원주의 속현으로 하였으며 공양왕 원년에 감무를 두었다. 『신증동국여지승람』 卷46, 횡성군.

448) 『耘谷詩史』 卷2, 『高麗名賢集』 卷5, p.315 ; 『耘谷行錄』 卷2, 影印標點 『韓國文集叢刊』 卷6, p.165.

비 내리는 날. 춘성(春城) 객관(客館)에[449] 머물면서 염(廉) 선생께 책을 빌림

春城客舘雨中. 呈廉先生借冊.[450]

뜨락 나무에[451] 비가 내리는 산 속 객관의 가을날 雨滴庭柯山舘秋
나그네 창가의 정황이 더욱 유유하구나. 旅窓情况轉悠悠
책을 빌리는 것은 다른 뜻이 아니라 欲求書冊非他意
쓸쓸하고 적적한 시름을 달래려고 함일세. 消遣寥寥寂寂愁

염공(廉公)이 보낸 화답시를 보고 다시 차운함

廉公見和. 復次韻.[452]

내 일찍이 이곳에 논 지 십삼 년인데 我曾遊此十三秋
꽃과 달 누대(樓臺)에 지난 일이 아득하네. 花月樓臺往事悠
산과 물은 옛 모습이건만 사람은 옛사람 아니어서 山水舊形人不舊
다시 와 고금의 시름을 걷잡기 어렵구나. 再來難禁古今愁

또 짓다

又[453]

발을 드리운 고요한 집에 가을밤이 길고도 기니 閣靜簾虛夜正秋
섬돌 벌레의 울음소리에 나그네 마음 시름겹네. 砌蛩鳴咽客情悠
창 밖 오동나무에는 비 내리는데 푸른 등잔 가에 앉았노라니 隔窓桐雨靑燈畔
생각도 한이 없고 시름도 한이 없네. 無限思量無限愁

---

449) 객관(客舘) : 객사(客舍). 고려와 조선 때 각 고을에 두었던 관사(館舍). 고을마다 궐패(闕牌)를 모시어 두고 왕명을 받들고 내려오는 벼슬아치를 대접하고 묵게 하였음.

450) 『耘谷詩史』 卷2, 『高麗名賢集』 卷5, p.315 ; 『耘谷行錄』 卷2, 影印標點 『韓國文集叢刊』 卷6, p.165.

451) 정가(庭柯) : 뜰에 있는 나무.

452) 『耘谷詩史』 卷2, 『高麗名賢集』 卷5, p.315 ; 『耘谷行錄』 卷2, 影印標點 『韓國文集叢刊』 卷6, p.165.

453) 『耘谷詩史』 卷2, 『高麗名賢集』 卷5, p.315 ; 『耘谷行錄』 卷2, 影印標點 『韓國文集叢刊』 卷6, p.165.

철원관(鐵原舘)[454] 북관정(北寬亭)[455] 시에 차운함

次鐵原舘北寬亭詩韻[456]

한 말 술을 가지고 양주(凉州)와[457] 바꾸지 말라더니[458]	休將斗酒換凉州
이곳에 오니 비로소 세상 시름을 씻을 만하네.	到此聊堪滌世愁
들에 가득한 벼 구름에는 풍년이 들어	滿野稼雲年有稔
난간에 부는 솔바람에 여름도 가을 같구나.	灑軒松吹夏凝秋
지는 노을과 흐르는 물에 티끌세상 정이 끊어지고	落霞流水塵情絶
푸른 풀 거친 터에 옛 뜻이 아득하네.	靑草荒墟古意悠
흥취가 멀리 하늘 밖에서 일어나니	逸興遠從天外起
하필 봉래섬[459] 만이 신선 노는 곳이랴.	不須蓬島是仙遊

멀리 부침(남을 대신해서 짓다)

寄遠(代人作)[460]

그대는 멀리 있어 눈빛 선선한데	渠在遠兮眠空寒
산은 푸르고 강물은 흘러가네.	山蒼蒼兮江漫漫
강물 흐르는데 시름은 끝이 없어	江漫漫兮愁不盡
편지마저[461] 끊어져 소식 들을 수 없네.	魚鴈沒兮無音信
소식 없어 꿈만 괴롭게 날아가고	無音信兮夢勞飛

---

454) 철원관(鐵原館) : 철원의 객관. 본래 고구려의 철원군이다. (중략) 고려 충선왕 2년 지금의 이름으로 고쳤다. 『신증동국여지승람』 卷47, 철원도호부.

455) 북관정(北寬亭) : 철원부의 북쪽에 있다. 『신증동국여지승람』 卷47, 철원도호부.

456) 『耘谷詩史』 卷2, 『高麗名賢集』 卷5, p.315 ; 『耘谷行錄』 卷2, 影印標點 『韓國文集叢刊』 卷6, p.165.

457) 양주(凉州) : 전량(前凉)과 후량(後凉)의 수도. 신강성으로 들어가는 요로이며, 명승지가 많다.

458) 휴장두주환량주(休將斗酒換凉州) : 고을 벼슬하는 것보다 말술이 낫다는 뜻. 말술을 한 고을과 바꾸지 않는다는 것.

459) 봉도(蓬島) : 봉래(蓬來), 봉구(蓬丘)와 같은 말. 신선이 산다는 곳.

460) 『耘谷詩史』 卷2, 『高麗名賢集』 卷5, p.315 ; 『耘谷行錄』 卷2, 影印標點 『韓國文集叢刊』 卷6, p.165.

461) 어안(魚鴈) : 잉어와 기러기는 편지를 전해 주는 동물들임.

하늘 까마득한데 구름은 늘어졌네. 天杳杳兮雲依依
구름이 늘어지고 해도 지려는데 雲依依兮日將晩
그대가 멀리 있어 나 즐겁지 않네. 我不樂兮渠在遠

추석날 선영(先塋)에 참배함(두 수)

中秋拜先塋(二首)[462]

십 년 동안 아이 적 마음으로 이 언덕에 있었네. 十載兒心在此崗
올 때마다 석 잔 술에 한결같이 슬펐네. 每來三酹一哀傷
흰 구름 흐르는 물 유유한 이곳에 白雲流水悠悠處
소슬한 가을바람이 사시나무(白楊)에 일어나네. 蕭瑟悲風起白楊

단풍잎과 갈대꽃이 눈에 가득한 가을날 楓葉蘆花滿眼秋
가을되니 남 몰래 흐르는 눈물을 막을 수 없네 逢秋難禁淚潛流
아버지 어머니 다 돌아가셨는데 형마저 왜 떠나셨나 父亡母沒兄何去
시름겹고 시름겨운데 또 시름이 닥치네. 愁復愁來又一愁

고암(高巖)의[463] 시권에 쓰다[영사(寧師),[464] 쌍운(雙韻)]

書高巖卷(寧師 雙韻)[465]

종풍(宗風)을[466] 쳐부수어 안계(眼界)가[467] 비었으니 打破宗風眼界空
곧은 기상이 성신(星辰) 밖에 우뚝 솟았네. 節然直聳星辰表
높고 높아 흰 구름 속에서도 흔들리지 않으니 巍巍不動白雲中
만고 천추에 그 푸름이 다하지 않으리. 萬古千秋靑未了

---

462) 『耘谷詩史』 卷2, 『高麗名賢集』 卷5, p.315 ; 『耘谷行錄』 卷2, 影印標點 『韓國文集叢刊』 卷6, p.165.
463) 고암(高巖) : 생몰년 미상.
464) 영사(寧師) : 미상.
465) 『耘谷詩史』 卷2, 『高麗名賢集』 卷5, p.315 ; 『耘谷行錄』 卷2, 影印標點 『韓國文集叢刊』 卷6, p.165.
466) 종풍(宗風) : 한 종의 풍의(風儀).
467) 안계(眼界) : 생각이 미치는 범위. 눈으로 보이는 세계.

이날(9월 8일) 국서(國書)[468] 원천경(元天景)이[469] 안덕종(安德從)[470] 원문질(元文質)과[471] 함께 술을 가지고 찾아오다

是日. 元國書天景與安德從 · 元文質携壺訪及(九月 八日).[472]

시골집에 가을이 깊어가니	村舍秋將晩
빈 뜨락에 낙엽이 깊이 쌓였네.	空庭脫葉深
여러분의 그 뜻이 고마워라	感他諸子意
이 늙은이 마음을 위로하러 오시다니.	慰我老人心
국화 핀 길에 향기 가득하고	香滿菊花徑
단풍나무 숲에 붉은빛 떠오르는데,	紅浮楓樹林
이 가운데 취흥에 겨워	就中乘醉興
읊조리다 깨고 나니 혼자 우습구나.	還笑獨醒吟

은혜를 청하는 이언(俚言)[473] 두 수를 목병마사(牧兵馬使) 주(周) 상군(相君)에게[474] 바침

乞恩俚言二首. 呈牧兵馬使周相君.[475]

이성(伊城) 남쪽에 자갈밭이 있어	伊城南面有磽田
이 땅의 이름이 대곡원(大谷員)일세.	此地名爲大谷員
민부(民部)의[476] 공문(公文)이[477] 조상 적부터 오더니	民部公文來祖上

---

468) 국서(國書) : 국서관(國書官)과 같음. 일본에 가는 통신사와 더불어 국서(國書)를 가지고 가는 임시 벼슬.

469) 원천경(元天景) : 생몰년 미상.

470) 안덕종(安德從) : 생몰년 미상.

471) 원문질(元文質) : 생몰년 미상.

472) 『耘谷詩史』 卷2, 『高麗名賢集』 卷5, p.315 ; 『耘谷行錄』 卷2, 影印標點 『韓國文集叢刊』 卷6, p.165.

473) 이어(俚語) : 항간에서 쓰는 속된 말.

474) 상군(相君) : 재상(宰相)을 달리 이르는 말.

475) 『耘谷詩史』 卷2, 『高麗名賢集』 卷5, p.316 ; 『耘谷行錄』 卷2, 影印標點 『韓國文集叢刊』 卷6, p.166.

476) 민부(民部) : 호조(戶曹)를 1308년(충선왕 34) 민부(民部)로 고쳤다가, 1356년(공민왕 5)에 다시 호조로 고치고, 1362년(공민왕 11)에 다시 판도사로 고쳤다가, 1369년(공민

군사 뽑는 붉은 글씨가 내게까지 전해졌네. 選軍朱筆至吾傳

옛부터 비보(裨補)라는 일컬음을 듣지 못했는데 未聞自古稱裨補
어찌 지금에 와서 온전하길 살피는가. 何故于今審悉全
바라건대 조목조목 실상을 따져서 願以科科推實狀
만약 거짓말이라면 푸른 하늘이 굽어보시리. 若陳虛語有靑天

또 짓다

又[478]

초가집에 이끼 낀 사립문, 자갈밭 뿐이니 茅屋苔扉與石田
처량한 살림살이가 남 보기 부끄럽네. 凄涼活計媿諸員
한 바구니 밥에 푸성귀로 내 분수를 따르고 一簞疏糲隨吾分
시렁에 가득한 경전은 아버지에게서 전해졌네. 滿架經書是父傳
젊은 시절에 이미 마음이 움직이지 않았으니 壯歲已能心不動
늙었다고 어찌 목숨 보전하기를 걱정하랴만, 衰年豈患命難全
남은 생애 호연지기를[479] 어디에 대고 기르랴 餘生浩氣憑何養
통발에 두 하늘 있음을 아직 다 못 잊었네.[480] 未盡忘荃有二天

불경을 베끼는 이(化經者)에게 지어주다

贈化經者[481]

왕 18)부터 1372년(공민왕 21) 사이에 민부라 하였다.

477) 공문(公文) : 국가에 수조권을 지급할 때 작성하던 문서로서 수조권자의 변동이 있을 때에는 붉은 글시로 표시하였다.

478) 『耘谷詩史』 卷2, 『高麗名賢集』 卷5, p.316 ; 『耘谷行錄』 卷2, 影印標點 『韓國文集叢刊』 卷6, p.166.

479) 호연지기(浩然之氣) : ① 하늘과 땅 사이에 넘치게 가득 찬 넓고도 큰 원기. ② 도의에 뿌리를 박고 공명 정대하여 조금도 부끄러울 바 없는 도덕적 용기. ③ 사물에서 해방되어 자유롭고 즐거운 마음.

480) 망전(忘筌) : 고기를 잡고 나면 통발이 필요 없게 된다는 말. "筌者所以在魚 得魚而忘筌" 『장자(莊子)』 卷26, 「외물(外物)」.

481) 『耘谷詩史』 卷2, 『高麗名賢集』 卷5, p.316 ; 『耘谷行錄』 卷2, 影印標點 『韓國文集叢

경전을 베끼려고[482] 서로 금은을 뿌리면서 寫經爭欲費金銀
내생에 부처가 될 인연을 심는다고 하지만, 曰種來生做佛因
만물은 마침내 썩어지게 마련이니 漸次磷緇成朽物
반드시 떠도는 티끌처럼 흘러 다니게 될 걸세. 必應流轉作浮塵
밝은 경전은 이름과 모양을 벗어났건만 大淳明藏絶名相
어리석은 사람들이 허망과 진실을 분별 못하네. 少智慧人迷妄眞
제게 있는 값진 보배는 알지 못하고 不省自家無價寶
부질없이 마음과 힘을 다해 남의 보물만 헤아리네. 謾勞心力數他珎

초겨울. 벗에게

初冬. 示友人.[483]

깊숙이 숨어사니 무엇을 가졌으랴 幽居何所有
좋은 일이라도 있었으면 좋겠네. 好事不如無
말하건 안 하건 진실뿐이고 語默誠而已
나아가거나 물러나거나[484] 천명뿐일세. 行藏命矣夫
구름 낀 숲에는 들 두루미가 뛰노는데 雲林翹野鶴
연기 자욱한 골짜기에 가난한 선비가 서 있어, 煙壑腐寒儒
갑자기 바뀐 계절에 다시 놀라니 忽復驚時節
겨울 햇볕이 어느새 자리 모퉁이를 비추네. 冬暉照座隅

또 짓다

又[485]

刊』卷6, p.166.

482) 사경(寫經) : 붓으로 쓴 경전. 경전을 씀.

483) 『耘谷詩史』卷2, 『高麗名賢集』卷5, p.316 ; 『耘谷行錄』卷2, 影印標點 『韓國文集叢刊』卷6, p.166.

484) 행장(行藏) : 세상에 나아가 도를 행하는 것을 행(行)이라 하고, 세상에서 물러나 숨는 것을 장(藏)이라 함. 곧 출세와 은퇴를 뜻함. 『논어(論語)』卷7, 「술이(述而)」.

485) 『耘谷詩史』卷2, 『高麗名賢集』卷5, p.316 ; 『耘谷行錄』卷2, 影印標點 『韓國文集叢刊』卷6, p.166.

사는 곳이 누추하고 외지지만 棲遲雖陋僻
날 알아주는 벗이 어찌 아주 없으랴. 知己豈全無
손님은 바로 대나무 군자이고 賓是竹君子
벗님은 소나무 대부일세. 友于松大夫
선(禪)을 물으려 늙은 스님을 맞고 問禪邀老釋
학문에 힘쓰려 젊은 선비를 모시는데, 勉學引新儒
푸른 산이 가까운 것도 또한 기쁘니 且喜靑山近
한가한 구름이 집 모퉁이를 둘러싸네. 閑雲繞宅隅

또 짓다

又[486]

세상 돌아가는 것을 어찌 다 말하랴 世態那堪說
인정이 없을 수는 없어, 人情不可無
거나해지면 술손님을 부르고 陶然招酒客
우연히 나무꾼과도 짝하네. 偶爾伴樵夫
지극한 도(道)는 옛 성인을 사모하지만 至道希先聖
실없는 이야기하며 늙은 선비가 부끄러워라. 常談恥老儒
그대에게 재략 있음이 부러우니 多君有材畧
한 모퉁이를 들면 세 모퉁이를 아네.[487] 擧一反三隅

겨울비를 보고 느낀 바를 적음

冬雨寓感[488]

486) 『耘谷詩史』 卷2, 『高麗名賢集』 卷5, p.316 ; 『耘谷行錄』 卷2, 影印標點 『韓國文集叢刊』 卷6, p.166.

487) 거일반삼우(擧一反三隅) : 하나를 들면 세 가지를 알아야 한다는 것. 공자께서 말씀하셨다. "(어떻게 해보아야겠다고) 분발하지 않으면 가르쳐주지 않고, 애쓰지 않으면 도와주지 않는다. 한 모퉁이를 들어서 (설명했을 때에 나머지) 세 모퉁이를 깨닫지 못하면, 다시는 도와주지 않는다." 『논어(論語)』 卷7, 「술이(述而)」.

488) 『耘谷詩史』 卷2, 『高麗名賢集』 卷5, p.316 ; 『耘谷行錄』 卷2, 影印標點 『韓國文集叢刊』 卷6, p.166.

구름 모습이 활발해지며 빗소리가 잦더니　雲容敎鬱雨聲繁
해도 빛을 잃고 하늘이 어두워지네.　白日無光天氣昏
숲 너머 시냇가에 차가운 빗자국이 생기고　寒潦欲生林外僩
싸늘한 연기가 물가 마을에 가득 잠겼네.　冷烟空鏁水邊村
고개 마루 외로운 소나무엔 곧은 가지가 누워 있고　貞枝偃蹇孤松嶺
온갖 풀 덮인 동산에는 마른 잎이 흩어졌네.　枯葉離披百草園
괴이하구나! 현영(玄英)이[489] 여름 명령을 행하다니.　怪爾玄英行夏令
난간에 기대 시름스레 서서 혼자 말이 없네.　倚欄愁立獨無言

홍시(紅柹)를 보낸 오(吳) 영해(寧海)에게[490] 고마워함

謝吳寧海惠紅柹[491]

꼭지 떨어진 아름다운 과일이 소반에 빨갛게 쌓여　解苞佳實飣盤紅
한 번 빨아먹자 엉켜 있던 시름이 다 없어지네.　一吸凝然萬慮空
상군(相君)의[492] 두터운 마음을 깊이 감사하노니　深感相君誠意重
광주리에 가득 담겨 하늘 동쪽에서 왔구나.　滿筐飛到自天東

영천사(靈泉寺)[493] 법화(法華)[494] 법석(法席)의[495] 권화시(勸化詩)[496]

靈泉寺法華法席勸化詩[497]

---

489) 현영(玄英) : 겨울의 별칭(別稱). 『이아(爾雅)』, 「석천(釋天)」. "겨울을 현영(玄英)이라 고 한다." 그 주(注)에 "(겨울은) 기운이 검은데다 맑기가 꽃 같기 때문이다."고 했다.

490) 영해부(寧海府) : 본래 고려의 우시군(于尸郡)이다. (중략) 고려 충선왕 2년에 지금의 이름으로 고쳤다. 『신증동국여지승람』 卷24.

491) 『耘谷詩史』 卷2, 『高麗名賢集』 卷5, p.316 ; 『耘谷行錄』 卷2, 影印標點 『韓國文集叢刊』 卷6, p.166.

492) 상군(相君) : 재상(宰相)을 달리 이르는 말.

493) 영천사(靈泉寺) : 강원도 원주시 치악산에 있는 절.

494) 법화경(法華經) : 묘법연화경의 약칭.

495) 법석(法席) : 법회 대중이 둘러 앉아서 불경을 읽는 자리. 법연(法筵).

496) 권화시(勸化詩) : 중이 신자들에게 절이나 부처를 위하여 보시(布施)를 청하는 시.

497) 『耘谷詩史』 卷2, 『高麗名賢集』 卷5, p.316 ; 『耘谷行錄』 卷2, 影印標點 『韓國文集叢刊』 卷6, p.166.

발원하여 부처님 법당을 다시 새롭게 세우니	發願重新佛法堂
우뚝 높은 기와지붕이 구름 언덕에 닿았네.	高甍突兀接雲岡
임금님의 천년 장수를 빌며	祝釐君主千年壽
나라가 만대 창성하기를,	裨補邦家萬代昌
향 연기를 피우며 서로 치하하니	欲設香烟因慶讚
시주들의[498] 큰 보시를 우러러 의지하네.	仰憑檀越助弘揚
많고 적음을 따지지 말고 모두 따라 기뻐하여	莫論多寡皆隨喜
연화 세계 큰 도량(道場)에 함께 들어가세.	同入蓮花大道場

겨울밤에 읊음

冬夜吟[499]

쌀쌀한 눈보라에 밤이 참으로 기니	蕭蕭風雪野漫漫
두터운 이불 덮고도 추위를 못 견디겠네.	雖是重衾不耐寒
백년의 공명(功名) 때문에 머리털은 희어져	百歲功名雙鬢變
만단(萬端)의 상념이 등잔불 앞에 가물거리네.	萬端思念一燈殘
시절을 느끼며 친구 적은 게 부끄럽고	感時還愧知音少
세상을 겪을수록 갈 길 어려움을[500] 노래하네.	閱世高歌行路難
읊기를 마치고 창가에서 좋은 꿈 이루려	吟罷小牕成好夢
흰 구름 선실(禪室)에다[501] 부들자리를 폈네.	白雲禪室展蒲團

이을화(李乙華)[502] 박사(博士)에게 부침

498) 단월(檀越) : 범어로 Danapati로 시주(施主)・화주(化主)・단나(檀那)라고도 한다. 보시를 행하는 사람을 말한다. "稱檀越者 檀卽施也 此人行施 越貧窮海." 『飜譯名義集』.

499) 『耘谷詩史』 卷2, 『高麗名賢集』 卷5, p.316 ; 『耘谷行錄』 卷2, 影印標點 『韓國文集叢刊』 卷6, p.166.

500) 행로난(行路難) : 세상살이의 험하고도 어려움을 이르는 말. 백거이(白居易)의 시 「태항로(太行路)」, "길 가기 어렵네. 산보다 어렵고, 물보다 험하네 行路難, 難於山, 險於水"에서 나왔다. 『악부』 가사에 「행로난」이라는 제목이 많은데, 이백이 지은 「행로난」이 가장 유명하다.

501) 선실(禪室) : ① 선방(禪房). ② 승려(僧侶)를 높여 부르는 말.

寄李博士(乙華)[503]

덧없이 흘러가는 세월이 늙기를 재촉하는데　鼎鼎流光催老衰
잇달아 안부를 묻는 그대가 고맙구려.　感公連度問安危
시골에 사는 내게 무슨 걱정 있으랴　卜居鄕黨吾何慮
서울에[504] 머무는 그대가 슬프구려.　旅食京華子所悲
늙어갈수록 함께 이야기할 친구가[505] 없어　還愧晩年無與語
그대 언제쯤 돌아올른지 알고 싶구려.　不知幾日是歸期
고향의 뽕나무 가래나무는[506] 모두 옛날 그대로니　故園桑梓皆依舊
처자 생각하느라 너무 애쓰지 말구려.　莫爲妻孥費苦思

저곡(楮谷) 원군군(元郡君)을 곡함

哭楮谷元氏郡君[507]

정숙하고 현량한 인품이라 원래 그르침 없었으니　貞良淑質元無蹉
아내의 덕과 어머니 몸가짐에 누가 더하랴.　婦德母儀誰敢加
밥상을 들어 눈에 가지런한 모습을[508] 다시 보기 어려우니　擧案齊眉難再見

---

502) 이을화(李乙華) : 생몰년 미상.

503) 『耘谷詩史』 卷2, 『高麗名賢集』 卷5, p.316 ; 『耘谷行錄』 卷2, 影印標點 『韓國文集叢刊』 卷6, p.166.

504) 경화(京華) : 서울의 번화한 곳. 번화한 서울.

505) 지음(知音) : 백아(伯牙)가 거문고를 타는데, 높은 산에 뜻이 있으면 (그의 친구) 종자기(鍾子期)가 듣고서, "태산과 같이 높구나"라고 말하였다. 또 흐르는 물에 뜻이 있으면 종자기가 듣고서 "강물처럼 넓구나"라고 말하였다. 백아가 생각한 것을 종자기가 반드시 알아맞혔다. 종자기가 죽자 백아가 "지음(堂頭)이 없다"면서 거문고의 줄을 끊어 버렸다. 『열자(列子)』, 「탕문(湯問)」.

506) 상재(桑梓) : 뽕나무와 가래나무로 고향에 대한 대명사로 씀. 『시경(詩經)』 卷12, 소아(小雅) 소반(小弁)에 나오는 "維桑與梓 必恭敬止"에서 나온 말로 옛적 뽕나무와 가래나무를 담 가에 심어 후에 자손들의 생활에 도움이 되게 한 것에서 고향을 가리키는 말로 사용됨.

507) 『耘谷詩史』 卷2, 『高麗名賢集』 卷5, p.317 ; 『耘谷行錄』 卷2, 影印標點 『韓國文集叢刊』 卷6, p.167.

508) 거안제미(擧案齊眉) : 후한(後漢) 때 양홍(梁鴻)의 아내가 뚱뚱하고 못생긴 데다, 얼굴까지도 검었다. 나이 서른이 될 때까지 짝을 찾기에 부모가 물었더니, "양홍만큼 어진 사람을 구한다"고 했다. 양홍이 그 소식을 듣고는 맹광(孟光)에게 청혼하였다. 맹광이

백란(伯鸞)의[509] 그 정을 어떻게 하랴. 伯鸞情意當如何

또 짓다

又[510]

오늘 아침 하늘에 해가 빛을 잃더니 今朝天日無光明
해로가(薤露歌)가[511] 끝나자 사람들은 흩어졌네. 薤露歌殘人欲散
난옥(蘭玉)의[512] 문정(門庭)에 우리 형님도 안 계시니 蘭玉門庭欠我兄
한 번 길게 탄식하고 또 탄식하네. 一番長歎又長歎

【형님이 예전에 이 분의 사위였는데, 세상을 떠났으므로 이렇게 말했다.】(家兄曾爲婿世故云)

양홍에게 시집갔는데, 매우 화려한 옷에다 아름다운 장식을 하였다. 그랬더니 이레가 되어도 양홍이 돌아보지 않았다. 맹광이 그제서야 나무비녀에다 베옷 차림으로 나왔더니, 양홍이 기뻐하면서 "이 사람이 참으로 양홍의 아내이다"라고 말했다. 나중에 양홍과 함께 패릉산 속으로 은둔하여, 밭을 갈고 김을 매며 베를 짜서 입을 것과 먹을 것을 마련하였다. 이들은 부부 사이에 금실이 좋으면서도, 서로 공경하였다. 양홍이 남의 절구를 찧어 먹고 살았는데, 맹광이 밥상을 내오면서 남편을 감히 쳐다보지 못했다. 밥상을 눈썹과 나란하게 들어올려 바쳤다. 중국 역사상 가장 이상적인 부부로 꼽힌다.

509) 백란(伯鸞) : 양홍(梁鴻)의 자(字)가 백란(伯鸞)이다.

510) 『耘谷詩史』 卷2, 『高麗名賢集』 卷5, p.317 ; 『耘谷行錄』 卷2, 影印標點 『韓國文集叢刊』 卷6, p.167.

511) 해로가(薤露歌) : 장송곡(葬送曲) 또는 만사(輓詞). 사람은 부추잎의 이슬 같아서 해만 뜨면 말라버린다는 것이다. (옛날에 장례지내면서 부르던) 「해로호리(薤露蒿里)」 2장(章)을 이연년(李延年)이 나누어서 두 곡(曲)으로 만들었다. 「해로가(薤露歌)」는 왕공(王公) 귀인(貴人)들을 장례 지낼 때에 불렀고, 「호리가(蒿里歌)」는 사대부와 서민들을 장례지낼 때에 불렀다. 영구(靈柩)를 끌고(挽) 가는 자들이 불렀으므로, 세상 사람들이 이 노래를 만가(挽歌)라고 하였다. 최표, 『고금주(古今註)』. 만가(挽歌)를 만가(輓歌)라고도 한다.

512) 난옥(蘭玉) : 남의 자제를 칭찬하여 비유하는 말. 좋은 자제가 많은 것이 마치 지란옥수(芝蘭玉樹)가 정원에 있는 것과 같다는데서 나온 말이다.

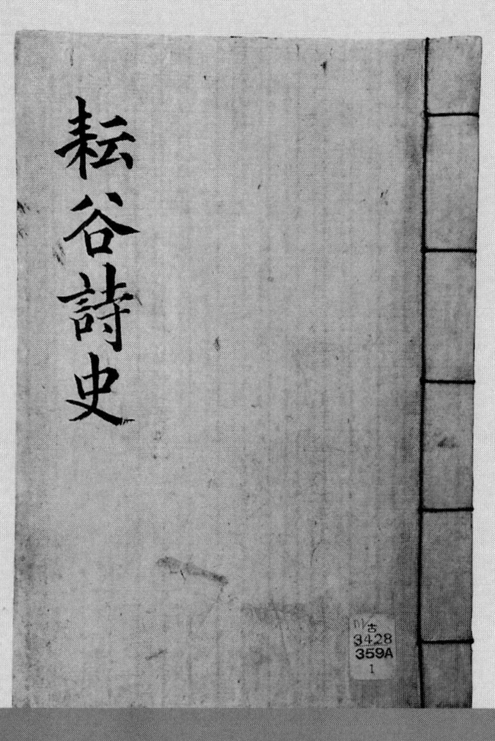

운곡시사(耘谷詩史) 권3

1386년(병인) 설날.[1] 스스로 읊다

是日自詠(丙寅元日)[2]

화창한 기운 퍼지며 새 소리도 그윽한데 和氣舒遲鳥語幽
시냇가 얼음이 막 풀리고 햇빛도 떠오르네. 澗氷初解日華浮
바람과 연기가 노는 사람의 흥을 돋구는데 風烟欲攪遊人意
눈과 서리는 유난히 병든 나그네 머리에 많구나. 霜雪偏饒病客頭
밤낮으로 온갖 시냇물 쉬지 않고 흘러 晝夜百川流浩浩
고금의 모든 일이 유유하게 지나가네. 古今萬事去悠悠
해마다 달라지는 내 모습을 그 누가 가엽게 여기랴 誰憐歲歲年年貌
봄을 다시 만나고 보니 절로 부끄럽구나. 又復逢春却自羞

설날. 조(趙) 봉선(奉善)이[3] 보낸 시에 차운함

次趙奉善元日見贈詩韻[4]

찾아와서 안부 묻는 것만 해도 고마운데 感君來訪問平安
아름다운 시까지 보여 주어 병든 얼굴을 풀게 하다니. 更見佳章解病顔
우리네 성정이야 맑은 물 같을 뿐이지 只要性情如止水
어찌 저 산같이 오랜 수명을 기대하랴. 那期壽命似重巒
시름을 푸는 데는 책 세 권이면 그만이고 遣愁每把書三卷
기운을 기르는 데는 밥 한 바구니도 남으니, 養氣常餘食一簞
나 역시 그대가 늙지 않기를 바라며 我亦祝君難老筭
아침 저녁으로 오로지 남산(南山)을 지켜보네. 暮朝專意指南山

또 짓다

1) 원일(元日) : 정월 초하룻날.
2) 『耘谷詩史』 卷3, 『高麗名賢集』 卷5, p.318 ; 『耘谷行錄』 卷3, 影印標點 『韓國文集叢刊』 卷6, p.168.
3) 봉선(奉善) : 봉선대부(奉善大夫)의 준말. 봉선대부는 고려시대 종4품 문관의 관계(官階).
4) 『耘谷詩史』 卷3, 『高麗名賢集』 卷5, p.318 ; 『耘谷行錄』 卷3, 影印標點 『韓國文集叢刊』 卷6, p.168.

又[5)]

배부르기를 구하지 않고[6)] 편안하기만 구하니	不曾求飽但求安
십 년 동안 구름과 숲이 내 얼굴을 비췄네.	十載雲林照我顔
소나무 시냇가 남쪽 언덕엔 모두가 숲이고	松澗南頭皆樹木
초가집 삼면은 모두 봉우리일세.	草廬三面盡峯巒
부질없이 장한 뜻 품고 긴 칼을 어루만지며[7)]	空懷壯志彈長鋏
주린 창자 달래려고 작은 도시락을 찾네.	聊慰飢腸喚小簞
새해를 하례하는 시 한 수를 반갑게 얻고 보니	喜得賀正詩一首
그 은의(恩義)가 산보다 중한 줄 비로소 알겠네.	始知恩義重丘山

24일. 천명(天明)과[8)] 헌(憲)[9)] · 식(湜)[10)] 세 사람이 술을 가지고 찾아 왔다. 이날 눈이 내렸다

二十四日. 天明 · 憲 · 湜三人携酒來訪. 是日有雪.[11)]

세 사람이 봄 눈을 밟으며	三人踏春雪
각기 술 한 병을 들고 왔네.	各佩酒壺來
서로 반가워하며 아름다운 경치를 대하니	聊與對佳景

5) 『耘谷詩史』 卷3, 『高麗名賢集』 卷5, p.318 ; 『耘谷行錄』 卷3, 影印標點 『韓國文集叢刊』 卷6, p.168.

6) 부증구포(不曾求飽) : 공자께서 말씀하셨다. "군자는 밥을 먹으면서 배부르기를 구하지 않으며, 거처하면서 편안하기를 구하지 않는다. 일은 민첩하면서도 말은 신중하고, 도 있는 사람에게 나아가 자기 몸가짐을 바로잡는다면, 배우기를 좋아하는 자라고 말할 만하다." 『논어(論語)』 卷1, 「학이(學而)」.

7) 지탄장협(志彈長鋏) : 제나라 맹상군(孟嘗君)에게 삼천 식객이 있었는데, 풍환(馮驩)이 가난하여 그에게 의탁해 있었다. 맹상군의 집에서는 식객들의 신분이나 능력을 평가하여 대우가 달랐는데, 그에게는 채소 반찬만을 먹게 하였다. 그러자 풍환이 기둥에 기대 서서 긴 칼을 두드리며 "긴 칼을 찬 사람아! 돌아가거라. 식탁에 고기 반찬이 없구나" 하였다. 그러자 맹상군이 그에게 고기 반찬을 대접하게 하였다. 그 뒤에 맹상군이 승상 벼슬에서 면직되자, 풍환이 힘을 써서 복직시켜 주었다.

8) 천명(天明) : 원천명(元天明). 생몰년 미상.

9) 헌(憲) : 원헌(元憲). 생몰년 미상.

10) 식(湜) : 원식(元湜). 원천석의 조카. 형인 원천상의 아들임.

11) 『耘谷詩史』 卷3, 『高麗名賢集』 卷5, p.318 ; 『耘谷行錄』 卷3, 影印標點 『韓國文集叢刊』 卷6, p.168.

한 잔 또 한 잔일세. 一杯仍一杯

한 평생 불평스럽던 기운을 다 털고 나자 蕩盡平生不平氣
시원한 가슴속에[12] 한 점 티끌도 없네. 湛然方寸無纖埃
가볍게 날아드는 눈발이 자리 옆을 적시고 輕飛片片入座側
늦바람이 성긴 발 속으로 불어드네. 晩風故向疎簾廻
떨기에 나무에 쌓이는 모습 기이하니 禁叢惹樹斗奇絶
눈에 가득한 숲과 동산이 모두 흰 옥매(玉梅)일세. 滿眼林園◯玉梅
네 가지 일[13] 갖춰 이 즐거움 얻었으니 兼幷四事得斯樂
시비(是非)와 우환(憂患)이 또 어디 있으랴. 是非憂患安在哉
그대는 듣지 못했던가! 자유(子猷)가[14] 흥겨워했던
섬계(剡溪)[15] 달밤에 君不聞 子猷乘興剡溪月
손님과 주인의 이야기 칼날이 번개처럼 번쩍였음을, 賓主談鋒如轉雷
듣지 못했는가! 이소(李愬)가[16] 군사를 거느렸던
채주(蔡州)의 밤에 又不聞 李愬行兵蔡州夜
군사들로 하여금 입에 자갈을 물렸음을, 盡令士卒空含枚
눈 속에서 즐기던 이들 옛부터 많았건만 雪裏閑忙古雖夥
어찌 오늘 밤 우리들이 함께 취한 것 같으랴. 豈如今夕共醉陶然一笑開

---

12) 방촌(方寸) : 사람의 심장은 사방 한 치쯤 된다는 옛 말에서 온 것으로 마음을 가리킴.

13) 사사(四事) : 양신(良辰)·미경(美景)·상심(賞心)·낙사(樂事)의 네 가지.

14) 자유(子猷) : 중국 동진(東晋)시대 사람 왕휘지(王徽之)의 자(字). 왕희지의 아들. 대나무를 몹시 사랑한 사람. 『진서(晉書)』 卷80.

15) 섬계(剡溪) : 왕휘지(王徽之)가 산음 살 때 한밤중에 눈이 내리자, 흥이 나서 섬계(剡溪)에 살던 친구 대안도(戴安道)를 만나러 갔다. 배를 저어 그의 집까지 찾아갔지만 문 앞에 이르러 흥이 다하자, 그를 만나보지도 않고 되돌아왔다. 『진서(晉書)』 卷80 ; 『세설신어(世說新語)』, 「임탄(任誕)」.

16) 이소(李愬) : 채주(蔡州)의 눈 내린 밤을 이용하여 적진을 행해 행군한 이소(李愬)를 연상하는 말. 이소(李愬)는 당나라 장군인데 말 타고 활쏘기를 잘했으며, 산천의 형세를 잘 파악하여 전술에 이용하였다. 원화(元和) 연간에 오원제(吳元濟)가 채주(蔡州)에서 반란을 일으키자, 그가 절도사에 임명되었다. 눈 오는 달밤에 군사들에게 자갈을 먹여 조용히 채주로 들어간 다음, 그를 사로잡았다. 평회(平淮) 서쪽을 다 평정한 다음, 양국공(凉國公)에 봉해졌다. 그의 전기는 『당서(唐書)』 卷154에 실려 있다.

시를 지어 그대들의 두터운 뜻을 사례했건만　　裁詩謝厚意
내 가슴에 무언가 슬픔이 남아 있네.　　胸次有餘哀

29일 그믐날. 눈비가 많이 내리는데 눈병은 더해가고 무료하기에, 시를 지어 두세 사람에게 보여 주었다(세 수)

二十九晦日. 雨雪大作. 因眼疾甚無聊. 以示二三子(三首).[17]

찾아오는 사람이 없어 들 집이 고즈넉한데　　郊居寂寂絶經過
하루 종일 부슬부슬 비만 내리네.　　終日霏霏雨雪多
눈병이 심해 아무 것도 보지 못하고　　病眼朦朧休顧望
가슴이 답답하니 시만 읊는다네.　　幽懷壹鬱但吟哦
구름 속의 고니들이 대각(臺閣)에[18] 가득하다 들은 듯하니　　似聞雲鵠盈臺閣
어찌 모래밭의 갈매기가 그물에 걸리랴.　　那見沙鷗到網羅
봄의 조화로[19] 젊음을[20] 빌리고 싶어　　欲與春工賭强壯
이 노쇠한 몸을 쓸어서 양춘 화기(陽和)에 부치네.　　掃予衰老付陽和

초봄의 경치를 어느새 보내고 나서　　初春光景轉頭過
좋은 때가 얼마나 있는지 또 물어보네.　　且問良辰有幾多
한 번 가버린 젊은 시절 다시는 돌아오지 않으니　　一去少年無更返
삼월이 될 때마다 시만 읊는다네.　　每逢三月可淸哦

---

17)『耘谷詩史』卷3,『高麗名賢集』卷5, p.318 ;『耘谷行錄』卷3, 影印標點『韓國文集叢刊』卷6, p.168.

18) 대각(臺閣) : ① 돈대(墩臺)와 누각(樓閣). ② 상서성(尙書省). 전(轉)하여 내각(內閣)을 가리킴.

19) 춘공(春工) : 봄날의 경치를 만들어낸 조화(造化)로운 솜씨.

20) 강장(强壯) : 30대를 장(壯)이라 하고 40대를 강(强)이라 했으니, 강장(强壯)은 젊은 시절이다. 사람이 나서 열살이 되면 유학(幼學)이라 하고, 스무살이 되면 약관(弱冠)이라고 한다. 서른살이 되면 장(壯)이라 하며 아내를 맞이하고, 마흔살이 되면 강(强)이라 하며 벼슬에 나아간다. 쉰살이 되면 애(艾)라 하며 관정(官政)에 복무하고, 예순살이 되면 기(耆)라고 하며 일을 지시하여 사람들을 부린다. 일흔살이 되면 노(老)라고 하여 (은거하며 자식들에게 살림을) 전하고, 여든 아흔이 되면 모(耄)라고 한다. 일곱살을 도(悼)라고 하는데, 도(悼)와 모(耄)는 비록 죄가 있어도 형벌을 내리지 않는다. 백살을 기이(期頤)라고 한다.『예기(禮記)』,「곡례상제일(曲禮上第一)」.

연기에 둘러싸인 언덕 버들은 누런 실을 흔들고　　烟籠岸柳搖黃綫
얼음 녹은 시냇물에는 푸른 비단이 일렁이네.　　氷釋溪流漾碧羅
놀 때가 되면 반드시 기억하리라　　行樂及時須記取
눈 개고 바람 맑은 날이 언제인지를.　　雪晴風日轉喧和

잘되고 못되는 숱한 일들을 눈앞에 겪고 나니　　幾許榮枯眼底過
인생에 즐거운 일이 많다고는 할 수 없네.　　浮生樂事未言多
옹졸한 꾀로선 부귀공명을 이룰 수 없는데다　　功名未可成迂計
환란을 당하면 취해 읊기도 어려웠네.　　憂患難應入醉哦
들사람 흥은 봄을 만나 술처럼 더해지고　　野興逢春濃似酒
세상 정은 날이 갈수록 비단처럼 엷어만 가네.　　世情隨日薄如羅
푸른 도롱이 푸른 부들 복사꽃 물에　　綠蓑靑蒻桃花水
산음(山陰)의 장지화(張志和)를[21] 잊기 어렵네.　　苦憶山陰張志和

김해(金海) 선달(先達)[22] 신맹경(申孟卿)에게[23] 부침

寄金海辛孟卿先達

늙어가며 이따금 옛날 놀던 일이 생각나　　老去時時念昔遊
다락에 기대어 남쪽 바라보며 그대 모습을 그리워하네.　　倚樓南望慕淸儀
팔 년 동안 영남에선 소식조차 없어　　八年嶺外無音信

---

21) 장지화(張志和) : 당나라 시인인데, 처음에는 이름을 구령(龜齡)이라고 했다. 16세에 명경과(明經科)에 급제한 뒤에 숙종에게 책(策)을 올려 좌금오위(左金吾衛) 녹사참군(錄事參軍)에 임명되면서 지화(志和)라는 이름도 받았다. 후에 남포위(南浦尉)로 좌천되었다가 용서받고 강호(江湖)에 살았는데, 스스로 연파조도(煙波釣徒)라고 칭하였다. 황제가 일찍이 노비(奴婢) 각 1명씩 하사하자 그가 이들을 결혼시켜 부부로 삼고는, 이들의 호(號)를 어동(漁童 : 고기잡이)과 초청(樵靑 : 나무꾼)이라고 하였다. 이덕유(李德裕)가 그를 "숨어 살면서도 이름나고(隱而有名), 드러나면서도 일이 없으며(顯而無事), 궁하지도 않으며 달하지도 않으니(不窮不達), 엄광에게 견줄 만하다(嚴光之比)"고 평했다. 『현진자(玄眞子)』라는 저서를 남겼으며, 『당서(唐書)』 卷196에 그의 전기가 실려 있다. 이덕유가 평했던 것처럼 살았던 그의 생애를 운곡도 부러워한 듯하다.

22) 선달(先達) : 문・무과에 급제하고 아직 벼슬에 나가지 않은 사람.

23) 신맹경(申孟卿) : 생몰년 미상.

천리 멀리서 그리워하는 마음을 저 달만 알고 있네. 千里相思月獨知

내가 불행히 일찍 아내[주부(主婦)]를 잃고 의지할 데 없는 아이들을 위해서 홀아비로 지낸 지가 지금까지 21년이나 되었다. 이제 자식들 혼사(婚事)가 끝나 모든 염려가 다 없어져, 시 한 수를 지어 스스로를 위로한다

余不幸早失主婦. 慮迷息失所. 索然守鰥. 迨今二十一年矣. 即今婚嫁已畢. 稍弛念慮. 故作詩一首以自貽.[24]

어미 잃은 아이들을 눈 앞에 두고서 失母兒童在眼前
궁박한 생활을[25] 분수로 여긴 지가 이십여 년일세. 固窮知分卄餘年
시렁 위에 쌓인 책 천 권만 알았을 뿐이지 但知架上堆千卷
주머니 속에는 돈 한 푼 없어도 마음 안썼네. 也任囊中欠一錢
늙도록 새살림할 대책 세우지 못하고 到老不成新活計
남은 생애 부질없이 옛 인연을 그리워했네. 殘生空憶舊因緣
이젠 자식들 시집 장가도 다 끝내 여한 없으니 已終婚嫁無遺恨
편안한 마음으로 저승길 향해도 되리. 方得安然向九泉

소암(笑巖)의[26] 시권에 쓰다[오사(悟師)]

書笑巖卷(悟師)[27]

높은 바위 만 길이 물결같이 푸르니 崎巖萬仞靑如澱
금빛 두타(頭陁)가[28] 눈에 더욱 환해라. 金色頭陁眼更明

---

24) 『耘谷詩史』 卷3, 『高麗名賢集』 卷5, p.318 ; 『耘谷行錄』 卷3, 影印標點 『韓國文集叢刊』 卷6, p.168.

25) 고궁(固窮) : 곤궁한 것을 당연한 것으로 알고 마음을 편안히 하여 잘 견디어 냄. 전하여 군자의 절조(節操)로 쓰임. "군자는 궁한 것을 잘 견디어 내지만, 소인은 궁하면 방일한다." 『논어(論語)』 卷15, 「위영공(衛靈公」.

26) 소암오사(笑巖悟師) : 생몰년 미상.

27) 『耘谷詩史』 卷3, 『高麗名賢集』 卷5, p.319 ; 『耘谷行錄』 卷3, 影印標點 『韓國文集叢刊』 卷6, p.169.

28) 두타(頭陁) : ① 번뇌와 의식주에 대한 탐욕을 버리고 깨끗하게 불도(佛道)를 닦는 수행. ② 산이나 들판에서 밥을 빌어먹고 노숙하며 고행하여 불도를 닦는 것이 두타인

하하 웃고 일어나는 그 경지 기특하니	要識呵呵奇特處
삼천 대천 세계가[29] 일시에 평평해지네.	大千沙界一時平

늦봄. 병에서 일어남

春晩病起[30]

붉은 꽃들은 다 없어지고 버들은 그늘을 이뤘는데	千紅掃盡柳成陰
푸른 채마밭에 묵은 비가 개었네.	綠滿蔬畦宿雨晴
병으로 누웠느라고 봄이 지나가는 것도 모르다가	病臥不知春事老
억지로 지팡이에 기대 꾀꼬리 소리를 듣네.	强扶藜杖又聞鶯

3월 29일

三月二十九日[31]

봄빛도 오늘 아침이면 다하니	春色今朝盡
동군(東君)께서는[32] 어디로 가시나.	東君安所之
매화 향기는 강가 길에서 거두고	梅香斂江路
버들 빛은 들집 사립을 비추네.	柳色暎郊扉
서운한 정이야 어찌 다하랴만	悒悒情何限
당당한 그 자취를 붙잡을 수 없네.	堂堂迹未追
몇 번이나 다시 만났던가	重逢知幾許
그대 보내는 술잔을 또다시 드네.	又擧送君巵

데, 그렇게 고행하는 두타승을 두타라고도 불렀다.

29) 대천세계(大千世界) : 소천세계(小千世界 : 四洲世界의 千倍)를 천 개 합친 것을 중천세계(中千世界)라 하고, 중천세계를 천 개 합친 것을 대천세계(大千世界)라 함. 이 일대천세계(一大千世界)를 삼천대천세계(三千大千世界)라 하며, 또 삼천세계(三千世界)라고도 함.

30) 『耘谷詩史』 卷3, 『高麗名賢集』 卷5, p.319 ; 『耘谷行錄』 卷3, 影印標點 『韓國文集叢刊』 卷6, p.169.

31) 『耘谷詩史』 卷3, 『高麗名賢集』 卷5, p.319 ; 『耘谷行錄』 卷3, 影印標點 『韓國文集叢刊』 卷6, p.169.

32) 동군(東君) : 태양의 신, 또는 태양을 달리 이르는 말. "동군(東君)은 해이다." 『광아(廣雅)』, 「석천(釋天)」. 그 뒤에 여러 시인들이 동군을 춘신(春神)이라는 뜻으로 썼다.

스스로 읊음

自詠[33]

세상에 부쳐 사는 몸이 뜬 것만 같아 寓世身如浮
하늘과 땅도 하나의 여관일세. 乾坤爲逆旅
책을 뒤적이며 예와 지금을 느끼고 披書感古今
생각을 흩으면서 추위와 더위를 겪네. 散慮經寒署
백발은 참으로 쓸쓸한데 白髮政飄蕭
청춘은 또 어디로 돌아갔나. 靑春又歸去
평생에 잘한 것 하나 없으니 平生無一良
늙어서 누가 너를 가엾다 하랴. 老至誰憐汝

남쪽 시내

南溪[34]

흐르는 물에 가까이 앉아 맑고 시원함을 즐기니 臨流弄淸快
깨끗한 물결 시냇가에 봄빛이 가득하네. 淨淥滿溪春
물을 움켜쥐고 싶어 차마 씻지를 못하겠네 可攬不堪濯
내 갓끈은[35] 티끌 하나도 없건만. 我纓無一塵

가을 집 병중에서

秋居病中[36]

일찍이 돈하고는[37] 오랫동안 절교(絶交)했으니 曾與錢兄久絶交

33) 『耘谷詩史』 卷3, 『高麗名賢集』 卷5, p.319 ; 『耘谷行錄』 卷3, 影印標點 『韓國文集叢刊』 卷6, p.169.

34) 『耘谷詩史』 卷3, 『高麗名賢集』 卷5, p.319 ; 『耘谷行錄』 卷3, 影印標點 『韓國文集叢刊』 卷6, p.169.

35) 아영(我纓) : "창랑(滄浪)의 물이 맑으면 내 갓끈을 씻을 테고, 창랑의 물이 흐리면 내 발을 씻으리라. 滄浪之水淸兮, 可以濯我纓. 滄浪之水濁兮, 可以濯我足." 『맹자(孟子)』 卷7, 「이루(離婁) 상」.

36) 『耘谷詩史』 卷3, 『高麗名賢集』 卷5, p.319 ; 『耘谷行錄』 卷3, 影印標點 『韓國文集叢刊』 卷6, p.169.

생애는 초가집 한 간으로도 넉넉하네. 生涯亦足一間茅
누가 술을 사서 도연명(陶淵明)을 맞이하려나 有誰賣酒邀元亮
스스로 시를 써서 맹교(孟郊)를[38] 본받고 싶네. 欲自題詩拜孟郊
누런 벼 이랑엔 가을비가 막 걷히고 秋雨初收黃稻頃
푸른 솔가지엔 저녁 연기가 남아 있는데, 暮雲猶在翠松梢
철 따라 나는 산물들이[39] 내 늙음을 재촉하니 更看節物相催老
효험도 없는 처방을 병중에 내버렸네. 無效方書病裏抛
(韓子云云) 韓子云云

조(趙) 봉선(奉善)이[40] 이백당(李栢堂)에게 준 시에 차운함[이때 백당(栢堂)이 여강(呂江)의 안치(安置)에서[41] 풀려나 돌아왔다]

次趙奉善贈李栢堂詩韻(時栢堂呂江安置 遇免)[42]

장사(長沙)의 정황이[43] 가볍지 않아 長沙情況重
답답하게 두 해를 보냈으니, 鬱鬱再經年
발은 창주(滄洲)에[44] 묶여 있어도 迹滯蒼洲上
마음은 대궐[45] 언저리를 달렸겠지. 心馳紫闕邊

---

37) 전형(錢兄) : 옛날 돈에 네모난 구멍이 있었으므로 공방형(孔方兄)이라 불렀다. 성공수(成公綏)는 「전신론(錢神論)」을 지어 “나의 가형(家兄)을 사랑한다”고 했으며, 노포(魯褒)도 「전신론(錢神論)」에서 돈을 가형(家兄)이라고 불렀다.

38) 맹교(孟郊) : 당(唐)의 시인 맹동야(孟東野).

39) 절물(節物) : 철에 따라 나는 산물.

40) 봉선(奉善) : 봉선대부(奉善大夫)의 준말. 봉선대부는 고려시대 종4품 문관의 관계(官階).

41) 안치(安置) : 귀향간 죄인을 가두어 둠.

42) 『耘谷詩史』 卷3, 『高麗名賢集』 卷5, p.319 ; 『耘谷行錄』 卷3, 影印標點 『韓國文集叢刊』 卷6, p.169.

43) 장사정(長沙情) : 장사의 정황. 장사는 지금의 호남성 동반부에 있던 지명인데, 한(漢)나라 때에 장사국(長沙國)을 세우고 장사왕(長沙王)을 봉했다. 가의(賈誼)를 비롯한 여러 문인들이 유배되거나 좌천되어 유명해졌는데, 지금도 장사현(長沙縣)과 장사시(長沙市)가 있다. 이 시에서도 시인의 유배지라는 뜻으로 썼다.

44) 창주(滄洲) : 창랑주(滄浪洲). 동해(東海) 가운데에 신선이 산다는 곳.

45) 자궐(紫闕) : 자각(紫閣)과 같은 말이니, 자색(紫色)으로 도장(塗裝)한 궁궐(宮闕)을 말한다.

처음부터 잘했으니 끝까지 잘할 테고[46] 善終兼善始
예전에 없었으니 앞으로도 없으리라. 無後亦無前
금계(金鷄)가[47] 내렸다는 소식을 반갑게 들었으니 喜聽金鷄下
고기가 시냇물에 있어야 할 줄 정녕 알겠네. 定知魚有川

또 짓다

又[48]

대저 사내 대장부의 뜻은 大抵男兒志
젊은 시절에 공명을 이루는 것이니, 功名要壯年
나가건 들어오건[49] 분수에 넘지 않고 行藏非分外
쓰이건 버림받건 시대에 맡길 뿐이네. 用捨在伊邊
날랜 천리마는 남의 뒤가 되지 않건만 逸驥不爲後
절름발이 염소가 어찌 앞설 수 있으랴. 跛牂何敢前
바라건대 충의의 깃발을 잡고 願將忠義節
그 배를 타고 은천(殷川)을 건너시게. 丹楫用殷川

또 짓다[진정(陳情)][50]

又(陳情)[51]

---

46) 선종겸선시(善終兼善始) : 평(平)이 영예로운 이름을 얻어 끝내 어진 재상이라고 일컬어졌으니, 이 어찌 처음부터 잘해서 끝까지 잘한(善始善終) 사람이 아니겠는가. 사마천(司馬遷), 『사기(史記)』 卷56, 「진승상(陳丞相)」 태사공왈(太史公曰).

47) 금계(金鷄) : 귀양살이에서 풀려난 기쁜 소식. 수나라나 당나라, 송나라에서 죄인을 용서할 때에 황금으로 머리를 장식한 닭을 만들어 장대 위에 세우고 대사령(大赦令)을 내렸다. 옛날에 천계성(天鷄星)이 움직이면 대사령을 내렸기 때문이다.

48) 『耘谷詩史』 卷3, 『高麗名賢集』 卷5, p.319 ; 『耘谷行錄』 卷3, 影印標點 『韓國文集叢刊』 卷6, p.169.

49) 행장(行藏) : 세상에 나아가 도를 행하는 것을 행(行)이라 하고, 세상에서 물러나 숨는 것을 장(藏)이라 함. 곧 출세와 은퇴를 뜻함. 『논어(論語)』 卷7, 「술이(述而)」.

50) 진정(陳情) : 사정을 진술함.

51) 『耘谷詩史』 卷3, 『高麗名賢集』 卷5, p.319 ; 『耘谷行錄』 卷3, 影印標點 『韓國文集叢刊』 卷6, p.169.

풍정(風情)이야 젊은 시절과 같건만　風情如少日
흰 머리털은 이미 늙은 나이일세.　雪髮已殘年
구름 속에 묻힌 나를 잊고서　忘我老雲裏
아침 해를 받는 그대를 기뻐하네.　喜君朝日邊
높이 날아오르는 길이 여기 있으니　翺翔當在此
앞에 없었던 사업을 이루시게.　事業更無前
내 너무 쇠한 것이 부끄러우니　○愧吾衰甚
흘러가는 시냇물만 부질없이 탄식하네.[52]　悠悠嘆逝川

명암(明菴)의 시권에 쓰다[오사(晤師)]

書明菴卷(晤師)[53]

우뚝 높은 줄기가 총림(叢林)에[54] 뛰어나　挺然高幹秀叢林
편히 앉아서 정·혜·심(定慧心)을 관(觀)하시네.　宴坐聊觀定慧心
깨우친 달이 이미 둥글어 삼계(三界)가[55] 환한데　覺月已圓三界朗
미혹된 구름이 다 걷히니 여섯 창문이[56] 어두워졌네.　迷雲盡卷六窓陰
공(空)도 아니고 색(色)도 아니며 안도 밖도 아니어서　非空非色非中外

52) 유유탄서천(悠悠嘆逝川) : 세월이 쉬지 않고 흘러가는데도 도(道)가 행해지지 않음을 한탄함. "공자께서 시냇가에서 말씀하셨다. 흘러가는 것이 이와 같구나! 밤낮을 가리지 않는다."『논어(論語)』卷9,「자한(子罕)」.

53)『耘谷詩史』卷3,『高麗名賢集』卷5, p.319 ;『耘谷行錄』卷3, 影印標點『韓國文集叢刊』卷6, p.169.

54) 총림(叢林) : ① Vindhyavana 빈다바나(貧陀婆那)의 음역. 단림(檀林)으로 번역하기도 함. 여러 승려들이 화합하여 함께 배우며 안거하는 곳. 많은 승려들과 속인들이 모인 것을 나무가 우거진 수풀에 비유한 것. 지금의 선원(禪苑)·선림(禪林)·승당(僧堂)·전문도량(專門道場) 등 많은 승려들이 모여 수행하는 곳을 총칭.

55) 삼계(三界) : Trayo-dhatavah. 생사유전이 쉴 새 없는 미계(迷界)를 셋(욕계·색계·무색계)으로 분류한 것, 1) 욕계(欲界). 욕은 탐욕이니, 특히 식욕·음욕·수면욕이 치성한 세계. 2) 색계(色界). 욕계와 같은 탐욕은 없으나 미묘(微妙)한 형체가 있는 세계. 3) 무색계(無色界). 색계와 같은 미묘한 몸도 없는, 순 정신적 존재의 세계.

56) 육창(六窓) : 눈·귀·코·혀·몸·뜻의 육근(六根)을 육창(六窓)에 비유한 것. 육근은 6식의 소의(所依)가 되어 6식을 일으키어 대경(對境)을 인식케 하는 근원. 안근(眼根)·이근(耳根)·비근(鼻根)·신근(身根)·의근(意根). 안근은 안식을 내어 색경(色境)을 인식. 의근은 법경(法境)을 인식하므로 근이라 함.

멸함도 없고 태어남도 없으니 고금이 따로 없네. 無滅無生無古今
암자에 사시면서 무슨 즐거움이 있으신가 且問菴居何所樂
앉고 누우며[57] 줄 없는 거문고를 타고 논다네.[58] 四威儀弄沒絃琴

본적공판(本寂空板) 첫 권에 씀

書本寂空板首卷[59]

고요히 앉아 모든 생각을 다 잊었으니 靜坐無爲萬慮忘
담연하고 공적(空寂)한 것이 바로 진상(眞常)일세.[60] 湛然空寂是眞常
이 경지의 소식을 누가 말할 수 있으랴 這般消息誰能說
천 이랑 맑은 못이 달빛을 띠었네. 千頃澄潭帶月光

인암(忍菴)의 시권에 쓰다

書忍菴卷[61]

남들이 헐뜯건 말건 내버려두고 從他謗亦任他非
독약과 칼날로써 그 뜻을 옮기지 않네. 毒藥鋒刀志不移
생사 없는 자비와 인내의 힘을 이미 얻었으니 旣得無生慈忍力
도풍(道風)이 미묘함을 생각하기도 어렵네. 道風微妙固難思

오도(悟道) 고개를 오르면서

---

57) 사위의(四威儀) : 경률(經律) 가운데 행(行)·주(住)·좌(坐)·와(臥)를 사위의(四威儀)라고 하며, 그 밖의 동지(動止)는 모두 사소섭(四所攝)이라고 한다.『석씨요람(釋氏要覽)』.

58) 몰현금(沒絃琴) : 도연명은 음률을 알지 못했으므로 줄이 없는 거문고 한 장을 마련해 놓고, 술이 적당히 취하면 문득 거문고를 어루만지며 자기의 뜻을 부쳤다. 소명태자「도정절전(陶靖節傳)」.

59)『耘谷詩史』卷3,『高麗名賢集』卷5, p.319 ;『耘谷行錄』卷3, 影印標點『韓國文集叢刊』卷6, p.169.

60) 진상(眞常) : 진여(眞如) 상주(常住)라는 뜻. 진여(眞如)는 진실하고 변하지 않는 절대적인 만유(萬有)의 본성(本性).

61)『耘谷詩史』卷3,『高麗名賢集』卷5, p.319 ;『耘谷行錄』卷3, 影印標點『韓國文集叢刊』卷6, p.169.

登悟道岾[62]

아침나절 오도 고개를 올랐네. 朝日登臨悟道岾
어찌하면 도의 뜻을 깨달을 수 있으려나. 悟如何道意無厭
가을 산 아름다운 경치를 이제는 알겠으니 秋山景槩今方覺
서리맞은 단풍잎이 모자 끝을 비추네. 樹樹霜楓映帽簷

무너진 운대사(雲臺寺)

廢雲臺寺[63]

구름 봉우리 위로 오르고 또 오르니 上上雲峯上
몇 겹이나 될른지 가파르기도 하구나. 嵯峩第幾重
이끼 덮인 돌에 우연히 올라 偶登封蘚石
구름 너머 종소리를 생각하네. 猶想隔雲鍾
골짜기가 깊어 아침 햇볕이 모자라고 谷密朝陽欠
산이 높으니 가을 기운이 짙은데, 山高秋氣濃
바람맞으며 무너진 절을 탄식하다가 臨風歎興廢
긴 소나무에 말없이 기대었네. 默默倚長松

국망(國望)[64] 고개에서

國望岾[65]

푸른 벽이 우뚝 허공에 솟아 翠壁巖巖聳太虛
구름 연기 만리가 별천지일세. 雲烟萬里是方輿
하늘 모퉁이에서 가만히 송악(松嶽)을 바라보니 天隅隱約看松嶽

62) 『耘谷詩史』 卷3, 『高麗名賢集』 卷5, p.319 ; 『耘谷行錄』 卷3, 影印標點 『韓國文集叢刊』 卷6, p.169.

63) 『耘谷詩史』 卷3, 『高麗名賢集』 卷5, p.320 ; 『耘谷行錄』 卷3, 影印標點 『韓國文集叢刊』 卷6, p.170.

64) 국망호(國望岾) : 국망점(國望岾). 금강산의 큰 봉우리. 『신증동국여지승람』 卷47, 회양도호부 산천.

65) 『耘谷詩史』 卷3, 『高麗名賢集』 卷5, p.320 ; 『耘谷行錄』 卷3, 影印標點 『韓國文集叢刊』 卷6, p.170.

서기(瑞氣)가 영롱하게 임 계신 곳을 둘렀네. 瑞氣葱葱擁帝居

상원사(上院寺)

上院寺[66]

단풍 숲에는 가을이 저물어 가고 楓林秋欲晩
솔숲 절에는 해가 가물거리네. 松寺日將曛
먼 골짜기와 하늘은 옛 그대로인데 依舊洞天遠
다시 세운 불전들은 분명하구나. 重新殿宇分
나그네 마음은 물같이 맑고 客心淸似水
스님 말씀은 구름같이 담박해, 僧語淡如雲
고요히 앉아서 깊은 사색에 잠기니 靜坐發深省
풍경 소리가 들을 만하네. 風鈴聲可聞

서쪽 이웃집에 한 노파가 살았다. 다른 자식은 없고 딸 하나만 있었는데 창기(娼妓)가 되었다. 노파가 늙고 병들자 그 딸이 이웃들에게 빌어 부양했는데, 악부(樂府)의[67] 부름을 받고 곧 길을 떠나게 되었다. 노파가 수족을 잃고 매우 슬피 통곡하므로, 그 소리를 듣고 이 시를 짓는다

西隣有一婆. 無他息. 惟一女爲娼妓. 婆老且病矣. 其女乞諸隣而養之. 卽爲樂府之所招. 逼迫上道. 婆失其手足. 哭之甚哀. 聞其聲而作之.[68]

우는 소리가 슬프고도 원망스러워 천문(天門)에[69] 들리니 哭聲哀怨至天門
모녀가 헤어진다고 밝은 해도 어두워지네. 母女分離白日昏
성색(聲色)이 옛부터 한갓 즐거움에 이바지하니 聲色古來供一豫

---

66) 『耘谷詩史』 卷3, 『高麗名賢集』 卷5, p.320 ; 『耘谷行錄』 卷3, 影印標點 『韓國文集叢刊』 卷6, p.170.
67) 악부(樂府) : 미상.
68) 『耘谷詩史』 卷3, 『高麗名賢集』 卷5, p.320 ; 『耘谷行錄』 卷3, 影印標點 『韓國文集叢刊』 卷6, p.170.
69) 천문(天門) : ① 대궐문을 달리 이르는 말. ② 천국으로 들어가는 문.

태평시대 기상이 이 가운데 있을건가. 昇平氣像此中存

원신(元信)의 시권에 씀[정사(淨師)]

書元信卷(淨師)[70]

원(元)은 선(善)에 있어서 으뜸이고 元爲善之長
신(信)은 도(道)에 있어서 으뜸일세. 信爲道之元
스님은[71] 이미 청정하시니 上人已能淨
공적(空寂)이 바로 참된 근원일세. 空寂是眞源

부정(副正)[72] 이실(李實)[73] 형을 곡함

哭李副正兄實[74]

사해가 모두 형제라고는 하지만[75] 四海雖兄弟
마음을 알아줄 사람이 몇이나 되랴. 知心能幾何
남과 사귀는 도가 언제나 친밀했지만 與人交道密
내게 유달리 사랑이 많으셨네. 於我愛情多
맑은 눈물이 비오듯 흐르니 淸淚紛如雨
황천(黃泉)에[76] 물결이 부풀었겠지. 黃泉漲水波

---

70) 『耘谷詩史』卷3, 『高麗名賢集』卷5, p.320 ; 『耘谷行錄』卷3, 影印標點 『韓國文集叢刊』卷6, p.170.

71) 상인(上人) : 지혜와 덕을 겸비한 스님네를 존칭하는 말.

72) 부정(副正) : ① 고려시대 사복시・전농시・서운관・사의서・전의시・내알사의 정4품 또는 종4품 벼슬. ② 지방관아에 딸린 향직의 하나.

73) 이실(李實) : 생몰년 미상.

74) 『耘谷詩史』卷3, 『高麗名賢集』卷5, p.320 ; 『耘谷行錄』卷3, 影印標點 『韓國文集叢刊』卷6, p.170.

75) 사해수형제(四海雖兄弟) : 사마우(司馬牛)가 근심하며 말했다. "남들은 다 형제가 있는데, 나 혼자만 형제가 없구나." 그러자 자하(子夏)가 말했다. "나는 이런 말을 들었다. '죽고 사는 것은 명(命)에 달렸고, 부하고 귀한 것은 하늘에 달렸다' 군자가 공경하고 잘못이 없으며 남과 사귈 때에 공손하고 예가 있으면, 세상 사람이 모두 형제이다(四海之內 皆兄弟也). 군자가 어찌 형제 없는 것을 근심하겠느냐?" 『논어(論語)』卷12, 「안연(顔淵)」.

76) 황천(黃泉) : 오행(五行)에서 땅 빛을 노랑으로 한 데서 나온 말. ① 지하의 샘. ② 사

지난밤 꿈에 마을 사람(鄕黨) 수십 명과 함께 말을 타고 한 별장(郊居)에 이르렀다. 말에서 내려 평상에[77] 앉았더니 옆에 있던 한 사람이 말했다. "뜻밖에도 그대의 영화스런 대우가 여기까지 이르렀구려." 내가 그 말을 듣고 웃다가 깨어, 시 두 절을 지어서 스스로 꿈풀이한다

夜夢與鄕黨數十輩. 騎馬到一郊居. 下馬據胡床. 傍有一人曰. 不圖君之榮遇至於斯也. 吾聞其語. 發笑而覺. 作二絶以自解.[78]

나이가 쉰이[79] 지난 늙은 미치광이가	年過知命老疎狂
조정 반열에 붙는 것을[80] 어찌 바라랴.	攀附犀聯豈可望
조물주가 사람을 놀리다니 참으로 괴이해라	造物戲人良可怪
일부러 꿈꾸게 해서 평상에 앉히다니.	故令魂夢據胡床

꿈 속에서도 꿈 속의 몸을 가졌으니	夢裏猶將夢裡身
허황한 것이 모두 참은 아닐세.	蘧蘧役役摠非眞
가엽구나! 백년 동안 뜨고 가라앉는 일들이	可憐百歲升沈事
베개 위 바람에 날리는 나비의 꿈일세.[81]	一枕狂風蝴蝶春

람이 죽어서 가는 곳. ③ 구천(九泉).

77) 호상(胡床) : 의자.

78) 『耘谷詩史』 卷3, 『高麗名賢集』 卷5, p.320 ; 『耘谷行錄』 卷3, 影印標點 『韓國文集叢刊』 卷6, p.170.

79) 지명(知命) : "나는 열다섯에 학문에 뜻을 두었고, 서른에 (예의를 알게 되어 그 무엇에도 흔들리지 않고 스스로) 섰다. 마흔에 (여러 가지를 깨우치면서) 미혹되지 않았고, 쉰에는 천명을 알게 되었다. 예순에는 남의 말을 새겨 들었으며, 일흔에는 내 마음이 하고 싶은 대로 하더라도 법도에 어긋나지 않게 되었다." 『논어(論語)』 卷2, 「위정(爲政)」. "오십이지천명(五十而知天命)"이라고 했으니, 운곡이 말한 지천명(知天命)은 쉰 살이다.

80) 반부(攀附) : 반용우봉(攀龍附鳳)의 준말로 용의 비늘을 끌어 잡고 봉의 날개에 붙는다는 뜻인데, 전(轉)하여 영주(英主)를 섬겨 공명(功名)을 세우는 비유로 쓰임.

81) 호접춘(蝴蝶春) : 장자(莊子)가 꿈에 나비가 되어 즐겁게 놀았다는 고사(故事). 예전에 장주(莊周)가 꿈속에서 나비가 되었다. 훨훨 날아 다니는 나비가 되어, 내가 나비라는 것도 깨닫지 못했다. 그러다가 문득 잠에서 깨고 보니, 나는 엄연히 나비였다. 도대체 장주가 꿈속에서 나비가 된 것일까? 아니면 나비가 (지금) 꿈속에서 장주가 된 것일까? 장주와 나비 사이에는 반드시 분별이 있을 것이다. 이것을 일러서 물화(物化)라고 한다. 『장자(莊子)』 卷2, 「제물론(齊物論)」.

김(金) 진사(進士)가 보낸 시에 차운하다(세 수)

次金進士所贈詩貂(三首)[82]

아아! 우리 도(道)가 때를 따라 동쪽으로 와	眞嗟吾道與時東
소매 떨치고 돌아와서 들 늙은이와 친구 되었네.	拂袖歸來伴野翁
한 굽이 숲과 샘이 경치 좋은 곳이니	一曲林泉形勝處
가을달에 봄바람 정말 좋구나.	也宜秋月又春風

젊은 나이에 명성이 하늘 동쪽을 흔들었으니	早年聲價動天東
어찌 말 잃은 늙은이를[83] 마음으로 기대하랴.	何用心期失馬翁
무너진 기강을 바로잡는 것이 오늘의 할 일이니	整頓頹綱當是日
바라건대 그대는 소왕(素王)의[84] 바람을 떨치시게.	請君須振素王風
	(來詩有塞翁失馬之意)

푸른 시내 동쪽에 오두막을 사랑해	爱廬心遠碧溪東
그대 아니면 그 누가 이 늙은이를 찾아오랴.	非子誰能訪此翁
세상을 업신여기는[85] 희황씨(羲皇氏)야[86] 내 어찌 바라랴만	寄傲羲皇吾豈敢

82) 『耘谷詩史』 卷3, 『高麗名賢集』 卷5, p.320 ; 『耘谷行錄』 卷3, 影印標點 『韓國文集叢刊』 卷6, p.170.

83) 실마옹(失馬翁) : 보내온 시에 변방 늙은이가 말을 잃어버린 이야기가 있었다. (원주).

84) 소왕(素王) : 문선왕(文宣王)인 공자(孔子)를 일컫는 말. 왕자(王者)의 도(道)와 덕(德)을 지녔으면서도 왕위(王位)가 없는 사람을 소왕(素王)이라고 하는데, 흔히 공자(孔子)를 가리킨다. 그래서 공자가 편찬한 『춘추(春秋)』를 「소왕지문(素王之文)」이라고도 한다. 당나라 현종이 개원 27년(739)에 공자에게 문선왕(文宣王)이라는 시호를 추증하였다.

85) 기오(寄傲) : 세상을 업신여긴다는 말. 기오(寄傲)는 기우오세지정(寄寓傲世之情)을 뜻한다. "남쪽 창가에 기대어 세상을 업신여겼네. 倚南窓以寄傲." 도연명(陶淵明), 「귀거래사(歸去來辭)」.

86) 희황(羲皇) : 복희씨(伏羲氏). 중국 고대의 제왕. 삼황오제(三皇五帝)의 수위를 차지하며, 팔괘(八卦)를 처음 만들고 그물을 발명하여 고기잡이 방법을 가르쳤다 함. 『열자(列子)』에 그의 몸은 뱀이고, 얼굴은 사람으로 소의 머리와 범의 꼬리를 가졌다고도 기록됨.

한갓 산 달과 솔바람을 사랑할 뿐일세.　　只憐山月與松風

1386년(병인) 동짓날. 느낀 바를 원(元)[87] 도령(都令)에게[88] 보이다

丙寅冬至感懷. 示元都領.[89]

지난 해 동지엔 눈에 꽃이 피더니　　去年冬至眼生花
올해 동지엔 귀밑 털에 서리 내렸네.　　今年冬至鬢帶霜
해마다 조금씩 옛 얼굴 바뀌더니　　年年漸改舊容貌
거울에 비친 내 모습 보며 정신이 아득해졌네.　　照鏡對影神蒼茫
나 옛날 부지런히 책 읽을 적엔　　我昔辛勤讀書日
충의를 지니고 임금을[90] 섬길 뜻 품었지.　　意將忠義事高陽
이 백성들 편안히 살게 하고　　坐使斯民安所止
빛나는 수역(壽域)을[91] 팔방에[92] 넓히려 했었지.　　熙熙壽域開八荒
내 생각 빗나가 하나도 효과 없었으니　　枉謀謬筭百無效
쓸쓸한 내 행동이 이리도 처량하네.　　孑然行止何凉凉
일찍이 궁달(窮達)은 하늘에 달린 줄 알았으니　　曾知窮達在于命
다락에 기대 나가고 들어오는 것을[93] 탓하지 않으리라.　　倚樓休復嗟行藏

---

87) 원공(元公) : 원립(元立).

88) 도령(都領) : 고려시대 군대의 한 부대를 맡아 거느리어 지휘하는 무관의 최고 직임. 혹은 그 직임에 있는 사람.

89) 『耘谷詩史』 卷3, 『高麗名賢集』 卷5, p.320 ; 『耘谷行錄』 卷3, 影印標點 『韓國文集叢刊』 卷6, p.170.

90) 고양(高陽) : 고양(高陽)은 역생이 고조를 처음 만나서 섬기기 시작한 곳이다. 운곡은 이 시에서 고양을 임금이라는 뜻으로 썼다. "처음에 패공(沛公 : 유방)이 군사를 이끌고 진류(陳留)를 지나가는데, 역생(酈生)이 군문에 찾아와서 뵈려고 했다. 시자가 나와서 그를 거절하면서 말했다. 패공께서는 선생을 만날 수 없습니다. 지금 천하를 통일하는 큰일 때문에 선비를 만나실 틈이 없습니다. 그러자 역생이 칼을 어루만지며 시자에게 꾸짖어 말했다. 빨리 달려가서 패공께 아뢰어라. 나는 고양의 술꾼이지 선비가 아니라고." 사마천(司馬遷), 『사기(史記)』 卷97, 「역생육가(酈生陸賈)」.

91) 수역(壽域) : 인수(仁壽)의 경역(境域)이란 뜻으로 태평한 세상을 이름. 일세(一世)의 백성을 몰아서 인수(仁壽)의 지역으로 오르게 했다(驅一世之民, 躋仁壽之域). 『한서(漢書)』, 「예악지(禮樂志)」.

92) 팔황(八荒) : 팔굉(八紘). 팔방의 너른 범위로 온 천하를 말함.

93) 행장(行藏) : 세상에 나아가 도를 행하는 것을 행(行)이라 하고, 세상에서 물러나 숨는

하늘과 땅도 하나의 한가한 물건으로 생각했으니 早作乾坤一閑物
홀로 도롱이 입고 물가에서 놀리라. 獨携簑笠遊滄浪
구름과 안개 바람과 달은 절로 모습 바뀌는데 雲烟風月自多態
바둑 두는 초가집에는 평상에 책이 가득하네. 碁局茅亭書滿床
돌아보니 세상살이 얼마나 험난했던가 回看世路幾飜覆
사람 바다에 미친 물결 소리가 들리는 듯하네. 似聞人海波瀾狂
명예를 다투고 이익을 구하느라 날마다 달리고 싸우는데 爭名求利日奔競
담요에 개미 끼고 등불에 나방 달려드는 것을 막기 어렵네. 氈蟻燈蛾難可防
머리 내밀고 나가기만 해 돌아올 줄 모르니 騈頭進步却忘返
앞길을 살피지 않으면 위기가 닥쳐오네. 未省前路危機當
청렴하고 사양하던 기풍이 스러져 세상은 변해가니 廉讓風衰世以變
옛 도(道)를 만회하려 한들 무슨 방법이 있으랴. 挽回古道知何方
방어(魴魚)처럼[94] 지쳐버려 법령은 해이해지니 魴魚赬尾法令弛
만신창이(滿身瘡痍) 그 모습이 가슴 아프구나. 瘡痍滿眼堪悲傷
선비란 옛부터 자신을 많이 그르치는데 儒冠自古多誤已
하물며 나같이 재주 변변치 못한 사람이랴. 况予才智元無良
풍진세상(風塵世上) 일들은 꿈에도 오지 않으니 風塵世事不來夢
호리병 속의 세월이[95] 긴 줄을 이제야 알겠구나. 方信壺中日月長
어제 저녁 눈을 보고서 세밑이 된 걸 알고 놀랐는데 昨晩看雪驚歲暮
오늘은 또다시 양기가 생기는[96] 것을 보게 되다니, 今日又逢生一陽

것을 장(藏)이라 함. 곧 출세와 은퇴를 뜻함. 『논어(論語)』 卷7, 「술이(述而)」.

94) 방어정미(魴魚赬尾) : 일에 지쳐 피로한 모양을 방어(魴魚)의 붉은 꼬리에 비유한 것. “방어의 꼬리가 붉어지고 왕실은 불타듯 어지러워라. 불타듯 어지럽다지만 부모님이 가까이 계시다오. 魴魚赬眉, 王室如燬. 雖則如燬, 父母孔邇.” 『시경(詩經)』 卷1, 주남(周南) 「여분(汝墳)」. 「전(傳)」에 “정(赬)은 적(赤)이다. 고기가 지치면 꼬리가 붉어진다. 훼(燬)는 화(火)다”라고 했다. 방어 꼬리는 원래 흰데, 지치면 붉어진다고 한다.

95) 호중일월(壺中日月) : 한나라 때에 비장방(費長房)이 약을 파는 호공(壺公)에게 이끌려 가게에 매달아 놓은 병 속에 들어가 실컷 술을 마시고 나왔다고 한다. 그래서 술병 속의 세상을 호천(壺天)이라고 하며, 술에 취해 보낸 세월을 호중일월(壺中日月)이라고 한다.

96) 봉생일양(逢生一陽) : 10월에는 음기(陰氣)가 성해 극에 달했다가, 동지가 되면 양(陽)이 땅속에서 다시 생긴다. 『역(易)』. 홀수는 양(陽)이고, 짝수는 음(陰)이다. 음력 10월

양기가 만물과 화합해 다들 생동하는데 陽和萬物動生意
어찌 내게만 늙음을 재촉하나. 胡乃與吾催老僵
만물과 나는 이치가 같으니 어찌 나 혼자만 잃으랴. 物我同理何得喪
걱정과 즐거움, 스러지고 자라는 것을 누가 구분하랴. 孰分憂樂並消長
뜬구름은 피었다 스러지고 달도 차면 기우는데 浮雲起滅月圓缺
인생살이 모이고 흩어지는 게 참으로 황당하구나. 人生聚散誠荒唐
그대는 일찍이 군자의 뜻을 지녔으니 看君早有君子志
마땅히 칼을 차고 광명을 향해 나아가리라. 也宜劍佩趁明光
온 세상이 나를 업신여겨도 그대만은 후대하여 擧世薄我君獨厚
언제나 시와 술 가지고 내 마음을 풀어 주었지. 每將詩酒論心腸
그대는 보지 못했던가! 강가의 맑은 매화가 탐스런 열매를 맺어 君不見 江路淸梅有佳實
복사꽃 오얏꽃이 번화한 곳에서는 미움 당하고, 見忌繁華桃李場
보지 못했던가! 높은 산 차가운 소나무가 곧은 절개 품고서 又不見 ○○寒松抱貞節
눈과 서리 날리는 언덕에 늠름히 홀로 선 것을. 獨立凝嚴霜雪崗
한 조각 봄빛이 운곡으로 찾아드니 一片春光到耘谷
봉황산 산빛도 푸르름이 더하네. 鳳凰山色添靑蒼

조(趙) 봉선(奉善)의[97] 어머니 신(申) 부인(夫人)의 만사(挽詞)[98]

趙奉善母申夫人挽詞[99]

백주(栢舟)의[100] 맑은 절개가 고을에 으뜸이었는데 栢丹淸節冠鄉閭

에 한 해의 음(陰)이 다하고, 11월 동지에 1양(陽)이 생긴다고 하였다. 한겨울에 봄기운이 시작된다는 뜻이다. 이날이 바로 동짓날이다.

97) 봉선(奉善) : 봉선대부(奉善大夫)의 준말. 봉선대부는 고려시대 종4품 문관의 관계(官階).

98) 만사(挽詞) : 죽은 사람을 위해 지은 글.

99) 『耘谷詩史』 卷3, 『高麗名賢集』 卷5, p.321 ; 『耘谷行錄』 卷3, 影印標點 『韓國文集叢刊』 卷6, p.171.

100) 백주(栢舟) : 시경(詩經)의 백주장(栢舟章). 여인의 정절(貞節)을 읊은 시. "저 잣나무 배가 두둥실 황하 가운데 떠 있네. 더펄머리 양쪽 늘어진 그이가 정말 내 남편, 죽어도

육십 평생이 한낱 꿈이 되고 말았네. 六十餘年一夢餘
은택은 이미 방진(方進)의[101] 신에 말랐고 恩澤已幹方進履
눈물 줄기는 먼저 노래자(老萊子)의[102] 옷자락을 적셨네. 淚行先濕老萊裾
슬픈 바람이 쓸쓸히 무덤에[103] 불어오고 悲風颯爾吹蒿里
서늘한 달은 여전히 초가집을 비추네. 凉月依然照草廬
젊을 때 이웃에 살며 사랑을 받았던 내라 我少居隣承撫養
상엿줄 함께 잡고 영차(靈車)에[104] 절하네. 偏乘此紼拜靈車

추전별감(推田別監)[105] 권공(權公)이 목백(牧伯)에게[106] 올린 시에 차운함
次推田別監權公上牧伯詩韻[107]

떠나갔던 구슬이 합포(合浦)로 되돌아오고[108] 去珠還合浦

다른 마음 안 가지리라. 어머니는 하늘이건만 어찌 내 마음 몰라주나요. 汎彼柏舟, 在彼中河. 髧彼良髦, 實維我儀, 之死矢靡它. 母也天只, 不諒人只." 『시경(詩經)』 卷2, 패풍(邶風) 「백주(柏舟)」. 위나라 세자 공백(共伯)이 일찍 죽었는데, 그의 아내 공강(共姜)이 수절하며 지내자, 그 친정 부모가 억지로 재혼시키려 하였다. 그러자 공강이 죽어도 다시 시집가지 않겠다고 다짐하며 이 시를 지었다고 한다. 이 시는 그 뒤로도 수절하는 젊은 과부를 표현하기 위해 많이 쓰였다.

101) 방진(方進) : 남편을 여윈 것을 슬퍼하는 말.

102) 노래(老萊) : 노래자(老萊子). 초나라 현인으로 중국 이십사 효자의 하나임. 나이 칠십에 어린아이 옷을 입고 어린애 같은 장난을 하여서 부모를 즐겁게 하였음. 『몽구(蒙求)』 下, 「노래반의(老萊斑衣)」.

103) 호리(蒿里) : 원래 호리(蒿里)는 태산 남쪽에 있는 산인데, 사람이 죽으면 그 영혼이 여기 와서 머문다고 한다. 나중에 변하여 무덤이라는 뜻으로 썼다.

104) 영차(靈車) : 관을 실은 수레.

105) 추전별감(推田別監) : 추정도감(推整都監)의 별감을 말하는 듯함. 추정도감은 고려 공민왕 때 전민(田民)의 쟁송(爭訟)을 처리하기 위하여 설치한 관아.

106) 목백(牧伯) : 목사(牧使)를 달리 이르는 말.

107) 『耘谷詩史』 卷3, 『高麗名賢集』 卷5, p.321 ; 『耘谷行錄』 卷3, 影印標點 『韓國文集叢刊』 卷6, p.171.

108) 주환합포(珠還合浦) : 합포주환(合浦珠還), 교지주환(交趾珠還)과 같은 뜻. 본래 청렴한 관리의 공적을 칭송한 말. ① 잃었던 물건을 다시 찾았다는 말 ② 교지(交趾)와 합포(合浦)는 연접해 있는 지역. 합포(合浦)태수는 곡물은 생산하지 않고, 해중의 주보(珠寶)를 캐서 이웃 교지군(交趾郡)과 통상무역으로 식량과 교환하였다. 어느 때 태수가 욕심이 많아 마구 채굴하여 사욕을 채웠다. 그리하여 주보(珠寶)가 모두 이웃 교지군(交趾郡)으로 옮겨갔는데, 후한(後漢) 때 맹상(孟嘗)이 태수가 되어 청렴한 정치를

신기한 칼이 풍성(豊城)에서 나왔네.[109) 神劒出豊城
은혜와 사랑이 온 백성에게 미치니 惠愛歸黎庶
그 충성이 임금을 감동케 하네. 忠誠感聖明
정치는 가을 물같이 깨끗하고 政如秋水淨
위엄은 새벽 서리같이 맑으니, 威若曉霜淸
바라건대 그 높은 바람을 빌리고 싶네. 願借高風便
언덕 구석에 꾀꼴새 한 마리가 있으니.[110) 邱隅有一鶯

섣달 그믐날 밤. 아우 자성(子誠)이[111) 술을 가지고 왔기에 함께 이야기하다가 절구 한 수를 짓다

除夜. 子誠弟携壺來. 共話作一絶.[112)

한 점 푸른 등잔이 자리를 비춰 밝은데 一點靑燈照座明

함으로써 다시 그 주보(珠寶)가 모두 합포(合浦)로 돌아왔다는 말.(『후한서(後漢書)』, 「맹상(孟嘗)」, "嘗遷合浦太守 郡不産穀實而海出珠寶 先時 宰守竝多貪穢 詭人採求不知紀極 珠遂漸徙于交阯郡界 嘗到官革易前敝 未踰歲去珠復還 百姓 皆反其業").

109) 신검출풍성(神劒出豐城) : 풍성신검(豐城神劒). 진(晉)나라 때 풍성 땅에 보검 두 자루가 묻혔는데, 북두칠성과 견우성 사이에 붉은빛이 내뻗었다. 마침 천문을 보던 뇌환(雷煥)이 그 빛을 보고 보검의 정기가 하늘에 통했다고 생각하여, 곧 풍성현령으로 가서 감옥 터를 파고 용고(龍皐)와 태아(太阿)라는 보검 두 자루를 얻었다. "雷煥 于豊城得雙劍 送一與華 留一自佩 曰靈異之物 終當化去 不永爲人服也 華誅 失劍所在 煥卒 子持劍行 經延平津 劍從腰間躍出墮水 使人沒水取之 但見兩龍 各長數丈." 『진서(晉書)』, 장화전(張華傳).

110) 구우유일앵(邱隅有一鶯) : "조그만 꾀꼴새가 언덕 모퉁이에 앉아 있네. 어찌 감히 길 가기를 꺼리랴? 빨리 못 가는 게 두려울 뿐이라네. 마시게 해주고 먹여 주어 미리 가르쳐 주고 깨우쳐 주었으면, 저 뒤따르는 수레에라도 태워 주었으면 좋겠네. 緜蠻黃鳥, 止于丘隅. 豈敢憚行, 畏不能趨. 飮之食之, 敎之誨之. 命彼後車, 謂之載之." 『시경(詩經)』 卷4, 소아(小雅) 「면만(緜蠻)」. 미천한 신하가 행역(行役)의 괴로움을 읊은 시이다. 뒤의 네 구절은 장관이 자기에게 그렇게 해주기를 행역자가 바라는 마음인데, 운곡도 이 시를 생각하면서 권공이 자기(언덕 구석에 있는 꾀꼴새)를 도와주었으면 하고 바랐다.

111) 자성(子誠) : 원천석의 동생 원천우(元天佑)로 추정됨. 원천우는 원주에서 같이 생활하다가 1376년 교주 속현 금성군의 감무를 역임하였고, 62세 때에 흡곡현의 현령을 지냈다.

112) 『耘谷詩史』 卷3, 『高麗名賢集』 卷5, p.321 ; 『耘谷行錄』 卷3, 影印標點 『韓國文集叢刊』 卷6, p.171.

술잔은 끝이 없고 북두성은[113] 기울어 가네. 酒盃無盡斗杓橫
아름다운 오늘밤에[114] 아름다운 일 있으니 可憐今夜可憐事
형제가 고금의 정을 서로 이야기하네. 兄弟相論今古情

서방구품도(西方九品圖)가 이뤄지기를 원하는 시
願成西方九品圖詩

서방(西方)[115] 구품도(九品圖)를[116] 그리려 하는 까닭은 欲畵西方九品圖
임금께 축수하고, 나라 위해 복 빌며, 중생을 제도하기 위해서라네. 壽君福國濟迷徒
시주들이여! 모두 같이 태어날 원(願)을 세우는 데에 檀家各發同生願
털끝만치라도 아끼거나 있고 없고를 따지지 마시게. 毋惜毫毛計有無

또 짓다
又[117]

서방정토(西方淨土)는[118] 미묘 장엄해서 西方淨土妙莊嚴

113) 두표(斗杓) : 옥형(玉衡) 북쪽의 두 별을 옥승(玉繩)이라고 한다. 『춘추원명포(春秋元命苞)』. 옥형(玉衡)은 별 이름인데, 북두성(北斗星)의 다섯 번째 별을 가리킨다. 옥형 북쪽의 천을(天乙)과 태을(太乙) 두 개의 조그만 별이 바로 옥승(玉繩)이다. 북두칠성 가운데 옥형 북쪽으로는 국자의 자루 모양을 하고 있기 때문에 두병(斗柄), 또는 두표(斗杓)라고도 부른다.

114) 가련금야(可憐今夜) : 가련(可憐)은 사랑스러운 모습, 또는 아름다운 모습이다. “아름다운 오늘밤 모든 집 안에 은하수와 성사(星槎)가 한 길로 통하네. 可憐今夜千門履, 銀漢星槎一道通.” 왕창령(王昌齡), 「소부마댁화촉시(蕭駙馬宅花燭詩)」. 왕창령의 시에서는 가련금야(可憐今夜)에 은하수를 노래했는데, 운곡은 북두성을 노래했다.

115) 서방정토(西方淨土) : 아미타불의 정토. 곧 극락세계. 서방에는 다른 여러 나라도 있지만, 「아미타경」에 “여기서 서쪽으로 10만억 국토를 지나 한 세계가 있으니, 이름을 극락이라 한다.”고 한데서 말미암아 특히 아미타불의 국토를 서방정토라고 한다.

116) 구품(九品) : 9종의 품류(品類). 상상부터 하하까지. 혹(惑)・지(智)・기(機)・행(行)이나 혹은 정토(淨土)에 왕생하는 이의 차별. 저마다 왕생하는 정토.

117) 『耘谷詩史』 卷3, 『高麗名賢集』 卷5, p.321 ; 『耘谷行錄』 卷3, 影印標點 『韓國文集叢刊』 卷6, p.171.

118) 서방정토(西方淨土) : 아미타불의 정토. 곧 극락세계. 서방에는 다른 여러 나라도 있지만, 「아미타경」에 “여기서 서쪽으로 10만억 국토를 지나 한 세계가 있으니, 이름을 극

그 차례가 십육관(十六觀)으로[119] 나뉘어졌네. 次第相分十六觀
바라건대 사람마다 피안(彼岸)에 오르시어 願共人人登彼岸
이 그림 이뤄지면 먼저 마음속으로 보소서. 繪成先使眼中看

관찰사를[120] 지낸 풍저창사(豊儲倉使)[121] 이공(李公)이[122] 다음과 같은 시를 보내왔으므로 내가 지난해 송정(松亭)에서[123] 이별한 뜻을 추억하고 아울러 오늘의 회포를 서술하여 (차운 시를) 부쳐 드리다

前按部豐儲倉使李公寄詩云.[124]

- 이공(李公)

원성 원씨(原城元氏)는 역시 높은 사람이니 原城元氏亦高人
붉은 티끌[125] 향해 자신의 참모습을 손상시키지 않네. 不向紅塵損我眞

락이라 한다."고 한데서 말미암아 특히 아미타불의 국토를 서방정토라고 한다.

119) 십육관(十六觀) : 아미타불의 불신・국토를 관상(觀想)하는 16종의 방법. 「관무량수경」에서 위데희 부인과 다음 세상에 날 중생을 위하여 극락세계에 가서 나는 한 방편으로 제시(提示)한 수행법이다. 1) 일관(日觀). 일상관(日想觀). 떨어지는 해를 보아서 극락 정토를 관상(觀想)함. 2) 수관(水觀). 수상관(水想觀). 극락의 대지가 넓고 평탄함을 물과 얼음에 비교하여 관상함. 3) 지상관(地想觀). 분명하게 극락의 대지를 관상함. 4) 보수관(寶樹觀). 극락에 있는 보수(寶樹)의 묘용을 관상함. 5) 보지관(寶池觀). 극락에 있는 연못의 8공덕수의 묘용을 관상함. 6) 보루관(寶樓觀). 극락의 5백억 보루관을 관상함. 7) 화좌관(華座觀). 7보로 장식한 부처님의 대좌(臺座)를 관상함. 8) 상관(像觀). 형상과 관상하는데 나타나는 금색상(金色像)을 관상함. 9) 진신관(眞身觀). 진정한 부처님의 몸을 관상함. 10) 관음관(觀音觀). 11) 세지관(勢至觀). 곁에 모시고 있는 관음・세지 두 보살을 관함. 12) 보관상관(普觀想觀), 극락의 주불(主佛)인 아미타불과 그를 위요(圍繞)한 온갖 것을 두루 관상함. 13) 잡상관(雜想觀), 14) 상배관(上輩觀). 15) 중배관(中輩觀). 16) 하배관(下輩觀). 각각 상중하의 세 류가 있으니, 각자가 자기에게 적당한 행업으로 왕생할 것을 관상하는 것.

120) 안부(按部) : 관할 지역을 다스린다는 뜻으로, 안렴사(按廉使) 등의 도신(道臣)을 이르는 말.

121) 풍저창사(豊儲倉使) : 궁궐에서 담당하던 곡식을 담당하던 관청의 정5품의 사(使). 1308년 우창(右倉)을 고쳐 부른 이름.

122) 이공(李公) : 이감(李敢)으로 추정됨. 1392년 4월 정몽주 피살사건 이후 김진양과 함께 정몽주의 사주에 의해 조준을 제거하려 했다는 이유로 제거당하는 인물.

123) 송정(松亭) : 소나무 정자. 치악산 서쪽에 있던 정자.

124) 『耘谷詩史』 卷3, 『高麗名賢集』 卷5, p.321 ; 『耘谷行錄』 卷3, 影印標點 『韓國文集叢刊』 卷6, p.171.

지난해 내 걸음은 한낱 이름만 취했을 뿐, 去歲吾行徒取○
백성들에게 사랑 남기지 못해 부끄러워라. 愧無遺愛在斯民

僕追記去年松亭拜別之意. 兼敍所懷以寄呈.

공은 옛날의 현인에게도 부끄럽지 않으니 知公不愧古賢人
지조가 맑고 높으며 성품이 천진스럽네. 志操淸高性卽眞
지난해 은혜와 위엄을 다 말하기 어려우니 去歲恩威難盡說
어찌 우리 백성들에게 끼친 사랑이 없으랴. 豈無遺愛在吾民

정자 앞의 푸른 소나무는 몇 사람이나 겪었을까. 亭畔蒼松閱幾人
거짓된 사람과 참된 사람을 다 알고 있겠지. 應知有贋與其眞
헤어지는 마당에 사나이 눈물을 막을 수 없으니 臨離未禁男兒淚
낭관(郎官)을[126] 위해서가 아니라 백성을 위해서일세. 不爲郎官只爲民

붉은 티끌이[127] 사람을 그르칠까 두려워 却恐紅塵枉活人
홀로 구름과 달을 즐기며 천진(天眞)대로[128] 살아간다오. 獨將雲月養天眞
신야(莘野)에서[129] 보습 하나로 살며 다른 일 없으니 一犁莘野無餘事
다만 이 몸이 요순(堯舜)의[130] 백성되기를 원할 뿐일세. 但願身爲高舜民

---

125) 홍진(紅塵) : 시끄럽고 번화한 속세(俗世).

126) 낭관(郎官) : 육조(六曹)의 정5품 관인 정랑(正郎)과 정6품관인 좌랑(佐郎)에 있는 사람을 이르는 말.

127) 홍진(紅塵) : 시끄럽고 번화한 속세(俗世).

128) 천진(天眞) : ① 꾸임이나 거짓이 없이 자연 그대로의 순진함. ② 불생불멸의 참된 마음.

129) 신야(莘野) : 이윤(伊尹)이 탕왕(湯王)을 만나기 이전의 밭갈이하던 들 이름. 이윤(伊尹)은 유신국(有莘國)의 들판에서 농사를 지으며, 요임금과 순임금의 도를 즐겨 지키고 살았다. 그래서 의에 어긋나거나 도에 어긋나는 일이라면 온 천하를 녹봉으로 준다고 해도 돌아보지 않았으며, 사천 필의 말을 묶어 준다고 해도 거들떠보지 않았다. 또 의에 어긋나거나 도에 어긋나는 일이라면, 풀 한 포기도 남으로부터 받지 않았다.『맹자(孟子)』卷9,「만장(萬章) 상」.

130) 고순(高舜) : 요순(堯舜). 임금이나 조상의 이름은 차마 쓰거나 부를 수 없었으므로, 그대로 쓰기를 피하고 다른 글자로 바꿔 썼다. 이것을 피휘법(避諱法)이라고 한다. 같은

평생에 걱정이라곤 남을 몰라보는 것 뿐131) 平生只患不知人
골짜기 어구에서 밭 갈며 자진(子眞)을132) 본받네. 谷口躬耘効子眞
그대의 진중하신 뜻에 깊이 감사하노니 深感我公珍重意
숲 아래 한 백성까지 잊지 않으셨구려. 未忘林下一遺民

1387년(정묘) 정월 7일[인일(人日), 두 수]

丁卯年人日(二首)133)

오늘 아침이 인일(人日)인데134) 今朝是人日
바로 입춘(立春) 전날일세. 正在立春前
역수(曆數)로는 비록 새해지만 曆紀雖新歲
풍광(風光)은 아직도 지난해일세. 風光尙去年
눈발은 꽃길 밖에 흩날리고 雪飄花逕外
연기는 가시 울타리에 젖었는데, 烟濕棘籬邊
비단을 끊는 것은 내 일이 아니라서135) 剪彩非吾事

운(韻)의 다른 글자로 바꿔 쓰기도 하고, 같은 뜻의 다른 글자로 바꿔 쓰기도 했으며, 획(劃)을 생략하거나 더해서 쓰기도 했다. 고려 제3대 임금인 정종(定宗, 923~949)의 이름이 요(堯)였으므로, 운곡이 이 시에서 요(堯)자를 피하여 고(高)자로 바꿔 썼다.

131) 부지인(不知人) : 공자께서 말씀하셨다. “남이 나를 알아주지 못할까 걱정하지 말고, 내가 남을 알아보지 못할까 걱정하라 不患人之不己知, 患不知人也” 『논어(論語)』 卷1, 「학이(學而)」.

132) 자진(子眞) : 한말(漢末)의 은사(隱士)인 정박(鄭樸)의 자(字). 벼슬에 응하지 않고 도를 닦으면서 곡구(谷口)에 집을 지어 살았으므로, 곡구자진(谷口子眞)이라고 일컬음. 성제(B.C 33~B.C. 8) 때에 대장군 왕봉(王鳳)이 예를 갖추어 그를 불렀지만, 가지 않았다. 『한서(漢書)』 卷72.

133) 『耘谷詩史』 卷3, 『高麗名賢集』 卷5, p.322 ; 『耘谷行錄』 卷3, 影印標點 『韓國文集叢刊』 卷6, p.172.

134) 인일(人日) : 그해의 길흉을 점치는 1월 7일을 인일(人日)이라고 했는데, 이날 머리 꾸미개를 하사하는 풍습이 있었다. 당나라 때에는 정월 7일을 인승절(人勝節)이라고도 했다. “정월 7일을 인일(人日)이라고 했는데, 비단을 끊어서 사람 모습을 만들거나 금박(金薄)으로 인승(人勝)을 만들었다. 이것을 병풍에 붙이거나, 머리에 꽂았다.” 『형초세시기(荊楚歲時記)』.

135) 전채비오사(剪彩非吾事) : 남들은 인일(人日)에 비단을 끊어 인형을 만들며 그해의 길흉을 점 쳤는데, 운곡은 잘 살고 못 사는 것을 하늘에 맡겼기에 비단을 끊을 필요가 없다는 뜻이다.

잘 살고 못 사는 것을 하늘에 맡겼네. 榮枯付上天

가랑눈이 새벽에 개이더니 微雪曉初霽
차가운 날씨에 나무가 얼어붙었네. 天陰木稼繁
사립문에 사람 자취 끊어졌지만 柴門人迹絶
소나무 언덕에 새 소리 들리는구나. 松塢鳥聲喧
출세할 생각은 이미 없어졌지만 旣失謀身計
임금 은혜에 보답하기가 끝내 어렵구나. 終難答聖恩
해가 갈수록 이 마음 잊지 못해 年來聊復爾
부질없이 술항아리를 마주하였네. 空對一匏樽

환원회사(還源廻師)의[136] 시권에 씀

書還源迴師卷[137]

처음이 없는 그때부터 아득히 비추면서 返照茫茫無始來
담담하게 성인(聖人)의 태(胎)를 길러 왔네. 湛然長養聖人胎
고즈넉한 광명의 경지를 알아둘지니 要知寂寂廻光處
구름 흩어진 푸른 하늘에 개인 달이[138] 나타난다네. 雲散靑空霽月開

명암(明菴) 총(聰)[139] 스님의[140] 시권에 씀

書明菴聰禪者卷[141]

136) 환원회사(還源廻師) : 생몰년 미상.

137) 『耘谷詩史』 卷3, 『高麗名賢集』 卷5, p.322 ; 『耘谷行錄』 卷3, 影印標點 『韓國文集叢刊』 卷6, p.172.

138) 재월(霽月) : 개인 달. 도량이 넓고 시원하다는 제월광풍(霽月光風)과 같은 말. "주돈이(周敦頤)의 흉금이 상쾌하고도 시원해서, 마치 화창한 바람이나 비온 뒤에 개인 달(光風霽月) 같다." 『송사(宋史)』, 「주돈이(周敦頤)」.

139) 명암(明菴) : 생몰년 미상.

140) 선자(禪者) : ① 명상하는 사람. ② 선문(禪門) 사람. 선의 수행자.

141) 『耘谷詩史』 卷3, 『高麗名賢集』 卷5, p.322 ; 『耘谷行錄』 卷3, 影印標點 『韓國文集叢刊』 卷6, p.172.

영명(靈明)한 한 알의 구슬로써 靈明一顆珠
여래장(如來藏)을[142] 더듬어 얻네. 探得如來藏
색(色)도 아니고 공(空)도 아닌데 非色又非空
이름도 없고 모양도 없어, 無名亦無相
삼광(三光)이[143] 그 빛을 가리우고 三光掩彩華
육합(六合)에[144] 밝은 광명이 통하네. 六合通輝朗
그 이유를 물으려 하자 欲問其所由
스님께서 손바닥을 어루만지네. 上人還撫掌

정암(貞菴) 신충(信忠)[145] 시자(侍者)의[146] 시권에 씀

書貞菴信忠侍者卷[147]

소나무와 잣나무가 눈 속에 홀로 푸르러 雪中松栢獨靑靑

142) 여래장(如來藏) : 미계(迷界)에 있는 진여(眞如). 미계의 사물은 모두 진여에 섭수되었으므로 여래장이라고 함. 진여가 바뀌어 미계의 사물이 된 때는 그 본성인 여래의 덕이 번뇌 망상에 덮이게 된 점으로 여래장이라 함. 또 미계(迷界)의 진여는 그 덕이 숨겨져 있을지언정, 아주 없어진 것이 아니고 중생이 여래의 성덕(性德)을 함장(含藏)하였으므로 여래장이라 함.

143) 삼광(三光) : 하늘에 세 빛이 있는데, 해와 달과 별이다. 『백호통(白虎通)』, 「봉공후(封公侯)」.

144) 육합(六合) : ① 동서남북과 상하의 여섯 방위. 육방(六方)과 같은 말로 천하, 육극(六極), 육막(六幕)이라고도 하고, 동서남북인 사방과 상하(천지) 양방을 合하여 六方이라 함. 『장자(莊子)』 제물론(齊物論)에 "六合之外 聖人 存而不論 六合之內 聖人 論而不議"라 하였다. ② 六合釋. Sat-samasa. 살삼마사(殺三麼娑)라 음역. 6리합석(리합석)·6종 석이라고도 한다. 범어의 복합사(複合詞)를 해석하는 6종의 방식. 1) 의주석(依主釋). 의사석(依士釋)이라고도 함. 왕의 신(臣)을 왕신(王臣)이라 함과 같은 것. 2) 상위석(相違釋). 왕과 신을 왕·신이라 함과 같은 것. 지업석(持業釋), 동의석(同依釋)이라고도 함. 높은 산을 고산(高山)이라 함과 같은 것. 4) 대수석(帶數釋). 사방(四方)·삼계(三界)와 같은 것. 5) 유재석(有財釋)·다재석(多財釋)이라고도 함. 장신(長身)의 인(키 큰 사람)을 장신(키다리)이라고 부르는 것과 같은 것. 6) 인근석(隣近釋). 하(河)의 부근을 하반(河畔)이라고 하는 것과 같은 것.

145) 정암신충시자(貞菴信忠侍者) : 생몰년 미상.

146) 시자(侍者) : 장로(長老)의 곁에 친히 모시면서 시중을 드는 소임. 아난이 부처님의 시자로 있었던 것이 그 시초.

147) 『耘谷詩史』 卷3, 『高麗名賢集』 卷5, p.322 ; 『耘谷行錄』 卷3, 影印標點 『韓國文集叢刊』 卷6, p.172.

총림(叢林)의[148] 옛 모습을 그대로 지키고 있네. 扶植叢林舊典刑
이미 참마음으로 진실한 도를 행하니 旣把眞心行實道
악마와 외도가 어찌 그 문정(門庭)을 엿보랴. 有何魔外覬門庭

배웅

送行[149]

스님의 몸은 구름 같아서 上人身如雲
바람처럼 머무는 곳이 없네. 飄然無所住
마음 가짐은 충직하고 飭心以忠直
몸가짐도 매우 견고하네. 志操大堅固
그 까닭을 물었더니 問之所以然
웃기만 하고 말하지 않네. 粲笑言不吐
스님이 말 없는 게 아니라 上人非無言
가벼이 대답하지 않기 때문일세. 不輕所答故
한 평생 구름과 물 사이에 平生雲水間
쾌활하고 청한하게 즐기시네. 快活淸閑趣
높은 발자취를 따르기 어려운데 高蹤難可追
깊은 산 안개 속으로 다시 들어가네. 更入千山霧

환희사(歡喜寺)[150] 당두(堂頭)의[151] 시에 차운함(네 수)

次歡喜堂頭詩韻(四首)[152]

148) 총림(叢林) : ① Vindhyavana 빈다바나(貧陀婆那)의 음역. 단림(檀林)으로 번역하기도 함. 여러 승려들이 화합하여 함께 배우며 안거하는 곳. 많은 승려들과 속인들이 모인 것을 나무가 우거진 수풀에 비유한 것. 지금의 선원(禪苑)·선림(禪林)·승당(僧堂)·전문도량(專門道場) 등 많은 승려들이 모여 수행하는 곳을 총칭.

149) 『耘谷詩史』卷3, 『高麗名賢集』卷5, p.322 ; 『耘谷行錄』卷3, 影印標點 『韓國文集叢刊』卷6, p.172.

150) 환희당(歡喜堂) : 위치 불명.

151) 당두(黨頭) : ① 당상(堂上). 선사(禪寺)에서 한 절의 우두머리, 곧 주지를 말함. ② 선사(禪寺)에서 주지가 있는 방을 말함. 곧 방장(方丈).

152) 『耘谷詩史』卷3, 『高麗名賢集』卷5, p.322 ; 『耘谷行錄』卷3, 影印標點 『韓國文集叢

일이 많은데다 병까지 많아 多事仍多病
근래 사람답지 못한 게 부끄러워라. 年來愧不人
형의 시 한 수를 얻고 보니 得兄詩一首
다시 정신이 새로워지네. 聊復暢精神

오랫동안 티끌 세상에 나그네 되어 久爲塵土客
물 구름 속에 사는 사람을 늘 부러워했네. 長羨水雲人
머지 않아 옷깃 떨치고 일어나 早晩拂衣去
서로 따르며 정신을 길러보려네. 相從好養神

천종(千鍾)[153] 오정(五鼎)의[154] 부귀도 千鍾五鼎貴
어찌 구름에 누운 사람만 하랴. 那似臥雲人
날마다 하는 일이 모두 착하니 日用皆爲善
내 마음을 부지하는 그것이 정신일세. 扶持是有神

한적한 산당(山堂)이[155] 고요하니 閒寂山堂靜
아마도 속세 사람은 드나들지 않겠지. 必應無外人
흰 구름이 날아와 친구가 되니 白雲來作伴
참으로 심신을 즐겁게 하네. 聊與可怡神

刊』 卷6, p.172.

153) 천종(千鍾) : 1종이 6석(石) 4두(斗)이니 6천4백 석(石)이 된다.

154) 오정(五鼎) : 오정(五鼎)은 다섯 개의 솥에다 각각 소 · 양 · 돼지 · 생선 · 고라니를 담아 신에게 바치는 것인데, 대부(大夫)의 신분을 가리킨다. 조선시대에는 4품 이상의 문관을 대부라고 하였다. (맹자가 먼젓번 아버지의 상보다 나중 어머니의 상을 더 잘 치르자, 노나라 평공이 맹자를 만나지 않으려 하였다. 그러자 맹자의 제자인 악정자가 평공에게 물었다.). "어째서 그렇게 생각하십니까? 먼젓번에는 사(士)의 예로써 아버지의 장례를 지내고, 나중에는 대부(大夫)의 예로써 어머니의 장례를 지낸 것입니다. 앞서는 세 솥의 제물만 마련하고 나중에는 다섯 솥의 제물을 마련한 것 때문에 그러십니까?" 『맹자(孟子)』 卷2, 「양혜왕(梁惠王) 하」.

155) 산당(山堂) : 삼신당(三神堂).

투공(透空) 잠(岑)[156] 스님의 시권에 씀

書透空岑上人卷[157]

언제나 같은 흰 구름 속에	依舊白雲裏
허공에 뜬 푸른빛이 밝기도 하네.	浮空翠色明
신령스런 빛이 통하는 곳에	靈光通徹處
사해(四海)가 함께 태평하구나.	四海一時平

배웅

送行[158]

짚신 신고 바랑 메고 행전(行纏)을 두른 뒤에	草鞋霞衲布行纏
동쪽과 서쪽 만리 하늘에 뜻을 두었지.	志在東西萬里天
회암(檜巖)의[159] 바윗길을 다시 향하는데	更向檜巖巖下路
지팡이 하나로 온 산천을 휘젓네.	一條笻杖抹山川

홍산회사(弘山恢師)의[160] 시권에 씀

書弘山恢師卷[161]

비 개인 뒤 맑은 빛이 먼 하늘에 이어져	晴光遠接塞天遙
골짜기마다 봉우리마다 하나하나 조회하네.	萬壑千峯一一朝
옛도 없고 지금도 없어 바뀜이 없으니	無古無今無變易
어떠한 겁화(劫火)도 사를 수 없네.	假饒劫火未能燒

---

156) 투공잠상인(透空岑上人) : 생몰년 미상.

157) 『耘谷詩史』 卷3, 『高麗名賢集』 卷5, p.322 ; 『耘谷行錄』 卷3, 影印標點 『韓國文集叢刊』 卷6, p.172.

158) 『耘谷詩史』 卷3, 『高麗名賢集』 卷5, p.322 ; 『耘谷行錄』 卷3, 影印標點 『韓國文集叢刊』 卷6, p.172.

159) 회암(檜巖) : 회암사로 추정됨.

160) 홍산회사(弘山恢師) : 생몰년 미상.

161) 『耘谷詩史』 卷3, 『高麗名賢集』 卷5, p.322 ; 『耘谷行錄』 卷3, 影印標點 『韓國文集叢刊』 卷6, p.172.

빗속에 생각나는 대로 읊음

雨中卽事[162]

비바람 쓸쓸해 초당을 닫았는데	風雨蕭蕭掩草萊
고즈넉한 생각은 한이 없구나.	寂寥情思固難裁
시는 흥이 나서 붓을 잡았지만	詩能遣興能操筆
술은 즐겁지 않아 잔을 못 들겠네.	酒不成歡不擧杯
귀밑 털은 시름이 많아 온통 눈 같은데	鬢爲愁多渾似雪
마음은 오랜 병에 식은 재 같네.	心因病久已如灰
지난해 복사꽃이 다 피지 않았는데	去年桃塢花全未
남은 봄추위가 갔다가 다시 오네.	强半春寒去却來

3월 상사일(上巳日).[163] 느낌이 있어 원(元)[164] 소경(少卿)에게[165] 부침 (네 수)

三月上巳有感. 寄元少卿(四首).[166]

숲이 파래지면서 봄 단장을 하고	樹林深翠欲粧春
맑은 구름 가벼운 바람에 하늘도 새로워지네.	雲淡風輕天氣新
중원(中原)의 이 시절을 멀리서 생각하니	遙想中原此時節
물가에 풀 밟는 사람이[167] 얼마나 모였을까.	水邊多少踏靑人

162) 『耘谷詩史』 卷3, 『高麗名賢集』 卷5, p.322 ; 『耘谷行錄』 卷3, 影印標點 『韓國文集叢刊』 卷6, p.172.

163) 상사일(上巳日) : 첫 번째의 사일(巳日).

164) 원(元) : 원립(元立).

165) 소경(少卿) : 고려시대 태상시 · 전중성 · 위위시 · 태복시 · 예빈시 · 대부시 등에 두었던 종4품 벼슬.

166) 『耘谷詩史』 卷3, 『高麗名賢集』 卷5, p.322 ; 『耘谷行錄』 卷3, 影印標點 『韓國文集叢刊』 卷6, p.172.

167) 답청(踏靑) : 봄날에 파릇파릇하게 난 풀을 밟으면서 거닒. "미동문(眉東門) 10여 리 밖에 묘이산(墓頤山)이 있는데, 그 위에 소나무와 대나무 정자가 있으며, 아래로는 큰 강을 굽어보는 곳이다. 해마다 정월 인일(人日, 정월 7일)에 남녀들이 그 위에 모여서 즐겁게 놀며 술을 마시는데, 이것을 답청(踏靑)이라고 한다." 소철(蘇轍), 「답청시서(踏靑詩序)」. 한 겨울 동안 집안에만 갇혀 지내던 사람들이 따뜻한 봄이 시작되자 들판으로 놀러 나와서 풀을 밟는 풍속인데, 꼭 인일 뿐만이 아니라 2월 2일을 답청절(踏

사심 없는 비와 이슬이 한창 봄이고 無私雨露是靑春
깊은 골짜기 평평한 언덕도 한결같이 새롭네. 窮谷平原一樣新
도덕의 높은 은혜도 이와 같건만 道德尊恩還若此
어찌 걱정과 즐거움은 사람마다 다른가. 乃何憂樂不均人

한 평생 오똑히 살며 여러 봄을 겪었건만 兀兀吾生度幾春
지금도 부끄러움이 언제나 새롭네. 到今慙愧一何新
양쪽 귀밑이 온통 희어졌는데도 蕭蕭兩鬢全垂白
내 몸은 아직 하등(下等) 인간을 면치 못하다니. 未免身爲下等人

백년 동안 잘 살건 못 살건 한낱 꿈인데 百歲榮枯一夢春
거울 속에 더 늙어졌다고 슬퍼하지 말게나. 莫悲衰色鏡中新
그대여! 모름지기 꽃구경 약속을 만들지니 請君須辦看花事
한 고을에 마음 같은 이가 몇 사람 되지 않는다네. 一邑同心不數人

각원(覺源) 선사(禪師)가 법화경(法華經)을168) 강하고 나서 다음과 같은 게송(偈頌)을169) 지어서 내게 보여 주었으므로 이에 화답해 절구 세 수를 지어 바침

禪師覺源講法華經. 作一頌示予云.170)

▪ 각원선사(覺源禪師)의 게송(偈頌)

공자 같은 성인이 비록 보살(菩薩)이지만 孔聖雖菩薩
세속 진리의 문(世諦門)을171) 이룩하였네. 猶成世諦門
그 한 마디 금구(金口)의172) 말씀이 一言金口說

靑節)이라고도 했으며, 3월 3일에 답청을 하기도 했다.

168) 법화경(法華經) : 묘법연화경의 약칭.

169) 게송(偈頌) : 부처의 공덕을 찬미하는 노래.

170) 『耘谷詩史』 卷3, 『高麗名賢集』 卷5, p.322 ; 『耘谷行錄』 卷3, 影印標點 『韓國文集叢刊』 卷6, p.173.

171) 세체(世諦) : 세속적인 입장에서의 진리.

172) 금구(金口) : 공자(孔子)가 주나라를 보러 갔다가 태조 후직(后稷)의 사당에 들어갔더

끝없는 바다를 건널 수 있네. 能度海無邊

和成三絶呈似.

내 들으니 우리 선사(禪師)께서는 聞說吾夫子
같은 유학(儒學)의 후신이라, 儒同之後身
교문(教門)이야 조금 다르지만 教門雖少異
본성을 다루는 근본은 마찬가질세. 治性本同倫

미혹을 가리키고 몽매(蒙昧)를 깨우쳐 指惑開蒙昧
일찍이 큰 도사(導師)가 되셨네. 嘗爲大導師
묘한 법 펼치시는 걸 자세히 들으니 諦聞宣妙法
비가 사심없이 적시는 것 같네. 如雨潤無私

화택(火宅)에[173] 세 수레를 마련해 두고 火宅設三車
모두 이끌어 삼보(三寶)에[174] 귀의케 하네. 引他歸寶所
나도 이제 전진하기 어려우니 我今難進前
궁한 자들은 의심하고 두려워하리. 窮子懷疑懼

신륵사(神勒寺) 스님 국일도대선사(國一都大禪師)[175] 고암(杲菴)이[176] 게

니, 묘당 오른쪽 계단 앞에 금인(金人)이 있었다. 그 입을 세 번 꿰매었는데, 그의 잔등에 새기기를 "옛날에 말을 삼갔던 사람"이라고 했다. 『공자가어(孔子家語)』. 원문의 금구(金口)는 금인(金人)의 입이다.

173) 화택(火宅) : 번뇌와 고통에 찬 속세를 불타고 있는 집에 비유한 말이다. 『법화경(法華經)』 비유품(譬喩品)에서 법신(法身)은 영원하다는 것을 일곱 가지로 비유하여 설명하였는데, 그 중 첫 번째가 화택유(火宅喩)이다. 우리가 살고 있는 3계(界)는 5탁(濁)·8고(苦) 등으로 인해 괴로움을 당해 안주할 수 없는 것을 불타고 있는 집에 비유하였다.

174) 삼보(三寶) : 불(佛)·법(法)·승(僧).

175) 국일도대선사(國一都大禪師) : 도대선사(都大禪師)는 선종 승계(僧階) 중 최고 지위를 말함. 대선(大選)－중덕(中德)－선사(禪師)－대선사(大禪師)－도대선사(都大禪師).

176) 고암(杲庵) : 혜근(慧勤)의 사(嗣)로서 일찍이 공민왕의 지우(知遇)를 받고 광암사(光

송(偈頌)을[177) 보내왔으므로, 이 시를 받들어 화답함

神勤和尙國一都大禪師杲庵寄頌云.[178)

▪ 고암(杲菴)의 게송(偈頌)

수미산주(須彌山主)가[179) 감동하여　須彌山主感通知
마디 없는 가지[枝] 하나를 내려 주었네.　降賜一條無節枝
수명이 달 같아서 길이 늙지 않으니　壽等蟾輪長不老
주장(柱杖)으로 잡고서 마음대로 휘두르리.　能將柱杖任施爲

奉答云.

앞의 게송을 차운함(右次前頌韻)

나는 여러 법을 전혀 모르니　我於諸法摠無知
어찌 하늘이[180) 가지 하나 내려 주시길 바라랴.　豈意皇天降一枝
허깨비 같은 이 세상에 다 상(相)이 있으니　如幻世間皆有相
바라건대 인자한 가호(加護)로써 무위(無爲)를 가르쳐 주소서.　願垂慈護指無爲

고암(杲庵)을[181) 위한 노래(右訟杲庵)

巖寺)에 10년 동안 머물렀다. 왕이 일승고암(日昇杲庵)이라는 4자를 직접 써서 하사하였다. 물러나 쉴 것을 청하였으나 허락받지 못하엿다. 우왕대도 세 차례나 물러나고자 하였지만 허락받지 못하였으므로, 마침내 도망치듯 나와 버렸다. 후에 강남(江南)을 돌아다니면서 두루 선지식(善知識)들과 만났다. 忽滑谷快天, 1930, 「惠勤の看話禪」, 『朝鮮禪教史』, p.289.

177) 게송(偈頌) : 부처의 공덕을 찬미하는 노래.

178) 『耘谷詩史』 卷3, 『高麗名賢集』 卷5, p.323 ; 『耘谷行錄』 卷3, 影印標點 『韓國文集叢刊』 卷6, p.173.

179) 수미산(須彌山) : 사주(四洲) 세계의 중앙, 금륜(金輪)위에 솟은 높은 산.

180) 황천(皇天) : ① 크고 넓은 하늘. ② 하느님.

181) 고암(杲庵) : 혜근(慧勤)의 사(嗣)로서 일찍이 공민왕의 지우(知遇)를 받고 광암사(光巖寺)에 10년 동안 머물렀다. 왕이 일승고암(日昇杲庵)이라는 4자를 직접 써서 하사하였다. 물러나 쉴 것을 청하였으나 허락받지 못하엿다. 우왕대도 세 차례나 물러나고자 하였지만 허락받지 못하였으므로, 마침내 도망치듯 나와 버렸다. 후에 강남(江南)을 돌아다니면서 두루 선지식(善知識)들과 만났다. 忽滑谷快天, 1930, 「惠勤の看話禪」, 『朝鮮禪教史』, p.289.

구름 걷힌 하늘빛이 바다에 닿았는데　　雲捲天光接海涵
태양이 북두성[182] 남쪽에 날아오르네.　　大陽飛上斗杓南
밝게 통하는 그 광명은 안팎이 없으니　　晃然通徹無中外
억만 건곤(乾坤)이 바로 하나의 암자일세.　　億萬乾坤卽一菴

새 고사리를 먹다

食新蕨[183]

오늘 아침에 어떤 손님이 초가집에 찾아왔네.　　今朝外客到茅堂
새로 캔 고사리가 작은 광주리에 가득하네.　　新採兒拳滿小筐
연하게 무쳐 먹으니 봄 맛이 느껴져　　軟煮方知春有味
삼킨 뒤에도 그 향기가 어금니에 남아 있네.　　啖終牙齒有餘香

판서(判書) 정을산(鄭乙産)의[184] 아내 신군군(辛郡君) 만사(挽詞)[185](네 수)

判書鄭乙産妻辛郡君挽詞(四首)[186]

한 평생 현숙한 자질이 초란(椒蘭)을[187] 타고 나셔　　平生淑質禀椒蘭
온 고을에 으뜸가는 부덕(婦德)을 갖추셨지.　　德冠鄕閭婦德完
사십 구 년만에 너무 빨리 돌아가셔　　四十九年歸去速
백천(百千) 삼매(三昧)로도[188] 붙들기 어렵구나.　　百千三昧挽留難

---

182) 두표(斗杓) : 옥형(玉衡) 북쪽의 두 별을 옥승(玉繩)이라고 한다.『춘추원명포(春秋元命苞)』. 옥형(玉衡)은 별 이름인데, 북두성(北斗星)의 다섯 번째 별을 가리킨다. 옥형 북쪽의 천을(天乙)과 태을(太乙) 두 개의 조그만 별이 바로 옥승(玉繩)이다. 북두칠성 가운데 옥형 북쪽으로는 국자의 자루 모양을 하고 있기 때문에 두병(斗柄), 또는 두표(斗杓)라고도 부른다. 북두칠성 자체를 두표(斗杓)라고도 부른다.

183)『耘谷詩史』卷3,『高麗名賢集』卷5, p.323 ;『耘谷行錄』卷3, 影印標點『韓國文集叢刊』卷6, p.173.

184) 정을산(鄭乙産) : 생몰년 미상.

185) 만사(挽詞) : 죽은 사람을 위해 지은 글.

186)『耘谷詩史』卷3,『高麗名賢集』卷5, p.323 ;『耘谷行錄』卷3, 影印標點『韓國文集叢刊』卷6, p.173.

187) 초란(椒蘭) : ① 산초나무와 난초. ② 전(轉)하여 향기가 좋은 것. ③ 군주의 친척 ④ 아첨 잘하는 사람을 이름.

188) 삼매(三昧) : Samadhi. 산란한 마음을 한 곳에 모아 움직이지 않게 하며, 마음을 바르

텅 빈 규방엔 원앙(鴛鴦)이 외롭고	空閨寂寂鴛鴦冷
외짝 베개엔 비취(翡翠)가 차가워라.	隻枕悠悠翡翠寒
우리들만 슬퍼하는 게 아니라	不獨吾儕多慘慼
흰 구름 흐르는 물도 모두 슬퍼하네.	白雲流水摠悲歎

사천(沙川)[189] 시냇가를 다시 돌아보니	沙川川上再回頭
물빛과 솔바람 소리가 슬픔을 함께 부르네.	水色松聲共喚愁
만물은 그대로건만 사람은 떠났으니 생각은 끝이 없는데	物是人非思罔極
하늘 높고 땅 잠잠하니 어디 가서 물으랴.	天高地默問何由
항아(姮娥)는[190] 다시 돌아가 월궁(月宮)에 머물고	姮娥更返月宮住
왕모(王母)도[191] 선부(仙府)로[192] 돌아가 노니시겠지.	王母復歸仙府遊
가군(家君)께는 슬퍼 마시라 전해 주소서.	爲報家君休痛甚
노년이신 어머님께서 남쪽 고을에 계신다고.	老年慈母在南州

게 하여 망념에서 벗어나게 하는 것.

189) 사천(沙川) : 주천현의 동쪽 22리에 있음. 『신증동국여지승람』 卷46, 원주목 산천.

190) 항아(姮娥) : 월궁(月宮)에 있다는 선녀의 이름. "예(羿)가 서왕모(西王母)에게서 불사약을 얻어 왔는데, 이것을 항아(姮娥)가 도둑질해 먹고 신선이 되어 달속에 들어가 월정(月精)이 되었다." 『회남자(淮南子)』, 「명람훈(冥覽訓)」. 유궁(有窮)의 후예(后羿)가 서왕모에게 불사약을 청했다. 그런데 그의 아내 항아(嫦娥)가 이를 훔쳐 가지고 달로 달아나 버렸다. 항아가 떠나면서 (어디로 달아나야 좋을는지) 무당 유황(有黃)에게 점을 쳤는데, 유황이 이렇게 점괘를 일러 주었다. "길하도다! 펄펄 나는 귀매(歸妹)로다. 장차 홀로 서쪽으로 가서 하늘 속의 회망(晦芒 : 어둠)을 만나리라. 두려워할 것도 없고, 놀랄 것도 없다. 뒤에 장차 크게 창성하리라." 항아는 드디어 달에게 자기 몸을 맡겼다. 이것이 바로 섬저(蟾蠩), 즉 달 속의 두꺼비이다. 간보 『수신기(搜神記)』 유궁후예(有窮后羿)는 유궁씨의 임금인 예(羿)라는 뜻인데, 활을 잘 쏘는 명수였다. 항아는 달나라로 달아났으므로, 달나라 선녀를 흔히 항아(姮娥), 또는 항아(嫦娥)라고 한다. 운곡의 시에서 항아가 다시 달나라로 돌아갔다는 말은 정을산의 아내가 원래 달나라 선녀 항아였는데, 이 세상에 잠깐 내려와 살다가 다시 자기 고향으로 돌아갔다는 뜻이다.

191) 왕모(王母) : ① 할머니. ② 제왕의 어머니. ③ 서왕모(西王母)의 약칭. ④ 다리가 파랗고 입부리가 적황(赤黃)색이며 날개는 희고 빰이 빨간 새. ⑤ 정재(呈才) 헌선도(獻仙桃) 춤에 선도반(仙桃盤)을 드리는 여기(女妓). 선모(仙母).

192) 선부(仙府) : 선인(仙人)이 거처하는 곳.

희디흰 구름 사이의 달이고　皎皎雲間月
푸르고 푸른 눈 속의 소나무일세.　蒼蒼雲裏松
남편을 도와 높은 지위에 오르게 하고　相夫登顯位
친족들과 화목하여 환한 얼굴 보였네.　睦族示雍容
난새는[193] 거울 속에 그림자가 끊어지고　鸞絶鏡中影
기러기는 진흙 위에 발자국을 남겼네.　鴻留泥上蹤
최질(縗絰)이[194] 한 항렬이나 남아 있으니　一行縗絰在
어찌 뒤따를 사람 없을까 걱정하랴.　何患後無從

【부인에게 뒤이을 아들이 없어, 조카딸을 양자로 삼아 상주(喪主)가 되게 하였다. 그래서 이렇게 말한 것이다.】(夫人無嗣. 侄女作養子主喪故云)

정숙한 모습은 규방의 모범이고　肅整爲閨範
부드러운 덕은 부녀다운 위의를 갖췄는데,　柔和著婦儀
하루 아침 바람에 나무가 꺾어지니　一朝風木撼
온 골짜기 물과 구름이 슬퍼하네.　滿洞水雲悲
꽃이 떨어지니 봄 얼굴이 암담해지고　花謝春容淡
연기가 엉키니 새벽빛이 더디네.　烟凝曉色遲
처량한 만가(挽歌)도[195] 이제는 다 끝났으니　挽歌悽已斷
묵은 자취를 다시는 찾을 길 없네.　陳迹更難追

---

193) 난새(鸞) ; 난새는 암수 사이에 금실이 좋은 새이기 때문에, 거울에 난새를 새겼다. 거울 속에 그림자가 끊어졌다는 말은 판서 정을산이 짝을 잃었다는 뜻이다.

194) 최질(縗絰) : 최(縗)는 상복이고, 질(絰)은 상복을 입을 때에 머리와 허리에 두르는 삼띠이다. 둘을 합하여 상복이라는 뜻으로 썼는데, 촌수에 따라 상복을 입는 기간이 달랐다.

195) 만가(挽歌) : 만가(輓歌)라고도 한다. (옛날에 장례지내면서 부르던) 「해로호리(薤露蒿里)」 2장(章)을 이연년(李延年)이 나누어서 두 곡(曲)으로 만들었다. 「해로(薤露)」는 왕공(王公) 귀인(貴人)들을 장례지낼 때에 불렀고, 「호리(蒿里)」는 사대부와 서민들을 장례 지낼 때에 불렀다. 영구(靈柩)를 끌고(挽) 가는 자들이 불렀으므로, 세상 사람들이 이 노래를 만가(挽歌)라고 하였다. 최표, 『고금주(古今註)』. 원래 호리(蒿里)는 태산 남쪽에 있는 산인데, 사람이 죽으면 그 영혼이 여기 와서 머문다고 한다. 나중에 변하여 무덤이라는 뜻으로 썼다.

옛 뜻

古意[196]

백호산(白虎山)[197] 꼭대기에 소나무 한 그루 白虎山頭松一樹
추위를 잊으며 천년 절조를 홀로 지켰네. 凌寒獨抱千年操
더러운 냄새와 꽃다운 향내를 얼마나 겪었기에 幾看遺臭與流芳
늙은 줄기가 반만 남은 채로 옛길에 의지해 서 있나. 老幹半槮依古道

무정(無淨) 일(一)[198] 스님의[199] 시권에 씀

書無淨一禪者卷[200]

스님의 행실은 아란야(阿蘭那)인데[201] 上人行是阿蘭那
고요한 마음은 순야다(舜若多)가[202] 아닐세. 寂靜心非舜若多
이러한 삼매(三昧)[203] 바다를 이미 얻었으니 旣得如斯三昧海
원융(圓融)은[204] 둘도 아닌 본체 마하(摩訶)일세.[205] 圓融不二體摩阿

---

196)『耘谷詩史』卷3,『高麗名賢集』卷5, p.323 ;『耘谷行錄』卷3, 影印標點『韓國文集叢刊』卷6, p.173.

197) 백호산(白虎山) : 산 이름. ① 산동성(山東省) 박산현(博山縣)에 있는 산. ② 사천성(四川省) 미산현(眉山縣) 동북에 있는 산. ③ 광서성(廣西省)의 백면산(白面山).

198) 무정일선자(無淨一禪者) : 생몰년 미상.

199) 선자(禪者) : ① 명상하는 사람. ② 선문(禪門) 사람. 선의 수행자.

200)『耘谷詩史』卷3,『高麗名賢集』卷5, p.323 ;『耘谷行錄』卷3, 影印標點『韓國文集叢刊』卷6, p.173.

201) 아란야(阿蘭耶) : 본문에는 아란나(阿蘭那)로 되어 있으나 아란야(阿蘭耶)의 오기인 듯. Aranya. 아라야(阿蘭若)ㆍ아련야(阿練若)ㆍ아란양(阿蘭攘)이라 음역. 줄여서 난야(蘭若)ㆍ연야(練若). 적정처(寂靜處)ㆍ무쟁처(無諍處)ㆍ원리처(遠離處)라 번역. 시끄러움이 없는 한적한 곳으로 수행하기에 적당한 삼림ㆍ넓은 들ㆍ모래사장 등을 가리킴. 수도하는 고요한 처소라는 뜻.

202) 순야다(舜若多) : Sunyata. 공성(空性)이라 번역. 허공과 같이 텅 비어 아무 것도 없는 성질.

203) 삼매(三昧) : Samadhi. 산란한 마음을 한 곳에 모아 움직이지 않게 하며, 마음을 바르게 하여 망념에서 벗어나게 하는 것.

204) 원융(圓融) : ① 한 데 통하여 아무 구별이 없음. ② 여러 법의 사리(事理)가 구별없이 널리 융통되어 하나가 됨.

205) 마하(摩訶) : Maha. 대(大)라 번역. 「지도론(智度論)」에는 대(大)ㆍ다(多)ㆍ승(勝)의

허주(虛舟) 해(海)[206] 스님의[207] 시권에 씀
書虛舟海禪者卷[208]

흐름을 따르건 거스르건 어찌 길 잃은 나루랴. 隨流返流豈迷津
몇 차례 봄이나 달빛 싣고 돌아왔던가. 載月歸來問幾春
하루 종일 나루에 한가롭게 놓아 둔 것은 盡日渡頭閑自放
저 중생들을 빠지지 않게 하려 함일세. 欲令含識免沈淪

여정(驢井) 해(海)[209] 스님의[210] 시권에 씀
書驢井海禪者卷[211]

동그란 눈에 쫑긋한 귀로 봄 풀에 배가 부른데 凝眸聳耳飽春草
마주한 맑은 샘물에서 한 줄기 신령한 물이 흘러나오네. 相對澄澄一派靈
이 샘물이 흘러가는 끝을 물으신다면 若問這邊端的處
흐르는 물이 달빛 띠고서 넓은 바다에까지 닿는다오.[212] 源流帶月接滄溟

나옹(懶翁)의[213] 영정에 찬함

세 가지 뜻이 있다고 함.

206) 허주해선자(虛舟海禪者) : 생몰년 미상.

207) 선자(禪者) : ① 명상하는 사람. ② 선문(禪門) 사람. 선의 수행자.

208) 『耘谷詩史』 卷3, 『高麗名賢集』 卷5, p.324 ; 『耘谷行錄』 卷3, 影印標點 『韓國文集叢刊』 卷6, p.174.

209) 여정해선자(驢井海禪者) : 생몰년 미상.

210) 선자(禪者) : ① 명상하는 사람. ② 선문(禪門) 사람. 선의 수행자.

211) 『耘谷詩史』 卷3, 『高麗名賢集』 卷5, p.324 ; 『耘谷行錄』 卷3, 影印標點 『韓國文集叢刊』 卷6, p.174.

212) 원류대월접창명(源流帶月接滄溟) : 스님 이름이 여정해(驢井海)이므로 첫 구절에선 나귀를, 둘째 구절에선 우물을, 마지막 구절에선 바다를 읊었다.

213) 나옹(懶翁) : 혜근(慧勤, 1320~1376) : 속성은 아(牙)씨, 호는 나옹이며 영해부(寧海府) 사람이다. 20세에 친구의 죽음을 보고 공덕산 묘적암 요연(了然)에게 출가했다. 여러 곳을 돌아다니다가 양주 회암사에서 개오했다. 1348년(충목 4) 원나라로 들어가 연경(燕京)의 법원사(法源寺)에서 인도에서 온 지공에게 참배하고, 다시 임제의 정맥을 계승한 평산 처림(平山 處林)에게 참배하여 불자(拂子)와 법의를 받았다. 후에 명주로 가서 보타낙가산의 관음께 참배하고 육왕사와 무주 복룡산에서 모든 대덕들과

讚懶翁眞[214]

독한 마음과 웅혼한 간담으로 연경(燕京)에[215] 들어가	毒心雄膽入于燕
호승(胡僧)의[216] 독한 입을 전수받았네.	强被胡僧毒口宣
독한 입과 독한 마음이 하나 되는 곳에	毒口毒心相契處
동한(東韓)의[217] 해와 달이 서곤(西坤)을[218] 비추리.	東韓日月照西乾
	(胡僧指空也)

지공(指空)을[219] 뵙고 진수를 얻어	叅見指空得髓

문답을 한 다음 연경으로 돌아 왔다. 순종의 부름을 받아 경사의 보제사에서 설법하고 법원사에서 지공과 다시 만난 후 1358년(공민 7)에 귀국길에 올라 오대산 상두암에 머물렀다. 왕의 초청을 받아 성중에서 법을 설하고 후일 금강산 정양암·청평사·오대산 영감암 등지를 두루 다니다가 회암사로 돌아왔다. 1370년(공민 19) 광명사에서 양종 승려들의 시험인 공부선(功夫選)을 주재하고 왕사에 임명되어 송광사에 주하게 되었다. 그때의 송광사는 동방제일도량이라 일컬었다. 1376년(우왕 2) 신륵사에서 입적하였다. 鎌田茂雄, 1987, 『朝鮮佛敎史』, 東京大學出版會 ; 申賢淑 譯, 1988, 『韓國佛敎史』, 서울 ; 民族社, p.185.

214) 『耘谷詩史』 卷3, 『高麗名賢集』 卷5, p.324 ; 『耘谷行錄』 卷3, 影印標點 『韓國文集叢刊』 卷6, p.174.

215) 연경(燕京) : 북경(北京)의 별칭. 춘추전국(春秋戰國)시대 연(燕)나라의 영토였으므로 연경이라 함.

216) 호승(胡僧) : 지공(指空)을 가리킨다. (원주) 호승(胡僧)은 원래 인도에서 온 중을 가리키는데, 이 시에서는 나옹이 연경(燕京)에서 만나 스승으로 모셨던 지공(指空)을 뜻한다.

217) 동한(東韓) : 우리나라를 가리키는 말.

218) 서곤(西坤) : 불교가 일어난 인도를 가리킨다. 우리나라를 동한(東韓)이라고 했으므로, 짝을 맞추기 위해서 서곤(西坤)이라고 한 것이다.

219) 지공(指空, ?~1363) : 마가다국왕을 아버지로, 향지국의 공주를 어머니로 하여 탄생했다. 8세에 출가하여 19세에 남인도의 능각국 길상산(吉祥山)으로 가서 보명에게 사사했다. 티베트·운남(雲南)·귀주(貴州)를 지나 다시 북상하여 여산(廬山)으로 가서 양주에서 배를 타고 화북으로 나아가 마침내 연경(燕京)에 도달했다. 그러는 사이에 변방의 반인들을 감화시켰고, 기우제를 지내 비를 오게 하는 등 여러 가지의 신이를 나타냈다. 지공은 서천 108조에 해당하는 진실한 참선자였다. 드디어 고려인들의 원에 따라 지공은 1327년 금강산으로 왔다. 지공이 돌아간 후 혜근과 무학이 연경으로 그를 방문하였다. 천보산 회암사는 서역의 승려 지공이 그곳의 지형과 산수가 인도의 아란타사와 아주 닮았다고 하여 이 말을 들은 혜근이 그곳에 절을 세운 것이다. 鎌田茂雄, 1987, 『朝鮮佛敎史』, 東京大學出版會 ; 申賢淑 譯, 1988, 『韓國佛敎史』, 서울 ; 民族

참신한 칼날이 다시 빛을 번쩍였네. 斬新鋒焰發硎
해가 부상(扶桑)에서[220] 나와 두루 비추니 日出搏桑照遍
그 남은 빛이 한 폭의 그림일세. 餘輝一幅丹靑

서(徐) 선생(先生)이 살구를 보내 고마워하다

謝徐先生惠杏[221]

오랜 가뭄 끝에 붉은 구름이 둘려 挾旱彤雲遍
더위가 위세를 부리며 작은 다락을 누르는데, 炎威逼小樓
아름다운 과일이 식탁에 오르니 飣槃佳果到
그윽한 향내가 온 자리에 가득하네. 滿座暗香浮
금 같은 알맹이가 손을 떠나자마자 金彈纔離手
얼음 알맹이가 벌써 목구멍에 들어왔네. 氷丸已入喉
시원한 마음으로 고요히 생각하니 洒然懷抱靜
이 무거운 은혜를 갚기 어렵구나. 此惠重難酬

목백(牧伯)[222] 서공(徐公)의 향학(鄕學)[223] 방문

牧伯徐公訪鄕學[224]

社, p.186.

220) 부상(扶桑) : 잎은 뽕잎 비슷하고(桑) 키가 수천 장(丈), 둘레가 스무 아름인데 두 그루씩 한 뿌리에서 나와 서로 기대고 있기(扶) 때문에 붙여진 이름이다(『십주기(十州記)』). 부목(扶木) 혹은 약목(若木)이라고도 하는 신목(神木)이다(『산해경(山海經)』, "양곡(暘谷)의 위에는 부상(扶桑)이 있는데 이 곳은 열 개의 태양이 목욕을 하는 곳으로 흑치(黑齒)의 북쪽에 있다. 물 가운데에 큰 나무가 있는데 아홉 개의 태양이 아랫가지에 있고 한 개의 태양이 윗가지에 있다. 暘谷之上 有扶桑十日所浴 在黑齒北 居水中有大木 九日居下枝 一日居上枝"). 해가 뜨는 장소에 있으므로 동쪽을 가리킨다.

221) 『耘谷詩史』 卷3, 『高麗名賢集』 卷5, p.324 ; 『耘谷行錄』 卷3, 影印標點 『韓國文集叢刊』 卷6, p.174.

222) 목백(牧伯) : 목사(牧使)를 달리 이르는 말.

223) 향학(鄕學) : 고려시대 지방 교육기관. 조선시대의 향교와 통한다. 중앙의 국학(國學)을 축소한 형태로 지방에 설치하여 지방문화 향상에 기여하였다.

224) 『耘谷詩史』 卷3, 『高麗名賢集』 卷5, p.324 ; 『耘谷行錄』 卷3, 影印標點 『韓國文集叢刊』 卷6, p.174.

우리 공께서 여가를 틈타 서생들을 찾아오시니 我公乘暇訪書生
이 나라가 태평성대인 줄 다시 알겠네. 方覺朝家更大平
공부자(孔夫子)께서도 어진 제자 만난 걸 기뻐하사 夫子喜逢賢弟子
빙그레 웃으시며[225] 남쪽을 향하셨지. 莞然微笑向离明

좌망[안자(顔子)가 지체의 존재를 다 잊고 총명을 내 보내며, 육체를 떠나 지각을 다 버렸다. 그렇게 하여 큰 도에 통하였는데, 이것을 좌망(坐忘)이라고[226] 하였다]
坐忘(顔子. 墮支體. 黜聰明. 離形去智. 通於大道. 謂之坐忘)[227]

사체(四體)와[228] 육진(六塵)을[229] 다 내보내고 四體六塵都放下
천만 가지 생각까지도 모두 끊었네. 千思萬慮絶追攀
물이 흐르건 바람이 불건 무슨 상관이랴 水流不管風簫灑
구름은 가도 자취 없고 달도 등한하기만 하네. 雲去無蹤月等閑

희이[(希夷), 노자(老子)가 보아도 보이지 않는 것을 희(希)라 하였고, 들어도 들리

---

225) 완연징소(莞然徵笑) : 공자께서 (제자인 자유가 장관으로 다스리는) 무성(武城)에 가셨다가, 거문고와 노래 소리를 들으시고 빙그레 웃으시며(莞爾而笑) 말씀하셨다. "닭을 잡으면서 어찌 소 잡는 칼을 쓰느냐?" 그러자 자유(子游)가 대답하였다. "예전에 제가 선생님께 들었는데 '군자가 도(道)를 배우면 사람을 사랑할 줄 알고, 소인이 도를 배우면 부리기 쉽다'고 하셨습니다." 그러자 공자께서 말씀하셨다. "얘들아! 자유의 말이 옳다. 내가 앞서 한 말은 농담이었다." "子之武城 聞弦歌之聲 夫子 莞爾而笑曰 割鷄焉用牛刀 子游 對曰 昔者 偃也 聞諸夫子 曰君子學道則愛人 小人 學道則易使也 子曰 二三者 偃之言 是也 前言戱之耳." 『논어(論語)』 卷17, 「양화(陽貨)」.

226) 좌망(坐忘) : 안회가 말했다. "저는 좌망(坐忘)을 하게 되었습니다." 공자가 놀라서 되물었다. "좌망이란 어떤 것이냐?" 안회가 대답했다. "자기의 신체가 손발의 존재를 잊어버리고, 눈이나 귀의 움직임을 멈추며, 신체를 떠나 마음의 지각을 버리고 저 위대한 도에 동화되는 것, 이것을 좌망(坐忘)이라고 합니다. : 공자가 말했다. 도와 하나가 되면 좋고 싫은 마음이 없어지며, 만물의 변화에 참예하면 집착하지 않게 된다. 너는 참으로 훌륭하구나, 나도 네 뒤를 따라야겠다." 『장자(莊子)』 卷6, 「대종사(大宗師)」.

227) 『耘谷詩史』 卷3, 『高麗名賢集』 卷5, p.324 ; 『耘谷行錄』 卷3, 影印標點 『韓國文集叢刊』 卷6, p.174.

228) 사체(四體) : 팔, 다리, 머리와 몸뚱이.

229) 육진(六塵) : 육경(六境)을 말함. 이 육경은 육근을 통하여 몸 속에 들어가서 우리들의 정심(淨心)을 더럽히고 진성(眞性)을 덮어 흐리게 하므로 진(塵)이라고 한다.

지 않는 것을 이(夷)라 하였다]230)

希夷(老子. 視而不見曰希. 聽而不聞曰夷)[231]

원래 그림자도 메아리도 없이 허령(虛靈)한 덩어리인데 元無影響體虛靈
억지로 이름 지어 보고 듣는다 하네. 强自安名曰視聽
육근(六根)과 육진(六塵)을[232] 거치지 않는 미묘한 곳은 不涉根塵微妙處
환한 가을달이 바다를 비추는 그 광명이리. 皎然秋月照滄溟

세 가르침이 하나의 이치(三教一理)라는 시와 서문

三教一理(幷序)[233]

서문 | 여여거사(如如居士)는[234] 삼교일리론(三教一理論)에서 이렇게 말했다. "세 성인은 함께 나서 두루함이 있으니 바른 가르침으로 주장을 삼았다. 유교는 궁리진성(窮理盡性)으로[235] 가르쳤고, 불교는 명심견성(明心見性)으로[236] 가르쳤으며, 도교는 수진연성(修眞鍊性)으로[237] 가르쳤다. 제

---

230) 희이(希夷) : 심오한 도리. 道의 본체. 깊은 이치. 도란 형체가 없어 보아도 보이지 않고 들어도 들리지 않으므로 견문으로서 터득할 수 없기 때문에 희이라고 하였다. "上篇 視之不見 名曰夷 聽之不聞 名曰希." 노자(老子), 『도덕경(道德經)』 卷1.

231) 『耘谷詩史』 卷3, 『高麗名賢集』 卷5, p.324 ; 『耘谷行錄』 卷3, 影印標點 『韓國文集叢刊』 卷6, p.174.

232) 근진(根塵) : 육근(六根)과 육진(六塵)을 말함. 육근(六根)은 불교에서 말하는 눈・귀・코・혀・몸・의식의 여섯 가지 감관과 빛・소리・냄새・맛・닿음・법의 여섯 가지 대경. 육근은 6식의 소의(所依)가 되어 6식을 일으키어 대경(對境)을 인식케 하는 근원. 안근(眼根)・이근(耳根)・비근(鼻根)・신근(身根)・의근(意根). 안근은 안식을 내어 색경(色境)을 인식. 의근은 법경(法境)을 인식하므로 근이라 함. 육진(六塵)은 육경(六境)을 말함. 이 육경은 육근을 통하여 몸 속에 들어가서 우리들의 정심(淨心)을 더럽히고 진성(眞性)을 덮어 흐리게 하므로 진(塵)이라고 한다.

233) 『耘谷詩史』 卷3, 『高麗名賢集』 卷5, p.324 ; 『耘谷行錄』 卷3, 影印標點 『韓國文集叢刊』 卷6, p.174.

234) 여여거사(如如居士) : ① 송나라 사람 안병(顔丙). 1194년에 발간된 『여여거사 삼교대전어록(如如居士 三教大全語錄)』 2권이 전해진다. ② 고려 거사(?). 앞의 「崔沃州(允河)寄詩云」의 내용으로는 고려에 거주하던 사람으로 추정됨.

235) 궁리진성(窮理盡性) : 이치를 궁구하여 본성을 다하는 것.

236) 명심견성(明心見性) : 마음을 밝혀 본성을 보는 것.

237) 수진연성(修眞鍊性) : 참됨을 수련하여 본성을 단련하는 것.

가치신(齊家治身)과[238] 치군택민(致君澤民)은[239] 유교의 일이고, 장정양신(嗇精養神)과[240] 비선상승(飛仙上昇)은[241] 도교의 근본이며, 월사초생(越死超生)과[242] 자리이인(自利利人)은[243] 석가의 방편이다. 그러나 그 다하는 곳을 요(要)하면 처음부터 하나이다."라고 하였다.

이로써 본다면 세 성인(聖人)이 가르침을 베푼 것은 오로지 치성(治性)으로[244] 하였으니, 이른바 진성(盡性)이라든가,[245] 연성(鍊性)이라든가,[246] 견성(見性)의[247] 도가 조금 다르긴 하지만, 그 지극하고 맑고 맑은 곳으로 돌아가면 모두 하나의 성(性)이니 무슨 막힘이 있겠는가. 다만 세 성인에게는 각각 문호(門戶)가 있어, 뒤의 문도(門徒)들이 각각 종지(宗旨)에 의거하여 모두 자기를 옳게 여기고 남을 그르게 여기는 마음으로 속이고 헐뜯으니, 사람마다 가슴속에 세 교(敎)의 성(性)이 밝게 있음을 알지 못하는 것이다. 이는 나귀 탄 사람이 다른 나귀를 탄 사람을 보고 웃는 격이니 참으로 안타깝다. 그래서 네 절구를 지어 거사의 뜻을 잇는다.

如如居士三敎一理論云. 三聖人同生有周. 主盟正敎. 儒敎敎以窮理盡性. 釋敎敎以明心見性. 道敎敎以修眞鍊性. 若曰齊家治身. 致君澤民. 此特儒者之餘事. 若曰嗇精養神. 飛仙上昇. 此特道家之祖迹. 若曰越死超生. 自利利人. 此特釋氏之筌蹄矣. 要其極處. 未始不一. 由此觀之. 三聖人之設敎. 專以治性. 所謂盡之鍊之見之之道雖有小異. 歸其至極廓然瑩澈之處. 皆同一性. 何有所窒礙哉. 但以三聖人各有門戶. 門之後徒各據宗旨. 皆以是己非人之心互相詆訾. 殊不知各人胸中. 三敎之性明然具在也. 騎驢者笑他騎驢. 良可惜哉. 因寫四絶. 以繼居士之志云.

---

238) 제가치신(齊家治身) : 집안을 가지런히 하고 몸을 다스림.
239) 치군택민(致君澤民) : 임금을 올바로 이끌고 백성들에게 혜택을 주는 일.
240) 장정양신(嗇精養神) : 정기를 아끼고 정신을 기름.
241) 비선상승(飛仙上昇) : 신선이 날아올라 상승하는 것.
242) 월사초생(越死超生) : 죽음을 넘어 삶을 초월함.
243) 자리이인(自利利人) : 스스로를 이롭게 하고 남을 이롭게 하는 일.
244) 치성(治性) : 그 성품을 다스림.
245) 진성(盡性) : 본성을 다함.
246) 연성(鍊性) : 본성을 연마함.
247) 견성(見性) : 본성을 봄.

유교(儒)

사물을 따지고[248] 몸을 닦으며[249] 깊은 이치를 찾아내니　格物修身窮理玄
마음을 다해 성품을 알고 또 하늘을 아네.　盡心知性又知天
이로부터 천지의 화육(化育)을[250] 도울 수 있으니　從玆可贊乾坤化
개인 달이 밝아오고 맑은 바람이 불어오네.[251]　霽月光風共洒然

도교(道)

여러 묘체의 문이 깊고도 깊어　衆妙之門玄又玄
참된 기틀과 신기한 변화가 하늘에 응하네.　眞機神化應乎天
그 정기를 닦아서 곧바로 희이(希夷)의 경지에 이르면　精修直到希夷地
물소리도 산 빛도 모두 함께 고요해지네.　水色山光共寂然

불교(釋)

하나의 원융한[252] 성품이 열 가지 묘리를[253] 갖춰　一性圓融具十玄
시방 세계에[254] 두루 법이고 하늘에 통하는 기운일세.　法周沙界氣衝天

---

248) 격물(格物) : 지혜에 이르는 길은 사물의 이치를 구명하는데 있다. "致知在格物." 『대학(大學)』.

249) 수신(修身) : 옛날에 밝은 덕을 천하에 밝히려고 했던 사람은 먼저 자신의 나라를 다스렸고, 자신의 나라를 다스리려는 사람은 먼저 자신의 집안을 가지런히 했으며, 자신의 집안을 가지런히 하려는 사람은 먼저 자신의 몸을 닦았다. 『대학(大學)』.

250) 화육(化育) : (만물을) 자연스런 이치로 만들어 기름.

251) 제월광풍(霽月光風) : 도량이 넓고 시원함. "주돈이(周敦頤)의 흉금이 상쾌하고도 시원해서, 마치 화창한 바람이나 비온 뒤에 개인 달(光風霽月) 같다." 『송사(宋史)』, 「주돈이(周敦頤)」.

252) 원융(圓融) : ① 한 데 통하여 아무 구별이 없음. ② 여러 법의 사리(事理)가 구별없이 널리 융통되어 하나가 됨.

253) 십현(十玄) : 십현문(十玄門), 십현연기무애법문(十玄緣起無礙法門)을 말함. 화엄종에 대한 중요한 교의(敎義). 십(十)은 만수(滿數), 현(玄)은 심현(深玄), 문(門)은 사사무애(事事無礙)의 법문(法門)을 뜻함. 화엄종에서는 온갖 법이 낱낱이 고립된 존재가 아니고, 하나를 취하면 어느 것이든지 모두 전일(全一)의 관계가 있는 것을 열 가지 부문으로 관찰하여 말하는 것을 십현문이라고 함. 지엄이 세운 것을 구(舊) 십현이라하고, 법장이 이를 계승하고 「탐현기」 제1권에 표시한 것을 신(新) 십현이라고 한다. 경허용하(耘虛龍夏), 1961, 『불교사전(佛敎辭典)』, p.545.

저 참다운 본체를 어떻게 말하랴 只這眞體如何說
푸른 바다에 차가운 달이[255] 아울러 해맑구나. 碧海氷輪共湛然

세 교리를 모아서 하나로 귀결시키다(會三歸一)

세 가르침의 종풍이[256] 본래 차이 없건만 三敎宗風本不差
옳고 그르다고 다투는 소리가 개구리처럼 시끄럽네. 較非爭是亂如蛙
한 가지 성품이라 모두 거리낌없으니 一般是性俱無礙
불교 유교 도교가 다 무엇이던가. 何釋何儒何道耶

윤유월

閏六月[257]

따가운 볕이 삼분(三分)쯤 사라졌으니 畏景三分已盡消
서늘한 날씨가 머지않아 기쁘구나. 新凉一陣喜非遙
천공(天工)이[258] 더위에 시달리는 무리를 가엽게 여기신다면 天工憫世趁炎輩
보름쯤 더위를 더 물리쳐 주시겠지. 添却煩蒸十五朝

서쪽 기슭에 송정(松亭)[259] 한 곳을 새로 세우다

西麓. 新開松亭一所.[260]

낮은 산기슭에 작은 정자를 세우니 短麓前頭築小亭

---

254) 시방(十方) : 사방(四方 ; 동서남북)과 사유(四維 ; 동북·동남·서남·서북), 상하(上下)에 있는 무수한 세계.

255) 빙륜(氷輪) : 얼음처럼 맑고 둥글고 차게 보이는 달.

256) 종풍(宗風) : 한 종의 풍의(風儀).

257) 『耘谷詩史』 卷3, 『高麗名賢集』 卷5, p.325 ; 『耘谷行錄』 卷3, 影印標點 『韓國文集叢刊』 卷6, p.175.

258) 천공(天工) : ① 하늘의 조화로 자연히 이루어진 묘한 재주. 화공(化工). ② 하늘이 백성을 다스리는 조화. 즉 천자(天子)나 임금의 정치를 말함.

259) 송정(松亭) : 소나무 정자. 치악산 서쪽에 있던 정자.

260) 『耘谷詩史』 卷3, 『高麗名賢集』 卷5, p.325 ; 『耘谷行錄』 卷3, 影印標點 『韓國文集叢刊』 卷6, p.175.

땅이 외져서 수양하기에 알맞네.	地偏端合養眞靈
물 맑은 숲 밖에선 마음을 씻을 만하고	水明林表心堪洗
바람 지나가는 봉우리에선 귀를 기울일 만하네.	風過峯巓耳可聆
부슬비와 옅은 안개가 가까운 들판을 가로지르고	疎雨淡烟橫近野
흰 구름과 푸른 산은 새 병풍을 둘렀네.	白雲靑嶂展新屛
산열매가 막 익어 굶주림을 잊고	療飢山果肥初熟
바위 샘이 차가와 갈증을 달랠 수 있네.	慰渴巖泉冷且冷
인간 세상이 언제나 시끄러움을 이제 알았으니	但覺人寰恒擾擾
기러기 길이 멀고 아득함을 내 어찌 알랴.	豈知鴻路有冥冥
늙어가며 내 평생 사업이 가엽구나.	自憐遲暮平生事
두어 그루 소나무 그늘에 한 권의 경서뿐일세.	數樹松陰一卷經

서(徐) 선생(先生)이 찾아와 주어 고마워하다

謝徐先生見訪261)

병으로 누워 무료한데다 불같은 날은 길기만 한데	臥病無聊火日長
그대의 행차에 술까지 가져와 정말 고맙네.	感君軒騎載壺觴
처량한 살림살이를 무엇으로 달래랴만	凄凉活計將何慰
소나무 그늘에 시원한 의자 하나는 있다네.	只有松陰一榻凉

비 내리는 밤 심정을 쓰다(두 수)

雨夜書情(二首)262)

열흘 잇달아 오랜 비가 아직도 개질 않아	連旬久雨不曾晴
처마에 듣는 빗방울 소리가 바람 따라 들려오네.	風送簷間點滴聲
작은 거울에는 서리가 귀밑을 가득 덮고	小鏡雪華饒病鬢
낮은 등잔은 시름에 찬 내 모습을 비추네.	短檠燈影照愁情

261) 『耘谷詩史』 卷3, 『高麗名賢集』 卷5, p.325 ; 『耘谷行錄』 卷3, 影印標點 『韓國文集叢刊』 卷6, p.175.

262) 『耘谷詩史』 卷3, 『高麗名賢集』 卷5, p.325 ; 『耘谷行錄』 卷3, 影印標點 『韓國文集叢刊』 卷6, p.175.

나 혼자 사람 안 만난다고 남들은 나무라지만 人譏我獨絶人事
나는 남들이 내 이름 모르는 게 기뻐라. 我喜人無知我名
티끌 세상에 나갈지 머물지를 끝내 결정치 못했는데 塵世去留終未決
멀리서 닭 울음소리가 그치질 않네. 蕭蕭不廢遠鷄鳴

보리 갈려고 집집마다 개이길 바라지만 蕎麥耕家共喜晴
빗소리는 거듭 창문을 두드리네. 不堪重作打窓聲
몸 바깥 일을 생각지 않고 분수를 따를 뿐이니 休思身外但隨分
어찌 세상일이 마음을 괴롭히랴. 何事世間皆稱情
병든 사람하고 누가 이야기하길 좋아하랴 遲暮病夫誰晤語
때를 알리는 그윽한 새만 저 혼자 이름 부르네. 報時幽鳥自呼名
어젯밤 뜨락 나무가 서늘해졌으니 昨宵庭樹新涼至
섬돌의 귀뚜라미 울음소리도 이제 듣겠군. 又聽寒蛩遶砌鳴

이 달 조정(朝廷)에서 대명(大明)의 성지(聖旨)를 받들어 의복제도를 바꾸었는데, 일품(一品)에서 서관(庶官)과 서민(庶民)에 이르기까지 각각 등급에 따라 달랐다. 이에 절구 네 수를 지어 기록한다

是月. 朝廷奉大明聖旨. 改制衣服. 自一品至於庶官・庶民. 各有科等. 作四節以誌之.263)

천자의 위엄이 바닷가까지 미쳐 天子宣威及海濱
의관 법제를 이미 선포하였네. 衣冠法制已敷陳
옛것 버리고 새 옷 입음이 어찌 그리 빠른지 着新華舊何斯速
외국 사람이 이제 중국 사람 되었네. 外國人爲中國人

옛부터 삼한은 큰 나라를 섬겨 自古三韓事大邦
그 전례를 따라야 화를 입지 않는다네. 從循典禮不蒙尨
풍속과 교화가 중흥되는 날을 만나면 得逢風敎重興日

263) 『耘谷詩史』 卷3, 『高麗名賢集』 卷5, p.325 ; 『耘谷行錄』 卷3, 影印標點 『韓國文集叢刊』 卷6, p.175.

다른 지방이 모두 항복할 것을 비로소 믿으리라. 方信殊方儘可降

금 고리·은 띠가 허리 사이를 비추고 金銀鈒帶映腰間
높은 모자에 둥근 동정이 어울리는구나. 高預帽宜團領上
엄숙한 제도같이 정치도 그렇게 된다면 禮度嚴明政亦然
이제부터 백성들 소망을 달랠 수 있으리라. 從玆足慰蒼生望

달인(達人)은[264] 본래 시비를 뛰어넘으니 達人超出是非間
하늘 모자 구름 옷에 강과 바다를 띠로 띠었네. 天帽雲衣江海帶
칼을 어루만지며[265] 다락에 올라 한바탕 웃으니 彈鋏登樓一笑開
장한 기운이 하늘 끝까지 뻗치네. 慨然壯氣橫天外

환희사(歡喜寺)[266] 당두(堂頭)가[267] 보낸 시에 차운함

次歡喜堂頭所贈詩韻[268]

오늘 아침 병에서 일어나 잠시 눈썹을 펴고 今朝病起暫開眉
갑자기 산에서 내려온 사람을 반가이 맞이했네. 忽見山人下翠微
세상 밖에서 보낸 편지가 너무 기뻐서 喜得一封方外信
푸른 구름 향해서 아름다운 시를 읊었네. 碧雲高詠惠休詩

무더위에 시달려 눈썹도 펴지 못하고 身勞霾熱未伸眉
시원한 연못과 대(臺)를 못내 그리워했네. 苦憶池臺暑氣微
사영운(謝靈運)의 나막신으로[269] 고쳐서 신고 擬欲重修靈運屐

264) 달인(達人) : 널리 사물의 이치에 통달한 사람.

265) 탄협(彈鋏) : 칼자루를 침. 전국시대 제(齊)나라의 맹상군(孟嘗君)이 문객(門客) 중 풍환(馮驩)이 칼 자루를 치면서 노래하기를 "밥을 먹자니 고기가 없고, 나가자니 수레가 없다"고 한탄한 것에서 나온 말. 사마천(司馬遷), 『사기(史記)』 卷75, 맹상군(孟嘗君).

266) 환희당(歡喜堂) : 위치 불명.

267) 당두(黨頭) : ① 당상(堂上). 선사(禪寺)에서 한 절의 우두머리, 곧 주지를 말함. ② 선사(禪寺)에서 주지가 있는 방을 말함. 곧 방장(方丈).

268) 『耘谷詩史』 卷3, 『高麗名賢集』 卷5, p.325 ; 『耘谷行錄』 卷3, 影印標點 『韓國文集叢刊』 卷6, p.175.

선탑(禪榻)에서[270] 흰머리끼리 함께 시를 의논하세나. 鬢絲禪榻共論詩

조카 식(湜)이[271] 유월 복숭아를 보냈기에 참외로 답함
姪湜以六日桃見惠. 以甜瓜爲答.[272]

병든 목구멍이 바싹 말라 먼지가 생기니 病喉乾燥欲生塵
달고 신 맛을 찾은 지 한 달이 넘었네. 爲索甜酸已四旬
네 편지와 사랑스런 과일을 받고 得爾封緘施惠愛
씹어 먹을수록 내 정신이 상쾌해졌다. 欣予咀嚼爽精神
언제나 유월이면 익기 시작하니 每當六月肥初熟
천년을 기다리지 않아도 그 맛이 새롭구나. 不待千年味更新
본래 경거(瓊琚)가[273] 모자라니 무엇으로 보답하랴 本乏瓊琚何以報
동릉(東陵)의[274] 참외 몇 개를 가는 사람에게 부친다. 東陵數箇付來人

【소평(邵平)은 동릉후(東陵侯)인데, 뒤에 청문(靑門)에서 오이를 심었다. 그래서 사람들이 동릉과(東陵瓜)라고 하였다.】(邵平爲東陵侯. 後種瓜靑門. 人謂東陵瓜)

해동의 두 현인을[275] 찬양함

---

269) 영운극(靈運屐) : 사령운의 나막신이라는 뜻의 사공극(謝公屐)은 산을 좋아하는 사람, 또는 산에 올라갈 준비를 한다는 뜻으로 썼다. "사강락(謝康樂)이 산을 찾거나 고개를 올라갈 때에는 반드시 그윽하고 가파른 바위나 봉우리를 찾았는데, 두루 올라가 보지 않은 곳이 없었다. 항상 나막신을 신었는데, 산을 올라갈 때에는 앞 굽을 떼어내고, 산을 내려올 때에는 뒷 굽을 떼어냈다."『세설신어(世說新語)』,「임탄(任誕)」.

270) 선탑(禪榻) : 좌선(坐禪)을 할 때 쓰는 요괘(腰掛).

271) 식(湜) : 원식(元湜). 원천석의 조카. 형인 원천상의 아들임.

272)『耘谷詩史』卷3,『高麗名賢集』卷5, p.326 ;『耘谷行錄』卷3, 影印標點『韓國文集叢刊』卷6, p.176.

273) 경거(瓊琚) : 훌륭한 선물. "내게 모과를 던져 주기에 아름다운 패옥으로 답례했네. 모과의 답례가 아니라 길이길이 좋은 짝이 되자고. 投我以木瓜, 報之以瓊琚. 匪報也, 永以爲好也."『시경(詩經)』卷3, 위풍(衛風)「모과(木瓜)」. 이 시는 원래 사랑하는 남녀가 선물을 주고 받으며 사랑을 다짐하는 시이다.

274) 동릉(東陵) : 은거의 상징. 소평(邵平)은 진나라 동릉후(東陵侯)였는데, 진나라가 망하자 베옷을 입고 가난하게 살면서 장안성 동쪽에다 오이를 심었다. 그 오이가 맛이 있어, 세상 사람들이 소평의 이름을 따서 동릉과(東陵瓜)라고 이름붙였다. 사마천(司馬遷),『사기(史記)』卷53,「소상국(蕭相國)」.

海東二賢讚[276]

전 총재[277] 육도 도통사[278] 최영(前冢宰六道都統使 崔瑩)

해동의 명성이 중원을 뒤흔들어　海東聲價動中原
장막 속의 군사작전이 번거롭지 않았네.　帷幄軍籌箇不煩
충성스럽고 장한 마음은 산과 바다보다도 무겁고　忠壯心懷輕海岳
이룩한 덕업은 하늘 땅처럼 컸네.　生成德業大乾坤
삼한의 기둥과 주춧돌처럼 공이 더욱 무거워　三韓柱石功彌重
육도의 인민들이 비구름처럼 우러렀네.　六道雲霓望益尊
하늘이 이 나라 사직을 붙드시려면　天爲我邦扶社稷
공의 수명이 곤륜산 같아지이다.　願令公壽等崑崙

판삼사사[279] 이색[280](判三司事)[281]

북방 구름이 늘 태평한 기운을 띠고 있으니　朔雲常帶太平痕

---

275) 이현(二賢) : 두 현인. 이 가운데 한 사람이 최영이면, 또 한 사람은 당시 판삼사사를 지낸 이일 터인데, 이색(李穡)으로 추정된다.

276) 『耘谷詩史』 卷3, 『高麗名賢集』 卷5, p.326 ; 『耘谷行錄』 卷3, 影印標點 『韓國文集叢刊』 卷6, p.176.

277) 총재(冢宰) : 대총재(大冢宰). 이부상서(吏部尙書)·이조판서(吏曹判書)를 달리 이르는 말.

278) 도통사(都統使) : 도통사(都統使). 고려 공민왕 18년에 둔 관직. 각 도(道)의 군대를 통솔함.

279) 판삼사사(判三司事) : 판삼사사는 삼사(三司)의 우두머리인 정1품 벼슬이다. 삼사(三司)는 고려 태조가 태봉(泰封)의 조위부(調位府)를 고친 관청인데, 공민왕 11년(1362)에 종1품으로 바꿨다. 목은(牧隱) 이색(李穡)이 1375년에 정당문학과 판삼사사를 역임했다. 단 "두 조정을 드나들며 장수와 재상을 겸했으니"라는 표현을 보면 이성계를 지칭하는 것 같기도 하나, 이성계가 판삼사사를 역임했다는 기록은 확인되지 않아 일단 이색으로 추정한 것이다.

280) 이색(李穡) : 고려말의 문신(1328~1396). 자는 영숙(穎叔). 호는 목은(牧隱). 본은 한산(韓山). 고려 삼은(三隱)의 한 사람. 원나라에 들어가 과거에 급제하여 한림지제고(翰林知制誥)를 지내고 귀국, 좌승선(左承宣)·우대언(右代言)·대사성(大司成) 등의 벼슬을 지냄. 조선조 태종이 여러 번 불렀으나 나가지 아니하였음. 문집으로는 목은집(牧隱集)이 있음.

281) 『耘谷詩史』 卷3, 『高麗名賢集』 卷5, p.326 ; 『耘谷行錄』 卷3, 影印標點 『韓國文集叢刊』 卷6, p.176.

이게 바로 명공(明公)이[282] 할 일 다했기 때문일세. 知是明公盡所存
두 손으로 일찍이 해와 달을 도왔고 雙手已曾扶日月
한 마디 말씀이 바로 하늘과 땅을 정했네. 片言端合定乾坤
가슴에 가득한 지혜와 용맹으로 오로지 나라 위하니 滿懷智勇專憂國
한 시대 영웅들이 반나마 문을 메웠네. 一代英雄半在門
두 조정을 드나들며 장수와 재상을 겸했으니 出入兩朝兼將相
처음부터 끝까지 이룬 공업(功業)을 다 말할 수 없네. 始終功業舌難論

육언(六言) 선대(扇對)를[283] 읊다

自詠六言扇對[284]

사람들은 상원(上苑)의[285] 복사꽃이 人憐上苑桃花
고운 볕에 흐드러지게 피는 걸 좋아하지만, 爛漫繁開艶陽
나는 동쪽 울타리의 국화꽃이 我愛東離菊蘂
서리를 견디며 홀로 향내 발하는 것이 사랑스럽네. 馨香獨發凌霜

참다운 느낌

眞感[286]

조물주는 본래 지극한 정성에 감동해 造物由來感至誠
악한 자는 화를 받고 선한 자는 복을 받네. 惡爲殃禍善休禎
아황(娥皇) 두 여인은[287] 얼룩진 대나무를 만들었고 娥皇二女成班竹

---

282) 명공(明公) : 높은 벼슬아치를 마주 부를 때, 그를 높여 부르는 말.

283) 선대(扇對) : 격구대(隔句對)라고도 하는데 (중략) 첫째 구절이 셋째 구절과 대(對)를 이루고, 둘째 구절이 넷째 구절과 대를 이룬다. 『창랑시화(滄浪詩話)』.

284) 『耘谷詩史』 卷3, 『高麗名賢集』 卷5, p.326 ; 『耘谷行錄』 卷3, 影印標點 『韓國文集叢刊』 卷6, p.176.

285) 상원(上苑) : 천자(天子)의 정원(庭園).

286) 『耘谷詩史』 卷3, 『高麗名賢集』 卷5, p.326 ; 『耘谷行錄』 卷3, 影印標點 『韓國文集叢刊』 卷6, p.176.

287) 아황이녀(娥皇二女) : 순(舜) 임금의 두 비(妃)인 아황(娥皇)과 여영(女英). 둘 다 요임금의 딸인데, 자매가 함께 순임금의 아내가 되었다. 순임금이 창오산에서 죽자, 아황과 여영이 소상강에서 남편의 시체를 찾다가 끝내 찾지 못하여 피눈물을 흘렸다. 그 피눈

전씨(田氏) 세 사람은 붉은 가시꽃을 시들게 했지.[288] 田氏三人瘁紫荊
겨울 죽순(竹筍)과 얼음 잉어는[289] 효성 덕분이고 冬笋氷魚緣孝懇
영지(靈芝)와 서봉(瑞鳳)은 문명에 응한 것일세. 靈芝瑞鳳應文明
바라건대 당우(唐虞)[290] 시대같이 어진 임금을 만나서 願逢仁聖唐虞世
백성들 변하고 시대가 화합한 태평성대를 노래했으면. 民變時雍詠太平

가을비

秋雨[291]

가을비가 열흘이나 내려 친구들도 끊어졌으니 秋雨連旬絶友朋
쓸쓸한 이 심정을 정말 견디기 어렵네. 寂寥情思浩難勝
멀리 두보(杜甫)가[292] 긴 한숨 쉰 것을 생각하다가 緬懷杜叟興長歎
한유(韓愈)가[293] 세상에 미움받은 걸 이해하겠네. 且解韓公世所憎
대들보에 소리가 나니 제비가 떠나려는지 聲近畵樑催別鷰
서재가 추워지니 파리도 달아나네. 寒侵書榻胁癡蠅
밤 되면 바람 소리가 더욱 스산해 夜來風作添蕭瑟
천 섬 시름 곁에 등잔불만 외롭네. 千斛愁邊一點燈

물이 대나무에 얼룩져서 소상반죽(瀟湘斑竹)이라고 하였다.

288) 전씨삼인췌자형(田氏三人瘁紫荊) : 한나라 때에 전진(田眞)의 3형제가 분가하면서, 뜰 앞의 자형화(紫荊花, 박태기나무)를 나누어 심기로 했다. 그러나 그 이튿날 그 나무가 갑자기 시들자, 이에 감동하여 다시 살림을 합했다고 한다.

289) 동순빙어(冬笋氷魚) : 효성이 지극함을 일컫음. 효성에 감동하여 겨울에 죽순이 나고 얼음 속에서 잉어가 뛰어 나온 고사.

290) 당우(唐虞) : 요(堯)임금의 호가 도당(陶唐)이고, 순(舜)임금이 우씨(虞氏)이다. 그래서 요순(堯舜)을 당우(唐虞)라고도 하는데, 이들이 다스렸던 시대가 중국 역사에서 가장 태평하고 순박한 시대였으며, 임금들도 가장 어진 시대였다.

291) 『耘谷詩史』 卷3, 『高麗名賢集』 卷5, p.326 ; 『耘谷行錄』 卷3, 影印標點 『韓國文集叢刊』 卷6, p.176.

292) 두수(杜叟) : 중국 당나라 때의 시인인 두보(杜甫, 712~770)를 가리킴. 자는 자미(子美), 호는 소릉(小陵). 이백(李白)·고적(高適) 등과 시주(詩酒)로 교제하였으며, 현종(玄宗)에게 환영받았으나 안록산의 난으로 말년에는 빈곤하게 지냈음. 대표작으로는 『북정(北征)』, 『병거행(兵車行)』 등이 있음.

293) 한공(韓公) : 중국 당나라 중기의 문인인 한유(韓愈, 768~824)를 가리킴. 자는 퇴지(退之), 호는 창려(昌黎), 당송 팔대가 중의 한 사람.

스스로 읊음(두 수)

自詠(二首)[294]

신세가 유유하다보니 온갖 느낌이 일어나는데 身世悠悠百感兼
가을 장마가 그치지 않고 초가집 처마에 뿌리네. 秋霖不止灑茅簷
눈 앞에 세상 일은 해마다 변해 가고 眼前時事年年變
흰 머리털도 해마다 늘어 가네. 頭上衰華日日添
뒤집으면 구름 되었다가 엎으면 비가 된다니[295] 却笑飜雲幷覆雨
무심히 뜨거움에 붙었다가 또 더위를 쫓아가네. 無心附熱又趍炎
바깥 사람이 잊혀진 곳을[296] 찾으려 하면 外人欲識忘筌處
실컷 먹고 바람 난간에 누워 낮잠을 자야 하리. 軟飽風軒到黑甜

부귀는 오래 가지 못함을 일찍 알았으니 富貴曾知未久淹
세상 정이 마치 음식에 소금 없는 것 같네. 世情還似食無鹽
시냇가 소나무와 잣나무는 지조를 지킬 만하고 澗松亭栢堪爲操
숲 속의 나물과 토란도 염치를 기를 만하네. 溪蔌林芋可養廉
바람과 달빛 맑을 때에 마음도 절로 한가하니 風月淸時心自放
구름과 연기 좋은 곳을 내 어찌 싫어하랴. 雲烟好處意何厭
산 빛이 사람의 일을 따르기 싫어해 山光不肯隨人事
초가집 처마에 마주서서 갈대발을 비추네. 相對茅簷照葦簾

무문전사(無門全師)의[297] 시권에 씀

書無門全師卷[298]

---

294) 『耘谷詩史』 卷3, 『高麗名賢集』 卷5, p.326 ; 『耘谷行錄』 卷3, 影印標點 『韓國文集叢刊』 卷6, p.176.

295) 번운병복우(飜雲幷覆雨) : "손바닥을 뒤집으면 구름 되었다 엎으면 비가 된다니 변덕스런 무리들을 어찌 다 헤아리랴. 그대는 보지 않았던가. 관중과 포숙의 사귐을 친구의 도를 요새 사람들은 흙처럼 저버린다네. 飜手作雲覆手雨, 紛紛輕薄何須數. 君不見管鮑貧時交, 此道今人棄如土." 두보(杜甫), 「빈교행(貧交行)」.

296) 망전(忘筌) : 고기를 잡고 나면 통발이 필요 없게 된다는 말. "筌者所以在魚 得魚而忘筌." 『장자(莊子)』 卷26, 「외물(外物)」.

297) 무문전사(無門全師) : 생몰년 미상.

모자람도 남음도 없는 성품이 저절로 원만하니　無欠無餘性自圓
무슨 문과 자물쇠가 있고[299] 가운데와 가장자리가 있으랴.　有何關鎖及中邊
이 집의 풍격을 그 누가 엿보랴　此家風格誰能覰
동서남북 위아래가[300] 텅 비어 넓고도 넓네.　六合空空政豁然

명산철사(明山澈師)의[301] 시권에 씀

書明山澈師卷[302]

여섯 창문이[303] 환히 트여 전체가 드러나니　六窓虛豁體全彰
미혹된 구름이 멀리 떨어진 줄을 비로소 믿겠네.　方信迷雲墮杳茫
이곳이 바로 원통(圓通)의[304] 참된 경계(境界)이니　此是圓通眞境界
천 봉우리 만 골짜기가 모두 뜬 빛일세.　千峯萬壑摠浮光

---

298) 『耘谷詩史』卷3, 『高麗名賢集』卷5, p.326 ; 『耘谷行錄』卷3, 影印標點 『韓國文集叢刊』卷6, p.176.

299) 유하관쇄(有何關鎖) : 스님의 이름이 무문(無門)이기에 이렇게 읊은 것이다.

300) 육합(六合) ; ① 동서남북과 상하의 여섯 방위. 육방과 같은 말로 천하, 육극, 육막이라고도 하고, 동서남북인 사방과 상하(천지) 양방을 合하여 육방이라 함. 『장자』 제물론에 "六合之外 聖人 存而不論 六合之內 聖人 論而不議"라 하였다. ② 육합석(六合釋). Sat-samasa. 살삼마사(殺三麼娑)라 음역. 6리합석・6종 석이라고도 한다. 범어의 복합사(複合詞)를 해석하는 6종의 방식. 1) 의주석(依主釋). 의사석(依士釋)이라고도 함. 왕의 신(臣)을 왕신(王臣)이라 함과 같은 것. 2) 상위석 (相違釋). 왕과 신을 왕・신이라 함과 같은 것. 지업석(持業釋). 동의석(同依釋)이라고도 함. 높은 산을 고산(高山)이라 함과 같은 것. 4) 대수석(帶數釋). 사방(四方)・삼계(三界)와 같은 것. 5) 유재석(有財釋)・다재석(多財釋)이라고도 함. 장신(長身)의 인(키 큰 사람)을 장신(키다리)이라고 부르는 것과 같은 것. 6) 인근석(隣近釋). 하(河)의 부근을 하반(河畔)이라고 하는 것과 같은 것.

301) 명산철사(明山澈師) : 생몰년 미상.

302) 『耘谷詩史』卷3, 『高麗名賢集』卷5, p.326 ; 『耘谷行錄』卷3, 影印標點 『韓國文集叢刊』卷6, p.176.

303) 육창(六窓) : 눈・귀・코・혀・몸・뜻의 육근(六根)을 육창(六窓)에 비유한 것. 육근은 6식의 소의(所依)가 되어 6식을 일으키어 대경(對境)을 인식케 하는 근원. 안근(眼根)・이근(耳根)・비근(鼻根)・신근(身根)・의근(意根). 안근은 안식을 내어 색경(色境)을 인식. 의근은 법경(法境)을 인식하므로 근이라 함.

304) 원통(圓通) : 주원융통(周圓融通)하다는 뜻. 불・보살이 깨달은 경계.

천중정췌사(天中正揣師)의[305] 시권에 씀

書天中正揣師卷[306]

참된 기틀을 바로잡아 스스로 재고 헤아리니[307]	正把眞機自度量
의천(義天)이[308] 맑고 밝아서 신령스런 빛이 움직이네	義天澄朗動靈光
이미 만물과 나를 같이 여겨 한 곳으로 돌아갔으니	旣齊物我同歸一
동서남북 어디인들 치우침이 있으랴.	不倚東西南北方

적봉(寂峰)[309] 스님의[310] 시권에 목은(牧隱)의[311] 운을 빌려 지음(두 수)

書寂峯禪者卷(借牧隱韻, 二首)[312]

스님은 이미 바가바(薄伽婆)를[313] 얻었으니	上人叅得薄伽婆
보리수 맑은 그늘에 가지 하나를 빌렸네.	祇樹淸陰借一柯
고요한 안거(安居)에[314] 뜻이 있는 줄 알겠으니	闃爾安居知有意

305) 천중정췌사(天中正揣師) : 생몰년 미상.

306) 『耘谷詩史』 卷3, 『高麗名賢集』 卷5, p.327 ; 『耘谷行錄』 卷3, 影印標點 『韓國文集叢刊』 卷6, p.177.

307) 정파진기자도량(正把眞機自度量) : 이 구절은 스님의 이름을 풀어쓴 것이다.

308) 의천(義天) : ① 만유제법의 공을 깨달은 사람. 곧 10주(住)의 보살. ② 고려 스님.

309) 적봉선자(寂峰禪者) : 생몰년 미상.

310) 선자(禪者) : ① 명상하는 사람. ② 선문(禪門) 사람. 선의 수행자.

311) 목은(牧隱) : 이색(李穡)의 호(號). 고려말의 문신(1328~1396). 자는 영숙(穎叔). 본은 한산(韓山). 고려 삼은(三隱)의 한 사람. 원나라에 들어가 과거에 급제하여 한림지제고(翰林知制誥)를 지내고 귀국, 좌승선(左承宣)・우대언(右代言)・대사성(大司成) 등의 벼슬을 지냄. 조선조 태종이 여러 번 불렀으나 나가지 아니하였음. 문집으로는 목은집(牧隱集)이 있음.

312) 『耘谷詩史』 卷3, 『高麗名賢集』 卷5, p.327 ; 『耘谷行錄』 卷3, 影印標點 『韓國文集叢刊』 卷6, p.177.

313) 바가바(薄伽婆) : 박가(薄伽), 박가범(薄伽梵). 「현응음의」 제3권에 박가를 덕(德)이라 번역. 범은 성취의 뜻이라고 하여 박가범은 온갖 덕을 성취하였다는 뜻임.

314) 안거(安居) : 안거는 범어 Varṣa, Vārṣika의 번역으로 우기(雨期)라는 뜻임. 인도에서 강우기(降雨期) 3개월간에 실시되는 불교 승단의 특수한 연중행사를 말함. 곧 음력 4월 16일부터 7월 15일까지 한 곳에 모여 외출을 금하고 수행하는 제도이다. 이러한 하안거 외에 북방에서는 음력 10월 16일부터 정월 15일까지 동안거(冬安居)라 하여 하안거와 같이 행한다. 안거에 들어가는 것을 결제(結制)라고 한다.

사람 바다에 일어나는 물결 소리를 듣기 싫으실 테지.	厭聞人海起風波

괴로움을 제도하고 자비를 일으킴이 노파 같아	濟苦興悲似老婆
일찍이 남가일몽(南柯一夢)에서[315] 놀라 깨어났네.	已曾驚破夢南柯
한 덩어리 푸르고 고요한 그곳은	一堆蒼翠寥寥處
마음이 푸른 물결을 비추는 달빛 같다네.	心似氷輪照碧波

동년(同年)인[316] 김진양(金晉陽)과[317] 이여충(李汝忠)[318] 두 분의 편지를 받고

得同年金晉陽·李汝忠兩公書[319]

영외(嶺外)에서 온 편지는 값이 만금이니[320]	嶺外音書直萬金
물과 구름 천릿길을 찾아오기 어려웠네.	水雲千里路難尋
열어서 읽어보며 세 친구가 되었으니	開緘宛若成三友
십 년 동안 그리던 마음이 조금이나마 위로 받았네.	償得懸懸十載心

참방(叅方)[321] 가는 소암오사(笑巖悟師)를 배웅하면서 목은(牧隱)의 운을

315) 남가(南柯) : 남가일몽(南柯一夢). 한때의 부귀영화가 모두 꿈이라는 뜻이다. "순우분(淳于棼)이 느티나무 아래에서 술을 마시다 취해 누웠는데, 꿈에 구멍 속으로 들어갔더니 괴안국(槐安國)이 있었다. 왕이 순우분을 임명하여 남가태수(南柯太守)를 삼자 놀라 깨었는데, 묵은 느티나무 아래 구멍이 뚫려 사람이 드나들 만했다. 그 곳에 큰 개미가 있었는데 바로 그 개미가 왕이었고, 구멍이 남쪽 가지로 통했는데 그곳이 바로 남가군(南柯郡)이었다." 『이문록(異聞錄)』.

316) 동년(同年) : 동방(同榜). 같은 때의 과거에 급제하여 방목(榜目)에 같이 참여한 사람.

317) 김진양(金晉陽) : 공민왕조에 과거에 급제하여 10년이 다 못되어 빛나고 중요한 벼슬을 역임하고, 좌상시가 되었다. 조준 등의 죄를 논핵하였더니, 대간(臺諫)들이 번갈아 소를 올려 "진양의 무리들이 일을 얽어 만들어 화란(禍亂)을 냅니다."하여, 곤장 맞고 졸하였다. 『신증동국여지승람』 卷21, 경주부 인물 고려.

318) 이여충(李汝忠) : 생몰년 미상.

319) 『耘谷詩史』 卷3, 『高麗名賢集』 卷5, p.327 ; 『耘谷行錄』 序, 影印標點 『韓國文集叢刊』 卷6, p.177.

320) 서직만금(書直萬金) : "봉화가 석 달이나 이어지니 집에서 온 편지가 만금이나 값나가네. 烽火連三月, 家書抵萬金." 두보, 「춘망(春望)」.

321) 참방(叅方) : 찾아가 뵈다. 여기서는 스승이 될 만한 여러 스님들을 찾아뵈는 것을 말

빌려 지음

送笑巖悟師叅方(借牧隱韻)[322]

유한(有限)함으로 무한(無限)을 좇지 마시게. 休將有限趁無涯
편안히 앉아 허공을 바라봐도 할 수 있다네. 燕坐觀空可以爲
이제 떠나면 반드시 얻는 것 많으리니 此去必應多所得
집에 돌아와 설법할 때는 언제쯤 되시려나. 還家設法問何時

【동파(東坡)의 시에 "다리 힘이 다할 때에 산이 더욱 좋아지니 유한한 몸으로 끝없이 달리지 말라."고 하였다.】(東坡云 脚力盡時山更好 莫將有限趁無窮)

유방(遊方)[323] 가는 적봉원사(寂峰圓師)를[324] 배웅함

送寂峯圓師遊方[325]

이르는 곳마다 모두 적막한 봉우리(寂峰)이니 到處依然是寂峯
동서 만리에 길이 겹겹일세. 東西萬里路重重
소매 떨치고 함께 떠나고 싶건만 欲將拂袖同歸去
구름 자취가 높고 높아서 따라갈 수가 없네. 雲跡高高未可從

9월 3일. 어머님(慈親)의[326] 휘일(諱日)이므로[327] 환희사(歡喜寺)를[328] 방문함

九月三日. 遊歡喜寺(因慈親諱日).[329]

함.

322)『耘谷詩史』卷3,『高麗名賢集』卷5, p.327 ;『耘谷行錄』卷3, 影印標點『韓國文集叢刊』卷6, p.177.

323) 유방(遊方) : 선종 승려가 수행하기 위하여 여러 지방을 돌아다니는 것.

324) 적봉원사(寂峰圓師) : 생몰년 미상.

325)『耘谷詩史』卷3,『高麗名賢集』卷5, p.327 ;『耘谷行錄』卷3, 影印標點『韓國文集叢刊』卷6, p.177.

326) 자친(慈親) : 자신의 어머니. 자당(慈堂)은 남의 어머니를 높이는 말.

327) 휘일(諱日) : 조상의 돌아간 날.

328) 환희사(歡喜寺) : 위치 불명.

329)『耘谷詩史』卷3,『高麗名賢集』卷5, p.327 ;『耘谷行錄』卷3, 影印標點『韓國文集叢刊』卷6, p.177.

산길이 굽이굽이 감돌아드는데 路轉山腰平不平
짚신에 등 지팡이 한가한 걸음일세. 草鞋藤杖稱閑行
다행히 중양절(重陽節) 아름다운 때를 만나 幸因景迫重陽節
반갑게 당두(堂頭)[330] 대로형(大老兄)을 뵈었네. 喜謁堂頭大老兄
봉우리 빛은 마치 산간(山簡)이[331] 취한 것 같고 岳色渾如山簡醉
시내 빛은 백이(伯夷)의[332] 맑은 마음 같구나. 溪光正似伯夷淸
숲새들도 지난번 노닐던 손님을 맞으려고 暝禽爲迓曾遊客
다헌(茶軒)에[333] 가까이 날아와 정답게 지저귀네. 飛近茶軒疑疑鳴

늦가을 한가한 틈에 육화(六和)를[334] 찾으니 秋晩乘閑訪六和

---

330) 당두(黨頭) : ① 당상(堂上). 선사(禪寺)에서 한 절의 우두머리, 곧 주지를 말함. ② 선사(禪寺)에서 주지가 있는 방을 말함. 곧 방장(方丈).

331) 산간(山簡) : 진(晋)나라 시인. 자(字)는 계륜(季倫)이고 산도(山濤)의 아들. 형주의 지방관으로 있으면서 양양에 오면 늘 고양의 연못에 가서 놀았는데, 술에 취하면 흰 두건을 거꾸로 쓰고 말에 올라탔다고 한다. 이백의 「양양곡」에 그 모습이 잘 그려져 있다. "산공이 술에 취했을 때에 고양 아래에서 비틀거리네. 머리에는 하얀 두건을 거꾸로 쓰고 말에 올라탔네. (둘째 수)."

332) 백이(伯夷) : 백이는 고죽국의 왕자였는데, 아버지가 세상을 떠나자 동생에게 임금 자리를 물려주려고 달아났다. 주나라 무왕이 은나라 폭군 주(紂)를 치려고 천하의 군사를 일으키자, 무왕이 부친의 상도 끝내지 않고 손에 무기를 잡아서는 안되며, 신하로써 임금을 죽이려고 하는 것도 안 된다고 충간하였다. 그러나 무왕은 이를 뿌리치고 출정해 은나라를 멸망시켰다. 백이와 숙제는 주나라의 곡식을 먹지 않겠다고 수양산에 들어가 고사리를 캐어 먹다가 굶어 죽었다. 사마천(司馬遷), 『사기(史記)』 卷61, 「백이(伯夷)」.

333) 다헌(茶軒) : 다점(茶店). 차 가게. 육유(陸游), 「호촌시(湖村詩)」.

334) 육화(六和) : ① 운곡은 이 시에서 육화(六和)를 불탑, 또는 절간이라는 뜻으로 썼다. 번양(番陽) 마정란(馬廷鸞)이 질병으로 벼슬을 그만두려고 열댓 차례나 상소하다가 드디어 허락받자, 육화탑으로 가서 머물렀다. 『계신잡지(癸辛雜識)』. 절강성 항주시 갑구(閘口) 남쪽 높은 봉우리 아래 전당(錢塘) 강가에 육화탑(六和塔)이 있는데, 송나라 개보(開寶) 연간에 강물이 넘치는 것을 막기 위해서 세웠다. 옛날 그곳에 육화사(六和寺)가 있었으므로, 탑 이름을 육화탑이라고 하였다. 태평홍국 이후에 무너진 것을 청나라 옹정(雍正) 연간에 중건했는데, 7층 규모이다. 올라가면 전망이 좋다. ② 육화경(六和敬)의 내용은 다음과 같다. 1. 동계화경(同戒和敬) : 같은 계품(戒品)을 가지고 화동경애하는 것 2. 동견화경(同見和敬) : 같은 종류의 견해를 가지고 화동경애하는 것 3. 동행화경(同行和敬) : 같은 종류의 수행을 닦아 화동경애하는 것 4. 신자화경(身慈和敬) : 몸의 업으로 대자비를 실천하여 화동경애하는 것 5. 구자화경(口慈和

범궁(梵宮)이[335] 황폐해져 지나는 객도 끊어졌네. 梵宮寥落絶經過
세상일에 인연이 적어 좋으니 爲憐世事塵緣少
기쁜 정이 절로 솟아남을 알겠네. 始信歡情喜氣多
골짜기 벗어난 맑은 구름이 흰 비단처럼 날리고 出洞晴雲飛素練
산에 가득 떨어진 잎은 붉은 비단처럼 깔렸네. 漫山脫葉剪紅羅
모든 욕심을 잊고[336] 물외(物外)에 오자 得來物外忘機處
사람 바다에 떴다 가라앉는 중생들이 우습기만 하네. 笑殺浮沈人海波

머리 흰 네 늙은이

四皓[337]

네 늙은이(四皓)가[338] 상산(商山)에 들어간 것은 四皓入商山
본래 진(秦)나라 폭정을 피하기 위함일세. 本欲避秦虐
향그런 계수나무 숲에 몸을 숨기고 棲身香桂林
푸른 소나무 골짜기에 생각을 흩었네. 散慮翠松壑
그래도 세상 걱정하는 마음은 있어 亦有憂世心
한나라 태자를[339] 위해 한 번 일어났지. 一爲漢儲作

敬) : 입의 업으로 대자비를 실천하여 화동경애하는 것 5. 의자화경(意慈和敬) : 뜻의 업으로 대자비를 실천하여 화동경애하는 것.

335) 범궁(梵宮) : ① 범천(梵天)의 궁전. ② 절과 불당(佛堂)을 통털어 일컬음.

336) 망기(忘機) : 귀찮은 세상사를 잊음. 기심(機心)을 잃은 상태, 즉 아무런 욕심도 없는 상태를 가리킨다. 무슨 일을 자기 생각대로 하려는 마음, 또는 욕심내거나 남을 해치려는 마음이 바로 기심(機心)이다. 바닷가에 갈매기를 좋아하는 사람이 살고 있었다. 그는 매일 아침 바닷가에 나가서 갈매기들과 같이 놀았는데, 놀러 오는 갈매기가 백 마리도 넘었다. 어느 날 그의 아버지가 그에게 말했다. “내 들으니 갈매기가 모두 너와 더불어 논다는구나. 네가 한 마리 잡아오너라. 내 그걸 가지고 장난하고 싶으니.” 그 다음날 바닷가에 나가 보니, 갈매기들은 하늘에서 맴돌 뿐 내려오지 않았다. 『열자(列子)』, 「황제」.

337) 『耘谷詩史』 卷3, 『高麗名賢集』 卷5, p.327 ; 『耘谷行錄』 卷3, 影印標點 『韓國文集叢刊』 卷6, p.177.

338) 사호(四皓) : 진시황 때 세상의 어지러움을 피해 상산(商山)에 숨은 네 사람의 은사. 곧 동원공(東園公) · 기리계(綺里季) · 하황공(夏黃公) · 녹리선생(甪里先生) 등의 네 사람을 말함. 모두 눈썹과 수염이 세었으므로 사호라 한 것임. 상산사호(商山四皓)라고 하는데, 이들을 그린 그림이 바로 「상산사호도(商山四皓圖)」이다.

사람의 마음은 예나 이제나 다름 없으니 人心無古今
하늘의 이치도 헤아릴 수가 있네. 天理因可度
한 나그네가 연기와 노을 속에 늙었지만 有客老烟霞
장한 기운은 하늘에 가득 찼는데, 壯氣塞寥廓
부질없이 채지가(採芝歌)에340) 맞춰 空將採芝歌
홀로 읊조리다가 홀로 술잔을 드네. 獨詠還獨酌

늦가을에 품은 생각

秋晩寓懷341)

세월이 흘러가니 몸도 따라 늙어 年光身事儘悠悠
서리는 숲에 가득하고 눈은 머리에 가득하네. 霜滿林園雪滿頭
잔 글씨를 억지로 읽느라 병든 눈을 비비고 强讀細書揩病目
새 술을 다시 걸러 마른 목을 축이네. 更篘新釀潤乾喉
잎이 흩날리니 산 모습이 추워서 여윈 듯하고 葉飛山態寒將瘦
구름이 걷히니 하늘빛이 개여 흐를 듯하네. 雲捲天容霽欲流
옛날이 가고 지금이 오니 모두 한 순간 古往今來同一瞬
서글피 피리 불며 높은 다락에 기대었네. 慨然橫笛倚高樓

새벽에 일어나 읊음

339) 한저(漢儲) : 한(漢)나라의 저후(儲后). 한나라 고조가 말년에 척부인(戚夫人)에게 혹하여 여후(呂后)의 아들인 태자를 폐하려 하였다. 여후가 장량에게 꾀를 물어서, 상산(商山)에 숨어사는 네 늙은이를 불러다가 태자를 보좌하게 하니, 고조가 "태자는 이미 날개가 생겼다"면서 폐하지 않았다.

340) 채지가(採芝歌) : 은사(隱士)로서 구국(救國)의 마음을 잊지 않은 노래. 『금집(琴集)』에 이르기를, "「채지조(採芝操)」는 사호(四皓)가 지은 노래이다"라고 했으며, 『고금악록(古今樂錄)』에는 "상산사호(商山四皓)가 숨어 살자 (한나라) 고조(高祖)가 불렀는데, 사호(四皓)가 달갑지 않게 생각하고 하늘을 우러러 탄식하며 이 노래를 지었다"고 했다. 『악부시집(樂府詩集)』, 금곡(琴曲) 「채지조(採芝操)」. 백이 숙제가 수양산에 숨어 살며 「채미가(採薇歌)」를 불렀던 것같이, 이들도 「채지조(採芝操)」를 지었던 것이다.

341) 『耘谷詩史』 卷3, 『高麗名賢集』 卷5, p.327 ; 『耘谷行錄』 卷3, 影印標點 『韓國文集叢刊』 卷6, p.177.

曉起吟[342)]

산 방이 정말 고요해서 山室正寥寥
산 달 만이 어둠을 깨뜨려 주네. 山月破幽暗
일어나 앉아 닭소리를 들으니 起坐聽鷄鳴
밤 기운이 절로 맑아 오네. 夜氣自恬憺
양심이 이때 돋아나건만 良心從此萌
빈 배에 닻을 매지 않아, 虛舟不繫纜
그 근원을 찾아가려 해도 擬欲尋其源
너무나 넓어서 더듬을 길이 없네. 浩汗無由探
질곡(桎梏)을[343)] 잃을까 염려되어 將恐桎梏亡
잡았던가 놓았던가 자주 생각하는데, 操捨頻較勘
어느새 하늘이 밝아 須臾天宇明
푸른 하늘은 담담하기만 하네. 碧空何澹澹

27일. 한산군(韓山君)의[344)] 초청을 받고 신륵사(神勒寺) 가는 도중에

二十七日. 被韓山君召. 向神勒寺途中作.[345)]

서리 내린 숲 봉우리에 잎이 흩날리고 霜後林巒葉盡飛
그늘진 골짜기에 햇빛이 희미하네. 天陰日色正熹微
채찍 하나에 여윈 말 타고 관산(關山)[346)] 길을 가노라니 一鞭瘦馬關山路
시상(詩想)이 떠오르는데 바람이 옷에 가득해라. 詩思悠悠風滿衣

---

342) 『耘谷詩史』 卷3, 『高麗名賢集』 卷5, p.327 ; 『耘谷行錄』 卷3, 影印標點 『韓國文集叢刊』 卷6, p.177.

343) 질곡(桎梏) : 발을 묶는 것이 질(桎)이고, 손을 묶는 것이 곡(梏)이다.

344) 한산군(韓山君) : 이색(李穡)을 말함. 고려말의 문신(1328~1396). 자는 영숙(潁叔). 본은 한산(韓山). 고려 삼은(三隱)의 한 사람. 원나라에 들어가 과거에 급제하여 한림지제고(翰林知制誥)를 지내고 귀국, 좌승선(左承宣)·우대언(右代言)·대사성(大司成) 등의 벼슬을 지냄. 조선조 태종이 여러 번 불렀으나 나가지 아니하였음. 문집으로는 목은집(牧隱集)이 있음.

345) 『耘谷詩史』 卷3, 『高麗名賢集』 卷5, p.327 ; 『耘谷行錄』 卷3, 影印標點 『韓國文集叢刊』 卷6, p.177.

346) 관산(關山) : ① 관문(關門)과 산. ② 고향에 있는 산. ③ 고향.

아야니(阿也尼)[347] 서쪽 강을 건너다

渡阿也尼西江[348]

빨래하던 마을 처녀가 여울 가에 서서	洗衣村女立灘頭
"왜 물 흐르는 걸 지켜보느냐" 묻네.[349]	問我奚爲看水流
네게 말해봐야 이 이치를 어찌 알겠느냐	報道汝何知此理
가는 자 붙들기 어려움을 깊이 슬퍼해서라네.	深嗟逝者固難留

도중에

途中[350]

석지령(釋智嶺)과 분지령(粉知嶺) 두 고개 사이	釋智粉知兩嶺間
왼쪽에도 높은 산이고 오른쪽에도 높은 산일세.	左高山亦右高山
홀연히 한 운유자(雲遊子)를[351] 만나고 보니	忽逢一箇雲遊子
몸은 한가해도 발자취 한가하지 못한 내가 부끄럽구나.	愧我身閑迹未閑

시골집

村舍[352]

모래를 모아 섬돌 만들고 멍석으로 문을 달아	聚沙爲砌席爲門
썰렁한[353] 초가집 처마는 한낮에도 침침하네.	懸磬芽簷晝亦昏

347) 아야니(阿也尼) : 아야니원(阿也尼院). 원주 서쪽 38리에 있다. 『신증동국여지승람』 卷46, 원주목 역원조.

348) 『耘谷詩史』 卷3, 『高麗名賢集』 卷5, p.328 ; 『耘谷行錄』 卷3, 影印標點 『韓國文集叢刊』 卷6, p.178.

349) 문아해위간수류(問我奚爲看水流) : 공자가 시냇물 위에서 말했다. "흘러가는 세월이 이와 같아서 밤낮을 쉬지 않고 흐르는구나" 『논어(論語)』 卷9, 「자한(子罕)」.

350) 『耘谷詩史』 卷3, 『高麗名賢集』 卷5, p.328 ; 『耘谷行錄』 卷3, 影印標點 『韓國文集叢刊』 卷6, p.178.

351) 운유자(雲遊子) : 정처 없이 세상을 떠돌아다니는 사람을 가리키는데, 흔히 스님을 운유자(雲遊子)라고 표현했다.

352) 『耘谷詩史』 卷3, 『高麗名賢集』 卷5, p.328 ; 『耘谷行錄』 卷3, 影印標點 『韓國文集叢刊』 卷6, p.178.

353) 현경(懸磬) : "집은 경쇠가 (허공에) 매달린 듯하고(室如懸磬), 들판에는 푸른 풀이 없

나라 근본이 이미 상했건만 누가 돌보랴 邦本旣殘誰顧念
일찍이 무릉도원(武陵桃源)에[354] 못 들어간 게 한스러워라. 却嗟曾未入桃源

금당천(金堂川)[355]

金堂川[356]

나뉘어진 경계가 옛부터 근원이 있어 分割封疆古有源
시냇물 한가운데 건곤(乾坤)이 갈라졌네. 一溪中坼二乾坤
흐르는 물에 서서 말 멈추고 돌아보니 臨流駐馬時廻顧
앞 발은 황려(黃驪)[357] 땅이고 뒷 발은 북원(北原)[358] 땅일세. 前足黃驪後北原

월곡명사(月谷明師)의[359] 시권에 씀

書月谷名師卷[360]

으니, (백성들이) 무엇을 믿고 두려워하지 않겠습니까?." 『국어(國語)』, 「노어(魯語) 상」. 그 주(注)에 "현경(縣磬)이란 노나라 관청 창고가 텅 비고 빈 서까래만 남아 있는 모습이 마치 경쇠가 (대에) 매달린 것(縣磬) 같다는 뜻이다"라고 하였다. 현(縣)은 현(懸)과 같은 뜻으로 썼고, 경(磬)은 돌로 만든 타악기 경쇠를 가리킨다.

354) 도원(桃源) : 무릉도원(武陵桃源). 이 세상을 떠난 별천지를 일컫는 말. 아득한 옛날 신선이 살았다는 전설적인 중국의 명승지. 중국의 호남성 동정호(洞庭湖)의 서남쪽 무릉산(武陵山) 기슭 원강(沅江)의 강변이라 함. 도연명(陶淵明)이 지은 도화원기(桃花源記)에서 나온 말. 진(晉)나라 때에 무릉(武陵)에 사는 한 어부가 시냇물에 복사꽃이 흘러오는 것을 보고 상류로 거슬러 올라가다가, 바깥 세상과 떨어져 사는 마을을 발견했다. 복사꽃이 만발한 이 마을 사람들은 진시황의 폭정을 피해서 숨어 들어왔다는데, 그 뒤로 세월이 얼마나 흐르고 왕조가 어떻게 바뀌었는지 아무도 몰랐다. 평화로운 마을에서 대접을 받고 돌아온 어부가 군수에게 보고한 뒤에 다시 그 마을을 찾아가려 했지만, 길을 알 수가 없었다고 한다. 이 이야기를 도연명이 듣고 도화원기(桃花源記)를 지은 이래, 많은 문인들의 작품 소재가 되었다.

355) 금당천(金堂川) : 여주 동쪽 10리 원주(原州) 경계에 있다. 『신증동국여지승람』 卷52, 여주목 산천.

356) 『耘谷詩史』 卷3, 『高麗名賢集』 卷5, p.328 ; 『耘谷行錄』 卷3, 影印標點 『韓國文集叢刊』 卷6, p.178.

357) 황려(黃驪) : 여주(驪州)의 옛 이름. 『신증동국여지승람』 卷7, 여주목 군명.

358) 북원(北原) : 원주의 별칭. 『신증동국여지승람』 卷46, 원주목 군명.

359) 월곡명사(月谷明師) : 생몰년 미상.

360) 『耘谷詩史』 卷3, 『高麗名賢集』 卷5, p.328 ; 『耘谷行錄』 卷3, 影印標點 『韓國文集叢刊』

골짜기가 깊으니 산 달이 더욱 밝아　谷深山月更分明
긴 밤이 고즈넉하고 기운 절로 맑구나.　永夜寥寥氣自淸
이곳이 스님께서 성품 전하는 곳이라　此是上人傳性處
티끌 모래의 세계가 다 태평을 이루리.　塵沙世界致昇平

명봉월사(明峯月師)의[361] 시권에 씀

書明峯月師卷[362]

달 바퀴가 바다 문 동쪽에 솟아오르니　氷輪湧出海門東
천 길 높은 봉우리가 푸른 하늘에 우뚝하네.　千仞高峯聳碧空
이곳이 스님께서 깨달은 곳이니　知有上人叅得了
시원하게 옛 가풍을 모두 깨뜨리셨네.　豁然打破古家風

조암경사(照菴鏡師)의[363] 시권에 씀

書照菴鏡師卷[364]

때 벗기고 빛을 닦아 티끌 하나 없으니　刮垢磨光絶點塵
때때로 털고 닦은 이가 바로 이 사람일세.　時時拂拭有斯人
얼굴 보면 두 눈썹이 있는 곳에　看形剔起眉毛處
한현(漢現)과[365] 호래(胡來)가 나날이 새롭네.　漢現胡來日日新

고암(杲巖)의[366] 운(韻)을 빌려 또 씀[스님이 창수(唱首)임]

刊』卷6, p.178.

361) 명봉월사(明峯月師) : 생몰년 미상.

362)『耘谷詩史』卷3,『高麗名賢集』卷5, p.328 ;『耘谷行錄』卷3, 影印標點『韓國文集叢刊』卷6, p.178.

363) 조암경사(照菴鏡師) : 생몰년 미상.

364)『耘谷詩史』卷3,『高麗名賢集』卷5, p.328 ;『耘谷行錄』卷3, 影印標點『韓國文集叢刊』卷6, p.178.

365) 한현(漢現) : 구슬의 명칭. 구슬같은 광명.

366) 고암(杲庵) : 혜근(慧勤)의 사(嗣)로서 일찍이 공민왕의 지우(知遇)를 받고 광암사(光巖寺)에 10년 동안 머물렀다. 왕이 일승고암(日昇杲庵)이라는 4자를 직접 써서 하사

借杲巖韻又書(師爲唱首)367)

사자후(獅子吼)를368) 외쳐 마왕(魔王)의 궁전에 떨치니　作獅子吼振魔宮
마왕과 외도(外道)가 모습을 감추었네.　魔外藏形指顧中
수없는 천룡(天龍)들이369) 함께 기뻐하니　無數天龍共忻悅
청정한 여섯 신통을370) 갖추셨겠지.　必應淸淨六神通

요암영사(療菴瑛師)의371) 시권에 씀

書療菴瑛師卷372)

스스로 값진 보배를 지니시고　自有珍無價
언제나 갈고 닦으시네.373)　尋常琢復磨

하였다. 물러나 쉴 것을 청하였으나 허락받지 못하였다. 우왕대도 세 차례나 물러나고자 하였지만 허락받지 못하였으므로, 마침내 도망치듯 나와 버렸다. 후에 강남(江南)을 돌아다니면서 두루 선지식(善知識)들과 만났다. 忽滑谷快天, 1930, 「惠勤の看話禪」, 『朝鮮禪教史』, p.289.

367) 『耘谷詩史』 卷3, 『高麗名賢集』 卷5, p.328 ; 『耘谷行錄』 卷3, 影印標點 『韓國文集叢刊』 卷6, p.178.

368) 사자후(獅子吼) : 법을 연설하는데 두려움이 없어 사자의 울부짖음과 같고, 그 강설하는 것이 벽력 같았다. 『유마경』 부처님 말씀을 사자의 울부짖음에 비유한 것인데, 이 시에서는 고암 스님의 설법을 사자의 울부짖음에 비유하였다.

369) 천룡(天龍) : 천룡팔부(天龍八部). 용천팔부(龍天八部)를 용신팔부(龍神八部)라고도 하는데, 팔부중(八部衆)을 말한다. 불법을 수호하는 여러 신장(神將)들이다. 용천(龍天)은 용중(龍衆)과 천중(天衆)을 합한 말이고, 팔부(八部)는 천룡(天龍)·야차(夜叉)·건달바(乾闥婆)·아수라(阿修羅)·가루라(迦樓羅)·긴나라(緊那羅)·마후라가(摩喉羅迦)이다.

370) 육신통(六神通) : 육종신통력(六種神通力)·육통(六通)이라고도 함. 6종의 신통력. 부사의한 공덕 작용. 1) 천안통(天眼通). 육안으로 볼 수 없는 것을 보는 신통. 2) 천이통(天耳通). 보통 귀로는 듣지 못할 음성을 듣는 신통. 3) 타심통(他心通). 다른 사람의 의사를 자재하게 아는 신통. 4) 숙명통(宿命通). 지나간 세상의 생사를 자재하게 아는 신통. 5) 신족통(神足通). 또는 여의통(如意通). 부사의하게 경계를 변하여 나타내기도 하고 마음대로 날아다니게도 하는 신통 6) 누진통(漏盡通). 자재하게 번뇌를 끊는 힘.

371) 요암영사(療菴瑛師) : 생몰년 미상.

372) 『耘谷詩史』 卷3, 『高麗名賢集』 卷5, p.328 ; 『耘谷行錄』 卷3, 影印標點 『韓國文集叢刊』 卷6, p.178.

373) 탁마(常琢復磨) : 갈고 닦음. "빛나는 군자시여! 깎고 다듬은 듯 쪼고 간 듯하시네. 의젓하고 당당하시며 빛나고 훤하시니, 아름다운 우리 군자를 내내 잊을 수 없어라. 有

그 쓰임이 끝내 다함없으니 終應用無盡
수많은[374] 중생들을 다 이롭게 하네. 利物遍恒沙

유방(遊方)[375] 가는 지희(志曦) 스님을 배웅함

送志曦上人遊方[376]

서북에 또 동남에 뜻을 두고서 志于西北又東南
푸른 바랑 먹물 옷에 행전을 둘렀네. 靑布行縢緇布衫
강물 위를 갈대 줄기로 넘기도 하고 江上葦莖將欲跨
뜰 앞의 잣나무와 이야기도 나누시겠지. 庭前栢樹已曾叅
둘이 아니면서도 둘이 없음을 늘 닦으셨으니 恒修不二兼無二
앞의 셋과 뒤의 셋을 묻지 마시게. 莫問前三與後三
나도 언젠가 찾아가고 싶건만 我亦他年尋訪去
어느 곳에 구름 암자를 정하실지 알 수가 없네. 不知何處結雲菴

스스로 읊음

自詠[377]

어젯밤에 비가 쓸쓸히 내리더니 昨夜雨蕭蕭
오늘 새벽에 산 안개가 짙게 끼었네. 曉來山霧深
조용히 옷깃을 바로 하고 앉았더니 翛然正衣坐
나도 모르게 긴 시가 읊어지네. 不覺發長吟
동쪽 울타리에 가을빛이 있어 東籬有秋色
국화꽃이 황금처럼 찬란하구나. 菊蘂粲黃金

匪君子, 如切如磋, 如琢如磨. 瑟兮僩兮, 赫兮咺兮. 有匪君子, 終不可諼兮."『시경(詩經)』卷3, 위풍(衛風)「기오(淇奧)」.

374) 항사(恒沙) : 항하(恒河), 즉 갠지스 강의 모래이니, 수없이 많다는 뜻이다.

375) 유방(遊方) : 선종 승려가 수행하기 위하여 여러 지방을 돌아다니는 것.

376)『耘谷詩史』卷3,『高麗名賢集』卷5, p.328 ;『耘谷行錄』卷3, 影印標點『韓國文集叢刊』卷6, p.178.

377)『耘谷詩史』卷3,『高麗名賢集』卷5, p.328 ;『耘谷行錄』卷3, 影印標點『韓國文集叢刊』卷6, p.178.

국화꽃 떨기를 즐기다 보니 繞叢自怡悅
맑은 향내가 흰 옷깃에 스며드네. 淸香熏素襟
외로운 꽃이 차가운 서리도 깔보니 孤芳傲霜冷
군자의 마음이 꿋꿋하구나. 苦哉君子心
어루만지며 두세 번 감탄하다 보니 撫已再三嘆
아침볕이 먼 숲에 비쳐 오네. 朝陽輝遠林

형(泂)에게[378] 악창(惡瘡)이 나다

泂發惡瘡[379]

부모는 오직 병을 걱정한다는 말이 진실하니 惟疾之憂語甚眞
옛 성인도 제자들에게 그런 말씀을 하셨지. 聖人言此誨門人
비록 돌봐주진 못해도 편히 자기 어려우니 雖無省視難安寢
사사로운 뜻이 오히려 제오륜(第五倫)[380] 같네. 私意還同第五倫

10월 초하루. 총지(摠持) 어머니가[381] 작은 술자리를 베풀다

---

378) 형(泂) : 원형(元泂). 원천석의 둘째 아들.

379) 『耘谷詩史』卷3, 『高麗名賢集』卷5, p.328 ; 『耘谷行錄』卷3, 影印標點 『韓國文集叢刊』卷6, p.178.

380) 제오륜(第五倫) : 후한(後漢) 장릉인(長陵人). 건무(建武)년간에 회계(會稽)태수를 지내면서 청렴함으로 이름을 떨쳤다. 『후한서(後漢書)』卷71. 제오륜은 운곡이 존경하는 한나라 시대의 관리였는데, 『운곡행록』卷2, 「하자사(河刺史)에게 올리는 시」에서 "제오륜(第五倫)이 회계태수를 그만둘 때에는 그 고을 늙은이들이 수레를 붙들고 울면서 수백리를 따라갔다"라고 칭찬했다. 그런데 지금 이 시에서는 백성들에게 사랑받는 관리로서 인용한 것이 아니라, 자신이 아들 사랑하는 마음이 오륜(五倫) 가운데 다섯 번째 윤리인 부자유친(父子有親)이기 때문에 제오륜(第五倫) 같다고 말한 것이다.

381) 총지(摠持) : ① 梵語 Dhāraṇī(陀羅尼)의 번역. 능히 무량무변(無量無邊)한 이치를 섭수(攝收)해 지니어 잃지 않는 염혜(念慧)의 힘을 일컫는다. 곧 일종의 기억술로서 하나의 일을 기억하는 것에 의해서 다른 모든 일까지를 연상(聯想)하여 잃지 않도록 하는 것을 말하기도 하며, 종종의 선법(善法)을 능히 지니므로 능지(能持)라 하고, 종종의 악법(惡法)을 능히 막아 주므로 능차(能遮)라 한다. ② 총지종(摠持宗) : 총지종은 한국 불교의 한 종파이다. '진언다라니(眞言多羅尼)'를 외우면서 법사(法事)를 하는 밀교 계통의 분파로, 신라시대 때 혜통(惠通)이 처음 들여왔다고 한다. 이 종파가 성행한 시기는 고려 말기부터라고 하는데, 총지모란 총지사 관할 사찰에서 일하는 찬모(饌

十月初一日. 摠持母設小酌.[382]

어제 신륵사를 떠나 멀리서 왔기에　　昨日遠從神勒來
기운이 나른해져 피곤을 견디기 어려웠지.　　難堪困憊氣全衰
새로 걸른 술에다 산나물 볶음까지　　新篘栢酒山梁炙
나를 위로한다고 이 술잔을 권하네.　　專慰勞神勸此盃

이튿날 아침. 묘음(妙音)의[383] 부모가 또 작은 술자리를 베풀다

明晨. 妙音父母設小酌.[384]

이른 새벽에 부부가 서리를 밟고 오더니　　淸晨夫婦踏霜來
향그런 술을 손수 데워 이 늙은이를 위로해 주네.　　手煖香醪慰老衰
효도하고 공경하는 것이[385] 하늘이 정하신 뜻이니　　孝敬正爭天定意
이불 껴안고 일어나 앉아 잔을 멈추지 않네.　　擁衾起坐不停杯

이날 빗속에 곡성(谷城)이[386] 찾아오다

是日雨中. 谷城來訪.[387]

비를 무릅쓰고 찾아와 소나무 아래 문 두드리는데　　冒雨來敲松下門
만두가 합에 가득하고 술은 항아리에 가득하네.　　饅頭滿榼酒盈樽
취하고 취해 하늘과 땅이 넓어지니　　酣酣兀兀乾坤豁
얼굴에 벌써 붉은빛 떠오른 줄 알겠네.　　始覺天和已露痕

母)를 뜻하는 것이 아닌가 판단된다.

382) 『耘谷詩史』 卷3, 『高麗名賢集』 卷5, p.328 ; 『耘谷行錄』 卷3, 影印標點 『韓國文集叢刊』 卷6, p.178.

383) 묘음(妙音) : 생몰년 미상.

384) 『耘谷詩史』 卷3, 『高麗名賢集』 卷5, p.329 ; 『耘谷行錄』 卷3, 影印標點 『韓國文集叢刊』 卷6, p.179.

385) 효경(孝敬) : 부모를 잘 모심.

386) 곡성(谷城) : 생몰년 미상.

387) 『耘谷詩史』 卷3, 『高麗名賢集』 卷5, p.329 ; 『耘谷行錄』 卷3, 影印標點 『韓國文集叢刊』 卷6, p.179.

환희당(歡喜堂) 대로(大老)의 시에 차운함
次歡喜堂大老詩韻[388]

우리 형이 푸른 산에서 날 찾아 오셨으니 吾兄來自碧山中
걸음걸음 지팡이 바람에 구름이 날리네. 步步雲飛一錫風
한 평생 친한 뜻이 너무나 고마워 多感平生親厚意
만나는 곳마다 같이 웃고 이야기하네. 每相逢處笑談同

지난날 벼슬길은 한바탕 꿈이었지. 宦路前遊一夢中
얼굴엔 먼지 가득하고 서울 거리에선[389] 바람만 맞았지. 塵埃滿面九街風
이제 늙어서 연하(烟霞)의[390] 손님 되었으니 如今老作烟霞客
허수아비같이 덧없는 인생들을 우습게 보리라. 應笑浮生幻化同

내 몸이 쇠약해져 초가집 속에 누워 있으니 我衰閑臥草廬中
세상 맛은 전혀 없어도 도(道)의 바람은 있네. 世味全無有道風
형께서 가까운 곳에 살고 있지 않았더라면 不是大兄居近處
그 누구와 함께 붓 휘두르며 시를 읊으랴. 揮毫朗詠與誰同

중덕(中德)[391] 벽봉(璧峰) 스님[별호 성규(性圭)]의 시권에 씀
題璧峯性圭中德卷[392]

우러러보면 매우 높아[393] 허공에 닿으니 仰則彌高接太空

---

388)『耘谷詩史』卷3,『高麗名賢集』卷5, p.329 ;『耘谷行錄』卷3, 影印標點『韓國文集叢刊』卷6, p.179.

389) 구가(九街) : 사통팔달의 큰 길.

390) 연하(烟霞) : ① 연기와 노을. ② 산수(山水)의 경치.

391) 중덕(中德) : 승계(僧階)의 하나. 교종은 대선(大選)－중덕(中德)－대덕(大德)－도대사(都大師), 선종은 대선(大選)－중덕(中德)－선사(禪師)－대선사(大禪師) －도대선사(都大禪師)로 되어 있었다.

392)『耘谷詩史』卷3,『高麗名賢集』卷5, p.329 ;『耘谷行錄』卷3, 影印標點『韓國文集叢刊』卷6, p.179.

393) 앙즉미고(仰則彌高) : 공자의 제자인 안연이 스승의 덕을 감탄한 말인데, 이 시에서는 학문을 끊임없이 정진하면 그렇게 될 수 있다는 뜻으로 썼다. "선생님의 도(道)는 우

갈고 닦지 않아도 저절로 영롱하네. 不因磨琢自玲瓏
화엄(華嚴)의 바닷물에 환하게 담궈 냈으니 瑩然浸得華嚴海
체(體)와 상(相)을 말하기 어렵고 쓰임도 끝이 없네. 體相難言用莫窮

중덕(中德)[394] 가능(可能) 스님이 시를 구함

可能中德求詩[395]

단비(斷臂)와[396] 용미(舂糜)[397] 두 조옹(祖翁)께서 斷臂舂糜兩祖翁

러러볼수록 더욱 높고 (줄임) 배우기를 그만두려 해도 되지 않아, 내 재주를 다했으되 세운 바가 우뚝한 듯해서 따라갈 수가 없다." 『논어(論語)』 卷9, 「자한(子罕)」.

394) 중덕(中德) : 승계(僧階)의 하나. 교종은 대선(大選)－중덕(中德)－대덕(大德)－도대사(都大師), 선종은 대선(大選)－중덕(中德)－선사(禪師)－대선사(大禪師)－도대선사(都大禪師)로 되어 있었다.

395) 『耘谷詩史』 卷3, 『高麗名賢集』 卷5, p.329 ; 『耘谷行錄』 卷3, 影印標點 『韓國文集叢刊』 卷6, p.179.

396) 단비(斷臂) : 혜가(惠可, 487~593)를 말함. 선종(禪宗)의 2조(祖). 속성은 희(姬). 이름은 선광(禪光, 원래 光光). 5세에 구경(九經)에 통달, 30세에 영문(龍門)의 향산사(香山寺)에 가서 보정선사(寶靜禪師)에게 수학하되, 정(定)과 혜(慧)를 부지런히 닦음. 동경(東京)의 영화사(永和寺)에서 구족계를 받음. 40세인 520년에 소림사(少林寺)에 가서 달마(達磨)의 제자가 되었는데, 제자가 될 때 자신의 팔을 자르면서 구법(求法)하는 열성을 보임. 달마(達磨)와 안심문답(安心問答)으로 깨달음.

397) 용미(舂糜) : 혜능(慧能, 638~713)을 말함. 혜능의 이름은 처음에는 능대사(能大師)로 쓰이다가 차츰 혜능(惠能)에 이어 혜능(慧能)으로 쓰였다. 중국 선종의 제6조로 추앙됨. 본래 그의 집안은 범양(范陽)의 명문 노씨(盧氏) 가문이었는데, 일찍이 아버지가 당시 변방인 광동성(廣東省) 신주(新州)로 좌천되었기 때문에 거기서 태어났다. 속성이 노씨(盧氏)여서 노행자(盧行者)로 불렸다. 『금강경(金剛經)』(또는 『열반경(涅槃經)』)을 듣고 느낀 바가 있어 호북성(湖北省) 기주(蘄州) 황매산(黃梅山)의 오조(五祖) 홍인(弘忍)을 찾아가 배웠다. 홍인 문하에서 8개월 가량 방아 찧는 생활을 하다가 '본래무일물(本來無一物)'의 시구를 지어 인가를 받음으로써, 홍인의 수제자 신수(神秀, 606~706)를 제치고 홍인에게 의발을 전수받고 마침내 선종 제6조가 되었다. 이후 영남(嶺南)으로 은둔하였다가, 유명한 '풍번문답(風幡問答)'을 계기로 인종법사(印宗法師, 627~713)에게 삭발하였다. 이후 광주(廣州)의 법성사(法性寺)와 소주(韶州) 조계(曹溪)의 대범사(大梵寺)・보림사(寶林寺)에 머물면서 설법 교화하였다. 신룡(神龍) 원년(元年, 705)경 당왕실(唐王室)에서는 혜능(慧能)을 궁중으로 맞이하고자 조계(曹溪)로 중사 설간(薛簡)을 파견하였으나, 혜능은 병을 핑계로 가지 않았다. 이때 설간과 혜능 사이에 '좌선(坐禪)'등에 관한 문답이 오갔다. 선종의 주요 경전인 『육조단경(六祖壇經)』은 그의 대범사(大梵寺) 설법을 기록한 것이라고 한다. 혜능은 사후에 제자 신회(神會)의 활약으로 일약 장안(長安) 불교계에 유명해졌다. 혜능은 자성청정

법등(法燈)을[398] 서로 이어 종풍(宗風)을[399] 퍼뜨렸으니, 法燈相續播宗風
각기 한 곳을 이어받아 명호(名號)를 삼고 各承一處爲名號
세 마음을 갖추고자[400] 성품이 공(空)함을 깨달았네. 欲備三心了性空
푸른 바다는 다시 밝은 달 속에 해맑고 碧海更澄明月裏
푸른 산은 흰 구름 속에 움직이지 않네. 青山不動白雲中
이러한 경계를 사람마다 갖췄으니 如斯境界人皆具
모름지기 참 근원을 찾아 공력을 기울이세. 須覓眞源要着功

생각나는 대로 읊음

即事[401]

오래 앉았노라니 해가 벌써 기울었는데 坐久依然日已晡
오가는 사람 없어 사립문이 적막하네. 柴扉寂寂往來無
물가 누각에 따오기 나는 글귀를 읊조리다가 淸吟水閣鶩飛句
비오는 마을에 소먹이는 그림을[402] 한가롭게 구경하네. 閑覽雨村牛牧圖
소나무 차가운 시냇가에 한 해가 저물어 松冷澗邊驚歲暮
국화 시든 울타리에서 가을을 보내네. 菊殘籬畔送秋徂
늙어갈수록 느낌이 많고 병도 많으니 老來多感仍多病

심(自性淸淨心)의 자각과 무념(無念)·무주(無住)·무상(無相)의 반야 실천을 일체화하여 새로운 중국 선불교를 완성시켜, 달마와 더불어 중국 선종사에서 가장 중시되고 있는 인물이다. 그는 당나라 때 처음으로 대감선사(大鑒禪師)라는 시호를 추증받았으며, 이어 송나라 때 3번이나 추가 시호를 추증받았으니 대감진공보각원명선사(大鑒眞空普覺圓明禪師)가 그것이다(古田紹欽·田中良昭 著, 남동신·안지원 譯, 1993, 『혜능』, 玄音社 참조).

398) 법등(法燈) : ① 부처 앞에 올리는 등불. ② 불법을 가리키는 말.

399) 종풍(宗風) : 한 종의 풍의(風儀).

400) 삼심(三心) : ① 지심(至心)·신락(信樂)·욕생(欲生) 「무량수경」. ② 지성심(至誠心)·심심(深心)·회향발원심(廻向發願心) 『관무량수경』. ③ 직심(直心)·심심(深心)·대비심(大悲心)·신성취발심(信成就發心)의 내용을 나눈 것. 「기신론」.

401) 『耘谷詩史』 卷3, 『高麗名賢集』 卷5, p.329 ; 『耘谷行錄』 卷3, 影印標點 『韓國文集叢刊』 卷6, p.179.

402) 우목도(牛牧圖) : 소먹이는 그림. 제(齊)의 영척(寧戚)이 반우가(飯牛歌)를 부르다가 환공(桓公)을 만나서 출세하게 되었다는 것.

나가고 들어오는 것이[403] 명(命)인 줄 알겠네. 信矣行藏命矣夫

조(趙) 봉선(奉善)이[404] 짓고 계모임에서[405] 함께 발원한 십영(十詠) 시권 뒤에 씀(두 수)

題趙奉善所述契內同發願十詠卷後(二首)[406]

그대들은 자세히 들으시게. 群公須諦聽
십영(十詠)은 불경을 추린 것일세. 十詠摭諸經
젊은 시절도 보전하기 어려운데 少壯猶難保
세월이 어찌 날 위해 머물랴. 居諸況不停

육진(六塵)이[407] 망녕된 생각을 일으키고 六塵撩妄想
삼독(三毒)이[408] 참된 심령을 덮어 버리니, 三毒蔽眞靈
양 잡는 도살장에 함께 들어가서도 共入屠羊肆
아아! 취해서 깨어나질 못하네. 嗚呼醉未醒

【능엄소(楞嚴疏)에 이르기를, "마치 양이 도살장에 들어갈 때에 한 걸음 한 걸음 죽을 자리에 나아가는 것과도 같다"고 하였다.】(楞嚴疏云. 如羊入屠肆 步步趨死地)

또 짓다

又[409]

---

403) 행장(行藏) : 세상에 나아가 도를 행하는 것을 행(行)이라 하고, 세상에서 물러나 숨는 것을 장(藏)이라 함. 곧 출세와 은퇴를 뜻함. 『논어(論語)』 卷7, 「술이(述而)」.

404) 봉선(奉善) : 봉선대부(奉善大夫)의 준말. 봉선대부는 고려시대 종4품 문관의 관계(官階).

405) 계내(契內) : 고려시대의 계는 동년자의 동갑계(同甲契), 동족간의 사교를 목적으로 하는 동족계(同族契), 무인정변 때 조직되어 문무간의 반목을 없애고 우애적인 관계를 유지하기 위해 마련된 문무계(文武契) 등이 있었는데, 운곡이 언급한 계는 동족계를 말하는 듯하다.

406) 『耘谷詩史』 卷3, 『高麗名賢集』 卷5, p.329 ; 『耘谷行錄』 卷3, 影印標點 『韓國文集叢刊』 卷6, p.179.

407) 육진(六塵) : 육경(六境)을 말함. 이 육경은 육근을 통하여 몸 속에 들어가서 우리들의 정심(淨心)을 더럽히고 진성(眞性)을 덮어 흐리게 하므로 진(塵)이라고 한다.

408) 삼독(三毒) : 불교에서 말하는 탐욕(貪慾) · 진심(瞋心) · 우치(愚癡)의 세 가지.

나도 이제 십영시(十詠詩)를 보고 我今看十詠
같이 보리(菩提)의 마음을 내려 하네. 同欲發菩提
지옥(地獄) 가는 길을 누가 열었던가 地獄誰開路
천당(天堂)[410] 가는 다리도 스스로 만들었네. 天堂自作梯
나의 조작인 줄 이미 알았으니 既能知我造
모름지기 저 미혹을 버려야 하네. 須要指他迷
안양(安養)이[411] 어찌 분수가 아니랴 安養豈非分
여러분께서 마땅히 힘쓰시게. 諸公當勉兮

형(泂)의[412] 시에 차운함(네 수)

次泂韻(四首)[413]

네게 어쩌다 액운이 거듭 닥치나. 汝厄重重甚不當
평상 위에 또 평상을 얹는 듯 위태롭구나. 危如床上又安床
어느 하루 염려되지 않는 날이 없으니 一秋無日無思慮
천 오리(天莖) 귀밑 털에 서리(霜)가 더하네. 添得千莖鬢上霜

모나고 둥근 것이 본래 맞지 않으니 方圓本自不相當
달팽이 껍질이 어찌 코끼리 평상을 본받으랴. 蝸殼何能効象床
온갖 차별된 모양이 다 이러하니 差別萬端皆此類
서리(霜)를 업신여기는 푸른 소나무만 사랑스럽네. 獨憐松翠巧凌霜

세상일에 하나도 적당한 것이 없어 世事都無一適當
산 속 절간을 찾아가 선상(禪床)을[414] 빌리려네. 欲尋山寺借禪床

409)『耘谷詩史』卷3,『高麗名賢集』卷5, p.329 ;『耘谷行錄』卷3, 影印標點『韓國文集叢刊』卷6, p.179.
410) 천당(天堂) : 하늘 위에 있는 신의 전당.
411) 안양(安養) : 마음을 편안히 하고 몸을 가다듬어 기름.
412) 형(泂) : 원형(元泂). 원천석의 둘째 아들.
413)『耘谷詩史』卷3,『高麗名賢集』卷5, p.329 ;『耘谷行錄』卷3, 影印標點『韓國文集叢刊』卷6, p.179.

지난날 더러운 티끌을 하나도 씻지 못한 채 未湔舊染塵埃累
누추한 골목에서 가을을 만나 또 서리(霜)를 밟네. 陋巷逢秋又踏霜

세상 업신여기는[415] 희황씨(羲皇氏)야[416] 어찌 감당하랴 寄傲羲皇何敢當
다만 병이 많아서 평상을 떠나지 않을 뿐일세. 只緣多病不離床
호연지기(浩然之氣)가[417] 천지에 가득해 浩然壯氣充天地
맑고 차가운 하룻밤 서리(霜)가 되려네. 疑作淸寒一夜霜

15일. 빗속에 생각나는 대로 읊음
十五日雨中卽事[418]

병든 몸으로 먹고 살 길을 찾아보아도 病夫謀口腹
찬거리 될 만한 게 하나도 없네. 無物可供飡
아침 내내 궁색한 골목에 앉았노라니 終朝坐窮巷
꼬르륵 오장 육부에서 소리가 났네. 鍧然鳴肺肝
답답한 가슴을 견딜 수 없는데 鬱鬱懷抱惡
겨울비는 왜 이리 지리하게 내리나. 冬雨何漫漫
갑자기 어떤 사람이 문을 두드리더니 忽有人扣戶
술병과 찬그릇을 가지고 왔네. 把壺幷少簞
화로에 마주앉아 한 잔 따르며 擁爐開小酌

---

414) 선상(禪床) : 선가(禪家)에서 중이 설법할 때 올라앉는 법상(法床).

415) 기오(寄傲) : 세상을 업신여긴다는 말. 기오(寄傲)는 기우오세지정(寄寓傲世之情)을 뜻한다. "남쪽 창가에 기대어 세상을 업신여겼네. 倚南窓以寄傲." 도연명(陶淵明), 「귀거래사(歸去來辭)」.

416) 희황(羲皇) : 복희씨(伏羲氏). 중국 고대의 제왕. 삼황오제(三皇五帝)의 수위를 차지하며, 팔괘(八卦)를 처음 만들고 그물을 발명하여 고기잡이 방법을 가르쳤다 함. 『열자(列子)』에 그의 몸은 뱀이고, 얼굴은 사람으로 소의 머리와 범의 꼬리를 가졌다고도 기록됨.

417) 호연지기(浩然之氣) : ① 하늘과 땅 사이에 넘치게 가득 찬 넓고도 큰 원기. ② 도의에 뿌리를 박고 공명 정대하여 조금도 부끄러울 바 없는 도덕적 용기. ③ 사물에서 해방되어 자유롭고 즐거운 마음.

418) 『耘谷詩史』 卷3, 『高麗名賢集』 卷5, p.330 ; 『耘谷行錄』 卷3, 影印標點 『韓國文集叢刊』 卷6, p.180.

내 마음 기쁘게 만들어 주니, 使我心欣歡
성현의 가르침을 어겨 부끄러워라 慙予違聖訓
배부르길 구하고[419] 편안하길 구하다니. 求飽又求安
술에 취해 저절로 흥겨워지자 陶然乘逸興
탄환처럼 시 구절이 쏟아져 나오네. 吐句如彈丸
읊다보니 해는 이미 기울었건만 吟哦日已側
처마 끝에 낙숫물 소리는 그치지 않네. 簷溜聲未殘

조(趙) 봉선(奉善)이[420] 노래 여덟 절을 지어서 제목을 구하다

趙奉善作八節歌. 求題目.[421]

노래는 사람의 폐(肺)와 간(肝)을 그린 것이니 大抵歌詞寫肺肝
기쁨과 슬픔이 여러 가지 있네. 歡娛感慨有多端
속마음을 읊은[422] 여덟 절 노래 보고는 今看八節陳情曲
멍하니 어루만지며 두세 번 감탄했네. 撫已茫然三復歎

월암(越菴) 초(超)[423] 스님의[424] 시권에 쓰다

書越菴超上人卷[425]

눈으로 보지 않고 귀로 듣지 않아 眼不見耳不聞

---

419) 구포(求飽) : 공자께서 말씀하셨다. "군자는 밥을 먹으면서 배부르기를 구하지 않으며, 거처하면서 편안하기를 구하지 않는다. 일은 민첩하면서도 말은 신중하고, 도 있는 사람에게 나아가 자기 몸가짐을 바로잡는다면, 배우기를 좋아하는 자라고 말할 만하다." 『논어(論語)』卷1, 「학이(學而)」.

420) 봉선(奉善) : 봉선대부(奉善大夫)의 준말. 봉선대부는 고려시대 종4품 문관의 관계(官階).

421) 『耘谷詩史』卷3, 『高麗名賢集』卷5, p.330 ; 『耘谷行錄』卷3, 影印標點 『韓國文集叢刊』卷6, p.180.

422) 진정(陳情) : 사정을 진술함.

423) 월암초상인(越菴超上人) : 생몰년 미상.

424) 상인(上人) : 지혜와 덕을 겸비한 스님네를 존칭하는 말.

425) 『耘谷詩史』卷3, 『高麗名賢集』卷5, p.330 ; 『耘谷行錄』卷3, 影印標點 『韓國文集叢刊』卷6, p.180.

모든 소리와 빛을 초월하였네. 超諸聲越諸色
육처(六處)에[426] 모두 그러해 於六處皆亦然
이미 참된 소식을 깨달아 얻었네. 已領敢眞消息
강에 달이 비추고 소나무에 바람 부는데 江月照松風吹
도(道)는 함이 없고 즐거움은 끝이 없으니, 道無爲樂無極
이 암자의 주인이 누구던가 此菴中誰主人
스님이 바로 선지식(善知識)일세.[427] 是上人善知識

느낀 바가 있어(이때 농민들의 토지를 빼앗으려는 무리들이 벌떼처럼 일어났다, 여덟 수)

有感(時田民兼并之徒蜂起, 八首)[428]

나라의 명맥이 끊어져 가니 정치를 보살펴야 하고 國脉將頽當輔治
인륜의 기강이 무너져 가니 교화를 펼쳐야 하건만, 人綱欲廢要開張
임금의 문은 깊게 잠겨서 아홉 겹으로 막혔으니 君門深鎖九重隔
아뢸 곳 없는 백성들이 저 푸른 하늘에 호소하네. 無告嗷嗷籲彼蒼

지초와 난초 밭에는 향내가 퍼지지 않고 淸芬不播芝蘭圃
아름다운 그늘에 가시덤불이 한창일세. 美蔭方深枳棘林
그 향내 물리치고 싸늘한 기운까지 더하니 減却馨香添爽氣
태양 빛이 담 그늘을 비춰주지 못하네. 大陽偏不照墻陰

자리를 말 듯이 온 산천을 독차지하고 奮占山川如卷席

---

426) 육처(六處) : 육입(六入)이라고도 함. 12인연의 하나. 중생의 눈·귀·코·혀·몸·뜻의 6근(六根)을 구족하고 모태(母胎)에서 나오는 위(位)를 말한다.

427) 선지식(善知識) : Kalyanamitra. 악지식(惡知識)에 대응하는 말. 지식(知識)·선우(善友)·친우(親友)·선친우(善親友)·승우(勝友)라고도 함. ① 부처님이 말씀한 교법(敎法)을 말하여 다른 이로 하여금 고통세계를 벗어나 이상경(理想境)에 이르게 하는 이 ② 남녀노소, 귀천을 불문하고 모두 불연(佛緣)을 맺게 하는 이.

428) 『耘谷詩史』 卷3, 『高麗名賢集』 卷5, p.330 ; 『耘谷行錄』 卷3, 影印標點 『韓國文集叢刊』 卷6, p.180.

주머니를 뒤지듯이 노비까지 다 수색하네. 窮搜奴婢似探囊
닭과 벌레를 얻고 잃음이[429] 어느 때에야 다하려나 鷄虫得失何時了
하늘 끝을 바라보니 어느새 석양일세. 注目天涯已夕陽

의장(儀仗)의 말(馬)이 울지 않아 말(言)의 길이 막히고 仗馬不鳴言路澁
울타리의 파리가 뜻을 얻으니 해괴한 일이 많네. 樊蠅得意駭機多
헌사(憲司)가 밝은 교화는 펴지 않고서 憲司非欲宣明化
의관(衣冠)을 바꾸라고 날마다 독촉하네. 糾察衣冠日更加
【이 무렵 의복제도를 바꾼다는 통첩이 자주 있었기 때문이다.】(梁衣服改制之牒數○故反之)

쟁탈하는 바람이 일어나니 귀신의 지역인가 爭奪風興非鬼域
염치의 도를 잃었으니 사람 세상이 아닐세. 廉恭道喪不人寰
머리를 돌려 홀연히 옛 왕조 일을 생각하다가 回頭忽起前朝念
멀리 창오산[430] 바라보며 눈물이 얼굴에 가득해지네. 遙望蒼梧淚滿顔

은하수가 가을되면서 한결 깨끗한데 銀漢逢秋添皎潔
고운 물결 밤 깊으면 더욱 맑아지네. 練波終夜更澄淸
바라건대 하늘이 이 물을 인간 세상에 퍼부셔서 願天挽向人間注
탐람하고 의롭지 못한 마음을 다 씻어 주소서. 洗盡貪婪不義情

사막(沙漠)의 건곤(乾坤)인지, 어찌 이리 적막한가. 沙漠乾坤何寂寞
금릉(金陵)[431] 가는 길이 정말 아득하구나. 金陵道里政微茫

---

429) 계충득실(鷄虫得失) : 당나라 시인 두보의 시 「박계행(縛鷄行)」에서 읊어진 닭의 이야기이다. 닭이 벌레를 잡아 먹자 종이 밉게 여겨서, 꽁꽁 묶어서 시장으로 팔러 나갔다. 그러나 두보가 이를 보고서, 닭도 팔려 가면 죽게 될 텐데 벌레나 닭이나 죽는 것은 마찬가지로 불쌍하니 닭을 풀어 주라고 하였다.

430) 창오(蒼梧) : 순임금이 죽었다고 전하는 곳. 지금의 광서성(廣西省) 창오현(蒼梧縣). 이 시에서는 억울하게 죽은 공민왕의 현릉(玄陵)을 가리키는 듯하다. 공민왕이 1366년에 전민변정도감을 설치하여, 귀족들이 겸병한 토지를 원래의 소유자에게 돌려주고, 불법으로 노비가 된 백성들을 해방시켰다.

아침 저녁 머리 들고서 남북을 바라보건만　　暮朝翹首望南北
풍교(風教)가[432] 어느 때에야 이 지방에 불어오려나.　　風教何時扇此方

적송자(赤松子)를[433] 따르려 해도 단사(丹砂)가[434] 이뤄지지 않고　　欲訪赤松丹未就
황벽(黃檗)을[435] 찾으려 해도 그 도를 감당하기 어렵네.　　擬尋黃檗道難當
도도히 흐르는 사방 바다에 발 디딜 곳도 없으니　　滔滔四海無容足
다섯 자 병든 몸을 어디에 감추려나.　　五尺病軀何處藏

동짓날. 감회를 쓰다

冬至日寓懷[436]

지난해 동짓날에　　去年冬至日
감회 시를 지었지.　　題作感懷詩
작은 창문 앞에서 펼쳐 읽으며　　披向小窓讀
망연히 슬픈 마음을 달랬는데,　　茫然撫已悲

---

431) 금릉(金陵) : 지금의 남경(南京) 부근 강소성(江蘇省) 안의 지명(地名).

432) 풍교(風教) : 풍화(風化). 교육과 정치의 힘으로 풍습(風習)을 잘 교화하는 일.

433) 적송자(赤松子) : 상고 때의 신선 이름. 신농씨(神農氏) 때 우사(雨師)였다가 나중에 곤륜산에 들어가 적송(赤松)의 송지(松脂)를 따서 먹으면서 선도(仙道)를 닦아 신선이 되었다고 해서 적송자(赤松子)라 한다. 어지러운 세상에 대한 혐오로 인해 탈속의 경지를 꿈꾸며 수옥(水玉)이라는 신비의 약을 먹고 불 속의 연기와 함께 오르내리다가 선인(仙人)이 되어 새털처럼 가벼이 비바람과 함께 떠다녔다고 한다. 한편『삼재도회(三才圖會)』인물(人物) 卷12에서는 제곡(帝嚳)의 스승이었다고 했다(사마천(司馬遷),『사기(史記)』卷55, 유후(留侯), "願其人間事 從赤松子遊耳"). 崔光範, 1996,「耘谷 元天錫 漢詩硏究」, 고려대 석사학위논문, p.19.

434) 단사(丹砂) : 주사(朱砂)라고도 함. 영약(靈藥)의 재료.

435) 황벽(黃檗) : 중국 선의 대표적인 법어인『전심법요(傳心法要)』의 저자인 당(唐)의 선승(禪僧).『전심법요(傳心法要)』는 그 사상의 명료함과 장중한 특성 때문에 오늘날까지 널리 읽힌다. 훗날의 당 선종(宣宗)이 젊었을 때 법을 묻자 빰을 세 번 때려 삼세(三世)의 윤회(輪廻)를 끊도록 가르쳤다고 한다. 휴정(休靜),『선가귀감(禪家龜鑑)』. 崔光範, 1996,「耘谷 元天錫 漢詩硏究」, 고려대 석사학위논문, p.19.

436)『耘谷詩史』卷3,『高麗名賢集』卷5, p.330 ;『耘谷行錄』卷3, 影印標點『韓國文集叢刊』卷6, p.180.

올해 동짓날엔 今年冬至日
염려를 건잡을 수 없네. 念慮不能持
해마다 이 날을 지나건만 年年過此日
두 귀밑에는 온통 서리가 내렸고, 兩鬢垂霜絲
병까지 그만 깊어져 蹉跎抱沈疾
기력이 지난 해와 아주 달라졌네. 氣力殊昔時
태평성대에 태어나 자랐고 生長大平日
늙어서도 태평성대를 만났건만, 老値大平期
조정이 황제 명령을 받들어 朝廷承帝命
의관제도를 바꿔야 한다니, 改制冠服儀
높건 낮건, 귀하건 천하건 尊卑弁貴賤
중하(中夏) 사람이지 동이(東夷)가 아닐세. 中夏非東夷
예법과 제도가 이미 이러한데 禮度旣如此
정치와 교화는 왜 베풀지 않나. 政刑何不施
백성들 살림은 더욱 쓸쓸해져 民居轉蕭索
밭갈기도 누에치기도 다 틀렸으니, 耕桑俱失宜
문에는 언제나 거적자리를 내려뜨리고 門戶常懸席
땅이라곤 송곳 세울 자리도 없네. 土田無立錐
세금도 다 못 냈는데 未充貢賦額
가을마당에 벌써 남은 게 없어, 浚盡無餘脂
아무리 애쓴들 어디로 가며 勞勞不遑處
헤매는 사정을 그 누가 걱정하랴. 誰肯嘆流離
이익을 다투는 무리들은 忍看征利徒
채찍과 몽둥이를 마구 휘두른다니, 鞭朴及肌膚
어려서 배웠지만 쓸모 없이 늙어 幼學壯無用
이러한 꼴을 보고 부질없이 탄식만 하네. 對此空嗟咨
이제 양기(陽氣)가 생기는 날이[437] 되었으니 今遇一陽生

437) 양생단(陽生旦) : "양기가 생기는 아침"이니 한겨울에 봄기운이 시작된다는 뜻인데, 이 날이 바로 동짓날이다. 홀수는 양(陽)이고, 짝수는 음(陰)이다. 음력 10월에 한 해의 음(陰)이 다하고, 11월 동지에 1양(陽)이 생긴다고 하였다.

찡그렸던 눈썹도 조금 펴지겠지.	聊可以伸眉
군자도(君子道)가 곧 자라면	君子道方長
너희들도 할 일이 있으리라.	爾生當有爲
부디 농사짓기에 힘써	勉爾穩耕鑿
나라의 터전을 굳게 하거라.	以固我邦基
나는 비록 노쇠한 몸이지만	我雖衰也甚
너희들 보면 즐거움이 넘치네.	看汝樂熙熙
이렇게 생각하면서도 나 혼자 우습네	念茲還自笑
백성 일을 알아야 할 자는 따로 있으니,	民事非汝知
자기 몸도 돌보지 못하는 터에	己身不自恤
남의 처지를 어찌 생각하나.	餘復何思惟
이 날을 보내는 게 참으로 아쉬우니	是日足可惜
만물이 다 자연의 모습을 지녔네.	品彙含天姿
술잔 들고서 남산을 향해	擧酒對南山
님의 수명 끝 없기를 비노라니,	祝君壽無涯
묵은 터가 다시 훤해지고	桑墟更平遠
화기가 아침 볕에 떠오르네.	和氣浮朝曦

도령(都令)[438] 원립(元立)이 술을 가지고 멀리 찾아와 고마워하다(두 수)

謝元都領立携酒遠訪(二首)[439]

온갖 시름이 술을 만나면 달아나니	滿恨千愁遇酒逃
술 들고 초가집 찾아와 준 그 마음 깊구려.	意深携到小蓬蒿
평소의 은혜도 늘 고마웠는데	尋常尙感陶然惠
이 추운 날 오시다니 더욱 고맙구려.	況此天寒價更高

---

438) 도령(都領) : 고려시대 군대의 한 부대를 맡아 거느리어 지휘하는 무관의 최고 직임. 혹은 그 직임에 있는 사람.

439) 『耘谷詩史』 卷3, 『高麗名賢集』 卷5, p.331 ; 『耘谷行錄』 卷3, 影印標點 『韓國文集叢刊』 卷6, p.181.

내 병은 이제 헤어날 수도 없어 我今衰病未能逃
신세가 마치 쑥 한 다발 같네. 身世還同一束蒿
얼음 눈 산길에 멀리 찾아오느라 애썼으니 氷雪山程勞遠訪
그 은혜와 정이 태산보다도 무겁고 높네. 恩情重與泰山高

정(鄭) 예안(禮安)이 큰형 판서(判書)를 모시고 어머니를 뵈러[440] 초계(草溪)로[441] 돌아간다기에 배웅하다(두 수)

送鄭禮安陪大兄判書歸覲草溪(二首)[442]

날씨 추운데 먼 길 나그네 되었으니 天寒遠路作行人
늙으신 어머님을 뵙기 위해서일세. 只要萱庭拜老親
색동옷 입고 어머니 즐겁게 해드릴 걸 생각하니 遙想綵衣堂上喜
십분 봄빛이 천륜(天倫)을 비추리라. 十分春色照天倫

나도 도촌(桃村)의[443] 문하인(門下人)인데 我是桃村門下人
늙어가며 교제 끊은 게 몹시 부끄럽네. 老來深愧絶交親
십 년 동안 고개 너머서 그리워하던 뜻을 十年嶺北相思意
동년(同年)인[444] 정숙륜(鄭淑倫)과 이야기하네. 說與同年鄭淑倫

조위(趙瑋)[445] 선생의 방문을 받고 고마워하다

謝趙先生瑋見訪[446]

---

440) 근친(覲親) : ① 시집간 딸이 친정에 가서 어버이를 뵘. ② (속세를 떠나 중이 되었거나 따로 살거나 하는 사람이) 본집에 가서 어버이를 뵘.

441) 초계(草溪) : 본래 신라의 초팔혜현. (중략) 고려에서 지금 명칭으로 고쳤고, 현종이 그대로 합주에 예속시켰다. 『신증동국여지승람』 卷30, 초계군.

442) 『耘谷詩史』 卷3, 『高麗名賢集』 卷5, p.331 ; 『耘谷行錄』 卷3, 影印標點 『韓國文集叢刊』 卷6, p.181.

443) 도촌(桃村) : 이교(李嶠, ?~1316)의 호. 고려 공민왕 때의 문신. 자는 모지(慕之). 본관은 고성(固城). 이암(李嵓)의 아우이며, 이림(李琳)의 아버지. 공민왕 때 형부상서와 어사대부를 지냈고, 1360년(공민왕 9) 전선(銓選)을 관장하였다.

444) 동년(同年) : 동방(同榜). 같은 때의 과거에 급제하여 방목(榜目)에 같이 참여한 사람.

445) 조위(趙瑋) : 생몰년 미상.

고맙게도 얼음 눈 부딪치며 多君觸氷雪
산길을 밤중에 찾아오다니! 山路夜相過
초 심지를 자르며 긴 시간을 보내고 剪燭更籌永
술항아리를 여니 봄 기운이 따뜻하구나. 開樽春氣和
맑은 이야기에 바닷물이 출렁거리고 淸談飜海水
남 모르는 흥이 은하수를 움직이네. 逸興動星河
두터운 뜻을 잊기 어려워 厚意誠難忽
한 곡조 노래를 읊어 보았네. 吟成一曲歌

병 때문에 경신(庚申, 1380년)의 약속을 지키지 못함을 생원(生員) 김조(金祖)에게 알리고, 아울러 좌상(座上)447) 여러분께 드리다(두 수)

因病未赴庚申之期. 寄金生員祖. 兼簡座上諸公(二首).448)

겨울 추위가 날이 갈수록 더하니 冬寒連日甚
병든 몸이 더욱 시큰거리네. 病骨益辛酸
걸어갈 수도 타고 갈 수도 없어 步騎俱難得
멍하니 혼자서 탄식한다오. 茫然獨自歎

또 짓다

又449)

누구누구 모인 곳을 멀리서 생각하니 遙想盍簪處
송장450) 같은 몸이 어찌 감히 참여하랴만, 三尸豈敢干

446) 『耘谷詩史』 卷3, 『高麗名賢集』 卷5, p.331 ; 『耘谷行錄』 卷3, 影印標點 『韓國文集叢刊』 卷6, p.181.

447) 좌상(座上) : ① 여러 사람이 모인 자리. ② 한 자리에 모인 사람 가운데 주로 나이가 가장 많은 사람.

448) 『耘谷詩史』 卷3, 『高麗名賢集』 卷5, p.331 ; 『耘谷行錄』 卷3, 影印標點 『韓國文集叢刊』 卷6, p.181.

449) 『耘谷詩史』 卷3, 『高麗名賢集』 卷5, p.331 ; 『耘谷行錄』 卷3, 影印標點 『韓國文集叢刊』 卷6, p.181.

450) 삼시(三尸) : 삼시(三尸)는 도가에서 쓰는 말인데, 사람 몸 속에 있으면서 그 사람을 죽게 만드는 벌레이다. 운곡은 이 시에서 "송장"이라는 뜻으로 썼다. "도사가 말하길,

술항아리 앞에는 우스개 소리가 많은 법이니 樽前多戱謔
이야기와 웃음이 맘껏 즐거웠겠지. 談笑盡淸歡

아이들에게 묵은 세배와 설상을 받고
兒女輩餽歲[451]

아이들이 둘러앉아 술잔을 올리니 兒女團圝列酒樽
늙은이 마음 든든해지며 웃음꽃이 피네. 老懷强壯笑談溫
귀밑에 서릿발이 삼천장(三千丈)이지만[452] 鬢邊霜雪三千丈
눈앞에 난초 같은 손자들 예닐곱이나 된다네. 眼底蘭蓀六七孫
이런 세상에 살면서 조상의 업을 어찌 빛내랴만 世俗豈能光祖業
너희들은 마땅히 우리 가문을 빛내야지. 爾曹當以慶吾門
잊으려 해도 잊기 어려운 한이 있으니 可忘恨處難忘恨
너희들 어머니가 먼저 가고 나 홀로 남은 것일세. 汝母先歸我獨存

섣달 그믐밤
除夜[453]

사람마다 시충(尸蟲) 셋을 지녔는데 뱃속에 있으면서 그 사람이 은미하게 잘못하는 것을 엿보다가, 경신일(庚申日)에 (그 사람 몸에서) 나가 상제께 고자질한다." 유종원(柳宗元), 「매시충문(罵尸蟲文)」. 『중황경(中黃經)』에 이르기를 "(三尸 가운데) 첫째는 상충(上蟲)인데 뇌(腦) 속에 있고, 둘째는 중충(中蟲)인데 명당(明堂)에 있으며, 셋째는 하충(下蟲)인데 뱃속이나 위(胃)에 있다. 이들의 이름은 팽거(彭琚), 팽질(彭質), 팽교(彭矯)이다." 『제진원오(諸眞元奧)』.

451) 『耘谷詩史』 卷3, 『高麗名賢集』 卷5, p.331 ; 『耘谷行錄』 卷3, 影印標點 『韓國文集叢刊』 卷6, p.181.

452) 빈변상설삼천장(鬢邊霜雪三千丈) : "흰 머리가 삼천 길이나 된다"는 이백의 싯귀절 "백발삼천장(白髮三千丈)"은 대표적인 과장법으로 많이 인용되는데, 운곡도 이 시에서 자신의 흰머리를 "빈변상설삼천장(鬢邊霜雪三千丈)"이라고 표현하였다. "백발이 삼천장이나 되니 시름으로 저같이 길어졌구나. 아지 못하겠네. 거울 속에 저 사람 어디서 가을 서리를 얻어왔는지. 白髮三千丈. 緣愁似箇長. 不知明鏡裏, 何處得秋霜." 이백(李白), 「추포가(秋浦歌) 15」.

453) 『耘谷詩史』 卷3, 『高麗名賢集』 卷5, p.331 ; 『耘谷行錄』 卷3, 影印標點 『韓國文集叢刊』 卷6, p.181.

해시(亥時)를 마지막으로 정묘년(1387)이 끝나고 亥末已終丁卯臘
자시(子時) 초부터는 무진년(1388) 봄일세. 子初方啓戊辰春
북소리 그치지 않고 푸득거리 한창이니 鼓聲不絶鄕儺盛
온갖 사귀 물리치고 복된 경사가 몰려드소서. 驅逐精邪福慶臻

등잔불이 다해 가니 밤이 얼마나 깊었나. 一燈垂燼夜如何
병든 가슴 무료해 아홉 번 일어나 한숨 쉬었네. 病肺無聊九起嗟
귀밑에 서리 늘어날까 걱정되어 却恐霜絲添兩鬢
자주 처마 끝으로 은하수를 바라보았네. 數從簷隙望星河

1388년(무진) 설날[454]

戊辰元日[455]

나 어릴 적에 새해를 만나면 我昔爲兒遇歲時
늘 선배들 따라 돌아다니길 좋아했지. 每隨前輩競奔馳
늙은 나이에 젊은 시절 즐거움을 생각하니 衰年紀憶芳年樂
젊은 시절 기쁨이 늙은 시절 슬픔일세. 少日歡娛老日悲
눈 덮인 물가 부들은 움이 트려 하고 帶雪渚蒲芽欲動
바람에 흔들리는 시냇가 버들은 줄이 늘어지는데, 颺風溪柳線初垂
해를 보내고 맞으며 유달리 생각이 많아 履新思舊偏多感
억지로 붓 적셔서 이 시를 쓰네. 强自濡毫寫此詩

7일. 유변(劉辨)의[456] 방문을 받고

七日. 劉辨見訪.[457]

---

454) 원일(元日) : 정월 초하룻날.

455)『耘谷詩史』卷3,『高麗名賢集』卷5, p.331 ;『耘谷行錄』卷3, 影印標點『韓國文集叢刊』卷6, p.181.

456) 유변(劉辨) : 미상.

457)『耘谷詩史』卷3,『高麗名賢集』卷5, p.331 ;『耘谷行錄』卷3, 影印標點『韓國文集叢刊』卷6, p.181.

작은 서재에 인일(人日)인데도[458] 발자국 소리가 끊어져 小齋人日絶跫音
눈 덮인 성긴 울타리에 들바람 소리만 들려왔었지. 殘雪疎籬動野吟
흰 옷 입은 이가 술 메고 찾아와 문 두드리니 擔酒白衣來扣戶
쓸쓸하던 마음이 다 풀어졌네. 豁然消釋寂寥心

명(明)[459] · 헌(憲)[460] · 식(湜)[461] 세 사람의 방문을 받고 고마워하다

謝明 · 憲 · 湜三人見訪[462]

개 한 마리가 문 앞에서 짖더니 一犬當門吠
세 사람이 고개를 넘어 왔네. 三人過嶺來
풀 덮인 길이라 찾아오기 힘든데 區區尋草徑
저마다 술병까지 가져 왔네. 各各把山罍
좋은 술에 안주까지 갖췄으니 旨酒嘉肴雜
시름 찬 눈썹 병든 눈이 활짝 열렸네. 愁眉病眼開
취한 끝에 지난해를 생각하면서 醉餘思去歲
눈을 마주하고 깊은 술잔을 따르네. 對雪倒深盃

【지난해 봄눈이 내렸을 때에도 세 사람이 함께 찾아왔으므로 이렇게 말했다.】(去年春雪. 三人同訪故云)

고달사(高達寺)[463] 이의징(李義澄)[464] 대선사(大禪師)에게[465] 부침

458) 인일(人日) : 그해의 길흉을 점치는 1월 7일을 인일(人日)이라고 했는데, 이날 머리꾸미개를 하사하는 풍습이 있었다. 당나라 때에는 정월 7일을 인승절(人勝節)이라고도 했다. "정월 7일을 인일(人日)이라고 했는데, 비단을 끊어서 사람 모습을 만들거나 금박(金薄)으로 인승(人勝)을 만들었다. 이것을 병풍에 붙이거나, 머리에 꽂았다." 『형초세시기(荊楚歲時記)』.

459) 명(明) : 천명(天明)의 잘못으로 추정됨. 그러나 원천명(元天明) 역시 생몰년 미상.

460) 헌(憲) : 원헌(元憲). 생몰년 미상.

461) 식(湜) : 원식(元湜). 원천석의 조카. 형인 원천상의 아들임.

462) 『耘谷詩史』 卷3, 『高麗名賢集』 卷5, p.331 ; 『耘谷行錄』 卷3, 影印標點 『韓國文集叢刊』 卷6, p.181.

463) 고달사(高達寺) : 혜목산에 있다. 『신증동국여지승람』 卷7, 여주목 불우.

464) 이의징(李義澄) : 생몰년 미상.

奉寄高達寺李大禪師(義澄)[466]

머리를 돌려 멀리 혜목산(慧目山)을[467] 바라보니	回首遙看慧目山
흰 구름 사이에 한 덩어리 푸른빛이 있네.	一堆蒼翠白雲間
그 가운데 천태(天台) 늙은이가 계셔서	就中知有天台老
백세의 한가로움을 굳건히 차지하셨네.	贏得强剛百歲閑

육도(六道) 도통사(都統使)[468] 최영[최상(崔相)]이 꿈에 명(明) 나라 황제를 알현하자, 황제께서 각색 의복을 하사하시면서 운자(韻字)를 불러 시를 지으라고 명하시니 상국(相國)이[469] 그 운에 따라 다음과 같은 시를 지어 바쳤다고 한다. 내가 그 소식을 듣고 삼가 차운하여 절구 두 수를 지어 비망(備忘)으로[470] 삼으려 한다

六道都統使崔相夢謁大明皇帝. 皇帝以各色衣服賜之. 仍呼韻命製. 相國隨韻奏呈云.[471]

▪ 최영

색색 비단옷을 제 어깨에 걸치니	色色羅衫着我肩
은혜에 감격하고 흥에 겨워 쓰러질 듯하옵니다.	感恩狂興醉如顚
백천 만세에 백성의 어버이 되셨으니	百千萬載爲民父
온 천하 백성 집에 자자손손 전하리다.	四海民巢子子傳

聞之奉次韻. 作二絶以備忘云.

---

465) 대선사(大禪師) : 승계(僧階)의 하나. 교종은 대선(大選)－중덕(中德)－대덕(大德)－도대사(都大師), 선종은 대선(大選)－중덕(中德)－선사(禪師)－대선사(大禪師)－도대선사(都大禪師)로 되어 있었다.

466) 『耘谷詩史』卷3, 『高麗名賢集』卷5, p.332 ; 『耘谷行錄』卷3, 影印標點 『韓國文集叢刊』卷6, p.182.

467) 혜목산(慧目山) : 여주(驪州) 주치(州治)에서 북으로 25리 지점에 위치. 『고려사(高麗史)』 지리지(地理志)에 의하면, 충주목(忠州牧) 원주군(原州郡)에 속해야 함.

468) 도통사(都統使) : 도통사(都統使). 고려 공민왕 18년에 둔 관직. 각 도(道)의 군대를 통솔함.

469) 상국(相國) : 영의정・좌의정・우의정을 통칭하는 말.

470) 비망(備忘) : 잊었을 때를 위한 대비.

471) 『耘谷詩史』卷3, 『高麗名賢集』卷5, p.332 ; 『耘谷行錄』序, 影印標點 『韓國文集叢刊』卷6, p.182.

조정에 뛰어나 어깨 견줄 이 없으시니 特立朝端絶并肩
붉은 뺨에 빛이 떠올라 이마까지 비추네. 光浮紅頰照華顚
한 몸의 충담(忠膽)이 바다같이 넓고 장해 一身忠膽洪河壯
천자의 은혜 빛이 꿈속까지 전했네. 天子恩光夢裏傳

칼은 허리에 활은 어깨에 釖在腰間弓在肩
한 나라 운명을 혼자 짊어지셨네. 邦家隉杌卽扶顚
하룻밤 꿈이 천년 왕업에 응했으니 一宵夢應千年業
지극한 덕과 훌륭한 공을 사필(史筆)로 전하리라. 至德膚功史筆傳

상국(相國)[472] 조반(趙胖)을[473] 찬양함(이때 상국이 의롭게 강포한 무리들을 제압하다가 그들에게 욕을 당했는데, 곧 임금의 은혜를 입어 화를 면했다)

贊趙相國胖(時相國以義制强暴之徒. 被其所辱. 尋蒙上恩免禍)[474]

일찍이 천하를 맑게 할 뜻이 있어 早有澄淸天下志
흉악하고 간사한 자들을 소탕하려 했었지. 慨然將欲掃凶姦
충성은 해와 달 위에 빛나니 忠懸兎走烏飛上
기운이 하늘과 땅 사이에 가득하네.[475] 氣塞鳶飛魚躍間

---

472) 상국(相國) : 영의정·좌의정·우의정을 통칭하는 말.

473) 조반(趙胖) : 고려 우왕 때에 임견미·염홍방이 그들의 억센 종을 내놓아 남의 전지를 빼앗게 하였는데, 반(胖)이 전지(田地)가 역시 염홍방의 종 이광(李光)에게 빼앗겼다. 조반이 애걸하니 염홍방이 전지를 돌려 주었는데, 이광이 다시 빼앗고 모욕을 주었다. 이에 조반이 분노를 참지 못하고 수십기로 이광의 집을 둘러싸고 잡아 베었는데, 우왕이 그것을 이용하여 임견미·염홍방을 베이니 나라 사람들이 크게 기뻐하였다. 후에 조선 태조를 추대하여 개국공신이 되고, 벼슬이 문하부사에 이르렀다. 복흥군을 봉하였으며 시호는 숙위(肅魏)이다. 『신증동국여지승람』 卷43, 배천군 인물 고려.

474) 『耘谷詩史』 卷3, 『高麗名賢集』 卷5, p.332 ; 『耘谷行錄』 卷3, 影印標點 『韓國文集叢刊』 卷6, p.182.

475) 연비어약(鳶飛魚躍) : 『시경(詩經)』에 "솔개는 날아서 하늘에 다다르고 물고기는 못에서 뛰고 있네. 鳶飛戾天, 魚躍于淵."라고 하였으니, 그것이 위아래로 드러남을 말한 것이다. 군자의 도는 하찮은 지아비, 지어미에게서 발단하지만, 그 지극한 경지에 이르면 천지에 드러나는 법이다. 『중용(中庸)』 자사(子思)는 모시(毛詩)의 해설에 따라서 "위아래로 이르렀음을 말한 것"이라고 하였지만, 이 시에 대한 정현(鄭玄)의 해설은 다르다. "솔개는 탐악한 새이다. 그런 솔개가 하늘로 날아 올라간 것을 가지고, 악인이

처음엔 분을 내며 전갈 꼬리(蠆尾)에[476] 부딪치다가 發憤初經觸蠆尾
다시 은혜를 느끼며 용의 얼굴(龍顔)에 절하였네. 感恩時復拜龍顔
사신(史臣)의 삼천 붓이 다 닳아 없어지리니 史臣應禿三千筆
나라 보전한 그 공이 태산보다도 무겁네. 保國功名重泰山

삼가 듣으니 주상(主上) 전하께서 (백성들의) 토지를 겸병(兼幷)하는 포학한 무리들을 정의롭게 다 소탕하여 사방이 평안해졌다고 하기에 시를 지어 하례함

伏聞主上殿下奮義掃盡. 兼幷暴虐之徒. 四方晏然. 詩以賀之.[477]

어진 정치 베풀며 호령이 새로워지니 奮義施仁號令新
영단(英斷)을 내려 천신(天神)을 움직이시네. 慨然英斷動天神
날뛰던 무리들을[478] 하루 아침에 다 소탕하니 一朝淸掃白拈賊
발가벗은 백성이 하나도 없어졌네. 四海渾無赤脫民
늠름한 위엄이 강포한 자들을 놀라게 하고 凜凜威加强暴類
화목한 즐거움이 곤궁한 자들에게 흘러넘쳐, 熙熙樂洽困窮倫
높은 기상과 빛나는 문장을 우러러보고 仰看星斗文章煥

멀리 가버려서 백성들에게 해를 끼치지 않게 되었음을 비유한 것이다. 물고기가 못에서 뛰는 것을 가지고는 백성들이 살게 되었음을 기뻐하는 것에다 비유하였다." 『시경(詩經)』에서 인용한 시는 卷6, 대아(大雅) 「한록(旱麓)」의 한 구절인데, 운곡은 이 시에서 자사(子思)의 설명같이 "위아래(하늘과 땅 사이)에 이르렀다"는 뜻으로 썼다. 그러나 정현의 설명같이 악인을 물리쳐서 백성들이 기뻐한다는 뜻도 포함해서 썼다.

476) 채미(蠆尾) : 전갈 꼬리. 정자산(鄭子産)이 산같이 세금을 부과하자, 백성들이 비방하였다. "제 아비는 길에서 죽더니, 자기는 전갈 꼬리가 되어 온 나라에 명령을 내리네. 이 나라가 장차 어찌되려나." 『좌씨(左氏)』 소(昭) 4년. 그 주(注)에 "전갈 꼬리는 정자산이 무거운 세금을 매겨 백성들에게 해독을 끼쳤다는 뜻이다(蠆尾, 謂子産重賦毒害百姓)"라고 하였다.

477) 『耘谷詩史』 卷3, 『高麗名賢集』 卷5, p.332 ; 『耘谷行錄』 卷3, 影印標點 『韓國文集叢刊』 卷6, p.182.

478) 백념적(白拈賊) : 인도 말로 "도를 어지럽히는 사람(亂道之人)". 임제선사(臨濟禪師)가 말했다. "살덩이[肉團] 가운데 한 무위진인(無位眞人)이 있는데, 너희들이 아느냐?" 어떤 스님이 (무슨 뜻이냐고) 묻자, 선사가 문득 때리면서 "무슨 마른 똥막대기[是乾屎橛] 같은 소리냐?"라고 했다. 그 뒤에 설봉(雪峰)이 (그 이야기를) 듣고 "임제선사는 백념적(白拈賊)이다"라고 했다. 『전등록(傳燈錄)』.

나라의 터전이 억만년 봄인 줄 비로소 깨닫겠네. 方覺皇基億萬春

순(舜) 임금이 사흉(四兇)을[479] 제거한 것처럼 正似虞時去四兇
사방 백성들이 함께 즐거워했네. 四方咸樂變時雍
온 나라[480] 백성들이 생업을 편안히 하고 率濱民俗應安業
힘 자랑하던 시랑(豺狼)들은[481] 벌써 자취를 감추었네. 當道豺狼已絶蹤
물결 고요하고 바람 잠잠해 바다 빛을 너그럽게 하고 浪靜風恬寬海色
구름 걷히고 해가 떠올라 하늘 얼굴도 숙연해졌네. 雲收日杲肅天容
이제부터 성한 덕이 멀리까지 흘러가 自今盛德流諸遠
화하(華夏)와[482] 만이(蠻夷)가[483] 다 함께 복종하리. 華夏蠻夷盡服從

벼슬 바다에 뜨고 가라앉는 것도 반드시 원인이 있으니 宦海浮沈必有因
밝고 밝은 머리 위에 푸른 하늘이 있네. 明明頭上在蒼旻
가련하구나! 간사한 권력배와 토호의 무리들 可憐比黨權豪輩
망령되게도 충량(忠良)한 사직의 신하라고 자처하다니. 妄謂忠良社稷臣
영화로운 이름 얻고도 목숨을 보전하기 어려우니 旣得榮名難保命
많은 이익 탐내다가 자기 몸을 잊었네. 專征厚利頓忘身
논과 밭이 바로 집을 망치는 화근이니 土田眞是侯家祟
남의 땅을 빼앗자마자 사람을 빠뜨리네. 纔得兼幷卽陷人

하늘이 이 백성을 마음대로 살게 하려면 天使斯民得意居

---

479) 사흉(四兇) : 요(堯) 임금 시대의 네 악인(惡人). 공공(共工)・환도(驩兜)・삼묘(三苗)・곤(鯀).

480) 솔빈(率濱) : 솔토지빈(率土之濱). 곧 온 나라를 말함. "넓은 하늘 아래 임금의 땅 아닌 곳이 없고, 모든 땅의 물가까지 임금의 신하 아닌 사람이 없네. 溥天之下, 莫非王土. 率土之濱, 莫非王臣."『시경(詩經)』卷4, 소아(小雅)「북산(北山)」.

481) 시랑(豺狼) : 승냥이와 이리와 같은 무리.

482) 화하(華夏) : 중국을 달리 일컫는 말.

483) 만이(蠻夷) : (중화 바깥의 오랑캐는) 동방을 이(夷)라 하고, 남방을 만(蠻)이라 하며, 서방을 융(戎)이라 하고, 북방을 적(狄)이라 한다.『예기(禮記)』,「왕제제오(王制第五)」.

간사하고 흉악한 무리들을 모두 처형해야 하리.　姦凶黨輩盡登車
예전엔 노략질하는 구름 속의 새매였지만　昔爲標掠雲間鶻
지금은 물 속에 잠겨 헤엄치는 고기를 부러워하겠지.　今羨潛游水底魚
하루 아침에 심신이 취해 어리어리하니　一朝心神醉兀兀
백년의 영화와 부귀가 한낱 꿈일세.　百年榮貴夢蘧蘧
헐뜯고 기리는 것이 임천(林泉)에는[484] 이르지 않으니　毁譽不到林泉下
두어 자 낚싯대와 한 상자의 책 뿐일세.　數尺漁竿一笈書

돌고 도는 것이 하늘의 운수인데　循環是天運
이 이치를 참으로 헤아리기 어렵네.　此理固難量
상제(上帝)께서 형감(衡鑒)을[485] 여시고　上帝開衡鑒
우리 임금께선 기강을 펼치시니,　吾王布紀綱
강퍅한 무리들은 모두 죄를 받고　豪强皆伏罪
백성들은 함께 빛을 보네.　黎庶共瞻光
다른 나라까지 위풍이 떨치고　異域威風振
동방에 교화의 날이 길어지니,　東方化日長
가시 숲에는 묵은 독기가 걷히고　棘林收瘴毒
난초 밭에는 아름다운 향기 퍼지네.　蘭圃播馨香
포악한 자를 막으니 나라의 운이 영원하고　禁暴謀猷遠
쓰러진 곳을 바로잡으니 도업이 번창하네.　扶顚道業昌
아아! 늙고 병든 이 몸도　嗚呼抱衰疾
강개한 마음으로 충성되기를 사모하니,　慷慨慕忠良
태평곡을 한가롭게 부르며　閑放太平曲
장수 비는 술잔을 임금께 올리네.　祝君擎壽觴

---

484) 임천(林泉) : 은사(隱士)의 정원을 일컫는 말.

485) 형감(衡鑒) : 형(衡)은 무게, 즉 사물의 경중(輕重)을 헤아리는 것이고, 감(鑒)은 거울, 즉 사물의 곱고 추함[姸醜]을 비춰보는 것이다. "상벌(賞罰)은 천하의 형감(衡鑒)이다. 형감(衡鑒)에 조금이라도 사(私)가 끼게 되면, 천하의 경중(輕重)과 연추(姸醜)가 그에 따라서 어지럽게 된다." 범중엄(范仲淹), 「상상부서(上相府書)」.

상국(相國)[486] 이유(李宥)에게[487] 삼가 부침

奉寄李相國(宥)[488]

서로 헤어진 지 벌써 구 년이 지났건만	相違已變九年星
눈 속엔 언제나 옛 모습이 남아 있네.	眼裡常存古典刑
금부처(金佛)는 아직도 영수사(靈樹寺)에 새롭고	金佛尙新靈樹寺
은두꺼비(銀蟾)는[489] 월송정(月松亭)에 그대로 있네.	銀蟾依舊月松亭
산 얼굴도 언제나 보는 그대로인데	山容只是常時見
세상일만은 모두 예전에 듣던 것과 달라,	世事俱非昔日聽
이 못난 들판 늙은이는 별다른 생각 없이	甲末野人無別念
백세 넘도록 강녕하시길 빌 뿐이라오.	但祈百歲保康寧

봄날 우연히 씀(두 수)

春日偶書(二首)[490]

세월은 빨라 어느새 봄인데	光陰倏忽又春華
세상일은 끝이 없어 모래처럼 많구나.	世事無涯數似沙
백년 한 평생이 그 얼마인가	百歲一生能幾許
사철 가운데 삼월이 가장 좋구나.	四時三月最堪誇
서울에[491] 문물(文物)이 흥성하다는 말을 반갑게 듣고	喜聞京國興文物
마을 거리를 향해 술집을 물어보네.	且向鄕閭問酒家
태평성대에 같이 즐거운 날을 만났으니	幸值太平同樂日
이 아름다운 철에 꽃구경을 해야겠네.	要當佳節賞群花

---

486) 상국(相國) : 영의정・좌의정・우의정을 통칭하는 말.

487) 이유(李宥) : 생몰년 미상.

488) 『耘谷詩史』 卷3, 『高麗名賢集』 卷5, p.332 ; 『耘谷行錄』 卷3, 影印標點 『韓國文集叢刊』 卷6, p.182.

489) 은섬(銀蟾) : 달을 이르는 말.

490) 『耘谷詩史』 卷3, 『高麗名賢集』 卷5, p.333 ; 『耘谷行錄』 卷3, 影印標點 『韓國文集叢刊』 卷6, p.183.

491) 경국(京國) : 경사(京師). 서울을 가리킴.

병든 나그네가 흰 귀밑 털을 견디기 어려우니　　病客難勝鬢上華
출세를 꾀하는 술업(術業)은 찐 모래 같네.[492]　　謀身術業似蒸沙
늙어 가는 마음이 이토록 쓸쓸하니　　老衰情興何微薄
젊은 시절 풍류를 어찌 다시 자랑하랴.　　少壯風流豈復誇
실 모자와 베 적삼이 속된 모습이지만　　紗帽布衫雖俗貌
차 끓이는 화로와 불경 책은 스님의 집일세.　　茗爐經卷是僧家
고맙게도 봄빛은 사사로운 뜻이 없어　　感他靑帝無私意
산에는 살구꽃이고 숲에는 복사꽃일세.　　山杏林桃又欲花

내가 2월 하순에 병을 얻어 3월 그믐에 무너져 가는 무진사(無盡寺)에 옮겨와서 여름 두 달을 지냈으니, 날짜는 5월 24일이고 철은 유월이다. 이제 거처를 옮기면서 시 한 수를 쓴다

予二月下旬得疾. 三月晦. 移接無盡廢寺. 經夏二朔. 五月二十四日. 乃六月節也. 將欲遷居. 偶書一詩.[493]

이월 봄바람에 병상에 누워　　二月春風臥蟻床
여름 늦도록 아직 강건해지지 않았네.　　夏闌猶未得彊康
눈 어둡고 귀 멍멍해 미친 개 같고　　眼昏耳聵同狂犬
다리 지치고 정신 피곤해 절름발이 염소 같네.　　脚困神疲似跛羘
산 속 낡은 암자에서 소서(小暑)를 지내니　　山畔廢菴經小署
창 서쪽 늙은 나무가 서늘한 바람을 보내 주네.　　窓西老樹送微凉
더위 피하는 소나무 그늘 아래　　却思逃署松陰下
누가 술 한 항아리를 마련해 주려나.　　誰辦花甆白雪漿

거처를 옮기면서(두 수)

492) 증사(蒸沙) : 증사성반(蒸沙成飯). 불가에서 끝내 이뤄질 수 없는 것을 비유하는 말로 쓰인다. 음행(淫行)을 끊지 않고 선정(禪定)을 닦는 것은 마치 모래를 쪄서 밥을 지으려 하는(蒸沙成飯) 것과 같다. 백천겁이 지나도 다만 뜨거운 모래일 뿐이다.『능엄경(楞嚴經)』.

493)『耘谷詩史』卷3,『高麗名賢集』卷5, p.333 ;『耘谷行錄』卷3, 影印標點『韓國文集叢刊』卷6, p.183.

遷居(二首)[494]

그 누가 병을 안고 옮겨 다니게 하나. 抱疾遷居誰使然
도(道)의 뿌리가 미약해서 세상 정에 끌리기 때문일세. 道根微劣世情牽
소나무 그늘 아래 풀 깔고 앉아 無聊藉草松陰下
돌돌(咄咄)[495] 두 글자를 공중에 쓰고는 하루 종일 졸았네. 咄咄書空盡日眠

말을 알고 호연지기(浩然之氣)를[496] 배우려 해도 欲學知言養浩然
근심과 질병에 얽매여 견딜 수 없네. 不堪憂病共纏牽
늙어 가며 세상맛이라곤 다 없어졌으니 老來世味消磨盡
길고 짧거나 잘 살고 못 사는 걸 낮잠에 부치리. 長短榮枯付一眠

6월 초이틀. 생각나는 대로 읊음

六月初二日卽事[497]

가뭄에 더위까지 겹쳐 挾旱炎威盛
온 천지가 불타는 것 같네. 乾坤正似焚
유심히 녹수곡(綠水曲)을 타다가 有心彈綠水
이마를 찌푸리고 붉은 구름을 바라보네. 蹙頞望彤雲
짹짹[498] 지저귀는 산새 소리를 磔磔幽禽噪
병든 나그네 하염없이 듣고 있는데, 悠悠病客聞

---

494) 『耘谷詩史』 卷3, 『高麗名賢集』 卷5, p.333 ; 『耘谷行錄』 卷3, 影印標點 『韓國文集叢刊』 卷6, p.183.

495) 돌돌(咄咄) : "돌돌(咄咄)"은 뜻밖의 일을 당하고 깜짝 놀라서 탄식하는 소리이다. 진(晉)나라 은호(殷浩)가 조정에서 쫓겨난 뒤에 충격을 받고, 하루 종일 공중에다 손가락으로 "돌돌괴사(咄咄怪事)"라는 네 글자를 썼다고 한다. 자신의 파직이 너무나 뜻밖이었기 때문이다.

496) 호연지기(浩然之氣) : ① 하늘과 땅 사이에 넘치게 가득 찬 넓고도 큰 원기. ② 도의에 뿌리를 박고 공명 정대하여 조금도 부끄러울 바 없는 도덕적 용기. ③ 사물에서 해방되어 자유롭고 즐거운 마음.

497) 『耘谷詩史』 卷3, 『高麗名賢集』 卷5, p.333 ; 『耘谷行錄』 卷3, 影印標點 『韓國文集叢刊』 卷6, p.183.

498) 책책(磔磔) : 짹짹거리는 새들의 울음소리를 묘사한 의성어이다.

이웃 스님이 찾아와 술잔 권하니　　隣僧來把酒
붓을 잡고 은근한 마음을 고마워하네.　　援筆謝殷勤

안(安) 도령(都令)의[499] 형 안정(安鼎)이 벼 섬을 보내 왔다
安都領兄鼎惠稻石[500]

병든 몸이 어리석고 둔해 마른 나무토막 같은데　　病軀癡鈍類枯槎
움막이라도 편안코 즐거우니 자랑할 만하네.　　安樂窩居只可誇
바구니 밥이 안회(顏回)의 골목보다[501] 나으니　　簞食有餘顏子巷
시루에 먼지 낀들 범단(范丹)의[502] 집을 부러워하랴.　　甑塵何愧范丹家
지난날 은혜를 이미 많이 받았는데　　在前惠澤連連下
오늘의 이 은혜는 갑절이나 더하니,　　况此恩光倍倍加
내 생애를 누가 고단하다고 말하랴　　誰道吾生多齟齬
마음이[503] 배부르니 거짓없이 지낸다오.　　飽飡方寸正無邪

새벽에 일어나
曉起[504]

---

499) 도령(都領) : 고려시대 군대의 한 부대를 맡아 거느리어 지휘하는 무관의 최고 직임. 혹은 그 직임에 있는 사람.

500) 『耘谷詩史』 卷3, 『高麗名賢集』 卷5, p.333 ; 『耘谷行錄』 卷3, 影印標點 『韓國文集叢刊』 卷6, p.183.

501) 안자항(顏子巷) : 공자의 제자 안회(顏回)가 도시락 밥과 표주박 국으로 가난하면서도 즐거이 지낸 누추한 거리.

502) 범단(范丹) : 가난하여 시루에 먼지가 나는 범단(范丹)의 집에 비한 것. 범단은 한나라 진류(陳留) 사람인데, 자는 사운(史雲)이다. 환제(桓帝) 때에 내무장(萊蕪長)이 되었는데, 모친상 때문에 부임하지 못했다. 양패(梁沛) 일대에서 점을 치며 살았는데, 여관에서 머물거나 나무 그늘에서 잠 자며 10여 년을 지냈다. 초가집을 짓고 살게 된 뒤에도 집안에 이따금 곡식이 떨어져, 동네 사람들이 "시루에 먼지가 앉은 건 범사운이고 가마에 고기가 사는 건 범내무일세. 甑中生塵范史雲, 釜中生魚范萊蕪."라고 노래하였다. 시호는 정절선생(貞節先生)이다.

503) 방촌(方寸) : 사람의 심장은 사방 한 치쯤 된다는 옛 말에서 온 것으로 마음을 가리킴.

504) 『耘谷詩史』 卷3, 『高麗名賢集』 卷5, p.333 ; 『耘谷行錄』 卷3, 影印標點 『韓國文集叢刊』 卷6, p.183.

새벽 기운이 좀 서늘하고 산 안개가 짙은데　曉氣微涼山霧深
구슬 같은 이슬이 나뭇잎 끝에서 솔숲까지 이어졌네.　葉端珠露綴松林
밤비가 앞산 기슭을 지나갔나 했더니　即疑夜雨棲前麓
갑자기 아침 햇살이 북쪽 봉우리를 비추네.　忽見朝陽照北岑
바깥 나그네가 어찌 이 초가집까지 찾아오랴　外客何曾過草幕
들새가 거문고 소리를 알아듣는구나.　野禽能解奏瑤琴
아름다운 구절을 찾아 아름다운 경치를 갚으려 했건만　欲搜佳句酬佳景
병든 뒤의 시정(詩情)을 찾을 수 없네.　病後詩情杳莫尋

병중에 들은 대로 기록함

病中記聞[505)]

병든 사내는 즐거움이 적으니　病夫少歡趣
풀이나 나무같이 썩어 가는 몸일세.　衰朽同草水
봄부터 여름이 끝날 때까지　自春至夏末
끙끙 앓으면서 외로움을 지켜왔네.　呻吟守幽獨
요즘 들으니 조정에서 명령을 내려　近聞有朝旨
연호를 없애고 의복도 고쳤다더니,　除年號改服
장정(壯丁) 숫자대로 군사를 다 뽑아　抽兵盡丁數
위아래가 모두 바쁘게 뛰어달리며,　上下事馳逐
장차 십만 대군을 이끌고　貔貅十餘萬
압록강을 건너려 한다네.　欲渡鴨江綠
이제 요해(遼海)의 길을 건너면　方期遼海路
씩씩한 기운으로 깃발을 날리고,　壯氣浮旗纛
무서운 위엄이 중국(中原)에 떨쳐　虎威振中原
감히 두려워 복종치 않는 자가 없겠지.　誰敢不畏伏
응당 개선하는 날이 이르리니　應當凱旋日
사방 오랑캐(四夷)가 다 귀속되고,　四夷皆附屬

---

505)『耘谷詩史』卷3,『高麗名賢集』卷5, p.333 ;『耘谷行錄』卷3, 影印標點『韓國文集叢刊』卷6, p.183.

성스런 임금(聖主)께서 무궁한 수명 누리시며 聖主壽無疆
주나라 무왕(周武)의 발자취를[506] 이어 밟으시리라. 繼踐周武躅
내 비록 늙고 병들었지만 我雖老且病
함께 태평곡(太平曲)을 부르려 했는데, 與唱太平曲
어이 압록강을 건너지 않고 乃何不渡江
갑자기 말고삐를 조국으로 돌리나. 奮然回轡速
서도(西都)에 계시던 임금님 수레도[507] 翠華在西都
어이 그리 바쁘게 돌아오시나. 反駕何跼促
안타깝구나! 우리 도통공(都統公)이시여![508] 可憐都統公
홀로 서서 원망을 듣게 되었네. 獨立招怨讟
기둥과 주춧돌이 이미 기울었으니 柱石旣傾危
크나큰 집을 그 누가 지탱하랴. 將何支厦屋
처음과 끝이 한결 같지 않으니 終始不如一
부끄러워 볼 면목도 없네. 靦然無面目
머리 위에 푸른 하늘이 있건만 頭上有蒼蒼
화(禍)와 복(福)을 제 어찌 알랴. 焉知禍與福

엎드려 들으니, 주상(主上) 전하께서 강화(江華)로 옮기고 원자(元子)께서 즉위하셨다기에 감회를 읊음(두 수)

伏聞. 主上殿下遷于江華. 元子卽位. 有感(二首).[509]

성(聖)과 현(賢) 서로 만나 교대하는 것도 알맞은 때가 있으니聖賢相遇適當時
천운이 돌고 도는 것을 이제야 알겠네. 天運循環自此知
초야에 묻힌 백성이라고 어찌 나라 걱정이 없으랴 畎畝豈無憂國意
더욱 충성을 다해서 나라의 안위(安危)를 염려한다네. 更殫忠懇念安危.

506) 주무촉(周武躅) : 주 무왕(周武王)의 주(紂)를 친 사실을 지적한 것.

507) 취화(翠華) : 비취(翡翠)의 깃으로 장식한 천자(天子)의 기(旗).

508) 도통공(都統公) : 도통사(都統使). 고려 공민왕 18년에 둔 관직. 각 도(道)의 군대를 통솔함. 여기서는 당시 육도 도통사를 지낸 최영을 가리킴.

509) 『耘谷詩史』 卷3, 『高麗名賢集』 卷5, p.335 ; 『耘谷行錄』 卷3, 影印標點 『韓國文集叢刊』 卷6, p.184.

새 임금이 즉위하고 옛 임금은 옮기시니[510] 新主臨朝舊主遷
쓸쓸한 바다 고을에 바람과 연기뿐일세. 蕭條海郡但風烟
하늘 문 바른 길을 그 누가 열고 닫으랴. 天關正路誰開閉
밝고 밝은 거울이[511] 눈앞에 있는 것을 보아야겠네. 要見明明鑑在前

느낌

感事[512]

흉포한 자들을 소탕하자 정치가 새로워져 掃除兇暴政惟新
해외까지 위엄 떨치니 한창 봄날일세. 海外聲華白日春
온 나라 군사 일으켜 싸움터로 몰고 나가 擧國興兵驅士卒
성 쌓고 곡식 옮기며 인민들을 동원했으니, 築城移粟動人民
어찌 그 수고가 끝내 무익하랴 豈徒辛苦終無益
기만당할 걸 두려워하지만 반드시 이웃 있으리라. 還恐欺謾必有隣
숲 속에선 세상 이야기할 수 없으니 林下不堪談世事
하루 종일 산 바라보며 입을 다물고 있네. 對山終日莫搖脣

7월 7일

---

510) 신주임조구주천(新主臨朝舊主遷) : 1388년 2월에 우왕이 최영장군과 의논하여 요동을 치기로 했는데, 압록강까지 진군했던 이성계가 5월에 위화도에서 회군하였다. 이성계가 6월에 그 책임을 물어 우왕을 폐위시키고, 그의 아들 창(昌)을 임금으로 세웠다. 강화도로 물러난 우왕은 이듬해인 1389년 11월에 아들 창왕과 함께 서인(庶人)이 되었다가, 12월에 강릉에서 살해되었다.

511) 명감(明鑑) : 미래에 대한 정확한 관찰력. 장래를 경계하는 귀감. 임금이 자기 백성들에게 포학하게 굴어 그 정도가 심해지면, 결국 자기는 죽임 당하고 나라도 망하게 된다. 그 정도가 심하지 않더라도 신변이 위태로워지고, 나라는 쇠약해질 것이다. 유왕(幽王)이나 여왕(厲王)이라는 (나쁜) 시호로 불려져, 비록 효성스럽고 자애스런 자손들이 나타나더라도 백대를 두고 그 이름을 고칠 수 없다. 그래서 『시경(詩經)』에도 "은나라 주왕(紂王)의 거울이 멀리 있지 않으니 바로 하나라 걸왕 때에 있었네. 殷鑒不遠, 在夏后之世."라고 했다. 후대의 임금에게 전대의 폭군을 경계하라고 이른 것이다. 『맹자(孟子)』 卷7, 「이루(離婁) 상」.

512) 『耘谷詩史』 卷3, 『高麗名賢集』 卷5, p.335 ; 『耘谷行錄』 卷3, 影印標點 『韓國文集叢刊』 卷6, p.184.

七月七日[513)]

삼베옷으로 가을 맞기가 정말 겁나니　　麻衣正惻又逢秋
병든 뼈는 쓰라리고 머리는 희어졌네.　　病骨酸辛已白頭
겨울 석 달 동안은 내내 등불에 지치고　　燈火三冬嘗困勉
십 년 동안 숲과 샘에서 맑고 그윽하게 살았건만,　　林泉十載飽淸幽
천년 학(千年鶴)은[514)] 아직도 돌아오지 않고　　悠悠不返千年鶴
만리 갈매기(萬里鴟)도 길들이기 어렵네.　　浩浩難馴萬里鴟
직녀를[515)] 향해 재주를 빌리려 하지만　　欲向天孫乞新巧
내 마음 거리낌없으니 다시 무얼 구하랴.　　寸心無累更何求

생각나는 대로 읊음

即事[516)]

병든 뒤라서 생각마저 아득하니　　病餘情思更茫然
유유한 내 신세가 정말 가엾구나.　　身世悠悠儘可憐
붕새와 메추리 노니는 것도 다 분수가 있으니　　鵬鷃逍遙皆有分
용과 뱀의 회합이 어찌 인연 없으랴.　　龍蛇會合豈無緣
시내와 산의 나무들은 참으로 그림 같고　　溪山樹木眞如畵
눈과 달, 바람과 꽃은 돈에 팔리지 않네.　　雪月風花不着錢
게으른 내가 이 취미를 얻으니 참으로 기뻐　　政喜疎慵還得趣
이 소식을 가벼이 전하지 말게나.　　箇中消息莫輕傳

---

513) 『耘谷詩史』 卷3, 『高麗名賢集』 卷5, p.335 ; 『耘谷行錄』 卷3, 影印標點 『韓國文集叢刊』 卷6, p.184.

514) 천년학(千年鶴) : 요학(遼鶴). 정령위(丁令威)가 신선이 되어 고향을 떠났다가 천년 뒤에 학을 타고 요동으로 돌아와 보니, 성곽과 사람들이 모두 바뀌어 있었다. 그래서 화표주(華表柱) 위에 앉아서 슬피 울며 노래를 불렀다고 한다.

515) 천손(天孫) : 직녀성(織女星)의 별칭. 직녀(織女)는 천제(天帝)의 손녀이다. 『한서(漢書)』, 「천문지(天文志)」. 직녀는 하늘에서 베 짜는 솜씨가 뛰어났으므로, 당나라 문인 유종원(柳宗元)이 「걸교문(乞巧文)」을 지어 직녀에게 재주를 빌었다. 그 뒤부터 문인들이 칠석날 「걸교문(乞巧文)」을 지어 직녀에게 재주를 비는 풍습이 생겼다.

516) 『耘谷詩史』 卷3, 『高麗名賢集』 卷5, p.335 ; 『耘谷行錄』 卷3, 影印標點 『韓國文集叢刊』 卷6, p.184.

10일. 여러 서생들의 방문함(세 수)

十日. 諸生來訪(三首).[517]

푸성귀 과일에다 맛있는 안주와 술	菜果嘉肴雜酒盆
만두 속에는 삶은 돼지고기까지,	饅頭裏面褢蒸豚
병 뒤의 입과 배를 보탤 만하니	病餘口腹堪爲養
깊은 잔을 사양치 않고 맘껏 마시네.	不讓深盃盡意呑
자리에 누워 앓은 지 넉 달이 넘었건만	臥榻呻吟四朔餘
외진 곳의 내 집을 그 누가 찾아 왔으랴.	地偏誰復訪吾廬
먼 길 마다 않고 찾아와 위로하니	不辭遠路尋來慰
그대들 성의가 고맙고 또 고마워라.	多感諸生意不踈
소나무 그늘이 차츰 옮겨지고 해는 서남쪽으로 기우니	松陰漸轉日西南
맑은 이야기 높은 웃음소리에 반쯤 취했네.	談笑淸高倚半酣
정자 위의 저녁 바람이 짧은 모자에 불어오니	亭上晩凉生短帽
분에 넘치는 맑은 흥을 달래기 어렵네.	十分淸興定難戡

산 속의 정자(山亭)

山亭[518]

나 혼자 산 속 정자에 날마다 오르는 것은	獨向山亭日日登
서늘한 바람 더위를 식혀 주는 게 좋아서라네	爲憐凉吹掃煩蒸
늙은이 적막한 회포를 무엇으로 달래랴	老懷寂寞殊無賴
쓸쓸한 귀밑 털을 차츰 걷잡을 수 없네.	衰鬢蕭疎漸不勝
물 건너 먼 봉우리가 점점이 푸르고	隔水遠峯靑點點
연기 속 높은 나무는 층층이 푸른데,	帶烟喬木綠層層

517) 『耘谷詩史』 卷3, 『高麗名賢集』 卷5, p.335 ; 『耘谷行錄』 卷3, 影印標點 『韓國文集叢刊』 卷6, p.184.

518) 『耘谷詩史』 卷3, 『高麗名賢集』 卷5, p.335 ; 『耘谷行錄』 卷3, 影印標點 『韓國文集叢刊』 卷6, p.184.

멍하니 앉았노라면[519] 돌아갈 것도 잊어 忘機靜坐仍忘返
소나무 가지엔 달이 뜨고 잎에는 이슬 엉기네. 月上松梢葉露凝

계모임[520] 여러분의 방문을 받고 고마워 함(두 수)

謝契內諸公見訪(二首)[521]

몇 년 사이에 온갖 병이 年來百般病
이 작은 몸에 모여드니, 叢集一微軀
강장(强壯)한 이가 몇 사람 있으랴만 强壯幾人在
나같이 쇠약한 자는 없으리라. 衰遲如我無
좋은 벗들이 안부만 물어도 良朋問辛苦
이 늙은이 끝없이 기쁜데, 老叟極歡娛
친하게 사귀자는 뜻이 너무 진중해 珍重交親意
시골길에 술병까지 가져 오셨네. 村程各佩壺

구름이 서산에 기운 해를 보내고 雲送將西日
바람이 반쯤 지난 가을을 재촉하는데, 風催欲半秋
항아리마다 맛 좋은 술이 가득하고 樽樽盈美酒
식탁마다 진수성찬이 차려졌네. 案案列珍羞

---

519) 망기(忘機) : 귀찮은 세상사를 잊음. 기심(機心)을 잃은 상태, 즉 아무런 욕심도 없는 상태를 가리킨다. 무슨 일을 자기 생각대로 하려는 마음, 또는 욕심내거나 남을 해치려는 마음이 바로 기심(機心)이다. 바닷가에 갈매기를 좋아하는 사람이 살고 있었다. 그는 매일 아침 바닷가에 나가서 갈매기들과 같이 놀았는데, 놀러 오는 갈매기가 백 마리도 넘었다. 어느 날 그의 아버지가 그에게 말했다. "내 들으니 갈매기가 모두 너와 더불어 논다는구나. 네가 한 마리 잡아오너라. 내 그걸 가지고 장난하고 싶으니." 그 다음날 바닷가에 나가 보니, 갈매기들은 하늘에서 맴돌 뿐 내려오지 않았다. 『열자(列子)』, 「황제」.

520) 계내(契內) : 고려시대의 계는 동년자의 동갑계(同甲契), 동족간의 사교를 목적으로 하는 동족계(同族契), 무인정변 때 조직되어 문무간의 반목을 없애고 우애적인 관계를 유지하기 위해 마련된 문무계(文武契) 등이 있었는데, 운곡이 언급한 계는 동족계를 말하는 듯하다.

521) 『耘谷詩史』 卷3, 『高麗名賢集』 卷5, p.335 ; 『耘谷行錄』 卷3, 影印標點 『韓國文集叢刊』 卷6, p.184.

실컷 마시고 맘껏 취하세[522] 痛飮須泥醉
좋은 날은 물 따라 흘러가 버린다네. 良辰逐水流
흥에 겨워 초연히 앉았노라니 飄然乘逸興
마음이 마치 물에 뜬 빈 배 같네. 心若泛虛舟

또 두 수를 지어 계장(契長) 원립(元立)에게 보임
又賦二首. 示元契長立.[523]

오늘 저녁이 어떤 저녁인지[524] 今夕定何夕
이 병든 사내도 호기(豪氣)가 더하네. 病夫豪氣增
아름다운 손님들이 세속 사람 아닌데다 佳賓非世俗
고요하기는 마치 산 속 스님의 집 같구나. 靜者有山僧

정자 앞 잣나무에는 옥 이슬이 맺히고 玉露樓亭栢
언덕 위 등 넝쿨에는 가을 바람이 불어오는데, 金風動岸藤
가난한 집이라 촛불도 없으니 貧居無燭火
달 떠오르길 기다려 등불 삼으세. 須待月爲燈

또 짓다
又[525]

올 봄엔 병무(兵務)가 급했으니 今春兵務急
술자리 같이할 줄이야 어찌 생각했으랴. 豈意酒樽同

---

522) 이취(泥醉) : 몸을 지탱할 수 없을 정도로 술이 매우 취한 것을 이름. 원래 이(泥)는 벌레의 한 종류로 이 벌레는 뼈가 없기 때문에 물이 있으면 활발히 움직이나 물이 없으면 취하여 진흙처럼 된다는 데서 온 말. 『이물지(異物志)』.

523) 『耘谷詩史』 卷3, 『高麗名賢集』 卷5, p.335 ; 『耘谷行錄』 卷3, 影印標點 『韓國文集叢刊』 卷6, p.184.

524) 금석정하석(今夕定何夕) : 이 밤이 어떤 밤인가! "이 밤이 얼마나 즐거운 밤인가! 이 좋은 임을 만났으니 님이여! 님이여! 이 좋은 임을 만났으니 어찌할거니! 今夕何夕 見此良人 子兮子兮 如此良人兮." 『시경(詩經)』 卷6, 당풍(唐風) 「주무(綢繆)」.

525) 『耘谷詩史』 卷3, 『高麗名賢集』 卷5, p.335 ; 『耘谷行錄』 卷3, 影印標點 『韓國文集叢刊』 卷6, p.184.

그대가 한가한 손님이 되어 感子爲閑客
나를 취하게 만들어 주니 고맙군 그래. 令吾作醉翁
풍정은 아직도 소년 시절인데 風情敵年少
흰 머리털이 가을 하늘을 비추니, 雪髮照秋空
세상에 관심 가졌던 일들이 世上關心事
하나도 이곳엔 찾아오질 않네. 一無來此中

가을 집에서 생각나는 대로 읊음

秋居即事[526]

외로이 살면서 무엇을 걱정하랴만 幽居何悄悄
가을이 되자 더욱 쓸쓸해지네. 秋思轉悲凉
기러기 너머 개인 빛이 먼데 雁外晴光遠
귀뚜라미 옆에 밤 꿈이 길구나. 蛩邊夜夢長
시냇가 소나무는 푸른빛을 띠고 澗松含晩翠
울타리 국화는 누런빛을 내니, 籬菊吐新黃
여기서 맑은 절조를 가다듬고 對此礪淸操
맑은 향내도 이웃할 수 있네. 馨香可比方

도경사(道境寺)에 가서 당두(堂頭)의[527] 시에 차운함

遊道境寺. 次堂頭韻.[528]

그림같이 좋은 산이 가을을 뽐내는데 好山如畫正矜秋
선옹(禪翁)과 함께 와서 세상 밖에 노니네. 來伴禪翁物外遊
도경(道境)과 도인(道人)이 다 도가 있으니 道境道人俱有道
함께 머물면서 함께 기뻐하네. 得堪留處喜相留

---

526) 『耘谷詩史』 卷3, 『高麗名賢集』 卷5, p.334 ; 『耘谷行錄』 卷3, 影印標點 『韓國文集叢刊』 卷6, p.185.

527) 당두(黨頭) : ① 당상(堂上). 선사(禪寺)에서 한 절의 우두머리, 곧 주지를 말함. ② 선사(禪寺)에서 주지가 있는 방을 말함. 곧 방장(方丈).

528) 『耘谷詩史』 卷3, 『高麗名賢集』 卷5, p.334 ; 『耘谷行錄』 卷3, 影印標點 『韓國文集叢刊』 卷6, p.185.

총림(叢林)으로[529] 가는 천태(天台) 달의(達義)[530] 스님을[531] 배웅하다
送天台達義禪者赴叢林[532]

거룩하구나! 우리 천태 선자는 偉我天台士
지혜있는 자의 행(行)을 행하여, 能行智者行
마음은 시냇물 따라 맑고 心隨溪水淨
몸은 고개 구름같이 가볍네. 身與嶺雲輕
보내는 정이야 끝이 없지만 此去情無極
돌아올 때엔 눈 더욱 밝아지겠지. 重來眼更明
총림이 응당 무성하겠지만 叢林應茂盛
한 가지 영화를 더 얻게 되겠군. 添得一枝榮

지난번 변암(弁巖) 남쪽 봉우리 아래 새로 초가집 한 간을 지었다. 지형이 가파르고 외진데다가 집 모양까지 아름답지 못하고, 앞뒤와 오가는 것이 다 마땅치 않은데다 몹시 누추하고 옹졸하였다. 그 주인은 몸가짐이 도에 어긋나고 뜻을 세운 것이 세상과 맞지 않았으며, 또 모든 처사가 세상 물정을 모른 데다 거처마저 썰렁하였으니, 그 누추하고 옹졸함이 더욱 심했다. 이 집의 누추하고 옹졸함이 주인의 누추하고 옹졸함과 들어맞았으므로, 집 이름을 누졸재(陋拙齋)라고[533] 하였다. 이에 장구(長句) 여섯 수를 지어 스스로 읊어 본다

頃者於弁巖南峯之下. 新作一茅齋. 其地勢也危僻. 締構也不巧. 且向背往復. 俱不適宜. 陋而拙者甚矣. 其主人. 行已也違於道. 立志也違於世. 又處事之迂闊.

---

529) 총림(叢林) : ① Vindhyavana 빈다바나(貧陀婆那)의 음역. 檀林으로 번역하기도 함. 여러 승려들이 화합하여 함께 배우며 안거하는 곳. 많은 승려들과 속인들이 모인 것을 나무가 우거진 수풀에 비유한 것. 지금의 선원(禪苑)·선림(禪林)·승당(僧堂)·전문도량(專門道場) 등 많은 승려들이 모여 수행하는 곳을 총칭.

530) 천태달의선자(天台達義禪者) : 생몰년 미상.

531) 선자(禪者) : ① 명상하는 사람. ② 선문(禪門) 사람. 선의 수행자.

532) 『耘谷詩史』 卷3, 『高麗名賢集』 卷5, p.334 ; 『耘谷行錄』 卷3, 影印標點 『韓國文集叢刊』 卷6, p.185.

533) 누졸재(陋拙齋) : 운곡 원천석의 서재 이름.

居止之淸凉. 其爲陋拙. 又有甚焉者矣. 以其齋之陋拙. 合於主人之陋拙. 名之曰陋拙齋. 因成長句六首以自詠.[534)]

북으로 깊은 시내를 마주보며 초가집을 세우고	北臨深澗搆茅堂
내 여생을 이곳에서 보내려 하네.	斷送餘生庶可望
처세하는 지모(智謀)도 옹졸하거니와	處世智謀誠有拙
수신(修身)하는[535)] 사업도 좋은 게 없어 부끄러워라.	修身事業愧無良
창 열면 우연히 푸른 소나무와 마주하고	開窓偶對蒼松翠
땅 쓸고 사르면 백출(白朮) 향기가 풍기네.	掃地仍燒白朮香
이 경계의 이 사람이 향배(向背)를 어겼으니	此境此人違向背
길가는 사람도 아마 방향 모른다고 비웃겠지.	路人應笑不知方

서리 뒤에 산초는 푸른빛이 짙어가니	霜後山椒翠色濃
한 그루 전나무와 두어 그루 소나무일세.	一株蒼檜數株松
천년을 겪은 그대들의 쓸쓸한 지조가	憐渠冷落千年操
십 년 늙어 가는 내 얼굴을 친구해 주니 고마워라.	伴我衰遲十載容
멀리선 마을의 피리 소리가 들려오고	遠聽村墟長短笛
가까이선 이웃 절의 아침 저녁 종소리가 들려와,	近聞隣寺暮朝鍾
이 사이에서 띠를 벨[536)] 생각이 간절하니	此間深有誅茅意
일없는 사람에게 소식 전하지 마시게.	莫向閑人道所從

도(道) 있는 나라에 항상 사는 것이 기뻐서	喜我恒居有道邦
늙은 몸을 끌고 밝은 창에 기대어,	老將身計寄明窓
가슴 헤치고 날마다 책을 읽거나	放懷日日開書帙

534) 『耘谷詩史』卷3, 『高麗名賢集』卷5, p.334 ; 『耘谷行錄』卷3, 影印標點 『韓國文集叢刊』卷6, p.185.

535) 수신(修身) : 옛날에 밝은 덕을 천하에 밝히려고 했던 사람은 먼저 자신의 나라를 다스렸고, 자신의 나라를 다스리려는 사람은 먼저 자신의 집안을 가지런히 했으며, 자신의 집안을 가지런히 하려는 사람은 먼저 자신의 몸을 닦았다. 『대학(大學)』.

536) 주모(誅茅) : 사는 곳을 세상에 알리지 않는다는 뜻. "어찌 띠 베고 풀을 김매며 힘써 밭을 갈겠는가. 장차 대인들과 노닐며 이름을 이루리라. 寧誅鋤草茅以力耕乎, 將遊大人以成名乎." 『초사(楚辭)』, 「복거(卜居)」.

때로는 술항아리 마주하고 번민을 달래네. 排悶時時對酒缸
조각조각 일어나는 골짜기 구름을 누워 바라보고 臥看洞雲生片片
쌍쌍이 우는 산새 소리를 앉아서 듣노라니, 坐聞山鳥語雙雙
세상 정과 티끌 일들은 다 잊었지만 世情塵事都忘了
오직 시마(詩魔)만은[537] 아직도 항복하지 않네. 惟有詩魔尙未降

자갈밭 초가집에 광문(廣文)이[538] 살았건만 石田茅屋廣文居
누추하고 옹졸함이 어찌 운곡(耘谷)의 오두막 같으랴. 陋拙那同耘谷廬
그래도 몸은 들여놓으니 마음이 만족하고 尙可容身心已足
지혜가 넘치지 못하니 어찌 세상을 업신여기랴. 豈堪傲世智無餘
시냇가 바람과 달이 어찌 정을 그치게 하랴 一溪風月情何極
십리의 구름과 연기도 그림을 그릴 수 없네. 十里雲烟畵不如
길이 막히고 땅이 외져 늙고 병든 이에게 알맞건만 路隔地偏宜老病
찾는 친구 드물어 마음 서운하네. 但嫌稀少故人車

세상 어디건 한가한 몸 붙여 살기는 무방하니 無妨彼此寄閑身
원래 하늘과 땅 사이의 한 산민(散民)이라,[539] 元是乾坤一散民
초라한 초가집이 산기슭에 의지하고 草草草堂依斷麓
쓸쓸한 옛 절을 이웃 삼아 지내네. 蕭蕭蕭寺作比隣

---

537) 시마(詩魔) : 시를 짓고자 하는 생각을 일으키는 일종의 마력.

538) 광문(廣文) : 당(唐) 정건(鄭虔)의 별칭으로서 광문 선생(廣文先生)이라 일컬음. 광문관 박사(廣文館博士)로서 가난하게 산 학자. (당나라) 현종이 그의 재주를 아껴서 광문관(廣文館)을 설치하고, 건(虔)을 박사로 임명했다. 건이 명령을 듣고도 광문관이 무슨 일을 맡은 관청인지 몰라서 재상에게 물어보자, 재상이 "국학(國學)을 위로 늘려서 광문관을 설치하고 어진 이를 머물게 하는 것이다. 후세에 광문박사(廣文博士)라고 부르는 것이 그대에게서 시작되었으니, 이 또한 아름답지 않은가."라고 설명하였다. 그제서야 건이 취임하였다. 오래 뒤에 청사에 비가 새는데도 관원이 수리하지 않아 치국자관(治國子館)에 옮겼다가, 그때부터 결국 없어졌다. 『당서(唐書)』, 「정건전(鄭虔傳)」. "여러 관원들은 물밀 듯이 대성(臺省)에 오르건만 광문 선생 관아만은 홀로 썰렁하고, 부잣집에선 맛있는 쌀과 고기에 물렸건만 광문 선생만은 밥이 모자라네. 諸公袞袞登臺省, 廣文先生官獨冷. 甲第紛紛厭粱肉, 廣文先生飯不足." 두보(杜甫), 「취시가(醉時歌)」.

539) 산민(散民) : 이산지민(離散之民).

바위틈에 우물 파서 늘 갈증을 풀고 開穿石井常澆渴
산나물 뜯어다가 가난을 달래네. 收拾山蔬且慰貧
백년의 영고성쇠가 눈 깜짝할 사이이니 百歲榮枯駒過隙
고금에 죽고 산 사람을 세어 보시게. 存亡默數古今人

붉고 푸른 천 봉우리 속에 자취를 붙였으니 迹寄千峯紫翠間
한 평생 드나듦이 스님같이 한가롭구나. 一生行止似僧閑
산허리에 비낀 해는 몸을 기울여 보내고 半山斜日傾身送
지붕 위로 날아가는 구름은 손을 뻗어 잡네. 過屋飛雲引手攀
허술한 울타리는 틈나는 대로 손질하고 新作藩籬頻補理
예전에 지은 시를 다시 고치네. 舊題詩句更追刪
바깥 사람은 오지 않아 사립문이 고요하니 外人不到柴扉靜
책을 낀 아이들만 자주 오가네. 把冊兒童數往還

첫 눈

新雪540)

풍년이 들 조짐이라 빛이 더욱 새로우니 瑞應豐年色更新
집집마다 사람들이 경사롭다고 말하네. 嗷嗷相慶幾家人
개인 뒤 우연히 동산을 바라보다가 晩晴偶向林園望
나무마다 매화 꽃 피어 봄인가 했네. 誤認梅花萬樹春

나무에 눈이 얼어붙어541)

木稼542)

540) 『耘谷詩史』 卷3, 『高麗名賢集』 卷5, p.334 ; 『耘谷行錄』 卷3, 影印標點 『韓國文集叢刊』 卷6, p.185.

541) 목가(木稼) : 눈 · 비가 나무에 얼어 붙은 모양. 개원(開元) 29년 겨울에 서울이 몹시 추워, 나무에 내린 서리가 얼어붙었다. 그러자 영왕(寧王) 헌(憲)이 보고 감탄하며, "이게 세상에서 말하는 목가(木稼)로구나"라고 하였다. 『구당서(舊唐書)』, 「예종제자전(睿宗諸子傳)」. 비나 서리가 나무에 내렸다가 추위를 만나면 얼어붙어, 마치 갑주(甲胄)처럼 된다. 이것을 목개(木介 : 나무의 갑옷), 또는 목가(木稼)라고 한다.

무진년(1388) 동짓날 뒤　戊辰冬至后
병술일(1389) 이른 아침에　丙戌日晨朝
안개가 모이고 찬 기운이 엉켜　霧合氣凝結
한낮이 되도록 눈이 그치지 않았네.　日高猶未消
소나무와 전나무는 다 늘어지고　模糊松檜上
밭고랑의 싹들을 다 덮어버려,　偃亞枯禾苗
이 눈이 아름다운 곡식이라면　若使爲嘉穀
내 바가지에 가득 담겠네.　可能盛我瓢
산마다 은세계이고　山山銀世界
나무마다 옥가지이니,　樹樹玉枝條
이 모습 바라보며 깊은 생각이 들어　對此有深念
혼자 읊조리니 그 소리 놀랍구나.　獨詠聲曉曉

이틀 뒤. 또 큰 눈이 내리다

後二日又大作[543]

음기가 차갑게 엉켜 새벽 안개 짙으니　陰氣寒凝曉霧濃
겨울이[544] 일 만들어 눈 농사를 지었네.　玄英用事作爲農
들풀에 두텁게 붙어 줄기마다 고개 숙이고　厚粘野草莖莖亞
숲 가지에 가볍게 붙어 이삭마다 늘어졌네.　輕着林枝穗穗重
흰 가루 땅에 가득해도 쓰는 사람이 없으니　滿地粉塵人不掃
떨기에 옥가루 쌓인들 그 누가 찧으랴.　榮叢玉糝孰爲舂
음양의 신기한 변화를[545] 헤아리기 어려우니　陰陽神變誠難測

542) 『耘谷詩史』 卷3, 『高麗名賢集』 卷5, p.334 ; 『耘谷行錄』 卷3, 影印標點 『韓國文集叢刊』 卷6, p.185.

543) 『耘谷詩史』 卷3, 『高麗名賢集』 卷5, p.336 ; 『耘谷行錄』 卷3, 影印標點 『韓國文集叢刊』 卷6, p.186.

544) 현영(玄英) : 겨울의 별칭(別稱). 『이아(爾雅)』, 「석천(釋天)」, "겨울을 현영(玄英)이라고 한다." 그 주(注)에 "(겨울은) 기운이 검은데다 맑기가 꽃 같기 때문이다."고 했다.

545) 섭리(燮理) : 조화롭게 잘 다스리는 것. 음양의 이치를 잘 다스린다(燮理陰陽). 『서경(書經)』 卷6, 주서(周書) 「주관(周官)」.

그 누가 천공(天公)을[546] 향해 길흉을 물으랴. 誰向天公問吉凶

11월 23일. 비가 내리다

十一月二十三日有雨[547]

겨울비가 부슬거려 사방 산이 어두우니 冬雨紛紛暗四山
그윽한 회포 답답하고 쓸쓸하구나. 幽懷鬱鬱寂寥間
한가롭게 하는 일없어 성정은 고요하지만 閑無幹事性情靜
병들어 나가지 않으니 허리와 다리가 굳어졌네. 病不出行腰脚頑
아득한 빗줄기는 바라보는 눈을 가리고 迢遰色添遮望眼
급한 빗소리는 늙어 가는 얼굴을 재촉해, 蕭踈急促衰顔
음양의 이치가 하늘 뜻인 줄 알겠으니 定知燮理符天意
때아닌 비를 퍼부어 아끼질 않네. 律外滂沱故不慳

이튿날 눈이 내리는데 우곡(牛谷)에 사는 부부가 음식을 베풀다

明日有雪. 牛谷夫婦設食.[548]

밤에는 등불에 비 뿌리는 소리를 들었는데 夜聽侵燈雨
아침엔 한 자나 쌓인 눈에 놀랐네. 朝驚尺雪堆
온갖 새들도 자취를 감췄는데 惟看百鳥戢
갑자기 두어 사람 오는 게 보였네. 忽見數人來
나무엔 주렁주렁 구슬이 달리고 瓊樹重重匝
산들은 첩첩이 은으로 둘렀는데, 銀巒疊疊廻
고맙게도 하늘이 날 도와 주셔 感知天厚我
아름다운 경치에 깊은 잔을 기울였네. 嘉景侑深盃

546) 천공(天公) : ① 하느님. ② 천자(天子).

547) 『耘谷詩史』 卷3, 『高麗名賢集』 卷5, p.336 ; 『耘谷行錄』 卷3, 影印標點 『韓國文集叢刊』 卷6, p.186.

548) 『耘谷詩史』 卷3, 『高麗名賢集』 卷5, p.336 ; 『耘谷行錄』 卷3, 影印標點 『韓國文集叢刊』 卷6, p.186.

섣달(臘月) 스무 이렛날(念七). 정(鄭) 예안(禮安)이 찾아오다

臘月念七. 鄭禮安來訪.549)

반갑게 만나 한 번 웃는 것도 어려운데 欣逢一笑尙爲難
하물며 술항아리 열고 맘껏 기뻐하다니. 何況開樽共盡歡
취흥은 무르익고 이야기는 부드러워 醉興方濃談話軟
하지 못한 이야기가 하나도 없었네. 也無非意敢相干

그 이튿날엔 이(李) 저곡(楮谷)이 찾아오다(두 수)

明日. 李楮谷來訪(二首).550)

들사람의 풍미가 스님보다도 담백해 野人風味淡於僧
세밑의 시름을 견디기 어려웠는데, 歲暮愁懷未可勝
눈 밟고 찾아오다니 그 뜻이 두터워라 踏雪相過知厚意
바라건대 병 없으시고 산같이 장수하시게. 願言無恙壽如陵

병들어 쇠한 몸에다 백발까지 되었으니 病軀衰甚已華顚
뜻과 기백이 젊은 시절과는 다르건만, 志氣全非少壯年
술항아리 기울이면 미친 흥이 일어나 倒盡淸樽發狂興
죽은 재에도 불이 다시 붙을 때가 있다네. 死灰猶有火重燃

손녀 묘음동(妙音童)이551) 준 버선(足巾)을552) 읊음

詠足巾(孫女妙音童所贈)553)

베 버선이 눈같이 희어 布襪白如雪

---

549) 『耘谷詩史』 卷3, 『高麗名賢集』 卷5, p.336 ; 『耘谷行錄』 卷3, 影印標點 『韓國文集叢刊』 卷6, p.186.

550) 『耘谷詩史』 卷3, 『高麗名賢集』 卷5, p.336 ; 『耘谷行錄』 卷3, 影印標點 『韓國文集叢刊』 卷6, p.186.

551) 묘음동(妙音童) : 생몰년 미상.

552) 족건(足巾) : 버선(襪)인데, 몸을 보전한다는 뜻으로 보신(保身)이라 표기했다.

553) 『耘谷詩史』 卷3, 『高麗名賢集』 卷5, p.336 ; 『耘谷行錄』 卷3, 影印標點 『韓國文集叢刊』 卷6, p.186.

이것을 이름하여 보신(保身)이라 하네.	是名爲保身
네가 가져다 준 뜻이 정말 고마우니	憐渠持贈意
새 봄을 밟고 싶은 내 마음을 알았구나.	知我履新春

선달 그믐밤

除夜[554]

내일 아침이면 나이가 예순인데도	年逢耳順在明朝
아직 웅혼한 마음은 스러지지 않아,	尙有雄心未靈消
청주(靑州)가 어디 있는가 물어보고	且問靑州在何許
그곳에 종사하면서[555] 오늘밤을 보내려네.	擬從從事送今宵

554) 『耘谷詩史』 卷3, 『高麗名賢集』 卷5, p.336 ; 『耘谷行錄』 卷3, 影印標點 『韓國文集叢刊』 卷6, p.186.

555) 종사(從事) : 환공(桓公)에게 주부(主簿)가 있었는데, 술을 잘 구별했다. 술이 있으면 반드시 먼저 맛보게 했는데, 좋은 술은 청주종사(靑州從事)라 하였고, 나쁜 술은 평원독우(平原督郵)라고 하였다. 『세설신어(世說新語)』.

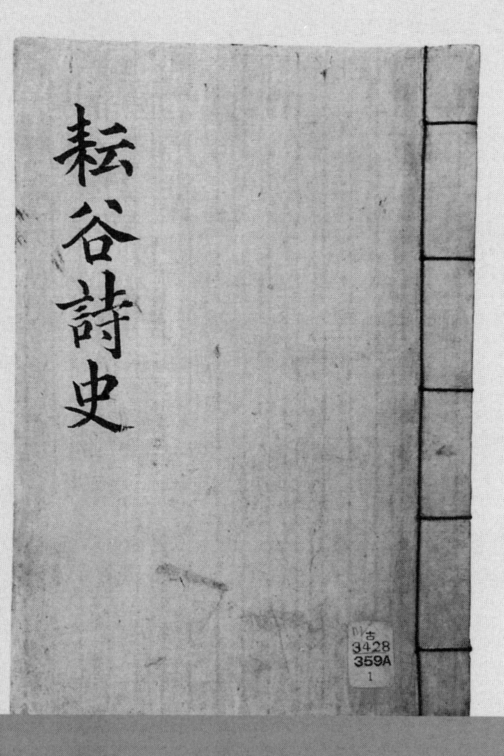

운곡시사(耘谷詩史) 권4

1389년(기사) 정월 설날 아침에(두 수)
己巳正朝(二首)[1)]

내 나이 이제 예순이 되고 보니	身年當六十
성인의 말씀이[2)] 스스로 부끄럽네.	自愧聖人言
아직 이순(耳順)이[3)] 되기도 어려우니	耳順誠難得
마음이 통한다고 어찌 말하랴.	心通豈敢論
아름다운 수석과 함께 살면서	寓居佳水石
태평스런 하늘 땅에 깊이 고마워하네.	深謝泰乾坤
봄이[4)] 이른 것을 벌써 알겠으니	已覺東君至
새벽빛이 내 집 문을 비추는구나.	晨光照我門

또 봄을 맞이하는 나그네가 되어	又作逢春客
새벽 알리는 까마귀 소리에 놀라 깨어났네.	偏驚報曉鴉
사람들이 다투어 절하고 하례하며	人人爭拜賀
말끝마다 새해 복 많이 받으시라네.	口口共稱嘉
형제 자매의 은정은 갈수록 무겁고	弟妹恩情重
아이 손자들의 효성과 공경도[5)] 더하니,	兒孫孝敬加

---

1) 『耘谷詩史』卷4, 『高麗名賢集』卷5, p.337 ; 『耘谷行錄』卷4, 影印標點『韓國文集叢刊』卷6, p.187.

2) 성인언(聖人言) : "나는 열 다섯에 학문에 뜻을 두었고, 서른에 (예의를 알게 되어 그 무엇에도 흔들리지 않고 스스로) 섰다. 마흔에 (여러 가지를 깨우치면서) 미혹되지 않았고, 쉰에는 천명을 알게 되었다. 예순에는 남의 말을 새겨 들었으며, 일흔에는 내 마음이 하고 싶은 대로 하더라도 법도에 어긋나지 않게 되었다." 『논어(論語)』卷2, 「위정(爲政)」.

3) 이순(耳順) : 육십의 나이. "나는 열다섯에 학문에 뜻을 두었고, 서른에 (예의를 알게 되어 그 무엇에도 흔들리지 않고 스스로) 섰다. 마흔에 (여러 가지를 깨우치면서) 미혹되지 않았고, 쉰에는 천명을 알게 되었다. 예순에는 남의 말을 새겨 들었으며, 일흔에는 내 마음이 하고 싶은 대로 하더라도 법도에 어긋나지 않게 되었다." 『논어(論語)』卷2, 「위정(爲政)」. 공자가 말한 이순(耳順)에서 "예순"이라는 우리 말이 생겼다.

4) 동군(東君) : 태양의 신, 또는 태양을 달리 이르는 말. "동군(東君)은 해이다." 『광아(廣雅)』, 「석천(釋天)」. 그 뒤에 여러 시인들이 동군을 춘신(春神)이라는 뜻으로 썼다.

5) 효경(孝敬) : 부모를 잘 모심.

멀리 벼슬길에 노는 아이만 가엽군 遙憐宦遊者
여관방에서 얻어먹으며 서울에[6] 머물고 있네. 旅食滯京華
【이때 형(泂)이[7] 서울에[8] 있었다】(時泂在京師)

춘주(春州)에[9] 양전관(量田官)으로 부임하는 아우 부정(副正)을[10] 보내면서

送弟副正赴春州量田[11]

자네가 떠나갈 먼 길을 생각하니 念子歸程遠
시내와 산 곳곳에 또 봄이 오겠지. 溪山又欲春
가벼운 바람은 말고삐에 불고 輕風吹馬轡
빛나는 해가 오건(烏巾)을[12] 비추겠지. 麗日照烏巾
경계(經界)는 밭도랑부터 바르게 하고 經界溝塗正
공가(公家)의 부역(賦役)도 고르게 하라. 公家賦役均
모름지기 이 뜻을 잘 알고 要須知此意
우리 백성들을 잘 살게 하라. 先使阜吾民

최(崔) 순흥(順興)에게[13] 부침(이때 최순흥이 춘주 양전관으로 있었다)

寄崔順興(時在春州量田)[14]

---

6) 경화(京華) : 서울의 번화한 곳. 번화한 서울.
7) 형(泂) : 원형(元泂). 원천석의 둘째 아들.
8) 경사(京師) : 서울.
9) 춘주(春州) : 원래 맥국. (중략) 고려 태조 23년에 춘주로 하였음. 『신증동국여지승람』 卷46, 춘천도호부.
10) 부정(副正) : ① 고려시대 사복시·전농시·서운관·사의서·전의시·내알사의 정4품 또는 종4품 벼슬. ② 지방관아에 딸린 향직의 하나. 여기서는 앞에서 나온 이실(李實)을 가리킴.
11) 『耘谷詩史』 卷4, 『高麗名賢集』 卷5, p.337 ; 『耘谷行錄』 卷4, 影印標點 『韓國文集叢刊』 卷6, p.187.
12) 오건(烏巾) : 오모(烏帽). 은사(隱士)가 쓰는 검은 두건(頭巾).
13) 순흥부(順興府) : 본시 고구려의 급벌산군(及伐山郡). (중략) 충목왕 때 순흥부로 승격했다. 『신증동국여지승람』 卷25.
14) 『耘谷詩史』 卷4, 『高麗名賢集』 卷5, p.337 ; 『耘谷行錄』 卷4, 影印標點 『韓國文集叢

춘성(春城)은 아득히 먼 곳이어서 杳杳春城遠
다락에 기대 멀리서 그대를 바라보네. 倚樓遙望君
백성 살림은 괴로움 면하게 하고 民生應免苦
나라 일에는 부지런하길 사양치 말게. 王事不辭勤
치악(雉嶽)은 푸른 허공에 뜨고 雉岳浮蒼翠
아산(鵝山)은 흰 구름 너머 있으니, 鵝山隔白雲
언제나 그대 말고삐 돌려 何時廻玉轡
술잔 들고 함께 문장을 이야기할까. 把酒共論文

정초(正初) 서재에서(네 수)

正初齋居(四首)[15]

새해 정월이 반 넘어 지나가니 新正將欲半
병에서 일어나 심기(心機)를 살펴보네. 病起省心機
발을 씻다가 몸 여윈 줄 알고 洗足知身瘦
머리를 빗다가 털이 드문 걸 느꼈네. 梳頭感髮稀
풍광은 차츰 부드러운데 風光初婉娩
차가운 기운이 아직도 남아 있어, 寒色尙熹微
머리를 돌려 먼 숲 석양을 바라보니 回首遠林晚
사람은 돌아가는데 구름은 돌아가질 않네. 人歸雲未歸

두(斗)・소(筲)를[16] 어찌 헤아리랴 斗筲何足筭
종(鍾)・정(鼎)을[17] 이미 잊어버렸네.[18] 鍾鼎已忘機

刊』卷6, p.187.

15) 『耘谷詩史』卷4, 『高麗名賢集』卷5, p.337 ; 『耘谷行錄』卷4, 影印標點『韓國文集叢刊』卷6, p.187.

16) 두소(斗筲) : 이루 헤아릴 수 없는 많은 수량.

17) 종정(鍾鼎) : 종과 솥은 귀중한 물건인데, 뛰어난 공덕을 종이나 솥에 새기기도 하였다. 그래서 묘당(廟堂)에 있는 재상을 종정(鐘鼎)이라고도 하였다. 식사 전에 음악을 연주하고, 식사에는 여러 그릇의 산해진미를 내어놓는 화려한 생활도 종정(鐘鼎)이라고 하였다.

18) 망기(忘機) : 귀찮은 세상사를 잊음. 기심(機心)을 잃은 상태, 즉 아무런 욕심도 없는

함께 이야기할 사람도 적은데	可語人猶少
마음대로 되는 일도 또한 드무네.	如心事亦稀
시절이 맑아 찬 맛은 멀건만	時淸寒味遠
날이 갈수록 세상 인정은 각박해지니,	日漸世情微
하늘과 땅 은혜에 감사할 뿐일세	弟感乾坤惠
가난한 집에도 봄은 또 돌아왔네.	窮居春又歸

요로(要路)에 앉기를 바라지 않으리니	莫希當要路
위기를 만날까 두려워서라네.	還恐有危機
옛 법은 풍속 따라 변해 가는데	古法從今變
옛 사람 닮은 이는 드물구나.	今人似古稀
도(道)의 정은 언제나 고요하고	道情恒寂靜
시 지을 생각은 현묘한 경지에 들어가,	詩思入玄微
욕심 떠난 게 바로 참다운 즐거움인데	恬惔是眞樂
도연명(陶淵明)은[19] 어찌 돌아오질 않나.	淵明何不歸

날씨가 따뜻해져 물성(物性)이 돌아오고	煕煕廻物性
천기(天機)도 빠르게 돌아가니,	冉冉轉天機
그윽한 골짜기에 새 소리 부드럽고	幽谷鳥聲軟
작은 서재엔 이야기 소리 드무네.	小齋人語稀
눈이 녹아 봄 물이 불어나고	雪消春水漲

상태를 가리킨다. 무슨 일을 자기 생각대로 하려는 마음, 또는 욕심내거나 남을 해치려는 마음이 바로 기심(機心)이다. 바닷가에 갈매기를 좋아하는 사람이 살고 있었다. 그는 매일 아침 바닷가에 나가서 갈매기들과 같이 놀았는데, 놀러 오는 갈매기가 백 마리도 넘었다. 어느 날 그의 아버지가 그에게 말했다. "내 들으니 갈매기가 모두 너와 더불어 논다는구나. 네가 한 마리 잡아오너라. 내 그걸 가지고 장난하고 싶으니." 그 다음날 바닷가에 나가 보니, 갈매기들은 하늘에서 맴돌 뿐 내려오지 않았다. 『열자(列子)』, 「황제」.

19) 도연명(陶淵明) : 중국 진(晋)나라의 시인(365~427). 이름은 잠(潛). 405년에 평택의 령(令)이 되었으나 80여 일 후에 『귀거래사(歸去來辭)』를 남겨 두고 귀향. 은사(隱士)로서 문앞에 오류수(五柳樹)를 심어 두고 스스로 오류(五柳) 선생이라 일컬었음.

구름이 머물자 저녁 바람 잠잠한데, 雲定晩風微
동쪽 봉우리 길을 앉아서 바라보니 坐看東峯路
해 기우는데 스님이 혼자 돌아가네. 日斜僧獨歸

도통사(都統使)[20] 최영(崔瑩) 장군이 사형 당했다는 말을 듣고 탄식함 (세 수)

聞都統使崔公被刑. 寓歎(三首).[21]

수경의 빛이 묻히고 기둥과 주춧돌이 무너져 水鏡埋光柱石頹
온 세상 백성과 만물이 모두 슬퍼하네. 四方民物盡悲哀
빛나는 공업은 끝내 썩고 말았지만 赫然功業終歸朽
굳센 충성이야 죽었다고 사라지랴. 確爾忠誠死不灰
사적을 기록한 푸른 역사책이 일찍 가득했건만 紀事靑篇曾滿帙
가엾게도 누른 흙이 이미 무덤을 이뤘네. 可憐黃壤已成堆
생각컨대 아득한 황천[22] 밑에서도 想應杳杳重泉下
눈을 도려내어 동문에 걸고[23] 분을 풀지 못하시겠지. 抉眼東門憤未開

조정에 홀로 섰을 때 감히 덤빌 자 없었으나 獨立朝端無敢干

---

20) 도통사(都統使) : 고려 공민왕 18년에 둔 관직. 각 도(道)의 군대를 통솔함.

21) 『耘谷詩史』 卷4, 『高麗名賢集』 卷5, p.337 ; 『耘谷行錄』 卷4, 影印標點 『韓國文集叢刊』 卷6, p.187.

22) 황천(黃泉) : 오행(五行)에서 땅 빛을 노랑으로 한 데서 나온 말. ① 지하의 샘. ② 사람이 죽어서 가는 곳. ③ 구천(九泉).

23) 결안동문(抉眼東門) : 십팔사략을 보면 오자서가 무고로 죽음을 당하게 되자 분하여 "내가 죽거든 눈알을 빼서 동쪽 문에 걸어 두라. 내 눈으로 월나라가 오나라를 멸망시키는 꼴을 보고 말리라"고 말했다는 고사가 실려 있다. 오나라 재상 비(嚭)가 자서(子胥)를 참소하여, "자서는 자신의 꾀가 받아들여지지 않은 것을 부끄럽게 여기고 원망한다"고 하였다. (오나라 왕) 부차(夫差)가 자서에게 속루검(屬鏤劍)을 주었다. (그 칼로 자결하라고 명한 것이다.) 자서는 자기 집안 사람들에게 이렇게 말했다. "내 무덤에는 반드시 가래나무를 심어라. (내가 죽은 뒤에 오나라는 곧 멸망할 것이고) 가래나무는 (부차의) 관을 만들기에 좋다. 내 눈을 도려내어서 동문에 걸어, 월나라 군사가 오나라를 멸망시키는 것을 보게 하라." 그리고는 스스로 목을 찔러 죽었다. 사마천(司馬遷), 『사기(史記)』 卷66, 「오자서(吳子胥)」.

충성과 의리 때문에 온갖 어려움을 겪었네.　直將忠義試諸難
육도(六道) 백성들의 소망을 따라　爲從六道黔黎望
삼한(三韓)의 사직을 편안케 했네.　能致三韓社稷安
동렬의 영웅들은 얼굴 더욱 두터워지고　同列英雄顔更厚
아직 죽지 않은 간사한 자들은 뼈가 서늘해졌으리.　未亡邪佞骨猶寒
어지러운 때를 다시 만나면 누가 꾀를 내려는지　更逢亂日誰爲計
이 시대 사람들 간사하게 일하는 것이 가소롭기만 하네.　可笑時人用事姦

내 이제 부음 듣고 애도하는 시를 지었으니　我今聞訃作哀詩
공을 위해 슬픈 게 아니라 나라 위해 슬픈 거라오.　不爲公悲爲國悲
하늘 운수가 통할지 막힐지를[24] 알기 어렵고　天運難能知否泰
나라 터전이 편안할지 위태할지도 정해질 수가 없네.　邦基未可定安危
날카로운 칼날이 이미 꺾였으니 슬퍼한들 무엇하랴　銛鋒已折嗟何及
충성스러운 신하 항상 외롭다가 끝내 견디지 못했네.　忠膽常孤恨不支
홀로 산하를 바라보며 이 노래를 부르니　獨對山河歌此曲
흰 구름과 흐르는 물도 모두들 슬퍼하네.　白雲流水揔噫嘻

외당형(外堂兄)[25] 이(李) 부령(副令)이[26] 선군(先君)을[27] 추봉(追封)했기에 그 묘소에 참배하고 절구 두 수를 지어 드림

外堂兄李副令追封先君. 拜其塋. 作二節以呈似.[28]

무덤이 푸른 기슭 앞에 석 자나 높아졌으니　塚尺三高翠麓前
아들이 일찍이 대부(大夫) 반열에 뛰어올랐네.　子曾超躡大夫聯
추봉한 지위가 막중한 홍추사(鴻樞使)이니[29]　追封位重鴻樞使

24) 비태(否泰) : 막힘과 통함.

25) 외당형(外堂兄) : 외사촌 형.

26) 부령(副令) : ① 고려시대 전교시・전의시・종부시 등의 정4품 또는 종5품 벼슬. ② 개성부 오부의 종6품 벼슬.

27) 선군(先君) : 돌아가신 아버지.

28) 『耘谷詩史』 卷4, 『高麗名賢集』 卷5, p.337 ; 『耘谷行錄』 卷4, 影印標點 『韓國文集叢刊』 卷6, p.187.

아마도 이 영광이 구천(九泉)에서[30] 빛나리라. 應是榮旡耀九泉

무덤 앞에다 정성껏 음식 차려 놓고 庶羞羅列墓門前
아들 손자들이 두어 줄 늘어섰네. 子侄成行僅數聯
두 번 절하고 생전의 일 생각하니 再拜忽思平昔事
부질없이 감격스런 눈물이 샘처럼 흘러나오네. 空將感淚灑如泉

수은(袖隱) 추(椎)[31] 스님의[32] 시권에 씀

書袖隱椎上人卷[33]

굳센 방망이의 오묘한 쓰임이 어떤 것인지 剛槌妙用是何容
오랫동안 손을 떼고 자취를 드러내지 않네. 縮手多時不露蹤
조사(祖師)의 관문을 부수고도 아무 일 없었으니 打碎祖關無一事
사위의(四威儀)[34] 안에 신기한 칼날 감추었으리. 四威儀內韞奇鋒

명암(鳴巖)의 시권에 쓰다

書鳴巖卷[35]

한 번 내려치는 방망이 소리가 멀리 떨치니 一下槌聲遠
법고(法鼓)를[36] 두드려 하늘까지 울리네. 訇天法鼓鳴
맑은 우뢰가 손길 따라 일어나니 晴雷隨手起

---

29) 홍추사(鴻樞使) : 매우 중요하고 요긴한 벼슬자리.

30) 구천(九泉) : 죽은 뒤에 넋이 돌아가는 곳. 황천(黃泉).

31) 수은추상인(袖隱椎上人) : 생몰년 미상.

32) 상인(上人) : 지혜와 덕을 겸비한 스님네를 존칭하는 말.

33) 『耘谷詩史』 卷4, 『高麗名賢集』 卷5, p.337 ; 『耘谷行錄』 卷4, 影印標點 『韓國文集叢刊』 卷6, p.187.

34) 사위의(四威儀) : 경률(經律) 가운데 행(行)·주(住)·좌(坐)·와(臥)를 사위의(四威儀)라고 하며, 그 밖의 동지(動止)는 모두 사소섭(四所攝)이라고 한다. 『석씨요람(釋氏要覽)』.

35) 『耘谷詩史』 卷4, 『高麗名賢集』 卷5, p.338 ; 『耘谷行錄』 卷4, 影印標點 『韓國文集叢刊』 卷6, p.188.

36) 법고(法鼓) : 부처 앞에서 치는 쇠가죽으로 만든 조그마한 북. '버꾸'의 원말.

육합(六合)이[37] 모두 화평하고 맑아지리라. 六合晏然淸

소나무를 심는 것을 보고 쓴 시와 서문

栽松(幷序)[38]

▪ 당인(唐人) 唐人觀隣老栽松詩云
노인의 집을 지나면서도 雖過老人宅
노인의 마음은 알 수가 없네. 不解老人心
무엇 때문에 늙은 나이에 何事殘陽裏
소나무 심어 그늘을 기다리나. 栽松欲待陰

서문 | 당나라의 어떤 사람이 이웃집 늙은이가 소나무 심는 것을 보고 위와 같은 시를 지었다. 이 시는 그 노인을 비웃으며 지은 것이다. 내 나이 올해 예순이 되었는데, 산 위의 정자 옆에 어린 소나무 수십 그루를 심다가 갑자기 당나라 사람의 그 마음을 생각하고, 절구 3수를 지어 응답한다.
此給其老人而作也. 我今年當六十. 於山亭之畔. 種稚松數十株. 忽憶唐人之意. 作三節以答之曰.

살고 죽는 데에는 늙은이도 젊은이도 없으니 存亡無老少
자라나는 것은 소나무의 마음에 있을 뿐이네. 生長在松心
혹시 백세의[39] 수명을 기약할 수 있다면 倘保期頤壽

---

37) 육합(六合) ; ① 동서남북과 상하의 여섯 방위. 육방과 같은 말로 천하, 육극, 육막이라고도 하고, 동서남북인 사방과 상하(천지) 양방을 合하여 육방이라 함. 『장자(莊子)』, 제물론(齊物論)에 "六合之外 聖人 存而不論 六合之內 聖人 論而不議"라 하였다. ② 육합석(六合釋). Sat-samasa. 살삼마사(殺三麼娑)라 음역. 6리합석·6종 석이라고도 한다. 범어의 복합사(複合詞)를 해석하는 6종의 방식. 1) 의주석(依主釋). 의사석(依士釋)이라고도 함. 왕의 신(臣)을 왕신(王臣)이라 함과 같은 것. 2) 상위석(相違釋). 왕과 신을 왕·신이라 함과 같은 것. 지업석(持業釋). 동의석(同依釋)이라고도 함. 높은 산을 고산(高山)이라 함과 같은 것. 4) 대수석(帶數釋). 사방(四方)·삼계(三界)와 같은 것. 5) 유재석(有財釋)·다재석(多財釋)이라고도 함. 장신(長身)의 인(키 큰 사람)을 장신(키다리)이라고 부르는 것과 같은 것. 6) 인근석(隣近釋). 하(河)의 부근을 하반(河畔)이라고 하는 것과 같은 것.

38) 『耘谷詩史』 卷4, 『高麗名賢集』 卷5, p.338 ; 『耘谷行錄』 卷4, 影印標點 『韓國文集叢刊』 卷6, p.188.

푸른 그늘 기다리는 게 어찌 어려우랴. 何難待綠陰

이다지도 심하게 노쇠했으니 衰遲何大甚
길게 바란다고 어찌 내 마음대로 되랴. 長遠豈吾心
푸르고 푸른빛을 사랑할 뿐이지 但愛靑靑色
우거진 그늘이야 어찌 기대하랴. 何期鬱鬱陰

대부라는 이름은[40] 부끄럽지만 應恥大夫號
군자의 마음만은 굳게 지녔네. 固特君子心
내 뜻을 알고서 지켜준다면 故人如見憶
뒷날 이 뜨락에 그늘이 가득하리라. 他日滿庭陰

적음연사(寂音演師)의[41] 시권에 씀

書寂音演師卷[42]

침묵으로 말씀한다고 일찍이 들었더니 曾聞說時默
그 사람을 이제 비로소 보게 되었네. 今得見其人
도(道)가 커지니 말이 끊어지고 道大絶言語

---

39) 기이(期頤) : 백살을 기이(期頤)라고 한다. 사람이 나서 열살이 되면 유학(幼學)이라 하고, 스무 살이 되면 약관(弱冠)이라고 한다. 서른 살이 되면 장(壯)이라 하여 아내를 맞이하고, 마흔 살이 되면 강(强)이라 하며 벼슬에 나아간다. 쉰 살이 되면 애(艾)라 하며 관정(官政)에 복무하고, 예순 살이 되면 기(耆)라고 하며 일을 지시하여 사람들을 부린다. 일흔 살이 되면 노(老)라고 하여 (은거하며 자식들에게 살림을) 전하고 여든 아흔이 되면 모(耄)라고 한다. 일곱 살을 도(悼)라고 하는데, 도(悼)와 모(耄)는 비록 죄가 있어도 형을 내리지 않는다. 백살을 기이(期頤)라고 한다. 『예기(禮記)』卷1, 「곡례(曲禮) 上」.

40) 대부호(大夫號) : 소나무를 대부(大夫)라고 한다. 진시황이 태산에 올랐는데, 갑자기 비바람이 몰아쳐 그 나무 아래에서 쉬었다. 그래서 소나무를 봉하니, 5대부가 되었다. 『서언고사(書言故事)』. 우리나라에서도 세조가 속리산에 있는 소나무에게 정2품을 내려, 정이품송이라고 불린 예가 있다.

41) 적음연사(寂音演師) : 생몰년 미상.

42) 『耘谷詩史』卷4, 『高麗名賢集』卷5, p.338 ; 『耘谷行錄』卷4, 影印標點 『韓國文集叢刊』卷6, p.188.

마음이 맑아지니 온 세상 티끌이 빛나네. 心淸輝刹塵
천룡(天龍)도[43] 어렵게 귀를 기울이고 天龍難側耳
온갖 악마들도 이미 몸을 감추었네. 魔衆已藏身
어느 곳에다 이 소식 전할까 甚處傳消息
영축산에서 봄날 한 번 웃네. 靈山一笑春

배웅

送行[44]

적음연(寂音演)[45] 선사가[46] 사립문을 찾아와 寂音禪德到柴扉
참방(參方)하러[47] 떠난다고 하직을 알리네. 意慾叅方告曰歸
머리엔 채양 넓고 둥근 삿갓을 쓴데다 頭戴廣簷圓頂笠
몸에는 긴 소매에 넓은 장삼을 입었네. 身披長袖濶腰衣
푸른 산이 걸음을 맞으니 행장이 평온하고 翠嵐迎步行裝穩
맑은 달이 마음을 비추니 도용(道用)이 미묘하겠지. 明月當心道用微
묻노니, 그 짚신 값이 얼마던가 且問草鞋錢幾隻
높은 발자취 가볍게 고개 구름 따라 날아가네. 高踪輕遂嶺雲飛

설암(說菴)의[48] 시권에 쓰다

書說菴卷[49]

---

43) 천룡(天龍) : 천룡팔부(天龍八部). 용천팔부(龍天八部)를 용신팔부(龍神八部)라고도 하는데, 팔부중(八部衆)을 말한다. 불법을 수호하는 여러 신장(神將)들이다. 용천(龍天)은 용중(龍衆)과 천중(天衆)을 합한 말이고, 팔부(八部)는 천룡(天龍)·야차(夜叉)·건달바(乾闥婆)·아수라(阿修羅)·가루라(迦樓羅)·긴나라(緊那羅)·마후라가(摩睺羅迦)이다.

44) 『耘谷詩史』 卷4, 『高麗名賢集』 卷5, p.338 ; 『耘谷行錄』 卷4, 影印標點 『韓國文集叢刊』 卷6, p.188.

45) 적음연사(寂音演師) : 생몰년 미상.

46) 선덕(禪德) : 선승(禪僧)의 경칭.

47) 참방(叅方) : 찾아가 뵈다. 여기서는 스승이 될 만한 여러 스님들을 찾아뵈는 것을 말함.

48) 설암(說菴) : 생몰년 미상.

진종(眞宗)을[50] 부연(敷演)할 때에 혀뿌리를 휘두르면. 敷演眞宗掉舌根
우뢰 소리 진동하여 자비스런 구름 퍼뜨리네. 雷音振動布慈雲
때로는 무생곡(無生曲)을 가리켜 보이니 有時指擧無生曲
천룡(天龍) 팔부(八部)[51] 중생이 귀를 모아 듣네. 八部天龍攝耳聞

선달(先達)[52] 김초(金貂)의[53] 시에 차운함(다섯 수)

次金先達貂詩韻(五首)[54]

원래 닭과 학은 같이 살지 않으니 由來鷄鶴不同居
삼동(三冬) 내내 글만 읽는 그대가 부럽구려. 羡子三冬苦讀書
금방(金榜)의[55] 아원(亞元)이라 이름 참으로 높았으니 金榜亞元名信美
아마도 언젠가는 금어(金魚)를[56] 차시겠지. 定應明日佩金魚

---

49)『耘谷詩史』卷4,『高麗名賢集』卷5, p.338 ;『耘谷行錄』卷4, 影印標點『韓國文集叢刊』卷6, p.188.

50) 진종(眞宗) : ① 각기 자신이 믿는 종교. ②「열반경」「화엄경」 등과 같이, 불성 또는 일여(一如)한 법계의 이치를 말한 것.

51) 팔부천룡(八部天龍) : 천룡팔부(天龍八部). 용천팔부(龍天八部)를 용신팔부(龍神八部)라고도 하는데, 팔부중(八部衆)을 말한다. 불법을 수호하는 여러 신장(神將)들이다. 용천(龍天)은 용중(龍衆)과 천중(天衆)을 합한 말이고, 팔부(八部)는 천룡(天龍)・야차(夜叉)・건달바(乾闥婆)・아수라(阿修羅)・가루라(迦樓羅)・긴나라(緊那羅)・마후라가(摩喉羅迦)이다.

52) 선달(先達) : 문・무과에 급제하고 아직 벼슬에 나가지 않은 사람.

53) 김초(金貂) : 생몰년 미상.

54)『耘谷詩史』卷4,『高麗名賢集』卷5, p.338 ;『耘谷行錄』卷4, 影印標點『韓國文集叢刊』卷6, p.188.

55) 금방(金榜) : 황금방(黃金膀). ① 과거에 급제한 사람의 이름을 기록하여 내거는 牌. 문과에 급제하면 금방을 내걸고, 무과에 급제하면 은방을 내걸었다. ② 轉하여 과거에 급제함을 이름. "최소(崔紹)가 열병을 앓다가 명부의 판관에게 이끌려 어떤 다락에 가보니 금방(金榜)엔 장상(將相)의 이름이 쓰였고, 은방(銀榜)엔 장상 이하 귀인들의 이름이 쓰였고, 철방(鐵榜)엔 주・현・부에 소속된 관료들의 이름이 쓰여 있었다."『태평광기(太平廣記)』.

56) 금어(金魚) : 고려시대 붕어처럼 만든 금빛 주머니. 4품 이상의 문관(文官)이 관복을 입을 때 찼다. 우리 나라에서는 신라 경문왕 13년(873) 이후 헌강왕 10년(884) 이전에 어대제(魚袋制)가 성립하였으며, 고려 광종 11년(960) 3월 백관(百官)의 공복제(公服制)가 개정될 때까지 행해졌다(李賢淑, 1992,「新羅末 魚袋制의 成立과 運用」,『史學研究』43・44합집 참조).

십 년 동안 천석(泉石)에서[57] 혼자 가난하게 사니	十年泉石獨貧居
바둑판 하나에다 책이 한 권일세.	一局碁邊一卷書
재주가 변변찮아 세상 쓰임에 어긋났을 뿐	但以才疎違世用
동쪽으로 온 것이 농어[58] 때문은 아닐세.	東來不是爲鱸魚

평생의 지극한 즐거움이 한가롭게 사는데 있어	平生至樂在閑居
날마다 도(道) 실린 책을 펼쳐 보았네.	日日披看載道書
이미 한 마음을 잡았으니 물아(物我)가 한가지라	已把一心齊物我
자네는 나를 알고 나는 고기를 아네.[59]	子能知我我知魚

누추한 골목이라 안부를 묻는 사람도 없는데	陋巷無人問起居
창가에 산속 햇빛이 도서를 비추네.	半窓山日映圖書
앉으면 꽃 층계에 벗 부르는 꾀꼴새 소리를 듣고	坐聞花塢鶯呼友
다니면 부들 시내에 수달이 물고기 좇는 걸 보네.	行見蒲溪獺趁魚

두어 이랑 쑥대밭 고즈넉한 집에서	閒寂蓬蒿數畝居
병이 많아 시서(詩書)를 뒤적이지 않았네.	病多元不考詩書

57) 천석(泉石) : 수석(水石). 자연의 경치.

58) 노어(鱸魚) : 농어. “진(晉)나라 문장가 장한(張翰)이 글을 잘 지어, 당시에 강동보병(江東步兵)이라고 불렸다. 제왕(齊王)에게 벼슬하여 동조연(東曹椽)이 되었는데, 가을바람이 불자 오중(吳中)의 순채국과 농어회가 먹고 싶어졌다. 그래서 벼슬을 버리고 고향으로 돌아갔다.” 그의 이야기는 『진서(晉書)』 卷92에 실려 있다.

59) 지어(知魚) : 고기를 보고 고기의 마음을 안다는 뜻. 장자(莊子)가 혜자(惠子)와 함께 호수(濠水) 다리 위에서 거닐다가 말했다. “피라미가 나와서 유유히 헤엄치고 있군. 이게 바로 피라미의 즐거움인 게지.” 그러자 혜자가 말했다. “자네는 물고기도 아니면서 어찌 물고기의 즐거움을 아는가?” 그러자 장자가 말했다. “자네는 내가 아닌데, 어찌 내가 물고기의 즐거움을 모를 것이라는 것을 아는가?” 혜자가 말했다. “내가 자네가 아니기에 자네를 알지 못한다면, 자네도 물고기가 아니니, 자네가 물고기의 즐거움을 알지 못한다는 것은 틀림없는 말이 아닌가?” 장자가 말했다. “이야기를 처음으로 돌려 보세. 자네가 나더러 ‘어찌 물고기의 즐거움을 알겠나’ 하고 물은 것은 이미 자네는 내가 물고기의 즐거움을 알고 있다는 사실을 알았기 때문이지. 그래서 내게 그런 질문을 했던 것일세. 나는 호수 가에서 물고기와 일체가 되었기에 그들의 즐거움을 알고 있었던 것이라네.” 『장자(莊子)』 卷17, 「추수(秋水)」.

오늘 아침에야 임천(林泉)의[60] 글귀를 보내려고 今朝欲寄林泉句
쌍잉어 흰 종이의 편지를[61] 봉하네. 尺素裁封雙鯉魚

토산(兔山)으로 부임하는 승봉(承奉)[62] 신성안(辛成安)을 보내면서[당시 감무(監務)[63] 임용은 참(參) 이상이기 때문에 이렇게 썼다]

送辛承奉(成安)赴兎山(時監務之任 用叅以上故云)[64]

토산은 경기(京畿)에 가까운 산 고을이라 兎山山郡接京畿
감무(監務)의 푸른 적삼을 자주빛 옷으로 갈아입었네. 監務靑衫換紫衣
어진 임금 위해서 병폐를 제거할 뿐이지 但爲聖明除弊瘼
가고 멈춤(行止)이 뜻대로 안 된다고 탄식하지는 마시게. 莫將行止嘆乖違
닭을 잡는다고 소 잡는 칼을 쓰지 않으라[65] 割鷄不是牛刀用

---

60) 임천(林泉) : 은사(隱士)의 정원을 일컫는 말.

61) 쌍리어(雙鯉魚) : "먼 곳에서 온 나그네가 내게 잉어 한 쌍을 주었네. 아이를 불러 잉어를 삶으라 했더니 그 속에서 비단에 쓴 편지가 나왔네. 客從遠方來, 遺我雙鯉魚. 呼童烹鯉魚, 中有尺素書." 『고악부(古樂府)』, 「음마장성굴행(飮馬長城窟行)」. 이 뒤부터 쌍잉어(雙鯉魚)는 편지라는 뜻으로 쓰였으며, 척소(尺素)는 흰 비단에 쓴 편지이다.

62) 승봉(承奉) : 승봉랑. 고려. 문종 때에 제정된 문관 벼슬아치들의 종8품 윗 등급의 품계. 충렬왕 34년(1308)에 6품으로 오르고, 충선왕 2년(1310)에 정6품이 되었다가, 공민왕 5년(1356)에 폐지되었고, 공민왕 11년(1362)에 다시 정6품으로 제정되었다가, 공민왕 18년(1369)에 다시 폐지됨.

63) 감무(監務) : 고려・조선 초기, 작은 현의 으뜸 벼슬. 고려 현종 9년(1018)에 각도의 현에 현령을 두었고, 예종 3년(1108)에 대현(大縣)에는 현령을, 소현(小縣)에는 감무를 두었다가, 공민왕 때에 현령・감무를 안집별감으로 고쳤고, 창왕 때에 다시 현령・감무로 고쳤으며, 조선 태종 13년(1413)에 감무를 현감으로 고쳤다. 품계는 6품 또는 7품이었다.

64) 『耘谷詩史』 卷4, 『高麗名賢集』 卷5, p.338 ; 『耘谷行錄』 卷4, 影印標點 『韓國文集叢刊』 卷6, p.188.

65) 할계부시우도용(割鷄不是牛刀用) : 큰 것을 작은 데에 사용한다는 뜻. 공자께서 (제자인 자유가 장관으로 다스리는) 무성(武城)에 가셨다가, 거문고와 노래 소리를 들으시고 빙그레 웃으시며(莞爾而笑) 말씀하셨다. "닭을 잡으면서 어찌 소 잡는 칼을 쓰느냐?" 그러자 자유(子游)가 대답하였다. "예전에 제가 선생님께 들었는데 '군자가 도(道)를 배우면 사람을 사랑할 줄 알고, 소인이 도를 배우면 부리기 쉽다'고 하셨습니다." 그러자 공자께서 말씀하셨다. "얘들아! 자유의 말이 옳다. 내가 앞서 한 말은 농담이었다." "子之武城 聞弦歌之聲 夫子 莞爾而笑曰 割鷄焉用牛刀 子游 對曰 昔者 偃

풍속을 어루만지면 조서(鳳詔)를[66] 받들어 돌아가리라.　撫俗還承鳳詔歸
노래 마치고 술 얼근해지자 손잡고 헤어지니　歌闋酒闌分袖去
방초 어우러진 강가에 말이 날아가는 것 같네.　草芳江路馬如飛

조대(措大)[67] 원문질(元文質)을[68] 곡(哭)함(두 수)

哭元措大(文質)(二首)[69]

어릴 적부터 글읽기에 마음 간절해　讀書心切自童年
나도 그 당시 한 편을 가르쳤었지.　我亦當時教一聯
나보다 나중 온 사람이 먼저 가다니　後我來人先我去
슬픔을 이기지 못해 푸른 하늘에 하소연하네.　不勝怊悵籲蒼天

눈앞에서 잘 살고 못 사는 것은 물거품이니　過眼榮枯水上爻
백년의 사귐도 잠시에 지나지 않네.　百年猶是暫時交
가엽구나! 이십사년 동안의 일이야말로　可憐四六年間事
꿈속 거품 중에도 꿈속 거품일세.　夢幻泡中夢幻泡

단오날. 빙정(氷亭) 아우에게(다섯 수)

端午. 贈氷亭弟(五首).[70]

산 속 서재에 고요히 앉았노라니 해가 참으로 길건만　靜坐山齋日正長
한 잔 창포 술에는 향기가 남았네.　一巵菖歜有餘香
고을 사람들의 풍악 소리가 귀에 들리니　郡人鼓樂聲來耳

也 聞諸夫子 曰君子學道則愛人 小人 學道則易使也 子曰 二三者 偃之言 是也 前言戱之耳." 『논어(論語)』 卷17, 「양화(陽貨)」.

66) 봉조(鳳詔) : 조서(詔書). 나라의 표창을 받아 돌아가게 되리라는 뜻.

67) 조대(措大) : 가난한 선비를 가리키는 말인데, 가볍게 보는 뜻이 담겨 있다.

68) 원문질(元文質) : 생몰년 미상.

69) 『耘谷詩史』 卷4, 『高麗名賢集』 卷5, p.338 ; 『耘谷行錄』 卷4, 影印標點 『韓國文集叢刊』 卷6, p.188.

70) 『耘谷詩史』 卷4, 『高麗名賢集』 卷5, p.339 ; 『耘谷行錄』 卷4, 影印標點 『韓國文集叢刊』 卷6, p.189.

조상님 끼친 풍속이 우리 고향에 있네. 祖聖遺風在我鄕

살구에 씨가 생기고 버들 실도 길어졌네. 杏子生人柳綫長
물 건너 산다화(山茶花)가[71] 그윽한 향내를 보내네. 酴醿隔水送幽香
산 바라보며 새로운 시구를 찾으려 하다 對山擬欲搜新句
나도 모르게 가물가물 수향(睡鄕)에[72] 들어가네. 不覺昏昏入睡鄕

잠 깨고 나니 시 생각이 더욱 그리운데 睡餘詩思轉悠長
차 항아리 향기로우니 더욱 기뻐라. 且喜茶甌深更香
내 평생 몇 번째 단오날인가 손 꼽아보니 屈指吾生幾端午
비단옷 한 번 못 입고 시골에서 늙었네. 身無綵縷老於鄕

아름다운 천중절(天中節)에[73] 흥이 더욱 솟네. 天中佳節興偏長
소나무엔 맑은 그늘 풀에는 향기가 나네. 松有淸陰草有香
잎 우거진 버들 숲은 꾀꼴새 장막이고 葉密柳林鸎幕府
꽃 활짝 핀 채소밭은 나비들의 고향일세. 花繁菜圃蝶家鄕

사람은 노을 속에 늙어가고 세월은 길기만 한데 人老烟霞歲月長
재주가 없는 데다 향기마저 모자라 탄식하네. 自嘆才薄乏馨香
형제의[74] 모임을 자주 마련하고 但思屢辨鴒原會
좋은 철 만날 때마다 취향(醉鄕)에 놀기를 바랄 뿐일세. 每遇良辰樂醉鄕

육순을 맞아(두 수)

---

71) 산다화(山茶花) : 동백나무.

72) 수향(睡鄕) : 가상적인 태평의 나라. "천하가 잘 다스려 짐이 수향과 같다." 소식(蘇軾), 「수향기(睡鄕記)」.

73) 천중절(天中節) : 단오(端午).

74) 영원(鴒原) : 척령재원(鶺鴒在原)에서 나온 말로 형제가 급한 일이나 어려운 일을 당하여 서로 돕는 것을 비유하는 말이다. "할미새가 들판에 있으니 형제들이 어려움을 급히 구해주네. 脊令在原, 兄弟急難." 『시경(詩經)』 卷4, 소아(小雅) 「녹명지십(鹿鳴之什)」 상체(常棣).

六十吟(二首)[75]

내 생애는 흩날리고 또 미친 듯했지.	我生飄蕩又疎狂
병 많은 몸이나마 쉰까지는 지나왔지.	多病筋骸五紀强
이 세상의 바람과 천둥을 이미 면했건만	已免風雷於世上
어찌 얼음과 숯불이[76] 다시 마음을 괴롭히나.	更何氷炭到心腸
끝없는 세월은 붙들기 어려우니	無窮歲月難留滯
유한한 몸으로 다치지나 말아야지,	有限肥膚莫毁傷
공자께서 말씀하신 이순(耳順)이[77] 부끄러우니	但媿宣尼言耳順
요즘 들어 듣고 본 것을 다 잊어버리네.	邇來聞見摠相忘

도를 배웠건만 이루지 못하고 들은 것도 적으니	學道無成寡所聞
무슨 일을 빙자해 임금 은혜를 갚으려나.	欲憑何事報明君
한 평생 수석(水石)이 내 분수인 줄 알면서도	一涯水石知涯分
두 시대 티끌 속에 세상 어지러움을 겪었네.	二世塵埃混世紛
내 기질을 어찌 거원(蘧瑗)처럼[78] 되기를 바라랴만	氣質敢希蘧瑗化
성정(性情)은 언제나 소옹(邵雍)의[79] 말씀 본받으려 했네.	性情常效邵雍云
만사에 이미 통발을 잊은 지[80] 오래이니	已於萬務忘筌久

75) 『耘谷詩史』 卷4, 『高麗名賢集』 卷5, p.339 ; 『耘谷行錄』 卷4, 影印標點 『韓國文集叢刊』 卷6, p.189.

76) 빙탄(氷炭) : 얼음과 숯불이라는 뜻으로 둘이 서로 정반대가 되어 용납되지 않는 관계를 비유하여 이르는 말.

77) 이순(耳順) : 육십의 나이. "나는 열다섯에 학문에 뜻을 두었고, 서른에 (예의를 알게 되어 그 무엇에도 흔들리지 않고 스스로) 섰다. 마흔에 (여러 가지를 깨우치면서) 미혹되지 않았고, 쉰에는 천명을 알게 되었다. 예순에는 남의 말을 새겨 들었으며, 일흔에는 내 마음이 하고 싶은 대로 하더라도 법도에 어긋나지 않게 되었다." 『논어(論語)』 卷2, 「위정(爲政)」. 공자가 말한 이순(耳順)에서 "예순"이라는 우리 말이 생겼다.

78) 거원(蘧瑗) : 위(衛)나라 영공(靈公) 때의 현대부(賢大夫). 자(字)는 백옥(伯玉). 공자(孔子)가 위나라에 갔을 때 그의 집에 머물렀음. 『논어(論語)』 第十四 憲問.

79) 소옹(邵雍) : 중국 송대의 학자(1011~1077). 주돈이(周敦頤)가 송학(宋學)의 이기론(理氣論)을 세운데 대하여 그는 같은 때에 상수학(象數學)을 제창한 대사상가임. 시호는 강절(康節).

80) 망전(忘筌) : 고기를 잡고 나면 통발이 필요 없게 된다는 말. "筌者所以在魚 得魚而忘筌." 『莊子』, 「외물」.

마음 편히 하면 흰 구름에 누울 만하네. 足以安心臥白雲

【강절집(康節集)에 성정음(性情吟)이 있음】(康節集. 有性情吟)

소강절(邵康節) 선생의 춘교십영시(春郊十詠詩)에 차운한 시와 서문
次康節邵先生春郊十詠詩(幷序)

서문 | 옛사람의 시를 읽고 옛사람의 뜻을 보면, 고금(古今)이 비록 다르지만 그 뜻은 다르지 않다. 사람들이 부귀(富貴)와 빈천(貧賤), 영고(榮枯)와 득실(得失)에 따라 기뻐하고 즐거워하며 슬퍼하고 답답하게 여기는데, 그 까닭은 정(情)이 감발(感發)하여 일어나기 때문이다. 아! 안타깝구나, 정(情)이여! 어찌 사람을 이렇게까지 만드는가. 내가 선생의 격양집(擊壤集)을 읽다가 공성십음(共城十吟)에 이르러 보니, 그 자서(自序)에 이런 구절이 있었다. “내 몸이 궁하게 사는 것을 슬퍼하여 춘교시(春郊詩) 열 수를 지었는데, 비록 고상하지는 못하지만 정(情)을 끌어냈다고 할 만하다.” 그 시의 뜻이 내 마음을 깊이 감동시켰다. 그렇다면 하늘이 준 성품은 예나 지금이나 다름이 없을 것이다. 그래서 그 풍미(風味)를 생각하며 각기 그 운에 차운하여 시 열 수를 지었다.

讀古人詩. 看古人意. 今古雖殊. 其意不異. 人於富貴・貧賤・榮枯・得失. 皆有懽忻・快樂・哀戚・鬱陶. 其所以然者. 情所感發而興起也. 惜哉情乎. 夫何使人至於斯也. 予讀先生擊壤集. 至共城十吟. 其自敍云. 悼身之窮處. 故有春郊詩一什. 雖不合於雅焉. 抑亦導于情耳. 其詩意深有感於予心者. 若然則天之所賦之性. 固無古今之異者歟. 故想其風味. 各以其韻次成一什云.

봄날 교외에 한가롭게 살다(春郊閑居)81)

교외에 살다보니 고요하고도 한가로워 郊居靜且閒
푸른 아지랑이가 산시(山市)에 이어졌네. 嵐翠連山市
시냇물은 대밭을 꿰뚫고 흐르며 溪穿脩竹流

---

81)『耘谷詩史』卷4,『高麗名賢集』卷5, p.339 ;『耘谷行錄』卷4, 影印標點『韓國文集叢刊』卷6, p.189.

사립문은 지는 꽃을 마주하고 닫혔네.　門對落花閉
붓을 들어 길게 읊조리다가　操筆發長吟
난간에 기대 얼핏 잠도 들었네.　倚欄成假寐
누가 이 들나물을 캐어 왔나　誰挑野菜來
잘게 씹을수록 봄 맛이 나네.　細嚼嘗春味

봄날 교외에 한가롭게 거닐다(春郊閒步)[82]

사심이 없는 천지의 봄이라　無私天地春
바람이 맑고 햇빛이 산뜻하네.　風日更清新
물 건너 날아가는 새를 바라보고　隔水看飛鳥
다리 건너 들사람도 만났네.　渡橋逢野人
풍성한 물상(物像)들을 가만히 살피다가　冥搜物像富
내 생애 가난함을 잊어버리고,　卽忘生涯貧
꽃다운 풀밭 위에 우연히 앉아　遇勝籍芳草
도탄에 허덕이는 백성을 생각했네.　却思塗炭民

봄날 교외의 꽃다운 풀밭(春郊芳草)[83]

교외 들판에 비가 한 번 지나가　郊原雨已過
풀빛이 멀리까지 끊어지지 않았네.　草色無間斷
누가 저 녹색 비단을 가져다가　誰將綠綺羅
하나하나 솜씨있게 잘 마름질했나.　一一巧裁剪
눈에 가득한 연기와 빛이 아득하니　滿眼烟光遠
봄날의 흥취가 유유히 일어나네.　悠悠春意生
그 옛날 선생께서도 맛있는 술이 있었으면　先生有美酒
이 경치를 바라보며 술잔을 따르셨겠지.　對此宜閑傾

82) 『耘谷詩史』 卷4, 『高麗名賢集』 卷5, p.339 ; 『耘谷行錄』 卷4, 影印標點 『韓國文集叢刊』 卷6, p.189.

83) 『耘谷詩史』 卷4, 『高麗名賢集』 卷5, p.339 ; 『耘谷行錄』 卷4, 影印標點 『韓國文集叢刊』 卷6, p.189.

봄날 교외에 꽃이 피다(春郊花開)[84]

교외에는 봄 그늘이 엷어 郊外春陰薄
온갖 꽃이 이 초가집을 비추네. 群花映草廬
무성한 가지는 꺾어도 되지만 繁枝聊可折
부드러운 잎을 따면 안 되네. 嫩葉不須除
해가 기울자 그림자도 바뀌어지고 影轉斜暉畔
부슬비 지난 뒤라 향기가 떠오르네. 香浮小雨餘
이 아름다운 꽃이 열흘을 못 가다니 穠華無十日
장차 마음 쓸쓸해질까 염려가 되네. 將恐意蕭疎

봄날 교외의 한식날[85](春郊寒食)[86]

아름다운 이 계절을 맘껏 즐겨야지 努力賞佳辰
아름다운 이 계절을 놓치면 안 되네. 佳辰不可失
가는 곳마다 이름난 동산이 있어 到處有名園
철 따라 나는 산물에[87] 깜짝 놀랍네. 慘然驚節物
꽃이 피려다 미처 못 피고 欲開未開花
얼핏 따스하다가 어느새 추워지네. 乍暖不暖日
성을 에워싼 사람이 얼마나 될까 多少遶城人
준마들도 모두 한가롭게 나왔네. 駿馬俱閑出

봄날 교외에서 저녁에 바라보다(春郊晩望)[88]

---

84)『耘谷詩史』卷4,『高麗名賢集』卷5, p.339 ;『耘谷行錄』卷4, 影印標點『韓國文集叢刊』卷6, p.189.

85) 한식(寒食) : 동짓날에서 105일째 되는 날. 이 날은 자손들이 저마다 조상의 산소를 찾아 높고 큰 은덕을 추모하며 제사를 지내고, 사초(莎草)를 하는 등 손질을 하는 날임.

86)『耘谷詩史』卷4,『高麗名賢集』卷5, p.340 ;『耘谷行錄』卷4, 影印標點『韓國文集叢刊』卷6, p.190.

87) 절물(節物) : 철에 따라 나는 산물.

88)『耘谷詩史』卷4,『高麗名賢集』卷5, p.340 ;『耘谷行錄』卷4, 影印標點『韓國文集叢刊』卷6, p.190.

그윽한 새들은 서로 지저귀고 間關呼暝禽
시냇가 나무에 그늘이 지려 하네. 溪樹欲成陰
지는 해는 믿음이 없어 보이지만 日落似無信
돌아오는 구름은 무슨 마음이 있는 듯하네. 雲歸如有心
천리 저 멀리 눈길이 끊어지지만 目窮千里遠
흥취는 다시 한 번 더 깊어지네. 興復一番深
저 건너 언덕에 매화 핀 것을 알았으니 隔岸知梅發
그윽한 향기 따라 찾아갈 수 있겠네. 幽香從可尋

봄날 교외에 빗속에서(春郊雨中)89)

구름 기운이 제대로 모여들더니 雲氣政彌漫
하늘과 땅 사이에 빗발이 어둡네. 雨昏天地間
골고루 뿌려 만물을 적시면서 空蒙能潤物
어두컴컴해져 산들을 가리네. 暗淡巧遮山
밭둑 위에 기뻐하는 사람이 많아 壟上人多喜
시냇가에는 해오라기 혼자 한가롭네. 溪邊鷺獨閑
연기 덮인 풀 길을 이따금 바라보니 時看烟草路
도롱이 젖은 목동들이 돌아오네. 簑濕牧童還

봄날 교외에서 비 내린 뒤에(春郊雨後)90)

한 줄기 비가 남은 봄을 씻어 주니 一雨洗殘春
산천의 면목이 참다워졌네. 山川面目眞
흐드러지게 붉던 꽃도 차츰 예전과 달라지고 爛紅纔減昔
부드러운 녹색 잎은 더욱 새로워졌네. 嫩綠又增新
소나무 고개에는 아지랑이 걸려 있고 松嶺嵐猶礙

89) 『耘谷詩史』 卷4, 『高麗名賢集』 卷5, p.340 ; 『耘谷行錄』 卷4, 影印標點 『韓國文集叢刊』 卷6, p.190.

90) 『耘谷詩史』 卷4, 『高麗名賢集』 卷5, p.340 ; 『耘谷行錄』 卷4, 影印標點 『韓國文集叢刊』 卷6, p.190.

채마밭 이랑에는 푸른빛이 가지런해, 蔬畦碧已匂
시를 지어 개인 날씨에 감사드리니 裁詩報晴霽
좋은 시절 저버린다고 그 누가 말했던가. 誰道負良辰

봄날 교외에서 묵은 술을 마시며(春郊舊酒)[91]

춘교십영(春郊十詠)의 시를 읊어 보니 春郊一十詠
옥돌을 갈고 또 닦는 것 같아, 如琢復如磨
새로 지은 시도 맛이 이러하니 新作詩如此
일찍 거른 술이야 그 맛이 어떠하랴. 曾蒭酒若何
술병 속에는 해와 달이 길고[92] 壺中日月永
세상 밖에는 구름과 연기가 많으니, 物外雲烟多
꽃을 대하면 마실 뿐이지 聊以對花飮
광음(光陰)은 지나가라고 내버려두어야겠네. 光陰一任過

봄날 교외에서 떨어지는 꽃을 보고(春郊花落)[93]

비단 방석이 땅에 가득 깔렸으니 錦菌鋪滿地
온갖 꽃 피던 동산에 봄이 떠났네. 春去百花園
어제 밤엔 붉은 가지가 찬란했는데 昨暮紅枝爛
오늘 아침엔 푸른 잎이 돋아나네. 今朝綠葉緐
이제부턴 봄 놀이가 차츰 적어질 테니 遊觀從此少
노래와 피리 소리도 어찌 들리랴. 歌吹豈爲繁
사람의 일이 모두 이와 같으니 人事摠如是

---

91) 『耘谷詩史』 卷4, 『高麗名賢集』 卷5, p.340 ; 『耘谷行錄』 卷4, 影印標點 『韓國文集叢刊』 卷6, p.190.

92) 호중일월(壺中日月) : 한나라 때에 비장방(費長房)이 약을 파는 호공(壺公)에게 이끌려 가게에 매달아 놓은 병 속에 들어가 실컷 술을 마시고 나왔다고 한다. 그래서 술병 속의 세상을 호천(壺天)이라고 하며, 술에 취해 보낸 세월을 호중일월(壺中日月)이라고 한다.

93) 『耘谷詩史』 卷4, 『高麗名賢集』 卷5, p.340 ; 『耘谷行錄』 卷4, 影印標點 『韓國文集叢刊』 卷6, p.190.

뜬 삶을 어찌 말할 게 있으랴.　浮生何足言

24일. 빗속에 홀로 앉아

二十四日 雨中獨坐[94]

산 속 서재에 하루 종일 비가 내리니　山齋終日雨
쓸쓸한 생각에 부질없이 괴롭네.　寥落思空勞
물이 넘치니 시냇물 소리가 커지고　水漲川聲壯
구름이 쌓이니 산 모습도 높아지는데,　雲籠岀勢高
그 누가 불우한 심정을 알아 주랴　誰能知坎坷
혼자 빗소리 듣노라니 처량하구나.　獨自聽蕭疎
기뻐할 만한 일이 하나도 없어　無事可怡悅
시나 지어 답답한 마음 그려본다네.　裁詩寫鬱陶

도원량(陶元亮)의[95] 귀거래사(歸去來辭)를 읽고

讀陶元亮歸去來辭[96]

백년 종정(鍾鼎)도[97] 한낱 기러기 털이라　百年鍾鼎一鴻毛
일찍이 귀거래사(歸去來辭) 지은 도연명(陶淵明)을 사랑하네.　早賦歸來我愛陶
날씨 좋으면 놀러 다니면서 앞길을 물어보고　涉日遊觀問前路
이따금 동쪽 언덕에 올라 휘파람도 불어보네.　有時舒嘯上東皐
짧은 지팡이 이르는 곳에는 산이 가로막고　短笻到處山橫障
작은 배 타고 돌아오면 물이 반 삿대가 되니,　小艇乘來水半篙

---

94) 『耘谷詩史』 卷4, 『高麗名賢集』 卷5, p.340 ; 『耘谷行錄』 卷4, 影印標點 『韓國文集叢刊』 卷6, p.190.

95) 도원량(陶元亮) : 도연명(陶淵明).

96) 『耘谷詩史』 卷4, 『高麗名賢集』 卷5, p.340 ; 『耘谷行錄』 卷4, 影印標點 『韓國文集叢刊』 卷6, p.190.

97) 종정(鍾鼎) : 종과 솥은 귀중한 물건인데, 뛰어난 공덕을 종이나 솥에 새기기도 하였다. 그래서 묘당(廟堂)에 있는 재상을 종정(鐘鼎)이라고도 하였다. 식사 전에 음악을 연주하고, 식사에는 여러 그릇의 산해진미를 내어놓는 화려한 생활도 종정(鐘鼎)이라고 하였다.

한가롭고 바쁜 것 가지고 득실(得失)을 따진다면 若把閑忙論得失
푸른 구름(靑雲)이[98] 흰 구름(白雲) 높이에 미치지 못하리라. 靑雲莫及白雲高

간추린 귀거래사(歸去來辭)

節歸去來辭[99]

고향으로 돌아오는 게 내 구하는 바니 歸去來兮適所求
거문고와 책을 즐기며 시름을 잊네. 琴書之樂實消憂
창에 기대 세상을 업신여기며[100] 옳고 그름을 따지고 倚窻寄傲論非是
소나무 어루만지며 거닐고 떠날지 머물지를 내맡기네. 撫樹盤桓任去留
밭 갈고 김매기를 일삼으며 지팡이를 세워 두고 或事耘耔而植杖
시 짓고 읊다가 또한 배도 타네. 還將賦詠亦乘舟
하늘의 뜻 즐기고 운명을 아니 무엇을 걱정하랴 樂天知命奚疑慮
천고에 끼친 바람이 높아서 따를 사람이 없네. 千古遺風敻絶儔

생각나는 대로 읊음

卽事[101]

한가롭게 사는 맛을 함부로 전하지 마세. 閑居氣味莫輕傳
사람들이 그 까닭을 비웃을까 두렵다네. 却恐人譏所以然

---

98) 청운(靑雲) : 푸른 구름(靑雲)은 높은 명예나 벼슬을 이르는 말이고, 흰 구름(白雲)은 자연 속에 한가롭게 노니는 것을 뜻한다. "범저(范雎)가 휘장에 화려하게 둘러싸인 채 매우 많은 시종들을 거느리고 그를 만났다. 수가(須賈)는 머리를 조아리고 죽을 죄를 지었다고 하면서, 이렇게 말했다. 제가 나으리께서 스스로의 힘으로 청운(靑雲)의 위에 높이 오르신 줄은 생각하지 못했습니다." 사마천(司馬遷), 『사기(史記)』 卷79, 「范雎蔡澤」.

99) 『耘谷詩史』 卷4, 『高麗名賢集』 卷5, p.340 ; 『耘谷行錄』 卷4, 影印標點 『韓國文集叢刊』 卷6, p.190.

100) 기오(寄傲) : 세상을 업신여긴다는 말. 기오(寄傲)는 기우오세지정(寄寓傲世之情)을 뜻한다. "남쪽 창가에 기대어 세상을 업신여겼네. 倚南窓以寄傲." 도연명(陶淵明), 「귀거래사(歸去來辭)」.

101) 『耘谷詩史』 卷4, 『高麗名賢集』 卷5, p.340 ; 『耘谷行錄』 卷4, 影印標點 『韓國文集叢刊』 卷6, p.190.

쑥대를 쳐내 오솔길을 만들고　剪伐蓬蒿通小徑
자갈을 헤쳐 맑은 샘을 팠네.　撥開沙石鑿淸泉
시골 막걸리에 반쯤 취해 바람 앞에서 시를 읊고　半酣村醑臨風詠
산나물에 배 부르면 빗소리 듣다가 잠을 자네.　全飽山蔬聽雨眠
소부(巢父)와 허유(許由)의[102] 높은 이름도 태평성대 때문이니 巢許名高由盛代
대궐에[103] 마음 쏟아 천년 장수를 비네.　湊心丹陛禱千年

오랜 비에 향학(鄕學)에[104] 홀로 앉아 있다가 절구 다섯 수를 지어 여러 서생들에게 보임

久雨獨坐鄕學. 書五絶以示諸生.[105]

뜰에 가득한 푸른 이끼에 빗발이 어지러운데　滿庭蒼蘇雨紛紛
처마에서 떨어지는 물소리를 밤낮으로 듣네.　淅瀝簷聲日夜聞
잠깐 사이에 천만 가지 모습으로 변하니　頃刻變成千萬狀
기이한 구경거리는 치악산(雉岳山)[106] 구름뿐일세.　奇觀只有雉山雲

그대들은 어지러운 세태를 부디 일삼지 말게.　諸生愼莫事繽紛
부지런히 배우면 좋은 명성이 따르기 마련이라네.　勤學由來有令聞
문장이 내 자신을 붙들어 준다고 굳게 믿을지니　篤信文章扶自己
하루 아침 돌아오는 길이 청운(靑雲)에[107] 있다네.　一朝歸路在靑雲

---

102) 소허(巢許) : 소부(巢父)와 허유(許由). 요(堯)가 천하를 맡겨도 사양하고 받지 않았다는 사람. 상고시대 사람 허유(許由)는 양성(陽城) 괴리(槐里) 사람이었는데, 자는 무중(武仲)이며, 패택(沛澤) 가운데 숨어 살았다. 요(堯)임금이 천하를 물려주려 하자 받지 않고, 영수(潁水) 북쪽 기산(箕山) 아래로 달아나 살았다. 요임금이 또 불러서 구주(九州)의 장관을 삼으려 하자, 허유가 그 소리를 듣지 않으려고 영수 물가에서 귀를 씻자, 소부는 그 물이 더럽다고 건너지 않았다는 고사가 있다. 『장자(莊子)』 卷1, 「소요유(逍遙遊)」.

103) 단폐(丹陛) : ① 붉은 칠을 한 층층대. ② 임금의 뜰. 궁궐을 달리 이르는 말.

104) 향학(鄕學) : 고려시대 지방 교육기관. 조선시대의 향교와 통한다. 중앙의 국학(國學)을 축소한 형태로 지방에 설치하여 지방문화 향상에 기여하였다.

105) 『耘谷詩史』 卷4, 『高麗名賢集』 卷5, p.340 ; 『耘谷行錄』 卷4, 影印標點 『韓國文集叢刊』 卷6, p.191.

106) 치악산(雉嶽山) : 강원도 영월군과 원주시 사이에 있는 산.

재주가 엷은데 세상 시끄러움을 벗어난다고 어찌 말하랴. 才簿何言釋世紛
고루하고도 들은 게 적어 스스로 부끄럽구나. 自慙孤陋寡攸聞
제각기 노력해 부디 공업(功業)을 이루고 各須努力成功業
우부(愚夫)가 흰 구름에 누운 것을 본받지 말게. 莫効愚夫臥白雲

세상의 어지러운 일을 다 알려고 하면 若欲研窮世務紛
모름지기 널리 보고 또 많이 들어야 하네. 要須博覽又多聞
요즘 사람들은 참으로 우스우니 比來人事還堪笑
번복이 무상해 비도 많고 구름도 많네.[108] 飜覆無常多雨雲

이 늙은이가 어찌 세상일을 풀 수 있으랴. 老夫何敢解時紛
옛날에 들은 것을 다시 찾아 익히지도 못하네. 無復尋溫舊所聞
스승되기에 알맞지 않은 줄 내가 알기에 可以爲師知未稱
병든 몸 부질없이 구름 바라보는 게 부끄럽구나. 愧將衰病謾看雲

한천청사(寒泉淸師)의[109] 시권에 씀

書寒泉淸師卷[110]

맑고 맑은 한 줄기 물결이 조계(曺溪)에 닿았는데 澄澄一波接曺溪
그 환한 그림자의 광명이 밝고도 서늘하네. 影澈涵虛冷且凄

107) 청운(靑雲) : 푸른 구름(靑雲)은 높은 명예나 벼슬을 이르는 말이고, 흰 구름(白雲)은 자연 속에 한가롭게 노니는 것을 뜻한다. "범저(范雎)가 휘장에 화려하게 둘러싸인 채 매우 많은 시종들을 거느리고 그를 만났다. 수가(須賈)는 머리를 조아리고 죽을 죄를 지었다고 하면서, 이렇게 말했다. 제가 나으리께서 스스로의 힘으로 청운(靑雲)의 위에 높이 오르신 줄은 생각하지 못했습니다." 사마천(司馬遷), 『사기(史記)』 卷79, 「범저채택(范雎蔡澤)」.

108) 번복무상다우운(飜覆無常多雨雲) : "손바닥을 뒤집으면 구름 되었다 엎으면 비가 된다니 변덕스런 무리들을 어찌 다 헤아리랴. 그대는 보지 않았던가. 관중과 포숙의 사귐을 친구의 도를 요새 사람들은 흙처럼 저버린다네. 飜手作雲覆手雨, 紛紛輕薄何須數. 君不見管鮑貧時交, 此道今人棄如土." 두보(杜甫), 「빈교행(貧交行)」.

109) 한천청사(寒泉淸師) : 생몰년 미상.

110) 『耘谷詩史』 卷4, 『高麗名賢集』 卷5, p.341 ; 『耘谷行錄』 卷4, 影印標點 『韓國文集叢刊』 卷6, p.191.

다섯 가지 혼탁한 세상111) 티끌을 모두 씻어 버리니　　五濁世塵俱滌盡
끝없이 묘한 쓰임이 통발과 올무를112) 끊었네.　　無窮妙用絶筌蹄

정암욱사(晶菴旭師)의113) 시권에 씀[진사(進士) 장자의(張子儀)114)의 운에 따라 쓴 것이다]

書晶菴旭師卷(昔張進士子儀韻)115)

일찍이 사자후(獅子吼)를116) 들었으니　　曾聞獄子吼
이것이 참으로 무외(無畏)의117) 말씀일세.　　眞是無畏說

---

111) 오탁(五濁) : Panca-kasaya. 오재(오재)·오혼(오혼). 나쁜 세상에 대한 5종의 더러움[겁탁(劫濁)·견탁(見濁)·번뇌탁(煩惱濁)·중생탁(衆生濁)·명탁(命濁)]. 겁탁은 사람의 수명이 차제로 감하여 30·20·10세로 됨에 따라 각기 기근과 질병, 전쟁이 일어나 시대가 흐려짐에 따라 입는 재액이고, 견탁은 말법시대에 이르러 사견(邪見)·사법(邪法)이 다투어 일어나 부정한 사상의 탁함이 넘쳐흐름을 말함. 번뇌탁은 사람의 마음이 번뇌에 가득하여 흐려짐을 말하고 중생탁은 사람이 악한 행위만을 행하여 인륜도덕을 돌아보지 않고, 나쁜 결과를 두려워하지 않는 것이며, 명탁은 인간의 수명이 차례로 단축하는 것을 말한다.

112) 전제(筌蹄) : ① 전(筌)은 물고기를 잡는 통발, 제(蹄)는 짐승을 잡는 올가미로, 어떤 일을 성취하기 위한 도구와 수단이라는 뜻이다. ② 남조(南朝)의 사대부가 설법할 때 손에 쥐던 불자(拂子)같은 것.

113) 정암욱사(晶菴旭師) : 생몰년 미상.

114) 장자의(張子儀) : 생몰년 미상.

115) 『耘谷詩史』 卷4, 『高麗名賢集』 卷5, p.341 ; 『耘谷行錄』 卷4, 影印標點 『韓國文集叢刊』 卷6, p.191.

116) 사자후(獅子吼) : 법을 연설하는데 두려움이 없어 사자의 울부짖음과 같고, 그 강설하는 것이 벽력 같았다. 『유마경』 부처님 말씀을 사자의 울부짖음에 비유한 것인데, 이 시에서는 고암 스님의 설법을 사자의 울부짖음에 비유하였다.

117) 무외(無畏) : 범어 vaiśāradya의 번역으로 무소외(無所畏)라고도 한다. 불보살(佛·菩薩)의 덕(德)의 하나로, 어떤 일이든 두려움이 없는 10전(全)의 자신을 가지고 안심하고 용감하게 법(法)을 설하는 것이다. 여기에는 4종(種)의 무외가 있어 4무외·4무소외라고 하는데, 불(佛)의 4무외는 '나는 일체의 법을 깨달아 증득했다', '일체의 번뇌를 아주 끊었다', '수행에 장애가 되는 것은 이미 모두 설했다', '고계(苦界)의 미망(迷妄)의 세계에서 벗어나 해탈에 들어가는 길을 설했다'고 하는 두려움 없는 자신이다. 보살의 4무외는 교법(敎法)을 잘 기억하여 잊지 않고 뜻을 설함에 있어 두려움이 없는 자신, 중생의 근기(根機)를 알고 그에 대한 적절한 설법을 하는 것에 대한 두려움 없는 자신, 중생의 의문을 해결하는 데 대한 두려움 없는 자신, 모든 물음에 대해 자유자재로 대답할 수 있어 두려움 없는 자신을 말한다.

스님께선 오직 이것만 생각하시며	上人念在玆
오뚝하게 앉아서 많은 세월을 보내셨네.	兀兀經歲月
산빛은 푸르러 허공에 닿고	山色翠磨空
시냇물 소리는 저절로 흐느끼네.	溪聲自鳴咽
흰 구름은 이따금 뭉쳤다가 흩어지니	白雲時卷舒
이 모습 바라보며 얼마나 기뻤으랴.	對此可怡悅
소나무와 바위 사이에 한 암자가 맑으니	松石一菴淸
북으론 높은 산이 껴안고,	北擁崗巒屹
동쪽 바다엔 불 바퀴가 떠올라	火輪昇東溟
맑고 빛나는 모습이 기이하고 절묘하네.[118]	晃郎景奇絶
그 맑은 빛에 거리낄 게 하나도 없어	無物礙澄光
동서남북 위아래가[119] 다시 한 번 통하니,	六合更通徹
원융(圓融)한[120] 가운데 그림자가 나타나	圓融影現中
삼라만상이 여기저기 벌려 있네.	萬像森羅列
아래로 세상 사람 내려다보면	下視世間人
하루살이와 서캐에다 이까지 뒤섞였네.	蠛蠓雜蟣蝨
이 암자 안에 즐거운 일이 많아	菴中所樂多
쓸 데 없이 밖으로 나간 적이 없다네.	曾不虛浪出

118) 황랑경기절(晃郎景奇絶) : 이 네 구절은 스님의 이름인 정암욱사(晶庵旭師)를 표현한 것이다.

119) 육합(六合) ; ① 동서남북과 상하의 여섯 방위. 육방과 같은 말로 천하, 육극, 육막이라고도 하고, 동서남북인 사방과 상하(천지) 양방을 합하여 육방이라 함. 『장자(莊子)』 제물론에 "六合之外 聖人 存而不論 六合之內 聖人 論而不議"라 하였다. ② 육합석(六合釋). Sat-samasa. 살삼마사(殺三麼娑)라 음역. 6리합석 · 6종 석이라고도 한다. 범어의 복합사(複合詞)를 해석하는 6종의 방식. 1) 의주석(依主釋). 의사석(依士釋)이라고도 함. 왕의 신(臣)을 왕신(王臣)이라 함과 같은 것. 2) 상위석(相違釋). 왕과 신을 왕 · 신이라 함과 같은 것. 지업석(持業釋). 동의석(同依釋)이라고도 함. 높은 산을 고산(高山)이라 함과 같은 것. 4) 대수석(帶數釋). 사방(四方) · 삼계(三界)와 같은 것. 5) 유재석(有財釋) · 다재석(多財釋)이라고도 함. 장신(長身)의 인(키 큰 사람)을 장신(키다리)이라고 부르는 것과 같은 것. 6) 인근석(隣近釋) 하(河)의 부근을 하반(河畔)이라고 하는 것과 같은 것.

120) 원융(圓融) : ① 한 데 통하여 아무 구별이 없음. ② 여러 법의 사리(事理)가 구별없이 널리 융통되어 하나가 됨.

나 역시 은자(隱者)를 사모한 我亦慕隱倫
천지(天地)간에 한가로운 한 존재인데, 天地一閑物
오늘에야 스님을 만나고 보니 今日逢上人
십 년 묵은 시름이 모두 풀리네. 十年愁可歇

무암공사(無菴空師)의121) 시권에 [목은(牧隱)의 운을 빌려 씀]

書無菴空師卷(借牧隱韻)122)

참으로 진공(眞空)을123) 얻은 한 장부(丈夫)이니 信得眞空一丈夫
분명히 조주(趙州)의 무(無)자를124) 들어 보이시네. 單單提擧趙州無
닦음도 없고 깨달음도 없고 생각도 없는데 無修無訂仍無念
이따금 맑은 바람이 벽오동(碧梧桐)을125) 흔드네. 時有淸風動碧梧

지암철사(智巖哲師)의126) 시권에 씀

書智巖哲師卷127)

푸른 바위가 선명하게 하늘에 솟았으니 巖翠鮮明直聳天

---

121) 무암공사(無菴空師) : 생몰년 미상.

122) 『耘谷詩史』 卷4, 『高麗名賢集』 卷5, p.341 ; 『耘谷行錄』 卷4, 影印標點 『韓國文集叢刊』 卷6, p.191.

123) 진공(眞空) : ① 비공(非空)의 공(空). 대승(大乘)의 지극(至極)을 말함. ② 진여(眞如)의 이성(理性)이 모든 미혹된 소견(所見)・상(相)을 떠나는 일. ③ 소승(小乘)의 열반(涅槃).

124) 조주무(趙州無) : 조주(778~897)는 중국스님. 임제종. 남전 보현(南泉 普願)의 법제자. 조주(趙州)의 관음원에 있었으므로 조주라고 함. 조주무자(趙州無字), 구자불성(狗子佛性) : 어떤 스님이 조주선사에세 묻기를 "개에게도 불성이 있습니까"하니, 조주가 "무(無)"라고 대답하였다. "위로는 모든 부처님과 아래로는 개미 벌레까지도 모두 불성이 있다고 하였는데, 개는 어찌 없습니까?"라고 묻자, "업식성(業識性)이 있기 때문"이라고 대답하였다. 또 다른 스님이 묻기를 "개도 불성이 있습니까?"라고 하자, "유(有)"라고 대답하였다. 다시 "기왕의 불성이 있을진대는 어찌하여 저 가죽부대속에 들어 갔습니까?"라고 묻자, "그가 알고도 짐짓 범하는 까닭이다"라고 대답하였다.

125) 벽오동(碧梧桐) : 벽오동 과에 딸린 갈잎 큰 키나무.

126) 지암철사(智巖哲師) : 생몰년 미상.

127) 『耘谷詩史』 卷4, 『高麗名賢集』 卷5, p.341 ; 『耘谷行錄』 卷4, 影印標點 『韓國文集叢刊』 卷6, p.191.

네 가지 지혜가[128] 몸 속에 원만한 줄 비로소 알겠네. 方知四智體中圓
스님께선 진여(眞如)의[129] 경지에 고요히 앉아 계시니 上人燕坐眞如境
시냇가 달과 소나무 바람이 밤마다 선정(禪定)일세.[130] 溪月松風夜夜禪

봉일신산사(峯日信山師)의[131] 시권에 씀

書峯日信山師卷[132]

푸른 봉우리에 구름 걷히고 아침해가 비치니 碧峯雲捲映朝陽
청정한 그 광명이 시방을[133] 다 비추네. 淸淨光明照十方
그곳에서 무슨 사업을 닦으시는지 是處所修何事業
물가 숲 밑에서 낮에 향을 사르시네. 水邊林下晝焚香

평암균사(平巖均師)의[134] 시권에 씀

書平巖均師卷[135]

원래 등급이 없으니 모두가 평등이라 元無等級一般平
구름 속의 밝은 빛이 달빛을 띠었네. 雲裏晴光帶月明
옛부터 지금까지 같은 본체이니 亘古亘今同本體

---

128) 사지(四智) : 불교에서 말하는 네 가지 알음(四智). 천지(天智)·지지(地智)·방인지(傍人智)·자지(自智).

129) 진여(眞如) : 진(眞)은 진실이고, 여(如)는 여상(如常)이다. 제법(諸法)의 체성(體性)이 허망을 여의고 진실하기 때문에 진(眞)이라 하고, 상주(常住)하여 불변(不變) 불개(不改)하기 때문에 여(如)라고 한다. 실체(實體)와 실성(實性)이 영원히 변하지 않음을 뜻하는 말이다.

130) 선정(禪定) : 육바라밀의 하나. 선(禪). 진리를 올바로 사유(思惟)하며, 조용히 생각하여 마음을 한 곳에 모으는 일.

131) 봉일신산사(峯日信山師) : 생몰년 미상.

132) 『耘谷詩史』 卷4, 『高麗名賢集』 卷5, p.341 ; 『耘谷行錄』 卷4, 影印標點 『韓國文集叢刊』 卷6, p.191.

133) 시방(十方) : 사방(四方 ; 동서남북)과 사유(四維 ; 동북·동남·서남·서북), 상하(上下)에 있는 무수한 세계.

134) 평암균사(平巖均師) : 생몰년 미상.

135) 『耘谷詩史』 卷4, 『高麗名賢集』 卷5, p.341 ; 『耘谷行錄』 卷4, 影印標點 『韓國文集叢刊』 卷6, p.191.

스님의 두 눈동자가 더욱 맑고도 깨끗하네. 上人雙眼更澄淸

강남(江南) 가는 신원(信圓) 스님을[136] 보내면서 쓴 시와 서문
送信圓禪者遊江南詩(幷序)[137]

서문 | 청풍헌(淸風軒) 신원 스님은 계월헌(溪月軒) 무학(無學)의[138] 문도(門徒)인데 호는 적봉(寂峰)이니, 뜻이 있는 사람이다. 그가 어느 날 나를 찾아와 말했다. "우리들이 하는 일은 오로지 강해(江海)에 노닐고 산천(山川)에 다니면서 스승을 찾아 도(道)를 묻는 것입니다. 그래서 행각(行脚)이라는[139] 말이 있는 것입니다. 우리 스승께서 나옹(懶翁)에게 법을 이어받았으니, 저는 나옹에게 손자뻘이 되는 제자입니다. 우리 선조사(先祖師) 보제존자(普濟尊者)께선 지정(至正) 무자년(1348)에 연경(燕京)에[140] 들어가 지공(指空)을[141] 찾아뵈었고, 경인년(1350) 가을에는 강절(江浙)로 가서 평산(平山)을[142] 찾아 뵈었으며, 임진년(1352) 여름에는 무주(婺州)로 가서

---

136) 선자(禪者) : ① 명상하는 사람. ② 선문(禪門) 사람. 선의 수행자.

137) 『耘谷詩史』 卷4, 『高麗名賢集』 卷5, p.341 ; 『耘谷行錄』 卷4, 影印標點 『韓國文集叢刊』 卷6, p.191.

138) 무학(無學) : 여말선초의 고승(1327~1405). 속성은 박(朴), 이름은 자초(自超). 이태조(李太祖)의 스승으로 조선조 건국에 힘썼으며, 법천사·송광사 등으로 돌아다니다가 양주 회암사에 붙박아 지냈음. 한양 도읍의 유래로 유명함.

139) 행각(行脚) : 선종의 승려가 수행하기 위해 여러 지방을 돌아다님.

140) 연경(燕京) : 북경(北京)의 별칭. 춘추전국(春秋戰國)시대 연(燕)나라의 영토였으므로 연경이라 함.

141) 지공(指空, ?~1363) : 마가다국왕을 아버지로, 향지국의 공주를 어머니로 하여 탄생했다. 8세에 출가하여 19세에 남인도의 능각국 길상산(吉祥山)으로 가서 보명에게 사사했다. 티베트·운남(雲南)·귀주(貴州)를 지나 다시 북상하여 여산(廬山)으로 가서 양주에서 배를 타고 화북으로 나아가 마침내 연경(燕京)에 도달했다. 그러는 사이에 변방의 반인들을 감화시켰고, 기우제를 지내 비를 오게 하는 등 여러 가지의 신이를 나타냈다. 지공은 서천 108조에 해당하는 진실한 참선자였다. 드디어 고려인들의 원에 따라 지공은 1327년 금강산으로 왔다. 지공이 돌아간 후 혜근과 무학이 연경으로 그를 방문하였다. 천보산 회암사는 서역의 승려 지공이 그곳의 지형과 산수가 인도의 아란타사와 아주 닮았다고 하여 이 말을 들은 혜근이 그곳에 절을 세운 것이다. 鎌田茂雄, 1987, 『朝鮮佛教史』, 東京大學出版會 ; 申賢淑 譯, 1988, 『韓國佛教史』, 서울 ; 民族社, p.186.

142) 평산 처림(平山 處林) : 원의 임제종 고승.

천암(千巖)을[143] 찾아 뵙고 그 비밀의 부촉(付囑)을 전수해 왔습니다. 오륙 년 동안 두루 돌아다니면서 법을 물은 곳이 매우 많았는데, 사람은 비록 떠나셨지만 행각(行脚)의 남은 자취는 뚜렷합니다. 저도 남방에 노닐면서 선사(先師)들께서 유람하시던 자취를 한 번 보고 평생의 뜻을 이뤄볼까 하여 지금 떠납니다."

내가 이 말을 듣고 대답하였다. "신원 스님의 말씀이 옳습니다. 그러나 그 뜻은 무엇이겠습니까. 나옹(懶翁)은 대도(大道)에 뜻을 두었기 때문에 그 험한 길을 꺼리지 않고 홀로 만리를 유람하면서 밝은 스승을 찾아 뵙고 종지(宗旨)를 밝혔으니, 이와 같이 한다면 스님의 뜻이 곧 나옹의 뜻입니다. 스님은 부디 노력하십시오. 우리 동방이 중국과 비록 멀리 떨어져 있지만, 지금 성천자(聖天子)의 풍화(風化)는 (온 천하 백성을) 한 가지로 어질게 보기[144] 때문에 사해(四海) 의관(衣冠)과 문궤(文軌)가[145] 하나가 되었습니다. 게다가 전쟁까지 그쳐, 여행길에 나서도 아무런 어려움이 없습니다. 스님께선 도(道)와 행(行)에 여력이 있어 삼관(三觀)의[146] 이치와 반야(般若)의 작용이 자신에게 충족하여 남에게 의지할 것이 없으니, 참으로 석문(釋門)의 한 법기(法器)이십니다.[147] 그렇다면 천하(天下) 총림(叢林)에[148] 어디를 간들 용납되지 않겠습니까. 그 교(敎)를 끝까지 연구하고 도(道)를

143) 천암(千巖) : 원의 고승. "千巖 無明長老."

144) 동인(同仁) : 피차의 차별 없이 평등하게 인애(仁愛)를 베푼다는 뜻.

145) 문궤(文軌) : 『중용(中庸)』에 있는 말이다. 수레바퀴의 폭이 같듯이 문자가 통일되어 있고 윤리도덕의 기준과 예의 범절이 통일되어 있다. "천하의 수레는 궤를 같이하고, 문서는 글을 같이하고, 행동은 윤리를 같이한다. 今天下車同軌 書同文 行同倫." 『중용(中庸)』 28장.

146) 삼관(三觀) : 관법(觀法)의 세 종류. ① 천태종에서 세우는 공관・가관・중관. ② 화엄종에서 세우는 진공관・이사무애관・주변삼용관. ③ 율종에서 세우는 성공관・상공관・유식관. ④ 「종경록」에 있는 별상삼관・통상삼관・일심삼관. ⑤ 법상종의 자은이 세운 유관・공관・중관.

147) 법기(法器) : 불도(佛道)를 감당하여 능히 수행할 수 있는 소질이 있는 사람, 불연(佛緣)이 있는 사람.

148) 총림(叢林) : ① Vindhyavana 빈다바나(貧陀婆那)의 음역. 檀林으로 번역하기도 함. 여러 승려들이 화합하여 함께 배우며 안거하는 곳. 많은 승려들과 속인들이 모인 것을 나무가 우거진 수풀에 비유한 것. 지금의 선원(禪苑)・선림(禪林)・승당(僧堂)・전문도량(專門道場) 등 많은 승려들이 모여 수행하는 곳을 총칭.

사모하는 마음이 깊은 사람이 아니라면, 이러한 일은 할 수가 없습니다. 스님의 이번 유람은 오직 선사(先師)가 깨달은 곳에 귀경(歸敬)하는 것만 아니라, 참으로 승려의[149] 뜻을 이루는 행각입니다. 헤어지는 마당에 나의 구구한 정이야 어찌 다 말할 수 있겠습니까?" (신원 스님의) 그 뜻을 아름답게 생각하고 그 행각(行脚)을 장하게 여겨, 시 한 수를 써서 노자로 드린다.
淸嵐軒圓禪者. 溪月軒無學之門徒. 號曰寂峯. 盖有志者也. 一日過予曰. 吾輩之所業. 專以遊江海涉山川. 尋師訪道爲事. 故有行脚之說焉. 吾師嗣法於懶翁. 吾於懶翁. 義當爲孫. 惟我先祖師普濟尊者. 越至正戊子. 入燕都叅見指空. 庚寅秋. 到江浙叅見平山. 壬辰夏. 到婺州叅見千巖. 皆傳密付而來. 其五六年間. 遍叅需語之處甚多. 人雖逝矣. 行脚之遺躅完然. 吾欲南遊. 一觀先師遊覽之跡. 以償平生之志. 卽今行矣. 予應之曰. 圓之言也是矣. 然其志則何哉. 切惟懶翁. 志于大道. 不憚道里之險阻. 單遊萬里. 叅訪明師. 契明宗旨. 苟以是求之. 上人之志卽懶翁之志也. 上人眞勉之哉. 吾東方與中國相距道途雖遠. 方今聖天子之風化. 一視同仁. 四海衣冠文軌混一無間. 又復干戈已定. 一無道途之艱梗. 且上人之道與行俱有餘力. 三觀之理. 般若之用. 足乎已無待於外. 眞釋門之一法器也. 然則其於天下叢林. 到處何所不容乎. 若非窮究其敎深於慕道者. 不能也. 此去也非惟歸敬先師契悟之處. 實釋子得意行脚之秋也. 予所區區臨分之意. 安足盡言. 乃嘉其志壯其行. 書一詩以贐之.

헌출하고 깨끗한 그 모습과 몸가짐에다	蕭灑乎客儀
크고도 넓은 학식과 도량으로,	恢弘乎識量
바리때 하나이니 살림살이 가벼운데다	一盂生計輕
만리에 노닐러 가니 그 마음 장하시네.	萬里歸心壯
일찍이 티끌 세상 다 떠나시어	寂早離塵埃
소금과 장이 적다고 말한 적이 없었네.	不曾少鹽醬
민(閩)과 오(吳)에서 맘껏 노닐고	閩吳爲浪遊
초(楚)와 월(越)에서도 한가롭게 다니며,	楚越亦閑放
강을 건너려면 갈대를 타기도 하고	欲跨渡江蘆

149) 석자(釋子) : 석가의 제자. 승려를 말함.

길에선 언제나 지팡이를 짚으시겠지. 常携扶路杖
종풍(宗風)을[150] 누구에게서 받으셨나 宗風嗣阿誰
보제대화상(普濟大和尙)[151] 바로 그 분일세. 普濟大和尙

이천(伊川)[152] 감무(監務)로[153] 부임하는 원(元) 승봉(承奉)을[154] 보내면서 쓴 시와 서문

送元承奉赴伊川監務詩(幷序)[155]

서문 | 홍무(洪武) 20년(1387) 9월 19일에 이천의 새 수령이 된 원군(元君)이 장차 부임하려고 나를 찾아와 말했다. "백성을 다스리는 직책이 무거워, 저같이 불초한 자가 감당할 수 없습니다. 저는 본래 재덕(才德)과 지술(智術)이 없으니, 어찌 그 자리를 감히 맡을 수 있겠습니까? 사양하고 가지 않는 것이 옳지만, 피하기 어려운 형편이어서 부득이 가게 되었습니다."

내가 그 뜻을 알아듣고 대답하였다. "감무(監務)란 직책은 우리 나라에서 관청을 설치해서 직분을 나눈 것인데, 옛날부터 각사(各司)에 속해 있었다. 본래는 백성과 아전들이 받는 것을 파악하는 게 일이었지. 그러나 그 성(城)을 도맡아 백성을 기르고 아전을 통솔하는 법에 있어서는 주(州)나 목(牧)의 대관(大官)들과 한 가지였는데, 다만 지위가 낮고 책임은 막중해서

---

150) 종풍(宗風) : 한 종의 풍의(風儀).

151) 보제대화상(普濟大和尙) : 고려말의 승려 나옹을 말함.

152) 이천(伊川) : 본래 고구려의 이지매현. 신라 때 지금의 이름으로 고쳐 토산군의 영현으로 하였다가 고려 현종 9년 동주(東州)에 예속시키고 뒤에 감무를 둠. 『신증동국여지승람』 卷47, 이천현.

153) 감무(監務) : 고려·조선 초기, 작은 현의 으뜸 벼슬. 고려 현종 9년(1018)에 각도의 현에 현령을 두었고, 예종 3년(1108)에 대현(大縣)에는 현령을, 소현(小縣)에는 감무를 두었다가, 공민왕 때에 현령·감무를 안집별감으로 고쳤고, 창왕 때에 다시 현령·감무로 고쳤으며, 조선 태종 13년(1413)에 감무를 현감으로 고쳤다. 품계는 6품 또는 7품이었다.

154) 승봉(承奉) : 승봉랑. 고려. 문종 때에 제정된 문관 벼슬아치들의 종8품 윗 등급의 품계. 충렬왕 34년(1308)에 6품으로 오르고, 충선왕 2년(1310)에 정6품이 되었다가, 공민왕 5년(1356)에 폐지되었고, 공민왕 11년(1362)에 다시 정6품으로 제정되었다가, 공민왕 18년(1369)에 다시 폐지됨.

155) 『耘谷詩史』 卷4, 『高麗名賢集』 卷5, p.342 ; 『耘谷行錄』 卷4, 影印標點 『韓國文集叢刊』 卷6, p.192.

이따금 폐단이 있었다. 그러므로 지금 경화(更化)하는 초기에 헌사(憲司)가 나라에 아뢰어 감무(監務)와 현령(縣令)의 지위를 참관(叅官)의 계위(階位)에 올려, 현량하고 공정하여 수령이 될 만한 자를 가려 뽑아서 (감무로) 보내는 것이다. 지금 그대가 감무에 선발된 것은 반드시 까닭이 있으니, 세상에 아첨하여 얻은 것은 아니다. 관찰사가 임금께 천거하고 임금께서 채용하셨으니, 소중하게 여기신 것이 분명하다. 그렇다면 그대의 도덕이 집안에 행해져서 밖에까지 퍼지는 것을 여러 사람들이 바라는 바이다. 또한 고을을 먼저해서 온 천하에까지 이르게 하는 것이 우리 임금과 관찰사의 마음이 아니겠는가. 그렇다면 뒷날 어떻게 성취될 것인지 헤아릴 수가 있다. 그뿐만 아니라 그대의 매부와 사위가 먼저 이 직책을 맡았을 때에 모두 재덕이 있다는 칭찬을 받아, 위로는 임금을 섬기고 아래로는 백성을 다스려 정치를 잘 했다는 명성이 알려졌다. 이제 한 집안의 세 사람이 한꺼번에 고을을 다스리게 되었으니, 그야말로 태평성대의 명예가 아니겠는가. 어질고 슬기로운 이가 아니면 이렇게 되겠는가. 그대는 이 일에 힘쓰라." 그리고 나서 시 2수를 지어 노자로 주었다.

洪武二十年九月十九日. 伊川新守令元君將赴官. 謂予曰. 臨民之任重矣. 非愚不肖之所當也. 而吾本無才德智術. 何敢守其職乎. 辭而不去留矣. 勢難能免. 不得已而行矣. 予解其意而答之曰. 監務之職以我國家設官分職之制. 從古以來各司攸屬. 本把人吏之所受也. 然專其城而牧民御吏之法. 與州牧大官一也. 但以位卑任重. 間有其弊. 故方今更化之初. 憲司奏聞以監務・縣令之任. 陞其階於叅官. 揀擇賢良公正堪爲守令者以遣之. 今君亦膺是選. 必有所以. 非求媚於世而得之. 觀察使之所薦聞. 聖明君之所選用. 其不輕而重也明矣. 夫然則君之道德行乎中而溥於外. 衆所望也. 且先一縣而後四海. 豈非吾君與觀察使之心乎. 他日所就. 其可量哉. 抑又君之妹夫. 若婿先赴是任. 俱有才德之稱. 有以事乎上. 有以臨乎下. 政聲藹然. 一家三人. 爲郡一時. 盛朝聲譽何如也. 若非賢且智者. 其能如是乎. 君其勉哉. 因書二詩以贐行云.

세 읍(邑)의 수령이[156] 한 집안에서 나왔으니 　　三邑分憂出一家

156) 분우(分憂) : 지방관(地方官)을 이름. 지방관은 천자(天子)의 근심을 나눈다는 뜻임.

빛나는 그 이름에 더할 게 없네. 赫然聲譽更無加
이름 있는 가문의[157] 경사를 이미 이어받았으니 已能承襲高門慶
태평성대의 아름다움을 더욱 빛내리라. 將欲增輝盛代華
송사하는 뜨락(訟庭)에 목색(木索)이[158] 한가롭고 應是訟庭閑木索
인수의 경역(壽域)엔[159] 뽕나무와 삼이 풍부해지겠지. 方期壽域富桑麻
바라건대 백성들의 아픔을 잘 고쳐 주어 要須用盡醫治術
임기를 기다리지 말고 상주고 벌줌이 있기를 當有褒懲不待瓜

이천(伊川)은 옛 고을이라 경계가 황량하니 伊川古縣境荒凉
한 도(道)에서도 산과 시내가 가장 끝일세. 一道山川欲盡方
붉은 해가 저물어가며 가는 길을 재촉하고 紅日暮痕催去路
푸른 구름의 가을빛이 행장을 비춰 주리라. 碧雲秋色照行裝
사군(使君)이[160] 펼치는 교화에 편당(偏黨) 없으면 使君宣化無偏黨
백성들도 은혜를 느껴 더욱 분발하리니, 民俗懷恩有激揚
무리들의 마음을 내 마음으로 삼는다면 若以衆心爲已用
오늘의 원자(元子)가[161] 옛날의 공(龔)·황(黃)이리라.[162] 卽今元子古龔黃

생각나는 대로 읊음

157) 고문(高門) : 이름있는 집안.

158) 목색(木索) : 목색(木索)은 형구(刑具)의 이름인데, 죄인을 묶는 나무틀이다.

159) 수역(壽域) : 인수(仁壽)의 경역(境域)이란 뜻으로 태평한 세상을 이름. “일세(一世)의 백성을 몰아서 인수(仁壽)의 지역으로 오르게 했다. 驅一世之民, 躋仁壽之域”. 『한서(漢書)』, 「예악지(禮樂志)」.

160) 사군(使君) : 나라의 사절(使節)로 온 사람을 친근하게 높이어 부르는 말.

161) 원자(元子) : 자(子)는 공자(孔子)나 맹자(孟子)처럼 남자의 성(姓) 뒤에 붙이는 존칭이다. 이 시에서는 이천감무로 부임하는 원승봉(元承奉)을 높여 불렀다.

162) 공황(龔黃) : 공황(龔黃)은 한나라 때에 선정(善政)으로 이름을 날렸던 공수(龔遂)와 황패(黃霸)를 함께 부르는 이름이다. 공수의 자는 소경(少卿)으로 한나라 때에 명경(明經)으로 벼슬하여 선제(宣帝) 때에 발해태수로 있을 때에는 검약한 생활과 권농정책 등의 선정(善政)으로 이름을 날렸던 사람이고, 황패의 자는 차공(次公)인데, 율령을 공부하여 벼슬하고 영천(潁川)태수와 승상(丞相)을 지낸 사람으로 이 두 사람의 전기는 『한서(漢書)』 卷89, 「순리전(循吏傳)」에 있다.

卽事[163]

병든 사내가 게으른데다 잘하는 게 없어	病夫疎懶頗無良
그저 시나 읊고 술잔을 들 뿐일세.	只愛吟哦把酒觴
세상 일이 옳다 그르다 어찌 관계하랴	世事是非何敢處
사람의 마음 드나드는 건 방향을 알 수가 없네.	人心出入莫知鄕
난간에 가득한 가을 그림자가 시흥을 일으키고	一軒秋影牽詩興
온 성에 가득한 맑은 빛은 취광(醉狂)을 뒤흔드네.	滿郭晴光攪醉狂
만고(萬古)도 한 순간임을 일찍이 알았으니	萬古曾知同一瞬
백년 가지고 부질없이 슬퍼하지 않으리라.	休將百歲浪悲傷

9월 9일 중양절[164]

重九[165]

이(李) 박사(博士)가 원(元)[166] 조대(措大)와[167] 함께	李博士同元措大
술병에 국화 꺾어 들고 산 속 서재를 찾아왔네.	携壺折菊訪山齋
노란 꽃 띄워 술잔 드는 것도 해롭지 않은데	泛黃擧酒殊無害
흰 털 뽑으며 꽃을 보니 어찌 아름답지 않으랴.	鑷白看花豈不佳
즐겁게 놀 때가 왔으니 모름지기 흥을 내야지	行樂及時須遣興
아무리 바빠도 회포는 풀어야 하네.	奔忙底處可開懷
반쯤 취한 마음은 하늘 땅 밖으로 달리는데	半酣心遠乾坤外
붉게 물든 가을 산이 작은 섬돌을 비추네.	紅樹秋山映小階

---

163) 『耘谷詩史』卷4, 『高麗名賢集』卷5, p.342 ; 『耘谷行錄』卷4, 影印標點 『韓國文集叢刊』卷6, p.192.

164) 중구(重九) : 중양절(重陽節)이 9월 9일이므로, 중구(重九)라고도 했다. 홀수는 양(陽)인데, 설날(1월 1일)·삼짇날(3월 3일)·단오(5월 5일)·칠석(7월 7일)·중양절(9월 9일)은 홀수가 두 번이나 겹쳐서 모두 명절로 쳤다. 중양절은 가장 큰 홀수가 겹치는 날인데, 높은 산에 올라가서 술을 마시고 시를 읊었다. 국화꽃 잎을 술잔에 띄워 마시기도 했다.

165) 『耘谷詩史』卷4, 『高麗名賢集』卷5, p.343 ; 『耘谷行錄』卷4, 影印標點 『韓國文集叢刊』卷6, p.193.

166) 원공(元公) : 원문질(元文質).

167) 조대(措大) : 가난한 선비를 가리키는 말인데, 가볍게 보는 뜻이 담겨 있다.

이 달 15일. 나라에서 정창군(定昌君)을 세워 왕위(王位)에 올리고 전왕(前王) 부자는 신돈(辛旽)의 자손이라 하여 폐위시켜 서인(庶人)으로 만들었다는 말을 듣고

聞今月十五日. 國家以定昌君立王位. 前王父子. 以爲辛旽子孫. 廢爲庶人.[168]

전왕 부자가 각기 헤어져 前王父子各分離
만리 동쪽과 서쪽 끝으로 갔네.[169] 萬里東西天一涯
몸 하나야 서인(庶人)으로 만들 수 있지만 可使一身爲庶類
올바른 이름은 천고에 바꾸지 못하리라.[170] 正名千古不遷移

할아비 왕의 믿음직한 맹세가 하늘에 감응했기에 祖王信誓應乎天
그 끼친 은택이 수백년을 흘러 전했었네. 餘澤流傳數百年
어찌 참과 거짓을 일찍이 가리지 않았던가.[171] 分揀假眞何不早
저 푸른 하늘만은 거울처럼 밝게 비추리라. 彼蒼之鑑照明然

매섭게 추운 밤에 읊음(두 수)

苦寒夜吟(二首)[172]

하늘을 뒤흔드는 겨울 바람이 성내며 숲에 외치니 掀天朔吹怒號林
햇빛이 희미해져 자주 그늘이 지네. 日色熹微屢作陰

---

168) 『耘谷詩史』 卷4, 『高麗名賢集』 卷5, p.343 ; 『耘谷行錄』 卷4, 影印標點 『韓國文集叢刊』 卷6, p.193.

169) 만리동서천일애(萬里東西天一涯) : 우왕은 동쪽 강릉으로 유배되었고, 창왕은 서쪽 강화로 유배되었다.

170) 정명천고불천이(正名千古不遷移) : 이성계 일파가 이들 부자를 왕씨가 아니라 신씨(辛氏)라고 하여 폐위시켰지만, 왕씨(王氏)라는 실제 이름까지 바꿀 수는 없다는 뜻이다.

171) 분간가진하불조(分揀假眞何不早) : "어찌 참과 거짓을 일찍 가리지 않았는가"라는 뜻인데, 우왕을 폐위시킬 당시 그의 아들 창왕을 임금으로 세울 때에는 왕씨 여부를 따지지 않다가 창왕 폐위시에 우왕과 창왕이 왕씨가 아니라고 주장하는 것을 비판한 표현.

172) 『耘谷詩史』 卷4, 『高麗名賢集』 卷5, p.343 ; 『耘谷行錄』 卷4, 影印標點 『韓國文集叢刊』 卷6, p.193.

토끼 굴과 여우 언덕이 어찌 이리도 군색해졌나　　兎窟狐邱何窘迫
붕새와 고니 날아가는 길에도 부침(浮沈)이 있겠네.　　鵬程鵠路有浮沉
벼룻물마저 얼어붙으니 서리 심한 줄 알겠고　　硯池始動知霜重
화롯불마저 꺼지니 밤 깊은 줄 알겠네.　　爐火初殘覺夜深
얼음과 눈 험한 길에 곡식 나르는 사람들　　氷雪險途移粟輩
힘든 일에 마음까지 괴롭히니 어찌 견디랴.　　不堪勞力又勞心

시장 바닥에 살면서 산 속 산다고 비웃지 마소　　休將朝市笑山林
산에는 맑은 빛 있고 나무에는 그늘 있다오.　　山有淸光樹有陰
예나 이제나 한결같은 구름과 연기를 사랑하고　　但愛雲烟亘今古
해와 달을 따라서 뜨고 잠길 뿐일세.　　從敎日月自升沉
삭풍과[173] 삭설이[174] 차가운 위엄을 떨치니　　朔風朔雪寒威重
강가 고을에 분한 기운이 깊어져,　　江郡江都憤氣深
걱정이 많다보니 잠도 오지 않고　　耿耿不眠多念慮
깜박깜박 외로운 등불만 붉은 마음을 비추네.　　一燈明暗照丹心

【이때 전왕(前王)은 강릉에[175] 있고, 아들 왕은 강화에 있었다】(時前王在江陵. 子王在江華)

나라의 명령으로 전왕(前王) 부자에게 죽음을 내리다

國有令. 以前王父子賜死.[176]

지위가 종정(鍾鼎)까지[177] 높아진 것도 임금의 은혜건만　　位高鍾鼎是君恩

---

173) 삭풍(朔風) : 겨울철에 북쪽에서 불어오는 찬 바람.

174) 삭설(朔雪) : 북쪽 땅의 눈.

175) 강릉(江陵) : 본래 예국(濊國). (중략) 고려 충렬왕 34년에 지금의 명칭으로 고쳐서 부(府)로 만들었다. 『신증동국여지승람』 卷44, 강릉대도호부.

176) 『耘谷詩史』 卷4, 『高麗名賢集』 卷5, p.343 ; 『耘谷行錄』 卷4, 影印標點 『韓國文集叢刊』 卷6, p.193.

177) 종정(鍾鼎) : 종과 솥은 귀중한 물건인데, 뛰어난 공덕을 종이나 솥에 새기기도 하였다. 그래서 묘당(廟堂)에 있는 재상을 종정(鐘鼎)이라고도 하였다. 식사 전에 음악을 연주하고, 식사에는 여러 그릇의 산해진미를 내어놓는 화려한 생활도 종정(鐘鼎)이라고 하였다.

도리어 원수가 되어 한 집안을 멸망시켰네. 反自含讐已滅門
한 나라에 큰 복을 누려 마땅하건만 一國必應流景祚
구원(九原)에서도 그 원한을 씻기 어렵게 되었네. 九原難可雪幽寃
옛 풍속은 없어져도 때는 되돌아오니 古風淪喪時還肅
새 법이 맑아야 도가 더욱 높아지리. 新法淸平道益尊
오로지 대궐을[178] 향해 만세 부르니 專向玉墀呼萬歲
두터운 은혜 산 마을까지 미치게 하소서. 願施優渥及山村

1390년(경오) 설날(두 수)

庚午元正(二首)[179]

닭소리에 일어나 옷깃 바로잡고 앉으니 鷄鳴起坐整衣襟
북두성은 기울고 새벽 안개 자욱하네. 星斗闌干曉霧深
때 맞춰 손자 아이들이 들어와 세배하니 時有兒孫來再拜
장년(壯年) 시절 내 마음이 뭉클 일어나네. 油然發動壯年心

동군(東君)이[180] 새벽에 동쪽에서 돌아와 東君犯曉自東回
나를 향해 따뜻한 웃음을 보내 주었네. 向我溫溫一笑開
"이미 늙었다고 한탄하지 말게. 且道莫嗟身已老
그대 위해 일부러 봄빛을 가지고 왔네." 故將春色爲君來

12일. 입춘(立春)

十二日立春[181]

세월은 날아가는 새와 같고 歲月如飛鳥

178) 옥지(玉墀) : 옥돌을 깐 마당인데, 대궐을 뜻한다.

179) 『耘谷詩史』 卷4, 『高麗名賢集』 卷5, p.343 ; 『耘谷行錄』 卷4, 影印標點 『韓國文集叢刊』 卷6, p.193.

180) 동군(東君) : 태양의 신, 또는 태양을 달리 이르는 말. "동군(東君)은 해이다." 『광아(廣雅)』, 「석천(釋天)」. 그 뒤에 여러 시인들이 동군을 춘신(春神)이라는 뜻으로 썼다.

181) 『耘谷詩史』 卷4, 『高麗名賢集』 卷5, p.343 ; 『耘谷行錄』 卷4, 影印標點 『韓國文集叢刊』 卷6, p.193.

넓은 들판에는 또 토우(土牛)가[182] 있네. 郊原又土牛
인생은 손으로 뒤집는 구름이고 人生雲覆手
세상일은 머리에 가득한 눈일세. 世事雪渾頭

문수사(文殊寺)에[183] 가서

遊文殊寺[184]

가파른 길에 끊어진 돌다리를 지나니 崎嶇過絶磴
높은 누각이 오똑하게 보이네. 突兀見危樓
눈이 쌓여서 시냇물 아직 못 흐르고 雪溺溪猶澁
구름이 밀려와 골짜기 더욱 깊숙하네. 雲來谷更幽
연기와 노을은 예나 이제나 같고 烟霞亘今古
세월은 저절로 봄 되었다 가을 되네. 歲月自春秋
선문(禪門)의[185] 일을 배우려고 하면 欲學禪門事
마음을 꼭 잡고 화두(話頭)를[186] 물어야 하네. 將心問話頭

바람 부는 난간에 향내가 흩어지고 風檽散香穗
범패(梵唄)[187] 소리가 종루(鍾樓)를 흔드네. 梵唄動鍾樓

182) 토우(土牛) : 토우(土牛)는 원래 흙으로 만든 소로서, 농경(農耕)을 권장하기 위해 만든 제도였다. 그 뒤에는 "봄철의 소(春牛)"라는 뜻으로 썼다. 『여씨춘추』「계동기(季冬紀)」에 "토우를 내서 한기(寒氣)를 보낸다."고 하였는데, 그 주(注)에 "토우를 내라고 향현(鄕縣)에 명하여, 입춘날이 되면 토우로 동문 밖에서 밭을 갈게 권하였다"고 하였다.

183) 문수사(文殊寺) : 강원도 원주군 치악산 서쪽에 있던 절. 『신증동국여지승람』 卷17, 원주목 불우.

184) 『耘谷詩史』 卷4, 『高麗名賢集』 卷5, p.343 ; 『耘谷行錄』 卷4, 影印標點 『韓國文集叢刊』 卷6, p.193.

185) 선문(禪門) : 선가(禪家)의 종문(宗門).

186) 화두(話頭) : 이야기의 말머리.

187) 범패(梵唄) : 범패는 불교의식에서 부르는 노래인데, 범음(梵音), 어산(魚山), 또는 인도(引導)라고도 한다. 절에서 주로 재(齋)를 올릴 때 부르는 소리인데, 가곡・판소리와 더불어 우리나라 3대 성악곡 가운데 하나이다. 범패는 장단이 없는 단성선율(單聲旋律)이며, 재를 올릴 때 쓰는 의식음악이라는 점에서 서양의 그레고리안 성가와 비슷하다.

나그네 생각이 고요해지고 客慮靜還寂
스님 이야기는 맑고도 그윽해라. 僧談淸且幽
산은 비어도 구름은 만고에 그대로이고 山空雲萬古
소나무는 늙어도 달은 천추에 새롭네. 松老月千秋
길이 미끄러워 발 디디기 어려운데 路滑難容足
당두(堂頭)가[188] 바로 석두(石頭)일세. 堂頭是石頭

느낌이 있어

有感[189]

뜬 구름(浮雲)은 언제나 일어났다 스러지고 浮雲起滅是尋常
소장(消長)하는 이치도 때를 따라 그러하네. 消長隨時理亦當
세상 일(世故)만은 사람을 빠뜨리고 끝내 건지지 않으니 世故溺人終不拯
머리 들자 하늘과 땅이 스스로 검고 누렇구나. 擧頭天地自玄黃

중서(中書) 조박(趙璞)에게[190] 삼가 부침

奉寄趙中書璞[191]

내 생애가 산만하고 들은 것이 적어 我生疎散寡攸聞
곡구(谷口)에서 여러 해 동안 김매기를 배웠네. 谷口多年便學耘
홀로 섬포(蟾浦)의[192] 달도 바라보다가 獨對一輪蟾浦月
천리 곡봉(鵠峰)의[193] 구름도 바라보았네. 每瞻千里鵠峯雲

---

188) 당두(黨頭) : ① 당상(堂上). 선사(禪寺)에서 한 절의 우두머리, 곧 주지를 말함. ② 선사(禪寺)에서 주지가 있는 방을 말함. 곧 방장(方丈).

189) 『耘谷詩史』 卷4, 『高麗名賢集』 卷5, p.343 ; 『耘谷行錄』 卷4, 影印標點 『韓國文集叢刊』 卷6, p.193.

190) 조박(趙璞) : 보문각 직제학. 조사겸(趙思謙)의 아들로 급제하여 벼슬을 역임하여 집현전 제학에 이르렀다. 개국정사좌명공신의 칭호를 받았으며, 평원군에 봉해졌다. 『신증동국여지승람』 卷55, 상원군 인물 본조(本朝).

191) 『耘谷詩史』 卷4, 『高麗名賢集』 卷5, p.343 ; 『耘谷行錄』 卷4, 影印標點 『韓國文集叢刊』 卷6, p.193.

192) 섬포(蟾浦) : 섬강포(蟾江浦). 섬강은 강원도 횡성군에서 발원하여 원주・여주 등을 지나 한강으로 들어가는 강인데, 이곳에 있는 포구가 섬포이다.

소유(巢由)처럼[194] 되기를 감히 기대하랴만　　敢期竊比巢由輩
요순(堯舜)[195] 같은 임금 만난 것을 기뻐했네.　　自喜生逢高舜君
자제 몇 사람이 문하에서 놀고 있으니　　子侄數人遊輦下
인술(仁術)을 베푸시어 닭 떼에서 벗어나게 해주소서.　　願將仁術出雞群

23일 아침. 눈이 내리는데 총지(摠持) 어머니가[196] 술자리를 베풀다

二十三日朝雪. 摠持母設酒.[197]

---

193) 곡봉(鵠峰) : 송악의 별칭. 송악(松嶽)은 개성부 북쪽 5리에 있는데, (개성의) 진산(鎭山)이다. 처음의 이름은 부소(扶蘇), 또는 곡령(鵠嶺)이라고 했다. 신라의 감간(監干) 팔원(八元)이 풍수지리를 잘 보았는데, 부소군에 이르러 산의 형세가 좋은데도 나무가 없는 모습을 보았다. 그래서 강충(康忠)에게 고하기를, "만약 고을을 산 남쪽으로 옮기고 소나무를 심어 바위가 드러나지 않게 한다면, 삼한(三韓)을 통일할 사람이 날 것이다."라고 하였다. 그래서 강충이 고을 사람들과 함께 산 남쪽에 옮겨 살면서, 온 산에다 소나무를 심고는 송악(松嶽·松岳)이라고 불렀다.『신증동국여지승람』卷4,「개성유수부」. 곡령(鵠嶺)이나 곡봉(鵠峰)은 개성에 있는 송악산의 신라시대 이름이다.

194) 소유(巢由) : 소부(巢父)와 허유(許由). 요(堯)가 천하를 맡겨도 사양하고 받지 않았다는 사람. 상고시대 사람 허유(許由)는 양성(陽城) 괴리(槐里) 사람이었는데, 자는 무중(武仲)이며, 패택(沛澤) 가운데 숨어 살았다. 요(堯)임금이 천하를 물려주려 하자 받지 않고, 영수(潁水) 북쪽 기산(箕山) 아래로 달아나 살았다. 요임금이 또 불러서 구주(九州)의 장관을 삼으려 하자, 허유가 그 소리를 듣지 않으려고 영수 물가에서 귀를 씻자, 소부는 그 물이 더럽다고 건너지 않았다는 고사가 있다.『장자(莊子)』卷1,「소요유(逍遙遊)」.

195) 고순(高舜) : 요순(堯舜). 임금이나 조상의 이름은 차마 쓰거나 부를 수 없었으므로, 그대로 쓰기를 피하고 다른 글자로 바꿔 썼다. 이것을 피휘법(避諱法)이라고 한다. 같은 운(韻)의 다른 글자로 바꿔 쓰기도 하고, 같은 뜻의 다른 글자로 바꿔 쓰기도 했으며, 획(劃)을 생략하거나 더해서 쓰기도 했다. 고려 제3대 임금인 정종(定宗, 923~949)의 이름이 요(堯)였으므로, 운곡이 이 시에서 요(堯)자를 피하여 고(高)자로 바꿔 썼다.

196) 총지(摠持) : ① 梵語 Dhāraṇī(陀羅尼)의 번역. 능히 무량무변(無量無邊)한 이치를 섭수(攝收)해 지니어 잃지 않는 염혜(念慧)의 힘을 일컫는다. 곧 일종의 기억술로서 하나의 일을 기억하는 것에 의해서 다른 모든 일까지를 연상하여 잃지 않도록 하는 것을 말하기도 하며, 종종의 선법(善法)을 능히 지니므로 능지(能持)라 하고, 종종의 악법을 능히 막아 주므로 능차(能遮)라 한다. ② 총지종(摠持宗) : 총지종은 한국 불교의 한 종파이다. '眞言多羅尼'를 외우면서 法事를 하는 밀교 계통의 분파로, 신라 시대 때에 혜통(惠通)이 처음 들여 왔다고 한다. 이 종파가 성행한 시기는 고려 말기부터라고 하는데, 총지모란 총지사 관할 사찰에서 일하는 찬모(饌母)를 뜻하는 것이 아닌가 판단된다.

197)『耘谷詩史』卷4,『高麗名賢集』卷5, p.344 ;『耘谷行錄』卷4, 影印標點『韓國文集叢

어젯밤에 봄을 재촉하는 보슬비가 내리더니	昨夜催春小雨來
새벽엔 가랑눈이 하얗게 깔렸네.	曉看微雪灑皚皚
소박한 정취와 한가한 생각을 그려내기 어려운데	野情閒思殊難寫
뜻을 읊고 회포를 푸는 것도 잘 되지 않네.	嘯志吟懷亦未裁
언덕에 흩날리는 것이 버들개지 아닌가	飄岸只這非亂絮
떨기에 붙은 것은 참매화인 듯하구나.	惹叢那箇是眞梅
이 가운데 아이들 하는 말을 들을 만하군.	就中兒子言堪用
날씨가 차가우니 이 술잔을 드시라네.	天氣凄寒飮此盃

꿈을 적음

記夢198)

요즘 한산군(韓山君)이 억울하게 참소를 당해 장단(長湍)으로 귀양갔다는 말을 듣고, 그곳을 바라보며 그리움을 달랜 지 오래되었다. 이 달 20일 이후 이틀 밤이나 꿈에 그를 뵈었는데, 어젯밤 꿈에는 손님과 함께 어떤 동네 어귀에서 놀다가 우연히 한 초막에 들어갔다. 그런데 공이 마루 위에서 세수하고 있었다. 나는 두 번 절하고 그 앞에 나아가 섰는데, 공이 아들 판서(判書)를 불러 말했다.

"양언(揚彦)아! 너는 저 집에 가서 먼저 알려라. 내가 내일 새벽에 운암(雲巖)으로 갈 테니, 신씨 댁에서 만나자고 하라. 만일 그렇지 않으면 반드시 후회할 것이라고 하라."

판서는 곧 떠나고, 공은 방에 들어가 행장을 꾸리는 것 같았다. 나는 그 기둥 구멍에 끼어 있는 흰 종이 한 장을 보고 곧 끄집어내어 펼쳐보았는데, 공이 손수 쓴 글이었다. 반쯤 읽다가 깨었는데, 거기 무슨 말이 쓰여 있었는지 기억나지 않는다. 장차 어떤 징조가 있을는지 모르겠다. 때는 정월 25일밤 3경이었다. 그래서 두 편의 시를 써서 기록한다.

近聞韓山君謬被讒喙. 遷居長湍. 向方馳慕已久. 是月念後. 夢謁者兩宵矣.

刊』卷6, p.194.

198) 『耘谷詩史』卷4, 『高麗名賢集』卷5, p.344 ; 『耘谷行錄』卷4, 影印標點『韓國文集叢刊』卷6, p.194.

又昨夢與客遊一洞口. 偶入一茅舍. 公立于廳上. 如盥潄狀 予再拜進前而立. 公卽呼男判書曰. 揚彦(如名). 汝往彼處. 先使知之. 我明晨將往雲巖. 可期會於申家宅. 若不爾. 彼必有悔嘆. 判書卽去. 公入室如理裝. 予見柱間鑿孔中有一張白紙. 取而披之. 乃公之手寫書也. 讀之半. 未終而覺. 忘其辭意. 不知將有何祥乎. 正月二十五日夜三更也. 書二詩以誌之.

지극한 보배는 빛을 감추고 정치는 가혹한데　至寶韜光政令苛
누가 그 보배를 갈고 닦으며 새롭게 하려나.　有誰如琢復如磨
요즘 사흘 밤이나 잇따라 꿈에 뵙고서　邇來夢謁連三夜
혼과 놀던 일 기억하며 한 노래를 짓네.　記取魂遊作一歌
나라의 경륜은 화택(火澤)으로[199] 돌아가고　邦國經綸歸火澤(睽卦也)
강하의 큰 배는[200] 풍파에 시달리니,　江河舟楫困風波
하늘이 만일 사문(斯文)을[201] 없애려 하지 않으신다면　天如未喪斯文也
비록 광(匡) 사람들이[202] 있단들 날 어찌하랴.　縱有匡人乃我何

옥에는 티 없건만 일이 이미 글렀으니　玉自無瑕事已訛

---

199) 화택규괘(火澤睽卦) : 규(睽)는 「서괘전(序卦傳)」에 "가도(家道)가 궁하면 반드시 어그러지기 때문에 규괘(睽卦)로서 받았다"고 하니 규(睽)는 어그러지는 것이다. 가도가 궁하면 어긋나서 흩어지는 것이 필연적인 이치이기 때문에 가인괘(家人卦) 다음에 규괘(睽卦)로서 받은 것이다. 괘의 모습이 위에는 리(離)가 있고 아래에는 태(兌)가 있으니, 리(離)의 불은 타 올라가고 태(兌)의 못은 적셔 내려가서 두 괘가 서로 어긋나니, 이것이 바로 규괘(睽卦)라는 것이다. 또 중녀(中女)와 소녀(少女)가 둘이 비록 같이 살고는 있지만 돌아가는 곳이 각기 달라서 그 뜻이 같이 행해지지 않으니, 이것이 도한 규괘라는 뜻이다.

200) 주즙(舟楫) : 큰 배. 천자를 보좌하는 대신에 비유하여 쓴 말. "큰 물을 건너게 되면 너를 큰 배로 쓰겠고, 큰 가물이 들면 장마비를 내리게 하리라." 『서경(書經)』 卷3, 상서(商書) 「열명(說命) 상」.

201) 사문(斯文) : ① 유교에서 유교의 도의나 문화를 이르는 말. ② 유학자.

202) 광인(匡人) : 공자(孔子)를 괴롭힌 광(匡) 땅의 사람. 공자가 광(匡)이란 곳에서 (그곳) 사람들에게 붙잡히자, 이렇게 말했다. "주나라 문왕이 이미 돌아가셨으니, 모든 예악 문물이 내게 달려 있지 않느냐? 하늘이 만약 이 예악 문물을 소멸코자 한다면, 나 역시 이 예악 문물을 어쩌지 못할 것이다. 그러나 하늘이 만약 이 예악 문물을 소멸시키지 않으려 한다면, 광(匡) 사람들이 나를 어쩌겠느냐?" 『논어(論語)』 卷9, 「자한(子罕)」.

형(荊) 사람이 두 발 벤 게[203] 남의 일 아닐세. 荊人兩刖定非他
해동의 바람과 달이 분노를 머금고 海東風月應含憤
천하의 영웅들이 모두 다 슬퍼하네. 天下英雄所共嗟
만 백성들이 다 같이 새로운 해와 달을 우러르니 萬姓同瞻新日月
삼한은 언제나 옛 산하 그대로일세. 三韓自固舊山河
그릇되고 올바른 것을 바로 분별할 분 계시니 明分枉正蒼蒼在
자나 깨나 기체 편안하시길 빌 뿐일세. 寤寐祈傾體氣和

2월 3일. 눈 내리는 것을 보고 스스로 읊음(세 수)

二月三日. 雪中自詠(三首).[204]

아침부터 저녁까지 눈이 하늘에 가득하니 從朝至暮雪漫天
병든 나그네 무료해서 온갖 생각이 들끓네. 病客無聊百慮煎
이빨이 아파오니 견디기 어렵고 牙齒痛來難得忍
정신이 혼미해지니 잠만 쉽게 드네. 精神損盡易成眠
은빛 성(城)과 분칠한 가퀴는 높고 낮게 이어졌고 銀城粉堞連高下
옥 나무와[205] 구슬 가지는 앞뒤로 벌려 섰네. 玉樹瓊枝列後前
아름다운 경치를 함께 즐길 사람이 없어 佳景無人共牢落
홀로 읊조리며 부질없이 섬계(剡溪)의[206] 배를 그리워하네. 獨吟空憶剡溪船

---

203) 형인양월(荊人兩刖) : 초나라 사람 변화(卞和)가 초산에서 옥덩이를 주워 여왕(厲王)에게 바쳤다. 여왕은 옥인(玉人)을 시켜 감정케 했는데, 옥인은 그것이 돌이라고 말했다. 여왕은 화씨가 자기를 속였다고 생각하여, 그 왼쪽 발을 자르게 했다. 여왕이 죽고 무왕(武王)이 즉위하자 화씨는 또 그 옥덩이를 바쳤다. 무왕이 옥인에게 감정케 했는데, 이번에도 또 돌이라고 하였다. 무왕은 화(和)가 자기를 속였다고 하여 그 오른쪽 발을 자르게 하였다. 무왕이 죽고 문왕(文王)이 즉위하자, 화는 그 옥덩이를 끌어안고 초산 아래에서 사흘 밤낮을 통곡하였다. 눈물이 다 마르자 핏물을 흘리며 울었다. 왕이 그 소식을 듣고는 사람을 시켜서 그 까닭을 묻게 했다. 화가 대답했다. "저는 발 잘린 것을 슬퍼하는 게 아니라, 보옥에다 돌이라고 이름 붙여 준 것을 슬퍼합니다. 곧은 선비를 거짓말쟁이라고 하니, 이것이 바로 제가 슬퍼하는 까닭입니다." 문왕이 옥인을 시켜서 그 옥덩이를 다듬게 하여 보물을 얻었다. 초(楚)와 형(荊)은 같은 지방이다.

204) 『耘谷詩史』 卷4, 『高麗名賢集』 卷5, p.344 ; 『耘谷行錄』 卷4, 影印標點 『韓國文集叢刊』 卷6, p.194.

205) 옥수(玉樹) : 좋은 나무.

내 평생 어느 일인들 때와 어긋나지 않았던가. 吾生何事不違時
성기고도 산만해 일찍 세상에 버림받았네. 疎散曾爲世所麾
비웃고 나무라도 땅처럼 참았고 任却譏呵須地忍
홀로 있어도 삼가며 하늘이 알까 두려워했네. 謹於幽獨畏天知
이른 봄이라 시흥(詩興)이 한가롭게 일어나는데 早春詩興悠然起
만년(晩年)의 풍정(風情)은 쓸쓸하기만 하네. 晩歲風情颯爾衰
남쪽 창에 옮겨 기댔지만 하는 일 없어 徙倚南窓無一事
산의 눈이 솔가지 누르는 것만 바라보았네. 只看山雪壓松枝

유유한 내 신세를 괴롭게 읊어 왔지만 身世悠悠入苦吟
요즘 세상일은 눈으로 못 보겠네. 眼看時事不堪任
시와 글씨로는 이 질탕한 정을 다 적기 어려운데 詩書跌宕情難述
근력마저 쓰라리니 병을 막을 수 없네. 筋力酸辛病未禁
세월이 백발을 재촉하는 줄 깨달았는데 頗覺年光催雪髮
꽃 숲에 온 봄소식에 또 놀랐네. 又驚春信到花林
태평성대를 만회할 사람이 그 누구랴 挽回盛世誰爲術
옛날을 느끼고 지금을 슬퍼하면서 푸른 산을 마주하였네. 感古悲今對碧岑

이튿날. 또 절구 두 수를 읊다

明日又吟二絶[207]

아침에서 밤까지 밤에서 아침까지 從朝至夜夜連朝
아침에도 개이지 않고 낮에도 흩날리네. 朝不晴仍晝亦飄
마치 소림(少林)에서 성품을 전할 때에 還似少林傳性日
조사(祖師)의 허리까지 눈이 쌓인 것 같네. 滿庭堆及祖師腰

---

206) 섬계(剡溪) : 왕휘지(王徽之)가 산음 살 때 한밤중에 눈이 내리자, 흥이 나서 섬계(剡溪)에 살던 친구 대안도(戴安道)를 만나러 갔다. 배를 저어 그의 집까지 찾아갔지만 문 앞에 이르러 흥이 다하자, 그를 만나보지도 않고 되돌아왔다. 『진서(晉書)』 卷80 ; 『세설신어(世說新語)』, 「임탄(任誕)」.

207) 『耘谷詩史』 卷4, 『高麗名賢集』 卷5, p.344 ; 『耘谷行錄』 卷4, 影印標點 『韓國文集叢刊』 卷6, p.194.

부엌 불은 쓸쓸하고 눈이 문을 감싸안았네. 廚火蕭疎雪擁門
숲 속의 새들도 날개를 접고 소리가 없네. 林鳥戢翼寂無喧
고을 사람이 정번육(丁膰肉)을[208] 보내와 鄕人送至丁膰肉
배불리 먹고 향 피워 성인(聖人) 은혜에 절하였네. 飽食燒香拜聖恩

12일. 비가 오는데 정(鄭) 예안(禮安)이 찾아왔다

十二日雨中. 鄭禮安來訪.[209]

산 비가 정녕 쓸쓸히 내리니 山雨正踈疎
봄바람 부는 이월 초일세. 東風二月初
그 소리가 외로운 나그네의 베개를 괴롭히고 聲侵幽客枕
차가운 기운이 친구의 수레를 적셨네. 寒濕故人車
항아리 속엔 청주와 탁주가[210] 가득하고 尊滿聖賢酒
소반 가로질러 잉어가[211] 놓여 있네 槃橫天子魚
반쯤 취한 술기운 따라 陶然乘半醉
심경이 더욱 맑고 깨끗해지네. 心境更淸虛

느낌이 있어

有感[212]

제도(制度)와 강상(綱常)이 해동(海東)에 있었는데 制度綱常在海東
미친 물결이 덮쳐와 그 유풍(遺風)이 없어졌네. 狂瀾旣倒沒遺風

---

208) 정번육(丁膰肉) : 향교에서 제사를 지낸 뒤에 나누어 먹는 고기인데, 술과 마찬가지로 음복(飮福) 용이었다.

209) 『耘谷詩史』 卷4, 『高麗名賢集』 卷5, p.344 ; 『耘谷行錄』 卷4, 影印標點 『韓國文集叢刊』 卷6, p.194.

210) 성현주(聖賢酒) : 청주(淸酒)와 탁주(濁酒)를 가리킨다. 삼국시대 위나라 서막(徐邈)이 상서령으로 있을 때에 금주령이 내렸는데, 막이 술을 맘껏 마시고 취하였다. 조조가 그 소문을 듣고 성내자 선우보(鮮于輔)가 변명하길, "취객들이 맑은 술을 성인(聖人)이라 하고, 탁한 술을 현인(賢人)이라고 합니다"라고 하였다.

211) 천자어(天子魚) : 잉어(鯉)의 별칭.

212) 『耘谷詩史』 卷4, 『高麗名賢集』 卷5, p.345 ; 『耘谷行錄』 卷4, 影印標點 『韓國文集叢刊』 卷6, p.195.

천둥과 번개는 언어(言語) 밖에 일어났다 사라지고 雷霆起滅言辭表
해와 달은 손바닥 안에 떴다가 잠기네. 日月昇沉掌握中
소상강(瀟湘江) 가에서 국화 먹으며[213] 마음 괴롭고 餐菊湘濱心更苦
상산(商山)에서 지초를 먹으며[214] 생각 끝 없었지. 茹芝商嶺念無窮
서글피 머리 돌리니 창오산(蒼梧山)은[215] 먼데 悵然回首蒼梧遠
저녁볕 비추는 곳에 풀빛만 아득하네. 斜照微茫草色空

스스로 읊음

自詠[216]

병든 사내가 지팡이에 기대 연기와 노을 바라보며 病夫扶杖對烟霞
동풍(東風)을 향해 여러 사물들을 구경하네. 欲向東風檢物華
진눈깨비 열흘 내리니 봄은 아직 차가운데 雨雪一旬春且冷
산과 시내 십리에 해가 막 비꼈네. 山川十里日初斜
요즘 세상 일들을 어찌 다 이야기하랴 年來世故那容說
늙어가는 생애라 자랑할 것이 없네. 老去生涯豈足誇
남들은 사치하게 꾸미며 기운 내는데 盡愛紛奢增意氣
나 혼자 계획 세우고 말 많다고 웃었네. 獨將身計笑周遮

생각나는 대로 읊음(두 수)

即事(二首)[217]

---

213) 찬국상빈(餐菊湘濱) : 임금과 세상에 버림받으면서도 깨끗하게 살면서 소상강 언저리를 배회하던 굴원은 결국 멱라수(汨羅水)에 몸을 던져 세상을 마쳤다. "아침엔 목란에서 떨어지는 이슬을 마시고 저녁엔 국화에서 떨어진 꽃잎을 먹네. 朝飮木蘭之墜露兮, 夕餐秋菊之落英." 굴원, 「이소(離騷)」.

214) 여지상령(茹芝商嶺) : 진시황 때 세상의 어지러움을 피해 상산(商山)에 숨은 네 사람의 은사가 지초를 먹으며 세상을 피해 살았던 것을 말함.

215) 창오(蒼梧) : 순임금이 죽었다고 전하는 곳. 지금의 광서성(廣西省) 창오현(蒼梧縣).

216) 『耘谷詩史』 卷4, 『高麗名賢集』 卷5, p.345 ; 『耘谷行錄』 卷4, 影印標點 『韓國文集叢刊』 卷6, p.195.

217) 『耘谷詩史』 卷4, 『高麗名賢集』 卷5, p.345 ; 『耘谷行錄』 卷4, 影印標點 『韓國文集叢刊』 卷6, p.195.

외진 곳에 숨어 살면서 늙고 병드니 地僻幽棲老病深
푸른 이끼 골목에 발길이 끊어졌네. 綠苔門巷絶跫音
산새가 울어 고요한 생각 깨뜨리고 暝禽啼破寥寥思
남은 눈에 저녁볕이 먼 숲을 비추네. 殘雪斜陽照遠林

산 마을에 봄이 들어 해가 차츰 길어졌는데 春入山村日漸遲
남은 추위가 아직도 꽃가지를 억누르네. 餘寒尙勒百花枝
병든 사내라 정(情)과 흥(興)이 다 스러졌건만 病夫情興消磨甚
아픈 몸 추스리며 시 한 수를 읊어보네. 檕栝吟成一首詩

천원해림사(川源海琳師)의[218] 시권에 씀

書川源海琳師卷[219]

고요하고 맑은 영원(靈源)이 얼마나 깊을까. 靈源湛湛幾何深
깊은 그곳에 언제나 값진 보배를 간직했으리. 深處恒藏無價琛
달빛이 스며들어 안팎을 통했으니 月浸波光通內外
이를 일컬어 청정한 본래 마음이라 하네. 是爲淸淨本來心

봄날의 느낌(세 수)

春感(三首)[220]

모든 나무들이 해를 바라고 자라며 萬木向榮日
온갖 꽃들도 한창 피어나니, 羣花正發時
늙은 소나무가 비록 지조 있지만 老松雖有操
병든 줄기는 이미 생각이 없어졌네. 病幹已無思
낮잠을 자다가 새가 불러 깼는데 晝寢鳥呼起

218) 천원해림사(川源海琳師) : 생몰년 미상.

219) 『耘谷詩史』 卷4, 『高麗名賢集』 卷5, p.345 ; 『耘谷行錄』 卷4, 影印標點 『韓國文集叢刊』 卷6, p.195.

220) 『耘谷詩史』 卷4, 『高麗名賢集』 卷5, p.345 ; 『耘谷行錄』 卷4, 影印標點 『韓國文集叢刊』 卷6, p.195.

봄 놀이를 누구와 약속할까.	春遊誰與期
나 혼자 구경 가려다가	獨懷觀物志
부질없이 사수시(四愁詩)를[221] 읊조리네.	空詠四愁詩
임금과 어버이의 은의(恩義)가 중하건만	君親恩義重
어느 때에야 보답하려나.	酬荅定何時
젊었을 때에는 세 번 반성[222]하지 않았고	小少不三省
늙어서는 아홉 가지 생각[223]마저 끊어 버렸네.	衰遲絶九思
세상 인연은 모두 이치에 어긋나고	世緣俱背理
마음과 일도 으레 기대에 어긋나,	心事例違期
충성과 공경(忠敬)이 끝내 보람없으니	忠敬終無效
부질없이 망극(罔極)의 시만 노래하네.	徒歌罔極詩
내 생애가 참으로 떠돌이 같아	吾生眞漫浪

221) 사수시(四愁詩) : 시편의 이름. 후한(後漢)의 장형(張衡)이 지은 시의 제목인데, 불평의 뜻을 읊은 29권의 시. 장형의 전기는 『후한서(後漢書)』 卷89에 실려 있다.

222) 삼성(三省) : 세 가지의 반성. 증자(曾子)가 말했다. “나는 하루에 세 가지로 내 몸을 돌이켜본다. 남을 위해 계획하면서 충심을 다하지 않았던가. 친구와 더불어 사귀면서 믿음직스럽게 하지 않았던가. 잘 익히지 못한 것을 전했던가. 吾日三省吾身. 爲人謀而不忠乎. 與朋友交而不信乎. 傳不習乎.” 『논어(論語)』 卷1, 「학이(學而)」 마지막 구절. “전불습호(傳不習乎)”를 “전해 받은 것을 익히지 않았던가”라고 번역하기도 한다. 앞의 경우는 선생의 입장이고, 뒤의 경우는 학생의 입장이다. 바로 앞에 “배우고 때때로 익히면 또한 기쁘지 않은가. 學而時習之, 不亦說乎”라는 구절이 나온다.

223) 구사(九思) : 아홉 가지 생각하는 말. 『논어』에서 인용된 말. 손, 발 또는 보고 듣는 등 아홉 가지 행동에 생각하는 일. 공자께서 말씀하셨다. “군자는 아홉 가지 생각하는 것이 있다. 보는 것은 밝기를 생각하고, 듣는 것도 밝기를 생각한다. 얼굴빛은 온화하기를 생각하고, 몸가짐은 공손하기를 생각하며, 말할 때에는 충성스러울 것을 생각하고, 일할 때에는 조심할 것을 생각한다. 의심날 때에는 물을 것을 생각하고, 분할 때에는 곤란할 것을 생각하며, 이득을 보면 의리를 생각한다. 孔子曰 君子有九思 視思明 聽思聰 色思溫 貌思恭 言思忠 事思敬 疑思問 忿思難 見得思義.” 『논어(論語)』 卷16, 「계씨(季氏)」. 이 가운데 “사사경(事思敬)”이라는 구절을 “섬길 때에는 공경하기를 생각한다”라고 번역하기도 한다. 「안연(顔淵)」에서는 공자가 “하루 아침에 분하다고 해서 자기 몸을 잊어버리고 (경거망동하다가 그 피해가) 자기의 부모에게까지 미치게 한다면 미혹스런 짓이 아니겠느냐”고 했는데, “분사난(忿思難)”을 구체적으로 설명한 말이다. 분한 김에 일을 저지르다간 어려운 일을 당하게 되니, 미리 생각하라는 뜻이다.

시세(時世)를 따르며 살았을 뿐일세. 凡凡强隨時
허물이 있으면 서슴없이 고치고 遇過飜然改
마음을 다잡을 땐 생각하는 듯이 했네.[224] 操心儼若思
위기를 만나면 마땅히 삼가면서 危機當所愼
탄탄한 큰 길을 기약했건만, 坦道要須期
백두(白頭)의 시를 읊조리게 되니 吟得白頭詠
미친 노래가 시 같기도 하네. 狂歌或似詩

비 내리는 것을 보고 생각나는 대로 읊음
雨中卽事[225]

산 꽃들은 울긋불긋 새들은 서로 부르는데 山花紅紫鳥相呼
혼자 앉아 하염없이 술꾼들을 생각하네. 獨坐無端憶酒徒
꿈에 동선(洞仙)과 함께 이슬을 마셨으니 夢與洞仙傾露液
비오는 창가에서 낮잠 자면서도 공부를 했네. 雨牕春睡有工夫

4월 초엿새. 별감(別監)[226] 부부가 음식을 차림(6언 4수)
四月初六日. 別監夫婦設食(六言四首).[227]

구불구불 시골길에 풀이 거친데 村逕崎嶇蕪綠
효성스런 부부가 함께 찾아왔네. 義夫孝婦同來
봄 막걸리 새로 걸러 향기로우니 新篘春釀香醲
두어 잔만 마셔도 큰 도에 통하겠네.[228] 大道通於數杯

---

224) 엄약사(儼若思) : 『예기(禮記)』에 말이 있다. "몸을 수양하는데는 언제나 공경하지 않음이 없어야 한다. 용모는 언제나 도의를 생각하는 것처럼 엄숙해야 하고 언어는 부드럽고 명확해야 한다. 이렇게 하면 몸에 덕이 저절로 쌓아져 백성을 다스려서 편안케 한다 曲禮曰, 毋不敬, 儼若思, 安定辭. 安民哉!" 『禮記』, 「曲禮上」.

225) 『耘谷詩史』 卷4, 『高麗名賢集』 卷5, p.345 ; 『耘谷行錄』 卷4, 影印標點 『韓國文集叢刊』 卷6, p.195.

226) 별감(別監) : 나라에서 어떤 일을 조사하거나 감독하며 백성들에게 각종 재물을 거두어 들일 때 지방에 파견하는 임시 벼슬.

227) 『耘谷詩史』 卷4, 『高麗名賢集』 卷5, p.345 ; 『耘谷行錄』 卷4, 影印標點 『韓國文集叢刊』 卷6, p.195.

부드러운 떡 맛있는 안주에 가느다란 국수까지　　細餠嘉肴細麵
배불리 먹고 나자 모든 시름이 없어졌네.　　飽來萬慮皆空
너희들이 이렇게 받들고 공경하니　　爾曹能養能敬
나도 이 어려움을[229] 잘 견디며 살리라.　　我亦猶能固窮

자녀들이 눈 앞에 단란하게 있으니　　子女團圞眼下
이 늙은이 정과 흥도 유유하건만,　　老夫情興從容
옛 사람은 한 번 간 뒤에 소식 없으니　　昔人一去無信
아득한 황천(黃泉) 길이 아홉 겹일세.　　杳杳黃泉九重

울긋불긋 꽃과 나무가 봄을 붙들고　　萬般紅綠扶春
남산과 북산에 두루 들어왔네.　　遍入南山北山
반쯤 취해서 기대노라니 마음 느긋한데　　政倚半酣心遠
그윽한 새들까지 가까이 와서 노래 부르네.　　幽禽近我間關

이 달 23일,[230] 관찰사도부사(觀察使道副使) 정사의(鄭士毅) 공이 누추한 서재에 찾아 왔다(다섯 수)

是月念三. 觀察使道副使鄭公(士毅)垂訪陋齋(五首).[231]

풀이 깊은 산길이라 지나는 사람도 끊어지고　　草深山路絶經過
저녁볕이 비추는 먼 물결만 바라볼 뿐인데,　　只看斜暉明遠波
갑자기 높은 행차가 옥 발굽을 괴롭혔으니　　忽有高軒勞玉趾
삼라만상이 참으로 새로운 빛을 내네.　　光生物像政森羅

228) 대도통어수배(大道通於數杯) : "석 잔 술이면 커다란 도에 통하고 한 말 술이면 자연에 합일한다." 이백, 「월하독작시(月下獨酌詩)」.

229) 고궁(固窮) : 곤궁한 것을 당연한 것으로 알고 마음을 편안히 하여 잘 견디어 냄. 전하여 군자의 절조(節操)로 쓰임. "군자는 궁한 것을 잘 견디어 내지만, 소인은 궁하면 방일한다." 『논어(論語)』 卷15, 「위영공(衛靈公」.

230) 염삼(念三) : 염(念)은 이십을 뜻함. 그러므로 23일.

231) 『耘谷詩史』 卷4, 『高麗名賢集』 卷5, p.345 ; 『耘谷行錄』 卷4, 影印標點 『韓國文集叢刊』 卷6, p.195.

봄 일이 어느새 앓는 사이에 지나가 버려	春事堂堂病裡過
가련케도 모든 광경이 달리는 물결을 따르네.	可憐光景逐奔波
지팡이 짚고 억지로 일어나 꽃나무를 바라보니	扶笻强起看花樹
두 눈이 몽롱해서 그물이라도 친 듯하네.	兩眼朦朧如隔羅

명공(明公)의[232] 오늘 행차를 깊이 감사하노니	深感明公此日過
마른 못의 고기가 은혜 물결을 만난 듯하네.	涸鱗方得霈恩波
한 평생 무엇으로 이 소중한 덕을 갚으랴	一生重德將何報
내 재주가 비단같이 엷어 부끄럽구려.	反愧才能薄似羅

강호에 십 년 살다보니 누가 즐겨 찾으랴	十載江湖誰肯過
바람 연기 만리에 흰 갈매기 물결 뿐일세.	風烟萬里白鷗波
요즘 들으니 난새와 봉새가 대각(臺閣)에[233] 가득 찼다는데	近聞鸞鳳盈臺閣
모래밭 갈매기가 어찌 그 찬란함을 볼 수 있으랴.	焉得沙鷗見罽羅

세상일은 구름 같고 세월은 지나가는데	世事如雲歲月過
방어의 붉은 꼬리가[234] 풍파에 시달리네.	魴魚頳尾困風波
가난을 구제하며 인술(仁術)을 베푸시니	賑窮今日施仁術
성탕(成湯)의 한쪽 그물보다 훨씬 훌륭하셔라.[235]	大勝成湯一面羅

---

232) 명공(明公) : 높은 벼슬아치를 마주 부를 때 그를 높여 부르는 말.

233) 대각(臺閣) : ① 돈대(墩臺)와 누각(樓閣). ② 상서성(尙書省). 전(轉)하여 내각(內閣)을 가리킴.

234) 방어정미(魴魚頳尾) : 일에 지쳐 피로한 모양을 방어(魴魚)의 붉은 꼬리에 비유한 것. "방어의 꼬리가 붉어지고 왕실은 불타듯 어지러워라. 불타듯 어지럽다지만 부모님이 가까이 계시다오. 魴魚頳眉, 王室如燬. 雖則如燬, 父母孔邇." 『시경(詩經)』 卷1, 주남(周南) 「여분(汝墳)」. 「전(傳)」에 "정(頳)은 적(赤)이다. 고기가 지치면 꼬리가 붉어진다. 훼(燬)는 화(火)다"라고 했다. 방어 꼬리는 원래 흰데, 지치면 붉어진다고 한다.

235) 성탕일면라(成湯一面羅) : 탕왕(湯王)이 이윤(伊尹)을 맞이하는 예백(禮帛)을 말한 것임. 탕왕이 들판에 나가다가 그물로 새 잡는 모습을 구경했는데, 그 사람이 그물을 사방으로 펼쳐 놓고 "천하 사방의 새들아. 모두 내 그물로 들어와라" 하고 빌었다. 그러자 탕왕이 그 그물의 3면을 제껴 놓고 "왼쪽으로 갈 새들은 왼쪽으로 가라. 오른쪽으로 갈 새들은 오른쪽으로 가라. 그 말을 듣지 않을 새들만 내 그물로 들어와라" 하고

정사의(鄭士毅)[236] 공의 화답을 보고 다시 차운함(다섯 수)
鄭公見和. 復次韻(五首).[237]

도(道)가 못 미침도 없고 지나침도 없으니[238] 道無不及亦無過
어찌 복파장군(伏波將軍)의[239] 공업(功業)을 부러워하랴. 功業何曾慕伏波
은혜의 빛이 천하에 뒤덮인 것을 보니 方覽恩光被天下
젊은 시절 명성이 신라(新羅)를 흔들었으리. 妙年聲價動新羅

채색 구름 신선이 날마다 찾아오니 彩雲仙子日相過
축수의 술잔 가득 부어 푸른 물결 넘치네. 壽酒盈巵瀲綠波
달의 액운 해의 재앙을 모두 다 피했으니 月厄年災俱避去
어찌 땅 그물과 하늘 그물을 걱정하랴. 何憂地網與天羅

풀 자란 들판에 비가 막 지나가니 草長郊原新雨過
예쁜 구름 따뜻한 날씨 물에는 물결이 이네. 嬌雲濃暖水生波
이럴 때 나아가 뵈면 즐거움이 지극하니 此時進謁歡情極
맘껏 금술잔을 자주 기울이세. 盡意頻傾金叵羅

도문(桃門)의 최호(崔顥)는[240] 두 번이나 지나면서 桃門崔顥昔重過
정든 사람 보지 못해 눈길을 돌렸지만, 不見情人廻眼波

빌었다. 제후들이 그 소문을 듣고 "탕왕의 덕이 새나 짐승에까지 이르렀구나!" 하고 감탄하면서 그에게 모여들었다.

236) 정사의(鄭士毅) : 생몰년 미상.

237) 『耘谷詩史』 卷4, 『高麗名賢集』 卷5, p.346 ; 『耘谷行錄』 卷4, 影印標點 『韓國文集叢刊』 卷6, p.196.

238) 도무불급역무과(道無不及亦無過) : 자공(子貢)이 물었다. "사(師)와 상(商)은 누가 더 낫습니까?" 공자께서 대답하셨다. "사(師)는 좀 지나치고, 상(商)은 좀 미치지 못한다(모자란다)." "그렇다면 사(師)가 낫습니까?" "지나친 거나 미치지 못한(모자란) 거나 마찬가지이다. 過猶不及." 『논어(論語)』 卷11, 「선진(先進)」.

239) 복파장군(伏波將軍) : 후한의 정치가 마원(馬援, B.C. 11~A.D. 49)을 가리키는 말인데, 어떤 풍파라도 가라앉힐 수 있다고 자부했다는 뜻이다. 『후한서(後漢書)』 卷54, 「마원(馬援)」.

240) 최호(崔顥) : 당나라 현종 때의 시인(?~754). 『舊唐書』 卷190 ; 『新唐書』 卷203.

어찌 상군(相君)께서[241] 다시 찾아오신 날만 같으랴　　何似相君重到日
흘러내리는 첩 눈물이 붉은 적삼을 적시네.　　闌干妾淚濕紅羅

내 나이 예순을 이미 지났건만　　身年六十已曾過
몸은 아직도 사람 바다 물결에 부대끼네.　　凡凡相隨人海波
전조(前朝)의 밝은 교화를 이제야 느끼면서　　追感前朝明敎化
꽃 심을 때는 먼저 만다라(曼多羅)부터 심네.　　種花先種曼多羅
【병신년(1356)에 나라에서 전국의 사원(寺院)과 인가(人家)에 명령을 내려 모두 이 꽃을 심으라고 하였다. 그래서 이 구절을 썼다.】(丙申年. 宣旨勅內外寺院人家皆種此花. 故云)

다시 앞의 운을 썼다. 풍악(楓岳)[242] 관동(關東)으로 향하는 정공(鄭公)을 보내며

復用前韻. 送鄭公向楓岳關東.[243]

이제 관동으로 향하면서 헤어지는 곳을[244] 지나면　　今向關東別境過
해당화 핀 모랫길 맑은 물결을 돌아가리니,　　海棠沙路繞淸波
공께선 평생의 뜻을 활짝 펼치시어　　知公豁展平生志
누정에서 풍류 즐기며 비단옷에 취하소서.　　絃管樓臺醉綺羅

가는 길에 아마도 풍악(楓岳)을[245] 지나실테니　　去路應從楓岳過
장양(長陽)의[246] 산 빛이 회양(淮陽)[247] 물결에 비추리다.　　長陽山色照淮波

241) 상군(相君) : 재상(宰相)을 달리 이르는 말.
242) 풍악(楓岳) : 금강산의 가을 이름.
243) 『耘谷詩史』 卷4, 『高麗名賢集』 卷5, p.346 ; 『耘谷行錄』 卷4, 影印標點 『韓國文集叢刊』 卷6, p.196.
244) 별경(別境) : 사또가 떠나갈 때에 아전과 백성들이 배웅하던 곳인데, 흔히 오리정(五里程), 또는 십리정(十里程)이라고 했다. 그곳에 반드시 건물이 있는 것은 아니어서, 바위나 큰 나무 같은 지형지물을 경계로 삼기도 했다. 그곳에 정자를 세워서 이별의 장소로 삼으면 오리정(五里亭)이나 십리정(十里亭)이 되었다.
245) 풍악(楓岳) : 금강산의 가을 이름.
246) 장양(長陽) : 장양현(長楊縣). 회양도호부 동쪽 40리에 있다. 『신증동국여지승람』 卷47, 회양도호부 속현.

말에 내맡기고 한가롭게 시 읊으시면　　想知信馬閑吟處
채찍 끝 맑은 강에 푸른 비단 일렁이리다.　　鞭末淸江漾碧羅

옛 일을 통해 느낀 일

感古[248]

소남(召南)의[249] 시인들은 감당(甘棠)을[250] 읊었고　　召南詩客詠甘棠
단보(單父)의[251] 금옹(琴翁)은 마루에서 안 내려왔지.　　單父琴翁不下堂
형주(荊州)의 양호(羊祜)는[252] 그 이름 만고에 전해　　羊祜荊州名萬古
이끼 낀 비석이 아직도 현산(峴山) 언덕에 있네.　　苔碑尙在峴山崗

---

247) 회양(淮陽) : 본래 고구려의 각련성군. (중략) 충렬왕 34년에 철령이 적병을 파수하여 끊는데 공이 있었다고 하여 회주목으로 승격시켰다가 충선왕 2년에 다시 낮추어 회주부로 하였다. 『신증동국여지승람』 卷47, 회양도호부.

248) 『耘谷詩史』 卷4, 『高麗名賢集』 卷5, p.346 ; 『耘谷行錄』 卷4, 影印標點 『韓國文集叢刊』 卷6, p.196.

249) 소남(召南) : 『시경(詩經)』 국풍(國風)의 한 갈래. 주나라 문왕의 할아버지인 태왕(太王), 즉 고공단보가 도읍한 땅이 주(周)인데, 기산(岐山)의 남쪽에 있었다. 태왕의 아들 계력(季歷)을 거쳐 문왕에 이르자 도읍을 다시 풍으로 옮기고, 옛 기주(岐周)의 땅을 나누어 주공(周公) 단(旦)과 소공(召公) 석(奭)의 채읍(采邑)으로 하였다. 소공의 덕화가 남쪽까지 행해졌다는 뜻에서, 이 지방의 노래를 주남(周南)이라고 한다. 주자는 소공이 남쪽 여러 나라에서 모은 시를 소남이라고 하였다. 부사년 교수는 소공의 후손 가운데 특히 목공(穆公) 호(虎)가 다스리던 남쪽 나라를 소남이라고 하였다. 목공은 주나라 선왕(宣王, B.C. 827~782)의 명을 받들어 회남의 오랑캐들을 평정하고, 강수(江水)와 한수 지방을 개척하였다. 백성들이 그의 덕을 기린 노래가 바로 "무성한 저 아가위 나무를 베지도 말고 치지도 말라. 소백(召伯)님이 머무신 곳이라네."라고 한 「감당(甘棠)」이다.

250) 감당(甘棠) : "무성한 저 아가위나무를 베지도 말고 치지도 말라. 소백님이 머무신 곳이라네. 蔽芾甘棠, 勿剪勿伐, 召伯所茇." 『시경(詩經)』 卷1, 소남(召南) 「감당(甘棠)」. 소(召)나라 목공(穆公) 호(虎)가 남쪽을 순행하다가 이 아가위나무 아래서 쉬며 백성들을 돌보았기에, 백성들이 그의 덕에 감복하여 이 나무까지도 소중스레 사랑한 노래이다. 감당(甘棠)은 이 뒤로 어진 수령을 예찬하는 시로 많이 쓰였다.

251) 단보(單父) : 복자천(宓子賤)을 말함. 단보재(單父宰)가 되어 거문고만 타며 마루에서 내려서지 않았는데도 천하가 잘 다스려졌다. 『여씨춘추』, 「찰현(察賢)」.

252) 양호(羊祜) : 진(晋)나라 사람. 자(字)는 숙자(叔子). 형주(荊州)태수를 지냈다. 양양(襄陽)태수였던 양호가 선정을 베풀었는데, 그의 비석을 현산에 세웠다. 뒷날 두예(杜預)가 그 비석을 보고 눈물을 흘렸다. 그래서 타루비(墮淚碑)라고도 한다. 『진서(晉書)』 卷34, 「낭야대취(琅琊代醉)」編 16.

방참(方叅)이 그 옛날 임당(任棠)을[253] 보면 方叅昔日見任棠
포자(抱子)가 해수당(薤水堂)을 활짝 열었지. 抱子旁開薤水堂
이 도가 폐지되자 사람들이 예(禮)가 없어져 此道廢來人不禮
곤강(崑崗)에 불이 나자 옥(玉)과 돌을 함께 태웠네. 俱焚玉石火崑崗

과거 보러 가는 유관(有寬) 원고옥(元高沃)을 보내면서

送元有寬高沃赴試[254]

깊은 골짜기에 봄바람이 지나니 幽谷過春風
어린 꾀꼬리가 나는 연습을 마쳤네. 鸎兒調羽已
교목(喬木)으로 옮겨 갈 마음[255] 참을 수 없어 遷喬意不勝
꽃나무 숲을 향해 일어나려고 하네. 欲向花林起
잘 나고 못난 것은 사람의 공이지만 巧拙人之功
나가고 들어오는 것은[256] 하늘이 시키시니, 行藏天所使
다리 기둥에 글쓴 늙은이가[257] 毋令題柱翁
촉(蜀)나라에서 혼자 훌륭하게 만들지 말게. 於蜀獨專美

향학(鄕學)에[258] 들어가 성인을 배알하고

253) 임당(任棠) : 후한(後漢) 사람. 절개로 이름이 높다. 『후한서(後漢書)』 卷81.

254) 『耘谷詩史』 卷4, 『高麗名賢集』 卷5, p.346 ; 『耘谷行錄』 卷4, 影印標點 『韓國文集叢刊』 卷6, p.196.

255) 천교목(遷喬木) : 꾀꼬리가 골짜기에서 나와 큰 나무로 옮긴다는 뜻으로 천한 지위에서 높은 지위로 옮긴다는 뜻이다. 원유관이 과거보러 가는 모습을 보면서, 깊고 어두운 골짜기에서 높은 나무로 날아오르는 꾀꼬리의 모습을 연상했다. "쩡쩡 나무를 찍자 짹짹 새들이 지저귀네. 깊숙한 골짜기에서 나와 높다란 나무로 날아오르네. 짹짹 우는 지저귐은 자기 벗을 찾는 소리지. 伐木丁丁, 鳥鳴嚶嚶. 出自幽谷, 遷于喬木. 其鳴矣, 求其友聲." 『시경(詩經)』 卷4, 소아(小雅) 「벌목(伐木)」.

256) 행장(行藏) : 세상에 나아가 도를 행하는 것을 행(行)이라 하고, 세상에서 물러나 숨는 것을 장(藏)이라 함. 곧 출세와 은퇴를 뜻함. 『논어(論語)』 卷7, 「술이(述而)」.

257) 제주옹(題柱翁) : 한나라 문장가 사마상여(司馬相如)가 장안으로 가는 길에 고향 촉군을 지나게 되었다. 그는 승선교(升仙橋) 기둥에다 "네 마리 말이 끄는 수레를 타지 않고선 이 다리를 다시 지나지 않겠다"고 썼다. 그는 과연 성공했다.

258) 향학(鄕學) : 고려시대 지방 교육기관. 조선시대의 향교와 통한다. 중앙의 국학(國學)

到鄕學謁聖[259]

전당(殿堂)이[260] 쓸쓸하게 남쪽을 향해 열렸는데 殿堂寥落向南開
비 지나간 뜨락에 푸른 이끼 가득하네. 雨過庭除滿綠苔
늙고 병든 이 문인(門人)이 두 번 절하건만 老病門人來再拜
성인께선 재량할 줄 모른다고 생각하시겠지. 聖心應念不知裁

여러 서생들에게 보임(세 수)

示諸生(三首)[261]

남에게 문학을 가르치자니 내가 먼저 부끄러워 誨人文學愧吾曾
옛 것 익히고 새 것 알기에[262] 모두 능하지 못했네. 溫故知新揔未能
재업(才業)은 본래 자유(子游)와 자하(子夏)와[263] 같지 못하니 才業本非游夏輩
이곳에 온 부끄러움을 견딜 수 없네. 此來羞恥重難勝

배우는 사람은 혐의(嫌疑)를 멀리 하게나. 學人須要遠嫌疑
한갓 문장만 외운다면 어찌 안다고 하랴. 徒誦文詞豈曰知
부디 군자(君子)의 뜻을 굳게 지키고 但願堅持君子志

을 축소한 형태로 지방에 설치하여 지방문화 향상에 기여하였다.

259) 『耘谷詩史』 卷4, 『高麗名賢集』 卷5, p.346 ; 『耘谷行錄』 卷4, 影印標點 『韓國文集叢刊』 卷6, p.196.

260) 전당(殿堂) : 대성전(大成殿)과 학당(學堂).

261) 『耘谷詩史』 卷4, 『高麗名賢集』 卷5, p.346 ; 『耘谷行錄』 卷4, 影印標點 『韓國文集叢刊』 卷6, p.196.

262) 온고지신(溫故知新) : 옛 것을 익히고 새 것을 앎. 공자께서 말씀하셨다. "옛 것을 익히고 새 것을 알면 스승이 될 만하다. 溫古而知新, 可以爲師矣." 『논어(論語)』 卷2, 「위정(爲政)」.

263) 유하(游夏) : 자유(子游)와 자하(子夏). 공자가 수많은 제자 가운데 네 가지 방면에 뛰어난 제자를 열 명 꼽았는데, 이를 사과(四科) 십철(十哲)이라고 한다. 이 가운데 자유(子游)와 자하(子夏)가 문학에 뛰어났는데, 운곡은 자신이 그들보다 못하다고 겸양하였다. "덕행(德行)이 뛰어난 제자는 안연(顔淵)·민자건(閔子騫)·염백우(冉伯牛)·중궁(仲弓)이고, 언어(言語)가 뛰어난 제자는 재아(宰我)·자공(子貢)이며, 정사(政事)에 뛰어난 제자는 염유(冉有)·계로(季路)이고, 문학(文學)에 뛰어난 제자는 자유(子游)·자하(子夏)이다." 『논어(論語)』 卷11, 「선진(先進)」.

반드시 예의 염치를 먼저 기약하라. 禮儀廉恥必先期

비 걷힌 천지에 서늘한 기운 들었으니 雨收天地入新涼
책 펼쳐 읽기에 가장 좋은 철일세. 編簡披看此寂良
등불을 친하는 거야 사람들 모두 하지만 燈火可親人可共
저마다 부지런히 문장(文場)을[264] 밟아야 하리. 各須勤力踐文揚

7월 8일. 느낌이 있어(이 날이 내 생일이다)
七月八日有感(是予生日)[265]

내 나이 벌써 예순 하나에 身年六十一
오늘이 바로 내 생일일세. 今日是生日
간은 떨어지고 마음은 재와 같은데다 膽落心如灰
머리도 희어지고 얼굴은 칠한 듯하네. 鬢衰顏似漆
몸가짐이 어찌 이리도 고달픈지 持身何苦辛
남보다 뛰어나길 이제는 단념했네. 絶念於超逸
형제는 모두 흩어져 살고 兄弟共違行
아내와 자식마저 한 집에 있지 않네. 妻孥不在室
어버이 은혜를 무엇으로 갚으랴 親恩何以酬
자식 도리를 잘못한 게 너무 많네. 予職尤多失
이러한 생각하며 소나무를 어루만지니 念此撫孤松
슬픈 바람이 소슬하게 일어나네. 悲風起蕭瑟

정(鄭) 부사(副使)의 행헌(行軒)에 수박(西瓜)을 드리면서
以西瓜獻鄭副使行軒[266]

---

264) 문장(文場) : 과거를 보는 곳. 과장(科場).

265) 『耘谷詩史』 卷4, 『高麗名賢集』 卷5, p.347 ; 『耘谷行錄』 卷4, 影印標點 『韓國文集叢刊』 卷6, p.197.

266) 『耘谷詩史』 卷4, 『高麗名賢集』 卷5, p.347 ; 『耘谷行錄』 卷4, 影印標點 『韓國文集叢刊』 卷6, p.197.

수박밭이라야 겨우 몇 이랑이건만　瓜田纔數畝
줄기가 뻗어 서재를 둘러쌌네.　成蔓繞山齋
올망졸망 꽃들은 다 떨어지고　灼灼花花盡
주렁주렁 낱낱이 달려 있구나.　纍纍箇箇排
그 속이 익은 걸 비로소 알고　始知瓤已熟
맛이 더욱 좋은 것도 이제야 알았네.　方覺味尤佳
따서 바치노니 더위 식히시고　摘獻爲消熱
바라건대 이 마음 살펴 주소서.　恭惟諒此懷

유지(宥旨)를267) 읽고

讀宥旨268)

열 줄의 유지가 이 산골에 내리니　十行寬敎下綿區
사해(四海) 백성들이 모두들 만세 부르네.　四海民同萬歲呼
효를 세우고 명분 바로잡아 옛 법을 따르고　立孝正名遵古典
어버이 공경하고 조상 높이며 큰 터전을 지키라셨네.　敬親尊祖守丕圖
상(喪)을 치르고 제사 받들 땐 정성이 간절하고　愼終追遠誠心切
허물 용서하고 어진 마음 미루어 덕과 의를 갖추라셨네.　赦過推仁德義俱
읽고 나니 이 마음이 몹시 감격해　讀罷寸懷多感激
크나큰 왕업이 당우(唐虞)보다269) 뛰어남을 알겠네.　須知景業邁唐虞

대간(大諫)270) 최사(崔嗣)에게271) 부침

寄崔大諫(嗣)272)

---

267) 유지(宥旨) : 임금이 죄인을 특사하던 명령.

268) 『耘谷詩史』 卷4, 『高麗名賢集』 卷5, p.347 ; 『耘谷行錄』 卷4, 影印標點 『韓國文集叢刊』 卷6, p.197.

269) 당우(唐虞) : 요(堯)임금의 호가 도당(陶唐)이고, 순(舜)임금이 우씨(虞氏)이다. 그래서 요순(堯舜)을 당우(唐虞)라고도 하는데, 이들이 다스렸던 시대가 중국 역사에서 가장 태평하고 순박한 시대였으며, 임금들도 가장 어진 시대였다.

270) 대간(大諫) : 대사간(大司諫)의 준말.

271) 최사(崔嗣) : 생몰년 미상.

빙함(氷銜) 벼슬을 지녀 아름다운 이름 얻었으니 官帶氷銜得美名
어진 신하 알아 주는 어진 임금을 만났네. 正逢仁主識賢明
간쟁(諫諍)하는 직책 맡았으니 하늘 위엄에 가깝고 職司諍議天威近
세상에서 신선이라 부르니 지위도 맑구나. 世號神仙地位淸
손으로 금화로를 당기니 향 연기가 가늘고 手惹金爐香細細
문채가 은 화살을 이루니 물시계 소리 들리네. 章成銀箭漏丁丁
조회가 끝나 순지(荀池)에 달 떠 오르면 想應朝罷荀池月
황봉(黃封)을[273] 펼쳐보며 이 늙은이를 기억하시게. 斟酌黃封憶老生

최(崔) 대간(大諫)이 부친 시에 차운함

次大諫所寄詩韻[274]

경사스런 소식을 반갑게 듣고 고문(高門)을[275] 축하하니 欣聞慶事賀高門
이 마음은 서쪽으로 날아가는 한 조각 구름을 따라가네. 心逐西飛一片雲
늙은이의 두 줄기 눈물이 먼저 떨어지니 老淚數行先自墮
즐거운 마음이 술에 취한 듯 훈훈하다오. 喜情深似醉熏熏

사나이 사업이 유문(儒門)에서 날리다가 男兒事業擅儒門
금마문(金馬門) 대궐에[276] 들어가 숙직하는 것일세. 入直金扉紫闕雲
두 대부(大夫)의 관함이 조정 반열에[277] 비치니 雙大夫銜照朝列
그 덕성에 훈도(熏陶)되었음을[278] 이제 알겠네. 方知德性所陶熏

---

272) 『耘谷詩史』 卷4, 『高麗名賢集』 卷5, p.347 ; 『耘谷行錄』 卷4, 影印標點 『韓國文集叢刊』 卷6, p.197.

273) 황봉(黃封) : 천자가 내리는 술인데, 관주(官酒)이다.

274) 『耘谷詩史』 卷4, 『高麗名賢集』 卷5, p.347 ; 『耘谷行錄』 卷4, 影印標點 『韓國文集叢刊』 卷6, p.197.

275) 고문(高門) : 이름있는 집안.

276) 자궐(紫闕) : 자각(紫閣)과 같은 말이니, 자색(紫色)으로 도장(塗裝)한 궁궐(宮闕)을 말한다.

277) 조열(朝列) : 조차(朝次). 조정(朝廷)에서의 백관(百官)의 석차.

278) 훈도(熏陶) : 덕의(德義)로서 사람들을 교화(敎化)함.

어리석은 아이를 문하에 두라고 이미 허락하셨건만　已許愚兒接貴門
번잡한 구름처럼 방해될까 걱정되었네.　恐煩閑雜鬧如雲
이인(里仁)이[279] 아름답다는 말씀을 성인에게 들었으니　里仁爲美聞夫子
그 버릇없는 아이를 가르쳐 주시지 않으랴.　其所淩夷可不熏

보봉림사(寶峰琳師)의[280] 시권에 씀

書寶峯琳師卷[281]

우뚝 솟아서 묘한 빛을 이루어　崔嵬成妙色
천고에 온 천지를 비추니,　千古照堪輿
구슬 나무는[282] 푸른 바다에 잠겼고　玉樹涵蒼海
얼음 바퀴는[283] 파란 하늘에 밝구나.　氷輪郞碧虛
생사 없는 광명이 늘 빛나는데　無生光炯炯
움직이지 않는 본체는 언제나 마찬가질세.　不動體如如
그 꼭대기에 올라오는 이 적으니　絶頂躋攀少
참으로 스님이[284] 살만한 곳일세.　眞爲釋子居

명암주사(明菴珠師)의[285] 시권에 씀

書明菴珠師卷[286]

---

279) 이인(里仁) : 이웃을 가려서 살라는 뜻인데, 운곡도 최대간과 한 마을에 사는 덕분에 그를 아들의 스승으로 모셨다는 뜻이다. 운곡도 향학에서 제자들을 가르쳤지만, 역자교지(易子敎之)라는 말이 있듯이 자기의 아들은 직접 가르치지 않고 남에게 보내어 맡겼다. 공자께서 말씀하셨다. "동네가 어진 것이 좋으니, 우리가 (살 동네를) 가려서 어진 곳에 살지 않는다면 어찌 지혜롭다고 하겠느냐?" 『논어(論語)』 卷4, 「이인(里仁)」.

280) 보봉림사(寶峰琳師) : 생몰년 미상.

281) 『耘谷詩史』 卷4, 『高麗名賢集』 卷5, p.347 ; 『耘谷行錄』 卷4, 影印標點 『韓國文集叢刊』 卷6, p.197.

282) 옥수(玉樹) : (아름다운 나무라는 뜻으로) 사람의 몸가짐이 아름답거나 재능이 뛰어난 사람의 비유.

283) 빙륜(氷輪) : 얼음처럼 맑고 둥글고 차게 보이는 달.

284) 석자(釋子) : 석가의 제자. 승려를 말함.

285) 명암주사(明菴珠師) : 생몰년 미상.

원래 안팎이 없어 두루 포함했으니 元無內外遍包含
앞의 셋과 뒤의 셋을 묻지 마시게. 莫問前三與後三
한 알의 둥근 광명이 밝게 트이면 一顆圓光通瑩澈
우주의 삼라만상이 이 암자에 나타나리. 森羅萬像現于菴

청유해생(淸裕海生)[287] 스님의 시권에 씀
書淸裕海生上人卷[288]

강(江)·회(淮)·하(河)·락(洛)이 모두 이곳으로 흘러드니[289] 江淮河落盡朝宗
끝없이 깊고 넓은 바다가 몇만 겹이나 되랴. 深廣無涯幾萬重
지식 물결과 경계 바람에도 원래 흔들리지 않아 識浪境風元不動
맑고도 고요하게 모든 것을 받아들이네. 澄澄湛湛且寬容

기봉해보(琦峰海普)[290] 스님의[291] 시권에 씀
書琦峯海普禪者卷[292]

깎은 듯 흰 구름 속에 외롭게 솟아 截然孤立白雲中
푸른 옥 소라 무늬가 허공을 비추네. 碧玉螺紋映太空
만고의 신령스런 빛이 깨달음 바다에 이어졌으니 萬古靈光連覺海
스님이 원래 그 주인이시네. 上人元是主人公

---

286) 『耘谷詩史』 卷4, 『高麗名賢集』 卷5, p.347 ; 『耘谷行錄』 卷4 影印標點 『韓國文集叢刊』 卷6, p.197.

287) 청유해생상인(淸裕海生上人) : 생몰년 미상.

288) 『耘谷詩史』 卷4, 『高麗名賢集』 卷5, p.347 ; 『耘谷行錄』 卷4, 影印標點 『韓國文集叢刊』 卷6, p.197.

289) 조종(朝宗) : 강물이 바다로 흘러 들어가 모이는 것을 말함. "강한이 바다에 모여든다. 江漢朝宗于海." 『서경(書經)』, 「우공(禹貢)」.

290) 기봉해보(琦峰海普) : 생몰년 미상.

291) 선자(禪者) : ① 명상하는 사람. ② 선문(禪門) 사람. 선의 수행자.

292) 『耘谷詩史』 卷4, 『高麗名賢集』 卷5, p.347 ; 『耘谷行錄』 卷4, 影印標點 『韓國文集叢刊』 卷6, p.197.

변죽강(邊竹岡)의[293] 오리명(慠利名) 시에 차운하여 그 책 뒤에 씀
次韻邊竹岡慠利名詩書于卷後[294]

군자(君子)는 원래 스스로 빈궁한 법이라[295]	君子由來自固窮
명예와 이익을 업신여기고 신선과 짝하네.	慠於名利伴仙翁
재주와 모략으로 빛나는 벼슬에 오르지 않고	不將才略登華秩
다만 문장에 힘써 깨끗한 바람을 떨칠 뿐일세.	但把文章振素風
연기와 구름 덮인 산과 물은 각가지 모습 이루고	烟水雲山多作態
기이한 꽃과 풀은 줄지어 떨기를 이루었네.	奇芳異卉列成叢
이 가운데 행락(行樂)을 누가 바꾸랴	此間行樂誰能換
평생에 명리(名利) 저버린 분이 바로 우리 공일세.[296]	辜負平生是我公
이미 천석(泉石)에[297] 편안한 거처를 붙였으니	已於泉石寄安居
어찌 승명전(承明殿)을[298] 향해 임금의 옷자락을 끌랴.	豈向承明引帝裾
오정(五鼎)도[299] 천종(千鍾)도[300] 돌아보지 않고	五鼎千鍾都不顧

---

293) 변죽강(邊竹岡) : 두문동(杜門洞) 72현(賢)의 한 사람인 죽강(竹岡) 변귀수(邊龜壽)를 말함.

294) 『耘谷詩史』 卷4, 『高麗名賢集』 卷5, p.347 ; 『耘谷行錄』 卷4, 影印標點 『韓國文集叢刊』 卷6, p.197.

295) 고궁(固窮) : 곤궁한 것을 당연한 것을 알고 마음을 편안히 하여 잘 견디어 냄. 전하여 군자의 절조(節操)로 쓰임. "군자는 궁한 것을 잘 견디어 내지만, 소인은 궁하면 방일한다." 『논어(論語)』 卷15, 「위영공(衛靈公)」.

296) 오어명리(慠於名利) : 변죽강이 지어 보낸 시의 제목이 "명예와 이익을 업신여긴다(慠利名)"는 뜻이다.

297) 천석(泉石) : 수석(水石). 자연의 경치.

298) 승명전(承明殿) : 중국 한대 궁전의 이름. 여기서는 임금이 거처하던 궁전을 말함.

299) 오정(五鼎) : 오정(五鼎)은 다섯 개의 솥에다 각각 소·양·돼지·생선·고라니를 담아 신에게 바치는 것인데, 대부(大夫)의 신분을 가리킨다. 조선시대에는 4품 이상의 문관을 대부라고 하였다. (맹자가 먼젓번 아버지의 상보다 나중 어머니의 상을 더 잘 치르자, 노나라 평공이 맹자를 만나지 않으려 하였다. 그러자 맹자의 제자인 악정자가 평공에게 물었다.) "어째서 그렇게 생각하십니까? 먼젓번에는 사(士)의 예로써 아버지의 장례를 지내고, 나중에는 대부(大夫)의 예로써 어머니의 장례를 지낸 것입니다. 앞서는 세 솥의 제물만 마련하고 나중에는 다섯 솥의 제물을 마련한 것 때문에 그러십니까?" 『맹자(孟子)』 卷2, 「양혜왕(梁惠王) 하」.

300) 천종(千鍾) : 1종이 6석(石) 4두(斗)이니 6천4백 석(石)이 된다.

거문고 하나 책 세 권밖엔 가진 것이 없네. 一琴三卷外無儲
늘 바다에 들어가 악어 쫓을 생각을 하고 每思入海先驅鰐
언제나 산에서 놀기 위해 나귀를 타네. 常爲遊山穩跨驢
도(道)가 아니라 이름 구하는 것은 부질없는 일이니 非道求名是閑事
지금 나도 내 오두막을 사랑하네. 卽今吾亦愛吾廬

다시 차운함

復次[301]

인간의 부귀와 빈궁은 그대로 맡겨 두고 也任人間富與窮
수양산에서 고사리 캐던 늙은이를 본받으니, 首陽方效採薇翁
산을 보는 흥취가 세속에 얽매이지 않고 看山興逸無塵累
세상을 업신여기는 마음이 높아 도풍(道風)이 있네. 傲世心高有道風
물에 다다른 뽕밭 삼밭이 시오리나 뻗치고 趍水桑麻三五里
동산에 가득한 매화나무 대나무도 떨기를 이뤘네. 滿園梅竹幾多叢
굳센 그 지조를 무엇에 비하랴 勁然志操將何比
무성하고 헌칠한 풍도가 십팔공(十八公)일세. 鬱鬱軒車十八公

높은 기상 깊은 충성으로 임금을 받드니 岳瀆高深奉帝居
조정에 가득한 이윤(伊尹)과 여상(呂尙)들[302] 옷자락이
이어졌네. 滿朝伊呂共聯裾
사방 집집마다 잔학한 폐단이 없고 四方家戶無殘弊
팔도(八道)의 창고에는 쌓은 곡식이 넉넉하네. 八道囷倉有畜儲

---

301) 『耘谷詩史』卷4, 『高麗名賢集』卷5, p.348 ; 『耘谷行錄』卷4, 影印標點 『韓國文集叢刊』卷6, p.198.

302) 이려(伊呂) : 옛날의 어진 신하인 이윤(伊尹)과 여상(呂尙). 이윤(伊尹)은 중국 은나라 초기의 전설상의 인물. 이름난 재상(宰相)으로 탕왕을 보좌하여 하나라 걸왕을 멸망시키고 선정을 베풀었다고 함. 여상(呂尙)은 강태공(姜太公)을 말하는데, 나중에 여(呂)에 봉해졌으므로 여상(呂尙)이라고 불렸다. 늙도록 위수(渭水)의 반계에서 낚시질하며 세월을 보내다가 문왕(文王)을 만났다. 문왕은 그를 태공망(太公望)이라 부르면서 스승으로 모셨다. 나중에 문왕의 아들인 무왕(武王)을 도와 주(紂)를 치고 천하를 통일하였다.

그대 풍모는 요동(遼東)의 학 같은데	知子風儀比遼鶴
부끄럽게도 내 재주는 검주의 나귀[303] 같구나.	愧予才智似黔驢
다행히도 어진 사람 찾는 밝은 시대를 만났으니	幸逢佋代搜賢日
공명(功名)을 업신여겨 오두막에 누워 있지 마소.	莫傲功名臥一廬

다시 차운함

復次[304]

남북으로 오가며 발이 하도 시달려	往來南北足遐窮
상산(商山)의 네 늙은이를[305] 본받으려 하네.	且學商山四老翁
세상일은 결국 만(蠻)·촉(蜀)의 싸움[306] 같고	世事竟如蠻蜀戰
사람의 정은 모두 마(馬)·우(牛)의 바람 같네.	人情揔似馬牛風
봄 지난 언덕의 대나무는 새 죽순이 돋아나고	經春崗竹抽新笋
여름 겪은 산다화(山茶花)는[307] 옛 떨기가 자랐네.	過夏山茶長舊叢
이 모습 바라보며 사물 이치를 살펴보니	對此悠然觀物理
한 평생 삼공(三公)을 부러워하지 않으리라.	一生終不羨三公

---

303) 검려(黔驢) : 검주의 나귀. 검주(黔州)에는 나귀가 없었는데, 어떤 호사가(好事家)가 나귀를 배에다 싣고 들어가 산 아래에 풀어 놓았다. 호랑이가 이 큰 짐승을 보고는 신(神)이라고 생각했다. 뒤에 나귀가 한바탕 울자 호랑이가 크게 놀라, 자기를 잡아 먹으려는 줄 알았다. 그 소리를 익혀서 차츰 가까워지자 더욱 친해져 부딪치기까지 했다. 나귀가 노여움을 참지 못하고 뒷발로 차자, 호랑이가 기뻐하면서 "솜씨가 이것 밖에 되지 않는구나" 하고 생각했다. 그래서 (나귀에게) 뛰어올라 한바탕 물어뜯고는, 그 목을 끊고 고기를 다 먹어 버렸다. 유종원, 「삼계(三戒)」.

304) 『耘谷詩史』 卷4, 『高麗名賢集』 卷5, p.348 ; 『耘谷行錄』 卷4, 影印標點 『韓國文集叢刊』 卷6, p.198.

305) 상산사호(商山四皓) : 진시황 때 세상의 어지러움을 피해 상산(商山)에 숨은 네 사람의 은사. 곧 동원공(東園公)·기리계(綺里季)·하황공(夏黃公)·녹리선생(甪里先生) 등의 네 사람을 말함. 모두 눈썹과 수염이 세었으므로 사호라 한 것임. 상산사호(商山四皓)라고 하는데, 이들을 그린 그림이 바로 「상산사호도(商山四皓圖)」이다.

306) 만촉전(蠻蜀戰) : 만(蠻)·촉(蜀)의 싸움. 작은 나라들끼리 서로 다툰다는 뜻. 달팽이의 왼쪽 뿔에 있는 나라는 만씨(蠻氏)이고, 오른쪽 뿔에 있는 나라는 촉씨(觸氏)인데, 땅을 다투며 싸웠다. 수만의 사상자를 내며 싸우다가 보름만에 돌아왔다. 『장자(莊子)』 卷25, 「칙양(則陽)」.

307) 산다화(山茶花) : 동백나무.

당대 부귀한 집들을 살펴보니 看取當時富貴居
살찐 말 다투어 타고 가벼운 옷을 입었네. 競乘肥馬衣輕裾
그대는 일없으니 무슨 걱정 있으랴 惟君無事有何慮
스스로 한가하니 저축한 것도 없으리. 獨自有閑無所儲
오랫동안 세상에 섞여 뭇 사람 사귀었으니 久混世人交衆士
여러 나귀 가운데 있는 천기(天驥) 같았네. 恰如天驥在群驢
만 가지 다른 것이 하나의 이치인 줄 일찍이 알았으니 萬殊一理嘗應了
화려한 집이 내 오두막 비웃어도 내버려두리. 也任華堂笑弊廬

다시 차운함

復次[308]

다들 보살(菩薩)이라 일컬으니 은혜가 어찌 다하랴 盡稱菩薩惠何窮
원래 하늘과 땅 사이에 방랑하는 늙은이일세. 元是乾坤放浪翁
영욕(榮辱)도 외로운 산속 달에는 오지 않고 榮辱不來孤嶠月
행장(行藏)은[309] 이미 작은 난간 바람에 부쳤네. 行藏已付小軒風
일찍이 세상의 오경(五經) 책상자가 되어 旣爲世上五經笥
인간의 만 가지 일을 능히 알았으니, 能解人間萬事叢
바라건대 이 창생(蒼生)을[310] 위해 한 번 일어나소서 願爲蒼生須一起
지금의 물망(物望)은[311] 공에게 있다오. 如今物望屬於公

【오대(五代) 때에 담주(潭州) 변호극(邊鎬克)은[312] 한 사람도 죽이지 않았기에, 사람들이 그를 변보살(邊菩薩)이라고 불렀다. 후한(後漢) 때에 변효선(邊孝先)은[313] 세상 사람들이 오경사(五經笥)라고 하였다. 그래서 이

308) 『耘谷詩史』 卷4, 『高麗名賢集』 卷5, p.348 ; 『耘谷行錄』 卷4, 影印標點 『韓國文集叢刊』 卷6, p.198.

309) 행장(行藏) : 세상에 나아가 도를 행하는 것을 행(行)이라 하고, 세상에서 물러나 숨는 것을 장(藏)이라 함. 곧 출세와 은퇴를 뜻함. 『논어(論語)』 卷7, 「술이(述而)」.

310) 창생(蒼生) : 세상의 모든 사람.

311) 물망(物望) : ① 여러 사람이 우러러 보는 명망(名望). ② 인재를 구할 경우의 물색 대상.

312) 변호극(邊鎬克) : 미상.

313) 변효선(邊孝先) : 변소(邊韶)의 자는 효선(孝先)이다. (중략) 그가 하루는 낮잠을 자고

시에 언급하였다.】(五代邊鎬克潭州. 不殺一人. 人稱邊菩薩. 後漢邊孝先世謂之五經笥. 故及之)

나는 이미 노쇠해서 고요하게 살아가니　我今衰老寂寥居
세상 길의 티끌 먼지가 옷자락을 더럽히지 않네.　世路塵埃不染裾
삼 년 동안 배울 경사(經史)가 없어 한스럽고　經史恨無三載學
일년 먹을 양식을 쌓아 놓지 못해 부끄러워라.　봵粮愧乏一年儲
연기 엷은 모래밭에는 해오라기 한 쌍이 서 있고　淡烟沙觜翹雙鷺
부슬비 내리는 들판에선 나귀에게 꼴을 먹이네.　疎雨原頭秣隻驢
이러한 정회(情懷)가 한가로우니　此是情懷閑遠處
천지가 마치 작은 오두막같이 비좁네.　乾坤窄若小蓬廬

다시 차운함

復次[314]

완적(阮籍)이[315] 길이 끝난 데서 울었다는 이야길 듣고　曾聞阮籍泣途窮
마음속으로 말 잃은 늙은이가[316] 되자고 기약했네.　擬欲心期失馬翁
양왕(襄王)의 무협(巫峽) 운우(雲雨)는[317] 웃음거리고　堪笑襄王巫峽雨

있었는데, 제자가 몰래 그를 놀렸다. "변효선은 배가 뚱뚱해서, 글 읽기는 싫어하고 잠자기만 좋아한다." 변소가 그 말을 듣고는, 자기 배를 문지르면서 말했다. "변은 성이고, 효(孝)는 자이다. 뚱뚱한 배는 오경(五經)의 상자이고, 잠을 자려는 것은 경서를 생각하기 위해서이다. 그래서 잠잘 때에는 주공(周公)과 꿈에서 만나고, 조용히 있을 때에는 공자와 뜻을 같이한다. 스승이라도 놀릴 수 있다는 말은 무슨 책에서 나오느냐?" 『후한서(後漢書)』 卷110, 「변소전(邊韶傳)」. 변죽강(邊竹岡)의 시에 차운했으므로, 변씨 성을 가진 인물들의 고사를 인용한 것이다.

314) 『耘谷詩史』 卷4, 『高麗名賢集』 卷5, p.348 ; 『耘谷行錄』 卷4, 影印標點 『韓國文集叢刊』 卷6, p.198.

315) 완적(阮籍) : 죽림칠현(竹林七賢) 가운데 한 사람이. 사종(嗣宗)은 그의 자. 권력자 사마소(司馬昭)가 구혼했을 때 60일 동안 술에 취해 지냄으로써 무사했다. 『위지(魏志)』 卷21 ; 『진서(晉書)』 卷49.

316) 실마옹(失馬翁) : 화와 복을 미리 알 수 없다는 것. 새옹지마(塞翁之馬)의 고사.

317) 양왕무협우(襄王巫峽雨) : 옛날 초나라 회왕(懷王)이 일찍이 고당(高唐)에 놀러 갔었는데, 피곤해서 낮잠을 잤다. 꿈속에 한 부인이 나타나서 말했다. "첩은 무산(巫山)의 여신인데, 고당에 놀러 왔습니다. 임금께서도 고당에 놀러 오셨다는 소식을 들었기에,

증점(曾點)의 무우(舞雩)[318] 바람은 자랑할 만하네. 可誇曾點舞雩風
시 잘 지은 화정(和靖)은[319] 매화나무를 어여삐 여겼고 能詩和靖憐梅樹
술 사랑한 도연명(陶淵明)은[320] 국화 떨기를 마주했지. 愛酒淵明對菊叢
나 역시 그 때문에 노포(魯褒)의[321] 논(論)을 보니 我亦因看魯褒論
장차 녹문(鹿門)으로 방공(龐公)을[322] 찾아가리라. 鹿門將訪老龐公

그대는 상여(相如)같이[323] 우거(右居)에 손님 되었는데 君似相如客右居

잠자리를 모시고 싶습니다." 회왕이 그를 사랑하였는데, 선녀가 떠나가면서 말했다. "첩은 무산의 남쪽, 고구(高丘)의 험준한 곳에 있습니다. 아침에는 구름이 되었다가, 저녁에는 비가 됩니다." 송옥(宋玉), 「고당부(高唐賦)」.

318) 무우(舞雩) : 문제(門弟)와 함께 교외(郊外)에서 소풍하는 즐거움을 가리키는 말. "자로와 증석과 염유와 공서화가 공자를 모시고 앉아 있었는데, 공자께서 말씀하셨다. "(중략) 너희들은 평소에 말하기를, '사람들이 나를 알아주지 않는다'고 하였으니, 만약 어떤 사람이 너희들을 알아주면 너희들은 무엇을 하겠느냐?" (중략) "점(點 : 증석)아! 너는 무엇을 하겠느냐?" 그는 비파 타던 것을 잠시 중단하고 소리를 한 번 굵게 내더니, 비파를 내려 놓고 일어나 대답하였다. "저는 저 세 사람이 말한 것과 다릅니다." 공자께서 말씀하셨다. "무슨 거리낄 게 있겠느냐? 저들은 자기의 뜻을 말해본 것에 불과하니라." 그러자 증석이 대답했다. "늦은 봄에 봄옷을 갖추어 입고, 어른 대여섯 명과 아이 예닐곱 명과 함께 기수(沂水)에서 목욕하고, 무우(舞雩)에서 바람을 쐬고 노래를 부르며 돌아오겠습니다."『논어(論語)』卷11, 「선진(先進)」.

319) 화정(和靖) : 화정은 매화 시를 잘 지은 송나라 시인 임포(林逋)의 시호이다. 그는 평생 장가들지 않고 자식이 없었으므로, 매화를 심어 아내로 삼고 학을 길러 자식으로 여겼다. 그래서 매처학자(梅妻鶴子)라는 말까지 생겼다. 그의 전기는『송사(宋史)』卷457에 실려 있다.

320) 도연명(陶淵明) : 중국 진(晋)나라의 시인(365~427). 이름은 잠(潛). 405년에 평택의 령(令)이 되었으나 80여 일 후에『귀거래사(歸去來辭)』를 남겨 두고 귀향. 은사(隱士)로서 문앞에 오류수(五柳樹)를 심어 두고 스스로 오류(五柳) 선생이라 일컬었음.

321) 노포(魯褒) : 진(晋)나라 사람. 자(字)는 원도(元道). 박학다식한 사람. 원강연간(元康, 291~299) 이후 기강이 문란해 지자 관직에서 나와 은둔하면서 전신론(錢神論)을 써서 이를 기롱하였다.『진서(晉書)』卷94.

322) 방공(龐公) : 한나라 말년에 방덕공(龐德公)이 녹문(鹿門)에 숨어 살았다. 그에게 아무리 벼슬하라고 권해도 나오지 않아, 참으로 은사(隱士)라고 하였다.

323) 상여(相如) : 한대(漢代)의 큰 문장인 사마상여(司馬相如, ?~B.C. 118). 자는 장경(長卿)이고 사천(四川) 출신으로 한나라 최고의 문장가. 경제(景帝) 때에 벼슬에서 물러나 후량(後梁)에 가서『자허지부(子虛之賦)』를 지어 이름을 떨침. 그의 사부(辭賦)는 화려한 것으로 유명하며 후육조(後六朝)의 문인들이 이를 많이 모방하였다. "한(漢)나라 효무황제의 진황후가 당시 은총을 입다가 질투를 받아, 따로 장문궁에 있게 되었

나는 매복(梅福)같이[324] 잠거(簪裾)를[325] 그리워하네. 我如梅福戀簪裾
상앙(商鞅)이[326] 처음으로 진나라 법을 고치고 商鞅始變秦邦法
기리계(綺里季)는 와서 한나라 태자를[327] 도왔지. 綺季來扶漢室儲
왕자진(王子晉)은[328] 일찍이 구름 밖에서 학(鶴)을 탔고 子晋嘗騎雲表鶴
맹호연(孟浩然)은[329] 한가롭게 눈 속에 나귀를 탔지. 浩然閑跨雪中驢
맹가(孟軻)는 먹는 것과 예법의 경중을 따졌으니[330] 孟軻食禮論輕重

다. 시름과 번민 속에 슬피 지내다가 촉군 성도의 사마상여가 천하에서 가장 글을 잘 짓는다는 말을 듣고서, 황금 100근을 바치고 상여와 (그의 아내) 문군을 위해 술을 보내며, 슬픔과 시름을 풀어줄 문장을 구했다. 상여가 이 글을 지어 임금을 깨우치자, 진황후가 다시 은총을 입었다" 사마상여, 「장문부(長門賦)」 서(序).

324) 매복(梅福) : 한(漢)나라 수춘(壽春) 사람. 자(字)는 자진(子眞). 어려서 춘추 곡량전을 읽어 군(郡) 문학(文學)이 되었고, 남창(南昌)의 현위(縣尉)를 역임했다. 왕망(王莽)의 전정(專政)으로 해를 입었다. 『한서(漢書)』 卷67, 「매복(梅福)」.

325) 잠거(簪裾) : 의관(衣冠).

326) 상앙(商鞅) : 중국 진(秦)나라의 정치가(?~338 B.C.). 별명 위앙(衛鞅). 위(衛)나라의 공족(公族) 출신으로 법학을 공부하고, 진(秦)의 효공(孝公)을 섬겨, 부국강병책을 단행, 뒤에 진이 전국을 통일하는 기틀을 마련했음. 효공 22년(340 B.C.) 상(商)에 봉함을 받았으나 효공이 죽은 뒤 중신들에게 원한을 사서 극형에 처해짐.

327) 한실저(漢室儲) : 한나라의 태자. 한나라 고조가 말년에 척부인(戚夫人)에게 혹하여 여후(呂后)의 아들인 태자를 폐하려 하였다. 여후가 장량에게 꾀를 물어서, 상산(商山)에 숨어사는 네 늙은이를 불러다가 태자를 보좌하게 하니, 고조가 "태자는 이미 날개가 생겼다"면서 폐하지 않았다.

328) 자진(子晋) : 왕자교(王子喬)는 주나라 영왕의 태자 진(晉)이다. 생황을 잘 불어 봉황의 울음소리를 내었다. 이수(伊水)와 낙수(洛水) 사이에서 노닐었는데, 도사 부구공이 그를 데리고 숭고산으로 올라갔다. 30여 년 뒤에 (사람들이) 산 위에서 그를 찾았는데, (왕자교가) 백량 앞에 나타나 말하길, "7월 7일에 구씨산 정상에서 나를 기다리라고 내 집에 알려 주게." 라고 했다. 그날이 되자 (왕자교가) 과연 흰 학을 타고 산마루에 내려앉았다. 유향, 『열선전(列仙傳)』.

329) 맹호연(孟浩然) : 중국 당(唐)나라 때의 시인(688~740). 양양(襄陽) 사람. 그의 시는 왕유(王維)와 함께 높이 평가되며, 특히 오언시(五言詩)에 뛰어 났음. 저서 『맹호연집』.

330) 맹가식례논경중(孟軻食禮論輕重) : 맹자의 제자인 옥려자가 임(任)나라 사람의 질문에 대답하지 못하고 맹자에게 다시 물은 것에 대해 맹자가 대답한 내용. "(맹자가 옥려자의 질문에 대답하였다.) 먹는 것에 관한 중대한 경우와 예절 가운데서도 자잘한 경우를 놓고 비교한다면야, 어찌 '먹는 문제가 더 중요하다'는 대답만으로 그치겠느냐? 또 결혼이라는 중대한 문제를 친영(親迎)이라는 자잘한 예법과 비교한다면, 어찌 '결혼이 더 중대하다'는 대답만으로 끝나겠느냐? 그러니 그에게 가서 이렇게 대답하거

임(任)나라 사람이 옥려자(屋廬子)에게 물은 것을
위해서였네.331) 專爲任人問屋廬

【위의 두 수는 재시거체(載屍車體)이니,332) 구절마다 모두 귀록(鬼錄)이다.333)】
(右二首載屍車體. 句句皆鬼錄)

편암해미(遍菴海彌)334) 스님의335) 시권에 씀
書遍菴海彌上人卷336)

의천(義天)이337) 비고도 넓은데다 스스로 맑아서 義天虛濶自澄淸
지식과 감정의 물결 일체가 평등일세. 識浪情波一切平
하늘과 땅은 본래 삼킬 수 없으니 本是兩儀呑不盡
해와 달의 광명이 다할 때가 없네. 方知二耀未窮明

원(元) 장흥(長興)의338) 어머니 조부인(趙夫人) 만사(挽詞)339)

라. '형의 팔을 비틀어 음식을 빼앗아야 먹을 수 있고 비틀지 않으면 먹을 수 없는 경우에, 형의 팔을 비틀겠느냐? 동쪽집 울타리를 넘어가서 그 집의 처녀를 끌어오면 아내로 삼을 수 있고 끌어오지 않으면 아내로 삼지 못하는 경우에, 그 처녀를 억지로 끌어오겠느냐?' 라고."『맹자(孟子)』卷12,「고자(告子) 하」.

331) 임인문옥려(任人問屋廬) : 임(任)나라 사람이 맹자의 제자인 옥려자에게 물은 내용. "예절과 음식은 어느 쪽이 더 소중합니까?" "예절이 더 소중하지요." "결혼과 예절은 어느 쪽이 더 소중한가요?" "예절이 더 소중하지요." "만약 예절을 차리며 먹으려다가는 굶어 죽고, 예절을 차리지 않고 먹으려면 먹을 수 있는 경우에도 반드시 예절을 지켜야만 합니까? 친영(親迎)의 예를 다 치르다가는 아내를 데려올 수 없고, 친영의 예를 치르지 않으면 아내를 데려올 수 있는 경우에라도 반드시 친영의 예를 치러야만 합니까?" 옥려자는 대답하지 못했다. 이튿날 추나라에 가서 맹자에게 말했더니, 맹자가 이렇게 설명해 주었다.『맹자(孟子)』卷12,「고자(告子) 하」.

332) 재시거체(載屍車體) : 글자 그대로 "시체들을 수레에 가득 실은 문체"를 말함.

333) 귀록(鬼錄) : "귀신들의 말을 기록한 것"이란 뜻. 이 두 수의 시는 구절마다 모두 옛사람의 이야기를 옮겨서 지었다.

334) 편암해미상인(遍菴海彌上人) : 생몰년 미상.

335) 상인(上人) : 지혜와 덕을 겸비한 스님네를 존칭하는 말.

336)『耘谷詩史』卷4,『高麗名賢集』卷5, p.348 ;『耘谷行錄』卷4, 影印標點『韓國文集叢刊』卷6, p.198.

337) 의천(義天) : ① 만유제법의 공을 깨달은 사람. 곧 10주(住)의 보살. ② 고려 스님.

338) 원장흥(元長興) : 장흥 수령을 역임한 원씨 집안의 한 사람.

元長興母趙夫人挽詞[340]

어머니의 몸가짐과 아내의 덕이 모두 뛰어났으니	母儀婦德並離倫
훤실(萱室)에[341] 자녀들 늘어서 늘 웃음꽃 핀 봄날이었네.	萱室森然一笑春
자손들이 번성해질 날 되었건만	當是子孫將盛日
어찌 먼저 구천(九泉)의[342] 사람이 되셨나.	乃何先作九泉人
아들이 충성하고 효성스런데다 딸까지 현숙해	子爲忠孝女爲賢
이 모든 게 세 번 옮긴 훈계를[343] 힘입은 보람일세.	賴是三遷訓誡專
색동옷이 변하여 상복(喪服)이[344] 되었으니	綵服化爲縗絰服
보고 듣는 사람 모두가 하늘 향해 부르짖네.[345]	見聞遐邇競呼天
길쌈하고 짚신 삼아 옛날 어진이를 본받았으니	織屨稱觴効古賢
한 평생 정결함을 그 누가 견줄 수 있으랴.	一生貞潔孰能肩
마을의 눈 있는 사람들 모두 눈물 흘리니	鄕閭有眼皆揮淚
방울방울 흘러서[346] 구천(九泉)에 넘치리라.	滴滴潺湲漲九泉

339) 만사(挽詞) : 죽은 사람을 위해 지은 글.

340)『耘谷詩史』卷4,『高麗名賢集』卷5, p.348 ;『耘谷行錄』卷4, 影印標點『韓國文集叢刊』卷6, p.198.

341) 훤실(萱室) : 남의 어머니가 계신 안채. 훤초(萱草)를 망우초(忘憂草)라고도 하는데, 여인들이 안마당에 심고 바라보면서 시름을 잊었다고 한다. 훤초의 어린 싹을 나물로 만들어 먹으면 취한 느낌이 들어 시름을 잊었다고도 한다. 그래서 부인이 사는 안마당에 훤초를 많이 심었으며, 남의 어머니를 훤당(萱堂), 남의 어머니가 계신 안채를 훤실(萱室)이라고 했다.

342) 구천(九泉) : 죽은 뒤에 넋이 돌아가는 곳. 황천(黃泉).

343) 삼천(三遷) : 맹모삼천(孟母三遷). 맹자의 어머니가 맹자를 가르치기 위하여 세 번이나 이사했다는 옛 일. 맹자가 어렸을 때 공동묘지 근처에 살았는데 맹자가 장사(葬事) 지내는 흉내를 내는 것을 보고, 시전(市廛) 근처로 옮겼더니 이번에는 물건 파는 흉내를 내므로 다시 글방 있는 곳으로 옮겨 공부를 시켰다고 함.

344) 최질(縗絰) : 최(縗)는 상복이고, 질(絰)은 상복을 입을 때에 머리와 허리에 두르는 삼띠이다. 둘을 합하여 상복이라는 뜻으로 썼는데, 촌수에 따라 상복을 입는 기간이 달랐다.

345) 호천(呼天) : 하늘을 우러러 부르짖음.

346) 잔원(潺湲) : 물이 졸졸 흐르는 모양.

상엿줄과 운아삽이 뒤엉켜 슬픈 바람 일으키니 交橫紼翣動悲風
한바탕 꿈같은 인생 만사가 공(空)일세. 一夢浮生萬事空
해로가(薤露歌)[347] 끊어지고 수레와 말도 흩어지면 薤露歌殘車馬散
높다란 무덤만이 달빛 속에 남아 있으리. 高墳應獨月明中

원(元) 이천(伊川)이[348] 보여준 시권 뒤에 씀

題元伊川所示詩卷後[349]

이 시축(詩軸)은[350] 목암선생(木菴先生) 박동우(朴東雨),[351] 간보선생(簡甫先生) 김곤(金坤),[352] 승려 염헌(恬軒), 우공(愚公), 회헌(晦軒) 고경(古鏡)[353] 등이 서로 주고받은 시를 모아서 한 축(軸)을 이룬 것인데, 또 이천(伊川)의 어은선생(漁隱先生) 한자룡(韓子龍)과[354] 태수(太守)인 소당(素堂) 원공(元公)이 서로 주고받아 38수를 이루었다.

此軸乃木菴先生朴東雨・簡甫先生金坤釋・恬軒・愚公・晦軒・古鏡互相賡和. 成一軸. 又伊川・漁隱・韓先生子龍・與太守素堂元公相和. 成三十八首也.

---

347) 해로가(薤露歌) : 장송곡(葬送曲) 또는 만사(輓詞). 사람은 부추잎의 이슬 같아서 해만 뜨면 말라버린다는 것이다. (옛날에 장례지내면서 부르던) 「해로호리(薤露蒿里)」 2장(章)을 이연년(李延年)이 나누어서 두 곡(曲)으로 만들었다. 「해로가(薤露歌)」는 왕공(王公) 귀인(貴人)들을 장례 지낼 때에 불렀고, 「호리가(蒿里歌)」는 사대부와 서민들을 장례지낼 때에 불렀다. 영구(靈柩)를 끌고(挽) 가는 자들이 불렀으므로, 세상 사람들이 이 노래를 만가(挽歌)라고 하였다. 최표, 『고금주(古今註)』 만가(挽歌)를 만가(輓歌)라고도 한다.

348) 이천(伊川) : 본래 고구려의 이지매현. 신라 때 지금의 이름으로 고쳐 토산군의 영현으로 하였다가 고려 현종 9년 동주(東州)에 예속시키고 뒤에 감무를 둠. 『신증동국여지승람』 卷47, 이천현.

349) 『耘谷詩史』 卷4, 『高麗名賢集』 卷5, p.349 ; 『耘谷行錄』 卷4, 影印標點 『韓國文集叢刊』 卷6, p.199.

350) 시축(詩軸) : ① 시를 적은 두루마리. ②시화축(詩畫軸).

351) 박동우(朴東雨) : 생몰년 미상.

352) 김곤(金坤) : 생몰년 미상.

353) 고경(古鏡) : 고경 석희(釋希). 나옹의 제자. 李穡, 「寧邊 安心寺 指空 懶翁 舍利石鐘碑文」 (李智冠, 1997 『校勘譯註 歷代高僧碑文-高麗篇4』).

354) 한자룡(韓子龍) : 생몰년 미상.

유교와 불교의 마음 같은 벗님들이　儒釋同心友
시를 지어 시름을 흩어 버렸네.　賦詩聊散憂
앵무(鸚鵡)의 술잔을 같이 들고서　共持鸚鵡盞
숙상(鷫鷞)의 갖옷을 늘 전당잡혔지.　每典鷫鷞裘
기운이 뛰어나 구름 재단하는 붓이었고　氣逸裁雲筆
마음이 맑아 달 실은 배였으니,　心淸載月舟
염헌과 회헌이 습득(拾得)처럼[355] 앞장을 섰고　兩軒前拾得
여러 시인들이 여구(閭丘)같이[356] 그 뒤를 따랐네.　諸子後閭丘

시를 짓는 것은 뜻을 말하기 위해서이고　題詩爲言志
술잔을 드는 건 시름을 없애기 위해서일세.　把酒要寬憂
아황(鵝黃)의 술잔을 사랑할 뿐이지　但愛鵝黃斝
어찌 흰여우의 갖옷을 생각하랴.　何思狐白裘
산을 돌아보려 한가히 지팡이를 짚기도 하고　循山閑策杖
물을 보려 천천히 배를 돌리기도 했네.　觀水緩廻舟
머리 돌려 육조(六朝)의 일을 바라보니　回首六朝事
여우와 토끼 언덕이 쓸쓸한 연기에 싸여 있네.　荒烟狐兎丘

다시 위의 운(韻)을 따라 옛 시를 모방함

再用韻擬古[357]

황학루(黃鶴樓)에 시를 쓴 나그네여![358]　黃鶴題詩客

---

355) 습득(拾得) : 습득은 당나라 정관(貞觀)시대의 스님이다. 본래 고아였는데, 천태산 국청사의 스님 풍간(豊干)이 길렀다. 그래서 이름을 습득(拾得)이라고 했다. 밥을 짓고 설거지를 했는데, 한산(寒山)과 친하게 지냈다. 그 모습은 어리석고 미친 듯했다. 여구윤(閭丘胤)이 태주(台州)에 수령으로 나왔다가 풍간에게 초청을 받았다. 절에 들어가 그를 만나려고 하자, 습득이 한산과 나란히 달아났다. 어디로 갔는지 알 수가 없었다. 『고승전(高僧傳)』에 그들의 이야기가 실려 있다.

356) 여구(閭丘) : 앞서 습득의 고사에 나온 태주(台州)수령 여구윤(閭丘胤).

357) 『耘谷詩史』 卷4, 『高麗名賢集』 卷5, p.349 ; 『耘谷行錄』 卷4, 影印標點 『韓國文集叢刊』 卷6, p.199.

358) 황학제시객(黃鶴題詩客) : 당나라 때의 시인 최호(崔灝)를 말함. 황학루에서 지은 시

흰 구름은 바로 천고의 시름일세. 白雲千古憂
옛 사람은 가고 돌아오지 않으니 昔人去不返
눈물이 흘러 검은 갖옷을 적시네. 淚滴緇羔裘
백년 한 평생의 일이 百歲平生事
물 위에 뜬 배와 같아, 浮如水上舟
친한 벗들은 반이나 죽었으니 親交半凋喪
묵은 풀만 가을 언덕에 쓸쓸하구나. 宿草荒秋丘

누추한 골목에 살았던 안회(顔回)의 즐거움을[359] 回之陋巷樂
남들은 걱정스러워 견디지 못하건만, 人不堪斯憂
나도 이제 즐거울 뿐이니 我今聊樂耳
해진 무명 갖옷을 아직도 입네. 衣弊木綿裘
푸른 구름 속에는 큰 집이 있고 靑雲有甲第
푸른 바다 위에는 조각배가 있는데, 滄海惟小舟
그대여! 마지막 일을 보게나 君看畢竟事
모두가 하나의 쓰레기 더미일세. 都是一堆丘

내 이제 이 시축(詩軸)을[360] 얻어 보고 吾今得此軸
화답하려 하면서도 새삼 걱정일세. 欲和憂還憂
한 글자 온당치 않은 곳은 一字未安處
겨울 부채와 여름 갖옷 같아, 如冬扇夏裘

귀에 "개인 냇물에는 한양의 나무가 역력히 보이네 晴天歷歷漢陽水"라는 글귀가 있다.

359) 회지누항악(回之陋巷樂) : 공자께서 말씀하셨다. "어질구나! 안회(顔回)여. 한 바구니의 밥(一簞食)과 한 바가지의 국물(一瓢飮)로 누추한 거리(陋巷)에 사는 것을 다른 사람 같으면 그 근심을 감당할 수 없는데, 안회는 자기의 즐거움을 바꾸지 않으니, 참으로 어질구나 안회여!" 『논어(論語)』 卷6, 「옹야(雍也)」. 안회(顔回)는 공자의 수제자(B.C. 521~490). 춘추시대 노(魯)나라 사람. 공자의 제자 가운데 가장 학덕이 높아 스승의 총애를 받았음. 집이 가난하고 불운했으나 이를 괴로워하지 않고 무슨 일에 성내거나 과오를 저지르는 일이 없어 공자의 다음 가는 아성(亞聖)으로 존경을 받음.

360) 시축(詩軸) : ① 시를 적은 두루마리. ② 시화축(詩畵軸).

흐르는 강물 밟고 걸어갈 수 없으니　江流難接履
산 길에 어찌 배를 띄울 수 있으랴.　山逕豈行舟
두어 편 시를 겨우 짓고 나니　數篇纔寫出
내버린 원고 뭉치가 언덕을 이루었네.　遺藁堆成丘

옥주(沃州) 최윤하(崔允河)가[361] 다음과 같은 시를 보내왔으므로, 이에 차운하여 삼가 답함

崔沃州(允河)寄詩云[362]

▪ 최윤하(崔允河)

한 번 평량(平凉)을[363] 지나간 게 한바탕 꿈 같은데　一過平凉一夢如
헤어진 십 년 동안 어찌 소식이 없었나.　十年別裏甚無魚
선생께서 만약 내 모습 물으신다면　先生若問吾行樣
나귀 등에도 차지 않는 책 뿐이라 하겠소.　只是圖書不滿驢

次韻奉答

이천태수(伊川太守)가 여여(如如)를[364] 찾아왔는데　伊川太守訪如如(居士)
뜻밖에 선생의 편지를 받게 되었네.　忽得先生雙鯉魚
한 번 읽고 마음속 일을 이미 알았으니　一讀已知心裡事
나귀 타고 산수(山水)에 취한 모습이 떠오르네.　想看山水醉騎驢

세상일은 공에게 모두 안 되니　世事於公百不如
마치 나무에 올라 물고기 구하는 것 같네.[365]　實猶緣木欲求魚

---

361) 최윤하(崔允河) : 생몰년 미상.

362) 『耘谷詩史』 卷4, 『高麗名賢集』 卷5, p.349 ; 『耘谷行錄』 卷4, 影印標點 『韓國文集叢刊』 卷6, p.199.

363) 평량경(平凉京) : 원주의 별칭. 『신증동국여지승람』 卷46, 원주목 군명.

364) 여여거사(如如居士) : ① 송나라 사람 안병(顔丙). 1194년에 발간된 『여여거사 삼교대전어록(如如居士 三敎大全語錄)』 2권이 전해진다. ② 고려 거사(?). 앞의 「崔沃州(允河)寄詩云」의 내용으로는 고려에 거주하던 사람으로 추정됨.

365) 연목구어(緣木求魚) : 나무에 올라 물고기를 구하는 것으로, 곧 불가능함을 비유하는 말. "그렇다면 왕께서 크게 원하시는 바를 알 수가 있습니다. 토지를 넓히고 진나라와

바람과 물결이 큰 배를[366] 용납하지 않아　風濤未可容舟楫
말달리던 도중에 혼자 나귀를 탔네.　走馬途中獨跨驢

동년(同年)인[367] 영공(令公)[368] 이숭인(李崇仁)이[369] 참소를 당해 충주(忠州)에 있으면서[370] 다음과 같은 시를 부쳐왔으므로, 이에 차운하여 삼가 답함

同年李令公(崇仁). 被讒在忠州寄詩云.[371]

▪ 이숭인(李崇仁)

벼슬 바다에서 잇달아 세 번이나 쫓겨났으니　宦海連三黜
나그네 살이가 이미 다 떨어졌네.　羈棲已屢空
누구에게 물어야 능히 감격하랴　問誰能感激
북쪽을 바라보니 원공(元公)이 있네.　北望有元公

次韻奉答

초나라를 조회케 하며, 중국에 군림하셔서 사방의 오랑캐를 다스리려는 것이지요. 그러나 그런 행위를 하면서 그런 소망을 바라신다면, 이는 마치 나무에 올라가서 물고기를 구하는 것과 같습니다. 以若所爲 求若所欲 猶緣木而求魚也"『맹자(孟子)』卷1, 「양혜왕(梁惠王) 상」.

366) 주즙(舟楫) : 큰 배. 천자를 보좌하는 대신에 비유하여 쓴 말. "큰 물을 건너게 되면 너를 큰 배로 쓰겠고, 큰 가물이 들면 장마비를 내리게 하리라."『서경(書經)』卷3, 상서(商書)「열명(說命) 상」.

367) 동년(同年) : 동방(同榜). 같은 때의 과거에 급제하여 방목(榜目)에 같이 참여한 사람.

368) 영공(令公) : 영감(令監). 정3품과 종2품의 관원을 이르는 말. 대감(大監)의 다음가는 관원임.

369) 이숭인(李崇仁) : 고려말의 대학자(1349~1392). 호는 도은(陶隱). 공민왕 때 과거에 급제한 후 성균관 개창 뒤 정몽주·김구용과 함께 학감을 겸하고 북원의 사신을 돌려보낼 것을 청하다가 유배됨. 정몽주와 함께 고려실록을 편수하고, 우왕 때 이인임의 숙청에 연좌되어 유배되었으며, 공양왕 때 이초의 옥사에 연루되어 이색·권근과 함께 청주에 유배됨. 친원과·친명파 사이에 끼어 계속 유배생활을 하다가 그의 정적 정도전이 보낸 자객에 의해 사망함.

370) 피참재충주(被讒在忠州) : 당시 이숭인은 43세 때인 1390년(공양왕 2) 윤이(尹彛)·이초(李初)의 옥사(獄事) 관계로 충주에 귀양가 있었다.

371)『耘谷詩史』卷4,『高麗名賢集』卷5, p.349 ;『耘谷行錄』卷4, 影印標點『韓國文集叢刊』卷6, p.199.

한간 오두막이 맑고도 차가운데　　單棲淸且冷
아무런 계책 없음이 부끄러워라.　　束手愧不空
자고 먹는 것을 부디 편히 하시게　　但願安眠食
밝으신 임금의 도는 지극히 공평하다네.　　明君道至公

반자(半刺)[372] 선생(先生)이 보여 준 회양(淮陽)[373] 부사(府使) 이항(李恒)의[374] 시운에 차운함(아홉 수)

次半刺先生所示淮陽府使李恒詩韻(九首)[375]

다행히 아름다운 손님과 함께 앉아　　幸同佳客坐
옛 친구와 함께 술잔을 들었네.　　聊共故人盃
대모(玳瑁)의[376] 술자리가 끝나자 마자　　玳瑁筵初罷
주옥(珠玉) 같은 시가 홀연히 왔네.　　珠璣句忽來

둘(其二)

아침 햇빛이 조악(祖幄)을 밝히고　　朝暾明祖幄
북방의 눈은[377] 이별의 술잔을 비추네.　　朔雪照離杯
취하길 권하는 건 다른 뜻이 아니라오　　勸醉非他意
추운데다 눈까지 내리기 때문이라오.　　天寒雪復來

셋(其三)

---

372) 반자(半刺) : 관명(官名). 군(郡)의 속관(屬官)인 장사(長史)나 통판(通判), 별가(別駕) 등을 말함.

373) 회양(淮陽) : 본래 고구려의 각련성군. (중략) 충렬왕 34년에 철령이 적병을 파수하여 끊는데 공이 있었다고 하여 회주목으로 승격시켰다가 충선왕 2년에 다시 낮추어 회주부로 하였다. 『신증동국여지승람』 卷47, 회양도호부.

374) 이항(李恒) : 생몰년 미상.

375) 『耘谷詩史』 卷4, 『高麗名賢集』 卷5, p.349 ; 『耘谷行錄』 卷4, 影印標點 『韓國文集叢刊』 卷6, p.200.

376) 대모(玳瑁) : 등 껍질의 빛깔이 화려한 거북인데, 이 시에서는 대모의 껍질로 만든 술잔, 또는 그러한 무늬를 칠한 술잔을 가리킨다.

377) 삭설(朔雪) : 북쪽 땅의 눈.

각기 남북의 길에 나서면서 各臨南北路
두세 잔 술을 함께 드네. 同把兩三杯
깃발 돌리는게 어찌 그리 빠르신가 返旆知何速
사모하는 사람을 위로하러 왔건만. 慰他向慕來

넷(其四)

뛰어난 현인은 틀에 박히지 않으니 上賢元不器
큰 악어를 어찌 물 한 잔에 담으랴. 脩鰐豈容杯
닭 잡는데 소 칼 쓴다고 어찌 부끄러우랴 何愧割鷄小
내일이면 응당 크게 쓰일 때 오리라. 明當大用來

다섯(其五)

송사가 간단하니 합문(閤門) 열기 드물고 訟簡稀開閤
즐거움 멀리하니 술잔도 들지 않네. 歡疎不擧杯
산을 바라보며 늘 홀(笏)을[378] 잡았는데 看山常拄笏
서늘한 기운이 아침마다 불어오네. 爽氣朝朝來

여섯(其六)

눈과 달은 시 짓는 붓에 이바지하고 雪月供詩筆
구름과 연기는 술잔을 둘러쌌네. 雲烟繞酒杯
세상 길 위험한 일들이 世途危險事
아마도 이 가운데 들어오기 어려우리라. 難入此中來

일곱(其七)

술 속을 풀기엔 유령(劉伶)의[379] 닷 말 술이고 解醒劉五斗

---

378) 홀(笏) : 벼슬아치가 임금을 만날 때에 조복(朝服)에 갖추어 손에 들던 물건인데, 1품에서 4품 벼슬아치는 상아로 만든 홀을 들었고, 5품 이하는 나무로 만든 홀을 들었음.

379) 유오두(劉五斗) : 유령(劉伶)의 닷 말 술. 유령은 (진나라) 패국(沛國) 사람. 자(字)는 백륜(伯倫). 완적(阮籍)·혜강(嵇康)과 의기가 투합하여 죽림칠현(竹林七賢)의 한 사

큰 도에 통하려면 이백(李白)의 석 잔 술일세. 通道李三杯
이것이 바로 취중의 흥취이건만 此是醉中趣
그 사람들 한 번 가서는 돌아오지 않네. 斯人去不來

여덟(其八)

거문고를 타고 또 다시 탔네. 彈琴復彈琴
술잔을 따르고 또 다시 따랐네. 倒盃仍倒盃
모름지기 취흥을 즐겨야지 要須謀醉興
젊은 시절이 다시 오지는 않으리라. 少壯不重來

아홉(其九)

이제 다 끝났구나! 내 한 평생의 일이 已矣吾生事
모두 다 한 잔 술에 붙이리라. 都將付一杯
황하의 용은[380] 다시 나오지 않고 河龍無復出
요동의 학도[381] 돌아오지 않네. 遼鶴不歸來

람이 되었음. 지극히 술을 좋아하여 일찍이 주덕송(酒德頌)을 지었음. "처음부터 집안에 재산이 있는지 없는지 마음 쓰지 않았다. 언제나 녹거(鹿車)를 타고 술 한 병을 가지고 다녔는데, 사람을 시켜 삽을 메고 따라오게 하면서 '내가 죽으면 그 자리에 묻어 달라'라고 말했다. 자기 몸뚱이를 버림이 이와 같았다. 그가 언젠가 매우 목 말라서 아내에게 술을 달라고 했다. 그랬더니 아내가 술을 내버리고 술잔을 깨뜨리면서, 눈물을 흘리며 호소했다. '당신은 술을 너무 지나치게 마시니, 몸을 보살피는 도리가 아닙니다. 반드시 끊으셔야 합니다.' 그랬더니 유령이 이렇게 말했다. '좋지. 그런데 내 힘으로는 혼자 끊을 수가 없으니, 귀신에게 빌면서 스스로 맹세하는 수밖에 없겠네. 곧 술과 고기를 마련해 주게.' 아내가 그 말대로 했더니, 유령이 무릎을 꿇고서 빌었다. '하늘이 유령을 내시면서, 술로써 이름을 지었습니다. 한 번에 한 섬을 마시고, 해장술로 다섯 말을 마십니다. 아녀자의 말은 삼가 들을 수가 없습니다.' 그리고는 곧 술잔을 당기고 고기를 가져다가, 다시 크게 취했다." 『진서(晉書)』 卷49, 「유령(劉伶)」.

380) 하룡(河龍) : 황하(黃河)에 용문(龍門)이란 곳이 있는데, 산서성 하진현(河津縣)과 섬서성 한성현(韓城縣) 사이의 급류(急流)이다. 물살이 험해서 물고기들이 거슬러 올라가기 힘든데, 잉어가 이곳을 올라가면 용이 된다고 한다. 그래서 사람이 영예롭게 되는 것도 등용문(登龍門)이라고 한다.

381) 요학(遼鶴) : 요동의 학. 정령위(丁令威)가 신선이 되어 고향을 떠났다가 천년 뒤에 학을 타고 요동으로 돌아와 보니, 성곽과 사람들이 모두 바뀌어 있었다. 그래서 화표주(華表柱) 위에 앉아서 슬피 울며 노래를 불렀다고 한다. 화표(華表)는 성문이나 큰길

11월 28일. 계장(契長) 원숙로(元叔老)가[382] 요제원(要濟院)에서[383] 잔치를 베풀고 계모임의[384] 여러분들을 초청했기에, 나도 끝자리에 참석하여 시 한 수를 지어 바쳤다

十一月二十八日. 元契長叔老設宴于要濟院. 招契內諸公. 予亦參于席末. 作一首以呈似.[385]

새 집이 시냇물에 마주해 新舘臨溪水
물빛이 아름다운 자리를 비추네. 溪光照綺筵
여기서 귀한 손님들을 보니 卽看賓客貴
주인이 어지신 줄 깊이 믿겠네. 深信主人賢
소나무 푸르름은 술항아리에 이어지고 松翠連樽俎
매화 향기는 피리 소리 타고 퍼지네. 梅香動管絃
노래 그치고 잔치 가락이 끝나자 休歌罷宴曲
눈 속의 달밤이 한 해 같구나. 雪月夜如年

12월 초하룻날

十二月初一日[386]

빠르고 빠른 세월이 백세를[387] 재촉해 流光冉冉促期頤

가에 세운 팻말인데, 백성들이 진정할 내용을 화표에 쓰면 수령이 들어주었다.

382) 원숙로(元叔老) : 생몰년 미상.

383) 요제원(要濟院) : 주의 북쪽 80리에 있다. 『신증동국여지승람』 卷46, 원주목 역원.

384) 계내(契內) : 고려시대의 계는 동년자의 동갑계(同甲契), 동족간의 사교를 목적으로 하는 동족계(同族契), 무인정변 때 조직되어 문무간의 반목을 없애고 우애적인 관계를 유지하기 위해 마련된 문무계(文武契) 등이 있었는데, 운곡이 언급한 계는 동족계를 말하는 듯하다.

385) 『耘谷詩史』 卷4, 『高麗名賢集』 卷5, p.350 ; 『耘谷行錄』 卷4, 影印標點 『韓國文集叢刊』 卷6, p.200.

386) 『耘谷詩史』 卷4, 『高麗名賢集』 卷5, p.350 ; 『耘谷行錄』 卷4, 影印標點 『韓國文集叢刊』 卷6, p.200.

387) 기이(期頤) : 백살을 기이(期頤)라고 한다. 사람이 나서 열살이 되면 유학(幼學)이라 하고, 스무 살이 되면 약관(弱冠)이라고 한다. 서른 살이 되면 장(壯)이라 하여 아내를 맞이하고, 마흔 살이 되면 강(强)이라 하며 벼슬에 나아간다. 쉰 살이 되면 애(艾)라 하며 관정(官政)에 복무하고, 예순 살이 되면 기(耆)라고 하며 일을 지시하여 사람들

짧은 볕이 잠시에 지나지 않네. 短景三分亦暫時
세밑이 되면서 슬픈 느낌이 많고 歲暮心懷多慘感
늙어가니 근력도 쇠약해졌네. 晩年筋力甚衰遲
산까마귀가 연하(煙霞)의388) 꿈을 불러 일으키고 山鴉喚起烟霞夢
소나무와 학은 설월(雪月)의 시를 이뤘네. 松鶴催成雪月詩
한 세상 천지에 날 알아주는 친구 적은데 一世乾坤知己少
귀밑에 몇 줄기 흰 실이 더 늘어나네. 鬢邊添得幾莖絲

겨울밤

冬夜389)

화롯불은 꺼지고 잠 맛은 아득한데 火陷爐灰睡味幽
솔바람 소리가 밤새도록 쓸쓸히 들려오네. 松風終夜響颼颼
꿈 깨어 베개 밀치고 초로초롱 앉았노라니 夢廻推枕惺惺着
달은 서남쪽으로 기울고 먼동이 트려 하네. 月側西南欲曉頭

28일. 입춘(立春)인데 눈이 내렸다(두 수)

二十三日立春有雪(二首)390)

봄소식이 추위를 깔보며 살구나무 숲에 들고 春信凌寒入杏林
토우(土牛)391) 다니는 곳에 그윽한 새들이 지저귀는데, 土牛行處囀幽禽

을 부린다. 일흔 살이 되면 노(老)라고 하여 (은거하며 자식들에게 살림을) 전하고 여든, 아흔이 되면 모(耄)라고 한다. 일곱 살을 도(悼)라고 하는데, 도(悼)와 모(耄)는 비록 죄가 있어도 형을 내리지 않는다. 백살을 기이(期頤)라고 한다. 『禮記』 卷1, 曲禮上.

388) 연하(烟霞) : ① 연기와 노을. ② 산수(山水)의 경치.

389) 『耘谷詩史』 卷4, 『高麗名賢集』 卷5, p.350 ; 『耘谷行錄』 卷4, 影印標點 『韓國文集叢刊』 卷6, p.200.

390) 『耘谷詩史』 卷4, 『高麗名賢集』 卷5, p.350 ; 『耘谷行錄』 卷4, 影印標點 『韓國文集叢刊』 卷6, p.200.

391) 토우(土牛) : 토우(土牛)는 원래 흙으로 만든 소로서, 농경(農耕)을 권장하기 위해 만든 제도였다. 그 뒤에는 "봄철의 소(春牛)"라는 뜻으로 썼다. 『여씨춘추』, 「계동기(季冬紀)」에 "토우를 내서 한기(寒氣)를 보낸다."고 하였는데, 그 주(注)에 "토우를 내라

현영(玄英)이[392] 장난쳐서 하늘에 눈이 가득해지니 玄英戱作漫天雪
만물 내려는 구망(句芒)의[393] 마음을 애타게 하네. 惱殺句芒生物心

한 간 초가집이 소나무 숲에 닿았는데 一間茅舍接松林
문에는 손님 끊어지고 기이한 새들만 있네. 門絶遊人有異禽
철 바뀌자 놀라는 이 늙은이 위해 爲感衰翁驚節換
난간 가까이서 울어 적막한 마음을 깨뜨리네. 近軒啼破寂寥心

각지(角之)[394] 스님의[395] 시에 차운함(네 수)

次山人角之詩韻(四首)[396]

새로운 시를 갑자기 얻어 뜻이 더욱 깊은데 忽得新詩意轉深
오대산(五臺山) 선객(禪客)이[397] 우연히 찾아오셨네. 五臺禪客偶來臨
연하(煙霞)의[398] 꿈에서 느긋하게 깨어 일어나니 悠然驚斷烟霞夢
티끌 세상 마음을 잊은 듯하네. 恍若都忘塵土心
기염(氣焰)은 높고 높아 만 길 무지개이고 氣焰高高虹萬丈
사원(詞源)은 넓고 넓어 천 길 바다일세. 詞源浩浩海千尋
내 어찌 정자(程子) 주자(朱子)와[399] 말고삐를 나란히 하랴 程朱並轡吾何敢
어리석음을 스스로 부끄러워하며 덕음(德音)에[400] 감사하네. 自愧愚蒙荷德音

고 향현(鄕縣)에 명하여, 입춘날이 되면 토우로 동문 밖에서 밭을 갈게 권하였다"고 하였다.

392) 현영(玄英) : 겨울의 별칭(別稱). 『이아(爾雅)』, 「석천(釋天)」, "겨울을 현영(玄英)이라고 한다." 그 주(注)에 "(겨울은) 기운이 검은데다 맑기가 꽃 같기 때문이다."고 했다.

393) 구망(句芒) : ① 산림(山林)의 일을 맡아보던 벼슬 이름. ② 목신(木神)의 이름인데, 고대에 나무의 생장을 주관하는 관원의 명칭으로 삼았다. 목정(木正)이다. 나무가 구부러지기도 하고[句曲] 가시도 있으므로[芒角] 구망(句芒)이라고 한 것이다.

394) 각지(角之) : 생몰년 미상.

395) 산인(山人) : 산 속에 사는 사람이라는 뜻으로 중이나 도사(道士)를 이르는 말.

396) 『耘谷詩史』 卷4, 『高麗名賢集』 卷5, p.350 ; 『耘谷行錄』 卷4, 影印標點 『韓國文集叢刊』 卷6, p.200.

397) 선객(禪客) : 참선을 하고 있는 승려.

398) 연하(烟霞) : ① 연기와 노을. ② 산수(山水)의 경치.

399) 정주(程朱) : 정자(程子)·주자(朱子).

【그가 보내온 시에 "정자 주자와 말고삐를 나란히 한다(程朱并轡)"라는 구절이 있으므로, 내가 이렇게 말했다.】(來詩有程朱并轡之語 故云)

도(道)의 맛이 얕은지 깊은지를 물어서 무엇하랴　道味何勞問淺深
일찍이 남악(南岳)에 홀로 올라갔었지.　早年南岳獨登臨
서쪽에서 온 뜻을 연구한 스님이 부럽고　羨師能究西來意
위로 통달하는 마음을 지니지 못한 내가 부끄러워라.　愧我難專上達心
흰 머리로 티끌 속에 즐거워할 것이 무엇이랴　白首塵埃何所樂
푸른 산 물과 돌을 찾아 다니려 하네.　青山水石擬追尋
시를 지어 무생곡(無生曲)을 이어받으려 하지만　裁詩欲繼無生曲
이미 거문고 줄을 끊어 지극한 소리마저 끊어졌네.　已斷琴絃絶至音

【그가 보내온 시에 "무생일곡(無生一曲)"이란 구절이 있기 때문에 이렇게 말했다.】(來詩有無生一曲之句故云)

고요한 여악(廬岳)에[401] 흰 구름이 깊었으니　闃然廬岳白雲深
정절선생(靖節先生)이[402] 언제나 여기 찾아 오셨네.　靖節先生每到臨
몇 번이나 세 사람이 서로 만나 웃었던가[403]　三笑幾時相會面
칠언(七言) 팔구(八句)에[404] 이미 마음을 알았네.　七言八句已知心
돌밭 초가집에 이 몸 부질없이 늙었고　石田茅屋身空老

---

400) 덕음(德音) : ① 도리에 맞는 착한 말. ② 좋은 소문이나 명망. ③ 임금을 높이어 그 음성을 가리키는 말. ④ 상대방의 편지 또는 안부를 높인 말.

401) 여악(廬岳) : 강서성에 있는 여산을 말하는데, 진(晋)나라 때 혜원선사(慧遠禪師)가 살면서 도연명이 찾아오면 술을 대접했다는 고사가 있음.

402) 정절선생(靖節先生) : 도연명을 말함.

403) 삼소(三笑) : 혜원법사(惠遠法師)는 여산(廬山)의 동림사(東林寺)에 있으면서 아무리 귀한 손님이 찾아오더라도 산문 밖에 있는 호계(虎溪)를 건너서까지 배웅하는 법이 없었다. 그런데 어느날 도연명(陶淵明)과 육수정(陸修靜)이 찾아오자, 그들을 배웅하면서 이야기하다가 자기도 알지 못하는 사이에 그만 호계(虎溪)를 넘어갔다. 그런 뒤에야 호랑이가 울부짖는 소리를 듣고서 호계를 넘어선 줄 깨닫고, 세 사람이 크게 웃었다고 한다.

404) 칠언팔구(七言八句) : 7언 8구는 칠언율시를 가리키는데, 각지스님이 짓고 운곡이 차운한 시가 바로 칠언율시이다.

시내 달과 솔 바람에 꿈이 자주 찾아갔네.	溪月松風夢屢尋
우리 스님께선 맑고 고요한 이 곳에서	想得我師淸燕處
불경 베끼는[405] 틈틈이 관음(觀音)께 예배하시겠지.	寫經餘暇禮觀音

유불(儒佛)은 옛부터 사귐이 깊었으니	釋儒交契古來深
부디 한가한 틈을 타서 잠시 찾아와 주소.	須要乘閑肯暫臨
지둔(支遁)과[406] 허순(許詢)도[407] 마음이 잘 맞았고	支遁許詢能合意
태전(太顚)과[408] 한유(韓愈)는[409] 마음을 전했네.	太顚韓愈亦傳心
말씀하신 이 한 편을 훈계 삼을 만하니	一篇所說堪爲誡
천년에 끼친 유풍(遺風)을 찾아볼 수 있네.	千載遺風可復尋
선옹(禪翁)의 간곡한 정에 몹시 고마워하며	多感禪翁情懇疑
삼가 이 시를 지어 소식을 전하외다.	敬將詩律以傳音

다시 차운함(세 수)

復次(三首)[410]

맑은 시를 두 번 받고 감격스런 마음이 깊어	再奉淸詩感更深
눈앞에 삼삼한 얼굴이 친히 오신 듯하네.	森如面目又親臨

---

405) 사경(寫經) : 붓으로 쓴 경전. 경전을 씀.

406) 지둔(支遁) : 동진(東晉) 대의 고승(314~366). 속성(俗姓)은 민씨이고, 자는 도림(道林)으로서 당시의 명사인 사안(謝安), 손작, 이충, 허순 등과 함께 청담을 즐기기도 하였음. 일찍이 어느 집에서 학을 길렀는데, 지둔(支遁)이 그 학에게 이르기를 "하늘높이 올라 속계를 떠나야 하거늘 어찌 이목의 즐기는 바가 되리요"라고 하고는 마침내 놓아주었다 함. 세상 사람들이 그를 지공(支公)이라 불렀는데, 문인들과 시를 주고받으며 방외(方外)의 사귐을 맺었다. 애제(哀帝) 때에 조서를 받고 궁중에 들어와 설법하기도 했다. 『지둔집(支遁集)』 2권을 남겼다. 『고승전(高僧傳)』, 「지둔(支遁)」.

407) 허순(許詢) : 진(晋)나라 사람. 산수 유람을 좋아한 이. 『상우록(尙友錄)』 卷15.

408) 태전(太顚) : 중국 당대 한퇴지와 교류한 승려. 한유가 태전과 작별할 때 의복을 시주했다는 고사가 있다.

409) 한유(韓愈) : 중국 당나라 중기의 문인(768~824). 자는 퇴지(退之), 호는 창려(昌黎), 당송 팔대가 중의 한 사람.

410) 『耘谷詩史』 卷4, 『高麗名賢集』 卷5, p.350 ; 『耘谷行錄』 卷4, 影印標點 『韓國文集叢刊』 卷6, p.200.

스님께선 도를 통하고 이치를 깨달았건만 師能達道能窮理
나는 말도 알지 못하고 마음도 걷잡지 못하네. 我不知言不攝心
부질없는 속세 인연이 잇달아 일어나니 無賴俗緣相續起
그 언제 선정(禪定)의[411] 맛을 구할 수 있으랴. 何當禪味得求尋
봄이 오면 천유실(天遊室)에[412] 찾아가 春來欲訪天遊室
구름 속의 낮 범음(梵音)을[413] 함께 들으려 하네. 共聽雲間午梵音

시골살이 쓸쓸한 경계가 그윽하고 깊어 村居蕭索境幽深
벗님들의 수레와 말이 즐겨 오지를 않네. 車馬賓朋不肯臨
구름 길 날아오르기엔 일찍이 기약을 잃었고 雲路飛騰曾失約
세상 길 명예와 이익에는 마음 없은 지 오래니, 世途名利久無心
지금의 세상일을 어찌 차마 들을 수 있으랴 卽今時事那堪聽
옛날의 순박한 풍습을 찾아볼 길이 없네. 上古淳風未可尋
스님의 삼매(三昧)[414] 붓을 얻고 나니 得見上人三昧筆
두 귀의 불평(不平) 소리를 씻어낼 수 있겠네. 洗滌兩耳不平音

자리 걸친 문 앞에 섣달 눈이 깊었으니 掛席門前臘雪深
새해 소식이 이미 내 앞에 다가왔네. 新年消息已當臨
몸가짐 삼가지 못해 남의 비웃음 뒤따르고 持身不謹從他笑
도를 배우고도 이루지 못해 내 마음을 그르쳤네. 學道無成誤自心
산 가의 문정(門庭)은 가난하고 적막한데 山畔門庭貧寂寞

411) 선정(禪定) : 육바라밀의 하나. 선(禪). 진리를 올바로 사유(思惟)하며, 조용히 생각하여 마음을 한 곳에 모으는 일.

412) 천유실(天遊室) : 천유(天遊)는 자연의 여유를 말함. "포에 중랑이 있고, 마음에 천유가 있다. 胞有重閬 心有天遊." 『장자(莊子)』 卷26, 「외물(外物)」.

413) 범음(梵音) : 범패는 불교의식에서 부르는 노래인데, 범패(梵唄), 어산(魚山), 또는 인도(引導)라고도 한다. 절에서 주로 재(齋)를 올릴 때 부르는 소리인데, 가곡・판소리와 더불어 우리나라 3대 성악곡 가운데 하나이다. 범패는 장단이 없는 단성선율(單聲旋律)이며, 재를 올릴 때 쓰는 의식음악이라는 점에서 서양의 그레고리안 성가와 비슷하다.

414) 삼매(三昧) : Samadhi. 산란한 마음을 한 곳에 모아 움직이지 않게 하며, 마음을 바르게 하여 망념에서 벗어나게 하는 것.

머리 위의 세월은 늙음이 스며들어, 頭邊歲月老侵尋
스님께서 아름다운 시를 전해 주지 않았다면 上人若不傳佳句
어디 가서 금옥(金玉) 같은 소리를 들을 수 있었으랴. 何處得聞金玉音

다시 차운함(두 수)

復次(二首)[415)]

육안으로 어찌 법기(法器)의[416)] 깊이를 엿볼 수 있으랴 肉眼寧窺法器深
이름만 듣고도 모두 부처님 오셨다고 말하네. 聞名皆謂佛陀臨
좌선(坐禪)하고 도를 행하기에 다른 생각 없으니 坐禪行道無餘念
계율 지키고 불경 읽기에 이미 마음을 다했네. 持律看經已盡心
혼탁한 세상 인연을 일찍이 떨쳐버렸으니 濁世因緣曾抖擻
뜬 구름 같은 자취를 찾을 길이 없네. 浮雲蹤跡未推尋
가련하구나! 시끌벅적한 인생 만사여. 可憐擾擾人生事
우주는 넓고 거칠어서 소식 부치기 어렵다오. 宇宙洪荒難寄音

장경(藏經)의 바다는 문이 많고 이치가 깊어 藏海多門義甚深
도인(道人)이 날마다 그곳에 나아가네. 道人於此日常臨
일승(一乘)에서 삼승(三乘)이 나눠지는 걸 알고 要知一乘分三乘
삼심(三心)이[417)] 일심(一心)에 포섭되는 걸 알아야 하네. 須會三心攝一心
세속의 이치가[418)] 어지러우니 장차 무엇으로 풀랴 世諦紛紜將底解
진실의 근원은 공적(空寂)하니 어디 가서 찾으랴. 眞源空寂向何尋
바라건대 스님이시여! 생사 없는 이치를 연설하시고 願師演說無生理

---

415) 『耘谷詩史』 卷4, 『高麗名賢集』 卷5, p.351 ; 『耘谷行錄』 卷4, 影印標點 『韓國文集叢刊』 卷6, p.200.

416) 법기(法器) : 불도(佛道)를 감당하여 능히 수행할 수 있는 소질이 있는 사람, 불연(佛緣)이 있는 사람.

417) 삼심(三心) : ① 지심(至心)・신락(信樂)・욕생(欲生) 『무량수경』. ② 지성심(至誠心)・심심(深心)・회향발원심(廻向發願心) 『관무량수경』. ③ 직심(直心)・심심(深心)・대비심(大悲心)・신성취발심(信成就發心)의 내용을 나눈 것. 「기신론」.

418) 세체(世諦) : 세속적인 입장에서의 진리.

어리석은 이들을 이끌어 주는 덕음(德音)을[419] 퍼뜨리소서.　指導愚蒙播德音

설봉연사(說峰演師)의[420] 시권에 씀

書說峯演師卷[421]

넓고 긴 혀를[422] 움직이지도 않고　不動廣長舌
둘 아닌 법문을[423] 널리 떨치시니,　宣揚不二門
우뚝한 저 묘고산(妙高山)[424] 꼭대기가　巍然妙高頂
지극히 고요하여 이름과 말을 끊었네.　至靜絶名言

배웅

送行[425]

배움을 끊고 행위도 없는 운수승(雲水僧)이여.[426]　絶學無爲雲水僧
짚신과 베버선에 지팡이 하나 뿐일세.　芒鞋布襪一烏藤
온 몸이 다만 하늘 찌르는 뜻 뿐이니　渾身只是衝天志
이제 가면 반드시 다하지 않는 등불을 켜리라.　此去應燃不盡燈

섣달 그믐날[427] 새벽에 일어나

419) 덕음(德音) : ① 도리에 맞는 착한 말. ② 좋은 소문이나 명망. ③ 임금을 높이어 그 음성을 가리키는 말. ④ 상대방의 편지 또는 안부를 높인 말.

420) 설봉연사(說峰演師) : 생몰년 미상.

421) 『耘谷詩史』 卷4, 『高麗名賢集』 卷5, p.351 ; 『耘谷行錄』 卷4, 影印標點 『韓國文集叢刊』 卷6, p.201.

422) 광장설(廣長舌) : 부처님의 넓고 긴 혀를 형용한 모습인데, 부처의 32상(相) 가운데 하나이다.

423) 불이문(不二門) : 불이법문(不二法門)이라고도 하는데, 유일하다는 뜻이다. 직접 도(道)에 들어가야지, 말로는 전할 수 없는 법문을 가리킨다.

424) 묘고산(妙高山) : 본문에는 묘고(妙高). 수미산(須彌山)을 번역한 말.

425) 『耘谷詩史』 卷4, 『高麗名賢集』 卷5, p.351 ; 『耘谷行錄』 卷4, 影印標點 『韓國文集叢刊』 卷6, p.201.

426) 운수승(雲水僧) : 탁발승.

427) 제일(除日) : 섣달 그믐날.

除日曉起[428]

삼성(參星)은[429] 기울고 북두성도 돌아 새벽이 되니	參橫斗轉夜將晨
귀신 쫓는 사람들 소리가 사방을 뒤흔드네.	逐鬼人聲動四隣
오늘밤에는 등불 켜서 가는 해를 지키고	燈火今宵堪守歲
날이 밝으면 연기 꽃에 또 봄을 맞으리.	烟花明日又逢春
빨리 흐르는 세월에 누가 강건하랴만	流光荏苒知誰健
때와 세상이 번화하니 내 가난이 부끄럽구나.	時世奢華愧自貧
성긴 수염 어루만지며 나 혼자 생각하니	撚斷疎髯還撫已
오는 아침엔 예순 두 살일세.	來朝六十二年人

428) 『耘谷詩史』 卷4, 『高麗名賢集』 卷5, p.351 ; 『耘谷行錄』 卷4, 影印標點 『韓國文集叢刊』 卷6, p.201.

429) 삼성(參星) : 이십팔수(二十八宿)의 스물 한번째 별. 오리온 별자리의 중앙에 나란이 있는 세 개의 큰 별. 삼형제 별.

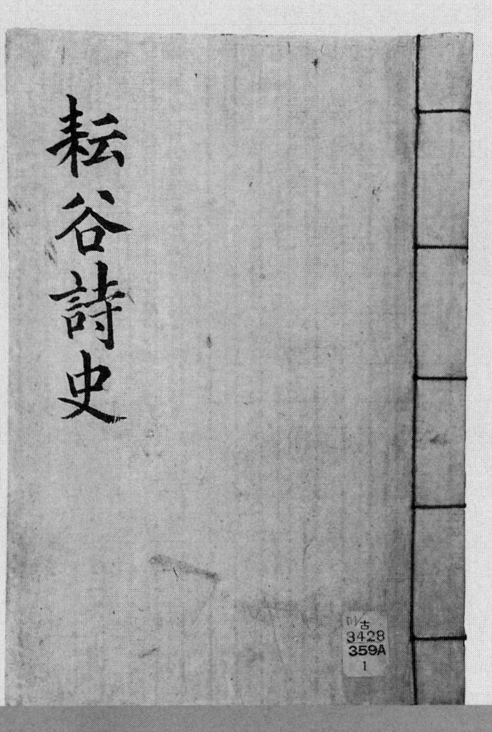

운곡시사(耘谷詩史) 권5

1391년 설날. 강릉(江陵)에[1] 있는 동년(同年)[2] 최윤하(崔允河)의[3] 편지를 받음(두 수)

辛未元正. 得江陵崔同年允河書信(二首).[4]

삼양(三陽)이 밤에 북극성을 따라 돌아와 三陽夜逐斗標廻
새벽부터 사립문을 열고 경사를 맞이하였네. 納慶柴門向曉開
먼 곳의 편지가 뜻밖에도 봄빛 따라 도착하니 遠信忽隨春色到
새해 맞으며 기쁜 기운이 구름처럼 일어나네. 迎新喜氣藹然來

아름다운 선물이 동해 바다에서 날아와 喜貺來從東海頭
바다 속의 새 맛을 때 맞춰 얻었네. 海中新味及時求
봉함 열어서 하늘과 땅의 은혜에 감사드리고 開緘感謝乾坤惠
멀리 풍파 속의 조각배를 생각해보네. 遙想風波一葉舟

목암미월사(目庵眉月師)의[5] 시권에 씀

題目菴眉月師卷[6]

두 눈을 뜨면 사방이 큰 바다이고 兩目開四大海
두 눈썹을 치키면 수미산(須彌山)이[7] 다섯일세. 雙眉秀五須彌
그 사이 하나의 원만한 얼굴이 있으니 間有一輪圓滿
백호(白毫)의 광채가 맑고도 기이하네. 白毫光彩淸奇

---

1) 강릉(江陵) : 본래 예국(濊國). (중략) 고려 충렬왕 34년에 지금의 명칭으로 고쳐서 부(府)로 만들었다.『신증동국여지승람』卷44, 강릉대도호부.
2) 동년(同年) : 동방(同榜). 같은 때의 과거에 급제하여 방목(榜目)에 같이 참여한 사람.
3) 최윤하(崔允河) : 생몰년 미상.
4)『耘谷詩史』卷5,『高麗名賢集』卷5, p.351 ;『耘谷行錄』卷5, 影印標點『韓國文集叢刊』卷6, p.202.
5) 목암미월사(目庵眉月師) : 생몰년 미상.
6)『耘谷詩史』卷5,『高麗名賢集』卷5, p.352 ;『耘谷行錄』卷5, 影印標點『韓國文集叢刊』卷6, p.202.
7) 수미산(須彌山) : 사주(四洲) 세계의 중앙, 금륜(金輪)위에 솟은 높은 산.

초봄의 느낌(네 수)
春初有感(四首)[8]

늘그막에 봄날을 맞으니 老境逢春日
홀연 예전에 놀던 일이 기억나네. 翛然念昔遊
세월은 이리도 빠르건만 光陰何忽忽
내 신세는 더욱 유유(悠悠)하구나. 身世轉悠悠
무엇을 얻고 잃었는지 생각하지도 않으니 得喪休關念
나고 드는 것을[9] 구할 필요 있으랴. 行藏不足求
하늘에는 아무 것도 없고 太虛無一物
산 빛만 푸를 뿐이네. 山色碧浮浮

또(又)

왕성하던 일들이 구름과 함께 흩어지니 盛事雲俱散
늘그막에 부질없이 스스로 노니네. 殘年浪自遊
성현(聖賢)도 가고 나니 그만인데 聖賢空寂寂
천지는 아직도 유유(悠悠)하구나. 天地儘悠悠
배움은 마음속에서 얻고 學是心中得
도(道)도 몸 밖에서 구하는 것이 아니건만, 道非身外求
아! 이 이치를 깨닫지 못하고 嗟哉昧此理
헛되이 한 평생을 보냈구나. 虛送一生浮

또(又)

그 누구와 미리 약속해 놓고 有誰曾有約
꽃 아래 물가에서 놀랴. 花下水邊遊
세상 사람들은 다투어 사치하는데 人世爭奢靡

---

8) 『耘谷詩史』卷5, 『高麗名賢集』卷5, p.352 ; 『耘谷行錄』卷5, 影印標點 『韓國文集叢刊』卷6, p.202.

9) 행장(行藏) : 세상에 나아가 도를 행하는 것을 행(行)이라 하고, 세상에서 물러나 숨는 것을 장(藏)이라 함. 곧 출세와 은퇴를 뜻함. 『논어(論語)』卷7, 「술이(述而)」.

내 생애는 외로운 세월만 길구나. 吾生獨謬悠
좋은 시절이 철 따라 오건만 良辰當此至
즐거운 일을 어찌 다시 구하랴. 樂事更何求
일어나 남쪽 들녘을 바라보니 起看南郊外
아련한 봄기운이 떠오르는구나. 藹然和氣浮

또(又)

해동(海東)의 천지가 고요한데 海東天地靜
법가(法駕)가[10] 남쪽으로 거둥하시니, 法駕動南遊
옥새(玉塞)의[11] 서신이 끊어지고 玉塞音書絶
금릉(金陵)의[12] 길이 길어졌구나. 金陵道里悠
보필하는 신하는 모두 직(稷)과 설(挈)이고[13] 弼諧皆稷挈
정사(政事)엔 다들 자로(子路)와 염구(冉求)라.[14] 政事盡由求
덕이 양춘(陽春)의[15] 힘을 합해 德合陽和力
아름답게도 그 기운이 멀리 떠오르네. 佳哉氣遠浮

【지난 가을에 대가(大駕)가[16] 남도(南都)로 옮겼다가, 2월에 송경(松京)으로 돌아왔다.】(前秋. 大駕至南都. 二月. 還松京)

생각나는 대로 읊음

10) 법가(法駕) : 임금이 타던 수레의 한 가지.
11) 옥새(玉塞) : 옥문관(玉門關)의 별칭. 감숙성(甘肅省) 돈황(燉煌) 부근에 있던 서역(西域)에 통하는 관문(關門).
12) 금릉(金陵) : 지금의 남경(南京) 부근 강소성(江蘇省) 안의 지명(地名).
13) 직설(稷契) : 순(舜)임금 때의 어진 신하로 직(稷)은 농사일을 관장하는 후직(后稷)을 말하고, 설(挈)은 교육을 관장하는 사도(司徒)를 맡았다. 『서경(書經)』, 「요전(堯典)」.
14) 유구(由求) : 공문(孔門) 제자로서 정사에 뛰어난 자로(子路)와 염구(冉求). 덕행(德行)이 뛰어난 제자는 안연(顔淵)·민자건(閔子騫)·염백우(冉伯牛)·중궁(仲弓)이고, 언어(言語)가 뛰어난 제자는 재아(宰我)·자공(子貢)이며, 정사(政事)에 뛰어난 제자는 염유(冉有)·계로(季路)이고, 문학(文學)에 뛰어난 제자는 자유(子游)·자하(子夏)이다. 『논어(論語)』 卷11, 「선진(先進)」.
15) 양춘(陽春) : ① 음력 정월을 달리 이르는 말. ② 따뜻한 봄.
16) 대가(大駕) : 임금이 타던 수레.

卽事[17]

눈 녹고 얼음 풀리자 시냇물 넘쳐	雪消氷釋漲溪流
산 속의 일마다 그윽함을 알겠네.	方覺山居事事幽
새들은 봄바람에 집 모퉁이까지 오고	鳥語春風來屋角
까마귀는 저녁볕에 번득이며 봉우리를 지나네.	鴉飜暮景過峯頭
세상 인연은 갈수록 어지러워 풀기 어려운데	世緣漸漸紛難解
들판의 흥취는 언제나 넓어 거둬지지 않네.	野興陶陶浩未收
가장 사랑하는 건 나옹(懶翁)의[18] 시 한 구절이니	最愛懶翁詩一句
아름다움을 얻는 그 자리가 또한 아름답네.	得休休處且休休

두보(杜甫)의[19] 시집을 읽고

讀杜集[20]

---

17) 『耘谷詩史』 卷5, 『高麗名賢集』 卷5, p.352 ; 『耘谷行錄』 卷5, 影印標點 『韓國文集叢刊』 卷6, p.202.

18) 나옹(懶翁) : 혜근(慧勤, 1320~1376) : 속성은 아(牙)씨, 호는 나옹이며 영해부(寧海府) 사람이다. 20세에 친구의 죽음을 보고 공덕산 묘적암 요연(了然)에게 출가했다. 여러 곳을 돌아다니다가 양주 회암사에서 개오했다. 1348년(충목 4) 원나라로 들어가 연경(燕京)의 법원사(法源寺)에서 인도에서 온 지공에게 참배하고, 다시 임제의 정맥을 계승한 평산 처림(平山 處林)에게 참배하여 불자(拂子)와 법의를 받았다. 후에 명주로 가서 보타낙가산의 관음께 참배하고 육왕사와 무주 복룡산에서 모든 대덕들과 문답을 한 다음 연경으로 돌아 왔다. 순종의 부름을 받아 경사의 보제사에서 설법하고 법원사에서 지공과 다시 만난 후 1358년(공민 7)에 귀국길에 올라 오대산 상두암에 머물렀다. 왕의 초청을 받아 성중에서 법을 설하고 후일 금강산 정양암·청평사·오대산 영감암 등지를 두루 다니다가 회암사로 돌아왔다. 1370년(공민 19) 광명사에서 양종 승려들의 시험인 공부선(功夫選)을 주재하고 왕사에 임명되어 송광사에 주하게 되었다. 그때의 송광사는 동방제일도량이라 일컬었다. 1376년(우왕 2) 신륵사에서 입적하였다. 鎌田茂雄, 1987, 『朝鮮佛敎史』, 東京大學出版會 ; 申賢淑 譯, 1988, 『韓國佛敎史』, 서울 ; 民族社, p.185.

19) 두보(杜甫) : 중국 당나라 때의 시인(712~770). 자는 자미(子美), 호는 소릉(小陵). 이백(李白)·고적(高適) 등과 시주(詩酒)로 교제하였으며, 현종(玄宗)에게 환영받았으나 안록산의 난으로 말년에는 빈곤하게 지냈음. 대표작으로는 『북정(北征)』, 『병거행(兵車行)』 등이 있음.

20) 『耘谷詩史』 卷5, 『高麗名賢集』 卷5, p.352 ; 『耘谷行錄』 卷5, 影印標點 『韓國文集叢刊』 卷6, p.202.

두릉 늙은이의[21] 풍류 뛰어난데다 杜陵野老不庸流
자기 멋대로 사는 경지가 더욱 그윽해라. 自是無營地轉幽
손바닥을 뒤집으면 구름도 되고 비도 되건만[22] 翻覆直嗟雲雨手
오가며 탄식하다 머리에 서리 내렸네. 往來嘗歎雪霜頭
뛰어난 글 솜씨는 한 시대 견줄 이 없었고 一時才藻元無比
천고(千古)의 성화(聲華)는 아직도 남아 있는데, 千古聲華尙未收
운곡(耘谷)의 이 사내는 우습기만 해 耘谷鄙夫還獨笑
황당하게 시 읊기를 쉴 줄 모르네. 荒唐嘯詠不能休

화암영(華巖英)[23] 스님의[24] 시권에 씀

書華巖英上人卷[25]

순수하고 웅혼한 정기를 받고 태어났으니 粹氣雄精自稟生
밖으로 드러난 그 영화(英華)가 사람을 밝게 비추네. 英華發外照人明
도(道)는 반야(般若)의 마음 속으로부터 얻고 道從船若心中得
걸음은 비로(毗盧) 꼭대기를 밟고 다니네. 步踏毗盧頂上行
두 눈은 언제나 시냇물 따라 맑아 兩眼恒隨溪水浄
한 몸이 늘 고갯마루 구름과 함께 가볍네. 一身長與嶺雲輕
고요히 앉아 함이 없는 그곳엔 想知燕坐無爲處
담쟁이 달과 소나무 바람이 한껏 맑으리다. 蘿月松風盡意淸

정월헌(汀月軒) 야옹전(野翁田)[26] 스님의 시권에 씀

21) 두릉야로(杜陵野老) : 두릉 늙은이. 당나라 시인 두보가 두릉(杜陵)에 살았으므로, 자신을 두릉포의(杜陵布衣), 또는 소릉야로(少陵野老)라고도 불렀다.

22) 번복직차운우수(飜覆直嗟雲雨手) : "손바닥을 뒤집으면 구름이요 엎으면 비가 된다니 변덕스런 무리들을 어찌 다 헤아리랴. 그대는 보지 않았던가, 관중과 포숙의 사귐을 친구의 도를 요새 사람들은 흙처럼 저버린다네. 飜手作雲覆手雨 紛紛輕薄何須數 君不見管鮑貧時交 此道今人棄如土." 두부(杜甫), 「빈교행(貧交行)」.

23) 화암영상인(華巖英上人) : 생몰년 미상.

24) 상인(上人) : 지혜와 덕을 겸비한 스님네를 존칭하는 말.

25) 『耘谷詩史』 卷5, 『高麗名賢集』 卷5, p.352 ; 『耘谷行錄』 卷5, 影印標點 『韓國文集叢刊』 卷6, p.202.

書野翁田上人卷(汀月軒)[27]

평평한 흙 언덕이 숲 들판에 닿고 土坡平漫接林坰
긴 밤 맑은 하늘엔 달이 물가에 가득하네. 永夜淸宵月滿汀
이곳이 바로 스님께서 도를 행하시는 곳이니 此是上人行道處
푸른 산 오두막에 밝은 별이 비추네. 碧山茅屋照明星

정주(定州) 수령을 역임한 정사의(鄭士毅)에게[28] 부침

寄鄭定州(士毅)[29]

그곳 향해 사모하는 마음이 날로 어찌 새로운지 向方思慕日何新
진중하신 선생께서도 이 늙은이를 기억하리라. 珍重先生記老人
지난해 서로 만난 것이 한낱 꿈 같은데 去歲相從如一夢
적막한 산 속 집에 또 푸른 봄이 왔다오. 寂寥山郭又靑春

우가(右街)[30] 설봉(雪峰) 구(丘) 승통(僧統)에게[31] 부침

寄右街雪峰丘僧統[32]

맑은 모습을 헤어진 지 몇 해가 지났던가 自別淸儀歲屢過
요즘 어떻게 지내시는지 알고 싶다오. 年來動止問如何
서로 그리워하며 한 번도 만나지 못했는데 相思未得一相見
세월은 북(梭)처럼 어느새 지나갔네. 其乃光陰如擲梭

---

26) 야옹전상인(野翁田上人) : 생몰년 미상.

27) 『耘谷詩史』 卷5, 『高麗名賢集』 卷5, p.352 ; 『耘谷行錄』 卷5, 影印標點 『韓國文集叢刊』 卷6, p.202.

28) 정사의(鄭士毅) : 생몰년 미상.

29) 『耘谷詩史』 卷5, 『高麗名賢集』 卷5, p.352 ; 『耘谷行錄』 卷5, 影印標點 『韓國文集叢刊』 卷6, p.202.

30) 우가(右街) : 僧錄司에 우가(右街)와 좌가(左街)가 있는데, 이는 불교 관리를 담당한 예부 내의 기구. 종래에 있던 소현정서가 폐지되고 다시 설치된 기구이다.

31) 승통(僧統) : 교단을 지도 감독하던 승관(僧官). 큰 절마다 승통이 있어 자기 관할의 승려 행정을 맡아서 처리하였다.

32) 『耘谷詩史』 卷5, 『高麗名賢集』 卷5, p.352 ; 『耘谷行錄』 卷5, 影印標點 『韓國文集叢刊』 卷6, p.203.

이암도(履菴道)[33] 스님의 시권에 씀

書履菴道上人卷[34]

오솔길 없이 평탄하면서도 또한 현묘하네. 坦無蹊逕且玄微
너무 커서 이름짓기 어려워 깨닫는 자도 드무네. 至大難名訂者稀
거룩하구나! 우리 스님께서 그 자취를 밟았는데 偉我上人能踐迹
푸른 하늘은 끝이 없고 흰 구름만 오가네. 碧空無際白雲飛

3월 초아흐렛날. 도령(都領)[35] 이을생(李乙生)이[36] 자당(慈堂)을[37] 위해 수석(壽席)을[38] 베풀고자 사람을 보내 초청했는데 병 때문에 가지 못해 시를 지어 축하함

三月初九日. 李都領(乙生)開慈堂壽席. 走价見招. 以病不赴. 詩以賀之.[39]

수연(壽宴)의 풍류가 동선(洞仙) 같아 壽席風流卽洞仙
지극한 효성에 하늘도[40] 감동하셨네. 孝誠應是感皇天
북당(北堂) 원추리 꽃에[41] 봄빛이 기니 北堂萱草長春色
반도(蟠桃)가[42] 다시 익는 것을 정녕 보시리라. 定見蟠桃再熟年

---

33) 이암도상인(履庵道上人) : 생몰년 미상.

34) 『耘谷詩史』 卷5, 『高麗名賢集』 卷5, p.353 ; 『耘谷行錄』 卷5, 影印標點 『韓國文集叢刊』 卷6, p.203.

35) 도령(都領) : 고려시대 군대의 한 부대를 맡아 거느리어 지휘하는 무관의 최고 직임. 혹은 그 직임에 있는 사람.

36) 이을생(李乙生) : 생몰년 미상.

37) 자당(慈堂) : 상대방의 어머니를 높여 부르는 말.

38) 수석(壽席) : 장수(長壽)를 축하하는 술자리.

39) 『耘谷詩史』 卷5, 『高麗名賢集』 卷5, p.353 ; 『耘谷行錄』 卷5, 影印標點 『韓國文集叢刊』 卷6, p.203.

40) 황천(皇天) : ① 크고 넓은 하늘. ② 하느님.

41) 훤초(萱草) : 원추리꽃. 망우초(忘憂草).

42) 반도(蟠桃) : 三千 년만에 한 번씩 열매가 연다는 장수(長壽)의 선도(仙桃). 7월 7일에 서왕모(西王母)가 내려와서 선도복숭아 네 개를 무제(武帝)에게 주었다. 무제가 먹고 나서 그 씨를 거둬 심으려 하자, 서왕모가 말했다. "이 복숭아는 삼천년에 한 번 열매가 열립니다. 중하(中夏)는 땅이 척박해서, 심어도 열리지 않습니다." 그러자 황제가 그만두게 하였다. 「무제내전(武帝內傳)」.

병든 몸이라 추운 날씨가 걱정되어 負薪憂重畏天陰
빛나는 자리 참석치 못해 한스런 생각 깊으외다. 阻侍華筵恨思深
꽃 다 진 산 남쪽에서 외로움 지키면서 花盡山南守幽獨
채색 옷 마루 위로 마음만 달려가네. 綵衣堂上謾馳心

빗속에 술을 보낸 영천사(靈泉寺)[43] 당두(堂頭)에게[44] 고마워하며[당시 나는 각림사(覺林寺)에[45] 머물고 있었다]

雨中. 謝靈泉堂頭送酒(覺林住時也).[46]

꽃 지는 봄 난간에 부슬비 내리는데 落花春檻雨霏微
병든 나그네 쓸쓸히 사립문을 닫았네. 病客無聊獨掩扉
여악(廬岳)의 술 한 병이 고즈넉한 마음 달래주어 廬岳一壺來慰寂
즐겁게 몸과 세상을 다 잊어 버렸네.[47] 陶然身世摠忘機

미친 바람이 불더니 붉은 꽃 다 쓸어 버리고 嫣紅掃盡狂風際
가랑비 지나가자 부드럽게 푸르러지네. 嫩綠初均小雨餘
이 술을 힘입어 만 가지 시름 물리치고 賴此麯生攻萬恨

---

43) 영천사(靈泉寺) : 강원도 원주시 치악산에 있는 절.

44) 당두(黨頭) : ① 당상(堂上). 선사(禪寺)에서 한 절의 우두머리, 곧 주지를 말함. ② 선사(禪寺)에서 주지가 있는 방을 말함. 곧 방장(方丈).

45) 각림사(覺林寺) : 치악산 동쪽에 있다. 태조 이성계가 잠저에 있을 때에 여기에서 글을 읽었다. 뒤에 횡성에서 강무(講武)할 때에 임금의 수레를 이 절에 멈추고 옛 늙은이들을 불러다 위로하였으며 절에 토지와 노비를 하사하고, 주(州)의 관원에게 명령하여 조세・부역 따위를 면제하여 구휼하였다.『신증동국여지승람』卷46, 원주목 불우.

46)『耘谷詩史』卷5,『高麗名賢集』卷5, p.353 ;『耘谷行錄』卷5, 影印標點『韓國文集叢刊』卷6, p.203.

47) 망기(忘機) : 귀찮은 세상사를 잊음. 기심(機心)을 잃은 상태, 즉 아무런 욕심도 없는 상태를 가리킨다. 무슨 일을 자기 생각대로 하려는 마음, 또는 욕심내거나 남을 해치려는 마음이 바로 기심(機心)이다. 바닷가에 갈매기를 좋아하는 사람이 살고 있었다. 그는 매일 아침 바닷가에 나가서 갈매기들과 같이 놀았는데, 놀러 오는 갈매기가 백 마리도 넘었다. 어느 날 그의 아버지가 그에게 말했다. “내 들으니 갈매기가 모두 너와 더불어 논다는구나. 네가 한 마리 잡아오너라. 내 그걸 가지고 장난하고 싶으니.” 그 다음날 바닷가에 나가 보니, 갈매기들은 하늘에서 맴돌 뿐 내려오지 않았다.『열자(列子)』,「황제」.

봄 아끼는 새 시를 한가롭게 지어보리라. 惜春新句等閑書

16일. 계장(契長) 원천부(元天富)의[48] 계모임[49] 자리에 나아가 여러 계원들에게 지어 보이다

十六日. 赴元契長(天富)契內莚. 呈諸公.[50]

높은 마루에[51] 흰 머리털이 다시 푸르러지고 高堂雪髮更還靑
한 계(契)의 여러 사람이 뜨락에서 절하네. 一契諸公拜鯉庭
치악산(雉岳山)이[52] 높직하게 자리 옆에 솟았으니 雉岳巍然橫座右
이 어른 목숨을 산신령께 맡기네. 嚴君壽筭付山靈

세상 길의 명예와 이익이 나날이 바쁜데 世途名利日奔忙
하늘이 우리로 하여금 취한 세상을 지키게 하셨네. 天使吾儕守醉鄕
오늘 깊고 두터운 뜻을 새삼 알았으니 今日更知深厚意
한 봄에 세 번이나 즐거운 자리 마련하였네. 一春三度闢歡場

피리 소리 맑은 가운데 하루가 한 해 같아 笙歌寥亮日如年
주인과 손님 풍류가 땅 위의 신선일세. 主客風流地上仙
세월 화살이 사람을 쏘아 백발을 재촉하니 歲箭射人催白髮
깊은 술잔에 항아리 기울이기를 사양치 마시게. 莫辭深酌倒觥船

천태(天台) 의원(義圓) 장로(長老)의[53] 시권에 차운하여 씀

48) 원천부(元天富) : 생몰년 미상.
49) 계내(契內) : 고려시대의 계는 동년자의 동갑계(同甲契), 동족간의 사교를 목적으로 하는 동족계(同族契), 무인정변 때 조직되어 문무간의 반목을 없애고 우애적인 관계를 유지하기 위해 마련된 문무계(文武契) 등이 있었는데, 운곡이 언급한 계는 동족계를 말하는 듯하다.
50) 『耘谷詩史』 卷5, 『高麗名賢集』 卷5, p.353 ; 『耘谷行錄』 卷5, 影印標點 『韓國文集叢刊』 卷6, p.203.
51) 고당(高堂) : 높다랗게 지은 개인의 집.
52) 치악산(雉嶽山) : 강원도 영월군과 원주시 사이에 있는 산.
53) 장로(長老) : Ayusmant 아유솔만(阿瑜率滿)으로 음역. 존자(尊者)・구수(具壽)라고도

次韻書天台義圓長老詩卷[54]

선(禪)을 배우고 또 교(敎)를 배웠으며	學禪仍學敎
글씨에 능한데다 시까지 능하네.	能筆又能詩
뜻을 지녀 삼요(三要)에 통하고	有志通三要
함이 없는지라 백 가지 그릇됨을 끊었네.	無爲絶百非
창문을 열어 달을 맞아들이고	開窓迎月出
지팡이 짚고 돌아가는 구름을 보니,	倚杖看雲歸
이게 바로 맑고 한가한 취미라	此是淸閑趣
공부야 이르건 늦건 내버려 두세.	工夫任早遲

일암고사(日菴杲師)의[55] 시권에 씀

書日菴杲師卷[56]

삼천 대천 세계를[57] 비추니	照破大千界
중천(中天)이[58] 밝고도 깨끗하네.	中天朗且淸
나타나지 않는 광명이 없으니	容光無不現
이게 바로 스님이 수행한 행(行)일세.	此是上人行

남봉사우(南峰師友)의 시권에 씀[59]

번역. 지혜와 덕이 높고 법랍이 많은 비구를 통칭. 젊은 비구가 늙은 비구를 높여 부르는 이름. 기년(耆年)장로・법(法)장로・작(作)장로의 3종이 있다.

54) 『耘谷詩史』 卷5, 『高麗名賢集』 卷5, p.353 ; 『耘谷行錄』 卷5, 影印標點 『韓國文集叢刊』 卷6, p.203.

55) 일암고사(日菴杲師) : 생몰년 미상.

56) 『耘谷詩史』 卷5, 『高麗名賢集』 卷5, p.353 ; 『耘谷行錄』 卷5, 影印標點 『韓國文集叢刊』 卷6, p.203.

57) 대천세계(大千世界) : 소천세계(小千世界 : 四洲世界의 千倍)를 천 개 합친 것을 중천세계(中千世界)라 하고, 중천세계를 천 개 합친 것을 대천세계(大千世界)라 함. 이 일대천세계(一大千世界)를 삼천대천세계(三千大千世界)라 하며, 또 삼천세계(三千世界)라고도 함.

58) 중천(中天) : 하늘의 한 복판.

59) 남봉사우(南峰師友) : 원문 제목이 「서남봉사우사(書南峰師友師)」라고 되어 있는데,

書南峯師友師[60]

남쪽은 허명(虛明)한 곳이니 南是虛明地
묘고산(妙高山)[61] 푸른빛이 늘 새롭구나. 妙高蒼翠新
어진 벗들이 곳곳마다 있으니 良朋隨處在
쉰이 넘는 사람들일세. 五十有餘人

계장(契長) 이자성(李子成)이[62] 술자리에서 여러 계모임[63] 여러분들에게 드림

李契長席上. 呈契內諸公(子成).[64]

구름 맑고 바람 가벼운 날 雲淡風輕日
꽃 밝고 버들 우거진 곳에 花明柳暗天
주고받는 술잔 차츰 널려지니 杯盤漸狼籍
시절도 웃고 이야기하기 좋구나. 時節政暄姸
황금 항아리엔 노을이 떠오르고 霞瀲黃金斝
푸른 가야금에는 향기가 나네. 香生綵綺絃
이곳에 모인 이들이 모두 어른들이라 座中皆父老
태평스런 시대인 줄 이제 믿겠네. 方信大平年

산 꽃

뜻이 통하지 않는다. 운곡이 앞에서 쓴 시의 제목들과 비교하면, 끝의 사(師)자를 권(卷)자로 고쳐야 한다.

60) 『耘谷詩史』 卷5, 『高麗名賢集』 卷5, p.353 ; 『耘谷行錄』 卷5, 影印標點 『韓國文集叢刊』 卷6, p.203.

61) 묘고산(妙高山) : 본문에는 묘고(妙高). 수미산(須彌山)을 번역한 말.

62) 이자성(李子成) : 생몰년 미상.

63) 계내(契內) : 고려시대의 계는 동년자의 동갑계(同甲契), 동족간의 사교를 목적으로 하는 동족계(同族契), 무인정변 때 조직되어 문무간의 반목을 없애고 우애적인 관계를 유지하기 위해 마련된 문무계(文武契) 등이 있었는데, 운곡이 언급한 계는 동족계를 말하는 듯하다.

64) 『耘谷詩史』 卷5, 『高麗名賢集』 卷5, p.353 ; 『耘谷行錄』 卷5, 影印標點 『韓國文集叢刊』 卷6, p.203.

山花[65]

하늘 끝 붉은 노을이 백 겹으로 맺혔고　天末丹霞鏁百重
구름 사이 비추는 해는 빛이 더욱 짙어졌네.　籠雲映日色彌濃
동군(東君)이[66] 일 만들길 좋아하고 잘 수습하니　東君好事能收拾
앞 봉우리 단장하고 뒷 봉우리도 단장하네.　粧點前峯與後峯

순암옥사(珣巖玉師)의[67] 시권에 씀

書珣巖玉師卷[68]

따뜻하고 윤택하여 빛이 나니　溫潤而光
흠이 없는 좋은 구슬일세.　無瑕有良
높고 높아 움직이지 않으니　巍巍不動
이것을 일러 곤강(崑崗)이라 하네.　此曰崑崗

무암운사(霧巖雲師)의[69] 시권에 씀

書霧巖雲師卷[70]

구름과 안개로 에워싸 기이한 모습 숨겼으니　雲籠霧鎖隱奇形
이 가운데 한 개의 영(靈)이 있는 줄 그 누가 알랴.　誰識中藏一箇靈
지혜의 햇빛이 비쳐 구름 안개가 흩어지면　慧日照來雲霧散
돌연히 그 참된 본체가 우뚝 드러나리라.　突然眞體露亭亭

---

65) 『耘谷詩史』 卷5, 『高麗名賢集』 卷5, p.353 ; 『耘谷行錄』 卷5, 影印標點 『韓國文集叢刊』 卷6, p.203.

66) 동군(東君) : 태양의 신, 또는 태양을 달리 이르는 말. "동군(東君)은 해이다." 『광아(廣雅)』, 「석천(釋天)」. 그 뒤에 여러 시인들이 동군을 춘신(春神)이라는 뜻으로 썼다.

67) 순암옥사(珣巖玉師) : 생몰년 미상.

68) 『耘谷詩史』 卷5, 『高麗名賢集』 卷5, p.353 ; 『耘谷行錄』 卷5, 影印標點 『韓國文集叢刊』 卷6, p.203.

69) 무암운사(霧巖雲師) : 생몰년 미상.

70) 『耘谷詩史』 卷5, 『高麗名賢集』 卷5, p.353 ; 『耘谷行錄』 卷5, 影印標點 『韓國文集叢刊』 卷6, p.203.

형(泂)의[71] 편지를 받고

得泂書信[72]

오늘 아침에 서울 소식이 내 책상에 닿으니 今朝京信到吾床
건시(乾柹)와 후추(胡椒)가 다 향기롭네. 乾柹胡椒摠有香
게다가 한 알 약으로 목숨을 보전하니 又有一丹能保命
씹자마자 마음자리가 새삼 시원하네. 陷餘心地更淸凉

어버이 늙고 집이 가난하면 벼슬하는 게 마땅하니 親老家貧仕不迂
너는 부디 충성과 효성을 다해야 한다. 願渠忠孝可雙輪
성실하고 공경스런 마음으로 노력을 더하거라. 要將誠敬加勤謹
잘 되고 못 되는 것은 다 명에 달렸단다. 窮達皆關命矣夫

흡곡(歙谷) 수령으로 부임하는 아우 자성(子誠)을[73] 보내면서

送舍弟子誠赴歙谷守[74]

금성(金城)의[75] 옛 현령이 金城舊縣令
흡곡(歙谷)의[76] 새 태수일세. 歙谷新太守
종사(從事)와[77] 통직(通直)을[78] 거쳐 從事與通直

71) 형(泂) : 원형(元泂). 원천석의 둘째 아들.

72) 『耘谷詩史』 卷5, 『高麗名賢集』 卷5, p.354 ; 『耘谷行錄』 卷5, 影印標點 『韓國文集叢刊』 卷6, p.204.

73) 자성(子誠) : 원천석의 동생 원천우(元天佑)로 추정됨. 원천우는 원주에서 같이 생활하다가 1376년 교주 속현 금성군의 감무를 역임하였고, 62세 때에 흡곡현의 현령을 지냈다.

74) 『耘谷詩史』 卷5, 『高麗名賢集』 卷5, p.354 ; 『耘谷行錄』 卷5, 影印標點 『韓國文集叢刊』 卷6, p.204.

75) 금성(金城) : 본래 고구려의 모성군. (중략) 고려초 지금의 이름으로 고치고, 현종때 낮추어 교주의 속현으로 하였고, 예종 원년에는 감무를 두었다가 뒤에 현령으로 승격시켰는데, 고종은 다시 감무로 하였다. 『신증동국여지승람』 卷47, 금성현.

76) 흡곡(歙谷) : 고구려의 습비곡현. (중략) 고려 초에 지금의 이름으로 고치고 금양군(金壤郡)에 그대로 속하게 하였다. 『신증동국여지승람』 卷45, 흡곡현.

77) 종사(從事) : 종사랑(從事郎). 고려 때 문관(文官)의 정7품 벼슬.

78) 통직(通直) : 통직랑(通直郎). 고려 문관(文官)의 품계. 종6품 하.

앞뒤로 낭관(郎官)이[79] 되었으니,	爲郎在前後
지위가 앞에는 낮고 뒤에는 높았건만	位前卑後高
고을살이는 예나 이제나 마찬가질세.	縣卽今猶舊
그 까닭이 무엇이던가	其所以然者
이치에 조금도 어긋남이 없기 때문일세.	於理不差謬
아아! 우리 조정에서	於戲我朝廷
백성들의 병폐를 깊이 생각하여,	深念民弊久
지위 높은 이들 가운데 가려뽑아	遴選位高者
현량하고 준수한 이들에게	賢良而俊秀
각기 조그만 고을을 맡겨	各使莅小官
잘못된 정치를 살피게 하셨네.	省察其休咎
그대가 오품 행직을 받은 것도	子受五品行
교화의 능력을 발휘하게 하려는 걸세.	欲抽持板手
측은히 여기는 마음(惻隱之心)은 인(仁)의 단서이고	惻隱仁之端
시비를 가리는 마음(是非之心)은 의(義)의 판단이니,[80]	是非義所取
이 두 가지에 중용을 얻는다면	二者得其中
정치에 종사하면서 무슨 어려움 있으랴.	從政乎何有
다섯 마리 말이[81] 끄는 봄바람 길에	五馬春風程
짙은 구름과 연기가 소매에 가득하리니,	雲烟濃滿袖
무엇으로써 이 벼슬길에 노자 삼으랴	何以贐此行
석 잔 술과 시 한 수일세.	三盃一短句

79) 낭관(郎官) : 육조(六曹)의 정5품 관인 정랑(正郎)과 정6품관인 좌랑(佐郎)에 있는 사람을 이르는 말.

80) 측은인지단(惻隱仁之端) : 『맹자(孟子)』에 있는 말이다. “측은지심(惻隱之心)은 인(仁)의 단서요, 수오지심(羞惡之心)은 의(義)의 단서이며, 사양지심(辭讓之心)은 예(禮)의 단서이고, 시비지심(是非之心)은 지(智)의 단서이다. 惻隱之心, 仁之端也, 羞惡之心, 義之端也, 辭讓之心, 禮之端也, 是非之心, 智之端也.” 『맹자(孟子)』, 「공손축(公孫丑)」 章句 上.

81) 오마(五馬) : 태수(太守)의 별칭. “원책(元策) 형제 다섯 사람이 나란히 태수가 되니, 당시 사람들이 ‘유씨 문앞에 말 다섯 필이 죽 늘어섰다’라고 했다”고 하였다. 『남사(南史)』, 「유원책(柳元策)」.

헤어지는 마당에 다른 뜻 없으니 臨別意無他
오래오래 살기를 부디 비노라. 祝高千萬壽

4월 8일 저녁 영천사(靈泉寺)에서[82] 관등(觀燈) 놀이를 하다

四月八夕. 觀靈泉寺燈.[83]

푸른 하늘에 장대 하나를 높이 세우고 一竿高揷翠微顚
찬란한 구슬들이 하늘 한가운데 걸렸네. 燦爛連珠掛半天
하나하나 변하여 끝없는 불꽃 이루니 一一變成無盡焰
다함없는 그 빛이 삼천(三千) 세계를[84] 비추네. 盡爲無盡照三千

시방(十方)[85] 부처님과 스님께 두루 공양하는 供佛供僧遍十方
그 많은 복을 다 헤아리기 어렵네. 福如塵數固難量
밤이 깊어갈수록 더욱 찬란해지니 夜深點點尤增潔
이지러진 달과 성긴 별들이 광명을 사양하네. 缺月踈星共讓光

남은 빛이 철위산(鐵圍山)까지[86] 비치고 餘光照及鐵圍山
아득히 어둡던 거리에 새벽이 밝아오네. 杳杳昏衢曉色還
이제부터 공덕의 바다가 더욱 깊어지리니 從此更深功德海
인간 세상 재앙을 다 씻어 버릴진저. 盡禳災殄世人間

---

82) 영천사(靈泉寺) : 강원도 원주시 치악산에 있는 절.

83) 『耘谷詩史』 卷5, 『高麗名賢集』 卷5, p.354 ; 『耘谷行錄』 卷5, 影印標點 『韓國文集叢刊』 卷6, p.204.

84) 삼천세계(三千世界) : Trisahasramahasahasro-lokadhatu. 소천세계(小千世界 : 四洲世界의 千倍)를 천 개 합친 것을 중천세계(中千世界)라 하고, 중천세계를 천 개 합친 것을 대천세계(大千世界)라 함. 이 일대천세계(一大千世界)를 삼천대천세계(三千大千世界)라 하며, 또 삼천세계(三千世界)라고도 함.

85) 시방(十方) : 사방(四方 : 동서남북)과 사유(四維 : 동북・동남・서남・서북), 상하(上下)에 있는 무수한 세계.

86) 철위산(鐵圍山) : 구산팔해(九山八海)의 하나. 지변산(持邊山)을 둘러 있는 산으로. 지변산으로부터 36만 3천 288 유순(由旬)의 곳에 있다고 함.

단오날 선영(先塋)에 참배하다

端午. 拜先塋.[87]

경건한 마음으로 석 잔 술 따르고 무덤에 절하니	三酹虔心拜隴頭
무덤 위의 구름 그림자가 슬픔을 불러 일으키네.	隴頭雲影喚悲愁
황천(黃泉)에[88] 소식 전할 길도 없으니	黃泉未可達音信
답답한 마음이 길고도 기네.	鬱鬱情懷何謬悠
해마다 세 번씩 여기 왔건만	年年三到此岡頭
오늘 시름은 예전보다 더하네.	今日愁加昔日愁
입신양명(立身揚名) 못하고 흰머리 되었으니	未得立揚成白首
처음부터 끝까지 불효한 내 마음 시름겹구나.	孝無終始我心悠
봉우리에 토만두(土饅頭)가[89] 많이도 쌓였는데	峯頭多積土饅頭
눈앞에 널려진 무덤들이 모두가 시름일세.	滿眼纍纍摠是愁
사람마다 하나씩 가지게 되겠건만	旣信人人呑一箇
백년 동안의 세상일이 부질없이 길구나.	百年間事謾悠悠

버들부채

柳扇[90]

등 넝쿨로 단장했으니 세상에 드문데다	藤縷粧成世所珎
버들가지로 만들며 사람과 몹시 어긋났네.	柳技裁作甚違人
이 천한 물건이 시대의 쓰임이야 되랴만	物卑豈敢爲時用
맑은 바람은 있어 뜨거운 티끌을 씻어 주네.	亦有淸風滌熱塵

---

87) 『耘谷詩史』 卷5, 『高麗名賢集』 卷5, p.354 ; 『耘谷行錄』 卷5, 影印標點 『韓國文集叢刊』 卷6, p.204.

88) 황천(黃泉) : 오행(五行)에서 땅 빛을 노랑으로 한 데서 나온 말. ① 지하의 샘. ② 사람이 죽어서 가는 곳. ③ 구천(九泉).

89) 토만두(土饅頭) : 흙을 둥그렇게 쌓아 올린 무덤.

90) 『耘谷詩史』 卷5, 『高麗名賢集』 卷5, p.354 ; 『耘谷行錄』 卷5 影印標點 『韓國文集叢刊』 卷6, p.204.

만세사(萬歲寺)의 새 대나무

萬歲寺新竹[91]

옛 떨기는 북쪽 섬돌에 기댔고　　舊叢依北砌
새 가지는 동쪽 담을 비추는데,　　新篠暎東墻
그 잎새에 슬기로운 바람이 불고　　葉帶慧風振
그 가지엔 언제나 단 이슬이 내리네.　　枝承甘露長
밤에는 달 그림자 일렁이고　　踈踈篩月影
낮에는 연기 빛에 잠기는데,　　鬱鬱鎖煙光
한가롭게 보면서 사랑스런 모습은　　寂愛閑看處
맑은 그늘에 흩어지는 저녁 서늘함일세.　　淸陰散晚凉

각이사(覺怡師)의 시권에 씀[각이사의 호는 열봉(悅峰)인데, 또는 열도(悅道)라고도 한다]

書覺怡師卷(号悅峯. 或悅道)[92]

뾰족 솟은 산에 몸을 의탁하고　　尖山突兀堪依托
큰 도의 연원을 헤아리네.　　大道淵源能忖度
이제부터 기쁘게 웃기를 쉬지 않으리니　　從此怡然笑不休
즐겁구나! 어떤 즐거움이 이 즐거움 만하랴.　　樂哉何樂如斯樂

8월 초이튿날. 큰 바람이 불다

八月初二日有大風[93]

구름이 갑자기 몰려들며 그 기세 웅혼하더니　　雲陣奔騰勢氣雄
산 동쪽에서 큰 바람이 불어왔네.　　大風來震自山東

---

91) 『耘谷詩史』 卷5, 『高麗名賢集』 卷5, p.354 ; 『耘谷行錄』 卷5, 影印標點 『韓國文集叢刊』 卷6, p.204.
92) 『耘谷詩史』 卷5, 『高麗名賢集』 卷5, p.354 ; 『耘谷行錄』 卷5, 影印標點 『韓國文集叢刊』 卷6, p.204.
93) 『耘谷詩史』 卷5, 『高麗名賢集』 卷5, p.354 ; 『耘谷行錄』 卷5, 影印標點 『韓國文集叢刊』 卷6, p.204.

늙은 소나무가 뽑혀 숲이 앙상해지고 老松拔落林巒瘦
이른 벼가 쓰러져 밭이랑이 비었네. 早穀摧殘畎畝空
빗발이 미친 듯 자주 쏟아지고 雨脚顚狂頻點滴
하늘 모습이 별안간 아득하게 변하네. 天容敎鬱變溟濛
못 들은 척 문 닫고 책을 읽으니 不聞閉戶看經卷
운곡(耘谷) 늙은이 마음이 육방옹(陸放翁)[94] 같구나. 耘叟心如陸放翁

초이렛날. 서리가 내리다

初七日有霜[95]

첫 서리가 일찍 내리고 사나운 바람이 남아 新霜早降烈風餘
농작물이 다 마르고 나뭇잎도 엉성하네. 禾稼凋零樹木疎
익어가던 벼이삭은 빗물에 나부끼고 全穗稻秔飄雨水
한창이던 메밀꽃도 언덕에 쓰러졌네. 垂花木麥臥丘墟
가을되면서 천지의 은혜가 줄었는지 逢秋旣減乾坤惠
명년에는 쌀 한 섬 쌓아 놓은 집이 없으리. 來歲應無斗斛儲
그 누가 무슨 술법으로 이 어려운 때를 구제하려나 康濟時難誰有術
하늘 우러러 긴 한숨이나 한 번 쉴 밖에. 仰天長歎一欷歔

밤중에 읊음

夜吟[96]

산 구름이 비되어 난간 가까이 뿌리자 雨暗山雲近檻低
창 너머 귀뚜라미가 그윽하게 하소연하네. 隔窓蛩唱吊幽棲

94) 육방옹(陸放翁) : 송(宋)나라 문장가 육유(陸游)를 말함. 자(字)는 무관(務觀). 별호(別號)가 방옹(放翁). 『검남시고(劍南詩稿)』를 써서 검남파라 불렸고, 『입촉기(入蜀記)』, 『남당서(南唐書)』 등 많은 글을 남겼다. 『송사(宋史)』 卷37. 운곡이 역사서를 쓴 것도 자신을 육방옹과 비슷한 전후 시기에 쓴 것으로 생각된다.

95) 『耘谷詩史』 卷5, 『高麗名賢集』 卷5, p.355 ; 『耘谷行錄』 卷5, 影印標點 『韓國文集叢刊』 卷6, p.205.

96) 『耘谷詩史』 卷5, 『高麗名賢集』 卷5, p.355 ; 『耘谷行錄』 卷5, 影印標點 『韓國文集叢刊』 卷6, p.205.

꿈 깨어 베개 밀치고 오랫동안 읊조려 夢廻推枕吟哦久
시 세 수 이루자 벌써 새벽닭이 우네. 三首詩成已曉鷄

생각나는 대로 읊음
即事

가을빛이 가득해 자리가 서늘해지니 秋光滿座席生凉
시 지을 생각이 어느새 아득해지네. 詩思飄然入渺茫
구름 끝 봉우리는 겨우 보이고 雲際峯巒才隱約
서리 뒤 풀과 나무는 아직도 푸르구나. 霜餘草樹尙靑蒼
이미 내 마음은 세상 밖에서 노니니 旣知物表心神放
인간 세상 세월이 바쁜들 무슨 상관이랴. 且任人間歲月忙
가슴이[97] 더욱 맑아져 티끌 하나 없는데 方寸更澄塵累絶
물가의 산 빛이 초가집 마루를 비추네. 水邊山色暎茅堂

한가윗날(中秋節). 어머님 무덤(慈塋)에 절하고
中秋. 拜慈塋.[98]

초롱초롱 흰 이슬이 거친 언덕에 가득한데 瀼瀼白露滿荒丘
가래나무 슬픈 바람이 또 가을일세. 梓樹悲風又一秋
그리운 마음 깊은데 몸은 벌써 늙었으니 追遠意深身已老
세월이 물같이 빠른 것을 혼자서 탄식하네. 自嗟光景疾如流

시든 풀 거친 연기 흙 한 더미 衰草荒烟土一丘
이제 벌써 스물다섯 번째 가을일세. 于今二十五年秋
학은 날아가 돌아오지 않고 사람만 길이 탄식하는데 鶴飛不返人長歎
구름은 무심하게 지나가고 물도 절로 흐르네. 雲去無心水自流

---

97) 방촌(方寸) : 사람의 심장은 사방 한 치쯤 된다는 옛 말에서 온 것으로 마음을 가리킴.
98) 『耘谷詩史』 卷5, 『高麗名賢集』 卷5, p.355 ; 『耘谷行錄』 卷5, 影印標點 『韓國文集叢刊』 卷6, p.205.

사실 때 같은 마음이더니 돌아가셔도 같은 언덕이라　生同一意死同丘
같은 마음 서로 비춰 달 밝은 가을일세.　相照同心月正秋
형제들이 줄 지어 같이 절하니　兄弟數行同此拜
저승에서도 우리와 함께 기뻐하시겠지.　九原同喜我同流

【(어머님 무덤) 옆에 숙모(叔母) 원부인(元夫人)[99] 무덤이 있어, 어머니의 자손들이 명절 때마다 이곳에서 같이 제사를 드린다. 그래서 이렇게 말했다.】(傍有叔母元夫人之墳. 母之子孫每於名旦. 同此祭事故云)

한가위 달

仲秋月[100]

한가위 날씨가 차츰 맑고 서늘해져　中秋氣候稍淸寒
저녁 되면 뜨락 가지에[101] 흰 이슬이 엉기네.　向夕庭柯白露團
구름은 하늘 한가운데서 구슬 잎을 거두고　雲自天心收玉葉
달은 산꼭대기서 은 쟁반으로 솟아오르네.　月從山頂湧銀槃
피리 소리와 노래 소리 곳곳에 사람들은 춤추고　笙歌幾處人爭舞
시를 읊조리며 나 혼자 달을 보네.　嘯詠當時我獨看
적막한 곳이건 번화한 곳이건 한가지 빛이니　寂寞繁華同一色
어찌 사사로운 뜻이 감히 끼어 들랴.　有何私意敢相干

16일 밤의 달

十六夜月[102]

가을 하늘은 푸르고 광한전(廣寒殿)은[103] 차가운데　秋天碧遠廣寒寒
오늘 밤 둥근 빛이 어제 밤 둥근 빛일세.　今夜團如昨夜團

---

99) 원부인(元夫人) : 생몰년 미상.

100) 『耘谷詩史』 卷5, 『高麗名賢集』 卷5, p.355 ; 『耘谷行錄』 卷5, 影印標點 『韓國文集叢刊』 卷6, p.205.

101) 정가(庭柯) : 뜰에 있는 나무.

102) 『耘谷詩史』 卷5, 『高麗名賢集』 卷5, p.355 ; 『耘谷行錄』 卷5, 影印標點 『韓國文集叢刊』 卷6, p.205.

103) 광한(廣寒) : 광한전(廣寒殿). 달 속에 있다고 전하는 항아(姮娥)가 사는 전각(殿閣).

은하수는 운모(雲母)의 장막을 가로 펼치고　銀漢橫鋪雲母帳
금물결은 수정 쟁반을 곧바로 부으니,　金波直注水精槃
달빛이 하룻밤 사이에 줄어들지는 않아　光輝未必一宵減
보는 사람 정취가 만리에 같으리라.　精興應同萬里看
흰 빛이 차츰 옮겨지고 바람 이슬이 내리자　皓彩漸移風露冷
뜨락의 솔 그림자가 난간에 일렁이네.　半庭松影轉欄干

눈떡(雪餻)을 읊음

賦雪餻104)

눈 국수가 부슬부슬 하늘에서 내리니　重羅雪麵是天生
물과 불이 서로 부딪친 기운으로 만들어졌네.　水火相煎氣所成
사람의 손을 거치지 않아 정결한데다　本絶手痕精且潔
혀 맛을 도와 부드럽고도 가볍네.　能供舌味脆仍輕
떨어진 매화 버들 꽃처럼 부서진데다　碎如梅蘂楊花落
가득 쌓인 구슬같이 둥글기도 해,　團似瓊膏玉屑盈
바람 부는 난간에 기대어 배불리 먹으니　飽倚風軒舒一嘯
울긋불긋 가을 산 빛이 눈앞에 펼쳐지네.　秋山紫翠眼前橫

백성들을 대신해 읊음

代民吟105)

생애(生涯)는 물같이 차갑고　生涯寒似水
부역(賦役)은 구름처럼 어지러워,　賦役亂如雲
갑자기 성 쌓는 군졸(築城卒)이 되었다가　急抄築城卒
또 쇠 다루는 일꾼(鍛鐵軍)까지 겸하기도 하네.　兼抽鍛鐵軍
바람과 서리에 농사까지 그르치고　風霜損禾稼

104) 『耘谷詩史』 卷5, 『高麗名賢集』 卷5, p.355 ; 『耘谷行錄』 卷5, 影印標點 『韓國文集叢刊』 卷6, p.205.

105) 『耘谷詩史』 卷5, 『高麗名賢集』 卷5, p.355 ; 『耘谷行錄』 卷5, 影印標點 『韓國文集叢刊』 卷6, p.205.

끝없는 눈발에 누더기 옷 다 떨어졌네. 縷雪弊衣裙
처자 부양할 걱정 잊지를 못해 未忘妻孥養
마음이 끓어 불 타는 듯하네. 心煎火欲焚

명암조사(明菴照師)의[106] 시권에 씀

書明菴照師卷[107]

원융(圓融)한[108] 성품 바다가 시방(十方)에[109] 두루 펼쳐져 性海圓融遍十方
스님이 여기에서 진상(眞常)을[110] 깨달았으리. 上人於此訂眞常
여섯 창문이[111] 활짝 트여 원래 걸림이 없으니 六窓虛豁元無礙
예도 없고 이제도 없는 본래의 광명일세. 無古無今本分光

기러기 소리를 듣고

聞鴈[112]

옥새(玉塞)의[113] 삼춘(三春) 길이고 玉塞三春路
은하수의 구월(九月) 길일세. 銀河九月程

---

106) 명암조사(明菴照師) : 생몰년 미상.

107) 『耘谷詩史』 卷5, 『高麗名賢集』 卷5, p.355 ; 『耘谷行錄』 卷5, 影印標點 『韓國文集叢刊』 卷6, p.205.

108) 원융(圓融) : ① 한 데 통하여 아무 구별이 없음. ② 여러 법의 사리(事理)가 구별없이 널리 융통되어 하나가 됨.

109) 시방(十方) : 사방(四方 : 동서남북)과 사유(四維 : 동북・동남・서남・서북), 상하(上下)에 있는 무수한 세계.

110) 진상(眞常) : 진여(眞如) 상주(常住)라는 뜻. 진여(眞如)는 진실하고 변하지 않는 절대적인 만유(萬有)의 본성(本性).

111) 육창(六窓) : 눈・귀・코・혀・몸・뜻의 육근(六根)을 육창(六窓)에 비유한 것. 육근은 6식의 소의(所依)가 되어 6식을 일으키어 대경(對境)을 인식케 하는 근원. 안근(眼根)・이근(耳根)・비근(鼻根)・신근(身根)・의근(意根). 안근은 안식을 내어 색경(色境)을 인식. 의근은 법경(法境)을 인식하므로 근이라 함.

112) 『耘谷詩史』 卷5, 『高麗名賢集』 卷5, p.355 ; 『耘谷行錄』 卷5, 影印標點 『韓國文集叢刊』 卷6, p.205.

113) 옥새(玉塞) : 옥문관(玉門關)의 별칭. 감숙성(甘肅省) 돈황(燉煌) 부근에 있던 서역(西域)에 통하는 관문(關門).

드문 별이 몇 개 있는데　殘星幾點在
밝은 달에 몇 줄이 가로 지나네.　明月數行橫
퍼득이는 그 날개는 구름을 넘어가고　翽翽凌雲翮
끼륵끼륵 울음소리가 베개까지 들리니,　嗷嗷到枕聲
부럽구나! 너희들은 형제가 함께 있건만　羨渠兄弟具
아아! 나는 언제나 외롭구나.　嗟我每孤鳴

스스로를 달램

自遣[114)]

힘줄과 뼈는 쇠약해 가는데　筋骨知衰甚
살림살이는 언제나 비어 있어,　生涯任屢空
난간 앞의 산은 약속을 지키건만　檻前山有約
칼집 속의 칼은 쓸 데가 없네.　匣裏釰無功
영화롭고 욕됨을 어찌 상관하랴　榮辱何交涉
깨끗하고 더러운 것이 절로 뒤섞였네.　光塵自混同
살아온 세월이 이제 얼마던가　行年今幾許
예순 두 해째 가을 바람일세.　六十二秋風

9월 10일(네 수)

九月十日(四首)[115)]

지난 날 고을 누각에 즐거운 잔치 베풀면　郡樓前日鬪歡場
넘치는 술잔에 국화 향기 넘쳤지.　酒瀲盃心菊蘂香
취한 춤과 미친 노래로 오랫동안 방랑하다 보니　醉舞狂歌多放浪
이 몸이 어디 있는지도 알지 못했네.　不知身世在何鄕

---

114) 『耘谷詩史』 卷5, 『高麗名賢集』 卷5, p.356 ; 『耘谷行錄』 卷5, 影印標點 『韓國文集叢刊』 卷6, p.206.

115) 『耘谷詩史』 卷5, 『高麗名賢集』 卷5, p.356 ; 『耘谷行錄』 卷5, 影印標點 『韓國文集叢刊』 卷6, p.206.

사방 산들이 비단 병풍을 펼쳤는데 四面諸山展錦屛
하루 종일 비가 내려 기이한 모습을 숨기네. 雨昏終日遁奇形
음관(陰官)이 노니는 사람 마음을 괴롭히려고 陰官惱殺遊人意
짐짓 구름과 아지랑이를 보내 어둡게 했네. 故遣雲嵐作晦冥

붉은 단풍과 노란 국화 철이 찾아올 때마다 每到丹楓黃菊辰
그리움이 푸른 버들 봄보다 갑절 더하네. 思量倍勝綠楊春
올해에도 높은 곳에 오르자던 약속을 저버렸으니 今年又負登高約
가고 머무는 것이 남에게 달려 있지 않음을 깊이 알겠네. 行止深知不在人

울타리 국화는 아직 다 피지 않았는데 籬菊猶今未吐黃
가을 장마가 높은 언덕에 오르는 것을 가로막네. 秋霖防却上高岡
비 개이고 꽃 피는 날을 다시 기다렸다가 雨晴更待花開日
한가위(重陽節) 놀이를 다시 하는 것도 무방하리라. 重作重陽也不妨

12일. 눈이 내리다

十二日有雪[116]

작은 서재가 고요한데 마음은 설레이니 小齋寥落思依依
가을 장마에 지쳐 일마다 어긋나네. 苦厭秋霖事事違
조물주가 사람을 희롱하는지 참으로 이상하네. 造物戱人良可怪
먼저 서리가 내리더니 또 눈발이 흩날리네. 卽先霜降雪霏霏

목은(牧隱)[117] 상국(相國)이[118] 국화를 보고 느낌이 있어 다음과 같은 시

---

116) 『耘谷詩史』 卷5, 『高麗名賢集』 卷5, p.356 ; 『耘谷行錄』 卷5, 影印標點 『韓國文集叢刊』 卷6, p.206.

117) 목은(牧隱) : 이색(李穡)의 호(號). 고려말의 문신(1328~1396). 자는 영숙(穎叔). 본은 한산(韓山). 고려 삼은(三隱)의 한 사람. 원나라에 들어가 과거에 급제하여 한림지제고(翰林知制誥)를 지내고 귀국, 좌승선(左承宣)·우대언(右代言)·대사성(大司成) 등의 벼슬을 지냄. 조선조 태종이 여러 번 불렀으나 나가지 아니하였음. 문집으로는 목은집(牧隱集)이 있음.

를 지어 보이므로 이에 차운함

牧隱相國對菊有感詩云[119]

▪ 목은(牧隱)

인정이 어찌 무정한 사물과 같으랴 人情那似物無情
요즘은 부딪치는 곳마다 모두가 편치 않네. 觸境年來漸不平
우연히 동쪽 울타리를 보다가 얼굴 가득 부끄러웠지 偶向東籬羞滿面
참된 국화가 거짓 도연명(陶淵明)을 바라보고 있기에. 眞黃花對僞淵明

次韻

무정(無情)을 믿고 유정(有情)을 웃어야 하니 須信無情笑有情
유정은 바로 한 평생 뿐이라오. 有情惟是一生平
도연명(陶淵明) 죽은 뒤 천여 년 지나도록 陶公死後千餘載
동쪽 울타리 국화는 옛 그대로 환하게 피었네. 依舊東籬粲粲明

우연히 읊음

偶吟[120]

젊은 시절에 시를 읊으면 기운이 호방했는데 少日吟哦氣自豪
늙고 병드니 생각하기도 부질없이 괴로워라. 老年衰疾思空勞
적막한 천지에 알아주는 친구도[121] 적어 寂寥天地知音少
가을 산이 흰 머리를 비춰줄 뿐이네. 只有秋山照二毛

---

118) 상국(相國) : 영의정・좌의정・우의정을 통칭하는 말.

119) 『耘谷詩史』 卷5, 『高麗名賢集』 卷5, p.356 ; 『耘谷行錄』 卷5, 影印標點 『韓國文集叢刊』 卷6, p.206.

120) 『耘谷詩史』 卷5, 『高麗名賢集』 卷5, p.356 ; 『耘谷行錄』 卷5, 影印標點 『韓國文集叢刊』 卷6, p.206.

121) 지음(知音) : 백아(伯牙)가 거문고를 타는데, 높은 산에 뜻이 있으면 (그의 친구) 종자기(鍾子期)가 듣고서, "태산과 같이 높구나"라고 말하였다. 또 흐르는 물에 뜻이 있으면 종자기가 듣고서 "강물처럼 넓구나"라고 말하였다. 백아가 생각한 것을 종자기가 반드시 알아맞혔다. 종자기가 죽자 백아가 "지음(堂頭)이 없다"면서 거문고의 줄을 끊어 버렸다. 『열자(列子)』, 「탕문(湯問)」.

18일 장난 삼아 읊음

十八日戲詠122)

오늘 날씨가 음산한데다	今日天陰重
차가운 기운이 엉켜 풀리지 않네.	冷氣凝不散
조각조각 눈 조각이 많은데다	片片雪片多
줄줄이 빗줄기가 어지럽구나.	絲絲雨絲亂
병든 사내가 난간에 기대기 두려워	病夫愡倚欄
쭈그려 앉아 혼자서 한숨 쉬었네.	縮坐獨興歎
손꼽아 좋은 시절을 헤아려보니	屈指數良辰
늦가을도 벌써 반이나 지났네.	季秋又過半
가난한 집이라 오가는 이도 없으니	寒門絶往來
그 누구와 더불어 술친구를 삼으랴.	誰與爲酒伴
빈 창자에서 천둥 소리가 나기에	虛腸如轉雷
며느리 불러 밥 지으라 재촉했네.	喚婦促炊爨

이날 생각나는 대로 읊음

是日卽事123)

아침엔 미친 바람 불면서 눈비 뿌리더니	朝見風狂雨雪低
저녁엔 우박 내리고 무지개가 섰네.	暮看霰雹連虹霓
오늘은 무슨 상서(祥瑞)가 있을는지도 모르겠군	不如今日有何瑞
조화(造化)의 공용(功用)이 갖가지로 나타났으니.	造化功用無不齊

옛 시를 모방함

擬古124)

122) 『耘谷詩史』 卷5, 『高麗名賢集』 卷5, p.356 ; 『耘谷行錄』 卷5, 影印標點 『韓國文集叢刊』 卷6, p.206.

123) 『耘谷詩史』 卷5, 『高麗名賢集』 卷5, p.356 ; 『耘谷行錄』 卷5, 影印標點 『韓國文集叢刊』 卷6, p.206.

124) 『耘谷詩史』 卷5, 『高麗名賢集』 卷5, p.356 ; 『耘谷行錄』 卷5, 影印標點 『韓國文集叢

곡구(谷口)의 정자진(鄭子眞)이[125] 谷口鄭子眞
몸소 김 매고 밭을 갈았었지. 耕耘躬自親
십 년 동안 바윗돌 밑에서 十年巖石下
누구와 더불어 이웃하고 살았던가. 誰與爲其隣
영특하다는 이름이 서울에[126] 날렸으니 英名動京洛
꽃다운 그 자취를 천고(千古)에 사모하네. 千古慕芳塵
연기와 노을 속에 늙어가는 한 선비는 烟霞老一士
새나 짐승과 벗삼고 지내네. 鳥獸可同倫
마음 한가해 얻고 잃을 것도 없는데다 心閑無得失
도가 곧으니 어찌 굽히고 펴랴. 道直何屈伸
때때로 바람과 달이나 즐기면서 時時弄風月
글쓰기가 끝내면 맑은 시가 새롭네. 脫稾淸詩新

밤에 앉아 느낌이 있어(두 수)

夜坐有感(二首)[127]

올해 가난은 지난해 가난보다 더해 今歲貧加去歲貧
문 앞에 세금 독촉하는 사람이 끊이지 않네. 門前不絶督租人
글 읽어서 보람없는 게 가엽기는 하지만 可憐鉛槧功無効
바구니 밥에 바가지 국을 즐겁게 견딜 만하네. 堪任簞瓢樂是眞
곤강(崑崗)에 불이 붙어 옥석(玉石)이 함께 탔건만 崑嶺火炎焚玉石
여산(廬山)의[128] 구름과 물은 풍진(風塵)을 끊었네. 廬山雲水息風塵
남은 생애 처세를 마무리짓기 어려운데 餘生出處終難決

刊』卷6, p.206.

125) 자진(子眞) : 한말(漢末)의 은사(隱士)인 정박(鄭樸)의 자(字). 벼슬에 응하지 않고 도를 닦으면서 곡구(谷口)에 집을 지어 살았으므로, 곡구자진(谷口子眞)이라고 일컬음. 성제(B.C. 33~B.C. 8) 때에 대장군 왕봉(王鳳)이 예를 갖추어 그를 불렀지만, 가지 않았다. 『漢書』卷72.

126) 경락(京洛) : ① 서울. ② 낙양.

127) 『耘谷詩史』卷5, 『高麗名賢集』卷5, p.356 ; 『耘谷行錄』卷5, 影印標點 『韓國文集叢刊』卷6, p.206.

128) 여산(廬山) : 중국 강서성 구강현에 있는 명산.

가물거리는 푸른 등불이 병든 몸을 비춰 주네. 耿耿靑燈照病身

긴 밤은 끝이 없는데 내 한(恨)도 금할 수 없어 長夜漫漫恨未禁
소 먹이던 사람이[129] 늙자 친구들도 끊어졌네. 飯牛人老絶知音
쑥대밭 세 이랑에 세금은 더 무거워지니 蓬蒿三畝稅尤重
오호(五湖)의 연기와 달에 정이 더욱 깊어지네. 烟月五湖情更深
값어치 안 나가던 공자(孔子)의 구슬을[130] 이제야 알겠으니 始信價低尼父玉
줄 끊어진 백아(伯牙)의[131] 거문고가 문득 슬프구나. 却嗟絃斷伯牙琴
마음에 가득한 만 가지 한을 누구에게 말할 수 있으랴 一心萬恨憑誰說
혼자 읊조리는 걸 친구해 준 귀뚜라미가 고마워라. 多謝寒蛩伴獨吟

---

129) 반우가(飯牛歌) : 위(衛)나라 사람 영척(寧戚)이 제(齊)나라에 가서 반우가(飯牛歌)를 부르다가 환공(桓公)을 만나서 출세하게 되었다는 것. 영척(甯戚)이 제나라 환공에게 벼슬을 얻으려고 하였지만, 곤궁해서 스스로 목적을 이룰 수가 없었다. 그래서 행상인이 되어 짐수레를 끌고 제나라로 가서 장사하며, 저녁에는 성문 밖에서 묵었다. 환공이 교외에서 손님을 맞이하여 밤중에 성문을 열고 들어오다가, 짐수레를 비키게 했다. 횃불이 매우 밝고, 뒤따르는 수레도 매우 많았다. 영척은 수레 밑에서 소에게 꼴을 먹이고 있다가, 환공을 바라보고 슬퍼하면서 쇠뿔을 두드리며 급히 상가(商歌)를 불렀다. 환공이 이 노랫소리를 듣고는 마부의 손을 잡아 수레를 멈추게 하면서, "이상하다. 저 노래를 부르는 자는 보통 사람이 아니다." 하더니, 뒷수레에 싣고 오게 하였다. 환공이 궁중에 도착하자, 종자가 영척을 어떻게 처분할 것인지 물었다. 환공은 그에게 의관을 입혀 알현하게 하라고 했다. 그리하여 영척이 천하를 다스리는 술책을 설명하자, 환공이 크게 기뻐하며 관중(管仲)에게 명하여 그를 맞아들여 상경(上卿)으로 삼았다. 후에 국상(國相)이 되었다. 『회남자(淮南子)』, 「도응훈(道應訓)」; 『고시원(古詩源)』, 「반우가(飯牛歌)」.

130) 가저니부옥(價低尼父玉) : "자공이 말하기를 여기에 아름다운 玉이 있을 경우, 이것을 궤속에 넣어 감추어 두시겠습니까? 아니면 좋은 값을 구하여 파시겠습니까? 하자 공자는 '팔아야지, 팔아야지 그러나 좋은 값을 기다릴 것이다' 하였다. 子貢曰 有美玉於斯, 韞匵而藏諸 求善賈而沽諸 子曰 沽之哉 沽之哉 我待賈者也" 『논어(論語)』 卷9, 「자한(子罕)」.

131) 백아(伯牙) : 백아지음(伯牙知音)이라는 뜻. 백아의 거문고 유수곡(流水曲)은 그 친구 종자기(鍾子期)만이 알아듣는다는 것. 백아(伯牙)가 거문고를 타는데, 높은 산에 뜻이 있으면 (그의 친구) 종자기가 듣고서, "태산과 같이 높구나"라고 말하였다. 또 흐르는 물에 뜻이 있으면 종자기가 듣고서 "강물처럼 넓구나"라고 말하였다. 백아가 생각한 것을 종자기가 반드시 알아맞혔다. 종자기가 죽자 백아가 "지음(지음)이 없다"면서 거문고의 줄을 끊어 버렸다. 『여씨춘추(呂氏春秋)』, 「본미(本味)」; 『열자(列子)』, 「탕문(湯問)」.

천태(天台) 연(演) 스님이[132] 총림(叢林)에[133] 가는 길에 각림사(覺林寺)를[134] 지나게 되어 나를 찾아왔다. 그의 말이 묵묵하고 움직임이 고요함(語默動靜)을 보니 매우 범상치 않았다. 비록 절간(釋苑)이 쇠락해 가는 지경(晩秋)에 이르렀지만 장차 그 도를 다시 일으킬 것이므로, 이별하는 마당에 시 한 수를 지어 붓을 적셔서 노자로 드린다

天台演禪者將赴叢林. 自覺林寺來過余. 觀其語默動靜. 甚是不凡 雖當釋苑晩秋. 將是以復興其道. 臨別需語. 泚筆以贐行云.[135]

선문(禪門)에선[136] 이름과 모습을 다 끊었으니 禪門絶名相
그 문턱이 본래 그윽하고 깊었네. 閫閾本幽深
조사(祖師)의 맥은 태령(台嶺)에서 전했고 祖脉傳台嶺
종단의 바람은[137] 소림(少林)을 격했네. 宗風隔少林
구멍 없는 피리를 불기도 하고 應吹無孔笛
줄 없는 거문고를 타기도 했으니,[138] 閑弄沒絃琴
이 이별을 어찌 서운케 생각하랴 此別何須恨
티끌 세상의 마음과 같지 않네. 不同塵土心

---

132) 선자(禪者) : ① 명상하는 사람. ② 선문(禪門) 사람. 선의 수행자.

133) 총림(叢林) : ① Vindhyavana 빈다바나(貧陀婆那)의 음역. 檀林으로 번역하기도 함. 여러 승려들이 화합하여 함께 배우며 안거하는 곳. 많은 승려들과 속인들이 모인 것을 나무가 우거진 수풀에 비유한 것. 지금의 선원(禪苑)·선림(禪林)·승당(僧堂)·전문도량(專門道場) 등 많은 승려들이 모여 수행하는 곳을 총칭.

134) 각림사(覺林寺) : 치악산 동쪽에 있다. 태조 이성계가 잠저에 있을 때에 여기에서 글을 읽었다. 뒤에 횡성에서 강무(講武)할 때에 임금의 수레를 이 절에 멈추고 옛 늙은이들을 불러다 위로하였으며 절에 토지와 노비를 하사하고, 주(州)의 관원에게 명령하여 조세·부역 따위를 면제하여 구휼하였다.『신증동국여지승람』卷46, 원주목 불우.

135)『耘谷詩史』卷5,『高麗名賢集』卷5, p.357 ;『耘谷行錄』卷5, 影印標點『韓國文集叢刊』卷6, p.207.

136) 선문(禪門) : 선가(禪家)의 종문(宗門).

137) 종풍(宗風) : 한 종의 풍의(風儀).

138) 몰현금(沒絃琴) : 도연명(陶淵明)은 음률을 알지 못했으므로 줄이 없는 거문고 한 장을 마련해 놓고, 술이 적당히 취하면 문득 거문고를 어루만지며 자기의 뜻을 부쳤다. 소명태자,「도정절전(陶靖節傳)」.

의원(義圓) 장로(長老)를[139] 보내면서

送義圓長老[140]

푸른 바랑에 대 지팡이로 시내와 산을 돌아다니니 青箱竹杖驀溪山
그 몸이 뜬 구름과 더불어 한 가지로 한가하시리. 身與浮雲一樣閒
이번에 가는 총림(叢林)이 응당 무성하겠지만 此去叢林應茂盛
전단(栴檀)[141] 나무 한 그루가 그 사이를 덮으리. 栴檀一樹蔭其間

뜻과 기운이 씩씩해 바다와 산을 흔들건만 志氣洋洋動海山
떠돌아다니는 발자취는 언제나 한가하시리. 萍蓬蹤跡是長閑
강 남쪽 강 북쪽 물과 구름 길에 水雲江北江南路
맑고 고요한 그 행장이 온 세상을 비추시리. 淸淨行裝照世間

심자(深字) 운의 시를 지어 각림사(覺林寺)의 장실(丈室)[142]에 드림

用深字韻呈覺林室[143]

지혜의 바다는 너그럽고도 크며 智海寬仍大
인자한 문은 넓고도 깊네. 慈門廣且深
분잡한 성시(城市)를 비웃으시고 紛華笑城市
고요한 산과 숲을 사랑하시네. 寂靜愛山林
아침마다 담쟁이 달을 거울 삼고 蘿月朝朝鏡
밤마다 솔바람을 거문고 삼으시니, 松風夜夜琴
스님이 언제나 선정에 들어 있는 上人常燕坐

---

139) 장로(長老) : Ayusmant 아유솔만(阿瑜率滿)으로 음역. 존자(尊者)·구수(具壽)라고도 번역. 지혜와 덕이 높고 법랍이 많은 비구를 통칭. 젊은 비구가 늙은 비구를 높여 부르는 이름. 기년(耆年)장로·법(法)장로·작(作)장로의 3종이 있다.

140) 『耘谷詩史』 卷5, 『高麗名賢集』 卷5, p.357 ; 『耘谷行錄』 卷5, 影印標點 『韓國文集叢刊』 卷6, p.207.

141) 전단(栴檀) : 단향목(檀香木). 전단서상(栴檀瑞像)은 석가 생존시에 처음으로 우탄연(優陀延)이 단향목으로 만든 불상을 말함.

142) 장실(丈室) : 선원(禪院) 주지(住持)의 거실(居室). 방장(方丈).

143) 『耘谷詩史』 卷5, 『高麗名賢集』 卷5, p.357 ; 『耘谷行錄』 卷5, 影印標點 『韓國文集叢刊』 卷6, p.207.

그곳이 바로 마음 전하는 곳일세. 是處豁傳心

헌납(獻納)[144] 송우(宋愚)가 흥법사(興法寺)[145] 장실(丈室)에 올린 시에 차운함

次宋獻納(愚)上興法丈室詩韻[146]

생각함도 없고 집착함도 없는 無念亦無證
대자(大慈)이시고 대웅(大雄)이시네. 大慈仍大雄
불경을 베껴[147] 묘한 법을 일으키시고 寫經興妙法
총채를 휘둘러 참된 바람을 퍼뜨리시니, 揮麈播眞風
세상에 드문 선옹(禪翁)이시며 禪翁稀世彦
시대에 뛰어난 시객(詩客)이시네. 詩客間時雄
서로 만나서 회포를 나누는 곳에 相對論懷處
차 연기가 바람에 날아가네. 茶烟颺竹風

헌납(獻納) 송우(宋愚)가 목백(牧伯)에게[148] 올린 시에 차운함

次宋獻納上牧伯詩韻[149]

뭇 사람이 다 취했는데 홀로 깨어나 衆人皆醉獨能醒
소상강(瀟湘江)에[150] 서린 답답한 심정을 견딜 수 없었네. 不忍湘壘鬱鬱情

---

144) 헌납(獻納) : 고려시대 도첨의사사·도첨의부·문하부의 정5품 벼슬. 충렬왕 34년(1308) 도첨의사사의 정6품 사간(司諫)을 헌납으로 고쳐 정5품으로 올렸고, 공민왕 5년(1356)에 다시 문하성의 사간으로 고쳐 종5품으로 낮추었으며, 공민왕 11년 도첨의부의 헌납으로 고쳐 정5품으로 올렸고, 공민왕 18년 다시 문하부의 사간으로, 공민왕 21년에 또 헌납으로 고쳤다.

145) 흥법사(興法寺) : 강원도 원주시 지정면 안창리에 소재한 절.

146) 『耘谷詩史』 卷5, 『高麗名賢集』 卷5, p.357 ; 『耘谷行錄』 卷5, 影印標點 『韓國文集叢刊』 卷6, p.207.

147) 사경(寫經) : 붓으로 쓴 경전. 경전을 씀.

148) 목백(牧伯) : 목사(牧使)를 달리 이르는 말.

149) 『耘谷詩史』 卷5, 『高麗名賢集』 卷5, p.357 ; 『耘谷行錄』 卷5, 影印標點 『韓國文集叢刊』 卷6, p.207.

150) 소상강(瀟湘江) : 중국 호남성 동정호 남쪽 언덕의 소수(瀟水)와 상강(湘江). 굴원이 임금과 세상에 버림받으면서도 깨끗하게 살면서 소상강 언저리를 배회했던 일로 유명

이제 큰 날개가 다시 은하수 길을[151] 만났으니　　大翼更當霄漢路
한 몸으로 가볍게 흰 구름을 따라가리라.　　一身輕逐白雲征

강소성과 절강성(江浙)으로 유학 가는 죽계헌(竹溪軒) 신회(信廻) 스님을[152] 배웅하며 쓴 시[자고천(鷓鴣天)][153]와 서문

送竹溪軒信廻禪者遊江浙詞(鷓鴣天, 幷序)[154]

서문 | 우리 나라의 무학(無學)과[155] 본적(本寂) 두 스님은 다 나옹 문하의 뛰어난 분들이다. 나옹이 이 두 스님을 믿어 남달리 대했고, 나옹이 입적한 뒤에는 온 나라의 스님들이 이들을 더없이 공경하며 예의를 차렸다. 신회 스님은 두 스님을 따라 제자가 되었으니, 나옹 문하에는 문손(門孫) 벌이다. 그러니 그 문하의 도학을 이어받아 닦았음을 알 수 있다.

스님이 이제 멀리 강(江)·절(浙) 방면을 유람하려고 석장(錫杖)을 날려서 길 떠나려 한다. 다른 뜻에서가 아니라, 현명한 스승을 참방(參訪)하고,[156] 또 나옹이 옛날 노닐던 곳에 귀경(歸敬)하려는 것이다. 만약 여력이 있는 지혜로써 천하의 선지식(善知識)들을[157] 두루 참방한다면, 소득이 없는 곳에서도 반드시 소득이 있을 것이다. 이 얼마나 다행스런 일인가. 이에 단가(短歌) 한 수를 지어 길 떠나는 노자로 드린다

함.

151) 소한(霄漢) : 하늘, 蒼天.

152) 선자(禪者) : ① 명상하는 사람. ② 선문(禪門) 사람. 선의 수행자.

153) 자고천(鷓鴣天) : 사패(詞牌)의 제목인데, 당나라 시인 정우(鄭嵎)의 시 "집이 자고천에 있네(家在鷓鴣天)"라는 구절에서 따다가 이름을 삼았다.

154) 『耘谷詩史』 卷5, 『高麗名賢集』 卷5, p.357 ; 『耘谷行錄』 卷5, 影印標點 『韓國文集叢刊』 卷6, p.207.

155) 무학(無學) : 여말선초의 고승(1327~1405). 속성은 박(朴), 이름은 자초(自超). 이태조(李太祖)의 스승으로 조선조 건국에 힘썼으며, 법천사·송광사 등으로 돌아다니다가 양주 회암사에 붙박아 지냈음. 한양 도읍의 유래로 유명함.

156) 참방(參方) : 찾아가 뵈다. 여기서는 스승이 될 만한 여러 스님들을 찾아뵈는 것을 말함.

157) 선지식(善知識) : Kalyanamitra. 악지식(惡知識)에 대응하는 말. 지식(知識)·선우(善友)·친우(親友)·선친우(善親友)·승우(勝友)라고도 함. ① 부처님이 말씀한 敎法을 말하여 다른 이로 하여금 고통세계를 벗어나 이상경(理想境)에 이르게 하는 이 ② 남녀노소, 귀천을 불문하고 모두 불연(佛緣)을 맺게 하는 이.

三韓無學・本寂二師皆懶翁門之秀者也. 翁信而待之異於衆. 及懶翁示寂之後. 一國禪流敬而致禮. 尊榮無對. 上人投於二師爲弟子. 而於懶翁. 義當門孫也. 盖其學道修習. 從可知矣. 今欲遠遊江浙. 飛錫而去. 其意無他. 切欲叅訪明師. 亦歸敬懶翁舊遊之地也. 若用其有餘力之智行. 歷叅天下善知識. 則必於無所得處有所得矣. 作短歌以贐行云.

베버선 푸른 행전에 그 뜻이 깊어　布襪靑縢意趣深
천하의 큰 총림(叢林)을 참방(參方)하려고,　欲叅天下大叢林
외가지 지팡이로 천 봉우리 그림자 밟고　隻條杖抹千峯影
한 조각 구름에다 만리의 마음 실었네.　一片雲含萬里心
구멍 없는 피리에 줄 끊어진 거문고로　無孔笛沒絃琴
아마도 이번 걸음에 지음(知音)을 만나리라.　必應今去遇知音
바라건대 보제(普濟)의[158] 일찍 노니시던 곳 보고　要看普濟曾遊處
평산(平山)[159] 향해서 옛 길을 찾으시라.　須向平山古道尋

세상을 탄식함(세 수)

嘆世(三首)[160]

눈앞의 시끄러움이 몇 번이나 떴다 잠겼나　眼前紛擾幾沉浮
헐뜯고 칭찬하는 은혜와 원수가 각각 요구가 있어서라네.　毁譽恩讐各有求
옳고 그름도 분별할 수 없으니　未可非非還是是
먼지 일고 물러나 쉼을 내 어찌 알랴.　焉知莫莫且休休
얼음을 뚫는 토끼의 기술은 어찌나 날랜지　鑿氷兎術何飄颯
밥을 짓는 원숭이의 꾀는 지루하기만 하구나.　炊飯猿謨亦謬悠
세태와 인정이 다 이러하니　世態人情皆此類
다락에 기대 한참 동안 흐르는 강물만 바라보네.　倚樓良久目江流

158) 보제(普濟) : 고려말의 승려 나옹을 말함.
159) 평산(平山) : 평산 처림(平山 處林). 원의 임제종 고승.
160) 『耘谷詩史』 卷5, 『高麗名賢集』 卷5, p.357 ; 『耘谷行錄』 卷5, 影印標點 『韓國文集叢刊』 卷6, p.207.

공명과 부귀는 뜬구름 같으니	功名富貴似雲浮
어찌 구차하게 억지로 구하랴.	何用區區强自求
세상의 온갖 시끄러움이야 누가 해석하랴	萬種世紛誰解釋
한 평생 내 몸의 일은 내가 하리라.	一生身計我能休
바람과 꽃, 눈과 달은 때가 돌아오는데	風花雪月時還泰
물과 나무 구름과 노을은 경계가 늘 그대로일세.	水木雲霞境轉悠
소박한 흥이 한 구석에 남아 있어서	逸興起從興廢外
산 빛을 맞이하고 흐르는 물을 바라보네.	坐邀山色對川流

만사가 뜻대로 안돼 모두가 뜬구름이니	萬事依依惚是浮
작은 몸 하나밖에 또 무엇을 구하랴.	一微軀外更何求
망령되게 자기를 높여도 끝내 이로움 없고	妄尊自己終無益
함부로 남을 헐뜯으면 아름답지 못하네.	謀毁他人甚不休
하늘의 도는 착한 자에게 복을 악한 자에게 화를 주건만	福善禍淫天道近
세상 사람들은 어찌 거짓을 믿고 바른 걸 의심하나.	信邪疑正世情悠
순후한 옛 풍속을 참으로 회복하기 어려우니	古風淳厚誠難復
공자(孔子)께서도 시냇가에서 흐르는 물 보며 탄식하셨네.	川上宣尼歎水流

토산(兎山) 수령이 보여준 시에 차운함[이때 군수가 향학(鄕學)을 중수하고 석전제(釋奠祭)를[161] 지내는데 여러분이 시를 지었다]

次兎山守所示詩韻(郡守重修鄕學. 有事釋奠. 諸公作詩)[162]

내 들으니 토산 고을에	聞說兎山郡
거문고 타고 노래 부르는 소리가[163] 예전보다 더해,	絃歌勝昔年

---

161) 석전제(釋奠祭) : 음력 2월과 8월 상정일(上丁日 : 매달초순에 드는 정 丁의 날)에 문묘(文廟)에서 선성(先聖)·선사(先師)에게 지내는 큰 제사. 후세에 공자를 비롯한 유가(儒家)의 현성(顯聖)을 제사하는 말로 되었음.

162) 『耘谷詩史』 卷5, 『高麗名賢集』 卷5, p.358 ; 『耘谷行錄』 卷5, 影印標點 『韓國文集叢刊』 卷6, p.208.

163) 현가(絃歌) : 거문고를 타고 노래를 부르는 소리. 태평을 구가함을 말한다. 공자께서 (제자인 자유가 장관으로 다스리는) 무성(武城)에 가셨다가, 거문고와 노래 소리를 들

덕(德)은 풀 위의 바람 같고 德如風偃草
정치는 시내에 비추는 달 같다네. 政若月臨川
감화된 사람이 얼마나 많기에 感化人多少
그 이름 일컫는 자(稱名者)가 만이 되고 천이 되었나. 稱名者萬千
생각건대 시비 밝히려는 송사가 적어졌으니 想應詞訟簡
정원에 푸른 풀만 가득하리라. 庭院綠芊綿

옛 고을에 풍속을 바꾸는 날이고 古郡移風日
여러 서생들이 배우길 좋아하는 해일세. 諸生好學年
성전(盛典)을[164] 일으키는데 어려움 없으리니 無難興盛典
흐르는 시냇물처럼 쉬지 않으리. 不息似流川
평소의 뜻이 항상 한결같으니 素志恒專一
푸른 옷깃 선비들이 반드시 천은 되리라. 青襟必有千
문선왕(文宣王)의[165] 도가 크기도 하니 大哉宣聖道
이제부터 끝없이 이어지리라. 從此亘綿綿

군수를 대신해

代郡守[166]

변변찮은 재주로 고을을 맡아 不才爲郡寄
삼 년 세월을 이미 허비했건만 光景費三年

으시고 빙그레 웃으시며(莞爾而笑) 말씀하셨다. "닭을 잡으면서 어찌 소 잡는 칼을 쓰느냐?" 그러자 자유(子游)가 대답하였다. "예전에 제가 선생님께 들었는데 '군자가 도(道)를 배우면 사람을 사랑할 줄 알고, 소인이 도를 배우면 부리기 쉽다'고 하셨습니다." 그러자 공자께서 말씀하셨다. "얘들아! 자유의 말이 옳다. 내가 앞서 한 말은 농담이었다." "子之武城 聞弦歌之聲 夫子 莞爾而笑曰 割鷄焉用牛刀 子游 對曰 昔者 偃也 聞諸夫子 曰君子學道則愛人 小人 學道則易使也 子曰 二三者 偃之言 是也 前言戲之耳." 『논어(論語)』 卷17, 「양화(陽貨)」.

164) 성전(盛典) : 성대한 식전(式典).

165) 문선왕(文宣王) : 공자의 시호. 당나라 현종(玄宗) 개원(開元) 27년(739)에 드림.

166) 『耘谷詩史』 卷5, 『高麗名賢集』 卷5, p.358 ; 『耘谷行錄』 卷5, 影印標點 『韓國文集叢刊』 卷6, p.208.

은혜를 비처럼 못 내려 부끄럽고	愧乏恩如雨
정사를 시냇물같이 해결 못해 겸연쩍네.	慙無決若川
일은 만 가지로 생기는데	事機生萬萬
시름은 천 가지로 어지러워,	愁緖亂千千
언제나 동남쪽을 바라보건만	每向東南望
고향 산천은 아득히 멀기만 하네.	家山邈以綿

느끼는 일이 있어 목백(牧伯)에게 지어 드림

感事呈牧伯[167)]

초왕(楚王)은 비록 총명한 군주지만	楚王雖是聰明主
형인(荊人)의 운명은[168)] 어찌 그리 기박한지,	其乃荊人薄命何
통곡이 끝나기 전에 두 발을 베었으니	痛哭未終逢兩刖
아무리 값진 구슬인들 어찌 흠이 없으랴.	直饒良玉豈無瑕

1392년(임신) 정월 6일. 목백(牧伯)이 조정의 명을 받고 떠나게 되었기에 시를 지어 송별함

壬申正月六日. 牧伯被召朝天. 詩以拜送.[169)]

---

167) 『耘谷詩史』 卷5, 『高麗名賢集』 卷5, p.358 ; 『耘谷行錄』 卷5, 影印標點 『韓國文集叢刊』 卷6, p.208.

168) 형인박명(荊人薄命) : 형인양월(荊人兩刖)에서 나온 말. 초나라 사람 변화(卞和)가 초산에서 옥덩이를 주워 여왕(厲王)에게 바쳤다. 여왕은 옥인(玉人)을 시켜 감정케 했는데, 옥인은 그것이 돌이라고 말했다. 여왕은 화씨가 자기를 속였다고 생각하여, 그 왼쪽 발을 자르게 했다. 여왕이 죽고 무왕(武王)이 즉위하자 화씨는 또 그 옥덩이를 바쳤다. 무왕이 옥인에게 감정케 했는데, 이번에도 또 돌이라고 하였다. 무왕은 화(和)가 자기를 속였다고 하여 그 오른쪽 발을 자르게 하였다. 무왕이 죽고 문왕(文王)이 즉위하자, 화는 그 옥덩이를 끌어안고 초산 아래에서 사흘 밤낮을 통곡하였다. 눈물이 다 마르자 핏물을 흘리며 울었다. 왕이 그 소식을 듣고는 사람을 시켜서 그 까닭을 묻게 했다. 화가 대답했다. "저는 발 잘린 것을 슬퍼하는 게 아니라, 보옥에다 돌이라고 이름 붙여 준 것을 슬퍼합니다. 곧은 선비를 거짓말쟁이라고 하니, 이것이 바로 제가 슬퍼하는 까닭입니다." 문왕이 옥인을 시켜서 그 옥덩이를 다듬게 하여 보물을 얻었다. 초(楚)와 형(荊)은 같은 지방이다.

169) 『耘谷詩史』 卷5, 『高麗名賢集』 卷5, p.358 ; 『耘谷行錄』 卷5, 影印標點 『韓國文集叢刊』 卷6, p.208.

헤어지는 자리는 옛부터 슬픈 법　　離筵非一古猶多
이번의 이별이 더욱 슬프지만 어쩔 수 없네.　　此別尤增叵乃何
중후한 덕과 가득한 은혜를 갚을 길 없어　　重德盛恩無計報
두 줄기 눈물로 평안하시길 빌 뿐일세.　　但將雙淚祝調和

한미한 집안의 아우와 조카 두세 사람이　　寒門弟姪二三人
서울에서 벼슬산 지 이미 여러 해인데　　遊宦京塵已數春
삼천이나 되는 문객(門客)을 어찌 다 기억하시랴만　　門客三千何備數
바라건대 남은 덕택으로 그 궁한 자들을 교화해 주소서.　　願將餘澤化窮鱗

붓[170]

中書君[171]

모족(毛族) 출신으로 현천(玄泉)에[172] 목욕하니　　出身毛族沐玄泉
둥글고 곧으며 뾰족하고 가지런한 네 가지가 다 아름답네.　　圓勁尖齊四美全
판판하고 미끄러운 종이 위를 취한 기분에 달리며　　醉走楮生平滑地
가벼운 바람 걸음마다 구름과 연기를 일으키네.　　風輕步步起雲烟

강(姜) 주부(主簿)를 곡(哭)함

哭姜主簿[173]

거듭 중원에 가서 옛날 놀던 곳을 찾았더니　　重到平原訪舊遊
놀랍게도 몸과 세상이 뜬 구름으로 화했네.　　忽驚身世似雲浮
당시 즐거움을 흡족히 못 느끼고　　歡娛未足當時樂
이곳의 시름만 부질없이 더했네.　　怊悵空添是處愁

---

170) 중서군(中書君) : 붓. (모영이) 여러 차례 중서령(中書令)에 제수되어 임금과 더욱 친해졌다. 임금이 그를 중서군이라고 불렀다. 한유(韓愈), 「모영전(毛穎傳)」.

171) 『耘谷詩史』 卷5, 『高麗名賢集』 卷5, p.358 ; 『耘谷行錄』 卷5, 影印標點 『韓國文集叢刊』 卷6, p.208.

172) 현천(玄泉) : 먹물.

173) 『耘谷詩史』 卷5, 『高麗名賢集』 卷5, p.358 ; 『耘谷行錄』 卷5, 影印標點 『韓國文集叢刊』 卷6, p.208.

소식 끊어진 청루(靑樓)엔 사람들 서글프고 信斷靑樓人悄悄
꿈 날아간 황천(黃泉)엔 나비만 유유한데, 夢飛黃壤蝶悠悠
뜻밖에 이미 타향 귀신이 되었으니 不期已作他鄕鬼
꽃다운 풀 어느 해에야 그 한(恨)이 그치랴. 芳草何年恨卽休

화광훈사(和光熏師)의[174] 시권에 씀
書和光熏師卷[175]

맑은 매화와 눈빛 달빛이 淸梅雪月色
한데 섞여진 봄바람이라, 混合一春風
여기가 바로 원융(圓融)한[176] 곳이니 此是圓融處
맑게 비었는데도 비지 않았네. 湛然空不空

배웅[목은(牧隱) 시의 운을 빌려]
送行(借牧隱韻)[177]

진경(眞經)을 읽지 않고 좌선(坐禪)하지도 않았건만 不讀眞經不坐禪
구름 자취와 학의 몸짓이 하늘을 찌르네. 雲蹤鶴態氣衝天
훨훨 날아가는 외그림자 일 천 산 속에 翩翩隻影千山裏
시내 달과 솔바람이 성품을 전하네. 溪月松風性可傳

대소원사(大素圓師)의[178] 시권에 씀
書大素圓師卷[179]

174) 화광훈사(和光熏師) : 생몰년 미상.
175) 『耘谷詩史』 卷5, 『高麗名賢集』 卷5, p.358 ; 『耘谷行錄』 卷5, 影印標點 『韓國文集叢刊』 卷6, p.208.
176) 원융(圓融) : ① 한 데 통하여 아무 구별이 없음. ② 여러 법의 사리(事理)가 구별없이 널리 융통되어 하나가 됨.
177) 『耘谷詩史』 卷5, 『高麗名賢集』 卷5, p.358 ; 『耘谷行錄』 卷5, 影印標點 『韓國文集叢刊』 卷6, p.208.
178) 대소원사(大素圓師) : 생몰년 미상.
179) 『耘谷詩史』 卷5, 『高麗名賢集』 卷5, p.358 ; 『耘谷行錄』 卷5, 影印標點 『韓國文集叢

무명(無明)의[180] 혼돈 덩어리를 타파하니 打破無明混沌胚
넓고도 고요해 추구할 수가 없네. 廓然寂滅絶追求
활짝 트인 경계에는 하늘과 땅이 열렸고 能開境界乾坤闢
한가롭게 놓여진 허공에는 해와 달이 흐르네. 閑放虛空日月流
예나 이제나 어찌 변하랴 亘古亘今何變易
늘지도 않고 줄지도 않아 두루 원만하네. 不增不減遍圓周
삼라만상(森羅萬象)이[181] 다 그 가운데 나타나니 森羅萬像於中現
묘한 쓰임이 가로 세로 항상 자유롭네. 妙用縱橫且自由

영공(令公)[182] 이숭인(李崇仁)에게[183] 드림(두 수)

奉寄李令公崇仁(二首)[184]

산 숲과 하늘이[185] 구름과 진흙만큼 떨어져 있으니[186] 山林霄漢隔雲泥
나가고 들어오는데 어찌 학과 닭이 다르랴. 出處何殊鶴與雞
오래 살기 비는 마음은 용수(龍岫) 북쪽으로 달리는데 祝壽心歸龍岫北
고사리 캐는 몸은 치악(雉岳) 서쪽에 있다오. 採薇身在雉峯西

남은 여생 만사를 다 잊어버리고[187] 殘生萬事已忘機

刊』卷6, p.208.

180) 무명(無明) : 불교의 진리를 모르는 당체(當體), 진여(眞如)에 대한 모순되는 진여.

181) 삼라만상(森羅萬象) : 우주에 벌여 있는 온갖 사물의 현상.

182) 영공(令公) : 영감(令監). 정3품과 종2품의 관원을 이르는 말. 대감(大監)의 다음가는 관원임.

183) 이숭인(李崇仁) : 고려말의 대학자(1349~1392). 호는 도은(陶隱). 공민왕 때 과거에 급제한 후 성균관 개창 뒤 정몽주·김구용과 함께 학감을 겸하고 북원의 사신을 돌려보낼 것을 청하다가 유배됨. 정몽주와 함께 고려 실록을 편수하고, 우왕 때 이인임의 숙청에 연좌되어 유배되었으며, 공양왕 때 이초의 옥사에 연루되어 이색·권근과 함께 청주에 유배됨. 친원과·친명파 사이에 끼어 계속 유배생활을 하다가 그의 정적 정도전이 보낸 자객에 의해 사망함.

184) 『耘谷詩史』卷5, 『高麗名賢集』卷5, p.358 ; 『耘谷行錄』卷5, 影印標點 『韓國文集叢刊』卷6, p.208.

185) 소한(霄漢) : 하늘, 창천(蒼天).

186) 운니(雲泥) : 구름과 진흙. 전하여 현격하게 차이짐을 의미함.

부질없이 연하(煙霞)에[188] 늙으면서 시비를 끊었건만, 空老烟霞絶是非
사모하는 마음은 아직도 남아 있어 跪履相從心尙在
흰 구름 서북쪽으로 꿈이 날아간다오. 白雲西北夢勞飛

영공(令公) 이유(李宥)에게[189] 드림(두 수)

奉寄李公令(宥, 二首)[190]

덕은 더욱 두터워지고 도는 나날이 높아져 德益尊而道益高
노를 젓지 않고도 바람 물결에 떴네. 不將舟楫泛風濤
세상길이 평탄하건 험하건 잘 건너니 世途夷險經過熟
아마도 천종(千鍾)의[191] 녹을 한 터럭처럼 보시겠지. 應視千鍾若一毛

큰 날개로 일찍이 만리 길에 높았으니 大翼曾當萬里高
그 형세가 미친 물결 가로막은 지주(砥柱)와[192] 같으셨네. 勢如砥柱峙狂濤
동갑인 촌 늙은이가 무슨 소원 있으랴만 同庚野叟無餘願
창생(蒼生)들[193] 위해 깃털을 떨쳐 주소서. 且爲蒼生拂羽毛

---

187) 망기(忘機) : 귀찮은 세상사를 잊음. 기심(機心)을 잃은 상태, 즉 아무런 욕심도 없는 상태를 가리킨다. 무슨 일을 자기 생각대로 하려는 마음, 또는 욕심내거나 남을 해치려는 마음이 바로 기심(機心)이다. 바닷가에 갈매기를 좋아하는 사람이 살고 있었다. 그는 매일 아침 바닷가에 나가서 갈매기들과 같이 놀았는데, 놀러 오는 갈매기가 백 마리도 넘었다. 어느 날 그의 아버지가 그에게 말했다. "내 들으니 갈매기가 모두 너와 더불어 논다는구나. 네가 한 마리 잡아오너라. 내 그걸 가지고 장난하고 싶으니." 그 다음날 바닷가에 나가 보니, 갈매기들은 하늘에서 맴돌 뿐 내려오지 않았다. 『열자(列子)』「황제」.

188) 연하(烟霞) : ① 연기와 노을. ② 산수(山水)의 경치.

189) 이유(李宥) : 생몰년 미상.

190) 『耘谷詩史』卷5, 『高麗名賢集』卷5, p.359 ; 『耘谷行錄』卷5, 影印標點 『韓國文集叢刊』卷6, p.209.

191) 천종(千鍾) : 1종이 6석(石) 4두(斗)이니 6천4백 석(石)이 된다.

192) 지주(砥柱) : 중류지주(中流砥柱)와 같은 말. 하남성 섬주(陝州)에서 동쪽으로 40리 되는 황하의 중류에 있는 주상(柱狀)의 돌. 위가 판판하여 숫돌같으며 격류속에서도 우뚝 솟아 꼼짝도 하지 않으므로 난세(亂世)에 처하여 의연히 절개를 지키는 선비의 비유로 쓰임.

193) 창생(蒼生) : 세상의 모든 사람.

예각(藝閣)[194] 조박(趙璞)에게[195] 드림

奉寄趙藝閣(璞)[196]

맑은 모습 오래 못 뵈어 하루에도 세 번 그리운데 久違淸範日思三
희어지는 귀밑 털 세월을 차츰 이길 수 없네. 鬢上年華漸不戡
지난해 봄날 밝은 달밤에 每憶去年春夜月
여관집 등불 아래서 함께 나눈 이야기가 늘 생각나네. 旅窓燈下共情談

작은 조카가 시를 지어 두세 번 부쳤네. 小姪裁詩寄再三
남달리 사랑받았다니 기쁨을 이길 수 없네. 厚承情眷喜難戡
가볍게 날아갈 날개가 없어 恨無羽翼飄輕擧
문하에 나아가 웃음 이야기 못 나누는 게 한스럽구나. 卽進門屛奉笑談

봉복군(奉福君)에게[197] 부침[신조대선사(神照大禪師)][198]

寄奉福君(神照大禪師)[199]

오로지 인자한 문을 향해 열 번이나 봄을 보냈으니 專嚮慈門十過春
축지법(縮地法) 배우지 못해 늘 마음만 괴로웠네. 無因縮地每勞神
각림사(覺林寺) 팔부(八部) 중생이[200] 위덕(威德)을 더하여 覺林八部增威德

---

194) 예각(藝閣) : 교서관(校書館)의 별칭.

195) 조박(趙璞) : 보문각 직제학. 조사겸(趙思謙)의 아들로 급제하여 벼슬을 역임하여 집현전 제학에 이르렀다. 개국정사좌명공신의 칭호를 받았으며, 평원군에 봉해졌다. 『신증동국여지승람』 卷55, 상원군 인물 본조(本朝).

196) 『耘谷詩史』 卷5, 『高麗名賢集』 卷5, p.359 ; 『耘谷行錄』 卷5, 影印標點 『韓國文集叢刊』 卷6, p.209.

197) 봉복군(奉福君) : 신조대선사가 받은 군호(君號). 중대광(重大匡) 봉복군(奉福君).

198) 신조대선사(神照大禪師) : 원주 각림사에 있었고, 기운이 세었다. 공민왕의 총애를 받아 궁궐에 출입. 왕이 죽음에 명복(冥福) 추천(追薦)에 힘을 다함. 우왕 때 정요군(征遼軍)에 종사. 이성계의 휘하에 속하여 대책(大策)의 획정에 참모. 공양왕 때에는 공패(功牌)를 주어 수원 만의사에 있게 하고, 노비와 전토를 주어 그 법손들에게 길이 전하게 함.

199) 『耘谷詩史』 卷5, 『高麗名賢集』 卷5, p.359 ; 『耘谷行錄』 卷5, 影印標點 『韓國文集叢刊』 卷6, p.209.

200) 팔부중(八部衆) : 불법을 수호하는 여러 신장(神將)들. 팔부(八部)는 천룡(天龍)·야차

옛 주인 경영하기를 못내 기다리네. 忙待經營舊主人

동국(東國)이 중흥하는 첫 번째 봄이니 東國中興第一春
농사와 누에치기가 뜻대로 되어 천신(天神)께 감사하네. 農桑得意謝天神
스님도[201] 역시 풍운이 만남을 느껴 沙門亦感風雲會
예사롭게 복을 받들어 한 사람에게 바치네. 奉福尋常獻一人

비 내리는 가을 서재에서 생각나는 대로 읊음

秋齋雨中卽事[202]

빈 서재에 가을이 이미 깊어져 空齋秋已晩
오두막 작은 평상이 서늘하네. 矬屋小床凉
갈대 언덕에는 처음 눈이 흔들리고 葦岸初搖雪
국화 울타리에는 아직 서리가 내리지 않았네. 菊籬猶未霜
까마귀는 산 빛 속으로 날아가고 鴉飛山色裏
사람은 빗소리 곁에서 조는데, 人睡雨聲傍
이슬 맞으며 금 꽃잎을 주우니 帶露掇金蘂
진주에 차가운 향기가 엉키네. 眞珠凝冷香

아우 선차(宣差)[203] 이사백(李師伯)이[204] 차를 보내주어 고마워하다

謝弟李宣差(師伯)惠茶[205]

(夜叉)・건달바(乾闥婆)・아수라(阿修羅)・가루라(迦樓羅)・긴나라(緊那羅)・마후라가(摩喉羅迦)이다.

201) 사문(沙門) : 불문(佛門)에서 출가한 이.

202) 『耘谷詩史』 卷5, 『高麗名賢集』 卷5, p.359 ; 『耘谷行錄』 卷5, 影印標點 『韓國文集叢刊』 卷6, p.209.

203) 선차(宣差) : 의정부(議政府)에 딸렸던 관청 선차방(宣差房)의 관리. 의정부와 육조(六曹) 사이에 서류나 계본(啓本) 따위를 전달하고 수납하는 일을 맡아 보았음.

204) 이사백(李師伯) : 생몰년 미상.

205) 『耘谷詩史』 卷5, 『高麗名賢集』 卷5, p.359 ; 『耘谷行錄』 卷5, 影印標點 『韓國文集叢刊』 卷6, p.209.

반가운 서울 소식이 숲 속 집에 이르니 惠然京信到林家
가는 풀로 새로 봉한 작설차(雀舌茶)일세. 細草新封雀舌茶
식사 뒤에 한 잔은 유달리 맛있고 食罷一甌偏有味
취한 뒤에 석 잔도 자랑할 만하네. 醉餘三椀最堪誇
마른 창자를 축이니 찌끼가 남지 않고 枯腸潤處無査滓
병든 눈까지 열려 앞이 환해졌네. 病眼開時絶眩花
이 물건의 신기한 공을 헤아리기 어려우니 此物神功誠莫測
시마(詩魔)가[206] 다가오고 수마(睡魔)도 따라오네. 詩魔近至睡魔賖

송화사(松花寺)에 갔는데 마침 주지 스님(主師)이 밖에 나갔으므로 기다리면서 짓다

遊松花寺. 適主師出外. 待之而作.[207]

아침 이슬에 숲을 헤치며 이 언덕에 올라왔더니 朝露披榛陟此岡
주인은 어디 가고 선당(禪堂)이[208] 닫혀 있나. 主人何處鎖禪堂
솔바람만이 놀러온 사람의 뜻을 알고서 松風只解遊人意
손님의 자리 향해 서늘한 바람을 보내 주네. 偏向賓筵送晩凉

전 목백(牧伯) 정공(鄭公)에게 드림(네 수)

奉寄前牧伯鄭公(四首)[209]

아전은 공손하고 백성은 평안하며 정사도 평온해 吏肅民安庶政和
반년 동안 맑은 이름에 칭찬이 자자했네. 半年淸譽動絃歌
갑자기 깃발을 돌려 조정으로 떠나시니 飜然返旆朝天去
어머니 잃은 아이같이 어쩔 줄을 모르네. 失母群兒回乃何

206) 시마(詩魔) : 시를 짓고자 하는 생각을 일으키는 일종의 마력.

207) 『耘谷詩史』 卷5, 『高麗名賢集』 卷5, p.359 ; 『耘谷行錄』 卷5, 影印標點 『韓國文集叢刊』 卷6, p.209.

208) 선당(禪堂) : 승료(僧寮). 좌선당의 약칭. 승려들이 모여서 좌선하는 당사.

209) 『耘谷詩史』 卷5, 『高麗名賢集』 卷5, p.359 ; 『耘谷行錄』 卷5, 影印標點 『韓國文集叢刊』 卷6, p.209.

내 생애에 평화스러운 시대를 보게 되어 吾生得見致中和
일하는 백성들 노래 듣기를 항상 즐거워했건만, 且喜恒聞樂職歌
하늘이 낳은 백성들을 하늘이 돕지 않으시니 民是天民天不佑
하늘의 뜻이 어디 있는지 알 수가 없네. 不知天意乃云何

십 년 동안 강호(江湖)에서 화합하기를 배워 十載江湖學志和
도롱이에 삿갓 차림으로 고기잡이 노래나 불렀네. 但攜蓑笠放漁歌
태산같이 무거운 은혜 갚은 길이 없으니 重恩未必酬山岳
이별하는 자리에서 어찌 눈물 흘리지 않으랴. 即到離筵不淚何

자하동(紫霞洞)은[210] 편안하고 온화하니 紫霞仙洞有安和
아마도 신선이 노래 부르며 놀았으리. 應是神仙奏浩歌
따라가 모시고 싶은 생각 간절하건만 切欲攀緣陪釼履
긴 날개가 없으니 내 어찌하랴. 諒無脩翼若爲何

시자(詩字)를 차운해 지음(세 수)

次詩字韻(三首)[211]

얼음 언 시내와 눈 내린 산에 한 해가 저무는데 氷雪溪山歲暮時
먼 길에 그 누가 적막한 마음을 달래 주랴. 路長誰慰寂寥思
나그네 길의 정황을 아는 이 없어 客中情況無人識
갖가지 한(恨)을 한데 모아 일곱자 시(七字詩)를 짓네. 萬恨聊題七字詩

구름같이 몰려든 공사(公事)에 쉴 틈이 없어서 公事如雲無歇時
남북으로 말달리며 몸과 마음이 바쁘네. 馬蹄南北費勞思
아전과 백성들은 백성 걱정하는 뜻을 알지 못하고 吏民不識憂民意
시내와 산 찾아다니며 시만 짓는다고 말하네. 誤道溪山覓好詩

---

210) 자하동(紫霞洞) : 고려 충숙왕 때 채홍철이 지은 가요. 음계는 계면조.
211) 『耘谷詩史』 卷5, 『高麗名賢集』 卷5, p.359 ; 『耘谷行錄』 卷5, 影印標點 『韓國文集叢刊』 卷6, p.209.

옛날 어진 수령이었던 공(龔)·황(黃) 이야기를[212] 들은 적 있어 聞說龔黃在昔時
천년 지난 오늘에도 그를 사모하네. 寥寥千載謾追思
이제 내 평생 일을 스스로 치하하노니 于今自賀吾生事
태평시대 낙직시(樂職詩)를 얻어 보겠네. 得見中和樂職詩

관찰사(按節) 정공(鄭公)이[213] 홍천(洪川)[214] 객관(客館)에[215] 쓴 시를 반자(半刺)[216] 양선생(楊先生)이 보여주어 차운함

次半刺楊先生所示按節鄭公題洪川客舘詩韻[217]

조정에 치하함(賀朝)

성스러운 임금(聖神)께서 나라를 개화(開化)하시니 聖神開化國
이윤(伊尹)과 여상(呂尚)[218] 같은 신하들이 이웃해 있네. 伊呂在臣隣

---

212) 공황(龔黃) : 공황(龔黃)은 한나라 때에 선정(善政)으로 이름을 날렸던 공수(龔遂)와 황패(黃覇)를 함께 부르는 이름이다. 공수의 자는 소경(少卿)으로 한나라 때에 명경(明經)으로 벼슬하여 선제(宣帝) 때 발해태수로 있을 때에는 검약한 생활과 권농정책 등의 선정으로 이름을 날렸던 사람이고, 황패의 자는 차공(次公)인데, 율령을 공부하여 벼슬하고 영천(潁川)태수와 승상(丞相)을 지낸 사람으로 이 두 사람의 전기는 『한서(漢書)』 卷89, 「순리전(循吏傳)」에 있다.

213) 정탁(鄭擢) : 정추(鄭樞)의 아들. 조선 개국공신으로 태종의 사당에 배향하였다. 시호는 익경(翼景). 『신증동국여지승람』 卷15, 청주목 인물 본조(本朝).

214) 홍천(洪川) : 고구려의 벌력천현. 고려 현종 9년 지금의 이름으로 고치고 삭주에 예속시켰다. 인종 21년에 감무를 두었다. 『신증동국여지승람』 卷46, 홍천현.

215) 객관(客舘) : 객사(客舍). 고려와 조선 때 각 고을에 두었던 관사(館舍). 고을마다 궐패(闕牌)를 모시어 두고 왕명을 받들고 내려오는 벼슬아치를 대접하고 묵게 하였음.

216) 반자(半刺) : 관명(官名). 군(郡)의 속관(屬官)인 장사(長史)나 통판(通判), 별가(別駕) 등을 말함.

217) 『耘谷詩史』 卷5, 『高麗名賢集』 卷5, p.360 ; 『耘谷行錄』 卷5, 影印標點 『韓國文集叢刊』 卷6, p.210.

218) 이여(伊呂) : 이윤과 여상. 이윤(伊尹)은 중국 은나라 초기의 전설상의 인물로 이름난 재상(宰相)이며 탕왕을 보좌하여 주나라 걸왕을 멸망시키고 선정을 베풀었다고 한다. 여상(呂尙)은 즉 강태공(姜太公)의 원래 성은 강(姜)이었지만, 나중에 여(呂)에 봉해졌으므로 여상(呂尙)이라고 불렸다. 나이 늙도록 위수(渭水)의 반계에서 낚시질하며 세월을 보내다가 문왕(文王)을 만났다. 문왕은 그를 태공망(太公望)이라 부르면서 스승으로 모셨다. 나중에 문왕의 아들인 무왕(武王)을 도와 주(紂)를 치고 천하를 통일

세상은 다시 복희(伏羲)·헌원씨(軒轅氏)[219] 세상 되었고　世復羲軒世
백성들은 요(堯)·순(舜)의 백성 되었네.　民爲堯舜民
사방이 모두 태평성대에　多方皆帖泰
다른 나라도 다들 화친 맺으니,　異域盡和親
천자께서 유지(諭旨)를[220] 내리셔　天子下宣諭
삼한(三韓)의 즐거움이 다시금 새롭네.　三韓樂更新
(右賀朝)

관찰사(按節)의 행적을 기록함(記按節行)

은혜와 위엄을 두 도에 베푸니　恩威施兩道
덕스런 정치가 여러 이웃에 으뜸일세.　德政冠諸隣
바다를 횡행하던 악어도 자취 감추고　溟海潛橫鰐
산림에 숨어 살던 선비도 일으켰건만,　山林起逸民
훌륭한 공은 모두 사직(社稷)에 돌리고　功庸歸社稷
임금과 어버이에게 충효로 보답할 뿐일세.　忠孝報君親
천리에 태평스런 노래가 두루 퍼졌으니　千里謳謠遍
맑은 바람 나날이 새로우리라.　淸風瀫日新
(右記按節行)

반자(半刺)의 행적을 기록함(記半刺行)

피폐한 고을에 거문고와 노래 소리[221] 들리고　絃歌喧獘邑

하였다. 후대에는 낚시꾼을 강태공이라고도 불렀다.

219) 희헌(羲軒) : 복희씨(伏羲氏)와 헌원씨(軒轅氏). 복희씨(伏羲氏)는 중국 고대의 제왕. 삼황오제(三皇五帝)의 수위를 차지하며, 팔괘(八卦)를 처음 만들고 그물을 발명하여 고기잡이 방법을 가르쳤다 함. 『열자(列子)』에 그의 몸은 뱀이고, 얼굴은 사람으로 소의 머리와 범의 꼬리를 가졌다고도 기록됨. 헌원씨(軒轅氏)는 황제(黃帝)의 이름. 중국 전설상의 제왕. 삼황오제(三皇五帝)의 한 사람. 처음으로 곡물 재배를 가르치고 문자·음악·도량형 등을 정했다 함.

220) 선유(宣諭) : 임금의 훈유(訓諭)를 백성들에게 널리 널리 공포함.

221) 현가(絃歌) : 거문고를 타고 노래를 부르는 소리. 태평을 구가함을 말한다. 공자께서 (제자인 자유가 장관으로 다스리는) 무성(武城)에 가셨다가, 거문고와 노래 소리를 들

밥 짓는 연기가 이웃에 이어졌네. 烟火接比隣
정사가 청백해서 송아지 남긴 이[222] 같아 莅政同留犢
교화를 베풀어 온 백성을 감화시켰네. 移風化爲民
부드러운 덕은 어머니 같아 母臨綏似德
모두들 어버이처럼 우러러 사모하니, 嬰慕仰如親
옛날 더러워진 여러 풍속들이 舊染群汚俗
이제부터 하나하나 새로워지리. 從今一一新
(右記牛刺行)

진정(陳情)

우물쭈물하는 행동이 나 보기에도 우스우니 棲棲還自笑
쓸쓸한 이 신세를 누구와 이웃하랴. 踽踽與誰隣
마음이 티끌 세상과 멀어졌으니 心阻塵埃世
밭고랑 백성으로 이 몸이 한가하네. 身閑畎畝民
들판의 스님이 와서 친구가 되고 野僧來作伴
숲속의 새가 다가와 서로 친해지니, 林鳥近相親
붓 잡고 구름 달을 희롱하면서 操筆弄雲月
성스런 덕 새로워졌음을 노래한다네. 聊歌聖德新

으시고 빙그레 웃으시며(莞爾而笑) 말씀하셨다. "닭을 잡으면서 어찌 소 잡는 칼을 쓰느냐?" 그러자 자유(子游)가 대답하였다. "예전에 제가 선생님께 들었는데 '군자가 도(道)를 배우면 사람을 사랑할 줄 알고, 소인이 도를 배우면 부리기 쉽다'고 하셨습니다." 그러자 공자께서 말씀하셨다. "애들아! 자유의 말이 옳다. 내가 앞서 한 말은 농담이었다." "子之武城 聞弦歌之聲 夫子 莞爾而笑曰 割鷄焉用牛刀 子游 對曰 昔者 偃也 聞諸夫子 曰君子學道則愛人 小人 學道則易使也 子曰 二三者 偃之言 是也 前言戱之耳." 『논어(論語)』 卷17, 「양화(陽貨)」.

222) 유독(留犢) : 시묘(時苗)가 쓴 시묘류독(時苗留犢)이라는 글에서 유래. 시묘(時苗)는 후한(後漢)때 사람. 자는 덕주(德胄), 거록(鉅鹿) 사람이다. 젊어서 청백했으므로 남들에게 미움을 받았다. 건안(建安, 196~220) 연간에 수춘령(壽春令)이 되었는데, 처음 부임할 때에 누런 황소가 끄는 수레를 타고 갔다. 임기 중에 소가 송아지를 낳았는데, 떠날 때에 그 송아지를 남겨 두면서 주부(主簿)에게 말했다. "내가 올 때에 이 송아지가 없었으니, 송아지는 회남(淮南)에서 태어난 것이다." 그 뒤에 이 이야기가 『몽구(蒙求)』라는 책에 「시묘류독(時苗留犢)」이라는 제목으로 실렸다.

(右陳情)

두부
豆腐[223]

말 콩을 먼저 맷돌에 갈아	斗豆先將石磨磨
통에 가득 흰 눈 쌓이면 물과 섞는다네.	盈槽白雪水相和
흔들어 즙을 내면 거품이 사라지고	攪成汴處漚還滅
걸러서 거품 가라앉히면 찌끼가 갑절 많아지네.	漉取泡來滓倍多
솥 안에 엉키면 우유처럼 진해지고	凝結釜中濃似酪
소반에 가득 담으면 구슬 빛이 되네.	滿盛盤上色如瑳
우엉과 토란 한데 삶아 향기로운 밥을 지으니	雜烹芋兜炊香飯
서산에 고사리 캐는 노래가 우습기도 해라.	笑彼西山採蕨歌

동짓날 팥죽
冬至(豆粥)[224]

음기가 사라지고 양기가 되돌아오는 날	陰消陽復正當期
붉은 팥죽 향내가 푸른 항아리에서 떠오르네.	紅雪香浮碧玉甆
한창 솥에서 끓을 때 처음 소금을 넣고	始下鹽時方沸鼎
다시 새알심을 넣은 뒤에 주걱으로 뒤적이네.	更投蜜處正翻匙
호타(滹沲)의[225] 보리밥보다 품이 더 들고	滹沲麥飯功兼重
금곡(金谷)의 나물보다 맛이 더 기이하니,	金谷萍韲味寂奇
나 역시 가난한 살림이 갑자기 더하건만	我亦窮居倉卒甚
아! 만들고 보니 동지가 된 걸 알겠네.	咄嗟成辦要須知

223) 『耘谷詩史』 卷5, 『高麗名賢集』 卷5, p.360 ; 『耘谷行錄』 卷5, 影印標點 『韓國文集叢刊』 卷6, p.210.

224) 『耘谷詩史』 卷5, 『高麗名賢集』 卷5, p.360 ; 『耘谷行錄』 卷5 影印標點 『韓國文集叢刊』 卷6, p.210.

225) 호타(滹沲) : 호타하(滹沲河). 산서성(山西省) 번치현에서 발원하여 하북성(河北省)에서 백하(白河)로 흘러 들어가는 강.

반자(半刺)[226] 선생이 산성(山城) 창고를 돌아보고 느낌이 있어 지은 시에 차운함(여섯 수)

次半官先生山城反庫次有感詩韻(六首)[227]

구름 뚫고 눈을 헤치며 높은 성에 오르니　　穿雲撥雪上高城
험한 길에 말(馬)이 지쳐 견디기 어렵구나.　　馬困難堪冒險行
창고 지은 당시에야 오늘의 폐단 어찌 생각했으랴　　當日豈思今日弊
양식 운반하는 계획이라 민생(民生)을 염려했겠지.　　轉粮謀計慮民生

전성(專城)을[228] 맡아 그 이름 책임이 무거워　　名途重任是專城
오늘 이 걸음에 노고가 많네.　　我獨賢勞在此行
세상 일은 어렵고도 끝이 없으니　　世故多艱無了極
해 뜨면 언제나 일이 따라 생기네.　　日將還出事還生

어사(御使)의 맑은 이름이 낙성(洛城)을 흔들어　　御使淸名動洛城
홀(笏)과[229] 관(冠) 차림으로 준마를 타고 버들 둑을 오가네.　　笏冠驄馬柳提行
이제 멀리 와서 백성 다스리는 기술을 퍼뜨리니　　今來遠播醫民術
공(龔)·황(黃)이 다시 태어났다고 사람들이 말하네.　　人道龔黃復此生

추운 날씨에 저녁볕이 외로운 성을 비추는데　　天寒夕照淡孤城
병든 나그네 무료하게도 나다니지 못하네.　　病客無聊不出行
억지로 일어나 지팡이에 기대 잠깐 서 있노라니　　强起扶筇還小立
다리는 떨리고 눈도 흐려 어지럽구나.　　脚筋酸澁眼花生

---

226) 반자(半刺) : 관명(官名). 군(郡)의 속관(屬官)인 장사(長史)나 통판(通判), 별가(別駕) 등을 말함.

227) 『耘谷詩史』 卷5, 『高麗名賢集』 卷5, p.360 ; 『耘谷行錄』 卷5, 影印標點 『韓國文集叢刊』 卷6, p.210.

228) 전성(專城) : 지방 속관. 그 권력이 성(城) 하나를 전제(專制)할 만하기 때문에 이렇게 말함.

229) 홀(笏) : 벼슬아치가 임금을 만날 때에 조복(朝服)에 갖추어 손에 들던 물건인데, 1품에서 4품 벼슬아치는 상아로 만든 홀을 들었고, 5품 이하는 나무로 만든 홀을 들었음.

메마른 밭은 거칠어가고 시름의 성만 둘러싸	瘠田荒廢疊愁城
어려서 배운 것 없으니 커서도 행하지 못하네.	幼學無成壯未行
일마다 시대에 어긋나 쓰일 곳 없으니	事事違時何所用
우직한 내 평생을 웃을 뿐일세.	只將愚直笑吾生
얼음은 앞 시내를 합치고 눈은 성을 눌렀는데	氷合前溪雪壓城
오가는 사람 끊어져 빈 평상만 썰렁하네.	蟻床凄冷絶人行
시름 창자의 온갖 느낌이 가난 때문에 일어나고	愁腸萬緖因貧起
귀밑의 천 오리 시든 털은 늙음 때문에 생겨나네.	衰鬢千絲爲老生

비 내리는 밤에 생각나는 대로 읊음

夜雨卽事230)

썰렁한 초가집에 중처럼 사노라니	草廬牢落類僧居
겨울밤이 유난히 길어 한 잠 자고도 남네.	冬夜偏長一睡餘
벽에 비추는 등불 꽃은 부질없이 가물거리고	照壁燈花空點綴
창 너머 바람과 비는 참으로 쓸쓸하네.	隔窓風雨正蕭疎
미친 꾀와 그릇된 셈을 어찌 다 말하랴만	狂謨謬筭那堪托
소박한 홍과 한가한 생각은 그대로일세.	野興閑思却自如
낙숫물이 차츰 그치고 닭이 새벽을 알리자	簷溜漸收鷄已曉
눈꽃이 휘날리어 온 뜰에 가득하네.	雪華飄蕩滿庭除

문을 닫은 채 옛것을 들쳐보거나 사물에 부쳐 회포를 푸는 것은 때를 만나지 못한 자들이 하는 일이다. 옛 기물을 가지고 절구 네 수를 지어 나 자신을 탄식한다

杜門覽古. 寓物興懷. 此不遇時者之所爲也. 因賦古器. 作四絶以寓歎.231)

---

230) 『耘谷詩史』 卷5, 『高麗名賢集』 卷5, p.360 ; 『耘谷行錄』 卷5, 影印標點 『韓國文集叢刊』 卷6, p.210.

231) 『耘谷詩史』 卷5, 『高麗名賢集』 卷5, p.361 ; 『耘谷行錄』 卷5, 影印標點 『韓國文集叢刊』 卷6, p.211.

오래된 거울(古鏡)

예전엔 고운 눈썹과 화장한 얼굴을 비추었는데 曾照蛾眉粉面新
십 년 동안 경대 밑에서 먼지에 묻혀 있었네. 十年奩底久埋塵
밝은 본바탕은 원래 줄지 않으니 皎然本質元無損
먼지 털고 빛 내지 않는 사람 하나 뿐일세. 刮垢磨光欠一人

오래된 칼(古釰)

한 고조(漢 高祖)가 삼척검(三尺劍)으로 천하를 평정하니 漢皇三尺定乾坤
기름과 피가 엉켜 초(楚)나라 깨뜨린 흔적 되었네. 膏血凝成破楚痕
사해(四海)가 고요해진 후 오랫동안 쓰이지 않아 四海晏淸長不用
칼집 속에서 울부짖으며 원통함을 품었네. 匣中龍吼政含寃

오래된 거문고(古琴)

태고 적부터 시원한 소리 그 운치가 기이하건만 太古冷冷韻技奇
백아(伯牙)의 유수곡(流水曲)을 아는 이가 드물었네. 伯牙流水少人知
종자기(鍾子期)가 죽은 뒤에 줄을 끊고는 子期死後絃初絶
먼지 덮인 마루에 버려 두었으니 슬프기도 하구나. 棄置虛堂良可悲

오래된 솥(古鼎)

구주(九州)의 쇠로 만든 비상한 물건이니 九金之鑄特非常
삼대(三代)부터 성왕(聖王)을 위해 옮겨 왔었네. 三代遷移爲聖王
사해(四海) 백성들이 홍무(洪武) 성군(聖君)을 노래하니 洪武聖君歌四海
굳이 분음(汾陰)에[232] 깊이 잠겨 있지 않으리. 不應汾右固深藏

판사(判事) 이을림(李乙琳)을[233] 곡함

232) 분음(汾陰) : 산서성 영하현 북쪽에 있는 곳인데 한(漢)나라 무제(武帝)가 이곳에서 보물 솥을 얻었다고 한다. 사마천(司馬遷), 『사기(史記)』 卷12, 「효무기(孝武紀)」; 『한서(漢書)』 卷64상, 「오구수왕(吾丘壽王)」.

233) 이을림(李乙琳) : 생몰년 미상.

哭李判事(乙琳)[234]

지위는 높아 재상에 올랐고	位高台階上
일흔 세 살 되도록 강건하셨으니,	年强七十三
큰 꿈에 놀랐다고 어찌 말하랴만	何言驚大夢
맑은 말씀을 다시는 들을 수 없게 되었네.	無復聽淸談
자녀들의 정을 다하기 어렵고	兒列情難極
형제들의[235] 한도 견딜 수 없는데,	鴒原恨不堪
한 평생 한가롭게 사시던 이곳	平生散盧處
낚시터 남쪽에 가을달이 비추네.	秋月釣臺南
함께 나이를 잊고 친구되었는데	共結忘年契
아아! 공께선 수기(壽器)를[236] 만드셨네.	嗟嗟壽器成
마음이야 어찌 황토에 가로막히랴만	心何隔黃土
혼은 절로 붉은 명정(銘旌)[237] 따라 가시리.	魂自逐丹旌
꽃밭에는 봄이 부질없이 늦어가고	花砌春空晚
거문고 평상에는 달이 홀로 밝은데,	琴床月獨明
처절한 만가(輓歌)도[238] 이미 그치니	挽歌凄已斷

234) 『耘谷詩史』 卷5, 『高麗名賢集』 卷5, p.361 ; 『耘谷行錄』 卷5, 影印標點 『韓國文集叢刊』 卷6, p.211.

235) 영원(鴒原) : 척령재원(鶺鴒在原)에서 나온 말로 형제가 급한 일이나 어려운 일을 당하여 서로 돕는 것을 비유하는 말이다. "할미새가 들판에 있으니 형제들이 어려움을 급히 구해주네. 脊令在原, 兄弟急難." 『시경(詩經)』 卷4, 소아(小雅) 「녹명지십(鹿鳴之什)」 상체(常棣).

236) 수기(壽器) : 살아 생전에 미리 만들어 두는, 시체를 넣는 관.

237) 명정(銘旌) : 상례(喪禮)에서, 일정한 폭과 길이의 천에 죽은 사람의 품계(品階)·관직(官職)·본관(本貫)·성씨(姓氏)를 쓴 기(旗). 장대에 달아 상여 앞에서 들고가서 널 위에 펴고 묻음.

238) 만가(挽歌) : 만가(輓歌)라고도 한다. (옛날에 장례지내면서 부르던) 「해로호리(薤露蒿里)」 2장(章)을 이연년(李延年)이 나누어서 두 곡(曲)으로 만들었다. 「해로(薤露)」는 왕공(王公) 귀인(貴人)들을 장례지낼 때에 불렀고, 「호리(蒿里)」는 사대부와 서민들을 장례 지낼 때에 불렀다. 영구(靈柩)를 끌고(挽) 가는 자들이 불렀으므로, 세상 사람들이 이 노래를 만가(挽歌)라고 하였다. 최표, 『고금주(古今註)』. 원래 호리(蒿里)는 태산 남쪽에 있는 산인데, 사람이 죽으면 그 영혼이 여기 와서 머문다고 한다. 나중에 변

서글픈 이 곡소리는 부생(浮生)을[239] 곡하는 것일세. 冷哭哭浮生

환희사(歡喜寺)[240] 당두(堂頭)[241] 장로(長老)를[242] 대신해 관찰사[243] 정탁(鄭擢)에게[244] 올린 시(네 수)

代歡喜堂頭長老. 上按部公鄭(擢)詩(四首)[245]

남다른 풍채가 공문(孔門)에 빛나 風彩離倫照孔門
관동(關東) 두 도에 홀로 높았네. 關東兩道獨爲尊
순찰한 지 며칠만에 백성들 노래하니 巡宣不日謳謠遠
방외(方外)의 선승(禪僧)도 그 은혜에 감동하네. 方外禪僧亦感恩

일찍부터 다행히 상종할 인연 있었건만 早歲相從幸有緣
물로 나뉘고 구름에 막힌 지 십여 년 되었네. 水分雲隔十餘年
뜻밖에 오늘 다시 만나니 不期今日重相會
반갑기도 하고, 놀랍기도 하네 一則欣然二愕然

푸른 산(靑山)과 시끄러운 거리(紫陌)라[246] 찾기 어려웠으니 靑山紫陌隔難尋
한번 웃으며 만나는 값이 만금이나 되었네. 一笑相逢直萬金

하여 무덤이라는 뜻으로 썼다.

239) 부생(浮生) : 덧없는 인생.

240) 환희사(歡喜寺) : 위치 불명.

241) 당두(黨頭) : ① 당상(堂上). 선사(禪寺)에서 한 절의 우두머리, 곧 주지를 말함. ② 선사(禪寺)에서 주지가 있는 방을 말함. 곧 방장(方丈).

242) 장로(長老) : Ayusmant 아유솔만(阿瑜率滿)으로 음역. 존자(尊者)·구수(具壽)라고도 번역. 지혜와 덕이 높고 법랍이 많은 비구를 통칭. 젊은 비구가 늙은 비구를 높여 부르는 이름. 기년(耆年)장로·법(法)장로·작(作)장로의 3종이 있다.

243) 안부(按部) : 관할 지역을 다스린다는 뜻으로, 안렴사(按廉使) 등의 도신(道臣)을 이르는 말.

244) 정탁(鄭擢) : 정추(鄭樞)의 아들. 조선 개국공신으로 태종의 사당에 배향하였다. 시호는 익경(翼景). 『신증동국여지승람』 卷15, 청주목 인물 본조(本朝).

245) 『耘谷詩史』 卷5, 『高麗名賢集』 卷5, p.361 ; 『耘谷行錄』 卷5, 影印標點 『韓國文集叢刊』 卷6, p.211.

246) 자맥(紫陌) : 서울 거리.

기쁨에 넘쳐 말없이 감개무량하니　　喜極無言多感慨
한 평생 오로지 친근한 마음뿐일세.　　一生專一是親心

몇 년 사이 액운이 선방(禪房)까지 이르러　　年來陳厄到禪坊
밥 짓는 불이 자주 꺼지고 바리도 썰렁해졌네.　　廚火蕭疎齋鉢凉
도도 못 닦고 증(證)도 없는 중을 누가 먹여 주랴　　誰飯無修無證者
공덕을 따진다면 헤아리기 어렵네.　　若論功德固難量

반자(半刺) 선생의 시에 차운함

次半刺先生韻[247]

절기가 동지에[248] 가까워지자　　節近陽生日
밤이 길어져 만 길이나 되네.　　更長直萬尋
이때에 시름겨워 잠들지 못하니　　此時愁不寐
어찌 나 홀로 무심하랴.　　何事獨無心
붕로(鵬路)는 천리에 통하고　　鵬路通千里
용만(龍巒)은[249] 두어 봉우리에 가렸네.　　龍巒隔幾岑
공이여! 좌천되었다고 한탄하지 마오　　左遷公莫恨
가는 곳마다 지음(知音)을 귀하게 여긴다오.　　隨處貴知音

둘(其二)

한 수의 시가 참으로 좋아　　一首詩正好
다시 보고 또 다시 찾으니,　　重看又復尋
언제나 나라 위한 걱정이고　　忡忡憂國慮
절절이 임금 보좌하는 마음일세.　　切切補君心

---

247) 『耘谷詩史』 卷5, 『高麗名賢集』 卷5, p.361 ; 『耘谷行錄』 卷5, 影印標點 『韓國文集叢刊』 卷6, p.211.

248) 양생단(陽生旦) : “양기가 생기는 아침”이니 한겨울에 봄기운이 시작된다는 뜻인데, 이 날이 바로 동짓날이다. 홀수는 양(陽)이고, 짝수는 음(陰)이다. 음력 10월에 한 해의 음(陰)이 다하고, 11월 동지에 1양(陽)이 생긴다고 하였다.

249) 용만(龍巒) : 용만관(龍巒館). 의주(義州)에 있던 중국 사신을 접대하던 곳.

탑 자리 걸어 놓으니 벽에 먼지가 나고 掛榻塵生壁
거문고 울리면 달이 봉우리에 뜨네. 鳴琴月湧岑
바라건대 노래를 들어 고요히 하고 請聞歌靜化
이치를 살펴 백성들 말을 들으소서. 察理在聆音

셋(其三)

언제나 공무가 막중해 迺因公務重
험난한 길을 몸소 찾아 다니시니, 行觸險途尋
한 평생 지닌 뜻이 넓고 넓으신데다 蕩蕩一生志
온갖 일에 마음을 아끼지 않으시네. 勞勞千事心
삭풍은[250] 짧은 해에 불어오고 朔風吹短日
높은 봉우리에 눈은 가득 쌓였는데, 積雪滿高岑
이 모습 마주하여 율시를 짓노라니 對此題詩律
양춘(陽春)[251] 소식이 곧 다가오네. 陽春有至音

넷(其四)

세상 뒤집히는 걸 헤아리기 어렵지만 飜覆固難測
흥망의 자취를 찾아볼 수는 있네. 興亡從可尋
대체로 좋지 않은 상황에 大凡無善狀
모두들 불평스런 마음 뿐일세. 都是不平心
세상 길은 위험하기만 한데 危險世間路
하늘 밖에 봉우리가 우뚝 솟아, 孤高天外岑
이 모습 마주하여 옛나라를 생각하니 對此思古國
푸른 소나무가 슬픈 소리를 보내 주네. 松翠送悲音

다섯(其五)

한 자를 굽히는 것도 내 일이 아니니 枉尺非吾事

---

250) 삭풍(朔風) : 겨울철에 북쪽에서 불어오는 찬 바람.
251) 양춘(陽春) : ① 음력 정월을 달리 이르는 말. ② 따뜻한 봄.

그 누가 한 길을 펴라[252] 誰能且直尋
산은 예나 이제나 한 모습인데 山亘今古態
사람은 아침 저녁으로 다른 마음일세. 人有暮朝心
이익 다투는 길엔 바람 물결이 많고 利路多風浪
그윽한 집엔 달 봉우리만 있어, 幽居只月岑
한 구역 구름과 물 속에 사는 나에게 一區雲水裏
영화와 치욕이 아무 소리 없네. 榮辱寂無音

여섯(其六)

얼굴은 차츰 시들어 가고 容顔漸衰變
늙음과 병은 다투어 찾아 오네. 老病競侵尋
벼루를 갈아도 끝내 효험 없건만 磨硯竟無効
지초 캐는 건 일찍 마음에 있었네. 採芝曾有心
서재 난간엔 옛 시내가 마주 흐르고 書軒臨古澗
바둑 두는 곳엔 맑은 봉우리가 비치니, 碁局照晴岑
이곳이 내 한 평생 생각하던 곳이라 是處吾生念
머물면서 덕스런 소리를[253] 사모한다오. 淹留慕德音

위 운(韻)에 따라 시를 지어 강릉(江陵)[254] 생원(生員) 최안린(崔安獜)에게[255] 드림

---

252) 왕척이직심(枉尺而直尋) : 『맹자(孟子)』에 나오는 말이다. "진대가 말하였다. 제후를 보지 못한 것은 작은 일인 것 같습니다. 이제 한번 만나보시면 크게는 왕자를 이루고 작게는 패자를 이룰 것입니다. 또 옛 기록에 '한자를 굽혀 한 길을 편다' 하였으니 할 만한 일인 듯합니다. 내가 도를 굽혀서 무례한 제후를 따라간다면 무슨 꼴이 되겠느냐? 또 네가 "한 자를 굽혀 한 길을 펴라(枉尺而直尋)"고 한 말도 잘못이다. 조금이라도 자신을 굽히고 어긋난 짓을 한 사람 치고 남을 곧게 바로잡아 준 사람은 여지껏 없었다." 『맹자(孟子)』 卷6, 「등문공(滕文公) 하」.

253) 덕음(德音) : ① 도리에 맞는 착한 말. ② 좋은 소문이나 명망. ③ 임금을 높이어 그 음성을 가리키는 말. ④ 상대방의 편지 또는 안부를 높인 말.

254) 강릉(江陵) : 본래 예국(濊國). (중략) 고려 충렬왕 34년에 지금의 명칭으로 고쳐서 부(府)로 만들었다. 『신증동국여지승람』 卷44, 강릉대도호부.

用前韻呈江陵崔生員(安獜)[256]

원성(原城)은[257] 그윽하고도 외진 곳인데 原城幽且僻
최자(崔子)가 우연히 찾아 오니, 崔子偶來尋
뜻밖의 만남이라 새삼 기뻐서 邂逅發新喜
반갑게 옛 일을 이야기하네. 怡愉論舊心
맑은 항아리는 북쪽 바다에 이어졌고 淸樽連北海
비낀 해는 서쪽 봉우리에 걸려, 斜日掛西岑
길게 읊조리며 아름다운 구절 내어 놓으니 長嘯吐佳句
금옥 같은 소리가 낭랑하게 퍼지네. 琤然金玉音

병중에 읊음(세 수)

病中吟(三首)[258]

늙어 가면서 병 많은데다 추운 겨울을 지나니 老仍多病過冬寒
사람마다 옛 모습 아니라고 웃고들 있네. 人笑形非昔日看
귀가 멍하고 눈이 어두워 보고 듣기 힘든데다 耳聵眼昏妨視聽
힘줄 땅기고 숨이 가빠져 시큰거리네. 筋衰氣縮轉辛酸
음식량이 해마다 줄어드니 乃因飮食年來減
생활하기도 나날이 어려워지네. 頗覺興居日漸難
이제 와서 지난 일을 생각해 무엇하랴 已矣乎今思往事
마음 끝에 걸린 남은 생각이라곤 하나도 없네. 一無餘念掛心端

돈과[259] 절교한 지 오래 되어서 早與錢兄久絶交

255) 최안린(崔安獜) : 미상.
256) 『耘谷詩史』 卷5, 『高麗名賢集』 卷5, p.362 ; 『耘谷行錄』 卷5, 影印標點 『韓國文集叢刊』 卷6, p.212.
257) 원성(原城) : 원성군(原城郡). 지금의 원주시 일부.
258) 『耘谷詩史』 卷5, 『高麗名賢集』 卷5, p.362 ; 『耘谷行錄』 卷5, 影印標點 『韓國文集叢刊』 卷6, p.212.
259) 전형(錢兄) : 옛날 돈에 네모난 구멍이 있었으므로 공방형(孔方兄)이라 불렀다. 성공수(成公綏)는 「전신론(錢神論)」을 지어 "나의 가형(家兄)을 사랑한다"고 했으며, 노포

병들어도 좋은 약 없어 가난한 둥지만 지키네. 病無良藥守寒巢
신묘한 방술을 어디 가서 얻으랴 有神妙術從何得
효험 없는 단방(單方)은 내던져 버려야겠네. 無効單方可以抛
의원(醫員)의 치료라고 어찌 믿으랴 縱使醫治那足恃
이미 노쇠한 몸이라 어쩔 수 없네. 已當衰朽不可包
이제부터 마음 편안히 가질 비결을 배우려 自今欲究安心訣
구구하게 남의 조롱을 변명하지 않으리라. 且莫區區學解嘲

바람 소리가 숲을 흔들고 눈은 문에 걸려 風吼踈林雪掛門
차가운 구름 지는 해에 마을 더욱 쓸쓸하네. 凍雲殘日淡孤村
어질러진 책들이 마음을 끌건만 圖書跌宕牽心緖
병 뿌리가 달라붙어 몸이 지치네. 體氣支離帶病根
거울 속 향해 늙은 얼굴 슬퍼한들 무엇하랴 休向鏡中悲老色
옷 위의 먼지를 털지도 못하는데. 未能衣上拂塵痕
흰 머리라도 인간 세상에 머물고 싶어 白頭尙肯留人世
하늘의[260] 화육(化育)[261] 은혜를 가만히 감사드리네. 默謝皇天化育恩

생각나는 대로 읊어서 향학(鄕學)의 여러 서생들에게 부침

卽事. 寄鄕學諸生.[262]

이른 아침에 어떤 사람이 문 앞에 이르러 晨朝有客到門頭
부끄러운 얼굴로 땀 흘리면서 사유를 아뢰네. 汗赧含羞告事由
그 말 묻고 다시 생각하니 웃음이 나네. 問語更思含一笑
공부 안 해도 되면 하지 말게나. 可爲休則可爲休

(魯褒)도 「전신론(錢神論)」에서 돈을 가형(家兄)이라고 불렀다.

260) 황천(皇天) : ① 크고 넓은 하늘. ② 하느님.

261) 화육(化育) : (만물을) 자연스런 이치로 만들어 기름.

262) 『耘谷詩史』 卷5, 『高麗名賢集』 卷5, p.362 ; 『耘谷行錄』 卷5, 影印標點 『韓國文集叢刊』 卷6, p.212.

세모(歲暮)에 쓴 회포

歲暮書懷[263]

광주리 밥 바가지 국도 즐길 만해서 廓落簞瓢樂可堪
늙음이 다가오는 것도 알지 못했네. 老之將至不曾諳
거울 속에 갑자기 희끗한 머리털 보고 鏡中忽見渾頭雪
육십 삼 년 지난 것에 깜짝 놀랐네. 驚却年過六十三

향학(鄕學)의[264] 여러 서생들이 눈(雪)을 가지고 시를 지었다고 하기에 그 시에 차운하여 부침

聞鄕學諸生賦雪. 次韻寄似.[265]

쏟아지다 뜸하고 바로 내리다 옆으로 비껴 密復踈仍整復斜
나무 떨기에 붙으면 매화꽃 같네. 惹叢聊自學梅花
몇 군데선 피리와 거문고를 다투어 즐기고 管絃幾處爭相看
술 파는 집에선 술값 높아지겠지. 酒價應高賣酒家

주천(酒泉)[266] 공관(公舘)에 홀로 앉아 있다가 느낌이 있어 지은 시에 차운함(두수)

次酒泉公舘獨坐有感詩韻(二首)[267]

사람 드물어 외로운 공관이 고요한데 人稀孤舘靜
나무 흔드는 바람소리(風樹)는 용처럼 울부짖네 風樹似龍吟

---

263) 『耘谷詩史』 卷5, 『高麗名賢集』 卷5, p.362 ; 『耘谷行錄』 卷5, 影印標點 『韓國文集叢刊』 卷6, p.212.

264) 향학(鄕學) : 고려시대 지방 교육기관. 조선시대의 향교와 통한다. 중앙의 국학(國學)을 축소한 형태로 지방에 설치하여 지방문화 향상에 기여하였다.

265) 『耘谷詩史』 卷5, 『高麗名賢集』 卷5, p.362 ; 『耘谷行錄』 卷5, 影印標點 『韓國文集叢刊』 卷6, p.212.

266) 주천(酒泉) : 일명 학성이라 함. 주의 동쪽 90리에 있다. 원주의 속현이다. 『신증동국여지승람』 卷46, 원주목 속현.

267) 『耘谷詩史』 卷5, 『高麗名賢集』 卷5, p.362 ; 『耘谷行錄』 卷5, 影印標點 『韓國文集叢刊』 卷6, p.212.

들판의 학은 높은 봉우리로 날아가고 野鶴投高峀
굶주린 까마귀는 가까운 숲에 모여 드네. 飢烏集近林
쓸쓸한 마을엔 밥 짓는 연기 드물고 村寒烟火索
빽빽한 산엔 물과 구름 깊으니, 山密水雲深
만약 시를 짓지 않으면 若不題詩句
답답한 마음을 그 누가 알아 주랴. 誰知鬱鬱心

또 짓다

又[268]

삼가 새 시축(詩軸)을[269] 펼치고 奉閱新詩軸
세 번 다시 읊으니, 凝然三復吟
문장은 사람 바다에 두루 비추고 文章照人海
기상은 온 유림(儒林)에 으뜸일세. 氣像冠儒林
필진(筆陣)은 신기하고도 묘한데다 筆陣神仍妙
사원(詞源)은 넓고도 깊어, 詞源廣復深
높이 부르다가 운을 잇기 어려우니 唱高難繼韻
광간(狂簡)한[270] 내 마음이 부끄럽네. 狂簡愧予心

동짓날 영춘(永春)에[271] 도착했는데 밤에 찾아온 비마라(毘䃂羅)[272] 스님의 시에 차운함

268) 『耘谷詩史』 卷5, 『高麗名賢集』 卷5, p.362 ; 『耘谷行錄』 卷5, 影印標點 『韓國文集叢刊』 卷6, p.212.

269) 시축(詩軸) : ① 시를 적은 두루마리. ② 시화축(詩畵軸).

270) 광간(狂簡) : 뜻하는 바는 크나, 실천함이 없이 소홀하고 거침. 포부가 큰 것이 광(狂)이고, 심지가 고결한 것이 간(簡)이다. 공자께서 진(陳)나라에 계실 때에 말씀하셨다. "고향으로 돌아가야지. 고향으로 돌아가야겠다. 우리 당(黨)의 제자들이 포부가 크고 심지가 고결하여[狂簡] 다들 훌륭히 빛나게 성공했지만, 어떻게 절제해야 할는지 그것을 알지 못한다." 『논어(論語)』 卷5, 「공야장(公冶長)」.

271) 영춘(永春) : 고구려의 을아단현. (중략) 고려에서 지금의 이름으로 고쳐 원주에 붙였다. 『신증동국여지승람』 卷14, 영춘현.

272) 비마라(毘䃂羅) : 화엄 십찰의 하나인 비마라사(毘䃂羅寺)로 추정됨.

次冬至日到永春. 夜毘麼羅僧來訪詩韻.[273]

강물이 황량한 마을을 감싸 흐르니 江抱荒村僻
이웃이 드물어 시끄럽지가 않네. 隣稀絶噪呼
시골 풍속이 본래 순박한데다 鄕風雖俗朴
경치가 아름다우니 바로 선경(仙境)일세. 地勝卽仙壺
계절은 바야흐로 차례를 바꾸려 하고 時節方更序
구름과 연기는 절로 그림을 그려, 雲烟自作圖
어지신 스님께서[274] 찾아오시지 않았더라면 若無賢釋子
기나긴 밤이 응당 외로웠겠네. 長夜必應孤

조카 흡곡(歙谷)[275] 수령에게 부침[조카 이름은 식(湜)인데,[276] 조카가 숙부(叔父)의 일을 이어 맡았기 때문에 쓴 것이다]
寄姪歙谷令(湜 姪繼叔之任故云)[277]

옛 고을이 동해 가에 있어 古縣東溟畔
밥 짓는 연기가 해문(海門)에[278] 닿았구나. 人煙接海門
숙부께서 먼저 은혜와 사랑을 베풀었으니 叔先施惠愛
조카도 역시 맑은 향기를 퍼뜨려야지. 姪亦播淸芬
풍속을 이롭게 하려면 폐단을 없애고 利俗要蠲弊
백성을 편히 하려면 분쟁을 풀어야 한단다. 願渠宜釋紛
청렴과 공정을 으뜸으로 삼고 廉公爲第一
그 다음엔 삼가고 부지런하거라. 其次謹而勤

---

273) 『耘谷詩史』 卷5, 『高麗名賢集』 卷5, p.362 ; 『耘谷行錄』 卷5, 影印標點 『韓國文集叢刊』 卷6, p.212.
274) 석자(釋子) : 석가의 제자. 승려를 말함.
275) 흡곡(歙谷) : 고구려의 습비곡현. (중략) 고려 초에 지금의 이름으로 고치고 금양군(金壤郡)에 그대로 속하게 하였다. 『신증동국여지승람』 卷45, 흡곡현.
276) 식(湜) : 원식(元湜). 원천석의 조카. 형인 원천상의 아들임.
277) 『耘谷詩史』 卷5, 『高麗名賢集』 卷5, p.362 ; 『耘谷行錄』 卷5, 影印標點 『韓國文集叢刊』 卷6, p.212.
278) 해문(海門) : 두 육지 사이에 끼어있는 바다의 통로.

병을 앓고 있는데 목백(牧伯)이 사람을 시켜 약을 보냈기에 시를 지어 사례함(두 수)

病中. 牧伯使人惠藥. 詩以謝之(二首).[279]

산 속 서재에 달포 드러누웠으니	伏枕山齋僅月餘
바깥 사람 그 누가 가난한 집을 찾아오기 좋아하랴.	外人誰肯到窮居
게다가 약까지 보내 쓰라린 병을 고쳐 주시니	特分良藥醫辛苦
바퀴자국의 물고기 신세를 면한 듯 감사하구나.	情興還如免轍魚

늙고 못난 몸이라 도울 만한 재덕(才德)은 없지만	老拙雖無補德才
웃는 얼굴 받들 생각만은 언제나 간절하네.	意將恒奉笑顔開
병든 뒤부터 뜰 아래 나아가지 못하니	病來未敢趍庭下
다만 강건하여 안락하시길 빌 뿐이네.	但祝康哉又樂哉

생각나는 대로 읊음

卽事[280]

새벽빛이 훤하게 동창을 비추노라니	曈曈曉日照東窓
계집아이가 술 한 항아리를 들고 오는구나.	兒女携來酒一缸
취해서 봉성(鳳城)[281] 쌍궐(雙闕) 아래를 생각하니	醉憶鳳城雙闕下
눈 속에 칼날들이 흔들리겠지.	雪中兵刃擁摐摐

윤12월[282] 9일(입춘 7일전). 눈이 내리다

閏臘月九日雪(立春前 七日)[283]

---

279)『耘谷詩史』卷5,『高麗名賢集』卷5, p.363 ;『耘谷行錄』卷5, 影印標點『韓國文集叢刊』卷6, p.213.

280)『耘谷詩史』卷5,『高麗名賢集』卷5, p.363 ;『耘谷行錄』卷5, 影印標點『韓國文集叢刊』卷6, p.213.

281) 봉성(鳳城) : 한대(漢代)에 지붕 위에 동(銅)으로 만든 봉황을 안치한 데서 나온 말로서 궁궐 또는 도성(都城)을 말함.

282) 납월(臘月) : 음력 섣달을 달리 이르는 말. 곧 납향(臘享)하는 달.

283)『耘谷詩史』卷5,『高麗名賢集』卷5, p.363 ;『耘谷行錄』卷5, 影印標點『韓國文集叢刊』卷6, p.213.

한밤중에 빗소리가 요란하더니 半夜雨聲亂
아침 느지막이 눈발 되었네. 終朝雪勢成
울타리는 세 갑절이나 눌리고 藩籬三倍壓
뜨락 섬돌도 모두 평평해졌네. 庭砌一般平
다가오는 봄을 시샘하는지 妬殺春輝近
훤한 새벽빛을 먼저 가져와, 先將曙色明
풍년 들 조짐을 먼저 알게 되었으니 須知豐瑞應
민생(民生)을 위해서 축하하리라. 賀意爲民生

또 짓다

又[284]

서재에 기이한 경치가 많아져 齋景多奇絶
온 천지를 눈앞에서 찾아 보네. 寰區眼前尋
사람은 은(銀)세계로 돌아가고 人歸銀境界
까마귀는 구슬 숲을 점찍네. 鴉點玉山林
새들은 쉴 만한 가지를 서로 다투고 鳥雀爭枝穩
벌레는 땅 속 깊숙이 들어가네. 蝗虫入地深
어느새 이 해도 저물었으니 蕭然驚歲暮
기둥에 기대 한번 길게 읊조리네. 倚柱一長吟

입춘날 반자(半刺) 선생에게 드림

立春日呈半刺[285]

임신년(1392) 광경이 오늘 아침으로 다해 壬申光景盡今晨
남은 눈과 부드러운 바람이 새해와 묵은해를 가름하네. 殘雪和風代舊新

刊』卷6, p.213.

284)『耘谷詩史』卷5,『高麗名賢集』卷5, p.363 ;『耘谷行錄』卷5, 影印標點『韓國文集叢刊』卷6, p.213.

285)『耘谷詩史』卷5,『高麗名賢集』卷5, p.363 ;『耘谷行錄』卷5, 影印標點『韓國文集叢刊』卷6, p.213.

죽마(竹馬)[286] 탄 아이들은 때가 차츰 멀어지고	竹馬少年時漸遠
토우(土牛)를[287] 맞이한 해는 따스해지기 시작하네.	土牛迎日暖初均
피어나는 구름은 아름다운 기운을 띠고	雲容蕩蕩浮佳氣
지저귀는 새 소리는 좋은 철을 알려 주니,	鳥語喃喃報令辰
동군(東君)의[288] 진중한 뜻을 이제 알겠구나	須會東君珍重意
꽃다운 소식을 초가집 사람에게 먼저 전하다니.	芳菲先付茇棠人

입춘날 우곡(牛谷) 부부가 음식을 차리다

立春日. 牛谷夫婦設食.[289]

봄이 화창한 기운을 몰아 동쪽 들판으로 들어오는데	陽和馭氣入東郊
오래 살길 비는 사람이 때마침 술자리를 베푸네.	薦壽人來設酒餚
암담한 연기는 버드나무 길에 비끼고	暗淡輕煙橫柳陌
흐릿한 잔설(殘雪)은 소나무 가지에 남아 있네.	模糊殘雪在松梢
얼큰히 취한 흥에 마음이 다시 트여서	醉憑逸興心還暢
새 시를 읊조리며 종이에 적어 두었네.	吟得新詩手自抄
오래 엎드렸던 동물들이 봄 소리에 깨어난 걸 알겠구나	始信春雷驚久蟄
붓 끝에 이따금 도롱뇽이 달리네.	筆端時見走蒼蛟

섣달 그믐날 밤

286) 죽마지년(竹馬之年) : 죽마는 어린아이들이 타고 노는 대나무로 만든 놀이 기구이다. 죽마를 타고 노는 나이란 대개 아이들의 7세 전후 나이를 가리킨다(『박물지(博物志)』, "小兒五歲日 鳩車之戱 七歲日 竹馬之戱"). 그러나 14세 전후를 가리키기도 한다(『후한서(後漢書)』 陶謙傳, 字恭祖丹陽人 注, "吳書日 云云 年十四歲 猶綴帛爲幡 乘竹馬而戱").

287) 토우(土牛) : 토우는 원래 흙으로 만든 소로서, 농경(農耕)을 권장하기 위해 만든 제도였다. 그 뒤에는 "봄철의 소(春牛)"라는 뜻으로 썼다. 『여씨춘추』 「계동기(季冬紀)」에 "토우를 내서 한기(寒氣)를 보낸다."고 하였는데, 그 주(注)에 "토우를 내라고 향현(鄕縣)에 명하여, 입춘날이 되면 토우로 동문 밖에서 밭을 갈게 권하였다"고 하였다.

288) 동군(東君) : 태양의 신, 또는 태양을 달리 이르는 말. "동군(東君)은 해이다." 『광아(廣雅)』, 「석천(釋天)」. 그 뒤에 여러 시인들이 동군을 춘신(春神)이라는 뜻으로 썼다.

289) 『耘谷詩史』 卷5, 『高麗名賢集』 卷5, p.363 ; 『耘谷行錄』 卷5, 影印標點 『韓國文集叢刊』 卷6, p.213.

除夜290)

빠르디 빠른 세월이 흰 머리털을 재촉해 鼎鼎流光入白髭
나이가 예순을 지나고 또 세 돌일세. 年過六十又三朞
젊은 시절 마음은 그대로건만 妙齡心志雖然在
늙어가며 근력은 이미 쇠하였네. 晩歲筋骸甚已衰
올해 겨울은 이제 끝에 다달았고 直到今冬將盡處
내일은 아직 오기 전이니, 正當明日未來時
지금 내 마음을291) 그 누가 알랴 此間方寸誰能料
가물거리는 등잔불 다시 켜고서 시 한 수를 쓰네. 更點殘燈寫一詩

1393년(계유) 설날292)

癸酉元日293)

짙은 구름이 사방에서 모여들어 하늘이 음침해지고 密雲四合天陰沉
눈비가 내리려 하니 그윽한 생각이 깊어지네. 雨雪欲零幽思深
저녁 들며 스산하게 싸락눈이 내리니 向夕蕭踈微霰下
조화(造化)의 공(功)이 무슨 마음인지 알 수 없구나. 不知造化功何心

서글프게 앉아서 귀밑 털을 만지노라니 悄然端坐撚霜鬢
소년시절 노닐던 일이 불현듯 생각나네. 忽憶少年簪盍時
마침 산새들이 봄소식을 알리느라고 惟有山禽報春事
두어 마디 정답게 솔가지에서 지저귀네. 數聲款款啼松梢

7일. 생각나는 대로 읊음

七日卽事294)

290) 『耘谷詩史』卷5, 『高麗名賢集』卷5, p.363 ; 『耘谷行錄』卷5, 影印標點 『韓國文集叢刊』卷6, p.213.
291) 방촌(方寸) : 사람의 심장은 사방 한 치쯤 된다는 옛 말에서 온 것으로 마음을 가리킴.
292) 원일(元日) : 정월 초하룻날.
293) 『耘谷詩史』卷5, 『高麗名賢集』卷5, p.363 ; 『耘谷行錄』卷5, 影印標點 『韓國文集叢刊』卷6, p.213.

봄빛이 추위를 무릅쓰고 산 마을에 들어오니 犯寒春色入山村
허술한 울타리에 눈이 남아 지난해 자취를 보여 주네. 殘雪踈籬舊歲痕
오늘은 인일(人日)이라[295] 뜻이 있으니 是日屬人良有意
억지로 풍습을 따라 술항아리를 대하네. 强隨時事對匏樽

서울에서 국록(國祿)을 받는 집들 생각해보니 遙想京都受祿家
아홉 거리에[296] 수레와 말들이 먼지를 일으키겠지. 九街車馬動奔波
지초(芝草)를 캐는 운곡(耘谷)에는 나라 창고가 없으니 採芝耘谷無公廩
구름과 연기나 마주하여 호탕한 노래를 부르네. 爲對雲煙放浩歌

반자(半刺) 선생이 시를 보냈기에 차운하여 드림(여덟 수)

半刺先生寄詩. 次韻奉呈(八首).[297]

악와(渥洼)의[298] 신기한 준마가 큰 이름을 얻었으니 渥洼神駿得雄名
굳센 뼈와 기이한 털을 일찍이 이루었네. 壯骨奇毛倏已成
날랜 발굽이 잠시 미끄러진들 무슨 상관이랴 蹔蹶霜蹄何足恠
푸른 구름[299] 만리 길이 바로 그 평생일세. 靑雲萬里是平生

---

294) 『耘谷詩史』 卷5, 『高麗名賢集』 卷5, p.363 ; 『耘谷行錄』 卷5, 影印標點 『韓國文集叢刊』 卷6, p.213.

295) 인일(人日) : 그해의 길흉을 점치는 1월 7일을 인일(人日)이라고 했는데, 이날 머리 꾸미개를 하사하는 풍습이 있었다. 당나라 때에는 정월 7일을 인승절(人勝節)이라고도 했다. "정월 7일을 인일(人日)이라고 했는데, 비단을 끊어서 사람 모습을 만들거나 금박(金薄)으로 인승(人勝)을 만들었다. 이것을 병풍에 붙이거나, 머리에 꽂았다." 『형초세시기(荊楚歲時記)』.

296) 구가(九街) : 사통팔달의 큰 길.

297) 『耘谷詩史』 卷5, 『高麗名賢集』 卷5, p.363 ; 『耘谷行錄』 卷5, 影印標點 『韓國文集叢刊』 卷6, p.213.

298) 악와(渥洼) : 중국 감숙성 안서현에 있는 강 이름인데, 한(漢) 무제(武帝) 때 이 강에서 신마(神馬)가 나왔으므로 한 말. "일찍이 악와에서 신마를 얻고 태일가를 지었는데, '태일이 천마를 내려주니 만리를 한숨에 달리는구나! 이와 짝한 만한 것은 용(龍) 뿐이네.'라 하였다." 『한서(漢書)』, 「예악지(禮樂志)」.

299) 청운(靑雲) : 푸른 구름(靑雲)은 높은 명예나 벼슬을 이르는 말이고, 흰 구름(白雲)은 자연 속에 한가롭게 노니는 것을 뜻한다. "범저(范雎)가 휘장에 화려하게 둘러싸인 채 매우 많은 시종들을 거느리고 그를 만났다. 수가(須賈)는 머리를 조아리고 죽을 죄를

영화롭고 욕됨이 본래 이익과 명예에 달렸으니 榮辱由來在利名
그 누가 끝까지 공업(功業)을 온전히 하랴. 始終功業孰全成
이러한 차질은 으레 있으니 如玆蹇滯尋常理
내일이면 경사가 생길 것을 곧 알게 되리. 明日方知慶事生

복파장군(伏波將軍)이[300] 일찍이 큰 공을 세웠지만 伏波曾樹大功名
율무를 가져왔다고 헐뜯는 말이 곧바로 생겼네. 讒說俄從薏苡成
세상 길이 기구해서 모두 그러니 世路崎嶇皆此類
부질없는 일 가지고 인생을 한탄하지 마시게. 莫將閑事歎人生

삼가는 태도로 형명(刑名)을 다스리니 能持敬謹治刑名
세상을 구제하는 큰 공을 이루셨네. 濟世膚功可以成
나아가고 그치는 것도 하늘이 시킨 것이라지만 行止古來天所使
구름 골짜기 십 년 동안 내 생애가 부끄럽구나. 十年雲壑愧吾生

문장과 행실이 온전한데다 힘까지 남아 있어 文行俱全力有餘
무공(武功)을 겸했으니 인상여(藺相如)을[301] 닮으셨네. 武功兼効藺相如
천하에 덕을 베푸는 것이 사내 대장부의 일이니 德施天下男兒事
전원의 오두막만 사랑하던 도연명(陶淵明)을 배우지 마시게. 莫學陶潛獨愛廬

한 몸이 천년 살아도 여가가 없어 一身千載暇無餘
반나절 편안함을 얻기 어렵네. 半日猶難得晏如

지었다고 하면서, 이렇게 말했다. 제가 나으리께서 스스로의 힘으로 청운(靑雲)의 위에 높이 오르신 줄은 생각하지 못했습니다." 사마천(司馬遷), 『사기(史記)』 卷79, 「범저채택(范雎蔡澤)」.

300) 복파장군(伏波將軍) : 후한의 정치가 마원(馬援, B.C.11~A.D. 49)을 가리키는 말인데, 어떤 풍파라도 가라앉힐 수 있다고 자부했다는 뜻이다. 『후한서(後漢書)』 卷54, 마원(馬援).

301) 인상여(藺相如) : 전국(戰國)시대의 조(趙)나라 사람. 조 혜왕(趙惠王)을 위해 화씨벽(和氏璧)을 가지고 진(秦)에 갔다가 무사히 돌아온 문무(文武)를 겸한 사람. 사마천(司馬遷), 『사기(史記)』 卷81, 염파인상여(廉頗藺相如).

백성들에게 덕을 베푸는 공은 나라에 있으니　德被斯民功在國
어찌 인끈을 던져버리고 전원 오두막으로 물러나려나.　豈能投紱退園廬

굴원(屈原)과[302] 도연명(陶淵明)은 재주가 뛰어났건만　屈陶才智有優餘
물에 빠지고 벼슬을 사양한 것은 같지 않았네.　投水辭官兩不如
어찌 홀로 깨어 못 가에서 읊조리는 것만 하랴만[303]　何若獨醒吟澤畔
삼경(三徑)에[304] 구름 오두막 지은 것만은 자랑할 만하네.　可誇三徑結雲廬

두어 해 동안 내 몹시 쇠해져　吾衰甚矣數年餘
병 많이 앓다보니 마음 언제나 답답하네.　多病心懷每欝如
갑자기 새 시를 받고 보니 감개 무량해　忽奉新詩多感慨
공의 집에 나아가지 못하는 신세 스스로 가엾다오.　自笑身未進公廬

삼월 삼짇날. 생각나는 대로 읊음

三月三日即事[305]

옅은 연기와 가벼운 바람에 하늘 기운이 맑아　烟淡風輕天氣淳
붉은 복사꽃 푸른 버들 속에서 새가 봄을 부르네.　桃紅柳綠鳥呼春
올해 풍물이 바로 지난해 그대로건만　今年物是去年物
옛 나라 사람들은 모두 새 나라 사람 되었네.　古國人爲新國人
꽃향기 끌어온 자리엔 지는 꽃잎 흩날리고　席惹花香飄落艷
구름 그림자 닿은 난간엔 티끌 하나도 없네.　檻連雲影絶浮塵

---

302) 굴원(屈原) : 중국 전국시대 초(楚)나라의 시인(B.C. 343?~277). 초사(楚辭)라고 하는 운문(韻文) 형식의 처음으로 시작했음. 회왕(懷王)을 도와서 공이 컸으나 참소를 당하고 한 때 방랑생활을 하다가 마침내 울분을 참지 못하여 회사부(懷沙賦)를 읊고 멱라수(汨羅水)에 빠져 죽음.

303) 하약독성금택반(何若獨醒吟澤畔) : 굴원(屈原)이 멱라수(汨羅水)에 빠져 죽으면서 회사부(懷沙賦)를 지은 것을 못내 그리워했다는 뜻.

304) 삼경(三徑) : 정원(庭園) 안의 세 가지 좁은 길. 뜻이 바뀌어 은자(隱者)의 문 안의 뜰. 도연명, 「귀거래사」.

305) 『耘谷詩史』 卷5, 『高麗名賢集』 卷5, p.364 ; 『耘谷行錄』 卷5, 影印標點 『韓國文集叢刊』 卷6, p.214.

상에 가득한 푸른 떡이 새 맛을 알게 해주니 飣盤靑餠供新味
이웃 가까이 사는 아이들이 무척 기쁘구나. 多喜兒孫在近隣

봄 들판을 거닐면서[배율(排律)][306]

春夜行(排律)[307]

꾀꼬리 우는 언덕 위에 봄날이 개어 鶬鶊陌上春初晴
바람 곱고 햇빛 따뜻하니 걸음걸이 가볍네. 風日暄姸步武輕
시내 북쪽 시내 서쪽에 시내 버들이 어둡고 溪北溪西溪柳暗
산 앞과 산 뒤엔 산 꽃이 환하네. 山前山後山花明
소와 나귀 풀 뜯는 저 너머 들밭이 넓고 牛驢牧外野田濶
갈매기와 해오라기 날아가는 아래 모래와 물이 맑아라. 鷗鷺飛邊沙水淸
언덕 옆에선 제호조(提壺鳥)가[308] 술 사 오라 권하고 傍岸提壺勸沽酒
숲 너머선 포곡조(布穀鳥)가[309] 밭 갈라 재촉하네. 隔林布穀催農耕
푸른 들판 밟는[310] 놀이야 이만하면 즐겁건만 踏靑游戱自知樂
술잔 잡는 즐거움은 그 누구와 함께 하랴. 浮白相歡誰與成
풍물을 느껴 거닐면서 차마 못 돌아가니 感物盤桓不忍返
맑은 연기 꽃다운 풀에 저녁 해가 기울었네. 淡煙芳草斜暉傾

---

306) 배율(排律) : 한시(漢詩)의 한 체(體). 오언(五言) 또는 칠언(七言)으로 열두 짝, 곧 여섯 구 이상이 되는 율시.

307) 『耘谷詩史』卷5, 『高麗名賢集』卷5, p.364 ; 『耘谷行錄』卷5, 影印標點 『韓國文集叢刊』卷6, p.214.

308) 제호조(提壺鳥) : 봄철에 잘 우는데, 이는 좋은 시절이 되었으니 술병을 들라는 뜻으로 뻐꾹새의 이름이다.

309) 포곡조(布穀鳥) : "곡식을 뿌리라"는 뜻으로 뻐꾹새의 이름이다.

310) 답청(踏靑) : 봄날에 파릇파릇하게 난 풀을 밟으면서 거닒. "미동문(眉東門) 10여 리 밖에 묘이산(墓頤山)이 있는데, 그 위에 소나무와 대나무 정자가 있으며, 아래로는 큰 강을 굽어보는 곳이다. 해마다 정월 인일(人日)에 남녀들이 그 위에 모여서 즐겁게 놀며 술을 마시는데, 이것을 답청(踏靑)이라고 한다." 소철(蘇轍), 「답청시서(踏靑詩序)」. 한겨울 동안 집안에만 갇혀 지내던 사람들이 따뜻한 봄이 시작되자 들판으로 놀러 나와서 풀을 밟는 풍속인데, 꼭 인일(정월 7일) 뿐만 아니라 2월 2일을 답청절(踏靑節)이라고 했으며, 3월 3일에 답청을 하기도 했다.

빗속에 생각나는 대로 읊음

雨中卽事[311]

서늘한 바람이 그쳤다 이어지면서	凉風陣陣颯然來
찌는 듯한 무더위가 씻겨져 한결 상쾌하네.	掃却煩蒸一快哉
꽃이 지자 붉은 점은 잎 속에 감춰지고	紅點已空藏葉藥
섬돌 위의 이끼는 푸른 자취로 덮였네.	綠痕初長上階苔
주룩주룩 빗소리는 누워 듣기에 알맞고	雨聲淅瀝宜欹枕
산뜻한 산 빛은 술잔 들라고 권하는데,	山色鮮明勸擧盃
세상 만사 아득해 끝내 기약할 수 없으니	萬事悠悠終未必
하루 종일 다락에 기대 생각은 그지 없네.	倚樓終日思難裁

조(曺) 진사(進士)를 배웅하기 위해 송(宋) 헌납(獻納)의[312] 시에 차운하여 씀

曺進士餞行. 次宋獻納詩韻.[313]

쇠약하기로는 내가 가장 심하고	衰遲惟我甚
단아하기로는 그대 만한 사람 없는데	愽雅莫君如
헤어지기 아쉬워 온갖 시름 끝없건만	惜別千愁極
길 떠나는 마당이라 한번 웃어보네	臨行一笑舒
석양이 길을 밝히니	夕陽明道路
가을빛이 옷깃을 비추네.	秋色映衿裾
낮에 비단옷 입고 고향에 돌아오면	晝錦還鄕日

311) 『耘谷詩史』 卷5, 『高麗名賢集』 卷5, p.364 ; 『耘谷行錄』 卷5, 影印標點 『韓國文集叢刊』 卷6, p.214.

312) 헌납(獻納) : 고려시대 도첨의사사·도첨의부·문하부의 정5품 벼슬. 충렬왕 34년(1308) 도첨의사사의 정6품 사간(司諫)을 헌납으로 고쳐 정5품으로 올렸고, 공민왕 5년(1356)에 다시 문하성의 사간으로 고쳐 종5품으로 낮추었으며, 공민왕 11년 도첨의부의 헌납으로 고쳐 정5품으로 올렸고, 공민왕 18년 다시 문하부의 사간으로, 공민왕 21년에 또 헌납으로 고쳤다.

313) 『耘谷詩史』 卷5, 『高麗名賢集』 卷5, p.364 ; 『耘谷行錄』 卷5, 影印標點 『韓國文集叢刊』 卷6, p.214.

영광이 마을에 가득하리라. 榮光萬里閭

또 짓다
又[314]

국화꽃 피고 단풍잎 붉은 길에 黃花紅樹路
그대의 행색을 그리기 어렵네. 行色畵難如
떠나는 뜻이야 멀고 가까울 게 없지만 去意通遐邇
마음가짐은 거두고 펼 줄을 알아야지. 操心識卷舒
지금 소매 붙잡기 어려우니 卽時難挽袖
언제 다시 옷자락을 맞대랴. 何日更連裾
공업(功業)은 젊은 시절에 이뤄야 하니 功業在年少
옛 집에 돌아올 생각 마시게. 休思返舊閭

생각나는 대로 읊음
卽事[315]

늙어가면서 봄이 와도 흥미가 없어 老至春無味
몇 년 사이 병만 늘었네. 年來病復添
내 사업 돌아보니 부끄럽기만 해 多慚吾事業
세상의 시샘에만 내어맡겼네. 一任世猜嫌
천종(千鍾)의[316] 국록은 내 분수 아니니 鍾祿元非分
광주리 밥에 나물 반찬인들 물리지 않네. 簞蔬固不厭
산 꽃이 흰 머리털을 기다리면서 山花期白髮
초가집 추녀 밑에서 웃음 머금네. 含笑傍茅簷

314) 『耘谷詩史』 卷5, 『高麗名賢集』 卷5, p.364 ; 『耘谷行錄』 卷5, 影印標點 『韓國文集叢刊』 卷6, p.214.
315) 『耘谷詩史』 卷5, 『高麗名賢集』 卷5, p.364 ; 『耘谷行錄』 卷5, 影印標點 『韓國文集叢刊』 卷6, p.214.
316) 천종(千鍾) : 1종이 6석(石) 4두(斗)이니 6천4백 석(石)이 된다.

반자(半剌)[317] 선생이 부친 시에 차운함
次半剌先生所寄詩韻[318]

까치가 지저귀며 반가운 소식 알리더니　喃喃鵲報喜
고마운 편지가[319] 사립문에 이르렀네.　華札到柴門
얼음 눈이 더위를 씻어주니　氷雲濯炎熟
아름다운 구슬에 티 한 점 없네.　珠璣絶點痕
봄 구름이 비끼며 뭉게뭉게 일더니　春雲橫靄靄
아침해가 저물며 어두워지네.　朝日晩昏昏
백 번이나 읽으면서 음미하노라니　百讀仍詳味
마치 사군(使君)을[320] 마주 대한 듯 반갑기 그지없네.　欣然對使君

둘(其二)

탑(榻)을 걸어 두니 먼지가 벽에서 일고　掛榻塵生壁
거문고를 타니 달이 창에 비치네.　鳴琴月照門
산천은 무사한 모습이고　山川無事態
연화(烟火)도 태평스런 흔적이니,　烟火太平痕
지금의 치화(治化)가 옛날보다 뛰어나　治化今超古
아침 저녁 노래 소리가 이어지네.　謳歌朝復昏
어진 정치에 백성들 편안하니　民安仁術內
밝은 임금을 밤낮 사모하네.　宵旰緩明君

셋(其三)

산 빛이 초가집을 둘러싸고　山光圍草屋

317) 반자(半剌) : 관명(官名). 군(郡)의 속관(屬官)인 장사(長史)나 통판(通判), 별가(別駕) 등을 말함.

318) 『耘谷詩史』 卷5, 『高麗名賢集』 卷5, p.364 ; 『耘谷行錄』 卷5, 影印標點 『韓國文集叢刊』 卷6, p.214.

319) 화찰(華札) : 화한(華翰)과 같은 말. ① 좋은 붓. ② 남의 편지.

320) 사군(使君) : 나라의 사절(使節)로 온 사람을 친근하게 높이어 부르는 말.

솔 그늘이 쑥대 문에 가득하네. 松翠滿蓬門
나는 새가 구름 그림자를 뚫고 飛鳥穿雲影
뻗친 무지개는 비 흔적을 띠었네. 騰虹帶雨痕
거닐며 노래하니 저녁에 바람 고요해지고 行歌風靜晩
앉아서 웃노라니 황혼에 달 떠오르네. 坐笑月黃昏
소부(巢父) 허유(許由)가 세상을 피해 살았지만 巢許雖逃世
그 이름 높아진 건 어진 임금 덕분일세. 名高賴聖君

넷(其四)

여름비가 열흘이나 이어져 暑雨連旬日
아무도 내 집 문을 두드리지 않네. 無人扣我門
꽃 난간엔 풀빛이 스며들고 花軒侵草色
솔 길에는 이끼가 자라네. 松逕長苔痕
병이 오래 되면서 얼굴빛이 먼저 바뀌고 病久顔先變
나이 많아지면서 눈도 쉬 어두워지네. 年衰眼易昏
이 회포를 쓰면서 누구의 힘을 빌리랴 書懷誰借力
붓[321] 한 자루가 있을 뿐일세. 一箇中書君

다섯(其五)

겹겹이 푸른 산 속에 疊疊靑山裏
유유히 홀로 문 닫고 있네. 悠悠獨掩門
거울 속의 흰 머리털 슬퍼하고 鏡中悲白髮
옷 위의 먼지를 털어 내네. 衣上拂塵痕
구름이 엷어지자 비가 차츰 개이고 雲薄雨初霽
연기가 비끼자 해가 아직 환하구나. 煙橫日未昏
칡 베가 내 늙음을 받아들이니 薜蘿容我老
두터운 은혜를 어진 임금께 감사드리네. 厚澤謝仁君

321) 중서군(中書君) : 붓. (모영이) 여러 차례 중서령(中書令)에 제수되어 임금과 더욱 친해졌다. 임금이 그를 중서군이라고 불렀다. 한유(韓愈), 「모영전(毛穎傳)」.

적용암(寂用菴)에[322] 가다

遊寂用菴[323]

시냇가 돌길이 절을 가리키니 臨溪石路指僧家
풀 싹이 신발 따라 향기 풍기네. 屐齒惹香生草茅
갑자기 기이한 꽃이 나그네 눈을 놀라게 하니 忽有奇芳驚客眼
바위에 기댄 나무가 봄꽃으로 맞이한 걸세. 倚巖一樹迎春花

적용(寂用)의[324] 공부가 바로 선(禪)이니 寂用功夫是曰禪
선문(禪門)의[325] 기미(氣味)야말로 천연 그대로일세. 禪門氣味政天然
감실(龕室)[326] 등불이 희미한 잠자리에서 一龕燈火蒲團上
맑은 이야기 나누며 아쉬워 잠 못 이뤘네. 取共淸談耿不眠

국호(國號)를 새로 고쳐 조선(朝鮮)이라 하였다

改新國號爲朝鮮[327]

왕씨 집 사업이 문득 티끌이 되어 王家事業便成塵
산천은 그대로지만 나라 이름은 새로워졌네.[328] 依舊山河國號新

---

322) 적용암(寂用菴) : 위치 불명.

323) 『耘谷詩史』 卷5, 『高麗名賢集』 卷5, p.365 ; 『耘谷行錄』 卷5, 影印標點 『韓國文集叢刊』 卷6, p.215.

324) 적용(寂用) : 진여(眞如)의 리(理)와 체(體)가 유위(有爲)의 제상(諸相)을 떠나는 것을 적(寂)이라 하고, 그러고도 거기에서 일체의 선(善)이 나타나 작용하는 것을 용(用)이라 함.

325) 선문(禪門) : 선가(禪家)의 종문(宗門).

326) 감실(龕室) : 법당(法堂)의 부처 위에 만들어 다는 장식.

327) 『耘谷詩史』 卷5, 『高麗名賢集』 卷5, p.365 ; 『耘谷行錄』 卷5, 影印標點 『韓國文集叢刊』 卷6, p.215.

328) 의구산하국호신(依舊山河國號新) : 이성계가 1392년 7월 17일 고려의 옛 서울인 개성의 수창궁에서 즉위하여 새 임금이 되고, 11월 29일에 예문관 학사 한상질(韓尙質)을 명나라에 보내어, 새 나라 이름을 조선(朝鮮)과 화령(和寧) 가운데 하나로 정해줄 것을 청했다. 한상질이 국호를 "조선"이라고 정해준 예부(禮部)의 자문(咨文)을 가지고 이듬해 2월 15일에 돌아오자, "조선"이라는 새 국호가 반포되었다. 그동안 8개월은 이성계가 고려 임금이었던 셈이다.

풍물만은 사람 일 따라서 변하지 않아 雲物不隨人事變
한가한 사람을 마음 상하게 하네.[329] 尙令閑客暗傷神

천자께서 동방을 소중히 여겨 恭惟天子重東方
조선이란 이름이 이치에 알맞다고 하셨네. 命號朝鮮理適當
기자(箕子)께서[330] 끼친 바람이 장차 일어난다면 箕子遺風將復振
반드시 중하(中夏) 사람들과 관광(觀光)을[331] 경쟁하리라. 必應諸夏競觀光

4월 19일(이 날은 5월 절기이다). 생각나는 대로 읊음

四月十九日卽事(是日五月節也)[332]

솔 그늘 산 집의 작은 난간이 맑고 松陰山室小軒淸
함박꽃 꽃빛이 자리를 밝게 비추네. 芍藥花光照座明
하루 종일 눈앞에 속된 일이 없으니 盡日眼前無俗事
내 가슴[333] 담담하게 세상 일을 다 끊었네. 湛然方寸絶塵情

---

329) 운물불수인사변 상령한객암상신(雲物不隨人事變 尙令閑客暗傷神) : "(나라 이름은 새로워졌지만) 풍문만은 변하지 않아 한가한 사람을 마음 상하게 하네"라는 뜻으로 조선의 백성으로 쉽게 변하지 않는 자신의 감회를 표현한 말.

330) 기자(箕子) : 은 주(殷紂)의 삼촌. 피발양광(被髮佯狂)하여 남의 종(奴)이 된 사람. (은나라 마지막 임금) 주(紂)가 음탕하고 방일하여 (그의 숙부) 기자가 여러 번 간했지만 듣지 않았다. 그래서 기자가 머리를 풀어헤치고 거짓으로 미친 척하며 남의 집 종이 되었다. 그 뒤 세상에서 숨어 거문고를 타면서 스스로 슬퍼했는데, (그 곡조 이름을)「기자조(箕子操)」라고 한다. (무왕이 은나라를 멸망시키고 주나라가 천하를 차지한 뒤에) 무왕(武王)이 기자를 조선(朝鮮)에 봉하고, 신하로 여기지 않았다. 사마천(司馬遷),『사기(史記)』卷38,「송미자세가(宋微子世家)」.

331) 관광(觀光) : 육사(六四)는 나라의 빛을 보는 것이니 왕에게 손님 노릇하는 것이 이롭다.『역경』,「風地觀」. 가깝게 보는 것보다 더 밝게 보는 것이 없다. 구오(九五)는 강양중정(剛陽中正)하여 높은 자리에 있으니, 성스럽고 어진 임금이다. 육사(六四)는 매우 가깝게 그 도를 보는 것인데, "나라의 빛을 본다(觀國之光)"는 것은 나라의 성덕(盛德)과 광휘(光輝)를 보는 것이다. 정이,「易傳」.

332)『耘谷詩史』卷5,『高麗名賢集』卷5, p.365 ;『耘谷行錄』卷5, 影印標點『韓國文集叢刊』卷6, p.215.

333) 방촌(方寸) : 사람의 심장은 사방 한 치쯤 된다는 옛 말에서 온 것으로 마음을 가리킴.

바람이 짙은 향기를 풍겨 마음 속까지 맑고	風散穠香滿意淸
몇 송이 꽃이 뜨락에서 흔들리며 발(簾)을 환하게 비추네.	翻階數朶透簾明
떼 지은 나비들이 바삐 오가니	作團粉蝶爭來往
무정(無情)한 것들이 유정(有情)을 괴롭히는 줄 이제 알겠네.	須信無情惱有情

꾀꼴새 울고 비둘기 우니 경치가 더욱 맑아져	鸎囀鳩呼景氣淸
떠오르는 푸른 산빛이 참으로 선명하구나.	好山浮翠政鮮明
망종(芒種)이[334] 되었는데도 농사가 늦어지니	節當芒種農將晩
비 바라는 집집마다 마음을 다 녹이네.	望雨家家更盡情

한 마음 부끄럼 없어 옥호(玉壺)같이 맑으니	一心無愧玉壺淸
어찌 구차스럽게 밝음을 물어 보랴.	何用區區更問明
헐뜯는 것은 본래 우리들 일이 아니니	讚懟本非吾輩事
물가나 숲 속에서 진정(眞情)을 기르리라.	水邊林下養眞情

하늘이 높게 트여 물같이 맑으니	天宇澄深似水淸
벌려 있는 뭇 별들이 그 광명을 사양하네.	衆星排列讓光明
서늘한 밤에 앉아서 내 평생 일 생각하니	夜凉坐憶吾生事
한 생각이 끝내 성정(性情)을 움직이지 못하네.	一念終無動性情

단오날 우연히 읊음

端午偶吟[335]

신라에서는 이 날을 수리(車)라 불렀는데	新羅是日號爲車
주군(州郡)마다 풍속이 한결 같지 않았다.	州郡鄕風不一科
이 고을에선 올해 들어 옛 풍속을 없앴으니	此邑今年除古格
왕가의 오랜 은택 그 여파가 끊어졌네.	王家舊澤絶餘波

334) 망종(芒種) : 24절기의 하나. 보리가 익어 먹게 되고, 볏모가 자라서 심게 될 시기.

335) 『耘谷詩史』 卷5, 『高麗名賢集』 卷5, p.365 ; 『耘谷行錄』 卷5, 影印標點 『韓國文集叢刊』 卷6, p.215.

지난해 동루(東樓)에서 풍악 볼 적엔 去年看樂郡東樓
관리들의 술자리가 어지러웠지. 官席杯盤散不收
오늘 이 집 문에는 사람 발자취 적막하니 今日此門人寂寞
정 머금고 괴롭게 정(鄭) 오두(遨頭)를[336] 생각하네. 含情苦憶鄭遨頭

천중가절(天中佳節)이 바로 오늘 아침인데 天中令節是今朝
어느 곳 누대(樓臺)이고 모두 쓸쓸하네. 何處樓臺有寂寥
홀로 쑥 사람을[337] 마주해 한바탕 웃노라니 獨對艾翁成一笑
문 지키는 효험을 칭찬할 만하네. 守門功効可能饒

새 법에 따라 고을 백성들을 보살피려는데 欲從新法保民區
노여움 풀 훈훈한 바람은 없나. 且問熏風解慍無
놀음에서 이미 누른빛 일산(日傘)을 금하니 呈戲已禁黃色盖
난리를 피하려면 으레 적령부(赤靈符)를 차야 하리라. 避兵宜佩赤靈符

【고을 풍속에 놀이를 벌릴 때에는 언제나 누른빛 일산을 썼으며, 옛사람의 말에 의하면 "5월 5일(단오날)에는 적령부(赤靈符)를 찼다"고 한다. 난리를 피하기 위해서였다고 한다.】(鄕風. 伎會尚黃盖. 古云五月五日. 佩赤靈符避兵. 故云)

모두 난초를 차고 술항아리를 가져오는데 摠持蓀佩酒壺來
창포 김치 짙은 향내가 술잔에 가득하네. 菖歜濃香自滿杯
지금부터 이 좋은 철을 저버리지 않으리니 從此良辰不辜負
술에 취하자 호연(浩然)한 시흥(詩興)을 달랠 길이 없네. 倚酣詩興浩難栽

외진 집(幽居)에 비가 내리는데

---

336) 오두(遨頭) : 놀이의 우두머리. 성도(成都)의 풍속에, 4월에 온 성중 사람들이 나와서 놀이를 할 때 태수(太守)도 같이 노는데, 이때 놀이의 우두머리를 오두라고 함.

337) 애옹(艾翁) : 애인(艾人)을 말함. 단오날 문 위에 걸어 요사스럽고 나쁜 기운을 쫓는다는 쑥으로 만든 인형. "형(荊)·초(楚) 사람들은 5월 5일에 온갖 풀들을 함께 밟고, 쑥을 뜯어서 사람 모습을 만들어 문 위에 걸어 두며 독기를 물리친다." 『형초세시기(荊楚歲時記)』.

幽居雨中[338]

뜨락 나무에[339] 새 소리 들리고　庭柯聞鳥語
마을길에는 나다니는 사람도 없네.　村逕絶人行
흰 빗줄기가 서쪽에서 오는가 하면　白雨自西至
검은 구름이 북쪽에서 몰려오네.　黑雲從北征
물소리가 베개 자리에 시끄럽고　水聲喧枕席
산 기운이 난간 기둥에 다가오니,　山氣逼軒楹
때마침 해 질 무렵이라[340]　適値桑楡晩
모름지기 내 성정(性情)을 길러야 하리.　還須養性情

또 짓다

又[341]

소나무 언덕이 버드나무 둑에 닿고　松岡臨柳岸
오이 시렁은 가지 이랑에 닿았네.　苽架接茄畦
꽃 심은 섬돌을 깨끗이 쓸고　淨掃栽花砌
약 캐러 가는 길을 자주 찾아가네.　頻尋採藥蹊
연기와 아지랑이는 예나 이제나 마찬가지　烟嵐亘今古
해와 달은 동에서 서로 움직이네.　日月自東西
천명(天命)을 즐거워할 뿐인데　所欲樂天耳
뜨락 나뭇가지에서[342] 낮닭이 우네.　庭柯已午鷄

비 내리는 밤

338) 『耘谷詩史』 卷5, 『高麗名賢集』 卷5, p.366 ; 『耘谷行錄』 卷5, 影印標點 『韓國文集叢刊』 卷6, p.216.

339) 정가(庭柯) : 뜰에 있는 나무.

340) 상유(桑楡) : 지는 해의 그림자가 뽕나무와 느릅나무 끝에 남아 있다는 뜻에서 해가 지는 곳을 말하며 이와 관련하여 노인의 말년이나 죽을 때를 의미한다.

341) 『耘谷詩史』 卷5, 『高麗名賢集』 卷5, p.366 ; 『耘谷行錄』 卷5, 影印標點 『韓國文集叢刊』 卷6, p.216.

342) 정가(庭柯) : 뜰에 있는 나무.

雨夜[343]

잠 오지 않아 짧은 시를 읊조리느라　　不眠吟短律
단정히 앉았노라니 밤이 깊었네.　　危坐到深更
사람 그림자는 등불 그림자에 기대고　　人影依燈影
벌레 소리는 비 소리와 함께 들리네.　　蛩聲連雨聲
나아가고 물러나는 걸[344] 어찌 탄식하랴만　　行藏何足歎
아직도 사업을 이루지 못했구나.　　事業未能成
잠 못 이루고 바람 소리를 듣노라니　　耿耿聞蕭瑟
이웃집 닭이 그치지 않고 우네.　　隣雞不廢鳴

병중에 읊다

病中吟[345]

더위도 괴로운데 병까지 날 괴롭혀　　苦熱仍逢苦病侵
온갖 아픔을 금하기 어렵네.　　百船疼痛捴難禁
슬픔과 기쁨에 이미 관심 없으니　　悲歡既已休關念
살고 죽음에 어찌 마음을 움직이랴.　　生死猶能不動心
효험 없는 옛 방문 따위는 시름 속에 던져 버리고　　無效古方愁裡擲
쓸 만한 새 시를 고요한 가운데 읊어보니,　　可題新律靜中吟
산새만이 유유한 내 뜻을 알아　　山禽只解悠悠意
솔숲 너머에서 아름다운 소리를 보내 오네.　　啼隔松林送好音

성긴 흰 머리털에 세월이 스며들어　　霜鬢蕭蕭歲月侵
이제야 세상 만사를 다 잊게 되었네.　　如今萬事盡能禁
한가할 때 홍겨우면 걷기도 하고　　閑來信步綠乘輿

343) 『耘谷詩史』 卷5, 『高麗名賢集』 卷5, p.366 ; 『耘谷行錄』 卷5, 影印標點 『韓國文集叢刊』 卷6, p.216.

344) 행장(行藏) : 세상에 나아가 도를 행하는 것을 행(行)이라 하고, 세상에서 물러나 숨는 것을 장(藏)이라 함. 곧 출세와 은퇴를 뜻함. 『논어(論語)』 卷7, 「술이(述而)」.

345) 『耘谷詩史』 卷5, 『高麗名賢集』 卷5, p.366 ; 『耘谷行錄』 卷5, 影印標點 『韓國文集叢刊』 卷6, p.216.

병들면 마음 어지러울까 봐 많이 말하지 않네.	病不多言恐亂心
일찍이 길한 시운을 만나지 못하고	時運未曾逢吉利
해마다 신음하는 재앙 만났네.	年災恒是値呻吟
보문(普門)으로 나타나는 건 영감에 달렸다기에	普門爾現依靈感
가만히 나무관세음(南無觀世音)을 외우네.	默念南無觀世音

생각나는 대로 읊음[입추. 이때 형(泂)이[346] 서울에[347] 있었다. 세 수]
卽事(立秋日. 時泂在京師, 三首)[348]

여름이 다하고 가을이 왔는데도 초가집에 누워	夏盡秋來臥草廬
한 해 농사가 어떤지 물어보았네.	一年農事問何如
사람들 말로는 "이랑마다 학(鶴)을 깊이 감췄다"지만	人言畝畝心藏鶴
나는 "집집마다 고기를 꿈꿨다"고 생각하네.	我信家家盡夢魚
만물이 성하고 쇠함에 따라 사람도 늙어 가는데	物盛物衰人老矣
하늘이 높고도 멀어 제비는 돌아가네.	天高天遠鷰歸歟
벼슬길에 오른 서울[349] 나그네는	心知游宦京華客
지금쯤 고향 소식 드물다고 생각하겠지.	應念于今鄕信踈

백년 인간 세상이 한낱 여관이라	百年人世一蘧廬
천휴(天休)를[350] 얻어야만 스스로 거리낌 없네.	以得天休自廓如
아아! 틀렸구나. 채색털 봉황새가 없으니.[351]	已矣彩毛無鳳鳥
안타깝게도 붉은 꼬리 방어만 있네.[352]	惜哉赬尾有魴魚

---

346) 형(泂) : 원형(元泂). 원천석의 둘째 아들.

347) 경사(京師) : 서울.

348) 『耘谷詩史』 卷5, 『高麗名賢集』 卷5, p.366 ; 『耘谷行錄』 卷5, 影印標點 『韓國文集叢刊』 卷6, p.216.

349) 경화(京華) : 서울의 번화한 곳. 번화한 서울.

350) 천휴(天休) : 하늘의 착한 명령.

351) 채모무봉조(彩毛無鳳鳥) : 봉황새에 채색털이 없다는 것으로 봉조부지(鳳鳥不至)와 같은 말로 추정됨. 즉 성군(聖君)이 나타나지 않아 인도(人道)가 쇠미해지는 것을 개탄하는 말.

352) 방어정미(魴魚赬尾) : 일에 지쳐 피로한 모양을 방어(魴魚)의 붉은 꼬리에 비유한 것.

늙어 가면서 다만 산을 마주할 뿐 晩年只對山而已
외로운 밤에는 유난히 달을 사랑하네. 獨夜偏憐月也歟
어제는 서풍이 뜨락 나무에 들더니 昨日西風入庭樹
작은 평상에 가을 생각이 더욱 쓸쓸하네. 蟻床秋思轉蕭疎

산을 등지고 물을 마주한 초가집인데 據山臨水一茅廬
아침 저녁 구름과 안개는 그림보다도 낫네. 朝夕煙嵐畫不如
일찍이 소나무 정자(松亭)를 지어 들판의 학을 부르고 早築松亭招野鶴
이따금 이끼 낀 바위에 올라 시냇가 고기를 낚네. 偶登苔石釣溪魚
이익과 명예를 바라는 건 뭇 사람들 마음이지만 利名旣是群心也
밭 갈아먹고 우물 파 마시는데 어찌 임금의 힘을 알랴. 耕鑿何知帝力歟
홀로 앉아 홀로 읊조리는 건 내 뜻 아니니 獨坐獨吟非我意
병이 많아서 찾는 벗 드물기 때문이라네. 乃緣多病故人踈

외진 집(幽居)에서 생각나는 대로 읊음

幽居卽事353)

수레와 말이 드물고 땅도 외져서 車馬稀踈地僻荒
아침 저녁으로 다만 푸른 산 빛을 마주할 뿐일세. 暮朝惟對翠微光
논둑에 개구리 엎드려 가을도 거반 되었는데 稻畦伏蛤秋將半
이끼 낀 섬돌에 귀뚜라미 우니 밤이 차츰 길어지네. 苔砌鳴蛬夜漸長
안개 걷힌 시내와 산에는 하늘이 더욱 맑고 嵐捲溪山天更淨
비 지난 문과 골목엔 서늘한 기운 더한데, 雨過門巷氣添涼
느지막하게 개이면서 갑자기 산천을 즐기고 싶어 晩晴忽起樊川興
서쪽 동산을 밟으면서 시 한 장을 지어 보네. 細履西園賦一章

"방어의 꼬리가 붉어지고 왕실은 불타듯 어지러워라. 불타듯 어지럽다지만 부모님이 가까이 계시다오. 魴魚赬尾, 王室如燬. 雖則如燬, 父母孔邇." 『시경(詩經)』 卷1, 주남(周南) 「여분(汝墳)」. 「전(傳)」에 "정(赬)은 적(赤)이다. 고기가 지치면 꼬리가 붉어진다. 훼(燬)는 화(火)다"라고 했다. 방어 꼬리는 원래 흰데, 지치면 붉어진다고 한다.

353) 『耘谷詩史』 卷5, 『高麗名賢集』 卷5, p.366 ; 『耘谷行錄』 卷5, 影印標點 『韓國文集叢刊』 卷6, p.216.

수파선(水波扇)을[354] 보낸 목백(牧伯)에게 감사함(두 수)
謝牧伯惠水波扇(二首)[355]

얼굴에 흩뿌리는 가벼운 바람이 잇달아 차가워져	灑面輕颸陣陣寒
손끝으로 만 겹의 물결을 흔들어 대네.	手端搖動萬重瀾
찌는 듯한 무더위가 서늘한 세계로 변하니	煩蒸卽變淸凉界
영각(鈴閣)의[356] 넓은 은혜를 보답하기 어렵네.	鈴閣洪恩欲報難
찬 데서 생긴 냉병(冷病)에 살림마저 썰렁해	冷疾寒生計活寒
끓는 물 같은 더위를 겪어야 하건만,	也宜炎溽似湯瀾
어진 바람 부는 곳에 맑은 바람도 이르니	仁風吹處淸風至
불평 푸는 공부치고 더 나은 게 없네.	解愠工夫較量難

오얏을 보내 준 김(金) 선생(先生)에게 감사함
謝金先生惠李[357]

과일 가운데 오얏이 보배라고 일찍이 들었는데	曾聞李是果中珎
누른빛과 자줏빛이 서로 섞여 기품이 새롭구나.	黃紫相交品氣新
한번 씹자 산뜻해져 병골(病骨)이 되살아나니	一嚼洒然蘇病骨
이 늙은이를 못내 사랑하는 그대에게 감사하네.	感君偏惠老衰人

원습(原習)이[358] 진사(進士)가 되었다는 말을 듣고 시를 지어 축하함
聞原習登進士. 詩以賀之.[359]

---

354) 수파선(水波扇) : 물결 무늬 부채.

355) 『耘谷詩史』 卷5, 『高麗名賢集』 卷5, p.366 ; 『耘谷行錄』 卷5, 影印標點 『韓國文集叢刊』 卷6, p.216.

356) 영각(鈴閣) : 장수가 머무는 땅. 『진서(晋書)』, 양호(羊祜).

357) 『耘谷詩史』 卷5, 『高麗名賢集』 卷5, p.366 ; 『耘谷行錄』 卷5, 影印標點 『韓國文集叢刊』 卷6, p.216.

358) 원습(原習) : 생몰년 미상.

359) 『耘谷詩史』 卷5, 『高麗名賢集』 卷5, p.367 ; 『耘谷行錄』 卷5, 影印標點 『韓國文集叢刊』 卷6, p.217.

일찍이 높은 과거에 올라 아름다운 이름 날리니 早占高科播美音
이미 자신의 계획을 유림(儒林)에 부쳤네. 已將身計寄儒林
고을 사람들이 다 기뻐하고 내 먼저 축하하니 邑人擧喜吾先賀
하물며 훤당(萱堂)의[360] 늙은 어머님 마음이랴. 何況萱堂老母心

글 읽은 사람이라면 아름다운 이름 있는데 讀書人必有徽音
하물며 맑은 이름으로 사림(士林)을 움직임에랴. 又況淸名動士林
이미 좋은 재질을 펼쳐 평소의 뜻을 이뤘으니 旣展良才償素志
경사(經史)에 마음을 오로지 하시게. 更於經史要專心

6월 15일. 반자(半刺) 선생의 시에 차운함

六月十五日. 次半刺先生詩韻.[361]

솔 고개 어두운 구름을 늘 보았고 每看松嶺雲頭暗
초가집 추녀 지루한 빗소리가 듣기 싫었지. 厭聽茅簷雨脚長
어젯밤 맑은 바람이 모두 씻어 버리니 昨夜淸風吹掃盡
맑은 창에 기운까지 서늘해 정말 기쁘네. 晴窓且喜産微凉

동으로 흐르는 푸른 물줄기 구경하기 좋고 東流水綠游觀好
바다같이 깊은 항아리 흥미 더욱 깊어라. 北海樽深興味長
좋은 철에 마침 선친의[362] 휘일(諱日)이니[363] 佳節適當先子諱
해마다 오늘이 되면 홀로 슬퍼하시네. 年年是日獨悲凉

---

360) 훤당(萱堂) : 남의 어머니를 부르는 말. 훤초(萱草)를 망우초(忘憂草)라고도 하는데, 여인들이 안마당에 심고 바라보면서 시름을 잊었다고 한다. 훤초의 어린 싹을 나물로 만들어 먹으면 취한 느낌이 들어 시름을 잊었다고도 한다. 그래서 부인이 사는 안마당에 훤초를 많이 심었으며, 남의 어머니를 훤당(萱堂), 남의 어머니가 계신 안채를 훤실(萱室)이라고 했다.

361) 『耘谷詩史』 卷5, 『高麗名賢集』 卷5, p.367 ; 『耘谷行錄』 卷5, 影印標點 『韓國文集叢刊』 卷6, p.217.

362) 선자(先子) : 돌아가신 아버지.

363) 휘일(諱日) : 조상의 돌아간 날.

비 개인 산 빛이 문지방을 비추는데 　雨晴山色照門關
다행히 아름다운 시를 얻어 병든 얼굴을 풀어 보네. 　幸得佳章解病顔
물가에 모시고서 이야기 나누려 했건만 　切欲臨流陪笑語
이 몸이 한가롭지 못해 스스로 탄식한다오. 　自嗟身世不曾閑

비 개였다고 산새들이 정답게 지저귀는데 　報晴山鳥語間關
소나무와 잣나무는 원래 복사 오얏 얼굴이 아닐세. 　松柏元非桃李顔
연기와 달 바람과 꽃이 모두 값진 것이니 　煙月風花各無價
푸른 구름이[364] 어찌 흰 구름의 한가함에 미치랴. 　靑雲那及白雲閑

작은 서재에서의 새벽 흥취

小齋晨興[365]

구름이 맑아 새벽빛이 산뜻하니 　雲物凄淸曙色新
정신을 어지럽히는 다른 뜻은 하나도 없네. 　湛無非意攪精神
죽 솥이나 찻잔은 스님의 격식 같고 　粥鐺茶椀如僧格
연기 골목과 바람 기둥엔 속세 티끌이 끊어졌네. 　煙巷風楹絶俗塵
푸른 전나무 한 그루로 유익한 벗을 삼고 　蒼檜一株爲益友
푸른 산 두어 봉우리로 가까운 이웃 삼으니, 　靑山數朶作比隣
그윽이 사는 이야기를 들새만이 알아서 　野禽能解幽居事
노쇠하고 옹졸한 나를 불어 일으켜 주네. 　喚起衰遲陋拙人

새벽 흥취의 시운을 써서 다시 씀

---

364) 청운(靑雲) : 푸른 구름(靑雲)은 높은 명예나 벼슬을 이르는 말이고, 흰 구름(白雲)은 자연 속에 한가롭게 노니는 것을 뜻한다. “범저(范雎)가 휘장에 화려하게 둘러싸인 채 매우 많은 시종들을 거느리고 그를 만났다. 수가(須賈)는 머리를 조아리고 죽을 죄를 지었다고 하면서, 이렇게 말했다. 제가 나으리께서 스스로의 힘으로 청운(靑雲)의 위에 높이 오르신 줄은 생각하지 못했습니다.” 사마천(司馬遷), 『사기(史記)』 卷79, 「범저채택(范雎蔡澤)」.

365) 『耘谷詩史』 卷5, 『高麗名賢集』 卷5, p.367 ; 『耘谷行錄』 卷5, 影印標點 『韓國文集叢刊』 卷6, p.217.

復用晨興詩韻[366]

일찍 일어나 머리 빗으니 백발이 새롭고	早起梳頭白髮新
책 읽다 크게 웃으니 심신(心神)이 상쾌하네.	偶書長笑放心神
빈 창에는 해가 이미 두어 장대나 올랐는데	蔥虛已上雙竿日
탑(榻) 자리가 깨끗하여 한 점 티끌도 침범 못하네.	榻淨難侵一點塵
솔과 국화 대나무로 세 길을 만들고	松菊竹篁三作逕
구름과 노을 나무들로 사방의 이웃을 삼았네.	雲霞樹木四爲隣
다 늙은 이 몸이 어디로 가랴	老來身世知何處
산 자와 죽은 자를 가만히 세어 보네.	默數存亡今古人
가을되자 뜨락 나무에 새벽 기운이 서늘하고	秋來庭樹曉涼新
맑은 구절 지어내니 신(神)이 나는구나.	吐句淸佳氣若神
책상 앞을 볼 때마다 항아리에 술이 찼는데	每見案前樽滿酒
부엌 안 시루에는 먼지가 그대로일세.	任從庖內甑生塵
취하건 깨건 간에 함께 즐길 벗이 어찌 없으랴	醉醒同樂寧無伴
기쁘건 슬프건 간에 서로 돕는 이가 바로 이웃에 있네.	休戚相扶亦在隣
예전에 남지 않았으니 지금 어찌 넉넉하랴	昔未有餘今豈足
백년 천지에 미치광이 하나가 있네.	百年天地一狂人
가을 장마 그치지 않아 온갖 시름 새로우니	秋霖不止百愁新
풍신(風神)과 우신(雨神)에게 가만히 빌어 보네.	默禱風神與雨神
땅이 젖어 문 앞 골목의 풀도 벨 수 없고	土潤不芟門巷草
진흙탕 깊어 길바닥 먼지도 이미 없어졌네.	泥深已絶路岐塵
해는 동쪽 고개에 올랐다 서쪽 고개로 지고	日昇東嶺沉西嶺
비는 남쪽 이웃을 거쳐 북쪽 이웃으로 가는데,	雨過南隣去北隣
저녁 맑기를 기다려 시 한 수 지으려고	欲待晚晴書一賦
갓을 거꾸로 쓰고 두릉(杜陵)[367] 사람을 본받네.	倒冠嘗效杜陵人

366) 『耘谷詩史』 卷5, 『高麗名賢集』 卷5, p.367 ; 『耘谷行錄』 卷5, 影印標點 『韓國文集叢刊』 卷6, p.217.

병중에 장난 삼아 짓다[이때 형(泂)이 서울에서 벼슬에 종사하고 있었다. 네 수]
病中戲書(時泂在京師從事, 四首)[368]

병중이라 아이 보고픈 마음 금할 수 없어	病中難禁見兒情
관문(官文)을[369] 받으려고 소지(所志)를 올렸건만,	欲受官文所志呈
취한 글씨 어지러운 글이 곧바로 거절되었으니	醉筆亂書時卽退
어설픈 관리의 처결이 신명을 움직였네.	牛官決事動神明

마음에서 움직이는 것이 바로 정(情)이니	動於中者是爲情
말에 의탁해서 밖으로 나타나네.	憑仗言辭外露呈
비록 병중이라서 얼굴로 만나진 못해도	雖是病中顔未會
이 말의 미묘함이야 누군가 밝혀 주리.	此言微妙孰申明

관리된 자는 그 정을 감출 수 없으니	爲官未可遁其情
가볍고 무거운 일들이 백성들 눈에 다 드러나네.	輕重愚民眼裏呈
비유컨대 어떤 사람이 지붕 위를 걸어다닐 때	譬若有人行屋上
머리에서 발꿈치까지 분명히 보이는 것 같네.	從頭至踵見分明

사람으로 부모에게 효도하는 마음 모두 같기에	人類皆同孝父情
자리 가져다 펴고서 멀리 소지를 올렸네.	載持筵席遠投呈
병든 늙은이가 이제는 자식 보기 어려우니	病夫見子今難得
떳떳한 윤리가 밝지 않아 탄식하노라.	却歎彛倫甚不明

7월 초나흗날. 진사(進士) 원습(原習)이 술을 가지고 찾아오다
七月初四日. 原進士習携酒來訪.[370]

---

367) 두릉야로(杜陵野老) : 두릉 늙은이. 당나라 시인 두보가 두릉(杜陵)에 살았으므로, 자신을 두릉포의(杜陵布衣), 또는 소릉야로(少陵野老)라고도 불렀다.

368) 『耘谷詩史』 卷5, 『高麗名賢集』 卷5, p.367 ; 『耘谷行錄』 卷5, 影印標點 『韓國文集叢刊』 卷6, p.217.

369) 관문(官文) : 관문서(官文書). 관청에서 작성한 문서.

370) 『耘谷詩史』 卷5, 『高麗名賢集』 卷5, p.367 ; 『耘谷行錄』 卷5, 影印標點 『韓國文集叢

병중에도 세월은 물결 따라 흘러 病裏年光逐水流
희끗희끗 눈발 머리에 또 슬픈 가을일세. 星星雪髮又悲秋
좋은 사업이 없어 끝내 효험 없으니 無良事業終無效
속되지 않은 시를 읊느라고 늙어도 쉬지 않네. 不俗吟哦老不休
약속한 푸른 산은 언제나 눈에 가득한데 有約靑山常滿眼
지극히 공정한 흰 태양(白日)은 바로 머리 위에 있네. 至公白日正臨頭
애써 찾아준 그대 후의에 감사하노니 感君厚意勞相訪
마음속 쏟아내어 잠시 시름을 풀어 보네. 吐出心肝暫解愁

7월 7일 칠석. 생각나는 대로 읊음

七月七日卽事[371]

들에 가득한 가을빛이 상서로운 조짐인지 滿野秋光天降祥
비가 지나자 남은 더위가 서늘하게 바뀌었네. 雨過餘熱遞新凉
서생(書生)이 찾아와 『맹자(孟子)』의[372] 뜻을 묻기에 書生來問軻書意
등문공(滕文公) 상·하장을 강독해 주었네. 講讀滕君上下章

누구네 집에서 걸교(乞巧)하여[373] 길상(吉祥)을 얻으려나. 乞巧誰家得吉祥
이슬 꽃이 막 내려 밤이면 서늘해지네. 露華初重夜生凉
옹졸한 사내라서 시속을 따르지 못해 拙夫未敢隨時俗
부질없이 한문공(韓文公)의 칠자장(七字章)을 읊조리네. 空詠韓公七字章

아득한 하늘 거리에 상서로운 기운이 어리어 天衢漂渺氣凝祥

刊』卷6, p.217.

371) 『耘谷詩史』卷5, 『高麗名賢集』卷5, p.368 ; 『耘谷行錄』卷5, 影印標點 『韓國文集叢刊』卷6, p.218.

372) 맹자(孟子) : 사서(四書)의 하나. 중국 전국시대의 철인(哲人) 맹가(孟軻, B.C. 390?~305?)가 공자의 도(道)와 인의(仁義)를 설하고, 혹은 왕도(王道)를 펴려고 여러 나라를 두루 다닐 때에, 제후(諸侯) 및 제자(諸子)들과 문답한 내용이 기록되어 있음. 양혜왕·공손축·등문공·이루·만장·고자·진심의 7편으로 모두 14편.

373) 걸교(乞巧) : 칠석날 밤에 부녀자가 견우와 직녀 두 별에게 길쌈과 바느질 솜씨가 늘기를 기원하는 제사.

은하수는 물결 없고 밤 빛은 서늘하네. 河漢無波夜色凉
천상에서 하룻밤 기쁘게 만나는데 天上一宵歡會遇
인간 세상에서 몇 군데 시를 읊고 있으려나. 人間幾處詠詞章

내 생애가 질탕하니 무슨 상서(祥瑞)가 있으랴 吾生跌宕有何祥
재주와 학식이 모자라니 생계도 처량하네. 才識迂踈計活凉
작은 서재에 홀로 앉아 누구와 이야기하랴 獨坐小齋誰與語
하늘 무늬[374] 터 놓은 직녀(織女)나[375] 생각하네. 空思織女決天章

낮과 밤으로 읊다

晝夜吟[376]

초가을 열 나흗날 낮까지도 初秋十四晝
남은 더위가 난간을 핍박하건만, 殘暑逼軒楹
비단 부채의 은혜는 엷어지고 紈扇恩將薄
갈포 옷 사랑도 이미 가벼워졌네. 絺衣寵已輕
햇빛은 자주 가렸다 나왔다 하고 日光頻翳吐
구름 그림자는 흐렸다 개였다 하는데, 雲影弄陰晴
애오라지 석 줄 글자를 쓰고는 聊寫三行字
가만히 읊노라니 나직한 소리가 나네. 微吟細有聲

또 짓다

又[377]

---

374) 천장(天章) : 임금의 조서.

375) 직녀(織女) : 직녀는 천제(天帝)의 손녀이다. 『한서(漢書)』, 「천문지(天文志)」. 직녀는 하늘에서 베 짜는 솜씨가 뛰어났으므로, 당나라 문인 유종원(柳宗元)이 「걸교문(乞巧文)」을 지어 직녀에게 재주를 빌었다. 그 뒤부터 문인들이 칠석날 「걸교문」을 지어 직녀에게 재주를 비는 풍습이 생겼다.

376) 『耘谷詩史』 卷5, 『高麗名賢集』 卷5, p.368 ; 『耘谷行錄』 卷5, 影印標點 『韓國文集叢刊』 卷6, p.218.

377) 『耘谷詩史』 卷5, 『高麗名賢集』 卷5, p.368 ; 『耘谷行錄』 卷5, 影印標點 『韓國文集叢刊』 卷6, p.218.

초가을 열 나흗날 밤에 初秋十四夜
달을 기다리면서 바람부는 기둥에 기대었네. 待月倚風楹
흐르는 물엔 성정(性情)이 맑고 流水性情淡
뜬 구름엔 부귀(富貴)가 가볍네. 浮雲富貴輕
술잔 멈추고 둥근 그림자에게 물어 보고 停杯問圓影
시 구절 생각하다가 개인 하늘에 답하니, 覓句答新晴
이때의 마음을 그 누가 알랴 誰識此時意
책상머리 귀뚜라미만 울어대는구나. 床頭蟋蟀聲

18일

十八日[378]

바람과 달이 내 집을 윤택케 하고 風月潤吾屋
시내와 산은 넘치고 높구나. 溪山浮且高
임천(林泉)에[379] 십 년 살다가 보니 林泉十年志
헌면(軒冕)[380] 따위는 가을 터럭으로 보이네. 軒冕一秋毫
물을 희롱하니 맑아서 더러움 없고 弄水淸無累
구름을 바라보니 기운이 절로 호탕해, 看雲氣自豪
천지의 화기가[381] 마음속에 일어나니 天和起心上
늙은 몸 보양키 위해 솔 술을 따르네. 頤養酌松醪

이날 밤. 이(李)·안(安) 두 서생(書生)이 술을 가지고 찾아오다

是日夜. 李·安二生携酒來訪.[382]

---

378) 『耘谷詩史』 卷5, 『高麗名賢集』 卷5, p.368 ; 『耘谷行錄』 卷5, 影印標點 『韓國文集叢刊』 卷6, p.218.

379) 임천(林泉) : 은사(隱士)의 정원을 일컫는 말.

380) 헌면(軒冕) : ① 고관(高官)이 타던 초헌(軺軒)과 머리에 쓰던 면류관 ② 고관(高官)을 일컫는 말.

381) 천화(天和) : 하늘의 화기(和氣). 즉 조화(調和)를 얻은 자연의 도(道)를 말함. “만일 너의 형체를 바르게 하면 하늘의 화기가 곧 이르리라” 『장자(莊子)』, 「지북유(知北遊)」.

산이 빽빽해 가을 기운이 빠르고　山稠秋氣早
구름이 흩어져 달빛 높구나.　雲散月華高
귀뚜라미 소리는 피리처럼 급한데　蛬韻急如管
내 시름은 털같이 어지럽구나.　我愁紛若毫
이익이나 영달을 구할 마음은 없고　無心求利達
권력가와 부자들을 가까이할 뜻도 없네.　不意近權豪
두어 사람 그대들에게만 고마울 따름이니　多感二三子
맑은 술 가져다가 내게 권하시는군.　惠然携白醪

22일. 신전(申詮)이[383] 술을 가지고 찾아오다

二十二日. 有申詮携訪.[384]

꼬불꼬불 산길이 먼데다　屈曲山程遠
쓸쓸한 산 집이 높기도 한데,　蕭條山室高
친한 사이라고 술병까지 메고 오니　親交來挈榼
이 늙은이도 취해서 붓을 휘둘렀네.　老叟醉揮毫
정다운 이야기 두런두런 나누고　款款談鋒穩
호탕한 기운이 흘러 넘치네.　洋洋氣焰豪
고맙게도 나를 아버지처럼[385] 공경해　多君敬父執
하루 종일 향그런 술을 권하네.　終日勸芳醪

스스로 읊다

自詠[386]

---

382) 『耘谷詩史』 卷5, 『高麗名賢集』 卷5, p.368 ; 『耘谷行錄』 卷5, 影印標點 『韓國文集叢刊』 卷6, p.218.

383) 신전(申詮) : 생몰년 미상.

384) 『耘谷詩史』 卷5, 『高麗名賢集』 卷5, p.368 ; 『耘谷行錄』 卷5, 影印標點 『韓國文集叢刊』 卷6, p.218.

385) 부집(父執) : 부집존장(父執尊長). 아버지의 친구로 아버지와 나이가 비슷한 친구.

386) 『耘谷詩史』 卷5, 『高麗名賢集』 卷5, p.368 ; 『耘谷行錄』 卷5, 影印標點 『韓國文集叢刊』 卷6, p.218.

한 사람이 남양(南陽)[387] 땅에 오래 누워 있었건만 人臥南陽歲月多
쓸쓸한 초가집에 찾아오는 이 없었네. 草廬牢落絶經過
천둥소리와 빗소리가 어찌 그리 늦었는지 一聲雷雨來何晩
벽에 걸린 뇌택(雷澤)의[388] 북(梭)이 오래 한가했네. 壁上長閒雷澤梭

푸른 산 마주앉아 취한 노래를 부르니 坐對靑山放醉歌
흰 갈매기 만리 물결에 마음이 너그럽네. 心寬萬里白鷗波
호탕해서 길들이기 어려운 곳을 알려는가. 欲知浩蕩難馴處
육합(六合)이[389] 텅 비어 그물 끊어진 그곳일세. 六合空空絶網羅

9월 9일 중양절.[390] 생각나는 대로 읊음

重九卽事[391]

병중이라 새 서리 밟기가 몹시 두려워 病餘深怯履新霜
아침 늦도록 겹이불 속에서 잠자는 맛이 길었네. 日晏重衾睡味長

---

387) 남양(南陽) : 제갈공명(諸葛孔明)의 밭갈이하던 곳.

388) 뇌택(雷澤) : 연못 이름. 순(舜) 임금이 고기를 잡던 곳. 『수경(水經)』.

389) 육합(六合) ; ① 동서남북과 상하의 여섯 방위. 육방(六方)과 같은 말로 천하, 육극, 육막이라고도 하고, 동서남북인 사방과 상하(천지) 양방을 합하여 육방이라 함. 『장자』, 제물론에 "六合之外 聖人 存而不論 六合之內 聖人 論而不議"라 하였다. ② 육합석(六合釋). Sat-samasa. 살삼마사(殺三摩娑)라 음역. 6리합석・6종 석이라고도 한다. 범어의 복합사(複合詞)를 해석하는 6종의 방식. 1) 의주석(依主釋). 의사석(依士釋)이라고도 함. 왕의 신(臣)을 왕신(王臣)이라 함과 같은 것. 2) 상위석(相違釋). 왕과 신을 왕・신이라 함과 같은 것. 지업석(持業釋). 동의석(同依釋)이라고도 함. 높은 산을 고산(高山)이라 함과 같은 것. 4) 대수석(帶數釋). 사방(四方)・삼계(三界)와 같은 것. 5) 유재석(有財釋)・다재석(多財釋)이라고도 함. 장신(長身)의 인(키 큰 사람)을 장신(키다리)이라고 부르는 것과 같은 것. 6) 인근석(隣近釋). 하(河)의 부근을 하반(河畔)이라고 하는 것과 같은 것.

390) 중구(重九) : 중양절(重陽節)이 9월 9일이므로, 중구(重九)라고도 했다. 홀수는 양(陽)인데, 설날(1월 1일)・삼짇날(3월 3일)・단오(5월 5일)・칠석(7월 7일)・중양절(9월 9일)은 홀수가 두 번이나 겹쳐서 모두 명절로 쳤다. 중양절은 가장 큰 홀수가 겹치는 날인데, 높은 산에 올라가서 술을 마시고 시를 읊었다. 국화꽃 잎을 술잔에 띄워 마시기도 했다.

391) 『耘谷詩史』 卷5, 『高麗名賢集』 卷5, p.368 ; 『耘谷行錄』 卷5, 影印標點 『韓國文集叢刊』 卷6, p.218.

딸아이가 국화 띄운 술을 가져 왔기에	中女將來浮菊釀
오늘이 중양절(重陽節)인 줄 알고 깜짝 놀랐네.	忽驚今日是重陽

국화를 읊음

詠菊392)

동쪽 울타리의 고운 국화가 첫 서리를 견뎌	東籬菊艶耐新霜
중양절 지난 뒤에 노란 꽃을 피웠네.	已過重陽盡吐黃
금 꽃송이 어여쁘건만 술친구가 없어	金蘂可憐無酒客
꽃 떨기 감돌며 부질없이 차가운 향기만 맡네.	繞叢空自齅寒香

사흘 밤 내린 서리가 꽃 떨기를 덮었는데	覆叢三夜淡飛霜
두 빛깔로 활짝 피어 자색 황색이 섞였네.	兩色繁開間紫黃
꽃 따서 저녁상 차리던 그 사람은 멀리 떠나	採備夕餐人已遠
바람결에 흩어지는 맑은 향기를 홀로 사랑하네.	獨憐風際散淸香

회포를 적음

述懷393)

더위가 물러가 노곤함이 풀리고	熱去解勞困
서늘해지니 답답함이 씻겨지네.	凉來洗鬱陶
시 구절에 따라 흥취가 일어나고	興憑詩句逸
술잔을 맞자 시름이 달아나네.	愁遇酒杯逃
산 눈썹은 푸릇푸릇 멀어지고	山黛靑靑遠
구름 머리는 희끗희끗 높아졌는데,	雲頭白白高
고요한 이 맛을 그 누가 알랴	誰知靜中味
바람맞는 귀밑에 흰 털이 어지럽네.	風鬢亂霜毛

392) 『耘谷詩史』 卷5, 『高麗名賢集』 卷5, p.368 ; 『耘谷行錄』 卷5, 影印標點 『韓國文集叢刊』 卷6, p.218.

393) 『耘谷詩史』 卷5, 『高麗名賢集』 卷5, p.368 ; 『耘谷行錄』 卷5, 影印標點 『韓國文集叢刊』 卷6, p.218.

둘(其二)

헛된 이름에 어이 그리 분주한가. 虛名勞擾擾
참다운 즐거움에 도도히 취하리라. 眞樂醉陶陶
반가운 사람은 만나기 드물고 青眼罕相遇
흰 머리도 피하기 어렵네. 白頭難可逃
가을빛은 맑고도 먼데다 秋光晴且遠
하늘빛은 푸르고도 높구나. 天色碧彌高
이따금 숲속으로 날아드는 새를 보니 時見投林鳥
훨훨 날면서 깃털을 단련하네. 翩翩養羽毛

셋(其三)

사람들은 난초 찬 굴원(屈原)을 가엽게 여기건만 人憐紉佩屈
나는 전원을 사랑한 도연명(陶淵明)을 본받으리라. 我效愛廬陶
의로운 길(義路)을 어찌 버리랴 義路何曾舍
명리(名利)의 마당에서 일찍이 도망했네. 名場早已逃
산천과 함께 깨끗하게 살아가고 山川共蕭灑
구름 달을 벗삼아 고고하게 지내리. 雲月伴孤高
가난하자던 약속을 어찌 감히 사양하랴 豈敢辭窮約
해마다 집에는 풀도 나지 않네. 年年宅不毛

다시 앞 운을 사용하여 지음

復用前韻[394]

순(舜)임금도 측미(側微)하던 시절엔 舜之側微日
밭 갈고 고기 낚으며 질그릇 만들었네. 耕稼且漁陶
지극한 효성은 누구나 감동시키고 孝感有攸動
거룩한 공업은 달아날 바가 없어, 聖功無所逃

394) 『耘谷詩史』卷5, 『高麗名賢集』卷5, p.369 ; 『耘谷行錄』卷5, 影印標點『韓國文集叢刊』卷6, p.219.

그 명성 해와 함께 빛나고 聲名俱日煥
그 도덕 하늘같이 높구나. 道德與天高
만고에서 천추에 이르기까지 萬古千秋下
문명(文明)이 봉(鳳)의 털 같네. 文明若鳳毛

둘(其二)

가난하게 사느라 솥도 시루도 없어 貧居無釜甑
풀무를 구하고 질그릇을 구하지 않네. 求冶不求陶
벼슬은 언제나 모자라고 鍾子時常乏
돈도[395] 오래 있으면 달아나네. 錢兄久在逃
양식이 끊어지면 긴 날이 괴롭고 絶粮嫌日永
옷이 없으면 바람만 높아도 겁나지만, 無褐惕風高
인간 세상에 그 누가 기억하랴 人世誰能記
소 아홉 마리에 털 하나 잃는 셈일세. 九牛遺一毛

셋(其三)

이웃 어진 것이[396] 어찌 아름답지 않으랴 里仁何不美
덕성(德性)을 저절로 닮아가리라. 德性自熏陶
내 몸의 욕됨을 내 스스로 없애야지 我欲無身辱
누구를 위해 버리지 않겠는가. 誰爲不自逃
붓을 휘두르면 새 구절이 빼어나고 揮毫新句秀
칼을 뽑으면 호탕한 노래 높아져, 引釰浩歌高
이미 다 그렇게 되었건만 已矣乎然矣
머리에 검은 털이라곤 하나도 없네. 頭無一黑毛

395) 전형(錢兄) : 옛날 돈에 네모난 구멍이 있었으므로 공방형(孔方兄)이라 불렀다. 성공수(成公綏)는 「전신론(錢神論)」을 지어 "나의 가형(家兄)을 사랑한다"고 했으며, 노포(魯褒)도 「전신론(錢神論)」에서 돈을 가형(家兄)이라고 불렀다.

396) 이인(里仁) : 이웃을 가려서 살라는 뜻. 공자께서 말씀하셨다. "동네가 어진 것이 좋으니, 우리가 (살 동네를) 가려서 어진 곳에 살지 않는다면 어찌 지혜롭다고 하겠느냐?" 『논어(論語)』 卷4, 「이인(里仁)」.

스스로 읊음

自詠[397]

머리털은 흩날리는 쑥대 같고 얼굴엔 주름이 져 鬢似飛蓬面皺重
옛날 모습이 전혀 없다고 사람들은 말하건만, 人言無復昔時容
근력은 위태롭기가 담장 아래 풀 같아도 筋骸危若墻頭草
지조(志操)는 시냇가 솔처럼 진실하다네. 志操眞如澗底松
저문 그림자 훨훨 하늘 너머 새 날아가고 暮影翩翩天外鳥
가을 소리 찌릭찌릭 베개 맡에 귀뚜라미 우네. 秋聲唧唧枕邊蛩
만물 변하는 걸 고요히 보니 느낌 많은데 靜觀物變偏多感
연기 낀 나무와 맑은 시내에 저녁 빛이 짙어지네. 烟樹晴川晩色濃

늙어 가면서 자꾸만 불평이 많아지는데 老去情懷漸不平
몸이 땅에 가까우니 결국 무엇을 이루랴. 身當地近竟何成
눈앞의 물색(物色)들은 쇠잔해 가고 眼前物色將衰颯
머리털 위의 세월도 여러 차례 변하였네. 鬢上年華屢變更
구름 사이로 햇빛이 조금씩 새어 나오니 雲罅日光微漏洩
비온 뒤의 가을 공기가 더욱 맑구나. 雨邊秋氣正凄淸
마침 좋은 철을 만나 마음 씩씩하지만 適逢佳節心猶壯
천하에 가장 여윈 한낱 서생일세. 一箇乾坤太瘦生

답답한 회포가 언제나 풀리려나 幽懷鬱悒幾時平
젊어서부터 이룬 사업이 원래 없었네. 少壯元無事業成
엎치락뒤치락 사람의 마음은 늘 어긋나고 飜覆人情每相反
얼기설기 세상 모습은 갈수록 많이 바뀌네. 縱橫世態漸多更
뜬구름이 일었다 사라지니 하늘 더욱 푸르고 浮雲起滅天彌碧
밝은 달이 이지러졌다 다시 차니 물빛 더욱 맑구나. 明月虧盈水自淸
세상 밖의 연기와 노을을 어찌 다 말하랴 物外煙霞那足道

397) 『耘谷詩史』卷5, 『高麗名賢集』卷5, p.369 ; 『耘谷行錄』卷5, 影印標點 『韓國文集叢刊』卷6, p.219.

고사리나 캐어 먹으며 여생을 보내리라. 　但將薇蕨送餘生

감회(感懷)

感懷[398]

홍하고 망하는 것이 참으로 성정(性情) 가운데 있으니 　興亡正在性情中
옛부터 지금까지 한(恨)이 끝없네. 　往古來今恨不窮
사막(沙漠)의 하늘과 땅은 어찌 그리 아득한지 　沙漠乾坤何杳杳
금릉(金陵)의[399] 해와 달은 절로 환하네. 　金陵日月自曈曈
바다 동쪽에선 고려(高麗)라는 이름을 이미 고치고 　海東已革高麗號
한수(漢水) 북쪽에선 창제(創制)의 공을 새로 열었으니, 　漢北新開創制功
유유한 세상일을 누구와 함께 이야기하랴 　世事悠悠誰共說
흰 구름 떠가는 그림자에 맑은 하늘이 돌아가네. 　白雲行影轉晴空

빗속에 소먹이는 그림[400]

雨中牧牛圖[401]

소 놓아먹이는 봄 언덕에 풀이 무성하고 　放牛春岸草菲菲
차가운 바람 속에 저녁 가랑비 내리네. 　料峭輕寒間夕霏
나무뿌리에 쭈그리고 앉았건만 잠은 더욱 편안해 　縮坐樹根眠更穩
가지 이슬에 옷자락이 젖어도 내버려두네. 　任從枝露滴矮衣

언덕 편편하고 풀도 부드러운 강기슭에 　坡平草軟一江湄
연기는 엷은 비단을 끌고 비는 실을 흩날리네. 　煙曳輕紈雨散絲
소 허리에 편안히 앉아 부들 삿갓에 기대니 　穩跨牛腰欹蒻笠

398) 『耘谷詩史』 卷5, 『高麗名賢集』 卷5, p.369 ; 『耘谷行錄』 卷5, 影印標點 『韓國文集叢刊』 卷6, p.219.

399) 금릉(金陵) : 지금의 남경(南京) 부근 강소성(江蘇省) 안의 지명(地名).

400) 목우도(牧牛圖) : 소먹이는 그림. 작자 미상.

401) 『耘谷詩史』 卷5, 『高麗名賢集』 卷5, p.369 ; 『耘谷行錄』 卷5, 影印標點 『韓國文集叢刊』 卷6, p.219.

태평스러운 그 신세 그 누가 저만 하랴. 太平身世孰如斯

막 개임

新晴[402)]

천리 들판에 가을 비가 막 개여 千里郊原秋雨晴
숲에 닭소리 개소리 들리고 사람들도 다니네. 傍林雞犬有人行
연기 흐르는 골짜기에는 까마귀가 멀리 날아가고 煙流洞壑飛鴉遠
서늘한 기운 흩어진 허공에는 새가 가볍게 지나가네. 凉散虛空過鳥輕
늘어선 여러 산들은 하늘 너머 푸르고 羅列衆山天外碧
흐르는 한 줄기 물은 들 가에 밝은데, 縱橫一水野邊明
서쪽 봉우리 그림자에 희미한 자취가 모여들어 瞑痕政集西峯影
가끔 소나무 가지에 이지러진 달 뜨는 게 보이네. 時見松梢缺月生

과거에 급제한 변처후(邊處厚)를[403)] 축하함

賀邊處厚登第[404)]

도(道)에 뜻을 두고 예(藝)에도 놀았는데 志道仍游藝
뛰어난 재주에다 나이까지도 젊구나. 雄才又少年
유림(儒林)에선 공업(功業)을 기대하는 바 크고 儒林功望重
안탑(鴈塔)에도[405)] 그 이름 어질었으니, 鴈塔姓名賢
집을 옮기면서 기르신 어머니 마음 간절하고[406)] 遷舍母心切

---

402) 『耘谷詩史』卷5, 『高麗名賢集』卷5, p.369 ; 『耘谷行錄』卷5, 影印標點 『韓國文集叢刊』卷6, p.219.

403) 변처후(邊處厚) : 변죽강의 아들.

404) 『耘谷詩史』卷5, 『高麗名賢集』卷5, p.370 ; 『耘谷行錄』卷5, 影印標點 『韓國文集叢刊』卷6, p.220.

405) 안탑(雁塔) : 탑의 아칭(雅稱). "옛날에 어떤 비구가 공중을 나는 두 마리의 기러기를 보고 만약 이 기러기를 얻으면 배를 실컷 채우겠다고 생각하자 홀연히 한 기러기가 땅에 떨어져 스스로 죽었는데, 이 사연을 들은 사람들이 '이는 기러기가 계를 내린 것이니 마땅히 그 덕을 표창하여야 할 것이다'고 말하므로 이에 그 기러기를 묻고 그위에 탑을 세웠다고 함. 昔有比丘 見雙雁飛翔 思曰 若得此雁 可充飮食 忽有一雁 投下自隕 衆曰此雁垂戒 宜旌彼德 於是瘞雁建塔." 『大唐西域記』.

뜨락에 나아가면 아버지께서 오롯하게 가르치셨네.[407] 趍庭父敎專
소매는 단계(丹桂)의[408] 동산에 향기롭고 袖香丹桂苑
걸음은 대라천(大羅天)에[409] 안온하네. 步穩大羅天
여러 아우들도 그 뒤를 이어받겠지만 諸季當承後
형도 빨리 앞길을 열었으니, 惟兄寂捷先
영광이 마을까지 비추고 榮光照閭里
기쁜 빛이 산천을 뒤흔드네. 喜色動山川
옛부터 깊이 사귄 교분이 있어 自昔深交分
지금 두터운 인연을 느끼노니, 於今感厚緣
오랫동안 선행을 쌓은 효험이 方期積善效
이제부터 영원히 흘러 전하리라. 從此遠流傳

가을 회포

秋懷[410]

걱정 많고 병이 많아 몹시 쇠약해졌으니 多憂多病甚衰遲
남은 생애가 얼마나 될른지 스스로 한탄하네. 自恨餘生獨不時
눈으로는 인간 세상 숱하게 변하는 것 보았고 眼見人間多變事
마음으로는 천하에 의심스러운 일 다 알려 했건만, 心知天下盡生疑
곤산(崑山)의 아름다운 옥을 알아 주는 사람이 없고 崑山美玉無人識

---

406) 천사모심(遷舍母心) : 맹모삼천(孟母三遷). 맹자의 어머니가 맹자를 가르치기 위하여 세 번이나 이사했다는 옛 일. 맹자가 어렸을 때 공동묘지 근처에 살았는데 맹자가 장사(葬事) 지내는 흉내를 내는 것을 보고, 시전(市廛) 근처로 옮겼더니 이번에는 물건 파는 흉내를 내므로 다시 글방 있는 곳으로 옮겨 공부를 시켰다고 함.

407) 추정부교(趍庭父敎) : 공자가 아들 鯉와 마주친 뜰에서 시, 서, 예를 배우도록 훈계한 고사에서 유래(『論語』 季氏, "子嘗獨立 鯉趨而過庭 曰學詩乎 對曰未也 不學詩 無以言 鯉退而學詩 他日 又獨立 鯉趨而過庭 學禮乎 對曰未也 不學禮無以立 鯉退而學禮").

408) 단계(丹桂) : 계수나무의 붉은 껍질을 말하는데 사람의 재주에 비유하여 등과(登科)함을 의미함.

409) 대라천(大羅天) : 도가(道家)에서 말하는 가장 높은 데 있는 하늘.

410) 『耘谷詩史』 卷5, 『高麗名賢集』 卷5, p.370 ; 『耘谷行錄』 卷5, 影印標點 『韓國文集叢刊』 卷6, p.220.

여수(麗水)의 참다운 금을 엿보지 못하네. 麗水眞金世莫窺
한 치 마음을 형용하기 어려운데 有箇寸心難狀處
푸른 봉우리가 여전히 치킨 눈썹으로 들어오네. 碧峯依舊入軒眉

섬돌 귀뚜라미 우는 소리에 밤은 더디기만 한데 砌蛬啾喞夜遲遲
바람 이슬 막 개이니 제비가 떠나갈 때일세. 風露初晴鷰去時
사물 보고 마음 살피면 느낌 많으니 觀物省心猶有感
하늘 즐기고 명을 안다면 다시 무엇을 의심하랴. 樂天知命復奚疑
산 곁의 작은 난간에서 구름을 벗 삼고 傍山小檻雲爲伴
빈 창가에서 베개를 베노라니 달이 절로 엿보네. 欹枕疎窓月自窺
만고의 연기와 아지랑이 낀 운곡 속에서 萬古烟嵐耘谷裡
아름다운 철을 또 만나 눈썹을 다시 폈네. 又逢佳節更伸眉

여러 서생들이 지은 [가을날(秋日)]이란 시에 차운함
次諸生秋日詩韻[411)]

산 빛과 물소리 가운데 이 몸이 한가로워 身閑山色水聲中
조촐한 거처에 옛 풍치가 남아 있네. 蕭洒幽居有古風
풀과 나무 한 구석에는 좁은 길이 비껴 있고 草樹一區斜路窄
작은 평상은 텅 비어 그림과 책 두어 질 뿐일세. 圖書數帙小床空
은하수에 구름이 걷혀 하늘 더욱 푸르고 雲收河漢天彌碧
동산 숲에 서리가 내려 나뭇잎이 다 붉은데, 霜落園林葉盡紅
아름다운 철을 맞아 어찌 헛되이 보내랴 佳節不須虛過涉
인간 세상에 백년 살았던 늙은이가 아직 없었으니. 人生未有百年翁

누가 알랴! 뱁새가 사는 덤불 속에 誰記鷦鷯草莽中
가지 하나[412)] 천지에 또 가을 바람이 부는 것을. 一枝天地又秋風

411) 『耘谷詩史』 卷5, 『高麗名賢集』 卷5, p.370 ; 『耘谷行錄』 卷5, 影印標點 『韓國文集叢刊』 卷6, p.220.

412) 초료초망중일지(鷦鷯草莽中一枝) : 뱁새가 사는 덤불 하나. (요임금이 허유에게 천지

젊은 나이에 배우지 않았으니 슬퍼한들 무엇하며　　早年不學嗟何及
늙은 나이에도 이룬 게 없으니 가난한 게 부끄럽구나.　　晚歲無成愧屢空
푸른 산에 물까지 푸른 곳을 나는 좋아하건만　　自樂山靑兼水綠
사람들은 흰 머리에 붉은 얼굴 시든다고 속이네.　　人欺髮白減顏紅
가난하게 살아도 편안할 계획은 있으니　　貧居亦有平康計
말 잃은 늙은이의[413] 화복(禍福)을 그 누가 알랴.　　禍福焉知失馬翁

진사(進士) 세 사람이 서울에서 보낸 편지를 받고
得見三進士京書[414]

한 조(趙)씨와 두 원(元)씨 세 사람의 진사가　　一趙兩元三進士
함께 편지를 써서 내게 부쳐 왔네.　　共修書札寄呈來
봉함 열어서 조정의 일을 살펴보고　　開緘考閱東堂事
조정에 많은 인재 얻은 것을 치하하노라.　　多賀朝廷得衆才

수월담사(水月潭師)의[415] 시권에 씀
書水月潭師卷[416]

일찍이 들으니 천태산(天台山)의 한산자(寒山子)가[417]　　曾聞台嶺寒山子
달을 가리키며 한가롭게 시 한 수를 지었다더니,　　指月閑題一首詩
이른바 푸른 못의 가을달이란 뜻을　　所謂碧潭秋月意
이제 스님[418] 덕분에 바로소 알았네.　　卽今憑此上人知

를 넘겨 주려고 하자, 허유가 이렇게 대답했다.) 뱁새가 깊은 숲속에 집을 짓더라도 나뭇가지 하나면 족하고, 두더지가 황하의 물을 마신다해도 제 배만 채우면 그만이다. 『장자(莊子)』 卷1, 「소요유(逍遙遊)」.

413) 실마옹(失馬翁) : 화와 복을 미리 알 수 없다는 것. 새옹지마(塞翁之馬)의 고사.

414) 『耘谷詩史』 卷5, 『高麗名賢集』 卷5, p.370 ; 『耘谷行錄』 卷5, 影印標點 『韓國文集叢刊』 卷6, p.220.

415) 수월담사(水月潭師) : 생몰년 미상.

416) 『耘谷詩史』 卷5, 『高麗名賢集』 卷5, p.370 ; 『耘谷行錄』 卷5, 影印標點 『韓國文集叢刊』 卷6, p.220.

417) 한산자(寒山子) : 당나라 정관 때의 고승. 천태산 시풍현 색암에 머물면서 국청사 습득(拾得)과 사귀었다. 한산자(寒山子) 시집이 있다.

닭우는 소리를 듣고

聞雞[419]

헛되이 세월 보내어 내 스스로 부끄러우니 愧我虛消日
시간 알리길 그치지 않는 저 닭이 사랑스럽네. 憐渠不廢時
한 소리로 마디를 고치지 않고 一聲無改節
세 번 울면서 그 때를 어기지 않네. 三唱莫違期
하늘은 어찌 그리 어두운지 天宇何冥晦
은하수는 차츰 자리를 옮기네. 星河漸轉移
애써 우느라고 수고 많은데 謾勞鳴叫苦
새벽빛은 참으로 더디기만 하구나. 曉色政遲遲

또 짓다

又[420]

슬프다! 나는 도를 배우지 못했건만 嗟矛不學道
우습게도 너는 능히 때를 아는구나. 笑汝強知時
캄캄한 밤이 장차 깊어가면 闇闇將闌夜
"꼬끼요!" 하고 미리 시간을 알리네. 嘐嘐預報期
쓸쓸한 비바람은 급하고 蕭蕭風雨急
빠른 천기(天機)는 옮겨 가는데, 苒苒天機移
잘 울고 못 우는 걸 내 어찌 생각하랴 善惡吾無念
이르고 늦게 우는 걸 네게 맡길 뿐일세. 渠鳴任早遲

새로 급제한 변처후(邊處厚)가[421] 부친 시에 차운함

418) 상인(上人) : 지혜와 덕을 겸비한 스님네를 존칭하는 말.

419) 『耘谷詩史』 卷5, 『高麗名賢集』 卷5, p.370 ; 『耘谷行錄』 卷5, 影印標點 『韓國文集叢刊』 卷6, p.220.

420) 『耘谷詩史』 卷5, 『高麗名賢集』 卷5, p.370 ; 『耘谷行錄』 卷5, 影印標點 『韓國文集叢刊』 卷6, p.220.

421) 변처후(邊處厚) : 변죽강의 아들.

次新及第邊(處厚)所寄詩韻[422)]

그대 생각하며 서쪽을 바라보느라 눈이 시린데　戀君西望眼空寒
맑은 시를 받아 보니 기쁘기 그지없네.　得見淸詩喜百端
이미 안탑(雁塔)에[423)] 오르게 되었으니　既已早圖登鴈塔
고기 낚던 여울을 이제는 생각 말게나.　且休先憶釣魚灘
과장(科場)의[424)] 사업(事業)을 이룬 것이 어찌 그리 빠른지　科場事業成何速
대각(臺閣)의[425)] 공명(功名)을 취하기도 어렵지는 않으리라.　臺閣功名取不難
무릇 위험스런 기회가 벼슬길에 많으니　大抵危機多宦路
부디 부지런하고 삼가면서 날마다 조심하게나.　要須勤謹日思安

아름다운 구절을 낭랑하게 읊노라니 이가 시리어　朗吟佳句齒牙寒
얼음과 눈 구슬들이 혀끝에 움직이네.　氷雪珠璣動舌端
붕새가 구만리 하늘에 날면 큰 은하수를 업신여기고　鵬擘九霄凌大漢
고기가 세 급에[426)] 오르면 맑은 여울을 떠난다네.　魚登三級離淸灘
너그럽기는 부디 진천(秦川)의[427)] 넓음을 본받고　寬平要體秦川濶
위험할 때엔 반드시 촉도(蜀道)의 험난함을[428)] 알지니,　危險須知蜀道難

---

422) 『耘谷詩史』 卷5, 『高麗名賢集』 卷5, p.370 ; 『耘谷行錄』 卷5, 影印標點 『韓國文集叢刊』 卷6, p.220.

423) 안탑(雁塔) : 탑의 아칭(雅稱). "옛날에 어떤 비구가 공중을 나는 두 마리의 기러기를 보고 만약 이 기러기를 얻으면 배를 실컷 채우겠다고 생각하자 홀연히 한 기러기가 땅에 떨어져 스스로 죽었는데, 이 사연을 들은 사람들이 '이는 기러기가 계를 내린 것이니 마땅히 그 덕을 표창하여야 할 것이다'고 말하므로 이에 그 기러기를 묻고 그위에 탑을 세웠다고 함. 昔有比丘 見雙雁飛翔 思曰 若得此雁 可充飮食 忽有一雁 投下自隕 衆曰此雁垂戒 宜旌彼德 於是瘞雁建塔." 『大唐西域記』.

424) 과장(科場) : 과거를 보이던 곳.

425) 대각(臺閣) : ① 돈대(墩臺)와 누각(樓閣). ② 상서성(尙書省). 전(轉)하여 내각(內閣)을 가리킴.

426) 삼급(三級) : 중국 산서성 황하의 상류에 있는 용문(龍門)의 물살이 매우 급하여 배가 다닐 수 없고 폭포 역시 삼단(三段)으로 되어 있어 이를 용문삼급(龍門三級)이라고 하는데, 강해(江海)의 큰 고기들이 모두 이 밑에 모여 이 삼급을 뛰어 넘는 고기가 용이 된다고 한 데서 온 말이다. 전하여 과거 시험에 급제한 것을 비유하는 말로 쓰임.

427) 진천(秦川) : 섬서(陝西)·감숙(甘肅)의 두 땅을 말함. 『삼국지(三國志)』 제갈량(諸葛亮).

고향 바라보며 너무 생각하지 말게나 莫向家山勞念慮
고당(高堂)429) 두 어른은 모두 평안하시다네. 高堂兩位共平安

내 한 평생 좋아한 것이 바로 청한(淸寒)함이니 吾生嗜好是淸寒
홀로 『맹자(孟子)』를430) 붙들고 사단(四端)을431) 생각하네. 獨把鄒書念四端
병풍과 족자 그림은 연기에 덮인 봉우리를 이루고 屛簇畫成烟暗峀
피리와 거문고 소리는 달 밝은 여울을 부숴뜨리네. 管絃聲碎月明灘
몸을 지니고도 몸 지닐 걱정을 면치 못하고 有身未免持身患
일을 만나야 비로소 일 처리하기 어려움을 깨닫네. 遇事方知處事難
사람 세상의 옳고 그름을 모두 눈으로 보니 人世是非皆眼見
백년이 잠깐인데 무엇이 편안함보다 나으랴. 百年間隙莫如安

사람 가운데 어찌 나만 쓸쓸하랴 人中惟我獨酸寒
흥이 나면 때때로 붓을 휘둘러 보네. 情興時時發筆端
소나무와 국화는 아직도 원량(元亮)의432) 집에 있고 松菊猶存元亮宅

---

428) 촉도난(蜀道難) : 중국 사천성(四川省)을 통하는 위험한 길. 촉(蜀)으로 가는 길이 험난해, 많은 시인들이 이 주제를 가지고 노래했다. 악부(樂府)로는 양나라의 간문제(簡文帝)ㆍ유효위(劉孝威)와 진나라의 음갱(陰鏗), 당나라의 장문종(張文琮) 등이 「촉도난(蜀道難)」을 지었으며, 당나라 이백(李白)도 「촉도음(蜀道吟)」이라는 시를 지었다.

429) 고당(高堂) : 남의 어버이를 높여 부르는 말.

430) 추서(鄒書) : 사서(四書)의 하나인 맹자(孟子)를 가리킴. 중국 전국시대의 철인(哲人) 맹가(孟軻, B.C. 390?~305?)가 공자의 도(道)와 인의(仁義)를 설하고, 혹은 왕도(王道)를 펴려고 여러 나라를 두루 다닐 때에, 제후(諸侯) 및 제자(諸子)들과 문답한 내용이 기록되어 있음. 양혜왕ㆍ공손축ㆍ등문공ㆍ이루ㆍ만장ㆍ고자ㆍ진심의 7편으로 모두 14편.

431) 사단(四端) : 『맹자』에 있는 말이다. "측은지심(惻隱之心)은 仁의 단서요, 수악지심(羞惡之心)은 義의 단서이며, 사양지심(辭讓之心)은 禮의 단서이고, 시비지심(是非之心)은 智의 단서이다. 사람에게 이 사단을 가지고 있음은 사체(四體)를 가지고 있음과 같으니, 이 사단을 가지고 있으면서도 스스로 인의를 행할 수 없다고 말하는 자는 자신을 해치는 자요, 자기 군주가 인의를 행할 수 없다고 말하는 자는 군주를 해치는 자이다. 『孟子』 公孫丑章句上 惻隱之心, 仁之端也, 羞惡之心, 義之端也, 辭讓之心, 禮之端也, 是非之心, 智之端也. 人之有是四端也 猶其有四體也. 有是四端而自謂不能者, 自賊者也, 謂其君不能者, 賊其君者也."

432) 도원량(陶元亮) : 도연명(陶淵明).

구름과 연기는 부질없이 자릉(子陵)의[433] 여울에 둘렸네. 雲烟空鎖子陵灘
이웃 불러 술 사다 마셔도 석 잔이면 알맞건만 喚沽隣酒三盃穩
새 시를 읊노라면 한 자가 어려우니, 吟得新詩一字難
대라천(大羅天)[434] 위를 높이 걸어가는 그대는 高步大羅天上客
한가롭게 살아가는 나를 조롱할 테지. 必應欺我轉閑安

소나무 아래 바람이 불어와 절로 찬 기운이 생기니 風來松下自生寒
세상일이 어슴푸레 마음 구석에 걸리네. 世事依依掛念端
구름 너머 봉우리들은 창을 벌려 세운 듯하고[435] 雲外峯巒如列戟
인간 세상의 세월은 달려가는 여울 같구나. 人間歲月似奔灘
꿈속에서 꿈을 말하니 허망한 가운데 허망하고 夢中言夢妄中妄
마음 위에서 마음을 찾으니 어려움 위의 어려움일세. 心上覓心難上難
천하에 호걸들이 얼마나 많았던가 天下幾多豪傑士
배부르고[436] 편안함을 나는 구하지 않으리라. 我無求飽不求安

부모를 뵈러올 때에는[437] 추워지기를 기다리지 말라 覲省來期莫待寒
세상 인연은 날마다 많아지기 마련일세. 世緣隨日漸多端
뒷 고개에 대(臺)를 만드니 구름이 난간에 닿고 作臺後嶺雲連檻
홍법사(興法寺)[438] 앞 강물은 여울에 가득 차네. 興法前江水滿灘
계수나무 노와 난초 배가 이미 준비되었으니 桂棹蘭舟修已備

433) 자릉(子陵) : 후한(後漢) 때의 학자 엄광(嚴光)의 자(字).

434) 대라천(大羅天) : 도가(道家)에서 말하는 가장 높은 데 있는 하늘.

435) 열극(列戟) : 위의(威儀)를 드러내기 위해 귀관(貴官)의 집 문 앞에 죽 늘어세운 창을 말하는데, 전하여 귀관(貴官)의 뜻으로도 쓰인다.

436) 구포(求飽) : 공자께서 말씀하셨다. "군자는 밥을 먹으면서 배부르기를 구하지 않으며, 거처하면서 편안하기를 구하지 않는다. 일은 민첩하면서도 말은 신중하고, 도 있는 사람에게 나아가 자기 몸가짐을 바로잡는다면, 배우기를 좋아하는 자라고 말할 만하다." 『논어(論語)』 卷1, 「학이(學而)」.

437) 근친(覲親) : ① 시집간 딸이 친정에 가서 어버이를 뵘. ② (속세를 떠나 중이 되었거나 따로 살거나 하는 사람이) 본집에 가서 어버이를 뵘.

438) 홍법사(興法寺) : 강원도 원주시 지정면 안창리에 소재한 절.

국화 오솔길과 향그런 술 마련하기야 어찌 어려우랴. 菊徑香醞辦何難
채색 옷 입은 경사스런 자리에 누가 손님이 되랴 彩衣慶席誰爲客
아마도 동산(東山)의 늙은 사안(謝安)을[439] 부를 테지. 須喚東山老謝安

부지런히 배우면서 겨울밤 추위를 견뎠기에 勤學三冬守夜寒
훌륭한 이름 널리 퍼져 온 조정에 가득하네. 藹然淸譽滿朝端
세 차례나 방(榜)에 붙어 그대 큰 공을 세웠으니 多君卓占三場榜
칠리탄(七里灘)만[440] 지키고 있던 내가 부끄러워라. 愧我恒居七里灘
부귀 공명을 사양하기는 쉬운 일이지만 富貴功勳辭卽易
명성과 도덕을 감추기는 참으로 어렵다네. 聲名道德隱爲難
거룩한 임금께서 백성 걱정하시는 마음 항상 간절하시니 聖君常切憂民念
부디 훌륭한 재주를 펼쳐 나라를 편안케 하시게. 須展良才補國安

동지(冬至) 지나 이레째 되는 날에 생각나는 대로 읊음
冬至後七日卽事[441]

얼음 정자에 두 아들 데리고 氷亭携二子
걸어서 산을 지나 왔구나. 徒步過山來
합에는 온갖 음식이 가득하고 滿榼多般物
항아리엔 새로 빚은 술이 찼네. 盈樽新造醅
돼지 대가리도 부드럽게 잘 삶았으니 猪頭烹熟軟
내 배가 갑절이나 불러, 人腹飽增培
정성어린 너희 뜻에 감동해 感此勤渠意

439) 사안(謝安) : 동진(東晋)의 재상(320~385). 자는 안석(安石). 행서(行書)를 잘 썼음. 회계산에 숨어 있을 때 등산을 좋아했고, 그 뒤 환온(桓溫)의 사마(司馬)가 되어 효무제(孝武帝) 때에 전진(前秦)의 부견(苻堅)이 쳐들어오자 총수(總帥)가 되어 이를 비수(淝水)에서 쳐부숨. 『진서(晉書)』 卷79.

440) 칠리탄(七里灘) : 은사(隱士)가 사는 곳. 절강성 동로현 엄릉산 서쪽에 서로 마주보는 절벽이 7리 정도 걸쳐 있다고 해서 칠리탄이라고 함. 『후한서(後漢書)』 卷113, 「엄광(嚴光)」.

441) 『耘谷詩史』 卷5, 『高麗名賢集』 卷5, p.371 ; 『耘谷行錄』 卷5, 影印標點 『韓國文集叢刊』 卷6, p.221.

답답하던 내 마음이 활짝 열리네. 　　　鬱陶心豁開

배웅

送行[442)]

계월헌(溪月軒)[443)] 문하에 빼어난 사람이라 　　　溪月軒門秀
그 뜻이 무리 가운데 뛰어났었네. 　　　飄然志不群
마음은 언제나 달같이 맑고 　　　視心淸似月
말 꺼내면 구름같이 담담하였네. 　　　出語淡如雲
장삼 하나에 지팡이 하나로 떠나가니 　　　一衲一節去
숱한 산 넘고 숱한 물 건너시겠지. 　　　千山千水分
이번 걸음에 유쾌한 일 많으리니 　　　此行多快活
듣지 못한 것 듣고 와서 전하시게. 　　　應得不聞聞

새벽에 일어나 머리를 빗으면서

曉起梳頭[444)]

쓸쓸한 머리털이 눈같이 희끗해 　　　蕭蕭鬢髮雪模糊
파르스름한 등불을 짧은 빗에 비추었네. 　　　燈火靑熒照短梳
달빛이 차츰 옮겨 천 길이나 높았고 　　　兎影漸移高千丈
닭소리도 처음 들리며 세 번이나 보내네. 　　　鷄聲初起送三呼
도(道)는 추(鄒)나라에만[445)] 순수한 것이 아니고 　　　道非鄒國醇乎者
마음은 문원(文園)의[446)] 병든 사나이라. 　　　心是文園病也夫

---

442) 『耘谷詩史』 卷5, 『高麗名賢集』 卷5, p.371 ; 『耘谷行錄』 卷5, 影印標點 『韓國文集叢刊』 卷6, p.221.

443) 계월헌(溪月軒) : 여말선초의 고승인 무학(無學, 1327~1405)의 당호(堂號). 속성은 박(朴), 이름은 자초(自超). 이태조(李太祖)의 스승으로 조선조 건국에 힘썼으며, 법천사·송광사 등으로 돌아다니다가 양주 회암사에 붙박아 지냈음. 한양 도읍의 유래로 유명함.

444) 『耘谷詩史』 卷5, 『高麗名賢集』 卷5, p.371 ; 『耘谷行錄』 卷5, 影印標點 『韓國文集叢刊』 卷6, p.221.

445) 추국(鄒國) : 순유(舜儒)인 맹자(孟子)를 가리키는 말.

446) 문원(文園) : 한(漢)나라 사마상여(司馬相如)를 말함. 『한서(漢書)』 卷57상, 사마상여

밤 기운이 자라게 한 것이 얼마나 되려는지 夜氣滋生能幾許
있는 듯도 하고 없는 듯도 하네. 檢來如有亦如無

12월 15일 밤. 하늘은 맑게 개이고 눈빛과 달빛이 서로 맑게 어울려 참으로 사랑스러웠으므로 한 장을 읊음

十二月十五夜. 天宇澄霽. 雪月交淸絶可愛. 吟得一章.447)

눈빛이 달빛에 맑게 비쳐서 雪華淸映月華淸
산성(山城)과 강 마을(江村)이 불야성(不夜城)을 이루니, 山郭江村不夜城
뜰에 거니는 사람은 쾌활하기 그지없고 人步庭除多快活
은하수 드문 별도 그 광명을 사양하네. 星稀河漢讓光明
섬계(剡溪)에서448) 배 띄우면 흥겹다고 들었는데 剡溪聞有浮舟興
운곡(耘谷)에서 붓 잡는 심정을 금하기 어렵네. 耘谷難禁援筆情
달 그림자가 차츰 옮겨 더욱 절묘하기에 蟾影漸移尤絶妙
골똘히 시 읊느라고 삼경(三更)이 지나는 것도 몰랐네. 沉吟不覺過三更

12월 26일 입춘. 생각나는 대로 읊음

十二月二十六日立春. 卽事.449)

동쪽 거리에서 봄맞이 제사가 한창이고 東陌迎春祀事明
토우(土牛)도 새벽부터 첫 밭 갈기를 시작하네. 土牛乘曉起初耕
구망(句芒)은450) 감농사(監農使)를451) 보지 못하고 句芒不見監農使

(司馬相如).

447) 『耘谷詩史』 卷5, 『高麗名賢集』 卷5, p.371 ; 『耘谷行錄』 卷5, 影印標點 『韓國文集叢刊』 卷6, p.221.

448) 섬계(剡溪) : 왕휘지(王徽之)가 산음 살 때 한밤중에 눈이 내리자, 흥이 나서 섬계(剡溪)에 살던 친구 대안도(戴安道)를 만나러 갔다. 배를 저어 그의 집까지 찾아갔지만 문 앞에 이르러 흥이 다하자, 그를 만나보지도 않고 되돌아왔다. 『진서(晉書)』 卷80 ; 『세설신어(世說新語)』, 「임탄(任誕)」.

449) 『耘谷詩史』 卷5, 『高麗名賢集』 卷5, p.371 ; 『耘谷行錄』 卷5, 影印標點 『韓國文集叢刊』 卷6, p.221.

450) 구망(句芒) : ① 산림(山林)의 일을 맡아보던 벼슬 이름. ② 목신(木神)의 이름인데, 고대에 나무의 생장을 주관하는 관원의 명칭으로 삼았다. 목정(木正)이다. 나무가 구부

사람들이 이름만 훔친다고 비웃으리라. 應笑時人浪竊名

근본을 다스리려면 농정(農政)부터 먼저 해야 하니 治本於農政所先
거룩한 임금도 쟁기 잡고 몸소 밭에서 갈았네. 聖君躬秉耒耕田
그 누가 나라 운명과 백성 목숨을 걱정하랴 誰憂國命兼民命
저 하늘만은 속이기 어려우리라. 雖復難欺是上天

이촌(泥村) 이(李) 거사(居士)의 시에 차운함

次泥村李居士詩韻452)

하루 아침 잠깐 만나고 또 한 해가 지났으니 一朝相逢又經年
지척(咫尺)에서도 만나보기가 초(楚)·월(越) 같구나. 咫尺看如楚越邊
고마운 편지가 뜻밖에 찾아와 조그만 창을 비추니 華札忽來光甕牖
낮잠에서 놀라 일어나 정신이 산뜻해지네. 灑然驚起午窓眠

내가 그대보다 사 년 위건만 我長君年只四年
머리 위에 흰 털 어지럽기는 마찬가질세. 一般華髮亂頭邊
봄이 오면 꽃 핀 언덕을 또 찾아가려고 春來又欲尋花塢
비바람 부는 침상 머리에서 잠을 잔다네. 風雨床頭一夜眠

선촌(仙村)에 집 지은 지 몇 해나 되었던가. 卜宅仙村幾許年
맑은 시내 동쪽 푸른 산기슭이었지. 碧溪東畔翠微邊
봄바람 가을 달빛에 시 지을 생각이 나면 春風秋月撩詩思
술 마시고 읊다가 취하면 잠을 자리라. 對酒淸哦醉後眠

홀로 앉으면 시간이 한없어 하루 밤이 한 해 같으니 獨坐悠悠夜似年

러지기도 하고(句曲) 가시도 있으므로(芒角) 구망(句芒)이라고 한 것이다.

451) 감농사(監農使) : 농사일을 감독하는 일을 맡은 벼슬아치. 『경국대전』에는 내시부(內侍府) 직명의 하나로 규정하고 있음.

452) 『耘谷詩史』 卷5, 『高麗名賢集』 卷5, p.371 ; 『耘谷行錄』 卷5, 影印標點 『韓國文集叢刊』 卷6, p.221.

외로운 등불 앞에 온갖 그리움이 떠오르네. 百般思戀一燈邊
천 가지 만 가지 인생 일들을 千嗟萬別人生事
이리저리 헤아리다가 잠들고 마네. 筭去收來付一眠

죽마(竹馬)[453] 타고 달리던 그 옛날을 생각하니 憶昔驅馳竹馬年
목암(沐岩) 시냇가 길과 봉산(鳳山)[454] 기슭이었지. 沐巖溪路鳳山邊
그 시절 여러 친구들은 모두 귀신되었으니 當時群彦皆爲鬼
손꼽으며 헤아리다가 잠들지 못하네. 屈指思量耿不眠

섣달이 다 간 선동(仙洞)에 새해가 가까워 臘殘仙洞近新年
좋은 경사가 집집마다 사방에서 모여드네. 吉慶咸臻宅四邊
바라건대 귀한 몸 보전하고 수(壽)와 복을 누리시어 願保金軀膺壽福
태평스런 봄날에 태평하게 지내시게. 太平春日太平眠

12월 30일

十二月三十日[455]

아내가[456] 떠난 날이 바로 오늘 새벽인데 細君歸日是今晨
오늘이 다시 왔어도 사람은 보이지 않네. 今日依然不見人
이십팔 년 동안 한결같이 한스러웠는데 二十八年猶一恨
그 당시 어린아이가 모두 어른 되었네. 當時襁褓盡成身

---

453) 죽마지년(竹馬之年) : 죽마는 어린아이들이 타고 노는 대나무로 만든 놀이 기구이다. 죽마를 타고 노는 나이란 대개 아이들의 7세 전후 나이를 가리킨다(『博物志』, "小兒五歲曰 鳩車之戲 七歲曰 竹馬之戲"). 그러나 14세 전후를 가리키기도 한다(『後漢書』 陶謙傳, 字恭祖丹陽人 注, "吳書曰 云云 年十四歲 猶綴帛爲幡 乘竹馬而戲").

454) 봉산(鳳山) : 춘천 북쪽 1리에 있는 진산(鎭山). 『신증동국여지승람』 卷46, 춘천도호부 산천.

455) 『耘谷詩史』 卷5, 『高麗名賢集』 卷5, p.372 ; 『耘谷行錄』 卷5, 影印標點 『韓國文集叢刊』 卷6, p.222.

456) 세군(細君) : 아내를 말함. 한나라 동방삭이 자신을 스스로 제후에 비하며 자신의 아내를 "세군"이라고 부른 뒤부터, 문인들이 아내를 "細君"이라고 불렀다. 『書言故事』. 제후의 아내를 세군(細君) 또는 소군(小君)이라고 하였다.

1394년(갑술) 설날
甲戌新正[457]

저물어 가면서 구름이 모여들더니 晩來雲自合
오늘 새벽엔 눈이 쏟아져, 曉至雪其雱
나무에 붙어 봄빛을 단장하고 惹樹粧春色
하늘에 펴져 햇빛을 가리네. 漫天掩日光
노래하는 누각에는 술값이 높아 가고 歌樓高酒價
꽃 탑에는 매화 향기가 퍼지는데, 花塔溢梅香
안타깝구나! 성을 쌓는 군사들은 可惜築城卒
달려가는 길이 얼마나 바쁠까. 奔馳行路忙

또 짓다
又[458]

새해 정월이 반 너머 지나가니 新正將欲半
상서로운 조짐이 어긋나지 않아, 瑞應不爲差
아득한 하늘에는 아무런 빛도 없고 慘慘天無色
하얀 땅에는 꽃이 피었네. 皚皚地有華
벼루가 얼어 붓 잡기 어려운데 硯氷難援筆
화롯불은 차를 다릴 만하네. 爐火可煎茶
부슬부슬 내리는 소리를 누워 들으니 臥聽蕭蕭響
반가워하는 내 마음을 그 누가 알랴. 誰知自意嘉

또 짓다
又[459]

---

457) 『耘谷詩史』 卷5, 『高麗名賢集』 卷5, p.372 ; 『耘谷行錄』 卷5, 影印標點 『韓國文集叢刊』 卷6, p.222.

458) 『耘谷詩史』 卷5, 『高麗名賢集』 卷5, p.372 ; 『耘谷行錄』 卷5, 影印標點 『韓國文集叢刊』 卷6, p.222.

459) 『耘谷詩史』 卷5, 『高麗名賢集』 卷5, p.372 ; 『耘谷行錄』 卷5, 影印標點 『韓國文集叢

조물주(造物主)의 뜻을 알기 어려우니 造物難知意
사람을 희롱해도 때가 있어야 하네. 戲人當以時
언젠가는 세밑의 풍경을 재촉하더니 故應催暮景
어느새 봄 모습을 나타내는구나. 早已放春姿
참 매화가 피는지 알아채지 못했는데 未辨眞梅發
버들개지 어지럽게 펼쳐지는구나. 還成亂絮披
한 잔 술을 기울인 덕분에 憑傾一盃酒
오언시 한 수를 한가롭게 읊조리네. 閑寫五言詩

27일. 눈 속에 이주(李裯)가[460] 술을 가지고 찾아옴

二十七日. 雪中李(裯)携酒來訪.[461]

봄 맞아 상서로운 눈이 처마에 날아들어 當春瑞雪亂飄簷
노래하고 춤추는 누대(樓臺)에 술값이 더해 가네. 歌舞樓臺酒價添
술병 가지고 온 그대의 뜻을 알겠으니 知子携尊深適意
풍년 축하하며 심심풀이 삼아 가져 왔겠지. 賀豐破寂可能兼

지는 매화와 흩날리는 버들개지가 처마 끝에 뿌리니 落梅飄絮灑虛簷
봄 뜻이 한창 무르녹아 취한 흥을 더해 주네. 春意方濃醉興添
이 늙은이의 오늘 일을 축하하는지 堪賀老夫今日事
좋은 날씨와 아름다운 경치가 한꺼번에 겸했네. 良辰美景一時兼

처마 끝에 날아드는 새를 앉아서 보노라니 坐見飛禽入屋簷
차가운 기운이 한층 더한 줄 알겠구나. 定知寒氣更增添
잠자다 일어나 도도한 흥이 솟아나니 睡餘忽發陶然興
싸늘한 가운데 난만한 정을 겸해 갖췄네. 冷淡中間爛漫兼

刊』卷6, p.222.

460) 이주(李裯) : 생몰년 미상.

461) 『耘谷詩史』卷5, 『高麗名賢集』卷5, p.372 ; 『耘谷行錄』卷5, 影印標點 『韓國文集叢刊』卷6, p.222.

반쯤 취해 처마 곁에서 크게 읊조리니　半醉高吟傍短簷
촌스런 정과 한가한 생각이 함께 더해 가네.　野情閑思兩俱添
저녁나절에 눈이 그쳐 멀리 들판을 바라보니　晩晴送目郊園外
봄 일이 한창 일어나 기상을 겸했네.　春事方興氣像兼

술잔 속을 굽어보니 모자가 비쳐　俯看杯心暎帽簷
호연(浩然)한 정이 일어나 이내 더해 가네.　浩然情興遠仍添
바라건대 그대는 평생의 뜻을 일찍 이루시게　願渠早遂平生志
충효와 훌륭한 재주를 한 몸에 겸했으니.　忠孝良才一已兼

2월 초이틀. 비속에 여러 가지를 읊음

二月初二日雨中雜詠[462]

봄을 재촉하는 어젯밤 비가 아침까지 내려　催春一雨夜連明
구름에 가린 앞산이 아직도 개지 않았네.　雲暗前山尙未晴
창문을 열어봐도 아무 것 보이지 않고　掛起小窓無少見
남산 기슭에 비둘기 한 마리 우는 소리만 들리네.　但聞南麓一鳩鳴

효성스런 조카가 수륙재(水陸齋)를[463] 베풀어　孝姪開張水陸儀
오늘 그 어미 위해 명복(冥福)을 빈다네.　今辰爲母賁冥禧
훌륭한 모임에 참예하여 같이 귀경(歸敬)하려[464] 하지만　欲叅勝會同歸敬
약한 말이 진흙탕을 견뎌내기 어렵겠네.　泥水難堪弱馬騎

산길이 굽은데다 비까지 쏟아지는데　山路崎嶇雨不微
내 아들 내 아우가 높은 산을 올라가네.　吾兒吾弟上崔嵬
구름이 가린 옛 절을 찾아가려면　雲遮古寺尋歸處

---

462)『耘谷詩史』卷5,『高麗名賢集』卷5, p.372 ;『耘谷行錄』卷5, 影印標點『韓國文集叢刊』卷6, p.222.

463) 수륙재(水陸齋) : 불가(佛家)에서 바다와 육지에 있는 고혼(孤魂)과 아귀(餓鬼)를 위하여 올리는 재.

464) 귀경(歸敬) : 부처를 믿고 존경함.

진흙이 짚신에 묻고 이슬이 옷을 적실 테지. 泥濺芒鞋露濕衣

진(眞)을 품고 선(選)에 든 그 모습 씩씩하니 懷眞入選貌稜稜
비 무릅쓰고 산길을 등지팡이 짚으며 걸어가네. 冒雨山程偶策藤
바랑에 밤 넣어 주고 붓까지 주던 盛栗鉢囊兼贈筆
그 은혜와 정의가 고마워 어쩔 줄 모르겠네. 感恩情意重難勝

청명일(淸明日).[465] 비속에 생각나는 대로 읊음

清明日雨中卽事[466]

때 맞춰 내리는 비가 사사로운 마음 없어 沛然時雨潤無私
온갖 풀과 꽃들이 저마다 한때를 만났네. 百草千花各一時
부끄럽게도 그 푸른 봄이 내게만은 무정해 却愧青春於我薄
눈같이 흰 귀밑 털이 여전히 드리워 있네. 雪莖依舊鬢邊垂

머리 위의 흰 머리가 반 넘어 빠지고 頭上霜絲半已凋
장하던 마음도 병중에 다 사라졌네. 壯心全向病中消
시 읊조릴 필요 없다고 말하지 말게 吟哦不必渾無謂
그윽한 회포를 그려 쓸쓸한 마음 달랜다네. 寫出幽懷慰寂寥

우곡(牛谷) 아이가 오면서 북만(北巒)을 거쳤는데 牛谷兒來過北巒
새로 걸른 술에다 안주까지 소반에다 차렸네. 新篘醅釀鴈橫盤
빗속에 마시는 것도 자못 괜찮아 雨中酬酢殊無害
늙은이의 마른 혀를 부드럽게 적셔 주네. 軟飽仍沾老舌乾

3월 초하루. 직현(直峴)에서[467] 온 사람이 말하였다. "지난 달 27, 8일에

465) 청명일(淸明日) : 24절기의 하나. 춘분(春分)과 곡우(穀雨) 사이로 양력 4월 5·6일에 해당함.

466) 『耘谷詩史』 卷5, 『高麗名賢集』 卷5, p.372 ; 『耘谷行錄』 卷5, 影印標點 『韓國文集叢刊』 卷6, p.222.

비가 내려 예전엔 보지 못했던, 나무에 눈이 얼어붙는 일이[468] 생겼습니다. 지금 (오면서) 보니 모든 나무들은 무겁게 짓눌려서 가지가 꺾어지고, 길에는 나다니는 사람도 끊어졌으니, 그 길흉의 징험이 어찌 없겠습니까?" 내가 그 말을 듣고 시험삼아 적어 둔다

三月初一日. 自直峴來人曰. 前月二十七八日之雨. 木稼異於古. 今所見重壓萬木. 枝條折落. 行路絶人. 其吉凶豈無所驗. 予聞而記其語試之.[469]

비와 눈이 섞이면서 모든 나무 가지가 얼어붙어　雨雪交凝萬樹梢
크게 쪼개지거나 또는 바가지 같네.　大如斫析又如瓢
그 덕분에 깊은 산 나무들이 다 꺾어졌건만　因玆折落深山木
사흘이 지나도록 아직도 녹지 않았네.　過盡三朝尙未鎖

초엿새. 생각나는 대로 읊음

初六日卽事[470]

안개도 아니고 연기도 아닌데 사방이 어두워　非霧非烟暗四方
햇빛마저 어둑한데다 대낮에 미친 바람이 부네.　日光昏翳晝風狂
산사람이 창망한 가운데 혼자 앉았노라니　山人獨坐蒼茫裏
하늘이 땅에 닿을까 문득 두렵네.　却恐天玄接地黃

적용암(寂用菴)에[471] 다시 찾아가서

重遊寂用菴[472]

---

467) 직현(直峴) : 위치 불명.

468) 목가(木稼) : 눈・비가 나무에 얼어 붙은 모양. 개원(開元) 29년 겨울에 서울이 몹시 추워, 나무에 내린 서리가 얼어붙었다. 그러자 영왕(寧王) 헌(憲)이 보고 감탄하며, "이게 세상에서 말하는 목가(木稼)로구나"라고 하였다. 『구당서(舊唐書)』, 「예종제자전(睿宗諸子傳)」. 비나 서리가 나무에 내렸다가 추위를 만나면 얼어붙어, 마치 갑주(甲冑)처럼 된다. 이것을 목개(木介 : 나무의 갑옷), 또는 목가(木稼)라고 한다.

469) 『耘谷詩史』 卷5, 『高麗名賢集』 卷5, p.372 ; 『耘谷行錄』 卷5, 影印標點 『韓國文集叢刊』 卷6, p.223.

470) 『耘谷詩史』 卷5, 『高麗名賢集』 卷5, p.373 ; 『耘谷行錄』 卷5, 影印標點 『韓國文集叢刊』 卷6, p.223.

471) 적용암(寂用菴) : 위치 불명.

이 절을 창건할 때 선류(禪類)를 모았으니 刱成蘭若集禪流
적용(寂用)의[473] 공부가 성품을 구하는 결세. 寂用工夫性所求
붉은 난간에 저녁 되니 골짜기에 흰 구름 가득하고 滿洞白雲丹檻暮
푸른 못에 가을 되니 외로운 바퀴 달빛 밝구나. 孤輪皎月碧潭秋
예전에 처음 보고 맑은 구경 다했는데 昔年初見窮淸賞
오늘 다시 와서 훌륭한 놀이를 즐기네. 今日重來得勝遊
새로 칠한 단청이 빛깔 찬란해 新着丹靑光燦爛
환암(幻菴)도[474] 탑 속에서 머리를 끄덕이시리. 幻菴應點塔中頭

13일. 동아산(銅鵝山) 집에 작은 술자리를 마련하고 돌아가신 형님을 생각하다

十三日. 銅鵝山宅開小酌. 懷先兄.[475]

지난 여름 산 속 서재에서 술잔을 들고 去夏山齋把酒盃
두 사람이 함께 마시며 돌아갈 줄 몰랐지. 兩人同酌不知廻
귓가에는 은근한 이야기가 아직도 남아 있고 耳邊猶在綢繆語
가슴속에는 뼈아픈 슬픔이 더욱 늘었네. 胸次尤增痛切哀
서산의 해와 물과 구름은 나그네 한(恨)을 얽는데 西日水雲縈客恨

---

472) 『耘谷詩史』 卷5, 『高麗名賢集』 卷5, p.373 ; 『耘谷行錄』 卷5, 影印標點 『韓國文集叢刊』 卷6, p.223.

473) 적용(寂用) : 진여(眞如)의 리(理)와 체(體)가 유위(有爲)의 제상(諸相)을 떠나는 것을 적(寂)이라 하고, 그러고도 거기에서 일체의 선(善)이 나타나 작용하는 것을 용(用)이라 함.

474) 환암(幻庵) : 고려말 스님 혼수(混修, 1320~1392)의 법호. 속성은 조씨, 경기도 광주사람으로 12세에 대선사 계송(繼松)으로부터 내외 전적을 모두 배우고, 이어서 오대산 신성암에서 살았다. 그때 혜근이 고운암에 주하고 있었으므로 사사하여 가사와 불자(拂子)를 받았다. 1369년(공민 18) 백성군의 김황이 원찰로 세운 서운사에서 혼수를 맞이하여 참선법회를 열었다. 다음해 혜근이 광명사에서 공부선(功夫選)을 주최하였을 대, 문답에서 합격했다. 공민왕의 명에 따라 불호사에 머물다가 다시 내불당에 들어갔다. 우왕이 즉위하자 광통무애원묘대지보제(廣通無碍圓妙大智普濟)의 호를 하사하고 다시 국사로 임명하였다. 1393년(조선 태조 원년) 입적하자 보각국사의 호를 내렸다. 『朝鮮金石總覽(下)』, 「普覺國師碑銘」.

475) 『耘谷詩史』 卷5, 『高麗名賢集』 卷5, p.373 ; 『耘谷行錄』 卷5, 影印標點 『韓國文集叢刊』 卷6, p.223.

동풍에 복사꽃과 오얏꽃은 누굴 위해 피었나.	東風桃李爲誰開
자리에 가득한 자손들은 모두들 옛날 그대로이니	滿堂蘭玉皆依舊
마주앉아 술잔 기울이셨더라면 정말 즐거웠으리.	相對傾樽可快哉

15일. 조(趙) 총랑(摠郞)이 좋은 술을 보내와서

十五日. 趙摠郞見惠名醞.[476)]

해묵은 병객(病客)이 홀로 무심한데	悠悠病客獨無心
봄은 어느새 저물어 가고 벌써 녹음(綠陰)일세.	春事將闌已綠陰
고맙게도 이 술이 두터운 뜻을 전해 주어	賴有麴生傳厚意
지는 꽃 밑에 한번 취하니 그 값이 천금일세.	殘花一醉直千金

이실(李實)[477)] 형의 장사(葬事)를 지냈는데, 나는 병으로 상여 앞에 나아가지 못하고 시 두 수를 지었다

李實兄葬送. 僕因病未詣輛車之前. 作二首.[478)]

기쁜 일에는 반드시 걱정스런 일이 따른다던	喜事須幷憂事競
옛사람의 이 말씀이 황당하구나.	故人斯語有荒唐
나는 이를 앓는 데다 가슴까지 앓고 있으니	乃緣齒疾兼心痛
상엿줄 잡고 참예하지 못하겠네.	未得隨衆執紼行

빠른 세월은 흘러가는 물 보며 알고	冉冉天機看逝水
유유한 세상일은 뜬 구름 보며 느끼네.	悠悠世事感浮雲
난간에 기대 곰곰이 살고 죽은 사람들 헤아려 보노라니	倚欄細數存亡輩
말없는 봄 산이 저녁볕을 보내 주네.	默默春山送夕曛

---

476) 『耘谷詩史』 卷5, 『高麗名賢集』 卷5, p.373 ; 『耘谷行錄』 卷5, 影印標點 『韓國文集叢刊』 卷6, p.223.

477) 이실(李實) : 생몰년 미상.

478) 『耘谷詩史』 卷5, 『高麗名賢集』 卷5, p.373 ; 『耘谷行錄』 卷5, 影印標點 『韓國文集叢刊』 卷6, p.223.

4월 초하루

四月初一日479)

곡우(穀雨)가 기름을 보탠 뒤에	穀雨添膏後
훈훈한 바람이 뜻을 내기 시작해,	熏風用意初
이제부터 녹음이 우거지고	綠陰當鬱密
아름다운 꽃들이 벌써 드물어지네.	紅艷已稀疎
고운 풍광이 드러나고	婉軟風光轉
맑은 경치가 펴져,	淸和景氣舒
어느새 여름 뜻이 움직이니	悠然動夏意
누런 꾀꼴새가 뽕나무 언덕에 지저귀네.	黃鳥囀桑墟

둘(其二)

사람은 늙고 석 달 봄은 저무는데	人老三春晚
꾀꼴새 울면서 사월이 시작되네.	鶯呼四月初
산들바람에 버들개지 흩날리고	絮飛風細細
보슬비에 연기 맑아라.	煙淡雨疎疎
만물을 살펴보며 성쇠(盛衰)를 느끼고	觀物感衰盛
마음을 다잡아 거두고 펼 줄을 아니,	秉心知卷舒
인생 백년에 천 가지 변하는 일들이	百年千變事
결국은 한 줌 흙으로 돌아간다네.	終始一丘墟

셋(其三)

솔솔 부는 봄바람 뒤에	嫋嫋春風後
평화스런 여름 경치가 시작되니,	融融夏景初
흐르는 세월이 어찌 그리 빠른지	流光何荏苒
내 자신의 계획은 갈수록 허술해지네.	身計轉蕭疎

---

479) 『耘谷詩史』 卷5, 『高麗名賢集』 卷5, p.373 ; 『耘谷行錄』 卷5, 影印標點 『韓國文集叢刊』 卷6, p.223.

담 모퉁이에 꽃 그늘이 엷어 가고 墻角花陰淺
책상머리에 나무 그림자 펼쳐지니, 床頭樹影舒
좋은 바람이 맑은 기운을 몰아 好風將淑氣
남쪽 언덕에서 불어오네. 吹到自南墟

복(服)을 마치고 조정으로 돌아가는 최(崔) 전서(典書)를 보내면서 奉送崔典書服盡還朝[480]

가족 이끌고 봄날 고향에 돌아와 挈家來到故園春
살고 죽은 이들 공경하며 섬겨 어버이께 효성 다했네. 敬事存亡盡孝親
복(服)을 벗고 다시 조정으로[481] 돌아가니 服盡飜然朝鳳闕
참으로 충효를 한 몸에 온전히 했네. 實維忠孝兩全身

관산(關山)이[482] 까마득히 멀어 흰 구름 나는데 關山迢遞白雲飛
책과 칼 단출한 차림으로 말 타고 돌아가네. 書釼單裝信馬歸
멀리서 생각하노니 한강(漢江) 가 길에는 遙想漢江江上路
들꽃과 아름다운 풀들이 나그네 옷을 비추겠지. 野花芳草照征衣

도촌(桃村)의[483] 문객(門客)들이 다 훌륭하지만 桃村門客盡英華
구름 길 빛나는 영화를 몇 사람이나 누렸던가. 雲路蜚榮有幾家
이 산 사람을 묻거든 이렇게 대답하시게 若問山人須報道
홀로 빈 배 부둥켜 안고 연하(煙霞)에 누웠노라고. 獨將空腹臥煙霞

---

480) 『耘谷詩史』 卷5, 『高麗名賢集』 卷5, p.373 ; 『耘谷行錄』 卷5, 影印標點 『韓國文集叢刊』 卷6, p.223.

481) 봉궐(鳳闕) : 임금이 거처하는 궁궐. 한대(漢代)에 지붕 위에 동(銅)으로 만든 봉황을 안치한 데서 나온 말로서 궁궐의 문, 또는 궁궐을 말함.

482) 관산(關山) : ① 관문(關門)과 산. ② 고향에 있는 산. ③ 고향.

483) 도촌(桃村) : 이교(李嶠, ?~1316)의 호(號). 고려 공민왕 때의 문신. 자는 모지(慕之). 본관은 고성(固城). 이암(李嵒)의 아우이며, 이림(李琳)의 아버지. 공민왕 때 형부상서와 어사대부를 지냈고, 1360년(공민왕 9) 전선(銓選)을 관장하였다.

오래 전에 고향 떠난 작은 아이가 久別家鄕有小兒
육 년 동안 낮은 벼슬로 연(輦)을 모시고 있네. 六年◯輦一官卑
부탁하노니 내 마음을 대신해 말씀해 주소 請公代說吾心事
충량(忠良)을 다해 거룩한 임금 보좌하라고. 宜盡忠良佐聖時

장덕지(張德至)[484] 선생이 이질(痢疾) 고치는 노액(露液) 한 병을 주기에 시를 지어 감사함

張先生(德至)惠治痢露液一罌. 詩以謝之.[485]

늙어 가면서 병까지 많아 老去仍多病
너무 심하게 쇠했는데, 衰遲已甚哉
하성(霞誠)이 큰 바다 같으시어 霞誠同大海
노액(露液)이 깊은 잔에 가득 찼네. 露液滿深杯
한번 마시자 오장(五臟)이 왕성해지고 一服五臟旺
다시 맛보니 두 눈이 열려. 再嘗雙眼開
경괴(瓊瑰)에[486] 견줄 만한 물건 없으니 重恩何以報
이 막중한 은혜를 무엇으로 갚으랴. 無物當瓊瑰

다시 이(李) 거사(居士)가 보낸 시에 차운함

復次李居士所贈詩[487]

농서(隴西)의 시격(詩格)이 늙은 소나무 같아 隴西詩格似松年
넓고 넓은 사원(詞源)이 끝이 없구나. 浩浩詞源莫有邊
어진 아들 시랑(侍郎)이 아름다운 시를 보내 賢嗣侍郎傳麗句
한바탕 잠자다가 작은 창가에서 놀라 깨었네. 小窻驚覺一場眠

---

484) 장덕지(張德至) : 생몰년 미상.

485) 『耘谷詩史』 卷5, 『高麗名賢集』 卷5, p.374 ; 『耘谷行錄』 卷5, 影印標點 『韓國文集叢刊』 卷6, p.224.

486) 경괴(瓊瑰) : 훌륭한 선물.

487) 『耘谷詩史』 卷5, 『高麗名賢集』 卷5, p.374 ; 『耘谷行錄』 卷5, 影印標點 『韓國文集叢刊』 卷6, p.224.

오늘 저녁이 몇 해 만인지 모르겠구나 今夕不知何歲年
술항아리 둘러싸고 서너 사람이 마주앉았네. 數人同坐一罍邊
시는 맑고 술은 시원해 넉넉히 즐기고는 詩淸酒冽歡娛足
취한 채로 돌아가 저마다 편안히 잠들었네. 乘醉歸來各穩眠

아우와 형이 함께 늙어 이미 죽을 나이건만 弟兄俱老已殘年
그 동안 이룬 공명(功名)은 어디 있는가. 畢景功名在那邊
헤어져 지낸 적이 많고 모인 적은 적으니 離別尙多團會少
평상 맞대고 잠자던 일이 늘 생각나네. 每思相對雨床眠

옛 사람과 지금 사람이 천년이나 떨어졌지만 古今人縱隔千年
그 취향은 피차 다름이 없네. 趣尙無分彼此邊
국화 길의 늙은 서생은 정절(靖節)만이 아니고 菊徑老生非靖節
소나무 바위 숨은 선비는 바로 용면(龍眠)일세. 松巖居士是龍眠

맑고 화창한 사월이라 하루가 한 해 같은데 淸和四月日如年
옛 언덕 가 버드나무가 솜털을 불어 대네. 楊柳吹綿古岸邊
남쪽 논의 모내기는 아직 끝나지 않았는데 南畝揷秧猶未盡
잠박의 누에는 벌써 세 잠이 지났네. 箔蠶今已過三眠

올해에도 지난해같이 꽃이 피었건만 今年花發似前年
지난번 꽃구경하던 사람들이 자리에 많이 없네. 前賞花人減坐邊
꽃은 다시 피었건만 사람은 돌아오지 않아 花有重開人未返
홀로 긴 한숨 쉬며 잠 이루지 못하네. 獨興長嘆不成眠

스스로 읊음

自詠[488)]

---

488) 『耘谷詩史』 卷5, 『高麗名賢集』 卷5, p.374 ; 『耘谷行錄』 卷5, 影印標點 『韓國文集叢刊』 卷6, p.224.

올 한 해 봄일이 어떻게 되었나. 一年春事定何如
절반이나 지났건만 추위가 가시지 않네. 過半餘寒尙未除
한식(寒食)[489] 뒤라서 바람과 비가 어지럽고 風雨紛紜寒食後
몸이 늙어서 시(詩)와 서(書)도 잘 안되네. 詩書跌宕老年餘
시름겨운 허파를 씻으려고 촌 술을 사 마시고 欲澆愁肺沽村釀
주린 창자를 달래느라 들나물을 캐 왔네. 爲療飢腸拾野蔬
낮잠에서 깨어났더니 처마에 낙숫물도 그쳐 午睡罷來簷溜歇
조각 구름만 저 멀리 살구꽃 언덕에 떠 있네. 殘雲遠傍杏花墟

원양윤(元良胤) 형을 곡함

哭元良胤兄[490]

참다운 정은 천고에 으뜸이고 眞情千古一
나이는 여든하고도 셋이라, 年齒八旬三
뛰어난 기운은 골짜기에 일어나는 구름이고 逸氣雲興壑
맑은 풍채는 못을 비추는 달이었네. 淸儀月照潭
사귄 도가 옛부터 깊었으니 哀辭今更苦
애사(哀辭)를 짓기가 너무 괴롭네. 交道昔曾諳
길이 황천(黃泉) 아래 막히고 路隔黃泉下
무덤은 푸른 산 남쪽에 높았으니, 墳高翠巘南
쓸데없이 눈물 흘리지 마세 莫垂無益淚
끝없는 이야기 말로 다 못하겠네. 休說不窮談
줄 이은 최마(縗麻)의 유족들이 대견하게 보이니 偉見縗麻列
당당한 그 모습 아들이 다섯일세. 堂堂有五男

또 짓다

489) 한식(寒食) : 동짓날에서 105일째 되는 날. 이 날은 자손들이 저마다 조상의 산소를 찾아 높고 큰 은덕을 추모하며 제사를 지내고, 사초(莎草)를 하는 등 손질을 하는 날임.

490) 『耘谷詩史』 卷5, 『高麗名賢集』 卷5, p.374 ; 『耘谷行錄』 卷5, 影印標點 『韓國文集叢刊』 卷6, p.224.

又[491)]

누른 흙이 충효의 몸을 덮었으니 黃土盖忠孝
우리들이 세 차례나 탄식했네. 吾儕歎息三
옛날 술자리를 같이 했을 적에 與偕開酒席
함께 놀던 즐거움이 못물에 넘쳤었지. 遊樂溢溪潭
세상 돌아가는 건 그대가 걱정했고 世態君應誚
그대의 양심은 뭇 사람들이 알았는데, 良心衆所諳
북망산에 누웠다는 소식을 갑자기 듣고는 忽然聞枕北
남쪽 난간에 기대 걱정스레 바라보았네. 惕若倚軒南
나 혼자 마음 아파할 뿐이지 徒自傷懷抱
함께 웃으며 이야기할 길 없으니, 無因共笑談
내 일찍부터 아버지의 친구였기에 我曾爲父執
이 시를 지어 여러 아들들에게 조문하네. 題此吊諸男

조카 원인(元認)이[492)] 보낸 우모회(牛毛膾)를 노래함

詠牛毛膾(侄元認所贈)[493)]

바다 나물을 말려 털처럼 가늘구나. 枯乾海菜細如毛
물과 불로 삶느라 수고 많았네. 水火烹煎也有勞
아주 맑은 체질이 그릇에 가득 엉켰으니 品宬澄淸凝滿器
물에서 건진 귀한 것을 거룻배에 실었네. 貴從波浪載輕舠
취할 때 먹으면 몸에도 좋고 每逢醉日呑何害
날씨가 더워지면 그 값이 더욱 높아지네. 始信炎天價更高
손수 들고 온 그 정성이 고마워 手把重來誠意重
시 한 수를 지어 붓을 휘두르네. 卽成詩律一揮毫

491) 『耘谷詩史』 卷5, 『高麗名賢集』 卷5, p.374 ; 『耘谷行錄』 卷5, 影印標點 『韓國文集叢刊』 卷6, p.224.

492) 원인(元認) : 생몰년 미상.

493) 『耘谷詩史』 卷5, 『高麗名賢集』 卷5, p.374 ; 『耘谷行錄』 卷5, 影印標點 『韓國文集叢刊』 卷6, p.224.

인봉의사(仁峰義師)의[494] 시권에 씀

題仁峯義師卷[495]

연민(憐憫)을 느끼는 정은 성품을 베푸는 것이니 憐憫之情性所施
유교에선 인(仁)이라 하고 불교에선 자(慈)라 하네. 儒言仁也釋言慈
스님께서 중생을 구제하시려 上人用濟諸含識
방편문(方便門)[496] 가운데서도 알맞음을 택하셨네. 方便門中制以宜

남행

南行[497]

임금 수레가 황성(皇城)을[498] 떠났다는 소식 들은 듯한데 似聞鑾輅出皇城
여러 날 동안 계룡산(鷄龍山)을 순수(巡狩)하셨다네. 巡狩鷄龍數日程
강과 산도 반드시 왕업을 도우리니 河岳必應扶盛業
어느 곳에다 새 서울을 정하시려나. 定從何處作新京

왕실에서 처음 곡봉성(鵠峯城)을[499] 정한 까닭은 皇家初定鵠峯城
조회(朝會)에 수륙(水陸) 길이 고르기 때문일세. 朝會均調水陸程

---

494) 인봉의사(仁峰義師) : 생몰년 미상.

495) 『耘谷詩史』 卷5, 『高麗名賢集』 卷5, p.375 ; 『耘谷行錄』 卷5, 影印標點 『韓國文集叢刊』 卷6, p.225.

496) 방편문(方便門) : 방편(方便). 권도(權道)로 통달하게 하는 지혜. 보살이 여러 가지 수단 방법을 써서 중생을 진실한 대도로 이끌어 들이는 권지(權智).

497) 『耘谷詩史』 卷5, 『高麗名賢集』 卷5, p.375 ; 『耘谷行錄』 卷5, 影印標點 『韓國文集叢刊』 卷6, p.225.

498) 황성(皇城) : 황제국의 서울. 제도(帝都).

499) 곡봉(鵠峰) : 송악의 별칭. 송악(松嶽)은 개성부 북쪽 5리에 있는데, (개성의) 진산(鎭山)이다. 처음의 이름은 부소(扶蘇), 또는 곡령(鵠嶺)이라고 했다. 신라의 감간(監干) 팔원(八元)이 풍수지리를 잘 보았는데, 부소군에 이르러 산의 형세가 좋은데도 나무가 없는 모습을 보았다. 그래서 강충(康忠)에게 고하기를, "만약 고을을 산 남쪽으로 옮기고 소나무를 심어 바위가 드러나지 않게 한다면, 삼한(三韓)을 통일할 사람이 날 것이다."라고 하였다. 그래서 강충이 고을 사람들과 함께 산 남쪽에 옮겨 살면서, 온 산에다 소나무를 심고는 송악(松嶽・松岳)이라고 불렀다. 『신증동국여지승람』 卷4, 「개성유수부」. 곡령(鵠嶺)이나 곡봉(鵠峰)은 개성에 있는 송악산의 신라시대 이름이다.

서른 넘는 임금들이 왕업을 전한 뒤까지 三十餘君傳業後
크나큰 영기(英氣)가 송경(松京)을 옹호하네. 蕩然英氣擁松京

배웅

送行[500]

내 한 몸이 한가로워 고개 위 구름처럼 가볍기에 一身閑與嶺雲輕
산과 물 모든 길들을 마음대로 다니네. 遮莫千山萬水程
공(空)의 성품 자리를 서로 전하니 料得相傳空性處
푸른 소나무 난간 밖에 달이 막 떠오르네. 碧松軒外月初生

새 나라

新國[501]

해동 천지에 큰 터전을 마련하고 海東天地啓鴻基
강상(綱常)을 정돈해 마침 때를 만났네. 整頓網常適値期
사대(四代)의 왕손이 지금의 태조이고 四代王孫今太祖
삼한(三韓)의 국토가 고려(高麗) 뒤를 이었네. 三韓國土後高麗
능침(陵寢)을 깨끗이 쓸고 새 명령 내렸으며 掃淸陵寢敷新命
조반(朝班)을 바로 정해 옛 제도를 고쳤으니, 刪定朝班改舊儀
이로부터 다른 나라들이 큰 교화에 따라와 從此異邦投盛化
산에 오르고 바다 건너면서[502] 피곤한 줄 몰랐네. 梯山航海不知疲

【사대(四代)를[503] 추존하여 왕으로 보하였기에】(四代追封爲王)

---

500) 『耘谷詩史』 卷5, 『高麗名賢集』 卷5, p.375 ; 『耘谷行錄』 卷5, 影印標點 『韓國文集叢刊』 卷6, p.225.

501) 『耘谷詩史』 卷5, 『高麗名賢集』 卷5, p.375 ; 『耘谷行錄』 卷5, 影印標點 『韓國文集叢刊』 卷6, p.225.

502) 제산항해(梯山航海) : 진나라 소왕(昭王)이 공인(工人)을 보내, 사닥다리로 화산에 오르게 했다. 『한비자』, 「외저설(外儲說)」 左上. 높은 산에 사다리를 타고 오르며, 먼 바다에 배를 타고 건너는 것은 멀고 험한 길을 간다는 뜻인데, 흔히 외국에 사신으로 다녀오는 것을 가리켰다.

503) 사대(四代) : (태조가) 4대를 추존하여 왕으로 봉하였다. 태조 원년(1392년) 11월 6일에 태조의 4대 선조에게 존호를 책봉해 올렸다. 이안사(李安社)는 목왕(穆王)이라 하고,

새벽 흥취에 관한 시(晨興詩)의 운을 씀

用晨興詩韻[504)]

조정의 기강을 고치고 호령이 새로우니 革整朝綱號令新
우리 임금의 공덕이 거룩하고도 신기하네. 我君功德聖之神
해방(海邦)에서[505)] 조근(朝覲)하며[506)] 방물(方物)을[507)]
 실어 오고 海邦朝覲輸方物
변경이 평안하여 적(賊)의 티끌을 다 쓸어 버렸네. 邊境安寧掃賊塵
북쪽 변방 십 년에 누가 편지를 부쳤던가. 塞北十年誰寄信
강 남쪽 만리에 스스로 이웃과 통했으니, 江南萬里自通隣
가엾구나! 옛날과 지금 흥하고 망한 일들이 可憐今古興亡事
얼마나 뒷사람으로 하여금 뒷사람을 슬프게 하려나. 幾使後人哀後人

감회

感懷[508)]

소나무 그늘이 차츰 옮겨 해가 한낮인데 松陰漸轉日方中
느끼는 대로 시를 쓰자니 뜻이 끝 없네. 感事題詩意莫窮
한(漢)나라 하늘 트이는 빛을 기쁘게 보고 喜覩漢天開晃朗
요(堯)임금 해가 비추는 빛을 우러러보니, 更瞻堯日照曨曈
비와 이슬 공평하게 베풀어 편파가 없고 方施雨路公無黨
하늘과 땅을 다시 지어 커다란 공이 있네. 再造乾坤大有功

이행리(李行里)는 익왕(翼王)이라 했으며, 이선래(李善來)는 도조(度祖)라 하고, 이자춘(李子春)은 환조(桓祖)라 했다. 그 뒤 태종 11년(1142) 4월 22일에 존호를 더 올려, 왕(王)을 모두 조(祖)라 하였다.

504) 『耘谷詩史』 卷5, 『高麗名賢集』 卷5, p.375 ; 『耘谷行錄』 卷5, 影印標點 『韓國文集叢刊』 卷6, p.225.

505) 해방(海邦) : 바다 가까이에 있는 나라(近海之國).

506) 조근(朝覲) : 조현(朝見). 신하가 조정에 나아가 임금을 뵘.

507) 방물(方物) : 감사(監司)나 수령(守令)이 임금에게 바치던 그 고장의 산물(産物).

508) 『耘谷詩史』 卷5, 『高麗名賢集』 卷5, p.375 ; 『耘谷行錄』 卷5, 影印標點 『韓國文集叢刊』 卷6, p.225.

다행히 밝은 시절을 힘입어 옹졸함을 기르면서 幸賴明時專養拙
흰 머리털 가을 하늘에 비추며 부질없이 슬퍼하네. 空嗟雪髮照秋空

반자(半刺) 양(梁) 선생의 대규음(對葵吟)에 차운함

次韻楊半刺對葵吟[509]

난간 동쪽 가까이 피어 홀로 꽃다움을 간직하며 開近軒東獨貯芳
꽃 마음이 오로지 맑은 해를 향했네. 花心全欲向昭陽
안개비 뜰에 가득해 어슴푸레한 속에서 滿庭煙雨空濛裏
늘 시선(詩仙)과 짝해 그윽한 향기 풍기네. 長伴詩仙噀暗香

훈훈한 바람 일으켜 향기를 멀리 퍼뜨리며 趁得熏風遠播芳
복사꽃 오얏꽃 따라 봄빛을 다투지 않네. 不隨桃李競春陽
어여쁜 모습 아침저녁으로 시흥(詩興)에 이바지하니 嫣然朝暮供詩興
아가위 그늘의[510] 비와 이슬 향기를 느꼈으리라. 應感棠陰雨露香

관아가 한가해 고요히 앉아 기이한 꽃을 마주하니 官閑靜坐對奇芳
지난 해 낙양(洛陽)에서[511] 놀던 일이 문득 생각나네. 忽憶年前戲洛陽
부쳐 보낸 시 두 장을 읽으니 맑고도 절묘해 吟寄二章淸更絶
구슬 꿴 글자마다 절로 향기가 나네. 連珠字字自生香

백년 인간 세상이 참으로 꿈속인데 百年人世正懵懵
밤새도록 흐르는 시냇물은 동쪽을 향해 달리네. 盡夜流川注向東

---

509) 『耘谷詩史』 卷5, 『高麗名賢集』 卷5, p.375 ; 『耘谷行錄』 卷5, 影印標點 『韓國文集叢刊』 卷6, p.225.

510) 당음(棠陰) : “아가위나무 그늘”이라는 뜻으로 관청을 말한 것임. 춘추시대 소(召)나라 목공(穆公) 호(虎)가 남쪽을 순행하다가 이 아가위나무 아래서 쉬며 백성들을 돌보았기에, 백성들이 그의 덕에 감복하여 이 나무까지도 소중스레 사랑한 노래이다. 이 뒤로 어진 수령을 예찬하는 시로 많이 쓰였다. “무성한 저 아가위나무 베지도 말고 치지도 말라 소백님이 머무신 곳이라네. 蔽芾甘棠, 勿翦勿伐, 召伯所茇.” 『시경(詩經)』 卷1, 소남(召南) 「감당(甘棠)」.

511) 낙양(洛陽) : 중국 하남성 북부에 있는 고도(古都).

꽃 바라보며 지난 일들을 생각하지 말게나　不用對花思往事
회포 풀려면 모름지기 술항아리에 맡겨야 하리.　闡懷要寄酒樽中

늙어 가면서 뜻과 생각이 차츰 혼몽해져　老年情思漸昏懜
세상과 더불어 동쪽으로 향한 게 못내 부끄러워라.　深愧疎狂與世東
새 시를 펼쳐보고 스스로 치하(致賀)하노니　奉閱新詩還自賀
오두막까지 넓은 은총이 흘러 미쳤네.　洪恩流及草廬中

언제나 담 그늘에 있어 어둡게 지내는데　長在墻陰可不懜
태양이 빛을 띄우며 하늘 동쪽에 떠오르네.　太陽浮彩出天東
그 누가 마음 기울여 기꺼이 생각해 주랴　有誰歡取傾心苦
산 연기와 산 비 속에 영락한 이 사람을.　零落山烟山雨中

삼가 금척을 받든 글(奉金尺詞)과 보록을 받는 어록(受寶籙致語)을 읽고 경사롭게 여겨 찬양함

伏覩奉金尺詞受寶籙致語. 慶而賛之.[512]

꿈에 금척(金尺)이 현관(玄關)에 내려오고　夢中金尺降玄關
지리산(智異山)에서 보록(寶籙)이 왔으니,[513]　寶籙來從智異山
천명(天命)과 인심(人心)은 덕 있는 이에게 돌아가는 법　天命人心歸有德
새롭게 개혁한 공이 하루 아침에 들렸네.　鼎新功在一朝間

하도(河圖)와[514] 낙서(洛書)는[515] 성인에 관계되니　河洛圖書聖所關

---

512) 『耘谷詩史』 卷5, 『高麗名賢集』 卷5, p.375 ; 『耘谷行錄』 卷5, 影印標點 『韓國文集叢刊』 卷6, p.225.

513) 몽금척(夢金尺)과 수보록(受寶籙) : 「몽금척」은 이성계가 왕이 되기 전에 신인(神人)이 하늘에서 금척(金尺)을 받들고 내려왔다는 꿈 이야기를 정도전이 사(詞)의 형태로 노래한 것이고, 「수보록」도 역시 이성계가 왕이 되기 전에 지리산 바위에서 얻은 이서(異書)가 1392년에 징험된 이야기를 사언고시 형태로 노래한 것인데, 둘 다 조선 건국과 이성계의 창업을 찬양하는 악장(樂章)으로 분류된다. 정도전은 이밖에도 칠언시 「문덕곡(文德曲)」, 오언고시 「납씨곡(納氏曲)」, 사언고시 「궁수분곡(窮獸奔曲)」 고려속요 형태의 「정동방곡(靖東方曲)」 등의 악장을 지었다.

산보다 높은 공덕에 부합되네. 應符功德重丘山
지금 우리 나라의 상서가 옛날과 같으니[516] 我邦祥瑞今猶古
온 천하가 마땅히 손바닥 안으로 돌아오리라. 天下當歸掌握間

큰 붕새가 날개를 펴니 하늘 문을 덮네. 大鵬舒翼蔭天關
성스러운 덕이 태산(泰山)이나 화산(華山)보다도 높아라. 德聖高於泰華山
작은 뱁새도 은혜의 비와 이슬을 받아 斥鷃亦承恩雨露
한 가지의 천지가 옛 숲 그대로일세. 一枝天地舊林間

【위의 한 수는 정이상(鄭二相)에게[517] 올린 시다.】(右一首. 上鄭二相)

정도전(鄭二相)이[518] 지은 네 곡의 노래 개언로(開言路)·보상공신(保相功臣)[519]·정경계(正經界)·정예악(定禮樂) 등을 악부(樂府)에 붙이고, 그 가사를 관현(管絃)에 올린 것을 찬양함

贊鄭二相所製四歌(二相製開言路. 保相功臣. 正經界. 定禮樂四曲. 付于樂府. 被于管絃)[520]

언로(言路)를 크게 열고 공신들을 태자의 스승으로 삼으며 大開言路保功臣

---

514) 하도(河圖) : 옛날 중국 복희씨(伏羲氏) 때에 황하(黃河)에서 용마(龍馬)가 지고 나왔다는 동서남북, 중앙 등 일정한 수로 나뉘어져 배열된 쉰다섯 점의 그림. 낙서(洛書)와 함께 주역의 기본 이치가 됨.

515) 낙서(洛書) : 중국 하(夏)나라의 우왕(禹王)이 홍수(洪水)를 다스렸을 때, 낙수(洛水)에서 나온 영묘한 거북의 등에 씌어 있었다는 글. 서경(書經)의 홍범구주(洪範九疇)의 원본이 되었다 하며, 팔괘(八卦)의 법도 여기서 나왔다고 함.

516) 아방상서금유고(我邦祥瑞今猶古) : 조선 개국의 주역들을 찬양한 『용비어천가』 1장에서 "해동육룡이 날으샤 일마다 천복이시니 고성이 동부(同符)하시니 海東六龍飛 莫非天所扶 古聖同符"라고 하였다. 이성계와 그 조상들의 사적이 중국 성인들과 똑같다고 하여, 조선 건국을 합리화한 것이다.

517) 이상(二相) : 종1품의 좌·우 찬성을 말하는데, 이 시에서는 정도전을 가리킨다.

518) 정도전(鄭道傳) : 조선초의 개국공신(1337~1398). 호는 삼봉(三峯). 이색의 문하에서 배움. 조준·남은과 함께 공양왕을 폐하고 이성계를 임금으로 세워 개국 일등공신이 됨. 1394년 『조선경국전』을 찬진함. 세자 방석을 돕다가 방원에게 피살됨.

519) 보상공신(保相功臣) : 태자의 사보(師保)를 말함.

520) 『耘谷詩史』 卷5, 『高麗名賢集』 卷5, p.376 ; 『耘谷行錄』 卷5, 影印標點 『韓國文集叢刊』 卷6, p.226.

경계를 바르게 하고 예악을 새롭게 했네. 經界均平禮樂新
이 네 곡의 맑은 노래가 성대의 교화를 찬송했으니 四曲淸歌稱盛化
천년의 큰 업이 밝은 시대를 열었네. 千年景業啓昌辰
가락은 아송(雅頌)처럼[521] 높아 풍속을 바꾸고[522] 調高雅訟移風俗
소리는 궁상(宮商)에[523] 맞아 귀신을 감동시키네.[524] 聲協宮商感鬼神
이로써 백성을 모두 고무시키면 以此庶民咸鼓舞
세상이 잘 다스려져[525] 태평세월 되리라. 太平煙火入陶鈞

해동 천지가 다시 맑고 평안해져 海東天地更淸寧
백성들은 변하고 시절이 좋아 태평을 즐기네. 民變時雍樂太平
기자(箕子)의 순박한 바람은 더욱 떨치고 箕子淳風將益振
조선(朝鮮)이라는 아름다운 이름이 다시 펼쳐졌네. 朝鮮雅號復頒行
산하의 웅장한 기운이 왕기를 붙들고 山河氣壯扶王氣
해와 달의 두 빛이 성명에 합하네. 日月明重合聖明
덕을 기리는 많은 이들이 이 곡을 노래부르니 頌德幾人歌此曲
너무도 높고 넓어 찬양하기 어렵네. 巍乎蕩也固難名

이촌(泥村) 이(李) 거사(居士)에게 익은 대추를 구했다가 도리어 날밤을 얻었다

521) 아송(雅頌) : 『시경(詩經)』 중에 아(雅)와 송(頌)의 시. 아(雅)는 정악(正樂)의 노래이고, 송(頌)은 조상의 공덕을 기리는 노래임.

522) 조고아송이풍속(調高雅訟移風俗) : 선왕들은 시(詩)로써 부부의 도리를 떳떳하게 하고, 효(孝)와 경(敬)을 이루었으며, 인륜을 두텁게 하였다. 교화를 아름답게 했으며, 풍속을 바꿨다. 『시경(詩經)』, 모시(毛詩) 서(序).

523) 궁상(宮商) : 오음(五音). 궁상각치우(宮商角黴羽).

524) 감귀신(感鬼神) : 그러므로 (정사의) 잘잘못을 바르게 하고, 천지를 움직이며 귀신을 감동시키는 데에는 시(詩)만한 것이 없다. 『시경(詩經)』, 모시(毛詩) 서(序).

525) 도균(陶鈞) : 질그릇을 만들 때 쓰는 선반(旋盤). 녹로(轆轤). 도공이 녹로를 이용하여 여러 가지 그릇을 만드는 것처럼 왕자(王者)가 천하를 경영함을 비유하는 말이다. 정치로 세상을 잘 다스리는 것을 비유하는 말. 또는 그 같은 인재를 양성하는 일을 비유하기도 한다. "도균(陶鈞)으로 천하를 교화한다." 사마천(司馬遷), 『사기(史記)』 卷83, 「추양(鄒陽)」.

從泥村李居士求丹棗. 反得生栗.[526]

이를 잡던 사람이[527] 벼룩을 잡았으니　捫蝨之人方得蚤
원래 본 뜻이 아니고 우연한 까닭일세.　元非本意偶然故
지금 사람이라고 어찌 옛 사람과 다르랴　今人何異古人哉
날밤을 얻은 것도 대추를 구했기 때문일세.　得栗乃緣求大棗

주렁주렁 자주빛 열매가 절로 생겼지만　纍纍紫實自天生
자루에 담아 멀리 보낸 정성이 가볍지 않네.　路遠盈囊惠不輕
삶아 먹거나 구워 먹거나 모두 입에 맞으니　煮食煨呑皆適口
노쇠한 형을 진심으로 위로하는 그대가 고맙구려.　感君深慰老衰兄

껍질을 벗기느라 손이 바쁘다가　削去皮來手不閑
천둥소리가 갑자기 이빨 사이에서 일어나네.　雷聲忽起齒牙間
다 먹고 난 뒤에 훌륭한 선물[528] 갚을 길이 없어　啖終無以瓊琚報
변변찮은 시나 부치노라니 얼굴이 두껍구나.　空寄蕪詞是厚顔

여러 서생들이 찾아오다

諸生來訪[529]

병으로 추위가 겁나 난간에 기댔는데　病㤼天寒懶倚軒

---

526) 『耘谷詩史』卷5, 『高麗名賢集』卷5, p.376 ; 『耘谷行錄』卷5, 影印標點 『韓國文集叢刊』卷6, p.226.

527) 문슬화(捫蝨話) : 진(晉의) 왕맹(王猛)이 여러 사람 앞에서 아무런 기탄도 없이 이(虱)를 잡으면서 당세의 일을 논하였다는 것. 왕맹(王猛)이 화음산에 숨어 있었는데, (중략) 환온(桓溫)이 관(關)에 들어오자 왕맹이 베옷을 입고 찾아갔다. 한편으로는 당대의 정사를 이야기하며 (또 한편으로는) 이를 잡으며 말했는데, 마치 곁에 사람이 없는 것처럼 하였다. 『진서(晉書)』卷114, 「왕맹」.

528) 경거(瓊琚) : 훌륭한 선물. "내게 모과를 던져 주기에 아름다운 패옥으로 답례했네. 모과의 답례가 아니라 길이길이 좋은 짝이 되자고. 投我以木瓜, 報之以瓊琚. 匪報也, 永以爲好也." 『시경(詩經)』卷3, 위풍(衛風) 「모과(木瓜)」. 이 시는 원래 사랑하는 남녀가 선물을 주고 받으며 사랑을 다짐하는 시이다.

529) 『耘谷詩史』卷5, 『高麗名賢集』卷5, p.376 ; 『耘谷行錄』卷5, 影印標點 『韓國文集叢刊』卷6, p.226.

그대들이 술 가지고 오니 너무나 고맙구려. 感他諸子共携尊
그윽한 길을 멀리 찾아온 그 정이 두텁고 遠尋幽徑情非淺
가득 찬 잔을 사양 말라는 그 말도 간절하네. 莫讓深鍾語不煩
산 빛은 고요히 맑은 모습을 나타내고 山色靜開淸淨態
연기가 어려 태평세월 자취를 이뤘는데, 煙光凝作太平痕
취해서 베개에 기대니 사람들도 다 흩어져 醉來欹枕人初散
봄 비 소리 속에 신선 세계를 꿈꾸네. 春雨聲中夢帝閽

밤에 일어나

夜興530)

가난을 하늘이 주신 건 알지만 窮困知天賦
거처는 땅이 평안한 곳을 골랐네. 棲遲擇地安
병이 들면서 몸이 몹시 여위고 病來身瘦盡
늙어 가면서 머리털도 희어졌네. 老去鬢衰殘
구름이 엷어지며 가을빛도 저물더니 雲薄秋光眠
서리가 내려 밤 기운이 차가워졌네. 霜飛夜氣寒
내 마음은 언제나 깨끗해 寸心淸淨了
시끄러운 티끌 세상과 상관하지 않네. 塵擾不相干

김(金) 교수(敎授)의 구호(口號)531) 시(詩)에 차운함

次金敎授口號詩韻532)

연하(煙霞) 속에 자취를 맡긴 한 늙은이가 寄迹烟霞一老生
아름다운 구절만 들으면 눈이 밝아지네. 耳聞佳句眼還明
시 가운데 절로 깊이 사귄 뜻이 있으니 詩中自有深交意

530) 『耘谷詩史』 卷5, 『高麗名賢集』 卷5, p.376 ; 『耘谷行錄』 卷5, 影印標點 『韓國文集叢刊』 卷6, p.226.

531) 구호(口號) : 시제(詩題)의 하나. 글자로 쓰지 않고 마음에 떠오르는 대로 곧장 읊조린다는 뜻.

532) 『耘谷詩史』 卷5, 『高麗名賢集』 卷5, p.376 ; 『耘谷行錄』 卷5, 影印標點 『韓國文集叢刊』 卷6, p.226.

어진 그대의 진중하고 간곡한 정 때문일세.　珍重賢公懇疑情

머리 들고 동쪽을 바라보니 흰 구름이 일어나는데　擧頭東望白雲生
허공에 뜬 푸른 산 빛이 비쳐 눈이 밝아지네.　山翠浮空照眼明
우리 언제 소나무 바위 시냇가에서　何日松巖溪水畔
마음 속 일을 이야기하며 한껏 즐겨보려나.　共論心事盡歡情

혼자 유유히 앉았노라니 소탈한 뜻이 생기는데　獨坐悠悠野意生
비 개인 뒤 구름과 햇빛이 유난히 맑고 밝구나.　雨餘雲日淡還明
난간에 기대 꾀꼴새 소리를[533] 듣고 있노라니　倚欄聽取綿蠻鳥
온갖 지저귐이 벗을 구하는 정이었네.　百囀皆然求友情

구름이 하늘가에서 뭉게뭉게 일어나　雲從天際蔚然生
푸른 허공 밝은 햇빛을 먼저 가렸네.　先掩靑空白日明
기름진 비가 되어 말라버린 뭇 생명 살린다면서　謂作膏霖蘇衆槁
백성들의 목숨 따르지 않으니 이 무슨 마음인가.　不從民命是何情

궁달(窮達) 가지고 내 삶을 탄식하거나 괴로워 않으리라.　莫將窮達歎勞生
고기는 못에 뛰놀고 솔개는 하늘에 나는[534] 그 도(道)가 분명하네.　魚躍鳶飛道自明
하늘의 이치 나타내고 사람의 할 일 다하면　天理顯來人事盡
그때에야 비로소 참된 정을 보리라.　此時方得見眞情

나 또한 평생 동안 몹시 파리한 사람이니　我亦平生大瘦生

---

533) 면만(綿蠻) : 조그만 새의 모양, 또는 조그만 새의 울음소리. "조그만 꾀꼴새가 언덕 모퉁이에 앉아 있네. 緜蠻黃鳥, 止于丘隅." 『시경(詩經)』卷4, 소아(小雅) 「면만(緜蠻)」.

534) 연비어약(鳶飛魚躍) : 『시경(詩經)』에 "솔개는 날아서 하늘에 다다르고 물고기는 못에서 뛰고 있네. 鳶飛戾天, 魚躍于淵."라고 하였으니, 그것이 위아래로 드러남을 말한 것이다. 군자의 도는 하찮은 지아비, 지어미에게서 발단하지만, 그 지극한 경지에 이르면 천지에 드러나는 법이다.

시 한 구절 쓰려 해도 그 뜻을 밝히기 어렵네. 欲題詩句意難明
군이 속된 말로써 맑은 운에 화답하려니 强將俚語賡淸韻
문장이 이뤄져도 속마음 나타내지는 못했네. 不是成章達寸情

산을 보며 고요히 앉아 부생(浮生)을 웃고 看山靜坐笑浮生
한가한 구름 늘 짝하며 밝은 달을 희롱하네. 長伴閑雲弄月明
거울 보면 흰 털 뿐이라 부끄럽지만 臨鏡可慚惟雪髮
꽃 대하면 풍정(風情)을 금하기 어렵네. 對花難禁是風情

설봉(雪峯) 구(丘) 승통(僧統)에게[535] 부침

寄雪峯丘僧統[536]

법왕당(法王堂)의[537] 주인이 모든 법의 왕이니 法王堂首法中王
뛰어난 풍도가 온 세상을 비추네. 卓落高標照世光
청정한 본 마음은 걸림이 없고 淸淨本心無碍罣
원융(圓融)한[538] 도체(道體)도 생각을 끊었네. 圓融道體絶思量
흰 구름의 행락(行樂)은 맡길 만한데 白雲行樂眞堪託
서울 거리를[539] 바삐 달리는 건 기대할 수가 없어, 紫陌奔馳未必當
세상 일 잊어버리는 걸 부끄러워 마시게 莫愧忽忘嬰世故
널리 퍼진 그 성예(聲譽)를 감추기 어렵다오. 藹然聲譽固難藏

---

535) 승통(僧統) : 교단을 지도 감독하던 승관(僧官). 큰 절마다 승통이 있어 자기 관할의 승려 행정을 맡아서 처리하였다.

536) 『耘谷詩史』 卷5, 『高麗名賢集』 卷5, p.377 ; 『耘谷行錄』 卷5, 影印標點 『韓國文集叢刊』 卷6, p.227.

537) 법왕당(法王堂) : 법왕은 부처를 높이는 말.

538) 원융(圓融) : ① 한 데 통하여 아무 구별이 없음. ② 여러 법의 사리(事理)가 구별없이 널리 융통되어 하나가 됨.

539) 자맥(紫陌) : 서울 거리.

사적(事蹟)

칠봉서원(七峯書院)[1] 사적(事蹟)[2]

대명(大明) 만력(萬曆) 40년 임자(1612, 광해군 4)에 여러 사람들의 의견을 합하고 함께 모여 (운곡의) 사우(祠宇)를[3] 원주 북쪽 30리 칠봉(七峯)에 창건하였으며, 13년 뒤인 갑자년(1624, 인조 2)에 고려(高麗) 국자진사(國子進士) 운곡(耘谷) 원선생(元先生) 위판(位版)을[4] 봉안하였다.

七峯書院事蹟

大明萬曆四十年壬子. 合辭齊會. 刱建祠宇於原州北三十里七峯. 越十三年甲子. 奉安高麗國子進士耘谷元先生位版.

춘추제향(春秋祭享) 축문(祝文)

삼가 아뢰오니 (선생의) 학문은 수사(洙泗)를[5] 전해 받고, 도(道)는 수양(首陽)에[6] 자리를 두었습니다. 1부 시사(詩史)가 만고의 강상(綱常)이니, 사문(斯文)의[7] 제향(祭享)이[8] 영세토록 끝 없으리다. 삼가 생폐(牲幣)와[9] 자성(粢盛)의[10] 여러 제물을 갖추어 정성껏 바치나이다.

春秋祭享祝文

---

1) 칠봉서원(七峰書院) : 1612년(광해군 4)에 세워져 1673년(현종 14)에 사액(賜額)을 받은 서원. 운곡 원천석을 주향(主享)으로 모신 후 관란 원호와 팔계군 정종영, 구암 한백겸을 추향(追享)하였다. 『증보문헌비고』 卷213, 학교고12 강원도.
2) 사적(事蹟) : 일의 행적. 일의 자취.
3) 사우(祠宇) : 신주(神主)를 두기 위해 따로 지은 집. 사당(祠堂).
4) 위판(位版) : 위패(位牌).
5) 수사(洙泗) : ① 중국 산동성(山東省)에 있는 수수(洙水)와 사수(泗水)를 아울러 이르는 말. ② 수수(洙水)와 사수(泗水) 두 강이 공자(孔子)의 고향과 가까우므로 공자의 학(學)을 이름. 곧 유학(儒學)을 말함.
6) 수양(首陽) : 수양산(首陽山). 백이숙제가 숨어 살던 곳.
7) 사문(斯文) : ① 유교에서 유교의 도의나 문화를 이르는 말. ② 유학자.
8) 제향(祭享) : 나라에서 지내는 제사.
9) 생폐(牲幣) : 희생(犧牲)과 폐백(幣帛).
10) 자성(粢盛) : 나라의 큰 제사 때에 쓰는 기장과 피.

伏以學傳洙泗. 道屯首陽. 一部詩史. 萬古綱常. 斯文之享. 永世無疆. 謹以牲幣粢盛庶品. 式陳明薦.

현종대왕(顯宗大王) 14년 계축(1673) 12월에 특명으로 칠봉서원(七峯書院)이라고 사액(賜額)하다[11]

顯宗大王十四年癸丑十二月. 特命賜額七峯書院.

사액 제문(賜額祭文)

국왕은 신하 예조정랑 송정렴(宋挺濂)을[12] 보내 원양도(原襄道)[13] 원주목(原州牧) 고려 국자진사(高麗國子進士) 원천석(元天錫)의 영전에 제사를 받드노라.

백성들이 고려왕조의 덕을 싫어하므로 하늘이 성조(聖祖)에게 계시하사 어둠과 더러움을 한번에 씻으시니, 만물이 다 같이 보았다. 그러나 이 사람만은 홀로 가면서 돌아보지 않고 치악산에[14] 숨어 영원히 고반(考槃)을[15] 맹세하였다.

삼사 생각건대 헌묘(獻廟)께선[16] 감반(甘盤)을[17] 간절히 생각하셨으므로 이미 역마(驛馬)를 보내셨고, 또 화란(和鑾)을[18] 굽히셨다. 그러나 (운곡은) 그 뜻이 굳어 몸을 피하였으니, 필부의 뜻을 빼앗기 어려웠다. 그래서 (태종께서) 예를 갖춰 자신을 낮추시고, (운곡의) 높은 절개를 이루게 하셨다. 서산(西山)에서 고사를 캔 것이 어찌 주(周)나라 덕에 손상되겠는가. 동강(桐江)에[19] 낚

---

11) 사액(賜額) : 임금이 사당(祠堂)·서원(書院)·누문(樓門) 등에 이름을 지어줌.
12) 송정렴(宋挺濂) : 생몰년 미상.
13) 원양도(原襄道) : 강원도.
14) 치악산(雉嶽山) : 강원도 영월군과 원주시 사이에 있는 산.
15) 고반(考槃) : 은거하며 산수(山水)의 사이를 돌아다니며 즐김.
16) 헌묘(獻廟) : 조선 태종.
17) 감반(甘盤) : 은(殷)나라를 중흥시킨 고종 무정(武丁) 때의 현신(賢臣). 세자시절 무정의 스승이었다. 『죽서기년(竹書紀年)』 소을(小乙).
18) 화란(和鑾) : 수레에 장식으로 단 방울.
19) 동강(桐江) : 엄광이 광무제가 부르는데도 응하지 않고 숨어서 낚시질을 하였다는 강.

시를 드리운 것도 실은 한(漢)나라 풍속을 붙든 것이니, 그 성취한 바를 살펴보면 어찌 미리 수양한 것이 없었으랴.

(운곡은) 젊어서 학문을 좋아했으며, 장성해서는 더욱 힘써 닦았다. 차분히 탐구하여 깊이 체득했으며, 의리를 깊이 깨달았다. 혼탁하고 어지러운 세상을 만나 그동안 쌓은 경륜을 시험하지 못했으니, 잠시 국자(國子)에 노닐었지만 벼슬을 얻기 위해서가 아니었다. 세상을 피해 살면서도 번민하지 않았으니, 그 일을 높이 숭상할 만하다. 그의 풍모와 이름이 알려지는 곳마다 다른 시대 사람들을 흥기(興起)시켰다.

이에 예관(禮官)을[20] 보내 삼가 맑은 술잔을 올리노니, 몇 글자 빛나는 액(額)이 만고의 자랑스런 법이 될진저.

賜額祭文

國王遣臣禮曺正郎宋挺濂. 諭祭于原襄道原州牧高麗國子進士元天錫之靈. 民厭麗德. 天啓聖祖. 一掃昏穢. 萬物咸覩. 展如之人. 獨行不顧. 隱居雉嶽. 永矢考槃. 恭惟獻廟念切甘盤. 旣勤馹召. 亦屈和鑾. 志堅踰垣. 匹夫難奪. 能以禮下. 俾遂高節. 採薇西山. 何損周德. 垂釣桐江. 實扶漢俗. 究厥所就. 豈無預養. 少也好學. 長益勉强. 優游涵泳. 深諭義理. 遭時濁亂. 蘊而莫試. 暫遊國子. 非爲筮仕. 遯世無悶. 高尙其事. 風聲所及. 異代興起. 玆遣禮官. 敬奠泂酌. 數字華額. 萬古矜式.

칠봉서원(七峯書院) 제영(題詠)[21]

七峯書院題詠

오숙(吳䎘)[22]

고려왕조의 벼슬아치들은 모두 다 사라지고 麗朝冠冕摠煙空

20) 예관(禮官) : 예의・제향(祭享)・조회(朝會)・교빙(交聘)・과거 등에 관한 일을 맡아보던 관청.

21) 제영(題詠) : 제목을 마련하여 읊은 시가(詩歌).

22) 오숙(吳䎘) : 조선 인조(仁祖) 때의 문신(1592~1634). 자는 숙우(肅羽)이고, 호는 천파(天坡). 이괄의 난 때 왕을 호종한 공으로 병조참지가 되었고, 황해도 관찰사를 지냈다.

운곡(耘谷)의 남은 풍모가 해동에 떨치네. 耘谷餘風振海東
우주의 동량(棟梁)으로 사당을 이룩하니 宇宙棟樑成廟貌
봄 가을 향화(香火)[23] 때엔 촌 늙은이도 달려가네. 春秋香火走村翁
한 갈래 흐르는 냇물은 근원이 멀고 川流一派淵源逈
천 층 우뚝 선 벼랑은 기상이 웅건해, 壁立千層氣像雄
한가한 날 술병 들고 다투어 덕에 취한 뒤 暇日壺觴爭醉德
어지러운 봉우리 부슬비 속에 시 읊으며 돌아오네. 亂峯微雨詠歸中

윤지복(尹之復)[24]

운곡의 사당이 반공(半空)에[25] 솟았으니 耘谷祠堂架半空
높은 자취가 우리 해동에 으뜸임을 알겠네. 從知高躅冠吾東
책 속의 깊은 뜻을 부지런히 탐구하고 已將矻矻探書奧
다시 맑은 정신으로 나라 주인을 깨우쳤네. 更喚惺惺警主翁
군신(君臣)의 도리에 익숙한 모습이 바로 의열(義烈)이고 講熟君臣眞義烈
고관 대작을[26] 업신여기는 자세가 바로 호웅(豪雄)이니, 志輕軒冕是豪雄
문 앞에 우뚝 선 천 길 벼랑을 門前特立千尋壁
우러러보는 가운데 그 모습 완연하구나. 宛爾儀形俯仰中

황경중(黃敬中)[27]

---

23) 향화(香火) : ① 향불. ② 제사 때에는 언제나 향불을 피운다는 뜻에서 제사를 일컫음.

24) 윤지복(尹之復) : 자는 득초(得初), 호는 용암(勇菴). 선조 때에 과거에 합격하여 도사(都事)까지 이르렀고, 문학(文學)에 이름이 높았다.

25) 반공(半空) : 하늘 한복판. 중천(中天). 반천(半天).

26) 헌면(軒冕) : ① 고관(高官)이 타던 초헌(軺軒)과 머리에 쓰던 면류관 ② 고관(高官)을 일컫는 말.

27) 황경중(黃敬中) : 조선 인조(仁祖) 때의 문신(1569~1630). 자는 직지(直之). 호는 오촌(梧村). 본관은 창원(昌原). 1602년(선조 35) 문과에 급제, 이듬해 검열(檢閱)이 되는 등 여러 벼슬을 거쳤다. 1615년(광해군 7) 공청도(公淸道) 관찰사를 거쳐 분병조참판(分兵曹參判)을 지내고 오위도총부의 총관이 되었으나 대북파(大北派)의 전횡을 보고 벼슬을 버리고 은거하였다. 1624년(인조 2) 이괄의 난이 일어나자 행재소(行在所)에 나아가 파주목사가 되었고, 원주목사, 창원부사 등을 지냈다.

큰 선비의 가슴 속은 수월(水月)처럼 텅 비어	碩士胸襟水月空
모든 냇물을 돌려서 동쪽으로 흐르게 했네.	回瀾能使百川東
임금 되기 전에 일찍이 사는 곳을 찾아왔건만	龍潛早卜棲身地
표은(豹隱)처럼 즐겨 세상 피하는 늙은이가 되었네.	豹隱甘爲遯世翁
시냇물이 묘정(廟庭)을[28] 지키며 흘러 넘치지 않고	溪護廟庭流不溢
산이 기둥을 부축해 그 형세 웅혼하네.	山扶棟宇勢多雄
천 길 철벽이 얼어붙은 듯 서 있으니	千尋鐵壁凝然立
선생의 기개 가운데서 온 모습일세.	來自先生氣槩中

이식(李植)[29]

강상(綱常)이 하늘의 해같이 만고에 빛나	綱常萬古日麗空
붙들어 심은 것이 해동의 도(道)임을 바로 알겠네.	扶植方知此道東
사당 모습이 옛날의 백록동(白鹿洞)이니[30]	廟貌卽今追白鹿
유풍(儒風)이 어찌 문옹(文翁)을 기다려야만 하랴.	儒風何必待文翁
맑은 구름은 골짜기에 가득하고 시냇물 소리는 먼데다	晴雲滿壑溪聲遠
처마에 늘어선 여러 봉우리들은 바위 형세가 웅장해,	列峀排簷石勢雄
서재(西齋)에 하룻밤 자고 난 나그네 뼈 속까지 맑아지니	一宿西齋淸瀅骨
여기가 바로 무이산(武夷山) 구곡(九曲)일세.[31]	依然九曲武夷中

---

28) 묘정(廟庭) : 나라 일을 지키는 조정.

29) 이식(李植) : 이조 인조 때의 명신(1584~1647). 자는 여고(汝固), 호는 택당(澤堂). 시호는 문정(文靖), 본관은 덕수(德水). 좌상(左相) 행(荇)의 현손(玄孫). 1610년(광해 2) 문과에 급제, 1642년(인조 20) 청나라에서는 식이 김상헌(金尙憲) 등과 합심하여 주화(主和)를 배격한다 하여 붙잡아 갔으며 돌아올 때 다시 의주(義州)에서 구치(拘置)되었으나 탈주해 돌아왔다. 벼슬은 대사헌・형조판서・이조판서에 이르렀다.

30) 백록동(白鹿洞) : 중국 강서성 성자현(星子縣) 북쪽 여산(廬山) 오로봉(五老峰) 아래에 있던 곳. 당나라 이발(李渤)이 형 이섭과 함께 여산에서 글을 읽으며 흰 사슴 한 마리를 길렀는데, 그 사슴이 언제나 이들 형제를 따라다녔다. 그래서 이곳을 백록동이라고 불렀다. 송나라 초에 이곳에 서원을 세웠다가 뒤에 없어졌는데, 주자가 남강현을 맡게 되자 서원을 다시 짓고 제자들을 가르쳤다. 이때 학규(學規)를 지어 문 위에 걸었다.

31) 무이구곡(武夷九曲) : 송(宋)나라의 주희(朱熹)가 구곡가(九曲歌)를 지은 데서 온 말. 중국 복건성(福建省) 숭안현(崇安縣)에 있는 무이산(武夷山)의 아홉 구비의 계곡을 말함. 경치가 매우 아름다움. 율곡이 1576년 10월에 해주 석담으로 돌아와 청계당을

이원진(李元鎭)[32]

높이 달린 해와 달이 맑은 하늘을 비추듯 高懸日月照晴空
홀로 이륜(彛倫)을[33] 잡았으니 도가 동에 있었네. 獨秉彛倫道已東
홍범의 아홉 원칙을 세운 이는[34] 맥수(麥秀)를 노래한 사람이고[35] 洪範九疇歌麥子
맑은 바람(淸風)을 백세(百世)에 전한 이는 고사리 캔 늙은이일세.[36] 淸風百世採薇翁
우레 같은 시냇물 소리가 골짜기에 굴러 소리가 함께 멀어지고 川雷轉壑聲俱遠
바위 칼이 구름을 뚫어 기운이 웅혼하니, 石釖攢雲氣併雄
두 가지 즐거움이야 지금도 상상할 수 있지만 二樂卽今猶可想
흰 거문고가 말랐는지 젖었는지 그 누가 분간하랴. 誰分燥濕素琴中

짓고, 1578년에 은병정사를 지었다. 석담 주위에 40리 시냇물이 있는데 아홉번 꺾어진 곳마다 못이 있어, 주자가 살았던 무이구곡(武夷九曲)과 비슷하다고 하여 이곳도 또한 '구곡(九曲)'이라 불렀다. 무이(武夷) 구곡(九曲)은 주자를 존숭하는 우리나라 유학자들에게 이상적인 거처였다.

32) 이원진(李元鎭) : 생몰년 미상.

33) 이륜(彛倫) : 사람으로서 지켜야 할 떳떳한 도리.

34) 홍범구주(洪範九疇) : 홍범(洪範)은 『서경(書經)』의 한 편명(篇名)인데 기자(箕子)가 천지의 대법(大法)을 베풀어서 주(周) 무왕(武王)에게 준 것이고 홍범구주(洪範九疇)는 홍범에 기록되어 있는 우(禹)가 정한 정치 도덕의 아홉 원칙을 말한다. 맥수가(麥秀歌)도 기자가 지었다고 한다.

35) 맥자(麥子) : 맥수가(麥秀歌). 기자가 지었다는 노래. 고국의 멸망을 한탄함. 기자(箕子)가 주(周)나라에 조회하러 가다가 은나라 옛터를 지나게 되었는데, 궁전이 무너진 자리에 벼와 기장이 자라는 것을 보고 가슴이 아팠다. 기자가 곡(哭)하려 했지만 하지 못하고, 울려 했지만 부인에 가깝기 때문에, 맥수(麥秀)의 시를 지어 노래하였다. "보리 이삭이 헌출함이여! 벼와 기장은 기름지도다. 저 교활한 아이여! 나와 함께 좋지 못하구나. 麥秀漸漸兮 禾黍油油兮 波狡童兮 不與我好兮." 은나라 백성들이 이 노래를 듣고 모두 눈물을 흘렸다. 사마천(司馬遷), 『사기(史記)』 卷38, 「송미자세가(宋微子世家)」. 노래 가운데 교활한 아이는 은나라 폭군이자 자신의 조카였던 주(紂)를 가리킨다.

36) 채미옹(採薇翁) : 채미가(採薇歌)를 부른 백이(伯夷)와 숙제(叔齊)를 말함.

산붕암
山掤巖

이식(李植)[37]

화공(化工)이[38] 연극 배우가 아닌데도	化工非劇俳
현기(玄機)를[39] 가끔 묘하게 나타내네.	玄機或巧發
붕암(掤巖)은 사람들이 부르는 이름이니	掤巖是俗名
귀신이 어찌 손수 만든 것이랴만,	鬼神豈手○
일곱 봉우리가 마치 깎아서 이뤄진 듯	七峯類削成
천 길이나 우뚝 서 있네.	千尋立突兀
용문(龍門)은[40] 기둥을 뽑았고	龍門擢砥柱
오수(鰲峀)는[41] 서리 뼈를 남겼네.	鰲峀留霜骨

---

37) 이식(李植) : 이조 인조 때의 명신(1584~1647). 자는 여고(汝固), 호는 택당(澤堂). 시호는 문정(文靖), 본관은 덕수(德水). 좌상(左相) 행(荇)의 현손(玄孫). 1610년(광해 2) 문과에 급제, 1642년(인조 20) 청나라에서는 식이 김상헌(金尙憲) 등과 합심하여 주화(主和)를 배격한다 하여 붙잡아 갔으며 돌아올 때 다시 의주(義州)에서 구치(拘置)되었으나 탈주해 돌아왔다. 벼슬은 대사헌·형조판서·이조판서에 이르렀다.

38) 화공(化工) : 천공(天工). 하늘의 조화로 자연히 이루어지는 묘한 재주.

39) 현기(玄機) : 언어로 측량할 수 없는 현묘(玄妙)한 추기(樞機). "기나긴 공겁(空劫)에도 휘말리지 않았거늘 티끌 경계에 어찌 얽매임을 받으랴. 묘한 당체는 본래 장소가 없거늘 온 몸이 어찌 다시 자취가 있으랴. 신령스런 한 구절이 뭇 현상을 초월하여 삼승의 경지를 훨씬 지나니 수행이 필요치 않다. 여러 성인 저편에서 두 손을 뿌리쳐 길머리를 돌리면 불 속의 소가 되리. 迢迢空劫勿能收 豈爲塵機作繫留 妙體本來無處所 通身何更有蹤由 靈然一句超群象 逈出三乘不假修 撒手那邊諸聖外 廻程堪作火中牛."『경덕전등록(景德傳燈錄)』卷29, 동안상찰선사(洞安常察禪師)의 십현담 중 현기(十玄談中玄機).

40) 용문(龍門) : 성망(聲望)이 높은 사람을 비유한 말. 후한(後漢) 때 이응(李膺)이 고사(高士)로 이름이 높아, 누구든지 그로부터 한번 접견(接見)을 받으면 세상에서 그 사람에게 용문(龍門)에 올랐다고 한데서 나온 말이다.『후한서(後漢書)』,「이응(李膺)」. 황하(黃河)에 용문(龍門)이란 곳이 있는데, 산서성 하진현(河津縣)과 섬서성 한성현(韓城縣) 사이의 급류(急流)이다. 물살이 험해서 물고기들이 거슬러 올라가기 힘든데, 잉어가 이곳을 올라가면 용이 된다고 한다. 그래서 사람이 영예롭게 되는 것도 등용문(登龍門)이라고 한다.

41) 오수(鰲峀) : 오산(鰲山)으로 추정됨. 큰 자라의 등에 얹혀있다고 하는 바다 속의 산. 신선이 사는 곳으로, 우리나라를 칭하는 말.

사관(史官)의 붓도 휘두르고	或卓史臣筆
사대부의 홀(笏)도[42] 들었건만,	或擧卿士笏
높은 절개로 견준다면	特以比高節
만고에 그 누가 비기랴.	萬古誰擬抗
여기 운곡 늙은이의 사당이 있어	此有耘老祠
향기 속에 언제나 뵙네.	馨香常對越
이 분이 일찍이 강상(綱常)을 심어	斯人樹綱常
그 말씀이 일월(日月)과 함께 영원하니,	有言垂日月
어떻게 하면 한원(翰苑)의[43] 붓을 얻어	焉得翰苑筆
선생의 비갈(碑碣)을 새길 수 있으랴.	鑱作先生碣

정희기(鄭熙夔)[44]

감반(甘盤)의[45] 옛 학문에 백이(伯夷)의[46] 지조가 있어	甘盤舊學伯夷操
임금의 발자취가 산에 다달아 한숨 쉬었네.	駐蹕山臨舒嘯皐
천 길 우뚝한 칠봉을 우러러보니	瞻彼七峯千丈崒
날을 듯한 사당이 마주 서 있네.	翼然祠屋兩相高

해동악부(海東樂府)[47] 사(詞)

42) 홀(笏) : 벼슬아치가 임금을 만날 때에 조복(朝服)에 갖추어 손에 들던 물건인데, 1품에서 4품 벼슬아치는 상아로 만든 홀로 들었고, 5품 이하는 나무로 만든 홀을 들었음.

43) 한원(翰苑) : 한림원(翰林院), 예문관(藝文館)을 달리 일컫는 말.

44) 정희기(鄭熙夔) : 생몰년 미상.

45) 감반(甘盤) : 은(殷)나라를 중흥시킨 고종 무정(武丁) 때의 현신(賢臣). 세자시절 무정의 스승이었다. 『죽서기년(竹書紀年)』 소을(小乙).

46) 백이(伯夷) : 백이는 고죽국의 왕자였는데, 아버지가 세상을 떠나자 동생에게 임금 자리를 물려주려고 달아났다. 주나라 무왕이 은나라 폭군 주(紂)를 치려고 천하의 군사를 일으키자, 무왕이 부친의 상도 끝내지 않고 손에 무기를 잡아서는 안되며, 신하로써 임금을 죽이려고 하는 것도 안 된다고 충간하였다. 그러나 무왕은 이를 뿌리치고 출정해 은나라를 멸망시켰다. 백이와 숙제는 주나라의 곡식을 먹지 않겠다고 수양산에 들어가 고사리를 캐어 먹다가 굶어 죽었다. 사마천(司馬遷), 『사기(史記)』 卷61, 백이(伯夷).

海東樂府詞

정홍익(鄭弘翼)[48]

흰 옷으로 초야에서 와	白衣來自草菜
자색 도포로 앉아 왕좌를 폈지만,	紫袍坐開王座
옛 스승의 은혜를 볼 뿐이지	但見故舊恩
천승(千乘)의 높음을 보지 않았네.	不見千乘尊
이 어찌된 일인가	此何竟何事
응대(應對)가 한 마디 뿐이었네.	應對惟一言
그대는 보지 못했던가! 궤 속의 책이 재가 되고 티끌 된 것을.	君不見 櫝中之書成灰塵
자손에 성인이 태어났으니	子孫生聖人
당시의 저술이 정신만 괴롭혔네.	當時著述空勞神

정홍익(鄭弘翼)

선생께선 한미한 선비로 밑에 계셨지만, 당시의 명공(名公) 거경(巨卿) 가운데 공경하고 사모하는 이가 많았다. 그 자제를 보내어 배우게 한 이도 많았으니, 선생의 도덕과 명망을 짐작할 수 있다.

세상이 바뀐 뒤에 절개를 지키고 정의를 지닌 이가 한두 사람이 아니었지만, 그들은 모두 (고려) 조정에 벼슬하고 임금에게 녹(祿)을 먹은 사람들이었다. 그

---

47) 해동악부(海東樂府) : 조선 광해군때 심광세(沈光世)가 지은 사시집(史詩集). 1617년 간행. 신라・고려・조선 초기의 사실(史實)로부터 흥미 있는 제목 44편을 뽑아 그것을 설명하는 해설을 시서(詩序)로 만들고 그 사실을 시로 읊은 것이다. 「자서(自序)」를 보면 우리나라 사람들이 자기 서적에 너무 무관심한 것을 분개하다가 명나라 이동양(李東陽)의 『서애악부(西涯樂府)』를 보고 그 악부체(樂府體)를 본따서 아동 교훈의 취지로 이 글을 지었다고 한다.

48) 정홍익(鄭弘翼) : 조선 중기의 문관(1571~1626). 자는 익지(翼之), 호는 휴옹(休翁), 시호는 충정(忠貞), 본관은 동래(東萊). 사신(思愼)의 아들. 1597년 문과에 급제. 정언(正言)으로 있을 때 정인홍이 성혼을 무소한 데 대하여 정의로 변호하다가 권신의 뜻에 거슬려 외지로 몰려나 단천 채은관, 어천 찰방 등을 역임. 광해군 시절 폐모 논의 때 반대하다가 진도・종성・광양 등지로 귀양갔다가 인조반정이후 대사간・부제학으로 등용되었으나 병으로 부임치 못하고 사망.

러나 선생만은 포의(布衣)로 암혈(巖穴)에 살면서 처음부터 끝까지 한마음으로 말과 행실을 아울러 닦아, 천만세 강상(綱常)의 특절(特節)이 되셨다. 또 왕씨(王氏) 부자는 선생의 붓 덕분에 후세의 의혹을 바로 밝히고 씻었으니, 아아! 선생의 충군(忠君) 애국하는 마음이 어찌 나라 위해 몸을 바치면서 두 성(姓)을 섬기지 않는 무리들과 같을 뿐이랴.

퇴계(退溪)[49] 선생은 "원성(原城)에 믿을 만한 역사가 있다" 하셨고, 한강(寒岡) 선생도[50] 역시 "원성에 믿을 만한 역사가 있다"고 말씀하셨다. 택당(澤堂)은[51] 그 시에서 "이 분이 강상(綱常)을 심어 그 말씀이 일월과 함께 영원하다(斯人樹綱常, 有言垂日月)."라고 하였다. "믿을 만한 역사"라고 한 말이나 "일월(日月)과 함께 영원하다"는 말은 모두 왕씨(王氏) 부자의 일을 가리킨 말이다.

포옹(圃翁)의[52] 한 죽음은 시대가 그러했고 형세가 그러했으니 떳떳하고 당연하였다. 우주에 떨칠 만한 행동이었으니, 아무도 나무랄 수 없었다. 그러나 서장령(徐掌令)이 한 절구 시에서 겨우 "전조(前朝)의 왕업이 길지 못해 한스럽구나(却恨前朝業不長)" 하였고, 태종대왕께서 "백이 숙제와 같은 류이다(夷齊之流)"라고 칭찬하셨을 뿐이다.

길주서(吉注書)는[53] 무너지는 파도 속에서 용감하게 물러났으니, 탁월하고

49) 퇴계(退溪) : 조선 중기 학자인 이황(李滉, 1501~1570)의 호.

50) 한강(寒岡) : 조선 선조·광해군 때의 학자인 정구(鄭逑, 1543~1620)의 호. 자는 도가(道可), 7~8세 때에 논어·대학을 배워 대의에 통하여 신동이라 불리웠고, 덕계(德溪) 오건(吳健)에게 역학(易學)을 배웠다. 과거를 보지 않고 퇴계(退溪)·남명(南冥)·대곡(大谷)의 3현(賢)에게 학문을 닦았으며, 여러 벼슬을 받았으나 모두 사퇴하고 백매원(百梅園)을 만들어 제자를 가르치는데 힘썼다. 임진왜란 때 의병을 일으켜 싸웠고, 강릉부사·강원감사·성천부사·충주목사·안동부사 등을 지냈으며, 광해군 때에는 대사헌으로 상소하여 임해군을 구했다.

51) 택당(澤堂) : 조선 인조 때의 명신 이식(李植, 1584~1647)의 호. 자는 여고(汝固), 시호는 문정(文靖), 본관은 덕수(德水). 좌상(左相) 행(荇)의 현손(玄孫). 1610년(광해 2) 문과에 급제, 1642년(인조 20) 청나라에서는 식이 김상헌(金尙憲) 등과 합심하여 주화(主和)를 배격한다 하여 붙잡아 갔으며 돌아올 때 다시 의주(義州)에서 구치(拘置)되었으나 탈주해 돌아왔다. 벼슬은 대사헌·형조판서·이조판서에 이르렀다.

52) 포옹(圃翁) : 고려말 충신 포은(圃隱) 정몽주(1337~1392)를 가리킴.

53) 길주서(吉注書) : 길재(吉再). 이색·정몽주·권근 등으로부터 성리학을 배웠음. 고려 32대 우왕 말년에 성균관 박사가 되어 공직에서 국자감의 학생들을, 집에서는 양가 자

고상하였다. 고을 관리에게서 (새 나라에 참여하라고) 독촉을 받게 되자, 서울에 올라와 상소했다. “신(臣)은 전조(前朝)에 과거에 올라 벼슬했습니다. 신은 ‘여자에게 두 남편이 없고, 신하에게 두 임금이 없다’고 들었습니다. 신을 고향으로 돌려보내시어, 두 성(姓)을 섬기지 않으려는 뜻을 이루게 해 주소서.” 그러자 임금께서 그 의(義)를 가상히 여겨 후한 예를 베풀어 보내셨다. 남재(南在)를[54] 비롯한 여러분들이 시를 지어 주며 전송했고, 권양촌(權陽村)은[55] 그 첩(帖)에 쓰기를, “고려 오백년 동안 교화를 배양하여 선비들의 풍조를 격려한 보람이 모두 선생의 한 몸에 있었고, 조선 억만년의 강상(綱常)을 부식하여 신절(臣節)의 근본을 밝힌 것도 선생의 한 몸에 기초하였으니, 명교(名教)에[56] 있어서 그 공이 아주 크다”고 하였다. 유서애(柳西厓)는[57] 지주비(砥柱碑)에 기(記)를 쓰면서 이렇게 말했다. “해와 달이 새로 빛나고 산과 시내가 모습을 바꾸자, 지난날 왕씨의 문 앞에서 밥을 빌며 아양을 떨던 자들이 (새 정권 참여에) 뒤질세라 앞장서서 달려왔다. 그러나 선생만은 두 임금을 섬기지 않는다는 의리로써 형문(衡門)에[58] 자취를 감췄으니, 참으로 충렬(忠烈)스럽도다. 천하의 큰 어려움을 무릅쓰고 천하의 큰 절개를 세우며 천하 사람들이 행할 수 없는 일을 행하여, 능히 오산(烏山)[59] 한 구역에 수십 년 뒤까지도 왕씨의 연대를 머물게 하였으니, 아아! 참으로 지주(砥柱)로다.[60]”

제(良家子弟)들을 교육하였음. 조선 개국 후 1400년(정종 2) 태상박사(太常博士)에 임명되었으나, 두 왕조를 섬길 수 없다고 하여 거절함. 시호는 충절(忠節).

54) 남재(南在) : 조선의 개국공신(1351~1419). 이색의 제자. 동생 남은과 함께 이성계를 추대하여 개국공신이 되었다.

55) 권양촌(權陽村) : 여말선초 학자인 권근(權近, 1352~1409)의 호.

56) 명교(名教) : ① 성인이 인륜의 명분을 지켜야 할 바에 대해 가르친 것. ② 유교(儒教).

57) 유서애(柳西厓) : 조선 선조 때의 학자(1542~1607). 임진왜란 때에 삼남도체찰사로 국난을 극복하는데 앞장 섰으며, 벼슬은 영의정에 이름.

58) 형문(衡門) : 두 개의 기둥에다 한 개의 횡목(橫木)을 가로 질러 만든 허술한 대문. 즉 은자(隱者)가 사는 곳.

59) 오산(烏山) : 금오산(金烏山). 경상북도 선산군(善山郡)에 있는 산. 고려말 학자 길재(吉再)가 숨어 있던 곳으로 그곳에는 그를 제사지내던 금오서원(金烏書院)이 있음.

60) 지주(砥柱) : 중류지주(中流砥柱)와 같은 말. 하남성 섬주(陝州)에서 동쪽으로 40리 되는 황하의 중류에 있는 주상(柱狀)의 돌. 위가 판판하여 숫돌같으며 격류속에서도 우뚝 솟아 꼼짝도 하지 않으므로 난세(亂世)에 처하여 의연히 절개를 지키는 선비의 비유로 쓰임.

아아! 양촌(陽村)이 쓴 글이나 서애(西厓)의 기(記)를 읽어보면, 야은(冶隱)의 높은 풍모가 천년 뒤까지도 완악한 자를 청렴하게 하고 나약한 자를 일어나게 할 만하다. 만약 문장과 덕행을 갖춘 군자로 하여금 운곡 선생의 찬전(贊傳)을 짓게 했더라면, 그 입언(立言) 수사(修辭)가[61] 과연 어떠했을까.

태종대왕께서 태상(太常)[62] 박사(博士)의 벼슬로써 야은(冶隱)을 부르셨는데, 사신이 이르자 선생이 국화를 꺾어 백이(伯夷)를 제사지냈다. 태종대왕께서 오산(烏山) 토지를 야은(冶隱)에게 하사하셨는데, 조명(詔命)이 내려오자 선생이 국화를 가져다가 그 밭에 심었다. 이는 물건에다 뜻을 붙여서 그 정조(貞操)를 보인 것이니, 선생의 풍모를 듣고 사모한 사람들이 지금까지도 그 이야기를 한다.

태종대왕께서 감반(甘盤)의[63] 옛 은혜를 생각하여 운곡(耘谷)을 찾아오자, 선생은 피하고 보지 않았다. 태종대왕께서 각림사(覺林寺)의[64] 전원(田園)을 운곡에게 하사하셨을 때에도 선생은 끝내 보지 않았으니, 선생이 평생 지킨 지조는 털끝만치도 움직인 적이 없었다. 비록 붉은 마음에서 일어난 충의의 큰 절조를 붓으로 책에 썼더라도 자기를 숨겨 남에게 알리려 하지 않았으니, 선생의 뜻을 아는 사람이 그 누구겠는가. 수백 년 뒤에 역사의 의논과 판단만이 선생을 안다고 말할 수 있을 것이다.

鄭弘翼

先生以寒儒在下. 一時名公巨卿敬慕者多. 多有送子弟受學. 先生之道德重望. 可以想見. 革世後伏節仗義之人亦非一二. 而皆是仕宦於朝. 食祿於君也. 獨先生布衣巖穴. 終始一心. 言行並修. 爲千萬世綱常之特節. 又王氏父子因先生之筆. 而明正洗滌來後之疑惑. 噫. 先生之忠愛. 豈啻如許身殉國不事二姓而已之徒也哉. 退

61) 수사(修辭) : 말이나 글을 다듬고 꾸며서 보다 아름답고, 정연하게 하는 일.

62) 태상(太常) : 봉상시(奉常寺). 고려 때 제사(祭祀)와 증시(贈諡)를 맡아보던 관청.

63) 감반(甘盤) : 은(殷)나라를 중흥시킨 고종 무정(武丁) 때의 현신(賢臣). 세자시절 무정의 스승이었다. 『죽서기년(竹書紀年)』, 소을(小乙).

64) 각림사(覺林寺) : 치악산 동쪽에 있다. 태조 이성계가 잠저에 있을 때에 여기에서 글을 읽었다. 뒤에 횡성에서 강무(講武)할 때에 임금의 수레를 이 절에 멈추고 옛 늙은이들을 불러다 위로하였으며 절에 토지와 노비를 하사하고, 주(州)의 관원에게 명령하여 조세·부역 따위를 면제하여 구휼하였다. 『신증동국여지승람』 卷46, 원주목 불우.

溪先生曰. 原城有信史. 寒岡先生亦曰. 原城有信史. 澤堂詩曰. 斯人樹綱常. 有言垂日月. 其曰信史與垂日月云者. 皆指王氏父子事也. 圃翁一死. 時也勢也. 尙矣至矣. 振宇宙而人無間然. 徐掌令一絶詩. 不過曰却恨前朝業不長. 太宗大王褒之以夷齊之流. 吉注書頹彼勇退. 卓乎高矣. 被州官督令. 如京上疏曰. 臣於前朝. 登科筮仕. 臣聞女無二夫. 臣無二君. 乞放鄕里. 以遂不事二姓之志. 上嘉其義. 優禮遣之. 南在諸公贈詩送行. 權陽村題其帖曰. 有高麗五百年培養敎化以勵士風之效. 萃先生一身而收之. 有朝鮮億萬年扶植綱常以明臣節之本. 自先生一身而基之. 其有功於名敎大矣. 柳西厓砥柱碑記曰. 日月新輝. 山川改觀. 向之飮食煦煦於王氏之門者. 奔走恐後. 而先生以不事二君之義. 屛迹衡門. 其忠烈矣. 夫犯天下之大難. 立天下之大節. 行天下人之所不能爲. 能使烏山一區. 獨留王氏甲子於數十年之久. 嗚呼. 眞砥柱也. 噫. 讀陽村之題・西厓之記. 冶隱高風. 千載之下. 可以廉頑立儒矣. 若使文德君子作述耘谷先生贊傳. 則其立言修辭. 倘復如何乎. 太宗大王以太常博士徵冶隱. 使官至而先生折菊祭伯夷. 太宗大王以烏山土地賜冶隱. 詔命下而先生取以種其田. 盖托物寓志. 以見其貞操者也. 聞風起慕. 人到于今稱之. 太宗大王以甘盤舊恩訪耘谷. 而先生避不見. 太宗大王以覺林田園命賜耘谷. 而先生終不視. 先生平生所守. 未嘗有一毫之或動. 雖丹心所激. 忠義大節之筆之於書者. 惟欲晦藏. 不使人知之. 則先生之志. 人孰有識之者耶. 數百年後. 史篡論斷. 可謂知先生矣.

석경묘소(石逕墓所) 사적(事蹟)

石逕墓所事蹟－陽川 許穆

고려 국자진사 운곡선생 묘갈전(高麗國子進士耘谷先生墓碣篆) 양천 허목[65)]

선생은 원주 사람이니 성은 원씨(元氏)요 휘는 천석(天錫)이며 자는 자정(子

65) 허목(許穆) : 조선 숙종 때의 문신(1595~1682). 본은 양천(陽川)이고 호는 미수(眉叟)이다. 1657년 지평(持平)이 된 후 장령(掌令)에 올랐음. 경서(經書)의 연구에 전념하여 특히 예학(禮學)에 일가를 이룸. 1675년 이조참판을 거쳐 우의정에 올라 송시열(宋時烈)에 대한 처벌문제가 일어나자 영의정 허적(許積)에 맞서 과격파로 가혹한 처벌을 주장, 청남파(淸南派)의 영수가 되었다. 1680년 경신대출척(庚申大黜陟)으로 남인이 실각되자 출척되었다.

正)인데, 고려 국자진사이다.

(선생은) 고려의 정치가 어지러워지는 것을 보자 홀로 숨어살면서 호를 운곡(耘谷)이라 하였는데, 고려가 망하자 치악산에[66] 들어가 끝내 나오지 않았다. 태종대왕께서 여러 차례 불렀지만 나아가지 않자, 대왕께서 그 의리를 높이 여기셨다. 일찍이 동쪽에 노니시다가 그 오두막을 찾아가신 적이 있는데, 선생이 피하고 보지 않았다. 대왕께서 시냇가 바위에 내려앉아 집 지키는 할미를 불러 두텁게 사례하고, (선생의) 아들 형(泂)에게 기천현감(基川縣監)[67] 벼슬을 내리셨다. 후세 사람들이 그 바위를 이름하여 태종대(太宗臺)라 하였는데, 태종대는 치악산 각림사 옆에 있다. 지금 원주 동쪽 10리 되는 석경(石逕)에 운곡선생의 묘가 있으며, 그 앞에 있는 무덤은 부인의 묘라고 한다.

처음에 선생의 장서(藏書) 여섯 권이 있었는데, 망국(亡國)의 고사를 기록한 것이었다. 그래서 자손들에게 경계하여, "함부로 열지 말라"고 하였다. 여러 대가 지난 뒤에 어떤 자손이 몰래 열어 보고는 크게 두려워하면서, "우리 문중이 (화를 입겠다)" 하고는 모두 불살라 버려, 그 책은 전하지 않는다. 그렇게 하고도 남은 시집이 있으니, 그것이 이른바 『시사(詩史)』라는 것이다.

내가 들으니, "군자는 숨어살아도 세상을 버리지 않는다"고 하였다. 선생도 비록 세상을 피해 스스로 숨어살았지만, 세상을 잊은 것은 아니다. 도를 지키며 두 마음을 가지지 않음으로써 그 몸을 깨끗이 한 것이다. 백이(伯夷)가[68] 말하길, "옛 선비가 치세(治世)를 만나면 그 소임을 피하지 않고, 난세(亂世)를 만나면 구차히 살지 않는다. 지금 천하가 어두우니, (난세를) 피해 내 행실을 깨끗이 하는 것만 못하다"고 하였다. 그러므로 그의 전(傳)에서도, "추워진 뒤에야 소나무와 잣나무가 (다른 나무들보다) 나중에 시드는 것을 알게 되고,[69]

66) 치악산(雉嶽山) : 강원도 영월군과 원주시 사이에 있는 산.

67) 기천현(基川縣) : 경북 풍기군을 말함. 『신증동국여지승람』 卷25.

68) 백이(伯夷) : 백이는 고죽국의 왕자였는데, 아버지가 세상을 떠나자 동생에게 임금 자리를 물려주려고 달아났다. 주나라 무왕이 은나라 폭군 주(紂)를 치려고 천하의 군사를 일으키자, 무왕이 부친의 상도 끝내지 않고 손에 무기를 잡아서는 안되며, 신하로써 임금을 죽이려고 하는 것도 안 된다고 충간하였다. 그러나 무왕은 이를 뿌리치고 출정해 은나라를 멸망시켰다. 백이와 숙제는 주나라의 곡식을 먹지 않겠다고 수양산에 들어가 고사리를 캐어 먹다가 굶어 죽었다. 사마천(司馬遷), 『사기(史記)』 卷61, 백이(伯夷).

온 세상이 어지러워져야 청백한 선비를 볼 수 있다"고 했다. 맹자는[70] "백이는 그 임금이 아니면 섬기지 않고, 그 백성이 아니면 부리지 않았다. 세상이 잘 다스려지면 나아가고 어지러우면 물러났으니, 백이는 성인으로서 맑은 분이다"라고 하였으니,[71] (운곡) 선생은 백이(伯夷)의 짝이라고 할 만하다. 고을 사람들이 선생을 위해 사당을 세우고 제사를 받드니, 사당은 원주 북쪽 30리 칠봉(七峯)에 있다.

그 세첩(世牒)을 살펴보면 시조는 호장(戶長) 극부(克富)이다. 극부가 종유(宗儒)를 낳고, 종유는 창정(倉正) 보령(寶齡)을 낳았으며, 보령이 창정(倉正) 시준(時俊)을 낳았다. 시준이 정용별장(精勇別將) 열(悅)을 낳고, 열이 종부시령(宗簿寺令) 윤적(允迪)을 낳았으며, 윤적이 천상(天常)·천석(天錫)·천우(天祐)를 낳았다. 천상은 진사인데, "본조(本朝)에 와서도 벼슬했다"는 말이 있지만 살펴볼 길이 없다. 천우는 현령이다.

(선생의) 부인은 원씨(元氏)인데, 종부령(宗簿令) 광명(廣明)의 딸이다. 그러나 같은 원씨는 아니니, "원주에 두 원씨가 있다"는 말이 바로 이것이다. 장남 지(沚)는 직장동정(直長同正)이고, 차남 형(泂)은 기천현감(基川縣監)이다. 선생의 후세 자손이 매우 많은데, 기천현감의 뒤가 가장 많다.

이에 선생을 찬(贊)한다.

암혈(巖穴)에 사는 선비는 나아가고 물러나는 때가 있으니, 비록 세상에 참예하지 않아도 그 뜻을 굽히지 않고, 그 몸을 욕되게 하지 않는다. 가르침을 후세에 세우는 것은 우(禹)·직(稷)이나 백이·숙제가 한가지이다. 선생은 백대의 스승이라고 말할 만하다.

高麗國子進士耘谷先生墓碣(篆)

---

69) 세한연후지송백지후조(歲寒然後知松栢之後凋) : 군자의 굳은 지조는 환난(患難)을 당한 후에야 알 수 있음을 비유한 말. "나는 해가 저물어 날씨가 추워진 다음에야 소나무와 잣나무가 늦게 마른다는 것을 알았다."『논어(論語)』卷9,「자한(子罕)」.

70) 맹자(孟子) : 중국 전국시대의 철인(哲人) 맹가(孟軻, B.C. 390?~305?).

71) 성인지청자(聖人之淸者) : 맹자가 분류한 성인(聖人) 유형의 하나. "백이(伯夷)는 성지청자(聖之淸者)요, 이윤(伊尹)은 성지임자(聖之任者)요, 유하혜(柳下惠)는 성지화자(聖之和者)요, 공자(孔子)는 성지시자(聖之時者)이다."『맹자(孟子)』卷8,「만장(萬章) 하」.

先生原州人. 姓元氏. 諱天錫. 字子正. 高麗國子進士. 見麗氏政亂. 隱居獨行. 號曰耘谷. 先生及麗亡. 入雉嶽山. 終身不出. 太宗累召不至. 上高其義. 嘗東遊幸其廬. 先生避不見. 上下谿石上. 召守廬嫗厚賜之. 官其子泂爲基川縣監. 後人名其石曰太宗臺. 臺在雉嶽覺林寺傍. 今原州治東十里石逕. 有耘谷先生墓. 又前一墓. 孺人之葬云. 初. 先生有藏書六卷. 言亡國古事. 戒子孫勿妄開. 傳之累世. 有子孫一人竊開之. 大懼曰. 吾家族矣. 擧而燒之. 其書不傳. 猶有餘遺詩什. 此所謂詩史者也. 吾聞君子隱不遺世. 先生雖逃世自隱 非忘世者也. 守道不貳以潔其身者也. 伯夷之言曰. 古之士. 遭治世不避其任. 遇亂世不爲苟存. 天下暗矣. 不如避之以潔吾行. 故其傳曰. 歲寒然後知松柏之後凋. 擧世泯亂. 清士迺見. 孟子曰. 伯夷. 非其君不事. 非其民不使. 治則進. 亂則退. 伯夷. 聖人之清者也. 先生盖伯夷之倫也. 鄕人爲之立祠以祀之. 祠在州北三十里七峯. 稽其世牒. 始祖戶長克富. 克富生宗儒. 宗儒生倉正寶齡. 寶齡生倉正時俊. 時俊生精勇別將悅. 悅生宗簿寺令允迪. 允迪生天常・天錫・天祐. 天常進士. 或曰仕顯於本朝. 無所攷. 天祐縣令. 孺人元氏. 宗簿令廣明之女. 非一元族氏. 以爲原有兩元是也. 長男沚. 直長同正. 次男泂. 基川縣監. 先生後世子孫甚衆. 基川之世寖大. 其贊曰. 巖穴之士趣舍有時. 縱不列於世. 能不降其志. 不辱其身. 敎立於後世. 則禹・稷・夷・齊一也. 先生可謂百代之師者也.

제문(祭文)

祭文

정구(鄭逑)[72]

산에는 고사리 있으니　　　　山有蕨薇
굶주림을 달랠 만하고,　　　　可以療飢

72) 정구(鄭逑) : 조선 선조・광해군 때의 학자(1543~1620). 자는 도가(道可), 호는 한강(寒岡). 7~8세 때에 논어・대학을 배워 대의에 통하여 신동이라 불리웠고, 덕계(德溪) 오건(吳健)에게 역학(易學)을 배웠다. 과거를 보지 않고 퇴계(退溪)・남명(南冥)・대곡(大谷)의 3현(賢)에게 학문을 닦았으며, 여러 벼슬을 받았으나 모두 사퇴하고 백매원(百梅園)을 만들어 제자를 가르치는데 힘썼다. 임진왜란 때 의병을 일으켜 싸웠고, 강릉부사・강원감사・성천부사・충주목사・안동부사 등을 지냈으며, 광해군 때에는 대사헌으로 상소하여 임해군을 구했다.

방에는 거문고와 책이 있어	室有琴書
스스로 즐길 만하네.	可以自怡
탕(湯)임금의 폐백이 은근하고	湯幣慇懃
별자리의 거동이 간절했건만,	星宿雍容
하늘 끝까지 돌아보지 않았으니	窮天不顧
기개가 홀로 가슴에 가득했네.	獨槩于胸
천고의 빈 산에	千古空山
한 오라기 맑은 바람이라,	一縷淸風
얕은 정성을 바치오니	聊薦鄙誠
이 충정을 살펴 주소서.	尙監玆衷

김창흡(金昌翕)[73]

백이(伯夷)・숙제(叔齊) 굶어 죽은 지 천년이 지났건만	夷齊餓死歷千春
그 임금 아니면 섬기지 않은 이가 몇 사람이었던가.	不事非君有幾人
오늘 우연히 운곡의 자취 찾았으니	今日偶尋耘谷蹟
이 산이 수양산과 이웃한 듯하네.	玆山應與首陽隣

계사년 중춘(仲春)에 운곡선생의 묘를 수축하면서 외람되게 감동(監董)[74]의 끝에 이름을 곁들이게 되어 느낌이 있어 율시 한 수를 읊다

癸巳仲春. 修耘谷先生墓. 猥側名於監董之末. 感吟一律.

---

73) 김창흡(金昌翕) : 조선 숙종(肅宗) 때의 학자(1653~1722). 자는 자익(子益). 호는 삼연(三淵). 시호는 문강(文康). 본관은 안동(安東). 수항(壽恒)의 아들. 1673년(현종 14) 진사가 되고, 1684년(숙종 10) 장악원(掌樂院) 주부(主簿)에 임명되었으나 나가지 않았다. 1689년(숙종 15) 기사환국(己巳換局)으로 아버지가 사사(賜死)되자 영평(永平)에 은거하였으며 신임사화(辛壬士禍) 때에 거제도에 유배된 형 김창집(金昌集)이 사사(賜死)되자 지병이 악화되어 죽었다. 시에 뛰어났으며 형 김창협(金昌協)과 더불어 성리학과 문장으로 널리 이름을 떨쳤고, 학문적 경향은 이기(理氣)에 있어 퇴계와 율곡을 절충하는 형과 같은 방법을 취했다.

74) 감동(監董) : 조선조 때 국가의 공사(工事)를 감독하기 위하여 일시로 임명하던 벼슬. 각 궁전을 짓는 데에 많이 동원되었음.

홍희조(洪羲祖)[75]

푸른 산 붉은 해가 해동에 밝아	碧山紅旭海東明
아득한 기운이 아침에 생기니 뜻과 기운이 맑아지네.	灝氣朝生志氣淸
운곡의 유택(幽宅)을 오늘 참배하니	耘谷幽堂今日拜
은대(銀臺)로[76] 돌아가는 꿈 속에 흰 구름이 걷히네.	銀臺歸夢白雲耕
옛 어진이의 큰 절개가 오직 인의 뿐이었으니	昔賢大節惟仁義
말세의 미약한 양기가 그 이정(利貞)에 힘입었네.	衰季微陽賴利貞
한 평생 이름 없음이 도리어 다행스러워	沒世無名還自幸
덧없이 빠른 부생(浮生)에 태평스레 늙으셨네.	浮生滾滾老昇平

권수(權晬)[77]

낡은 비석의 이끼 글자가 아직도 분명하니	古碑苔字尙分明
선생의 맑은 생애를 우러러 사모하네.	景仰先生素履淸
고죽(孤竹)의 바람은 수양산 고사리 캐는데[78] 높고	孤竹風高首陽採
소미(少微)의[79] 별은 부춘산 밭 가는데[80] 비추네.	少微星照富春耕
변암(弁巖)이 우뚝 서서 이름 전한 지 오랜데다	弁巖特立傳名久
시사(詩史)가 길이 남아 곧은 절개를 볼 수 있네.	詩史長留見節貞

75) 홍희조(洪羲祖) : 생몰년 미상.

76) 은대(銀臺) : 한림원의 별칭. 당(唐)나라 때 한림원이 은대문(銀臺門) 안에 있었으므로 해서 생긴 말.

77) 권수(權晬) : 생몰년 미상.

78) 수양채(首陽採) : 백이(伯夷)와 숙제(叔齊)를 말함.

79) 소미(少微) : 태미(太微)의 서쪽에 있는 네 별을 소미(少微)라고 한다. 춘추합성도(春秋合誠圖)에 이르기를 "소미(少微)는 처사위(處士位)이다"라고 했으며, 또 천관점(天官占)에 이르기를 "일명 처사성(處士星)이다"라고 하였다. 『색은(索隱)』.

80) 부춘경(富春耕) : 부춘산(富春山)은 후한(後漢) 때의 학자 엄광(嚴光)이 은거한 곳. 엄광의 자는 자릉이고 여요 출신인데, 어렸을 때 광무제(光武帝)와 함께 공부하였다. 후에 광무제가 즉위한 후 변성명하고 숨어사는 엄광을 찾아 간의대부(諫議大夫)를 제수(除授)하였으나 사양하고 부춘산(富春山)에 은거하였음. 후세 사람이 그가 낚시질 하던 곳을 일러 엄릉뢰라 하였다 함. "(광무제가 엄광에게) 간의대부를 제수했지만 (끝내 뜻을) 굽히지 않고, 부춘산에서 밭을 갈았다. 후세 사람들이 그가 낚시질하던 곳을 엄릉뢰(嚴陵瀨)라고 하였다." 『후한서(後漢書)』 卷113, 「엄광(嚴光)」.

뜻 있는 선비들은 천추에 느낌이 많아	志士千秋多曠感
태종대 아랫길이 평평해졌네.	太宗臺下路猶平

김낙수(金洛受)[81]

명교(名敎)를[82] 동방에 그 누가 밝혔던가	名敎東方孰使明
촌교(寸膠)의[83] 힘이 많아 황하수가 맑아졌네.	寸膠多力一河淸
은나라 하늘에선 서산에 고사리 캔 사람을[84] 받들었고	殷天擎得西山採
한나라 조정에선 부춘에 밭가는 이를[85] 모셔왔네.	漢鼎扶來富野耕
대로(大老)의[86] 비석을 세워 그 절조를 높이고	大老竪碑崇氣節
선왕께서 발걸음 옮겨 충정(忠貞)을 권장했네.	先生移蹕奬忠貞
백년 무덤을 우러러보니 그 모습 옛날과 같구나.	百年墓貌瞻依舊
그 누가 구릉(邱陵)이 겁(劫)을 겪어 평평하다고 말하랴.	誰謂邱陵閱劫平

정홍경(鄭鴻慶)[87]

은나라 해와 달이 마음을 밝게 비추니	殷商日月照心明
만고에 끼친 바람이 고죽국에 맑구나.	萬古遺風孤竹淸
그 당시[88] 임금 발자취가 부질없이 서글펐으니	鳳蹕當年空悵望
치악산 어느 곳에서 밭 갈다 늦게 돌아왔던가.	雉岑何處晩歸耕
구름에 덮힌 작은 비석은 느낌을 더해 주고	雲凄短碣偏增感
서리맞은 겨울 소나무는 홀로 절개를 지키는데,	霜逼寒松獨葆貞
우거진 푸른 산에 쑥대와 가시덤불 쳐내고	綿邈靑山蓬棘剪

81) 김낙수(金洛受) : 생몰년 미상.

82) 명교(名敎) : ① 성인이 인륜의 명분을 지켜야 할 바에 대해 가르친 것. ② 유교(儒敎).

83) 촌교(寸膠) : "조그만 아교로 황하의 탁함을 다스릴 수 없고, 얼마 안 되는 물로 소구(蕭邱)의 뜨거움을 식힐 수 없다. 그러므로 몸과 이름을 아울러 온전히 하는 자가 몹시 드물며, 먼저 웃다가 나중에 우는 자가 많다." 『포박자(抱朴子)』, 「가둔(嘉遯)」.

84) 서산채(西山採) : 백이(伯夷)와 숙제(叔齊)를 말함.

85) 부야경(富野耕) : 후한(後漢) 때의 학자 엄광(嚴光)을 말함.

86) 대로(大老) : 세간에서 존경을 받는 어진 노인.

87) 정홍경(鄭鴻慶) : 생몰년 미상.

88) 당년(當年) : 그 해. 그 당시.

무덤을[89] 다시 손질해 창평(昌平)을[90] 사모하네. 重修堂斧慕昌平

이치진(李治進)[91]

전조(前朝)의 일을 분별한 말씀 홀로 분명했기에 前朝辨說獨分明
별과 해가 지금까지도 가장 맑게 빛나네. 星日至今耀太淸
외로운 신하의 눈물은 섬강(蟾江)[92] 나루에 목메고 孤臣淚咽蟾江渡
처사의 이름은 치악산[93] 밭갈이에 높았네. 處士名高雉嶽耕
포은(圃隱)이[94] 간 뒤에 혼이 함께 매섭더니 圃翁去後魂俱烈
목은(牧隱)이[95] 올 때엔 절개가 함께 곧았네. 牧老來時節共貞
가엾게도 높은 무덤이 반나마 평평하더니 遺孫負去春莎綠
후손들이 져날라 봄 잔디가 푸르렀네. 爲惜蓬科半已平

허엄(許儼)[96]

한 손으로 동쪽 하늘의 해를 받들었으니 隻手東天捧日明
육안으로도 그 빛이 맑음을 알겠네. 滔滔肉眼亦知淸
슬픈 노래 부르던 의로운 선비는 산에 올라 고사리 캐고 悲歌義士登山採

89) 당부(堂斧) : 당(堂)은 사각형으로 된 높은 형태의 무덤이고, 부(斧)는 바닥은 넓고 윈쪽이 좁은 형태의 무덤이다.

90) 창평(昌平) : 나라가 창성하고 세상이 태평함.

91) 이치진(李治進) : 생몰년 미상.

92) 섬강(蟾江) : 강원도 횡성군에서 발원하여 원주・여주 등을 지나 한강으로 들어가는 강.

93) 치악산(雉嶽山) : 강원도 영월군과 원주시 사이에 있는 산.

94) 포은(圃隱) : 고려말 충신 정몽주(1337~1392)의 호. 공민왕 때 성균관 학감(學監)으로 있으면서 개성(開城)에 오부학당(五部學堂)과 지방에 향교(鄕校)를 세워 유학의 진흥을 꾀하는 한편 명나라와의 외교에도 힘썼음. 고려조를 받들다가 이방원(李芳遠)이 보낸 자객 조영규(趙英珪)에게 선죽교(善竹橋)에서 피살됨.

95) 목은(牧隱) : 이색(李穡)의 호(號). 고려말의 문신(1328~1396). 자는 영숙(穎叔). 본은 한산(韓山). 고려 삼은(三隱)의 한 사람. 원나라에 들어가 과거에 급제하여 한림지제고(翰林知制誥)를 지내고 귀국, 좌승선(左承宣)・우대언(右代言)・대사성(大司成) 등의 벼슬을 지냄. 조선조 태종이 여러 번 불렀으나 나가지 아니하였음. 문집으로는 목은집(牧隱集)이 있음.

96) 허엄(許儼) : 생몰년 미상.

옛 스승 감반(甘盤)은[97] 들에 숨어 밭을 가네.　舊學甘盤遯野耕
임금 발자취 방황하며 예의 갖춰 찾아왔고　鳳蹕彷徨勤禮訪
비석 글자는 떨어졌건만 충정(忠貞)을 표창했네.　龜頭剝落表忠貞
병들어[98] 감동(監董)에[99] 달려가지 못하고　薪憂未克趁監董
서글피 묘소를 바라보니 마음이 편치 않네.　悵望封塋志不平

정약선(丁若璿)[100]

무덤의 새 잔디가 눈에 비쳐 밝으니　堂斧新莎照眼明
한 낚싯줄 맑은 몸가짐 부춘산을[101] 거듭 기억하네.　富春重憶一絲淸
충신의 눈물은 심주(沁洲)에[102] 다하지 않고　沁洲不盡忠臣淚
처사의 밭갈이는 일찍이 목은(牧隱)과[103] 함께 했네.　牧老曾同處士耕
금우(金牛)를 분간할 때에는 곧은 붓을 기다렸고　分揀金牛須直筆
옥백(玉帛)을 길이 사양하니 그윽한 정조에 이로웠네.　長辭玉帛利幽貞
흰 구름 흐르는 물 거친 대(臺) 굽이에　白雲流水荒臺曲

---

97) 감반(甘盤) : 은(殷)나라를 중흥시킨 고종 무정(武丁) 때의 현신(賢臣). 세자시절 무정의 스승이었다. 『죽서기년(竹書紀年)』, 소을(小乙).

98) 신우(薪憂) : 부신지우(負薪之憂). 임금이 사(士)에게 활을 쏘라고 시켰는데, 쏠 수 없으면 병들었다고 사양한다. 이때 "아무개는 부신지우(負薪之憂)가 있습니다"라고 말한다. 『예기(禮記)』, 「곡례상제일(曲禮上第一)」. "땔나무를 하다가 지쳐서 활을 쏠 수 없다"는 뜻인데, 그 뒤부터 부신지우(負薪之憂)는 "병들었다"는 뜻으로 쓰였다.

99) 감동(監董) : 조선조 때 국가의 공사(工事)를 감독하기 위하여 일시로 임명하던 벼슬. 각 궁전을 짓는 데에 많이 동원되었음.

100) 정약선(丁若璿) : 생몰년 미상.

101) 부춘(富春) : 부춘산(富春山)은 후한(後漢) 때의 학자 엄광(嚴光)이 은거한 곳.

102) 심주(沁洲) : 후한(後漢)때 엄자릉(嚴子陵)이 숨어 살던 곳. 엄광의 자는 자릉이고 여요 출신인데, 어렸을 때 광무제(光武帝)와 함께 공부하였다. 후에 광무제가 즉위한 후 변성명하고 숨어사는 엄광을 찾아 간의대부(諫議大夫)를 제수(除授)하였으나 사양하고 부춘산(富春山)에 은거하였음. 『후한서(後漢書)』 卷113, 「엄광(嚴光)」.

103) 목은(牧隱) : 이색(李穡)의 호(號). 고려말의 문신(1328~1396). 자는 영숙(穎叔). 본은 한산(韓山). 고려 삼은(三隱)의 한 사람. 원나라에 들어가 과거에 급제하여 한림지제고(翰林知制誥)를 지내고 귀국, 좌승선(左承宣)·우대언(右代言)·대사성(大司成) 등의 벼슬을 지냄. 조선조 태종이 여러 번 불렀으나 나가지 아니하였음. 문집으로는 목은집(牧隱集)이 있음.

연로(輦路)는[104] 옛 그대로에다 풀빛이 평평하구나. 輦路依然草色平

이규채(李圭采)[105]

아름다운 성[106] 두어 자 흙에 꽃이 밝은데 佳城數尺土花明
백세의 맑은 풍모 선생을 우러러보네. 仰止先生百世淸
송악(松嶽)의 벌레 먹은 누런 잎을 차마 볼 수 없어 松嶽忍看黃葉蝕
치악산에서 흰 구름 벗삼아 밭을 갈았네. 雉峯堪伴白雲耕
잔디는 비 맞으며 산뜻한 빛을 더하고 原莎帶雨新添色
잣나무는 추위 겪으며 절개를 변하지 않아, 磵柏經寒不改貞
골짜기 어구 봄 고사리에다 팥을 보태어 谷口春薇加豆實
해마다 제사[107] 받들며 평안하기를 점치네. 烝嘗歲歲卜安平

심동익(沈東翼)[108]

치악산 높고 높아 고운 해가 밝았는데 雉嶽崢嶸麗日明
한 오리 맑은 바람을 멀리 이어받았네. 遺風遙挹一絲淸
하늘과 땅이 넓다 한들 장차 어디로 가랴 乾坤雖廣將安適
숲 골짜기 깊은 이곳에 스스로 밭 갈았네. 林壑此深仍自耕
백이 숙제와 더불어 맞서는데다 可與夷齊相上下
포은(圃隱)[109] 목은과[110] 함께 충정을 나란히 했네. 遂從圃牧並忠貞

---

104) 연로(輦路) : 임금의 수레가 다닌 곳. 임금의 나들이 길.

105) 이규채(李圭采) : 생몰년 미상.

106) 가성(佳城) : 무덤을 말함. "하후영(夏侯嬰)이 죽어서 송장(送葬)의 행렬이 도성문 밖에 이르자 말이 땅을 긁으며 슬피 울므로 파보니 석곽(石槨)이 나왔는데 거기에 새겨 있기를 '울울한 가성이여, 등공의 거실이다(鬱鬱佳城 滕公居此室)' 라고 했다"고 하였다.

107) 증상(烝嘗) : 증(烝)은 겨울 제사이고, 상(嘗)은 가을 제사이다.

108) 심동익(沈東翼) : 생몰년 미상.

109) 포은(圃隱) : 고려말 충신 정몽주(1337~1392)의 호. 공민왕 때 성균관 학감(學監)으로 있으면서 개성(開城)에 오부학당(五部學堂)과 지방에 향교(鄕校)를 세워 유학의 진흥을 꾀하는 한편 명나라와의 외교에도 힘썼음. 고려조를 받들다가 이방원(李芳遠)이 보낸 자객 조영규(趙英珪)에게 선죽교(善竹橋)에서 피살됨.

110) 목은(牧隱) : 이색(李穡)의 호(號). 고려말의 문신(1328~1396). 자는 영숙(穎叔). 본은

후손들이 유택을 다시 수축하니 雲孫重改幽堂築
연하고 푸른 새 잔디가 성을 둘러 평평하구나. 軟綠新莎繞域平

정홍순(鄭鴻順)[111]

한 손으로 해동의 밝은 해를 받들었으니 隻手擎攀海日明
선생의 뜻이 바로 성인의 맑은 마음일세. 先生之志聖之淸
천승(千乘)의 수레가 스승을 높여 빛냈건만 尊師賁趾千乘駕
두어 이랑 밭 갈며 자취 감추고 살았네. 罔僕藏蹤數畝耕
백세의 고결한 풍모 모두 우러러 사모하니 百世高風皆仰慕
당시의 외로운 절개가 홀로 그윽히 곧았구나. 當時苦節獨幽貞
고을 동쪽 한 기슭 바라보이는 땅에 府東一麓逌瞻地
그 가운데 구연(嫗淵)이 있어 불평을 쏟을 만하네. 中有嫗淵瀉不平

심계우(沈啓宇)[112]

삼한(三韓)에 우뚝 의리를 밝혔으니 卓冠三韓義理明
선생의 명망과 절개는 성인의 맑음일세. 先生名節聖之淸
고결한 품격으로 동강(桐江)에[113] 낚시질하고 高標宛轉桐江釣
늘그막에 소요하며 율리(栗里)에 밭 갈려 했네. 晩計逍遙栗里耕
백세 후에도 풍모를 들으면 공경스런 마음 더하고 百世聞風增肅敬
천봉(千峯)에 자취 감추니 그윽한 정절에 이롭구나. 千峯晦迹利幽貞
하늘이 아끼고 귀신이 감춘 깨끗한 땅에 天慳鬼秘精禋地
무덤을[114] 다시 손질하니 석경(石逕)이[115] 평평해졌네. 塋城重新石逕平

한산(韓山). 고려 삼은(三隱)의 한 사람. 원나라에 들어가 과거에 급제하여 한림지제고(翰林知制誥)를 지내고 귀국, 좌승선(左承宣)·우대언(右代言)·대사성(大司成) 등의 벼슬을 지냄. 조선조 태종이 여러 번 불렀으나 나가지 아니하였음. 문집으로는 목은집(牧隱集)이 있음.

111) 정홍순(鄭鴻順) : 생몰년 미상.

112) 심계우(沈啓宇) : 생몰년 미상.

113) 동강(桐江) : 엄광이 광무제가 부르는데도 응하지 않고 숨어서 낚시질을 하였다는 강.

114) 영역(塋域) : 묘지, 또는 묘지의 구역.

115) 석경(石逕) : 돌이 많은 좁은 길.

홍희승(洪羲升)116)

시냇물 돌아 흐르고 산이 둘러싸 골짜기 하늘 밝으니117)	澗回山拱洞天明
운곡의 끼친 바람이 바다 동쪽에 맑구나.	耘谷遺風左海淸
붉은 봉우리는 기수(箕峀)의 소유라 하고	赤嶽盖云箕峀有
흰 구름은 부춘산 밭갈이118) 같네.	白雲猶似富春耕
고려(高麗) 두 글자를 전자(篆字)로 크게 썼으니	特書篆古高麗字
홀로 빼어난 소나무가 늦게까지 정절 지녔네.	獨秀松含晩節貞
하루 종일 무덤을119) 우러러 보노라니	鎭日堂封瞻仰久
돌아가는 길 저녁 연기가 시름겹지 않네.	不愁歸路夕烟平

한치긍(韓致兢)120)

우뚝 선 치악산이 아름답고도 밝은데	巖巖雉嶽際休明
동쪽 바다 바라보면 기운 더욱 맑구나.	左海攸瞻淑氣淸
푸른 잣나무는 다시 봄 이슬에 젖었는데	翠栢重封春雨露
흰 구름은 아직도 옛날 밭 갈던 시절 같네.	白雲猶似舊耘耕
손길이 석함(石函)에 남았으니 바로 시사(詩史)이고	澤存函石詩之史
괘는 천산돈(天山遯)을121) 얻었으니 곧기도 해라.	卦得天山遯用貞

116) 홍희승(洪羲升) : 생몰년 미상.

117) 천명(天明) : 날이 밝은 녘.

118) 부춘경(富春耕) : 후한(後漢) 때의 학자 엄광(嚴光)이 은거한 곳. 엄광의 자는 자릉(자릉)이고 여요(여요) 출신인데, 어렸을 때 광무제(光武帝)와 함께 공부하였다. 후에 광무제가 즉위한 후 변성명하고 숨어사는 엄광을 찾아 간의대부(諫議大夫)를 제수(除授)하였으나 사양하고 부춘산(富春山)에 은거하였음. 후세 사람이 그가 낚시질 하던 곳을 일러 엄릉뢰라 하였다 함. "(광무제가 엄광에게) 간의대부를 제수했지만 (끝내 뜻을) 굽히지 않고, 부춘산에서 밭을 갈았다. 후세 사람들이 그가 낚시질하던 곳을 엄릉뢰(嚴陵瀨)라고 하였다."『후한서(後漢書)』卷113「엄광(嚴光)」.

119) 당봉(堂封) : 무덤. 당(堂)은 사각형으로 된 높은 형태의 무덤임.

120) 한치긍(韓致兢) : 생몰년 미상.

121) 천산돈(天山遯) : 주역(周易)의 괘명(卦名). 숨어서 삶을 나타낸 괘. 건괘(乾卦)가 위에 있고 간괘(艮卦)가 아래 있는 괘가 돈(遯)이다. 하늘 아래 산이 있는 모습이므로 천산돈(天山遯)이라고 한다.『역전(易傳)』에 "두 음(陰)이 아래에서 생겨, 음(陰)은 자라나 장차 성하고, 양(陽)은 사그라져 물러간다. 소인이 장차 성하고 군자가 물러나 피하는

우뚝한 저 칠봉(七峯)을 더욱 사모하노니	屹彼七峯尤感慕
어느 해에야 이 땅이 태평세월 누리려나.	何年肇域享升平

계사년 사초(莎草)[122] 때의 위안제문(慰安祭文)

癸巳 改莎草時 慰安祭文

우리 선조 깨끗하시어	我祖耿介
주나라 곡식 부끄럽게 여기시고,	周粟是恥
우리 선조 고상하시어	我祖高尚
한나라 조정 믿으셨네.	漢鼎攸恃
사초(莎草)하고 제사 받드는 일은	衣履籩豆
자손들의 직분이니,	子孫之職
잘 모시고 제물 바침이	迺厝迺歆
이치에 어찌 어긋나랴.	厥理靡忒
비와 이슬이 내릴 때마다	雨露浸濡
무덤[123] 보며 슬퍼하고,	怵惕封樹
좋은 철 맞이하면	諏辰啓閉
멀리서 흠모하였네.	緬惟興慕
사림들이 역사를 도와	衿紳相役
삼태기와 삽이 달리니,	畚鍤如趍
이 작은 정성 살피시어	監此微虔
놀라지 마소서.	毋震其虞

것이기 때문에 돈괘(遯卦)가 되었다"고 하였다.

122) 사초(莎草) : 오래되거나 허물어진 산소에 떼를 입히어 잘 가다듬는 일. 흔히 한식날에 함.

123) 봉수(封樹) : 흙을 모아서 무덤을 만들고 비석을 세우는 것인데, 옛날에는 사대부 이상만 봉수(封樹)를 허락했다. "서인(庶人)은 현봉(縣封)한다. 장례할 때에 비가 온다고 해서 중지하지 않으며, 봉분(封墳)하지 않고, 비석도 세우지 않는다." 『예기(禮記)』, 「왕제제오(王制第五)」.

산신 제문(山神祭文)

山神祭文

홍희조(洪羲祖)[124]

치악이 높고 높아	赤嶽巖巖
해동이 다 우러러보니,	海東維瞻
운곡의 유택(幽宅)을	耘谷幽宅
영원히[125] 지키시리.	萬禩無斁
신령님의 도움 받아	賴靈拱衛
우리에게 두터운 은혜 내리시니,	貽我裕惠
묘소를 손질하면서	堂斧恭修
변변찮은 제물을 바치옵니다.	用薦菲羞

(右洪羲祖製)

한익상(韓益相)[126]

병신년 시월 신해삭(辛亥朔) 임자일(壬子日)에 선생의 묘표를 다시 세우면서 후학 관찰사 서원(西原) 한익상(韓益相)은 개연히 느낌이 일어났다. 그래서 이날 묘를 찾아가 참배하고, 선생이 숨어사시던 곳에 나아가서 고사리 한 묶음을 캐고 물 한 잔을 떠서 제사를 받들었다. 이는 선생의 시에서

밝은 달은 찼다 기우는데 물은 절로 맑구나.
다만 고사리를 캐면서 여생을 보내리라.

라고 한 뜻을 취한 것이다. 감히 선생의 영전에 아뢴다.

---

124) 홍희조(洪羲祖) : 생몰년 미상.

125) 만사(萬禩) : 사(禩)자는 사(祀)자와 같은데, 사(祀)는 1년이다. 즉 만사(萬祀)는 만년을 가리킨다. "(한 해를) 하(夏)나라에선 세(歲)라 하였고, 상(商)나라에선 사(祀)라 했으며, 주(周)나라에선 년(年)이라고 했다." 『서경(書經)』 卷3, 상서(商書) 「이훈(伊訓)」 주.

126) 한익상(韓益相) : 생몰년 미상.

산이 그윽하고 깊은 것은 선생의 마음이고,
산이 높고 깎아지른 것은 선생의 절개로다.
만고에 푸른 산은 무너지지 않고 변하지 않으리다.
삼가 변변찮은 제물을 갖춰 흠모하는 마음을 펼치옵니다.

가을 빛은 높고 뜨거운 해는 내려 쬐는데
뒷사람들이 찾아와 작은 비석 앞에 절하네.
고려 진사 글씨가 어찌 크랴
운곡 선생이 아름다움을 독차지했네.
산 같은 명성 우러러 옛 집을 바라보고
고사리로 제사 받들어 당시를[127] 생각하네.
주나라 어짐과 상나라 포악함을 모르지 않으셨건만
이 땅에 신하 도리를 굳게 심기 위해서였네.

歲丙申十月辛亥之朔壬子之日. 改竪先生墓表. 後學觀察使西原韓益相慨然興感. 以是日往拜于墓. 就先生隱居之地. 採蕨一束. 取水一盃. 于以奠之. 盖取先生詩中明月盈虧水自淸. 但將薇蕨送餘生之意也. 敢告于先生之靈曰. 山窈面深. 先生之心. 山高而截. 先生之節. 萬古青山. 不崩不騫. 謹將薄具. 用伸迫慕. 秋色崢嶸烈日懸. 後人來拜短碑前. 高麗進士書何大. 耘谷先生美自專. 山仰聲名瞻舊隱. 豆盛薇蕨想當年. 周仁商暴應非昧. 臣道固然樹益堅.

운곡선생(耘谷先生) 사적록(事蹟錄) 뒤에 부침(後語)[128]

耘谷先生事蹟錄 後語

팔계(八溪) 정양흠(鄭亮欽)은 삼가 쓰다(謹識)

나는 일찍이 고려가 망할 때의 일을 논하다가 삼은(三隱)의 행적을 혼자 슬퍼하며, 그들의 의리를 믿었다. 그래서 "포은(圃隱)은[129] 큰 일로 책임졌고, 목

127) 당년(當年) : 그 해. 그 당시.
128) 후어(後語) : ① 일이 끝난 후에 이러쿵 저러쿵 하는 말. ② 뒷공론.

은(牧隱)은[130] 바른 몸가짐으로 화합했으며, 야은(冶隱)[131]은 엄정하게 숨었다. 모두 자신을 깨끗이 하여 (나라에) 바침으로써 만고에 우뚝 섰으니, 이에서 더할 사람은 없을 것이다. 그러나 당시의 의리와 착잡한 사정을 알기는 어렵고 의심하기는 쉬운 법이니, 비록 잘못되었다고 할 수는 없지만 유감스러운 점이 있다."고 생각하였다. 그 뒤에 운곡 선생의 유사(遺事)를 읽어보고 일어나 탄식하며, "선생도 삼은(三隱) 선생과 마음이 하나였다. 행적은 다르지만 의를 겸했으니, 오히려 삼은(三隱)보다 더 빛나는 점이 있지 않은가"라고 하였다.

오백년 왕업의 존망을 한 몸에 지고서 함께 인(仁)을 이루고 의(義)를 취하며 사직을 중하게 여겨 두 임금의 폐위까지도 참아야 했으니, 이는 포은(圃隱) 선생이 큰 일을 책임진 것이다. 왕자를 세우는 한 마디 말은 거스르기 어려운 법이니, 임금의 기강이 이에 힘입어 정해졌다. 전조(前朝)의 훌륭한 명망으로 봉백(封伯)의 새 명령을 온화하게 받들었으니, 목은 선생은 바른 행실로 화합한 것이다. 초연히 두 성(姓)을 섬기지 않겠다는 뜻을 지녔으니, 그 선택이 정확하면서도 그 말씀이 부드러웠다. 망녕된 무리들은 알지도 못하면서 방자하게 헐뜯었으니, 이를 보아서도 야은(冶隱) 선생이 엄정하게 숨어 버렸음을 알 수 있다. 앞사람들의 논술이 이렇게 갖춰졌다.

대개 그 처지가 같지 않기 때문에 (논자들이 삼은三隱의 행위에 대하여) 병으로 여기지 않고 유감스런 일이라 했는데, 운곡 선생 경우에는 그 기미를 미리 알고 황야에 자취를 감추셨다. 그래서 (고려왕조의) 작록(爵祿)이 몸에 더하

---

129) 포은(圃隱) : 고려말 충신 정몽주(1337~1392)의 호. 공민왕 때 성균관 학감(學監)으로 있으면서 개성(開城)에 오부학당(五部學堂)과 지방에 향교(鄕校)를 세워 유학의 진흥을 꾀하는 한편 명나라와의 외교에도 힘썼음. 고려조를 받들다가 이방원(李芳遠)이 보낸 자객 조영규(趙英珪)에게 선죽교(善竹橋)에서 피살됨.

130) 목은(牧隱) : 이색(李穡)의 호(號). 고려말의 문신(1328~1396). 자는 영숙(穎叔). 본은 한산(韓山). 고려 삼은(三隱)의 한 사람. 원나라에 들어가 과거에 급제하여 한림지제고(翰林知制誥)를 지내고 귀국, 좌승선(左承宣)·우대언(右代言)·대사성(大司成) 등의 벼슬을 지냄. 조선조 태종이 여러 번 불렀으나 나가지 아니하였음. 문집으로는 목은집(牧隱集)이 있음.

131) 야은(冶隱) : 고려말 길재(吉再, 1353~1419)의 호. 이색·정몽주·권근 등으로부터 성리학을 배웠음. 고려 32대 우왕 말년에 성균관 박사가 되어 공직에서 국자감의 학생들을, 집에서는 양가 자제(良家子弟)들을 교육하였음. 조선 개국 후 1400년(정종 2) 태상박사(太常博士)에 임명되었으나, 두 왕조를 섬길 수 없다고 하여 거절함. 시호는 충절(忠節).

지 않고, 권위(權位)가 손에 이르지 않았다. 어디에도 얽매이지 않고 시대에 책임이 없는, 산림의 한 진사(進士)일 뿐이셨다. 그러나 하늘이 주신 것을 공경하고 사람이 금수(禽獸)가 될까 염려하셨으니, 그 마음에 이렇게 생각하신 듯하다. "나라가 망하고 윤리가 무너지면, 내가 이 시대 사람을 어떻게 하랴. 망하지 않고 무너지지 않게 할 수 있다면, 내가 그 일을 하지 않고 그 누가 하랴." 이미 세우신 바가 광명하고도 탁월했으니, 행록(行錄)에[132] 쓰신 바와 같다.

아아! 필부(匹夫)가 지위는 없어도 강상(綱常)이 이에 힘입었으며, 천승(千乘)의 임금이 절(節)을 굽혀(찾아왔어)도 신하가 되지 않았다. 선생은 숨어 사는 선비로 백세에 믿을 만한 역사를 기록했다. 이야말로 큰 일을 책임지고, 바른 행실로써 화합하며, 엄정하게 숨어버렸다고 말할 만하다. 그러므로 삼은(三隱)을 겸하고도 유감이 없는 분은 선생 한 분 뿐임을 알 수 있다. (선생이 그렇게 사셨던 것은) 그 처지가 (고려왕조에 벼슬했던 삼은三隱과는) 같지 않았기 때문이다.

(선생의) 시(詩)만 전하고 사(史)가 없어진 것을 논자들은 아쉽게 여긴다. 그러나 퇴계(退溪)[133] 선생께서 선생의 시를 읽고 "역사이다(史也)"라고 하셨으니, 역사가 시에 담겨 있다면 시가 전하면서 역사도 없어지지 않으리니, (역사를) 잃었다고 해서 어찌 아쉬울 게 있으랴. 그러나 선생의 시에 지금도 휘(諱)할 만한 부분이 있으니, 하물며 사(史)이겠는가. 천추만세에 반드시 깊이 아쉬워하는 자들이 있으리니, 내가 아쉽게 여기지 않을 수 없는 것도 이 때문이다.

八溪 鄭亮欽 謹識

余嘗尙論麗亡時事. 竊悲三隱之迹而信其義. 以爲圃隱大而任. 牧隱正而和. 冶隱嚴而晦. 是皆自靖以獻. 特立萬古. 莫或尙之. 顧時義錯盭. 難知而易疑. 雖不以病. 亦足以憾. 乃歸考耘谷元先生遺事. 作而歎曰. 先生之與三隱先生. 其心一也. 迹舛而義兼. 抑有光于三隱者非耶. 夫身佩五百年王業. 存亡與俱. 成仁取義. 而社稷爲重地. 忍二王之騈首者. 圃隱先生之大而任也立子一言. 毅然難犯. 王綱賴延. 而前朝雅望. 雍容封伯之新命者. 牧隱先生之正而和也. 超然遠引. 不事二姓. 其擇益精.

---

132) 행록(行錄) : 사람들의 말이나 행실을 적은 글.

133) 퇴계(退溪) : 조선 중기 학자인 이황(李滉, 1501~1570)의 호.

其辭益婉. 而彼哉妄男不知. 則敢肆詆誣. 此以知冶隱先生之嚴而晦也. 前人之論述備矣. 槩言所遇不同. 故曰不以病而以憾. 若耘谷先生. 見幾玄陵. 遯迹荒野. 爵祿不加於身. 權位不到於手. 不拘不係. 無責於時. 山林一進士耳. 乃敬天降衷. 憂人爲禽. 其心若曰亡國斁倫. 吾無如時人何. 猶有不亡不斁者. 非我扶之而誰也. 旣所立光明卓絶. 一如錄中所記. 噫. 匹夫無位. 綱常是賴矣. 千乘屈節. 罔敢臣僕矣. 短什巾衍. 百世信筆矣. 玆可謂任其大和其正而晦其嚴矣. 故知兼三隱而無遺憾者. 先生一人而已. 亦曰所遇不同耳. 惟其詩傳而史佚. 論者惜之. 然陶山李夫子讀先生詩曰. 史也. 史寓於詩. 詩傳而史不亡. 何佚之惜乎. 然先生之詩. 今猶有可諱. 況史哉. 千秋萬歲. 終必有深惜之者. 顧余不得不爲是惜也.

원은(元檃) : 숭정 기원후(崇禎紀元後) 4년 무오(1858) 5월 상한에[134] 16대손 은(檃)은 삼가 쓰다

시에다 역사라는 이름을 붙인 것은 그 시가 정직함을 뜻한다. 옛 성인도 "도를 믿음이 독실하고 스스로 아는 것이 밝기 때문에, 세상에 숨어살며 남이 알아주지 않아도 답답하지 않다"고 했다. 이는 순강지정(純剛至正)한 기운과 고명광대(高明光大)한 학문이 말로 나와서 문장을 이루는 것이 경(經)이 아니면 사(史)라는 것을 알기 때문이다.

우리 선조 운곡 선생은 어지러운 세상을 만나자 홀로 이륜(彝倫)을[135] 잡고 숨어살면서 시(詩)와 문(文)을 저술하셨다. 그 문(文)이 바로 사(史)였는데, 불에 타 버리고 전하는 것이 없다. 「해동악부사(海東樂府詞)」[136]에서 "당시의 저술이 부질없이 정신만 괴롭혔네(當時著述空勞神)"라는 구절이 바로 그것이다. 오직 시(詩) 두 권만이 아직도 500년 동안 우리 문중에 전해 오는 종정(鍾鼎)이니,[137] 퇴계(退溪)와[138] 한강(寒岡)[139] 두 선생께서 "원성(原城)에 믿을 만한

---

134) 상한(上澣) : 상순(上旬).

135) 이륜(彝倫) : 사람으로서 지켜야 할 떳떳한 도리.

136) 해동악부(海東樂府) : 조선 광해군때 심광세(沈光世)가 지은 사시집(史詩集). 1617년 간행. 신라·고려·조선 초기의 사실(史實)로부터 흥미 있는 제목 44편을 뽑아 그것을 설명하는 해설을 시서(詩序)로 만들고 그 사실을 시로 읊은 것이다. 「자서(自序)」를 보면 우리나라 사람들이 자기 서적에 너무 무관심한 것을 분개하다가 명나라 이동양(李東陽)의 『서애악부(西涯樂府)』를 보고 그 악부체(樂府體)를 본따서 아동 교훈의 취지로 이 글을 지었다고 한다.

역사가 있다"고 말씀하셨던 것이 바로 이것이다.

고려 말엽의 시사(時事)를 상고해보면 왕씨(王氏) 부자의 원통함과 정비(定妃)가 공양왕에게 명령한 사실 등이 홍무(洪武) 22년 기사(己巳, 1389)에 지은 두세 편 시에 실려 있는데, 사실에 의거하여 솔직하게 쓴 것들이 대개 이때의 일이다. "금화(金火)가 처천(處遷)된[140] 뒤에 남행(南行)이 있었다"라든가 "새나라", "「몽금척(夢金尺)」과 「수보록(受寶籙)」을 받들어 읽고 경사롭게 여겨 찬양한 시" 등에서 휘(諱)하는 바가 시에 있지 않았음을 알 수 있다.

선조께서는 고려 충숙왕 17년 경오(1330) 7월 8일에 태어나셨는데, 시를 지은 연도는 신묘(1351)에서 시작하여 갑술(1394)에 마쳤으니, 그 기간이 44년이다. 만 섬이나 되던 구슬 가운데 어찌 잃어버린 것이 없으랴. 석실(石室)에 간직하는 동안 종이가 문드러지고 벌레가 먹어, 이따금 받들어 읽노라면 모르는 사이에 눈물이 흘러 내렸다.

아아! 오랫동안 신묘한 열쇠가[141] 뽑히지도 못하고 전하지도 못하다가 이제 인쇄에 부치려 하니, 모두들 이렇게 말했다. "여수(廬水)에서 거문고 탄 것이 하(夏)나라 바꾸는데 어찌 해로우며, 서산(西山)에서 고사리 캔 것이 상(商)나라 무찌르는데 무슨 손실인가. 그렇다고 해서 무광(務光)의[142] 곡조와 백이

---

137) 종정(鍾鼎) : 종과 솥은 귀중한 물건인데, 뛰어난 공덕을 종이나 솥에 새기기도 하였다.

138) 퇴계(退溪) : 조선 중기 학자인 이황(李滉, 1501~1570)의 호.

139) 한강(寒岡) : 조선 선조·광해군 때의 학자인 정구(鄭逑, 1543~1620)의 호.

140) 금화처천(金火處遷) : 금성과 화성이 자리를 바꾸는 것.

141) 묘건(妙鍵) : 신묘한 열쇠, 곧 불법(佛法)을 깨닫는 관건(關鍵)이다.

142) 무광(務光) : 탕(湯)이 (하나라 폭군) 걸(桀)을 치려고 (중략) 무광에게 가서 의논했다. (중략) 탕(湯)이 마침내 이윤과 의논하여 걸(桀)을 쳐서 이긴 뒤에 (중략) 천하를 무광에게 넘겨주려고 말했다. "지혜 있는 자는 계책을 세우고, 무인은 그것을 수행하며, 어진 이가 그것을 다스리는 것이 옛부터의 방법이오. 선생께서 천자가 되셔야 하지 않겠소?" 그러자 무광이 사양하면서 말했다. "임금을 몰아내는 것은 의(義)가 아니며, 백성을 죽이는 것도 어진 행위가 아닙니다. 남이 그런 짓을 범하여 어려운 일을 이루어 놓았는데 제가 그 이익을 받는다면, 그것은 깨끗한 일이 아닙니다. 제가 들으니 '의롭지 않으면 그 녹을 받지 말 것이며, 도가 없는 세상에서는 그 흙을 밟지 않는다'고 했습니다. 그런데 하물며 저 같은 것을 존중하려 하시니, 저는 차마 이런 꼴을 오래 보지 못하겠습니다." 그리고는 돌을 안고 스스로 여수(廬水)에 몸을 던졌다. 『장자(莊子)』 卷28, 「양왕(讓王)」. 무광이 평소에 여수 가에서 거문고를 타고 노닐었다고 한다.

의[143] 노래를 은(殷)나라나 주(周)나라 세상에서 기휘했다는 말은 듣지 못했으니, 하물며 한 부 시사(詩史)가 만고 강상(綱常)에 소중함에랴."

(운곡 선생이) 도(道)에 나아가고 덕(德)을 이룩한 것과 역사를 논단한 것은 지언(知言)이라[144] 하겠다. (선생의) 큰 절개에 관해서도 금계(錦溪) 박공(朴公)이[145] 지은 서문에 자세히 기록되었으니, 무슨 말을 덧붙이겠는가.

아아! (선생의) 묘는 관아 동쪽 10리 석경산(石逕山), 고을 북쪽 30리 칠봉(七峯)에 있으니, 사액(賜額)하여 영을 모신 곳이다. (선생의) 풍모와 성예(聲譽)가 미친 바 우러러 사모하며 읊은 시들을 많이 수집했는데, 책 끝에 붙여 두었다. 원고는 모두 두 책이고, 두 책은 세 편(編)인데, 모두 1,144수이다. 원고에 빠지고 등본에 있는 것도 역시 이 숫자에 들어 있다. 그러나 등본에서 인쇄된 부분 가운데 의심스런 곳이 있었지만 질문할 곳이 없었다. 분량이 너무 크기 때문에 두 책을 세 책으로 나누고, 세 편을 다시 다섯 편으로 나눴다. 그 사이에 다른 뜻이 있었던 것은 아니다.

아아! 모년월일(某年月日)이 제목에 따라 기록된 것과 오언(五言)·육언(六言)·칠언(七言)을 분류하지 않은 것은 친필의 차례에 의지한 것이라 감히 바꿀 수 없기 때문이었다. 약간 질(帙)을 출간하여 인몰(湮沒)될 것에 대비하면서, 또한 옛것을 좋아하는 군자가 뒷날 나타나기를 기다리는 바이다.

숭정(崇禎) 기원후(紀元後) 4년 무오(四戊午) 5월 상한에 16대손 은(檃)은 삼가 쓰다.

---

143) 백이(伯夷) : 백이는 고죽국의 왕자였는데, 아버지가 세상을 떠나자 동생에게 임금 자리를 물려주려고 달아났다. 주나라 무왕이 은나라 폭군 주(紂)를 치려고 천하의 군사를 일으키자, 무왕이 부친의 상도 끝내지 않고 손에 무기를 잡아서는 안되며, 신하로써 임금을 죽이려고 하는 것도 안 된다고 충간하였다. 그러나 무왕은 이를 뿌리치고 출정해 은나라를 멸망시켰다. 백이와 숙제는 주나라의 곡식을 먹지 않겠다고 수양산에 들어가 고사리를 캐어 먹다가 굶어 죽었다. 사마천(司馬遷),『사기(史記)』卷61, 백이(伯夷).

144) 지언(知言) : 사리가 통하는 말. 도리에 맞는 말.

145) 박공(朴公) : 조선 선조 때의 문신이자 「운곡행록시사서(耘谷行錄詩史序)」를 쓴 박동량(朴東亮, 1569~1635)을 가리킴.

元㯲

詩以史名. 志其直也. 從古聖人之徒. 信道篤而自知明. 故遯世不見是而旡悶. 是知純剛至正之氣. 高明光大之學. 發於言而成章者. 非經則史也. 吾先祖耘谷先生遭時板蕩. 獨秉彛倫. 隱居而著詩與文. 文則史也. 失火無傳. 卽海東樂府詞所謂當時著述空勞神者是也. 惟詩二卷. 尙爲我五百年承家之鍾鼎. 卽退溪・寒岡兩先生所謂原城有信史者是也. 若稽麗末時事. 王氏父子之寃. 定妃所命恭讓之令. 事在洪武二十二年己巳詩中數三首據實直書者. 盖此時事也. 金火處遷之後有南行新國奉金尺受寶籙. 慶贊之詩. 可見所諱之不在詩也. 先祖以高麗忠肅王十七年庚午七月初八日嶽降. 而詩中所係年月. 始於辛卯. 終于甲戌. 其間爲四十四年. 萬斛珠璣. 豈無遺漏. 藏之石室. 紙爛蠹蝕. 有時擎讀. 不覺涕隕. 嗚呼. 淹中妙鍵. 不抽不傳. 今也將付剞劂. 皆言盧水鼓琴. 不害於華夏之功. 西山採薇. 無損於戎商之德. 故務光之操. 伯夷之歌. 未聞諱之於殷周之世. 况一部詩史爲萬古綱常之重者哉. 盖其造道成德. 史纂論斷. 可謂知言. 至若大節所寓. 錦溪朴公序之詳矣. 何容贅說. 嗚呼. 衣冠之藏. 在於治東十里石逕之山. 州北三十里七峯. 卽賜額妥靈之所也. 風聲所及爲之仰慕而歌詠者. 亦頗蒐輯. 附于卷末. 原稿凡二冊. 二冊凡三編. 摠一千一百有四十有四首. 佚於原稿而存乎謄本者. 亦在此數. 然謄本之入梓者. 雖有疑難處. 從何質訛. 以其簡秩重大. 故二冊則分而三之. 三編則釐而五之. 非有意於其間也. 嗚呼. 某年月日之逐題縣錄. 五六七言之不以彙分. 一依親筆次序. 不敢改易. 刊出若干帙. 以備湮沒之歸. 亦以竢日後好古之君子.

崇禎紀元後四戊午五月上澣. 十六代孫. 㯲. 敬識.

찾아보기

ㄱ

ㄴ

_ㄷ

_ㅂ

_ㅅ

_ㅇ

_ㅈ

_ㅊ

_ㅌ

_ㅍ

_ㅎ

근대 한국학 총서를 내면서

새 천년이 시작된 지도 벌써 몇 해가 지났다. 식민지와 분단국가로 지낸 20세기 한국 역사의 와중에서 근대 민족국가 수립과 민족문화 정립에 애써 온 우리 한국학계는 세계사 속의 근대 한국을 학술적으로 미처 정립하지 못한 채, 세계화와 지방화라는 또 다른 과제를 안게 되었다. 국가보다 개인, 지방, 동아시아가 새로운 한국학의 주요 연구대상이 된 작금의 현실에서 우리가 겪어온 근대성을 다시 한 번 정리하고 21세기에 맞는 새로운 모습으로 탈바꿈시키는 것은 어느 과제보다 앞서 우리 학계가 정리해야 할 숙제이다. 20세기 초 전근대 한국학을 재구성하지 못한 채 맞은 지난 세기 조선학 · 한국학이 겪은 어려움을 상기해 보면, 새로운 세기를 맞아 한국 역사의 근대성을 정리하는 일의 시급성은 아무리 강조해도 지나치지 않다.

우리 '근대한국학연구소'는 오랜 전통이 있는 연세대학교 조선학 · 한국학 연구 전통을 원주에서 창조적으로 계승하고자 하는 목표에서 설립되었다. 1928년 위당 · 동암 · 용재가 조선 유학과 마르크스주의, 그리고 서학이라는 상이한 학문적 기반에도 불구하고 조선학 · 한국학 정립을 목표로 힘을 합친 전통은 매우 중요한 경험이었다. 이에 외솔과 한결이 힘을 더함으로써 그 내포가 풍부해졌음은 두말할 나위가 없다. 연세대학교 원주캠퍼스에서 20년의 역사를 지닌 '매지학술연구소'를 모체로 삼아, 여러 학자들이 힘을 합쳐 근대한국학연구소를 탄생시킨 것은 이러한 선배학자들의 노력을 교훈으로 삼은 것이다.

이에 우리 연구소는 한국의 근대성을 밝히는 것을 주 과제로 삼고자 한다. 문학 부문에서는 개항을 전후로 한 근대 계몽기 문학의 특성을 밝히는 데 주력할 것이다. 역사부분에서는 새로운 사회경제사를 재확립하고 지역학 활성화를 위한 원주학 연구에 경진할 것이다. 철학 부문에서는 근대 학문의 체계화를 이끌고 사회과학 분야에서는 학제간 연구를 활성화시키며 근대성 연구에 역량을 축적해 온 국내외 학자들과 학술교류를 추진할 것이다. 이러한 연구들은 일방성보다는 상호 이해와 소통을 중시하는 통합적인 결과물의 산출로 이어질 것이다.

근대한국학총서는 이런 연구 결과물을 집약적으로 정리하기 위해 마련하였다. 여러 한국학 연구 분야 가운데 우리 연구소가 맡아야 할 특성화된 분야의 기초 자료를 수집・출판하고 연구 성과를 기획・발간할 수 있다면, 우리 시대 연구자들뿐만 아니라 학문 후속세대들에게도 편리함과 유용함을 줄 수 있을 것이다. 새롭게 시작한 근대 한국학 총서가 맡은 바 역할을 충분히 할 수 있도록 주변의 관심과 협조를 기대하는 바이다.

연세대학교 원주캠퍼스 근대한국학연구소

지은이 **원 천 석**(元天錫 1330~?)
여말선초 두문동 72현의 한 사람. 1330년 개성에서 태어나 어린 시절 춘천에서 공부를 하고, 27세 때인 1356년(공민왕 6) 국자감시(國子監試)에 합격하여 진사(進士)가 되었지만 벼슬길에 나서진 않고 평생을 원주에 거주하며 지냈다. 우왕과 창왕이 신돈의 아들과 손자가 아니라 공민왕의 아들, 손자라는 우창진왕설(禑昌眞王說)을 주장하고, 조선 태종 이방원의 옛 스승임에도 불구하고 벼슬길에 나서지 않은 절의의 인물이라는 점을 퇴계와 퇴계 제자들에게 인정받아 그의 시집은 단순한 행록(行錄)이 아닌 시사(詩史)로 평가받게 되었다. 졸년(卒年)은 확인할 수 없다. 『운곡시사』에는 22세(1351) 때부터 65세(1394) 때까지 쓴 총 1,144편의 작품이 실려 있다.

옮긴이 **이 인 재**(李仁在) 연세대학교 원주캠퍼스 역사문화학과 교수
허 경 진(許敬震) 연세대학교 국문학과 교수

연세근대한국학총서 17 H-005
운곡시사 耘谷詩史
원천석 지음 | 이인재 · 허경진 옮김

2007년 1월 22일 초판 1쇄 발행
펴낸이 | 오일주
펴낸곳 | 도서출판 혜안
등록번호 | 제22-471호
등록일자 | 1993년 7월 30일
주소 | 서울시 마포구 서교동 326-26번지 102호
전화 | 3141-3711~2 팩시밀리 | 3141-3710
E메일 | hyeanpub@hanmail.net
ISBN | 89-8494-297-9 93810
값 | 34,000원